Das Buch

Neue Meisterwerke der Horrorliteratur

Ob von Geistern, Monstern und Vampiren, von unerklärlichen Phänomenen, Vodoo-Zauber und Intrigen, von schauderhaften Begegnungen oder vom scheinbar aussichtslosen Kampf gegen das Grauen, die hier versammelten Geschichten haben alle das Eine gemeinsam: Sie schicken dem Leser kalte Schauer über den Rücken. Al Sarrantonios Anthologie liest sich wie das »Who ist who« der Horrorliteratur: Neben Stephen King, dem meistgelesenen Horrorautor der Welt, sorgen Joce Carol Oates, Neil Gaiman, F. Paul Wilson, Kim Newman, Eric Van Lustbader und viele andere ausgezeichnete Autoren für Gänsehaut und kaltes Entsetzen.

Der Autor

Der Amerikaner Al Sarrantonio ist Autor zahlreicher Horror-, Science Fiction- und Spannungsromane. Er arbeitete als Redakteur, Kritiker und Kolumnist. Seine Werke wurden bereits für mehrere Preise nominiert, unter anderem für den *Bram Stoker Award*.

AL SARRANTONIO (Hrsg.)

999
FESTMAHL
DES GRAUENS

Neue Stories von
Stephen King, Joyce Carol Oates, Neil Gaiman,
F. Paul Wilson, Kim Newman u. a.

WILHELM HEYNE VERLAG
MÜNCHEN

HEYNE ALLGEMEINE REIHE
Band-Nr. 01/13213

Die Originalausgabe
999. NEW STORIES OF HORROR AND SUSPENSE
erschien bei Avon Books, Inc., New York

Nachweis der Übersetzer der einzelnen Geschichten siehe Seite 941 f.

Umwelthinweis:
Dieses Buch wurde auf
chlor- und säurefreiem Papier gedruckt.

Taschenbucherstausgabe 3/2001
Copyright © 1999 by Al Sarrantonio
Die Copyrightvermerke der einzelnen Autoren finden sich auf Seite 941 f.
und sind Teil des hier verzeichneten Copyrights.
Copyright © der deutschsprachigen Ausgabe 1999 by
Wilhelm Heyne Verlag GmbH & Co. KG, München
http://www.heyne.de
Printed in Germany 2001
Umschlagillustration: Ken Laager
Umschlaggestaltung: Nele Schütz Design, München
Satz: Leingärtner, Nabburg
Druck und Bindung: Elsnerdruck, Berlin

ISBN 3-453-17753-3

Für die Herausgeber
Harlan Ellison
und
Kirby McCauley:
große Entdecker erschreckender Gefilde

INHALT

EINLEITUNG

Was sie hier im Schoß halten, ist ein Festmahl. Schlicht und einfach gesagt, die größte, die prunkvollste und (das denken, hoffen und beten wir) die beste Sammlung nagelneuer Horror- und Suspense-Stories, die je veröffentlicht worden ist.

Teil 1: Gründe

1996 setzte ich mir das Ziel, bis zum Ende des Jahrtausends eine gewaltige Anthologie mit Horror- und Suspense-Stories zusammenzustellen. Inspiriert hat mich dazu zunächst Kirby McCauleys wegweisendes Buch aus dem Jahre 1980, *Dark Forces*, das für viele zur besten Sammlung neuer Stories in diesem Genre geworden und auch geblieben ist. McCauley seinerseits war von Harlan Ellisons *Dangerous Visions* inspiriert worden, eine Sammlung, die es praktisch im Alleingang geschafft hat, die Vorstellungen der Leser von Science Fiction zu ändern. Da es Ellison zumindest teilweise gelungen ist, SF als ein literarisches Genre und nicht etwa als »Ghetto«-Genre neu zu definieren, gelangte McCauley am Ende der siebziger Jahre zu dem Schluß, daß es höchste Zeit war, das gleiche für das weite Feld der Horrorliteratur zu versuchen, die damals gerade infolge des Sickereffekts von Bestsellern aus der Feder von Ira Levin, William Peter Blatty und einem Jungspund namens Stephen King im Begriff war, ihrerseits einen »Ghetto«-Status zu erlangen. Die Zeit war reif, fand McCauley, dem aufblühenden Horrorgenre den Status von Literatur zu verleihen.

McCauley hatte Nachfolger, insbesondere Douglas E. Winter, dessen *Horror vom Feinsten* 1989 der Vorstellung Schwung verlieh, daß Horror tatsächlich Literatur sein konnte. Dennoch bin ich der Ansicht, daß dieses Genre jetzt am Ende des Jahrtausends immer noch im weiten Maße mit dem Ghetto-Etikett stigmatisiert ist und es noch einiger Arbeit bedarf, um ihm den literarischen Respekt zu verschaffen, den es verdient.

Und so bin ich, zwanzig Jahre nach McCauleys Werk, zu dem Schluß gelangt, daß die Zeit reif ist, um ein für allemal den Beweis zu liefern, daß Horror und Suspense ein ernstzunehmendes literarisches Genre ist.

Ich hatte auch andere Gründe, das Projekt in Angriff zu nehmen. Einer davon war, daß ich mich immer wieder darüber geärgert habe, daß es, auch noch während ich diese Zeilen schreibe, keine lukrativen Absatzmärkte für die Autoren guter Horror-Fiction gibt. Vordergründig betrachtet könnte dies zwar ein Beweis dafür sein, daß das Genre tatsächlich als Literatur akzeptiert worden ist – also sozusagen sein Ghetto verlassen hat –, in Wahrheit ist jedoch genau das Gegenteil der Fall: Man hat es noch viel enger in seine Nische gepreßt und dort beinahe erstickt. Zwar mag gelegentlich in einem der angesehenen literarischen Magazine wie *The New Yorker* eine Story von Stephen King oder Joyce Carol Oates erscheinen, aber das sind Ausnahmen der Regel und eher eine Folge der Prominenz dieser Autoren als eine Ausweitung des Einflusses des Horrorgenres. Trotz des anhaltenden Erfolgs einiger semiprofessioneller Zeitschriften, unter denen nach wie vor Richard Chizmars *Cemetery Dance* das prominenteste ist, gibt es heute praktisch kein Medium, wo regelmäßig gut geschriebene Horrorstories erscheinen können. Als ich mir in dieser Branche Ende der siebziger und Anfang der achtziger Jahre meine ersten Sporen verdiente, gab es Dutzende von Absatzmöglichkeiten für solche Geschichten, die meisten davon sogar professioneller Art – wenn *Shadows* eine bestimmte Story nicht wollte, würde sie eben ganz bestimmt *The Twilight Zone* oder *Night Cry* oder *Whispers* kaufen. Wenn heute ein junger, talentierter Autor versucht, sich einen Namen zu machen, so gibt es für ihn praktisch oberhalb des semiprofessionellen Niveaus keinerlei Möglichkeiten. Das tut zugleich weh und macht zornig.

Ein Buch wie das, das ich mir vorgestellt hatte, würde wenigstens für einige dieser aufblühenden Talente eine Chance darstellen, in einen Markt zu gelangen, der mehr als drei Cents pro Wort bezahlt.

Wovon ich auch noch träumte: Wenn ein solches Buch Erfolg haben würde, könnte es in dem Genre vielleicht sogar so etwas wie ein drittes Goldenes Zeitalter auslösen (das erste war in den dreißiger Jahren, als *Weird Tales*, unter der redaktionellen Leitung von Farnsworth Wright, seinen Höhepunkt erlebte; das zweite umfaßte die Jahre von 1975 bis 1990); vielleicht würde dann so etwas wie der lukrative, professionelle Short-story-Markt der achtziger Jahre wiederkehren und damit dem Genre das literarische Überleben sichern.

Und der letzte Grund: Ich wollte es einfach tun – wollte sehen, ob eine voluminöse Anthologie mit Originalgeschichten ohne vorgegebenem Thema und mit hervorragenden Arbeiten am Ende des Jahrtausends immer noch möglich war.

Teil 2: Definitionen

Was Sie in diesem Buch finden werden, sind Stories, die sich mit übernatürlichem Horror, aber auch nicht übernatürlicher Suspense befassen. Für dieses Projekt, und um das Genre so weit gespannt und so repräsentativ wie möglich darzustellen, habe ich die Begriffe Horror und Suspense auf die breitest mögliche Art und Weise definiert: Wenn es einem angst macht, einverstanden. Es mag den Schwarzen Mann geben oder nicht. Der Schwarze Mann mag meinetwegen nicht mehr als der menschliche Verstand sein (für mich der angsterregendste Ort, den es überhaupt gibt). Das entscheidende ist die Angst an sich.

(Für bessere, anschaulichere, tiefergehende und unterhaltsamere Auseinandersetzungen mit dem Thema, was Horror, Terror, Suspense, Angst und alles das ist, verweise ich Sie begeistert auf drei Quellen: H. P. Lovecrafts zukunftsweisenden Aufsatz »Supernatural Horror in Literature«; die Einleitung zu der besten Sammlung neu aufgelegter, klassischer Horrorstories, die je jemand zusammengetragen hat, Phyllis Cerf Wagners und Herbert Wise' *Great Tales of Terror and the Supernatural*, einem Band aus der Modern Library; und Stephen Kings verschiedene Schriften zu diesem Thema – ganz besonders *Dance Macabre*.)

Teil 3: Realität

Ich habe meine Gründe dafür genannt, weshalb ich dieses Projekt 1996 angestrengt habe – wie sind die Dinge aber gelaufen? Daß ich imstande war, das Buch zu machen, ist auf geradezu idiotische Weise offenkundig: Das verdammte Ding liegt im Augenblick schwer auf Ihrem Schoß. Mit weit mehr als einer Viertelmillion Wörtern, einem Roman, drei Novellen, acht Novelletten und einer ganzen Menge Short stories ist es der dickste Band dieser Art, der je zusammengestellt worden ist; und wir konnten den Autoren ein äußerst gutes Honorar anbieten – meines Wissens das höchste, das je für eine Originalanthologie von Horrorstories ausgesetzt wurde. (Übrigens, alle haben den gleichen Honorarsatz bekommen.)

Und zwanzig Jahre nach *Dark Forces* hatte ich keine Probleme, Arbeiten zu erhalten, die höchsten literarischen Maßstäben entsprechen.* Selbst wenn das Feld im Augenblick noch schrecklich beengt ist (das ist es) und die Märkte versaut sind (das sind sie), gibt es doch dort draußen eine ganze

---

* Um gerecht zu sein und mit dem angenehmen Vorteil, in die Vergangenheit blicken zu können, glaube ich, daß McCauleys Vorgänger, Harlan Ellison, eine härtere Furche pflügen mußte: Er mußte den Philistern und Auftragsschreibern, die das SF-Genre von Anfang an beherrscht hatten (es sogar erfunden hatten), die Zügel der Science Fiction entreißen, und das war wesentlich schwieriger als das Ziel, das McCauley sich gesetzt hatte, im Falle von Ellison nämlich, etwas Neues zu schaffen – schließlich konnte das Horrorgenre schon auf ein viel klarer definiertes literarisches Erbe zurückgreifen. Als passende Beispiele erwähne ich hier nur Hawthorne und Poe.

Menge gute, gut geschriebene Sachen, viel mehr als ich verwenden konnte. Ich legte die Stange höher, und die Schreiber (herzlichen Dank) streiften sie kein einziges Mal, als sie über sie hinwegsetzten. Trotz dem vielen Platz, den ich in diesem Buch hatte, sah ich mich allerdings auch gezwungen, erstklassige Stories abzuweisen.

Und ich konnte einige neuere Leute veröffentlichen, die noch nie an einem solchen Ort tätig waren.

Das wären drei meiner Gründe, aus denen heraus ich dieses Buch gemacht habe. Aber was ist mit meinem vierten Grund: ein drittes Goldenes Zeitalter in dem Genre zu inspirieren?

Nun … man wird sehen müssen.

Vielleicht ist es erhellend, die Vergangenheit zu untersuchen, ehe man die Zukunft vorhersagt.

Teil 4: Sie haben es erraten: Die Vergangenheit

Anfang der achtziger Jahre sah es so aus, als würde das Genre Horror jede andere Art von phantastischer Literatur wie mit einer Dampfwalze erdrücken. Die Zahl der Science-Fiction-, Fantasy- und Kriminalautoren, die ins Fahrerhäuschen der Dampfwalze kletterten – ganz zu schweigen von den gelegentlichen Seitensprüngen der Autoren »normaler« oder romantischer Stoffe, wie beispielsweise Anne Rivers Siddons, der Verfasserin des großartigen (wenn auch schlecht geschriebenen) unheimlichen Romans *Das Haus nebenan* –, bewiesen nur die plötzliche Vitalität des Genres (es war nicht nur aufregend; man konnte sogar Geld damit verdienen). Das wiederum ins Ghetto verwiesene Genre wurde zu einer Zuflucht für Geschichten, die anderswo keinen Markt fanden (was eine sehr gute Sache war, und ich stehe mit dieser Meinung nicht allein). Aus beinahe nichts wuchs da etwas Kraftvolles, Aufregendes, Kontroverses – erinnern Sie sich noch an die hitzigen Diskussionen über »Quiet Horror« und »Splatterpunk«? –, fing aber zu guter Letzt am Ende des Jahrzehnts wieder an, zu schrumpfen und beinahe zu verschwinden.

Warum?

Die Versuchung ist groß, die Schuld den geistlosen, selbstzerstörerischen und sturen Entscheidungen einer Verlagsbranche zu geben, die das Genre von Anfang an nicht verstanden hat, nie begriffen hat, was eigentlich in das Genre gehörte, nie an etwas anderes als an Profit dachte und das Genre fast kaputtmachte, indem es Schund publizierte.

Aber das wäre viel zu einfach – Verleger folgen *immer* dem Trend und der Mode, bringen *immer* zuviel auf den Markt und neigen *immer* wegen ihres immanenten Gewinnstrebens (das Verlagsgeschäft ist immerhin, wie der Name sagt, ein *Geschäft* – und war das auch immer, wenn auch einige von uns sich an eine Zeit erinnern, wo es etwas freundlicher und sanfter war, bis die großen Aktiengesellschaften sich einschalteten) dazu, die Gans zu töten, die die goldenen Eier legt.

Wir wollen ein wenig tiefer blicken.

Es gibt eine Theorie, nach der die Kernleserschaft des Horrorgenres immer klein war und sich in den achtziger Jahren aufblähte, als Horror in Mode kam: Das waren Leser (und selbst solche, die gar nicht sehr viel lesen), die durch das Versprechen von Nervenkitzel angelockt wurden, wie ihn die Bestseller des Genres lieferten: Bücher wie *Brennen muß Salem!*, *Shining* und *Geisterstunde*. Diese Clowns fuhren aber nur so lange auf der Achterbahn mit, wie sie ihnen Spaß bereitete, und dann traten sie mit ihren großen Füßen woanders hin.

Die Definition des Endes einer Mode ist natürlich: der Tod.

Es mag auch sein, daß der visuelle Teil der Unterhaltungsindustrie – Fernsehen, Kino, Videospiele, in letzter Zeit auch CD-ROM und andere Computertechniken – das getan hat, was sie immer tut, wenn etwas wirklich heiß ist: es gekaut, ausgespuckt, das Ausgespuckte wieder aufgeleckt und das Ganze dann wiedergekäut. Und dabei das Genre erdrückt hat.

(Trotz aller löblichen und großen Anstrengungen Harlan Ellisons, ist es nicht genau das, was der Science Fiction widerfahren ist? Erinnert sich noch irgend jemand an sein *Again, Dangerous Visions*, das fünf Jahre vor *Krieg der Sterne* auf den Markt kam?)

Und dann wäre da noch die Flucht in die lukrativeren Gefilde zu bedenken: Viele der erfolgreicheren Autoren aus dem Horror-Ghetto haben dieses so schnell wie möglich verlassen und sich dem Mainstream zugewandt und im großen und ganzen nur Schrott zurückgelassen (das soll keine Schuldzuweisung sein; vergessen Sie nicht, wir sprechen hier von einem *Ghetto*). Wenn Sie das mit der Tatsache in Verbindung bringen, daß zur gleichen Zeit dem sogenannten »Mittelstand« der Verlagswelt der Garaus gemacht wurde, dann kostet es gar keine große Mühe, sich auszumalen, was da vielleicht passiert sein könnte.

Teil 5: Die Zukunft

Sind wir auf dem Wege in das dritte Goldene Zeitalter der Horror-Fiction?

In letzter Zeit gibt es dafür gewisse Anzeichen. Zum einen hat es in letzter Zeit eine Renaissance kleiner Verlage gegeben, solcher, die eher kleine Auflagen auf den Markt bringen. Daß kleine Verlage durch eine Mischung von Spaß an der Freude und Profit motiviert sind, könnte als Anhaltspunkt dienen. Das gleiche geschah nämlich zu Beginn des zweiten Goldenen Zeitalters. Die kleinen Verlage sind Schakale (das soll hier keineswegs ein Schimpfwort sein); sie kommen im spitzen Winkel und schnappen nach ihrer Mahlzeit, bis die Löwen (die großen Verlage) gemächlich herangeschlendert kommen und an der Tafel Platz nehmen. Die kleinen Verlage verdienen jetzt Geld mit Projekten, die die Löwen niemals angreifen würden, aber es gibt Anzeichen (dieses Buch ist eines davon), daß die Löwen anfangen, wieder hungrig zu werden.

Und obwohl es vielleicht noch keine professionellen Zeitschriften geben mag, die sich auf Horror spezialisiert haben, gibt es jetzt doch zahlreiche kleinere Zeitschriften, die sich dem Genre gewidmet haben, sowie eine wahre Explosion von Online-Magazinen, die die Arbeiten neuer, aber auch etablierter Schriftsteller veröffentlichen.

Zuletzt, und am allerwichtigsten – es scheint eine neue Generation von Lesern zu geben, die jetzt außerhalb der Kernleserschaft* heranwachsen und nach diesem Zeug schreien. Diese Leser waren beim letzten Boom noch Kinder, vielleicht noch nicht einmal auf der Welt, sie haben die Autoren der siebziger und achtziger Jahre in Wiederauflagen und antiquarischen Büchern entdeckt und wollen jetzt mehr – und *Neues*.

Möglicherweise befinden wir uns bereits auf dem Wellenkamm eines neuen Booms.

Teil 6: Dieses Buch

Was mich betrifft, so kann ich nicht verlieren. Falls dieses Buch sich als revolutionär erweist und mithilft, dem Genre neues Leben einzuhauchen, dem Ghetto ein Ende zu machen und ein drittes Goldenes Zeitalter einzuleiten, so soll mir das recht sein. Wenn nicht, dann kann ich mich immer noch darauf zurückziehen, daß *999*** lediglich den Nimbus feiern soll, den das Genre bereits erreicht hat – ein letzter Beweis zwischen zwei Buchdeckeln, daß es tatsächlich ein literarisches Genre ist.

Eigentlich wäre ich der glücklichste Herausgeber der Welt, wenn Sie sich dazu verstehen könnten, diesen Band zwischen

---

* Wieder nur eine Modeerscheinung? – obwohl ich mich mit dieser Theorie nicht ganz anfreunden kann, die tatsächlich vielleicht das Pferd am Schweif aufzäumt. Möglicherweise gibt es eine Kernleserschaft, die *alles* liest, aber ich glaube eher, daß es jetzt eine viel größere Gemeinde gibt, eine, die an Qualität interessiert ist, an *Literatur*, und sie liest diese auch, wenn man sie ihr zur Verfügung stellt.

** Wenn Sie es sich bis jetzt noch nicht selbst zusammengereimt haben: Der Titel hat eine Doppelbedeutung – das letzte Jahr unseres Jahrtausends, das Jahr, in dem das Buch an der Schwelle zum nächsten Jahrtausend veröffentlicht wird; und 666 umgedreht - und das bedeutet, daß der Titel sogar dann Sinn macht, wenn die Buchhändler das Buch verkehrt herum aufstellen.

Dark Forces und *Great Tales of Terror and the Supernatural* in Ihr Bücherregal zu stellen.

Revolution oder Feier? Sie haben die Wahl.

Aber wie schon am Anfang dieser Tirade gesagt: Dieses Buch ist ein Festmahl.

Zeit, um zuzulangen.

Al Sarrantonio
Newburgh,
New York

Kim Newman

AMERIKANSKI TOT IM MOSKAUER
LEICHENSCHAUHAUS

*Als ich Kim Newman beiläufig per E-Mail fragte, ob er etwas habe,
was er mir für 999 anbieten könne, erwiderte er höflich und fast unverzüglich, daß der größte Teil seiner augenblicklichen Arbeiten länger sei als das, was ich seiner Ansicht nach suchte. Als ich ihn mit
sanftem Nachdruck bat, mir doch auch etwas Längeres zu schicken,
erhielt ich kurz darauf per E-Mail die folgende Geschichte über amerikanische Zombies im kommunistischen Rußland.*

*Mir blieb beinahe die Spucke weg, so gut war die Story – nicht
weil Kim Newman, der Vampirexperte, aus dessen Feder* Anno
Dracula *und* Der rote Baron *stammen, sie geschrieben hat, da ich
ja bereits wußte, daß er sich systematisch und in aller Stille an die
Spitze dieses Genres gearbeitet hatte, sondern weil ich es einfach
nicht glauben konnte, daß etwas so Wunderbares in Sekunden-
schnelle auf dem Bildschirm meines Computers erscheinen konnte,
bloß weil ich darum gebeten hatte. Bittet, und euch soll gegeben werden, wahrlich.*

*Kim Newman ist auch als gelegentlicher Schauspieler, Filmkriti-
ker und Radiomann bekannt. In Werken wie* Bad Dreams, Die
Nacht in Dir *und (gemeinsam mit Eugene Byrne)* Back in the
USSA *kann man zudem weitere Beispiele seiner Imaginationskraft
finden.*

Am Bahnhof von Borodino wurde Jewgenij Tschirkow von
seiner Einheit getrennt. Als die Lokomotive ihre Fahrt verlangsamte, machte er sich bereit, aus dem Waggon auf den
Bahnsteig zu springen; er hatte Anweisung, um jeden Preis
Zigaretten und Schokolade zu besorgen. Aber dann kam wieder einmal eine der Unzulänglichkeiten der dampfbetriebe-

nen Antiquität dazwischen, und die Lok kam nicht ganz zum Stillstand. Jewgenij stolperte über seinen Karabiner und bekam deshalb die ausgestreckten Hände seiner Kameraden nicht zu fassen. Die restlichen Kameraden seiner Einheit, die sich in die Fenster gezwängt und aus den Waggontüren hingen, lachten und winkten. Der Dampfstrahl aus einem in Gegenrichtung vorbeifahrenden Zug machte ihm Beine, aber beim Ausweichen stolperte er erneut. Auch Feldwebel Trauberg fand die Szene äußerst komisch und vergaß dabei ganz, daß er dem Soldaten ja tausend Rubel in die Hand gedrückt hatte. Tschirkow rannte, wie er nur konnte, aber die Lokomotive nahm immer schneller Fahrt auf. Als Tschirkow, kurz nachdem der letzte Waggon vorbeigerauscht war, schließlich unter dem Bahnsteigdach hervorkam, strömte der weiße Himmel auf ihn ein. Er blinzelte auf das von schwarzen Querstreifen durchzogene Schienenbett und sah dort in den Überresten einer Uniform die plattgedrückte Kontur eines menschlichen Wesens, dem man die Hand- und Fußgelenke mit Draht zusammengebunden und den Hals auf einen der schimmernden Gleissträge gelegt hatte. Der Kopf war schon lange unter den scharfen Rädern verschwunden. Die Methode, die unter der Bezeichnung »Schwellen machen« bekannt war, wurde entlang der Bahnlinien bevorzugt. Etwas außerhalb der Bahnhöfe wurden auf die Weise manchmal zwanzig oder dreißig auf einmal erledigt. Ohne Köpfe konnten Amerikans keinen Schaden anrichten.

Die Beine vom Dampf fast weich gekocht, Gesicht und Hände dagegen von der winterlichen Kälte wie erstarrt, wanderte er durch den Bahnhof. Die riesige Halle war mit Sandsackbarrikaden unterteilt. Ganze Familien drängten sich wie Pioniere zusammen, die sich auf einen Indianerangriff vorbereiteten, das Gepäck war im Kreis ausgelegt, die letzte Kugel wurde für Frauen und Kinder aufbewahrt. Tschirkow war voller Abscheu über sich selbst: Bilder aus Amerika hatten sich in seine Gedanken geschlichen, genau das war passiert, wovor seine Politoffiziere immer gewarnt hatten.

Einige der Versammelten waren Flüchtlinge aus Moskau, andere wiederum flohen in die Stadt. Es gab keine Regel. Ein wandgroßes Plakat des neuen Ersten Sekretärs war mit einem dicken Schmierer entstellt, Rot, das in Schwarz übergegangen war. Der eingetrocknete Blutfleck ließ vermuten, daß man da jemanden an die Wand gestellt und erledigt hatte. Es gab Amerikanski in Borodino. Hundert Werst von Moskau entfernt, war die Bahnhofsstation so etwas wie ein Museum für abgewehrte Invasionen. Plaketten, Statuen und Gemälde rühmten die Siege von 1812 und 1944. Ein Plakat zählte jene örtlichen Beamten auf, die man exekutiert hatte, weil sie in die letzte Gegenrevolution verwickelt gewesen waren. Der Geruch von Asche hing in der Luft und erinnerte an die Politik der verbrannten Erde, die man hier zuletzt angewandt hatte. In der Nähe loderten große Feuer. Eine Einheit der Armee hatte Dienst, aber niemand wußte etwas von einem Fahrplan. Ein Offizier sagte ihm, er solle sich anstellen und warten. Es kamen mehr Züge aus Moskau als dort hinfuhren, und das bedeutete, daß in der Hauptstadt irgendwann schließlich keine mehr übrig sein würden.

Er trat aus dem Bahnhof ins Freie. Der davor weggeräumte Schnee war ein gutes Dutzend Schritte entfernt zusammengeschoben. Die Sonnenstrahlen spiegelten sich im schlammigen Weiß.

Es war kälter und heller, als er das aus der Ukraine gewöhnt war. Drei Soldaten mit chinesisch anmutenden Gesichtszügen, einen ganzen Kontinent von zu Hause entfernt, boten ihm Zigaretten an und versuchten, ihr Russisch an ihm zu üben. Soweit er das verstand, stammten sie aus Amgu; vom höchsten Punkt jener Hafenstadt aus konnte man nach Japan hinübersehen. Er fragte sie, ob sie wohl wüßten, wo er einen zuständigen Beamten finden könnte. Während sie miteinander in einer ihm völlig fremden Sprache plapperten, sah Tschirkow seinen ersten Amerikan. Der tote Mann kam zwischen den Schneehaufen heraus, hinkte auf die Wachstation zu und sah so aus, als könnte er ein wahrhaftiger Amerikaner sein. Barfüßig watete er mit spastischem Gang durch den Matsch, die Hosenbeine der Jeans hingen zerfetzt über die dünnen Schienbeine. Sein Hemd zeigte die Abbildung eines grellbunten Papageien in einem Dschungel. Um den Hals hing ihm an einem dünnen Faden eine Sonnenbrille. Tschirkow wies die Wachen auf die Anwesenheit des Amerikan hin. Dann sah er fasziniert zu, wie der tote Mann ging. Bei jedem Schritt knisterte der Amerikan: In seiner Haut konnte man tiefe, mit Eis verkrustete Sprünge erkennen. Er war langsam und hinfällig und blind, die Kristallaugen waren durch den Frost aufgeplatzt, die Arme hingen steif an den Seiten herunter.

Der Obergefreite ging vorsichtig um den Amerikan herum und rammte ihm den Gewehrkolben gegen ein Knie. Die Posten hatten Anweisung, keine Munition zu verschwenden; es herrschte Knappheit. Knochen knackten, und der Amerikan ging zu Boden wie ein Gläubiger vor einer Ikone. Der Obergefreite stieß den in allen Farben schillernden Rücken mit der Stiefelspitze an, so daß der Amerikan aufs Gesicht fiel. Während er sich wand, bohrten sich die Eissplitter durch sein Fleisch. Tschirkow war davon ausgegangen, daß der Tote stinken würde, aber der hier war wie aus Eis und geruchlos. Die Haut war rosa und noch nicht verfault, die Risse darin glitzerten rot. Mit einem Arm tastete er nach dem Obergefreiten, und etwas in der Schulter zerbrach. Der Obergefreite drückte den Amerikan mit dem Stiefel auf die Betonfläche. Einer seiner Kameraden zückte einen Pflock von gut zwei Handspannen Länge und bohrte die Spitze hinten in den Schädel des toten Mannes. Die Kopfhaut platzte um die Einstichstelle herum ab. Der andere Posten zog einen eisernen Hammer aus dem Gürtel und führte damit einen fachgerechten Schlag aus.

Es war anscheinend wichtig, daß der Pflock den Schädel völlig durchbohrte und in den Boden drang, um den Toten an die Erde zu nageln und somit dem letzten Rest dessen Geistes die Gelegenheit zu geben, den Kadaver zu verlassen. Das stand in keinem Lehrbuch: das war etwas, was von Soldat zu Soldat weitergereicht wurde. Meistens stammte derjenige, der es weitererzählte, aus Moldawien, oder jemand hatte es von jemandem gehört, der von dort stammte. Moldawier behaupteten von sich, im Umgang mit Toten geübt zu sein. Der Kopf des Amerikans ging in Stücke wie ein Steinbrocken, den man entlang seiner natürlichen Bruchstellen gespalten hat. Fünf massive Brocken rollten von dem Pflock weg. Die inneren Flächen glitzerten diamantenartig in rötlichem Grau. Das Ding hörte sofort auf, sich zu bewegen. Der Soldat mit dem Hammer schickte sich an, das bunte Hemd aufzuknöpfen, um es dann vorsichtig von der eingesunkenen Brust zu lösen, so wie ein Fleischer ein Pferd häutet. Die Jeans waren zu tief mit dem Fleisch verschmolzen, um sie zu entfernen, was schade war; wenn man die ausgefransten Hosenbeine abgeschnitten hätte, hätten die Jeans noch prima Shorts für ein hübsches Mädchen am Strand abgegeben. Der Obergefreite wollte, daß Tschirkow die Sonnenbrille nahm. Ein Glas der Brille fehlte, sonst wäre er vielleicht nicht so großzügig zu einem Fremden gewesen. Am Ende nahm Tschirkow aus Höflichkeit an, beschloß aber, die Trophäe wegzuwerfen, sobald er Borodino verlassen hatte.

Als Tschirkow drei Tage später nach Moskau kam, war es ihm nicht möglich, seine Einheit ausfindig zu machen. Eine Einsatzleiterin im Zentralbahnhof meinte, seine Kameraden könnten vielleicht nach Orechowo Sujewo eingeteilt sein, ihr Vorgesetzter dagegen war der Ansicht, daß die Einheit vor neun Monaten aufgelöst worden war. Da die Einsatzleiterin keine Neigung verspürte, einem wichtigen Parteimitglied zu widersprechen, mußte sich Tschirkow wohl oder übel damit abfinden, nunmehr ohne Einheit dazustehen. Man teilte ihn dem Kurbad zu. Das Kurbad hatte eine ständige Personalanforderung laufen und wurde deshalb vorrangig behandelt. Der Einsatz bestand aus leichtem Wachdienst und wenig körperlicher Arbeit: Die Amerikans im Kurbad waren nicht mehr sehr kampfeslustig. Die Einsatzleiterin reichte Tschirkow einen Stapel Papiere von der Größe einer großen Klappstulle und setzte an, ihm umständlich den Weg zu erklären. An dem Punkt fing der Rest der Schlange langsam an, ungehalten zu werden, und Tschirkow mußte schließlich auf eigene Faust aufbrechen. Er erinnerte sich noch rechtzeitig daran, seine Mobilitätserlaubnis, einen blauen Gepäckanhänger mit einem verschmierten Stempel, außen an seiner Uniform anzubringen. Formal gesehen stand die Todesstrafe darauf, die Reisegenehmigung nicht sichtbar zu tragen.

Die Straßenbahnen fuhren unregelmäßig; nachdem Tschirkow eine Stunde vor dem Zentralbahnhof auf der Straße gewartet hatte, beschloß er, zu Fuß zum Kurbad zu gehen. Er mußte ganzen Dünen von nicht geräumtem Schnee und massenhaft undisziplinierten Schlangen ausweichen. Feuerwehrleute arbeiteten sich methodisch durch den tiefen Schnee, Seite an Seite mit Soldaten, die umstehende Gebäude niederbrannten. Die Flächen wurden freigeräumt und geharkt, wobei der Boden meist noch warm genug war, um den nachkommenden Schnee zu schmelzen. Überall warnten Plakate vor den Amerikans. Die offizielle Linie der Partei lautete immer noch, daß die Vereinigten Staaten für alles verantwortlich seien. Es würde sich um eine durch die Atmosphäre übertragene, biologische Kriegführung handeln, verkündete das Ministerium mit großer Autorität, um eine biologische Waffe, die in einem geheimen Labor entwickelt worden sei und die sich nun in der Sowjetunion durch selbstmörderische Angesteckte, die sich als Touristen ausgaben, ausbreite. Das Virus galvanisierte die Nervensysteme kürzlich Verstorbener und wirkte wie ein Schalter auf das Stammhirn, wodurch in den Amerikans ein unwiderstehlicher Hunger auf Menschenfleisch ausgelöst wurde. Die »Nachrichten«, die die *Stimme Amerikas* über die Toten in Amerika verbreitete, waren getürkt und kamen einem vor wie Ausschnitte aus den sadistischen Kinofilmen, die für die völlige Dekadenz des Westens so symptomatisch waren. Aber allerorten wurde mit anderen Begründungen aufgewartet: Kriechstrahlung aus Tschernobyl… der Richtspruch eines verbitterten, weil lange ignorierten Gottes… ein Projekt, das Stalin während des Großen Patriotischen Krieges aufgegeben hatte… von Kosmonauten von der *Novy Mir* zurückgebracht… ein Komplott von Konterrevolutionären… ein Fluch, den die Moldawier aus uralten Zeiten kannten.

Zum Glück lag das Kurbad in der Nähe des Roten Platzes. Selbst ein Grünschnabel aus der Ukraine wie Jewgenij Tschirkow hatte eine Ahnung davon, wie man zum Roten Platz kam.

Er hatte seinen Karabiner schon so lang getragen, daß der Riemen seine Schulterklappe durchgescheuert hatte. Er stellte sich vor, daß die Umrisse der Schnalle inzwischen in sein Schlüsselbein eingestempelt waren. Der einzige Schuß Munition, den er besaß, steckte, in Zeitungspapier eingewickelt, in seiner inneren Brusttasche. Die Leute behaupteten, Moskau sei die aufregendste Stadt der Welt, aber im Augenblick war sie wohl nicht gerade in Höchstform: sozusagen doppelt belagert vom Winter und durch die Amerikans. Helikopter knatterten über den Himmel und verbreiteten offizielle Warnungen und Ankündigungen: den Genossen wurde empfohlen, an ihren Arbeitsplätzen zu bleiben und die ihnen zugewiesenen Aufgaben weiterhin zu erfüllen; der schließliche Sieg im Kampf gegen den amerikanischen Kraken sei unbestreitbar; die Krise stehe kurz vor ihrem Ende, und die Meisterstrategen würden alsbald einen vernichtenden Gegenangriff bekanntgeben; die Toten sollten bewegungsunfähig gemacht und an den bekannten Sammelpunkten abgeliefert werden; morgen würde eine weitere Gruppe von Verrätern vor Gericht gestellt werden.

In einer Kirche mit Zwiebelkuppel waren Soldaten mit Amerikans beschäftigt. Nachdem sie in abgedeckten Lastern angeliefert worden waren, wurden die herumschlurfenden Toten im Kircheninneren in Reihen angeordnet. Als Tschirkow vorbeiging, brach eine tote Frau, die in ihrem Pelzmantel, unter dem sie verbotene Unterwäsche trug, an einen Bären erinnerte, aus der Reihe. Die Soldaten stellten sie sofort und stachen ihr ein Bajonett in den Schädel. Die Überreste der Frau wurden in die Kirche geschleppt. Sobald das Gebäude voll war, würde es angezündet werden: ein Brandopfer.

Auf dem Roten Platz plärrten Lautsprecher martialische Musik. John Reed an den Barrikaden. Lenins Grab war nicht länger für Touristen geöffnet. Feldwebel Trauberg hatte immer wieder gern die Geschichte erzählt, was in dem Mausoleum passiert war, nachdem die Amerikans über einen gekommen waren. Jeder nahm an, daß es stimmte. Das Kurbad lag also dicht beim Roten Platz. Vor der Revolution von 1918 war es ein exklusiver Ort der Leibesübungen für die Zarenfamilie gewesen, jetzt war es eine Leichenhalle.

Er legte dem dünnen Offizier, dem er auf der breiten Treppe des Kurbads begegnete, seine Papiere vor und stand dann erstarrt in Habachtstellung da, während der Mann sich den Stapel Dokumente ansah. Tschirkow wurde angewiesen, unverzüglich hineinzugehen und sich bei jemandem namens Ljubaschewski zu melden. Der Offizier marschierte unterdessen Stufe für Stufe zum Platz hinunter. Unter der dünnen Schneeschicht waren die steinernen Stufen mit Eis überzogen: eine natürliche Abwehrbarriere. Tschirkow hörte immer wieder, daß die Amerikans ständig auf dem Eis ausglitten und stürzten; viele wurden dadurch so beschädigt, daß sie nicht wieder aufstehen konnten und infolgedessen leicht zu erledigen waren. Die drei Mann hohe Tür des Kurbades waren mit alten und neuen Einschußlöchern bedeckt. Unversperrt und ungeölt, ächzten die Türflügel beunruhigend, als er eintrat. Im Foyer gab es einen Marmorboden, die Decke war mit klassischen Szenen munter herumspringender Nymphen und Athleten bemalt. Die Haupttreppe flankierten Büsten von Marx und Lenin; ein Portrait des neuen Ersten Sekretärs, bezeichnenderweise weniger ausgebleicht als die benachbarten Bilder, hing stolz hinter dem Hauptpult.

Ein Zivilist, den er für Ljubaschewski hielt, hockte am Pult und las gerade ein Pamphlet. Eine halbleere Wodkaflasche schmiegte sich wie ein Baby in seine Armbeuge. Er blickte verlegen zu dem Neuankömmling auf und erklärte, daß das Gesundheitskomitee letzte Woche sämtliche Stühle aus dem Gebäude mitgenommen habe.

Tschirkow legte seine Papiere vor und erklärte, daß er von der Einsatzleiterin am Bahnhof geschickt worden sei, was sein Gegenüber aber nur zu einem Achselzucken veranlaßte. Der Zivilist sagte lediglich, daß die vom Zentralbahnhof ständig aus unerklärlichen Gründen verlaufene Soldaten schickten. Ljubaschewski trug einen drei Tage alten Stoppelbart, und die Augen schienen nicht zueinander zu passen. Er bot Tschirkow einen Schluck Wodka an – rein und stark, nicht mit geschmolzenem Schnee verdünnt wie das Rattengift, das man ihm in Borodino verkauft hatte –, klappte dann das Papierbündel auf und suchte nach einer bestimmten Unterschrift.

Am Ende entschied er, es sei wohl am besten, wenn Tschirkow vorerst im Kurbad blieb. Er sperrte einen Schrank auf und zog dort einen langen, weißen Mantel hervor, der unten etwas mit Schlamm bespritzt war. Tschirkow widerstrebte es, seinen schweren Mantel gegen den dünnen Laborkittel einzutauschen, aber Ljubaschewski versicherte ihm, daß im Kurbad sehr wenig gestohlen würde. Die Menschen, selbst die größten Schmarotzer, kämen nur sehr ungern hierher, wenn es keinen dringenden Grund dafür gab. Ehe Tschirkow seinen Mantel abgab, kam ihm noch der Gedanke, seine Mobilitätserlaubnis lieber bei sich zu behalten, und steckte diese dann an die Brusttasche des Laborkittels. Nachdem Ljubaschewski Tschirkows Karabiner entgegengenommen hatte, wobei er ihm erst ein Kompliment über die Sauberkeit der Waffe machte, um sie anschließend in dem Schrank zu verstauen, gab er ihm einen Revolver. Er war mit Staub bedeckt, und das Metall war so kalt, daß es an seiner Haut klebte. Tschirkow klappte die Waffe auf und sah drei Patronen in der Trommel. Beim russischen Roulette würde er also eine gute Chance haben. Da für die Waffe kein Halfter vorhanden war, steckte er sie in die Kitteltasche; der Lauf ragte unten heraus, weil die Tasche aufgerissen war. Er mußte für die Waffe unterschreiben.

Ljubaschewski forderte ihn auf, zum Schwimmbecken hinunterzugehen und sich bei Direktor Kosinzew zu melden. Tschirkow fuhr in einer von Hand betriebenen Liftkabine hinunter und trat in einen Raum von der Größe eines Ballsaals. Das Schwimmbecken befand sich in dem Teil des Kurbades, den die Leute hier das Untergeschoß nannten und wo die Toten aufbewahrt wurden. Vor der Revolution war es ein Schwimmbad gewesen; damals hatten sich dort müde Generationen von Romanows in den trägen Wellen bewegt, bis die Strömungen der Geschichte sie langsam in die Tiefe gezogen hatten. Angeblich seit 1916 trockengelegt, war das Becken so kalt, daß das Kondensat auf den Marmorböden vereiste Pfützen erzeugte. Die umgebenden Wände waren immer noch mit dem vergoldeten Stuckfries verziert. Tschirkows Schritte auf dem massiven Boden hallten laut wider. Er ging um das Becken herum und blickte auf die weiß bemantelten Arbeiter und ihre reglosen Kunden hinab. Das Schwimmbecken war mit losen, hölzernen Trennwänden, die über den ehemaligen Wasserspiegel hinausragten, in einzelne Arbeitszellen und Korridore aufgeteilt. Ihm fiel eine junge Frau auf, die ihr blondes Haar im Nacken zu einem strengen Knoten zusammengebunden hatte. Sie trug grellroten Lippenstift und hatte die Ärmel ihres Kittels an den schlanken Armen aufgekrempelt. Sie war gerade in der Brustöffnung einer Leiche beschäftigt, einer jungen Frau, die ihre etwas ältere Schwester hätte sein können. Die Tote hatte ein sauberes rundes Loch mitten in der Stirn, und das Haar war über einer matschigen Masse verteilt, die Tschirkow für Gehirnmasse hielt. Er hüstelte, um die junge Frau auf sich aufmerksam zu machen, und fragte sie dann, wo er den Direktor finden könne. Sie sagte ihm, er solle zum tiefen Ende gehen, dort hinuntersteigen und sich dann durch das Labyrinth aus Trennwänden durcharbeiten. Er könne Kosinzew nicht verfehlen, der Direktor sei genau in der Mitte zu finden.

Am tiefen Ende gab es eine Leiter, die zum Beckenboden hinunterführte. Sie wurde von einem Soldaten bewacht, der im Schneidersitz dasaß, einen Revolver im Schoß hielt und einer Maultrommel klagende Töne entlockte. Er unterbrach seine musikalische Darbietung und erklärte Tschirkow, daß es sich bei der Weise um ein traditionelles amerikanisches Volkslied handle, in dem es um einem Cowboy gehe, der von einem Rechtsanwalt getötet worden sei, »Der Mann, der Liberty Valance erschoß«. Der Posten stellte sich als Obergefreiter Toulbejew vor und fragte Tschirkow, ob er denn daran interessiert sei, Tonbandkassetten mit Aufnahmen von Mr. Edward Chochran oder Robert Dylan zu erwerben. Tschirkow besaß keinen Kassettenspieler, aber Toulbejew meinte, er könne ihm für fünftausend Rubel einen besorgen. Um nicht unhöflich zu sein, sagte Tschirkow, daß er den Erwerb in Erwägung ziehen würde: Offenkundig handelte es sich um eine sehr günstige Gelegenheit. Toulbejew ließ weiter durchblicken, daß er auch andere Dinge besorgen könne: Kondome, Schokoladenriegel, Zahnpasta, frische Socken, parfümierte Seife, verbotenen Lesestoff. Jede Einheit in der Sowjetunion besaß ihren eigenen Toulbejew, dachte Tschirkow. Vermutlich gab es im Ersten Komitee der Kommunistischen Partei einen Sekretär, der mit Disco-Schallplatten und Pfefferminz-Kaugummi handelte und die Hohen und Mächtigen damit versorgte. Nach einer angemessenen Karenzzeit würde Tschirkow vielleicht in Erwägung ziehen, einen Teil von Feldwebel Traubergs Rubeln für Unterwäsche und Seife auszugeben.

Nachdem Tschirkow in das Schwimmbecken geklettert war, verlor er die Übersicht über die Anordnung der einzelnen Parzellen, die er von oben aus noch gehabt hatte. Es war ein regelrechtes Labyrinth. Er bewegte sich im Zickzackkurs zwischen den Trennwänden und ließ sich immer wieder von in ihre Arbeit vertieften Forensikern den Weg erklären. Typischerweise wies ihn dann jedesmal ein Achselzucken in eine neue Richtung. Alle Spezialisten hier schienen mit Sezieren beschäftigt zu sein und hantierten mit durchdringend kreischenden und rauchenden Sägen oder scharfen und glänzenden Skalpellen herum. Er kam an dem Mädchen vorbei, das er von oben gesehen hatte – ihr Namensschild besagte, daß sie die Technikerin Swerdlowa war, sie stellte sich ihm als Walentina vor –, und mußte feststellen, daß sie inzwischen den Brustkasten der Leiche völlig freigelegt hatte. Tschirkow fand, daß sie so etwas wie der Inbegriff des kultivierten Moskauer Mädchens war: durch nichts aus der Ruhe zu bringen und, auch wenn sie bis zu den Ellenbogen hinauf mit menschlichen Überresten verschmiert war, makellos. Eine Haarsträhne fiel ihr ins Gesicht, und sie blies sie weg. Sie diktierte Notizen in ein Tonbandgerät, die gewisse physiologische Anomalien des toten Mädchens betrafen. Das noch nicht in Verwesung übergegangene Muskelgewebe hatte eine gummihafte Elastizität. Er wäre gern geblieben, hatte ja aber den Auftrag, sich bei Kosinzew zu melden. Er verabschiedete sich von ihr und stieß, als er ihre Arbeitszelle verließ, mit dem Stiefel gegen einen Zinkeimer voll Armbanduhren, Eheringen und Brillen. Sie sagte, er könne sich alles nehmen, was er haben wolle, aber er lehnte ab. Dann erinnerte er sich an die verbogene und zerbrochene Sonnenbrille in seiner Hosentasche und fügte sie dem Inhalt des Eimers hinzu. Es war so, als würde man eine Kopeke in einen Brunnen werfen, und deshalb wünschte er sich dabei etwas. Walentina kicherte, als ob sie telepathisch veranlagt wäre. Tschirkow errötete und ging weiter.

Schließlich kam er zu einer provisorischen Tür mit einer Tafel, auf der W. A. KOSINZEW, DIREKTOR stand. Tschirkow klopfte an und trat dann ein, nachdem er hinter der Tür ein Grunzen gehört hatte. Es war, als hätte er die Leichenhalle verlassen, um nunmehr das Atelier eines Bildhauers zu betreten. Auf einem Tisch standen feuchte Tüten mit Ton unterschiedlicher Farbschattierungen neben einem dampfenden Samowar. In der Mitte, im Licht eines Kronleuchters, der über dem ganzen Schwimmbecken hing, arbeitete ein Mann in Arbeitskittel an der Büste eines kahlköpfigen Mannes. Kosinzew hatte einen sauber gestutzten Bart und trug eine Brille mit runden Gläsern. Er arbeitete mit einer Hand; mit dem langen Finger preßte er feinfühlig Höhlungen in die Wangen; in der anderen Hand hielt er ein Glas Tee. Er trat einen Schritt zurück, nahm einen Schluck Tee und schmatzte leise mit den Lippen, sichtlich mit dem Ergebnis seiner Bemühungen aufs äußerste unzufrieden. Den Neuankömmling bat Kosinzew unversehens, ihm dabei behilflich zu sein, von vorn anzufangen. Er stellte das Glas ab und krempelte sich die Ärmel hoch. Dann griffen sie beide mit den Händen in das weiche Gesicht und zerrten daran herum. Der Ton löste sich in Klumpen: manche der Klumpen sahen wie Muskelstränge aus, andere wie Fettablagerungen. Darunter kam ein kahler, mit Ton verklebter Schädel zum Vorschein. Glasaugen, die mit Zeitungspapier in den Augenhöhlen verkeilt waren, starrten mit hypnotischer Kraft in die Gegend. Jetzt erinnerte sich Tschirkow auch wieder, daß er von dem Direktor schon gehört hatte: W. A. Kosinzew war einer der führenden Rekonstruktions-Pathologen der Sowjetunion. Er hatte an den vorläufig als der ehemaligen Zarenfamilie zugehörig erklärten Schädeln gearbeitet, Muskelgewebe aufgelegt und das Ergebnis mit Haut bedeckt. Er hatte die Köpfe vorsteinzeitlicher Menschen rekonstruiert,

solche von Mordopfern und auch den von Iwan dem Schrecklichen.

Tschirkow meldete sich nun förmlich zum Dienst, und der
Direktor forderte ihn auf, sich weiterhin irgendwie nützlich
zu machen. Kosinzew schien von dem Gedanken, drei Tage
umsonst gearbeitet zu haben, tief bedrückt zu sein und erklärte unter detaillierter Schilderung aller technischen Einzelheiten, daß so ein Schädel allein nicht ausreiche. Man brauche
irgendeinen Hinweis auf die Verteilung von Fleisch und Muskeln. Während er redete, drehte er sich eine Zigarette, steckte
sie sich in den Mundwinkel und klopfte die Taschen seines
Arbeitskittels nach Streichhölzern ab. Tschirkow war irgendwie klar, daß dies eines von Kosinzews historischen Projekten
sein mußte: eine vom Kulturministerium sanktionierte wichtige Arbeit, die in keiner Weise mit dem derzeitigen Haupt-
zweck des Kurbades in Verbindung stand – nämlich die Ur-
sprünge und die Befähigungen der Amerikans zu bestimmen –,
dafür aber gut geeignet war, Aufmerksamkeit zu erwecken
und Geldzuweisungen zu bekommen. Während der Direktor
sich, heftig an seiner Zigarette paffend, mit Schaubildern der
Gesichtsanatomie befaßte, hob Tschirkow die zu Boden ge-
fallenen Tonklumpen auf und häufte sie auf dem Tisch auf.
Auf einem separaten Podest war unter einer Glaskuppel das
Kopfmodell eines Perückenmachers zu sehen: Der Kopf trug
eine lange, ordentliche schwarze Perücke und nachgemachte
Augenbrauen, Schnurrbart und Bart. Sobald der Schädel bedeckt und mit dem richtigen Hautton bemalt war, würde das
Haar angebracht werden. Er fragte Kosinzew, wessen Schädel
das sei, und der Direktor antwortete beiläufig, es handle sich
um Grigorij Rasputin. Es sei schwierig gewesen, Glasaugen
mit der richtigen Beschaffenheit zu bekommen. In zeitgenös-
sischen Memoiren würden die Augen von Rasputin als von
stählernem Blau beschrieben, mit Pupillen, die sich auf die
Größe einer Nadelspitze zusammenzogen, wenn ihr Besitzer
seine Macht ausspielen wollte. Tschirkow warf einen weiteren Blick auf den Schädel, konnte aber nichts Besonderes
daran erkennen. Für ihn waren das bloß kahle Knochen.

Jeden Abend um neun führte der Direktor den Vorsitz bei der großen Besprechung. Die Teilnahme war für das gesamte Personal obligatorisch, bis hinunter zu Tschirkow. Er war im Kurbad selbst untergebracht, in einem kleinen Zimmer im obersten Stockwerk, wo er auf einem ehemaligen Massagetisch schlief. Da eine Kantine – wenn auch unregelmäßig – für Essen sorgte, gab es kaum einen Anlaß, das Gebäude zu verlassen. Bei den Besprechungen erfuhr Tschirkow, wer die Leute seiner Umgebung waren: der ranghöchste Offizier war Hauptmann Scharow, der viel lieber draußen auf den Straßen gewesen wäre, um dort zu kämpfen, dessen lahmes Knie ihn aber daran hinderte; der Chef-Leichenbeschauer, im Rang unmittelbar unter Kosinzew, war Dr. Fjodor Dudnikow, eine Koryphäe der Gerichtsmedizin, der von der Polizei häufig konsultiert wurde, wenn es um politische Morde ging, sich aber im Kurbad, seit dieses sein Arbeitsgebiet verändert hatte, ganz offenkundig nicht wohl fühlte. Der Direktor legte gegenüber der augenblicklichen Notsituation eine Art herablassendes Desinteresse an den Tag, was dazu führte, daß die Leichenhalle praktisch durch einer Art Verschwörung zwischen Ljubaschewski, der ein vom Landwirtschaftsministerium abkommandierter Verwalter war, und Toulbejew geleitet wurde, wobei sich dieser wesentlich besser als Hauptmann Scharow darauf verstand, die Räder der Militärmaschine zu schmieren.

Das Mädchen Walentina, das Tschirkow gleich zu Anfang aufgefallen war, erwies sich als eine für ihr Alter recht außergewöhnliche Spezialistin der Amerikans-Forschung; sie pflegte bei jeder Sitzung über die neuen Erkenntnisse des jeweiligen Tages zu berichten. Was sie herausfand, war irgendwie völlig unverständlich, selbst für ihre Kollegen: Sie schien jedenfalls der festen Überzeugung zu sein, daß die Amerikans nicht einfach nur wiederbelebte Leichen waren. Vermittels ihrer Untersuchungen und Sezierungen konnte sie demonstrieren, daß die Amerikans in vieler Hinsicht wie lebende Wesen funktionierten; insbesondere deren Muskulatur paßte sich langsam dem neuen Zustand an, während das überschüssige Fleisch und die überschüssige Haut sich abschälten. Jene sich abbauenden Teile ihrer Körper waren für das weitere Funktionieren der Geschöpfe ohne Belang. Walentina verglich die schwerfällig dahintorkelnden toten Kreaturen mit einer Art Puppenstadium und äußerte die Überzeugung, daß die Amerikans im Begriff waren, stärker zu werden. Sie argumentierte, daß man sie nicht als ehemalige menschliche Wesen, sondern als eine völlig neue Spezies betrachten solle, eine Spezies mit eigenen Kräften und Fähigkeiten. Walentina beklagte sich bei jeder Sitzung darüber, daß sie nur in eingeschränktem Maße neue Erkenntnisse gewinnen könne, wenn sie weiterhin lediglich diese zwiefach toten Körper untersuchte, daß die beste Hoffnung, Fortschritte zu erzielen, aber darin liege, »lebende« Exemplare zu besorgen, um deren natürliche Entwicklung zu beobachten. Sie hatte skizzenhaft dargestellt, wozu sich die Amerikans schließlich entwickeln würden: mit dicken Muskeln bepackte Skelette, wie aus klassischen Anatomiezeichnungen entstiegen.

Walentinas hauptsächlicher Rivale, A. Tarchanow, widersprach ihr und behauptete, ihre Theorien würden in eine Sackgasse führen. Seiner Meinung nach sollte sich das Kurbad ganz darauf konzentrieren, den für die Reanimationen verantwortlichen bakteriellen Wirkstoff zu isolieren mit dem Ziel, ein Gegenserum zu entwickeln. Tarchanow, der Parteimitglied war, hielt auch hartnäckig an der Überzeugung fest, daß das Phänomen auf künstlichem Wege von amerikanischen Genetikern hervorgerufen worden war. Er beklagte sich darüber, daß die Monstermacher der Vereinigten Staaten in so gewaltigem Ausmaß von kapitalistischen Kartellen finanziert würden, daß die hiesige staatlich gestützte Bürokratie damit kaum in Wettbewerb treten könne. Der eine Punkt aber, in dem sich Walentina und Tarchanow einig waren, war der, daß das Kurbad in geradezu erschreckendem Maße unterfinanziert war. Da bei den Besprechungen alle auf dem Boden sitzen mußten, während Direktor Kosinzew sich dadurch hervortat, daß er im Schneidersitz auf einem Schreibtisch saß, galten Stühle als oberste Priorität, obwohl die Wissenschaftler auch lange Listen von medizinischem Gerät und Präparaten hatten, ohne die sie ihre wichtigen Untersuchungen kaum fortsetzen konnten. Ljubaschewski begegnete diesen Klagen stets dadurch, daß er in allen Einzelheiten seine wiederholte Anforderung bei den entsprechenden Abteilungen darlegte und auch häufig ausführlichst über die jeweiligen Zeitspannen berichtete, die seit Einreichung seiner Anforderung verstrichen waren. Bei der dritten Besprechung, bei der Tschirkow zugegen war, kam große Aufregung auf, weil Ljubaschewski bekanntgab, daß das Kurbad vom Ausschuß für Zivilverteidigung fünfundfünfzig Kinderdecken erhalten habe. Das stand zwar in keinerlei Zusammenhang mit irgendeiner der eingereichten Anforderungen, aber Toulbejew erbot sich, ein Tauschgeschäft mit dem Kinderkrankenhaus zu arrangieren und die Decken entweder gegen Gemüse oder gegen ärztliche Instrumente einzutauschen.

Bei derselben Sitzung berichtete Hauptmann Scharow, daß seine Männer erfolgreich einen Invasionsversuch vereitelt hätten. Man hatte bei Morgendämmerung zwei Amerikans gefunden, die den Aufstieg über die rutschigen Treppenstufen geschafft hatten und dann vor dem Hauptportal standen, um dort auf irgend etwas zu warten. Einer hatte genau vor der großen Flügeltür Aufstellung genommen, der andere eine Stufe weiter unten. Möglicherweise wollten sie nur eine »Schlange« bilden. Scharow habe sie dann persönlich beseitigt, indem er zwei Patronen opferte, um ihnen Kopfschüsse zu verpassen, und dann dafür gesorgt, daß die Überreste zu einem Sammelpunkt gebracht wurden, von dem sie möglicherweise als Versuchsexemplare wieder hierher geliefert werden würden. Walentina gab zu bedenken, daß es besser gewesen wäre, die Amerikans zu fangen und sie in einem sicheren Bereich einzusperren – sie benannte dafür speziell das ehemalige Dampfbad –, wo man sie hätte beobachten können. Scharow berief sich aber auf die gültige Rechtslage. Kosinzew schloß mit einem längeren Vortrag über Rasputin und legte dabei in großer Ausführlichkeit seine Theorie dar, wonach der spirituelle Berater der verstorbenen Zarin bei weitem nicht so verrückt gewesen sei, wie man allgemein annehme, und daß dessen Einfluß auf die Zarenfamilie letztes Endes dazu beigetragen habe, die Revolution herbeizuführen. Mit besonderem Interesse und großer Begeisterung sprach er über die Heilkräfte des sogenannten verrückten Mönchs, die berühmten heilenden Hände, die imstande gewesen seien, die Symptome der Hämophilie des Zarewitschs zu lindern. Er behauptete, Rasputin habe eindeutig über ein echtes paranormales Talent verfügt. Selbst Tschirkow hielt dies für nicht zur Sache gehörig, insbesondere als der Direktor am Ende seiner Ausführungen zugab, daß sein Rekonstruktionsprojekt erneut gescheitert sei.

Mit Toulbejew wurde er für die letzte Wachschicht der Nacht eingeteilt; sein Dienst begann um drei Uhr morgens, und man erwartete von ihm, daß er auf seinem Posten im Foyer blieb, bis er um neun Uhr abgelöst wurde. Hauptmann Scharow und Ljubaschewski konnten sich nicht darüber einig werden, ob Tschirkow als Soldat oder als medizinisch-technischer Assistent zählte, weshalb man ihn für beide Funktionen einsetzte, gelegentlich sogar gleichzeitig. Als Soldat würde er nach dem Nachtdienst den Vormittag verschlafen dürfen, aber als MTA erwartete man von ihm, daß er sich um Punkt neun bei Direktor Kosinzew meldete. Tschirkow machte das nicht sonderlich viel aus; sobald man sich einmal an die Leichen gewöhnt hatte, war der Dienst im Kurbad eigentlich recht angenehm. Zumindest waren die Leichen hier Leichen. Obwohl er sich aus persönlichen Gründen gemeinsam mit zwei Wissenschaftlern und einem Koch für den Vorschlag der Technikerin Swerdlowa ausgesprochen hatte, »lebende« Amerikans aufzunehmen, war er insgeheim froh darüber, daß sie bei Abstimmungen stets überstimmt wurde. Ganz gleich wie sicher das Dampfbad auch sein mochte, Tschirkow war von der Vorstellung, Amerikans im Gebäude zu haben, alles andere als begeistert. Toulbejew, dessen Großmutter Moldawierin war, erzählte Geschichten von Wurdalaks und Wrykolakas und wußte stets über neue Anekdoten zu berichten. Im Leben, so behauptete Toulbejew, waren Amerikans durchweg Parteimitglieder gewesen: Das war der Grund, weshalb so viele von ihnen gute Kleidung und Gebrauchsgegenstände hatten. Der letzte Schrei bei den Toten waren Kassettenspieler mit Kopfhörern; nicht etwa amerikanischer Herstellung, sondern japanischer. Toulbejew besaß ein ganzes Sammelsurium solcher Apparate, die er Amerikans abgenommen hatte, deren Köpfe so zugerichtet gewesen waren, daß die Soldaten sich scheuten, diese Apparate selbst an sich zu nehmen. Nach Toulbejews Ansicht war es eine Schande, daß die Toten nie Videorecorder auf dem Rücken herumtrugen. Wenn sie sich diese Angewohnheit aneigneten, würden alle im Kurbad Millionäre werden, nicht etwa Rubel-Millionäre, nein, Dollar-Millionäre! Viele der Toten trugen Devisen bei sich. Tarchanows Lieblingstheorie war, daß die Amerikaner das Geld mit einem bakteriologischen Wirkstoff imprägniert hatten, dessen Wirkung durch das Berühren dieses Geldes verbreitet wurde. Toulbejew, der stets Handschuhe trug, schien dieser Gedanke nicht sonderlich zu beunruhigen.

Gerade als Toulbejew anfing, sich über das Imperium auszulassen, das er mit Videorecordern würde aufbauen können, klopfte es an der Tür. Kein nachhaltiges Pochen, wie wenn jemand Einlaß verlangte, sondern ein dumpfer Knall, als ob etwas versehentlich gegen die andere Seite des Türblatts gestoßen wäre. Sie verstummten beide und lauschten. Einer von Toulbejews Kassettenrecordern spielte gerade mit leiernder Geschwindigkeit »It Came Out of the Sky« von Creedence Clearwater Revival. Toulbejew schaltete das Band ab, das aber in dem Gerät weiterkratzte, weil sich die Räder weiterhin drehten, und fluchte darüber. Kassetten waren schwieriger zu besorgen als Abspielgeräte. Es herrschte die für Moskau typische frühmorgendliche Stille. Eine Menge leiser Geräusche war in dieser Stille zu hören: das Pfeifen des Windes, um die etwas verzogene Tür; jemand, der viele Stockwerke über ihnen gerade einen Hustenanfall bekam; entfernte Schüsse. Tschirkow spannte seinen Revolver, hoffte, daß eine Patrone unter dem Hahn lag, und darüber hinaus, daß die Patrone sich dann nicht als Blindgänger erweisen würde. Wieder ein Klopfen, wie zuvor. Nicht wie absichtlich, sondern wie aus Versehen. Toulbejew wies Tschirkow an, durch den Türspion zu gucken. Die Messingkappe klemmte erst, aber Tschirkow konnte sie schließlich zur Seite schieben und durch die Linse hinaussehen.

Dicht vor dem Türspion war ein totes Gesicht zu sehen. Tschirkow hatte zum ersten Mal das Gefühl, daß man Amerikans richtig fürchten mußte. Der da in der Dunkelheit vor ihm hatte leere Augenhöhlen und einen Mund, der ständig mahlte. Um den ausgefransten Hals hingen mehrere Kameras und ein verknotetes Halstuch, das mit dem Bild einer nackten Frau bedruckt war. Tschirkow berichtete Toulbejew alles, der plötzlich Interesse zeigte, als er von fotografischen Geräten hörte, und sich daraufhin an den Türspion drängte. Er schlug vor, die Tür zu öffnen, und Tschirkow solle dann dem Amerikan eine Kugel durch den Kopf jagen. Toulbejew sei sich sicher, daß er, wenn er die Kameras habe, Stühle beschaffen könne. Mit solcherart organisierten Stühlen würden sie die Helden des Kurbads sein und Anspruch auf unsagbare Privilegien erlangen. Tschirkow erklärte sich einverstanden, zweifelte aber noch etwas an seiner Courage, während Toulbejew sich mit den zahlreichen Riegeln abmühte. Schließlich war die Doppeltür entriegelt und die Flügel wurden nur noch von Toulbejew an den Griffen festgehalten. Tschirkow nickte; sein Kamerad zog die beiden Türen auf und sprang zur Seite. Tschirkow trat mit ausgestreckter Pistole vor und richtete sie auf die Stirn des Amerikans.

Der tote Mann war nicht allein. Toulbejew fluchte und rannte nach seinem Karabiner. Tschirkow feuerte nicht, sondern blickte nur von einem toten Gesicht zum anderen. Es waren vier, die, jeder auf einer anderen Treppenstufe, hintereinander aufgereiht dastanden. Einer davon trug eine Offiziersuniform, die mit einer ganzen Reihe von Orden behängt war, dann war da eine Frau mit einem streng geschnittenen Nadelstreifenkostüm und einem Hut, wie Gangster ihn üblicherweise tragen; hinter den beiden stand ein totes Kind, ein goldhaariges, grüngesichtiges Mädchen mit Baseballmütze, das eine Puppe hinter sich herzog. Sie bewegten sich kaum. Jetzt kam Toulbejew zurück und bemühte sich, eine Patrone in die Kammer zu hebeln; als er dann den Karabiner hob, rutschte er auf dem Marmorboden aus. Auch er feuerte nicht, sichtlich verblüfft, wie wenig bedrohlich die Toten wirkten. Ein kalter Wind wehte herein und machte damit Tschirkows Frösteln erklärlich. Er war bisher davon ausgegangen, daß Amerikans immer angriffen, aber die hier standen einfach nur da, als würden sie im Stehen dösen, und schwankten dabei leicht. Die Augen des kleinen Mädchens bewegten sich mechanisch vor und zurück. Tschirkow forderte Toulbejew auf, jemanden von den Wissenschaftlern zu holen, vorzugsweise Walentina. Als sein Kamerad die Treppe hinaufeilte, fiel ihm mit Schrecken ein, daß er nur drei Schuß in seinem Magazin hatte, aber notfalls mit vier Amerikans fertig werden mußte. Er trat einen Schritt unter die Tür zurück, fixierte dabei die Toten und knallte die Türen zu. Dann rammte er mit der Faust zwei der Riegel vor. Als er wieder durch das Guckloch spähte, sah er, daß sich vor der Tür nichts verändert hatte. Die Toten standen immer noch Schlange.

Walentina trug einen bis zum Boden reichenden Morgenrock über einem Baumwollpyjama. Ihre nackten Füße müßten ihr eigentlich auf dem kalten Marmorboden abfrieren, dachte Tschirkow. Toulbejew hatte ihr bereits von den nächtlichen Besuchern berichtet, und sie erinnerte ihn gerade an den Bericht von Hauptmann Scharow. Auch diese Amerikans zeigten wieder, was der Hauptmann schon festgestellt hatte: das Schlange-stehen-Verhaltensmuster. Sie wischte sich das Haar aus der Stirn und drückte ein Auge an den Türspion. Dann forderte sie mit einem seltsam entzückten Quieken Tschirkow auf, er solle herkommen und durch den Türspion sehen; sie forderte ihn auf, sein Auge so an die Öffnung zu drücken, daß er an der Schlange vorbeisehen könne. Eine Gestalt torkelte aus der Dunkelheit heran; ihre Füße zappelten wie ein Fisch auf dem Trockenen. Die Gestalt fiel hin, kroch dann die Treppenstufen hinauf und stand schließlich wieder auf. Sie stellte sich hinter das kleine Mädchen. Die Gestalt war nackt und bereits so verwest, daß ihr Geschlechtsteil bereits abgefallen war, ein Skelett, das von Muskelstreifen zusammengehalten wurde, die wie nasses Leder aussahen. Walentina befand, sie wolle just jenen Amerikan haben, um ihn sich genauer ansehen zu können, außerdem sei aber auch noch einer von den anderen erforderlich. Sie war immer noch darauf erpicht, Versuchsexemplare einzufangen, um sie beobachten zu können. Toulbejew gab zu bedenken, daß das da draußen ein höchst eigenartiges Schauspiel sei, und fragte sie, weshalb die Toten wohl die Treppenstufen hinunter Schlange stünden. Sie antwortete etwas über residuellen Instinkt, über die Zeiten, die ein Bürger beim Schlangestehen verbringen müsse und über das Bedürfnis der Toten, die Lebenden nachzuahmen, aus rudimentären Erinnerungsfetzen das Leben wiederherzustellen, das sie einmal gelebt hatten. Toulbejew erklärte sich bereit, ihr bei der Aufnahme der Versuchsexemplare behilflich zu sein, wies sie aber darauf hin, daß sie vorsichtig sein müßten, um die Kameras nicht zu beschädigen. Er bedeutete ihr verschmitzt, daß sie alle Millionäre werden würden.

Walentina hielt Toulbejews Karabiner, als wäre sie ein regelrechter Soldat: den Kolben dicht an der Wange, den Lauf waagrecht nach vorn gerichtet. Sie stand an der Tür und gab den beiden Männern Feuerschutz, als diese hinauszogen, um ihren Auftrag zu erfüllen. Toulbejew teilte sich selbst den ersten in der Schlange zu, den toten Mann mit den Kameras. Tschirkow mußte sich also das wandelnde Skelett vornehmen, selbst wenn es das letzte in der Reihe war. In Moskau galt es als ein Verbrechen schlimmer als Muttermord, sich in einer Schlange vorzudrängeln. Toulbejew hatte irgendwo eine Anzahl Postsäcke aus Segeltuch aufgetrieben. Sie waren übereingekommen, den Amerikans die Postsäcke wie eine Kapuze über die Köpfe zu stülpen, um die toten Dinger dann so hereinzuführen. Toulbejew schaffte es, den Sack mit einem einzigen geschickten Manöver über den Kopf des Fotografen zu stülpen. Dann sprang er hinter den Amerikan und wickelte Schnur von einem Knäuel ab. Als Toulbejew die toten Handgelenke aneinanderfesselte, schnitt die Schnur in die graue Haut, und eine rötlich grüne Flüssigkeit rann über seine Handschuhe. Der Rest der Schlange stand völlig passiv da und ignorierte offenbar, was mit dem Fotografen geschah. Nachdem Toulbejew seinen Fang ins Innere gebracht und wie ein Schwein verschnürt hatte, war auch Tschirkow bereit, sich des Skeletts anzunehmen.

Er ging leichtfüßig die Stufen zu dem Skelett hinunter und hielt den Postsack wie ein Wilderer auf Hasenjagd geöffnet. Die Augen sämtlicher Amerikans folgten ihm, als er an ihnen vorbeiging; und ein panikartiger Krampf durchzuckte ihn, bei dem sich sogar seine Hoden zusammenzogen, wodurch er eine Stufe verfehlte. Er glitt mit dem Stiefel auf dem vereisten Stein aus und stürzte so unglücklich, daß er mit der Hüfte auf den harten Stufenrand krachte. Er schlitterte die Stufen hinunter und stieß dabei einen entsetzten Schmerzensschrei aus. Ein Schuß krachte, und das kleine Mädchen, das die Schlange verlassen hatte und auf ihn zugeeilt war, verwandelte sich in eine schlaffe Puppe. Ein Stück aus ihrem Kopf war plötzlich verschwunden, ohne eine Spur zu hinterlassen. Toulbejew hatte sie erwischt. Unten an der Treppe angelangt, konnte sich Tschirkow schließlich wieder aufrappeln. Von seiner Hüfte strahlte ein brennender Schmerz aus, und seine eine Seite war völlig taub. Die Lunge schmerzte von der froststarrenden Luft, und er hustete eine Dampfwolke aus. Den Sack und den Revolver hielt er immer noch in Händen; glücklicherweise war der Revolver nicht losgegangen. Er sah sich um: Auf dem Platz waren menschliche Umrisse zu erkennen, die alle auf das Kurbad zuschlurften. Er hetzte die Stufen hinauf, ohne auf das Eis zu achten, und strebte auf das Licht zu, das von der Tür ausging. Unterwegs hielt er kurz inne, um das Skelett am Ellbogen zu packen und zum Eingang zu zerren. Es leistete ihm keinen Widerstand. Die Muskeln fühlten sich wie über ein Knochengestell gespannte Schlangen an. Er stieß das Skelett ins Foyer, und da stand auch schon Toulbejew mit seinem Schnurknäuel. Tschirkow drehte sich um, als Walentina gerade die Tür schloß. Weitere Amerikans waren gekommen: der Platz des Skeletts und des kleinen Mädchens war wieder besetzt, und dazu zwei oder drei weitere Stufen. Bevor Walentina die Tür endgültig verriegelte, öffnete sie sie noch einmal einen Spalt und sah auf die Schlange hinaus. Die Toten waren völlig bewegungslos und schienen überhaupt nicht erregt zu sein. Dann stiegen alle wie bei einer Parade eine Stufe höher. Der Platz des Fotografen wurde von dem Offizier eingenommen, und der Rest der Reihe rückte in entsprechender Weise nach. Walentina schob die Türflügel zu, und Tschirkow legte die Riegel vor. Ohne innezuhalten, um Atem zu schöpfen, befahl sie, daß man die Versuchsexemplare in die Dampfbäder bringen solle.

Zum Frühstück gab es für jeden eine halbe Rübe, die erstaunlich frisch schmeckte, auch wenn sie von kleinen Eissplittern durchsetzt war. Er nahm sie sich aus der Kantine mit und stieg ins Schwimmbecken hinunter, um sich beim Direktor zu melden. Er nahm an, daß Walentina bei der Abendbesprechung erwähnen würde, daß sie sich unbefugterweise Versuchsexemplare besorgt hatte. Ihm stand es nicht zu, Klatsch zu verbreiten. Als er die kleine Zelle vor der des Direktors erreicht hatte, bestand seine erste Aufgabe darin, den Samowar in Gang zu setzen: Kosinzew lebte von ständigen Infusionen rauchigen Tees. Als Tschirkow die Holzkohle anzündete, hörte er ein Klicken, ähnlich dem beim Hackenzusammenschlagen. Er sah sich in dem kleinen Raum um, konnte aber niemanden entdecken. Alles war so wie gewöhnlich: Ton, Perücke, Formwerkzeuge, Schädel, Samowar, aufgestapelte Schachteln, die eine Sitzgelegenheit bildeten. Wieder war das Klicken zu hören. Er sah zu dem Kronleuchter auf, entdeckte aber auch dort nichts Ungewöhnliches. Der Tee begann zu brodeln. Tschirkow kaute einen Mundvoll kalter Rübe und versuchte, weder an Schlaf noch an Amerikans zu denken.

Kosinzew hatte wieder mit seiner Rekonstruktion begonnen. Der Schädel von Grigorij Jefimowitsch Rasputin war fast völlig mit Tonstreifen bedeckt. Es sah ganz so wie der Kopf des Amerikans aus, den Tschirkow für Walentina sichergestellt hatte: plattgedrückte, rötliche Seile banden die Kinnladen zusammen und wanden sich nach oben in die Höhlungen unter den Backenknochen; die vielen fehlenden Zähne waren durch Emailsplitter ersetzt und hoben sich weiß vor dem graugelben Hintergrund ab; in den Glasaugen schwärmten zarte Fäden umher. Es war ein faszinierender Prozeß, und Tschirkow hatte zunehmend Freude daran, dem Direktor bei der Arbeit zuzusehen. Auf einer Art Staffelei war ein Bündel Fotografien des Mönchs, aber Kosinzew zog sie nur ungern zu Rate. Seine Vorgehensweise bestand darin, von Knochenkonturen zu extrapolieren, anstatt nach Ähnlichkeit zu modellieren. Rasputins kartoffelähnliche Bauernnase war ein verzwicktes Problem. Die Knorpel waren schon lang nicht mehr da, und Kosinzew baute wie besessen Nasen und verwarf sie immer wieder. Einige der verworfenen Nasen waren auf dem leicht geneigten Kachelboden plattgetreten. Nach der Revolution war der Wundertäter von Fanatikern aus seinem Grab im Kaiserlichen Park ausgegraben und wie es hieß dort verbrannt worden; es gab daher hinsichtlich der Herkunft des Schädels Zweifel, denen der Direktor sich aber heftig widersetzte.

Während Tschirkow jetzt hinsah, sank Rasputins Unterkiefer gerade herunter, und die Tonmuskeln streckten sich; dann klappte er plötzlich mit klickenden Zähnen zu. Tschirkow fuhr zusammen und stieß einen entsetzten Lacher aus. Kosinzew kam in diesem Moment herein und tat ein Dutzend Dinge gleichzeitig, zog seinen Gehrock aus und griff nach seinem Kittel, wünschte einen guten Morgen und verlangte seinen Tee. Tschirkow war verwirrt, hatte Angst, und fragte sich, was er da wohl gerade gesehen hatte. Wieder biß der Schädel in die Luft. Kosinzew sah die Bewegung sofort, wiederholte aber lediglich seinen Wunsch nach Tee. Tschirkow, aus seiner Starre gerissen, gab ihm ein Glas und gönnte sich selbst auch einen Tee. Kosinzew äußerte sich nicht zu Tschirkows Anmaßung. Er war zu konzentriert und beobachtete aufmerksam den irgendwie belebten Schädel. Die Kinnlade bewegte sich langsam von einer Seite zu anderen, als würde sie kauen. Tschirkow fragte sich, ob Grigorij Jefimowitsch nicht etwa ihn nachmachte, und hörte auf, an seiner Rübe zu kauen. Kosinzew wies ihn darauf hin, daß sich jetzt auch die Augen zu bewegen versuchten, aber der dort angebrachte Ton wohl nicht die ausreichende Stärke wie von echten Muskeln besaß. Er fragte sich vernehmbar im Selbstgespräch, ob er vielleicht Draht einarbeiten solle, um damit die Struktur menschlichen Gewebes zu simulieren. Aber das wäre wohl kosmetisch nicht korrekt. Rasputins Mund stand jetzt weit offen, als ob er einen stummen Schrei ausstoßen wollte. Der Direktor stieß mit dem Finger heftig in der Nähe des Mundes vor Rasputin in die Luft, zog ihn aber ruckartig zurück, weil die Kinnladen zuklappten. Er lachte fröhlich und nannte den Mönch einen schlauen Burschen.

Die Schlange befand sich immer noch auf den Stufen. Alle hatten abwechselnd durch den Türspion gesehen. Jetzt dehnte sich die Reihe bis hinunter auf den Platz und wand sich um das Gebäude herum. Toulbejew bekam stündlich neue Meldungen über die Reichtümer, die die Amerikans bei sich trugen. Er war sich sicher, daß einer in der Schlange bestimmt auch einen wertvollen Videoplayer dabei hatte: Toulbejew besaß Kassetten von *101 Dalmatiner* und *New Wave Huren*, hatte aber keine Möglichkeit, sie abzuspielen. Hauptmann Scharow war dafür, harte Maßnahmen gegenüber den Toten zu ergreifen, aber Kosinzew, der von der Aktivität des Schädels immer noch fasziniert war, erteilte keine dahingehenden Befehle, und der Offizier war nicht bereit, ohne direkte Anweisung, vorzugsweise schriftlich, irgendwelche Maßnahmen zu ergreifen. Als eine Art Experiment ging er hinaus und wählte auf halbem Wege die Treppe hinunter willkürlich einen Amerikan aus. Er schoß ihm in den Kopf, und daraufhin purzelte das endgültig tote Gerippe aus der Schlange. Scharow versetzte den Überresten einen Tritt, worauf die Gebeine sich voneinander lösten und die Treppe hinunter in eine Schneewehe rollten. Nach einer Pause schlossen sämtliche Toten hinter dem, den Scharow gerade erschossen hatte, einen Schritt auf.

Walentina war mit ihren Versuchsexemplaren in den Dampfbädern. Die Nachricht von ihrer Neuerwerbung verbreitete sich wie Lauffeuer im Kurbad und löste heftige Debatten aus. Tarchanow beklagte sich beim Direktor über die Autoritätsanmaßung seiner Kollegin, was dieser aber mit einer Einladung abtat, sich den wunderbaren Schädel anzusehen. Dr. Dudnikow führte einige Telefonate mit dem Kreml und informierte dort einen untergeordneten Funktionär über die Angelegenheiten von Interesse, worauf dieser baldige Entscheidungen versprach. Dudnikow hegte die Hoffnung, die jüngsten Entwicklungen als eine Art Hebel benutzen zu können, um gegenüber anderen Institutionen mit Versorgungsgütern bevorzugt zu werden. In erster Linie galt der Schlachtruf wie eh und je: Stühle für das Kurbad!

Am Nachmittag schlief Tschirkow, während er Kosinzew bei der Arbeit zusah, fast im Stehen ein. Obwohl die Kinnlade

ständig kleine Bewegungen machte, war der Schädel kooperativ und machte keinen Versuch, nach dem Direktor zu
schnappen. Kosinzew hatte Toulbejews Maultrommel requi-
riert und war dabei, sie zwischen den dicken Halsmuskeln
einzusetzen, in der Hoffnung, daß sie als eine Art primitiver
Kehlkopfersatz funktionieren würde. Rasputin lernte unterdessen, was Tschirkow mit Ekel erfüllte, immer besser, seine
blicklosen Augen zu bewegen. Er konnte die Glasdinger einziehen, so daß die aufgemalten Pupillen oben in den Augenhöhlen verschwanden und man nur noch milchig weiße Murmeln sehen konnte. Dies war ein Mann, den zu töten große
Mühe bereitet hatte: seine Mörder hatten ihm soviel Gift gegeben, daß man damit einen Elefanten hätte töten können,
ihm mit dem Revolver in Brust und Rücken geschossen, ihn
gegen den Kopf getreten, ihn mit einem Knüppel geschlagen
und ihn dann, in einen Vorhang gewickelt, durch ein Loch im
Eis in die Newa geworfen. Der Schädel zeigte eine Einbuchtung, die Kosinzew auf die Stiefelspitze eines Aristokraten
zurückführte. Am Ende waren es aber nicht Menschen gewesen, die den Seher getötet hatten: Er war schlicht ertrunken.
Bei der Arbeit summte der Direktor fröhliche Melodien von
Prokofjew vor sich hin. Um dem Mund etwas zu tun zu geben, steckte Kosinzew ihm eine Zigarette zwischen die Zähne.
Er versprach Grigorij Jefimowitsch, daß er bald Lippen bekommen würde, aber was die Lunge angehe, so könne er vorerst noch nichts bewerkstelligen. Sein geheimer Traum, den
er dem Schädel (und notgedrungen auch Tschirkow) anver-
traute, war, seine ganze Vorgehensweise einmal an einem
vollständigen Skelett durchzuführen. Bedauerlicherweise –
und wie dieser das selbst, als er noch gelebt hatte, prophezeit
habe –, sei der größte Teil des Mönchs ja in alle Winde verstreut worden.

Ljubaschewski kam in den Raum gestürmt und brachte ein
Telefon herein, dessen Schnur sich wie der Faden der Ariadne
durch das Labyrinth des Schwimmbeckens rollte. Es sei ein
Anruf aus dem Kreml, den Kosinzew unbedingt entgegen-
nehmen müsse. Während Tschirkow und Ljubaschewski,
ohne sich dessen bewußt zu sein, in Habachtstellung dastan-

den, plauderte der Direktor mit dem Ersten Sekretär. Entweder hatte Dr. Dudnikow die richtigen Kanäle angezapft, oder Tarchanow war tatsächlich der Spitzel, für den ihn alle hielten, und hatte seinem KGB-Offizier unter der Hand berichtet. Der Erste Sekretär war über das, was im Kurbad vor sich ging, bestens informiert. Er erteilte Kosinzew eine Belobigung und erklärte mit Nachdruck, daß die Leichenhalle mit zusätzlichen Zuwendungen rechnen könne. Tschirkow hatte den Eindruck, daß der Erste Sekretär die Projekte durcheinanderbrachte: Kosinzew wurde für die Studien Walentinas belobigt. Der Direktor aber würde ihm zufließende Geldmittel oder sonstige Lieferungen bestimmt mit dem größten Vergnügen in seine Arbeiten mit dem Schädel fließen lassen.

Nach dem Telefonat war der Direktor überschwenglich gut gelaunt. Er erklärte dem Schädel, daß ein Durchbruch unmittelbar bevorstehe, und bestand Ljubaschewski gegenüber darauf, daß er ein leises, schwingendes Geräusch von der Maultrommel hören könne. Grigorij Jefimowitsch versuche mit ihm zu kommunizieren, behauptete der Direktor. Er fragte den Schädel, ob er sich daran erinnere, die vergifteten Pralinen gegessen zu haben. Nach der Sache mit der sich bewegenden Kinnlade hatte Kosinzew rudimentäre Ohren aus Ton angefertigt, die wie die Locken einer Karikatur aussahen und ausgesprochen lächerlich wirkten. Er hatte es inzwischen aufgegeben, dem Mönch die Gesichtszüge zu dessen Lebzeiten zu verpassen und bemühte sich statt dessen, funktionsfähige Organe zu erzeugen. Da Rasputins Gehirn schon vor Jahren verbrannt worden war oder verfault sein mußte, war es schwer vorstellbar, womit der Direktor eigentlich in Verbindung treten wollte. Dann meldete Dr. Dudnikow über den Lautsprecher, daß vor dem Kurbad Soldaten aufgezogen seien, die Sprengkörper anbrächten und die erklärten, die Absicht zu haben, das Gebäude in die Luft zu jagen. Grigorij Jefimowitschs Glasaugen rollten wieder.

Die technische Mannschaft brachte im Foyer Sprengladungen an. Sie hatte sich durch die Küche Zugang zum Kurbad verschafft, um auf diese Weise die von Amerikans befallenen

Treppen zu vermeiden. Anscheinend hatte sich unterdessen eine zweite Schlange gebildet, die in eine andere Richtung führte, aber ebenfalls den Haupteingang zum Ziel hatte. Der leitende Offizier, ein fetter Mann mit einem Muttermal im Gesicht, das ihm das Aussehen eines Spaniels verlieh, stellte sich als Major Andrej Kobylinksi vor. Er stolzierte herum, inspizierte die Arbeit und gab seinem Stolz darüber Ausdruck, daß seine Einheit imstande sei, ein Gebäude mit einem Minimum an Sprengstoff zu demolieren. Während er das Werk seiner Leute musterte, markierte er Punkte, an denen zusätzliche Sprengladungen angebracht werden sollten. Nach Tschirkows laienhafter Ansicht widersprach sich der Major: Seine Männer bepflasterten die Wände förmlich mit Semtex. Kosinzew und Hauptmann Scharow konzentrierten sich ganz darauf, ein zwölfseitiges Dokument zu lesen, das die Sprengung des Kurbades genehmigte. Dr. Dudnikow wandte ein, daß der Erste Sekretär selbst noch vor wenigen Minuten das Kurbad belobigt habe und daß im Schwimmbecken wichtige Arbeiten im Gang seien, die mit der Invasion von Amerikans im Zusammenhang stünden. Kobylinksi interessierte sich allerdings viel mehr dafür, welche Säulen gesprengt werden mußten, um das dekadente bemalte Dach zum Einsturz zu bringen. Bei ihrer Arbeit pfiffen die Feuerwerker das Lied »Girls Just Want to Have Fun«.

Nachdem sich Major Kobylinksi dann zu seiner Zufriedenheit davon überzeugt hatte, daß die Sprengladungen korrekt angebracht waren, konnte er der Versuchung nicht widerstehen, den Versammelten einen Vortrag über die Fortschritte und Leistungen seines Feldzugs zu halten. Auf dem Boden wurde eine drei Quadratmeter große Karte von Moskau ausgebreitet. Sie war mit roten Flecken markiert und sah wie ein deformiertes Schachbrett aus. Die roten Flächen kennzeichneten Gebäude und Bauwerke, die Kobylinksi bereits gesprengt hatte. Tschirkow gewann den Eindruck, daß der Major erst dann glücklich sein würde, wenn die ganze Karte gleichmäßig mit Rot bedeckt war; erst dann würde Kobylinksi davon überzeugt sein, daß die Krise ein Ende hatte. Dieser erklärte mit Nachdruck, daß man mit dem Sprengen sofort bei

Beginn der Krise hätte anfangen sollen und daß man den Amerikans geradezu dafür dankbar sein müsse, daß sie den Anstoß zu einem Vorhaben so visionärer Kraft gegeben hätten. Während der Major sich immer weiter in seinen Vortrag hineinsteigerte, fiel Tschirkow Toulbejew auf, der mit Ljubaschewski offenbar bemüht war, einen funktionstüchtigen Farbstift zu finden. Sie wühlten in einem Topf mit Bleistiften, Kreiden und Markern und zogen immer wieder Probestriche auf einem Blatt Löschpapier. Unter dem Schreibtisch waren mit Sprengkapseln verdrahtete Ladungen angebracht. Kobylinksi sah auf seine Uhr und sagte dann, er sei seinem Zeitplan voraus, die Sprengung würde erst in einer halben Stunde stattfinden. Ljubaschewski hob eine Hand und meinte, die unter der Haupttreppe angebrachten Sprengstoffe würden nicht ausreichen, um eine so massiv gebaute Konstruktion zum Einsturz zu bringen. Kobylinksi widersprach ungehalten, stolzierte dann hinüber und untersuchte die fraglichen Ladungen persönlich. Er pflichtete Ljubaschewski schließlich darin bei, daß man nie vorsichtig genug sein könne, und ordnete dann an, zusätzlichen Sprengstoff anzubringen.

Während Kobylinksi auf diese Weise abgelenkt war, schlich Toulbejew sich zur Karte, kniete über dem Roten Platz nieder und kritzelte dort fieberhaft mit einem wertvollen roten Filzschreiber herum. Er schmierte das Kurbad zu und dehnte den Bereich der Verwüstung über den halben Platz aus. Als Kobylinksi wieder zurückkehrte, befand sich Toulbejew, wie wenn nichts gewesen sei, längst auf der anderen Seite des Raums. Einer der Feuerwerker, der auf einmal neue Kopfhörer um den Hals hängen hatte, ergriff plötzlich das Wort und wies auf eine kartographische Anomalie hin. Kobylinksi richtete seine Aufmerksamkeit auf die Karte und gab gurgelnde Laute von sich. Nach dieser Karte hatte sich seine Einheit wohl bereits mit dem Kurbad befaßt: Es war gar kein Gebäude mehr, sondern nur noch ein Schutthaufen. Ein anderer Feuerwerker, der eine Baseballmütze in der Hüfttasche stecken hatte, lieferte einen glaubwürdig wirkenden Bericht der Zerstörung des Kurbads vor drei Tagen. Kobylinksi sah wieder auf die Karte hinunter, ging schließlich auf Hände und Knie nieder und kroch an den Magistralen der Stadt entlang. Er kratzte sich am Kopf und blinzelte, wobei sich sein Muttermal verzog. Direktor Kosinzew, der die Arme vor der Brust verschränkt und den Kopf hoch erhoben hatte, sagte, die Angelegenheit sei damit wohl erledigt, soweit es ihn angehe, und forderte die Feuerwerker auf, ihre infernalischen Gerätschaften doch bitte aus dem Gebäude zu entfernen. Kobylinksi habe lediglich die Erlaubnis, das Kurbad einmal zu zerstören, und habe, wie nachzuweisen gewesen war, bereits dieser Genehmigung gemäß gehandelt. Die Operation dürfe ohne weitere Anweisungen nicht wiederholt werden, und wenn weitere Anweisungen angefordert würden, dann würden ohne Zweifel Fragen aufkommen, ob die Feuerwerkereinheit wirklich so effizient sei, wie Kobylinksi das immer gern behaupte: Die meisten anderen Einheiten brauchten ein Gebäude bloß einmal zu zerstören, um sicherzustellen, daß es auch zerstört blieb. Beinahe unter Tränen befahl der völlig durcheinandergeratene Major schließlich, die Sprengladungen zu entfernen, faltete mit einer väterlich anmutenden Zärtlichkeit seine Karte zusammen und verstaute sie im dazugehörigen Futteral. Dann zogen die Feuerwerker ohne jegliche Entschuldigung ab.

In jener Nacht entkamen Walentinas Amerikans aus dem Dampfbad, und alle verbrachten fröhliche drei Stunden damit, Jagd auf diese zu machen. Tschirkow und Toulbejew wurde das Schwimmbecken zugewiesen. Die Stromversorgung war wieder ausgefallen, und sie mußten sich mit Petroleumlampen begnügen, was die Angelegenheit nur noch zermürbender machte. Sie waren dabei andauernd von ständig in Bewegung begriffenen Schatten umgeben, die in moldawischer Sprache von hungrigen, unruhigen Kreaturen flüsterten. Sie kamen nur in einer langsamen Spiralbewegung voran: zuerst umrundeten sie das Schwimmbecken oben und richteten ihr Licht auf den ganzen Komplex, aber dabei blieben zu viele dunkle Stellen unerforscht; dann stiegen sie am tiefen Ende hinunter und bewegten sich methodisch durch das Labyrinth, arbeiteten sich im Zickzack durch die einzelnen Trennwände, stolperten über sezierte Leichen und standen mehr als einmal kurz davor, Kleiderständern in den Kopf zu schießen. Toulbejew leierte halblaut eine Litanei herunter, von der er behauptete, es handle sich um ein japanisches Gebet gegen die Toten: *Sanyo, sony, seiko, mitsubishi, panasonic, toshiba …*

Sie mußten wohl oder übel bis ins Zentrum des Schwimmbeckens vordringen. Die Amerikans waren in Kosinzews Raum: Sie starrten den Kopf aus Ton und Knochen an, als wäre das ein Farbfernseher. Rasputin befand sich auf seinem Podest unter einem schwarzen Abdecktuch, das wie langes Haar an ihm herunterhing. Tschirkow fand die Szenerie aus Amerikans und Rasputin irgendwie besorgniserregend und schoß dem Skelett reflexartig in den Schädel. Der Schuß hallte laut von den Wänden wider. Das Skelett fiel auf dem Boden auseinander, und noch bevor der Schmerz von dem Knall in Tschirkows Ohren nachließ, waren die anderen herbeigeeilt, um nachzusehen, was passiert war. Direktor Kosinzew war um seinen wertvollen Mönch besorgt, tastete nervös unter dem Abdecktuch herum und suchte nach Beschädigungen. Walentina ärgerte sich, daß sie ihr Versuchsexemplar verloren hatte, hielt aber den Mund, und das erst recht, als ihr überlebender Amerikan auf einmal Amok lief. Der tote Mann rannte aus dem Raum, schob mit den Schultern Trennwände beiseite, bahnte sich seinen Weg durch Krankenwagen und Tische und brüllte dabei die ganze Zeit derartig, daß ihm der Geifer aus dem Mund rann. Tarchanow, der in dem seidenen Morgenmantel einen höchst ungewöhnlichen Anblick bot, stellte sich ihm in den Weg, was ihm aber nur einen häßlichen Biß eintrug. Schließlich nahm Toulbejew sich den Amerikan vor, indem er ihn mit einem Axtstiel zu Fall brachte und sich dann rittlings auf dessen Brust setzte, um ihm einen Meißel in die Nasenwurzel zu treiben. Der Amerikan hatte nichts dazu beigetragen, Walentinas Theorien zu beweisen. Er machte nach der in Gefangenschaft verbrachten Zeit lediglich den Eindruck, weiter verwest zu sein, nicht etwa den, sich entwickelt zu haben. Walentina behauptete trotzdem, daß das Ding, das Tschirkow erledigt habe, ein Muster biologischer

Effizienz gewesen sei, auf das Wesentliche beschränkt und potentiell unsterblich. Jetzt sah es bloß noch wie ein Haufen Knochen aus.

Selbst Kosinzew, der inzwischen mit der Anfertigung zweier hölzerner Arme für seinen wiederbelebten Liebling befaßt war, erschrak über den Umfang der Schlange. Es waren jetzt vier sich deutlich voneinander unterscheidende Reihen. Die Amerikans schlurften ständig hin und her und stampften mit ihren nervenlosen Füßen auf, wie um sich warm zu halten. Hauptmann Scharow baute im Foyer einen Maschinengewehrstand auf und richtete die Waffe auf die jetzt mit Eisenstangen gesicherte Eingangstür; allerdings würde das so lang eine Attrappe bleiben, bis man das MG mit Munitionsgurten desselben Kalibers, wie es die Waffe besaß, versorgt hatte. Tschirkow und Toulbejew beobachteten die Amerikans vom Balkon aus. Die Schlange verhielt sich ordentlich. Wenn, was gelegentlich vorkam, ein Amerikan zusammenbrach, wurde er von denen, die von hinten nachdrängten, niedergetrampelt. Toulbejew beobachtete einzelne Tote mit einem Feldstecher und zählte die Schätze auf, die er ausmachen konnte: Handys, Digitaluhren, Blue jeans, Lederjacken, Goldarmbänder, Goldzähne, Kugelschreiber. Der Platz war ein Eldorado für Taschendiebe. Als sich die Nacht senkte, konnte man feststellen, daß selbst im Kreml kein Licht brannte.

Als die Elektrizitätsversorgung wieder einsetzte, sendeten die Radiostationen nur beruhigende Musik. Die abendliche Besprechung war spärlicher besucht als gewöhnlich, und Tschirkow stellte fest, daß ständig Gesichter verschwunden waren, sei es, weil sie desertiert waren oder was auch sonst immer. Dr. Dudnikow gab bekannt, er habe niemanden telefonisch erreichen können. Ljubaschewski berichtete, daß die Gefahr der Sprengung abgewendet sei und sich vermutlich nicht wieder einstellen werde, daß es aber jetzt möglicherweise unangenehme amtliche Nebenwirkungen geben könne, wenn das Institut in aller Form als Trümmerfeld betrachtet wurde. Der Kantine war frischer Fisch geliefert worden, was eigentlich ein Anlaß zum Feiern hätte sein können, aber der Koch meinte, es sei irgendwie seltsam, daß ein großer Teil der Sendung sich immer noch bewege und auch dann nicht zur Ruhe komme, wenn man den Fischen den Kopf abschlage. Walentina stellte zum hundertsten Mal den Antrag auf Versuchsexemplare, aber kam – obwohl die Abstimmung knapper als beim letztenmal ausfiel – auch diesmal nicht damit durch. Tarchanows Selbstmord wurde ins Protokoll aufgenommen, und die Wissenschaftler zollten dem verschiedenen Kollegen, von dem sie insgeheim felsenfest überzeugt waren, daß er sie nicht nur einmal denunziert hatte, ihren Tribut und zählten seine Leistungen und Ehrungen auf. Toulbejew empfahl, einen Stoßtrupp aufzustellen, um die Schlange stehenden Amerikans um jene Gegenstände zu erleichtern, die man für Tauschgeschäfte benutzen könne. Daß niemand bereit war, den Antrag zu unterstützen, veranlaßte den Obergefreiten zu einem unübersehbaren Schmollen. Schließlich hielt, wie zu erwarten gewesen war, Kosinzew seinen Vortrag über die an diesem Tag erzielten Fortschritte mit Grigorij Jefimowitsch. Mit dessen Armen konnte er einen gewissen Erfolg vorweisen: Er hatte auf das Wesentliche beschränkte Schultergelenke gebaut, sie an Rasputins Podest genagelt und dann Muskeln aus Seilen und Ton aufgetragen, die er mit dem bereits zuvor hergestellten Hals verbunden hatte. Der Kopf konnte die neugewonnenen Arme insoweit kontrollieren, daß er sie ausstrecken und die Muskelstränge in den Handgelenken zusammenziehen konnte, als würde er Fäuste ballen, die allerdings nicht – noch nicht – existierten. Darüber hinaus berichtete der Direktor erfreut, daß der Kopf ständig mit der Maultrommel Geräusche erzeuge, die manchmal wie Sprache, manchmal wie Musik klängen. Wie um die Heilkräfte des Mönchs unter Beweis zu stellen, waren Kosinzews Stirnhöhlenprobleme fast völlig zum Erliegen gekommen.

Zwei Tage später ließ Toulbejew die Amerikans herein. Tschirkow hatte keine Ahnung, was den Obergefreiten auf die Idee gebracht hatte: Toulbejew erhob sich einfach aus seinem Maschinengewehrstand, ging quer durch das Foyer und entfernte die Eisengitter von der Tür. Tschirkow unternahm keine Anstrengung, ihn aufzuhalten. Er war zu sehr damit beschäftigt, den falschen Patronengurt gewaltsam in das Maschinengewehr einzulegen. Als alle Riegel zurückgezogen waren, riß Toulbejew die beiden Türflügel weit auf und trat zur Seite. Ganz vorn, am Kopf der Schlange, stand wie an dem Abend, an dem sie Walentinas Versuchsexemplare hereingeholt hatten, immer noch der Offizier. Während des Wartens war sein Gesicht gänzlich zerlaufen, das Fleisch war aus den Wangenpartien nach unten gerutscht und hatte unterhalb des Kinns eine Art Kombination aus Hängebacken und Doppelkinn erzeugt. Er trat jetzt mit einem schnellen Schritt vor und betrat das Foyer. Ljubaschewski erwachte auf seiner Pritsche hinter dem Empfangspult und fragte laut, was hier eigentlich vorgehe. Toulbejew riß dem Offizier eine Handvoll Orden und Medaillen herunter und warf sie, nachdem er sie kurz fachmännisch gemustert hatte, auf den Boden. Der Offizier ging zielstrebig, wenn auch aufgrund eines offenkundigen Knöchelbruchs hinkend, auf die Aufzüge zu. Als nächstes trat die Frau im Nadelstreifenkostüm ein. Toulbejew nahm ihr den Hut weg und stülpte ihn sich selbst auf den Kopf; von den nächsten paar Amerikans erntete der Obergefreite ein silbernes Namenskettchen, einen Flechtledergürtel, einen Taschenrechner und eine alte Brosche. Er legte sie hinter sich auf einen Tisch. Die Amerikans strömten jetzt ins Foyer und drangen in einer Phalanx hinter dem Offizier durch die Tür.

Tschirkow befürchtete, daß die Toten ihn gleich auffressen würden, und wünschte sich, er hätte wenigstens einmal ernsthaft den Versuch unternommen, mit Technikerin Swerdlowa ins Bett zu gehen. Er hatte immer noch zwei Patronen in seinem Revolver, was bedeutete, daß er nur einen Amerikan erledigen konnte, ehe er sich selbst den ewigen Frieden sicherte. Da waren so viele, aus denen er wählen konnte, aber keiner schien an ihm interessiert zu sein. Der Lift kam jetzt herunter, und diejenigen, die sich nicht hineinzwängen konnten, schwenkten zur Treppe um. Sie fühlten sich offenbar alle zum Schwimmbecken im Untergeschoß hingezogen. Toulbejew gluckste und jauchzte bei jeder neuen Errungenschaft, klopfte den Toten manchmal leutselig auf die Schultern, wenn sie ihre

Reichtümer preisgaben, und drückte sogar ein oder zwei der harmloseren Kreaturen an sich. Ljubaschewski war darüber entsetzt, unternahm aber nichts dagegen. Schließlich nahm der Verwalter seinen ganzen Mut zusammen und erteilte einen Befehl: Er wies Tschirkow an, den Direktor über die neue Entwicklung zu unterrichten. Tschirkow vermutete zwar, daß Kosinzew, der wie immer im Schwimmbecken arbeitete, diese neue Entwicklung sehr bald auch unvermittelt zur Kenntnis nehmen würde, nahm aber dennoch Haltung an und bahnte sich dann einen Weg durch die Menge, wobei er die unwillkürliche Regung, sich für seine Rempelei zu entschuldigen, unterdrückte. Die Amerikans machten ihm im großen und ganzen aber sowieso Platz, und er arbeitete sich bis an die Spitze der Welle vor, die jetzt mit schlurfenden Schritten auf die Treppe zu und weiter ins Untergeschoß drang. Er brach aus dem Rudel aus und eilte mit klappernden Stiefelabsätzen in das Schwimmbecken und schrie, daß die Amerikans im Anrücken seien. Die Wissenschaftler blickten auf – er sah Walentinas verärgerten Blick und fragte sich, ob er sie wohl besser auch in Zukunft nicht auf Sex ansprechen sollte –, während die Menge hinter Tschirkow anrückte und sich dem Rand des Schwimmbeckens näherte.

Er sprang mit einem Satz hinein und eilte, so gut es ging, durch das herrschende Durcheinander zu Kosinzews Zelle. Viele der Trennwände waren bereits umgefallen, und der Weg zum Arbeitsplatz des Direktors lag frei. Walentina sah ihm noch schmollend nach, dann weiteten sich aber ihre Augen, als sie die rings um den Beckenrand versammelte Wand von Beinen sah. Die Amerikans begannen herunterzupurzeln, zerdrückten unter sich Möbel und Leichen, und viele von ihnen waren, nachdem sie einmal gefallen waren, nicht mehr fähig aufzustehen. Die Robusteren gingen einfach weiter, schwärmten aus und überwältigten die Wissenschaftler. Erstickte Schreie waren zu hören, und Blut rann über den Boden des Beckens. Tschirkow gab einen ungezielten Schuß ab, der einem bärtigen toten Mann, der einen schäbigen Anzug trug, das Ohr abriß, und zwängte sich weiter in Richtung Kosinzew. Als er die Mitte erreichte, dachte er zunächst, der Raum sei leer, doch dann sah er, was der Direktor zustande gebracht hatte. W. A. Kosinzew hatte sich mit seinem Werk vereinigt, indem er ein hölzernes Halbskelett gebaut hatte, das er sich über die Schultern stülpte. Dadurch hatte er seinen eigenen Kopf zum Herzstück des neuen Körpers gemacht, der für Grigorij Jefimowitsch Rasputin angefertigt worden war. Der Kopf, mit übertriebenen Ton- und Gummimuskeln zu riesenhafter Größe aufgebläht, trug die schwarze Perücke und den Bart und besaß nunmehr sogar Lippen und Stellen mit applizierter Haut. Der Oberkörper war aus Holz und wirkte recht kompliziert aufgebaut, der Torso eines Giganten mit entsprechend großen Armen, unten aber ragten insektenhaft die Beine des Direktors heraus. Tschirkow kam es so vor, als ob sich der Körper nicht lange auf den Beinen würde halten können, aber beim genaueren Hinsehen mußte er erkennen, daß er sich da getäuscht hatte: Die Konstruktion stand felsenfest. Er blickte in die Karikatur von Rasputins Gesicht. Da leuchteten blaue Augen, nicht aus Glas, sondern voller Leben.

Walentina stand jetzt neben Tschirkow und riß Mund und Augen auf. Er legte den Arm um sie und gelobte sich, daß, sollte das nötig werden, sie die Kugel bekommen würde, die er für sich selbst aufgespart hatte. Er sog den Duft ihres Haars ein. Gemeinsam blickten sie zu dem heiligen Irren auf, der einst eine Frau und durch diese ein ganzes Imperium beherrscht und am Ende beide zerstört hatte. Rasputin blickte seinerseits auf sie herab, wandte sich dann aber ab und sah die Amerikans an. Sie drängten sich in geordneter Reihe um ihn, hinkende Pilger, die sich einem Schrein nähern. Ein schreckliches Lächeln verzerrte das grobe Gesicht. Ein Arm wurde ausgestreckt, und die tennisschlägergroße Hand spreizte die aus chirurgischen Geräten hergestellten Finger. Die Hand fiel auf die Stirn des vordersten Amerikans, des Offiziers. Sie bedeckte das tote Gesicht völlig, und die Finger krümmten sich um den Kopf. Grigorij Jefimowitsch schien kräftig genug, um den Schädel des Amerikans zu zerquetschen, aber er hielt ihn nur fest. Seine Augen rollten in ihren Höhlen, wanderten zum Kronleuchter hoch, und dann drang ein Laut aus dem aus Holz und Ton bestehenden Hals, etwas vibrierend Monotones, das wie ein geistliches Lied klang. Während der Laut von den Wänden widerhallte, zitterte der Amerikan, den Grigorij Jefimowitsch festhielt, und Brocken von fauligem Fleisch fielen wie Zwiebelhäute von jenem ab. Dann endlich schob Rasputin die Kreatur von sich. Jetzt, wo die Uniform wie auch das Fleisch von ihr abgefallen waren, sah sie wie Walentinas Versuchsskelett aus, nur schlanker, feuchter, kräftiger. Die Kreatur richtete sich auf und streckte sich, ihre Gebrechen waren dahin, die Knöchel wieder geheilt. Sie fletschte die Zähne mit einem clownhaften Grinsen und sprang, begierig nach Fleisch, davon. Der nächste Amerikan trat vor, damit Rasputins Hand ihn berühre, und auch er wurde geheilt. Und der nächste genauso.

Joyce Carol Oates

DIE RUINEN VON CONTRACOEUR

Joyce Carol Oates ist ein Phänomen in der Verlagswelt. Die Liste ihrer Erfolge ist zu lang, um sie hier aufzuzählen; es vergeht wohl keine Woche, in der man nicht eine Story von ihr in der New York Times, *eine Buchbesprechung oder vielleicht einen neuen Roman, eine Sammlung von Kurzgeschichten, eine von ihr herausgegebene Anthologie, ein Buch über Boxen oder ein Theaterstück sieht. Selbst wenn wir uns auf den Bereich Horror beschränken, wird die Aufgabe nur wenig leichter, obwohl wir wahrscheinlich gut daran tun, ihre Sammlung* Das Spukhaus, *die Anthologie* American Gothic Tales *und den Roman* Zombie *zu erwähnen, für den sie sowohl den Bram Stoker Award als auch den World Fantasy Award erhalten hat.*

Andere Arbeiten der letzten Zeit außerhalb des Horrorgenres sind die Familiensaga Bellefleur *und* We Were the Mulvaneys.

»Die Ruinen von Contracoeur« hat Atmosphäre, ist erfüllt von düsterer Poesie, rührt und macht angst; es war die allererste Story, die mir für dieses Buch zuging, und sie läßt mich auch jetzt noch nicht los.

1. Erste Sichtung: Das Ding ohne Gesicht

Es war Juni, am Anfang unserer Verbannung in Contracoeur. In der Totenstille einer steinernen, vom Mond beschienen Nacht. Keine zehn Tage nach dem Umsturz in unserem Leben, als Vater besiegt und in Schande seine Familie aus der Hauptstadt entwurzelte, um fortan in den Ruinen von Cross Hill zu leben, dem Anwesen seines Großvaters in den Ausläufern der Chautauqua-Berge. *Habt Geduld mit mir, Kinder.*

Glaubt an mich! Ich werde rehabilitiert werden. Ich werde uns alle rehabilitieren. Mein Bruder Graeme, dreizehn Jahre alt, strich unruhig, schlaflos, unglücklich wie eine Wildkatze in der Falle, durch das Untergeschoß des dunklen, alten Hauses. In Pyjamas, barfuß, nicht darauf achtend, ob er sich im Dunkeln die Zehen an den Beinen von Tischen oder Stühlen anstieß oder ob sein jüngerer Bruder, Neale, der im Schlafzimmer oben wimmerte und mit den Zähnen knirschte, vielleicht plötzlich aufwachte und sah, daß Graemes Bett leer war und sich deshalb ängstigte. Oder daß unsere Eltern, die gerade dabei waren, sich von der Schmach des Umzugs nach Cross Hill und der Schande ihres neuen Lebens zu erholen, sich vielleicht über sein trotziges Verhalten ärgern könnten. Denn Graeme signalisierte seine Unzufriedenheit Tag und Nacht, sowohl mit Worten als auch unausgesprochen. *Ich hasse das hier! Warum sind wir hier! Ich will nach Hause.* Graeme war ein blasses, verzogenes, eigensinniges Kind, und für sein Alter wirkte er noch äußerst unreif: Tränen der Wut und des Selbstmitleids brannten in seinen Augen. Er war klein und schmächtig, hatte zu Hause seine Zeit meistens im Cyberspace verbracht und auf der Privatschule, die er besuchte, nur wenige Freunde gehabt, nur Computerfans, wie er selbst einer war; er war nie sportlich gewesen oder draufgängerisch oder mutig wie sein älterer Bruder Stephen. Jetzt streifte er fröstelnd in seinem dünnen Baumwollschlafanzug durch die Räume des riesigen, fremdartigen Hauses, das das Erbe unseres Vaters war; streifte durch dieses zugige, vernachlässigte alte Haus mit den hohen Decken, als ob es ein Grabmal wäre, in das man den Sohn seines Vaters, das Kind eines Verbannten, zu Unrecht eingeschlossen hatte. An jenem Abend war unsere Mutter in unsere Zimmer gekommen, um uns einen Gutenachtkuß zu geben, Mutter, die einen hellen, seidenen Morgenrock trug, der ihr zu weit war, weil sie abgenommen hatte; ihr schönes Haar, das einmal von so glänzendem Aschblond gewesen war und das jetzt graue Fäden durchzogen, hing ihr unordentlich auf die Schultern. Sie hatte uns mit ihren dünnen Fingern über das Gesicht gestrichen und gemurmelt: *Kinder, bitte seid nicht unglücklich, vergeßt nie, wir ha-*

ben euch lieb, euer Vater und eure Mutter haben euch lieb, versucht hier in Cross Hill glücklich zu sein, ihr müßt versuchen, in den fremden neuen Betten zu schlafen, unseretwillen. Graeme ließ sich zwar von Mutter einen Kuß geben, lag dann aber stundenlang wach, gequält von Angst um Vater und von seiner Wut. Und dann stieg er schließlich aufgewühlt aus seinem Bett, das gar nicht (wie er sich selbst verbittert einredete) sein Bett war, sondern nur ein ausgeborgtes und obendrein unbequem und eines, das nach feuchtem Bettzeug und Schimmel roch. *Ich kann nicht schlafen! Ich will nicht schlafen! Nie wieder!*

Wir Kinder eines entehrten und besiegten Mannes konnten keine Minute, tags nicht und auch nicht nachts, an etwas anderes denken als daran, wie empörend unsere Lage doch war. *Warum? Warum ist uns das passiert?*

Graeme arbeitete sich die Treppe hinunter, die selbst unter seinem bescheidenen Gewicht von vierzig Kilo leicht schwankte. Er stellte sich vor, wie sich seine Pupillen in der Dunkelheit weiteten und klug wie die einer Eule leuchteten. Die Totenstille des Hauses nach Mitternacht. Mondlicht, das durch die Gitterfenster auf der Ostseite des Hauses schräg hereinfällt. In der Nähe die Rufe der Nachtvögel; eine Eule; Eistaucher auf dem See, der murmelnde Wind. Graeme fröstelte – man hatte immer das Gefühl, daß aus der Richtung von Lake Noir im Norden ein leichter, kühler Wind durch das zugige Haus wehte. *Warum zieht es mich, das zu sehen, was ich gar nicht sehen wollte. Warum mich, Graeme?* Einen Augenblick lang war er von der Größe des Foyers, größer als es ihm am Tag vorkam, verwirrt; der kalte Marmorboden mit den Wasserflecken schmerzte ihn an den nackten Füßen; die riesige Ausdehnung des Raums hinter dem Foyer, einem der öffentlichen Räume, wie man sie nannte, war nur teilweise möbliert und die paar Möbelstücke von gespenstischen weißen Tüchern verhüllt; ein Raum mit staubgeschwängerten Orientteppichen; und überall der säuerliche Geruch von Schimmel, Fäulnis und den toten, vertrockneten Mäusen in den Wänden. Die Decke des Raumes war so unnatürlich hoch, daß man das Gefühl hatte, der Schatten hätte sie verschluckt, und die verhängten Kronleuchter hingen herunter, als würden sie in der

Düsternis schweben; ein Raum so groß, daß er wirkte, als hätte er keine Wände, als würde er mit dem Schatten des zugewachsenen Geländes draußen verschmelzen. Graeme glaubte, daß dieser Raum bei Tag viel kleiner war. Oder war er in einen ihm fremden Teil des Hauses geraten? Waren wir doch praktisch noch Fremde auf Cross Hill und lebten nur in einigen wenigen Räumen des riesigen alten Hauses.

In dem Moment sah Graeme, wie sich draußen auf dem Rasen etwas bewegte.

Zuerst war er sich sicher, daß es ein Tier war. Denn Contracoeur war beinahe Wildnis, überall gab es Hirsche, Waschbären, Füchse, selbst Luchse und Schwarzbären; man hatte uns gesagt, daß man im Frühling sogar mitten im Städtchen Contracoeur Schwarzbären gesichtet habe. Ihrer auffällig aufrechten Haltung nach zu schließen, muß die Gestalt draußen auf dem Rasen, die sich langsam an den Terrassenfenstern vorbeibewegte, ein Bär gewesen sein, dachte Graeme; sein Herzschlag beschleunigte sich. Man hatte uns davor gewarnt, daß es um Cross Hill Bären geben würde, wir hatten aber bis jetzt noch keine zu Gesicht bekommen. Also stand Graeme an einem der Terrassenfenster und sah erregt zu, wie die geheimnisvolle Gestalt in vielleicht zehn Schritten Entfernung vorbeizog. Ein Stück hinter der Terrasse, die mit zerbröckelten Steinplatten bedeckt war, gab es ein zerzaustes kleines Wäldchen mit Chinesischen Ulmen, die im letzten Winter von den Stürmen beschädigt worden waren; hinter den Ulmen verlief eine Straße namens Acacia Drive, die sich in zwei Spuren aufteilte und um einen Springbrunnen herumführte. Die aufrechte Gestalt bewegte sich im Mondlicht auf dieser Straße in Richtung auf den See zu, weg vom Haus; ihre Haltung war kerzengerade, steif, zu gerade, fand Graeme, als daß es ein Bär hätte sein können. Und die Bewegungen, rhythmisch und ohne Eile, entsprachen auch nicht dem schlurfenden, weichen Gang eines Bären.

Dann tat Graeme etwas, was überhaupt nicht zu ihm paßte: Er entriegelte leise eine Terrassentür, schob sie auf und trat atemlos in die kühle, frische Luft hinaus; dann kauerte er sich hinter das Terrassengeländer, um der sich entfernenden Gestalt nachzusehen. Ein Eindringling in Cross Hill? So weit von der Stadt entfernt und dem nächsten Nachbarn? Ein Jäger? (Aber die Gestalt trug, soweit Graeme das erkennen konnte, keine Waffe.) Diese Gestalt konnte nicht der weißhaarige Platzwart sein, der im Dorf lebte. Und unser Vater – wohl auch kaum. Ebensowenig der sechzehnjährige Stephen. Die Gestalt war größer und kräftiger gebaut als alle drei; größer, so war Graeme mit einem Anflug von Unbehagen bewußt geworden, als irgendein Mann, den er bisher je zu Gesicht bekommen hatte.

Als Graeme der Gestalt aus seinem unzulänglichen Versteck hinter dem Geländer nachstarrte, blieb diese plötzlich stehen, als ob sie seine Anwesenheit spüren würde; sie schien in Graemes Richtung zu blicken; den Kopf zur Seite gelegt, als würde sie Witterung aufnehmen. Sie offenbarte sich, als plötzlich Mondlicht auf sie fiel, als – ein Wesen ohne Gesicht.

Kein Mensch, ein Ding. Ein Ding-ohne-Gesicht.

Graeme preßte sich die Fingerknöchel gegen den Mund, um nicht vor Entsetzen aufzuschreien. Die Knie waren ihm weich geworden; er mußte bewußt gegen die unwillkürliche Regung ankämpfen, sich umzudrehen und blindlings wegzulaufen, was das Ding aber bestimmt auf ihn aufmerksam gemacht hätte.

Der Kopf der Gestalt war dem Anschein nach von menschlicher Form; allerdings größer und etwas rechteckiger, mit einem ausgeprägteren Kinn als ein menschlicher Kopf es hatte. Das Haar erschien dunkel, grob, ungepflegt. Seine starre und steifnackige Haltung erinnerte an einen Mann mit übertrieben militärischem Wesen. Aber wo ein Gesicht hätte sein sollen, war – nichts.

Eine nackte, leere Hautfläche wie Fleisch, das man gewaltsam mit einem Spatel geformt hat. Die Andeutung flacher Vertiefungen, wo die Augen hätten sein sollen und die Nase und der Mund; möglicherweise gab es dort winzige Öffnungen, die zu klein waren, als daß Graeme sie hätte sehen können. Er wagte nicht hinzuschauen, er war auf der Terrasse zusammengesunken, um sich wie ein verängstigtes Kind hinter der Mauer zu verstecken.

61

Sein Atem ging schnell, flach. Er dachte: *Nein! Nein! Ich habe nichts gesehen! Ich bin bloß ein kleiner Junge, tu mir nicht weh.*

Dann, eine Weile später, war er wieder auf den Beinen, benommen, immer noch verängstigt; der dicke, säuerliche Geschmack von Galle im Mund. Er mußte die Besinnung verloren haben – mußte ohnmächtig geworden sein. Er war so verängstigt gewesen, daß er zu atmen vergessen hatte! Durch Angst bewußtlos!

Er wagte den Kopf zu heben – langsam. Vorsichtig. Wolkenfetzen wurden wie hauchdünn dahinhuschende Gedanken über den Mond geblasen. In den Chinesischen Ulmen regte sich nichts; die mit Unkraut überwucherte, von Furchen durchzogene Straße, die sich Acacia Drive nannte, war leer; nirgends war eine Bewegung zu sehen, nur das unruhige, ewige Rascheln von Gräsern im Wind war zu hören. Die ganze Natur war zum Schweigen gebracht worden wie nach einem schrecklichen Traum.

Das Ding-ohne-Gesicht war in die Nacht verschwunden.

2. Verbannung

In Cross Hill, wo der beständig stichelnde Wind vom Lake Noir südwärts durch unser Leben blies.

Wohin unser Vater in Verbannung und Schande und in Angst um sein Leben seine Familie gebracht hatte, seine Frau und seine fünf Kinder, um in dieser Ruine von Haus, das er von seinem Großvater geerbt hatte, zu leben – auf vierzig Hektar vernachlässigtem Land im ländlichen Contracoeur in der Nähe der östlichen Kette der Chautauqua-Berge.

Mount Moriah, elf Meilen westlich. Mount Provenance, zwanzig Meilen südlich.

Wo sich vor Millionen von Jahren gigantische Gletscher von der nördlichen Polkappe wie räuberische Geschöpfe südwärts geschoben und die Erde zu alptraumhaften Formen aufgewühlt hatten: spitze Abgründe, Moränenhügel und

Kämme, steile Schluchten, schmale Täler und Überflutungsebenen. Wo selbst noch Mitte Mai, lange nach Ostersonntag, Schnee fallen konnte, und schon Mitte August die Luft nach Herbst und dem bevorstehenden Winter roch.

In Cross Hill, das 1909 von Moses Adams Matheson, einem wohlhabenden Textilfabrikanten, am höchsten Punkt eines Gletscherhangs erbaut wurde, drei Meilen südlich von Lake Noir (so benannt wegen seines Wassers, es war rein wie Quellwasser, wenn man es untersuchte, in einem angestrahlten Glas beispielsweise; in der Menge hingegen eine unerklärlich lichtlose, glänzende Masse, so undurchsichtig wie Teer) und fünf Meilen östlich von Contracoeur (einem kleinen Landstädtchen von etwa 8 500 Bewohnern) am Ufer des Black River. »Cross Hill« genannt, weil das Haus vom Ansatz her neoklassizistisch und eigensinnigerweise in Form eines zugestutzten Kreuzes aus rosa Kalkstein und Granit gebaut worden war; jetzt, nach Jahrzehnten der Vernachlässigung (denn Moses Adams Mathesons Sohn und einziger Erbe hatte nie den Wunsch verspürt, dort zu leben) kahl und verlassen wie ein altes Schiff in einem Meer aus unbewegtem Gras, Disteln und jungen Schößlingen.

Mindestens 100 000 Dollar würde es brauchen, schätzte Vater mit einiger Bedrückung, um Cross Hill »für Menschen bewohnbar« zu machen; fast ebensoviel, um seine ursprüngliche Schönheit wiederherzustellen (die Vater nur auf Fotografien zu sehen bekommen hatte). Wir hatten keine Hunderttausende von Dollar. Wir waren »Verarmte – arme Leute«. Wir würden »wie Hausbesetzer« in ein paar Räumen von Cross Hill wohnen müssen, und der größte Teil des riesigen Hauses würde verschlossen, die Zimmer leer bleiben. Und wir würden dankbar sein müssen, machte Vater uns klar, daß wir »Großvaters Erbe, einen Zufluchtsort« hatten.

Einen provisorischen Zufluchtsort, meinte er. Denn Roderick Matheson hatte natürlich vor, seinen guten Namen wiederherzustellen und in die Hauptstadt zurückzukehren. Zu gegebener Zeit.

Als Mutter an jenem ersten Nachmittag im strömenden Regen die Ruinen von Cross Hill sah, unser Kombi steckte in der schlammigen Auffahrt fest und die Räder drehten durch, brach sie in Tränen aus und weinte bitterlich. »Hier sterbe ich! Wie kannst du mich nur hierherbringen! Das werde ich nie überleben.«

Die kleineren Kinder, Neale und Ellen, brachen sofort ebenfalls in Tränen aus. Aber Vater griff schnell nach Mutters Hand, wollte Mutter trösten; oder sie einfach nur beruhigen; wir hörten, wie sie scharf die Luft einsog und Vater mit leiser, angenehmer Stimme sagte: »Nein, Veronica. Du wirst nicht *sterben*. Keiner von uns Mathesons wird *sterben*. Das wäre *denen* gerade nur recht – meinen Feinden.«

Feinde: einige von ihnen ehemalige Kollegen von Vater, sogar Freunde von ihm und Mutter, die ihn aus politischen Gründen verraten hatten; die in einer Kampagne, die darauf angelegt war, seine Karriere zu verunglimpfen und zu zerstören, Meineide geschworen hatten; die daran beteiligt gewesen waren, daß ein Haftbefehl gegen ihn ausgestellt worden war.

Hier sind die Fakten. Wir Kinder wußten zu der Zeit wenig darüber, wir mußten sie uns später zusammenstückeln. Denn uns war vieles unbekannt. Vieles war *verbotenes Wissen*.

Im April jenes Jahres, kurz nach seinem vierundvierzigsten Geburtstag, wurde Richter Roderick Matheson, unser Vater, in seinem Richterzimmer am Staatlichen Appellationsgericht verhaftet.

Zum Zeitpunkt seiner einer breiten Öffentlichkeit zur Kenntnis gebrachten Verhaftung war er der jüngste von elf Richtern dieser Kammer und derjenige, dem man die glänzendste Zukunft vorhergesagt hatte.

Roderick Matheson wurde zwölf Tage lang »zu Verhörzwecken« in einem staatlichen Gebäude, keine Meile vom Appellationsgericht entfernt, festgehalten. Er durfte lediglich von seinen Anwälten und seiner zutiefst niedergeschlagenen Frau besucht werden.

Dann wurde er plötzlich freigelassen.

Und dazu gezwungen, von seinem Richteramt zurückzutreten. Und gezwungen, dem Staat den größten Teil seiner Ersparnisse zu überschreiben. So daß die Familie in Schulden gestürzt wurde. Praktisch über Nacht. So daß er und Mutter gezwungen waren, ihr Haus in einem der vornehmsten Villenviertel der Hauptstadt zu verkaufen; und ihr Sommerhaus an der Atlantikküste in Kennebunkport, Maine; und sämtliche ihrer Autos, mit Ausnahme von einem, und ihre Jacht, Mutters Pelzmäntel und gewissen Schmuck sowie andere wertvolle Besitztümer. *Warum?* fragten wir Kinder, und Mutter sagte darauf bitter: *Weil die Feinde eures Vaters auf ihn eifersüchtig sind, weil sie bösartige Männer sind, die sich zusammengerottet haben, um ihn zu vernichten.*

Man verbot uns, weitere Fragen zu stellen. Man verbot uns, Zeitungen oder Zeitschriften zu lesen, fernzusehen oder Radio zu hören. Am Tage der Verhaftung Vaters wurden wir von unserer Mutter aus unseren Privatschulen geholt, und es wurde uns verboten, selbst mit unseren besten Freunden telefonisch oder per E-Mail in Verbindung zu treten. Mutter bestand darauf, daß wir im Haus blieben, Mutter bestand darauf, jederzeit genau wissen zu wollen, wo wir waren, und bekam hysterische Anfälle, wenn einer von uns fehlte, und war dann rasend wütend, wenn derjenige zurückkehrte. Zu Hause sperrte sie sich vor uns ein und telefonierte stundenlang. (Mit Vater? Mit Vaters Anwälten? Mit ihren Anwälten? Denn eine Weile sah es so aus, daß die Möglichkeit einer Trennung, einer Scheidung bestand.) Mutters hohe, schrille, weinerliche, unglaublich zittrige Stimme hob sich, wie wir sie noch nie zuvor gehört hatten: *Wie kann das mir passieren! Das habe ich doch nicht verdient, um Himmels willen! Ich bin doch unschuldig, um Himmels willen! Und meine Kinder – was wird jetzt aus denen werden?*

Wir waren verwöhnte, verzogene Kinder. Damals wußten wir das noch nicht, nicht einmal Graeme wußte es damals; natürlich waren wir verwöhnt und verzogen, die Kinder reicher, mächtiger, gesellschaftlich ambitionierter Eltern. Selbst die zehn Jahre alten Zwillinge Neale und Ellen mit ihren süßen, unschuldigen Gesichtern und ihren staunenden Augen. Unser privilegiertes Leben, mit Kleidern und Computern und Privatunterricht (Tennis, Ballett, Reiten), mit all dem Stolz zu wissen, daß wir die Kinder von Richter Roderick Matheson waren, von dem soviel geredet wurde – unser Leben, das eher wie gespielt wirkte, gar nicht echt, veränderte sich plötzlich und unwiderruflich wie das Leben von Kindern, die man im Fernsehen sieht, die Opfer von Naturkatastrophen wie Erdbeben, Hungersnöten oder Krieg geworden sind. Und so sah auch Vater selbst aus, als er zu uns zurückkehrte: sein dichtes blondbraunes Haar, jetzt von silbernen Strähnen durchzogen, seine Wangen eingefallen, seine Augen glasig und sein früher einmal wohlgeformter Mund wie etwas, das man zerdrückt hatte, so wie einer, der einmal ein Prinz gewesen war und nur knapp eine Naturkatastrophe überlebt hat.

Wir fürchteten uns vor ihm, und vor Mutter. Wir hatten Angst vor Mutters ständig wechselnden Launen. Denn sie konnte mit geweiteten Augen voll Angst und Unbehagen durch uns hindurchstarren – die einmal so schönen, haselnußbraunen Augen waren vom Weinen ganz verschwollen; oder sie umarmte uns plötzlich und stieß dabei einen kleinen Schmerzensschrei aus: *Oh, oh! Oh, was sollen wir nur tun!* Dann ging von Mutter immer der Geruch von süßen Parfum aus, in den sich Schweiß mischte, und ihr Atem roch nach – ja, nach was? Wein, Whiskey? Manchmal waren wir es, ihre Kinder, die sie trösten wollte; dann schien es wieder, als wollte sie sich selbst trösten; manchmal war sie auf Vater böse und manchmal auf Vaters Feinde; und manchmal, aus Gründen, die wir nicht begreifen konnten, war sie auf uns böse. Besonders auf Rosalind, die mit vierzehneinhalb Jahren ein schlaksiges, langbeiniges Mädchen mit düsterem Blick war, Rosalind, die oft ihren eigenen Gedanken nachhing und dann die Stirn runzelte, an ihren Lippen sog und stumm in jenem Raum brütete, in den selbst eine Mutter nicht folgen kann. Und wenn Rosalind, jetzt fast so groß wie Mutter, sich in Mutters Armen verkrampfte, dann konnte es sein, daß Mutter sich zurücklehnte und sie anstarrte, Rosalind mit ihren rot glänzenden krallenscharfen Fingernägeln an den Schultern packte und sie von sich stieß: *Was ist los mit dir? Warum siehst du mich so an? Wie kannst du es wagen, mich – deine Mutter – so anzusehen!*

Mutters schönes Gesicht war wie eine Maske. Eine Kosmetikmaske aus Porzellan. Eine Maske, die plötzlich wie Glas zerspringen konnte, wenn ihr Blut zu wild in ihren Adern pulste.

Also zog sich Rosalind vor ihr zurück, schlich sich davon und versteckte sich in einem Winkel von Cross Hill. Dachte, daß sie niemals, niemals zu einer so schönen und zornigen Frau heranwachsen würde.

Es war aber Vater, der uns, arg verändert, die meiste Angst einjagte. Richter Roderick Matheson, der immer so makellos gepflegt gewesen war, sich nie anders als in frisch gewaschener und gereinigter Kleidung hatte blicken lassen, das Haar sauber gekämmt, trug jetzt häufig zerknitterte Sachen, fuhr sich mit den Fingern heftig durchs Haar, rasierte sich so (wie wir vermuteten), daß seine Haut stets gerötet blieb; er war immer noch Vater und sein Gesicht, das vielfotografierte Gesicht Vaters, und doch schien es, als wäre da etwas Älteres, Rauheres, Verwüstetes, das sich durchschieben wollte. Seine Augen, von feuchtem Braun, gewöhnlich warm und freundlich blickend, wirkten jetzt stumpf und glasig; sein Mund verzog sich manchmal, als würde er mit sich selbst streiten.

Vater war ein verletzter, unschuldiger Mann. Ein Mann, verraten, gejagt und verfolgt von seinen Feinden, und den »gierigen, unersättlichen, unerträglichen Medien«, der Grund, weshalb man uns nicht erlaubt hatte, Zeitung zu lesen oder fernzusehen. Vater war ein zorniger Mann und manchmal, das mußten wir zugeben, ein gefährlicher Mann. Denn wie Mutter pendelte auch er zwischen den Stimmungen: mal verzweifelt, mal wütend, mal optimistisch, dann wieder entnervt; mal um seine Familie besorgt, dann an sich und seiner befleckten Karriere leidend; mal jugendlich vital, mal ein alternder, verbitterter Mann.

Manchmal deklamierte er beim Abendessen in seiner Rednerstimme so, also spräche er zu anderen, nicht bloß zu uns: *Liebe Frau, liebe Kinder! Habt Vertrauen zu mir! Eines Tages werden wir in unser rechtmäßiges Leben zurückkehren. Ich werde den Namen Matheson reinwaschen, uns alle werde ich reinwaschen – das gelobe ich. Und diese Gelöbnis besiegle ich – mit meinem Blut.*

Das Gesicht vom Wein gerötet, die Augen zusammengekniffen, als wollte er jemandem einen Streich spielen, griff Vater nach seiner Gabel und stieß sie sich, ehe Mutter ihn daran hindern konnte, in den Handrücken, als wollte er ein kleines, haarloses Lebewesen aufspießen, das unbemerkt neben seinen Teller gekrochen war.

Wir zuckten zusammen, wagten aber nicht aufzuschreien. Was von uns erwartet wurde, war ein Murmeln: *Ja, Vater, ja.* Denn wenn man bei solchen Gelegenheiten weinte, dann verstimmte das Vater stets, weil es für ihn bedeutete, daß wir Kinder, auch wenn wir schnell *Ja, Vater, ja* murmelten, in Wirklichkeit nicht hinter unseren Worten standen.

»Es ist, als ob er gestorben wäre, oder? Im Gefängnis. Seine Augen...«

Es war nach einem von Vaters seltsamen Ausbrüchen beim Abendessen, daß Stephen dies äußerte, mit einer Stimme, die ganz anders klang, als er sonst redete, irgendwie in die Länge gezogen; Stephen, dessen ganzes Leben bis zu Vaters Verhaftung aus Fußball, Basketball, Football, Videospielen und den intensiven, schnell wechselnden Freundschaften mit Klassenkameraden und -kameradinnen an seiner Schule bestanden hatte; Stephen, so gutaussehend wie Roderick Matheson das als Junge gewesen war, mit dem breiten Gesicht seines Vaters und scharf gemeißelten Backenknochen.

Graeme zuckte die Achseln und ging weg.

Rosalind sagte etwas Spitzes, Verletzendes zu Stephen, nannte ihn ein Arschloch, das keine Ahnung habe, und ging weg.

Und dann lag sie die ganze Nacht wach und quälte sich. Drückte ihr feuchtes Gesicht ins Kissen. Dachte: *Können Augen sterben? Die Augen eines Menschen... sterben? Und der Rest von ihm weiterleben?* Die ganze endlose, vom Wind heimgesuchte Nacht, so wie jede Nacht in diesem schrecklichen Haus, das sie so haßte, so einsam, so weit weg von ihren Freundinnen und dem Leben von Rosalind Matheson, das sie so liebte; und wachte dann wie gerädert auf, um nachzusehen, ob er vielleicht über ihr Bett gebückt dastand, und die glasigen, rot geäderten Augen unseres Vaters sie aus der Dunkelheit anfunkelten.

*Lieber Gott, hilf ihm, seine Unschuld zu beweisen. Seinen guten
Namen reinzuwaschen. Hilf ihm, all das wiederzugewinnen, was er
verloren hat. Mach uns wieder glücklich, mach uns wieder zu uns,
bring uns in unser wahres Zuhause zurück und mache den Namen
Matheson wieder zu einem stolzen Namen.*

3. Am Crescent Pond

Ein sonniger, windzerzauster Morgen! Eines der Fenster mit
den schmierigen Scheiben im Frühstückszimmer war gesprungen wie eine Spinnwebe, auf der Terrasse lagen verstreut Äste
und alles mögliche Blattwerk, das wie lebende, verwundete
Dinge raschelte. »Wo ist Graeme?« fragten wir einander.

»Wo ist Graeme?« fragte Mutter mit besorgtem Blick.

Denn Graeme war nicht zum Frühstück erschienen. Er war
vor uns wach gewesen, hatte sich angezogen und war weggegangen. Wußte zumindest der kleine Neale zu berichten.

Und doch war Graeme irgendwo im Haus. Sperrte sich
hartnäckig, wenn wir riefen: »Gra-eme! Wo bist du!«

Seit wir nach Cross Hill gezogen waren und Graeme sein altes Leben hinter sich hatte zurücklassen müssen, war er in
eine Art zornige Melancholie gestürzt. Sein teurer Computer
konnte in dieser Ruine von einem Haus nicht funktionieren:
Es gab nicht genug Leitungen. Im großen Schlafzimmer unserer Eltern, ganz vorn im ersten Stock, Zutritt für uns Kinder
verboten, sollte es angeblich eine Lampe mit einer 60-Watt-
Birne geben, und in Vaters Büro im zweiten Stock gab es ein
Telefon, ein Faxgerät und ein oder zwei schwache Lampen;
aber das Licht flackerte häufig und ging aus, und Vater benutzte es daher nur, wenn es unumgänglich war. (Aber Vater
arbeitete häufig die ganze Nacht durch. Er war damit beschäftigt, umfangreiche juristische Dokumente aufzusetzen,
welche die gegen ihn vorgebrachten Anschuldigungen und
Anwürfe widerlegen und eines Tages dem Büro des Staatsan-
walts vorgelegt werden sollten; außerdem telefonierte er häufig mit dem einzigen Anwalt, den er noch beschäftigte.)

Aber wenn man Graemes neuen Computer in eine der primitiven Steckdosen einstöpselte, dann war der Bildschirm fleckig und grau, praktisch ohne jegliche Auflösung. Die meisten seiner Programme und Videospiele konnten also nicht benutzt werden. Der Cyberspace von Cross Hill ähnelte einer Leere; einem Vakuum; so leer wie ein Atom, von dem es heißt, daß es fast nichts enthält; langsam dahintreibende Partikel, wie die Flecken, die man manchmal aus den Augenwinkeln sieht. Es war zunehmend schwierig, sich vorzustellen, dachte Graeme, daß ein Phänomen wie »Cyberspace« existierte – wo auch immer. Er hatte wieder angefangen zu e-mailen, trotz des Verbots seiner Mutter, aber die Mitteilungen, die er von seinen diversen Freunden in der Stadt erhielt, waren seltsam und irgendwie durcheinander. Eines Morgens stieß Stephen auf Graeme, als der gerade über die Computertastatur gebeugt in seinem Zimmer saß und schnell Befehle eintippte, die immer wieder wie in einem Alptraum komischer Grausamkeit zu FEHLER! SERVER KANN NICHT AUFGEFUNDEN WERDEN auf dem schimmernden, verblaßten Bildschirm führten. Die bedrückte Miene seines Bruders entsetzte Stephen. »He. Warum läßt du das Zeug nicht eine Weile in Ruhe? Wir könnten was anderes machen. Radfahren beispielsweise. In die Stadt ...« Aber Graeme hörte nicht zu. Er beugte seine schmalen Schultern noch weiter über die Tastatur und tippte schnell eine weitere komplizierte Befehlsfolge. Die leuchtenden Hieroglyphen auf dem Bildschirm schwebten langsam nach oben, wie aus sehr großer Distanz durch Raum und Zeit dorthin kanalisiert. Im fahlen Licht des wolkenbedeckten Junimorgens wirkte Graemes Haut verdrießlich grün, wie matt gewordenes Metall; seine Augen funkelten leicht verbittert. Dann meinte er zu Stephen gewandt angewidert: »Da, schau.« Und Stephen schaute hin: Was er da vor sich sah, waren Graemes E-Mails, die alle zurückgesendet worden waren, aber irgend etwas stimmte nicht an den Nachrichten, als ob jemand schwerfällig aus einer fremden Sprache übersetzen würde, oder als ob die Nachricht codiert verschickt worden wäre:

```
graememat±@poorshit.///
howzit 2b ded!
```

»Die denken, ich bin tot«, sagte Graeme und würgte ein Schluchzen hinunter. »Diese Jungs reden von mir, als ob ich tot wär.«

»Die Nachricht kommt nicht richtig durch«, sagte Stephen schnell. »Sobald wir einmal mehr Elektrizität haben …«

Graeme hieb wütend auf eine Taste, und die E-Mail verschwand.

»Vielleicht bin ich ja tot. Vielleicht sind wir das alle, begraben in Cross Hill.«

Stephen trat schaudernd einen Schritt zurück. Wenn sein Bruder solcher Laune war, wollte er am liebsten nichts mit ihm zu tun haben. Er wollte nicht denken müssen: *Er weiß soviel mehr als ich, er ist soviel klüger als ich*. Er ging und ließ die anderen wissen: »Graeme fängt mit diesem Computerscheiß zu spinnen an. Ich finde, wir sollten ihm den Stecker rausziehen.«

Und dann kam der Morgen, wo wir Graeme nicht finden konnten, obwohl wir überall im Haus nach ihm riefen; zum Fenster hinaus nach ihm riefen und durch die Terrassentür, wo man auf die ausgefransten Chinesischen Ulmen sehen konnte und den mit Unkraut überwachsenen Kiesweg, der sich Acacia Drive nannte (obwohl die meisten Akazienbäume krank geworden und schließlich eingegangen waren). Mutter, das aschsilberfarbene Haar zerzaust im Gesicht, die Mädchenstirn vor Sorge gekraust, hielt sich die Hände an den Mund und schrie: »Gra-eme! Gra-eme! Wo versteckst du dich! Ich bestehe darauf, daß du hier herkommst – und zwar sofort.« Als ob das ein Versteckspiel wäre, das sie auf diese Weise jäh beenden könnte. Und doch zögerte Mutter wie Vater, der die meisten seiner wachen Stunden im zweiten Stock des Hauses mit arbeiten verbrachte, nach draußen zu gehen; sie hielt sich die Hände über die Augen und sah zu den Nebengebäuden hinüber, dem alten Kutschenhaus und dem Stall und den Scheunen mit ihren vom vielen Regen verfaulten, verwahrlosten Dächern, und in Richtung auf den trüben Crescent Pond, den kleinen Teich unten am Hügel, hinter dem Acacia Drive; aber eine Art Scheu, vielleicht sogar regelrechte Angst hielt sie davon ab, an solch aussichtsreichen Orten nach

Graeme zu suchen. Nach zehn Tagen, die sie jetzt auf Cross Hill verbracht und in denen sie außer der Familie und ein paar bezahlten Hilfskräften aus Contracoeur niemanden zu Gesicht bekommen hatte, trug Mutter immer noch teure, modische Stadtkleidung: Kleider, Röcke und Pullover, keine Jeans (vielleicht besaß sie gar keine?), sondern seidene Hosen mit dazu passenden Blusen und unpraktische italienische Sandalen mit hohen Absätzen. Jeden Morgen, und wenn es ein noch so drückender Morgen war, legte sie tapfer Make-up auf und verwandelte ihr herzförmiges Gesicht in jene verkniffene, schöne Maske; die Haut an ihrem Hals jedoch war fahl und zeigte erste Spuren des Älterwerdens. Sie trug ihre Eheringe, ihren rechteckig geschliffenen Smaragdring an der rechten Hand, ihre mit Edelsteinen besetzte Armbanduhr, die an ihrem dünnknochigen Handgelenk blitzte. Mit fast kokett klingender Stimme beklagte sich Mutter: »Dieser Junge! Graeme! Er tut das bloß, um *mich* zu ärgern.«

Wir suchten den ganzen Morgen nach Graeme. Als es Mittag wurde, beherrschte eine fahle, glühende Sonne den Himmel. Wie riesengroß Cross Hill doch war, dieses verfallene »historische« Anwesen; wie viele Verstecke es doch draußen gab in den alten Scheunen, in den verfaulenden Wein- und Glyzinienspalieren, in den Koniferen dicht am Haus und in den wilden Gräsern im Park rings um das Haus, von denen manche mannshoch waren; in den verfallenen Gewächshäusern, hinter deren eingeschlagenen Fenstern schwarz gefiederte Vögel (Sperlinge, Stare, Krähen?) hastig aufstoben, wenn wir näher kamen, wie abziehende Geister der Toten. »Wo ist Graeme?« schrie Rosalind ihnen nach. »Wo hält er sich versteckt?«

Der Zufall wollte es, daß es Rosalind war, die Graeme schließlich fand: Er hockte auf der anderen Seite des Crescent Pond zwischen Sumpfgras und vertrockneten Schilfschößlingen und starrte wie hypnotisiert auf die von Spinnen übertupfte Teichfläche. »Graeme, wir haben dich überall gesucht! Hast du uns nicht rufen hören?« rief Rosalind verärgert. Sie winkte Stephen, der durch das schenkelhohe, schwertähnliche Gras watete, um ihn zu sich zu rufen. Als sie in Graemes verkniffenes, blasses Gesicht sah, bekam Rosalind es mit der Angst zu tun, und sie fuhr fort, auf ihn einzuschimpfen. »Uns alle nach *dir* suchen zu lassen! Uns allen *angst* zu machen! Ich hoffe, jetzt bist du *zufrieden*.«

Stephen kam keuchend herangetrottet. Er trug ein ausgefranstes T-Shirt, und seine Jeans waren mit Schlamm in der Farbe von frischem Dung bespritzt. Rosalind bemerkte einen leicht blutenden Kratzer über seiner linken Augenbraue, den vermutlich ein scharfer Ast verursacht hatte. »He, Junge? Alles okay?« fragte Stephen.

Graeme, der erkannte, daß man sein Versteck entdeckt hatte, murmelte ausweichend etwas. Er stand auf, schwankte dabei aber leicht; offenbar hatte er schon eine ganze Weile so dagehockt. Seine khakifarbenen Shorts und sein T-Shirt hingen voller Kletten. Sein weiches, braunes, welliges Haar, das ihm unregelmäßig über die Ohren wuchs, wirkte zerzaust. Er schluckte und meinte dann: »Ich… habe etwas gesehen. Letzte Nacht.«

Ja? Was? Sie warteten.

»… ich weiß nicht. Ich habe es gesehen, aber ich… weiß nicht genau. Ich meine, ob ich das gesehen habe… was es war. Oder…« Graeme versagte die Stimme. Es war klar, daß ihm etwas ziemliche Angst eingejagt hatte, und daß er nicht wußte, wie er darüber sprechen sollte. Er wollte nicht riskieren, daß man ihn auslache, und doch…

Ja? Was? Komm schon, Graeme.

»Es war ein… Mann, glaube ich. Er ist dort drüben auf dem Weg langgegangen. So um zwei Uhr nachts. Ich konnte nicht schlafen und bin runtergegangen, und ich… habe etwas vor dem Fenster gesehen.« Graeme sprach langsam, angestrengt. Er fuhr sich mit dem Unterarm über den Mund, wischte sich darüber. »Ich bin auf die Terrasse gegangen. Ich habe ihn – es – im Mondlicht gesehen.«

»Jemand, der sich auf unser Grundstück geschlichen hat?« fragte Stephen.

Rosalind machte sich über Graeme lustig: »Und du bist sicher, daß es nicht jemand von *uns* war?« Aber der darauffolgende Ausdruck in Graemes Augen erschreckte sie dann doch.

Graeme wählte seine Worte vorsichtig und mit Bedacht: »Es war ein, ein Ding wie ein Mann – ein Mann ohne Gesicht.« Plötzlich grinste er. »Ein Ding-ohne-Gesicht.«

Stephen sagte hastig, als ob er nicht ganz zugehört hätte: »Ein Jäger wahrscheinlich, der auf unserem Grundstück nichts zu suchen hat. Jemand, der in der Nähe wohnt.«

Graeme schüttelte heftig den Kopf. »Nein. Er ... es hatte kein Gewehr. Es ist bloß ... gegangen. Aber nicht wie ein normaler Mensch. Über den Weg dort drüben und ins Gras – in die Richtung. Als würde es wissen, wo es hingeht, und es hatte es nicht eilig gehabt. Ein Ding-ohne-Gesicht.«

»Wie konnte es ohne *Gesicht* sein?« fragte Stephen skeptisch. »Alles in der Natur, jedes lebende Ding, muß ein *Gesicht* haben. Du mußt geschlafen haben und geträumt.«

»Ich habe nicht geträumt!« sagte Graeme erregt. »Ich weiß, was echt ist, und das Ding-ohne-Gesicht war echt.«

Stephen lachte nervös, spöttisch. Er machte sich gerade auf den Rückweg, hielt beide Hände mit erhobenen Handflächen in einer Geste von sich gestreckt, die das eben Gehörte alles abtat, und der dünne Kratzer auf seiner Stirn glitzerte vom Blut. »Wie soll es ein Ding-ohne-Gesicht geben! Du hast das geträumt.«

Und dann sagte Rosalind plötzlich entsetzt: »Nein. Ich habe es geträumt. Ich habe es – ihn – auch gesehen. Einen Mann, ein Ding wie ein Mann, ohne Gesicht – er stand vor meinem Bett.« Sie hielt sich beide Hände über die Augen, während die Erinnerung sie überfiel, und ihre Brüder starrten sie erschreckt an.

Vor meinem Bett, in der Nacht; im Mondlicht, die Umrisse von einem Mann, einem Männerkopf, aber wo das Gesicht hätte sein sollen – bloß leere Züge – ohne Haut.

4. Andere Leute

Unsere Tage auf Cross Hill waren ebenso zermürbend und unberechenbar wie der Himmel über Contracoeur. Wegen der Berge und der ständigen Winde, die über den kalten Lake

Noir wehten, änderte sich der Himmel andauernd: gerade noch ein klares, durchscheinendes Blau wie gewaschenes Glas, und im nächsten Augenblick fleckig und voller aufgewühlter Wolken von der Farbe angestoßener Pflaumen. Vor einem Gewitter konnte die Temperatur je nach Richtung und Geschwindigkeit des Windes binnen weniger Minuten um bis zu fünfzehn Grad absinken. Manchmal – und das setzte den kleineren Kindern besonders zu – begann das Zwielicht unvermittelt am Mittag einzusetzen, und die Sonne versteckte sich hinter ausgefransten Wolken. Es gab Gewitter von solcher Macht, daß man den Eindruck bekam, Erde und Himmel wänden sich in Krämpfen; Blitze fetzten über den Himmel und ließen unheimliche Tiefen, so beängstigend wie der Keller von Cross Hill, erkennen (für den ein offizielles Zutrittsverbot erlassen worden war). Die mit fauligem Moos überwucherten Dächer und schlecht schließenden Fenster des alten Hauses waren undicht; auf den früher einmal eleganten Marmor- und Parkettböden bildeten sich Pfützen; Mutter weinte und verfluchte die Feinde unseres Vaters: »Wie sie nur so grausam, so rachsüchtig sein können? Wenn sie nur wüßten, wie unglücklich wir sind!« Mutter hielt hartnäckig an der Überzeugung fest, daß Vaters Feinde, von denen manche ehemalige Kollegen und Freunde von ihm waren, wenn sie nur wüßten, wie kläglich wir hier an diesem schrecklichen Ort vegetierten, mit uns Mitleid haben und Roderick Matheson völlig rehabilitieren und ihn in der Hauptstadt, wo er hingehörte, willkommen heißen würden. *Wenn sie es nur wüßten.*

Vater hielt sich zurückgezogen, blieb die meiste Zeit in seinem Zimmer im zweiten Stock versteckt; selbst an den heißesten, feuchtesten und drückendsten Sommertagen arbeitete Vater weiter. Mutter sagte, daß er nie weniger als zwölf Stunden am Tag arbeitete; er würde so lange nicht aufhören, bis er rehabilitiert sei. Gelegentlich erhaschten wir einen Blick aus sicherer Distanz auf ihn – beispielsweise, wenn wir durch das hohe Gras strichen und einer von uns zufällig aufblickte, dann konnte es sein, daß wir an einem Fenster im zweiten Stock Vaters weißes Hemd aufblitzen sahen; wir winkten nie, weil Vater so etwas vielleicht als Leichtfertigkeit oder, noch

schlimmer, als Spott ausgelegt hätte. Wenn wir ihn überhaupt
zu sehen bekamen, dann beim Abendessen, wenn er in unserer Mitte erschien, sich ans Kopfende der Tafel setzte, ehe wir
von Mutter ins Eßzimmer gerufen wurden, dabei lächelte und
hoffnungsvoll wie ein Rekonvaleszent wirkte. Er aß bedächtig, wie mit erzwungenem Appetit, und redete wenig, wie um
seine Stimme zu schonen; er mochte es nicht, wenn er uns
plappern hörte, aber er mochte es auch nicht, wenn wir ganz
stumm waren – »wie Trauernde«. (Obwohl Vater müde wirkte,
hatte er seinen früheren schneidenden Sarkasmus nicht abgelegt, und auch seine Temperamentsausbrüche blieben
nicht aus, die sich besonders gegen Stephen richteten, dessen
schwerfällige Versuche, fröhlich zu erscheinen, von Vater
als »Impertinenz« mißdeutet wurden.) Es gab jedoch viele
Abende, an denen Vater allein oben aß; das Essen wurde ihm
von einer Frau aus Contracoeur zubereitet, einer Mrs. Dulne,
die Mutter als Teilzeitköchin und Putzfrau engagiert hatte.
Deren Mann, Mr. Dulne, war ebenfalls für uns tätig, als eine
Art allgemeines Faktotum und Gärtner. (Die Dulnes waren
sehr nette, wenn auch zurückhaltende und irgendwie argwöhnische Leute; alt genug, um unsere Großeltern sein zu
können.) Mutter trug Vater diese Mahlzeiten immer auf einem
angelaufenen Silbertablett hinauf, besorgt, daß er auch ja aß,
um »bei Kräften zu bleiben«. Denn das Leben von uns allen
und unsere ganze Zukunft hingen von Vaters »Kräften« ab.

Gelegentlich, das fing Ende Juni an, kamen Besucher nach
Cross Hill, um Vater aufzusuchen. Ihre langen, dunklen, glänzenden Autos schienen irgendwie aus dem Nichts aufzutauchen und fuhren zögernd und vorsichtig den ausgefahrenen
Kiesweg herauf. Vielleicht waren diese Besucher Anwälte.
Vielleicht auch Ermittler der Staatsanwaltschaft. Bei zumindest einem beunruhigenden Anlaß waren es ein TV-Kamerateam und eine Reporterin; Mutter verwehrte der Reporterin
den Zutritt zum Haus, war aber gegenüber der TV-Mannschaft machtlos, die sie einfach filmte, während sie im Eingang stand und ärgerlich rief: »Verschwindet! Habt ihr nicht
schon genug angerichtet? Laßt uns ins Frieden!« Wir durften
nicht mit diesen Fremden sprechen, und es war auch nicht er-

wünscht, daß wir sie beobachteten. Es war nicht einmal erwünscht, daß wir uns daran erinnerten, daß wir sie beobachtet hatten. Als eines Nachmittags einer von Vaters Besuchern das Haus verließ, behauptete Mutter, obwohl er mit Stephen einen Gruß gewechselt hatte (der mit nacktem Oberkörper vor dem Haus im hohen Gras zusammen mit Mr. Dulne Brombeerranken entfernt hatte), daß überhaupt niemand da gewesen sei; zumindest niemand, den Stephen gekannt habe. In Wirklichkeit war sich Stephen sicher, Vaters Besucher erkannt zu haben; er hatte ihn mehrere Male in unserem Haus in der Stadt gesehen; der Sohn des Mannes war ein Klassenkamerad von Stephen an dessen alter Schule gewesen; und doch konnte Stephen sich zu seiner großen Verwunderung nicht an den Namen des Mannes erinnern. Und als Stephen Mutter nach ihm befragte, tat Mutter so, als wüßte sie nichts. »Wer? Das habe ich nicht bemerkt. Ich hatte mich gerade hingelegt. Diese Hitze…« Stephen fragte, ob Vater mit seiner Sache bald vor Gericht gehen würde, und Mutter antwortete darauf sichtlich nervös: »Stephen, woher sollte ich das wissen! So etwas sagt er mir nicht. Aber bitte, frag deinen Vater nicht. Das mußt du mir versprechen!« Als ob irgend jemand von uns, ganz besonders Stephen, eine solche Warnung gebraucht hätte.

So waren die Tage und Nächte, zermürbend und unberechenbar. Zum ersten Mal in unserem Leben hatten wir Matheson-Kinder nichts zu »tun« – keine Freunde, die uns besuchten, keinen Privatunterricht, keine Schule, kein Fernsehen, keine Videos, keine Videospiele, keine Computer (einmal von Graemes in zunehmendem Maße defekten Computer abgesehen), kein Kino, keine Einkaufszentren; einige von uns durften mit Mutter, seltener mit Vater, ab und zu nach Contracoeur fahren, um dort die nötigen Einkäufe zu machen, aber es war uns verboten, in der Stadt herumzuschlendern, und ganz besonders streng war uns verboten, Gespräche mit Fremden anzufangen. Zu unserer Überraschung wurden uns bestimmte Arbeiten zugewiesen – etwas, was wir vorher nie hatten tun müssen, mit unserem zuvor großzügig bemessenen Taschengeld und unseren Kreditkarten. Hier in Cross Hill mußten wir arbeiten. Das war so ungerecht, weil wir zudem überhaupt kein Taschengeld mehr bekamen! Selbst die zehnjährigen Zwillinge Neale und Ellen bekamen Aufgaben zugewiesen! Mutter erklärte uns streng, daß wir uns vorerst mit der Tatsache abfinden mußten, daß wir nicht mehr die Leute waren, die wir einmal gewesen waren. Sie sagte das mit gesenkter Stimme, als würde sie etwas wiederholen, was jemand anderer zu ihr gesagt hatte: »Wir sind vorerst andere Leute geworden.« *Andere Leute!* Wir waren entsetzt, und es war uns peinlich. Wir wußten, daß wir betrogen wurden. Erinnerten uns daran, wie Mutter immer traurig und mitleidvoll lächelte, wenn sie von den »Armen« sprach, denen, die in den Vereinigten Staaten in Ghettos lebten oder in der so seltsam bezeichneten »Dritten Welt«; wenn wir im Fernsehen die sich ständig wiederholenden, deprimierenden Bilder von Leuten in Afrika, Indien, Bosnien sahen, die Hungersnot litten oder deren Wohnungen vom Krieg verwüstet waren. Vater und Mutter hatten immer Mitleid mit diesen tragischen Fällen gehabt, aber für andere hatten sie nur Geringschätzung übrig gehabt, solche Leute, wie wir es jetzt waren, Leute, die weniger Geld und Prestige als die Mathesons hatten; Männer in Vaters Beruf, die nicht wie er erfolgreich gewesen waren, und Frauen, die auf dem gesellschaftlichen Parkett gescheitert waren, anders als Mutter mit ihren unzähligen Freundinnen und Clubs und Verpflichtungen; jene, die es versucht hatten, zum gleichen Rang wie die Mathesons aufzusteigen, die aber daran gescheitert waren, die aus irgendeinem moralischen Mangel heraus gescheitert waren, den sie selbst zu vertreten hatten, und die deshalb Geringschätzung verdienten.

Nur, waren wir jetzt jene verabscheuten *andere Leute* geworden, wir selbst?

Und doch war Cross Hill und der Blick von den Hügeln der uns umgebenden Landschaft schön, gewann zumindest allmählich diesen Anschein.

Wenn wir nicht damit rechneten. Wenn wir uns plötzlich umdrehten und unsere Augen es *sahen*, bevor wir noch Zeit zum Nachdenken hatten.

Die Berge waren wunderschön, wenn sie in der Morgendämmerung aus dem Nebel heraufstiegen. Die Sonnenunter-
gänge waren schön: Der Himmel im Westen, hinter der Berg-
kette, war immer ein gewaltiger Feuerkessel, der sich selbst
verzehrte und allmählich in die Nacht hinein dunkler wurde.
In der Ferne, an klaren Tagen sichtbar, waren die Gebäude
und Kirchturmspitzen von Contracoeur auszumachen, wie
eine Spielzeugstadt am Black River. Und dann war da Lake
Noir, dessen Größe sich stets zu ändern schien, am größten
und turbulentesten, wenn der Wind stark war, der wie ein
aufgerauhter Spiegel wirkte, der alles Licht in sich hineinge-
saugt hatte, und, eine Unmöglichkeit in der Natur – im reinsten Schwarz dalag. Graeme senkte die Augen, um nicht in
Versuchung zu kommen, aus seinem Schlafzimmerfenster zu
sehen; er wollte lieber denken, daß er Cross Hill haßte, er
wollte nur nach Hause zurückkehren. (Aber wo waren wir zu
Hause, jetzt, wo das schöne Haus im Villenviertel verkauft
worden war? Wo man uns alle Besitztümer weggenommen
hatte? Jetzt, wo Graemes Handvoll von Freunden ihn vergessen hatten, ihm überhaupt keine E-Mails mehr schickten, von
ihm sogar wie von einem Toten sprachen?) Stephen, verärgert
darüber, in Cross Hill gefangengehalten zu werden, und deshalb mit Fluchtvorbereitungen beschäftigt, hatte nichtsdestoweniger inzwischen Spaß daran, mit den Händen zu arbeiten,
zumindest draußen bei gutem Wetter: *Das andere Haus ist verloren, das hier ist jetzt unser Zuhause*, dachte er vernünftiger-
weise. In der Stadt war er beliebt gewesen und von vielen bewundert worden; er zweifelte nicht sehr daran, daß er eines
Tages irgendwie in Contracoeur auch beliebt und bewundert
sein würde; sobald er einmal bekannt geworden war.

In seiner Schönheit wie ein Traum! In der irisierenden, mit
Feuchtigkeit durchsetzten Luft schwebend! Die Aussicht von
ihrem Fenster nach Westen, auf den Mount Moriah, zog Rosalinds Blicke so an, daß sie einfach nicht widerstehen konnte.
Trotz der Erbitterung in ihrem jungen Herz ertappte sie sich
dabei, wie sie dachte: *Wenn wir nur hierher gehörten! Wir könnten glücklich sein.*

5. Die Fahrräder

Viele Dinge, die wir mit nach Cross Hill gebracht hatten, verschwanden auf unerklärliche Weise. So hatten wir beispielsweise wochenlang nach unseren Fahrrädern gesucht. Und dann fanden wir sie eines Tages – oder das, was von ihnen übriggeblieben war. Wir starrten ungläubig in die mit Schutt und Unrat vollgestopfte Düsternis des Kutschenhauses und fragten uns, was aus unseren Fahrrädern geworden war. *Unseren* Fahrrädern, die so geglänzt hatten, die so schön, so teuer gewesen waren. »Verdammt, ich kann es einfach nicht glauben«, sagte Stephen. Denn Stephens Weltklassestraßenrenner war mit Abstand das beste von allen gewesen.

Nicht daß Stephen ein ernsthafter Radsportler gewesen wäre, aber er mußte immer das Beste haben. Und unsere Eltern hatten ihm natürlich jeden Wunsch erfüllt.

Stephen, Graeme und Rosalind schafften es schließlich, gegen Tränen der Wut und der Verzweiflung ankämpfend, die fünf Fahrräder auseinanderzuklauben und sie nach draußen ins Licht zu schieben – oder besser zu zerren. Was für eine Überraschung! Was für ein Schock! Da war Stephens italienischer Straßenrenner mit den zwanzig Gängen, der ihn mehr als achthundert Dollar gekostet hatte, da war Graemes Elf-Gang-American-Eagle, da war Rosalinds Fünf-Gang-Peugeot-Tourenrad, das einmal resedagrün-metallic gewesen war, da waren die zueinander passenden Schwinn-Kinderräder der Zwillinge mit den dicken Mountainbike-Reifen – alle verrostet, zerkratzt, mit Spinnweben bedeckt und allem Anschein nach auch mit Mäusekot. Man hätte unmöglich die Qualität von Stephens Fahrrad von der der anderen unterscheiden können; man hätte das früher einmal feuerrote Kinderrad Neales nicht mehr von dem veilchenblauen Kinderrad der kleinen Ellen unterscheiden können. Wir starrten die Räder verständnislos an, als wären unsere Fahrräder ein Rätsel, das wir lösen mußten, dem wir aber nicht gewachsen waren.

Stephen flüsterte erneut und rieb sich dabei die Augen: »Ich kann das einfach nicht glauben. Da ... stimmt was nicht.«

Graeme, der sich in Cross Hill zum Philosophen gewandelt hatte, war der erste, der sich von dem Schock erholte. Er lachte und schlug mit der Faust auf den mit Staub vollgesogenen Sattel seines American Eagle und wischte die Spinnweben von der Lenkstange. »Es ist, als ob Zeit verstrichen wäre«, sagte er. »Ganze Jahre. Das ist es, was mit materiellen Gegenständen in der Zeit passiert.«

»In der Zeit?« fragte Stephen. »Aber, wir sind doch erst seit ein paar Wochen hier.«

Rosalind achtete nicht auf den Disput ihrer Brüder. Sie hatte das, was ihrem Fahrrad widerfahren war, so gespürt, als ob es ihr selbst widerfahren wäre. Denn dieses Fahrrad gehörte doch *ihr* ... oder nicht? Sie war zu Hause nicht viel damit gefahren, hatte keine Zeit dafür gehabt und hatte es in Cross Hill mehr oder weniger vergessen; aber jetzt spürte sie den Verlust wie einen Schmerz, kniete nieder, um Schmutz aus den Speichen zu zupfen und Spinnweben und Staub wegzuwischen. Wenn das verrostete Peugeot-Emblem vorn am Rahmen nicht gewesen wäre, hätte sie möglicherweise ihr Fahrrad überhaupt nicht wiedererkannt. Sie sagte unsicher: »Vielleicht ist das eine Art Prüfung. Wenn wir nicht nachgeben ...«

Stephen lachte ärgerlich. »*Ich* gebe nicht nach. Nie werde ich das.«

Wenn unsere Eltern gewußt hätten, daß wir deshalb nach unseren Fahrrädern gesucht hatten, weil wir vorhatten, damit zum Lake Noir oder nach Contracoeur zu fahren, hätten sie uns das natürlich verboten; aber sie wußten es beide nicht. Es sei denn, Vater beobachtete uns aus seinem Raum im zweiten Stock. (Zum Teil bot uns das Kutschenhaus Deckung, wenigstens glaubten wir das. Tatsächlich waren wir gar nicht so sicher, welche Fenster im zweiten Stock die von Vater waren: Möglicherweise hatte er Zugang zu allen und damit eine Dreihundertsechzig-Grad-Rundumsicht auf Cross Hill und seine Umgebung.)

Sämtliche Fahrradreifen waren platt. Erstaunerlicherweise sahen sie aber nicht so aus, als wären sie verrottet oder brüchig. Stephen spürte die Luftpumpe auf, die ebenfalls schlimm verrostet, aber funktionsfähig war, und pumpte verbissen Luft in sämtliche Reifen; und dann probierten wir unsere Fahrräder schnell auf dem Acacia Drive aus, ehe die Luft wieder entwich. Wir lachten, waren aufgekratzt. An unserem Spiel war etwas Hektisches. Wir waren wie Kinder mit primitiven, klobigen, selbstgemachten und möglicherweise gefährlichen Spielzeugen; Spielzeugen, die plötzlich unter uns explodieren konnten. Die Zwillinge riefen einander aufmunternd zu, aber ihre Schwinn-Räder waren so mit Rost verkrustet, daß sie nur ein paar Meter weit fahren konnten, um dann auf dem von tiefen Fahrrinnen durchzogenen Weg umzukippen. Der schlaksige, langbeinige Graeme, der nie ein besonderer Radfahrer gewesen war, so wie er sich überhaupt in sportlichen Dingen nie zu Hause gefühlt hatte, saß auf seinem Rad und trat rückwärts in die Pedale; er probierte die Handbremsen aus (die den Anschein erweckten, als würden sie funktionieren – oder taten sie das nicht?); versuchte ohne Erfolg, seine auf der einen Seite seltsam herunterhängende Lenkstange geradezurichten, und setzte sich schließlich in Bewegung, gab grunzende Laute von sich, als er in die Pedale trat, und schaffte es dennoch, sich, wenn auch mit Mühe, vorwärts zu bewegen. Rosalind hatte trotz des mitgenommenen Zustands ihres Fahrrads mehr Erfolg; obwohl sie verängstigt kicherte, als wäre sie betrunken, gab sie sich Mühe, das Gleichgewicht zu halten, während ihr Fahrrad wackelte, schwankte und kippte und sie fast umgestürzt wäre; aber sie bewegte sich immerhin vorwärts. Stephen überholte sie, hielt sich krampfhaft an der gebogenen Lenkstange seines Fahrrads fest; auch er schwankte, als ob er betrunken wäre, war aber fest entschlossen, nicht zu stürzen, und schaffte es auch irgendwie – gerade als jeder glaubte, sein Fahrrad würde unter ihm zusammenbrechen und ihn schmählich mit zu Boden reißen –, es aufrecht und mit schierer Kraft in Bewegung zu halten. »*Ich* gebe nicht auf«, rief Stephen und lachte. »Niemals!«

Wir sahen zu, wie unser ältester Bruder auf seinem Fahrradwrack mit qualvoller Anstrengung vorankam, der Rücken seines T-Shirts von Schweiß durchtränkt, als würde er einen steilen Hang hinauffahren und nicht in Wirklichkeit einen leichten Abhang hinunter in Richtung auf das Eingangstor weiter zur Straße. Ein Schwarm Chrysippusfalter, leuchtend orange mit schwarzen Mustern, umflatterte ihn wie lauter Ausrufezeichen.

Stephen bewegte sich auf das Tor zu: Man hatte uns ausdrücklich untersagt, Cross Hill ohne Erlaubnis zu verlassen.

Das schmiedeeiserne Tor war natürlich offen; es war immer offen; mit Dornengestrüpp, Efeu und Moos überwuchert.

»He!« rief Graeme seinem älteren Bruder und seiner Schwester nach, die davonradelten. Er hoffte sie einzuholen, aber die verrostete Kette seines Fahrrads riß plötzlich ab, und er wurde ins Gras geschleudert. Hinter ihm winselten die Zwillinge. Vor ihm kamen Stephen und Rosalind voran, mit großer Mühe, kamen aber immerhin stetig voran, ohne sich umzusehen. Graeme, keuchend, mit aufgeschlagenem Knie, starrte ihnen nach. Er lächelte jetzt nicht mehr. Das Spiel war zu Ende. Obwohl der Sommernachmittag von Licht überflutet war, von fast blendend hellem Licht, erinnerte er sich plötzlich, daß das Ding-ohne-Gesicht den Acacia Drive im Mondlicht überquert und sich in Richtung Tor bewegt hatte. Plötzlich wurden ihm die Knie weich. Es hatte Gerüchte gegeben, daß in Contracoeur ein Mädchen oder ein kleines Kinde ermordet und verstümmelt worden war; Gerüchte von anderen Vorfällen in dem weiter entfernten Dorf von Lake Noir, das Graeme noch nie gesehen hatte; die Dulnes hatten diese Gerüchte nach Cross Hill gebracht, aber sie waren nie bestätigt worden; jetzt erinnerte Graeme sich an sie und erinnerte sich auch an das Entsetzen, das ihn gepackt hatte, als er das Ding-ohne-Gesicht im Mondlicht gesehen hatte, erinnerte sich, daß für ihn festgestanden hatte: *Das ist echt! Selbst wenn es nicht sein kann, ist es das.* Er hatte das Ding-ohne-Gesicht seit jener Nacht vor fünfzehn Tagen nicht mehr gesehen, aber er hatte das Gefühl, daß das Ding-ohne-Gesicht sich irgendwie seiner bewußt war, sich ihrer aller bewußt war, der Mathesons; es beobachtete sie, immer tat es das. *Und jetzt. Selbst jetzt: im Tageslicht.* Er hielt sich beide Hände an den Mund

und schrie plötzlich verängstigt: »Stephen! Rosalind! Kommt zurück!«

Aber sie waren schon außer Hörweite und entfernten sich leichtsinnig und übermütig immer weiter.

Seit er das offene Tor hinter sich gelassen hatte und sich auf der Landstraße befand, fühlte er sich auffällig gelockerter, freier; so als ob die Schwerkraft auf wundersame Weise irgendwie geringer geworden wäre; jenes seltsame Gefühl, das man empfindet, wenn man ins Wasser steigt und es anfängt, einem Auftrieb zu verleihen. Sein lädiertes Fahrrad hörte nicht auf, unter ihm zu schwanken und zu zittern, und sein Sattel war unnatürlich niedrig, wie für einen viel kleineren Jungen, ein stakkatohaftes *Klick! Klick! Klick!* war zu hören, als würde die Kette gleich auseinanderspringen wollen, aber Stephen blieb hartnäckig; er schaffte es, in den nächsten Gang zu schalten, und allmählich steigerte sich seine Geschwindigkeit. Und Rosalind, die versuchte, mit ihm Schritt zu halten, hatte eine ganz ähnliche Empfindung, das Gefühl plötzlicher Leichtigkeit, Munterkeit, als sie sich draußen auf der Straße befand, einer schmalen, asphaltierten Straße, kaum zwei Spuren breit. Ein würzig duftender Wind pfiff ihr entgegen und kühlte ihr erhitztes Gesicht und trocknete die Tränen der Enttäuschung in ihren Augen. »Siehst du? Was habe ich dir gesagt!« rief Stephen ihr zu und grinste. Sein wunderbar sonniges Lächeln tat ihr gut, als würde es bis in ihr Herz hineinstrahlen. Sein Lächeln, das so wie das Vaters war, nur daß es jungenhaft war, wirkte echt und aufrichtig; nicht von Ironie gesäumt. Sie lachten beide wie sorglose Kinder. Sie hatten es geschafft: Frei! Kinder eines entlassenen Richters am Obersten Appellationsgericht, und doch – frei!

Ihnen war schwindelig vor Wagemut. Sie wußten, daß sie möglicherweise bestraft werden würden. Aber sie dachten nicht daran – nicht an ihren Vater, nicht an Strafe; dachten an nichts als die würzige Sommerluft, die Sonne, die in Flecken durch die Büsche am Straßenrand strahlte; in dieser Landschaft aus Stein und wogenden Hügeln, die ihnen kaum bekannt war, umgeben von dichten, schattigen Fichtenwäldern, die sich mit offenen Wiesen abwechselten, auf denen die Farbenpracht der Wildblumen funkelte – das zarte Blau von Leberblümchen und Wegwarte, das kräftige Gelb von kleinen Sonnenblumen. Dicht neben der Straße plätscherten seichte, steinige Bächlein; und nicht weit von ihnen türmten sich die allgegenwärtigen düsteren Chautauqua-Berge in den Himmel, mit Fichten bedeckt und an den Gipfeln in Nebel gehüllt. Rosalinds Herz schlug mit einer seltsam verbotenen Freude. Ihr gerötetes, hübsches Gesicht strahlte förmlich vor Erregung, ihre Hände waren mit rotem Rost von der verrosteten Lenkstange bedeckt. Atemlos, von dem hügeligen Terrain gefangen, rief sie: »Stephen, warte auf mich!«

Sie fuhren in Richtung Contracoeur – oder nicht? Oder war es die Richtung, in der der Lake Noir lag, tiefer ins Land hinein? Sie mußten zwei Meilen weit geradelt sein, drei Meilen – und doch wirkte nichts vertraut. Keine Häuser, keine Farmen, nichts, was ihnen vertraut vorkam. Und seltsamerweise war kein Verkehr auf der Straße. Rosalind hätte das Stephen gern alles mitgeteilt, aber er fuhr zu weit vor ihr und entfernte sich immer weiter, ohne sich dessen bewußt zu sein, die ganze Hinterseite seines Hemds war vom Schweiß naß, seine sehnigen, muskulösen Beine traten unablässig in die Pedale. Rosalind spürte jäh Unbehagen aufkommen; nicht gerade Angst, aber Unbehagen; dachte, ohne sich dessen bewußt zu sein, an das scheußliche Ding-ohne-Gesicht, das neulich in ihrem Traum erschienen war und von dem Graeme behauptet hatte, er habe es draußen gesehen. War so etwas möglich? An einem solchen Sommertag, in solcher Umgebung fiel es Rosalind schwer, das zu glauben.

Aber, ja: Du weißt, daß es so ist.

Noch eine halbe Meile weiter, und da kam Stephen, kehrte zu ihr zurück, war besorgt, daß sein Hinterreifen die Luft verlor; und so radelten er und Rosalind widerstrebend nach Cross Hill zurück, etwa drei Meilen, obwohl es viel weiter schien, denn die Straße stieg jetzt beinahe stetig an, und ihr zersprungener Asphaltbelag, anscheinend seit Jahren nicht mehr ausgebessert, ließ sie vor Anstrengung die Zähne aufeinander mahlen. Als schließlich der angerostete, teils in sich zusammengebrochene schmiedeeiserne Zaun in Sicht kam, der Cross Hill umgab, von dschungelähnlicher Vegetation überwuchert, hatte sich der Himmel allmählich verdunkelt und hing jetzt voller schwerer, zerklüfteter Wolken, die ein warmer, schwefeliger Wind zusammengetrieben hatte, der aus der Richtung des Lake Noir herüberwehte. Stimmte etwas nicht? – Rosalind spürte wieder Unruhe aufkommen, Unbehagen. Durch die herunterhängenden Blätter sah sie das stattliche alte Kalksteingebäude auf seinem Hügel, kreuzförmig, ein düsteres Graurosa; wie ein Märchenhaus kam es ihr vor, sicherlich von ganz besonderen Leuten bewohnt, aber ob das Haus nun schön oder ganz schlicht häßlich war, hätte Rosalind, keuchend und vor Erschöpfung wie benommen, nicht sagen können. Was wußten wir Kinder schon von der Geschichte von Cross Hill, was hatte man uns vom Großvater unseres Vaters erzählt? – Nur, daß der schon seit Jahrzehnten tote Mann einen biblisch anmutenden Namen gehabt hatte: Moses Adams Matheson. Er hatte, wie es hieß, als Textilfabrikant ein Vermögen gemacht, in Winterthurn City, vierzig Meilen weiter südlich, und sich in die Ausläufer des Chautauqua-Gebirges nach Contracoeur zurückgezogen. Und doch gab es keine Portraits von ihm in Cross Hill; es gab keine Familienportraits, und an den Wänden hing, mit Ausnahme von verblaßten, in Streifen herunterhängenden Seidentapeten, überhaupt nur sehr wenig; die meisten Räume in den Flügeln hinter den verschlossen Fensterläden waren leer, leer nicht nur von Mobiliar, sondern auch von jeder Erinnerung einer Andeutung von Mobiliar. *Als ob die Geschichte selbst aus dem Haus verbannt worden, ausradiert worden wäre. Als ob die Geschichte selbst zu schmerzlich wäre, um sie zu bewahren.*

Als Stephen und Rosalind endlich durch das offene Tor von Cross Hill fuhren, fielen die ersten Regentropfen, trafen sie wie heißes Blei, zischend und stechend. Und wie steil der Weg jetzt war: Der Hügel von Cross Hill war doch nie so steil gewesen! Und der schlimm ausgefahrene Acacia Drive, der durch die grasbedeckte Ruine eines Parks führte, nie so anstrengend zu bewältigen! Als Stephen und Rosalind schließlich das Haus erreichten, waren sie außer Atem und in

Schweiß gebadet – an ihnen war nichts, was hätte attraktiv wirken können, denn sie stanken nach Schweiß; Rosalinds dünnes Baumwollhemd und ihre Shorts klebten an ihrem schlanken Körper, ihren harten, kleinen Brüsten, die ihr irgendwie abstoßend vorkamen. Und da waren, zu ihrem großen Mißvergnügen, Vater und Mutter und erwarteten sie auf dem von Unkraut überwucherten, plattenbelegten Vorplatz vor dem Haus; die anderen Kinder waren nirgends zu sehen, als ob man sie weggeschickt hätte. Vater trug ein zerdrücktes weißes Leinenjackett und sportlich wirkende Hosen; er war offenkundig zornig, gab sich aber Mühe, seinen Zorn im Zaum zu halten; etwas von seinem alten ironischen Charme hatte sich wieder eingestellt, als würde er vor dem Gericht sprechen oder im Fernsehen. Seine Augen waren ohne Ausdruck und Glanz, aber er brachte scheinbar mühelos ein Lächeln zuwege; Mutter, ein Stück hinter ihm, in hellgrünen Seidenhosen und einem dazu passenden kimonoähnlichen seidenen Oberteil, gab sich gar keine Mühe zu lächeln, denn ihr mit dickem Make-up belegtes Gesicht war vor Zorn aufgedunsen; die Augen vom Weinen verquollen; denn ihr, weil sie die Mutter war, hatte Vater sicherlich die Schuld für das schlechte Verhalten ihrer beiden ältesten Kinder gegeben. Vater sagte streng: »Stephen, Rosalind – wie könnt ihr es wagen, mir ungehorsam zu sein? Ihr wart ohne Erlaubnis weg, ohne auch nur eure Mutter oder mich zu verständigen, und habt Cross Hill verlassen, fast acht Stunden lang! Das ist ein unverzeihliches Verhalten.« Acht Stunden. Stephen und Rosalind sahen sich entsetzt an. Sie wehrten sich. »Aber wir waren doch höchstens eine Stunde weg! Wir haben nur unsere Fahrräder ausprobiert...« Und doch schien es klar, daß sie viel länger, viel länger als nur eine Stunde weg gewesen waren. Der Himmel, jetzt voller häßlicher, dunkler Wolken, hatte sich so verdunkelt, daß beinahe Zwielicht herrschte; die Temperatur war mindestens um zehn Grad gefallen; der durchdringende Regen hatte angefangen kräftiger zu werden und roch nach Nacht. Wie ein schuldbewußtes Kind brach Rosalind in Tränen aus: »Vater, es tut mir leid! Wirklich leid.« – »›Leid‹...!« sagte Vater verärgert. »Nachdem wir uns um euch krank gesorgt haben! Ihr geht jetzt beide sofort auf eure Zimmer. Ich unterhalte mich dann später mich euch.« Mit Scham erfülltem Gesicht eilte Rosalind ins Haus, aber Stephen blieb zurück, trotzig, erklärte hartnäckig, daß sie keine acht Stunden weg gewesen seien, daß er sich ganz sicher sei, keine acht Stunden weggewesen zu sein, und daß sie außerdem das Recht hätten, mit ihren Fahrrädern auszufahren. »Du kannst uns hier nicht wie Gefangene festhalten, Vater, bloß weil *du* einer bist.«

Einen Augenblick lang herrschte Stille. Das einzige Geräusch, das zu hören war, war das Zischen der Regentropfen auf dem Steinpflaster.

Vater trat schnell und doch mit einer gewissen Würde einen Schritt vor und versetzte Stephen, bevor noch Mutter ihn am Arm packen konnte, mit der offenen Hand einen Schlag ins glühende, verschwitzte junge Gesicht.

6. Arme Mutter

Arme Mutter – »Veronica Matheson«. Jener melodische Name, einst so häufig ausgesprochen und jetzt so selten. Für uns war unsere Mutter natürlich »Mutter«, und für die Dulnes war sie »Mrs. Matheson«, oder häufiger »Ma'am«; in der ganzen Familie hatte nur Vater das Vorrecht, sie mit ihrem reizenden Vornamen anzusprechen; und doch, wenn er sie ansprach, beim Abendessen beispielsweise, geschah das gewöhnlich in einem Tonfall, der milden, märtyrerhaften Tadel ausdrückte.

Veronica, was ist mit dem Essen los? Es schmeckt ja wie – Erde.

Veronica, warum müssen die Kinder immer wie Vagabunden aussehen, wenn sie zum Essen kommen? Und sie riechen außerdem, als ob sie tagelang nicht mehr gebadet hätten.

Veronica, warum ist es hier im Zimmer so – schwül? So drückend? Oder liegt das daran, daß wir so bedrückt sind?

Mutter saß auf ihrem Platz und sah Vater am Kopfende der Tafel an und lächelte ihr schönes, strahlendes Lächeln. Vielleicht hörte sie, was er sagte, vielleicht auch nicht.

Eine inzwischen vertraute Geschichte, uns immer wieder erzählt, und auch Mrs. Dulne, die nur den Kopf schüttelte und mitfühlende Laute von sich gab, war die Geschichte, wie in der Stadt Mutters Telefon aufhörte zu klingeln, als die ersten Gerüchte aufkamen, daß Richter Roderick Matheson bald in Ungnade fallen würde. Eines Morgens, ganz plötzlich – herrschte Stille im Haus. Wo früher einmal die ach so schicke Veronica Matheson von ihrer Beliebtheit wie benommen gewesen war, auf jeder Gästeliste vertreten, in einer hektischen Runde von Mittagessen, Wohltätigkeitsveranstaltungen, Museumseröffnungen, Empfängen und formellen Abendessen, war sie jetzt, so wie Richter Matheson, plötzlich wie ausradiert. »Als ob ich mich mit irgendeiner scheußlichen Krankheit in Quarantäne befände«, pflegte Mutter verbittert zu sagen. »Wir Mathesons: alle, selbst ihr Kinder: ›Schuldig bis zum Beweise der Unschuld.‹« Ihr fein geschnittenes Gesicht, mit dem so sorgfältig aufgelegten Make-up, fing an, einem verschmierten Aquarell zu ähneln; ihre haselnußbraunen Augen, einstmals so lebendig, waren jetzt vom vielen Weinen mit roten Äderchen durchzogen; ihr Atem, den sie, ohne es zu wollen, ihren Kindern ins Gesicht blies, roch sauer wie das Innere des alten Kühlschranks in der Küche. *Trinkt Mutter?* flüsterten wir. *Ist Mutter betrunken?* Wir liebten Mutter, aber wir haßten Mutter auch. Wir hatten Angst vor Mutter. »So hab ich sie früher nie gekannt, du?« sagte Rosalind. Und Graeme schauderte und schüttelte den Kopf; und Stephen, der, während er (wie wir argwöhnten) seine Flucht plante und versuchte, das beste aus den Dingen zu machen, sagte: »Mutter durchläuft gerade eine Phase. Wie ein Schmetterling.« Und Graeme meinte: »Wie ein Schmetterling, bloß umgekehrt.«

Was Mutter in der Stadt an zu wenig Zeit für uns gehabt hatte, hatte sie jetzt in Cross Hill, an diesen endlosen Sommertagen, wo die blasse Sonne sich finster über den Himmel schleppte und die Minutenzeiger jener Uhren im Haus, die noch funktionierten, manchmal den Eindruck vermittelten, als würden sie sich rückwärts bewegen –, hatte sie jetzt zuviel. Obwohl Vater schon in der ersten Morgendämmerung aufstand, um weiter an seinen Unterlagen zu arbeiten, stand

Mutter spät auf; so spät wie möglich, weil sie Angst vor einem neuerlichen Tag in der Verbannung hatte; sie badete in einer fleckigen, vorzeitlichen Wanne, die bestenfalls knöchelhoch mit rostfleckigem, lauwarmem Wasser gefüllt war; sie werkelte an ihrer aufgetakelten Maske von einem Gesicht und versuchte etwas mit ihrem Haar zu machen, schwebte in ihren mittlerweile zerdrückten, schmutzigen Stadtkleidern wie ein Gespenst im Haus herum, als würde sie auf eine Freundin warten, die sie zum Lunch in den Country Club oder ins neueste angesagte Restaurant abholte. *Trinkt Mutter inzwischen? Arme Mutter.* Sie wurde argwöhnisch, ja geradezu eifersüchtig auf Rosalind, die schnell zu einem schönen, behenden Mädchen heranwuchs, mit langem, gewelltem rotblondem Haar, das die Sonne ausgebleicht hatte; sie nahm ständig Stephen und Graeme ins Verhör, davon überzeugt, daß die beiden sich bei jeder sich bietenden Gelegenheit nach Contracoeur wegschlichen oder sogar noch weiter. Sie teilte ihren älteren Kindern Aufgaben zu, überwachte sie aber nur selten. Wo sie früher den Zwillingen Aufmerksamkeit gewidmet hatte, sie mit zwanghafter Sorgfalt als »unsere Nesthäkchen« angezogen hatte, schien sie jetzt offengestanden von ihnen gelangweilt zu sein und überließ es der freundlichen Mrs. Dulne für die beiden zu sorgen und sich deren ständiges, ängstliches Geschnatter anzuhören. Der kleine Neale, ein munterer, aufgeweckter Knabe, der sich in der Stadt durch eine bezaubernde, offene Art hervorgetan hatte, war auf dem Lande krankhaft nervös geworden; er zuckte zusammen, fürchtete sich vor Schatten, selbst seinem eigenen; er zerrte ständig an Mutters Arm, wie es sonst nur viel kleinere Kinder tun, und winselte ständig. »Es ist hier drinnen, es kommt herein, wenn wir nicht hinsehen, und versteckt sich, und wenn du das Licht einschaltest, verwandelt es sich in einen Schatten, und wenn du dich umdrehst, dann dreht es sich mit dir um, und deshalb *siehst* du es nie …«, lamentierte Neale ständig über jemanden oder etwas, von dem er überzeugt war, daß er oder es Cross Hill mit uns gemeinsam bewohnte. Mutter lachte dann gereizt und sagte: »Ich habe keine Zeit für kindische Spielchen. Ich kann nicht vierundzwanzig Stun-

den am Tag ›Mutter‹ sein!« Die kleine Ellen, ein Spiegelbild ihres Bruders, wenn auch ein wenig kleiner, mit großen,
unschuldigen, braunen Augen und der Angewohnheit, ständig an ihren Fingern zu lutschen, glaubte ebenfalls, daß jemand oder etwas mit ihnen in Cross Hill lebte, nur daß er
oder es tagsüber unsichtbar war. Ellen schlief nachts selten
durch, das arme Kind wimmerte und schlug in seinem Bett um
sich, aber Mutter erlaubte ihr nicht, eine Lampe brennen zu
lassen, nicht nur, weil es Rosalind stören würde, mit der sich
Ellen ein Zimmer im ersten Stock teilte, sondern weil das auch
das Risiko mit sich bringen würde, nachts auf uns aufmerksam zu machen. »Man kann Cross Hill meilenweit sehen. Wir
würden damit den Weg bis zu unseren Betten beleuchten.«

Eines Tages wimmerte Ellen mal wieder, und Tränen rollten
ihr über die erhitzten Wangen, und Mutter kniete verzweifelt
vor ihr nieder, packte sie fest an den dünnen Schultern und
schüttelte sie sanft: »Liebes, bitte weine nicht! Es gibt nicht genug Tränen für uns alle.«

Besonders regte sich Mutter über die *Contracoeur Valley Wee-
kly* auf, die Vater uns und ihr allerdings zu lesen verboten
hatte; aber Mrs. Dulne schmuggelte die Zeitung auf Mutters
Bitte in Cross Hill ein. Der größte Teil der Zeitung widmete
sich unbedeutenden Lokalnachrichten, aber in den letzten
Wochen hatten sich auf der Titelseite immer beunruhigendere
Schlagzeilen breitgemacht: Sechsjähriges Mädchen verschwunden, Sumpf durchsucht – Mädchen, 17, erwürgt
und verstümmelt in leerem Kornspeicher gefunden –
Leiche eines neunzehnjährigen Mannes in ausgebrann-
ter Hausruine aufgefunden – Brandstiftung! Die örtliche
Polizei ermittelte in diesen Verbrechen und anderen möglicherweise damit in Verbindung stehenden; einige Verdächtige waren verhaftet worden; Mutter las die Zeitung fasziniert
und entsetzt zugleich mit unerschütterlicher Konzentration
und erzählte uns nachher mit leiser, sichtlich erregter Stimme:
»So, seht ihr jetzt, weshalb euer Vater und ich nicht wollen,
daß ihr allein in die Stadt geht? Weshalb ihr Cross Hill niemals ohne unsere Begleitung verlassen dürft?«

Als ob unsere Eltern Cross Hill oft verlassen würden: nicht öfter als ein- oder zweimal die Woche. Die fünf Meilen weite Anreise nach Contracoeur! Wo uns, wenn wir Glück hatten, vielleicht erlaubt wurde, Mutter etwa in den Discountladen zu begleiten, um Lebensmittel zu kaufen, oder in den übel riechenden Drugstore, wo man uns neugierig und unhöflich anstarrte, oder in die kleinen Warenhäuser. Wir Mathesons, die bis jetzt in unserem ganzen Leben noch keinen Fuß in etwas so Langweiliges gesetzt hatten. Stephen verschmähte diese armseligen Ausflüge, aber Graeme und Rosalind gingen gewöhnlich der Abwechslung halber mit. Sie wurden davor gewarnt, sich zu entfernen – sich mit Fremden einzulassen –, aber das taten sie natürlich, sobald Mutter einmal abgelenkt war. Und sie bettelten darum und erhielten schließlich widerstrebend die Erlaubnis, einige Zeit in der kleinen öffentlichen Bibliothek zu verbringen. Während Graeme dort begierig in den Bücherregalen mit den wissenschaftlichen und mathematischen Werken wühlte, ging Rosalind scheu und nach Gesellschaft ausgehungert auf gleichaltrige Mädchen zu; brachte den Mut auf, sich selbst vorzustellen, erklärte, sie und ihre Familie seien neu in der Gegend und wohnten in Cross Hill. Die Mädchen von Contracoeur starrten sie verblüfft an. Eine von ihnen, mit frechen roten Lippen, auf eine vordergründige Art recht ansehnlich, sagte: »Ihr wohnt in Cross Hill? Dort wohnt doch überhaupt niemand.«

Hochsommer. Die schwefelig warme Luft, die vom Lake Noir südwärts wehte, brachte Mutter zunehmend stärker werdende Migräneanfälle ein.

Hochsommer. Ein schrilles Pfeifen und Kreischen von Grillen in den Bäumen, die Temperaturen stiegen über dreißig Grad und spannten die Nerven unserer armen Mutter straff wie Drahtseile.

Und da gab es falsche Geräusche, wie Mutter sich angewöhnte, sie zu bezeichnen – »grausame, falsche Geräusche« –, schrilles Vibrieren, gedämpfte Stimmen und Gelächter in entfernten Räumen in Cross Hill; ein Telefonklingeln, wo es weder ein Klingeln noch ein Telefon geben konnte. *Veronica?*

Ve-ro-nica? Eines brühheißen Nachmittags, Ende Juli, kam ein eleganter, grün-metallic Mercedes über den Kiesweg herangeholpert und verblaßte schließlich, als er in der kreisförmigen Auffahrt vor dem Haus zum Stehen kam; Mutter geriet in hektische Erregung und Panik, weil sie glaubte, es sei ihre beste Freundin, von der sie seit Monaten nicht gehört habe, dachte, sie würde sie zu einem Lunch im Country Club abholen: »Und ich bin nicht angezogen. Ich bin nicht gebadet. Und seht euch nur mein Haar an!«

Mutter war so durcheinander, daß Mrs. Dulne sie auffangen und tröstend in die Arme nehmen mußte.

Vor dem Haus sei kein Mercedes, da sei auch kein Mercedes in der Einfahrt gewesen. Und doch bestand Graeme hartnäckig darauf, ihn ebenfalls gesehen zu haben. Er hatte etwas gesehen, silbrig grün, wie ein Auto geformt, sich ruckartig bewegend und schnell verblassend, als es sich dem Hause näherte.

Arme Mutter. Nach dem falschen Alarm mit ihrer Freundin in dem Mercedes war sie ein paar Tage lang krank, erschöpft. Dann stand sie plötzlich mit Energie geladen auf, als Vater ihr mitteilte, daß in einer Woche wichtige Gäste in Cross Hill erwartet wurden, Gäste, um mit ihm über seinen Fall zu sprechen, der dem Obersten Staatsanwalt vorgetragen werden sollte. (Er hatte neue Daten gesammelt, neues Beweismaterial, sagte Vater. Beweise dafür, daß man gegen ihn vor Gericht Meineide geleistet hatte. Beweise, daß die ursprünglichen Anklagepunkte, die eine voreingenommene Grand Jury gegen ihn vorgebracht hatte, von Anfang an auf Betrug basiert hatten.) »Wir können diese, diese ekelhaften Zimmer nicht vorzeigen!« jammerte Mutter. »Wir müssen etwas tun.« Natürlich hätte sie gern die Räume im Erdgeschoß, die in Benutzung waren, neu dekoriert – aber dafür war kein Geld da. Statt dessen führte Mutter, das Haar mit einem bunten Kopftuch zusammengebunden, mit weiten Baumwollslacks und einem alten Hemd Stephens bekleidet, eine aus Mrs. Dulne und den Kindern bestehende Putzkolonne durch mehrere Räume; konzentrierte sich aus praktischen Gründen auf den eingeglasten Frühstücksraum mit Blick über den Crescent

Pond, wo Vater sich mit seinen Kollegen treffen wollte. Keines von uns Kindern hatte Mutter seit Monaten – seit Jahren – so mädchenhaft und begeistert erlebt! Ihre Augen, wenn auch leicht blutunterlaufen, strahlten. Ihr Teint unter dem verkrusteten Make-up war frisch und leuchtete. Binnen zwei Tagen waren die dreckverkrusteten Gitterfenster des Frühstücksraums geschrubbt, so daß die Sonnenstrahlen unbehindert hereinkonnten; der Parkettboden, lange Zeit von mehreren Schicht Schmutz bedeckt, war zum Teil gesäubert und poliert; der lange antike Tisch aus Kirschholz war poliert, und zehn hübsche Sessel, nicht exakt zueinander passend, aber in gutem Zustand, waren um den Tisch herum aufgereiht. Die alten, leicht vermoderten Seidenvorhänge waren entfernt worden, und Mutter und Mrs. Dulne, eine geschickte Näherin, hatten neuere Vorhänge aus einem anderen Teil des Hauses umgearbeitet, fröhlicher, heller Chintz, um sie an Stelle er alten aufzuhängen. Als Vater sah, was Mutter und wir anderen geleistet hatten, betrachtete er unser Werk dankbar mit aufrichtiger Überraschung. Tränen traten ihm in die Augen. »Veronica, wie kann ich dir danken? Ihr alle – ihr habt gezaubert.« In jungenhaftem Entzücken schnappte er sich Mutters Hände, um sie zu küssen, zögerte allerdings einen Augenblick, als er sah, wie weiß sie waren, wie dünn und verrunzelt von den Stunden, in denen Mutter mit Seifenlauge geschrubbt hatte, wie die einer alten Frau.

»Dann liebst du mich also, Roderick?« sagte Mutter ängstlich, was für uns Kinder, die das mit anhörten, irgendwie bedrückend war. »Dann bin ich dir also trotz allem eine gute Frau?«

Aber, arme Mutter! – Binnen weniger Tage war die ganze Arbeit dahin. Irgendwie wehten wieder Staubpartikel, Schmutz, regelrechter Dreck in die Winkel des Frühstückszimmers. Ein säuerlicher Geruch nach Verwesung breitete sich aus. Vögel, von den sauberen Fensterscheiben dazu verführt, hier keine gläsernen Barrieren zu sehen, flogen gegen die Fenster und brachen sich das Genick; lagen in melancholischen, gefiederten Häufchen auf dem Boden. Regen, der durch die zerbrochenen Scheiben hereingeweht wurde, hatte das Parkett verzogen, hatte die Polstersitze der Sessel durchnäßt und verfärbt. Selbst die fröhlichen Chintzvorhänge waren ausgefranst und schmutzig, als hätten sie schon jahrelang dort gehangen. Mutter hetzte herum, raufte sich das Haar und rief: »Aber – was passiert hier? Wer hat das getan? *Wer kann so grausam sein?*« Wir Kinder waren ebenfalls entsetzt und betrübt; Neale und Ellen, die Zehnjährigen, drängten sich erschreckt zusammen, überzeugt, daß das Ding, das mit uns zusammen im Haus wohnte, unsichtbar, das sofort verschwand, wenn man sich umdrehte, daß dieses Ding diesen bösartigen Schaden angerichtet hatte. Rosalind war verletzt und zornig, denn sie hatte verdammt hart gearbeitet; sie war stolz auf ihren Einsatz gewesen, hatte Mutter bei einer guten Sache geholfen. Stephen war stumm und nachdenklich und kaute an der Unterlippe, als ob eine Entscheidung bevorstand. Graeme, mit seinem verkniffenen, grämlichen Gesicht, das einen Ausdruck gespielter Zufriedenheit angenommen hatte, sagte: »Mutter, das ist das Schicksal des materiellen Universums – es läuft aus, dem Ende zu. Hast du gedacht, wir wären etwas Besonderes?«

Mutter drehte sich zu ihm herum und schrie: »Ich hasse dich! Ich hasse euch alle!« Aber sie schlug nur Graeme, riß ihm mit dem scharfen Rand ihres Smaragdrings die Wange unter dem linken Auge auf.

Dann taumelte Mutter und stürzte. Ihre Augen verdrehten sich, rollten nach innen. Ihr Körper traf weich auf dem schmutzigen Boden auf, wie ein achtlos weggeworfenes Bündel Stoff. Wie wir so dastanden und die wie vom Blitz gefällte Frau entsetzt anstarrten, war es, als wüßten wir Kinder, daß Mutter nie wieder die sein würde, die sie einmal gewesen war.

7. Opfer

Im Ort waren die Meinungen geteilt: Der marodierende Mörder war ein Schwarzbär, der Menschenblut gekostet hatte und davon tollwütig geworden war; oder: Der Mörder war ein menschliches Wesen, ebenfalls in einer Art Tollwut, der das Verhalten eines wild gewordenen Bären nachahmte.

Ende Juli gab es ein weiteres Opfer: ein elfjähriges Mädchen, das man übel erwürgt und zugerichtet in einem verlassenen Waldstück in der Nähe der Ortschaft Lake Noir auffand. Und Anfang August einen siebzehnjährigen Jungen, von mehreren schweren Schlägen auf den Schädel getötet, das Gesicht teilweise weggerissen, den man am Rande eines Friedhofs in Contracoeur aufgefunden hatte. Mutter warf nur schaudernd einen Blick auf die Zeitung mit den blutrünstigen Schlagzeilen: »Es ist einfach immer wieder dasselbe. Wie das Wetter.« Sie zeigte auch weder große Überraschung noch Interesse, als eines Morgens der Sheriff und zwei seiner Deputies aus der Stadt bei uns auftauchten, um uns formlos zu befragen; so wie sie alle in der Gegend befragten, erklärten sie. Diese Männer verbrachten den größten Teil ihrer Zeit mit Vater, der sie mit seiner Intelligenz und seiner ruhigen Höflichkeit zu beeindrucken schien. Sie mußten über Roderick Mathesons berufliche Probleme in gewissem Umfang informiert gewesen sein, trotzdem sprachen sie ihn immer noch voll Respekt mit »Richter«, »Euer Ehren«, und »Sir« an; denn die Hauptstadt des Bundesstaates war fast dreihundert Meilen entfernt, und Skandale und Machtkämpfe dort waren in Contracoeur nur von geringem Interesse.

Vater seinerseits war der Polizei gegenüber sehr entgegenkommend. Sie hatten keinen Durchsuchungsbefehl, aber er erlaubte ihnen, das Grundstück rings um das Haus zu durchsuchen. Wir alle, selbst Mutter und die Zwillinge, die seit dem Eintreffen der Polizeifahrzeuge unruhig gewesen waren, sahen aus den Fenstern im oberen Stockwerk zu. »Was erwarten die, hier zu finden?« fragte Mutter wie jemand, der eine nicht zu beantwortende Frage stellt. »Diese armen Irren.« Und Vater sagte mit der Andeutung eines Lächelns: »Nun, laß sie doch suchen. Es liegt in meinem Interesse, ein guter Staatsbürger zu sein. Und dann brauchen sie nicht hierher zurückzukehren und uns je wieder zu belästigen.«

8. Zweite Sichtung: Das Ding-ohne-Gesicht

Was ich verloren habe: username, password, Seele.
Wohin ich fliehen muß: nicht IRL. Es gibt keines.

Dies würde Graemes Abschiedsbrief sein, zuerst auf seinem defekten Computer getippt, wo die Wörter zu Blöcken aus sinnlosen Zeichen, Buchstaben, Ziffern und Computerhieroglyphen zusammenflossen; dann in daumenbreit hohen Großbuchstaben mit solcher Wut aufgeschrieben, daß die Spitze von Graemes Filzstift das Papier aufriß.

Er hatte aufgehört, von sich als von Graeme Matheson zu denken. Seine beiden Namen waren ihm widerwärtig geworden. »Graeme« – der ihm *gegebene* Name, als ein Geschenk, bei dem er keine andere Wahl gehabt hatte, als es anzunehmen. »Matheson« – der *geerbte* Name, als ein Schicksal, bei dem er keine andere Wahl gehabt hatte, als es anzunehmen.

Die Familie glaubte, daß er sich verändert hatte, noch schweigsamer geworden war und sich in sich zurückgezogen hatte, seit Mutter ihn auf so öffentliche und demütigende Art geohrfeigt hatte; seit sein Gesicht, jung, geschlagen, erstaunt, geblutet hatte, seit die dünne, ausgefranste Wunde zu einem reißverschlußähnlichen Kratzer geronnen war, der auf so seltsame, so perverse Weise immer frisch wirkte. (Zupfte Graeme an der Wunde herum, um sicherzustellen, daß sie frisch blieb? Wenn ja, dann hatte er das vielleicht unbewußt getan oder in einer seiner seltenen unruhigen Schlafphasen.) Tatsächlich wußte nur Graeme, daß die Ursache tiefer ging.

Weil er in der öffentlichen Bibliothek von Contracoeur in einer Abteilung, die sich *Geschichte des Contracoeur-Tals* nannte, einige alte, ledergebundene Folianten gefunden hatte, die seit Jahrzehnten nicht mehr aufgeschlagen worden waren; und dort hatte er aus Neugierde von dem berühmten Moses Adams Matheson gelesen, dem »Textilfabrikanten und Naturschützer«, der Cross Hill gebaut hatte, eines der »hervorragenden architektonischen Wahrzeichen der Region«; er hatte fasziniert erfahren, daß sein Urgroßvater im Jahre 1873 im Alter von zwölf Jahren, ohne von einem Erwachsenen begleitet zu sein, den Atlantischen Ozean von Liverpool nach Amerika im Zwischendeck eines Dampfers überquert hatte; daß er in Marblehead, Massachusetts, Lehrling eines Schiffbauers gewesen war, aber ihn bald wieder verlassen und im oberen Teil des Staats New York, in Winterthurn City, die erste von mehreren Matheson-Textilfabriken am Winterthurn River gebaut hatte; innerhalb eines Jahrzehnts war er ein wohlhabender Mann geworden; um die Jahrhundertwende bereits ein Multimillionär, in jener Ära, in der so aggressive Kapitalisten wie J. Pierpont Morgan, John D. Rockefeller, Edward Harriman und Andrew Carnegie mit Monopolen und Trusts und durch die systematische Ausbeutung nicht organisierter, hauptsächlich aus dem Ausland eingewanderter Arbeiter ihre gewaltigen Vermögen aufgebaut hatten. Moses Adams Matheson war nie so reich wie diese Männer und auch nicht so verrufen gewesen; und doch hatte Graeme beim schnellen Überfliegen dieser Texte erfahren, daß sein Urgroßvater seine Arbeiter auf grausame Weise ausgebeutet hatte; in seinen Fabriken waren Frauen, junge Mädchen, selbst Kinder tätig gewesen, und das für Löhne von zweieinhalb Dollar in der Woche; viele seiner Arbeiter waren jünger als zwölf Jahre gewesen, und Mädchen von sechs und sieben Jahren hatten dreizehn Stunden am Tag geschuftet. »Dreizehn Stunden!« flüsterte Graeme laut vor sich hin. Er hatte nie länger an einer Aufgabe gearbeitet, bis zu dieser Verrücktheit im Frühstückszimmer unter Mutters Lenkung; genaugenommen hatte er überhaupt noch nie länger als zwei Stunden hintereinander gearbeitet, und seine Bemühungen waren auch dann keineswegs gleichmäßig konzentriert gewesen. Er konnte sich nicht vorstellen, dreizehn Stunden lang zu arbeiten! Als kleines Kind, in einer lärmenden, erdrückend heißen oder eisig kalten Umgebung.

Graeme las entsetzt von dem »großen Brand in South Winterthurn am 8. Februar 1911« – eine der Matheson Textilfabriken war bis auf die Grundfesten abgebrannt, und dabei waren mehr als dreißig Menschen, darunter auch kleine Kinder, ums Leben gekommen; die Ermittlungen hatten ergeben, daß die Fabrik nicht über eine ausreichende Zahl von Notausgängen verfügt hatte und daß unerklärlicherweise die meisten vorhandenen Türen versperrt gewesen waren. Graeme ertappte sich dabei, wie er die bräunliche Fotografie eines rauchenden Gebäudeskeletts anstarrte; Feuerwehrleute und andere standen herum, und auf der beschneiten Erde lagen reihenweise in Segeltuch gehüllte Leichen, so viele! Und manche so klein! Eine Anzahl der Brandopfer war so schlimm verbrannt und ihre Gesichter so verkohlt, daß eine zweifelsfreie Identifizierung unmöglich war. *Körper ohne Gesichter.*

Graeme schob das Buch blindlings auf das Regal zurück. Er hatte genug von seiner Familiengeschichte. Wie recht er doch gehabt hatte, eine Art krankhafte Scham darüber zu empfinden, ein Matheson zu sein und in der Ruine von Cross Hill zu leben; errichtet, wie er erst jetzt entdeckte, auf den Gebeinen solch unschuldiger Opfer.

Er beschloß, Rosalind und Stephen nichts davon zu sagen. Jetzt noch nicht. Die Enthüllung war zu gräßlich, zu demütigend. Graeme wußte seinen eigenen jugendlichen Zynismus zu schätzen, hätte aber nicht gewollt, daß seine energischeren und anziehenderen älteren Geschwister daran Anteil hatten. *Jemand muß die Unschuldigen davor beschützen, zuviel zu wissen.*

Er fragte sich, ob Mutter über Moses Adams Matheson informiert war? Wahrscheinlich nicht. Bestimmt nicht.

Und Vater? Bestimmt.

Dem Untergang geweiht sein, verflucht sein – heißt das nicht auch, daß man etwas Besonderes ist?

Seit jenem Juniabend, zu Anfang unseres Sommers der Verbannung, als er die Kreatur gesehen hatte, die er das Ding-ohne-Gesicht nannte, hatte Graeme nachts selten länger als ein oder zwei Stunden an einem Stück geschlafen; häufig zog er sich gar nicht aus und legte sich überhaupt nicht ins Bett, weil es für ihn zu einem Ort der Qual und des Leids geworden war. Und so überkam ihn untertags der Schlaf in lähmenden Anfällen; er war dann außerstande, wach zu bleiben, und sank immer in tiefen, regungslosen Schlaf wie ein Säugling; der Schlaf überkam ihn wie ein Anfall, und er wachte dann häufig nach Atem ringend auf, die Augen weit aufgerissen und mit wie wild schlagendem Herzen. (Es konnte sein, daß er sich dann auf dem schmutzigen Boden eines der abgeschlossenen Zimmer in Cross Hill fand oder irgendwo im spitzen Gras des Rasens, und er konnte sich meist nicht erinnern, wie er dorthin gekommen war. Manchmal beugte sich einer von uns über ihn und rief: »Graeme, wach auf! Graeme, bitte wach auf!«) In dem Maße, wie Graemes Schlaflosigkeit schlimmer wurde, nahm sein perverser Stolz darauf zu. Er konnte nicht darauf vertrauen, daß die Nacht ihm Schlaf brachte, er konnte dem Tag nicht trauen. Wie sehr er sich doch danach sehnte, *online* gehen zu können, vor seinen unsichtbaren Freunden im Cyberspace damit zu prahlen, daß er, anders als sie alle, *nicht mehr schlief*. Er schwelgte in dem Wissen, daß Mutter, ganz in sich selbst zurückgesunken und ihren Kindern gegenüber inzwischen völlig gleichgültig geworden, nicht die leiseste Ahnung von seinem morbiden Zustand hatte; auch Vater schien es nichts auszumachen, er sprach ihn höchstens bei Tisch beim Abendessen ironisch an, wenn ihm der Kopf heruntersank oder er eine an ihn gerichtete Frage nicht beantwortete. (»Sohn, ich spreche mit dir. Wo sind deine Gedanken?« pflegte Vater dann zu fragen; und Graeme gab sich dann Mühe, seine Gedanken, sein Bewußtsein, in die Gegenwart zurückzuholen, so wie ein Junge vielleicht furchtsam an einem Papierdrachen zerrte, den ein unberechenbarer Wind hoch in den Himmel gerissen hatte, ein Wind, der die Macht hatte, ihn jeden Augenblick in Fetzen zu reißen. *Meine Gedanken! Meine Gedanken! Vater, die sind hier!*) Und doch isoliert sein, verflucht sein – das hieß, von sich selbst zu wissen, daß man auch auserwählt war.

Graeme hatte aufgehört, zu glauben, daß unser Vater vielleicht »rehabilitiert« werden könnte, daß »Gerechtigkeit« Platz greifen würde. Er hatte aufgehört daran zu glauben, daß wir jemals wieder zu unserem Leben in der Stadt zurückkehren würden; er hatte überhaupt aufgehört zu glauben, daß unser »altes Leben« jemals existiert hatte. So wie der Cyberspace, in dem er so viele Stunden seines jungen Lebens verbracht hatte, überall, aber zugleich auch nirgends existiert.

Und Nirgends muß den Sieg davontragen. Das endgültige Gesetz der Natur.

Jetzt, wo Mutter von Cross Hill gebrochen worden war, jetzt, wo Vater sich noch zwanghafter in seine Räume oben im Haus zurückgezogen hatte (uns Kindern ebenso verboten wie das Schlafzimmer unserer Eltern), stellte sich im Haushalt ein alle erfassendes Gefühl der Verwirrung ein; ein wenig wie der Nachhall eines Schocks, aber eines stummen, undefinierbaren Schocks, so wie wenn eine schwere Düsenmaschine am Himmel über einen dahinzieht.

Es war August; eine Zeit intensiver, drückender Hitze; eine Zeit vibrierender, flimmernder Hitze; und häufiger Gewitter und Blitze; eine Zeit häufigen Stromausfalls, in der das unzulängliche Leitungssystem in Cross Hill völlig zusammenbrach und manchmal stundenlang Dunkelheit herrschte. Eines Tages wurde uns bewußt, daß Mr. und Mrs. Dulne nicht mehr erschienen; irgendwie spürten wir, daß die beiden seit Wochen kein Geld mehr bekommen und die Hoffnung aufgegeben hatten, noch für ihre Arbeit bezahlt zu werden. Mutter erklärte mit ausdrucksloser, gleichgültiger Stimme, als würde sie sich zum Wetter äußern: »Sie werden ihr Geld schon bekommen. Vater wird ihnen einen Scheck schreiben. Zu gegebener Zeit.« Aber wann? fragten wir uns. (Wir schämten uns, daß dieses freundliche ältere Ehepaar, das so nett zu uns gewesen war, vielleicht betrogen würde.) Aber Mutter lächelte nur und zuckte die Achseln. Seit dem »Verrat« mit dem Frühstückszimmer, wie sie das inzwischen nannte, hatte sie sich ganz aus allen Gefühlen zurückgezogen. *Nicht mehr Mutter*, dachte Graeme bitter. *Aber wer dann?*

Ironischerweise waren Vaters wichtige Besucher an jenem Morgen nicht erschienen. Er hatte den ganzen Tag über auf sie gewartet, und es wurde einer unserer zähesten Augusttage. Zuerst hatte er ruhig und gelassen gewartet, in einem frisch gebügelten, blau gestreiften Leinenanzug, weißem Hemd und Krawatte, hatte sich Dokumente angesehen, die auf dem Kirschholztisch sorgfältig in mehreren Stapeln angeordnet waren; dann hatte er mit zunehmender Erregung am Vordereingang von Cross Hill gewartet, unter dem vermoosten, verfärbten neoklassizistischen Säulengang; als dann die Stunden dahinstrichen und die weißlich dampfende Sonne sich lethargisch über den Himmel bewegte, wurde er wieder ruhig und zeigte eine Art ironischer Resignation; starrte über die Grasfläche zum Eingangstor hinüber, wie jemand, der ferne Musik hört, die für andere unhörbar ist und schließlich für den Lauschenden selbst unhörbar.

In einer Augustnacht, im dunstigen Mondlicht, entschied Graeme sich dafür, seinem Bruder Stephen zu folgen; Stephen draußen im sumpfigen Gras, am Fuß der Zufahrt aufzulauern. Er wußte anscheinend, daß Stephen sich insgeheim nachts mit dem Fahrrad aus Cross Hill wegstahl; damit Vaters Weisung mißachtend, daß keiner von uns jemals wieder, sei es nun mit dem Fahrrad oder zu Fuß, das Anwesen ohne seine Erlaubnis verlassen dürfe. Graeme faszinierte es, daß sein Bruder so selbstbewußt Anordnungen unseres Vaters mißachtete, aber zugleich war er auch neidisch. *Wo geht er hin? Wer sind seine Freunde? Das ist gemein!* Stephen hielt sein Fahrrad in einer der Scheunen versteckt, ölte es verstohlen, schmirgelte mit Sandpapier den sich ständig wieder ansammelnden Rost ab, nahm Reparaturen vor; das italienische Straßenrennrad war zwar leicht und elegant gebaut, aber erstaunlich widerstandsfähig. Die Kette an Graemes Fahrrad war nie repariert worden, man konnte also nicht damit fahren; Graeme spielte mit dem Gedanken, daß er vielleicht Rosalinds Fahrrad nehmen würde; er und Stephen konnten dann zusammen fahren, nach – Contracoeur?

Und so wartete Graeme ins hohe Gras geduckt auf Stephen. Rings um ihn herum war das rauhe Zischeln nächtlicher Insekten zu hören. Einige sangen im Rhythmus, andere gaben vereinzelte durchdringende Rufe von sich, die wie Kreissägenlärm klangen. Graeme glaubte, daß seine Schlaflosigkeit teilweise vom Mondlicht ausgelöst war. Dieser Mond! Ein mitleidloses Auge, das ihn neckte, ihm zublinzelte und dann wieder finster auf ihn herunterblickte. *Und doch ist es auch eine Begabung, nie zu schlafen. Nie überrascht zu werden.* Graeme war überzeugt, daß er wach geblieben war, aber dann wurde er plötzlich von Schritten aufgeschreckt, einem Vibrieren der Erde; er setzte sich auf, benommen, einen Augenblick lang verwirrt, und dann sah er Stephen ganz in der Nähe vorbeigehen, oder eine Gestalt, die er für Stephen hielt – er stellte fest, wie groß, wie reif Stephen geworden war; alle hatten bemerkt, wie muskulös Stephen in diesem Sommer geworden war; er hatte draußen mit Mr. Dulne den ausgedehnten Rasen gemäht und gepflegt, der unweigerlich in ein paar Tagen immer wieder nachwuchs, schulterhohes Gras und strahlend bunte Wildblumen in einem wahren Aufruhr von Üppigkeit. »Stephen? Ich bin's«, stammelte Graeme. Und plötzlich kam ihm in den Sinn, daß sein Bruder ihn vielleicht abweisen würde: Er, Graeme, war den größten Teil des Sommers über mürrisch und verdrießlich gewesen und hatte sich Stephens häufigen, freundschaftlichen Annäherungsversuchen gegenüber abweisend gezeigt. »Stephen?« sagte Graeme. »Warte, darf ich mitkommen? Bitte …« Es kam ihm eigenartig vor, daß Stephen jetzt, wo dieser doch wissen mußte, wer er war, nichts gesagt hatte. Seltsam, daß er so plötzlich, vielleicht drei Schritte von Graeme entfernt, stehengeblieben war, die Arme erhoben, irgendwie angespannt, wachsam; das Gesicht vom Schatten verhüllt und völlig reglos. »Stephen?« Graeme taumelte, ohne zu überlegen, auf ihn zu.

Und sah in diesem Augenblick, daß die Gestalt, die ihm gegenüberstand, gar nicht sein Bruder Stephen war, sondern – das Ding-ohne-Gesicht.

Graeme stand wie gelähmt, wie erstarrt da. Vielleicht meinte er ja, daß das bloß ein Symptom der Schlaflosigkeit war, auf die er inzwischen auf so fatale Weise stolz war: eine Alptraumgestalt, die da vor ihm stand, und die er mit seiner Phantasie erschaffen hatte; ein Traum und nicht »wirklich«; oder, wenn doch »wirklich«, dann so wie die Greueltaten wirklich waren, von denen in der Wochenzeitung von Contracoeur berichtet wurde, in irgendeiner Weise ohne Beziehung zu ihm. Graeme blieb keine Zeit, um Hilfe zu schreien, als die Gestalt sich auf ihn warf, mit beiden Händen nach ihm schlug, so wie ein wild gewordener Bär vielleicht wild und blindlings zuschlagen würde – um einiges schwerer und stärker als Graeme, so daß er zu Boden geschleudert wurde als wäre er ein kleines Kind und nicht ein dreizehnjähriger Junge.

Mit Ausnahme der Geräusche der nächtlichen Insekten herrschte Stille, denn die Kreatur sprach nicht, noch konnte Graeme schreien, weil ihm die Luft weggedrückt wurde, als sich das Ding-ohne-Gesicht dort, wo er hingefallen war, über ihn kauerte und auf seinen ungeschützten Kopf einschlug und sich in sein Gesicht verkrallte und daran zerrte und ihm das Fleisch vom Gesicht riß, als Graeme immer weiter fiel, in die Erde, unter den wilden Gräsern von Cross Hill.

9. Der verräterische Sohn

Zum zweiten Mal in jenem Sommer in unserer Verbannung nach Contracoeur wachte die Familie auf und stellte fest, daß unser Bruder Graeme verschwunden war. Und wieder riefen wir seinen Namen und suchten nach ihm; Rosalind führte uns sofort zum anderen Ufer des Crescent Pond – der im Laufe des Augusts zu nicht viel mehr als einer schwarzen, brackigen Pfütze inmitten von Sumpfgräsern und vertrocknetem Schilf zusammengeschrumpft war. Aber da war natürlich niemand, und auch keine Fußabdrücke in der weichen Erde. Wir riefen voll Ungeduld: »Graeme? Gra-eme!«, nahmen Graeme sein kindisches, eigensüchtiges Verhalten übel, das uns alle ärgerte. (Außer Mutter, die am späten Vormittag in ihrem schmutzigen seidenen Morgenrock herunterkam, um dann fast reglos im Frühstückszimmer zu sitzen, zu teilnahmslos, um sich selbst den Tee zu bereiten, so daß das Rosalind üblicherweise für sie tat, während ihr verblaßter, wäßriger Blick auf uns ruhte.) Zuerst blieb Vater einigermaßen ruhig, wenn er auch darüber verstimmt war, daß sein Terminplan durcheinandergebracht worden war; dann, als der Eindruck sich verdeutlichte, daß Graeme vielleicht wirklich verschwunden war, beteiligte er sich an unserer Suche, unbeholfen, mit dem unsicheren Schritt eines Genesenden, immer wieder im grellen Sonnenlicht die Augen zusammenkneifend, wenn er durch das schenkelhohe Gras watete und Mücken von seinem

Gesicht wischte. Wir hörten überall seine Stimme hallen: »Graeme! Ich befehle dir zurückzukommen! Sohn, hier spricht dein Vater!« Er war abwechselnd wütend und verängstigt; seine Wut überraschte uns nicht, aber seine Angst fing an uns zu erschrecken, denn es kam nur selten vor, daß unser Vater irgendwelche Empfindungen von Schwäche zeigte.

Schließlich suchte Stephen in den Sachen auf Graemes mit allem möglichen Kram überhäuften Schreibtisch herum und entdeckte dort die geheimnisvolle Botschaft, die sein Bruder dort so gewissenhaft in Druckschrift hinterlassen hatte:

Was ich verloren habe: username, password, Seele.
Wohin ich fliehen muß: nicht IRL. Es gibt keines.

Vater war über diese Worte erstaunt, gerade so, als ob er nicht gewußt hätte, daß sein dreizehnjähriger Sohn zu solcher Eloquenz fähig war. Mit verwirrt klingender Stimme fragte er Stephen, was »IRL« bedeutete, und Stephen sagte zögernd: »Ich glaube, das bedeutet ›In Real Life‹, Vater«, und Vater sagte: »›Im richtigen Leben‹ – aber was soll das bedeuten?« Und Stephen sagte zögerlich: »›IRL‹ ist ein Cyberspace-Ausdruck und bezieht sich auf, nun, alles was *ist*, außerhalb vom Cyberspace.« Einen langen, qualvollen Augenblick lang ließ Vater diese beunruhigende Enthüllung auf sich einwirken; sein blasser, verwundeter Mund arbeitete lautlos. Dann sagte er: »Dann hat Graeme uns also verlassen. Er ist weggelaufen. Er lehnt mich ab. Er hat den Glauben an *mich* verloren.«

»Aber Graeme könnte … sich verlaufen haben«, sagte Stephen protestierend. »Selbst wenn er weggelaufen ist, er ist ja noch ein Kind. Er könnte Hilfe brauchen, wir sollten ihn lieber als vermißt melden«, und Vater sagte mit einer Miene, die diesen Vorschlag abtat: »Graeme ist ein verräterischer Sohn. Er ist nicht länger mein Sohn. Ich kann ihm nie verzeihen, und ich verbiete euch anderen, ihm zu verzeihen oder mit ihm Kontakt aufzunehmen. Er hat sich von uns allen losgesagt – den Mathesons. Wir müssen ihn aus unseren Herzen verstoßen.«

Noch bevor Stephen ihn daran hindern konnte, riß Vater ihm Graemes Botschaft aus der Hand und zerfetzte sie.

10. Der verlorene Bruder

So begab es sich, daß unser Bruder Graeme im Spätsommer
unserer Verbannung auf Cross Hill verschwand und nicht als
vermißt gemeldet wurde; noch fand man je in der alten Hausruine oder auf dem Gelände eine Spur von ihm, obwohl Rosalind, ohne zu wissen, was sie tat, sich häufig dabei ertappte,
wie sie nach ihm oder nach jemandem suchte – sie hörte dann
eine schwache, vorwurfsvolle Stimme, die *Rosalind! Stephen!*
rief und die, wenn Rosalind innehielt, um genauer hinzuhören, in dem ständigen Wind unterging. Rosalind wanderte durch ferne Korridore und Räume in dem alten Haus,
entdeckte Teile davon, die sie nie zuvor gesehen hatte; stieg
über schmale, ächzende Treppen nach oben, schnüffelte in
Wandschränken herum und spähte in die dunklen, spinnwe-
benverhangenen Winkel, wo sich aller möglicher Haushalts-
kram wie Treibholz angesammelt hatte. Im Freien fühlte sie
sich zu den alten, zerfallenden Scheunen hingezogen, den
verfaulenden Wein- und Glyzinienspalieren mit ihrer Anmu-
tung vergangener Romantik, den hohen raschelnden Gräsern
des Parks, der sich wie ein Binnensee weithin erstreckte. *Rosalind! Ste-phen! Helft mir!* Und doch fingen Graemes Züge an in
ihrer Erinnerung zu verblassen, wie ein Polaroidfoto, das man
übermäßig greller Sonne ausgesetzt hat. Und tatsächlich
schien es im ganzen Haus keine Fotos oder Schnappschüsse
von Graeme zu geben; es stellte sich heraus, daß der größte
Teil der von Mutter in Alben gesammelten und zwanghaft ge-
hegten Familienandenken bei dem Umzug aus der Stadt ver-
lorengegangen war. Wäre Vater also bereit gewesen, seinen
verschwundenen Sohn der Polizei zu melden, wäre da die
Peinlichkeit gewesen, kein einziges Bild von Graeme vorweisen zu können.

Rosalind musterte sich besorgt in den fleckigen, trüben
Spiegeln von Cross Hill. In diesem langen Sommer war sie
drei Zentimeter, vielleicht auch mehr, gewachsen, ihr schlanker Körper fing an sich zu füllen, ihre Beine waren lang, schön
geformt und muskulös; sie hatte sich eine goldene Bräune zu-
gelegt und war nun an der Schwelle zu ihrem fünfzehnten

Geburtstag ein auffallend gutaussehendes und zunehmend selbständiges Mädchen, und doch war ihr Abbild in diesen alten Spiegeln blaß, zitterig, verängstigt wie ein Spiegelbild in von Wellen gekräuseltem Wasser. War auch sie im Begriff zu verschwinden? Oder lag es nur an der Unzulänglichkeit der Spiegel? Sie hatte bemerkt, daß auch Stephen, wenn man ihn in gewissen Spiegeln sah, vage und unbestimmt wirkte, und die Zwillinge Neale und Ellen, die diesen Sommer überhaupt nicht gewachsen waren, sondern beunruhigenderweise eher vielleicht einige Zentimeter eingeschrumpft waren, erschienen überhaupt nicht, bloß als wabernde, wäßrige Bilder, wie schlecht ausgeführte Aquarelle. Den Schmutz von einem Spiegel abzuschrubben und das Glas zu polieren nützte wenig, denn das Blei der Rückwand schimmerte durch; wie Mrs. Dulne in echter Verzweiflung gesagt hatte, als sie und Rosalind einmal versucht hatten, einen Spiegel wiederherzustellen: »Cross Hill ist *alt*.«

Eines Nachts, es war schon sehr spät, flüsterten Rosalind und Stephen in dem dunklen Korridor vor ihren Schlafzimmern, und Rosalind wagte es, Stephen zu fragen, ob er anfange, ihren Bruder zu vergessen. Rosalind hatte beinahe Graemes Namen vergessen – und sprach ihn dann ganz bewußt aus: »Graeme.« Stephens Antwort darauf war ein unverzügliches, vielleicht sogar zu unverzügliches, »Nein«. Dann fragte Rosalind, ob Stephen manchmal ihre Namen in der Ferne höre, so schwach und lockend wie der Wind, und Stephen schauderte und gab zu, ja, er höre manchmal »etwas – ich bin mir aber nicht sicher, was.« – »Aber es klingt wie Graeme, oder?« bohrte Rosalind nach, und Stephen sagte, als ob das etwas wäre, über das er selbst gebrütet hatte: »Wenn er will, daß wir zu ihm kommen, wie zum Teufel sollen wir das anstellen? Wir wissen ja gar nicht, wo er ist.« Sie sprachen eine Weile mit gedämpfter Stimme darüber, wohin Graeme gegangen sein könnte. Zurück nach Hause? – in die Stadt? Aber was würde er dort tun? Bei einem Freund wohnen? Das war nicht sehr wahrscheinlich. Und was Verwandte betraf, so schienen Mutter und Vater wenige zu haben; Vaters Eltern waren schon lange tot, und Mutters verwitwete Mutter, die wieder verheiratet war und jetzt in einer Eigentumswohnung in Sarasota, Florida, wohnte, hatte nie großes Interesse an ihren Enkelkindern an den Tag gelegt. »Aber glaubst du denn, daß Graeme für sich selber sorgen kann, sich selbst ernähren?« fragte Rosalind mit gerunzelter Stirn, und Stephen sagte: »Wenn wir das müßten, könnten wir alle für uns selbst sorgen. Wir könnten uns Arbeit beschaffen, unabhängig sein. Wir könnten zur Schule gehen, aber allein leben – warum nicht?« – »Wir … das könnten wir?« sagte Rosalind darauf mit zittriger Stimme, irgendwie fasziniert. »Ich glaube, da hätte ich Angst«, und Stephen meinte ungeduldig: »Unser Urgroßvater, Moses Matheson, ist ganz allein in dieses Land gekommen, als er erst zwölf Jahre alt war«, und Rosalind sagte: »Hat Vater dir das gesagt?«, und Stephen antwortete darauf: »Nein, ich habe das in einem Buch gelesen, in der Bibliothek in der Stadt«, und Rosalind sagte: »Aber die Leute waren damals anders! Ich glaube nicht, daß ich so stark sein würde, so tapfer«, und Stephen legte den Zeigefinger an die Lippen und ging weiter und sagte: »Doch, das könntest du.«

11. Immunität

»Ich kann es nicht glauben!« flüsterte Stephen hörbar.

Er war zu erregt, um an dem Tisch in der öffentlichen Bibliothek von Contracoeur sitzen zu bleiben, und so stemmte er sich in die Höhe und las über die ausgestreckte Zeitung gebeugt im Stehen weiter; an seiner Stirn pulste eine Ader, und der Schweiß rann ihm in kleinen Bächen wie Tränen über das Gesicht. Und die ganze Zeit dachte er, von Übelkeit erfüllt: *Ich kann es nicht glauben, aber ich weiß, daß es wahr sein muß.*

Diese gräßlichen, widerwärtigen Schlagzeilen. In verbotenen Zeitungen aus dem vorangegangen Winter. Titelfotos von Richter Roderick Matheson und einem halben Dutzend anderer Männer. Verhaftet unter der Anklage der Bestechung, der Korruption und der Verschwörung zur Behinderung polizeilicher Ermittlungen. Es handelte sich um Zeitungen aus Albany, die uns verboten waren, den Kindern von Roderick Matheson. Diese Dokumente hatte Stephen schließlich in der Bibliothek in Contracoeur herausgesucht, sich damit bewußt dem Befehl seines Vaters widersetzt.

Er wischte sich Tränen zorniger, verletzter Scham aus den Augen. Er hoffte, daß ihn niemand beobachtete! Wunderte sich über seine Naivität, seine Dummheit, daß er so lang gebraucht hatte, um nach den Beweisen zu suchen, wo er doch all diese Monate irgendwie gewußt hatte, was es sein könnte.

Sollte ich ein Messer mitnehmen, eine Waffe, um mich zu schützen?
Irgendwie hatte Stephen das immer wieder versäumt. Dachte immer erst dann an ein Messer, als es zu spät war, als er das Haus bereits verlassen hatte und heftig in die Pedale seines Fahrrads trat, um wegzufahren.

In jenen sich dahinschleppenden Sommernächten hatte er angefangen, sich immer wieder aus der Ruine von Cross Hill wegzustehlen. Zu unruhig, um schlafen zu können oder in seinem zerwühlten Bett zu liegen und den schrillen, rhythmischen Schreien der nächtlichen Insekten zu lauschen. Obwohl in der drückend feuchten Hitze der zweiten Augusthälfte praktisch kein Wind wehte, hörte Stephen doch die schwache, klagende, vorwurfsvolle Stimme, die nach ihm rief: *Ste-phen! Stephen!* Aber wenn er dann den Atem anhielt, um genauer hinzuhören, war die Stimme wieder verschwunden, als ob es sie nie gegeben hätte.

Und schließlich entfernte er sich verstohlen aus der Ruine von Cross Hill. Und niemand wußte davon! Und fuhr trotzig auf seinem behenden Fahrrad dahin, das jetzt mit der hungrigen Energie eines Straßenköters über die mondbeleuchtete Straße raste.

In der ersten Nacht fuhr Stephen vielleicht zwei Meilen weit, ehe er wieder umkehrte, vom schlechten Gewissen gepeinigt und der Sorge, Vater könnte vielleicht seine Abwesenheit bemerkt haben. Er fürchtete sich auch davor, weiter in die Dunkelheit hineinzufahren, da Wolken den Mond wie Granatsplitter verdunkelten. Denn, was war da mit jenem Ding, das sein Bruder gesehen hatte oder von dem er zumindest behauptet hatte, es gesehen zu haben – dem Ding-ohne-Gesicht?

Stephen glaubte zwar irgendwie nicht, daß eine solche Kreatur existierte, aber er glaubte sehr wohl, daß da ein tollwütiger Schwarzbär Menschen angriff, ein Schwarzbär, dessen Appetit der Geschmack menschlichen Bluts geweckt hatte.

In der zweiten Nacht radelte Stephen etwa vier Meilen, ehe er umkehrte. Er war außer Atem, wie aufgeputscht. *Eine Waffe, ein Messer – ich sollte etwas zu meinem Schutz haben.* Wie seltsam, daß Stephen jedesmal, wenn er seine nächtliche Reise antrat, vergaß, ein Messer mitzunehmen; noch nicht einmal ein Taschenmesser; erst wenn er sich dann tatsächlich auf der Straße befand, in der öden Einsamkeit der Nacht, und zwischen düsteren, dunklen, duftenden Feldern und Wiesen und bewaldeten Hügeln dahinschoß, die vor unbekanntem, unsichtbarem Leben vibrierten, erst dann erinnerte er sich daran: *Ich könnte in Gefahr sein, ich sollte etwas zu meinem Schutz haben.*

Wie er sich danach sehnte, nie wieder zur Ruine von Cross Hill zurückzukehren! Sein Herz schlug vom Hochgefühl der Flucht wie wild. Und doch kehrte er natürlich immer zurück; er war ein verantwortungsbewußter Junge; niemals würde er seine Schwester Rosalind und die Zwillinge Neale und Ellen verlassen; und er zögerte auch trotz allem, Vater und Mutter zu verlassen. Denn er sehnte sich danach, all das zu glauben, was Vater gelobt hatte: *Habt Geduld mit mir, Kinder. Glaubt an mich! Ich werde rehabilitiert werden. Ich werde uns alle rehabilitieren.* Es war doch wahr, oder? Es mußte wahr sein. Und so kehrte Stephen Nacht um Nacht vor Anbruch der Morgendämmerung wieder nach Hause zurück; der Kopf schmerzte ihm vor Erschöpfung und doch zugleich auch einem Gefühl der Erleichterung, und Schulter-, Arm- und Beinmuskeln prickelten angenehm. Es war schon ein besonderes Erlebnis, jetzt auf dem Fahrrad zu fahren: nicht länger auf dem elitären italienischen Straßenrenner, das ein teures Geburtstagsgeschenk seiner Eltern gewesen war, sondern diesem zerschrammten, zerbeulten Klepper, der so bequem zwischen seine Beine paßte. Der bei ihm den Eindruck hervorrief, als würde er beinahe leben. Als drängte er ihn, über die unebene Straße in Schattenregionen hinein zu fliegen, die sich teilten, um ihn aufzunehmen, wie um ihn zu begrüßen. *Ste-phen! O Stephen!*

Und so kehrte er wieder zurück und versteckte sein Fahrrad unter einer wasserdichten Plane in einem dichten Gebüsch neben der Straße. Gratulierte sich zu seiner Schlauheit. Gratulierte sich, obwohl er verschwitzt war und seine Nerven prickelten, zu seiner Furchtlosigkeit. Er bewahrte sein Fahrrad neben der Straße auf, damit er sich leichter aus dem Haus schleichen und geduckt durch den Park laufen und sich durch eine Öffnung im schmiedeeisernen Zaun zwängen konnte, unentdeckt; da man ihn hätte entdecken können, wenn er sein Fahrrad über den Acacia Drive geschoben oder gefahren hätte.

Heimlichkeit war Stephen zur zweiten Natur geworden.

Er fragte sich: *War das bei Graeme auch so gewesen?*

Er fragte sich: *Folge ich dem Pfad meines Bruders, werde ich wieder mit ihm vereint werden?*

Stephen wurde nie dabei entdeckt, wenn er Cross Hill nachts verließ. Wie seltsam also, wie unerwartet und wagemutig, daß er sich dabei ertappen sollte, auch untertags davonzuschleichen.

Denn, als der Sommer sich dem Ende zuneigte, war Mutter bezüglich keines ihrer Kinder mehr wachsam. Rosalind kümmerte sich um die Zwillinge, die sich wie drei- oder vierjährige Kinder an sie klammerten, nicht wie fast elfjährige. »Armer Neale! Arme Ellen!« Rosalind drückte sie an sich und küßte sie und versuchte sich ihren klebrigen Umarmungen zu entwinden: »Ihr müßt zusehen, allein zu spielen. Bitte!« Stephen hatte, obwohl er seinen kleinen Bruder und seine kleine Schwester sehr gern hatte, noch weniger Geduld mit ihnen als Rosalind. Wenn sie hinter ihm herliefen, wenn er draußen arbeitete, den stets üppigen Rasen mähte, tolerierte er sie eine Weile; dann schickte er sie, laut in die Hände klatschend, ins Haus. »Rosalind ruft nach euch! – Geht schon.« Und dann sah er verstohlen zum Haus hinüber, zu den blanken, glitzernden Fenstern, aus denen vielleicht noch vor wenigen Wochen Mutter nachgesehen hätte, was er machte; oder sein Blick hob sich zu dem geheimnisvollen zweiten Stock, wo Vater ihn unter Umständen gerade beobachtete.

Aber Vater entfernte sich immer weiter von uns, entzog sich uns. Er erschien selten vor dem frühen Abend im Erdgeschoß, und manchmal nicht einmal dann. Seit seinem Wutausbruch über Graemes verräterisches Verhalten hatte niemand mehr ein tadelndes Wort von ihm gehört. Nichts von Zorn oder Ekel Stephen gegenüber gemerkt, obwohl er manchmal beim Abendessen sarkastische Bemerkungen über Stephens »ungepflegtes, verwildertes« Aussehen machte oder spitz fragte: »Sohn, wann hast du zuletzt gebadet? Kannst du dich noch daran erinnern?«

Also fing Stephen an, sich auch untertags aus Cross Hill wegzuschleichen. Wenn er beispielsweise ein Scheunendach reparierte, sprang er herunter, rannte gebückt zur Straße hinüber, grinste wie ein wildes, ungebärdiges Kind. Und da war sein Fahrrad, das er so liebte, lag auf ihn wartend unter der Plane; Stephen kam es immer wie ein Wunder vor, daß das Fahrrad in seinem Versteck war; er sprang auf und radelte in Richtung Contracoeur los. Es schien ihm die natürlichste, die unvermeidlichste Sache der Welt, als würde ihn eine mächtige Gewalt zu jener kleinen, gewöhnlichen Stadt am Ufer des Black River ziehen; früher einmal eine Fabrikstadt, aber schon lange nicht mehr prosperierend; und dennoch nicht in ähnlich schlechter Wirtschaftslage wie andere vergleichbare Städte in der Chautauqua-Region, denn es gab noch ein blühendes Holzgewerbe. Er, der Contracoeur einmal als eine Hinterwäldlerstadt verschmäht hatte, die keines zweiten Blicks wert war, schlenderte jetzt vergnügt durch die Straßen, die gepflasterten wie die ungepflasterten; er lächelte Fremden zu und war davon gerührt, daß sie sein Lächeln erwiderten. Er war ein gutaussehender, sonnengebräunter, liebenswürdiger Junge mit von der Sonne ausgebleichtem, welligem, braunem Haar, das ihm über den Kragen hing, und einem offenen, angenehmen Blick: Und doch mangelte es ihm an Eitelkeit, um eine klare Vorstellung davon zu haben, wie er vielleicht auf andere wirken mochte. Denn wenn er mit unserer Mutter bei deren angestrengten Einkaufsexpeditionen nach Contracoeur gekommen war, hatten die Leute ihn immer unverhohlen angestarrt; jetzt, wo er allein war, spürte er, wie ihre Augen ihn mit gezielter Neugierde musterten, aber nicht, so weit er das feststellen konnte, feindselig. Eines Nachmittags, als Stephen einigen Jungen im High-School-Alter beim Softballspiel zusah, lud man ihn kurzerhand ein, doch mitzuspielen, und bald darauf war er mit einem guten Dutzend Jungen und Mädchen aus Contracoeur bekannt. Er stellte sich schüchtern zunächst als »Steve« vor; erst als man ihn fragte, wo er wohne, rückte er mit der Wahrheit heraus: »In dem alten Steinhaus, etwa fünf Meilen vor der Stadt – auf Cross Hill.« Wie eigenartig, der Name erzeugte auf seinen Lippen so etwas wie Ekel.

Stephens neue Freunde sahen sich erst gegenseitig und dann ihn an, worauf ein rothaariger Junge feixend sagte: »Cross Hill? – Mann, da wohnt doch keiner.« Ein anderer Junge stieß dem rothaarigen in die Rippen und sagte mit eigenartigem Unterton: »Jetzt lebt halt jemand dort, Mann. Muß ja wohl so sein.«

Stephen lächelte und hielt das Lächeln fest. »Wer hat denn vorher in Cross Hill gelebt?« fragte er.

Der zweite Junge sagte: »Vor was?«

»Na ja – vor fünf Jahren? Zehn Jahren?«

Die Jugendlichen schüttelten den Kopf. Cross Hill war »immer« leer gewesen, sagten sie. So lange sich irgend jemand erinnern konnte.

An anderen Tagen suchte sich Stephen in Contracoeur Arbeit. Aushilfsjobs, Möbel tragen, Laster am Güterbahnhof von Buffalo-Chautauqua entladen, im Holzgeschäft McKearny's Bretter schneiden und stapeln. Im Sommer war er fast auf eins achtzig hochgeschossen; Arm- und Schultermuskeln hatten sich kräftig entwickelt; er war stets gut gelaunt und beklagte sich nie – solange er bloß nicht in Cross Hill war; körperliche Arbeit machte ihm Spaß. Seine Arbeitgeber in Contracoeur hatten ihn gern. Er schien zu wissen (denn Stephen besaß die schnelle Auffassungsgabe aller Mathesons), daß ganz Contracoeur von ihm redete; sich über ihn den Kopf zerbrach und versuchte, sich einen Reim auf ihn zu machen. *Wissen die mehr über mich als ich selbst?* Eines Tages, Ende August, lud Fred McKearny Stephen ein, zum Abendessen zu bleiben, und bald stellte Stephen fest, daß die ganze Familie McKearny sich mit ihm angefreundet hatte, auch der goldene Labrador Rufus, der den Kopf auf Stephens Knie legte, wenn Stephen mit den McKearnys zusammen am Eßtisch saß. Und dann gab es da noch Mrs. McKearny, die Stephen so gern mochte, als ob sie ihn sein ganzes Leben lang gekannt hätte, und den achtzehnjährigen Rick und die sechzehnjährige Marlena, und dann gab es auch noch ein paar kleinere Kinder. Stephen war vor Glück ganz wie benommen, weil er vergessen hatte, wie es war, wenn man entspannt an einem Tisch saß und Essen zu sich nahm, das einem schmeckte, und redete und lachte, als ob das die natürlichste Sache der Welt wäre. *Das ist das richtige Leben*, dachte Stephen.

Und wie so völlig anders dieses Leben doch zudem war, die halb ländliche Umgebung, in der die McKearnys lebten, in einem großen weißen Holzhaus, das von ähnlichen Holzhäusern umgeben war, wo die Hausbesitzer Gärten besaßen und Obstbäume und Kleinvieh. Überall liefen freundliche Hunde wie Rufus frei herum. Es gab Hühner und Hähne, die im Staub neben der Straße herumpickten. Und meilenweit kein Einkaufszentrum – viele Meilen weit. Stephen versuchte sich an sein altes Zuhause in der Stadt zu erinnern, wo niemand seine Nachbarn kannte, und wo alle Auto fuhren und hin und her rasten, und wo sich auf den Schnellstraßen ständig der Verkehr staute. Wie verrückt ihm jenes Leben doch jetzt vorkam. Wie anormal, gerade als würde man es durch eine verzerrende Linse sehen.

Ich will nie zurückkehren, dachte Stephen. *Und das werde ich auch bestimmt nicht!*

Er könnte die High-School in Contracoeur besuchen, mit Marlena. Und Rosalind könnte dort ebenfalls hingehen. Ihre Eltern hatten kein Wort zum Thema Schule gesagt; vielleicht rechnete Vater damit, bis zu der Zeit, wo die Schule wieder anfing, in sein eigenes Leben zurückzukehren. Wie völlig unrealistisch, wie blind und selbstsüchtig, denn dazu würde es natürlich nicht kommen; lange Zeit würde es dazu nicht kommen, das wußte Stephen.

Ziemlich oft, wenn er allein war, dachte er verträumt an Marlena McKearny, die so ganz anders war als die Mädchen, die er in der Stadt gekannt hatte, seine Klassenkameradinnen auf der Privatschule; Marlena, die klein und sommersprossig war, hübsch, aber keineswegs aufregend – ganz sicher nicht »cool«. Er mochte die Art und Weise, wie sie Rufus an sich drückte, sich über Stephen lustig machte und über ihren älteren Bruder, wobei beide Jungen immer rot wurden. Ob er sich wohl in Marlena verliebt hatte? fragte sich Stephen. Oder in alle McKearnys? Oder in Contracoeur selbst?

Stephen wischte sich zornig die Augen. Tränen waren ihm peinlich! Aber er hatte das alles so vermißt – *das Leben*.

Auch Stephen hatte die kleine Bibliothek von Contracoeur immer wieder verstohlen besucht und dort in den Büchern über die Lokalgeschichte herumgestöbert. Auch er war entsetzt und angewidert gewesen über das, was er dort über seinen Urgroßvater Moses Adams Matheson gelesen hatte. Der »wohlhabendste Fabrikbesitzer im Contracoeur-Tal« – der »vornehme Philanthrop und Naturschützer, der der Öffentlichkeit in den Chautauquas Tausende Morgen Land gestiftet hatte«. Aber da war auch die Sache mit der »tragischen Feuersbrunst« vom Februar 1911 in Winterthurn, bei der mehr als dreißig Personen ums Leben gekommen und noch wesentlich mehr verletzt worden waren. Da war von streikenden Arbeitern zu lesen, die man aus den Fabriken ausgesperrt hatte, als sie nach dem Streik an ihren Arbeitsplatz zurückkehren wollten, und von zahlreichen Fällen, in denen Gewerkschaftsfunktionäre von Pinkertons Mannschaften »aufgemischt« worden waren. Mit besonderem Unbehagen las Stephen vom Bau des »ehrgeizigsten und kostspieligsten Bauwerks des Contracoeur-Tals: Cross Hill«. Der Bau des gewaltigen Hauses, einer aufwendigen Nachahmung englischer Herrenhäuser eines längst untergegangenen Zeitalters, hatte acht Jahre in Anspruch genommen und Millionen von Dollar gekostet. Moses Mathesons Frau Sarah (über die in den Büchern nur sehr wenig zu lesen stand) war vor seiner Fertigstellung gestorben. Es hieß, Moses Matheson habe sich von seinem einzigen Erben »entfremdet«, einem Sohn, wie von den meisten anderen Mitgliedern seiner Familie; er lebte achtzehn Jahre lang in Cross Hill in »bewachter Zurückgezogenheit«, ein Einsiedler, der 1933 im Alter von fünfundsechzig Jahren gestorben war, »unter verdächtigen Umständen, wobei der Gerichtsarzt der County die Möglichkeit einer ›selbst zugefügten tödlichen Verletzung‹ nicht ausschloß«. Selbstmord! Stephen blätterte schnell in der allmählich zerfallenden *Geschichte des Contracoeur-Tals* um, nur um festzustellen, daß jemand die nächsten paar Seiten gewaltsam herausgerissen hatte. Vielleicht war das ja ganz gut so, er hatte sowieso keine Lust mehr weiterzulesen.

Anderntags suchte Stephen in alten Zeitungen aus anderen Städten, hauptsächlich aber der Hauptstadt, und entdeckte dort erneut Dinge über seinen Vater, die ihm noch nicht bekannt gewesen waren. Beginnend im späten Winter, gab es hier auf den Titelseiten Artikel mit vernichtenden Schlagzeilen: PROMINENTER RICHTER UNTER KORUPTIONSVERDACHT – MATHESON BEZEICHNET VORWÜRFE ALS UNBEGRÜNDET – MATHESON SAGT VOR GRAND JURY AUS – MATHESON UND STAATSANWALT SCHLIESSEN DEAL – MATHESON BELASTET EHEMALIGE KOLLEGEN GEGEN ZUSAGE VON STRAFFREIHEIT – SCHULDBEKENNTNIS IN KORRUPTIONSSKANDAL. Stephen erfuhr zu seinem Entsetzen, daß nicht alles so gewesen war, wie man es uns gesagt hatte, daß Vater nämlich das unschuldige Opfer der Bösartigkeit und der Manipulationen anderer sei; vielmehr hatte Vater ursprünglich in einer größeren Zahl von Bestechungsvorgängen jegliche Schuld geleugnet (bei einem der Fälle ging es um einen Musterprozeß wegen Umweltverschmutzung mit einem Streitwert von fünf Milliarden Dollar gegen eine der größten Chemiefirmen des Landes), dann aber plötzlich alles zugegeben und sich bereit erklärt, gegen die Zusage der Immunität gegen seine ehemaligen Mitverschwörer auszusagen. Es war keineswegs so gewesen wie Vater gesagt hatte, daß seine Feinde ihm zugesetzt hatten, vielmehr war er sehr großzügig behandelt worden. Ein von Sarkasmus triefender Leitartikel in einer der Zeitungen von Albany faßte es in wenigen Worten zusammen: MATHESON FÜR VERRAT AN

FREUNDEN BELOHNT. In einer Mai-Ausgabe der Zeitung las Stephen, daß einer der von seinem Vater benannten Komplizen, ein hochrangiger Beamter der Regierung des Bundesstaates, der häufig bei den Mathesons zu Gast gewesen war, sich am Morgen des Tages, an dem er seine achtjährige Gefängnisstrafe in Sing Sing hätte antreten sollen, mit einem Revolver erschossen hatte.

Dieses Wissen hatte man uns vorenthalten, aber der Rest der Welt kannte es.

Bloß daß ich zu feige – ein zu respektvoller Sohn – war, um es für mich selbst in Erfahrung zu bringen.

Stephen sah sich die Folge von Fotos in den Zeitungen an, die Roderick Matheson abbildeten. Das erste war das vertrauteste – es zeigte einen jugendlichen, gutaussehenden Mann, wesentlich jünger wirkend als er tatsächlich war, dem eine Haarsträhne in die Stirn fiel und der offen und geradeaus in die Kamera blickte. Nach Vaters Verhaftung änderte sich dieses Bild plötzlich. Man konnte jetzt einen zornigen, verbitterten Mann sehen; einmal dabei ertappt, wie er einen Fernsehreporter anbrüllte – ein anderes Mal, wie er in Begleitung von Polizeibeamten die Stufen des Staatlichen Gerichtsgebäudes herunterkam, vor Schuldgefühl und Schande gebeugt, bemüht, sein Gesicht hinter den mit Handschellen gefesselten erhobenen Händen zu verstecken. Roderick Matheson in Handschellen! Vater ein Krimineller! Zum ersten Mal erfaßte Stephen die ganze Wahrheit: die Ungeheuerlichkeit der Verbrechen seines Vaters und die Schande, die auf dem Namen Matheson lastete.

Stephen sank über dem Bibliothekstisch zusammen und verbarg sein glühendes, schweißnasses Gesicht in den Händen. *Ich kann es nicht glauben! Ich weiß aber, daß es die Wahrheit sein muß.*

12. Das Gesicht

In jener Nacht kehrte er spät nach Cross Hill zurück, wie in einem jener Träume, in denen man verzweifelt bemüht ist, sich zu bewegen und doch das Gefühlt hat, man sei versteinert;

viel später zurück, nach zehn Uhr, als er je zuvor zurückgekehrt war, weil er zum Abendessen bei den McKearnys geblieben war und in ihrem Haus herumgetrödelt hatte, als hätte er Angst vor dem Weggehen, bis Mrs. McKearny ihn drängte, doch über Nacht zu bleiben, und er hatte stammeln müssen, daß er das nicht könne, daß er nach Hause zurückkehren müsse. Und Mr. McKearny ging mit Stephen hinaus und bestand darauf, daß er sich eine Waffe mitnehmen solle, um sich damit zu schützen, ein Jagdmesser von Mr. McKearny, ein Jagdmesser mit einer rasiermesserscharfen, spannenlangen Klinge, und obwohl Stephen einwendete, er brauche keine solche Waffe, er wolle keine solche Waffe, erinnerte ihn Mr. McKearny daran, wie sie am Abend über die brutalen Morde im Tal gesprochen hatten, der Täter war immer noch unbekannt, ein Verrückter oder ein tollwütiger Bär, und Stephen sollte natürlich auf jeden Fall bewaffnet sein, und so hatte Stephen zugestimmt, hatte sich ungeschickt das Messer in dessen lederner Scheide in den Gürtel gesteckt und war davongeradelt, in die Nacht hinein, eine dunstige, mondhelle Nacht voll Feuchtigkeit, dem Summen von Insekten und Moskitos, und Mr. McKearny rief ihm nach: »Gute Nacht, Stephen! Und Gott möge mit dir sein!« – Ein so altmodischer Ausdruck, daß Stephen hatte lächeln müssen, zumindest versucht hatte zu lächeln; denn er war sehr nervös.

Also trat er jetzt auf den Straßen von Contracoeur in die Pedale seines Fahrrads und rollte über die dunkle Landschaft, die nach Cross Hill führte, und sein Herzschlag beschleunigte sich, als er die Lichter von Contracoeur gegen die tintige, konturenlose Nacht auf freiem Feld eintauschte, die, vom Mond durch die dunstigen Wolken nur schwach und träumerisch beleuchtet, zu ihm drang; wie die Rufe nächtlicher Insekten in seine Ohren: *Matheson widerspricht Anklage! Matheson erklärt sich bereit auszusagen! Matheson Straffreiheit zugesagt! Matheson für den Verrat an Freunden belohnt!* Stephens Augen füllten sich mit Tränen und fingen an zu brennen; er bemühte sich, gewisse schattenhafte, undeutliche Konturen am Straßenrand nicht zur Kenntnis zu nehmen, die möglicherweise lebende Kreaturen hätten sein können; nur daß sie natürlich Büsche waren, kleine Bäume; er war bemüht, seine wachsende Furcht zu ignorieren; bemüht, das schwankende, wacklige Gefühl seines Fahrrads auf der mit Schlaglöchern übersäten Straße zu ignorieren; er hatte das Fahrrad am Morgen sorgfältig geölt, aber jener Morgen lag jetzt lange zurück; jener Morgen hätte Tage, ja Wochen zurückliegen können. Und wie hatte er es wagen können, so lange wegzubleiben, was würde jetzt mit ihm geschehen? Eine Stimme erhob sich schwach und vorwurfsvoll in der Nähe: *Verräterischer Sohn! Nicht länger mein Sohn! Ich werde dir nie verzeihen!*

Stephen wurde bewußt, daß er vor sich auf der Straße etwas gesehen hatte, was ihm wie eine menschliche Gestalt erschien – war es das? Ein Mann? Ein großer, unnatürlich starr wirkender Mann? Oder war es ein aufrecht stehendes Tier? Auf diesem verlassenen Straßenstück, weit und breit keine Häuser, und Cross Hill mehr als eine Meile entfernt. Stephen schluckte, packte die Lenkergriffe fester, spürte jäh Angst aufkommen, als er eine schnelle Entscheidung traf – nicht umzukehren, sondern sein Tempo zu steigern und an der geheimnisvollen, brütenden Gestalt vorbeizufahren, die auf der linken Straßenseite stand; Stephen würde rechts an der Gestalt vorbeifahren, den Kopf eingezogen, den Rücken in der klassischen Radfahrerhaltung gekrümmt; er hatte vor, den Fremden einfach nicht zu beachten. Aus den Augenwinkeln sah er, daß ihn diese Gestalt, dieser Mann, was immer es auch sein mochte, deutlich bemerkt hatte, als hätte er auf ihn gewartet; aber in dem Gesicht waren keine Augen zu sehen, keinerlei Gesichtszüge, die Stephen dort ausmachen konnte. *Das Ding-ohne-Gesicht!* Das Ding, von dem Graeme behauptet hatte, es gesehen zu haben, das Stephen aber als Traumphantasie abgetan hatte. Von Entsetzen erfaßt und doch dadurch mit neuer Kraft erfüllt, von einem Adrenalinstoß, der wie eine Flamme durch seine Adern zuckte, verlangsamte Stephen sein Tempo nicht und bog um das Ding herum, das jetzt auf ihn zukam, um ihm den Weg zu versperren. Aber er war vorbei! Er war in Sicherheit!

Und stürzte doch irgendwie, ein schwerer, schmerzhafter Schlag traf ihn an der Schulter, und er war unter dem Fahrrad gefangen, die Räder drehten durch, der Lenker drückte gegen sein Gesicht; er lag hilflos auf dem Boden und schlug um sich, als das Ding-ohne-Gesicht sich über ihn kauerte, auf ihn einschlug, mit ... scharfklauigen Schlägen auf Brust, Hinterkopf, das ungeschützte Gesicht. Zu entsetzt, um nach Hilfe zu rufen, wälzte Stephen sich weg, versuchte Kopf und Gesicht mit den Armen zu schützen; die in Rage geratene Kreatur hockte jetzt rittlings auf ihm; Stephen sah zu seinem Entsetzen, daß das Wesen ein Gesicht hatte, nur ohne Gesichtszüge, gerötete, wellige Haut wie Narbengewebe, winzige Punkte als Augen, Nasenlöcher, ein verkümmerter Mund, wie man ihn sich vielleicht bei einem Weichtier vorstellte, nicht einmal münzgroß. Ein Mund, nicht zum Essen geschaffen, sondern zum Saugen. Stephen hatte, den Tod vor Augen, das Jagdmesser aus der Scheide ziehen können, irgendwie hielt er das Messer jetzt festumklammert in der Hand – er würde sich im nachhinein nicht daran erinnern können, es aus der Scheide gezogen zu haben, nur an das solide Gewicht des Messers in seinen Fingern würde er sich erinnern; er, Stephen Matheson, ein Junge aus einem Villenviertel, der noch nie zuvor in seinem Leben ein solches Messer in Händen gehalten hatte, geschweige denn in seiner Verzweiflung damit auf jemanden eingestochen, stieß jetzt damit nach dem Angreifer, ein schlitzender, oberflächlicher Stich gegen die Schlüsselbeinpartie der Kreatur, und doch so unerwartet, daß die Kreatur sich nicht wehren konnte, offenkundig war sie gewöhnt, unbewaffnete Opfer zu überwältigen, Opfer, die kleiner waren als sie selbst. Völlig überrascht, wurde das Ding-ohne-Gesicht einen Augenblick lang von seiner Attacke abgelenkt, und Stephen stieß die Messerklinge weiter hinauf, tiefer hinein, stieß sie mit aller Kraft in den Hals der Kreatur, stieß nach ihrem Hals, wo er offenbar eine Arterie getroffen haben mußte, denn plötzlich spritzte heißes, dunkles Blut heraus, spritzte in einem schnellen Strom auf Stephens Arm, in sein Gesicht, sein Haar. Die Kreatur, beträchtlich größer als Stephen, fiel am Straßenrand auf die Knie, wie verblüfft, verständnislos; vielleicht spürte sie keinen Schmerz, nur dieses tiefschürfende Nichtverstehen, wie von einem Wesen, das sich für körperlich unverletzbar gehalten hatte, vielleicht gar unsterblich, und dessen Wahnvorstellung jetzt zerstört war, sich spiralenförmig in dunklen Blutfäden auflöste, die nicht aufzuhalten waren. Die Kreatur gab einen erstickten, kehligen Laut von sich und richtete sich taumelnd auf, die Hände gegen das ausströmende Blut gepreßt, drehte sich benommen zur Seite, hatte Stephen völlig vergessen; taumelte schließlich wie ein Betrunkener davon, in das Gebüsch neben der Straße. Stephen, selbst wie benommen, blutend, bemüht, Atem zu schöpfen, starrte dem Ding nach, erfüllt von unbändigem Staunen und Freude zugleich. Er hatte sich selbst gerettet! – Er hatte das Ding-ohne-Gesicht von sich gestoßen und es tödlich verwundet und sich selbst gerettet!

Wieder in der Ruine von Cross Hill, wo er verstohlen die Treppe in den ersten Stock hinaufstieg, wo Mutter und Vater schliefen; in Cross Hill, das Herz wie wild in seiner Brust schlagend, nicht warnend, nicht besorgt, sondern ihn drängend, weiter! – weiter! –, denn das mußte getan werden, das mußte geschehen, er durfte nicht kehrtmachen, er mußte es zu Ende bringen. Also öffnete er die Tür des Elternschlafzimmers, trat atemlos in den Raum, der ihm verboten war; das klebrige, noch warme Blut des Dinges-ohne-Gesicht mit dem eigenen Blut vermischt, im Gesicht und in den Haaren verschmiert, die Kleider davon vollgesogen, so daß Stephen wußte, daß er ein erschreckendes, angsteinflößendes Bild bieten mußte. Und doch wagte er es, ein Licht einzuschalten; eine schwache, vergilbte Glühbirne in einer staubigen Nachttischlampe; er stand neben dem riesigen Himmelbett seiner Eltern; doch da lag nur Mutter, auf dem Rücken, unnatürlich still, die Augen geöffnet; in einem Satin-Nachthemd, so ausgebleicht, daß es jegliche Farbe verloren hatte; auf Vaters Seite war das Bett leer, die Laken waren jedoch zerwühlt und nicht sehr sauber. Auf dem Kissen war der schwere Abdruck seines Kopfes zu sehen, ein ausgehöhlter Schatten. Stephen starrte das Bild an, das sich ihm bot, verwirrt, begriff nicht, was er da sah. »Mutter …?« flüsterte er. Streckte die Hand aus, tastend; er wagte nicht, sie … es zu berühren; drückte leicht gegen die glatte nackte Schulter, die sich daraufhin löste; mit dem Oberkörper, der daran hing, fiel sie von dem überschatteten unteren Teil des Körpers ab, und vom Hals und dem Kopf; der Kopf, der kahle, gesichtslose Kopf einer Schaufensterpuppe, rollte auf dem Kissen zur Seite; eine der Gliedmaßen, das wohlgeformte, linke Bein, war von dem Körper abgefallen, als ob seine Gelenke im Laufe der Zeit brüchig geworden wären, und lag jetzt in einem grotesken Winkel abgespreizt senkrecht zum Schenkel da. Wieder flüsterte Stephen: »Mutter...«, obwohl er ganz deutlich sah, daß das Ding nicht menschlich war und nicht lebte: eine elegante Schaufensterpuppe aus einem Warenhaus, ziemlich flachbrüstig, mit einem porzellanglatten Gesicht, schönen, weit geöffneten Augen mit absurd dicken Wimpern. Die Perücke der Puppe – Mutters aschblondes, jetzt ergrauendes und zerzaustes Haar – war mit offenkundiger Sorgfalt auf den Nachttisch gelegt worden.

Vaters gutaussehendes Gesicht, eine gegossene Maske aus einem dünnen, gummiartigen Material, eine kunstfertige Nachahmung menschlicher Haut, war mit ähnlicher Sorgfalt auf den anderen Nachttisch gelegt worden; es war eine so lebensähnliche Maske, daß Stephen zusammenzuckte, als er sie erblickte. Anscheinend war sie gewaschen und mit einer farblosen, leicht duftenden Creme eingeschmiert worden; wie dem Gipsabdruck eines Männergesichts angepaßt; die Augen waren zu auffällig geöffnet, aber feuchter, menschlicher wirkend als die der Schaufensterpuppe. Von Schrecken und Faszination erfüllt, mit der Neugierde eines Kleinkindes, streckte Stephen die Hand aus, um das Gesicht mit dem Zeigefinger zu berühren. Wie lebensecht es sich doch anfühlte! Wie *warm!*

In aller Eile weckte er dann Rosalind und die Zwillinge, die jetzt beide in Rosalinds Zimmer schliefen; obwohl Rosalind, die wie in einem Alptraum aufstöhnte, kaum geweckt zu werden brauchte, es genügte, leise ihren Namen auszusprechen: »Rosalind.« Und er trieb sie alle aus der Ruine von Cross Hill heraus, zu Fuß auf der Straße nach Contracoeur, nur fünf Meilen entfernt; Stephen hatte jetzt keine Zeit, seinen verängstigten Geschwistern alles zu erklären, und in diesem Augenblick hätte er auch keine Worte dafür gefunden. Rosalind fragte im Flüsterton, was Stephen passiert sei, ob er sich verletzt habe, ob jemand ihm weh getan habe, wo sie hingingen und was mit Vater und Mutter sei, aber die Zwillinge, schlaftrunken, ihr Schluchzen unterdrückend, jeder sich an eine Hand Stephens klammernd, fragten nicht; noch würden sie jemals fragen.

Thomas M. Disch

MIEZEKATZ UND EULE

Ich lernte Tom Disch vor fünfundzwanzig Jahren kennen, als er an der Michigan State University, wo ich damals studierte, im Rahmen des Clarion Science Fiction Writer's Workshop lehrte. Sein Roman Camp Concentration *sollte sich im Regal jedes intelligenten Lesers phantastischer Literatur finden. Ich bin stolz, ihn seit unserer ersten Begegnung im Jahr 1974 als meinen Mentor betrachten zu dürfen.*

Obwohl er nie aufgehört hat, Science Fiction zu schreiben, machte er sich schließlich auch als Horror-Autor einen Namen mit den beiden hochgeschätzten Romanen Der Merkurstab *und* Das Geschäft mit dem Grauen. *Gleichermaßen bekannt ist er als Verfasser der Kinderbücher* The Brave Little Toaster *und* The Brave Little Toaster Goes to Mars; *kürzlich erschien zudem die von der Kritik sehr gelobte Studie über das Science-Fiction-Genre* The Dream Our Stuff Is Made Of. *Daneben schreibt er Gedichte und Theaterstücke.*

Als der ehemalige Student seinen Lehrer bescheiden um eine Geschichte für dieses Buch bat, erhielt er folgende kleine Kostbarkeit.

Wenn Christopher Robin also in den Zoo geht, geht er zu den Eisbären und flüstert dem dritten Tierwärter von links etwas zu, und Türen werden aufgeschlossen, und wir wandern durch dunkle Gänge und steile Treppen hinauf, bis wir schließlich zu dem ganz besonderen Käfig kommen, und der Käfig wird geöffnet, und etwas Braunes und Pelziges trabt heraus, und mit einem frohen Schrei – »Ach, Bär!« *– stürzt sich Christopher Robin in seine Arme.*

Am schönsten fanden beide es immer frühmorgens, wenn Mr. und Mrs. Fairfield noch schliefen und es ganz still im Haus war. Dann kuschelten sie sich auf dem zweisitzigen Sofa zusammen und warteten, daß auf der anderen Seite des Flusses der Zug vorbeiratterte. Züge fuhren auch noch zu anderen Zeiten des Tages vorbei, aber später konnte es oft so hektisch werden, daß man es manchmal gar nicht mitkriegte, es sei denn durch das Klappern der Fenster.

Die Fenster hätten schon vor Jahren repariert werden müssen, besonders die zu beiden Seiten des Fernsehers. Jedesmal, wenn ein Sturm gemeldet wurde, bekam Dampy Angst, denn er war überzeugt, daß ein Windstoß diese alten Fenster früher oder später einfach aus ihren Aluminiumrahmen fegen würde. Die Fenster im oberen Stock waren solider, weil sie noch alte Handwerksarbeit waren, und würden wahrscheinlich sogar das Dach überdauern – obwohl das auch nicht viel heißen wollte. Das Dach befand sich nämlich ebenfalls in einem jämmerlichem Zustand. Irgendwann, wenn er das nötige Geld hatte, wollte Mr. Fairfield es reparieren, aber das würde bestimmt noch dauern, da er die meiste Zeit unterwegs war, um einen Job zu finden.

Wenn der Zug vorbeigefahren war und es allmählich heller wurde, klingelte oben im Schlafzimmer der Wecker, danach kamen die üblichen Geräusche aus dem Bad, und bald darauf roch man, daß in der Küche Frühstück gemacht wurde. Das Frühstück war ihre liebste Mahlzeit am ganzen Tag, weil es immer dasselbe gab – ein kleines Glas Apfelsaft und dann entweder Puffreis oder Corn-flakes mit Milch und Zucker, anschließend ein knuspriges Stück Toast mit Butter und Marmelade. Gemeinsam mit Mrs. Fairfield senkten sie die Köpfe und dankten dem Herrn für seine Segnungen, und Mr. Fairfield hielt es ebenso, wenn er überhaupt so früh auf war.

An manchen Sonntagen gab es sogar Pfannkuchen. Dampy hatte in der Kindertagesstätte von Grand Junction gelebt, bevor er zu den Fairfields gekommen war (zur Zeit der *ersten* Mrs. Fairfield), und einmal im Monat hatte man im Speisesaal der Tagesstätte ein spezielles Pfannkuchenfrühstück veranstaltet. Die erste Mrs. Fairfield hatte immer dabei geholfen, auf dem Gasherd sage und schreibe zwanzig Pfannkuchen auf einmal zu backen; wundervolle Pfannkuchen, manche mit Heidelbeeren gefüllt, manche mit Kokosraspeln, und für gerade mal zwei Dollar bekam man, wenn man unter sechs Jahren war, so viele, wie man essen konnte. Später waren diese Wohltätigkeitsveranstaltungen nicht mehr so gut besucht worden, und nur die Tagesstättenkinder kamen noch, als wäre es ein ganz normaler Tag. Damals hatte Dampy auch den Unfall gehabt, der ihm seinen Spitznamen eintrug. Die Kinder hatten sich beim Essen gestritten und die Pappteller als Frisbeescheiben benutzt, obwohl noch Sirup darauf war und Miss Washington gesagt hatte, sie sollten es lassen. Keiner hörte auf sie, das taten sie nie, und als ein Teller voller Sirup Dampy traf, nahm Mrs. Fairfield ihn mit zu dem großen Waschbecken und rieb ihn mit einem Schwamm ab. Weil sie jedoch dabei nicht den ganzen Sirup runterkriegte, verabreichte sie ihm eine richtige Dusche. Und er wurde nie wieder ganz trocken.

Es machte ihm nichts weiter aus, Dampy genannt zu werden. Schall und Rauch, wie es so schön heißt. Doch dann kam es zu dem »schrecklichen Unfall« – der in Wirklichkeit gar keiner war. Aber wozu darüber reden? Man sollte nicht immer bloß das Negative einer Sache sehen, denn eigentlich war das ein gutes Beispiel dafür, daß jedes Ding zwei Seiten hat. Ohne diesen »schrecklichen Unfall« wäre Dampy ja wahrscheinlich nie von den Fairfields adoptiert worden, und im Haus der Fairfields lebte es sich trotz der Streitigkeiten besser als in der Kindertagesstätte von Grand Junction. Es war natürlich ziemlich einsam dort, jedenfalls bis Hooter ebenfalls zu ihnen gekommen war, aber Dampy war schon immer ein Einzelgänger gewesen und am liebsten für sich. Die neue Mrs. Fairfield war genauso. Sie saß gern allein vor dem Fernseher und legte keinen Wert auf einen großen Freundeskreis.

Aber besondere Freunde sind natürlich etwas anderes, und gleich von Anfang an sollte Hooter Dampys ganz besonderer Freund sein. Er war zu Dampy und den Fairfields gekommen, als Mr. Fairfield ihn aus der Reformierten Kirche von Grand

Junction entführt hatte. Dort hatte er beim Dienstagabend-treffen der Anonymen Alkoholiker in seiner Kiste gesessen und dem Sprecher zugehört, wenn auch nicht besonders aufmerksam, und dann hatte Mr. Fairfield ihn sich geschnappt. Mr. Fairfield war dort, weil er wegen Trunkenheit am Steuer verhaftet worden war und der Richter gesagt hatte, er müsse zweimal die Woche zu den AA-Treffen gehen. So kam es, daß er in der Reformierten Kirche auf einem Klappstuhl gleich neben Hooters Kiste saß.

Mr. Fairfield konnte seine Hände nicht eine Sekunde lang ruhig halten. Wenn er nicht mit seiner Zigarre herumspielte, säuberte er sich mit seinem Schweizer Armeemesser die Fingernägel oder zerriß Papierstücke in winzig kleine Schnipsel. An diesem Abend verwandelte er die zweiseitige Liste mit den Terminen der AA-Treffen zu Konfetti und begann schließlich, mit Hooter zu spielen; nicht grob, aber auch nicht besonders rücksichtsvoll. Nachdem die Teilnehmer der Versammlung ihre Erfahrungen, ihre Hoffnungen und ihre Kraft miteinander geteilt hatten (bis auf solche wie Mr. Fairfield, die nichts hatten, was sie mit anderen teilen konnten) reichten sich alle die Hände und sprachen das Vaterunser.

Genau in diesem Moment hatte sich Mr. Fairfield die kleine Eule gegriffen und ihr ins schwarze Filzohr geflüstert: »Hooter, ich werde dich *adoptieren*.« »Adoptieren« hatte er gesagt, aber Hooter hatte »abtransportieren« verstanden und, als er unter Mr. Fairfields Jackett versteckt den Keller der Kirche verlassen hatte, das Gefühl gehabt, die himmlischen Mächte hätten sich gegen ihn verschworen. Nachdem er so lange dort im Keller gelebt hatte, war er zu der Überzeugung gekommen, daß er einfach dorthin *gehörte* und ihn niemals jemand mitnehmen würde, selbst wenn er jeden Samstag in dieser Kiste mit der Aufschrift UMSONST verbrachte. Zu Anfang war das eine sehr bittere Erfahrung gewesen, aber die AA-Treffen waren ein Trost gewesen und hatten ihm geholfen, die Einsamkeit und Isolation zu ertragen. Aber Hooter hatte ganz auf eine höhere Macht vertraut, sich ihrem Willen unterworfen und gelernt, sein Leben als Kircheneule zu *akzeptieren*. Und nun war er abtransportiert, entführt worden.

Mr. Fairfield öffnete die Tür seines Kleinlasters, wobei Hooter zu seinem Staunen entdeckte, daß während des ganzen Treffens dort drinnen jemand gewartet hatte. In eine Decke gewickelt, hatte jener offenbar im Dunkeln in diesem eiskalten Laster sitzen müssen und sah deshalb sehr eingeschnappt aus.

»Hooter« sagte Mr. Fairfield, »ich möchte dir Dampy vorstellen. Dampy, das ist Hooter. Er wird dein neuer Kumpel sein. Also, sag schön hallo.«

Dampy war so gekränkt, daß er nicht gleich reagierte, doch schließlich stieß er einen tiefen Seufzer aus. »Hallo«, sagte er und rutschte zur Seite, um für Hooter Platz unter der Decke zu machen. Als sie sich berührten, flüsterte Dampy ihm mit einem bedeutungsvollen Blick in Mr. Fairfields Richtung zu: »Sag nichts, solange *er* zuhört.«

Mr. Fairfield hatte inzwischen eine braune Tüte aus dem Handschuhfach genommen. Hooter erkannte den Geruch sofort, als der Mann sie öffnete, und wußte, daß dieser ebenso ein heimlicher Trinker war wie Reverend Drury, der Pastor der Reformierten Kirche. Hooter war oft der Genosse der geheimen Trankopfer des Pastors im Keller der Kirche gewesen, und wenn dieser seine Flasche Pfefferminzschnaps nicht auf einen Sitz aussüffelte, ließ er sie in Hooters Verwahrung in der Kiste mit dem zerbrochenen Spielzeug und der fleckigen Kleinkinderkleidung. Und nun war Hooter wieder in solch eine Situation geraten, stummer Zeuge sein zu müssen.

»Auf euch zwei!« Mr. Fairfield prostete Dampy und Hooter zu, bevor er dann den Motor des Lasters startete. Sie schauten einander mit einem Gefühl von Scham und Komplizenschaft an.

»Hab dich schon früher gesehen, solltest du wissen«, sagte Mr. Fairfield und bog auf die Route 97 ein. »Bei den Basaren am Samstag. Bist mir dort auf dem Tisch mit dem kostenlosen Kram aufgefallen. Seit Wochen. Die können diesen häßlichen kleinen Scheißer nicht mal verschenken, hab ich mir gedacht. Und als ich dich heute abend wieder gesehen hab, fiel mir ein, daß so ein verschissener kleiner Zausel wie du genau der richtige für uns wär. Stimmt's, Dampy?«

Dampy blieb stumm. Es war grausam und gemein, so etwas zu der armen kleinen Eule zu sagen, die tatsächlich eine wenig ansehnliche, schmuddelige Kreatur war. Dampy war daran gewöhnt, daß man *seine* Gefühle verletzte, und taub dafür. Aber der arme Hooter mußte den Tränen nahe sein.

Mr. Fairfield schien seine Gedanken zu erraten. »Na, ich bin ja selbst auch kein Schönling. Du hast diesen Schnabel, ich hab diese Wampe, und Dampy, der ist ein absolut hoffnungsloser Fall, weiß Gott. Dampy hat mehr Probleme am Hals als jede Kummerkastentante. Allerdings redet er nicht darüber, jedenfalls nicht mit seiner Familie. Aber vielleicht ja mit dir. Was meinst du, kleiner Bursche?«

Weder Dampy noch Hooter sagten ein Wort.

Mr. Fairfield gönnte sich noch einen Schluck aus der Flasche, und der Rest der Fahrt verlief schweigend.

Zu Hause stellte Mr. Fairfield Hooter der neuen Mrs. Fairfield vor. »Schau mal, Schatz, wir haben ein neues Familienmitglied.« Mit einem lauten, allerdings nicht sehr eulenähnlichen *Huhu! Huhu!* warf er ihr Hooter auf den Schoß.

»Wirklich süß«, sagte Mrs. Fairfield. Es klang jedoch nicht besonders überzeugt. »Richtig knuddelig, was?« Sie nahm einen Zug von ihrer Zigarette. »Aber was *ist* er denn eigentlich?«

»Was für ein Vogel macht denn *Huhu! Huhu!?* Er ist eine Eule. Schau ihn dir doch an. Er hat einen Schnabel wie eine Eule und dazu diese großen Augen ... muß einfach eine Eule sein. Deshalb haben wir ihn auch Hooter genannt.«

»Aber er hat Ohren wie ein Teddybär«, wandte Mrs. Fairfield ein.

»Na und? Nobody is perfect. Er ist eine verfluchte Eule. Gib ihm einen Kuß. Na los, mach schon.«

Mrs. Fairfield legte seufzend die Zigarette in den Aschenbecher, lächelte und drückte einen zarten Kuß auf Hooters Schnabel. Hooter merkte, daß es ein richtiger Kuß war, mit Gefühl dahinter, und wußte daher, daß er von diesem Zeitpunkt an zur Familie Fairfield gehörte – er, der gedacht hatte, er würde *niemals* zu *irgendeiner* Familie gehören, sondern schlicht den Rest seines Lebens in einer Kiste im Keller der Reformierten Kirche verbringen.

»Okay?« sagte Mrs. Fairfield.

»Jetzt sag ihm, daß du ihn lieb hast.«

»Ich hab dich lieb«, sagte Mrs. Fairfield und schaute dabei ihren Ehemann ein wenig verunsichert an.

»Na, okay.« Mr. Fairfield rieb sich mit der Hand über den Kopf, dessen Haar von der gleichen braunen Farbe war wie Hooters Fell, nur viel länger. »Das hätten wir also geregelt. Und jetzt macht euch besser in die Falle. Ich muß noch mal weg.«

Mrs. Fairfield schien enttäuscht zu sein, aber sie fragte nicht, wohin er wolle oder ob sie mitkommen könne.

Im Grunde war Mrs. Fairfield ein häuslicher Typ, ganz ähnlich wie Dampy und Hooter. Sie konnten Stunden mit Mrs. Fairfield auf dem Sofa vor dem Fernseher verbringen oder allein für sich unter dem Eßzimmertisch Mensch-ärgere-dich-nicht spielen, wo ein großer Berg gefalteter Wäsche darauf wartete, gebügelt zu werden. Sie gingen nur selten aus dem Haus, was daran lag, daß Mr. Fairfield schaurige Geschichten über den Wald erzählte, der unmittelbar hinter dem Haus lag. Die meisten Tiere, die keine Menschenfamilie hatten, bei der sie leben konnten, besaßen kein anderes Zuhause als den Wald, der sehr gefährlich sein konnte, sogar für Eulen. Eulen sind zwar selbst Räuber und jagen Mäuse und kleinere Vögel, werden aber wiederum von Wölfen, Bären und Schlangen gejagt. Und für kleine Kätzchen, sagte Mr. Fairfield, bedeute der Wald den sicheren Tod. Dampy dürfe nie, nie allein in den Wald gehen, auch nicht zusammen mit Hooter, sonst würden sie ganz bestimmt von den Raubtieren dort draußen lebendig gefressen werden.

Dampy lauschte diesen Geschichten immer mit leisem Gruseln. Hooter dagegen fragte sich manchmal, ob es Mr. Fairfield damit nicht übertrieb. Natürlich *gab* es da draußen den Wald. Man konnte ihn ja durch die Fenster sehen, und man konnte auch die Tiere sehen, wenn man genug Geduld hatte – die Hirsche und Rehe, die beiden lustigen Waldmurmeltiere und die vielen verschiedenen Vögel, von denen Mrs. Fairfield manche kannte, Krähen und Rotkehlchen und Meisen, aber die Namen der anderen wußte sie meist nicht. Im Sommer sah man bei Sonnenuntergang sogar Fledermäuse und hörte ihre unangenehm schrillen Gesänge. Aber waren alle diese Waldtiere wirklich so feindselig und gefährlich, wie Mr. Fairfield sie darstellte? Hooter war davon nicht so ganz überzeugt.

Und außerdem war es noch eine ganz andere Frage, ob Dampy wirklich eine Katze war. Mrs. Fairfield hatte einmal gesagt, daß er für sie viel eher wie ein Koalabär aussehe. Sie wies darauf hin, daß er Ohren habe wie der Koalabär in der Werbung für Qantas Airlines. Qantas sei die australische Fluggesellschaft, und in Australien lebten ja auch die Koalabären zumeist. Hooter fand, daß dieses Argument durchaus einleuchtend klang. Auch ohne Nase glich Dampy eher einem Koala als einer Katze.

Aber Mr. Fairfield blieb unnachgiebig: Dampy war für ihn eine Katze! Zum Beweis sang er ein Lied, und das ging so:

>>Miezekatz und Eule, die fuhren übers Meer,
    in einem grünen Segelboot übers blaue Meer.
Honig hatten sie dabei und einen Sack voll Geld,
    und damit wollten diese zwei durch die ganze
Welt.
Am Himmel funkelten die Sterne,
    und die Eule sang ein Lied:
Du kleine Mieze, ich habe dich so gerne!
    Du bist ein kleines Kätzchen,
        ein Kätzchen,
        ein Kätzchen,
    und ich hab dich so gerne!<<

>>Dampy ist aber kein Mädchen<<, wandte Hooter ein. Es war das erste Mal, daß er Mr. Fairfield widersprach, und Mr. Fairfield versetzte ihm mit mürrischem Blick einen Klaps, daß er durchs halbe Zimmer flog.

>>Wenn ich will, daß er ein Mädchen ist, dann ist er verdammmt noch mal ein Mädchen. Und wenn ich sage, er ist eine Mieze, dann ist er eine Mieze. Kapiert?<<

>>Harry, bitte<<, sagte Mrs. Fairfield.

»Harry, bitte«, äffte Mr. Fairfield den jammernden Tonfall seiner Frau nach, was ihm aber nicht richtig gelang.

»Na ja, eigentlich stimmt's schon, finde ich«, meinte Mrs. Fairfield zu Hooter. »Katzen sind immer weiblich. Hunde sind Jungs, und Katzen sind Mädchen.«

Niemand kam Hooter zu Hilfe, solange Mr. Fairfield im Zimmer war, nur Dampy warf ihm einen tieftraurigen Blick zu, der sein ganzes Mitleid ausdrückte. Später, als sie sich die Decken über den Kopf gezogen hatten und reden konnten, ohne belauscht zu werden, flüsterte Hooter verzweifelt: »Gibt es denn gar nichts, was wir tun können? Sind wir hier hilflos gefangen und müssen uns alles gefallen lassen?«

»Er kann sehr gemein sein«, stimmte Dampy zu.

»Zu Mrs. Fairfield genauso wie zu uns.«

»Eigentlich noch gemeiner. Letztes Jahr, ungefähr eine Woche nach Neujahr, mußte die *erste* Mrs. Fairfield ins Krankenhaus und in der Notaufnahme mit sieben Stichen am Kopf genäht werden. Man konnte die richtig sehen, wenn sie den Verband abnahm.«

»Warum macht er so was?« fragte Hooter erschüttert. »Was hat er denn getan?«

»Na ja, sie hatten mal wieder dieses Lied gesungen, das er so gern hat. Immer und immer wieder, bis sie schließlich sagte, sie sei zu müde, um es noch mal zu singen. Er saß genau da, wo du jetzt sitzt, hat sie angestarrt, ist dann aufgestanden und hat ihr seine Gitarre auf den Kopf gehauen, einfach so. Aber weißt du, was ich denke?«

»Was?«

»Ich glaube, es war eigentlich die Gitarre, auf die er wütend war. Er hat nämlich nie sehr gut gespielt. Aber niemand hat sich je bei ihm beschwert; für ihn war es jedenfalls eine große Erleichterung, daß die Leute nicht mit anhören mußten, wie miserabel er Gitarre spielte. Und er hat nie eine neue als Ersatz für die zerschlagene gekauft.«

»Er ist kein netter Mensch«, sagte Hooter bedrückt.

»Das ist wahr«, stimmte Dampy zu. »Aber wir schlafen jetzt lieber. Morgen ist ein neuer Tag.« Er legte die Arme um Hooter, und sie kuschelten sich aneinander.

In einer solch kleinen Familie, in einem Haus, das in einem einsamen Teil des Landes lag, wo es weit und breit keine Nachbarn gab, war es unvermeidlich, daß Dampy und Hooter viel Zeit miteinander verbrachten und enge Freunde wurden. Von Hooter erfuhr Dampy alles über die Reformierte Kirche, über Reverend Drury und die Zwölf Schritte der Anonymen Alkoholiker. Über Hooters Leben vor der Zeit, zu der er eine Kircheneule wurde, gab es nicht viel zu erzählen. Er war als Preis beim Ringwurf auf dem Jahrmarkt anläßlich der Hundertjahrfeier von Grand Junction ausgesetzt gewesen, aber das junge Mädchen, das Hooter vom Gewinner des Ringwurfs geschenkt bekommen hatte, stiftete ihn unmittelbar danach dem wöchentlichen Kirchenbasar. Hooter gestand Dampy, daß er sich oft wie eines dieser rumänischen Kinder gefühlt habe, von denen in *Himmelschreiendes Unrecht* immer berichtet wurde (eine Sendung, die sich Reverend Drury jeden Tag angehört hatte), die ihr ganzes Leben in einem Waisenhaus verbracht und später Schwierigkeiten hatten, eine Beziehung zu ihren Adoptiveltern aufzubauen.

Worauf Dampy erwiderte: »Ich bin nicht so sicher, ob das in jedem Fall etwas Schlechtes ist. Mit manchen Eltern sollte man vielleicht gar keine engere Beziehung eingehen als absolut notwendig.«

»Du meinst ... Mr. Fairfield?«

Dampy nickte. »Und nicht nur ihn. Die, *erste* Mrs. Fairfield war genauso schlimm. Unser Leben jetzt ist wirklich viel besser als es früher mit ihr war.«

»Du hast mir noch nie viel von ihr erzählt. War sie es, die ...« Hooter berührte mit dem Flügelstummel das Ende seines Schnabels, um anzudeuten, was er meinte.

»Die meine Nase abgerissen hat? Nein, *das* ist in der Kindertagesstätte passiert. Da gab es einen Jungen, Ray McNulty, der dauernd an meiner Nase gezogen hat, immer und immer wieder. Miss Washington hat ihm gesagt, er solle es lassen, aber er hat nicht gehorcht. Und eines Tages, als eigentlich alle ihr Mittagsschläfchen halten sollten, hat er sie einfach abgerissen. Bloß reichte das Ray McNulty noch nicht! Er hat auch noch eine Schere genommen und die Naht an meinem Hals geöffnet.«

»Und niemand hat je versucht, sie wieder zuzunähen?«

Dampy ging zu dem Spiegel, der neben der Haustür angebracht war, und betrachtete sich trübsinnig. Sein Hals war vorn bis unter das linke Ohr aufgeschlitzt, wodurch sein Kopf sich traurig seitwärts neigte und man sehr genau zuhören mußte, wenn er redete. »Einmal, ja einmal hat Mrs. Fairfield versucht, meinen Hals zu flicken – die neue Mrs. Fairfield. Sie hat es gut gemeint, aber mit Nadel und Faden kann sie überhaupt nicht umgehen. Ich bin jetzt auch irgendwie dran gewöhnt. Es ist mir egal, wie es aussieht.«

Hooter ging zu ihm und versuchte, die Füllung, die aus der Halswunde quoll, zurückzudrücken. »Es ist wirklich jammerschade. Du würdest so prächtig aussehen, wenn das nur ein bißchen zusammengeflickt wäre.«

Dampy wandte sich vom Spiegel ab. »Nett, daß du das sagst. Aber ich war gerade dabei, dir von der ersten Mrs. Fairfield zu erzählen.«

»War sie auch so wie er?« fragte Hooter. »Ich meine, hat sie auch getrunken?«

»Ja, und wenn sie trank, wurde sie immer gewalttätig. Die beiden haben sich dauernd gestritten, und die Frau hat gern Sachen kaputtgemacht. Sie hat Geschirr zerschlagen. Sie hat eine elektrische Bratpfanne durch das Küchenfenster geworfen. Sie hat eine ganze Flasche Rotwein über ihn ausgeschüttet, als er betrunken auf dem Teppich lag, und als das die *Ameisen* gewittert haben, o Mann! Und wenn er dann genauso in Wut geriet, hat sie die Polizei gerufen. Zweimal hat sie ihn ins Gefängnis werfen lassen.«

»Und was ist schließlich passiert? Haben sie sich dann scheiden lassen?«

Dampys Antwort war fast unhörbar. Hooter mußte Dampy bitten, das zu wiederholen, was er gesagt hatte. »Sie ist gestorben«, flüsterte er dumpf. »Und es war kein Unfall«, fügte er hinzu.

Weitere Einzelheiten wollte er nicht erzählen, und Hooter wußte, daß es besser war, ihn nicht zu bedrängen. Sowieso war etwas anderes viel wichtiger:

Dampy hatte ihn nämlich gefragt, ob er ihn heiraten würde!

Hooter hatte eingewandt, daß er doch auch kein Mädchen sei; aber Dampy erklärte, in den Nachrichtensendungen würde dauernd über Ehen zwischen gleichgeschlechtlichen Partnern diskutiert, und solche Verbindungen seien zwar bei Baptisten, Katholiken und orthodoxen Juden nicht erlaubt, aber sie gehörten ja beide zur Reformierten, falls sie überhaupt mit irgendeiner Kirche etwas zu tun hätten. Außerdem habe ja Mr. Fairfield behauptet, Dampy sei ein Mädchen und kein Junge, demnach hätten sie nicht das gleiche Geschlecht. Ausschlaggebend sei nur, ob sie einander liebten und sich weiter lieben würden bis in alle Ewigkeit oder bis der Tod sie scheide. Schließlich hatte Hooter mit den Worten des Lieds geantwortet: »Ach, laß uns einander das Jawort geben und fortan glücklich gemeinsam leben: doch woher nehmen wir den Ring?«

In dem Lied segeln die Eule und das Kätzchen auf eine bewaldete Insel, wo ein Schwein ihnen für einen Schilling den Ring verkauft, den es in der Nase trägt; im wirklichen Leben aber war es sehr viel leichter, einen Ring aufzutreiben, denn der Inhalt von Mrs. Fairfields Schmuckkoffer konnte es durchaus mit einem Juwelierladen aufnehmen. Es gab Ringe mit Rubinen und Smaragden und zwei mit Amethysten (die neue Mrs. Fairfield war nämlich Wassermann, und der Amethyst der Monatsstein des Februars), aber der Ring, für den sie sich schließlich entschieden, war ein vierzehnkarätiger Goldring aus dem Versandhandel mit einem imitierten vierkarätigen Diamanten aus Zirkon.

Sie heirateten im Wald hinter dem Haus an einem bewölkten Nachmittag im Juni, als Mr. und Mrs. Fairfield nach Grand Junction gefahren waren, um mit ihrem Anwalt zu reden. Dampy trug ein rotweiß kariertes Geschirrhandtuch, mit dem er wie ein palästinensischer Terrorist aussah. Das fand jedenfalls Hooter, der selbst ganz in Schwarz war. Zum allerersten Mal hatten sie sich zusammen in den Wald gewagt und waren so weit vom Haus entfernt, daß man nicht einmal mehr das Dach sehen konnte. Beinah hatten sie das Gefühl, ganz allein auf der Welt zu sein!

Dampy nahm den Stummel von Hooters Flügel in die Pfote und sagte: »Ich nehme dich zu meinem Mann!«

Worauf die Eule erwiderte: »In guten und in schlechten Tagen.«

»In Gesundheit und Krankheit.«

An mehr konnten sie sich nicht erinnern, bloß daß es zur Zeremonie gehörte, sich zu küssen. Anschließend standen sie vor dem Problem, was sie mit dem Ring machen sollten, nachdem er nun ihr Ehering war. Dampy wollte ihn in Mrs. Fairfields Schmuckkoffer zurücklegen, aber Hooter schaute ihn bei diesem Vorschlag so verletzt an, daß Dampy sich rasch etwas anderes einfallen ließ. Sie vergruben ihn unter einem Stein und kennzeichneten damit genau die Stelle, an der sie geheiratet hatten.

Als sie zurück zum Haus kamen, erwarteten sie dort die Fairfields und Mr. Habib, deren Anwalt, samt zwei Polizisten und einer Mrs. Yardley, die gelbes Haar wie ein Filmstar hatte. Sie wollte mit ihnen reden. Mr. Habib sagte, das sei doch lächerlich, der Junge sei autistisch und nicht ganz dicht; er rede mit niemandem und könne gar nicht auf Fragen antworten, deshalb sei das von vornherein ein hoffnungsloses Unterfangen. Er habe es schließlich selbst schon versucht, und die Polizei ebenso.

»Aber soweit ich aus Bemerkungen weiß, die Mr. Fairfield in seiner Zeugenaussage gemacht hat, spricht er zumindest mit oder vielmehr durch seine Plüschtiere. Und ich sehe, er hat sie jetzt bei sich. Ich möchte gern mit den Plüschtieren sprechen. Ganz inoffiziell und rein privat.«

»Sie wollen mit zwei verfluchten Plüschtieren sprechen?« höhnte Mr. Fairfield. »Na klar, nehmen Sie die Biester nur schonungslos ins Kreuzverhör!«

»Wir haben Grund zu der Annahme, daß Gefahr für das Wohl des Kindes besteht; darauf möchte ich doch hingewiesen haben«, erklärte Mrs. Yardley. »Immerhin ist es in der Vergangenheit zu Mißhandlungen gekommen.«

»Diese Beschuldigungen richteten sich allein gegen die Verstorbene«, betonte Mr. Habib. »Und dieser Junge ist ganz gewiß für ein offizielles Verhör nicht geeignet.«

Mrs. Yardley lächelte überaus freundlich und kauerte sich neben Hooter. »Aber ich will ja gar nicht mit dem Jungen reden. Bloß mit *diesem* kleinen Kerl hier. Und mit seinem Freund.« Sie zwickte Hooter sanft in den Schnabel und tätschelte Dampys Kopf. »Wollen wir uns nicht miteinander bekannt machen?«

Dampy wandte das Gesicht ab, Hooter war dagegen nicht ganz so schüchtern. »Ich bin Hooter«, antwortete er leise. »Und das ist Dampy.«

Mr. Habib protestierte heftig gegen dieses vorschriftswidrige Vorgehen, aber Mrs. Yardley ignorierte ihn einfach und begann Dampy und Hooter von anderen Plüschtieren, die sie kannte und schätzte, zu erzählen: von Evangeline, die in Twin Forks lebte und angezogen war wie ein Fotomodell; von Dreyfus, der immer eine kleine Fliege trug und ein richtiger Fachmann für Investmentgesellschaften war; und von Jean-Paul-Luc, der Französisch sprach, wodurch es für Mrs. Yardley etwas schwierig war, sich mit ihm zu unterhalten, da sie nur ein Jahr Französisch in der High-School gehabt hatte, was zudem schon lange zurück lag.

Sie war wirklich sehr nett, aber je netter sie wurde, desto ausfallender wurde Mr. Fairfield; schließlich mußte sie die beiden Polizisten bitten, ihn nach draußen zu bringen. Mr. Habib begleitete Mr. Fairfield zum Streifenwagen, und Mrs. Fairfield ging nach oben.

Als Mrs. Yardley mit ihnen allein war, erzählte sie noch ein bißchen von anderen Plüschtieren, die sie kannte, und begann dann, alle möglichen Fragen über die Fairfields zu stellen. Hooter bemühte sich, hilfsbereit zu sein, aber er konnte ihr nicht viel über die erste Mrs. Fairfield erzählen. Dampy dagegen war wesentlich mißtrauischer und behauptete meistens, er könne sich nicht erinnern, besonders nicht an die Nacht, in der die erste Mrs. Fairfield gestorben sei.

Allmählich erkannte Hooter, was Mrs. Yardley beabsichtigte. Sie glaubte offenbar, daß Mr. Fairfield seine erste Frau ermordet hatte, und versuchte, das jetzt irgendwie zu beweisen. Nachdem sie Dampy jede Menge Fragen gestellt hatte, richtete sie die gleichen Fragen an Hooter, obwohl der ihr erklärte, daß er noch in der Reformierten Kirche gewohnt habe, als Mrs. Fairfield getötet worden sei.

»Ah!« bemerkte Mrs. Yardley. »Warum hast du ›getötet‹ gesagt? Vielleicht, weil du nicht glaubst, daß es ein Unfall war?«

»Ich *weiß* es nicht«, sagte Hooter, der den Tränen nahe war.

»Ich glaube, daß sie sich selbst getötet hat«, erklärte Dampy spontan. »Das hat jedenfalls Mr. Fairfield gesagt.«

»Ach, wirklich? Zu wem hat er das gesagt? Zu dir?«

»Nein, zu mir sagt er immer, es ist ein Unfall gewesen und ich soll nicht mehr daran denken. Aber ich hab gehört, wie er es zu der neuen Mrs. Fairfield gesagt hat …«

»Zu Pamela Harper, meinst du? Die Dame, die gerade nach oben gegangen ist?«

»Mhm. Er hat zu ihr gesagt, daß kein Mensch versehentlich so viele Schlaftabletten nehmen kann. Er glaubt, sie muß sie zerstampft und in ihre Eiscreme gemischt haben. Manchmal hat sie ganz allein eine ganze Familienpackung aufgegessen, besonders, wenn sie sich gezankt hatten. Dann hat er ihr nämlich zur Entschuldigung immer Eiscreme mitgebracht, und niemand sonst hat auch nur einen Löffel davon bekommen.«

Je mehr Dampy Mrs. Yardley von der Eiscreme erzählte, von dem Alkohol und den verschiedenen Streitereien, die es gegeben hatte, desto klarer wurde Hooter, daß Mr. Fairfield seine erste Frau vermutlich getötet hatte, indem er ihr Schlaftabletten in die Eiscreme gemischt und außerdem noch eine Flasche Whiskey irgendwo hingestellt hatte, wo sie sie mit Sicherheit finden würde, wenn Mr. Fairfield weg war. Mrs. Yardley dachte bestimmt dasselbe.

Dann gab es einen großen Radau, als die neue Mrs. Fairfield die Treppe heruntergerannt kam und nach draußen lief, wo sie ihren Ehemann beschuldigte, ihren vierkarätigen Diamantring aus dem Schmuckkoffer gestohlen zu haben.

Hooter schaute ängstlich zu Dampy, der den Kopf zurücklegte und an die Decke mit dem verschlungenen Muster aus Wasserflecken starrte. Mrs. Yardley konnte jetzt keinem von beiden mehr ein Wort entlocken, deshalb ging sie zur Haustür und beobachtete Mr. und Mrs. Fairfield, die sich anschrien, bis Mr. Fairfield es schließlich nicht mehr bei Beschimpfungen beließ und ihr einen heftigen Schlag ins Gesicht verpaßte. Das genügte Mrs. Yardley. Dampy und Hooter verbrachten diese Nacht in einem Kinderheim vierzig Meilen vom Haus der Fairfields entfernt, und dort blieben sie während der ganzen Zeit, die Mr. Fairfield wegen der Ermordung seiner ersten Frau vor Gericht stand. Laut Gesetz erfüllten sie nicht die nötigen Vorbedingungen, um als Zeugen bei der Verhandlung gehört zu werden, und zumindest Hooter war froh darüber, daß ihm solch eine unangenehme Pflicht erspart blieb. Was hätte er auch sagen können, das Mr. Fairfield irgendeine Hilfe gewesen wäre? Trotz all seiner Fehler war der Mann wie ein Vater für ihn gewesen, und Hooter wollte nicht gern dabei sein, falls die Geschworenen Mr. Fairfield wegen vorsätzlichen Mordes schuldig sprachen.

Im Kinderheim sah man es ungern, daß Dampy und Hooter ständig zusammen waren, und versuchte, sie etwas voneinander zu trennen. Deshalb konnten sie sich nur heimlich im Wäscheraum, wenn keiner dort Kleider wusch, oder oben auf dem Dachboden treffen, was eigentlich verboten war. Doch selbst wenn es ihnen gelang, ein paar Minuten allein zusammen zu verbringen, waren beide um Worte verlegen. Dampy versank nach und nach wieder in die Verdrießlichkeit und Niedergeschlagenheit wie zu der Zeit, bevor er Hooter kennengelernt hatte, und vermied es, genau wie damals, mit irgend jemandem zu reden. Und Hooter verbrachte, wie schon im Keller der Reformierten Kirche, einen Großteil seiner Zeit damit, das Einmaleins zu üben.

Keiner von ihnen wollte mit Mr. Fairfield sprechen, wenn er anrief, und Mrs. Fairfield meldete sich gar nicht. Vielleicht war sie eigentlich gar nicht Mr. Fairfields Frau, sondern einfach nur eine Freundin; auf jeden Fall zog sie irgendwo hin, ohne eine Adresse zu hinterlassen.

»Vermißt du sie?« fragte Hooter, als er und Dampy an einem kalten Novembernachmittag im Wäscheraum hinter dem Trockner saßen.

»Eigentlich nicht. Dauernd diese Sendungen im Home-Shopping-Kanal anzuschauen, war mit der Zeit ganz schön öde. So gern hab ich die erste Mrs. Fairfield zwar auch nicht gehabt, aber mit ihr war es lustiger.«

Hooter betrachtete schwermütig einen der großen Fussel-bälle auf dem Boden. »Weißt du was? Ich vermisse *ihn*.«

»Oh, wir sind ohne ihn aber besser dran«, versicherte ihm Dampy.

»Wahrscheinlich hast du recht. Ob er *lange* im Gefängnis bleiben muß?«

»In der Zeitung hat gestanden, mindestens fünfundzwanzig Jahre.«

»Meine Güte! Dann ist er ja, warte mal …« Hooter rechnete im Kopf nach. »… fast fünfundfünfzig, wenn er wieder rauskommt. Na ja, ich finde, er hat es verdient. Wenn man jemanden tötet, muß man dafür büßen.«

Dampy schaute ihn mit einem merkwürdigen Lächeln an. Die Leiterin des Kinderheims hatte die Wunde an seinem Hals zusammengenäht, und nun neigte sich sein Kopf auf eine manchmal etwas irritierende Weise in die andere Richtung. »Stimmt«, sagte er. »Aber du weißt doch, daß es nicht er war, der Mrs. Fairfield getötet hat.«

»Ja, ja, es ist so, wie Mr. Habib gesagt hat: Es gibt dafür nichts außer Indizienbeweise.«

»Das habe ich damit nicht gemeint.«

»Du meinst, sie hat sich wirklich selbst umgebracht?«

»Ich meine, *ich* habe sie umgebracht.«

Hooter schaute ihn entsetzt an. »Aber das kann doch nicht sein! Du bist doch bloß …«

»Bloß ein Teddybär?« fragte Dampy lächelnd. »Glaubst du denn tatsächlich, daß Teddybären nichts als dumme kleine Schmusetiere sind?«

Hooter schüttelte den Kopf.

»Wir leben vielleicht nicht im Wald, aber wir sind trotzdem Bären.«

»Ich bin eine Eule!« sagte Hooter.

»Und ich bin eine Katze. Aber wir sind beide trotzdem Bären. Streite es nicht ab … schau dir bloß deine Ohren an. Mr. Fairfield ist da, wo er jetzt ist, schon am besten aufgehoben, und was uns angeht, werden wir vermutlich bald von einem netten Paar adoptiert. Mrs. Yardley hat gesagt, es hat eine Menge Bewerbungen gegeben.«

Und genauso kam es auch. Sie wurden von Curtis und Maeve Bennet adoptiert und zogen nach Jersey, und genau wie im Lied

> ... tanzen sie nun Hand in Hand
> im Mondenschein am Strand,
> am Strand,
> am Strand,
> im Mondenschein tanzen sie am
> Strand.

Aber ihr Ehering liegt immer noch unter dem Stein im Wald, wo sie ihn versteckt hatten, und markiert die Stelle, an der sie geheiratet haben.

Stephen King

DER STRASSENVIRUS ZIEHT
NACH NORDEN

Was könnte ich über Stephen King noch groß erzählen? Seine Romane werde ich nicht erwähnen, weil die meisten von Ihnen sie wahrscheinlich schon alle gelesen haben; die meisten von Ihnen haben sicher auch die Filme gesehen, die nach seinen Stoffen entstanden sind, und den Hörbüchern gelauscht, und vielleicht haben manche sogar diese Magnete an der Kühlschranktür und die T-Shirts und Gott weiß was für andere Gimmicks, die sich auf die Romane beziehen.

Über die Kurzgeschichten werde ich auch nicht reden, von dem Hinweis abgesehen, daß einige von ihnen (hier nenne ich Namen: »Der Musterschüler«, zum Beispiel) immer noch nicht die Beachtung finden, die sie eigentlich verdient haben, nämlich als einige der besten amerikanischen Kurzgeschichten überhaupt, Punktum.

Über die literaturkritischen Texte, die King geschrieben hat, werde ich nicht reden, die zahlreichen informativen Einleitungen zu Büchern, die Essays und die in Danse Macabre *versammelte Gelehrsamkeit; auch über seine wichtige Unterstützung der Kunst des Lesens oder über seine Kreuzzüge für Gedanken- und Redefreiheit werde ich kein weiteres Wort verlieren; und schließlich werde ich mich nicht darüber auslassen, daß er in den siebziger Jahren die moderne Horrorliteratur praktisch aus dem Boden gestampft hat.*

Was kann ich Ihnen also über diesen Mann erzählen?

Also, ich glaube, ich halte jetzt am besten meine Klappe (bitte nicht klatschen) und lasse Mr. King das tun, was er am besten kann, nämlich die richtige Lagerfeuerstimmung heraufbeschwören – um im Widerschein der flackernden Flammen eine großartige Geschichte zu erzählen.

Richard Kinnell bekam es nicht gerade mit der Angst zu tun, als er das Bild auf dem Flohmarkt in Rosewood zum ersten Mal sah.

Er war davon eher fasziniert, und er hatte irgendwie das Gefühl, mit Glück etwas gefunden zu haben, das sich als etwas ganz besonderes herausstellen könnte, aber Angst? Nein. Erst später (»Erst als es zu spät war«, wie er in einem seiner unglaublich erfolgreichen Romane geschrieben haben könnte) kam ihm der Gedanke, daß sich ihm als junger Mann so ziemlich dasselbe Gefühl bei bestimmten illegalen Drogen eingestellt hatte.

Er war nach Boston gefahren, um an einer Konferenz des PEN-Clubs von Neuengland teilzunehmen, die unter dem Motto »Gefahren der Popularität« stand. Wie Kinnell festgestellt hatte, konnte man sich darauf verlassen, daß der PEN-Club solche Themen aufs Tapet brachte, und in gewisser Weise war das tröstlich. Er legte die zweihundertsechzig Meilen von Derry lieber mit dem Auto als im Flugzeug zurück, weil er mit dem Plot seines letzten Romans feststeckte und eine Zeitlang ungestört über einen möglichen Ausweg aus dieser Sackgasse nachdenken wollte.

Auf der Konferenz nahm er an einer Podiumsdiskussion teil, bei der Leute, die es hätten besser wissen sollen, ihn fragten, woher er seine Ideen nahm und ob ihn die eigenen Geschichten gruselten. Er verließ die Stadt über die Tobin Bridge und fuhr dann auf der Route 1 weiter. Er nahm nie den Highway, wenn er irgendwelche Probleme wälzen wollte; das Fahren auf dem Highway lullte ihn immer ein, bis er gleichsam mit offenen Augen und traumlos wegnickte. Das war zwar erholsam, aber dafür nicht sehr kreativitätsfördernd. Der Stop-and-go-Verkehr auf der Küstenlandstraße war für ihn jedoch wie Sand in einer Auster – erzeugte ein beträchtliches Maß an geistiger Aktivität… und manchmal sogar eine Perle.

Einen solchen Vergleich würden seine Kritiker allerdings kaum auf ihn anwenden. In einem *Esquire*-Heft vom vergangenen Jahr hatte Bradley Simons seine Rezension von *Nightmare City* mit dem Satz begonnen: »Richard Kinnell, der so

143

schreibt wie Jeffery Dahmer kocht, hat einen neuerlichen Anfall impulsiven Erbrechens erlitten. Seinem jüngst erschienenen Auswurfbrocken hat er den Titel *Nightmare City* gegeben.«

Die Route 1 führte ihn durch Revere, Malden, Everett und weiter die Küste hoch nach Newburyport. Hinter Newburyport und knapp südlich der Grenze zwischen Massachusetts und New Hampshire liegt das nette Städtchen Rosewood. Etwa eine Meile hinter dem Stadtzentrum fiel sein Blick auf eine Ansammlung billig aussehender Hausratsgegenstände, die auf dem Rasen vor einem zweistöckigen, für Cape Cod typischen Haus ausgebreitet waren. Gegen einen avocadofarbenen Elektroherd gelehnt, stand ein Schild mit der Aufschrift HAUSHALTSAUFLÖSUNG. Auf beiden Seiten der Straße waren Wagen geparkt, wodurch einer jener Engpässe entstand, die Autofahrer, die gegen den Zauber von privaten Flohmärkten immun sind, nur fluchend überwinden. Kinnell war in dieser Hinsicht alles andere als immun, besonders die Kisten mit alten Büchern hatten es ihm angetan, die man dort manchmal finden konnte. Er fuhr durch den Engpaß, parkte seinen Audi ganz vorn in der Reihe, die nach Maine und New Hampshire wies, und ging dann die Straße zurück.

Rund ein Dutzend Leute zogen zwischen den verstreut auf dem Rasen liegenden Habseligkeiten ihre Bahnen. Ein großer Fernsehapparat stand links neben dem zementierten Fußweg mit den Füßen auf vier Papieraschenbechern, die allerdings absolut nichts zum Schutz des Rasens beitrugen. Obendrauf lag ein Schild mit der Botschaft: MACHEN SIE EIN ANGEBOT – SIE WERDEN STAUNEN. Ein Elektrokabel, das in eine Verlängerungsschnur überging, schlängelte sich hinter dem Fernseher hervor und verschwand durch die offene Haustür. Davor saß eine dicke Frau auf einem Gartenstuhl im Schatten eines Sonnenschirms, auf dessen farbenfrohen Segeltuchsektoren der CINZANO-Schriftzug zu lesen war. Neben ihr stand ein Kartentisch, auf dem eine Zigarrenkiste, ein Schreibblock und ein weiteres handgeschriebenes Schild lagen. Dieses Schild verkündete: NUR GEGEN BAR – UMTAUSCH AUSGESCHLOSSEN. Im Fernseher lief eine nachmittägliche Familienserie, in der zwei wunderschöne junge Menschen den Eindruck erweckten, als ständen sie ganz nah am Rand eines Geschlechtsverkehrs ohne Netz und doppelten Boden. Die dicke Frau streifte Kinnell mit einem Blick und wandte sich wieder dem Fernseher zu. Sie sah einen Moment hin und schaute dann wieder zu Kinnell hinüber. Diesmal hatte sie den Mund leicht geöffnet.

Ah, dachte Kinnell und blickte sich suchend nach der mit Taschenbüchern gefüllten Schnapskiste um, die hier irgendwo stehen mußte, *ein Fan von mir.*

Er konnte keine Taschenbücher entdecken, aber er sah das Bild, das an einem Bügelbrett lehnte und von zwei Plastikwäschekörben an Ort und Stelle gehalten wurde, und ihm blieb die Luft weg. Er wollte es haben, sofort.

Er ging mit einer Beiläufigkeit hinüber, die ihm übertrieben vorkam, und ließ sich vor dem Bild auf ein Knie nieder. Es war ein Aquarell und in technischer Hinsicht sehr gut gemacht. Aber das war Kinnell egal. Technik interessierte ihn nicht (eine Tatsache, die die Rezensenten seiner Bücher gebührend vermerkt hatten). Was ihm an Kunstwerken gefiel, war der *Inhalt*, und je beunruhigender der war, um so besser. Und auf dieser Skala lag das Bild weit oben. Er kniete zwischen den zwei Wäschekörben, die mit einem wilden Durcheinander kleiner Gerätschaften gefüllt waren, und fuhr mit den Fingern über die Verglasung. Er warf einen kurzen Blick in die Runde, ob noch andere solche Bilder herumstanden, konnte aber keines entdecken – nur die für Flohmärkte übliche Ansammlung von Kunstgegenständen: weinende Clowns, betende Hände und kartenspielende Hunde.

Er betrachtete wieder das gerahmte Aquarell und malte sich in Gedanken schon aus, wie er seine Reisetasche auf den Rücksitz des Audi verfrachtete, um das Bild problemlos im Kofferraum verstauen zu können.

Es zeigte einen jungen Mann am Steuer eines Sportwagens – vielleicht ein Pontiac Grand Am, vielleicht ein GTX, jedenfalls ein Wagen mit einem T-Top –, der bei Sonnenuntergang über die Tobin Bridge fuhr. Das Verdeck war offen, wodurch aus dem schwarzen Wagen so halbwegs ein Cabrio wurde. Der linke Arm des jungen Mannes lag in der Fensteröffnung der Fahrertür, die rechte Hand hing lässig über dem Lenkrad. Der Himmel hinter ihm war eine blutergußfarbene Masse verschiedener Gelb- und Grautöne, die von rosaroten Adern durchzogen wurde. Der junge Mann hatte dünnes blondes Haar, das ihm in die niedrige Stirn fiel. Er grinste, und hinter seinen geöffneten Lippen kamen Zähne zum Vorschein, die keine normalen Zähne waren, sondern regelrechte Reißzähne.

Vielleicht sind sie ja nur spitz geschliffen worden, dachte Kinnell. *Vielleicht soll er einen Kannibalen darstellen?*

Das gefiel ihm. Ihm gefiel die Vorstellung, ein Kannibale führe bei Sonnenuntergang über die Tobin Bridge. In einem Grand Am. Er wußte, was die meisten Zuhörer bei der Podiumsdiskussion des PEN-Clubs gedacht hätten – *O ja, tolles Bild für Rich Kinnell, er braucht es vermutlich zur Inspiration, als Feder, um aus seiner müden alten Kehle einen weiteren Anfall impulsiven Erbrechens herauszukitzeln* –, aber die meisten dieser Leute waren sowieso Ignoranten, zumindest was seine Bücher anging. Und was hinzukam: Sie bildeten sich auch noch was auf ihre Ignoranz ein, hätschelten sie auf eine Weise, wie manche Leute aus unerfindlichen Gründen diese blöden, übellaunigen kleinen Hunde hätschelten, die Besucher ankläfften und sich manchmal in den Waden des Zeitungsjungen verbissen. Er war von diesem Gemälde nicht angezogen worden, weil er Horrorgeschichten schrieb; er schrieb Horrorgeschichten, weil er von Dingen wie diesem Gemälde angezogen wurde. Seine Fans schickten ihm alle möglichen Sachen – hauptsächlich Bilder –, und er warf sie meistenteils auf den Müll, nicht weil sie schlecht gemalt, sondern weil sie langweilig und vorhersehbar waren. Ein Leser aus Omaha hatte ihm allerdings mal eine kleine Keramik geschickt, einen schreienden, zu Tode erschrockenen Affen, dessen Kopf aus einem Kühlschrank herausschaut, und das Stück hatte er behalten. Die Ausführung ließ zu wünschen übrig, aber das Ergebnis hatte etwas an sich, ein unerwartetes Nebeneinander, das eine bestimmte Saite in ihm zum Klingen brachte. Dieses Gemälde hier hatte etwas von derselben Qualität, aber es war noch besser. *Viel* besser sogar.

Er griff gerade danach, wollte es aufheben, es sich unter den Arm klemmen und seine Absichten kundtun, als hinter ihm eine Stimme ertönte: »Sind Sie nicht Richard Kinnell?«

Er zuckte zusammen und drehte sich um. Die dicke Frau stand dicht hinter ihm und verdeckte den größten Teil der unmittelbaren Umgebung. Sie hatte in der Zwischenzeit wohl frischen Lippenstift aufgetragen, denn ihr Mund hatte die Form eines blutenden Grinsens angenommen.

»Ja, der bin ich«, sagte er und lächelte ebenfalls.

Ihr Blick senkte sich auf das Bild. »Das hätte ich mir denken können, daß Sie direkt darauf zusteuern«, sagte sie und grinste dabei einfältig. »Es ist ja wie für Sie *gemacht*.«

»Es hat ganz den Anschein«, sagte er und lächelte sein gewinnendstes Lächeln. »Wieviel wollen Sie dafür haben?«

»Fünfundvierzig Dollar«, sagte sie. »Ich will Ihnen nichts vormachen: Zunächst sollte es siebzig kosten, aber es gefällt niemandem, und deswegen bin ich mit dem Preis runtergegangen. Wenn Sie morgen wiederkommen, können Sie es wahrscheinlich für dreißig bekommen.« Das Grinsen hatte beängstigende Ausmaße angenommen. Kinnell konnte kleine graue Speichelbläschen in den auseinandergezogenen Mundwinkeln sehen.

»Ich glaube, darauf will ich es nicht ankommen lassen«, sagte er. »Ich stelle Ihnen jetzt gleich einen Scheck aus.«

Das Grinsen wurde noch gedehnter; die Frau sah inzwischen wie eine groteske John-Waters-Parodie aus. Divine macht einen auf Shirley Temple. »Ich soll eigentlich keine Schecks annehmen, aber *okay*«, sagte sie im Tonfall eines Mädchens, das sich schließlich zum Geschlechtsverkehr mit seinem neuen Freund bereit erklärt. »Wenn Sie nun schon Ihren Füller rausnehmen, könnten Sie mir dann auch ein Autogramm für meine Tochter schreiben? Ihr Name ist Michela.«

»Was für ein schöner Name«, sagte Kinnell automatisch. Er nahm das Bild und folgte der dicken Frau zu dem Kartentisch. Im Fernseher daneben hatte das lüsterne Pärchen einer älteren Frau Platz gemacht, die Kleieflocken in sich hineinschaufelte.

»Michela liest alle Ihre Bücher«, sagte die dicke Frau. »Wo kriegen Sie nur all diese verrückten Ideen her?«

»Keine Ahnung«, sagte Kinnell und lächelte breiter denn je. »Sie fallen mir einfach in den Schoß. Ist das nicht erstaunlich?«

Die mit der Haushaltsauflösung beauftragte Frau hieß Judy Diment, und sie wohnte in dem Haus nebenan. Als Kinnell sie fragte, ob sie wisse, wer der Künstler sei, antwortete sie, na klar, Bobby Hastings habe es verbrochen, und Bobby Hastings sei auch der Grund dafür, daß sie hier die Sachen der Hastingsens verkaufen dürfe. »Das ist das einzige Bild, das er nicht verbrannt hat«, sagte sie. »Arme Iris! Sie tut mir richtig leid. Ich glaube, George hat es nicht so viel ausgemacht. Und ich weiß mit Sicherheit, daß er nicht versteht, warum sie das Haus verkaufen will.« Sie verdrehte die Augen in ihrem großen, verschwitzten Gesicht – der bekannte Können-Sie-sich-das-vorstellen-Blick. Kinnell riß den Scheck aus dem Heftchen, sie nahm ihn entgegen und gab ihm dann den Block, auf dem sie all die Sachen notiert hatte, die schon verkauft worden waren, nebst den dabei erzielten Einnahmen. »Einfach nur ›Für Michela‹«, sagte sie. »Oder lassen Sie sich was Nettes einfallen, ja?« Das Grinsen erschien wieder, wie ein alter Bekannter, von dem man gehofft hatte, daß er längst tot war.

»Mhm«, sagte Kinnell und schrieb, was er in solchen Fällen immer schrieb: Meiner Leserin... mit herzlichem Dank für ihre Treue. Er mußte nicht auf seine Handbewegung achten oder auch nur darüber nachdenken, was er da genau tat, nicht nach fünfundzwanzig Jahren Autogrammeschreiben. »Erzählen Sie mir von dem Bild und den Hastingsens.«

Judy Diment faltete ihre Patschhände wie eine Frau, die glücklicherweise wieder einmal ihre Lieblingsgeschichte zum Besten geben darf.

»Bobby war erst dreiundzwanzig, als er sich im Frühjahr umgebracht hat. Ist das nicht unglaublich? Er war so der Typ verquältes Genie, nicht, aber er lebte noch bei seinen Eltern.« Wieder verdrehte sie die Augen und stellte Kinnell damit die unausgesprochene Frage, ob er sich das vorstellen könne. »Er muß an die siebzig, achtzig Bilder gehabt haben, und dazu noch die ganzen Skizzenbücher. Und zwar alles im Souterrain.« Sie wies mit dem Kinn zum Nachbarhaus hinüber und sah dann auf das Bild des teuflischen jungen Mannes, der bei Sonnenuntergang über die Tobin Bridge fuhr. »Iris – Bobbys Mutter – hat gesagt, die meisten davon sind richtig übel gewesen, viel schlimmer als das hier. Wenn man die ansah, kräuselten sich einem die Zehennägel.« Sie warf einen Blick zu einer Frau hinüber, die sich das zusammengewürfelte Tafelsilber der Hastingsens und eine ziemlich vollständige Sammlung alter McDonald's-Plastikbecher mit einem *Liebling-ich-habe-die-Kinder-geschrumpft*-Motiv ansah, und senkte die Stimme zu einem Flüstern. »Auf den meisten war Sexkram drauf.«

»O nein«, sagte Kinnell.

»Die schlimmsten waren aus der Zeit, als er drogenabhängig wurde«, fuhr Judy Diment fort. »Nach seinem Tod – er hat sich im Souterrain aufgehängt, da, wo er auch gemalt hat – hat man mehr als hundert dieser kleinen Flaschen gefunden, in denen Crack verkauft wird. Sind Drogen nicht furchtbar, Mr. Kinnell?«

»Das sind sie allerdings.«

»Jedenfalls nehme ich an, mit Verlaub, daß er schließlich in den Seilen hing. Er hat alle seine Zeichnungen und Gemälde nach hinten in den Hof gebracht – bis auf das eine hier vermutlich – und verbrannt. Er hat einen Zettel an sein Hemd geheftet, auf dem stand: ›Ich kann nicht mehr ertragen, was mit mir geschieht.‹ Ist das nicht furchtbar, Mr. Kinnell? Ist das nicht das Furchtbarste, was Sie je gehört haben?«

»Ja«, sagte Kinnell, nicht ganz unehrlich. »Das ist es so ziemlich.«

»Wie schon gesagt, ich glaube, George wäre lieber weiter in dem Haus wohnen geblieben, wenn er die Wahl gehabt hätte«, sagte Judy Diment. Sie nahm das Blatt Papier mit dem Autogramm für Michela, hielt es neben Kinnells Scheck und schüttelte den Kopf, als fände sie die Ähnlichkeit der Unterschriften verblüffend. »Aber Männer sind halt nicht so.«

»Wie sind sie denn?«

»Nun ja, viel weniger sensibel. Am Ende seines Lebens war Bobby Hastings nur noch Haut und Knochen, die ganze Zeit schmutzig – er stank vor Dreck –, und er hat tagaus, tagein dasselbe T-Shirt getragen. Vorn drauf war ein Bild von den Led Zeppelin. Seine Augen waren immer rot, er hatte einen kratzigen Flaum auf den Wangen, der die Bezeichnung Bart nicht verdient hätte, und er bekam Pickel, als wäre er wieder in der Pubertät. Aber sie hat ihn geliebt, weil die Liebe einer Mutter über all das hinwegsieht.«

Die Frau, die sich das Tafelsilber und die Plastikbecher angeschaut hatte, kam mit einem Satz Star-Wars-Platzdeckchen herüber. Mrs. Diment nahm fünf Dollar dafür, notierte den Verkauf sorgfältig unter EIN DTZD. GEMISCHTE TOPFLAPPEN auf ihrem Block und wandte sich dann wieder Kinnell zu.

»Sie sind nach Arizona gefahren«, sagte sie, »zu Iris' Familie. Ich weiß, daß sich George dort in Flagstaff nach einer Arbeit umsieht – er ist technischer Zeichner –, aber ich weiß nicht, ob er schon was gefunden hat. Falls ja, werden wir sie hier in Rosewood vermutlich nicht mehr zu Gesicht bekommen. Sie hat all die Sachen ausgezeichnet, die ich in ihrem Auftrag verkaufen soll – Iris, meine ich –, und hat gesagt, ich könnte zwanzig Prozent für meine Mühe behalten. Für das, was übrigbleibt, werde ich ihr einen Scheck schicken. Viel wird nicht dabei rauskommen.« Sie seufzte.

»Das Bild ist großartig«, sagte Kinnell.

»Ja, zu schade, daß er den Rest verbrannt hat, weil das meiste von dem andern Zeug hier der übliche Flohmarktscheiß ist, wenn Sie den Ausdruck entschuldigen wollen. Was ist das?«

Kinnell hatte das Bild herumgedreht. Auf die Rückseite war ein Stück Kreppband geklebt.

»Der Titel wahrscheinlich.«

»Wie lautet der denn?«

Er packte das Bild seitlich am Rahmen und hielt es hoch, so daß sie den Titel selbst lesen konnte. Das brachte das Bild auf seine Augenhöhe, und er studierte es begierig, aufs neue hingerissen von der unverhüllten Bösartigkeit seines Gegenstands: Junge am Steuer eines tiefergelegten Sportwagens, ein Junge mit einem gemeinen, wissenden Grinsen, das die angefeilten Spitzen eines noch gemeineren Gebisses preisgab.

Er paßt, dachte er. *Kaum jemals wird ein Titel zu einem Gemälde so gut gepaßt haben wie dieser hier.*

»*Der Straßenvirus zieht nach Norden*«, las sie. »Ist mir nicht aufgefallen, als meine Söhne das Zeug rausgeholt haben. Ist das Ihrer Ansicht nach wirklich der Titel?«

»Das wird er wohl sein.« Kinnell konnte den Blick nicht vom Grinsen des blonden Jungen losreißen. *Ich weiß etwas,* sagte dieses Grinsen. *Ich weiß etwas, was du nie wissen wirst.*

»Nun ja, man kann annehmen, daß der Kerl, der das hier gemalt hat, vermutlich völlig zugedröhnt war.« Sie klang entrüstet – aufrichtig entrüstet, dachte Kinnell. »Kein Wunder, daß so einer seiner Mama einfach das Herz bricht, indem er sich umbringt.«

»Ich muß jetzt selbst nach Norden ziehen«, sagte Kinnell und klemmte sich das Bild unter den Arm. »Vielen Dank für …«

»Mr. Kinnell?«

»Ja?«

»Darf ich Ihren Führerschein sehen?« Sie fand diese Bitte offenbar weder seltsam noch lächerlich. »Ich sollte die Nummer auf der Rückseite Ihres Schecks vermerken.«

Kinnell stellte das Bild ab, um nach seiner Brieftasche graben zu können. »Klar. Unbedingt.«

Die Frau, die die *Star-Wars*-Platzdeckchen gekauft hatte, war auf dem Weg zu ihrem Wagen stehengeblieben, um ein bißchen in die Familienserie hineinzusehen, die sich auf dem Vorgarten-Fernseher abspielte. Jetzt warf sie einen Blick auf das Bild, das Kinnell an seine Schienbeine gelehnt hatte.

»Bah«, sagte sie. »Wer kann denn nur so ein häßliches Ding haben wollen? Ich würde jedesmal dran denken müssen, wenn ich das Licht ausmache.«

»Was ist daran falsch?« fragte Kinnell.

Kinnells Tante Trudy wohnte in Wells, das ungefähr sechs Meilen nördlich der Grenze zwischen Maine und New Hampshire liegt. Kinnell nahm die Ausfahrt, die im Kreis um den hellgrünen Wasserturm von Wells herumführte, der mit dem komischen Schild drauf (Sorg dafür dass maine grün bleibt – Jeder Betrag zählt in brusthohen Buchstaben), und fünf Minuten später bog er in die Zufahrt zu ihrem hübschen kleinen Einfamilienhaus ein. Hier war kein Fernsehapparat zu sehen, der durch Papieraschenbecher in den Rasen einsank, nur Tante Trudys wunderbare Blumen in Hülle und Fülle. Kinnell mußte pinkeln, was er nicht auf einem Rastplatz an der Straße hatte erledigen wollen, wo er doch einen Abstecher hierher machen konnte. Außerdem wollte er sich auch auf den neuesten Stand bringen lassen, was den Familienklatsch anging. Tante Trudy war in diesem Fach nicht zu schlagen; sie war unter Klatschtanten das, was Paul Bocuse für die Nouvelle Cuisine war. Außerdem wollte er ihr natürlich seine Neuerwerbung vorführen.

Sie kam vor die Tür, um ihn zu begrüßen, umarmte ihn und bedeckte sein Gesicht mit ihren patentierten kleinen Vogelküssen, die ihm als Kind immer eine Gänsehaut über den ganzen Körper gejagt hatten.

»Soll ich dir mal was zeigen?« fragte er sie. »Es wird dir die Strumpfhose ausziehen.«

»Was für ein bezaubernder Gedanke«, sagte Tante Trudy, umfaßte ihre Ellbogen mit den Händen und sah ihn amüsiert an.

Er machte den Kofferraum auf und nahm sein neues Bild heraus. Es berührte sie allerdings, aber nicht auf die Weise, mit der er gerechnet hatte. Die Farbe fiel regelrecht in einer fließenden Bewegung aus ihrem Gesicht – in seinem ganzen Leben hatte er noch nie etwas Ähnliches gesehen. »Es ist grauenhaft«, sagte sie mit einer gepreßten, um Beherrschung bemühten Stimme. »Ich mag das nicht. Ich kann irgendwie verstehen, weshalb du dich zu dem Bild hingezogen fühlst, Richie, aber womit du nur herumspielst, das geschieht da wirklich. Sei ein guter Junge und leg es wieder in deinen Kofferraum. Und wenn du zum Saco River kommst, dann stellst du den Wagen auf der Standspur ab und wirfst es einfach rein.«

Er starrte sie mit offenem Mund an. Tante Trudy hatte die Lippen fest zusammengepreßt, damit sie nicht zitterten, und mit ihren langen, schmalen Hände umfaßte sie nicht mehr nur die Ellbogen, sondern umklammerte sie regelrecht, als wollte sie verhindern, daß sie abhob. In diesem Augenblick sah sie nicht wie einundsechzig aus, sondern wie einundneunzig.

»Tantchen?« Kinnell sprach etwas zögerlich, weil er nicht genau wußte, was los war. »Tantchen, was ist denn mit dir?«

»*Das hier*«, sagte sie, öffnete den Klammergriff ihrer rechten Hand und zeigte auf das Bild. »Ich bin überrascht, daß du es selbst nicht stärker spürst, ein Bursche mit deiner Einbildungskraft.«

Nun, *etwas* spürte er schon, hatte er offensichtlich gespürt, weil er andernfalls sein Scheckheft gar nicht erst herausgekramt hätte. Tante Trudy spürte jedoch offenbar etwas anderes … oder etwas *mehr*. Er drehte das Bild herum, damit er es sehen konnte (er hatte es ihr so hingehalten, daß ihm die Seite mit dem Klebeband zugewandt war), und betrachtete es erneut. Was er sah, traf ihn in Brust und Bauch wie eine Schlagkombination.

Das Bild hatte sich *verändert*, das war Schlag Nummer eins. Nicht viel, aber es hatte sich eindeutig verändert. Das Lächeln des jungen blonden Mannes war breiter geworden, enthüllte jetzt noch mehr dieser spitzgefeilten Kannibalenzähne. Und die Augen waren etwas weiter zusammengekniffen, was dem Gesicht irgendwie einen Ausdruck verlieh, der wissender und noch niederträchtiger war als zuvor.

Das Ausmaß des Lächelns … der sich minimal ausweitende Anblick geschärfter Zähne … die Neigung und Öffnung der Augen … alles ziemlich subjektiv. Man konnte sich in diesen Punkten irren, und natürlich hatte er sich das Gemälde nicht *so* genau angesehen, bevor er es gekauft hatte. Außerdem hatte ihn Mrs. Diment abgelenkt, die wahrscheinlich einem Messingaffen den Schwanz abschwatzen konnte.

Aber es gab ja auch noch den Schlag Nummer zwei, und der war *nicht* subjektiv. In der Dunkelheit des Audi-Kofferraums hatte der blonde junge Mann den linken Arm gedreht, den, der aus dem Seitenfenster hing, so daß Kinnell jetzt eine Tätowierung sehen konnte, die vorher verborgen war. Es war ein umrankter Dolch mit einer blutigen Spitze. Darunter standen Worte. Kinnell konnte LIEBER TOT ALS ausmachen, und er vermutete, man mußte nicht unbedingt ein großer Bestsellerautor sein, um das Wort zu erraten, das immer noch verborgen war. LIEBER TOT ALS EHRLOS war schließlich exakt die Parole, die ein Unglücksbote wie dieser hier auf seinem Arm tragen würde. *Und ein Pik-As oder eine Topfpflanze auf dem anderen*, dachte Kinnell.

»Du magst es also nicht, Tantchen?« sagte er.

»Ja«, sagte sie, und jetzt bemerkte er etwas noch Erstaunlicheres: Sie hatte sich von ihm abgewandt und tat so, als würde sie auf die Straße schauen (die in der heißen Nachmittagssonne vor sich hin döste und völlig verlassen dalag), damit sie das Bild nicht ansehen mußte. »Tantchen ekelt es sogar zutiefst an. Jetzt leg's schon endlich weg, und komm ins Haus. Ich wette, du mußt aufs Klo.«

Tante Trudy gewann ihre Contenance fast im selben Moment wieder, als das Aquarell im Kofferraum verschwand. Sie plauderten über Kinnells Mutter (in Pasadena), seine Schwester (in Baton Rouge) und seine Exfrau Sally (in Nashua). Sally war besessen von Ufos, betrieb ein Tierheim von einem übergroßen Wohnwagen aus und publizierte zwei Infobriefe pro Monat. *Überlebende* war voller astraler Nachrichten und angeblich wahrer Geschichten aus der Geisterwelt; *Besucher* dagegen enthielt Berichte von Leuten, die mehr oder weniger unheimliche Begegnungen mit Wesen aus dem Weltraum erlebt hatten. Kinnell ging nicht mehr zu Fan-Treffen, die auf Fantasy und Horror spezialisiert waren. Eine Sally im Leben war genug, sagte er sich manchmal.

Als Tante Trudy ihn wieder zum Wagen begleitete, war es schon halb fünf, weshalb er die obligatorische Essenseinladung abgelehnt hatte. »Wenn ich jetzt losfahre, schaffe ich den Großteil nach Derry noch im Hellen.«

»Na gut«, sagte sie. »Es tut mir übrigens leid, daß ich so heftig auf das Bild reagiert habe. Natürlich gefällt dir so was, du hattest schon immer diese … diese absonderliche Neigung. Ich hab's einfach in den falschen Hals gekriegt. So ein gräßliches Gesicht aber auch.« Sie schüttelte sich. »Als ob wir ihn ansehen würden … und er schaut geradewegs zurück.«

Kinnell lächelte und küßte sie auf die Nasenspitze. »Deine Einbildungskraft ist aber auch nicht schlecht, liebste Tante.«

»Natürlich nicht, das liegt doch in der Familie. Bist du dir sicher, daß du nicht noch mal aufs Klo willst, bevor du ins Auto steigst?«

Er schüttelte den Kopf. »Aber das war auch nicht der einzige Grund, warum ich hier angehalten habe.«

»Ach? Was denn sonst?«

Er grinste. »Weil du weißt, wer nett ist und wer nicht. Und du hast keine Angst, andere an deinem Wissen teilhaben zu lassen.«

»Los, mach, daß du fortkommst.« Sie gab ihm einen Schubs gegen die Schulter, war aber offensichtlich geschmeichelt. »An deiner Stelle wäre ich gern so schnell wie möglich zu Hause. Ich würde diesen gräßlichen Kerl nicht gern im Dunkeln hinter mir im Auto haben wollen, auch nicht eingesperrt im Kofferraum. Nun ja, hast du nicht seine Zähne gesehen? *Bäh!*«

Er nahm diesmal den Highway, tauschte schöne Aussicht gegen hohe Geschwindigkeit, und schaffte es bis zur Raststätte in der Nähe von Gray, wo er beschloß, noch einmal einen Blick auf das Bild zu werfen. Etwas vom Unbehagen seiner Tante hatte sich wie ein Keim in ihm festgesetzt, aber irgendwie glaubte er, daß das nicht das eigentliche Problem war. Das eigentliche Problem war das Gefühl, daß sich das Bild verändert hatte.

Die Raststätte bot den üblichen Gourmet-Fraß – Hamburger und Softeis – und besaß am hinteren Ende einen kleinen, abfallübersäten Picknickbereich plus Hundeauslauf. Kinnell parkte neben einem Kleinbus mit Nummernschild aus Missouri, holte tief Luft und stieß sie wieder aus. Er war nach Boston gefahren, um ein paar störende Kobolde im Plot seines neuen Buchs umzubringen, was im nachhinein wie ein schlechter Witz klang. Den Hinweg hatte er damit verbracht, sich zu überlegen, was er bei der Podiumsdiskussion sagen würde, falls ihm bestimmte harte Fragen an den Kopf geknallt würden, aber es waren letzten Endes keine solchen gestellt worden – als man erst mal begriffen hatte, daß er wirklich nicht wußte, wo er seine Ideen hernahm, und, tja, manchmal gruselten sie ihn tatsächlich, wollte man von ihm nur noch wissen, wie man eigentlich an einen Agenten kam.

Und jetzt, auf dem Rückweg, konnte er an nichts anderes denken als an das verdammte Bild.

Hatte es sich verändert? Falls ja, falls der Arm des blonden Jungen sich so weit bewegt hatte, daß er, Kinnell, eine Tätowierung lesen konnte, die vorher zum Teil verborgen gewesen war, dann konnte er einen Einspalter für einen von Sallys Infobriefen schreiben. Teufel noch mal, eine vierteilige Serie. Falls es sich andererseits *nicht* verändert hatte, dann... was? War er das Opfer einer Halluzination? Erlitt er einen Nervenzusammenbruch? Das war Quatsch. Seine Lebensumstände waren ziemlich geordnet, und er fühlte sich gut. *Hatte* sich jedenfalls gut gefühlt, bis die Faszination, die das Bild auf ihn ausübte, allmählich etwas anderem wich, etwas Dunklerem.

»Ach Scheiße, du hast es dir beim Kauf einfach nicht richtig angeguckt«, sagte er laut, als er aus dem Wagen stieg. Nun ja, vielleicht. Vielleicht. Es wäre nicht das erste Mal, daß sein Kopf seiner Wahrnehmung einen Streich gespielt hätte. Das war ebenfalls ein Teil dessen, was er tat. Manchmal nahm seine Einbildungskraft ein bißchen... nun ja...

»Überhand«, sagte Kinnell und machte den Kofferraum auf. Er nahm das Bild heraus und sah es an, und während dieses Zeitraums von zehn Sekunden, in denen er es ansah und zu atmen vergaß, bekam er wirklich Angst vor dem Ding, die Art Angst, die man bekam, wenn es plötzlich im Gebüsch trocken raschelte oder wenn man ein Insekt sah, das einen wahrscheinlich stechen würde, wenn man es provozierte.

Der blonde Fahrer grinste ihn jetzt mit irrem Blick an – ja, *ihn* grinste er an, dessen war sich Kinnell sicher –, und die abgefeilten Kannibalenzähne waren entblößt bis hin zum Zahnfleisch. Die Augen funkelten und lachten zugleich. Und die Tobin Bridge war verschwunden. Die Skyline von Boston ebenfalls. Und der Sonnenuntergang. Es war jetzt fast dunkel in dem Gemälde, der Wagen und sein wilder Reiter von einer einzelnen Straßenlaterne beleuchtet, die einen weichen Glanz über die Straße und die Chromverzierungen des Wagens warf. Kinnell hatte den Eindruck, als ob der Wagen (er war sich jetzt ziemlich sicher, daß es sich um einen Grand Am handelte) sich am Rand einer kleinen Stadt an der Route 1 befände, und er glaubte zu wissen, welche Stadt es war – er war selbst nur ein paar Stunden zuvor hindurchgefahren.

»Rosewood«, murmelte er. »Das ist Rosewood. Da gibt es kein Vertun.«

Der Straßenvirus zog allerdings nach Norden, und er nahm die Route 1, ganz wie Kinnell selbst. Der linke Arm des Blonden hing immer noch aus dem Fenster, aber er war in seine ursprüngliche Position zurückgedreht worden, so daß Kinnell die Tätowierung nicht mehr sehen konnte. Aber er wußte, daß sie da war, oder nicht? Doch, jede Wette.

Der blonde Junge sah aus wie ein Metallica-Fan, der aus der Sicherungsverwahrung für gemeingefährliche Irre ausgebrochen war.

»Herrgott«, flüsterte Kinnell, und das Wort schien von anderswo herzukommen, nicht von ihm. Plötzlich verließ alle Kraft seinen Körper, lief gleichsam aus wie Wasser aus einem löchrigen Eimer, und er setzte sich schwerfällig auf den Randstein, der die Grenze zwischen dem Parkplatz und dem Gelände für den Hundeauslauf bildete. Er begriff auf einmal, daß dies die Wahrheit war, die er in all seinen Geschichten verfehlt hatte: So reagierten Leute, wenn sie mit etwas konfrontiert wurden, das sich einer rationalen Erklärung entzog. Man hatte den Eindruck, als verblutete man innerlich, an einer geplatzten Ader im Kopf.

»Kein Wunder, daß der Kerl, der das gemalt hat, sich umgebracht hat«, krächzte er, während er das Bild anstarrte, das wilde Grinsen, die Augen, die zugleich gerissen und dumm aussahen.

Er hat einen Zettel an sein Hemd geheftet, hatte Mrs. Diment gesagt. *›Ich kann nicht mehr ertragen, was mit mir geschieht.‹ Ist das nicht furchtbar, Mr. Kinnell?*

Ja, das war allerdings furchtbar.

Äußerst furchtbar.

Er stand auf, packte das Bild oben am Rahmen und ging mit ausgreifenden Schritten über den Rasen. Er hatte die Augen unverwandt vor sich auf den Boden gerichtet und hielt nach von Hunden gelegten Landminen Ausschau. Er warf keinen Blick mehr auf das Bild. Seine Beine fühlten sich zittrig und nicht sehr vertrauenswürdig an, aber sie schienen ihn ganz gut zu tragen. Vor ihm, in der Nähe der Baumreihe am hinteren Ende des Rastplatzes, stand ein hübsches junges Mädchen in weißen Shorts und einem roten Trägerhemd. Sie hatte einen Cockerspaniel an der Leine. Sie lächelte Kinnell an, sah dann aber etwas in seinem Gesicht, was ihr Lächeln im Nu wieder ausradierte. Sie machte ihren Abgang nach links, ziemlich hastig. Weil der Spaniel nicht so schnell gehen wollte, zerrte sie den röchelnden Köter hinter sich her.

Die verkrüppelten Kiefern hinter dem Rastplatz standen an einem Abhang, der in einen nach pflanzlicher und tierischer Verwesung stinkenden Morast mündete. Der Teppich aus Kiefernnadeln bildete regelrecht eine Niederschlagszone für Straßenabfälle: Hamburger-Schachteln, Limonaden-Pappbecher, Papierservietten, Bierdosen, leere Plastikflaschen, Zigarettenstummel. Er sah ein benutztes Kondom, das wie eine tote Schnecke neben einem zerrissenen Slip lag, auf den das Wort DIENSTAG in einer kursiven Kleinmädchenhandschrift gestickt worden war.

Jetzt, wo er hier war, riskierte er noch einmal einen Blick auf das Bild. Er machte sich auf weitere Veränderungen gefaßt – rechnete sogar mit der Möglichkeit, daß sich das Gemälde in Bewegung befand, wie ein Film in einem Rahmen –, aber es gab keine. Das war auch nicht nötig, wie Kinnell bewußt wurde; das Gesicht des blonden Jungen sagte alles. Dieses irrsinnige Grinsen. Diese angespitzten Zähne. Das Gesicht sagte: *He, alter Mann, weißt du eigentlich, was hier abgeht? Ich bin fertig mit den Zivilisationsspielchen. Ich bin ein Mitglied der* wahren *Generation X. Das nächste Jahrtausend beginnt genau hier, hinter dem Steuer von diesem scharfen Superschlitten.*

Tante Trudys spontane Reaktion auf das Gemälde hatte in dem Rat an Kinnell bestanden, das Bild in den Saco River zu werfen. Tantchen hatte recht gehabt. Der Saco lag jetzt fast zwanzig Meilen hinter ihm, aber …

»Das hier reicht«, sagte er. »Ich glaube, das hier reicht völlig.«

Er hob das Bild über den Kopf wie ein Sportler, der den Fotografen nach dem Wettkampf seinen Pokal präsentiert, und warf es den Abhang hinunter. Es überschlug sich zweimal, wobei im Rahmen das Licht der dunstigen Abendsonne aufblitzte, und prallte gegen einen Baum. Die Verglasung zersplitterte. Das Bild fiel zu Boden und glitt den trockenen Nadelteppich des Abhangs hinunter wie über eine Sprungschanze. Es landete im Sumpf, und eine Ecke des Rahmens ragte schließlich mitten aus einigen dichtstehenden Schilfrohren hervor. Sonst war nichts mehr davon zu sehen, bis auf die verstreuten Glassplitter, und Kinnell fand, daß das ganz gut zu dem übrigen Abfall paßte.

Als er sich umdrehte und zurück zu seinem Wagen ging, hatte er seine geistige Kelle bereits in der Hand. Diesen Vorfall würde er in einer eigenen Spezialnische einmauern, dachte er … und ihm kam der Gedanke, daß die *meisten* Leute vermutlich so reagierten, wenn ihnen etwas Ähnliches zustieß. Lügner und Möchtegern-Übersinnliche schrieben ihre Phantasien für Mitteilungsblättchen wie *Überlebende* auf und nannten sie Wahrheit; die Leute, die in wirkliche okkulte Phänomene hineingerieten, hielten ihren Mund und benutzten diese Maurerkellen. Wenn im Leben eines Menschen derartige Risse auftraten, mußte er nämlich etwas dagegen unternehmen; falls er das nicht tat, wurden sie vermutlich breiter und tiefer, und früher oder später würde alles hineinstürzen.

Kinnell hob den Kopf und sah, wie das hübsche Mädchen ihn aus einer Distanz, die sie wahrscheinlich für sicher hielt, argwöhnisch beobachtete. Als sie merkte, daß er sie ansah, drehte sie sich um und marschierte auf das Restaurant zu, wobei sie den Cockerspaniel wieder hinter sich herzog und versuchte, das Schwingen ihrer Hüften auf ein Minimum zu beschränken.

Du denkst, ich bin verrückt, nicht wahr, hübsches Kind? dachte Kinnell. Er stellte fest, daß er den Kofferraum hatte offenstehen lassen. Er sah aus wie ein aufgerissenes Maul. Kinnell knallte den Deckel zu. *Du und die Hälfte der romanlesenden Bevölkerung Nordamerikas, schätze ich. Aber ich bin nicht verrückt. Absolut nicht. Ich hab nur gerade einen kleinen Fehler gemacht, das ist alles. Hab bei einer Haushaltsauflösung angehalten, die ich besser hätte links liegen lassen. Jeder hätte das tun können. Du hättest es tun können. Und das Bild ...*

»Welches *Bild?*« fragte Rich Kinnell den warmen Sommerabend und versuchte sich an einem Lächeln. »*Ich* sehe nirgends ein Bild.«

Er schlüpfte hinter das Lenkrad seines Audi und ließ den Motor an. Er warf einen Blick auf die Kraftstoffanzeige und stellte fest, daß der Tank schon halbleer war. Er würde noch mal tanken müssen, aber er beschloß, daß das noch etwas Zeit hatte. Im Moment hatte er nur den Wunsch, ein Polster von Meilen – so dick wie irgend möglich – zwischen sich und das weggeworfene Bild zu legen.

Wenn sie die eigentliche Stadtgrenze von Derry hinter sich läßt, wird aus der Kansas Street die Kansas Road. Zur Kansas Lane wird sie, wenn sie sich der Grenze des Landkreises nähert (einer Gegend, wo keine Häuser mehr stehen). Kurz danach führt die Kansas Lane zwischen zwei Pfosten aus Feldsteinen hindurch. Die Teerdecke macht dem Kies Platz. Eine der geschäftigsten Straßen in Derrys Innenstadt ist acht Meilen weiter östlich zu einer Auffahrt geworden, die einen kleinen Hügel hinaufführt und in mondhellen Sommernächten schimmert wie etwas aus einem Gedicht von Alfred Noyes. Auf dem Gipfel der Anhöhe steht ein rechteckiges, hübsches scheunenähnliches Gebäude mit Spiegelfenstern neben einem Stall, der in Wirklichkeit eine Garage ist, und einer den Sternen zugewandten Satellitenschüssel. Ein schelmischer Reporter der *Derry News* nannte es einmal das *Haus, auf Schmutz und Schund gebaut.* Richard Kinnell nannte es einfach sein Zuhause, und als er an diesem Abend davor parkte, empfand er eine Art erschöpfter Genugtuung. Er hatte das Gefühl, als wäre er eine Woche lang ununterbrochen auf den Beinen gewesen, seitdem er an diesem Morgen um neun Uhr im Boston Harbour Hotel aus dem Bett gestiegen war.

Nie wieder Flohmarkt, dachte er und schaute zum Mond hoch. *Nie, nie wieder Flohmarkt.*

»Amen«, sagte er und ging auf das Haus zu. Wahrscheinlich wäre es ja besser, den Wagen in die Garage zu stellen, aber zum Teufel damit. Was er jetzt dringend brauchte, war ein Drink, ein leichtes Essen – irgendwas Mikrowellengeeignetes – und Schlaf. Am liebsten einer ohne Träume. Er konnte es nicht erwarten, diesen Tag abzuhaken.

Er steckte den Schlüssel ins Schloß, drehte ihn um und tippte 3817 ein, um den Warnton des Einbruchsalarms auszuschalten. Er knipste das Licht in der Eingangsdiele an, trat ins Haus, schob die Tür hinter sich zu, drehte sich um, sah, was dort an der Wand hing, wo vor zwei Tagen seine Sammlung gerahmter Schutzumschläge gehangen hatte, und schrie auf. In seinem *Kopf* schrie er auf. Aus seinem Mund kam im Grunde kein Laut, bis auf ein heftiges Ausatmen. Er hörte einen dumpfen Ton und ein unmelodisches leises Klingeln; der Schlüsselbund war ihm aus der erschlaffenden Hand gefallen und zwischen seinen Füßen auf dem Teppich gelandet.

Der Straßenvirus zieht nach Norden lag nicht mehr im Gebüsch hinter der Highway-Raststätte bei Gray.

Das Bild hing an der Wand in seiner Eingangsdiele.

Aber es hatte sich wieder verändert. Der Wagen stand nun in der Zufahrt des Cape-Cod-Hauses in Rosewood. Die Sachen waren immer noch überall ausgebreitet – Gläser und Mobiliar und keramischer Nippes (pfeiferauchende Scotchterrier, nacktärschige Kleinkinder, augenzwinkernde Fische), aber nun badeten sie im Schein desselben Totenkopfmondes, der im Himmel über Kinnells Haus dahinritt. Der Fernseher war auch noch da, und er lief noch und warf seinen blassen Glanz auf das Gras und auf das, was vor ihm lag, neben einem umgekippten Gartenstuhl. Judy Diment lag auf dem Rücken, und sie war nicht mehr vollständig. Nach einem Moment sah Kinnell den Rest. Er lag auf dem Bügelbrett, und tote Augen glühten wie Silbermünzen im Mondlicht.

Die Rücklichter des Grand Am waren ein verschwommener rosaroter Wasserfarbenklecks. Zum ersten Mal sah Kinnell den Wagen von hinten. Quer über das Heck waren zwei

Wörter in altenglischen Lettern geschrieben: DER STRASSEN-
VIRUS.

Wie passend, dachte Kinnell. *Nicht er selbst, sein Wagen. Nur
macht es bei so einem Kerl vermutlich keinen großen Unterschied.*

»Das geschieht nicht wirklich«, flüsterte er, aber das tat es
doch. Vielleicht wäre es mit jemand anderem, der nicht so offen für diese Dinge war, *nicht* geschehen, aber es geschah
wirklich. Und während er das Gemälde anstarrte, erinnerte er
sich auf einmal an das kleine Schild auf Judy Diments Kartentisch. NUR GEGEN BAR hatte draufgestanden (obwohl sie dann
doch seinen Scheck genommen und, nur zur Sicherheit, die
Seriennummer seines Führerscheins notiert hatte). Und noch
etwas hatte draufgestanden

UMTAUSCH AUSGESCHLOSSEN.

Kinnell ging an dem Bild vorbei ins Wohnzimmer. Er fühlte
sich im eigenen Körper wie ein Fremder, und er spürte, daß
ein Teil seines Verstands nach der Kelle tastete, die er schon
zuvor benutzt hatte. Er schien sie verlegt zu haben.

Er schaltete erst den Fernseher an und dann den Satelliten-
tuner, der obendrauf stand. Er stellte ihn auf V-14 ein, und die
ganze Zeit konnte er fühlen, wie das Bild draußen in der Diele
gegen seinen Hinterkopf stieß. Das Bild, das irgendwie
schneller hier angekommen war als er.

»Hat wohl eine Abkürzung gekannt«, sagte Kinnell und
mußte lachen.

Er hatte nicht viel von dem Blonden in der momentanen
Version des Bildes sehen können, aber da war irgendwie ein
verschwommener Fleck hinter dem Lenkrad gewesen, und
Kinnell hatte angenommen, daß es sich dabei um den Jungen
gehandelt hatte. Der Straßenvirus hatte sein Geschäft in Rosewood erledigt. Es war Zeit, weiter nach Norden zu fahren.
Nächster Halt …

Er schlug eine schwere Stahltür vor diesem Gedanken zu,
schnitt ihn ab, bevor er alles sehen konnte. »Schließlich
könnte ich mir das alles auch nur einbilden«, erzählte er dem
leeren Wohnzimmer. Anstatt ihn zu trösten, erschreckte ihn
der rauhe, zittrige Klang seiner Stimme nur noch mehr. »Das
könnte …« Aber er konnte nicht weitersprechen. Alles, was

ihm in den Sinn kam, war ein alter Song, der im pseudohippen Stil eines Sinatra-Klons der frühen Fünfziger vorgetragen wurde: *This could be the start of something BIG …*

Die Melodie, die aus den Stereolautsprechern des Fernsehers sickerte, war nicht Sinatra, sondern Paul Simon, mit Streichern unterlegt. Die weiße Computerschrift auf dem blauen Bildschirm verkündete WILLKOMMEN BEIM NACHRICHTENKANAL NEUENGLAND. Darunter standen die Bestellinformationen, aber Kinnell brauchte sie nicht mehr zu lesen: Er war ein Nachrichtenkanal-Junkie und kannte das Verfahren auswendig. Er wählte den Sender an, gab seine Master-Card-Nummer ein und dann 508.

»Sie haben den Nachrichtenkanal für (kurze Pause) das mittlere und nördliche Massachusetts bestellt«, sagte die Automatenstimme. »Vielen Da…«

Kinnell legte das Telefon wieder auf die Basisstation und betrachtete das Signet des Nachrichtenkanals Neuengland, während er nervös mit den Fingern schnippte. »Mach schon«, sagte er. »Mach schon, mach schon.«

Dann flackerte der Bildschirm, und der blaue Hintergrund wurde grün. Wörter rollten in Zeilen über den Bildschirm, etwas über den Brand eines Hauses in Taunton. Dem folgten die neuesten Entwicklungen in einem Skandal beim Hunderennen, dann das Wetter am Abend – klar und mild. Kinnell entspannte sich allmählich, begann sich zu fragen, ob er wirklich an der Wand der Diele gesehen hatte, was er glaubte dort gesehen zu haben, oder ob es lediglich eine Art reisebedingter Wahnvorstellung gewesen war, als der Fernseher einen schrillen Piepton von sich gab und die Wörter LETZTE MELDUNG erschienen. Er stand da und sah zu, wie die Blockbuchstaben über den Bildschirm rollten:

NENph 19.8./20.40 EINE FRAU AUS ROSEWOOD WURDE HEUTE ABEND BRUTAL ERMORDET. JUDITH DIMENT, 38, WURDE IM GARTEN IHRES NACHBARHAUSES AUF BARBARISCHE WEISE ZU TODE GEHACKT. SIE FÜHRTE GERADE IM NAMEN IHRER VERREISTEN NACHBARIN EINE HAUSHALTSAUFLÖSUNG DURCH. NIEMAND HÖRTE MRS. DIMENT SCHREIEN, SO DASS SIE ERST UM

20 Uhr gefunden wurde, als ein Nachbar von der anderen Strassenseite herüberkam, um sich über den Lärm zu beschweren, den der im Freien aufgestellte Fernseher machte. Der Nachbar, David Graves, berichtete, dass Mrs. Diment enthauptet worden sei. »Ihr Kopf lag auf dem Bügelbrett«, sagte er. »Das war der furchtbarste Anblick meines Lebens.« Er habe keine Geräusche gehört, so Graves, die auf einen Kampf hätten schliessen lassen, nur den Fernseher und, kurz bevor er die Leiche fand, einen auffälligen, möglicherweise mit einem Schalldämpfer ausgerüsteten Wagen, der sich über die Route 1 mit zunehmender Geschwindigkeit aus der unmittelbaren Umgebung des Tatorts entfernte. Die Vermutung, dass es sich dabei um das Fluchtfahrzeug des Mörders handelte ...

Das hatte allerdings nichts mit Vermutung zu tun; das war eine simple Tatsache.

Kinnell eilte heftig schnaufend, wenn auch noch nicht keuchend, in die Diele zurück. Das Bild hing noch da, aber es hatte sich wieder verändert. Jetzt zeigte es zwei blendende weiße Kreise – Scheinwerfer –, hinter denen sich der dunkle Umriß des Wagens abzeichnete.

Er ist wieder unterwegs, dachte Kinnell, und urplötzlich stand Tante Trudy im Zentrum seines Denkens – die liebe Tante Trudy, die immer wußte, wer nett war und wer nicht. Tante Trudy, die in Wells wohnte, nicht mehr als vierzig Meilen von Rosewood entfernt.

»Lieber Gott, bitte, laß ihn die Küstenstraße nehmen«, sagte Kinnell zu sich und griff nach dem Bild. Kam es ihm nur so vor, oder standen die Scheinwerfer jetzt tatsächlich weiter auseinander, so als ob sich der Wagen wirklich vor seinen Augen in seine Richtung bewegte ... wenn auch heimtückisch langsam wie der Minutenzeiger auf einer Taschenuhr? »Laß ihn bitte die Küstenstraße nehmen.«

Er riß das Bild von der Wand und lief damit zurück ins Wohnzimmer. Natürlich stand das Kamingitter noch vor dem offenen Kamin; es würde mindestens noch zwei Monate dauern, bevor hier drin ein Feuer gebraucht wurde. Kinnell fegte das Gitter beiseite und warf das Bild in den Kamin, wobei die Verglasung – die schon einmal in der Raststätte bei Gray zerbrochen war – an den Kaminböcken zerbrach. Dann lief er in die Küche. Er fragte sich, was er tun sollte, wenn auch das nicht funktionierte.

Es muß funktionieren, dachte er. *Es wird funktionieren, weil es funktionieren muß, und damit basta.*

Er öffnete alle Küchenschränke und durchsuchte sie hastig, verschüttete dabei die Haferflocken, verschüttete Salz, verschüttete Essig. Die Flasche brach auf dem Tresen entzwei, und der scharfe Geruch drang ihm in Nase und Augen.

Hier nicht. Was er brauchte, war nicht hier.

Er lief in die Speisekammer, schaute hinter die Tür – da stand nur ein Plastikeimer und ein Wischmop – und dann in das Regal neben dem Wäschetrockner. Da war es, neben der Grillkohle.

Feuerzeugbenzin.

Er schnappte sich die Spritzflasche und lief zurück. Als er die Küche durchquerte, warf er einen Blick auf das Telefon an der Wand. Er wollte stehenbleiben, wollte Tante Trudy anrufen. Glaubwürdigkeit war nicht das Problem; wenn ihr Lieblingsneffe anrief und ihr sagte, sie solle ihr Haus verlassen, und zwar *sofort*, würde sie es tun … aber was geschah, wenn der blonde Junge ihr folgte? Sich an ihre Fersen heftete?

Und das würde er tun. Kinnell *wußte* es einfach.

Er lief durch das Wohnzimmer und blieb dann vor dem Kamin stehen.

»Herrgott«, flüsterte er. »Herrgott, nein.«

Das Bild unter dem gesplitterten Glas zeigte keine näherkommenden Scheinwerfer mehr. Jetzt zeigte es den Grand Am in einer scharfen Kurve, die nur zu einer Highway-Ausfahrt gehören konnte. Der Mondschein lag wie flüssige Seide auf der dunklen Seite des Wagens. Im Hintergrund stand ein Wasserturm, und die Worte darauf waren im Licht des Mondes leicht zu lesen. SORG DAFÜR DASS MAINE GRÜN BLEIBT, stand da. JEDER BETRAG ZÄHLT.

Mit dem ersten Spritzer Feuerzeugbenzin verfehlte Kinnell

165

das Bild; die Hände zitterten stark, und die aromatische Flüssigkeit lief einfach am intakten Teil der Verglasung hinunter, wodurch das Heck des Straßenvirus verschwamm. Kinnell atmete tief durch, zielte jetzt sorgfältig und drückte erneut. Diesmal traf der Strahl des Feuerzeugbenzins das gezackte Loch, wo einer der Kaminböcke die Verglasung durchstoßen hatte, lief direkt über die bemalte Leinwand, rann über die Farbe, so daß sie verlief und aus einem Goodyear-Breitreifen eine rußige Träne wurde.

Kinnell nahm eines der großen Zündhölzer vom Sims, strich es am Kamin an und steckte es durch das Loch in der Verglasung. Das Gemälde fing sofort Feuer, die Flammen breiteten sich nach oben und unten über den Grand Am und den Wasserturm aus. Das im Rahmen verbliebene Glas wurde schwarz und brach dann in einem Schauer brennender Splitter nach außen. Kinnell zertrat sie mit einem knirschenden Geräusch unter seinen Turnschuhen, löschte sie, bevor sie den Teppich in Brand stecken konnten.

Er ging zum Telefon und wählte Tante Trudys Nummer, ohne zu merken, daß er weinte. Beim dritten Klingeln meldete sich der Anrufbeantworter. »Hallo«, sagte Tante Trudy, »ich weiß, Einbrecher hören es gern, wenn man so etwas sagt, aber ich bin nach Kennebunk gefahren, um mir den neuen Film mit Harrison Ford anzusehen. Falls Sie vorhaben, bei mir einzubrechen, dann lassen Sie bitte meine Porzellanschweinchen stehen. Falls Sie eine Nachricht hinterlassen wollen, warten Sie auf den Piepton.«

Kinnell wartete und sagte dann mit möglichst gleichmütiger Stimme: »Hier ist Richie, Tante Trudy. Ruf mich sofort an, wenn du nach Hause kommst, okay? Egal, wie spät es ist.«

Er legte den Hörer auf, schaute auf die Mattscheibe und wählte dann wieder den Nachrichtenkanal an, tippte diesmal aber am Schluß die Kennziffer für Maine ein. Während die Computer am andern Ende seinen Auftrag weiterbearbeiteten, ging er zurück und rückte dem geschwärzten, schmurgelnden Ding im Kamin mit einem Schüreisen zu Leibe. Der Gestank war grauenhaft – verglichen damit roch der verschüttete Essig wie ein Blumenbeet –, aber Kinnell mußte feststellen, daß es ihm nichts ausmachte. Das Bild war völlig verschwunden, zu Asche geworden, und dafür nahm man schon einiges in Kauf.

Und was machst du, wenn es noch einmal wiederkommt?

»Es kommt nicht wieder«, sagte er, legte das Schüreisen wieder an seinen Platz und ging zum Fernseher zurück. »Da bin ich ganz sicher.«

Aber jedesmal, wenn der Nachrichtentext auf den neusten Stand gebracht wurde, ging er hin, um nachzusehen. Das Bild war nur noch Asche im Kamin ... und in den Nachrichten war nichts von älteren Frauen zu lesen, die in der Wells-Saco-Kennebunk-Gegend ermordet worden waren. Kinnell blieb vor dem Bildschirm, rechnete fast damit zu lesen: EIN PONTIAC GRAND AM KRACHTE HEUTE ABEND MIT HOHER GEWCHWINDIGKEIT IN EIN KINO IN KENNEBUNK UND TÖTETE DABEI MINDESTENS ZEHN PERSONEN, aber nichts dergleichen erschien.

Um Viertel vor elf klingelte das Telefon. Kinnell schnappte sich den Hörer. »Hallo.«

»Hier ist Trudy, mein Lieber. Wie geht es dir?«

»Prima.«

»Du hörst dich aber gar nicht so prima an«, sagte sie. »Deine Stimme klingt zittrig und ... irgendwie komisch halt. Was ist passiert? Was ist los?« Und dann jagte sie ihm einen kalten Schauer über den Rücken, ohne ihn wirklich zu überraschen: »Es hängt mit dem Bild zusammen, das dir so gut gefallen hat, oder? Diesem gottverdammten Bild!«

Es beruhigte ihn irgendwie, daß sie von selbst darauf gekommen war ... und er war natürlich erleichtert zu erfahren, daß sie in Sicherheit war.

»Nun ja, vielleicht«, sagte er. »Ich habe auf dem ganzen Rückweg irgendwie unter Strom gestanden, drum hab ich es verbrannt. Im Kamin.«

Sie wird bestimmt von der Geschichte mit Judy Diment erfahren, schrillte eine Stimme in seinem Kopf. *Sie hat keine Satellitenanlage für zwanzigtausend Dollar, aber sie hat den* Union-Leader *abonniert, und das wird auf der Titelseite stehen. Sie wird zwei und zwei zusammenzählen. Sie ist alles andere als blöd.*

Ja, das stimmte zweifellos, aber genauere Erklärungen konnten bis morgen früh warten, wenn er vielleicht ein bißchen weniger durcheinander war ... wenn er vielleicht eine Methode gefunden hatte, über den Straßenvirus nachzudenken, ohne den Verstand zu verlieren ... und wenn er allmählich davon überzeugt war, daß es wirklich vorüber war.

»Gut!« sagte sie mit Nachdruck. »Du solltest auch die Asche zerstreuen!« Sie schwieg einen Moment, und als sie wieder sprach, war ihre Stimme auf einmal leiser. »Du hast dir um mich Sorgen gemacht, ja? Weil du es mir gezeigt hast.«

»Ein bißchen, ja.«

»Aber jetzt fühlst du dich besser?«

Er lehnte sich zurück und machte die Augen zu. Das war richtig, er fühlte sich besser. »Mhm. Wie war der Film?«

»Gut. Harrison Ford sieht in Uniform einfach wunderbar aus. Wenn er sich bloß noch diesen kleinen Knubbel am Kinn wegmachen ließe ...«

»Gute Nacht, Tante Trudy. Wir sprechen morgen miteinander.«

»Tun wir das?«

»Ja«, sagte er. »Ich glaube schon.«

Er legte auf, ging wieder zum Kamin und stocherte mit dem Schüreisen in der Asche herum. Er konnte den Fetzen eines Kotflügels und einen gezackten kleinen Lappen Straße sehen, aber das war auch alles. Offensichtlich war die ganze Zeit über nur Feuer erforderlich gewesen. War das nicht auch die Methode, mit der man normalerweise die übernatürlichen Abgesandten des Bösen tötete? Aber ja doch. Er hatte sie selbst ein paarmal benutzt, am wirkungsvollsten vielleicht in *Abschied*, dem Roman über den Spukbahnhof.

»Ja, allerdings«, sagte er. »*Burn, Baby, burn.*«

Er dachte gerade daran, sich den Drink zu machen, den er sich versprochen hatte, als ihm auf einmal wieder der verschüttete Essig einfiel (der mittlerweile vermutlich die verschütteten Haferflocken aufgeweicht hatte – gräßlicher Gedanke). Er beschloß, statt dessen einfach nach oben zu gehen.

In einem Buch – einem von Richard Kinnell zum Beispiel – wäre jetzt der Gedanke an Schlaf, nach allem, was er gerade durchgemacht hatte, völlig abwegig.

Im wirklichen Leben, dachte er, würde er wohl ganz vorzüglich schlafen.

Er döste allerdings schon in der Dusche ein, mit Shampoo in den Haaren an der Rückwand lehnend, während das Wasser auf seine Brust prasselte. Er war wieder in dem Vorgarten in Rosewood, und der auf den Papieraschenbechern stehende Fernseher präsentierte Judy Diment. Ihr Kopf war wieder am alten Platz, aber Kinnell konnte die primitive gewerbsmäßige Näharbeit des Gerichtsmediziners sehen; sie umwand die Kehle wie ein grausiges Halsband. »Hier ist der Nachrichtenkanal Neuengland mit dem Neuesten vom Tage«, sagte sie, und Kinnell, der schon immer lebhaft geträumt hatte, konnte tatsächlich sehen, wie die Nähte an ihrem Hals straffer und wieder lockerer wurden, während sie sprach. »Bobby Hastings hat *alle* seine Bilder verbrannt, Ihres inklusive, Mr. Kinnell … und es *gehört* Ihnen, wie Sie mit Sicherheit wissen. Umtausch ausgeschlossen, Sie haben das Schild gesehen. Eigentlich sollten Sie froh sein, daß ich Ihren Scheck genommen habe.«

Hat alle seine Bilder verbrannt, ja natürlich hat er das getan, dachte Kinnell in seinem wasserreichen Traum. *Er konnte nicht mehr ertragen, was mit ihm geschah, so lautete seine Botschaft, und wenn man bei den Festivitäten erstmal bis zu diesem Punkt gekommen ist, dann macht man keine Pause, um nachzusehen, ob man einem bestimmten Liebhaberstück den Scheiterhaufen ersparen möchte. Du hast ganz einfach eine besondere Qualität in Der Straßenvirus zieht nach Norden eingefangen, was, Bobby? Und wahrscheinlich vollkommen zufällig. Du hast Talent, das konnte ich sofort sehen, aber Talent hat nichts damit zu tun, was in diesem Bild vor sich geht.*

»Manche Dinge sind einfach gut im Überleben«, sagte Judy Diment im Fernseher. »Sie kommen immer wieder, egal, wie sehr man sich bemüht, sie loszuwerden. Sie kommen immer wieder – wie Viren.«

Kinnell hob die Fernbedienung und wechselte den Sender, aber offenbar lief auf allen Kanälen ausschließlich *Die Judy-Diment-Show*.

»Man könnte sagen, er hat ein Loch ins Kellergeschoß des Universums geöffnet«, sagte sie jetzt. »Bobby Hastings, meine ich. Und das hier ist rausgefahren. Nett, oder?«

Kinnell rutschte mit den Füße ein wenig nach vorn, nicht so weit, daß er den Halt verloren hätte, aber genug, um ihn mit einem Ruck wach werden zu lassen.

Er machte die Augen auf, zuckte zusammen, weil ihm das Haarwaschmittel im selben Moment in die Augen stach (das Zeug war ihm in dicken weißen Rinnsalen das Gesicht hinuntergelaufen, während er döste), und fing deshalb mit den Händen Duschwasser auf, um es sich ins Gesicht zu spritzen. Er tat das und streckte gerade die Hände aus, um es zu wiederholen, als er etwas hörte. Ein abgehacktes dröhnendes Brummen.

Hör auf mit dem Blödsinn, sagte er sich. *Du hörst nur die Dusche. Der Rest ist Einbildung.*

Aber es war keine.

Kinnell stellte das Wasser ab.

Das Brummen hielt an. Tief und kraftvoll. Es kam von draußen.

Er verließ die Dusche und ging triefnaß quer durch sein Schlafzimmer im ersten Stock. Es war noch so viel Shampoo in seinen Haaren, daß es aussah, als wären sie weiß geworden, während er gedöst hatte – als hätte sein Traum mit Judy Diment sie ergrauen lassen.

Warum habe ich nur bei dieser Haushaltsauflösung angehalten? fragte er sich, aber darauf hatte er keine Antwort. Er nahm an, niemand an seiner Stelle hätte jetzt eine.

Das Brummen wurde lauter, während er sich dem Fenster näherte, von dem aus man die Zufahrt einsehen konnte – die Zufahrt, die im sommerlichen Mondschein schimmerte wie etwas aus einem Gedicht von Alfred Noyes.

Als er den Vorhang beiseiteschob und hinausschaute, mußte er unwillkürlich an seine Exfrau Sally denken, die er auf der World Fantasy Convention 1978 kennengelernt hatte.

Sally, die jetzt zwei Infobriefe von ihrem Wohnwagen aus verschickte, einen namens *Überlebende*, einen namens *Besucher*. Als Kinnell auf die Zufahrt hinunterschaute, verbanden sich die beiden Titel in seinem Kopf wie zwei Teilbilder in einem Stereoskop.

Er hatte einen Besucher, der ganz bestimmt ein Überlebender war.

Der Grand Am stand vor dem Haus, der Motor grummelte im Leerlauf, und der weiße Dampf aus den verchromten Zwillingsauspuffrohren stieg in der stillen Nachtluft senkrecht nach oben. Die altenglischen Lettern auf dem Heck waren mühelos zu entziffern. Die Fahrertür stand offen, aber das war nicht alles: Das Licht, das sich über die Stufen der Eingangstreppe ergoß, legte den Verdacht nahe, daß Kinnells Haustür ebenfalls geöffnet war.

Hab nicht dran gedacht, sie abzuschließen, schoß es Kinnell durch den Kopf. Er wischte sich mit einer Hand, die völlig taub war, Seife von der Stirn. *Hab auch nicht dran gedacht, den Einbrecheralarm wieder einzuschalten ... was bei diesem Kerl aber wahrscheinlich keinen großen Unterschied gemacht hätte.*

Nun, vielleicht hatte Kinnell ja dafür gesorgt, daß das Virus einen Bogen um Tante Trudy gemacht hatte, und das war immerhin etwas, obwohl dieser Gedanke jetzt im Moment nichts Tröstliches an sich hatte.

Überlebende.

Das leise Grummeln des starken Motors, wahrscheinlich zumindest ein 442er mit Doppelvergaser, aufgebohrten Ventilen und Einspritzpumpe.

Er drehte sich langsam um, auf Beinen, die ihm nicht mehr recht gehorchen wollten, ein nackter Mann mit Shampoo in den Haaren, und erblickte das Bild über seinem Bett, ganz wie er es erwartet hatte. Darauf war der Grand Am mit offener Fahrertür in seiner Einfahrt zu sehen, und aus den verchromten Auspuffrohren stiegen zwei Abgaswolken. Aus seinem jetzigen Blickwinkel konnte Kinnell auch seine Haustür sehen, die weit offenstand, und einen langen Schatten mit menschlichen Umrissen, der die ganze Eingangsdiele einnahm.

Überlebende.

Überlebende und *Besucher*.

Jetzt konnte er hören, wie Schritte die Treppe herauf-kamen. Sie hatten einen festen Tritt, und er wußte, ohne hin-sehen zu müssen, daß der blonde Junge Motorradstiefel trug. Leute, die LIEBER TOT ALS EHRLOS auf ihre Arme tätowiert hatten, trugen immer Motorradstiefel, genauso wie sie im-mer Camel ohne Filter rauchten. Das waren ungeschriebene Gesetze.

Und das Messer. Er würde ein langes, scharfes Messer mit sich führen – eigentlich eher eine Machete, die Art Messer, mit der man einem Menschen mit einem einzigen schwungvollen Hieb den Kopf von den Schultern schlagen konnte.

Und grinsen würde er, und diese abgefeilten Kannibalen-zähne zeigen.

Kinnell *wußte* das einfach. Er war schließlich ein Mann mit Phantasie.

Er brauchte niemanden, der ihm eine Zeichnung machte.

»Nein«, flüsterte er, und auf einmal wurde ihm seine voll-ständige Nacktheit bewußt, auf einmal fror er am ganzen Kör-per. »Nein, bitte, geh weg.« Aber die Schritte kamen näher, natürlich taten sie das. Man konnte einem Kerl wie dem hier nicht einfach sagen, daß er verschwinden solle. Das funktio-nierte nicht; auf diese Weise würde die Geschichte nicht enden.

Kinnell konnte hören, wie sich die Schritte dem oberen Treppenabsatz näherten. Draußen bullerte immer noch der Grand Am im Mondlicht vor sich hin.

Die Schritte kamen jetzt durch den Gang auf ihn zu, abge-laufene Stiefelabsätze pochten auf poliertes Parkett.

Eine schreckliche Lähmung hatte von Kinnel Besitz ergrif-fen. Er schüttelte sie mit einem Ruck von sich ab und schoß auf die Schlafzimmertür zu, um sie abzuschließen, bevor das Ding eindringen konnte, aber er rutschte in einer Pfütze Sei-fenwasser aus, und dieses Mal ging er wirklich zu Boden, lag auf den Eichendielen flach auf dem Rücken, und als die Tür aufging und die Motorradstiefel durch das Zimmer auf die Stelle zugingen, wo er lag, nackt und die Haare voller Sham-

172

poo, sah er das Bild an der Wand über seinem Bett, das Bild des Straßenvirus mit laufendem Motor und offener Fahrertür vor seinem Haus.

Der Schalensitz auf der Fahrerseite war voller Blut, wie er feststellte. Ich glaube, ich werde mal nach draußen gehen, dachte Kinnell und schloß die Augen.

Neil Gaiman

ANDENKEN UND SCHÄTZE
Eine Liebesgeschichte

Ich traf Neil Gaiman zum ersten Mal bei einer seltsamen, aber doch wundervollen kleinen Tagung, einer Art Sommerlager für Schriftsteller im Roger Williams College in Newport, Rhode Island, das sich NECON nannte. Ich hatte das Vergnügen, ihn bei einer Gesprächsrunde über Märchen kennenzulernen, bei der ich vor allem durch meine mangelnde Kenntnis auf diesem Gebiet (oder mein geringes Interesse daran, wenn man so will) auffiel, bei der Neil aber durch sein Wissen zu beeindrucken verstand. Der wahre Grund meiner Teilnahme auf der NECON war nämlich, Gaiman aufzuspüren (ich hatte ihn schon monatelang mit E-Mails bombardiert, um ihn dazu zu bringen, eine Geschichte für dieses Buch zu schreiben.)

Neil Gaiman ist Autor der erfolgreichen Comicserie Sandman *und jener mit dem flotten jungen Mädchen, das sich* Death *nennt; er ist Autor der Romane* Niemalsland *und* Ein gutes Omen *(zusammen mit Terry Pratchett) und, neben vielen anderen Werken, der Sammlung* Angels and Visitations.

Wie Sie sehen werden, war meine Jagd auf Gaiman schließlich erfolgreich. Neil übermittelte mir die folgende Geschichte – und beeindruckte mich aufs neue.

> *In Kew Gardens bin ich Seiner Hoheit Tier.*
> *Sagt mir, Sir, wes Hund seid Ihr?*
>
> ALEXANDER POPE,
> *Halsbandaufschrift eines Hundes,*
> *den ich seiner Königlichen Hoheit überreichte*

Man könnte mich einen Scheißkerl nennen, wenn man wollte. Das trifft nämlich zu, ganz gleich, wie man's dreht und wendet.

Meine Mutter brachte mich zwei Jahre, nachdem man sie »zu ihrer eigenen Sicherheit« weggeschlossen hatte, zur Welt; das war 1952 gewesen, als schon ein paar wilde Nächte mit irgendwelchen jungen Kerlen aus dem Ort genügten, um als »pathologische Nymphomanin« denunziert zu werden, und man auf das Gerede von zwei x-beliebigen Ärzten hin »zur persönlichen und öffentlichen Sicherheit« weggesperrt werden konnte. Einer dieser Ärzte war ihr Vater, mein Großvater, der andere sein Partner, mit dem er sich im Norden Londons eine Praxis teilte.

So erfuhr ich also, wer mein Großvater war. Mein Vater hingegen muß einer gewesen sein, der meine Mutter irgendwo in dem Gebäude oder auf dem Gelände der Saint-Andrew's-Verwahranstalt gevögelt hatte. *Verwahranstalt!* Klingt das nicht gut? Mit all der Bedeutung von behüteter Ort, die da mitschwingt. Ein Ort, der einen irgendwie vor der grausamen und gefährlichen Welt da draußen schützt. Mit den tatsächlichen Gegebenheiten dieses Lochs hatte das alles rein gar nichts zu tun. Ich bin einmal dort gewesen, bevor man es Ende der siebziger Jahre abreißen ließ. Es stank noch immer nach Urin und Desinfektionsreiniger mit Tannennadelduft. Innen befanden sich lange, schlecht beleuchtete Gänge ohne Außenlicht, von denen viele kleine, zellenartige Zimmer abgingen. Wäre man auf der Suche nach der Hölle gewesen und dabei zufällig auf die Saint Andrew's gestoßen, wäre man sicher nicht enttäuscht gewesen.

Dem Krankenbericht über meine Mutter war zu entnehmen, daß sie für jeden ihre Beine breit machte, aber ich bezweifle das. Man hatte sie ja damals schon weggesperrt. Jeder, der ihr seinen Schwanz hätte reinstecken wollen, hätte also einen Schlüssel zu ihrer Zelle gebraucht.

Mit achtzehn verbrachte ich meine letzten Sommerferien, bevor ich an die Universität ging, damit, die vier Männer zur Strecke zu bringen, von denen einer höchstwahrscheinlich mein Vater war: zwei Pfleger aus der Psychiatrie, den Stationsarzt und den Anstaltsleiter.

Als man meine Mutter damals einlieferte, war sie gerade erst siebzehn. Ich besitze ein kleines Schwarzweißfoto von ihr, das kurz vor ihrer Einlieferung entstanden sein muß. Man erkennt darauf, wie sie sich seitlich an einen Sportwagen lehnt, der auf einem Feldweg geparkt ist, und dem Fotografen ziemlich kokett zulächelt. Meine Mutter war eine Schau, und wie.

Ich hatte keine Ahnung, welcher dieser vier Männer mein Vater sein könnte, also brachte ich sie alle um. Im Grunde hatte sie ja jeder von ihnen gevögelt. Bevor ich sie erledigte, brachte ich sie alle vier dazu, es zu gestehen. Am besten war der Anstaltsleiter, ein fleischiger alter Wüstling mit rotem Gesicht und einem geschwungenen Zwirbelschnurrbart, wie mir seit zwanzig Jahren keiner mehr untergekommen war. Ich erdrosselte ihn mit seiner Dienstkrawatte. Auf seinem Mund bildeten sich Spuckeblasen, und er lief blau an wie ein ungekochter Hummer.

In der Saint Andrew's liefen noch andere Männer herum, von denen einer mein Vater hätte sein können, doch nach diesen vier verging mir schließlich die Lust. Ich sagte mir, daß ich die vier wahrscheinlichsten Kandidaten beseitigt hatte. Hätte ich jeden umgebracht, der meine Mutter gevögelt haben könnte, wäre es zu einem Massaker gekommen. Also hörte ich damit auf.

Ich wurde zur Erziehung dem örtlichen Waisenhaus anvertraut. Dem Krankenbericht meiner Mutter zufolge wurde sie gleich nach meiner Geburt sterilisiert. Man wollte weitere garstige kleine Zwischenfälle wie mich vermeiden, die ja doch nur allen irgendwie den Spaß verderben.

Ich war zehn, als sie sich umbrachte. Das war 1964. Ich war erst zehn Jahre alt, spielte noch mit Murmeln und stibitzte in den Läden Süßigkeiten, während sie auf dem Linoleumfußboden ihrer Zelle saß und mit einer kleinen Glasscherbe, die sie weiß Gott wo aufgetrieben hatte, ihre Pulsadern aufritzte. Sie zerschnitt sich dabei auch die Finger, aber letztlich hatte sie Erfolg damit. Man fand sie am nächsten Morgen, völlig blutverschmiert, rot und kalt.

Als ich zum ersten Mal Mr. Alice' Leuten begegnete, war ich gerade zwölf. Der stellvertretende Waisenhausleiter hatte aus uns Kindern seinen persönlichen Harem schmutziger kniefälliger kleiner Liebessklaven gemacht. Gab man sich mit ihm ab, bekam man einen wunden Hintern und einen Bounty-Schokoriegel. Wehrte man sich, wurde man für ein paar Tage eingesperrt, bekam jetzt einen wirklich wunden Hintern und eine Gehirnerschütterung. Wir nannten ihn Popel, weil er immer in der Nase bohrte, wenn er dachte, wir würden gerade nicht hinschauen.

Man fand ihn in der Garage in seinem blauen Mini Morris, dessen Türen verriegelt waren und bei dem ein langer hellgrüner Schlauch vom Auspuff in das vordere Fenster reichte. Der Leichenbeschauer meinte, es sei Selbstmord gewesen, und fünfundsiebzig kleine Jungs atmeten erleichtert auf.

Der alte Nasenbohrer hatte allerdings Mr. Alice im Laufe der Jahre ein paar Gefälligkeiten erwiesen, wenn es darum ging, einen Polizeipräsidenten oder einen ausländischen Politiker zu bedienen, die eine Vorliebe für kleine Jungs hatten. Deshalb schickte er einige Spitzel aus, um sicherzugehen, daß alles in Ordnung war. Als sie herausfanden, daß als einziger Täter ein zwölfjähriger Junge in Frage kam, bepißten sie sich vor Lachen.

Mr. Alice war neugierig geworden, also ließ er mich holen. Zu jener Zeit war er noch besser im Geschäft als heute. Ich glaube, insgeheim hoffte er, daß ich ein hübscher Junge sei, doch ihn erwartete eine böse Enttäuschung. Ich sah damals schon genauso aus wie heute: viel zu dünn, mit messerscharfen Gesichtszügen und dazu Ohren, die aussahen, als hätte man Wagentüren sperrangelweit offengelassen. An was ich mich aber vor allem erinnere, ist, wie fett er war. So richtig korpulent. Trotzdem glaube ich, daß er damals ein gutaussehender junger Mann gewesen sein muß, selbst wenn ich das nicht so empfand: Er war ein Erwachsener, und somit der Feind.

Ein paar Schlägertypen fingen mich auf dem Weg von der Schule ins Heim ab. Als ich sie erblickte, machte ich mir zuerst vor Angst fast in die Hosen, aber die Kerle rochen nicht nach dem Arm des Gesetzes – da ich bereits seit vier Jahren Haken vor der Polizei schlug, hatte ich gelernt, auch einen Bullen in

Zivil schon auf hundert Meter Entfernung zu erkennen. Sie brachten mich in ein kleines, unscheinbares und spärlich eingerichtetes Büro, gleich hinter der Edgware Road.

Es war Winter und draußen fast schon dunkel. Trotzdem war der Raum nur mit einer kleinen Lampe, die einen runden gelben Lichtkreis auf den Schreibtisch zeichnete, schwach beleuchtet. Ein fetter Mann saß hinter dem Pult und kritzelte mit einem Kugelschreiber etwas unter ein Telex. Als er damit fertig war, hob er den Blick und schaute mich an. Er musterte mich von Kopf bis Fuß.

»Zigarette?«

Ich nickte. Er reichte mir ein Päckchen Peter Stuyvesant; ich nahm eine Zigarette, und er zündete sie mir mit einem goldschwarzen Feuerzeug an.

»Du hast Ronnie Palmerston umgebracht«, sagte er. Seine Stimme hatte nichts Fragendes an sich.

Ich sagte nichts.

»Und? Willst du nichts dazu sagen?«

»Ich hab nichts zu sagen«, erklärte ich ihm.

»Ich bin erst darauf gekommen, als ich gehört hab, daß man ihn auf dem Beifahrersitz gefunden hat. Hätte er Selbstmord begangen, hätte er nicht auf dem Beifahrersitz gesessen. Er hätte sich auf den Fahrersitz gesetzt. Ich nehme an, du hast ihm ein paar Schlaftabletten verpaßt und ihn dann in den Mini verfrachtet. Das war bestimmt nicht leicht, er war ja nicht gerade ein schmächtiges Kerlchen. Als er dann lauthals zu schnarchen begonnen hat, hast du ihn nach Hause in seine Garage gefahren und den Selbstmord inszeniert. Hattest du keine Angst, daß man dich am Steuer sehen würde? Einen zwölfjährigen Knaben?«

»Es wird schon früh dunkel«, sagte ich. »Außerdem bin ich hintenrum gefahren.«

Er gluckste. Stellte mir noch ein paar Fragen über die Schule, das Heim und meine Hobbies, lauter so Zeug halt, dann kehrten die Schlägertypen zurück und brachten mich wieder ins Waisenhaus.

In der darauffolgenden Woche wurde ich von einem angeblichen Ehepaar namens Jackson adoptiert. Er war Fachmann für internationales Handelsrecht, sie Expertin in Selbstverteidigung. Ich glaube allerdings, daß die beiden sich gar nicht gekannt hatten, bis Mr. Alice sie zusammenbrachte, um mich großziehen zu lassen.

Ich habe mich immer gefragt, was er bei jenem ersten Treffen in mir gesehen haben mochte. Doch irgendeine Fähigkeit muß es, glaube ich, gewesen sein. Die Fähigkeit, loyal zu sein. Und ich bin wirklich loyal, da gibt es kein Vertun. Ich bin Mr. Alice' Mann, mit Leib und Seele.

Natürlich ist sein wirklicher Name nicht Mr. Alice, aber ich könnte hier genausogut seinen richtigen Namen verwenden. Es spielt keine Rolle, Sie hätten sowieso noch nie von ihm gehört. Mr. Alice ist einer der zehn reichsten Männer der Welt. Aber soll ich Ihnen was verraten? Sie haben auch von den anderen neun noch nie etwas gehört. Ihre Namen stehen auf keiner dieser Namenslisten mit den hundert reichsten Männern der Welt. Er ist also keiner von diesen Bill Gatesens oder Sultans von Brunei. Ich spreche hier von richtigem Geld. Es gibt da draußen Leute, die so viel Geld erhalten, wie Sie es nie in Ihrem Leben zu Gesicht bekommen werden, nur um sicherzustellen, daß man auch in Zukunft nie etwas über Mr. Alice im Fernsehen oder aus der Zeitung erfährt.

Mr. Alice besitzt gern Dinge. Und, wie ich bereits erwähnt habe, eines der Dinge, die er besitzt, bin ich. Er ist für mich wie der Vater, den ich nie hatte. Er war es auch, der mir den Krankenbericht meiner Mutter und die Informationen über die verschiedenen Kandidaten besorgte, die meine Väter hätten sein können.

Nachdem ich promoviert (in Betriebswirtschaft und internationalem Recht, jeweils mit Auszeichnung) und man mir das Diplom überreicht hatte, zog ich los, um meinen Großvater – den Arzt – aufzusuchen. Bis dahin hatte ich es vermieden, mit ihm zusammenzutreffen. Es braucht eben erst den richtigen Ansporn.

Er war ein alter Mann mit scharfen Gesichtszügen, der immer eine Tweed-Jacke trug. Es fehlte ihm noch ein Jahr bis zur Pensionierung. Das war 1978, zu einer Zeit, als einige Ärzte noch Hausbesuche machten.

Ich folgte ihm zu einem Hochhausblock in Maida Vale, wartete auf ihn, während er seine ärztlichen Weisheiten an den Mann brachte, und stellte mich ihm dann in den Weg, als er, die schwarze Arzttasche schwenkend, wieder herauskam.

»Hallo, Großvater«, sagte ich, ohne mir besondere Mühe zu geben, mich als jemand anders auszugeben. Das wäre bei meinem Aussehen auch zwecklos gewesen. Er sah nämlich genauso aus wie ich, nur eben vierzig Jahre älter. Er hatte das gleiche beschissen häßliche Gesicht, lediglich sein Haar war etwas lichter und grauer und nicht so dick und mausbraun wie meines. Er fragte mich, was ich wolle.

»Mama einfach wegzusperren«, sagte ich, »das war nicht besonders nett, findest du nicht?«

Er erwiderte nur, ich solle mich gefälligst fortscheren, oder so was Ähnliches.

»Ich habe gerade promoviert«, sagte ich zu ihm. »Du solltest stolz auf mich sein.«

Er meinte, er wisse genau, wer ich sei, und riet mir, lieber sofort zu verschwinden, bevor er die Polizei auf mich hetzen und mich einsperren lassen würde.

Ich stieß ihm das Messer durch das linke Auge direkt ins Hirn, und während er noch kleine würgende Geräusche von sich gab, nahm ich seine alte Kalbslederbrieftasche – als Andenken, aber auch, um es wie einen Raubüberfall aussehen zu lassen. Darin fand ich auch das Schwarzweißfoto mit meiner Mutter, auf dem sie vor fünfundzwanzig Jahren lächelte und mit der Kamera flirtete. Ich fragte mich, wem wohl der Sportwagen gehört haben könnte.

Ich fand jemanden, der mich nicht kannte und die Brieftasche für mich versetzte. Ich kaufte sie vom Pfandhaus zurück, nachdem der Leihschein verfallen war. Eine saubere Sache. Schon viele kluge Bürschchen sind durch ein Andenken überführt worden.

Manchmal frage ich mich, ob ich an jenem Tag nicht meinen Großvater *und* meinen Vater umgebracht habe. Ich glaube nicht, daß er es mir verraten hätte, selbst wenn ich ihn danach gefragt hätte. Und im Grunde spielt das auch keine Rolle, oder?

Nach diesem Zwischenfall begann ich hauptberuflich für Mr. Alice zu arbeiten. Ich führte einige Jahre die Geschäfte in Sri Lanka, dann verbrachte ich ein Jahr in Bogotá im Import-Export-Geschäft und arbeitete dann als erfolgreicher Reisevermittler. Sobald es ging, kehrte ich wieder nach London zurück. In den letzten fünfzehn Jahren betätigte ich mich vor allem als »Feuerwehrmann« und war als Schlichter in heiklen Situationen unterwegs. Feuerwehrmann, das klingt doch gut, oder?

Wie ich schon andeutete, braucht man eine Menge Geld, um sicher zu sein, daß niemand über einen spricht und kein Blödsinn verbreitet wird wie etwa über Rupert Murdochs unterwürfige Haltung gegenüber den Großbanken. Nie werden Sie Mr. Alice in der Hochglanzpresse entdecken, wie er einem Fotografen sein schickes neues Haus vorführt.

Abgesehen vom Geschäft, interessiert sich Mr. Alice vor allem für Sex. Das war auch der Grund, weshalb ich mit weißblauen Diamanten im Wert von vierzig Millionen Dollar in den Innentaschen meines Regenmantels vor der Earl's-Court-Station auf ihn wartete. Um genau zu sein, begrenzt sich Mr. Alice' Interesse an Sex auf Beziehungen mit attraktiven jungen Männern. Verstehen Sie mich aber bitte nicht falsch; ich möchte nicht, daß Sie denken, Mr. Alice sei irgend so ein Schwuler. Er ist keine Schwuchtel oder so was. Mr. Alice ist ein anständiger Mann, dessen Leidenschaft es einfach ist, andere Männer zu ficken. Das ist alles. Auf der Welt muß es verschiedene Typen geben, sage ich immer, so bleibt genügend von dem übrig, was ich bevorzuge. Das ist wie im Restaurant, wo jeder etwas anderes von der Karte bestellt. Chacun son goût – wenn Sie mein Französisch entschuldigen wollen. So ist jeder glücklich.

Das war vor ein paar Jahren, im Juli. Ich erinnere mich noch, daß ich auf der Earls Court Road – in Earls Court – stand, zu dem U-Bahn-Schild der Earl's-Court-Station raufschaute und mich wunderte, weshalb man den Namen hier mit Apostroph geschrieben hatte. Dann starrte ich zu den Junkies und Pennern rüber, die auf dem Bürgersteig herumhingen, während ich die ganze Zeit nach Mr. Alice' Jaguar Ausschau hielt.

Über die Diamanten in meiner Innentasche machte ich mir keine Gedanken. Ich sehe nicht wie einer dieser Kerle aus, bei denen es etwas zu holen gäbe, außerdem kann ich auf mich selbst aufpassen. So starrte ich also zu den Junkies und Pennern rüber, schlug bis zur Ankunft des Jaguars (der vermutlich bei irgendwelchen Straßenbauarbeiten in der Kensington High Street steckengeblieben war) die Zeit tot und fragte mich, warum sich Junkies und Penner wohl gemeinsam draußen auf dem Bürgersteig vor der Earl's-Court-Station versammelten.

Ich glaube, ich kann die Junkies irgendwie verstehen: Sie warten auf einen Schuß. Aber was zum Teufel hatten die Penner hier verloren? Keiner steckt einem ein Guinness oder eine Flasche billigen Fusel in einer braunen Papiertüte zu. Außerdem ist es unbequem, auf Pflastersteinen zu sitzen oder pausenlos an der Mauer zu lehnen. Wenn ich ein Penner wäre, würde ich so einen herrlichen Tag im Park verbringen, da bin ich mir sicher.

Neben mir tapezierte ein kleinwüchsiger Pakistani, etwa fünfzehn bis zwanzig Jahren alt, das Innere einer gläsernen Telefonzelle mit Pornokleinanzeigen. VOLLBUSIGER TRANSSEXUELLER – ÜBERALL BLONDE KRANKENSCHWESTER – GUT GEBAUTE SCHULMÄDCHEN – STRENGER LEHRER SUCHT JUNGEN ZUM DRILLEN. Er starrte mich an, als er bemerkte, daß ich ihn beobachtete. Dann beendete er seine Arbeit und ging in die nächste Kneipe.

Als Mr. Alice' Jaguar am Bordstein hielt, ging ich hinüber und stieg hinten ein. Es war ein anständiges Auto, höchstens zwei Jahre alt. Vornehm, aber nicht unbedingt einen zweiten Blick wert.

Der Chauffeur und Mr. Alice saßen vorn. Auf dem Rücksitz, neben mir, saß ein untersetzter Mann mit Bürstenschnitt, der einen schrillen Karoanzug trug. Er erinnerte mich ein bißchen an einen dieser frustrierten Verlobten aus einem Film der Fünfziger, der in den Schlußszenen immer für Rock Hudson das Feld räumen muß. Ich nickte ihm zu. Er streckte mir eine Hand entgegen, zog sie dann aber wieder weg, als er bemerkte, daß ich ihn ignorierte.

Mr. Alice stellte uns nicht vor, was für mich in Ordnung ging, da ich ohnehin wußte, wer der Mann war. Ich hatte ihn selbst ausfindig gemacht und in die Sache reingezogen, obwohl er nie etwas davon erfuhr. Er war Professor für Klassische Philologie an einer Universität von North Carolina und dachte, der britische Geheimdienst hätte ihn beim amerikanischen Außenministerium angefordert. Er nahm das deshalb an, weil irgendwer im amerikanischen Außenministerium es ihm so gesagt hatte. Der Professor erzählte seiner Frau, daß er nach London fahren müsse, um seine Unterlagen bei einem Kongreß über Hethiter-Studien zu präsentieren. Und eine solche Konferenz fand auch tatsächlich statt – ich hatte sie selbst organisiert.

»Warum benutzt du die verfluchte U-Bahn?« fragte mich Mr. Alice. »Doch bestimmt nicht, um Geld zu sparen.«

»Ich denke, die Tatsache, daß ich an der Ecke zwanzig Minuten auf Sie warten mußte, war Grund genug, weshalb ich nicht mit dem Auto fahre«, sagte ich zu ihm. Er mag es, wenn ich mich nicht vor ihm auf dem Boden herumwälze und mit dem Schwanz wedle. Ich bin ein Hund mit Charakter. »Die Durchschnittsgeschwindigkeit eines Fahrzeuges in der Londoner Innenstadt hat sich in den letzten vierhundert Jahren nicht verändert. Sie bewegt sich tagsüber immer noch unter zehn Meilen die Stunde. Solange die U-Bahnen fahren, werde ich sie auch benutzen, vielen Dank.«

»Sie fahren in London nicht Auto?« fragte der Professor mit dem schrillen Schottenanzug. Gott bewahre uns vor dem Kleidergeschmack amerikanischer Akademiker. Nennen wir ihn einfach Macleod.

»Doch, aber ich fahre nachts, wenn die Straßen leer sind«, sagte ich zu ihm. »Nach Mitternacht. Ich fahre gern nachts.«

Mr. Alice kurbelte das Fenster herunter und zündete sich eine schmale Zigarre an. Ich bemerkte, daß seine Hände zitterten. Vor Erwartung, wie anzunehmen war.

Wir fuhren also durch Earls Court, vorbei an zig roten Backsteinhäusern, die sich Hotels nannten, unzähligen heruntergekommenen Gebäuden, in denen Pensionen und Absteigen für eine Nacht untergebracht waren, durch gute und schlechte Straßen. Manchmal erinnert mich Earls Court an eine dieser alten Frauen, denen man von Zeit zu Zeit begegnet, die zunächst noch furchtbar anständig, spießig und spröde sind, nach ein paar Drinks aber anfangen, auf den Tischen zu tanzen und jedem in Hörweite verkünden, wie hübsch sie einmal waren, und daß sie in Australien oder Kenia oder sonstwo gegen Bezahlung Schwänze gelutscht haben.

Das hört sich jetzt fast so an, als würde mir diese Gegend hier gefallen, doch ehrlich gesagt ist dem nicht so. Hier ist alles viel zu vergänglich. Die Dinge kommen und gehen, und besonders die Menschen kommen und gehen hier verdammt schnell. Ich bin zwar kein romantischer Typ, aber das Südufer der Themse oder das East End würden mir gefallen. Das East End ist eine anständige Gegend. Dort fängt alles Gute und Schlechte an. Es ist Londons Fotze und Arschloch, die beiden sind sich immer nahe. Earls Court ist dagegen … ach, ich weiß auch nicht. Ist man erst einmal hier draußen, sieht man, daß hier die erwähnte Körperanalogie überhaupt nicht hinhaut. Ich glaube, das hängt damit zusammen, daß London eine verrückte Stadt ist, eine Stadt, die die Probleme einer »multiplen Persönlichkeit« hat. All diese kleinen Ortschaften und Dörfer, die unaufhörlich wuchsen, bis sie aufeinanderstießen und zu einer einzigen großen Stadt verschmolzen, ohne ihre alten Grenzen je zu vergessen.

Der Chauffeur fuhr eine dieser x-beliebigen Straßen hinauf und hielt vor einem großen Haus mit Terrasse, das früher einmal ein Hotel gewesen sein könnte. Einige Fenster waren mit Brettern vernagelt.

»Das wäre also das Haus«, sagte der Chauffeur.

»Fein«, sagte Mr. Alice.

Der Chauffeur ging um den Wagen herum und öffnete Mr. Alice den Schlag. Professor Macleod und ich stiegen ohne Hilfe aus. Ich kontrollierte den Gehweg, konnte aber nichts Verdächtiges entdecken.

Ich klopfte an die Tür, und wir warteten. Ich nickte und lächelte durch den Spion. Mr. Alice' Wangen waren gerötet, und er faltete seine Hände in Schritthöhe, um sich keine Blöße zu geben – der alte Hurenbock.

Na gut, ich habe das auch schon erlebt, wir alle. Nur, Mr. Alice konnte es sich leisten, dem nachzugeben.

Meiner Ansicht nach gibt es Menschen, die Liebe brauchen, und andere, die sie nicht brauchen. Alles in allem glaube ich, daß Mr. Alice sie eher *nicht* braucht. Ich übrigens auch nicht. Mit der Zeit lernt man die verschiedenen Typen zu unterscheiden.

Mr. Alice ist in erster Linie ein echter Connaisseur.

Mit einem lauten Geräusch wurde der Türriegel zurückgeschoben, und eine alte Frau, die man gewöhnlich als abstoßend bezeichnen würde, öffnete uns die Tür. Sie trug ein labberiges schwarzes Gewand. Ihr Gesicht war runzelig und aufgedunsen. Ich werde verraten, wem sie ähnlich sah: Sie kennen doch diese gelblich-braunen Hefemännchen, die immer aussehen wie Mutter Teresa? Genau so sah sie aus. Ein Hefemännchen mit zwei rosinenartigen Augen, die aus ihrem Hefegesicht spähten.

Sie sagte etwas in einer Sprache zu mir, die ich nicht verstand, und Professor Macleod antwortete ihr stockend an meiner Stelle. Sie starrte uns drei mißtrauisch an, verzog das Gesicht, bat uns schließlich herein und schlug die Tür hinter uns ins Schloß. Ich blinzelte mit den Augen, um mich an das dämmerige Licht im Haus zu gewöhnen.

Das Gebäude roch wie ein modriges Gewürzregal. Die ganze Sache gefiel mir nicht; manche Ausländer – wenn sie so richtig ausländisch sind – verursachen mir Gänsehaut.

Die alte Fledermaus, die uns hereingelassen hatte und von der ich annahm, daß sie die Oberin war, führte uns über unzählige Treppen hinauf. Dabei konnte ich noch mehr von diesen schwarz gekleideten Weibern entdecken, die uns durch Türspalten und aus den Gängen anstarrten.

Der Treppenläufer war durchgescheuert, und meine Schuhsohlen quietschten unter jedem Schritt; der Verputz hing in bröckelnden Klumpen von den Wänden. Dieses Labyrinth machte mich ganz verrückt. Mr. Alice sollte nicht an solche Ort gehen, wo man ihn nicht richtig schützen kann.

Immer mehr alte Weiber glotzten uns stumm an, als wir uns über die Stufen den Weg durch das Haus bahnten. Während

wir weitergingen, wechselte die alte Hexe mit dem Hefegesicht ein paar Worte mit Professor Macleod; er antwortete ihr,
stöhnend und keuchend vom anstrengenden Treppensteigen,
so gut er konnte.

»Sie will wissen, ob Sie die Diamanten dabeihaben«, sagte
er schwer atmend.

»Sagen Sie ihr, daß wir darüber reden werden, wenn wir
die Ware gesehen haben«, antwortete Mr. Alice. Er zeigte
keine Ermüdungserscheinungen; das leise Zittern in seiner
Stimme entsprang sicher nur seiner Vorfreude.

Soviel ich weiß, hat Mr. Alice in den letzten zwei Jahrzehnten nicht wenige der berühmtesten männlichen Filmstars und
mehr männliche Models bebumst, als Sie das je schaffen würden. Er hat die hübschesten Jungs aller fünf Kontinente besessen. Keiner von ihnen wußte genau, von wem er gefickt
wurde, doch alle wurden sie für ihr Unannehmlichkeiten
reich belohnt.

Über die letzten Stufen, wo überhaupt kein Läufer mehr
lag, gelangten wir endlich in das oberste Stockwerk und zur
Tür der Dachgeschoßwohnung, an deren Seiten, wie zwei
doppeltgroße Baumstämme, jeweils eine dicke, schwarz-
gekleidete Frau stand. Beide hätten es jederzeit mit einem
Sumoringer aufnehmen können und hielten – Sie werden es
nicht glauben – orientalische Krummsäbel in der Hand. Sie
verteidigten den Schatz der Shahinai! Sie stanken wie alte
Gäule, und selbst im Halbdunkel konnte ich erkennen, daß
ihre Kleider überall geflickt und schmutzig waren.

Die Oberin schritt zu ihnen hinüber wie ein Eichhörnchen,
das zwei Kampfhunde herausfordert, während ich mir die
unbeweglichen Gesichter der beiden Frauen genauer ansah
und mich fragte, woher sie wohl stammten. Sie hätten Samo-
aner oder Mongolinnen sein können, man hätte sie aber genausogut auch von einer ausgeflippten türkischen, indischen
oder iranischen Kommune auflesen können.

Auf ein Wort der Alten gaben sie die Türe frei, und ich stieß
sie auf. Sie war nicht verschlossen. Ich spähte ins Zimmer, um
nach möglichem Ärger Ausschau zu halten, ging dann hinein,
sah mich noch mal um und gab schließlich das Zeichen, daß

die Luft rein sei. Ich war der erste Mann dieses Zeitalters, der einen Blick auf den Schatz der Shahinai werfen durfte.

Mit geneigtem Kopf kniete er neben einer Pritsche.

Sagenumwoben ist die richtige Bezeichnung für die Shahinai. Das heißt, ich hatte nie zuvor von ihnen gehört und auch niemanden gekannt, der das je hatte. Als ich mich auf die Suche nach ihnen begab, glaubten selbst die Leute, die schon von ihnen gehört hatten, nicht an sie.

»Also, mein lieber Freund«, hatte mein niedlicher russischer Akademiker gesagt und mir seine Expertise übergeben. »Wir haben es hier mit einer Rasse zu tun, deren Existenz nur durch ein paar Zeilen bei Herodot, ein Gedicht aus *Tausendundeine Nacht* und eine der Erzählungen aus *Die Handschriften von Saragossa* belegt wird. Wir würden das als keine besonders zuverlässigen Quellen bezeichnen wollen.«

Mr. Alice waren jedoch einige Gerüchte zu Ohren gekommen, und die hatten sein Interesse geweckt. Und wenn Mr. Alice etwas haben möchte, dann tue ich alles dafür, daß er es auch bekommt. Als Mr. Alice jetzt den Schatz der Shahinai betrachtete, sah er so glücklich aus, daß ich dachte, sein Gesicht würde zerspringen.

Der Junge stand auf. Halb unter der Pritsche schaute ein Nachttopf hervor, dessen Boden knapp mit glänzendem Urin bedeckt war. Er war in ein weißes, dünnes, sehr sauberes Baumwollgewand gekleidet und trug blaue Seidenpantoffeln.

Im Raum war es unglaublich heiß. Zu beiden Seiten der Dachkammer brannten Gasöfen, die beide zischende Geräusche von sich gaben. Dem Jungen schien die Hitze nichts auszumachen. Professor Macleod hingegen trat der Schweiß schon aus allen Poren.

Der Legende nach war der Junge im weißen Gewand, der nach meiner Schätzung ungefähr siebzehn, höchsten achtzehn Jahre alt war, der schönste Mann der Welt. Es fiel mir nicht schwer, das zu glauben.

Mr. Alice ging zu dem Jungen hinüber und begutachtete ihn wie ein Kalb auf dem Viehmarkt. Er schaute ihm in den Mund, schnüffelte an dem Jungen und musterte dessen Augen und Ohren. Dann nahm er dessen Hände und untersuchte Finger und Nägel. Schließlich hob er, um es ganz genau zu machen, das weiße Gewand hoch und kontrollierte den unbeschnittenen Schwanz, bevor er den Jungen herumdrehte, um den Zustand des Arsches zu prüfen.

Während dieser ganzen Prozedur leuchteten die Augen und blitzten die Zähne des Jungen hell und voller Freude. Schließlich zog Mr. Alice den Jungen zu sich heran und küßte ihn leicht und freundlich auf den Mund, zuckte zurück, fuhr sich mit der Zunge über die Lippen und nickte. Dann drehte er sich zu Macleod um. »Sagen Sie ihr, daß wir ihn nehmen«, sagte er.

Professor Macleod sagte irgend etwas zu der Oberin, und ihr Gesicht verzog sich zu lauter kleinen Runzeln und strahlte voller Hefemännchenglück. Dann streckte sie die Hände aus.

»Jetzt möchte sie bezahlt werden«, sagte Macleod.

Ich griff langsam in die Innentaschen meines Regenmantels und holte zunächst das eine, dann das zweite schwarzsamtene Säckchen hervor. Ich reichte ihr beide hinüber. Jedes Säckchen enthielt fünfzig lupenreine Diamanten, jeder einzelne perfekt geschliffen, jeder über fünf Karat. Die meisten von ihnen waren in den neunziger Jahren billig in Rußland gekauft worden. Hundert Diamanten: vierzig Millionen Dollar. Die alte Frau kippte ein paar von ihnen in ihre Handfläche und stieß mit den Fingerspitzen dagegen. Dann steckte sie die Diamanten in das Säckchen zurück und nickte.

Die Säckchen verschwanden in ihrem Gewand, dann stellte sie sich auf die oberste Treppenstufe und begann, so laut sie konnte, etwas in ihrer seltsamen Sprache zu rufen.

Durch das ganze Haus unter uns erscholl ein Klagen, wie von einer Horde schottischer Todesfeen. Das Klagen hielt auch noch an, während wir durch das dämmerige Labyrinth die Treppen wieder hinabstiegen, der Junge in dem weißen Gewand voran. Dieses Wehgeschrei ließ mir die Nackenhaare zu Berge stehen, und der Gestank von Nässe und Fäulnis und Gewürzen schnürte mir die Kehle zu. Ich könnte Ausländer hassen.

Bevor sie ihn aus dem Haus ließen, wickelten die Frauen den Jungen in ein paar Leintücher, wohl aus Angst, er könnte sich trotz der brennenden Julisonne erkälten. Wir verfrachteten ihn ins Auto.

Ich fuhr bis zur nächsten U-Bahn-Station mit und von dort aus dann allein weiter.

Den nächsten Tag, es war ein Mittwoch, verbrachte ich damit, Probleme in Moskau zu lösen. Diese verdammten Chaoten da drüben. Ich hoffte inständig, die Sache zu klären, ohne persönlich rüberfahren zu müssen. Von dem Essen dort bekomme ich immer Verstopfung.

Je älter ich werde, desto weniger macht mir das Reisen Spaß; eigentlich war ich noch nie richtig scharf darauf. Trotzdem stehe ich noch immer meinen Mann, wenn es nötig ist. Ich kann mich noch gut erinnern, wie Mr. Alice einmal sagte, er glaube, Maxwell müsse von der Bildfläche verschwinden. Ich gab ihm zu verstehen, daß ich das eigenhändig erledigen würde, damit das Thema beendet wäre. Maxwell war schon immer ein Verlierertyp gewesen. Ein kleiner, großmäuliger Fisch mit niederträchtigem Verhalten.

Das war der befriedigendste Klatsch ins Wasser, den ich je gehört habe.

Gegen Mittwoch abend war ich so scharf, daß ich einen Kerl, den ich kannte, anrief und man mir Jenny in meine Wohnung in Barbican schickte. Das brachte mich in Stimmung. Jenny ist ein nettes Mädchen. Sie hat nichts Schlampiges oder Liederliches an sich, und sie weiß sich zu benehmen. In jener Nacht war ich besonders nett zu ihr und steckte ihr danach eine 20-Pfund-Note zu.

»Das ist doch nicht nötig«, meinte sie. »Es wurde doch schon für alles gesorgt.«

»Kauf dir was Verrücktes dafür«, sagte ich zu ihr. »Es ist verrücktes Geld.« Ich verwuschelte ihr die Haare, und sie lächelte wie ein Schulmädchen.

Am Donnerstag erhielt ich einen Anruf von Mr. Alice' Sekretärin, die mir mitteilte, daß alles zufriedenstellend gelaufen sei und ich nun mit Professor Macleod abrechnen könne.

Wir hatten ihn im Savoy untergebracht. Nun, die meisten Leute hätten zum Savoy die U-Bahn bis Charing Cross oder Embankment genommen und wären dann die Strand entlang bis zum Hotel gelaufen. Ich nicht. Ich nahm die U-Bahn bis Waterloo und ging dann nach Norden über die Waterloo-Brücke. Man braucht ein paar Minuten länger, aber die Aussicht ist einfach unbezahlbar.

Als ich noch ein Kind war, erzählte mir einer der Jungs aus dem Schlafsaal, daß, wenn man auf dem Weg bis zur Mitte einer Themsebrücke die Luft anhält und sich etwas dabei wünscht, der Wunsch immer in Erfüllung geht. Es gab zwar nie etwas, was ich mir hätte wünschen können, doch hielt ich seitdem immer die Luft an und betrachtete es als eine Atemübung.

Ich blieb bei der Telefonzelle am Ende der Waterloo-Brücke stehen (VOLLBUSIGE SCHULMÄDCHEN WOLLEN BESTRAFT WERDEN – FESSLE UND KNEBLE MICH – NEUE BLONDINE EINGETROFFEN), rief Macleod auf seinem Zimmer im Savoy an und verabredete mich mit ihm auf der Brücke.

Sein Anzug war noch eine Spur schriller kariert als der, den er am Dienstag getragen hatte. Er überreichte mir eine Ledermappe voller computergeschriebener Blätter, eine Art selbstgebastelter Sprachführer *Shahinai–Englisch:* »Hast du Hunger?« – »Du mußt jetzt ein Bad nehmen.« – »Öffne deinen Mund.« Alles eben, was Mr. Alice zum Kommunizieren würde gebrauchen können.

Ich steckte die Mappe in meinen Regenmantel.

»Was würden Sie von einer kurzen Stadtbesichtigung halten?« fragte ich ihn, und Professor Macleod antwortete, es sei immer interessant, eine Stadt mit einem Einheimischen zu besichtigen.

»Die Arbeit hier war eine philologische Besonderheit und ein linguistisches Vergnügen zugleich«, sagte Macleod, als wir die gemauerte Uferstraße entlangliefen. »Die Shahinai sprechen eine Sprache, die Gemeinsamkeiten mit dem aramäischen und dem finnougrischen Sprachstamm aufweist. Es ist die Sprache, die Christus benutzt haben könnte, wenn er in grauer Vorzeit Briefe an die Esten geschrieben hätte. Wenn dem so war, besitzt sie allerdings nur sehr wenig Lehnwörter. Meiner Auffassung nach müssen sie damals zu einigen ziemlich überstürzten Abreisen gezwungen gewesen sein. Haben Sie mein Honorar dabei?«

Ich nickte, zog meine Kalbslederbrieftasche aus der Sakkotasche und entnahm ihr ein grell bedrucktes Kärtchen. »Hier, bitte.«

Wir kamen zur Blackfriars-Brücke. »Ist das Ihr Ernst?«

»Natürlich. Staatliche Lotterie New York. Sie haben das Los zum Spaß am Flughafen auf dem Weg nach England gekauft. Die Nummern werden Samstag nacht gezogen. Der Jackpot müßte diese Woche ziemlich voll sein. Wir liegen mittlerweile, glaube ich, bei über zwanzig Millionen Dollar.«

Er steckte das Lotterielos in seine schwarze glänzende Brieftasche, die zum Bersten voll mit Plastikkarten war, und schob sie dann in die Innentasche seines Anzugs. Er streifte mit den Händen unaufhörlich über den Anzug, als wollte er unbewußt sichergehen, daß die Brieftasche immer noch da war. Für einen Taschendieb, der wissen wollte, wo dieser Mann seine Wertsachen aufbewahrte, hätte er eine perfekte Zielscheibe abgegeben.

»Ein Drink wäre jetzt nicht schlecht«, sagte er. Ich pflichtete ihm bei, erklärte ihm aber, daß ein sonniger Tag mit frischer Brise viel zu schade sei, um in einem Pub verschwendet zu werden. Wir gingen also zu einem Straßenausschank. Ich kaufte ihm ein Fläschchen Wodka, eine Tüte Orangensaft und nahm auch noch einen Plastikbecher mit, mir selbst gönnte ich zwei Guinness.

»Es dreht sich alles um diese Männer, sollten Sie bedenken«, sagte der Professor. Wir saßen auf einer Holzbank und blickten über die Themse auf die South Bank. »Anscheinend gibt es nicht viele von ihnen, nur einen oder zwei pro Generation. Der Schatz der Shahinai. Die Frauen bewachen diese Männer, ernähren und beschützen sie. Von Alexander dem Großen wird berichtet, daß er sich einen Liebhaber von den Shahinai gekauft hat. Das gleiche gilt für Tiberius und mindestens zwei Päpste. Auch über Katharina die Große sagt man, sie habe einen besessen, was aber, glaube ich, nur ein Gerücht ist.«

Ich sagte, daß sich das für mich alles wie etwas aus einem Märchenbuch anhöre. »Überlegen Sie mal: Da gibt es einen Volksstamm, dessen einziges Vermögen die Schönheit seiner

Männer ist. Also verkaufen sie pro Jahrhundert einen dieser Männer für genügend Geld, um den ganzen Stamm für weitere hundert Jahre zu erhalten.« Ich nahm einen Schluck Guinness. »Glauben Sie, daß die Frauen in diesem Haus der ganze Stamm waren?«

»Da habe ich so meine Zweifel.«

Er goß etwas Wodka in den Plastikbecher, schüttete Orangensaft dazu, und prostete mir zu. »Mr. Alice«, sagte er, »muß sehr reich sein.«

»Es geht ihm ganz gut.«

»Ehrlich gesagt«, meinte Macleod, dem inzwischen die Schweißperlen auf der Stirn standen und der betrunkener war, als er wahrscheinlich dachte, »ich hätte den Jungen gern selbst durchgevögelt. Er ist das schönste Wesen, das mir je unter die Augen gekommen ist.«

»Er war ganz in Ordnung, würde ich sagen.«

»Hätten Sie ihn denn nicht auch gern gefickt?«

»Nicht mein Fall«, sagte ich.

Ein schwarzes Taxi fuhr hinter uns die Straße hinunter. Das orangefarbene Freischild war ausgeschaltet, obwohl niemand hinten im Wagen saß.

»Was wäre denn dann so ihr Fall?« fragte mich Professor Macleod.

»Kleine Mädchen«, sagte ich.

Er schluckte. »Wie kleine denn?«

»Neun, zehn, elf oder zwölf Jahre alte vielleicht. Wenn sie erst einmal richtige Titten und Schamhaare haben, kriege ich keinen hoch. Das ist dann nichts mehr für mich.«

Er sah mich an, als hätte ich ihm eröffnet, daß ich's gern mit toten Hunden treibe, und für eine ganze Weile blieb er stumm. Er trank seinen Wodka. »Also«, sagte er dann, »bei uns, da sind solche Sachen illegal.«

»Na ja, hierzulande sieht man so was auch nicht gerade gern.«

»Ich glaube, ich sollte jetzt zurück zum Hotel«, sagte er.

Ein schwarzes Taxi fuhr um die Ecke, diesmal leuchtete das Schild. Ich winkte es heran und half Professor Macleod auf den Rücksitz. Es war eines unserer ganz speziellen Taxis. Die

Art von Taxi, in das man zwar hinein-, aus dem man aber nicht wieder herauskommt.

»Zum Savoy, bitte«, sagte ich zum Fahrer.

»Alles klaro, Chef«, sagte er und verschwand mit Professor Macleod.

Mr. Alice kümmerte sich gut um den Shahinai-Jungen. Immer wenn ich zu Versammlungen oder Besprechungen rüberkam, saß der Junge Mr. Alice zu Füßen, und dieser tätschelte und streichelte und spielte mit dessen pechschwarzem Haar. Sie waren ineinander vernarrt, das konnte man sehen. Es war rührend und ließ sogar mich herzlosen Scheißkerl nicht kalt.

Manchmal träumte ich nachts von den Shahinai-Frauen, diesen ekelhaften, fledermausartigen Schlägerweibern, wie sie durch jenes große, verrottete alte Haus flatterten, jenes Haus, das für mich gleichzeitig die Saint-Andrew's-Verwahranstalt als auch die ganze Menschheitsgeschichte darstellte. Während sie mit den Flügeln schlugen und herumflogen, trugen manche von ihnen Männer zwischen sich. Die Männer leuchteten wie die Sonne, und ihre Gesichter waren zu schön, um in sie hineinblicken zu können.

Ich haßte diese Träume. Einer genügt, und man kann den nächsten Tag abschreiben und aufs Minuskonto setzen.

Der schönste Mann der Welt, der Schatz der Shahinai, hielt sich acht Monate lang. Dann erwischte ihn die Grippe.

Seine Temperatur stieg auf einundvierzig Grad an, die Lunge füllte sich mit Wasser, und er ertrank quasi auf dem Trockenen. Mr. Alice ließ die weltbesten Ärzte rufen, aber der Kerl flackerte nur noch einmal kurz auf und erlosch dann wie eine alte Glühbirne. Das war's dann also gewesen.

Ich nehme an, daß die nicht besonders widerstandsfähig sind; schließlich werden sie für etwas anderes großgezogen. Jedenfalls nicht dazu, besonders widerstandsfähig zu sein.

Mr. Alice traf das Ganze sehr tief. Er war untröstlich und weinte während des ganzen Begräbnisses wie ein Säugling. Ihm rannen die Tränen nur so über das Gesicht, als wäre er eine Mutter, die gerade ihren einzigen Sohn verloren hat. Es schüttete allerdings dermaßen aus Kübeln, daß man es gar nicht bemerkte, wenn man nicht gerade neben ihm stand. Ich ruinierte mir auf dem Friedhof ein paar gute Schuhe, weshalb meine Laune in den Keller sank.

Ich hing in meiner Wohnung in Barbican rum, übte mich im Messerwerfen, kochte Spaghetti Bolognese und sah mir ein paar Fußballspiele im Fernsehen an.

In der Nacht war Alison bei mir. Es war nicht besonders toll.

Am nächsten Tag machte ich mich mit ein paar guten Leuten auf den Weg zu dem Haus in Earls Court, um zu sehen, ob noch irgend jemand von den Shahinai da war. Es mußte doch irgendwo noch mehr Shahinai-Männer geben, das lag eigentlich nahe.

Aber der Verputz der vergammelten Wände war mit irgendwo geklauten Konzertplakaten irgendwelcher Rockgruppen tapeziert, und der Ort roch jetzt nach Drogen, nicht mehr nach Gewürzen.

Die labyrinthartig verteilten Zimmern waren voller Australier und Neuseeländer. Wahrscheinlich alles Hausbesetzer. Wir überraschten ein Dutzend von ihnen in der Küche, wo sie gerade aus dem Hals einer zerbrochenen Limonadenflasche kifften.

Wir durchkämmten das Haus vom Keller bis zum Obergeschoß, immer auf der Suche nach einem Hinweis auf die Shahinai-Frauen, nach irgendwas, das sie zurückgelassen hatten, einem Anhaltspunkt, irgend etwas, was Mr. Alice glücklich gemacht hätte.

Wir fanden nichts.

Alles, was ich aus diesem Haus in Earls Court mitnahm, war die Erinnerung an die Brüste eines von Drogen völlig zugedröhnten und bewußtlosen Mädchens, das nackt in einem der oberen Zimmer schlief. Vor den Fenstern hingen keine Vorhänge. Ich stand in der Tür und schaute das Mädchen vielleicht einen Augenblick zu lange an, weshalb sich mir folgendes ins Gedächtnis prägte: volle Brüste mit schwarzen Brustwarzen, Brüste, die sich beunruhigend im natriumgelben Licht der Straße wölbten.

T. E. D. Klein

ES SPRIESST UND WÄCHST

Obwohl er es wahrscheinlich abstreiten würde, ist T. E. D. Klein so etwas wie eine legendäre – und rätselhafte – Gestalt. Seinen legendären Status erwarb er sich mit einem Schlag in den achtziger Jahren, als er zum einen der erste Herausgeber der großartigen Zeitschrift The Twilight Zone *war, während er sich gleichzeitig einen Namen mit solch umwerfenden Stories wie »Kinder des Königreichs« und »Petey« machte. 1984 erschien sein mit Spannung erwarteter Roman* Morgengrauen, *der virtuos geschrieben war und Klein einen festen Platz an der Spitze der Horror-Autoren sicherte. 1985 folgte* Verschwörung der Götter, *ein Sammelband, der neben den beiden bereits erwähnten Stories noch zwei längere Stücke enthielt.*

Seit dieser erstaunlichen Arbeitswut ist T. E. D. Klein etwas ruhiger geworden, was aber keineswegs für seine Geschichten gilt. Die folgende Story ist ein Leckerbissen und sollte für jeden Leser ein Genuß sein.

»He, Schatz, hör dir das mal an. Das ist direkt gruselig.«

Die Zeitschrift, die er aus der Mitte des Stapels gezogen hatte, war vergilbt und roch muffig. Herb leckte sich über die Lippen und überflog die Seite, deren Ecke umgebogen war. »»Lieber Mr. Allesklar, zu Beginn des Frühjahrs zeigte sich in meinem Badezimmer eine merkwürdige rundliche Ausbuchtung im Linoleum, und seit es nun wärmer geworden ist, wird sie immer größer, als ob darunter irgendwas wächst. Mein Ehemann, dem es gesundheitlich nicht gut geht, ist gestern fast darüber gestolpert. Was kann das sein, irgendeine Art Pilz? Wie kann ich es loswerden, ohne das Linoleum hochreißen zu müssen? Da wir uns keinen teuren neuen Fußbodenbelag leisten können, verlassen wir uns auf Sie.‹ Unterzeichnet mit ›Besorgt‹.«

»Wundert mich nicht, daß sie besorgt war«, sagte Iris, die von einer Wolke aus Zitronenöl und Bienenwachs umgeben war. Sie hatte mit Feuereifer einen alten Beistelltisch poliert und war etwas außer Atem. »Wer möchte schon sein Bad mit einem Haufen Giftpilzen teilen?«

»Keine Sorge, Allesklar hat die Sache geregelt. ›Liebe Besorgt, das klingt mir, als hätte sich zwischen den Bodenbrettern und dem Linoleum Feuchtigkeit festgesetzt. Oft ist ein feuchter Keller die Ursache. Bohren Sie einfach ein Loch durch die Kellerdecke nach oben, um die Feuchtigkeitsansammlung zu beseitigen, dann versiegeln Sie die Stelle mit Gips oder Holzspachtel.‹« Herb rieb sich das Kinn. »Scheint doch ganz simpel zu sein.«

»Nicht in *unserem* Haus.«

»Was meinst du damit?«

»Wir haben keinen Keller, schon vergessen? Du müßtest flach auf dem Bauch in diesen ganzen Mist unter das Haus rutschen.«

»Stimmt, du hast recht! Ein Glück, darauf kann ich liebend gern verzichten!« Herbs Bauch wackelte beim Lachen. »Gott sei Dank ist unser Bad nagelneu.«

Eigentlich war das saubere und professionell gekachelte Bad sogar einer der Gründe gewesen, weshalb sie sich für dieses Haus entschieden hatten. Herb duschte gern ausgiebig, und Iris – die im Gegensatz zu Herbs erster Frau nie von Kindern gehetzt wurde – lag gern lange und genüßlich in der Wanne.

Der Rest des Hauses war bestenfalls in einem mittelmäßigen Zustand. Die Regenrinnen hingen durch, die Fenster hätten mal wieder abgedichtet werden müssen, und falls das Haus mehr als ein ländliches Refugium für den Sommer sein sollte, müßte der uralte Kohleofen in dem kleinen Raum hinter der Küche eigentlich durch einen neuen ersetzt werden. Außerdem müßten sie noch einige Zimmer anbauen; zur Zeit hatte das Haus bloß ein einziges Stockwerk, über dem sich ein nicht allzu gut isolierter Dachboden befand, der mit etlichen

Ballen Isolierwolle, kaputten Möbeln und anderem alten Krempel vollgerammelt war, den die Vorbesitzer zurückgelassen hatten. Wer diese Besitzer gewesen waren, wußten sie nicht; jedenfalls hatte eindeutig seit Jahren niemand mehr in diesem Haus gelebt. Vermutlich hatte es schon ziemlich lange zum Verkauf gestanden, auch wenn die Maklerin das natürlich abgestritten hatte.

Im Grunde hatten sie beide zwar auf etwas Besseres gehofft – obwohl nicht mehr ganz jung, waren sie auf ihre Weise immer noch Romantiker –, aber Herbs Unterhaltszahlungen und eine unerwartete Nachforderung der Finanzbehörde im April hatte sie gezwungen, praktisch zu denken. Aber dafür hatten sie nun außerdem noch über einen Hektar Wald, einen Himmel voller Sterne, die sie in der Stadt nie zu Gesicht bekommen hätten, und Ochsenfrösche, die leidenschaftlich im Sumpf hinter dem Haus quakten; sie hatten einen alten Holzschuppen, eine etwas baufällige Garage, die einst wohl als Scheune gedient hatte, und ein tieferliegendes Stück Land in der Nähe des Waldrands, das mit Champignons und Moos überwuchert war, früher aber einmal ein Garten gewesen sein soll, wie die Maklerin ihnen versichert hatte. Und vor allem hatten sie einander, deshalb machte es auch nichts, wenn noch einiges an Arbeit in das Haus gesteckt werden mußte. Auf die skeptische Frage eines Freundes, ob er denn irgendwas von Reparaturen verstehe, hatte Herb nur leichthin erwidert: »Jedenfalls weiß ich, wie man einen Scheck ausstellt.«

Insgeheim hegte er allerdings den Ehrgeiz, die nötigen Arbeiten selbst zu erledigen. Obwohl er kaum mehr einen Hammer in der Hand gehabt hatte, seit er im Werkunterricht in der High-School für seine Eltern Buchstützen zusammengezimmert hatte, war er überzeugt, daß ein paar sorgfältig ausgewählte Handbücher und eine kurze Anleitung à la *Renovieren leicht gemacht* ihm schon reichen würde. Falls das Schicksal es so wollte, daß er und Iris sich in die Kategorie der belächelten Heimwerker einreihen sollten, nun denn – mochte es so sein. Er würde einfach lernen, was man dazu brauchte.

Und das Schicksal schien es dieses eine Mal sogar gut zu meinen, denn unter all dem Kram, den die vorherigen Besitzer zurückgelassen hatten, befand sich auch ein Bücherregal, das prall gefüllt war mit alten Zeitschriften.

Eigentlich waren die Hefte noch gar nicht so alt, sondern stammten aus den späten siebziger Jahren, aber durch die Feuchtigkeit hatten sie das brüchige, vergilbte Aussehen von jahrzehntealten Zeitungen angenommen. Iris hatte sie wegschmeißen wollen. »Sie riechen nach Schimmel, diese modrigen alten Dinger«, hatte sie erklärt und das Gesicht verzogen. »Wir schauen uns am besten mal auf den Flohmärkten hier in der Gegend nach Büchern um und füllen damit die Regale.« Aber Herb hatte davon nichts wissen wollen. »Die Zeitschriften sind genau richtig, wenn man ein Haus auf dem Land besitzt. Schau doch nur mal: *Der praktische Heimwerker, Gärtnern für alle, Unser Biogarten, Gesund und fit* – die perfekte Lektüre für Regentage.«

Zur Freude für Herb gab es im hiesigen Teil der Welt eine Menge Regentage, denn nachdem sie drei Monate lang stolze Hausbesitzer waren, hatte er gemerkt, daß das Lesen solcher Do-it-yourself-Anleitungen wie von »Mr. Allesklar« – eine regelmäßige Rubrik im *Praktischen Heimwerker* – irgendwie mehr Spaß machte, als tatsächlich etwas zu reparieren. Er hatte viel Freude daran gehabt, Werkzeuge zu kaufen und in einer Ecke der Garage eine primitive Werkstatt einzurichten, aber nachdem die blitzblanken Werkzeuge an ihren Haken an der Wand hingen und der notwendige Arbeitsraum eingerichtet war, hatte sein Enthusiasmus beträchtlich nachgelassen.

Tatsächlich hatte beide eine gewisse Mattigkeit befallen. Vielleicht lag es an der Feuchtigkeit. Der Sommer war nach allem, was man hörte, einer der nassesten Sommer, die es je gegeben hatte. Wenn sie das wöchentliche Anzeigenblättchen aus dem Briefkasten zogen, fühlte das Papier sich klamm an, und ein Heftchen Briefmarken, das Iris gekauft hatte, pappte schon seit geraumer Zeit zusammen, genau wie die schlaffen Dollarscheine in Herbs Brieftasche. Heute, da der Sommerhimmel wieder einmal ein drohendes Unwetter anzeigte, nahm er sich statt des *Praktischen Heimwerkers* eine alte Ausgabe von *Leben auf dem Lande* vor, in die er sich den Nachmittag über vertiefte, während Iris, der es nicht recht gelang, den Beistelltisch vom Dachboden so zu verwandeln, daß man ihn für eine Antiquität halten könnte, ihr Bienenwachs beiseite legte und sich ins Schlafzimmer zu einem Nickerchen zurückzog.

Es wurde schon dunkel, als sie wieder aufwachte. Wolken bedeckten den Himmel, aber der Regen war ausgeblieben. Obwohl beide den ganzen Nachmittag über gefaulenzt hatten, waren sie beide zu müde zum Kochen; statt dessen gönnten sie sich in einem Rasthaus, das etliche Meilen hinter der Stadt an einem trostlosen Streifen Highway lag, ein Abendessen bei Kerzenlicht. Sie tranken einander zu, wünschten sich gegenseitig gute Gesundheit und bedauerten, daß sie nicht wenigstens ein paar Jährchen jünger waren.

Kühle, spürbar feuchte Luft schlug ihnen entgegen, als sie ins Haus zurückkehrten. Sie hatten sich bereits wollene Schonbezüge für die Matratzen kaufen müssen, damit ihre Laken nicht klamm wurden. Um die Feuchtigkeit zu vertreiben, machte Herb ein Feuer, wobei er sorgfältig jedes Holzscheit untersuchte, ehe er es hineintrug, um keine Spinnen und andere Insekten einzuschleppen, die sich dann womöglich im ganzen Haus breitmachten. Er erinnerte sich daran, daß er in *Gärtnern für alle* gelesen hatte, es gelte, seine Augen überall zu haben und Ausschau zu halten »nach Trockenfäule bei den Pfirsichbäumen oder Würmern in den Rosenknospen«.

An diesem Abend beschäftigte er sich allerdings wieder einmal mit dem *Praktischen Heimwerker*. Schon vor etlichen Wochen hatte er mit den älteren Ausgaben angefangen und sich beständig durch den ganzen Stapel weiter nach oben gearbeitet. Während Iris auf der Couch über einem Liebesroman gähnte, vertiefte er sich in Artikel über die Betriebssicherheit von Kohleöfen, den Bau einer Terrasse und das Auspumpen eines überfluteten Kellers – wenigstens etwas, worüber er sich zum Glück keine Gedanken zu machen brauchte.

Die Ausgabe, die er gerade aus der oberen Hälfte des Stapels herausgezogen hatte, war weniger vergilbt als die übrigen. »Hier ist ein Brief von einem Mann, der Probleme gehabt hat, einen Baumstumpf vor seinem Haus zu entfernen. Mr. Allesklar rät, er solle besser schleunigst dafür sorgen, ihn loszuwerden, sonst würde er Termiten anlocken.« Herb schüttelte den Kopf. »Herrgott, auf dem Land darf man aber wirklich nicht mal eine Sekunde lang alle fünf gerade sein lassen. Und hier schreibt einer, der einen Kamin gebaut, ihn aber nicht ordentlich abgedichtet hat.« Er lachte spöttisch. »Der verdammte Narr! Hatte seinen ganzen Dachboden voller Rauch.« Mißtrauisch beäugte er den eigenen Kamin, der jedoch beruhigend solide aussah und in dem die Flammen fröhlich flackerten. Er wandte sich wieder der Zeitschrift zu. Die nächste Seite hatte eine umgeknickte Ecke. »Irgendein Kerl fragt wegen Ölflecken auf einem Betonboden. Mr. Allesklar empfiehlt eine Mischung aus Weinstein und Kleesäure; weiß der Geier, was das ist. Wo findet man bloß … Ach, hör dir das an, hier ist noch einer von dieser Frau, die schon mal geschrieben hat: ›Lieber Mr. Allesklar, der Rat, den Sie mir gaben, um die Ausbuchtungen unter dem Linoleum in meinem Bad loszuwerden, indem ich vom Keller ein Loch durch die Decke bohre, hat uns leider wenig geholfen, da wir keinen Keller haben und mein Ehemann und ich krankheitsbedingt einfach nicht in der Lage sind, unter das Haus zu kommen. Die Ausbuchtungen …‹«

Iris schaute von ihrem Buch auf. »Beim letztenmal war es nur *eine* Ausbuchtung.«

»Na ja, Schatz«, sagte er und dachte daran, wie es aussah, wenn sie in der Badewanne lag, »du weißt doch, wie das mit Ausbuchtungen ist.« Er überzeugte sich davon, daß sie die Anspielung mit einem Lächeln goutierte, ehe er weiterlas. »›Die Ausbuchtungen sind noch größer geworden, zudem geht ein ziemlich strenger Geruch von ihnen aus. Was sollen wir tun?‹ Unterzeichnet: ›Immer noch Besorgt.‹«

»Die arme Frau!« Iris kuschelte sich genüßlich in die Kissen. »Meinst du, es könnte vielleicht radioaktives Gas sein oder so was?«

»Nein, er meint, es könne sich um Hausschwamm handeln.« Herb schauderte genüßlich bei Mr. Allesklars Antwort. »›Scheren Sie sich nicht um eine Beschädigung des Linoleums‹, antwortet er. ›Bohren Sie tief in das Zentrum der Ausbuchtungen zwei Löcher, und gießen Sie vorsichtig eine Lösung hinein, die zu gleichen Teilen aus Natron, Mineralbeize und Vanille-extrakt besteht. Falls das die Sache nicht aus der Welt schafft, rate ich Ihnen, sich an einen Fachmann zu wenden.‹«

»Das hätte sie gleich von Anfang an machen sollen«, sagte Iris. »Ich würde wahnsinnig gern wissen, wie die Sache aus-gegangen ist.«

»Ich auch«, sagte Herb. »Mal sehen, ob die Geschichte noch irgendwie weitergeht.«

Er blätterte die folgenden Monatsausgaben des *Praktischen Heimwerkers* durch, fand Klagen über undichte Ofenrohre, verstopfte Abflüsse und morsche Dächer, aber Ausbuchtun-gen wurden keine mehr erwähnt. Von der Couch kam ein lei-ser Plumps. Iris hatte sich zurückgelegt, und das Buch war auf den Teppich gefallen. Sie hatte die Augen geschlossen, der Mund war weich und entspannt. Er beobachtete, wie sich ihre Brust im Licht des Feuers hob und senkte, und fühlte sich plötzlich sonderbar allein.

Von draußen drang das leise Wispern des Regens herein – normalerweise ein friedvolles Geräusch, aber heute nacht beunruhigte es ihn; er konnte sich vorstellen, wie die Erde ringsum und unter dem Haus immer sumpfiger wurde und sich überall Wasserlachen bildeten, in denen Gott weiß was wachsen mochte. Das wichtigste war, dafür zu sorgen, daß der Boden des Hauses trocken blieb, das war ihm klar; an-dernfalls würde durch die Feuchtigkeit das Holz verrotten. Sicherlich war der Hohlraum über dem Fundament ein aus-reichender Schutz vor Nässe; trotzdem wünschte er sich jetzt, das Haus besäße einen Keller.

Leise, um seine Frau nicht aufzuwecken, schlich er ins Ba-dezimmer – das immer noch angenehm nach Farbe und Lack roch – und musterte gedankenvoll den Boden. Einen Moment lang glaubte er, an einer leicht unebenen Stelle zwischen Toi-lette und Duschkabine einen haarfeinen Riß in zwei der neuen Kacheln zu sehen, und war beunruhigt; aber das Licht hier drinnen war ja doch ziemlich schlecht und der Riß ver-mutlich schon die ganze Zeit dagewesen.

Als er ins Wohnzimmer zurückkehrte, war das Feuer kurz vor dem Erlöschen. Er hätte gern noch etwas Holz nachgelegt, wollte aber vermeiden, daß Iris wach wurde. Er hockte sich wieder auf den Teppich zu seinem Zeitschriftenstapel und setzte seine Suche bis zur letzten Ausgabe des *Praktischen Heimwerkers*, die mehr als drei Jahre alt war, fort. Weitere Lageberichte von »Besorgt« fanden sich jedoch keine mehr, und er wußte selbst nicht so recht, ob er enttäuscht oder erleichtert war. Vermutlich letzteres; es mußte wohl alles gut ausgegangen sein.

Er legte den *Heimwerker* beiseite und wandte sich einem anderen Stapel Zeitschriften zu, die kaum weniger vergilbt, aber ebenso gehaltvoll waren. Es handelte sich um gesammelte Ausgaben von *Gesund und fit*, in denen es, wie vorauszusehen gewesen war, ebenfalls eine Ratgeberseite gab, die von einem gewissen »Dr. Wohlauf« geleitet wurde. Statt um Strauchrosen ging es nun um Gürtelrosen; statt um rissigen Verputz und verfaulte Fußleisten um Heuschnupfen und Haarausfall.

»Ich habe an meinem rechten Fuß einen grauenhaft entzündeten Ballen«, hieß es mit einem Anflug von Stolz in einem der Leserbriefe. »Ich habe einen Leistenbruch, der nicht behandelt wurde«, berichtete der nächste Leser; andere klagten über Dornwarzen, Rückenschmerzen und Husten, der nicht aufhören wollte. Es ist wie bei einem Haus, dachte Herb; man mußte beständig wachsam sein. Früher oder später wurde immer irgendwas morsch, und dann setzte der Verfall ein. »Lieber Dr. Wohlauf«, begann ein Leserbrief, den Herb auf einer Seite fand, deren Ecke umgeknickt war, »mein Ehemann und ich leiden immer stärker unter einem Ausschlag. Am gesamten Körper haben wir große dunkelrote Flecke bekommen. Könnte das eine Art Hautpilz sein? Die Flecke schmerzen nicht und jucken auch nicht, aber in der Mitte erscheinen jetzt nach und nach merkwürdige kleine Pusteln.« Unterzeichnet war mit »Bettlägerig«.

Dieses ganze Gerede von Leiden, Gebrechen und Krankheiten war richtig deprimierend, und das Wort »bettlägerig« machte ihm bewußt, wie müde er war. Das Feuer war inzwischen fast erloschen. Er überflog die Antwort des Doktors, der voll fröhlicher Zuversicht etwas von viel Bewegung und gesundem, biologisch angebautem Gemüse schrieb, und stand langsam auf. Aus einem der anderen Zimmer drang das Knarren von Holz herüber, wie man es nachts in diesem alten Haus immer wieder hörte.

Iris schnarchte leise auf der Couch. Sie sah so friedlich aus, daß es ihm richtig leid tat, sie zu wecken, aber sie würde ja sowieso problemlos wieder einschlafen; sie schliefen hier draußen auf dem Land beide immer gut. »Komm schon, Schatz«, flüsterte er, »Zeit fürs Bett.« Das Geräusch des Regens beunruhigte ihn nicht mehr, als er sich zu ihr hinabbeugte, ihr das Haar zurückstrich und zärtlich einen Kuß auf die Wange drückte, die im fahlen Licht rötlich blühte.

F. Paul Wilson

KARFREITAG

F. Paul Wilson hat für die vorliegende Geschichte gewiß mehr Geld erhalten als für seine beiden Romane, die in den siebziger Jahren bei Doubleday erschienen sind. Ich weiß das so genau, weil er es mir selbst erzählt hat und weil ich damals bei Doubleday gearbeitet und vielleicht sogar – daran erinnere ich mich aber Gott sei Dank nicht mehr – die lumpigen Schecks für ihn ausgestellt habe.

Wie sich die Zeiten doch ändern! Doubleday wirft nicht mehr alle Monate zwei billige Science-Fiction-Hardcover auf den Markt, die praktisch nur an Leihbüchereien verkauft werden. (Übrigens, auch wenn sie billig in der Herstellung und im Preis waren, so liebte sie doch fast ein jeder Leser. Allein auf dem Sektor Gruselgeschichten produzierte man Klassiker wie die Shadows-*Serie, die* Whispers-*Anthologien und die* World Fantasy Award-*Bücher.) F. Paul Wilson schreibt inzwischen hochanerkannte Medizin-Thriller, wie* Deep as the Marrow, *arbeitet aber auch weiterhin auf seinem Lieblingsgebiet: Science Fiction und Gruselgeschichten. (Legacies, ein neuer »Mechaniker Jack«-Roman erschien 1997, vierzehn Jahre nach dem ersten:* Die Gruft.)

Für das vorliegende Buch hat er etwas geschrieben, was ich mir immer schon von ihm gewünscht habe, nämlich eine klassische Vampirgeschichte.

»Der Heilige Vater hat gesagt, daß es so was wie Vampire gar nicht gibt«, sagte Schwester Bernadette Gileen.

Schwester Carole Hanarty blickte von dem Stoß Chemie-aufgaben auf ihrem Schoß auf – Aufgaben, die sie ihren Schülern womöglich nie zurückgeben würde können – und sah Bernadette zu, wie diese sie durch die Stadt fuhr und dabei die Schaltung des alten Datsun wie ein alter Fernfahrer bearbeitete. Ihre liebe Freundin, ebenfalls Nonne bei den Barmherzigen Schwestern, war dünn, fast schon zu dünn, hatte große blaue Augen und kurzes rotes Haar, das unter dem weißen Band ihres Nonnenschleiers hervorstand. Bernadette blickte angestrengt durch die Windschutzscheibe, und die Abendsonne tauchte die reine glatte Haut ihres runden Gesichts in ein sanftes Rot.

»Wenn Seine Heiligkeit das gesagt hat, müssen wir es wohl glauben«, sagte Schwester Carole.« Allerdings hat er schon lang nichts mehr verlauten lassen. Ich hoffe …«

Bernadette sah sie mit großen Augen an.

»Du denkst doch nicht etwa, daß Seiner Heiligkeit was passiert sein könnte?« Der singende Tonfall ihrer irischen Heimat drängte sich in ihre Stimme. »Das würden sie sich nicht trauen!«

Carole wußte im Moment nicht, was sie sagen sollte. Deshalb sah sie durch das Seitenfenster auf die vorbeiziehenden Bäume, die bereits Triebe zeigten. Die Bürgersteige der kleinen Küstenstadt in New Jersey lagen verwaist da, und auch auf der Straße war kaum ein anderes Auto zu sehen. Bernadette und sie mußten in drei Lebensmittelgeschäfte gehen, bis sie endlich eines fanden, in dem sie noch etwas bekamen. Infolge der Hamsterkäufe und der verspäteten, beziehungsweise stornierten Schiffsladungen wurden Lebensmittel allmählich knapp.

Alle spürten es. Das nahende Unheil lag irgendwie in der Luft.

Sie rieb sich die kalten Hände und dachte über Bernadette nach, die fünf Jahre jünger war als sie, erst sechsundzwanzig, aber ein sehr kluger Kopf und in vielerlei Hinsicht sehr aufgeweckt. Aber bezüglich ihres Glaubens war sie fast noch ein Kind.

Sie war vor zwei Jahren in das Kloster St. Anthony eingetreten, und die beiden hatten sich sofort gut verstanden. Sie hatten so viel gemeinsam; nicht nur ihre irische Herkunft, sondern auch einen gewissen Grad an Einsamkeit. Caroles Eltern waren vor Jahren gestorben, Bernadettes waren in die irische Heimat zurückgekehrt. So wurden sie mehr als nur Ordensschwestern. Carole war die große Schwester, Bernadette die kleine. Sie beteten gemeinsam, lachten gemeinsam und gingen gemeinsam spazieren. Sie kümmerten sich gemeinsam um die Klosterküche und erledigten die Einkäufe. Carole konnte nur hoffen, daß sie Bernadettes Leben halb so viel bereicherte, wie dies umgekehrt der Fall war.

Bernadette war ausgesprochen naiv. Sie schien zu glauben, wenn der Papst in Glaubens- und Moralfragen unfehlbar wäre, müßte er auch unbesiegbar sein.

Carole hatte Bernadette noch nicht anvertraut, daß sie beschlossen hatte, dem Papst bezüglich der Untoten nicht zu glauben. Schließlich war deren Existenz keine Frage des Glaubens oder der Moral. Entweder gab es sie, oder es gab sie nicht. Und nach allem, was man letzten Herbst aus Osteuropa gehört hatte, konnte kaum noch bezweifelt werden, daß es Vampire wirklich gab.

Und sie waren auf dem Vormarsch.

Sie hatten sich irgendwie zusammengetan. Sie existierten nicht nur, sondern rotteten sich in Osteuropa im Verborgenen so zahlreich zusammen, daß es selbst die Vorstellungskraft eines abergläubischen Bauern bei weitem überstieg. Als dann der Ostblock zusammenbrach und die sich auflösenden Satellitenstaaten und Rußland Territorialansprüche geltend machten, im Namen von Vaterland, Volkszugehörigkeit und Religion mordeten und brandschatzten, nutzten die Vampire dieses Machtvakuum und schlugen zu.

Sie schlugen überall zu, und bevor die übrige Welt reagieren konnte, hatten sie ganz Osteuropa schon unter Kontrolle.

Hätten sie lediglich getötet, wären sie noch beherrschbar gewesen. Da aber jeder Mord eine Verwandlung bedeutete, stieg ihre Zahl beständig an. Carole kannte sich mit geometrischen Reihen besser aus als viele andere. Hatte sie das nicht jahrelang ihrer Chemieklasse demonstriert? Sie hatte einen Kristall in einen Becher mit übersättigter Lösung gegeben. Aus einem Kristall wurden zuerst zwei, dann vier, dann acht, dann sechzehn und so weiter. Man konnte zusehen, wie sich die Gitter bildeten, sich zunächst langsam, dann mit zunehmender Geschwindigkeit in der Lösung ausbreiteten, bis die Flüssigkeit im Becher zu einer festen Kristallmasse wurde.

Genauso war das in Osteuropa gelaufen und hatte sich dann nach Rußland und Westeuropa ausgeweitet.

Die Vampire waren nicht mehr aufzuhalten.

Ganz Europa hatte monatelang geschwiegen, zumindest offiziell. Aber ein paar der Schüler der St. Anthony High School besaßen Kurzwellenempfänger und hatten Carole von Sendungen erzählt, die sie nachts ganz schwach von der anderen Seite des Atlantiks empfangen hatten, in denen von gräßlichen Schreckenstaten berichtet wurde, die sich in Europa unter der Herrschaft der Vampire ereignet hätten.

Aber der Papst hatte verkündet, es gebe keine Vampire. Seither hatte man allerdings von ihm, dem Vatikan sowie vom übrigen Europa nichts mehr gehört.

Washington hatte die unmittelbare Bedrohung anfänglich heruntergespielt und behauptet, daß der Atlantik eine natürliche Barriere für die Untoten bildete. Europa stand unter Quarantäne. Amerika war in Sicherheit.

Dann gelangten erste, zunächst umstrittene Berichte über Vampire in New York City zur Verbreitung, die allerdings offiziell noch dementiert wurden. Die meisten New Yorker Radio- und Fernsehsender hatten letzte Woche ihre Ausstrahlung eingestellt. Und jetzt …

»Du glaubst doch nicht wirklich, daß Vampire nach New Jersey kommen?« fragte Bernadette. »Das heißt, wenn es sie überhaupt gibt.«

»Das ist kaum anzunehmen«, sagte Carole und mußte lächeln. »Vor allem, wo doch sonst nur der nach New Jersey kommt, der unbedingt muß.«

»Nimm mich jetzt bitte nicht auf den Arm. Mir ist es ernst damit.«

Bernadette hatte recht. Es war ernst. »Es paßt jedenfalls zu dem, was meine Schüler mit ihren Kurzwellenempfängern aus Europa gehört haben.«

»Lieber Gott! Es ist Karwoche! Karfreitag! Wie können sie es wagen?«

»Ehrlich gesagt, ist jetzt die beste Zeit! Bis Ostersonntag wird keine Messe gelesen. Wann sonst im Jahr wird schon die tägliche Messe ausgesetzt?«

Bernadette wiegte den Kopf. »Sonst nie.«

»Genau.« Carole blickte auf ihre kalten Hände hinab und spürte, wie ihr ein Frösteln die Arme hochkroch.

Plötzlich kam das Auto ruckartig zum Stehen, und Bernadette schrie auf.»Jesus Maria! Sie sind schon da!«

Ein halbes Dutzend schwarz gekleideter Gestalten stand an der Ecke und starrten sie an.

»Wir müssen hier weg«, sagte Bernadette und gab Gas.

Der alte Motor spuckte und starb ab.

»O nein!« schrie Bernadette, pumpte verzweifelt mit dem Gaspedal und drehte den Zündschlüssel. Die dunklen Gestalten schlenderten auf sie zu. »Nein!«

»Halb so schlimm«, sagte Carole und legte die Hand sanft auf Bernadettes Arm. »Es ist alles in Ordnung. Es sind doch nur Kinder.«

Kinder war vielleicht nicht das richtige Wort. Es waren zwei männliche und vier weibliche Jugendliche, so um die achtzehn, neunzehn oder auch Anfang zwanzig, aber mit ihren stark geschminkten Augen sahen sie aus, als hätten sie schon mehrere Erwachsenenleben hinter sich. Sie scharten sich anzüglich grinsend um das Auto, vier auf Bernadettes Seite, zwei auf Caroles. Ihre bleichen Gesichter wirkten durch eine Schicht weißen Puders, kohlschwarz geschminkte Augen und schwarzen Lippenstift noch bleicher. Sie hatten schwarz lackierte Fingernägel, trugen Ringe in den Ohren, Augenbrauen und der Nase sowie Piercings in Lippen und Backen. Die Farbskala ihrer Haare reichte von Leichenweiß über Burgunderrot zu öligem Schwarz. Bei den Jungen waren nackte, unbehaarte Oberkörper unter den Lederjacken zu sehen, die Mädchen trugen schwarze Wonderbras und Bustiers, die viel nackte Haut sehen ließen, dazu Lack- oder Vinylstiefel, Netzstrümpfe, schichtenweise Spitze – und alles im schwärzesten Schwarz.

»Schaut euch das mal an!« sagte einer der Jungen. Um den Hals trug er ein Lederband mit Stahlspitzen, unter der weißen Puderschicht wölbten sich Aknepickel. »Nonnen!«

»Pinguine!« sagte ein anderer.

Das war wohl urkomisch. Alle sechs kreischten vor Lachen.

Wir sind *keine* Pinguine, dachte Carole. Seit Jahren hatte sie keine vollständige Nonnentracht mehr getragen, nur den Kopfschleier.

»Scheiße, *die* werden morgen früh eine Überraschung erleben!« sagte ein dralles Mädchen mit Zylinderhut.

Bis auf eine brüllten wieder alle vor Lachen. Ein großes, schlankes Mädchen mit drei tätowierten Tränen auf der Backe und schwarz gefärbtem Haar, aber blondem Haaransatz, hielt sich sichtlich unbehaglich im Hintergrund. Carole sah sie an. Irgendwie kam sie ihr bekannt vor …

Sie kurbelte das Fenster herunter. »Mary Margaret? Bist du nicht Mary Margaret Flanagan?«

Wieder Gelächter. »›Mary Margaret‹?« rief jemand. »Das ist Wicky!«

Das Mädchen machte einen Schritt auf Carole zu und sah ihr in die Augen. »Ja, Schwester. So hieß ich mal. Jetzt bin ich aber nicht mehr Mary Margaret.«

»Das seh ich.«

Sie konnte sich gut an Mary Margaret erinnern. Ein nettes Mädchen, hochintelligent, aber sehr still. Eine Leseratte, die irgendwie nie so recht Anschluß an die anderen Kinder zu finden schien. Dann ließen ihre Leistungen plötzlich drastisch nach. Sie machte die Schule nie zu Ende. Als Carole damals bei ihren Eltern anrief, hieß es nur, Mary Margaret wohne nicht mehr zu Hause. Mehr hatte sie nicht herausbekommen.

»Du hast dich aber verändert. Wann hab ich dich denn das letzte Mal gesehen? Vor drei Jahren?«

»Verändert?« Das Mädchen mit dem Zylinder steckte den Kopf durchs Fenster. »Warten Sie erst mal bis heute abend. Dann wird sie sich *wirklich* verändern!« Als sie darauf schallend loslachte, wurde ein Chromstecker auf ihrer Zunge sichtbar.

»Halt dich da raus, Carmilla!« sagte Mary Margaret.

Carmilla ließ sich nicht aus der Ruhe bringen. »Heute nacht kommen sie. Die Herren der Finsternis kommen nach Sonnenuntergang. Das wird das Ende eurer Welt sein und der

Anfang unserer. Wir werden uns ihnen hingeben, ihnen den nackten Hals hinstrecken, damit sie uns aussaugen. Dann werden wir zu ihnen gehören und zusammen mit ihnen über die Nacht herrschen!«

Es klang wie auswendig gelernt, als hätte sie diese Rede schon tausendmal vor ihrer schwarz gekleideten Truppe gehalten.

Carole beachtete Carmilla nicht weiter und sah Mary Margaret an. »Glaubst du das auch? Hast du das wirklich vor?«

Das Mädchen zuckte die Achseln. »Das ist besser als alles andere.«

Endlich sprang der alte Datsun wieder an. Carole hörte, wie Bernadette den Gang einlegen wollte, und berührte deren Arm: »Warte. Noch einen Augenblick, bitte.«

Sie wollte gerade etwas zu Mary Margaret sagen, als Carmilla mit dem Finger auf Carole deutete und schrie:

»Dann seid ihr Miststücke und der Arsch von Gott, für den ihr auf den Strich geht, ausgestorben!«

Erstaunlich vehement zog Mary Margaret Carmilla vom Fenster weg.

»Fahren Sie jetzt lieber, Schwester Carole«, sagte Mary Margaret.

Der Datsun setzte sich in Bewegung.

»Scheiße, was ist bloß los mit dir, Wicky?« hörte Carole Carmilla noch brüllen, als sich das Auto von der schwarzen Gruppe entfernte. »Wirst du jetzt noch religiös oder was? Sollen wir dich ab sofort Schwester Mary Margaret nennen?«

»Sie war eine der wenigen, die es immer ehrlich mit mir gemeint hat«, sagte Mary Margaret. »Also halt die Schnauze, Carmilla.«

Man konnte nichts mehr hören. Das Auto war schon zu weit weg.

»Was für schreckliche Gestalten!« sagte Bernadette und sah aus dem Fenster in Caroles Zimmer. Sie konnte einfach nicht aufhören, über den Vorfall zu sprechen. »Fast so alt wie ich, und eine derart furchtbare Sprache!«

Die Klosterzelle war kaum mehr als eine drei mal drei Meter große Gipsschachtel mit Rissen in den Wänden. Von der Blechdecke, die eine altertümliche Struktur hatte, begann schon die letzte Farbschicht abzubröckeln. Es gab ein Fenster und ein Kruzifix, und das Mobiliar bestand aus einer Frisierkommode mit Spiegel, einem Arbeitstisch und einem Stuhl, einem Bett und einem Nachttisch. Nicht gerade viel, aber es war Caroles Zuhause. Sie nahm ihr Gelübde ernst.

»Vielleicht sollten wir für sie beten.«

»Ich glaube, die brauchen mehr als nur Gebete. Ehrlich, denen steht ein schlimmes Ende bevor.« Bernadette zog sich den großen Rosenkranz über den Kopf und nahm das Kruzifix mit den Perlen in die Hand. »Vielleicht sollten wir ihnen zu ihrem Schutz eine paar Kreuze anbieten?«

Carole konnte sich ein Lächeln nicht verkneifen. »Das ist gut gemeint von dir, Bern, aber ich glaube nicht, daß sie Schutz suchen.«

»Sicher, und sie kümmern sich auch nicht um meine Meinung«, sagte Bernadette mit reuevollem Lächeln. »Natürlich wollen sie keinen Schutz.«

»Aber wir werden für sie beten«, sagte Carole.

Bernadette ließ sich auf den Stuhl plumpsen, blieb aber nur einen Herzschlag lang sitzen, stand wieder auf, wanderte herum und lief dann quer durch Caroles Zimmer. Sie konnte einfach nicht ruhig sitzenbleiben. Sie ging auf den Flur hinaus, kam sofort wieder zurück und rieb die Hände aneinander.

»Es ist so still hier, so leer.«

»Das will ich auch hoffen«, sagte Carole. »Außer uns beiden soll auch niemand hier sein.«

Das kleine Kloster war selbst dann halb leer, wenn alle seine Bewohner anwesend waren. Jetzt hatte die St. Anthony School eine Woche Ferien, und die anderen Nonnen waren nach Hause gefahren, um die Osterwoche mit ihren Eltern und den Geschwistern zu verbringen. Selbst diejenigen, die in den vergangenen Jahren im Kloster geblieben waren, hatten die Gerüchte gehört, die Untoten könnten sich auf dem Weg hierher befinden, und hatten sich nach Süden und Westen zurückgezogen. Caroles einziger lebender Verwandter, ein Bruder, der in Kalifornien lebte, hatte sie nicht eingeladen; aber selbst wenn, könnte sie es sich nicht leisten, nur mal so über Ostern dorthin zu fliegen. Bernadette hatte ihrerseits schon seit Monaten nichts mehr von ihrer Familie in Irland gehört.

Die beiden hielten also allein die Stellung.

Carole hatte keine Angst. Sie wußte, daß sie in St. Anthony sicher waren. Das Kloster war Teil einer Anlage, die aus der Kirche selbst, dem Pfarrhaus, den Gebäuden der Grundschule und der High-School und dem mächtigen einstöckigen Wohnhaus bestand, das jetzt das Kloster beherbergte. Bernadette und sie hatten ihre Zimmer im ersten Stock, während das Erdgeschoß den älteren Nonnen vorbehalten war.

Jedenfalls hatte sie nicht *richtig* Angst, obwohl es ihr schon lieber gewesen wäre, wenn mehr Leute als sie, Bernadette und Pater Palmeri in der Anlage zurückgeblieben wären.

»Ich verstehe Pater Palmeri einfach nicht«, sagte Bernadette. »Die Kirche einfach abzuschließen und seiner Gemeinde nicht einmal zu ermöglichen, am Karfreitag die Stationen des Kreuzwegs zu gehen! Hast du schon mal so was gehört? Das soll einer mal verstehen.«

Carole verstand es schon; Pater Alberto Palmeri hatte vermutlich Angst. Irgendwann heute morgen hatte er das Pfarrhaus abgesperrt, das Eingangstor zu St. Anthony verriegelt und sich selbst im Untergeschoß der Kirche versteckt.

Möge ihr Gott vergeben, aber Schwester Carole hielt Pater Palmeri für einen Feigling.

»Oh, würde er doch wenigstens für kurze Zeit die Kirche aufmachen! Ich brauche diesen Ort, Carole. Ich *brauche* ihn.«

Carole konnte nachvollziehen, wie sich Bernadette fühlte. Wer hatte noch einmal gesagt, Religion sei Opium für das Volk? Marx? Egal, wer, er hatte damit jedenfalls nicht völlig falschgelegen. In der kühlen, friedlichen Ruhe unter dem gotischen Gewölbe von St. Anthony zu sitzen, zu beten, zu meditieren und die Gegenwart des Herrn zu spüren war für sie wie die tägliche Dosis einer Droge. Eine Dosis, die sie und Bernadette heute nicht bekommen hatten; Bernadettes Entzugserscheinungen schienen allerdings heftiger zu sein als ihre eigenen.

Die jüngere Nonne ging gerade am Fenster vorbei und blieb dort stehen. Sie zeigte auf die Straße hinunter.

»Und wer in Gottes Namen ist das?«

Carole stand auf und ging ebenfalls zum Fenster. Auf der Straße bewegte sich eine lange Schlange nagelneuer, glänzender Autos – Mercedes, BMWs, Jaguare, Lincolns, Cadillacs – alle hatten sie New Yorker Kennzeichen, und kamen aus der Richtung der Allee.

Bei ihrem Anblick in der Dämmerung zog sich Carole der Magen zusammen. Die wölfischen Gesichter, die sie durchs Fenster erspähte, sahen brutal aus, und die Art, wie sie mit ihren leuchtenden Luxuswagen mitten auf der Straße fuhren … als ob ihnen die Straße gehörte.

Ein offenes Cadillac-Kabrio, in dem drei heruntergekommene Männer saßen, fuhr gerade unten vorbei. Der Fahrer trug einen Cowboyhut, die zwei anderen saßen biertrinkend auf den hinteren Rückenlehnen. Als Carole merkte, wie einer zu ihnen hochsah, zupfte sie an Bernadettes Ärmel.

»Zurück! Sie dürfen dich nicht sehen!«

»Warum? Was sind das für Leute?«

»Ich weiß es nicht genau, aber ich habe von Banden gehört, die tagsüber die Drecksarbeit für die Vampire machen und die für die Zusicherung, später einmal unsterblich zu werden, ihre Seele verkauft haben … und für andere Sachen auch noch.«

»Das meinst du doch nicht ernst, Carole!«

Carole nickte mit dem Kopf. »Leider doch.«

»O, mein Gott. Jetzt ist die Sonne untergegangen.« Sie wandte sich mit angsterfüllten blauen Augen Carole zu. »Meinst du, wir sollten vielleicht …?«

»Die Tür verriegeln? Auf jeden Fall. Ich weiß, der Heilige Vater hat zwar gesagt, es gebe keine Vampire, aber vielleicht hat er ja seine Meinung geändert und kann es uns nur nicht mehr mitteilen.«

»Wahrscheinlich hast du recht. Du verriegelst hier alles und ich im Flur.« Sie eilte aus der Zelle. Ihre Stimme war noch zu hören: »Hätte doch Pater Palmeri die Kirche nicht zugesperrt! Ich würde so gern dort beten.«

Schwester Carole sah wieder aus dem Fenster. Die schicken neuen Autos waren verschwunden, dafür donnerte jetzt ein Konvoi Laster hinterher – große Sattelschlepper, die mitten auf der Straße fuhren. Wozu waren sie da? Was hatten sie geladen? Was brachten sie in die Stadt?

Plötzlich fing ein Hund zu bellen an, dann noch einer, und dann immer mehr, bis alle Hunde der Stadt zu bellen schienen.

Schwester Carole bekämpfte die Woge der Beklemmung, die sie erfaßte, indem sie sich ganz auf das Schließen und Verriegeln des Fensters und das Zuziehen der Vorhänge konzentrierte.

Aber der Schrecken blieb; die bedrückende, eiskalte Gewißheit, daß die Welt sich in Dunkelheit auflösen würde, daß der kriechende Abschaum der Schattenwelt nun ihren Teil der Welt erreicht hatte. Es müßte schon ein Wunder passieren, ein zornerfüllter Gott müßte unversehens eingreifen, damit die kommende Nacht nicht eine unumstößliche Wende in ihrem Leben brächte.

Für dieses Wunder betete sie.

Die beiden im Kloster verbliebenen Schwestern beschlossen, in St. Anthony den Abend über kein Licht anzuschalten.

Außerdem beschlossen sie, die Nacht gemeinsam in Caroles Zimmer zu verbringen. Sie schleppten Bernadettes Matratze hinein, schlossen die Tür ab und verdeckten das Fenster zusätzlich mit zwei Bettüberwürfen. Sie zündeten eine Kerze an und beteten.

Die Musik der Nacht drang jedoch durch Wände und Türen und Vorhänge. Das leise Heulen der Sirenen untermalte kontrapunktisch die frommen Gesänge der beiden, das gedämpfte Krachen von Schüssen akzentuierte ihre Psalmen und schwoll dann kurz nach Mitternacht zu einem gewaltigen Crescendo an, um dann wieder leiser zu werden und schließlich ganz zu verstummen.

Carole merkte, wie sehr Bernadette das alles zusetzte. Sie

zuckte bei jedem Aufheulen der Sirenen zusammen und fuhr bei jedem Schuß hoch. Sie teilte Bernadettes Schrecken, verbarg ihn aber ihrer Freundin zuliebe tief in ihrem Inneren. Schließlich war Carole älter und aus härterem Holz geschnitzt. Bernadette war ein unschuldiges Kind, zu sensibel selbst für die Vergangenheit, die Zeit vor den Vampiren. Wie würde sie in der Welt, wie sie nach dieser Nacht sein würde, überleben? Sie brauchte Hilfe. Carole würde ihr soviel davon geben, wie sie konnte.

Aber so schlimm der Schrecken, der durch die nächtlichen Geräusche heraufbeschworen worden war, auch sein mochte, die Stille war noch schlimmer. Kein menschliches Stöhnen des Schmerzes oder Schreckens war in ihre Zuflucht gedrungen. Jetzt zeichnete ihre Phantasie die Schreie des menschlichen Leidens in die Stille.

»Lieber Gott, was ist da draußen geschehen?« fragte Bernadette, nachdem sie den 23. Psalm laut gelesen hatten.

Sie saß mit einer Decke über den Schultern zusammengekauert auf ihrer Matratze. Die Kerze spiegelte sich in ihren angsterfüllten Augen und warf einen langen, gekrümmten, flackernden Schatten auf die Wand hinter ihr.

Carole saß im Schneidersitz auf ihrem Bett. Sie lehnte an der Wand und kämpfte gegen den Schlaf an. Schwer lastete die Erschöpfung auf ihren Schultern, ihr Kopf war leer, aber sie wußte, sie durfte nicht einschlafen. Jetzt nicht, heute nacht nicht, nicht vor Sonnenaufgang – und vielleicht auch danach nicht.

»Ist schon gut, Bern …«, fing Carole zu sprechen an, verstummte dann aber.

Von unten, aus dem Erdgeschoß des Klosters, war ein schwaches Klopfen zu hören.

»Was ist das?« hauchte Bernadette mit weit aufgerissenen Augen.

»Ich weiß nicht.«

Carole nahm ihren Morgenmantel und trat auf den Flur hinaus, um besser hören zu können.

»Laß mich jetzt bloß nicht allein!« Bernadette rannte mit der Decke um die Schultern hinter ihr her.

»Leise«, sagte Carole. »Horch. Jemand klopft an die Eingangstür. Ich sehe mal nach.«

Sie lief das breite Treppenhaus, das mit einem Eichengeländer versehen war, in die Eingangshalle hinunter. Hier war das Klopfen zwar lauter, aber immer noch schwach. Carole spähte durch den Türspion, durch die Seitenfenster, sah aber niemanden.

Das Klopfen, jetzt noch schwächer, hörte nicht auf.

»W-w-wer ist da?« Sie konnte vor Angst kaum sprechen.

»Schwester Carole«, eine schwache Stimme drang durch die Tür. »Ich bin's ... Mary Margaret. Ich bin verwundet.«

Carole griff, ohne zu zögern nach der Klinke, aber Bernadette hielt sie am Arm zurück.

»Warte, es könnte eine Falle sein!«

Sie hat recht, dachte Carole. Als sie auf den Boden sah, bemerkte sie, wie von draußen Blut über die Türschwelle sickerte.

Sie holte tief Luft und zeigte auf die blutrote Lache. »Das ist keine Falle.«

Sie entriegelte die Tür und zog sie auf. Mary Margaret kauerte mitten in einer Blutlache auf dem Fußabstreifer.

»Jesus Maria!« rief Carole aus. »Hilf mir, Bern!«

»Und wenn sie ein Vampir ist?« Bernadette stand wie eine Salzsäule da. »Sie können nur über die Schwelle, wenn man sie hereinbittet.«

»Hör auf mit dem Blödsinn! Sie ist verletzt!«

Bernadettes gutes Herz siegte über ihre Angst. Sie nahm die Decke ab. Darunter kam ein knöchellanges, blaßblaues Flanellnachthemd zum Vorschein, das ihr bis zu den Pantoffeln reichte. Gemeinsam zogen sie Mary Margaret nach drinnen. Bernadette machte die Tür sofort wieder zu und schloß ab.

»Ruf den Notarzt!« sagte Carole.

Bernadette lief den Flur entlang zum Telefon.

Mary Margaret lag stöhnend auf dem Fliesenboden und umklammerte ihren blutenden Unterleib. Carole sah ein mit Rost und Blut verschmiertes Stück Metall, das in der Nähe des Nabels aus Mary Margarets Bauch ragte. Der Fäkaliengeruch, den das Blut ausströmte, bedeutete vermutlich, daß ihre Eingeweide durchstochen waren.

»Oh, mein armes Kind!« Carole kniete sich neben sie und wiegte Mary Margarets Kopf in ihrem Schoß. Sie legte ihr Bernadettes Decke über den zitternden Körper. »Wer hat dir das bloß angetan?«

»Ein Unfall«, keuchte Mary Margaret. Echte Tränen hatten ihr schwarzes Augen-Make-up über die tätowierten Tränen laufen lassen. »Ich bin gerannt und … hingefallen.«

»Wovor bist du weggerannt?«

»Vor *ihnen*. Mein Gott… wie schrecklich. Wir haben Carmillas Herren der Finsternis gesucht. Kurz nach Sonnenuntergang haben wir einen gefunden. Sah genauso aus, wie wir uns das immer vorgestellt hatten… Sie wissen schon, groß, wie ein König, und elegant und verführerisch und cool. Er stand neben einem von den riesigen Lastern, die in die Stadt gekommen sind. Meine Freunde sind zu ihm gegangen, aber ich hab mich irgendwie nicht getraut. War mir nicht so sicher, ob ich mir wirklich mein Blut aussaugen lassen wollte. Aber Carmilla geht direkt auf ihn zu, zieht ihr Oberteil aus und hält ihm freiwillig ihren nackten Hals hin.«

Mary Margaret, die von einem Schmerzanfall geschüttelt wurde, hustete und stöhnte.

»Sprich nicht weiter«, sagte Carole. »Schone deine Kräfte.«

»Egal«, sagte sie. Der Schmerz ließ offenbar nach, aber ihre Stimme wurde noch schwächer. »Sie müssen alles erfahren. Also, dieser Typ lächelt Carmilla nur an. Dann gibt er seinen Helfern ein Zeichen, damit sie die Ladetür des Lasters aufmachen.« Mary Margaret seufzte. »Schrecklich! Der Laster ist voll mit diesen… *Wesen!* Schauen wie Menschen aus, sind aber dreckig und nackt und benehmen sich wie wilde Tiere. Sie *stürzen* aus dem Laster, und eine Meute springt sofort Carmilla an. Sie beißen sie und reißen an ihrem Hals. Ich sehe noch, wie sie zu Boden geht, und höre sie schreien, und ich versuche, mich in Sicherheit zu bringen. Die anderen wollen auch weglaufen, werden aber mit heruntergezogen. Dann sehe ich, wie eins von den Wesen Carmillas Kopf hochhält und der Herrenmensch sagt: ›So ist's recht, Kinder. Nehmt ihren Kopf. Ihr müßt immer die Köpfe nehmen. Es gibt jetzt schon genug von uns.‹ Dann hab ich mich umgedreht und bin losgerannt. Ich bin über einen leeren Parkplatz gelaufen und bin ... auf das hier gefallen.«

Bernadette kam mit angstverzerrtem Gesicht in die Eingangshalle zurückgeeilt. »Unter der Notrufnummer meldet sich niemand. Ich kann niemanden erreichen!«

»Sie sind in der ganzen Stadt«, sagte Mary Margaret nach einem weiteren Hustenanfall. Carole konnte sie kaum mehr hören. Sie faßte ihr an den Hals – er war eiskalt. »Sie legen Feuer und greifen Polizisten und Feuerwehrleute an. Die menschlichen Helfer brechen in die Häuser ein und treiben die Leute auf die Straße, wo sie dann angefallen werden. Wenn die Wesen ihnen das Blut ausgesaugt haben, reißen sie ihnen einfach den Kopf ab.«

»Mein Gott, warum nur?« sagte Bernadette, die neben Carole kauerte.

»Vielleicht, weil ... sie wollen nicht noch mehr Vampire. Vielleicht ist genug Blut da und ...«

Mary Margaret stöhnte vor Schmerzen auf und blieb dann still liegen. Carole streichelte ihr die Wangen und sagte ihren Namen, aber Mary Margaret Flanagans trübe, starre Augen sagten alles.

»Ist sie ...?« sagte Bernadette ängstlich.

Carole nickte. Tränen schossen ihr in die Augen. Du armes törichtes Mädchen, dachte sie, und drückte Mary Margaret die Augen zu.

»Sie ist in Sünde gestorben«, sagte Bernadette. »Sie muß sofort die letzte Ölung bekommen! Ich hole den Pater.«

»Nein, Bern«, sagte Carole. »Pater Palmeri wird nicht kommen.«

»Natürlich wird er. Er ist Priester, und diese arme verlorene Seele hier braucht ihn.«

»Glaub mir. Er wird die Kirche nicht um alles in der Welt verlassen.«

»Er muß aber!« sagte Bernadette fast trotzig mit erhobener Stimme. »Er ist schließlich Priester.«

»Beruhige dich, Bernadette, wir beten selbst für sie.«

»Das ist nicht dasselbe«, sagte Bernadette und sprang auf. »Das kann nur ein Priester.«

»Wo willst du hin?« fragte Carole.

»Ich hole einen Mantel, es ist kalt.«

Meine arme, liebe, ängstliche Bernadette, dachte Carole und schaute ihr nach, wie sie die Treppe hocheilte. Ich weiß genau, was du fühlst …

»Und bring dein Gebetbuch mit«, rief sie ihr noch nach.

Carole zog die Decke über Mary Margarets Gesicht und legte deren Kopf vorsichtig auf den Boden. Sie wartete auf Bernadette … und wartete. Warum blieb sie nur so lange weg? Sie rief nach ihr, bekam aber keine Antwort.

Mit einem unbehaglichen Gefühl ging sie in den ersten Stock hoch. Der Flur lag leer und dunkel da, lediglich ein blasser Streifen Mondlicht fiel schräg durch das hintere Fenster ein. Carole eilte zu Bernadettes Zimmer. Die Tür war verschlossen. Sie klopfte.

»Bern? Bern, bist du da?«

Stille.

Carole öffnete die Tür und blickte hinein. Mondschein, Leere. Wo könnte …?

Unmittelbar unter ihr hörte sie, wie im Erdgeschoß die Tür des Hinterausgangs zuschlug. Wie war das möglich? Carole hatte sie doch selbst abgeschlossen – hatte sie bei Sonnenuntergang fest verriegelt.

War etwa Bernadette die Hintertreppe hinuntergegangen und …

Sie schoß zum Fenster und starrte auf das Rasenstück zwischen Kloster und Kirche. Der hochstehende helle Mond hatte aus der Landschaft draußen ein Schwarzweißfoto gemacht. Er beschien den Rasen mit seinem hellen Glanz und markierte bei den Sträuchern und Bodengewächsen tiefe schwarze Löcher. Er schien über St. Anthonys Schieferdach und hinterließ ein langes, keilförmiges Stück Nacht hinter dem gotischen Glockenturm.

Eine dünne Gestalt, die in einen langen Regenmantel gehüllt war, huschte über den Rasen auf die Kirche zu. Der Mond hob das weiße Band ihres Schleiers hervor, während der Rest wie ein schwarzer Schatten über Hals und Schulter flatterte – Bernadette war zu altmodisch, um die Kirche mit bloßem Haupt zu betreten.

»O Bern«, flüsterte Carole und preßte das Gesicht ans Fenster. »Bern, bitte nicht.«

Sie sah, wie Bernadette zum Seiteneingang der St. Anthony lief und den schweren Messingklopfer an die massive Eichentür schlug. Ihre hohe, klare Stimme drang schwach durch das Fenster.

»Pater! Pater Palmeri! Bitte machen Sie auf! Im Kloster liegt ein totes Mädchen und braucht die letzte Ölung. Bitte kommen Sie!«

Sie klopfte und rief unablässig, aber die Tür öffnete sich nicht. Carole glaubte, Pater Palmeris bleiches Gesicht rechts neben Bernadette an einem der Fenster der Kirche zu erkennen. Es verharrte dort ein paar Sekunden und verschwand dann wieder.

Die Tür blieb geschlossen.

Das schien Bernadette nicht aus der Fassung zu bringen. Sie klopfte noch fester und rief immer lauter, bis ihre Stimme von der Steinmauer zurückgeworfen wurde und durch die Nacht hallte.

Carole fühlte tief mit ihr. Sie teilte Bernadettes Bedürfnis, vielleicht sogar ihre Verzweiflung.

Warum ließ Pater Palmeri sie nicht wenigstens hinein? Das arme Ding machte wahrlich genug Krach, um die Toten zu wecken.

Plötzlich lief ihr der nackte Schrecken über den Rücken.

… die Toten zu wecken …

Bern machte einfach zuviel Lärm. Es ging ihr zwar nur darum, die Aufmerksamkeit von Pater Palmeri auf sich zu lenken, wenn sie aber auch … die *anderen* auf sich aufmerksam machte?

Gerade als ihr dieser Gedanke durch den Kopf ging, sah Carole eine lange Gestalt über den Rasen huschen, die von der Seitenstraße kam, von Schatten zu Schatten schlich und dabei ihrer nichtsahnenden Freundin gefährlich nahe kam.

»O mein Gott!« rief sie laut und machte sich am Fensterriegel zu schaffen. Sie drehte daran und schob das Fenster mit einem Ruck hoch.

Dann schrie sie in die Nacht hinaus: »Bernadette! Hinter dir! Da kommt jemand! Komm sofort zurück, Bernadette! *Sofort!*«

Bernadette drehte sich um und sah zu Carole hoch, dann blickte sie suchend um sich. Die näherkommende Gestalt hatte sich im Schatten versteckt, als Carole die Warnung gerufen hatte. Bernadette mußte wohl die Besorgnis in Caroles Stimme gehört haben, jedenfalls ging sie jetzt zum Kloster zurück.

Sie kam nicht weit – vielleicht zehn Schritte –, da hatte die Schattengestalt sie auch schon eingeholt.

»*Nein!*« schrie Carole, als sie sah, wie sich die Gestalt auf ihre Freundin stürzte.

Sie stand wie angewurzelt am Fenster; sie krallte sich mit den Fingern an beiden Seiten des Rahmens fest, als Bernadettes Schreckensschreie durch die Nacht gellten.

Einen ewigen, hilflosen, lähmenden Herzschlag lang sah Carole, wie die Gestalt Bernadette auf den silbernen Rasen zog, ihr den Mantel aufriß und über sie herfiel. Sah im Mondschein, wie Bernadette wild mit den Armen um sich schlug und unaufhörlich schrie. O lieber Gott im Himmel, ihre Hilfeschreie bohrten sich Carole wie spitze glühende Nägel in die Ohren.

Und dann sah Carole aus den Augenwinkeln, wie das bleiche Gesicht wieder am Fenster der St. Anthony erschien, sah, wie jemand kurz nach draußen blickte und wieder in der Dunkelheit verschwand.

Carole stöhnte vor Schrecken, Angst und Verzweiflung leise auf, riß sich vom Fenster los und stolperte in die Halle. Jemand *mußte* etwas tun! Sie schnappte das fußlange hölzerne Kruzifix von Bernadettes Wand und drückte es sich mit beiden Händen fest an die Brust. Zuerst taumelte sie nur, dann wurden ihre Schritte länger, und schließlich sprang sie vorwärts und fing an zu schreien – keine ängstlichen Schreie, vielmehr ein langes, ununterbrochenes wütendes Schreien.

Ihre Freundin war im Begriff, getötet zu werden.

Die Wut tat ihr gut. Mit ihr verschwanden die lähmende Angst, der Schrecken und der Abscheu. Jetzt konnte sie wie befreit laufen. Die Wut half ihr dabei.

Carole raste die Treppen hinunter und sprang auf den mondbeschienenen Rasen…

… und blieb stehen.

Einen Augenblick lang hatte sie die Orientierung verloren. Sie konnte Bernadette nicht entdecken. Wo war sie? Wo war der Angreifer?

Und dann sah sie auf dem Rasen, neben einem der Sträucher, einen sich krümmenden Schatten.

Bernadette?

Carole lief auf die Stelle zu, das Kruzifix fest umklammert, und als sie näherkam, erkannte sie tatsächlich Bernadette. Sie lag mit dem Gesicht nach unten flach auf dem Boden. Neben ihr hockte jemand im Schatten, der wie ein Reptil zischte, mit den Zähnen knirschte und mit Klauen an Bernadettes Kopf zerrte, als wollte er ihn abreißen.

Ohne lange zu überlegen, griff Carole an. Kreischend ging sie auf das Wesen los und drosch ihm das große Kruzifix auf den nackten Rücken. Es blitzte und brutzelte, und dichter schwarzer Rauch stieg in öligen Schwaden von der mit dem Kreuz berührten Stelle auf. Die Gestalt krümmte sich unter dem kreuzförmigen Brandmal, heulte vor Schmerzen auf, schlug wild um sich, als wollte sie sich unter einem glühenden Gewicht hervorwinden.

Aber Carole ließ nicht locker. Auf den Knien folgte sie dem davonrutschenden Wesen und preßte das blitzende Kreuz immer tiefer in das dampfende, kochende Fleisch des Rückens, bis sie auf die Wirbelsäule stieß. Das Wesen wurde immer schwächer, und seine Schreie waren fast mitleiderregend. Vom dichten schwarzen Rauch wurde Carole schlecht, aber ihre Wut erlaubte es ihr nicht, aufzugeben. Sie drückte das hölzerne Kruzifix immer tiefer in den Rücken des Wesens, bis es die Brusthöhle durchdrang und das Herz durchbohrte. Plötzlich würgte die Gestalt, zitterte – und war still.

Die Blitze verblaßten, vereinzelte Rauchwolken zogen mit dem Wind davon.

Dann ließ Carole, wie unter Schock, das Kruzifix los und lief zurück zu Bernadette. Sie fiel vor der reglos daliegenden Gestalt auf die Knie und drehte sie auf den Rücken.

»O nein!« schrie sie, als sie die zerfetzte Kehle sah, die weit-aufgerissenen glasigen leeren Augen und all das Blut – ihr ganzer Körper war blutverschmiert.

O nein. O lieber Gott, bitte nicht! Das darf nicht sein! Das darf einfach nicht wahr sein!

Sie stöhnte laut auf:« Nein, Bern, neiiin!«

Irgendwo in der Nähe antwortete ein heulender Hund.

Oder war es überhaupt ein Hund?

Carole wurde bewußt, in welcher Gefahr sie sich befand. Sie mußte ins Kloster zurück. Sie sprang auf und blickte um sich, nichts bewegte sich. Zwei, drei Schritte neben ihr sah sie die tote Gestalt, der das Kruzifix im Rücken stak.

Sie eilte hinüber, um es zu holen, schreckte aber davor zurück, die Gestalt zu berühren. Jetzt konnte sie erkennen, daß es ein Mann war, oder zumindest sah es aus wie ein Mann. Aber doch nicht ganz, irgend etwas fehlte.

War er einer von *ihnen?*

Es mußte einer der Untoten sein, vor denen Mary Margaret sie gewarnt hatte. Aber konnte dieses… dieses *Wesen* ein Vampir sein? Es hatte sich kaum schlimmer aufgeführt als ein tollwütiger Hund in Menschengestalt.

Was immer es auch sein mochte, es hatte Bernadette zer-fleischt und getötet. In Carole stieg wieder Wut hoch, wie ein bösartig wucherndes Virus, das sich in ihrem Blut breit-machte, in ihr Nervensystem eindrang und sie ganz aufzu-fressen drohte. Sie widerstand dem Drang, auf den Körper einzuschlagen.

Sie stieß Galle auf; sie würgte sie wieder hinunter und starrte auf das unbewegliche Wesen, das auf dem Bauch vor ihr lag. Es war einmal ein Mann gewesen, vielleicht sogar mit Familie. Sicher hatte er es sich nicht ausgesucht, ein bösartiges Nachtwesen zu werden.

»Wer du auch warst«, flüsterte Carole, »jetzt bist du erlöst. Erlöst, um zu Gott zurückzukehren.«

Sie griff nach dem Schaft des Kruzifixes, um es herauszuziehen, merkte dann aber, daß es im verbrannten Fleisch fest-steckte, wie ein Stahlstab in Beton.

Sie vernahm wieder ein Heulen, diesmal ganz in der Nähe.

Sie mußte unbedingt ins Haus zurück, wollte aber Bern nicht hier draußen zurücklassen.

Also ging sie ging schnell zu Bernadette, griff unter deren Rücken und Knie und hob sie hoch. Wie leicht sie war! Lieber Gott, sie wog fast nichts.

Carole trug Bernadette, so schnell es ihre weichen Knie er-laubten, ins Kloster zurück. Kaum drinnen, verriegelte sie die Tür und wankte mit Bernadette in den Armen in den ersten Stock hinauf.

Sie brachte Schwester Bernadette Gileen in deren Zimmer. Carole hatte nicht mehr die Kraft, die Matratze durch den Flur zu schleifen, und legte sie deshalb mit dem Rücken auf den Federrost des Bettes. Sie streckte Bernadettes dünne Beine aus, kreuzte ihr die Hände über der blutverschmierten Brust, ordnete, so gut sie konnte, die zerrissenen Kleider und be-deckte sie von Kopf bis Fuß mit einem Bettüberwurf.

Als sie dann auf die leblose Gestalt unter dem Quilt, den sie zusammen mit Bernadette angefertigt hatte, hinabsah, sank Carole auf ihre Knie und schluchzte. Sie versuchte zu beten, aber vor Schmerz fehlten ihr die Worte. Deshalb seufzte sie laut und fragte Gott, warum? Wie konnte Er es nur zulassen, daß einem herzensguten, unschuldigen Menschen, der sein Leben lang nur Ihm dienen wollte, so etwas zustieß. *Warum?*

Aber sie bekam keine Antwort.

Als Carole ihre Tränen schließlich unter Kontrolle hatte, zwang sie sich aufzustehen, schloß Bernadettes Tür hinter sich und stolperte über den Flur. Sie sah Licht in der Eingangshalle und wußte, daß sie es nicht anlassen durfte. Sie eilte hinunter und wäre fast über die leblose Gestalt Mary Margarets gestol-pert, die unter der blutgetränkten Decke lag. Zwei gewaltsame Tode an einem Abend in einem gottgeweihten Haus! Wieviel mochte es wohl außerhalb dieser Mauern noch geben?

Sie machte das Licht aus, hatte aber keine Kraft mehr, Mary Margaret nach oben zu tragen. Sie ließ sie liegen und eilte durch die Dunkelheit in ihr Zimmer.

Carole wußte nicht, wann der Strom ausgefallen war.

Sie hatte keine Ahnung, wie lange sie schon betend und schluchzend neben ihrem Bett gekniet hatte, als sie merkte, daß die Anzeige des Digitalweckers auf ihrem Nachttisch eine dunkle leere Fläche war.

Nicht, daß ein Stromausfall von Bedeutung gewesen wäre, sie hatte die Nacht ohnehin bei Kerzenlicht verbracht. Es waren gerade noch zwei Fingerbreit von der Kerze übrig, aber das sagte auch nichts über die Uhrzeit aus. Wer konnte schon sagen, wie schnell so eine Kerze herunterbrannte?

Sie war versucht, den Bettüberwurf, der vor dem Fenster hing, hochzuheben und einen Blick nach draußen zu werfen, aber sie fürchtete sich vor dem, was sie möglicherweise sehen würde.

Wie lange war es noch bis zur Morgendämmerung? fragte sie sich und rieb sich die Augen. Die Nacht kam ihr schier endlos vor. Wenn nur …

Hinter der verschlossenen Tür, irgendwo auf dem Flur, hörte sie ein leises Quietschen. Es konnte alles mögliche sein – der Wind im Dachboden, das alte Mauerwerk, aber es war ein langgezogener, hoher Ton. Fast wie … eine sich öffnende Tür.

Carole fröstelte. Sie kniete sich hin, die Ellbogen auf das Bett gestützt, die Hände zum Gebet gefaltet, und lauschte angespannt. Aber das Geräusch wiederholte sich nicht. Statt dessen näherte sich etwas anderes ihrer Tür … ein rhythmisches Schlurfen … auf dem Flur …

Schritte.

Das Herz schlug ihr wie rasend in der Brust. Carole sprang auf, ging ganz nahe an die Tür und horchte. Ja. Schritte. Langsame Schritte. Leichte Schritte, die barfuß über den Boden glitten. Sie kamen in ihre Richtung, immer näher. Jetzt waren sie unmittelbar vor der Tür zu hören. Carole lief es plötzlich kalt den Rücken hinunter, als ob ein eisiger Lufthauch durch das Holz gedrungen wäre, aber die Schritte hörten nicht auf. Sie gingen an der Tür vorbei, immer weiter.

Dann verstummten sie.

Carole hatte das Ohr nun fest an die Tür gepreßt. Sie horchte angestrengt und konnte ihren Puls im Kopf pochen hören.

Dann vernahm sie ein zunächst unbestimmtes Geräusch, draußen im Flur, und auf einmal waren die Schritte wieder da.

Dieses Mal hielten sie unmittelbar vor Caroles Tür inne. Die Kälte kam zurück und fuhr ihr feucht und durchdringend in die Knochen. Carole zuckte zurück.

Und dann drehte sich langsam der Türknauf. Die Tür knarrte unter dem Gewicht des Körpers, der sich auf der anderen Seite dagegenlehnte, aber der Riegel hielt.

Dann eine Stimme. Heiser. Ein einziges geflüstertes Wort, kaum zu hören, aber auch ein Schrei hätte sie nicht mehr erschrecken können.

»*Carole?*«

Carole antwortete nicht – *konnte* nicht antworten.

»*Carole, ich bin's. Bern. Laß mich rein.*«

Unweigerlich stöhnte Carole leise auf. Nein, nein, nein, das konnte nicht Bernadette sein. Bernadette war tot. Carole hatte deren erkaltende Leiche im Zimmer gegenüber gelassen. Das war ein schrecklicher Scherz …

Oder doch nicht? Vielleicht ist Bernadette eine von *ihnen* geworden, eine von denen, die sie umgebracht haben.

Aber die Stimme vor der Tür war nicht die einer ausgehungerten Bestie. Es war …

»*Bitte, laß mich rein, Carole. Ich fürchte mich, so allein hier draußen.*«

Vielleicht lebt sie tatsächlich noch, dachte Carole. In ihrem Kopf raste es, und sie rang nach einer Antwort. Ich bin kein Arzt. Vielleicht war sie gar nicht tot. Vielleicht lebt sie ja doch noch …

Sie stand zitternd da, hin und her gerissen zwischen dem schmerzenden Verlangen, ihre Freundin lebend zu sehen, und dem schrecklichen Argwohn, von irgendeinem Geschöpf, das Bernadette womöglich geworden war, überrumpelt zu werden.

»*Carole?*«

Carole hätte jetzt am liebsten ein Guckloch in der Tür oder wenigstens eine Kette gehabt, es gab jedoch keines von beidem, aber trotzdem mußte sie etwas tun. Sie konnte nicht länger hier stehen bleiben und dieser klagenden Stimme zuhören, ohne dabei verrückt zu werden. Sie mußte es einfach *wissen*. Ohne noch länger nachzudenken, schob sie den Riegel zurück, machte die Tür auf und war bereit, sich allem, was sie im Flur erwartete, zu stellen.

Sie schnappte nach Luft. »Bernadette!«

Ihre Freundin stand schwankend und splitternackt an der Türschwelle.

Das heißt, völlig nackt war sie nicht. Sie trug noch ihren Nonnenschleier, auch wenn er schief auf dem Kopf saß, und die Wunde am Hals wurde von einem Stoffstreifen bedeckt. Im matten Kerzenlicht, das aus ihrem Zimmer flackerte, sah Carole, daß von dem Blut, das Bernadette befleckt hatte, nichts mehr zu sehen war. Sie hatte sie nie zuvor unbekleidet gesehen. Sie hatte nie bemerkt, wie dünn Bernadette war. Die Rippen kräuselten sich ihr unter der Haut und verschwanden nur unter dem spärlichen Polster der kleinen Brüste mit den hervorstehenden Brustwarzen; die Hüft- und Beckenknochen wölbten sich um den flachen Bauch. Ihre sonst helle Haut war irgendwie bläulich weiß verfärbt.

Nur die dunklen Augenhöhlen und die orangefarbenen Flecken der Kopf- und Schamhaare hoben sich davon ab.

»Carole«, sagte Bernadette mit schwacher Stimme. »Warum hast du mich verlassen?«

Bernadettes Anblick, wie sie so dastand, lebendig, sprechend, hatte Caroles Kräfte fast dahinschwinden lassen; Bernadettes vorwurfsvolle Worte ließen sie beinahe auf die Knie sinken. Sie sackte gegen den Türrahmen.

»Bern…« Carole versagte die Stimme. Sie schluckte und setzte noch einmal an. »Ich – ich dachte, du seist tot. Und… was ist mit deinen Kleidern passiert?«

Bernadette faßte sich mit den Händen an die Kehle. »Ich habe mein Nachthemd zerrissen, um mich damit zu verbinden. Kann ich reinkommen?«

Carole richtete sich auf und machte die Tür etwas weiter auf. »O Gott, natürlich. Komm herein. Setz dich. Ich bringe dir eine Decke.«

Bernadette schlurfte mit gesenktem Kopf, die Augen auf den Boden gerichtet, ins Zimmer. Sie bewegte sich wie unter

Drogen. Aber es war ohnehin ein Wunder, daß sie nach dem großen Blutverlust überhaupt noch laufen konnte.

»Will keine Decke«, sagte Bern. »Zu heiß. Ist dir nicht heiß?«

Sie setzte sich steif auf Caroles Bett, hob die Füße hoch und setzte sich im Schneidersitz hin. Carole erklärte sich diese lockere Art, sich so unverhohlen zu entblößen, durch das schreckliche Erlebnis, das Bernadette gerade durchlitten hatte, aber es verursachte ihr dennoch Unbehagen.

Carole blickte auf das Kruzifix an der Wand hinter Bernadette. Als Bernadette sich darunter gesetzt hatte, glaubte sie, es aufleuchten gesehen zu haben. Es war wohl nur das reflektierende Kerzenlicht gewesen. Sie drehte sich um und holte eine Decke aus dem Schrank. Sie faltete sie auseinander und wickelte sie Bernadette um die Schultern und um die gespreizten Beine, so daß alles bedeckt war.

»Ich habe Durst, Carole. Kannst du mir etwas Wasser bringen?«

Ihre Stimme klang merkwürdig. Tiefer und heiserer als zuvor. Aber was konnte man bei dieser Wunde am Hals auch anderes erwarten? Nein, irgend etwas anderes in ihrer Stimme hatte sich verändert, aber Carole konnte es nicht festmachen.

»Natürlich. Du wirst jetzt viel trinken müssen.«

Das Badezimmer war nur zwei Türen weiter. Sie nahm ihre Wasserkanne, zündete noch eine Kerze an und ließ Bernadette, die wie ein in einen Umhang gehüllter Indianer aussah, auf dem Bett zurück.

Als sie mit der gefüllten Kanne zurückkam, erschrak sie: Das Bett war leer. Sie entdeckte Bernadette am Fenster. Carole hatte es nicht geöffnet, nur den Bettüberwurf zurück- und die Jalousie hochgezogen. Bernadette stand da, wieder nackt, und starrte in die Nacht hinaus.

Carole sah sich nach der Decke um und fand sie … an der Wand über ihrem Bett …

Sie bedeckte das Kruzifix.

Eine innere Stimme riet ihr, unverzüglich wegzulaufen, ohne sich noch einmal umzusehen, über den Flur zu flüchten.

Eine andere Stimme befahl ihr aber zu bleiben, schließlich war Bernadette ihre Freundin. Ihr war etwas Schreckliches zugestoßen, und sie brauchte Carole jetzt, wahrscheinlich mehr, als sie je in ihrem Leben jemanden gebraucht hatte. Und wenn ihr jemand helfen konnte, dann Carole. *Nur* Carole.

Sie stellte die Kanne auf den Nachttisch.

»Bernadette«, sagte sie. Ihr Mund war so trocken wie das alte Holz der Wände. »Die Decke ...«

»Mir war heiß«, sagte Bernadette, ohne sich umzudrehen.

»Hier ist Wasser. Ich schenk dir ...«

»Später. Komm, schau in die Nacht hinaus.«

»Ich will die Nacht nicht sehen, sie macht mir angst.«

Bernadette drehte sich sanft lächelnd um. »Aber die Nacht ist so schön.«

Sie trat näher und streckte die Arme nach Carole aus, legte die Hände auf deren Schultern und massierte sanft die verspannten Muskeln. Carole befiel angenehme Schläfrigkeit. Die Augenlider klappten ihr langsam zu ... sie war so müde ... seit einer Ewigkeit hatte sie nicht mehr geschlafen ...

Nein!

Sie zwang sich, die Augen offen zu halten, griff nach Bernadettes Händen und zog sie von ihren Schultern weg. Sie preßte Bernadettes Handflächen zusammen und hielt sie fest zwischen den ihren.

»Laß uns beten, Bern. Sprich mir nach: Gegrüßet seist Du, Maria ...«

»Nein!«

»Der Herr sei mit Dir. Du bist gebenedeit ...«

Das Gesicht ihrer Freundin war voller Zorn. »*Nein*, hab ich gesagt. Verdammt noch mal!«

Carole versuchte anstrengt, Bernadette die Hände festzuhalten, aber sie war zu stark.

»... unter den Frauen ...«

Und plötzlich wehrte sich Bernadette nicht mehr. Ihr Gesicht entspannte sich, die Augen wurden klar, selbst die Stimme wurde anders, als sie das Gebet mitsprach, zwar noch heiser, aber wieder höher, leichter.

»... und gebenedeit ist die Frucht Deines Leibes ...«

Bernadette brachte die nächsten Worte nicht heraus. Statt dessen ergriff sie mit schmerzender Heftigkeit Caroles Hände und überschüttete Carole mit eigenen Worten. »Carole, geh weg! Geh weg, bitte, im Namen Gottes, geh jetzt hinaus! Von mir ist nicht mehr viel übrig, und bald werde ich sein, wie die, die mich getötet haben, und ich werde nicht umhinkönnen dich zu töten! Also lauf, Carole! Versteck dich! Schließ dich unten in der Kapelle ein, aber geh weg von mir, *sofort!*«

Auf einmal merkte Carole, was in Bernadettes Stimme gefehlt hatte – der irische Akzent. Jetzt war er wieder da. Hier sprach die echte Bernadette. Sie war zurückgekehrt! Ihre Freundin, ihre Schwester war wieder da! Carole mußte einen Seufzer unterdrücken.

»O Bern, ich kann dir helfen! Ich kann …«

Bernadette drängte sie zur Tür. »*Niemand* kann mir helfen, Carole!« Sie riß den Notverband vom Hals und entblößte die tiefe, ausgefranste Wunde mit den zerfetzten Blutgefäßen. »Für mich ist alles zu spät, aber für dich noch nicht. Es ist ein übler Haufen, und ich werde bald dazugehören. Rette dich, solange du …«

Plötzlich wurde Bernadette ganz starr und ihre Gesichtszüge veränderten sich. Carole wußte sofort, daß der kurze Augenblick, den ihre Freundin sich aus den Klauen des Schreckens hatte befreien können, vorüber war. Das andere hatte wieder Kontrolle über sie.

Carole drehte sich um und lief los.

Aber das Bernadette-Wesen war erstaunlich schnell. Carole war kaum an der Türschwelle, als sie auch schon eine feste Hand am Arm ergriff, sie zurückriß und ihr dabei fast die Schulter ausrenkte. Sie schrie vor Schmerz und Schrecken auf, als sie durch den Raum geschleudert wurde. Mit der Hüfte schlug sie hart gegen den alten wackeligen Stuhl neben dem Schreibtisch, warf ihn dabei um und landete neben ihm auf dem Boden.

Carole stöhnte vor Schmerzen. Sie schüttelte den Kopf, um wieder zu Sinnen zu kommen, und sah, wie Bernadette mit schnellen, sicheren Bewegungen auf sie zuging, die Zähne dabei fletschte – Unmengen von Zähnen und so viel länger als die der früheren Bernadette – und mit gekrallten Fingern nach Caroles Hals griff. Mit jeder Sekunde, die verstrich, hatte dieses Wesen immer weniger von Bernadette an sich.

Carole versuchte, nach hinten auszuweichen. Sie versuchte verzweifelt, mit Händen und Füßen wegzurutschen, und preßte dabei den Rücken fest gegen die Wand, konnte aber nirgendwohin ausweichen. Sie hob den umgestürzten Stuhl auf und verwendete ihn als Schutzschild gegen das Bernadette-Wesen. Ihre einst geliebte Freundin griff verächtlich grinsend nach dem Stuhl. Mit der Hand mähte sie die dünnen Stäbe weg, die wie Streichhölzer zersplitterten, und das geschnitzte Kopfstück des Stuhls flog durch die Luft. Mit einem zweiten Schlag brach sie den Sitz in zwei Teile. Ein dritter und vierter Schlag verstreute die Überreste in alle Richtungen.

Carole war jetzt völlig hilflos. Sie konnte nur noch beten.

»Vater unser, im Himmel …«

»Das wird dir jetzt auch nicht mehr helfen, *Carole!*« spuckte sie zischend deren Namen heraus.

»… geheiligt werde Dein Name…« Carole bebte vor Schrecken, als die Hände der Untoten ihren Hals umfaßten.

Und dann erstarrte das Bernadette-Wesen und horchte auf. Carole hörte es auch. Es war ein beharrliches Klopfen, und zwar am Fenster. Das Wesen schaute sich um, und Carole folgte dem Blick.

Ein Gesicht blickte durch das Fenster.

Carole blinzelte, weil sie meinte, nicht richtig gesehen zu haben, aber als sie wieder hinsah, da war es immer noch da. Sie waren doch im ersten Stock! Wie um alles …?

Und dann erschien noch ein Gesicht, das mit dem Kopf nach unten hängend durch das Fenster blickte. Und dann noch eines und noch eines, eines bestialischer als das andere. Und immer weiter klopfte es mit Fingern und Knöcheln gegen das Fensterglas.

»*Nein!*« schrie das Bernadette-Wesen. »Ihr könnt nicht herein! Sie gehört mir! Niemand außer *mir* wird sie anrühren!«

Sie wandte sich wieder lächelnd Carole zu und zeigte dabei jene gräßlichen Zähne, die niemals in Bernadettes Mund gepaßt hätten. »Sie können die Schwelle nur überqueren, wenn ein Bewohner sie hereinbittet. *Ich* wohne hier – oder zumindest habe ich hier gewohnt. Und ich werde dich mit niemandem teilen, Carole.«

Sie wandte sich wieder zum Fenster und streckte ihre Krallen aus. »Geht *weg!* Sie gehört *mir!*«

Carole schaute nach links. Das Bett war nur wenige Armeslängen entfernt. Und darüber – das mit der Decke verhängte Kruzifix. Wenn sie es erreichte ...

Sie zögerte keine Sekunde. Vom Fenster kam weiter das verrückte Klopfen und Trommeln. Carole rappelte sich auf und sprang zum Bett. Sie warf sich mit ausgestreckten Armen über die Laken und faßte nach der Decke ...

Eisig kaltes Fleisch umfaßte ihr Fußgelenk und zog sie grob zurück.

»O nein, du Miststück«, zischte die heisere, akzentlose Stimme des Bernadette-Wesens. »Das hättest du dir wohl so gedacht!«

Es packte Carole am Nachthemd und schleuderte sie durch das Zimmer, als würde sie nicht mehr wiegen als ein Kissen. Sie schlug mit krachenden Rippen gegen die gegenüberliegende Wand und bekam dann keine Luft mehr. Sie fiel auf die zersplitterten Stuhlreste, und ihre rechte Flanke durchzuckte ein stechender Schmerz. Das Zimmer verschwamm ihr vor den Augen. Trotz des Dröhnens in den Ohren hörte sie noch immer das hartnäckige Klopfen am Fenster.

Nachdem sich ihr Blick wieder geklärt hatte, sah sie, wie das nackte Bernadette-Wesen wild gestikulierend auf die Gestalten am Fenster einschrie, die jetzt nur noch eine Masse sabbernder Münder und klopfender Finger waren.

»Schaut her!« zischte sie. »Schaut mich an!«

Und schon stieß sie einen langen heulenden Schrei aus und stürzte sich, die Arme gekrümmt, den Körper gebeugt, mit einem wilden Satz auf Carole. Der Schrei, das Klopfen, die Fratzen am Fenster, ihre liebe Freundin, die sie jetzt umbringen wollte – all das wurde Carole plötzlich zu viel. Sie wollte sich zur Seite rollen, konnte sich aber nicht bewegen. Sie ertastete den zerbrochenen Stuhlsitz neben sich, den sie unwillkürlich zu sich heranzog. Sie schloß die Augen und hob den

Sitz zwischen sich und die Schreckgestalt, die auf sie zustürzte.

Beim Aufprall wurde ihr das Holz gegen die Brust gepreßt; sie stöhnte auf und spürte, wie ihr wieder der Schmerz durch die Rippen schoß. Aber der triumphierende, gefräßige Schrei des Bernadette-Wesens verstummte abrupt und ging in ein hustendes Würgen über.

Plötzlich gab das Gewicht auf Caroles Brust nach, und das Klopfen am Fenster hörte ebenfalls auf.

Carole öffnete die Augen und sah, wie das nackte Bernadette-Wesen breitbeinig über ihr stand und keuchend und röchelnd mit dem Stuhlsitz kämpfte.

Zuerst verstand Carole nicht, was los war. Sie zog die Beine an und schob sich stückchenweise an der Wand entlang. Dann aber sah sie, was passiert war.

Drei zersplitterte Stäbe waren in der Stuhlhälfte steckengeblieben, und diese Stäbe hatten sich jetzt tief und fest in die Brust des Bernadette-Wesens gebohrt. Es riß heftig an dem Stuhlsitz und versuchte die Eichendolche herauszuziehen, womit es aber nur erreichte, daß sie in der Brust abbrachen. Es ließ die Überreste des Stuhls fallen und wankte wie ein Baum im Sturm. Dabei zuckte der Mund in spastischen Bewegungen, und mit den Händen fuhrwerkte es vergebens über die blutleeren Wunden zwischen den Rippen, in denen jetzt die dünnen Holzstäbe steckten.

Plötzlich sank es mit einem dumpfen Knall in die Knie und blieb dicht vor Carole mit weit von sich getreckten Beinen sitzen. Der Todeskampf wich aus seinem Gesicht, und es schloß die Augen. Dann fiel es nach vorn und blieb auf Carole liegen.

Carole legte die Arme um ihre Freundin und zog sie ganz nah an sich heran.

»O Bern, o Bern, o Bern«, hauchte sie. »Es tut mir alles so leid. Wenn ich doch nur rechtzeitig hätte helfen können!«

Bernadette schlug die Augen auf. Das Dunkle darin war verschwunden. Nur das eigene Himmelblau, klar und dankbar, war übriggeblieben. Sie zog die Lippen leicht nach oben, aber es reichte nur für ein halbes Lächeln. Dann war sie tot.

Carole umarmte den kalten, schlaffen Körper und klagte den gefühllosen Wänden ihr grenzenloses Leid. Sie sah, wie die grinsenden Fratzen vom Fenster wegkrochen, und rief ihnen unter Tränen zu: »Geht! Es ist vorbei! Lauft weg und versteckt euch! Bald wird es hell, und dann werde *ich* euch suchen! Euch *alle!* Wehe dem, den ich erwische!«

Sie weinte lange über Bernadettes Leiche. Und dann wickelte sie die tote Freundin in ein Leintuch und hielt und wiegte sie bis Sonnenaufgang in ihren Armen.

Als der Tag anbrach, ließ sie die gute alte Schwester Carole Hanarty zurück. Die gute Seele, die glücklich gewesen war, dem Herrn Tag und Nacht zu dienen, die gebetet, gefastet, nur widerwillig lernenden Jugendlichen Chemie beigebracht und ihr Gelübde von Armut, Keuschheit und Gehorsam sehr ernst genommen hatte, diese Seele gab es nicht mehr.

Die neue Schwester Carole war in der Esse der Nacht geschmiedet worden und in einem neuen Guß erstanden: unerbittlich nach Rache sinnend und furchtlos bis zur Verwegenheit. Und vielleicht – das gestand sie sich ohne Scham und Reue ein – sogar mehr als nur ein bißchen verrückt.

Sie verließ das Kloster, und die Jagd begann.

Chet Williamson

AUSZÜGE AUS DEN PROTOKOLLEN DES *NEW ZODIAC* UND DEN TAGEBÜCHERN VON HENRY WATSON FAIRFAX

Chet Williamson ist ein lustiger Bursche, und hier hat er eine Story geliefert, die lustig und entsetzlich zugleich ist. Chet hat sowohl Horror als auch Humoristisches geschrieben (Bereiche, die sich auf seltsame Weise miteinander vertragen); in einem anderen Buch, das ich vor Jahren herausgegeben habe, durfte ich eine Story abdrucken, die er ursprünglich für The New Yorker *geschrieben hatte und die »Ghandi at the Bat« hieß.*

Leser von Horrorgeschichten kennen Williamson hauptsächlich aus Romanen wie Ash Wednesday *und* Dreamthorp *sowie aus Kurzgeschichten wie »Yore Skin's Jes's Soft 'N Purty … He Said«, die ursprünglich in der wegweisenden Anthologie* Razored Saddles *erschien und eine der zugleich brillantesten und kontroversesten Geschichten ist, die je in diesem Genre veröffentlicht worden sind – und ganz und gar nicht komisch.*

(Bemerkung: Das Zodiac war ein Dinnerclub in New York City, der 1868 gegründet worden war und aus zwölf Gentlemen bestand, die in der New Yorker Gesellschaft aktiv waren. Wenigstens zwei Bände der gesammelten Protokolle der Zusammenkünfte dieses Clubs sind als Privatdrucke veröffentlicht worden.)

18. September 20–:
Bevor ich gestern abend zu Bell ging, habe ich einen Artikel gelesen, der darauf hinwies, daß viele der Greueltaten, die sowohl von Kindern als auch Erwachsenen begangen werden, möglicherweise darauf zurückzuführen sind, daß es unserer Gesellschaft im hohen

Maße an Höflichkeit gebricht. Ich muß mich dem aus ganzem Herzen anschließen.

Die letzten Jahrzehnte des vergangenen Jahrhunderts haben einen schrecklichen Niedergang der Höflichkeit erlebt, und das jetzige Jahrhundert verspricht keineswegs Besserung. Wir sind ringsum von Bildern der Gewalt umgeben, die Medien benutzen Wortbilder, die dem Kampf, dem Krieg und der Schlacht entlehnt sind, und ich selbst ertappe mich immer wieder dabei, wie auch ich mich dieser modernen Redeweise befleißige.

Ich erinnere mich (voll des Bedauerns), wie ich erst gestern in einer Rede vor dem Aufsichtsrat unserer Computergesellschaft gesagt habe, wir sollten solange nicht ruhen, bis wir Tom Chambers' Firma völlig vernichtet hätten, weil sie das einzige Hindernis darstelle, das uns von einem völlig legalen Monopol im Bereich der Network-Server abhält. Ich hatte unsere Position zutreffend als »im Hintertreffen und mit unterlegener Feuerkraft« beschrieben und gemeint, man könne den Krieg mit Mut und Findigkeit durchaus noch gewinnen, ich sei aber auch bereit, noch Geldmittel von anderen Fairfax-Gesellschaften ins Gefecht zu werfen. Ich fuhr dann fort, Chambers als den Kopf eines Reichs des Bösen zu dämonisieren, der so lange nicht zufrieden sei, wie er nicht die totale Herrschaft über sämtliche Computer der Welt angetreten habe.

Obwohl diese Darstellung ganz sicherlich den Tatsachen entspricht, schäme ich mich doch meiner martialischen Übertreibung, und meine Vorfahren würden sich meiner sicherlich ebenfalls schämen. Über einen Zeitraum von hundertfünfzig Jahren haben die Fairfaxens ihre vielen geschäftlichen Unternehmungen mit Zurückhaltung und sogar Mäßigung betrieben, und ich spüre den gespenstischen Tadel meines Vaters, meines Großvaters und meines Urgroßvaters darüber, daß ich jene Tradition verrate.

Deshalb beabsichtige ich, um meine Schuldgefühle zu besänftigen, eine Gepflogenheit einzuführen – besser gesagt wieder zum Leben zu erwecken –, die, wie ich glaube, lange vernachlässigt worden ist und die, wie ich hoffe, wenigstens ein Dutzend Geschäftsleute, darunter mich und meine stärksten Wettbewerber, wieder zu einem gewissen Maß an gegenseitigem Anstand und Wohlwollen veranlassen wird.

Artikel 1. Dieser Club soll unter dem Namen The New Zodiac geführt werden und sein Vorbild in dem ursprünglichen Zodiac Dinner Club haben, der 1868 gegründet worden war.

Artikel 2. Er soll aus zwölf Mitgliedern oder *Zeichen* bestehen, die mit dem ihnen durch das Los zugeteilten Tierkreiszeichen angesprochen werden sollen.

Artikel 3. The New Zodiac soll sich am letzten Samstagabend eines jeden Monats zum Dinner treffen. Den Ort der Zusammenkunft soll der Gastgeber oder *Ausrichter* des betreffenden Monats wählen, der alle Arrangements für das Dinner treffen soll, wobei dessen Kosten zu gleichen Teilen auf die Zeichen verteilt werden. Die Kosten für Wein und Spirituosen werden vom Ausrichter übernommen.

GRÜNDUNGSMITGLIEDER

Wassermann	Mr. Frank Reynolds
Fische	Mr. Todd Arnold
Widder	Mr. Jeff Condelli
Stier	Mr. Richard Rank
Zwillinge	Mr. Thomas Chambers
Krebs	Mr. Edward Devore
Löwe	Mr. John Thornton
Jungfrau	Mr. Clark Taylor
Waage	Mr. Bruce Levine
Skorpion	Mr. Cary Black
Schütze	Mr. David Walsh
Steinbock	Mr. Henry Fairfax

25. November 20–:
Ich fürchte, ich habe in der Auswahl der Mitglieder des New Zodiac einen Fehler gemacht. Nur Ed Devore und John Thornton

237

stammen wie ich vom alten Geldadel ab, während die übrigen alle
Parvenüs sind. Möglicherweise war die Stärke des ursprünglichen
Zodiac der Tatsache zuzuschreiben, daß die Zeichen ausnahmslos
Mitglieder der gehobenen New Yorker Gesellschaft waren, und
dies in einer Zeit, wo Gesellschaft noch etwas bedeutete. Während
seiner ganzen Geschichte konnte der Zodiac voll Stolz Männer wie
die beiden J. P. Morgans, Senior und Junior, den Reverend Henry
Van Dyke, Joseph H. Choate und John William Davis, beides britische Botschafter, Senator Nelson W. Aldrich und andere wohl-
habende, mächtige und darüber hinaus würdige Männer zu seinen
Mitgliedern zählen, die um die Bedeutung des Anstands noch
wußten. In meinem Bemühen, den Club demokratischer zu machen, habe ich einfach die wohlhabendsten und mächtigsten
Männer ausgewählt, in der Hoffnung, jenen, die das am meisten brauchten, mich selbst eingeschlossen, Höflichkeit zu vermitteln.

Aber die erste Zusammenkunft verlief nicht so, wie ich mir das
vorgestellt hatte, obwohl ich mir große Mühe gegeben hatte, das ursprüngliche Menü, so wie es bei dem ersten Dinner des ursprünglichen Zodiac am 29. Februar 1868 serviert wurde, zusammenzustellen ...

Protokoll der ersten Zusammenkunft des New Zodiac

THE HOUGHTON CLUB, NEW YORK   24. NOVEMBER 20–
Bei Tische anwesend: alle Zeichen. Ausrichter: Steinbock.

MENU:

Huître	Selle de mouton
Potage à la Bagration	Haricots vert
Bouchée à la reine	Salade – laitue – fromage
Terrapin à la Maryland	Poudin glacé
Suprême de volaille	Gâteaux
Asperges	Fruits
Roman punch	Café

WEINE:
Krug, 1982
Lafitte, 1969
Chambertin, 1947
Alter Brandy, Jahrgang 1895

Bruder Zwillinge stellte den Antrag, Bruder Steinbock, das
Mitglied, das den Anstoß zu dieser Veranstaltungsfolge gegeben hatte, zum Sekretär des New Zodiac zu machen. Dem
schloß sich ein einstimmiges Votum an, worauf Br. Zwillinge
feststellte, die zusätzliche Arbeit würde vielleicht Br. Steinbock so in Anspruch nehmen, daß er keine Zeit mehr haben
würde, seine »Sch…finger in mein Geschäft zu stecken«. Dem
schloß sich freundliches Gelächter an, und Br. Steinbock
nahm seinen neuen Posten an. Das Abendessen schien gut
aufgenommen zu werden, obwohl Br. Widder darauf hingewiesen werden mußte, daß er nicht mit Obst auf die anderen
Zeichen werfen solle. »Schließlich sind wir«, sagte Br. Steinbock, »The New Zodiac und nicht der Drones' Club.«

»Was zum Teufel ist der Drones' Club?« fragte Br. Widder,
und als man ihn entsprechend aufgeklärt hatte, meinte er, er
habe nie von P. G. Wodehouse gehört. »Sch… auf diesen
Woodhead, wer immer das auch ist«, sagte er und warf eine
Erdbeere, die zur großen Erheiterung der ganzen Gesellschaft
Br. Steinbock am linken Auge traf.

Als die Frage gestellt wurde, wer bereit sei, das Dinner des
nächsten Monats auszurichten, erbot sich Br. Zwillinge, das
zu tun, nachdem ihm sämtliche Zeichen feierlich das Wort gegeben hatten, daß alles, was bei den jeweiligen Veranstaltungen geschah, absolut vertraulich bleiben würde. Anschließend legte Br. Zwillinge seinerseits das Gelöbnis ab, daß er
den Zeichen beim nächsten Dinner ein Festmahl präsentieren
werde, »wie es noch kein Milliardär bisher zu kosten bekommen hat, aber wie wir alle es verdienen. Das was wir heute
abend gegessen haben, wird uns im Vergleich dazu wie Sch…
vorkommen – wenigstens was die Spärlichkeit angeht.«

Anschließend erkundigte sich Br. Zwillinge bei Br. Steinbock, ob er sich die beiden Bände der ursprünglichen *Proto-*

kolle des Zodiac ausborgen dürfe, bei denen er sich Anregungen für künftige Menüideen holen wolle, und Br. Steinbock stimmte erfreut zu.

Der Abend schloß mit einigen humorvollen Geschichten über Afro-Amerikaner, die von den Brüdern Stier, Waage und Krebs zum besten gegeben wurden, sowie einigen zotigen Anekdoten der Brüder Jungfrau und Schütze über Frauen, die unter ihnen gearbeitet hatten.

Sitzung aufgehoben.

Steinbock, Sekretär

... Die meisten von ihnen schienen Philister zu sein, aber ich gebe zu, daß es mich nicht überraschte, daß Ed Devore sich an den ethnischen Witzen beteiligte. Er hat schon lange Vorurteile gegen Schwarze gehabt, um so mehr, seit man seiner Firma verboten hat, weitere Geschäfte mit Südafrika zu machen, nachdem er fast hundert Jahre lang dort hohe Gewinne erzielt hatte. Und obwohl John Thornton sich nicht so albern wie die meisten anderen benahm, schien er doch bereit, auf den geringsten Anstoß hin mitzumachen, und deshalb nehme ich an, daß er sich beim nächsten Dinner genauso frivol verhalten wird.

Wenigstens schienen alle höflich zueinander zu sein, und das ist immerhin ein Anfang. Und Condelli warf nach meinem Tadel nicht mehr mit Obst, mit Ausnahme natürlich der einen gesichtswahrenden Erdbeere, um damit allen zu zeigen, daß meine Milliarden auch nicht mehr zu bedeuten hatten als die seinen. Vielleicht werden sie sich ja mit der Zeit beruhigen. Und vielleicht wird Chambers mit dem Dinner, das er ausrichten wird, so beschäftigt sein, daß er dafür sein Geschäft solange vernachlässigt und uns auf die Weise die Möglichkeit gibt, ihm ein wenig von seinem Marktanteil abzujagen. Ich bin nur sehr gespannt, was er uns auftischen will ...

Zweite Zusammenkunft

THE MEDIA MANSE, PORTLAND, OREGON   29. DEZEMBER 20–
Bei Tische anwesend: alle Zeichen. Ausrichter: Zwillinge.

MENU:

Sea Tag Austern	Soufflé aux épinards
Potage crème d'orge régence	Pommes Mont d'Or
Timbale de crab	Medaillon de foie gras
Kärrner Geschnetzeltes	Salade Arlesienne
Champion de Virginie, sauce	Asperges, sauce Hollandaise
champagne	Omelette norvégienne

WEINE:

Convent Sherry 1894
Moët-Chandon 1969
Château Latour 1957
Musigny 1954
Hôtel de Paris
Blue Pipe Madeira
Holmes Rainwater Madeira 1879
Cognac Napoléon 1890

Das üppige Mahl war, wie Bruder Zwillinge uns wissen ließ, fast ausnahmslos die Wiederauflage eines Dinners, das J. P. Morgan junior 1925 zusammengestellt habe; der Unterschied liege lediglich in den Jahrgängen der Weine und dem bei zwei der Gänge benutzten Fleisch, wozu er sich später noch äußern wolle.

Außerdem präsentierte Br. Zwillinge in Nachahmung der Großzügigkeit J. P. Morgans den Zeichen ein in Venedig gewebtes Leinentischtuch, in das alle Tierkreiszeichen eingestickt waren, ähnlich dem, das Morgan dem ursprünglichen Zodiac spendiert hatte.

So superb das Mahl auch war (und der Ort, an dem es serviert wurde – Br. Zwillinges soeben fertiggestellte Villa mit Blick über den Pazifik), die Weine und Spirituosen waren noch viel außergewöhnlicher. Erst als alle sich durch sämtliche Kreszenzen gearbeitet und sich mit dem außergewöhnlichen Cognac gestärkt hatten, enthüllte uns Zwillinge die geheimen Ingredienzen des »Kärrner Geschnetzelten« und des »Champion de Virginie, sauce champagne.« Morgan junior hatte ursprünglich *Zürcher Geschnetzeltes* und *Jambon de Virgi-*

241

nie servieren lassen, und alle Zeichen waren voller Neugierde hinsichtlich der Frage, mit welchem Fleisch Br. Zwillinge die Rezepte noch verbessert hatte.

Er informierte uns darüber in einer Art und Weise, die ganz seinem persönlichen Stil entsprach, und verwandelte den Speisesaal in eine Multimedia-Präsentation, in die allerdings auch einige gesprochenen Worte einflossen. Mittels Stimmerkennungstechnik wurden Leinwände ausgefahren, der Raum verdunkelte sich, und dann sagte uns Br. Zwillinge, daß er zwar die Kosten für die Weine und Spirituosen tragen werde, die sich auf über eine Viertelmillion Dollar beliefen (ein ausgesprochen günstiger Preis, behauptete er, in Anbetracht der kurzen Zeit, die seinen Mitarbeitern nur zur Verfügung gestanden habe, um alles zu beschaffen), daß aber die gemeinsam zu tragenden Kosten für das Dinner selbst sich auf 850 000 Dollar pro Person belaufen würden.

Als er das Aufstöhnen der Zeichen hörte, fragte Br. Zwillinge Br. Steinbock, was das vorangegangene Dinner gekostet habe, das dieser allein übernommen hatte. Als er hörte, daß es 17 000 Dollar gewesen seien, die Weine nicht eingeschlossen, räumte Br. Zwillinge ein, daß der Unterschied zwischen 17 000 Dollar und insgesamt über zehn Millionen recht beträchtlich sei, daß aber seine Zeichenkollegen das sicherlich verstehen würden, wenn ihnen erst einmal einsichtig würde, woran sie sich gerade gütlich getan hatten.

Dann begann die Präsentation, eine Mischung aus Videovorführung und Diaschau, die in allen Einzelheiten die Beschaffung des Fleisches zeigte. Die einzelnen Abschnitte waren betitelt mit »In Saft und Kraft«, »Der Kauf«, »Der Schlachtvorgang« und schließlich »In der Küche«. Der Großteil des Materials war anschaulicher als die Zeichen das sehen wollten, den Sekretär eingeschlossen, und Br. Krebs und Br. Waage vergeudeten Mahlzeit und Weine, indem sie ihren ganzen Mageninhalt in aufmerksamerweise bereitgestellte, mit Plastik gefütterte Seidenbeutel wieder von sich gaben.

Trotzdem verließ keiner seinen Platz, und am Ende der Präsentation lieferte Br. Zwillinge eine beredte Verteidigung und Begründung seiner Menüwahl, an deren Ende fast alle Zeichen ihm beipflichteten und Schecks für den Anteil eines jeden Zeichens versprochen wurden.

Br. Widder wurde dazu benannt, das nächste Dinner auszurichten, und versicherte seinen Zeichenbrüdern, daß er in der von Br. Zwillinge begonnen Tradition fortfahren würde. Vertagt.

Sitzung aufgehoben.

Steinbock, Sekretär

… Kärrner Geschnetzeltes. Ed Devore und John Thornton, meine alten Freunde, lachten tatsächlich über diesen abscheulichen Kalauer. Vielleicht hat die Inzucht in Neuengland ihr Hirn so aufgeweicht, daß sie so etwas als komisch empfinden können. Obwohl sich Devore anfangs gemeinsam mit Levine übergab, glaube ich, daß das eher auf die sehr anschaulichen Elemente der Präsentation zurückzuführen war und nicht so sehr auf das Wissen über das, was sie gerade zu sich genommen hatten. Wahrscheinlich wäre ihnen auch beim Anblick der Schlachtung eines Stiers übel geworden, ganz zu schweigen von der eines menschlichen Wesens.

Kärrner Geschnetzeltes und Champion de Virginie, was für gräßliche Wortspiele à la Chambers. Champion für Jambon, *und zufälligerweise war Chambers' Bürohengst Kevin Dupree tatsächlich, als er noch die Mittelschule besuchte, der Champion in den Buchstabierwettbewerben der Staatlichen Schulbehörde von Virginia gewesen, wie man das seinem auf die Leinwand projizierten Lebenslauf entnehmen konnte.*

Und dann die widerwärtigen Einzelheiten, mit denen Chambers seine Parallelen zur Aufzucht und dem Kauf von Vieh ausführte. Wir sahen Aufnahmen von Dupree »in Saft und Kraft«, in seinem Beruf und bei seiner Familie; wir sahen den Handel, bei dem es einem eisig über den Rücken lief: Chambers höchstpersönlich bot dem Mann zehn Millionen für seine Familie, falls er für alle Zeiten verschwinden würde; dann Duprees allmählicher Zusammenbruch, als ihm die Erkenntnis dämmerte, daß er sich Chambers mit Leib und Seele verkauft hatte und daß, wenn er sich weigern sollte, er und seine Familie ruiniert werden würden, sowohl in finanzieller als auch in anderer Hinsicht, wie das nur ein Mann mit einem riesigen Vermögen bewerkstelligen konnte.

Der Schlachtvorgang selbst ließ einen förmlich erstarren und wirkte auf mich beinahe so tödlich wie auf den armen Dupree selbst; dann sahen wir, wie das Fleisch gekocht und zum Servieren vorbereitet wurde, und das Schlimmste von allem war, zu sehen, wie wir es aßen, auf Aufnahmen, die von versteckten Kameras nur eine Stunde zuvor gemacht worden und anschließend von Chambers' Lakaien zusammengeschnitten worden waren.

Als alles vorüber war, wirkten einige Zeichen krank, einige schienen sich lediglich unbehaglich zu fühlen, und einige lächelten, als wären sie kleine Jungs, die man dabei erwischt hatte, wie sie Schokolade stibitzten. Als Chambers jedoch zu sprechen begann, veränderten sich ihre Gesichter. Obwohl der Mann manchmal die Sprache eines Bauarbeiters hat, kann er, wenn erforderlich, so eloquent und silberzüngig wie der Teufel selbst sprechen. Er sagte, wir zwölf seien die wahren Führer des Landes, die neuen Herren der Welt, und daß unsere Angestellten, angefangen bei den allerbescheidensten, die wir nie zu sehen bekommen, bis hinauf zu den Direktoren, die eng mit uns zusammenarbeiten, alle nur Ware darstellten, Material, das man kauft und verkauft und benutzt, ganz wie man es braucht. »Unsere Intelligenz, unsere Weitsicht und unsere Energie haben uns die Macht verliehen«, sagte er, »sie zu bereichern oder in tiefe Armut zu stürzen ... oder sie zu verschlingen, wenn wir das wollen.«

Und, so wahr mir Gott helfe, ich konnte den anderen nicht sagen, daß er unrecht hatte. Er hatte ja bereits bewiesen, daß er recht hatte. Er hat sie verführt, meine Freunde ebenso wie meine Konkurrenten. Ich konnte sehen, wie es in ihren Köpfen arbeitete und wie sie überlegten, auf welche Weise sie Chambers' Festmahl würden übertreffen können. Condelli ist der Ausrichter für den nächsten Monat, und er schien von der Vorstellung über alle Maßen fasziniert.

Mein Wunsch, Anstand zu verbreiten, hat etwas völlig Gegenteiliges in Bewegung gesetzt, und ich weiß nicht, wie ich dem Einhalt gebieten kann. Mein Ehrgefühl zwingt mich, stumm zu bleiben, zugleich aber auch, dem ein Ende zu machen, was ich ohne zu wollen begonnen habe. Ich würde das ja sofort tun, aber das wird wohl nicht möglich sein, weil es noch annähernd ein Jahr dauert, bis ich wieder an der Reihe bin, als Ausrichter zu fungieren. Und in einem Jahr kann viel passieren ...

Dritte Zusammenkunft

Bei Tische anwesend: alle Zeichen. Ausrichter: Widder.

M<small>ENU</small>:

Minestrone   Zwergaubergine
Schlegel vom Philip Lamb,
Mint sauce ...

27. Januar:

... Lamb war Condellis Geschäftsleiter für dessen europäische Akti-
vitäten gewesen. Zuerst hielt ich es für möglich, daß er vielleicht
tatsächlich nur sein Bein zur Verfügung gestellt und demnach über-
lebt haben könnte, da die Kosten wesentlich niedriger als die für
Chambers' Dinner waren, aber meine Ermittlungen haben inzwi-
schen ergeben, daß Philip Lamb von der Bildfläche verschwunden
ist.

Mit einem solchen Akt ist den anderen Zeichen auf dreiste Weise
der Fehdehandschuh vor die Füße geworfen worden. Lamb war für
den Erfolg von Condellis Überseegeschäften recht wichtig gewesen.
Es war gerade so, als hätte Condelli damit andeuten wollen, daß
schließlich jeder einen anonymen Bürohengst verlieren könne, daß
aber er bereit war, ein echtes Opfer zu bringen ...

Vierte Zusammenkunft

D<small>OUBLE</small>-R R<small>ANCH</small>, D<small>ALLAS</small>, T<small>EXAS</small>   23. F<small>EBRUAR</small> 20–
Bei Tische anwesend: alle Zeichen. Ausrichter: Stier.

M<small>ENU</small>:

Advocado Rockefeller   Chickenwings (scharf)
Chilibohrer con carne   Texanerfritten
Vize-Präsidente vom Grill ...

24. Februar:
... schlimm genug, daß Rank seine zwei besten Spezialisten von seinen Bohrinseln im Golf von Mexiko aufgegeben hat; sich darüber hinaus aber noch dadurch zu schwächen, daß er seinen Vertriebsleiter für diesen schrecklichen Präsident/Ente-Kalauer grillen ließ, war völlig albern. Noch viel schlimmer war allerdings, daß er sein gesamtes Juristenteam als Horsd'œuvre opferte. Er wird natürlich eine neue Mannschaft aufbauen, aber es kommt einem trotzdem verrückt vor ...

Fünfte Zusammenkunft

THE DEVOR HOUSE, BOSTON, MASSACHUSETTS   30. MÄRZ 20–
Bei Tische anwesend: alle Zeichen. Ausrichter: Krebs.

MENU:

Caviar	Dinde sauvage rôtie Parie
Potage velouté Chantilly	aux marrons
Roast breast auf Mindy,	Gelée d'Airelles
sauce Nautun ...	

31. März:
... die Rückkehr zur eleganten Küche nach Ranks verwerflichem Texas Barbecue. Aber Devore hat die ganze Sache zu einem neuen Höhepunkt geführt – oder besser, er ist wesentlich tiefer gesunken. Vielleicht war er der Ansicht, Rank nur dadurch übertreffen zu können, daß er mehr als nur ein geschäftliches Opfer brachte. Ich habe keine Zweifel, daß er Mindy geliebt hat, schließlich war sie sieben Jahre lang seine Mätresse gewesen. In psychologischer Hinsicht kann ein solcher Verlust für einen Mann und sein Geschäft viel niederschmetternder sein, als der bloße Verlust von Personal, und ich konnte deutlich sehen, daß Devore sehr unter dem Verlust litt. Es wird recht interessant sein, wie sich sein Portefeuille in den nächsten paar Monaten entwickelt. Ranks Wachstum hat sich jedenfalls nach seinem Dinner deutlich verlangsamt. Vielleicht sollte ich, nachdem die Sache mit Chambers erledigt ist, einmal versuchen, mich in aller Stille an Double-R Industries heranzumachen ...

Siebte Zusammenkunft

Salade à la Chef…

Neunte Zusammenkunft

Directeurs à la crème…

Elfte Zusammenkunft

Père à l'organe…

Zwölfte Zusammenkunft

THE TAYLOR HOUSE, MIAMI, FLORIDA   30. NOVEMBER 20–
Bei Tische anwesend: alle Zeichen. Ausrichter: Jungfrau.

MENU:

Huîtres	*Salade Niçoise*
Potage borschtsch polonais	*Asperges en branches,*
Vol-au-vent von sehr	*sauce mousseline*
jungfräulichem Bries	*Bombe Alhambra*
Baron d'agneau Beauharnais	*Petit pois au beurre*
Pommes noisettes	

WEINE:
Krug 1978
Château Latour 1946 – Magnum
Clos de Vougeot 1948
Madeira, rainwater 1886
Brandy Napoléon 1873

Die meisten Zeichen wirkten an diesem Abend trotz Bruder Jungfraus grandiosem Menü irgendwie bedrückt. Obwohl Br. Jungfrau selbst ein wenig niedergeschlagen wirkte, vermutlich wegen der geschäftlichen Rückschläge, die so ziemlich allen Zeichen zugesetzt hatten, möglicherweise auch wegen der Herkunft des Bries, schien die Stimmung in dem Maße zu steigen, in dem der Alkoholkonsum zunahm.

Einige der Zeichen zogen Br. Zwillinge wegen der erfolgreichen feindseligen Übernahme seiner Firma durch Br. Steinbock auf, welcher Protest einlegte und erklärte, daß er trotz der Fachterminologie gegenüber Br. Zwillinge keinerlei Feindseligkeit empfände und hoffe, daß Br. Zwillinge seine freundlichen Gefühle erwidere. Br. Steinbock beendete seine Ausführungen, indem er Br. Zwillinge erklärte, daß für diesen, in guten wie in schlechten Zeiten, stets ein Platz an seinem Tisch sein werde. .

Da seit der ersten Zusammenkunft des New Zodiac jetzt ein ganzes Jahr verstrichen ist, kommt es erneut Br. Steinbock zu, beim Dinner des folgenden Monats, bei dem er, wie er seinen Zeichenkollegen mitteilte, mit der Anwesenheit aller rechne, die Funktion des Ausrichters zu übernehmen.

Sitzung aufgehoben.

Steinbock, Sekretär

1. Dezember:

… seine eigene Tochter. Sie sind zu Ungeheuern geworden, aber um einen schrecklichen Preis. Ganz gleich, wie hart und brutal man auch sein mag, es kann einen nicht kalt lassen, wenn man sein eigen Fleisch und Blut serviert.

Und das eigene Geschäft läßt es auch nicht unbeeinflußt, wenn man durch Schuldgefühle davon abgehalten wird, ihm die volle Aufmerksamkeit zu widmen, und man gähnende Lücken in der Organisation hinterläßt, indem man diejenigen hinschlachtet, die das Geschäft zu dem gemacht haben, was es ist.

Ebensowenig kann es ohne nachteiligen Einfluß auf jenes Geschäft bleiben, wenn die überlebenden Angestellten in allen Einzelheiten über das Geschehene informiert werden – durch Nachrichten, die gerade lange genug auf ihren Bildschirmen bleiben, sie zu lesen, um dann anschließend für alle Zeiten von dem jetzt universell benutzten Network-Server von Fairfax Technologies zu verschwinden.

9. Dezember:

Mit Ausnahme eines einzigen sind die Zeichen alle ruiniert, Opfer ihres eigenen Hungers und der Dinge, die jener Hunger ihnen gebracht hat. Mit meinem Insiderwissen um ihre Probleme war es für mich ein leichtes, sie aufzukaufen und in ihrem geschwächten Zustand zu verschlingen. Der letzte ist erst heute morgen gefallen.

Die Firmen der Zeichen des New Zodiac sind verschlungen worden.

Protokoll der dreizehnten und abschließenden Zusammenkunft des New Zodiac

THE FAIRFAX CLUB, NEW YORK   28. DEZEMBER 20–
Bei Tische anwesend: alle Zeichen. Ausrichter: Steinbock.
Von ihren Plätzen abwesend: Wassermann, Fische, Widder, Stier, Zwillinge, Krebs, Löwe, Jungfrau, Waage, Skorpion, Schütze.

MENU:

Hors d'œuvre à la Wassermann	*Fische jardinière*
Potage queue de Widder	*Stier rôtis*
Zwillinge pâté	*Krebs à la crème*
Löwe d'agneau – Mint Sauce	*Spanferkelbraten Jungfrau*
Waage Parmentière	*Skorpion à la casserole*
Schütze de lait farci	
aux marrons	

WEINE:
Pol Roger extra dry 1956
Château Latour 1947
Tichner Madeira 1868
Café Anglais 1854

Die sich dem Dinner anschließende Diskussion war kurz und knapp. Bruder Steinbock stellte fest, daß es manchmal in der Gesellschaft kein anderes Mittel gegen Unhöflichkeit gibt, als die unhöflichen Elemente zu entfernen. Keiner widersprach dieser Bemerkung.

Nach einer Schweigeminute wurde von Bruder Steinbock der Antrag gestellt, den New Zodiac infolge Mitgliedermangels aufzulösen. Der Antrag wurde mit einer Stimme ohne Gegenstimme angenommen.

Br. Steinbock, der allein gespeist hatte, erbot sich, die gesamten Kosten des Dinners zu übernehmen, es wurden keine Einwände erhoben.

Die anderen Zeichen enthielten sich in großer Höflichkeit der Stimme und ruhen in Frieden.

Sitzung aufgehoben.

Steinbock, Sekretär

Eric Van Lustbader

QUÄLGEISTER

Als Eric Van Lustbaders erster Bestseller Der Ninja *1980 erschien,
hat er mir ein Exemplar mit der Widmung »Hör schon auf, Kurzgeschichten zu schreiben, und schreib einen Roman!« übergeben. Damals hatte ich das Vergnügen, bei Doubleday an seinen Sunset-
Warrior-Romanen zu arbeiten (siehe die Einführung zu F. Paul
Wilsons Story mit Bemerkungen über diese billig produzierten
Doubleday-Romane – und dann sollten Sie sich die Sunset-War-
rior-Bücher kaufen, die sind nämlich herrlich), aber obwohl ich ein
paare Jahre später seinen Rat beherzigte, habe ich nicht aufgehört,
Kurzgeschichten zu schreiben, ebensowenig wie er übrigens, zu unser beider Glück.*

The Ninja erwies sich lediglich als der erste einer ganzen Kette
von Bestsellern für Lustbader (der letzte ist* Angel Eyes) *– aber hier
hat er für Sie und mich den folgenden Kurzroman geschrieben, eine
Story voll Zartgefühl und Härte, mit wunderschönen Elementen
der Fantasy.*

*Ich betrachte diese Story als Erneuerung einer alten Freund-
schaft.*

Erlauben Sie, daß ich Sie mit der großen Liebe meines Lebens
bekannt mache. Meine grandiose Affäre mir Ms. M hielt beinahe fünfzehn Jahre an. Sie war nicht hübsch, und sie war
auch weiß Gott oft nicht fair, aber sie hat mir Zugang zu ein
paar ganz besonderen Orten verschafft – Orte, die ich ohne sie
sicherlich nie betreten hätte. Dafür bin ich ihr dankbar, aber
zugleich verfluche ich sie. Jeden Abend verfluche ich sie aufs
neue. Dennoch fehlt sie mir die ganze Zeit so, daß mein Magen schmerzt, als hätte sich dort ein ganzes Rudel bösartiger,
kleiner Dämonen eingenistet. Vielleicht ist dem auch so. Nach

dem, was sich vor ein paar Wochen zugetragen hat, würde es mich nicht im geringsten überraschen.

Ihr Name ist Mescal, genau; und ihr Spiel besteht darin, meinen Kopf durch die Mangel zu drehen. All die Nächte hat sie das getan, während ich ihren süßen Geschmack mit Zungenküssen erforschte. O ja, jetzt haben Sie es kapiert. Ich habe verdammt lang eine galoppierende Affäre mit Mescal gehabt. Und sie war eine verdammt eifersüchtige Geliebte, das kann ich Ihnen flüstern. Aber jetzt nicht mehr, und auch niemals wieder. Und zwar aus folgendem Grund:

Ich habe mit meiner Geliebten überall in Manhattan Liebe gemacht, aber am besten hat es mir im Helicon gefallen, das ohne Zweifel so hieß, weil Mike, der Besitzer, Grieche war. Sie sollten wissen, daß der Berg Helikon die Heimat der Musen war, wenigstens glaubten die alten Griechen das. Die Bar versteckte sich einen Häuserblock vom Holland-Tunnel entfernt im Erdgeschoß eines Gußeisenbaus, der vor vielleicht fünfundsiebzig Jahren garantiert so schön wie die Sünde gewesen war. Drinnen war ein langer, schmaler Raum mit langsam kreisenden Ventilatoren, die von einer Zinkblechdecke hingen, die man dort vermutlich schon vor der Jahrhundertwende eingezogen hatte. Im alten Jahrtausend, nicht dem gerade vorbeigegangenen. Das Zinkblech war in einem hübschen Muster gepreßt, das mich an alte mexikanische Kacheln erinnerte, die ich einmal gesehen hatte, als ich in Oaxaca lebte, wo ich auch zum ersten Mal Ms. M's Bekanntschaft machte. Das ist so lange her, daß ich mich gar nicht mehr genau erinnern kann, wann es war. Solche Fliesen stellt heute niemand mehr her. Jedenfalls nicht, seit die Handwerker andere Jobs bekommen haben und heute Turnschuhe und Nylon-Jogginganzüge machen oder Taschenrechner montieren.

Jedenfalls gab es eine ganze Menge, was für das Helicon sprach: Sägemehl auf dem Boden und der Geruch von altem Bier und noch älterem Bratenfett, der dort hängt wie in Ehren erworbene Orden an einem ausgemergelten Krieger. Ganz zu schweigen von der Bar selbst, die so aussah, als hätte sie kein Ende, voller Narben aus lang vergessenen Prügeleien und jüngst gebrochenen Herzen. Und was das beste war, die Beleuchtung war gerade schummrig genug, daß du dir, wenn du dich in den trüben Spiegelscheiben hinter der auf Hochglanz polierten Mahagonitheke ansahst, einreden konntest, ein ganz anderer zu sein – jemand, der du in deinen Träumen vielleicht hattest einmal werden wollen.

An dem Tag, an den ich jetzt gerade denke, saß ich in einer Sitzecke und machte Liebe mit Ms. M, als das Telefon an der Bar klingelte. Mike nahm den Hörer ab, sagte etwas und hielt ihn mir dann hin.

»Für dich«, sagte er.

Ich schnappte mir meine Geliebte und brachte sie zu einem Hocker. Dann griff ich nach dem Hörer und knurrte: »Mhm, was ist?«

»Herrgott, Willie, es ist genau 10 Uhr 30. Trinkst du etwa schon?«

»Wer zum Teufel will das wissen?« Ich nahm einen besonders großen Schluck Mescal.

»Es ist ja noch schlimmer, als ich mir das vorgestellt hatte«, sagte die mißbilligende Stimme. »Ich bin's, Herman, dein Bruder.«

»Ah, dann ist das ja klar«, sagte ich und schnitt dem Mistkerl das Wort ab. »Du hast keine Phantasie.«

»Wenn du nüchtern werden würdest, könntest du einen richtigen Job kriegen.«

»Und, verdammt noch mal, ich heiße nicht Willie!« Mit vor Zorn geröteten Wangen legte ich auf.

»Falsch verbunden«, erklärte ich Mike und schob ihm das Telefon über die Theke hin. Der sah mich bloß mit einem schiefen Grinsen an. Er wußte genau, was los war. Mike und ich hatten eine besondere Beziehung – die Art von Beziehung, die man nur mit einem wirklich erstklassigen Barkeeper haben kann.

Wieder in meiner Sitzecke, schob ich das leere Glas von meinem zweiten Drink zur Seite, nippte wieder am Mescal und brütete dabei über mein leeres Büro und den letzten Vertrag, den ich unterschrieben hatte. Das war jetzt sechs Monate her, und ich hatte auf meinem Schreibblock noch kein einziges Wort geschrieben, geschweige denn in meinen Computer getippt. Träge zog ich in Erwägung, Ray Michaels, meinen Steuerberater, anzurufen, der darauf achtete, daß mein Leben nicht völlig in die Brüche ging, während ich mich durch meine Affäre mit Ms. M quälte. Ich überlegte, ob ich ihn vielleicht bitten sollte, meine Verlegerin anzurufen und ihr zu sagen, daß sie es vergessen solle, und ihr den Vorschuß zurückzugeben, den sie mir geschickt hatte. Dann fiel mir ein, daß ich das Geld auf diesem kleinen einmonatigen Abstecher in meine alten Jagdgründe in Mexiko bereits verputzt hatte. Auch nicht schlecht; ich hatte noch nie einen Vertrag platzen lassen und auch nicht die Absicht, jetzt damit anzufangen. Aber worüber sollte ich schreiben? Ich hatte nicht die leiseste Ahnung.

Ich hob den Blick und betrachtete die aus Holz geschnitzte Schiffsgallionsfigur, die Mike an die Decke gehängt hatte. Die Figur war halb Mensch, halb Vogel, und deswegen hatte ich sie Melpomene, die Muse der Tragödie, getauft. Es hieß, aus der fruchtbaren Vereinigung von Melpomene und dem Flußgott Acheloos seien die wunderbar traurigen und verzweifelten Sirenen hervorgegangen, um endlos die quälende Weise zu singen, die arglose Seeleute in ihr Verderben an den schroffen Felsküsten lockten, auf denen die Sirenen hausten. Irgendwann in meiner Jugend war Melpomene meine persönliche Muse geworden, weil ich es nicht anders schaffte, den richtigen Blickwinkel für die Tragödie zu bekommen, die über meine Familie hereingebrochen war.

Ich blickte auf, weil das Telefon wieder klingelte. Mike sah mich an, während er der Stimme am anderen Ende der Leitung lauschte.

»Wenn das wieder mein verdammter Bruder ist, dann sag ihm, er kann mich mal.«

»Es ist Ray«, sagte Mike und hielt mir den Hörer hin.

Ich nahm ihn stöhnend entgegen. Mein Steuerberater rief mich nie an, wenn es nicht einen sehr guten Grund dafür gab. »He«, sagte ich.

»Bill, ich habe gerade mit deinem Bruder telefoniert.« Er klang besorgt. »Er meint, du seist schlecht drauf.«

»So, meint er das? Mal sehen. Es ist drei Viertel elf an einem Montagmorgen, ich bin gerade bei meinem dritten Mescal, und mein Kopf ist völlig leer. Ja, da kann man schon sagen, daß ich schlecht drauf bin.«

Ray seufzte. »Er muß dich unbedingt sprechen.«

»Dieses Schwein ist mit meiner Frau durchgegangen, ganz zu schweigen von meiner Pensionsversicherung, als er mein, wie man das im Spott vielleicht sagen könnte, Geschäftsbeauftragter war. Er hat keinen Grund mit mir zu reden.«

»Mach mal halblang«, sagte Ray geduldig, »du hast ihn verklagt und alles Geld zurückbekommen. Du hättest ihn sogar ins Gefängnis bringen können, wenn du Anzeige erstattet hättest.«

»Bild dir bloß nicht ein, daß ich das nicht im nachhinein bedaure.«

»Warum hast du es dann nicht getan?«

»Weil es Donnatella das Herz gebrochen hätte, deshalb«, sagte ich. »Weiß der Himmel, warum das so ist, aber meine Exfrau liebt diesen Schwachkopf.«

»Wir sind jetzt im neuen Jahrtausend«, sagte er. »Vergeben und vergessen.«

»Blödsinn.« Ich muß zugeben, daß ich dabei die Zähne zusammenbiß. »Scheiß auf vergeben und vergessen.«

»Okay, wenn es dir Spaß macht.«

Ich hörte verdächtige Geräusche im Hintergrund und sagte: »Was, bist du etwa auf dem Golfplatz?«

»Sechstes Loch«, bestätigte er mir. »Du solltest einmal mitkommen und es auch probieren.«

»Und mit den dämlichen Bankern Konversation machen, mit denen du spielst? Lieber lasse ich mich von meinem Quälgeist quälen.«

»Deinem was?«

»Quälgeist. Weißt du, was eine Harpyie ist?«

»Na klar. Eine Frau, die nie den Mund hält.«

»Eine Rose unter anderem Namen.« Ich lachte. »Bloß, daß die da zum Himmel stinkt.«

»Hast du früher nicht Donnatella deinen Quälgeist genannt?«

»Da will ich nicht widersprechen, alter Kumpel.« Ich blickte zu der geschnitzten Melpomene auf. »Und in diesem

Augenblick ist meine ganz persönliche Muse ein Quälgeist geworden. Ironie des Schicksals, was?«

»Wer sagt denn immer, daß wir alle das bekommen, was wir verdienen?«

»Ich glaube, das warst du. Jetzt gerade.«

Ray seufzte. »Ich vermute, du hast eine Blockade.«

»Wie ein Darm voller Ziegelsteine.«

»Es ist immer noch Zeit, die letzten neun Löcher mitzumachen. Ein bißchen Sport würde dir guttun, jedenfalls besser als dieses extreme Zeug, das du dir reinziehst«, sagte er. »Die Sonne steht am Himmel, Mann. Die Vögel zwitschern.«

»Einige dieser Vögel stehen unter Naturschutz. Paß bloß auf, daß du keinen davon mit dem Driver erwischst.«

»Mit dem Driver bin ich nicht gut«, sagte Ray. »Beim sechsten Loch nehme ich ein Dreierholz.«

»Darin unterscheiden wir beide uns, Ray. Ich würde den Driver nehmen und mit dem Zweier aufs Grün gehen. Risiko, alter Junge. Du mußt Risiken eingehen.«

»Ich bin Steuerberater, schon vergessen? Das Wort Risiko steht nicht in meinem Vokabular.« Ich konnte hören, wie er zu seinen Schwachköpfen etwas sagte, und fragte mich, ob ihn unser Gespräch aus dem Konzept gebracht hatte. Er hatte es nicht gern, wenn er beim Golf verlor. »Hör zu, diesmal hatte dein Bruder dir wirklich etwas Wichtiges zu sagen.«

»Das wäre physikalisch unmöglich, ebenso wie du nicht deinen Kopf in deinen Arsch stecken kannst. Obwohl, was Herman angeht ...«

»Bill, laß den Scheiß. Lily liegt im Sterben.«

»Mhm.« Ich nippte wieder an dem Mescal.

»Jetzt geh bloß – ich meine, paß um Himmels willen auf, daß du nicht durchdrehst.«

»Unwahrscheinlich, alter Junge.«

»Ja, man merkt's. Na ja, eigentlich sollte es mich nicht überraschen. Du hast sie schließlich seit – wie lange ist das jetzt her ...?«

»Dreißig Jahre«, sagte ich.

»Sie ist deine Schwester.«

»Sie war geistig zurückgeblieben«, korrigierte ich ihn. Ich merkte, daß ich schon anfing, in der Vergangenheit von ihr zu sprechen. »Konnte sich nicht bewegen, ohne in Krämpfe zu verfallen, konnte kein einziges Wort reden. Und keinen Gedanken im Kopf behalten, wenn ich mich recht erinnere.«

»Wie man nur so kalt sein kann, Bill.«

Allmählich ging er mir auf die Nerven. »Hör zu, Ray, du brauchtest schließlich nicht den Alptraum einer Kindheit mit Lily zu erleben, dir von ihr ins Gesicht kotzen lassen oder dir anzuhören, wie sie nächtelang wie eine Katze mit Würmern winselte, und dir jedesmal von ihr die Haare ausreißen lassen, wenn du in ihre Nähe kamst. Und du mußtest dich auch nicht drei- oder viermal die Woche prügeln, weil die anderen Jungs auf der Schule so beschissen grausam waren. Du mußtest nicht mit Eltern leben, die ständig von Angst erfüllt waren und so völlig verzweifelt, daß sie hilflos wie kleine Kinder wurden und sich immer wieder von Gaunern ausnehmen ließen, die sich als Ärzte, Naturheilkundige oder Wahrsager ausgaben. Du mußtest nicht vierzehn Jahre lang damit leben, daß dich ständig der Wahnsinn anstarrte. Herrgott, allein schon bei dem Gedanken daran zieht sich mir die Haut zusammen.«

Er blieb einen Augenblick lang stumm. »Sie wird über kurz oder lang tot sein, Bill. Herman hat mir klargemacht, daß er keinerlei Verpflichtung empfindet, für irgend etwas aufzukommen. Was willst du also tun?«

»Ich will vergessen, daß sie je existiert hat, das will ich tun.«

Ray seufzte wieder. »Wenn sie stirbt, werde ich sie also einäschern lassen.«

»Ja, tu das«, sagte ich. »Verstreu ihre Spastikerasche in alle vier Winde.« Ich wartete einen Augenblick. »Ray?«

»Ja, Bill.«

»Komm bloß nicht auf die Idee, mir zu sagen, ich müßte dabei sein, wenn die das tun.«

Das Gespräch hatte mir die Stimmung gründlich verdorben. Als ich den Hörer weglegte, war ich stinksauer, und wenn das nicht der Fall gewesen wäre, dann wäre das, was als nächstes geschah, anders abgelaufen. Aber das war nun mal der Fall, und so kam es, wie es kommen mußte.

Was dann als nächstes passierte, war nämlich, daß der Tazzman auftauchte. Nicht daß ich damals seinen Namen gekannt hätte, ich hatte ihn auch noch nie zuvor zu Gesicht bekommen.

»Hey, yo, ihr weißen Ärsche, alle hübsch die Pfoten hoch, und tut, was ich euch sage.« Der Tazzman war ein großer, spindeldürrer Schwarzer mit eingesunkener Brust, wildem Haar wie Jimi Hendrix und einem Gesicht wie Ike Turner, nur daß er sehr, sehr jung war. Die einstudierte Bösartigkeit seiner Gesichtszüge schien höchstens einen Millimeter dick zu sein, so als wäre sie ihm durch die Umstände und nicht etwa durch die eigene Wesensart aufgeprägt worden. Mike und ich beschlossen, ihn ernst zu nehmen, da er eine beängstigend aussehende Maschinenpistole auf uns gerichtet hatte.

Er kam in die Bar und musterte uns beide mit schnellen, nervösen Bewegungen. »Yo«, sagte er zu Mike gewandt, »dein Geld her.«

»Sag mal, Junge, hast du so was schon mal gemacht?« sagte ich, als Mike gerade antworten wollte. »Ich meine, jetzt ist elf Uhr an einem Montagmorgen. Außer mir und Mike ist hier keiner in dem Laden. Was meinst du wohl, wieviel Geld da schon in der Kasse ist?« Mikes mißbilligender Blick ließ mich erkennen, daß er sich im Augenblick in seiner Haut nicht sonderlich wohl fühlte. Schade. Jemand mußte diese Situation in den Griff bekommen, sonst ging's uns beiden dreckig.

»Schlaumeier«, schnarrte der Tazzman. »Paßt bloß auf, sonst knallt's, und dann hängen eure weißen Ärsche hier überall an der Wand rum.« Seine argwöhnischen, verängstigten Augen musterten uns beide. »Ich will die Knete aus der Kasse und alles, was ihr bei euch habt.«

Ich hielt ihm meine Brieftasche hin und schämte mich ganz kurz der zwei Fünfer dort.

»Scheiße!« meinte der Tazzman, während er die zwei Scheine so geschickt herausholte, daß ich kaum merkte, daß sie verschwunden waren. »Hast du nicht mal 'ne Uhr?«

»Zeit bedeutet mir nichts«, sagte ich und zeigte ihm meine nackten Handgelenke. »Und weil wir schon gerade davon reden, du siehst auch nicht so aus, als ob du in letzter Zeit viel gegessen hättest.«

Der Tazzman kaute auf der Unterlippe und sah mich böse an, während er die Lage peilte. Er war so reizbar wie ein Bär, der Menschen gewittert hat, und das hätte mich warnen sollen. Aber wie schon gesagt, die beiden Telefonate hatten mich richtig sauer gemacht, und ich war bereit, gegenüber dem nächsten, der mir über den Weg kam, zu den Waffen zu greifen. Dämlich, wie? Die alten Griechen hatten dafür ein schöneres Wort: *Hybris*.

»Mike, mach dem Jungen einen Hamburger, ja?« Da der Tazzman damit nichts anfangen konnte, beschloß ich weiterzumachen. »Wie heißt du?«

»Hä?« Er schien verdutzt. Eigentlich konnte man ihm das nicht verübeln. Ich bezweifle, daß dieser Überfall so verlief, wie er sich das ausgemalt hatte.

»Du hast doch einen Namen?« Ich erhob mich aus meiner Sitzecke. »Ich heiße Bill und, wie schon gesagt, der da heißt Mike. Wie nennen dich deine Freunde?«

»Du machst dich wohl über mich lustig? Ich reiß dir deinen weißen Arsch auf, da kannste dich drauf verlassen.«

»Ich mache mich nicht über dich lustig.«

Er musterte mich argwöhnisch aus zusammengekniffenen Augen. »Hab keine Freunde.« Er schob die Lippen vor und sah zuerst Mike und dann mich an. »Ich heiß Tazzman, wegen meinem Haar.« Er hob eine Hand und griff danach, aber es bewegte sich keinen Millimeter. »Die Jungs behaupten, ich seh damit aus wie ein *Tazzmanischer* Teufel, irgend so was.« In seinem seltsamen Akzent klang »tasmanisch« halt so. Er fuchtelte mit der Maschinenpistole herum, die immer noch auf Mike gerichtet war. »Macht der mir wirklich 'nen Hamburger?«

»Klar doch«, sagte ich und gab Mike ein Zeichen.

Während Mike ein Stück Hack auswickelte und es auf die Herdplatte klatschte, trat ich einen Schritt auf den Tazzman zu. Seine Nasenflügel weiteten sich, als er den Bratenduft roch und ich ihm einen Schritt näher trat. Das gefiel ihm nicht.

»Hey, *Muthafucka*«, sagte er und schwenkte diese verdammte MP in meine Richtung.

Mike brüllte: »Bill, um Himmels willen!« Und ich warf dem Tazzman Ms. M ins Gesicht. Ich weiß nicht, ob Ihnen das bekannt ist oder nicht, aber wenn man Mescal in die Augen bekommt, tut das scheußlich weh.

»Mutha*fucka!*« sagte der Tazzman nicht übermäßig originell.

Er drückte in dem Augenblick ab, als ich den linken Arm gegen den Lauf seiner Maschinenpistole schmetterte. Ein lauter Knall schien mir ein Loch in meinem Schädel aufzureißen und sich bis zum Gehirn durchzubohren. Ich trat dem Tazzman mit aller Kraft auf die Zehen, und er heulte auf wie eine Feuerwehrsirene. Aber ich hatte die Bohnenstange unterschätzt, so wie ich überhaupt die ganze Situation falsch eingeschätzt hatte.

Er drückte ein zweites Mal ab. Ein ganzer Kugelhagel zog eine schnurgerade, tödliche Linie quer über die Spiegel hinter der Bar. Mike versuchte sich wegzuducken, kam aber dazwischen und wurde gegen die drei Reihen Flaschen hinter ihm geschleudert. Whiskey, Cognac und Blut spritzte nach allen Seiten.

»Ah, Scheiße«, sagte ich. Als die Maschinenpistole zu mir herüberschwenkte, trat ich einen Tisch um, duckte mich dahinter und schrie dann, während die Kugeln die massive Eichenplatte zerfetzten, als ob sie aus Pappe wäre.

Ich taumelte benommen in den Schatten am hinteren Ende der Bar, aber der Tazzman war jetzt voll in Fahrt und kam hinter mir her. Die Maschinenpistole hörte auf zu knattern, und er nahm sich Zeit, ein neues Magazin hineinzurammen. Wie viele hat der wohl davon, fragte ich mich, während ich davonrannte.

Ich hetzte an den Klotüren vorbei, weil ich wußte, daß ich da in eine Sackgasse geraten würde und mich dort nicht richtig verstecken konnte. Die Kugeln bohrten sich schnatternd in den alten Verputz, als ich gerade die Hintertür erreichte. Und die ging nicht auf. Ich fummelte am Riegel herum und riß ihn schließlich verzweifelt auf, als ganze Ansammlungen von Balken und Verputz an meinem Kopf vorbeiflogen und mir auf die Schulter krachten.

Ich rannte in die stinkende Gasse hinter dem Lokal hinaus, wo Mike seinen Müll und sein Hamburgerfleisch hinkippte, wenn letzteres anfing, sich in ein Laborexperiment zu verwandeln.

Auf einmal Stille …

Stille?

Wo war plötzlich das widerliche Knattern dieser Maschinenpistole, könnte man vielleicht fragen. Aber das war noch das allerwenigste, denn ich befand mich gar nicht in einer stinkenden Seitengasse. Ich drehte mich einmal um die eigene Achse und konnte erkennen, daß … Nun, lassen Sie es mich vielleicht so ausdrücken: Wenn ich jetzt Dorothy geheißen und einen kleinen Hund an meiner Seite gehabt hätte, würde ich wahrscheinlich gesagt haben: »Wir sind nicht mehr in Kansas, Toto.«

Ich drehte mich schließlich in die Richtung zurück, aus der ich gekommen war, aber da war keine dreckige Fassade, keine Tür, die hinten ins Helicon führte; da war nur Luft und Raum und Licht – prächtiges, strahlendes Licht. Ich befand mich in einem hohen Raum und sah zu einem hohen Fenster hinaus, auf ein seltsam vertraut wirkendes Bauwerk mit einer runden Kuppel, die fast so aussah, als stammte sie aus dem Orient. Weiter unten dehnte sich in der blau-goldenen Abenddämmerung eine große Stadt. Aber noch vor wenigen Augenblicken war es Morgen gewesen, und das hier war ganz eindeutig nicht Manhattan. Die Vielfalt von Kaminen und Mansardendächern ließ mich gleich an Europa denken.

Rings um mich herum waren die hellen Stuckwände mit Bildern behängt. Diese riesigen, impressionistischen Gemälde leuchteten in kräftigen Farben und wirbelten um mich herum wie Wasserwirbel in einem Strom.

»Gefallen sie Ihnen?«

Die Stimme war wohltuend, voll und kräftig wie fette Sahne.

Ich drehte mich um und sah eine Frau mit einem langen Gesicht, dessen bestenfalls schlichte Züge durch die Entschlossenheit, die diese Frau ausstrahlte, fast schön wirkten. Ihr strenger Blick erinnerte mich auf unheimliche Weise an die verfluchte Schuldirektorin der Privatschule in den Adirondacks, in die ich als Vierzehnjähriger geflohen war (selbst das war besser gewesen als das unerträgliche Leben zu Hause), und *aus* der ich dann sehr schnell wieder entflohen war. Ihr meliertes Haar fiel ihr bis auf die schmalen Schultern, und in einer Hand hielt sie ein paar Pinsel, so daß ich vermutete, daß sie die Künstlerin war. Sie trug ein orangefarbenes Hemd und rostfarbene Hosen und darüber einen langen, roten Schurz, der von der eingetrockneten Farbe ganz steif war. Trotzdem konnte ich an der Vorderseite ein weißes eingesticktes Pentagramm sehen. Sie könnten jetzt sagen, daß das ein seltsames Outfit ist, und hätten damit wohl recht. Aber das allerseltsamste an ihr waren ihre Augen. Ich schwöre, sie hatten den Farbton unpolierter Bronze, und sie waren ohne Pupillen.

»Lady, ich weiß nicht, wer Sie sind, aber ich wäre Ihnen sehr verbunden, wenn Sie mir sagen würden, wo zum Teufel ich jetzt bin. Und außerdem, haben Sie etwas zu trinken? Vorzugsweise etwas Hochprozentiges?«

»Ich sprach von diesen Gemälden. Obwohl sie noch nicht fertig sind, würde es mich interessieren, ob sie auf Sie wirken.« Sie sprach mit einer Eindringlichkeit, zu der man nur dann fähig ist, wenn man von einer Leidenschaft verzehrt wird. Hatte sie überhaupt gehört, was ich gesagt hatte? Egal, ihre Leidenschaft zwang mich, mir die Gemälde etwas näher anzusehen. Soweit ich das feststellen konnte, hatten alle dasselbe Thema: eine Folge von Landschaften, durch Komposition und Stil bewußt miteinander verbunden und zu verschiedenen Tages- und Jahreszeiten eingefangen. Ich war ganz sicher, daß ich nicht wußte, was ich da sah, und doch erfüllte mich diese Gewißheit seltsamerweise mit tiefer Trauer, für die ich keinen Ausdruck fand, gerade als ob man mir das Herz durchbohrt hätte.

»Klar, klar. Sie sind schön«, sagte ich. Aber ich war immer noch zutiefst bedrückt und brauchte dringend einen harten Drink. »Hören Sie, ich glaube, Sie verstehen das nicht. Ich war gerade noch in einer Bar, in New York, und bin vor einem Verrückten mit einer Maschinenpistole abgehauen, und jetzt bin ich hier. Ich frage Sie noch einmal, wo *ist* hier?«

»Betrachten Sie die Gemälde«, sagte sie in der etwas steifen Art, mit der Europäer immer sprechen. Ihr Arm hob und senkte sich wie die Dünung des Meeres. »Sie werden es Ihnen sagen.«

»Lady, um Himmels …«

»Bitte«, sagte sie. »Mein Name ist Vav. Und der Ihre ist William, ja?«

»Sagten Sie Viv, wie Vivian?« Ich war nicht sicher, ob ich richtig gehört hatte.

»Nein, *Vav*.« Sie sprach es ganz deutlich aus. »Das ist ein sehr alter Name – antik, könnte man fast sagen. Es ist das hebräische Wort für ›Nagel‹.« Sie lächelte, und ihr Gesicht brach auf wie eine reife Melone und vergoß seinen duftenden, köstlichen Saft. »Ich bin der Nagel, der die Balken an der Decke zusammenhält. Ich bin die, die verirrten Reisenden Zuflucht gewährt.«

Ich sah mir ihr Gesicht an und mußte lachen; ich konnte einfach nicht anders. Ich stellte mir vor, daß sie wohl imstande war, selbst einem verurteilten Verbrecher in den letzten Augenblicken seines Lebens ein angenehmes Gefühl zu vermitteln. »Nun, so etwas bin ich ja wohl«, mußte ich zugeben. Ich sah schnell zum Fenster hinaus. »Das ist doch nicht etwa … He! Also, das kann doch nicht die Sacré-Cœur sein. Verdammt, die ist in Paris.«

»Ja, das ist sie«, sagte sie.

»Aber das kann doch nicht wahr sein!« Ich schloß die Augen, schüttelte den Kopf und öffnete sie wieder. Da war wieder Sacré-Cœur. Sie hatte sich nicht plötzlich in Rauch aufgelöst. »Ich muß meinen Verstand verloren haben.«

»Oder ihn wiedergefunden.« Sie schmunzelte. »Kommen Sie schon, haben Sie keine Angst.« Sie führte mich vom Fenster weg. »Sehen Sie sich die Bilder noch einmal an, ja? Ich mache sie nur für Sie.«

»Sie meinen, Sie wußten, daß ich komme?« Warum fühlte ich mich dabei so beschwingt?

»Das ist ja wohl nicht sehr wahrscheinlich, oder?« Sie lachte, bis ich in ihr Lachen einfiel, und dann freuten wir uns beide über einen Scherz, dessen Ursprung sich meiner Kenntnis entzog. Sie nahm meinen Arm, als ob wir alte Freunde wären. »Aber, bitte, sagen Sie mir, ob Ihnen hier irgend etwas vertraut vorkommt«, drängte sie, während wir langsam durch den hohen Raum gingen.

Stirnrunzelnd konzentrierte ich mich. »Komisch, genau das hatte ich gerade gedacht, aber ...« Ich schüttelte den Kopf. »Vielleicht, wenn Sie sie fertiggestellt haben.«

»Sie brauchen offensichtlich noch etwas Zeit«, fiel sie mir ins Wort. Sie tat das ziemlich oft, als ob sie es irgendwie eilig hätte.

»Im Grunde genommen würd ich jetzt am liebsten nach Hause gehen«, sagte ich.

»War da nicht die Rede von einem Verrückten mit einer Maschinenpistole?« Sie streifte ihre Schütze ab. »Da würde mich jetzt wirklich interessieren, warum es Sie da so nach Hause zieht?«

Ich überlegte kurz und dachte an den armen toten Mike und den Tazzman, an Ray, der mir wegen Lily im Nacken saß, und an diesen Mistkerl von Bruder, ganz zu schweigen von einer Schreibblockade, die mir etwa ebensoviel Angst machte wie die Todeszone am Gipfel des Mount Everest. Dann dachte ich an die ungewöhnliche Frau neben mir und daran, daß ich mich in einer nieseligen, samtigen Nacht in Paris befand, und verspürte eine gewisse Leichtigkeit des Seins, die ich schon seit einer Ewigkeit nicht mehr verspürt hatte. »Ehrlich gesagt, fällt mir kein Grund ein.«

Sie drückte meinen Arm. »Gut, dann begleiten Sie mich also zur Eröffnung der neuen Ausstellung.«

Ich leckte mir die Lippen. »Zuerst brauche ich etwas zu trinken.«

Sie ging an eine antike Anrichte, goß eine Flüssigkeit in ein voluminöses Kristallglas und brachte es mir. Ich führte das Glas an die Lippen. Meine Nasenflügel blähten sich, als mir der Duft von Mescal entgegenschlug, und ich warf den Kopf in den Nacken und leerte das Glas in einem einzigen, langen Schluck.

»Das hat doch früher auch immer geholfen, oder?« sagte sie, als ich das leere Glas beiseite stellte.

Normalerweise wäre ich über eine solche Bemerkung stinksauer gewesen, aber Vav hatte eine Art zu reden, die einen spüren ließ, daß ihre Worte kein Urteil enthielten. Es war so, als würde sie mir einfach eine Facette meines Lebens hinhalten, damit ich sie untersuchen konnte. Was ich dann davon hielt, war ganz und gar meine Sache.

»Es hat ganz bestimmt etwas für sich«, sagte ich, als wir durch das Wohnzimmer gingen. Ich warf einen Blick auf cremefarbene Wände, ein langes Jugendstil-Sofa und zwei ebensolche Lampen, die man offenbar ohne großes Nachdenken dort angebracht hatte. Dann war da der antike, orientalische Teppich, auf dem sich eine schwarze Katze mit einem weißen Punkt auf der Stirn eingekuschelt hatte. Die Katze wachte auf, als wir an ihr vorbeigingen, und ihre leuchtenden gelben Augen folgten uns, als Vav mich zur Tür hinausführte.

Unten an der ziemlich abgetretenen, steinernen Treppe angelangt, fanden wir uns in einem hohen, muffigen Vestibül wieder, wie es für Pariser Mietshäuser so typisch ist. Es roch nach Stein, den die Feuchtigkeit vieler Jahre weich gemacht hatte. Ein Licht flammte auf, als wir das Vestibül betraten, und verlosch wieder, als wir hinausgingen.

Nebel wie ein Schwarm Vögel, die der Abendwind heranträgt, flatterte in spinnwebenartigen Schleiern an den eisernen Straßenlaternen vorbei. Wir machten uns in östlicher Richtung auf den Weg, in die Nacht hinein.

»Die Galerie ist nur ein paar Straßen entfernt«, sagte Vav.

»Also, ich merke zwar selbst, daß ich in Paris bin, aber wie zum Teufel bin ich hierhergekommen?«

Wir kamen an eine Kreuzung und überquerten die Straße an einer ziemlich steilen Stelle. »Welche Erklärung würde Sie befriedigen?« sagte sie. »Die wissenschaftliche, die metaphysische oder die paranormale?«

»Welche ist die Wahrheit?«

»Oh, ich vermute, sie sind alle in gleicher Weise wahr … oder falsch, das kommt ganz darauf an, aus welchem Blickwinkel Sie es betrachten.«

Ich schüttelte den Kopf. »Aber genau das ist es ja, verstehen Sie? Ich weiß nicht, wie ich es betrachten soll. Dazu müßte ich zuerst verstehen, was hier vorgeht, und das ist nicht der Fall.«

Sie nickte und schien jedes meiner Worte zu überdenken. »Vielleicht ist es nur, weil Sie noch nicht soweit sind, das zu hören, was ich sage. In der gleichen Weise, in der Sie noch nicht soweit sind, die Gemälde zu betrachten.«

Als wir nach links bogen und dann noch einmal nach links, vorbei am Jugendstil-Eingang zur Metrostation Anvers, ertappte ich mich dabei, wie meine Gedanken seltsamerweise in der Zeit nach rückwärts wanderten. Ich sah mit erstaunlicher Klarheit das Gesicht meiner Mutter. Sie war eine hübsche Frau gewesen, kraftvoll in vielerlei Hinsicht, schwach und verängstigt in anderer; im Umgang mit anderen Leuten beispielsweise war sie massiv wie ein Felsbrocken gewesen und äußerst nachdrücklich. Einmal hatte ich mit angesehen, wie sie den Preis einer Rolex-Armbanduhr um hundert Dollar heruntergehandelt hatte, indem sie dem Ladenbesitzer sagte, sie habe neun Söhne (statt der zwei, die sie in Wirklichkeit hatte), für die sie alle eines Tages Geschenke zum Schulabschluß brauchen würde, so wie diese Uhr, die sie gerade für mich ausgesucht hatte. Ich erinnere mich, wie ich mich zwang, meine Augen gesenkt zu halten, um dem Ladenbesitzer nicht in dessen habgieriges Gesicht zu grinsen. Als wir dann draußen waren und ich die Rolex am Handgelenk trug, hatten meine Mutter und ich gelacht, bis uns die Tränen kamen. Und dieser Augenblick hallte jetzt in meinem Bewußtsein nach, obwohl Mutter schon lange nicht mehr war.

Andererseits war meine Mutter von Angst und Aberglauben geplagt, ganz besonders, wenn es um ihre Kinder ging. Ihr Vater, den sie geradezu angebetet hatte, war gestorben, als sie gerade vierzehn Jahre alt geworden war. Einmal hatte sie mir erzählt, daß sie bei meiner Geburt an all die schrecklichen Dinge hatte denken müssen, die mir widerfahren konnten: Krankheiten, Unfälle, oder daß mich die bösen Leute übertölpelten, von denen sie sich ringsum umgeben glaubte. Sie wollte nicht, daß ich ihr vorzeitig entrissen wurde, so wie ihr das bei ihrem Vater passiert war. Sie träumte von ihm, sah ihn nachts in seinem Stuhl schlafen, in Hemd und Weste, mit Pantoffeln an den Füßen, die goldene Taschenuhr offen auf seiner Handfläche liegend, als würde er ihr Gewicht brauchen, um sicher zu gehen, daß er rechtzeitig zur Arbeit wieder aufwachte. Sie pflegte dann leise durch das Zimmer zu huschen, zu ihm auf den Schoß zu klettern und sich dort wie ein Hund einzukuscheln, die Augen zu schließen und von ihm zu träumen.

Die Sorgen meiner Mutter legten sich auch nicht, wie man vielleicht hätte erwarten können, nachdem ich und mein Bruder Herman geboren worden waren. Das, so würde sie mir später erzählen, lag daran, daß sie wußte, daß sie vom Schicksal vorherbestimmt war, Lily zu bekommen. Lily war die Bestätigung der schlimmsten Ängste meiner Mutter, die Bestätigung ihrer im Wesen düsteren Weltsicht. Natürlich gab sie sich selbst die Schuld für Lilys Gebrechen. Natürlich erlitt sie einen Nervenzusammenbruch, und natürlich machte das alles schlimmer, für uns und für sie. Man konnte mit ziemlicher Sicherheit sagen, daß das für sie eine sich selbst erfüllende Prophezeiung war. Sie hatte panische Angst vor dem Leben, und so gebar sie ein Leben, das ihr panische Angst bereitete. War es dann ein Wunder, daß Lily uns entsetzte? Herman und ich lernten, wie alle Lebewesen, am lebenden Beispiel.

Nicht daß ich meiner Mutter Vorwürfe machen würde. Sie konnte ebensowenig etwas dafür, so zu sein, wie ein Rotkehlchen etwas dafür kann, daß es fliegt. Das tun Rotkehlchen eben: Sie fliegen. Und um der Wahrheit die ganze Ehre zu geben: Lily war entsetzlich. Nicht daß sie etwas dafür gekonnt hätte. Aber die Wahrheit ist die Wahrheit, ganz gleich wie weh sie tut. Es gab einfach keine Möglichkeit, ihr näherzukommen oder gar irgendwie Kontakt zu ihr aufzunehmen. Eine Weile versuchte ich Mitleid für sie aufzubringen, aber obwohl ich Mitleid für meine Mutter aufbringen konnte, schaffte ich das bei Lily nicht. Dazu war einfach nicht genug von ihr da. Dann versuchte ich mir einzureden, daß sie nicht existierte, aber das funktionierte ebenfalls nicht. Wenn es um Lily ging, funktionierte überhaupt nichts – keine Diagnose, keine Therapie, keine rationale Erklärung, gar nichts. Zu guter Letzt wurde selbst ihr Zucken und Sabbern, das einen an den Film *Der Exorzist* erinnerte, banal, Teil einer Szenerie, die man nicht länger wahrnimmt. Sie war ein trauriges Faktum des Lebens, so wie der entsetzliche Sessel meines Vaters, der so heruntergekommen war und so stank, daß wir ihn alle am liebsten hinausgeworfen hätten.

Ein anschwellendes Geräusch zog mich aus meinen seltsamen Träumen. Vor uns sah ich eine Menschenmenge, die aus einem großen Eingangsbogen mit mächtigen schmiedeeisernen Toren strömte. Ich war überzeugt, daß das der Eingang zu der Galerie sein mußte, wo die Ausstellung stattfand.

Ich wollte weitergehen, blieb aber wie erstarrt stehen. Mein Blick war, vermutlich durch irgendeine Bewegung, von einem Gebilde angezogen worden, das an der Ecke des uns am nächsten stehenden Gebäudes auf dem kunstvoll gearbeiteten Sims kauerte. Das Gebilde ragte über den Bürgersteig hinaus, ein dunkles, bösartig wirkendes Antlitz, bei dem mir das Blut in den Adern gefror. Dabei war es nur ein Wasserspeier, wie mir bald nach dem ersten Schrecken bewußt wurde, aber er sah ganz anders aus als alle, die ich zuvor gesehen hatte. Ich spähte mit zusammengekniffenen Augen in die nieselige Düsternis. Es hatte den Anschein, als wäre das Ding halb Mensch, halb Reptil. Es hatte einen unheimlich plattgedrückten Kopf mit einem Gesicht, das breiter als hoch war. Übergroße Ohren flankierten einen unmenschlich großen Mund und eine widerwärtige Schlangenschnauze.

»Was ist denn?« fragte Vav.

»Der Wasserspeier dort oben.«

»Ah.« Sie nickte. »Sie wissen doch sicher, daß man ursprünglich diese Art von Wasserspeiern an den Gebäuden angebracht hat, um die Menschen an die dunkle Seite ihres Wesens zu erinnern.«

»Herrgott, wenn der hier die dunkle Seite von jemandem darstellen soll, dann will ich dem ganz sicherlich nie begegnen. Das Ding sieht ja gräßlich aus.« Und doch konnte ich nicht aufhören hinaufzustarren. Wahrscheinlich lag das an meiner ganz persönlichen Angst vor Reptilien, die noch aus der Zeit herrührte, als ich ein siebenjähriges Kind war. Ich hatte mich in den Küstensümpfen von Mexiko verlaufen und dort eine wahrhaft schreckliche Begegnung mit einem Krokodil gehabt, das fest entschlossen schien, mich zum Lunch zu verspeisen. Allein der Gedanke daran, jagte mir eisige Schauder über den Rücken.

»Eine Menge Leute, nicht wahr?« sagte Vav, ohne sich auch nur umzusehen.

»Ja, und es werden jeden Augenblick mehr, wie ich sagen darf.« In Wahrheit war ich froh, an etwas anderes als das entsetzliche Ding denken zu können, das da über uns kauerte. »Sie sind offensichtlich recht beliebt.«

»Oh, jetzt verwechseln Sie den Boten mit der Botschaft«, sagte sie. »Das hat gar nichts mit *mir* zu tun. Die sind alle gekommen, um die *Gemälde* zu sehen.«

»Aber die Gemälde haben doch mit Ihnen zu tun.«

»Sobald Sie dort sind, werden Sie verstehen.« Sie führte mich in die Mündung der muffigen Gasse, die entlang der näherliegenden Seite des steinernen Gebäudes verlief. Im gleichen Augenblick war die ganze Stadt von Dunkelheit verschlungen worden.

»Sollten wir nicht in die Galerie gehen?« sagte ich.

»Wir müssen uns beeilen«, sagte Vav. »Nach allem, was Sie mir gesagt haben, bleibt uns sehr wenig Zeit.«

»Aber ich habe Ihnen doch gar nichts gesagt, was …«

Ich sprach den Satz nicht zu Ende. Diese Gasse hier hatte etwas an sich, etwas auf seltsame, unheimliche Weise Vertrautes, aber ich schüttelte das Gefühl gleich wieder als unsinnig ab. Außerdem war ich viel zu sehr damit beschäftigt, der typisch paranoide New Yorker zu sein und rechnete mir aus, wie groß die Chance war, daß wir überfallen wurden. Ich verspürte ein höchst unangenehmes, eisiges Prickeln an meinem Rückgrat, das immer stärker wurde, je weiter wir gingen. Es steigerte sich dermaßen, daß ich buchstäblich gezwungen wurde, mich umzusehen. Ich stieß einen häßlichen Fluch aus, als ich meine schlimmsten Ängste bestätigt sah: Eine ekelhaft verzerrte Gestalt latschte da hinter uns her.

»Was ist denn?« Vav war auf meinen Ausruf hin stehengeblieben und drehte sich jetzt um.

»Da kommt jemand hinter uns her«, sagte ich. »Sehen Sie das denn nicht?«

»Ich fürchte, ich kann gar nichts sehen«, sagte sie. »Ich dachte, Sie hätten das schon erraten. Ich bin völlig blind.«

»Oh, das muß die Hölle sein.«

»Nein, nein, das hat alles mit meinem Talent zu tun«, sagte sie, mich völlig mißverstehend.

Aus dem Wok ins Inferno, dachte ich, packte sie am Arm und zerrte sie rückwärts die Gasse hinunter.

»Schnell«, sagte sie. »Schnell jetzt, William.«

Die Gestalt rückte in beunruhigendem Tempo näher. Plötzlich wußte ich, wie es war, wenn einem das Blut in den Adern zu Eis gefriert, denn ich sah mich plötzlich von Angesicht zu Angesicht – wenn man es das nennen konnte – dem widerwärtigen Wasserspeier gegenüber. Er war so scheußlich, daß ich kaum hinsehen konnte. Jetzt wußte ich, was meinen Blick ursprünglich so angezogen hatte: Ich hatte gesehen, wie er sich bewegte. Das Problem war, daß ich es nicht hatte glauben können. Jetzt hatte ich keine andere Wahl. Das Ding lebte und war hinter uns her.

»Es ist der Wasserspeier«, stieß ich schließlich hervor. »Vav, wenn Sie die leiseste Ahnung haben, was zum Teufel hier eigentlich vorgeht, wäre es jetzt an der Zeit, es mir zu sagen.« In dem Augenblick kam mir in den Sinn, daß der Tazzman mich erschossen hatte, und daß das hier in Wirklichkeit ... die Hölle ... war?

»Vav, sagen Sie mir schon, daß ich nicht tot bin.«

»Es ist noch viel schlimmer, als man mir hatte weismachen wollen«, sagte sie mehr wie im Selbstgespräch, als an mich gerichtet. Was sahen ihre blinden Bronzeaugen da wohl Geheimnisvolles? »Vertrauen Sie mir, William, Sie sind nicht tot.«

Kaum hatte Vav das ausgesprochen, sprang der Wasserspeier uns mit so beängstigender Geschwindigkeit an, daß ich mich gerade noch wegducken konnte. Eine verformte Krallenhand huschte über meine Augen weg und traf Vav mit solcher Wucht, daß sie mir weggerissen wurde und wie ein Ball auf das steinerne Pflaster flog. Dann zog sich die Bestie zu meiner Überraschung zurück, als spürte sie etwas, das ich weder sehen noch hören konnte. Unvernünftigerweise wandte ich der Schreckensgestalt den Rücken zu, während ich neben Vav niederkniete.

»William, sind Sie da?«

»Das wissen Sie doch.« Sie war über und über mit heißem, klebrigem Blut bedeckt. »Ich rufe einen Krankenwagen.«

»Zu spät. Sie müssen in die Ausstellung«, flüsterte sie. »Das ist jetzt lebenswichtig.«

»Vav, bitte, sagen Sie mir, warum.« Aber sie war bereits dahin, und ich konnte spüren, wie die Bestie mich schon fast erreicht hatte, also ließ ich sie los und wollte davonrennen, jedoch vergeblich. Eine der Pfoten der Bestie brachte mich zu Fall, und ich krachte mit dem Gesicht auf das Kopfsteinpflaster. Ich versuchte aufzustehen, kam mir aber wie gelähmt vor. Meine Kräfte reichten gerade noch aus, mich umzudrehen. Ich sah das Monstrum über mir aufragen, das häßliche Maul, wie mir schien, zu einem scheußlichen Grinsen verzogen.

Ich hielt mir eine Hand über das Gesicht und verspürte sofort einen heftigen Schwindelanfall. Das Kopfsteinpflaster unter mir schien zu schmelzen, und ich hatte den Eindruck, in eine dunkle, formlose Grube zu stürzen. Ich glaube, ich habe noch geschrien; dann muß ich die Besinnung verloren haben, denn als ich die Augen wieder aufschlug, befand ich mich auf einer kühlen, von Laubbäumen umgebenen Lichtung. Vögel zwitscherten und sangen zwischen den Eichenästen, und ihr Gesang bildete eine Art Kontrapunkt zu dem trägen Summen der Insekten. Ich konnte Klee riechen und den würzigen Duft von Felberich und Falschem Jasmin, ich blickte zum Himmel auf und konnte erkennen, daß es jene Zeit des Tages war, wo sich das liebliche Kobalt des Abends, nachdem es das Sonnenlicht verjagt hat, ausbreitet wie unergründliche Worte auf einer Buchseite.

Ich hörte ein Wiehern, drehte mich um und entdeckte ganz in der Nähe ein herrliches Jagdpferd, das sich am Gras gütlich tat. Er war mit englischem Reitgeschirr aufgezäumt.

Schneller Hufschlag ließ mich aufblicken, und ich sah in das Gesicht einer Frau. Sie war eine auffallende Schönheit mit smaragdgrünen Augen und glänzendem, dunkelblondem Haar, das ihr, dicht wie der Wald rings um uns, bis ans Kinn fiel. *Strahlend* war das Wort, das sie vielleicht am besten beschrieb, strahlend auf eine Art und Weise, wie das nur wenige Menschen sind oder je hoffen können zu sein. Sie saß selbstsicher auf einer schwarzen Stute mit weißer Blesse und trug teure, aber praktische dunkelblaue Jagdkleidung und ein milchig weißes Seidenhemd.

»Alles in Ordnung?« fragte sie mit entzückendem britischem Akzent.

»Sollte es das sein?« fragte ich zurück. Ich wischte mir die Augen, aus denen zu meinem Entsetzen Tränen rannen. Ich wollte aufhören zu weinen, konnte es aber nicht. Schon vermißte ich Vav; ich wollte sie zurückhaben. Mir wurde bewußt, daß ich mich in ihrer Gesellschaft zum ersten Mal seit vielen Jahren sicher gefühlt hatte.

»Aus der Ferne sah es so aus, als ob du unangenehm gestürzt wärst, aber jetzt, wo ich hier bin, glaube ich eher, daß die Eichenblätter deinen Fall gebremst haben.«

Ich hatte nicht die leiseste Ahnung, wovon sie redete und wie sie dazu kam, mich einfach zu duzen. Aber als ich aufstand, stellte ich fest, daß ich Blätter und Steinchen von meinen Reiterhosen und den hohen schwarzen Jagdstiefeln wischte. Und keine Spur von Vavs Blut, mit dem ich noch vor Sekunden über und über bespritzt gewesen war. Ich weinte wieder so heftig, daß ich mich genötigt sah, mich aus lauter Verlegenheit von ihr abzuwenden.

»Ich glaube, mir fehlt nichts«, sagte ich, als ich mich schließlich wieder in der Gewalt hatte. Ich griff mir an den Kopf. »Bloß ein bißchen Kopfschmerzen.«

»Kein Wunder.« Sie reichte mir eine fein ziselierte silberne Taschenflasche. »Hier. Du siehst so aus, als ob du das gebrauchen könntest.«

Ich schraubte die Kappe ab und roch sofort den vertrauten Duft von Mescal. Ich spürte die vertraute Lockung, aber irgendwie hatte sich etwas in mir verändert, und ich fühlte mich an einen Fisch erinnert, dem der Haken mit dem Köder vor der Nase baumelt. Ich zögerte einen Augenblick, ehe ich ihr die Flasche unbenutzt zurückreichte. »Ein andermal vielleicht.«

Sie nickte. »Wie wär's, wenn ich warte und dann den Weg mit dir zurückreite?«

Ich sah mich um. »Handelt es sich hier um eine Art Jagdrennen?«

»Ja, natürlich.« Sie lachte, es klang wie tausend silberne Glöckchen. »Wir sind auf einer Jagd, William.«

Ich griff nach den Zügeln des Braunen und schob den Fuß in den linken Steigbügel. »Und wir sind … wo?« Ich schwang mich in den Sattel.

»Leicestershire. East Midlands von England. Im Charnwood Forest, um es genau zu sagen.«

»Das Herz des Jagdlandes«, sagte ich. »Die Cottesmore-Jagd wird hier abgehalten, wenn ich mich recht entsinne.«

»Die große alljährliche Fuchsjagd, in der Tat. Aber nicht ohne wachsende Kontroversen.« Ihre Augen blitzten auf höchst attraktive Weise. »Komm jetzt.« Sie trieb ihrem Pferd die Absätze in die Flanken, worauf es einen Satz nach vorn machte. »Ich will nicht den ganzen Spaß verpassen, du etwa?«

Ich trieb den Braunen hinter ihr her, und der ging sofort in vollen Galopp über. Um Ihnen eine richtige Vorstellung davon zu vermitteln, wie diese Frau auf mich wirkte, muß ich gestehen, daß ich, während ich verzweifelt versuchte, mich an all das zu erinnern, was man mir einmal über die Kunst des Reitens beigebracht hatte, mit unverhohlener Aufmerksamkeit ihre Züge studierte. Ihre rosige, cremefarbene Haut erweckte den Anschein, als wäre sie für die Jagd geboren – oder zuallermindest für die neblige, englische Landschaft. Ich spürte eine Art umsichtige Intelligenz an ihr, eine unbekümmerte Art, die mich auf eine mir unergründliche Weise anzog. Wenn mich in diesem Augenblick jemand vor ihr gewarnt hätte – sie als Mörderin bezeichnet hätte, um ins Extrem zu gehen –, hätte ich dem Betreffenden ins Gesicht gelacht, meinem Roß die Absätze in die Flanken getrieben und wäre verduftet. Ich fühlte mich in ihrer Gesellschaft richtig wohl. Ich hatte sie zwar gerade erst kennengelernt, aber mir war, als würde ich sie schon mein ganzes Leben lang kennen. Da war irgend etwas zwischen uns, eine Verbindung so innig wie eine Nabelschnur. Sie war so etwas wie ein unerwartetes Geschenk unter dem Weihnachtsbaum. *Bist du wirklich für mich da*? hätte ich am liebsten gefragt, während ich mir ungläubig die Augen rieb. Ich beschloß, sie ebenfalls zu duzen.

»He, du weißt meinen Namen, aber ich nicht den deinen«, rief ich.

»Aber sicher kennst du mich, William.« Sie hob eine Hand, und jetzt konnte ich die Schwimmhäute zwischen ihren Fingern sehen. »Ich bin Gimel, die Weberin der Realitäten, der Quell der Ideen und Inspirationen. Ich bin wie mein Namensvetter, das Kamel, bis zum Rand mit dem Lebensquell gefüllt, ein auf sich selbst gestelltes Schiff, das selbst im feindseligsten Klima überleben kann.«

In diesem Augenblick kamen wir in ein weites, grasbedecktes Feld hinaus, das mit Löwenzahn und Fingerhut übersät war. Beiderseits von uns marschierten die Schemen massiver Eichen auf, und in der zunehmenden Düsternis konnte ich mit einiger Mühe einen ausgetretenen Pfad wahrnehmen. Als wir dann diesem Pfad zu folgen begannen, erinnerte ich mich nüchtern daran, daß all dieses Schäumen meines Bewußtseins nicht viel mehr als eine seltsame Art von Phantasievorstellung war, die vielleicht aus den Zehntausenden hormongespeister Fieberträume übriggeblieben war, die ich während meiner angemessen schlimmen Zeit als Heranwachsender durchgemacht hatte. Mit schlimm meine ich verdorben, wie das schwärzliche, schimmlige Ding, das man in seinem Kühlschrank findet, wenn man einige Monate weg gewesen war.

»Dann nehme ich an, daß wir uns auf unserer eigenen Fuchsjagd befinden«, sagte ich, als ich zu ihr aufschloß. Ich war ihr jetzt so nahe, daß ich ihren reizenden Duft einatmen konnte.

»O nein. Ich würde nie auf etwas Jagd machen, was so schön ist wie ein Fuchs.« Während sie den Kopf schüttelte, flog ihr Haar auf höchst anmachende Art und Weise hin und her. »Wir sind hinter der Bestie her.«

»Welcher Bestie?«

»Das weißt du ganz genau, William, spiel mir also nichts vor.« Sie sah mich scharf an. Ich sah in dem herrlichen Smaragdgrün ihrer Augen ein kieselhartes Blitzen, und mein Herz drehte sich um. Doktor, Sauerstoff! »Das Tier der Tiere«, fuhr sie fort, ohne den Pfeil wahrzunehmen, der aus meinem Herzen ragte. »Es gibt nur eines, das so scheußlich ist, das man so dringend jagen muß.«

»Schau, ich gebe ja zu, daß ich ein wenig durcheinander bin, sehr durcheinander sogar. Das heißt, noch vor wenigen Augenblicken lag ich in einer dunklen Gasse in Paris, und das Blut meiner Freundin …«

»Du siehst in Vav also eine Freundin? Seltsam. Du hast sie doch nur ganz kurze Zeit gekannt.«

»Ich verstehe mich eben darauf, den Charakter eines Menschen zu beurteilen«, erwiderte ich leicht verärgert. »Wenn du nicht auch eine Freundin von ihr bist, solltest du das besser jetzt gleich sagen.«

Sie lachte. »Du meine Güte, wie eilig du es doch hast, sie zu verteidigen.« Jetzt dicht neben mir, beugte sie sich herüber und küßte mich auf die Wange, und ich hörte jene Vögel in meinem Kopf zwitschern, die man in den Comics immer über Sylvesters Kopf fliegen sieht, wenn Tweety ihm einen kräftigen Schlag mit dem Hammer versetzt hat. »Vav und ich waren wie Schwestern. Standen uns sogar noch näher, wenn du dir das vorstellen kannst. Wie zwei Stücke vom gleichen Kuchen.«

»Sie fehlt mir.«

»Das überrascht mich keineswegs«, sagte sie. »Ihr wart zu einer Gemäldeausstellung unterwegs. Es ist wichtig, daß du dorthin kommst.« Sie nickte wie im Selbstgespräch. »Absolut lebenswichtig, könnte man sagen.«

»Du meinst, du weißt, wie du mich nach Paris zurückbringen kannst?«

»Das wäre nicht klug, oder? Außerdem ist es nicht nötig.« Sie zügelte ihr Pferd etwas, damit ich Schritt halten konnte. Ihr Rücken war gerade, die Schultern nach hinten gedrückt. Sie hatte diesen fast unverschämten jungenhaften Ausdruck, den ich schon immer unwiderstehlich gefunden habe. Ich malte mir aus, wie sie wie Diana, die mythische Göttin der Jagd, durch den Wald schritt, wie ihre Muskeln sich spannten, wenn sie einen Pfeil auf die Sehne ihres Bogens legte, um sie dann zu dehnen, wenn ihre Beute in Reichweite kam. »Die Ausstellung ist gerade im Herrenhaus eröffnet worden. Wir gehen hin, sobald wir können. Zuerst aber müssen wir die Jagd zu ihrem unvermeidlichen Abschluß bringen.«

»Wenn das Ende unvermeidbar ist, warum sich dann überhaupt die Mühe machen?« sagte ich. »Warum nicht gleich zum Herrenhaus reiten?«

Ihre Stirn furchte sich. »Ebensogut könnte man fragen, warum nicht ausatmen, ohne zuerst einzuatmen. So einfach geht das nicht. Gesetze des Universums sozusagen.«

»Dieselben Gesetze, die es mir erlauben, innerhalb eines Lidschlags von New York nach Paris und dann zum Charnwood Forest zu kommen? Oder die es erlauben, daß eine Gemäldeausstellung in Paris auf einmal hier ist?«

»Genau so.« Sie nahm meinen Sarkasmus nicht zur Kenntnis. Sie wirkte sogar eher erleichtert. »Ich bin so erfreut darüber, daß wir beide auf demselben Blatt stehen.«

Ich stöhnte. Ein Blatt in welchem seltsamen Buch, fragte ich mich.

»Keine Sorge«, rief sie. »Ich bringe dich dorthin, wo du hin mußt. Vertrau mir, William.«

Ich spürte ein leichtes eisiges Prickeln im Nacken, denn genau das hatte Vav auch gesagt. Und in dem Augenblick traf ich eine Entscheidung. Ich gab meinem Pferd die Sporen und beugte mich zu ihr hinüber. Soweit ich das erkennen konnte, hatte es mir überhaupt nichts eingebracht, nach den Regeln zu spielen, so seltsam sie auch sein mochten. Also mußte ich sie ändern! Ich packte ihre Zügel und zog sie von dem ausgetretenen Pfad herunter.

»Zum Herrenhaus, wo immer das sein mag«, sagte ich. »Sollen die anderen sich um die Bestie kümmern.«

»Welche anderen?« Wir ritten jetzt Seite an Seite, so nahe, daß unsere Schenkel sich berührten. »William, wir sind die einzigen auf dieser Jagd.«

»Um so besser«, sagte ich. »Dann wird uns niemand vermissen, wenn wir nicht weitermachen.«

»Du verstehst nicht.«

Ich beugte mich zu ihr hinüber, so dicht zu ihr, daß ich ihr Haar riechen konnte. »Jetzt kommen wir voran.«

Sie leckte sich die Lippen. In der anbrechenden Nacht sahen ihre Augen aus wie mattgeschliffene Steine. Ob sie vielleicht ebenso blind wie Vav war?

»Wir müssen die Bestie zur Strecke bringen«, sagte sie. »Sonst läßt sie uns nie zum Herrenhaus durch.«

»Warum?«

»William…« Jetzt war etwas in ihrem Gesicht auszumachen, das wie die Andeutung einer frischen Wunde aussah, die so tief war, daß sie immer noch blutete. »Vav hat die Bestie auf eigene Gefahr ignoriert. Schau doch, was mit ihr passiert ist. Ich werde nicht denselben Fehler machen.«

Sie sah auf einmal so verletzbar aus. Ich legte ihr meine Hand an den Hals. »Welchen Fehler?«

Sie zitterte ein wenig. »Die Gemälde und die Bestie sind ineinander verwoben. Du kannst das eine nicht sehen, ohne dem anderen zu begegnen. Sie dachte, sie könnte dich direkt zu den Gemälden bringen, dachte, sie könnte die Bestie irgendwie umgehen. Aber da hat sie sich getäuscht.«

»Du redest die ganze Zeit von einer Bestie, aber was genau meinst du eigentlich? Nach meiner Kenntnis *gibt* es keine wilden Tiere in Leicestershire oder, genaugenommen, irgendwo in England. Die großen Raubtiere sind hier ausgestorben, und im größten Teil von Europa ebenfalls.«

Ihre Augen suchten die meinen. »Dann hat Vav es dir nicht erklärt?«

»Wenn sie das getan hätte, würde ich ja nicht dich fragen, oder?« sagte ich leise.

»Es wäre auch sinnlos. Ich versichere dir, du würdest mir nicht glauben.«

Ich küßte sie auf die Wange. »Du meinst, du wirst mir nicht einmal die Gelegenheit dazu geben?«

Das schien sie nachdenklich zu stimmen. Ich spürte, daß sie im Begriff war, eine Entscheidung zu treffen, die sie lieber nicht getroffen hätte. »Es ist am besten, wir bleiben in Bewegung, während wir sprechen.«

Ich nickte, ließ ihre Zügel los und folgte dicht hinter ihr, als sie im spitzen Winkel über die kühle, bläulich grüne Wiese in die düsteren Schatten des Waldes ritt.

»Die Bestie ist ein aus dem Chaos geborenes Geschöpf«, sagte sie schließlich. »Sie denkt nicht so, wie du oder ich das kennen; man kann mit ihr nicht diskutieren oder Kompromisse schließen, aber ihre Reaktionen auf äußere Reize sind entsetzlich schnell. Sie ist das reine Böse.«

»Sie hat Vav angegriffen, ehe ich auch nur Atem holen konnte.«

»Die arme Vav. Sie hatte keine Chance«, sagte Gimel in einem eigenartigen Tonfall, so als würde sie zu sich selbst sprechen. Dann suchten ihre Augen über den kurzen Abstand zwischen uns hinweg wieder die meinen. »Wie ich schon sagte, ich werde nicht denselben Fehler machen.«

Ich wollte sie fragen, was sie damit meinte, aber dann waren wir im Wald, und plötzlich änderte sich alles. Ich meine nicht die Eichen oder die Kühle des Abends oder den würzigen, erdigen Geruch oder das ausgeprägte Gefühl, an diesem Ort zu sein. Ich weiß nicht recht, wie ich das ausdrücken soll, aber es war, als ob ich von dem Augenblick an, als ich durch die Hintertür des Helicon gerannt war, auf einem straff gespannten Seil balanciert hätte. Und jetzt war dieses Seil abgerissen, und ich stürzte ab. Nicht im buchstäblichen Sinne natürlich, verstehen Sie. Aber bildlich gesprochen war mir, als würde ich aus einer Realität – oder vielmehr meiner *Wahrnehmung* der Realität – in eine andere fallen. Eine Blase war geplatzt, und ich fand mich plötzlich unter der Haut des Universums wieder. Ich war drinnen und blickte auf die Oberfläche hinaus – die helle, leuchtende, nur allzu vertraute Schale –, die Oberfläche eines jeden alltäglichen Dings, das wir für selbstverständlich halten. Jetzt sah für mich alles anders aus. Und mit jenem Gefühl stellte sich ein Flackern des Erkennens ein, wie das Déjà-vu-Erlebnis eines lebhaften Traums, über die unvollendeten Gemälde, die ich in Vavs Atelier gesehen hatte. Einen winzigen Augenblick lang sah ich durch ihre konventionelle, impressionistische Oberfläche hindurch und sah, was sie *bedeuteten. Es hat nichts mit mir zu tun*, hatte Vav gesagt und damit die Ausstellung gemeint. Ich hatte sie zu der Zeit nicht verstanden. Wie konnte es in der Ausstellung *nicht* um sie gehen, hatte ich mich in Paris gefragt. Sie war schließlich die Künstlerin. Doch jetzt fing ich an zu begreifen, was sie gemeint hatte. Die Gemälde waren wichtig; wer sie gemalt hatte, war in einem sehr realen Sinn ohne Belang.

»Warte!« rief ich Gimel zu. »Einen Augenblick!«

Sie riß ihr Pferd herum. »Was ist?«

Ich war bereits aus dem Sattel gesprungen. »Da ist etwas an diesem Ort ... etwas Vertrautes.«

Sie sprang auch vom Pferd, und als dieses sich herumdrehte, sah ich, daß an einer Seite des Sattels ein altmodischer Langbogen befestigt war – nicht einer von diesen hypermodernen Flitzebogen, wie sie Jäger heutzutage benutzen – und daneben ein Köcher mit Pfeilen hing. Sie hinkte, als sie auf mich zukam, so als ob ein Bein kürzer wäre als das andere. Dann sah ich, daß ihr linkes Bein dünner und kleiner war als das rechte, eingeschrumpelt wie eine eingetrocknete Weizenähre.

»Vielleicht warst du schon einmal in diesem Tal des Charnwood Forest.«

Ich schüttelte den Kopf. »Ich bin nie über London hinausgekommen. Aber selbst wenn ich hier gewesen wäre – das ist es nicht, was ich meine.« Ich ging jetzt in der kleinen Lichtung herum. »Was ich fühle ... es ist nicht so einfach zu erklären.« Sie musterte mich ruhig, wenn auch mit einer gewissen Neugierde. »Meinst du, daß es möglich ist, einen Ort zu kennen – ich meine richtig zu kennen, von innen und von außen –, ohne je dort gewesen zu sein?«

»Wenn man nur die physikalische Welt betrachtet, nein, natürlich nicht.« Sie ging in ihrem eigenartigen, schiefen Gang quer über die Lichtung und trat vor mich. »Aber das Universum ist soviel mehr als nur das, nicht wahr?« Ihr Tonfall sagte mir, daß sie in Wirklichkeit eine völlig andere Frage stellte.

Seltsam, wie diese Augenblicke des Übergangs über mich kamen. Wieder spürte ich, wie mein Bewußtsein in der Zeit zurückgeworfen wurde. Vor mir stand das Bild von Donnatella, die leicht angeheitert war. Ich hatte sie in Mexiko kennengelernt, wo sie mit ihrem Mann und ihrer Schwester den Urlaub verbrachte. Während ihr unsäglicher Ehemann sich an ihre Schwester heranmachte, saßen Donnatella und ich auf den stillen, schattigen Plätzen von Oaxaca und tranken Mescal. Das hatte die Wirkung, daß die drückende Hitze in Schach gehalten wurde und wir zugleich zu ungezügelter Leidenschaft angestachelt wurden. Wenn ich jetzt an jene erotisch aufgeladenen Augenblicke in einem unserer Hotelzimmer denke, wird mir zum ersten Mal klar, wo alles anfing, aus der Bahn zu geraten. Es waren ungemein turbulente sexuelle Begegnungen, das schon, aber – und es tut so weh, das zuzugeben – sie waren vom Wesen her ohne jede Freude. Es tat weh, weil es mir zeigte, wie wenig wir wirklich hatten, was für kleine Leute wir doch waren. Es kam mir in den Sinn, daß Donnatella und Herman besser zusammenpaßten – und auch das tat weh. Zu sagen, daß mich dies alles mit der Wucht eines Expreßzuges traf, wäre eine Untertreibung. Bis zum jetzigen Augenblick war ich mir absolut sicher gewesen, daß wir einander geliebt hatten, selbst nachdem sie und Herman miteinander durchgegangen waren. Aber jetzt wußte ich es besser. Unsere Liebe war nichts anderes als Wunschdenken gewesen, wie eine Plakattafel mit einem halbnackten Fotomodell. Die traurige Wahrheit ist, daß Donnatella und ich aus sämtlichen falschen Gründen, die man sich vorstellen kann, kopulierten und auch aus diesen Gründen heirateten. Zwölf Stunden nachdem ihre Scheidung durchgekommen war, peng!, war es geschehen, und wir waren verheiratet. Es war ein verführerischer, aber giftiger Start, den wir uns da geschaffen hatten, wie wir mit gespreizten Beinen, berauscht vom Mescal, dasaßen und unter dem Brettertisch feuchtes Fleisch betasteten, alles unter den schläfrigen, aber wachsamen Blicken der mexikanischen Kellner. Noch heute werden beim seelenvollen Klang einer mexikanischen Gitarre meine Augen ganz glasig. Ich nehme aber an, daß Donnatella in all der Zeit, in der sie sich mit mir vergnügte, in Wahrheit an ihren Mann und ihre Schwester dachte, und an Rache.

Nein, wir haben einander nie geliebt. Unser Feuer war nicht einmal so sehr Leidenschaft wie Wut – eine Wut auf alles um uns herum. Und diese Wut – diese dämonische Leidenschaft – machte uns sicher. Für eine Weile. Und dann verschwand sie. Man konnte nicht einmal sagen, daß unsere Beziehung vorbei war, denn sie hatte nie richtig begonnen. Seltsamerweise habe ich nie aufgehört, sie zu mögen. Für Lily, die sie fast jede Woche besuchte, während ich das nie tat, war sie eine Heilige. Sie und ich stritten uns schrecklich darüber. Sie sagte häufig, es sei eine Todsünde, daß ich mich überhaupt nicht um meine Schwester kümmere, und wer weiß, vielleicht hatte sie recht. Andererseits fraßen an Donnatella, der Katholikin, all die widersprüchlichen Schnörkel und der Aberglaube, die Teil dieser Religion sind. Ich fragte mich oft, wie sie es als Katholikin eigentlich anstellte, zwei Scheidungen zu rechtfertigen. Einmal, als ich sie darauf ansprach, sagte sie mir mit einem seltsamen Unterton der Verachtung, daß ihr Onkel den Papst kenne und es fertiggebracht habe, eine Art von Dispens für sie zu beschaffen. Ich habe bis zum heutigen Tag keine Ahnung, ob das stimmte oder nicht. Aber ich bin mir auch nicht sicher, ob es etwas zu bedeuten hatte. Jedenfalls war sie zu meiner Schwester netter als zu ihrer eigenen, aber wie kann ich ihr das vorwerfen? Ich kann es nicht und werde es auch nicht tun. Sie ist eine einmalige Person, und insgesamt bin ich froh, daß wir uns begegnet sind, selbst wenn ich sie zu spät und dann auch viel zu gut kennenlernte. Aber wenn man einmal der Sache auf den Grund geht – wenn man alles Unwichtige beiseiteschiebt –, hat sie nie mir gehört, und der tiefste Schmerz rührt aus den Jahren der Selbsttäuschung, in denen ich mir das vorgemacht hatte.

Die Ungeheuerlichkeit dieser Erkenntnisse bereitete mir Übelkeit. Es war, als ob die Welt zu Asche geworden wäre, als ob die Erinnerung wie eine schrecklich schnelle Sense ein ganzes Feld der Illusionen weggemäht hätte. *Meine* Illusionen. Donnatella, der melancholische, schattige Platz in Mexiko, unsere verstohlene, verschwitzte Liebe, die getragene

Gitarrenmusik vor dem zersprungenen Hotelfenster: alles waberte und verlor an Substanz, wie ein Dschinn, der in seine Lampe verschwindet.

Ich war wieder im Charnwood Forest, in der ätherischen Dunkelheit der Lichtung. Gimel war immer noch dicht neben mir, ich konnte ihren leicht würzigen Körpergeruch riechen.

»Was hast du gerade gedacht?« fragte sie. »Ich konnte deine Anspannung spüren.«

»Ich habe mir mein Leben ins Gedächtnis gerufen«, sagte ich der Wahrheit gemäß. »Und traurigerweise kam mir in den Sinn, daß es gar nicht das war, wofür ich es gehalten hatte.«

»Was ist das schon?« Ihre Augen glänzten in der Dunkelheit. »Alles, was wir sofort erkennen können, muß von geringem Wert sein, meinst du nicht?«

»Dich kenne ich nicht.« Meine Hand umfaßte ihren Arm fester. »Überhaupt nicht.«

»Also bin ich wertvoll?« Ihre Augen tanzten, und sie lächelte schelmisch. »Ist es das, was du meinst?«

Eine kühle Stille schien den Rest der Welt in eine verschwommene Daguerrotypie zu verdrängen. Hörte die Brise auf, die Eichenblätter zu bewegen, stellten die Vögel ihren abendlichen Gesang ein, die Insekten ihren nächtliche Morse-Code? Mir schien es so. In Mexiko hatte Donatella einmal zu mir gesagt, wenn sie mit mir zusammen sei, sei sonst nichts für sie wirklich. »Existenz ist die Spitze der Flamme«, hatte sie in der liebenswerten Art gesagt, in der sie Sätze und Worte gern nach Gutdünken zergliederte. »Wenn ich in deinen Armen liege, bin ich in der Flamme, kannst du das verstehen?«

Bei Gimel hatte ich das Gefühl, als wäre ich in der Flamme, als wäre alle Existenz in dem winzigen Raum zwischen uns gebunden. Aber am Ende drängte sich die äußere Welt wie ein unheilverheißender, naßkalter Wind herein. In dem Moment, in dem meine Erinnerungen mich übermannt hatten, hatte ich etwas verpaßt, vielleicht etwas Wichtiges.

Plötzlich erfüllte mich Unruhe. Das Lächeln auf ihrem Gesicht war erstarrt. Ich konnte sehen, daß ihre Arme mit Gänsehaut überzogen waren.

»Was ist los?« sagte ich.

Und dann hörte ich es auch. Etwas recht Großes bahnte sich seinen Weg durch den Wald. Während wir so dastanden, ohne uns zu rühren, und uns bemühten, das Geräusch zu deuten, konnte ich erkennen, daß es geradewegs auf uns zukam.

»Es ist die Bestie«, flüsterte sie. »Sie hat uns gefunden.«

»Wir sollten lieber wieder auf die Pferde steigen«, sagte ich.

»Meinst du, daß das klug ist?« Sie legte eine Hand auf das Zaumzeug meines Braunen. »Jetzt, da wir hier sind – meinst du immer noch, daß es am besten ist wegzulaufen?«

»Was bleibt uns denn sonst übrig?« sagte ich. »Kannst du es mit deinen Pfeilen aufhalten?«

»Ich habe keine Ahnung.«

»Das klingt nicht gerade nach den besten Aussichten auf eine Chance.«

»Was hat das mit Chance zu tun?« Plötzlich wirkte sie bedrückt. »Meinst du, Vav hat über ihre Chance nachgedacht, als sie mit dir in diese dunkle Gasse in Paris ging?«

»Keine Ahnung.«

»Dann hast du recht«, sagte sie und ließ plötzlich den Zügel los. Ihre Stimme klang so, als würde sie jeden Augenblick in Tränen ausbrechen. »Wir sollten lieber fliehen, ehe es zu spät ist.«

Aber es war bereits zu spät. Als ich gerade einen Stiefel in den Steigbügel setzte, teilte sich das Gestrüpp, und eine dunkle, plump wirkende Gestalt rannte aus dem Schatten auf uns zu. Die schwarze Stute bäumte sich auf, schnaubte und weitete die Nüstern. Gimel legte einen Pfeil auf ihren Bogen. Sie zog die Sehne zurück und schoß. Vielleicht lag es nur an dem kobaltfarbenen späten Abendlicht, der Pfeil schien jedenfalls – einen Augenblick, bevor er die Brust der Bestie durchbohrt hätte –, zu verschwinden. Mit einem leisen Aufschrei warf sich Gimel der Bestie direkt in den Weg.

»Nein!« schrie ich, als das Ding mit seiner gewaltigen Pranke nach ihr hieb. Es war ungeheuer kräftig. Selbst aus der Distanz konnte ich ihren Hals knacken hören. Sie wurde von der schrecklichen Wucht des Schlages von den Beinen gerissen und herumgewirbelt, und ich sah, daß alles Licht aus ihren Augen verschwunden war. Sie fiel auf den Waldboden, und ihr Kopf blieb in einem unnatürlichen Winkel liegen. Mein Magen revoltierte, und ich versuchte, zu ihr zu gelangen. Zugleich verspürte ich den Drang, mir diese Bestie genauer anzusehen, als ich das beim Wasserspeier getan hatte. Und doch konnte ich nur immer wieder kurz verstohlen hinsehen. Das scheußliche Gesicht war dasselbe, das ich in der Pariser Gasse aus den Augenwinkeln gesehen hatte, aber diesmal war der Körper entschieden mehr Tier als Mensch. So wie beim vorigen Mal zögerte die Bestie, aber diesmal glaubte ich in der Ferne einen Knall wie von einem Gewehrschuß zu hören. Ohne eine Sekunde zu vergeuden, zerrte ich Gimel zwischen die dicht beieinander stehenden Eichen. Ich hob sie im dichten Unterholz auf; sie war leicht wie ein Kind. Es war, als hätte sie keine Masse mehr, als ob alles, was sie gewesen war, in dem Augenblick verschwunden wäre, in dem die Bestie ihr den Hals gebrochen hatte.

Dennoch konnte ich sie nicht loslassen; sie hatte sich geopfert, hatte sich zwischen mich und die Bestie geworfen. Aber es galt, keine Zeit zu verlieren. Hinter mir brach sich die Bestie ihren Weg durch den Wald und kam immer näher. Ich drehte mich um und rannte, stolperte über endlose Wurzeln und Lianen und ganze Kolonien fahlgelber Pilze. Einmal fiel ich sogar hin, ließ Gimel aber nie los. Ich konnte mir einfach nicht vorstellen, sie liegen zu lassen, so daß die Bestie sie finden und vielleicht zerfleischen konnte. Das wäre unmenschlich gewesen.

Ich erwähnte schon, daß ihr Körper ganz leicht war, dennoch behinderte er mich im dichten Gestrüpp des Waldes. Die Folge war, daß mein Vorsprung vor der Bestie schnell zusammenschrumpfte, deren höllisches Keuchen wie das Brausen eines riesigen Fahrzeugs klang, das im Begriff war, mich zu überrollen.

Unvermittelt kam ich aus dem Wald heraus und schlitterte gefährlich über ein Ufer auf einen ziemlich breiten Fluß zu. Ich sah mich schnell um. Es blieb mir wohl nichts anderes übrig, als ins Wasser zu gehen. Es war eiskalt und viel tiefer, als es vom Ufer her ausgesehen hatte. Ich war bereits bis zu den Hüften im Wasser und hatte noch nicht die tiefste Stelle erreicht, als hinter mir auch schon die Bestie aus dem Wald geschossen kam. Ihr Schwung trug sie bis dicht an den Rand des Wassers, wo sie sich aufbäumte und ein wütendes Brüllen ausstieß. Möglicherweise war sie wasserscheu. Meine Stimmung stieg, während ich weiterwatete. Auf halbem Weg über den Strom war mir das Wasser bis zur Brust gestiegen. So leicht sie auch war, kostete es doch einige Mühe, Gimels Körper über Wasser zu halten.

Ich sah mich über die Schulter um und stieß unwillkürlich einen Schreckensschrei aus. Die Bestie war dabei, sich in ein gigantisches Reptil zu verwandeln. Schuppen traten aus ihrem Rücken, und zwischen den Hinterbeinen war jetzt ein dicker Schwanz mit einer scharfen Spitze zu erkennen. Sie schob sich auf dem hellen Bauch ins Wasser und schoß dann mit beängstigender Geschwindigkeit auf mich zu.

Plötzlich war ich wieder sieben Jahre alt, war wieder in den mexikanischen Sümpfen. Die heiße Sonne lastete wie ein Joch auf Schultern und Nacken. Es wimmelte von Insekten, die sich an meiner nackten Haut labten. Ich war durch eine Gruppe mit Lianen behängter Bäume von meinem Vater getrennt. Er hatte gedöst, den Rücken an einen Baumstamm gelehnt, und ich, gelangweilt und unruhig, hatte mich ein Stück von ihm entfernt. Jetzt wußte ich nicht mehr den Weg durch das Labyrinth aus smaragdgrünen Blättern und schlammigem Wasser zurück zu der Stelle, wo er ohne Zweifel bereits auf mich wartete. Und um es noch schlimmer zu machen, ich war über ein Krokodil gestolpert, das träge im seichten Wasser gelegen hatte. Es war grauweiß und riesengroß, und sein prähistorisch gezackter Rücken, seine Panzerplatten und sein gewaltiges Maul ließen es wie eine tödliche Waffe auf vier stämmigen Beinen erscheinen.

Herrgott, wie schnell die Bestie war! Sie schoß hinter mir her, als wäre sie aus einem Raketenwerfer gestartet worden. Ihr Schlund stand bereits offen, und ich konnte die doppelte Reihe rasiermesserscharfer Zähne sehen. Das Monstrum sah tatsächlich so aus, als würde es mich angrinsen. Ich schrie auf, weil ich stolperte und dann das Ding auf mich zurasen sah.

Ein Schuß peitschte auf, das Krokodil machte einen Satz, schlug um sich. Ein weiterer Schuß, sein muskulöser Körper klatschte einmal hin und her und begrub mich beinahe unter sich. Als das Viech in das brackige Wasser zurückfiel, war das so nahe bei mir, daß ich bis auf die Haut naß wurde. Der letzte Schlag mit dem Schwanz hatte mir zudem den Unterarm aufgerissen. Dann hatten mein Vater und Adolfo, unser mexikanischer Führer, mich aufgehoben. Adolfo wollte mich in aller Eile zu dem Jeep verfrachten, der uns hierhergebracht hatte, aber mein Vater schüttelte den Kopf und reichte mir seinen dicken Hartholzspazierstock. Ich nahm ihn und schmetterte ihn auf den flachen Panzerschädel des Krokodils. Ich tat das unablässig, keuchte vor Anstrengung und Wut, während Adolfo wie ein Gebet vor sich hin murmelte: »*Es muy malo.*« (Das ist sehr, sehr schlecht.) Ich ignorierte ihn und hörte nicht auf, bis ich durch den Knochen war, bis ich in meiner Vorstellung dem Ungeheuer ebensoviel Schmerz zugefügt hatte, wie es mir seinerseits Angst eingejagt hatte.

Wie ein Traum spulte sich das alles im Zeitraum eines Lidschlags vor meinem inneren Auge ab. Das Gefühl eines Déjà-vu-Erlebnisses endete hier allerdings, weil ich wußte, daß es keinen Adolfo gab, der die Umgebung hier nach mir abkämmte, der bereit war, diese Bestie zu töten, ehe sie mich erwischte.

Vom Umsichschlagen wurden die Wellen gegen mich getrieben. Das war es also. Es war mein Schicksal, hier zu sterben; die Bestie würde eine zweite Chance bekommen, heute mit mir das zu tun, was sie mir in einer anderen Realität, als ich sieben war, hätte antun können. Ich konnte sie in der Nacht spüren. Nein! Ich durfte nicht zulassen, daß das geschah. Ich murmelte ein Stoßgebet, ließ Gimels Leiche fallen und wirbelte herum, um die Bestie anzusehen. Ihre Kiefer klappten auf, und ich ballte meine Hand zur Faust und zwängte meinen Oberarm senkrecht in das höhlenartige Maul. Zähne fetzten durch Haut und Fleisch und ließen mich aufschreien, aber ich ließ nicht locker. Ich hatte meinen Arm wie einen Stock benutzt, um der Bestie das Maul zu spreizen, denn ich hatte schon in sehr jungen Jahren gelernt, daß ein

Krokodil, wenn man ihm einen Stock ins Maul zwängte, nicht imstande war, das Maul zuzuklappen.

Jetzt waren wir gleichsam aneinandergekettet; ich blutete, die Bestie schlug um sich und versuchte, mich mit ihrem gewaltigen Schwanz zu erwischen; schieres Entsetzen kämpfte meine zunehmende Müdigkeit nieder, aber der Schwanz der Bestie peitschte wütend durch das Wasser und kam immer näher. Die Gewalt des Angriffs trieb mich rückwärts, flußabwärts, und jetzt konnte ich spüren, wie die Strömung schneller wurde, um mich herum Wirbel bildete und an mir saugte wie das Maul eines Leviathans. Die Kraft der Strömung wuchs, bis ich plötzlich merkte, wie mir die Beine weggezogen wurden. Ich wurde mit solcher Gewalt davongewirbelt, daß selbst die Reflexe der Bestie nicht schnell genug waren, um meinen Arm zu packen. Ich war jetzt unter Wasser und ganz in der Gewalt des dahinbrausenden Stromes. Ich schlug um mich, um mein Gleichgewicht zurückzugewinnen, und als mir das nicht glückte, versuchte ich einfach, den Kopf über die Wasseroberfläche zu bekommen. Schmerz durchschoß mich, als ich unter Wasser gegen einen Felsen stieß. Ich prallte ab, fing an mich zu drehen. Der Schmerz schlängelte sich an meiner Seite hinauf. Ich schnappte nach Luft und drohte allmählich zu ersticken. Ich wußte nicht mehr, wo oben und wo unten war. Dann stieß ich gegen etwas. Diesmal war es kein Felsbrocken, vielmehr etwas Weiches und Zylindrisches. Es war ein Körper – der von Gimel! Ich schlang beide Arme darum und hielt ihn fest, ließ mich von der Strömung tragen, und mein Kopf hob sich in süß duftende Luft, ehe ich abermals in die Tiefe gerissen wurde. Als ich dann ein zweites Mal nach Luft japste, konnte ich spüren, wie die Strömung schwächer wurde, so daß ich endlich Kurs auf das Ufer nehmen konnte.

Ich zog Gimels weiße Leiche an das matschige Ufer und legte mich daneben; mehr tot als lebendig, wie es mir schien, denn ich spürte in mir eine seltsame Blutsverwandtschaft mit ihr. Sie hatte mich vor der Bestie gerettet, so wie es Vav in Paris getan hatte. Ihr geschrumpftes linkes Bein schien jetzt ebenso natürlich und notwendig ein Teil von ihr zu sein wie das herzförmige Gesicht. Ihr Arm lag wie eine Rettungsleine auf meiner Brust. Ich schloß die Augen und fragte mich, ob ich endlich gerettet war.

Nur wenig später fiel ich in tiefe Bewußtlosigkeit.

Ich erwachte, als mir Regen ins Gesicht schlug. Es war immer noch dunkel, und ich wußte nicht, ob ich nur eine Stunde geschlafen hatte oder gar vierundzwanzig. Der Donner polterte weiter, und als ich mich gerade etwas aufgesetzt hatte, erleuchtete ein Blitz eine völlig fremdartige Landschaft. Ich lag in einer kleinen Mulde am Rand eines Waldes; der Strom, der mich hierher getragen hatte, war verschwunden. Offensichtlich befand ich mich nicht mehr im Charnwood Forest. Den dicken Fichten und amerikanischen Zuckerahornbäumen nach zu schließen, befand ich mich nicht einmal mehr in England. Und mit dem Strom war auch Gimel verschwunden. Ich wälzte mich zu der Stelle hinüber, wo sie gelegen hatte, und verspürte ein Gefühl des tiefen Verlustes in mir.

Schließlich preßte ich mir die Handballen an die Augen. Der Arm, den ich in das Maul der Bestie gerammt hatte, war so gut wie unversehrt. Natürlich war auch kein Blut zu sehen. Die Luft war hier entschieden kälter, und ich fing an, in meinen feuchten Kleidern zu frösteln. Ich wußte, daß ich schnell ein schützendes Dach finden mußte, um nicht der Gefahr der Unterkühlung ausgesetzt zu sein. Ich fragte mich, wo mein nächster Führer wohl sein mochte, denn in den vorangegangenen zwei Realitäten war das ja nach diesem Schema abgelaufen. Ich spürte aber, daß niemand in der Nähe war, stand auf und machte mich, nachdem ich mich willkürlich für eine Richtung entschieden hatte, auf den Weg. Ich gelangte zu dem Schluß, daß es irgendwie ganz gut war, daß das Schema durchbrochen war, da meine beiden vorangegangenen Führer ja am Ende den Tod gefunden hatten.

Ich war in Hadley, Massachusetts, zur Welt gekommen und aufgewachsen, wo mein Vater einen ausgezeichneten Ruf als Möbelrestaurateur und Kupferschmied genoß. Dieses Terrain, das mit den dicht bewaldeten Hügeln meiner Jugend identisch war, erinnerte mich sofort an das eine und einzige

Mal, wo ich mich bereit erklärt hatte, mit Lily zusammen einen Familienausflug zu unternehmen. Ich war jene Wälder gewöhnt; ich war zur Zeit dieses Ausflugs zwölf gewesen und bereits oft mit meinem Vater jagen gewesen. Er jagte so gern wie die meisten anderen Männer seines Alters Golf spielten. Er war kein gewalttätiger Mann, wenigstens nicht seiner Familie gegenüber. Aber einmal hatte ich gesehen, wie er einen Schlägertypen, der doppelt so groß war wie er selbst, auseinandergenommen hatte, weil der uns im dichten Verkehr geschnitten hatte. Ich hatte neben unserem Wagen gestanden und mit offenem Mund zugesehen, wie er diesen Hünen bewußtlos geschlagen hatte. Vermutlich besaß er aggressive Züge, die er auf unseren Jagdausflügen auslebte. Andererseits erforderte die Jagd Raffinesse, Schlauheit und ein hohes Maß an Geduld, alles Eigenschaften, die sich in einem aggressiven Individuum nicht sehr lang halten können.

Trotzdem kam er mit Lily nicht gut zurecht, und obwohl er und meine Mutter das heftig in Abrede stellten, ließ sich für mich die Tatsache, daß er uns schließlich verlassen hatte, auf keine andere Ursache zurückführen. Ich kann nicht für meinen Bruder sprechen, aber ich kam jedenfalls mit dem Weggang unseres Vaters nicht sehr gut zurecht. Natürlich gab ich Lily die Schuld; ich konnte ja nicht ihm oder meiner Mutter die Schuld geben, oder? Lily war ein so bequemes Ziel, so wie dieses Krokodil, dem ich den Schädel einschlug, nachdem Adolfo es totgeschossen hatte; damals konnte es mir nichts mehr zu Leide tun, aber eine Heidenangst hatte es mir schon eingejagt.

Und das hat Lily vielleicht auch.

Jedenfalls war meine Mutter in den ersten paar Monaten, nachdem mein Vater weggegangen war, verzweifelt darum bemüht, daß der Rest der Familie, wo immer möglich, alles zusammen unternahm. Ich stelle mir vor, sie wollte uns auf diese Weise die Sicherheit verschaffen, unsere Welt nicht zusammenbrechen zu sehen. Jahre später kam mir der Gedanke, daß sie sich diese Sicherheit vielleicht auch selbst verschaffen wollte. Und mit diesem Ziel im Auge arrangierte sie diesen Familienausflug. Weil ich der Älteste war, hatte ich die Auf-

gabe, Lilys Rollstuhl zusammenzuklappen und wieder aus-
einanderzuklappen und sie herumzuschieben, während sie
ständig schrie, bellte, heulte und mir ganz allgemein eisige
Schauder über den Rücken jagte.

Es war ein wunderschöner Frühlingstag Ende Mai. Die Vögel zwitscherten emsig, und die Insekten summten. Aus irgendeinem Grund flatterten Scharen von Schmetterlingen
herum, als wären sie alle gleichzeitig aus ihren goldenen Puppen geschlüpft. Man kann sich leicht vorstellen, wie schön sie
waren, aber irgend etwas an ihnen – vielleicht ihr unruhiger
Flug – schien Lily angst zu machen. Sie stemmte sich aus
ihrem Rollstuhl, schrie und fuchtelte mit ihren spastischen
Fingern in der Luft herum. Als ich den Fehler machte, mich
über sie zu beugen, um sie zu beruhigen, kratzte sie mich so
böse, daß mir tatsächlich das Blut herunterlief.

Und da schlug ich sie. Es war nur ein Schlag mit der offenen
Hand auf die Wange, aber der Schlag erschreckte mich wahrscheinlich ebenso, wie er sie erschreckt haben muß. Ihre Augen drehten sich nach innen, das Blut schoß ihr ins Gesicht,
zumindest war sie aber ein paar Minuten lang auf geradezu
unheimliche Art still. Dann brach sie in Tränen aus. Sie weinte
und stöhnte und schwankte und zitterte dabei, als ob sie hohes Fieber hätte.

Meine Mutter kam gerannt und versetzte mir einen kräftigen Hieb ans Ohr, ehe sie mich wegstieß. Dann kniete sie neben Lily nieder und fing mit dem langen, widerwärtigen Ri-
tual an, sie zu beruhigen. Während sie ihr zärtlich über die
Arme strich und auf sie einmurmelte, während Lily weinte
und sich das Haar zerzauste, sah mich der von Haß erfüllte
Herman mit der ganzen Verachtung eines Erwachsenen an.
Nicht daß er etwas tat, um Lily zu helfen – ich glaube nicht,
daß sie ihn je gemocht hat, und er wußte das auch. Aber wie
er sich jetzt mir gegenüber aufspielte! Er sagte, daß *er* nie eine
Hand gegen seine Schwester erheben würde.

»Billy, wie konntest du«, sagte meine Mutter eine Weile
später.

»Mama, schau dir doch an, was sie getan hat. Sie hat mich
blutig gekratzt!«

»Sie kann doch nichts dafür. Sie hätte dir nie bewußt weh tun wollen. Du weißt doch, wie sehr Lily dich mag.«

»Mama, ich weiß nichts davon«, wehrte ich ab. »Und um ganz ehrlich zu sein, du auch nicht. Kannst du sagen, ob ein Pilz dich mag? Nein, weil ein Pilz nicht denken kann.«

Dann tat sie etwas, was sie nie zuvor gemacht hatte und auch später nie wieder tat. Sie packte mich am Hemd und schüttelte mich wie eine Puppe. »Jetzt redest du wie dein Vater, junger Mann, und das lasse ich mir nicht gefallen. Verstanden?« Sie war richtig wütend. »Du redest hier von deiner Schwester. Lily ist ein Mensch, so wie du oder Herman.«

»*Niemand* ist wie Herman.«

»Billy, ich meine das ernst. Wie schafft man es nur, daß du einem zuhörst?« Plötzlich ließ sie mich los, und ihre ganze Energie war verpufft. Sie wirkte wie besiegt, nicht nur von mir, sondern vom Leben. Die Linse, durch die ihr die Welt erschien, war durch ihre eigene Vergangenheit so verzerrt, daß sie einfach nicht imstande war, uns anders als in den engen Grenzen zu definieren, die sie für sich selbst eingerichtet hatte. Sie wandte sich wieder Lily zu, aber in dem kurzen Augenblick, bevor sie das tat, konnte ich den Ausdruck tiefer Sorge sehen, der ihr wie ein Leichentuch über das Gesicht zog.

Die Erinnerung an jenen hellen, blutigen Nachmittag verblaßte, als ich den Rand des Fichtenwäldchens erreichte. Plötzlich fand ich mich neben einer Straße wieder, einem ausgefahrenen Feldweg besser gesagt. Ich blickte in beide Richtungen, konnte nichts sehen und ging nach links. Wenn man mir die Wahl läßt, gehe ich immer nach links. Der Wind war kräftiger geworden, ebenso der Regen. Ohne den Schutz des Waldes, begann ich zu frösteln. Ich beschleunigte meine Schritte, und ehe zwanzig Minuten um waren, konnte ich in einem Haus hinter einem Feld kahler, gepflügter Furchen Lichter brennen sehen. Ich hastete über das Feld, und der eisige Wind ließ meine nasse Kleidung an meiner Haut festkleben. Ich kam an einem alten, verrosteten Traktor vorbei, der irgendwie verloren wirkte, als ob sein Besitzer ihn plötzlich, und ohne lang nachzudenken, einfach stehengelassen hätte.

Das Haus war alt, im viktorianischen Stil, mit all den Zuckerbrotverzierungen, einer breiten, gedeckten Veranda und einigen Türmchen, die wie der spitze Hut einer Hexe aussahen. Der ganze Bau wirkte düster. Die Tatsache, daß das Haus schlachtschiffgrau gestrichen war, machte es auch nicht gerade schöner, aber ehrlich gesagt habe ich nie viel vom viktorianischen Stil gehalten – zu gekünstelt, um Sinn zu machen und mir zu gefallen.

Jedenfalls stieg ich die breite Holztreppe hinauf auf die Veranda und damit aus dem Regen heraus. Ich schüttelte mich wie ein Hund, bevor ich dann den Klingelknopf drückte. Tief im Inneren des Hauses war ein Gongschlag zu hören, dessen eigenartige Vibrationen mir durch Mark und Bein gingen. Als sich beim zweiten Klingeln niemand meldete, versuchte ich die Tür zu öffnen. Sie war nicht abgesperrt.

Ich fand mich in einem gebieterisch wirkenden, ovalen Vestibül wieder. Es wurde von einer Wendeltreppe beherrscht, die in einer Art majestätischer Eleganz ins obere Stockwerk führte. Auf der rechten Seite war ein Wohnzimmer, auf der linken ein Arbeitszimmer.

»Hallo?« rief ich. »Ist jemand zu Hause?«

Keine Antwort. Bloß das gleichmäßige, asthmatisch wirkende Ticken einer Standuhr; sie war schwarz lackiert, und unmittelbar über dem Zifferblatt war eine ovale, weiße Porzellanplatte befestigt. Wenn sie ein Mensch gewesen wäre, hätte ich vermutet, daß sie krank sei.

Das Arbeitszimmer wurde von einem Holzfeuer in einem mächtigen Steinkamin erwärmt, der so mit Holzkohle verkrustet war, daß er aussah, als wäre er seit Jahrhunderten in Gebrauch. Wie man sich vorstellen kann, waren mir das Knistern und Krachen der aromatisch duftenden Holzscheite ebenso wie die von ihnen ausgehende Wärme äußerst willkommen. Ich trat neben den Kamin und genoß die köstliche Hitze. Binnen Augenblicken konnte ich spüren, wie meine Kleider trockneten. Unterdessen sah ich mich im Raum um, der von Bücherregalen aus Tigerholz gesäumt war. Eine Stuhlschiene umlief den ganzen Raum, und die Vertäfelung und die Schnitzereien waren ihrem Stil nach ziemlich alt. Ein runder Aubusson-Teppich lag auf dem Boden, und von der Decke hing ein verschnörkelter Kronleuchter, der mich an eine Spinne erinnerte, die bloß darauf wartete, daß jemand sie aufstörte.

Nachdem ich mich einigermaßen aufgewärmt hatte und meine Kleider nicht länger wie feuchtes Papiermaché an mir klebten, ging ich durch die Räume im Erdgeschoß, ohne irgendwo eine Menschenseele zu finden.

Eigenartigerweise wirkte das ganze Haus bewohnt. So entdeckte ich zum Beispiel auf dem Küchentisch einen Teller mit Cheddarkäse und Salzgebäck. Auf dem riesigen Gasherd stand ein Teekessel, der jetzt völlig geschwärzt war, weil jemand die Flamme nicht ausgeschaltet hatte, während sämtliches Wasser verdampft war. Ich schaltete den Brenner ab und hätte mir fast die Hand verbrannt, als ich den Kessel herunternahm, um ihn auf eine kühle Stelle zu setzen.

Ich stieß eine Verwünschung aus und hörte in dem Augenblick jemanden schreien. Ich griff mir ein großes Tranchiermesser und rannte ins Vestibül hinaus, als der Schrei auch schon ein zweites Mal ertönte, diesmal allerdings durch ein eigenartiges und beängstigendes, feuchtes Gurgeln abgekürzt. Es war eine Frauenstimme, und der Schrei war aus dem Obergeschoß gekommen. Ich rannte die Treppe hinauf, nahm mit jedem Schritt drei Stufen.

»Hallo?« rief ich, oben angelangt. »Ist etwas?«

Ich hörte darauf nur ein leises Wimmern.

Ich rannte den Korridor zu meiner Linken hinunter und trat die Tür eines jeden Zimmers auf, an dem ich vorbeikam. Doch überall war nur Dunkelheit und der eigenartige Geruch, den unbenutzte Räume so an sich haben. Dann sah ich unter der Tür am Ende des Flurs Licht durchschimmern. Ich rannte hin und riß sie, ohne zu zögern, auf.

Ich stand in einem riesigen Schlafzimmer, dessen rechte Hälfte von einem gewaltigen Himmelbett beherrscht wurde, während auf der anderen Seite eine unbequem aussehende Gruppe aus Diwan und Sesseln im barocken Louis-quatorze Wache hielten. Dazwischen lag eine Frau zusammengekrümmt auf dem Boden. Ich hörte sie wieder wimmern und kniete neben ihr nieder. Sie schlug die Augen auf, sah das Tranchiermesser und zuckte zurück.

Ich ließ es sofort fallen. »Keine Angst«, sagte ich, so sanft ich konnte. »Ich will Ihnen nichts zuleide tun.« Ich legte ihr eine Hand auf die Schulter. »Im Gegenteil.«

Ich konnte nur die rechte Seite ihres Gesichts sehen; es war herzförmig und wies ausgeprägte Züge auf. Sie hatte langes, dunkles Haar, das sie umfloß wie die Wellen eines sehr tiefen Teichs. Sie trug eine rosa Shantung-Seidenbluse und moosgrüne Hosen aus demselben Material. Ihre Füße waren nackt, und ich konnte erkennen, daß sie am linken Rist eine Tätowierung trug: einen Halbmond und einen Kreis.

»Alles in Ordnung bei Ihnen?« fragte ich.

»Bring mir eine Kerze«, sagte sie. Als ich der Aufforderung nachgekommen war und die Kerze angezündet hatte, sah sie mich wieder an. »William, *du* bist das.«

»Kenne ich Sie?«

»Ich bin Daleth«, sagte sie. »Ich bin die Tür, das feuchte Blatt, das schützt und besorgt.«

»Was ist hier passiert?«

Sie stand auf und wandte mir jetzt ihr ganzes Gesicht zu. Ich zuckte zurück und konnte nicht verhindern, daß ich einen leisen Schrei ausstieß. Die ganze linke Seite ihres Gesichts war rohes Fleisch, wie frisch verbrannt.

»Mein Gott«, flüsterte ich, »Sie müssen sofort in ein Krankenhaus.«

»Du hast deinen Weg hierher gefunden, William«, sagte sie, während ich ihr beim Aufstehen behilflich war. »Ich wollte dich kennenlernen, dich hierher führen, aber …« Sie sank gegen mich, und ihr Kopf fiel auf meine Brust, ohne dort einen Blutflecken zu hinterlassen.

Ich half ihr zum Diwan und setzte sie darauf zurecht. Ihr Atem ging schwer, so gequält wie das Ticken der alten Uhr im Erdgeschoß.

»Sie ist gekommen«, sagte sie. »Die Bestie ist bereits hier, solltest du wissen. Sie hat die Regeln verletzt, und das bedeutet, daß du das auch getan haben mußt.«

Ich dachte sofort daran, daß ich entgegen Gimels Warnung im Charnwood Forest mutwillig die Richtung der Jagd geändert hatte.

»Ja, das habe ich wahrscheinlich«, sagte ich. »Aber ich hatte keine Ahnung von den Folgen.«

»Nein«, sagte sie. »Aber das ist es ja gerade, nicht wahr?«

»Wie meinen Sie das?«

»Alles Leben hat Folgen, William. Alles Leben hat Wert.«

»Nicht diese Bestie. Sie hat schon zwei Menschen getötet, und jetzt sehen Sie nur, was sie Ihnen angetan hat.«

Sie sah mich aus pechschwarzen Augen an. »Die Bestie – sie ist immer noch hier. Irgendwo. Wartet, ans Licht zu kommen.«

Ich hob das Tranchiermesser auf, hielt es fest in der Hand. »Diesmal bin ich bereit.«

»Was willst du denn tun?« fragte sie. »Ihr den Schädel durchbohren, wie du es mit dem Krokodil gemacht hast?«

Ich zuckte zusammen. »Woher weißt du das?« Ich hatte beschlossen, sie ebenfalls zu duzen.

»Woher kenne ich denn deinen Namen?«

Ich stand zitternd auf. »Wer bist du? Wer seid ihr alle?«

»Das habe ich dir doch gesagt. Ich bin Daleth.«

»Ihr seid Quälgeister«, rief ich, »und man hat euch ausgeschickt, um mich zu foltern!«

Sie richtete sich auf. »Verdienst du denn die Folter nicht?« Ich war zu benommen, um darauf zu antworten. Wahrscheinlich erwartete sie auch gar keine Antwort, denn sie fuhr gleich fort: »Wenn ja, warum folterst du dich dann selbst?«

»Was ... was willst du damit sagen?« sagte ich heiser.

»Oh, du weißt ganz genau, was ich meine, William. Du sitzt Tag für Tag in dieser Bar, versteckst dich vor der Welt und verlierst deine Seele in diesem Abgrund der Hölle in dir.«

»He!« schrie ich. Jetzt war ich wirklich entsetzt. Ich hatte niemandem von diesem Abgrund der Hölle erzählt, nicht Donnatella, nicht Mike, dem Barkeeper, und nicht Ray, meinem Steuerberater. *Niemandem*. »Was bei allen tausend Teufeln geht hier vor?«

Jetzt legte sie den Kopf zur Seite, und ihre schwarzen Augen öffneten sich weit. »Du hörst es doch, William, oder nicht?« Das Geräusch, auf das sie sich bezog, war erneut zu hören, hallte gespenstisch durch das ganze Hause. »Die Bestie ist wieder unterwegs. Sie verläßt den Schatten.«

»Scheiß auf die Bestie.«

»Ja«, sagte sie und nickte, »*scheiß* auf die Bestie, genau.« Sie legte den Kopf zur Seite. »Andererseits kannst du es nicht einfach ignorieren. Und du kannst auch nicht länger weglaufen. Dies hier ist deine letzte Chance. Hier mußt du dich ihr stellen.«

Jetzt konnte ich die Bestie hören, und das Geräusch ihrer Bewegungen jagte neue eisige Schauder über meinen Rücken.

»Sag mir, was die anderen versäumt haben, mir zu sagen«, sagte ich. »Sag mir, wie man sie tötet.«

Sie blickte zu mir auf, und ich konnte so etwas wie Erstaunen in ihrem Blick lesen. »Man kann sie nicht töten. Ich dachte, du wüßtest das.«

»Verdammt!« schrie ich. »Ihr sollt alle verdammt sein!«

»Dafür ist es zu spät.«

Ich drehte mich um und rannte aus dem Zimmer. Ich hielt das Messer vor mir ausgestreckt, aber ich schwitzte so heftig, daß der Messergriff sich in meiner Hand glitschig anfühlte.

»Du großer Gott«, stöhnte ich verzweifelt, »was wird aus mir werden?« Da war niemand, der mich schützen konnte, niemand, der mich retten konnte. Vav war tot, und Gimel auch, und diese hier, diese Daleth, nützte mir überhaupt nichts. Sie hatte ja bereits bewiesen, daß sie der Bestie nicht gewachsen war. Also blieb nur ich übrig, ich ganz allein.

Du kannst nicht länger weglaufen, hatte sie gesagt. Zum Teufel damit. Ich hastete die Treppe hinunter zur Eingangstür. Sie ließ sich nicht öffnen, so sehr ich auch daran zog und zerrte. Ich rannte ins Wohnzimmer, riß die schweren Vorhänge beiseite und versuchte, das Fenster zu öffnen. Es ließ sich nicht bewegen. Ich blickte in die sturmzerzauste Nacht hinaus und fand, daß selbst die besser war als hierzubleiben. In einer Aufwallung von Wut packte ich einen Stuhl und warf ihn gegen das Fenster. Ich stöhnte erstaunt auf, als der Stuhl von der Fensterscheibe abprallte. Ich hieb mit beiden Fäusten gegen das Glas – ohne Erfolg. Daleth hatte recht, ich konnte nicht weglaufen.

Das ist deine letzte Chance, hatte sie gesagt. Hieß das, daß ich meine beiden ersten Chancen in Paris und Leicestershire verpatzt hatte? Aber Chancen wofür?

»He!« schrie ich und meinte damit niemanden und doch alles. Wie konnte ich das Spiel spielen, wenn ich weder die Regeln noch den Sinn kannte? »Verdammt, das ist nicht fair!«

»Selbstverständlich ist es nicht fair«, sagte Daleth, die jetzt ins Zimmer trat. Sie schien wieder einigermaßen zu Kräften gekommen zu sein. »Was ist schon fair?«

»Aber du weißt, worum es hier geht!« schrie ich.

»Ich weiß *alles.*«

»Warum sagst du es mir dann nicht, um Himmels willen?«

Sie trat dicht vor mich, und ich drehte den Kopf etwas zur Seite, um die schrecklich entstellte Hälfte ihres Gesichts nicht sehen zu müssen. »Willst du mich nicht ansehen, William?« sagte sie leise. »Findest du mich nicht schön?«

Sie *war* schön, wenigstens das meiste von ihr. Aber was die Bestie ihr angetan hatte, hatte sie für immer verändert. »Zwing mich nicht, darauf zu antworten.«

»Aber es ist eine wichtige Frage. Lebenswichtig, könnte man sagen.« Warum mußte eigentlich jeder dieser Quälgeister ständig das wiederholen, was die anderen gesagt hatten? Und wie war es überhaupt möglich? Sie blieb in Bewegung, versuchte immer wieder, ihre linke Gesichtsseite so zu halten, daß ich sie sehen mußte, und ich drehte mich die ganze Zeit weg. »Meinst du nicht, daß sie eine Antwort verdient?«

»Tu das nicht, ich flehe dich an.«

»Du mußt antworten, William. Und tief in deinem Herzen weißt du auch, daß du das mußt.«

Sie hatte recht. »Du warst einmal schön«, platzte es schließlich aus mir heraus. »Aber jetzt bist du das nicht mehr.«

Sie umkreiste mich wie eine Hyäne, die die Todeszuckungen ihres Opfers wittert. »Und jetzt interessiere ich dich nicht mehr.«

»Das habe ich nicht gesagt.«

Sie schnappte nach mir, wie ein Quälgeist, der weiß, daß sein Werk fast getan ist. »Und jetzt wirst du mich nicht mehr beschützen wollen.«

»Du sollst mir nichts in den Mund legen!« schrie ich.

Sie breitete beide Arme weit aus. »Zeit, dich zu stellen, William. Zum letzten Kampf.«

»Wie kann ich das, wenn ich nicht einmal weiß, wofür ich kämpfe.«

»Oh, das weißt du sehr wohl.« Sie lehnte sich an mich und flüsterte mir zu: »Es ist deine Seele, William. Deine Seele.«

»Dann habe ich doch recht gehabt. Ich *bin* tot!«

»Nein. Der Tod ist etwas Leichtes. Das hier nicht.« Jetzt lehnte sie fast an mir, und ich hörte auf, mich von ihr abzuwenden. Ich starrte ihre beiden Seiten an, die schöne und die grausam verstümmelte. Und jetzt begann etwas in meinem Bewußtsein Form und Gestalt anzunehmen, was mir auf schreckliche, intime Weise vertraut war. »Du kennst diese Bestie, William, und du kennst sie sehr gut. Und wie ich schon sagte, jetzt ist deine Chance, dich ihr zu stellen.«

»Aber, du hast doch gesagt, daß man sie nicht besiegen kann.«

»Nein.« Sie sah mich mit einem durchdringenden Blick an. »Ich habe gesagt, daß man sie nicht töten kann.«

»Augenblick mal. Was sagst du da?« Etwas Vertrautes – Emotionen oder eine gewisse Triebkraft, ich wußte es nicht genau – hatte etwas in meiner Erinnerung geweckt, das lang unterdrückt gewesen war. Ich hatte mir etwas eingeredet; vor langer Zeit *hatte* ich jemanden von dem Abgrund in mir erzählt, weil es in der Hektik detonierender Teenagerhormone unerträglich geworden war, es für mich zu behalten. »Du ... es ...« Und dann wußte ich alles. Sie las es in meinem Gesicht und lächelte. Es war ein wunderschönes, ein großartiges Lächeln, ein Lächeln, wie man es nie vergißt. »Du und Vav und Gimel, ihr seid alle eins, oder?«

Sie nickte. »Bloß in unterschiedlichen Formen.«

Ich stand da, starrte sie an und war unfähig, mich zu bewegen.

»Dann geh jetzt«, flüsterte sie. »Es ist an der Zeit, die Bestie auszurotten.«

»Ich will dich nicht verlassen«, sagte ich.

»Wenn du das nicht willst«, antwortete sie mir, »wirst du es auch nicht.«

»Aber ich muß eines wissen... ist es auch das, was du willst?«

»Es ist das, was ich immer gewollt habe.« Sie lächelte jenes strahlende, glückselige Lächeln. »Aber, das hast du ja bereits gewußt, nicht wahr?«

»Ja.« Ich konnte kaum sprechen, es war, als würde mir ein Kloß in der Kehle stecken. »Ich glaube, ich habe das immer gewußt.« Ich streckte die Hand aus. »Komm. Ich werde dich schützen, und ich werde dich nicht wieder verlassen. Nie mehr.«

Sie sah mich mit traurigem Blick an, nahm aber meine Hand und drückte sie fest. Dann gingen wir gemeinsam aus dem Wohnzimmer. Im Arbeitszimmer versuchte ich das Licht einzuschalten, aber der Kronleuchter blieb dunkel.

»Ich fürchte, das ist einer der Nachteile dieses Hauses«, sagte sie. »Auf den Strom ist kein Verlaß.«

Ich fand ein geeignetes Stück Kaminholz, wickelte etwas Zeitungspapier um das eine Ende und steckte es ins Feuer. Als es gut brannte, gingen wir die Treppe hinauf. Ich hielt meine improvisierte Fackel vor uns her und beleuchtete uns den Weg.

Wir gingen durch den Flur. Wieder öffnete ich die Tür eines jeden dunklen Zimmers. Diesmal fiel etwas Licht von meiner Fackel in die Räume. Wahrscheinlich wunderte es mich an dem Punkt gar nicht, Vavs Gemälde an den Wänden hängen zu sehen. Endlich hatte ich die Kunstausstellung erreicht. Staunend ging ich von Zimmer zu Zimmer.

Jedes einzelne Bild war klar wie Eis; sie versetzten mir bittersüße Stiche. »Das sind Szenen aus meiner Kindheit«, sagte ich, als ich die Gemälde studierte. »Hier sind die Wälder, wo ich mit Vater gejagt habe; hier ist das Feld, wo Herman und ich Fangen und Verstecken gespielt haben; hier der Weg, der zu unserem Haus geführt hat, und hier ist die Stelle, wo...«

Ich wandte mich meiner Begleiterin zu. »Hier ist die Stelle, wo ich dich geschlagen habe.« Ich legte ihr meine Hand auf die Wange. »Lily, wirst du mir je verzeihen?«

»Ich bin hier«, sagte meine Schwester. »Ich habe dich mit der Kraft meines Geistes hierhergebracht, das ist nämlich die einzige Kraft, die ich habe. Alle Energie, die sonst dafür verwendet worden wäre, um zu reden und zu gehen und zu laufen, um Tennis zu spielen, um Liebe zu machen und … all die Dinge, die jeder für selbstverständlich hält, all das hat sich bei mir auf mein Bewußtsein konzentriert. Diese Energie hatte keinen anderen Ort, an dem sie sich hätte festsetzen können.«

»Aber warum hast du so lang gewartet, um das zu tun?«

»Diese Realität, die ich für mich aufgebaut habe, erfordert eine ungeheure Menge an Energie – und dich da hineinzuziehen, erforderte eine übermenschliche Anstrengung. Ich wußte, daß ich es nur einmal würde tun können und dann auch nicht auf ewig. Also habe ich bis kurz vor dem Ende gewartet.« Sie lächelte und griff jetzt ihrerseits nach meiner Wange. »Mama hat recht gehabt, weißt du. Sie konnte das alles durchschauen. Ich habe dich lieb gehabt wie sonst niemand.«

»Aber ich war so grausam zu dir.«

Sie deutete auf die hinterste Wand des letzten Ausstellungsraums. »*Regarde ça*«, sagte sie mit Vavs warmer Stimme.

Ich ließ sie los, um das Zimmer zu durchqueren. Es gab darin einen gemauerten Kamin mit einem rußgeschwärzten breiten Sims aus Eichenholz, auf dem ein kleines, inzwischen verblaßtes Schwarzweißfoto in einem zerkratzten Rahmen stand. Ich sah das Foto an. Es zeigte mich als kleinen Jungen, die Augen hatte ich der grellen Sonne wegen zusammengekniffen. Ich hatte einen Gesichtsausdruck aufgelegt, den ich sehr gut kannte und nicht sehr mochte. Zuerst dachte ich, daß es das war, was Lily mir hatte zeigen wollen, aber dann hörte ich, wie sich etwas regte. Ich schaute hinunter, konnte aber nichts sehen. Ich schob die zischelnde Fackel ein Stück weiter vor und sah eine dunkle Gestalt, die sich an den geschwärzten Kamin drängte. *Du lieber Gott*, dachte ich. *Das ist die Bestie!* Ich fuchtelte unwillkürlich mit dem Tranchiermesser herum, aber plötzlich wirkte die Bestie überhaupt nicht mehr bedrohlich. Als sie ihren Kopf hob, sah ihr Gesicht gar nicht mehr scheußlich aus. Tatsächlich schien es mir so vertraut wie jene Gasse in Paris, durch die Vav mich geführt hatte, so vertraut wie die Lichtung im Charnwood Forest, wo ich mit Gimel haltgemacht hatte. Ich blickte auf, sah auf das alte Foto von mir und dann wieder auf die Bestie. Plötzlich war keine Furcht, kein Abscheu mehr in mir. Ich streckte die Hand aus, um sie zu berühren, und ihre Schwärze lief meinen Arm hinauf, ihr Wesen verwandelte sich in Tinte, drang in meine Haut ein. Im nächsten Augenblick war sie mit einem leisen *Plop* verschwunden. Erstaunt drehte ich mich zu Lily um. »Die Bestie, das war ich selbst, oder?« sagte ich, obwohl ich eigentlich keine Bestätigung von ihr brauchte. »Zumindest war sie ein Teil von mir.«

»Der Teil, dem du dich stellen mußtest«, sagte sie. »Ich habe dir gesagt, daß du die Bestie nicht töten kannst – jedenfalls nicht, ohne dich selbst zu töten. Aber du hast einen Weg gefunden, sie zu besiegen.« Sie kam auf mich zu. »Verständnis und Vergebung, Billy.« Sie legte eine Hand auf meinen Arm. »Wenn du mich ansehen kannst, wenn du mich jetzt lieben kannst, dann kannst du sicherlich auch dir selbst vergeben.«

»Aber du hast mir Angst eingejagt.«

Sie legte mir die Hand auf den Mund, und ich ertappte mich dabei, wie ich zitterte. »Und doch hast du mir zu Essen gegeben, wenn du das mußtest, hast mich auf dem Schoß gehalten und gewiegt, auch wenn ich mich dabei übergeben habe. Herman ist nie in meine Nähe gekommen. Er hat mich verabscheut, so wie Vater.«

»Aber an jenem Nachmittag – da habe ich dich geschlagen.«

»Ja, und ich habe dich dafür nur noch mehr geliebt.«

»Was? Das verstehe ich nicht.«

»Es ist ganz einfach, Billy. Ich habe dich geschlagen, dir die Wange blutig gekratzt.«

»Aber du konntest doch nichts dafür. Das war doch ein spastischer …« Ich hielt inne und spürte, wie mir wieder die Schamesröte ins Gesicht stieg.

»Schon gut, Billy.« Sie streichelte mir die Hand. »Verstehst du denn nicht? Du hast so reagiert, als ob ich ein ganz normaler Mensch wäre. Du hast mich so behandelt, wie du jeden behandeln würdest, der dich geschlagen hätte. Selbst Mama, die mich so verzweifelt geliebt hat, hätte das nicht fertiggebracht, was du getan hast, weil sie immer voll Mitleid für mich war. Du hast nie Mitleid für mich empfunden, und deshalb kam deine Reaktion aus deinem wahren Wesen heraus. Und dafür war ich so dankbar, daß ich es dir gar nicht sagen kann.«

»O Lily ...« Mir rannen jetzt bittere Tränen über die Wangen. »Ich hatte nie geahnt, was alles dahinter war. Daß du ...« Ich wies auf die Gemälde.

»Doch, das hast du schon, Billy.« Sie führte mich zu einem Gemälde, das eine Waldlichtung zeigte, die in helles Licht gehüllt war und in noch etwas anderes, was nicht zu greifen war, so wie auch diese Realität, die sie geschaffen hatte, so viel mehr war. »Jener Nachmittag, an dem ich dich blutig gekratzt habe und du mich geschlagen hast, war der, in dem die Bindung zwischen uns aufkam. Vorher war ich immer von Verzweiflung geplagt und von düsteren Gedanken über Selbstmord und solche Dinge. Du hast mir das Recht auf meine Existenz, mein eigenes Menschsein bestätigt.« Sie lächelte. »Vav, Gimel, Daleth – sie alle sind Teile meiner Persönlichkeit, und sie alle lieben dich ohne jeden Vorbehalt.«

Mich überkam Scham. »Mein Gott, ich hätte mir nie vorgestellt ...«

»Wie konntest du?« sagte sie sanft. Jetzt war es so, als würde sie mich halten und mir Trost spenden, so wie ich das Augenblicke zuvor mit ihr gemacht hatte. »Das war schon in Ordnung. Weil ich nämlich hinter *deine* Fassade sehen konnte. Ich wußte, was da war.«

»Aber ich habe dich nie besucht.«

»Und doch ist die Verbindung zwischen uns nie abgebrochen, oder? Donnatella hat mir nämlich immer alles über dich erzählt.«

»Sie hat mit dir über mich gesprochen?«

»Sie hat von nichts anderem geredet, Billy. Und sie hat das so gut gemacht, daß es war, als ob du bei mir im Zimmer gewesen wärst.« Ihre dunklen Augen sahen in die meinen. »Sie hat nie aufgehört, zu mir zu kommen, auch nach der Scheidung nicht.«

»Das wußte ich nicht.«

»Sie ist jetzt hier.«

Ich sah mich um. »In diesem Haus?«

Ihre Stimme wurde weich wie ein Kerzenlicht. »Nein, sie sitzt an meinem Bett. Der Augenblick ist gekommen. Ich sterbe, Billy.«

»Nein!« Ich zog sie an mich, schlang meine Arme um sie. »Das lasse ich nicht zu. Ich will dich nicht verlieren, jetzt, nachdem ich dich gefunden habe.«

Lily schüttelte den Kopf. »Wir alle haben unsere Zeit, Billy. Die meine ist gekommen und gegangen.«

»Dann laß uns doch hier bleiben, in dieser phantastischen Welt, die du heraufbeschworen hast! Ich werde hier auf dich aufpassen, und nichts kann dir etwas anhaben.«

»O Billy.« Sie schüttelte den Kopf, als ich sie in den Flur hinausführte. Ich sah über das Treppengeländer und schreckte zurück. Unter uns war nichts. Das ganze Erdgeschoß war verschwommen, und nur noch ein eigenartiger, perlig grauer Nebel war zu sehen.

»Was zum Teufel ...?«

»Es verschwindet, Billy. Ich fange an, schwach zu werden. Ich kann diese Welt nicht länger aufrechterhalten.«

»Dann sag mir, wie ich sie wieder aufbauen kann«, sagte ich. »Ich bin stark. Ich tue, was immer notwendig ist.« Schon konnte ich sehen, wie der Nebel sich die Treppe heraufkräuselte. Alles, was er berührte, verschmolz sofort mit ihm. Jetzt erreichte er den ersten Stock, und der ganze rechte Flügel verschwand. Ich griff nach Lilys Hand, und wir rannten über das, was vom Flur noch übrig war, davon. »Schnell! Sag mir, wie ich das wieder aufbauen kann!«

»Das geht nicht, Billy. Du kannst den Tod nicht betrügen.«

»Aber ich will nicht, daß du stirbst!« Hinter uns wurden die Räume mit den wunderschönen Gemälden unserer Kindheit einer nach dem anderen vom Nebel verschlungen.

»Auch ich will dich nicht verlassen«, sagte Lily, als wir das Schlafzimmer erreichten, »aber ich muß.«

»Es muß doch irgend etwas geben, was du tun kannst«, sagte ich flehentlich.

Jetzt war sie es, die mich in das Zimmer führte. »Schließ die Tür und versperr sie«, sagte sie. Während ich tat, was sie verlangt hatte, sah ich, daß sie sehr bleich war. Sie sank in meine Arme, und ich trug sie zu dem riesigen Himmelbett. Als ich sie sanft auf das Bett legte, blickte sie zu mir auf und sagte: »Mein ganzes Leben habe ich mir gewünscht, wenigstens einmal eine Nacht in einem solchen Bett zu schlafen.« Sie blickte zum Betthimmel auf, und ich sah, wie ihr Künstlerauge alles aufnahm und registrierte, jede Farbnuance, jede Gewebefeinheit. »Es ist himmlisch, oder?« flüsterte sie.

»Ja«, sagte ich. »Das ist es. Himmlisch.« Schweißperlen standen ihr auf Stirn und Oberlippe. »Lily …«

Sie wandte den Blick zu mir. »Ja?«

»Ich hab dich lieb.«

»Ich weiß, Billy, ich weiß.«

Ich legte ihr meinen Kopf auf den Bauch, und wir hielten einander eine Zeitlang fest. Dann sagte sie mit ganz schwacher Stimme meinen Namen. Ein Zittern ging mir durch den ganzen Körper.

»Wünsch dir nicht, daß Donnatella dich mehr liebt, als sie das tut«, flüsterte Lily. »Und bedaure nicht, was du mit ihr zusammen erlebt hast.«

»Aber es ist vorbei.«

»Ja«, seufzte sie. »Es ist vorbei. Aber schau auf das, was vor dir liegt.«

»Ich weiß nicht, was vor mir liegt.«

»Ja«, flüsterte sie mit einer Stimme, die fast jede Substanz verloren hatte, »aber das ist es ja gerade, oder?«

Dann weinte ich, für sie als auch für mich, aber auch für uns gemeinsam, für das, was wir so kurze Zeit gehabt hatten und was jetzt dahin war. Dahin, ohne daß ich am Ende bei ihr war. Wie sehr ich doch Donnatella beneidete! Und wie dankbar ich ihr aufs neue dafür war, daß sie Lily eine so gute, treue Freundin gewesen war!

Als ich die Augen aufschlug sah ich, daß ich in der Gasse hinter dem Helicon war. In der Hand hielt ich eine Lotusblume vom reinsten Weiß. Als ich ihre zarten Blütenblätter berührte, wußte ich, daß Lily mir die Blume als Beweis dafür gelassen hatte, daß unsere gemeinsame Zeit keine bizarre Halluzination gewesen war, ausgelöst von kurzzeitiger Verrücktheit oder vom Mescal.

Ich mußte plötzlich an Mike denken. Ich riß die Hintertür auf und rannte hinein, bereit, sofort die Notrufnummer zu wählen.

»He, Kumpel«, sagte Mike von seinem gewohnten Platz hinter der Bar her, »warst aber verdammt lang pinkeln.«

Benommen starrte ich ihn mit aufgerissenen Augen an. »Was?« Wo waren die zerschmetterten Flaschen und der zertrümmerte Spiegel, die Einschußlöcher und das Blut? Mikes Blut!

»Mensch, *verdammt* – du bist ja völlig okay…« Ich gab mir alle Mühe, nicht zu stottern.

»Na klar, abgesehen von einem Haufen ausstehender Rechnungen, die mir auf dem Magen liegen, bin ich okay«, sagte Mike. »Warum sollte ich das nicht sein?«

»Weil du tot warst, deshalb!« Ich sah mich verstört um. »Wo ist dieser schwarze Spinner mit der Maschinenpistole?«

»Der einzige Spinner, den ich sehe, bist du. Du bist der einzige, der heute morgen hier ist.« Mike sah mich nachdenklich an. »Weißt du, du hast schon zwei Mescal intus. Vielleicht reicht das, bis du was gefrühstückt hast. Ich mach dir ein paar Spiegeleier.«

Ich warf einen Blick in meine Lieblingssitzecke, suchte das leere Glas, das ich dort gelassen hatte, aber auf dem Tisch war nichts außer ein paar alten Schnapsringen, Andenken an längst verflossene Sauftouren. »Aber, ich habe doch schon drei Drinks gehabt.«

»So?« Mike gab einen Klacks Butter in die Pfanne und schob ihn mit einem Wender zurecht. Dann schlug er zwei Eier auf, die gleich zu brutzeln anfingen. »Dann hast du schon zu Hause zu trinken angefangen, mein Sohn, hier hast du nur zwei gehabt.«

»Augenblick mal.« Ich drehte die Lotusblume in den Fingern, dachte an Lily und daran, was die Kraft ihres Geistes hatte bewirken können. »Wie spät ist es?«

Mike, immer noch mit leicht verwirrtem Blick, sah auf die Uhr. »10 Uhr 28.«

»Es ist doch Montagmorgen, oder?«

Der arme Mike sah so aus, als wüßte er nicht, ob er sich jetzt um die Spiegeleier kümmern oder die Jungs von der Psychiatrie anrufen sollte. »Na klar. Warum?«

»Ich weiß nicht«, sagte ich. Aber vielleicht wußte ich es doch. Der Anruf von Herman war genau um halb elf gekommen. Anscheinend war ich in den Augenblick zurückgekehrt, vor dem alles angefangen hatte. Konnte es sein, daß das die letzte, außergewöhnliche Aktion gewesen war, die Lily mit ihrem Bewußtsein vollführt hatte, um uns beiden eine Chance zu geben, noch ein letztes Mal zusammen zu sein, bevor sie starb? »Aber ich habe das komische Gefühl, daß das Telefon gleich klingeln wird.«

»Na klar, logisch«, feixte Mike. »Und mein Name ist William Jefferson Clinton.«

Das Telefon klingelte, und Mike zuckte zusammen. »Du gütiger Heiland«, sagte er und starrte mich an.

»Das wird für mich sein.« Ich griff nach dem Hörer und vernahm Hermans Stimme. Ja, genau das hatte sie getan. Ich sah Mike an und zwinkerte ihm zu. »Es ist für mich.«

Tim Powers

REISEBERICHT

Ich betrachte Tim Powers als einen neuen Freund, weil ich seine Bekanntschaft erst im Laufe der Arbeit für dieses Buch gemacht habe. Wir verstanden uns auf Anhieb gut. Sein Verleger bei Avon nimmt es mir allerdings immer noch ein bißchen übel, daß ich Powers von dessen laufendem Romanprojekt abgezogen hatte, damit er die folgende Geschichte schreiben konnte. Und so was ist wirklich ein seltenes Ereignis, weil Powers im Durchschnitt nur alle zehn Jahre eine Kurzgeschichte schreibt.

Für all diejenigen, deren Kopf so tief im Sand des Horrorgenres steckt, daß sie sein Werk noch nicht wahrgenommen haben, sei folgendes gesagt: Seit Powers den Philipp K. Dick Memorial Award für seinen Roman Die Tore zu Anubis Reich *(der das England des 17. Jahrhunderts minutiös beschreibt) gewonnen hat, wird er als einer der wichtigsten Vertreter im Science-Fiction- und Fantasybereich betrachtet. Seine Werke (weitere Romane sind:* Earthquake Weather, Last Call, Expiration Date) *sind eine ganz persönliche Variante des »Magischen Realismus«, die Elemente aus Science Fiction, Fantasy, Horror, Okkultismus, Psychiatrie, Surrealismus, Komödie, Geschichte und sonst noch allem möglichen, wonach ihm der Sinn steht, miteinander vermengt – und das mit verblüffenden Ergebnissen.*

Wie Sie gleich merken werden, können wir froh sein, ihn dabeizuhaben.

An dem Tag, bevor das Haus in Santa Ana in die Luft flog, klingelte gegen Mittag das Telefon. Ich ging gerade mit einem Thunfischsandwich in der Hand die paar Straßen vom Togo's-Imbiß zurück, als ich schon im Hof das Telefon durch das offene Fenster klingeln hörte. Ich lief die Stufen zur Haustür hinauf und versuchte, meine Schlüssel aus der Tasche zu fummeln, ohne die Tüte vom Togo's fallenzulassen. Ich war ganz schön außer Atem, als ich den Hörer im Wohnzimmer abnahm. »Hallo?«

Mir kam es so vor, als ob am anderen Ende etwas zischte, hörte aber keine Stimme. Es war Oktober, und der heiße Santa-Ana-Wind fegte die trockenen Hülsen von den Johannisbrotbäumen. Der Hörer war schon ganz glitschig von meinem Schweiß; damals schwitzte ich ziemlich viel, wegen des Biers und des Stresses und allem. »Hallo?« sagte ich, diesmal schon ungeduldiger. »Spreche ich mit einem Kurzschluß?« Manchmal wurde meine Nummer automatisch von einem alten, stillgelegten Öltank in San Pedro angewählt, und ich dachte schon, daß ich die ganze Rennerei nur wieder wegen eines solchen Anrufs gemacht hatte.

Schließlich antwortete mir ein ausgesprochen heiseres Flüstern, aber ich konnte erkennen, daß es zu einem Mann gehörte: »Gunther! Jesses, Mann – hier ist – Doug Olney von der Neff High School! Du erinnerst dich doch an mich, oder?«

»Doug? Olney?« Ich überlegte, ob er vielleicht Kehlkopfkrebs hatte. Es war fast zwanzig Jahre her, daß ich das letzte Mal mit ihm gesprochen hatte. »Klar erinnere ich mich! Wo bist du? Bist du hier in der Gegend…?«

»Keine Zeit, lange zu reden. Ich will – dich nicht weiter stören.« Er schien durcheinander zu sein. »Hör mal, bei dir ruft gleich eine Frau an; sie wird mich sprechen wollen. Du kennst sie nicht. Sag ihr einfach, daß ich gerade weggegangen bin, okay?«

»Wer ist sie…?« wollte ich wissen, aber da hatte er schon aufgelegt.

Kaum hatte ich den Hörer auf die Gabel gelegt, klingelte es wieder. Ich atmete tief durch und hob wieder ab. »Hallo?«

Es war tatsächlich eine Frau und sie fragte: »Ist Doug Olney da?« Ich erinnere mich noch, daß ihre Stimme wie die meiner Schwester klang, die in eheähnlicher, wahrscheinlich unvollzogener Gemeinschaft mit einem Iraner zusammen war, der im Flughafen Charles-de-Gaulle in Frankreich lebte. Allerdings hatte ich nichts mehr von ihr gehört, seit Carter Präsident war.

Ich holte tief Luft. »Er ist gerade gegangen«, sagte ich etwas unbeholfen.

»Hab ich mir schon gedacht.« Ein zittriger Seufzer kam durch die Leitung. »Aber mehr kann ich wohl nicht tun.« Wieder war die Leitung tot.

Wir wuchsen in einem großen alten viktorianischen Haus in der Lafayette Avenue in Buffalo auf. Der zweite Stock war nicht mit Wänden unterteilt, weil er ursprünglich als Ballsaal gedient hatte. Die Tage der großen Bälle waren aber längst vorbei, als wir dort wohnten; das ganze Stockwerk war von unten bis oben mit antiken Möbeln vollgestopft, und zwar von einer Wand zur anderen, vom Fußboden bis zur etwa drei sechzig hohen Decke. Meine Schwester und ich waren damals noch Kinder, und wir schafften es, durch diesen riesigen, dunklen Raum zu kriechen, auf eine umgekippte Couch oder über einen umgedrehten Tisch zu steigen, uns an zusammengerollten Teppichen vorbeizuquetschen und uns zwischen den Beinen von Regency-Stühlen durchzuzwängen. Es kam so gut wie kein Licht hinein, es sei denn, wir kauerten uns in eine Ecke nahe den staubüberzogenen Fenstern. Es war eine besondere Herausforderung, auf den Boden zurückzuklettern und der Laufrichtung der Holzdielen in Richtung Tür zu folgen. Wenn wir draußen im Flur wieder aufrecht stehen konnten, waren wir von oben bis unten voller dickem Staub und nicht gerade erpicht darauf, bald wieder dort herumzustöbern.

Als Kind hatte ich oft einen bösen Alptraum: Ich war tief in der Nacht ganz allein in die Mitte des Raumes gekrochen und im Stockfinstern irgendwo zwischen Boden und Decke auf einem schiefen Möbelstück oder einem französischen Doppelbett stehengeblieben – und hörte dann aus einem entfernten Hohlraum in dem dreidimensionalen Gewirr aus geschwungenen Beinen und barocken Verzierungen, die man anfassen mußte, um ein Gefühl für die Form zu bekommen, ein vorsichtiges Scharren. Im Traum wußte ich, es war ein einsamer Junge, der sich da oben in den Möbeln schon seit vielen Jahren versteckt hielt und spielen wollte, mir zeigen wollte, welche alten Schuhschnallen oder Taschenuhren oder Füllfederhalter er in Schubladen oder Manteltaschen gefunden hatte. Ich stellte ihn mir immer abgemagert und blaß vor, obwohl er es natürlich tunlichst vermeiden würde, zu nahe an eines der Fenster zu kommen und entdeckt zu werden, und ich wußte auch, daß er flüsterte.

Ich wachte von diesem Traum immer auf, wenn es draußen noch dunkel war. Ich war so angespannt, daß ich einfach nur dalag, ohne einen Muskel zu bewegen, und wartete, bis das Morgenlicht durch meine Augenlider drang.

Am nächsten Morgen war ich in aller Frühe im Garten des Hauses in Santa Ana, nuckelte an einer Bierdose, blinzelte Tränen aus den Augen und versuchte, die Tomatenstauden an der weißen Gartenmauer gegen die grelle Sonne anzupeilen, als ich es zwischen den Blättern wie Regen prasseln hörte. Ich setzte mich hastig ins feuchte Gras, um die Blätter auf dem Boden wegzuschieben.

Es waren Glassplitter, die vom Himmel gefallen waren. Ich faßte eine Scherbe an. Sie war so heiß wie eine Warmhalteplatte. Hinter mir krachte und donnerte es bereits. Ich fiel nach hinten um und versuchte schnell wieder aufzustehen. Rote Dachziegel zersprangen mit Wucht auf dem Gras und rissen die Jasminzweige herunter. Die Luft war erfüllt vom ätzenden Geruch verbrannter und zerbrochener Steine, dann warf mich ein glühend heißer Luftschwall um, und ich rollte über den Gartentisch. Völlig außer Atem lag ich mit dem Gesicht nach unten im Gras, als ein tiefes Donnern in meinen Ohren dröhnte, was meine Haare so zu Berge stehen ließ, daß sie mir noch Tage danach kerzengerade vom Kopf abstanden. Ich habe immer noch Probleme damit, sie nach unten zu kämmen, allerdings versuche ich es auch nicht sehr oft.

Im Garten sah es wie auf einem Schlachtfeld aus. Die Rosenbüsche waren dicht über dem Boden abgebrochen, und die Porzellanente, die wir schon eine Ewigkeit hatten, war in tausend Stücke zersplittert. Ich konnte mich noch schwach darüber freuen, daß die Ente immerhin einmal in ihrem ansonsten ereignislosen Leben quer durch Kalifornien gereist war.

Die Ostseite des Hauses, da, wo einmal die Küche gewesen war, war ganz weggebrochen, die Dachpappe stand wie meine Haare in Streifen vom Rand des Daches ab. Balken und Gipsstücke lagen verstreut auf dem Rasen. Aus der Küche war alles verschwunden: der Tisch, der Kühlschrank und die Bilder an den Wänden. Propangas ist ja schwerer als Luft, und es war also in der Küche vom Boden hochgekrochen, bis es die Zündflamme am Ofen erreicht hatte. Bei der Explosion hatte ich mir die Rippen gebrochen, die Augenbrauen versengt und den Hals verbrannt, und ich glaube, es lag an dem radioaktiven Zeug oder Asbest, das in den Wänden gesteckt hatte, weshalb mir übel wurde. Ich machte also eine Tagesreise mit dem Bus hier raus nach San Bernardino, um mich bei meinem Onkel zu erholen. Es war dasselbe alte, im Stil einer Ranch weitläufig angelegte Gebäude, in dem wir ein Jahr lang glücklich gelebt hatten, nachdem wir aus New York weggezogen waren und bevor meine Mutter das Haus in Santa Ana gefunden und die erste Rate bezahlt hatte.

Möglich, daß die Porzellanente die erste Anschaffung meiner Mutter für das Haus gewesen war. Sie stand einfach so im Garten, und kurz nachdem meine Schwester und ich sieben geworden waren, wurde sie gestohlen. Wir regten uns nicht weiter darüber auf, waren aber voller Ehrfurcht, als die Ente nach einem halben Jahr geheimnisvollerweise wieder auf dem Rasen auftauchte und neben ihr im taufeuchten Gras ein Fotoalbum mit Bildern der Porzellanente an verschiedenen Orten des Staates Kalifornien lehnte: die Ente vor einem Blumenbeet am Eingang von Disneyland, die Ente auf einem Cable-Car-Sitz in San Francisco, die Ente, wie sie zwischen den Handabdrücken von Clark Gable saß; und noch ein paar banale Schnappschüsse, zum Beispiel, wie sie in irgendeinem Garten hinter einem verwitterten Haus an einem Avokadobaum lehnte. Wahrscheinlich fingen all die heute weitverbreiteten Geschichten über weltreisende Gartenzwerge mit den bescheideneren Reisen unserer Ente im Jahre 1959 an. Oder vermutlich doch umgekehrt.

Das Haus meines Onkels hat sich überhaupt nicht verändert, seit meine Schwester und ich vor so langer Zeit jeden tiefen Winkel des riesigen unkrautbewachsenen Gartens erforscht hatten und auf die Platanen am hinteren Zaun geklettert waren. Ich entdeckte am Stamm einer dieser Laubbäume, etwa auf Hüfthöhe, unsere eingeritzten Initialen; heute würde meine Schwester so etwas nicht mehr machen. Es gibt dort auch immer noch eine ganze Menge von unserem Spielzeug, alte Holzbauklötze und Raketenabschußrampen. Ich habe alles im Gestrüpp zusammengesucht und hinten in die Garage gestellt, wo mein Onkel vermutlich sein Bier lagert; meiner Schwester wäre das heute wohl egal.

In San Bernardino sieht man mittags auf den Bürgersteigen Frauen mit Shorts und schulterfreien Tops, die von hinten mit ihren langen braunen Beinen und den blonden Haaren jung und recht wohlgeformt aussehen; wenn aber das Auto, in dem man gerade sitzt, an Ihnen vorübergefahren ist, und man sich auf dem Beifahrersitz umdreht, sieht man, daß ihre Gesichter müde wirken und entsetzlich alt sind. Und abends, an der Base Line, sieht man im Licht der vereinzelten Gruppen von Gaslaternen die überfüllten Parkplätze der Bars, aber häufig auch vier oder fünf Pferde, die an einem Pfosten vor dem Eingang der Bar angebunden sind. Mein Onkel behauptet, daß wir hier zwischen dem Cajon Pass und Barstow, das mitten in der Wüste liegt, ein Halbwüstenklima haben und wir deshalb häufig eine Fata Morgana erleben.

Ich lasse mich gelegentlich von meiner Schwester zum Stater-Brothers-Markt in Highland fahren. Aber das scheint sie nicht sonderlich zu erheitern, wahrscheinlich, weil ich Obst, Käse und Kekse, die einzigen Sachen, die ich noch vertrage, ohne mich zu übergeben, größtenteils klaue. Nach meinem Unfall kam sie mit dem Flieger aus Frankreich zurück, und wenn sie sich von einem Freund ein altes Auto leihen kann, kommt sie mich besuchen. Sie versucht immer wieder, mich dazu zu kriegen, wieder nach Santa Ana oder zumindest weg vom Haus meines Onkels zu ziehen – eigentlich will sie mich ja nur in ein Krankenhaus bringen –, aber ich traue mich nicht. Ich habe ihr gesagt, sie solle niemandem verraten, wo ich mich befinde. Ich habe auch einen falschen Namen angenommen. Als ob das jemanden interessieren würde.

312

Zugegebenermaßen hat sie mit ihrer Familie kein leichtes Los gezogen. Ihr Mann wurde in dem Teil des Iran geboren, der unter englische Oberaufsicht fiel, und als er, nachdem er in England zur Schule gegangen war, zurückzukehren versuchte, hielten die Iraner ihn für einen Schahgegner; sie zogen seinen Paß ein und händigten ihm Papiere aus, die ihm zwar die Ausreise, aber nicht die Wiedereinreise ermöglichten. Er kam bis zum Flughafen Charles-de-Gaulle, aber Frankreich ließ ihn ohne Paß nicht ins Land, und der Zoll erlaubte nicht, daß er ein anderes Flugzeug nahm. Seit Jahrzehnten lebt er nun schon im Einkaufsbereich des Terminal 1, schläft auf einer Plastikcouch und sieht fern, und das Lufthansapersonal überläßt ihm immer kleine Reisesets, damit er sich rasieren und die Zähne putzen kann. Meine Schwester lernte ihn dort anläßlich einer Europareise kennen, die ihr meine Mutter zum Abschluß der High-School geschenkt hatte. Jetzt hat sie eine Wohnung sowie einen Job in Roissy und kann so in seiner Nähe sein. Ich sage ihr immer wieder, daß sie diesen Job wieder verlieren wird, wenn sie weiterhin nicht zur Arbeit erscheint, aber sie meint, ihr bleibe nichts anderes übrig, weil außer ihr niemand an mich rankomme. Sie sagt, ich sei *zurückgeblieben*.

Mein Onkel verdrückt sich immer, wenn sie mit irgendeinem geliehenen Wagen schwungvoll den Sandweg heraufährt. Als ich an seinem schiefen Drahtmaschentor völlig versengt und fertig und heiser und vom radioaktiven Zeug ganz schwindlig aus dem Bus humpelte, wartete er vorn im Garten auf mich. Der übliche große Strohhut verdeckt nicht nur sein graues Haar. Das einzige, was man von ihm wirklich sieht, ist sein buschiger Schnauzbart. Das Haus ist jetzt leer. Die Räume hallen, auf dem Küchenboden steht ein altes schwarzes Bakelittelefon, und wo früher einmal Lampen waren, hängen aus den Wänden alle möglichen Drähte heraus. Er sagte, ich könne in meinem alten Zimmer schlafen, und ich habe mir ein paar Zeitungen hineingelegt und in einer Ecke ein Nest gemacht. Ich bin noch am Überlegen, ob ich das Nest nicht in den Schrank verlege.

»Stör dich nicht weiter an den Leuten hier«, sagte mir mein

Onkel am ersten Tag. »Beachte sie einfach nicht. Sie wohnen wahrscheinlich hier.«

In der Küche habe ich einen sehr alten Mann gesehen. Er weinte leise über dem Spülbecken vor sich hin und trug einen dieser Alte-Leute-Overalls, die man von den Knöcheln bis zum Hals mit einem Reißverschluß öffnen kann; ich hab ihm zugenickt und bin auf dem staubigen Linoleum diskret an ihm vorbeigeschlurft. Was hätten wir uns denn sagen sollen, was wir nicht schon gewußt hätten? Ein paarmal hab ich auch zwei Kinder gesehen, die hinten im Garten gespielt haben. Laß sie spielen, dachte ich mir. Mein Onkel läuft üblicherweise auf der Suche nach seinem Bier hinten an der Garage im Kreis rum. Stellenweise gibt's hier auch Sinnestäuschungen – wenn man in das Unkraut am Rande der Auffahrt tritt und vom Haus weggeht, hat man übergangslos das Gefühl, daß man gerade auf die Auffahrt tritt, und das Haus *vor sich* hat.

»Das war schon immer so«, erzählte er mir eines Tages, als er gerade eine Pause einlegte und auf der Haube seines alten abgewrackten Traktors saß. »Aber einmal, vor ein paar Wintern, bin ich abends da runter gegangen und hab das Haus *nicht* vor mir gesehen. Ich habe da in einem der Rosenbüsche gestanden, die deine Mutter damals hatte. Die Blüten waren auf, als wäre es Tag, und die Blätter waren ganz warm. In der Sinnestäuschung bleibt die Zeit stehen, das weiß jeder – deshalb bin ich sofort in den Laster gesprungen, hab mir zwei Kasten eisgekühltes Budweiser gekauft und sie direkt bei den Rosen gebunkert. Am nächsten Morgen war die verdrehte Sinnestäuschung wieder da, aber immer wenn sie nachläßt, weiß ich, wo ich eisgekühltes Bier finde.«

Ich nickte ein paarmal, und er auch. Und unmittelbar nach diesem Gespräch begann ich, unsere ganzen alten Spielsachen dort unten aufzubewahren.

Gestern kam meine Schwester mit einem knallgrünen Edsel den Sandweg heraufgebraust, und nachdem sie in einer Staubwolke zum Stehen gekommen war und die Tür aufgerissen hatte, merkte ich, daß sie auf der Fahrt geweint haben mußte. Es ist eine lange Fahrt, und sie ist sehr anstrengend für meine Schwester.

Seitdem ich mir bei der Explosion den Hals verbrannt habe, kann ich kaum noch sprechen. Deshalb ging ich ganz nahe an sie heran, damit sie mich auch verstehen konnte. »Komm rein und trink was ... Wasser«, sagte ich mit kratziger Stimme – ich war ziemlich verlegen, weil sie das ja alles nur für mich tut. Wir haben keine Gläser, aber sie konnte ebensogut aus dem Hahn trinken. »Oder nimm die Kekse«, fügte ich hinzu.

»Ich kann es drinnen nicht aushalten«, sagte sie verärgert. »Wir haben schöne Zeiten in diesem Haus verbracht, *als wir noch alle hier wohnten.*« Sie ließ ihren Blick über die Hornsträucher in die unendliche Weite der braunen Hügel hinter dem Haus schweifen. »Wir wollen draußen reden.«

»Du bist gereizt«, sagte ich zu ihr, als ich ihr den Sandweg am Haus vorbei folgte. Sie trug ein blaues Sommerkleid, das an ihrem verschwitzten Rücken klebte.

»Kannst du dir auch vorstellen, warum, Gunther?«

Ich blickte hastig um mich, konnte aber nicht einmal einen Vogel im wolkenlos blauen Himmel sehen. »Doug«, erinnerte ich sie heiser und versuchte, mit meiner zerbrechlichen Stimme so laut wie möglich zu sprechen. Auf den Namen war ich durch den Anruf gekommen, den ich einen Tag vor der Explosion erhalten hatte, und sicherlich würde Doug Olney, egal, wo er war, selbst nie etwas von der Aneignung erfahren.

»Du hast es versprochen.«

Wir gingen jetzt am Ende des Sandwegs zwischen den Klettengewächsen entlang, und ich sah, wie sie müde die Achseln zuckte. »Warum glaubst du, ist das so – Mr. Olney?« rief sie mir zu.

Ich machte größere Schritte, um sie einzuholen. Meine Fußsohlen müssen ziemlich verhornt sein, weil die Kletten nie an meiner Haut festkleben. »Ist wohl ziemlich teuer, einen richtigen alten Edsel zu mieten«, sagte ich.

»Das ist es allerdings.« Ihre Stimme war tief und rauh. »Besonders im Sommer, wenn die ganzen Mexikaner heiraten. Es ist ein 57er Modell, aber er hat wohl einen neuen Motor oder so was – heute konnte ich kaum die Verkehrsschilder auf der alten Route 66 erkennen. Überall stand ›Foothill Boulevard‹. Ich werde wohl nicht mehr zu dir hierherkommen können, auch nicht wenn ich hundertmal deine *Zwillingsschwester* bin, die *hier* mit *dir* gewohnt hat! Nicht mal mit einem Auto wie von damals. Und außerdem braucht mich Hakim.« Sie drehte sich um, sah mich an und stampfte mit den Füßen auf den Boden. »Wenn er wirklich wollte, würde er schon einen Weg finden, um von diesem Flughafen wegzukommen! Schau dich an! Verflucht noch mal – Doug – wie lange, glaubst du, kann ein Mensch im *Koma* leben – selbst in einem Krankenhaus wie dem Western Medical –, wenn sich seine Seele irgendwo inkognito versteckt?«

»Also, die *Seele* ...«

»Hier bist du sicherlich auf ungeweihter Erde. Bist du am Scheideweg? *Bedauerst* du es, hier mit dem Unkraut zu wachsen?« Sie weinte wieder. »*Leck in der Propangasleitung.* Warum hat man dich dann draußen im Garten bei der Ente gefunden? Du hattest es dir anders überlegt, stimmt's? Du wolltest davonlaufen. Gut! Lauf ruhig weiterhin weg, bleib nicht hier an der Endstation stehen, im Niemandsland. Geh jetzt zu dem blöden alten Auto, und laß mich dich ins Western Medical fahren, solange ich das noch kann, und solange du noch dazu in der Lage bist. Du kannst sehr wohl noch aufwachen.«

Ich lächelte sie an und schüttelte den Kopf. Ich weiß jetzt, daß ich vor dem Jungen im dunklen Ballsaal nie Angst hatte; ich war klamm vor Angst vor jedem neuen unbekannten Tag. Der Junge hatte einen Weg gefunden, sich davor zu verstecken, aber ich war dem Morgen gnadenlos ausgeliefert, wenn dieser durch meine geschlossenen Augenlider schien. Ich öffnete den Mund, um sie krächzend irgendwie zu beruhigen, aber sie sah mit leerem Blick an mir vorbei.

»Mein Gott«, sagte sie schließlich ehrfurchtsvoll. Ihre Stimme klang fast so heiser wie meine. »Hier ist dieses Foto aufgenommen worden, das mit der Ente unter dem Avokadobaum. Im Fotoalbum, erinnerst du dich?« Sie zeigte auf das Haus. »Der Baum ist jetzt nicht mehr da, aber die Perspektive, die Fenster – schau, es ist genau derselbe Blick, wir haben es nur nicht erkannt, weil wir das Haus frisch gestrichen in Erinnerung haben, nicht so verwittert und abgeblättert wie jetzt und wie auf dem Foto, und weil auf dem Foto ein großer Avokadobaum im Vordergrund war, der uns abgelenkt hat!«

Ich stand neben ihr und blinzelte mit wäßrigen Augen in die grelle Sonne. Vielleicht hatte sie recht – wenn man sich rechts einen Baum dachte, an dessen Stamm unsere alte Ente lehnte, dann war dieser Blick dem auf dem alten Foto zumindest ähnlich.

»Derjenige, der das Foto aufgenommen hat, stand genau hier«, sagte sie leise.

Oder *wird* hier stehen, dachte ich.

»Kannst du mich zum Stater Brothers fahren?« sagte ich.

Seit sie weggefahren ist, bin ich schon mehrmals hinausgegangen, um nachzuschauen, und ich bin mir immer noch nicht sicher, ob sie recht hat. Das Problem ist, daß ich mich nicht genau an das Foto erinnere. Vielleicht war es ja das Haus hier. Mir blieb nichts anderes übrig, als abzuwarten.

Ich glaube nicht, daß ich so bald wieder zum Stater Brothers fahren werde, wenn überhaupt. Der Weg dorthin war äußerst unangenehm. Es gab so viele Erscheinungen und Sinnestäuschungsfragmente im grellen Tageslicht, daß man meinen konnte, San Bernardino wäre ausschließlich von herumlaufenden Skeletten und Einspännern bevölkert. Ich bekam schließlich meine Avokado, die Kekse und die Schmelzkäsescheiben, und meine Schwester gab mir noch eine Kiste mit alten Kleidern von unserem Vater; ich hatte immer noch die versengten Hosen und das versengte Hemd an. Sie sagte, es breche ihr das Herz, mich wie tödlich verunglückt hier herumlaufen zu sehen. Ich habe die Kiste nie geöffnet, aber ich gehe davon aus, daß einer von diesen Overalls drin ist.

Ich weiß jetzt, daß sie endlich doch zu ihrem armen Hakim zurückkehrt, der im Flughafen bei Roissy festsitzt. Ich hab sie vom Telefon in der Küche aus angerufen.

»Ich bin auf dem Weg ins Krankenhaus«, habe ich ihr gesagt. »Du kannst also nach Frankreich zurück.«

»Du – Gunth... – *Doug* meine ich. Von wo aus rufst du an?«

»Ich bin wieder in Santa Ana. Ich ziehe mich nur schnell um, versuche mir das Haar zu kämmen und nehme dann den Bus ins Krankenhaus.«

»Santa Ana? Gib mir die Nummer. Ich ruf dich gleich zurück.«

Ich bekam Panik. Ich wußte nicht, was ich tun sollte und gab ihr die einzige Nummer, die mir einfiel: meine alte Nummer in Santa Ana. »Aber ich wollte dich nicht weiter aufhalten«, brabbelte ich, »Ich wollte nur …«

»Das ist doch unsere alte Nummer«, sagte sie. »Wie kannst du unter der zu erreichen sein?«

»Sie ist beim Haus geblieben.« Wenn ich noch schwitzen könnte, hätte ich's spätestens in diesem Moment getan. »Die Leute, die jetzt hier wohnen, haben nichts dagegen, daß ich hier bin.« Die Lüge wuchs mir über den Kopf. »Sie mögen mich, sie haben mir ein Sandwich gemacht.«

»Glaub ich dir sofort. Bleib in der Nähe des Telefons.«

Sie legte auf, und mir war klar, daß es jetzt darauf ankam, wer von uns beiden die alte Nummer am schnellsten wählen konnte. Sie mußte sich wohl auch mit einem Telefon mit Wählscheibe herumschlagen, weil ich bald darauf das Freizeichen hörte. Es klingelte viermal, und ich schloß daraus, daß unsere alte Nummer wieder in Betrieb war, sonst wäre bestimmt eine Tonbandansage gelaufen. Meine Lippen formten ein tonloses *Bitte, bitte,* und ich war voller ängstlicher Hoffnung, daß wer auch immer sich am anderen Ende meldete, meiner Bitte nachkommen würde.

Dann hob jemand ab, und eine Stimme sagte atemlos: »Hallo?«

Natürlich habe ich die Stimme gleich erkannt, und der Atem stockte mir im gefühllosen Hals.

»Hallo?« wiederholte die Stimme. »Spreche ich mit einem Kurzschluß?«

Ja, dachte ich.

Dieser Öltank in San Pedro war seit Jahren nicht mehr in Betrieb gewesen, war aber damals mit einer automatischen Schaltung ausgestattet gewesen, die der Zentrale meldete, wenn das Öl ausgegangen war; ein fehlgeleiteter Stromstoß hatte sie anscheinend wieder in Betrieb gesetzt, und die Notrufnummer, die sie anrief, war zur damaligen Zeit wohl unsere Nummer. Wahrscheinlich war in dem Tank überhaupt kein Öl mehr, und gelegentlich wurde das wohl bemerkt. Auf jeden Fall konnten wir da nichts dran ändern.

»Gunther!« Es tat meinen Zähnen weh, den Namen auszusprechen. »Jesses, Mann – hier ist – Doug Olney von der Neff High School! Du erinnerst dich doch an mich, oder?«

»Doug?« sagte der irgendwie angetrunkene Mann mittleren Alters am anderen Ende der Leitung und fragte sich wohl verwirrt, ob ich Kehlkopfkrebs hätte. »Olney? Klar erinnere ich mich! Wo bist du? Bist du hier in der Gegend …?«

»Keine Zeit, lange zu reden«, sagte ich mit erstickter Stimme. Was wäre, wenn der wirkliche Doug Olney hier in der Gegend, in Santa Ana wäre? Hätte dieser armselige Verlierer vorgeschlagen, sich zum Lunch zu verabreden? »Ich will dich nicht …« – aufhalten, dachte ich, schon gar nicht dich retten –, »dich nicht weiter stören.« Meine Augen tränten, selbst in der schummrigen Küche. »Hör mal, bei dir ruft gleich eine Frau an; sie wird mich sprechen wollen. Du kennst sie nicht«, versicherte ich ihm; ich wollte nicht, daß er diese Möglichkeit auch nur in Erwägung zöge. »Sag ihr einfach, daß ich gerade weggegangen bin, okay?«

»Wer ist sie …?«

Ich legte einfach auf. Das wirst du schon merken, dachte ich.

Heute tauchte das Bier von meinem Onkel im Garten auf, zwei Kasten, noch ganz kalt vom Kühlschrank aus dem Laden. Die Rosen sind noch frisch, an einigen Stielen sah ich noch junge Schnittstellen, und ich versuchte zu begreifen, daß meine Mutter diese Blumen erst vor ein paar Stunden, zur besten Zeit fürs Rosenschneiden, geschnitten hatte. Die Flecken auf dem weißen Staub der Rosenblüten stammten wahrscheinlich von ihren Fingern. Mein Onkel und ich saßen in der Mittagssonne auf dem Sandweg und wurden ganz trübselig und sentimental, und wir tranken eine Dose Budweiser nach der anderen auf unsere Lieben, die uns so fehlten, obwohl wahrscheinlich niemand im Haus war und die beiden Kinder hinten im Garten auch schon lange weggegangen waren.

Ich habe den golfballgroßen Avokadokern genau da gepflanzt, wo auf dem Foto der Baum gewesen war – wenn es überhaupt ein Foto von dem Haus hier war. Irgendwann wird ein Baum wachsen, und vielleicht wird eines Tages auch die Ente am Baumstamm lehnen. Sie wird aus Disneyland oder vom Grauman's Chinese Theater zu dem Haus zurückkehren, in dem meine Schwester und ich immer noch sieben Jahre alt sind. Dann werde ich mitzockeln, wenn sie mich mitnimmt.

Nancy A. Collins

CATFISH GAL BLUES

Nancy A. Collins hat sich mit ihren Sonja-Blue-Vampirbüchern einen Namen gemacht; für Der Todeskuß der Sonja Blue *hat sie 1990 den Bram Stoker Award erhalten (Warum nennt man sie eigentlich nicht Brammies statt Stokers?), und dem folgten* Ein Dutzend Schwarzer Rosen *und* Paint It Black.

*Das soll nicht heißen, daß sie sich auf Vampire beschränkt hätte. Sie hat Comics gemacht (*Swamp Thing*), Romanfassungen von Comics geschrieben (beispielsweise von* Die Fantastischen Vier*), Anthologien wie* Forbidden Acts *(mit Edward E. Kramer und Martin H. Greenberg) herausgegeben und sogar Western geschrieben (*Walking Wolf: A Weird Western*).*

Was sie uns hier präsentiert, ist nichts von alledem. Es ist eher ein Märchen, eine Art Stadtlegende, die sich für ihren Helden als ... aber lesen Sie selbst.

Flyjar ist die Art von Südstaatenstadt, wo Zeit nicht viel bedeutet. Vielleicht liegt das daran, daß sich beim Wechsel der Jahreszeiten nicht sehr viel ändert – der Unterschied zwischen Winter und Sommer beträgt im Durchschnitt lediglich an die acht Grad. Und wenn man so arm ist wie die meisten Leute in Flyjar, dann ist auch der Unterschied zwischen einem Jahrzehnt und dem nächsten nicht sonderlich groß – der von einem Jahrhundert zum nächsten übrigens erst recht nicht.

Die zwei Konstanten in Flyjar sind die Armut und der Fluß. Das Städtchen klammert sich an den Mississippi wie ein Kind an den Kittelschurz seiner Mama, und sein Schicksal – im guten wie im bösen – hängt fester am Big Muddy als Schurzzipfel. Es gab einmal eine Zeit, als Flyjar als Treibstoffstation für die Flußboote diente, die den Vater aller Gewässer hinauf und hinunter verkehrten. Aber jene Tage liegen weit zurück, und alles was von »der guten alten Zeit« übriggeblieben ist, sind ein paar verfallende, hölzerne Piers am Ufer.

Da die meisten Kais ziemlich weit ins Wasser hineinreichten, gab es darunter eine Menge Barsche, Welse und Hechte für jeden, der sie haben wollte, vorausgesetzt man wußte, wie man sie fing, und verfügte über die nötige Geduld, wie Sammy Herkimer, einer von Flyjars besseren Fischern, es gern jedem erzählte, der ihm zuhören mochte.

Es gab mehrere Stege zur Auswahl, aber Sammy zog den beim Steamboat Bend vor. Er war etwa eine Meile vom Städtchen entfernt und deshalb nicht gerade im besten Zustand. Und weil das bedeutete, daß man aufpassen mußte, wo man hintrat, benutzten ihn die wenigsten Einheimischen, was Sammy aber gerade recht war. Eines Tages saß er so auf dem Steg, trank Eistee aus einer Thermosflasche und stellte überrascht fest, daß sich ausgerechnet Hop Armstrong zu ihm gesellte.

Hop war in Flyjar so etwas wie ein Zuhälter, da der Herr es für richtig gehalten hatte, ihn zwar mit gutem Aussehen auszustatten, ihn dafür aber in der Abteilung Ehrgeiz hatte zu kurz kommen lassen. Wenn es darum ging, Gitarre zu spielen oder Frauen dazu zu bewegen, für ihn zu bezahlen, dann konnte niemand Hop das Wasser reichen. Aber wenn körperliche Arbeit gefragt war... nun, das war eine völlig andere Geschichte.

»Allmächtiger, Hop!« rief Sammy, der seine Überraschung nicht zu verbergen vermochte. »Was machst du denn hier? Hat jemand dein Haus angezündet?«

»Könnte man sagen«, knurrte Hop. »Meine Alte hat gesagt, daß ich Abendessen nach Hause bringen muß.«

»Tatsächlich?« sagte Sammy und schob eine Augenbraue in die Höhe.

Hops neueste Sugar Mama war Lucinda Solomon, die Besitzerin des örtlichen Schönheitssalons. Lucinda sah gut aus und war recht wohlhabend, wenigstens nach den Maßstäben von Flyjar. Außerdem war sie dafür bekannt, einen ausgeprägten Willen zu haben, und es ging das Gerücht, daß Hop sich, indem er sich von Lucinda aushalten ließ, endlich einigermaßen harte Arbeit eingehandelt hatte.

Sammy warf einen Blick auf die Ausrüstung des Jüngeren und stellte mit einer gewissen Belustigung fest, daß Hop zwar daran gedacht hatte, seine Gitarre mitzubringen, sich aber nicht die Mühe gemacht hatte, ein Netz einzupacken. Er wandte seinen Blick wieder dem Fluß zu und schüttelte den Kopf. Nachdem eine lange Weile Schweigen zwischen den beiden geherrscht hatte, ergriff der ältere Mann plötzlich das Wort.

»Weißt du eigentlich, warum man dieses Stück Fluß Steamboat Bend nennt, Hop?«

»Ich hab mir gedacht, weil der Fluß hier 'ne Biegung macht und da mal Dampfboote runtergekommen sind«, sagte der mit einem Achselzucken.

»Deswegen auch, aber das ist nicht alles. Vor langer Zeit einmal gab es dieses große alte Schaufelradboot, das den Fluß rauf und runter gefahren ist, die *Delta Blossom*. Ein wirklich klasse Boot war das, mit Kaminsimsen aus Marmor und Kristallüstern und goldenen Türgriffen. Wenn die Leute hörten, daß sich die *Delta Blossom* näherte, kamen sie aus den Häusern und von den Feldern gerannt, um zuzusehen, wie sie vorbeifuhr. Jedenfalls ist die *Delta Blossom* eines Tages etwa da vorn mit Mann und Maus untergegangen«, sagte Sammy und deutete auf die Mitte des Flusses.

»Warum ist sie denn gesunken?« fragte Hop, in dessen Stimme sich dabei ein Hauch von Interesse geschlichen hatte.

»Das weiß keiner ganz genau. Manche behaupten, die Kessel sind in die Luft geflogen. Andere wieder, daß unter Deck ein Feuer ausgebrochen ist. Vielleicht ist sie auch an einem im Wasser treibenden Baum gestoßen, der ihr den Rumpf aufgerissen hat. Wer kann das schon genau wissen nach all der Zeit? Aber meine alte Oma hat Stein und Bein geschworen, daß die *Delta Blossom* von Catfish Girls versenkt worden ist.«

Hop sah den älteren Mann finster an. »Du machst dich doch nicht etwa über mich lustig, was, Sammy?«

»Nein, ganz bestimmt nicht!« sagte der bedächtig und schüttelte dazu den Kopf. »Bevor es hier irgendwelche Schwarze oder Weiße oder gar Indianer gegeben hat, waren hier Katzenwelsmädchen. Sie leben im Fluß, ganz unten, wo er schlammig und tief ist. Sie haben den Oberteil von Frauen und sind von der Hüfte abwärts so was wie Katzenwelse. Sie zeigen sich dem Menschen nicht und sind die meiste Zeit ganz friedlich. Manche Leute behaupten, die Catfish Girls hätten die *Delta Blossom* versenkt, weil eine von ihnen sich im Schaufelrad verfangen hat und dabei zerdrückt worden ist.«

Hop drehte sich halb herum und fixierte den Älteren mit einem neugierigen Blick. »Hast du je eines von diesen Katzenwelsmädchen *gesehen*, Sammy?«

»Nein, habe ich nicht, hab allerdings auch nie nach ihnen Ausschau gehalten. Aber meine Oma hat gesagt, daß ihretwegen nur ganz selten Leute so dumm sind, im Fluß schwimmen zu gehen. Sie schnappen sich die ertrunkenen Leichen und stecken sie ganz tief in den Schlamm, bis sie ganz aufgedunsen sind. Auf die Weise kann man ihr Fleisch leichter essen ...«

Hop verzog das Gesicht. »Jetzt hör schon auf damit! Ist schon schlimm genug, daß meine Alte mich hier herschickt, und jetzt erzählst du mir, daß die Katzenwelse Tote fressen!«

»Tut mir leid, hab ja nicht gewußt, daß du da so empfindlich bist.« Nachdem wieder eine längere Zeit Schweigen zwischen den beiden geherrscht hatte, deutete Sammy mit einer Kopfbewegung auf die Gitarre. »Also – wenn du zum Fischen hier bist, warum dann das Ding da?«

»Man kann doch schließlich mehr als eine Sache auf einmal tun, oder etwa nicht?«

»Glaub schon – aber ich würd's dir nicht empfehlen. Du verscheuchst damit nur die Fische.«

»Vielleicht lach ich mir statt dessen so 'n Katzenwelsmädchen an«, sagte Hop grinsend.

»Wenn einer das kann, dann wohl du, schätze ich«, sagte Sammy und seufzte, während er seine Leine einholte. »Also, ich hab für heute genug gefangen. Ich geh jetzt lieber nach Hause, damit ich die Barsche noch rechtzeitig zum Abendessen putzen kann. Viel Glück mit den Catfish Girls, Hop. Mach's gut.«

»Du auch, Sammy«, antwortete Hop abwesend, den Blick starr auf den Fluß gerichtet.

Hop mußte zugeben, daß es gar nicht so schlimm war, an einem Tag wie heute draußen in der Sonne zu sein. Es war nicht sonderlich heiß, und vom Wasser wehte eine hübsche Brise herein ... und außerdem war da noch der Vorteil, daß er außer Sichtweite seiner Alten war.

Lucinda war gar nicht so leicht zufriedenzustellen, und wenn sie schlechter Laune war, war es wirklich schwer mit ihr auszukommen. Und schlechter Laune war sie meistens. Inzwischen kannte Hop die Anzeichen dafür nur zu gut, um sich darüber im klaren zu sein, daß seine Tage der Muße auf Kosten der reizbaren Miz Solomon sich dem Ende zu neigten, aber er zog nicht gern Leine, solange keine neue Freundin in Sicht war. Unglücklicherweise bot die Damenwelt Flyjars für einen Mann seines Geschmacks und seiner Neigungen keine übermäßig reichliche Auswahl – und deshalb sah es so aus, als müßte er sich noch eine Weile mit Lucinda abfinden. Zum Glück war der Steamboat Bend weit genug entfernt, daß die Wahrscheinlichkeit, Lucinda würde tatsächlich herausbekommen, mit welchem Nachdruck er sich darum bemühte – oder eben nicht bemühte –, bis zum Sonnenuntergang etwas zum Abendessen herbeizuschaffen, zu seinen Gunsten sprach.

Hop zog ein gabelförmiges Stück Ast aus seinem Kasten und verkeilte es zwischen den losen Brettern des Stegs. Nachdem er einen Köder auf den Haken gesteckt hatte, warf er die Leine in das trübe Wasser und arretierte die Rolle. Mit einem Auge auf dem Schwimmer, lehnte Hop sich gegen einen Pfosten und griff nach seiner Gitarre.

Solange er sich erinnern konnte, hatte es für ihn nie eine Zeit gegeben, wo die Musik sich nicht leicht bei ihm eingestellt hätte. Seit er ein Dreikäsehoch gewesen war, hatte er noch immer jede Gitarre dazu bringen können, genau das zu tun, was er von ihr wollte. Mit Frauen war es im großen und ganzen ähnlich. Gitarre spielen war für ihn etwas so Natürliches wie atmen oder essen – und viel angenehmer als Baumwolle zu zupfen oder einen Traktor zu fahren.

Sein Blick wanderte über die täuschend ruhige Oberfläche des Flusses. Er war so breit, daß man Mühe hatte, die Strö-

mung mit bloßem Auge richtig einzuschätzen. Um festzustellen, wie schnell der Fluß tatsächlich dahinfloß, mußte man
auf die Größe des Treibholzes achten und wie schnell es vorbeizog. Es gab Tage, wo ausgewachsene Eichen sich in Richtung auf den Golf von Mexiko ein Rennen lieferten. Heute
war es relativ ruhig, und nur ein paar Prügel von der Größe
von Eisenbahnschwellen waren flußabwärts unterwegs.

Hop ertappte sich dabei, wie seine Gedanken sich erneut
der Geschichte zuwandten, die Sammy ihm erzählt hatte.
Nicht das mit den Katzenwelsmädchen – das war natürlich
vollendeter Quatsch. Was seine Phantasie anstachelte, war die
Delta Blossom. Hop fragte sich, wie es wohl in jener Zeit gewesen sein mochte, als die Dampfschiffe auf dem Fluß kreuzten
und Wohlstand und den Glanz der weiten Welt in Kaffs wie
Flyjar brachten.

Man stelle sich vor, daß keinen Steinwurf von der Stelle entfernt, wo er gerade saß, einer der imposantesten alten Schau-
felraddampfer sein Ende gefunden hatte, um seine ganze
Pracht im Schlick auf dem Grunde des Mississippi zu vergraben. Alles, was Hop je auf dem Fluß gesehen hatte, waren flache Schleppkähne und gelegentlich ein Frachter oder kleine
Vergnügungsfahrzeuge gewesen. Das war ganz gewiß nicht
die Art von Booten, die die Phantasie anstachelte und einem
das Herz schneller schlagen ließ. Die Leute drängten nicht zu
den Bootsländen, um zuzusehen, wie ein Frachtkahn vor-
überzog.

Hop fragte sich, ob wohl auf dem Grund des Steamboat
Bend noch etwas von der alten *Delta Blossom* übrig sein
mochte. Man würde das wohl nie erfahren; der Fluß pflegte
seine Geheimnisse nicht so ohne weiteres preiszugeben. Das
hielt Hop aber nicht davon ab, sich der müßigen Hoffnung
hinzugeben, die Umrisse des versunkenen Dampfers zu entdecken.

Vor seinem inneren Auge konnte er den lang versunkenen
schwimmenden Palast sehen, weiß wie frisch gepflückte
Baumwolle, mit hoch aufragenden doppelten Schloten, vor
sich hin paffend, wie reiche Männer ihre Zigarren rauchen,
wie er sich seinen Weg den Mississippi hinauf und hinunter

bahnte. Er konnte sich Südstaatenschönheiten in Reifröcken ausmalen, die die Promenade im Oberdeck des Schiffes säumten, mit seidenen Fächern, die wie Vögel in Käfigen flatterten, während die Spieler in ihren Leinenanzügen und breitkrempigen Hüten Silberdollars und Goldstücke auf den grünen Filz der Spieltische warfen. Hop sah sich selbst, gekleidet wie Clark Gable in *Vom Winde verweht*, wie er seinen Hut vor den jungen, modischen Damen lüftete, die sich im Salon der *Delta Blossom* für die abendliche Unterhaltung versammelt hatten. Für ihn gab es nicht den leisesten Zweifel, daß er damals bei den Damen großen Erfolg gehabt hätte.

Als seine gut gekleidete Phantasiegestalt anfing unter den schwankenden Kristallüstern mit einer jungen Frau zu tanzen, die eine verblüffende Ähnlichkeit mit Vivien Leigh hatte, lieferten Hops geschickte Finger dazu die Musik. Zugegeben, »Goodnight Irene« hatte es damals noch nicht gegeben, aber das Ganze war ja schließlich sein Traum, oder nicht?

Wie er so spielte, bemerkte Hop eine plötzliche Bewegung mitten im Fluß. Von der Stelle aus, wo er saß, hatte es den Augenschein, als ob mitten in der Flußbiegung ein Schwimmer aufgetaucht wäre, ganz in der Nähe der Stelle, wo Sammy behauptet hatte, daß die *Delta Blossom* untergegangen sei, um dann ebenso schnell wieder unterzutauchen. Aber das war absolut unmöglich.

Im Mississippi zu schwimmen war nur geringfügig weniger gefährlich, als sich die Zähne mit angezündetem Dynamit zu putzen. Es kam immer mal wieder vor, daß irgendein Schwachkopf sich mit Whiskey vollaufen ließ und dann versuchte, im Fluß zu schwimmen – um dann spurlos, keine drei Schritte vom Ufer entfernt, zu verschwinden. Wenn seine Familie Glück hatte, tauchte die Leiche dann ein paar Tage später fünfzig Meilen flußabwärts auf, in den Ästen eines Baums an der Hochwasserlinie verhängt und eher einem ertrunkenen Schwein als einem menschlichen Wesen gleichend. Aber was Hop da gesehen hatte, war ihm keineswegs wie eine an die Oberfläche getragene schwimmende Leiche vorgekommen. Zum einen blieb es an einer Stelle und bewegte sich nicht mit der Strömung. Hop hielt sich die Hand über die

Augen, um sie vor der Sonne zu schützen, und sah angestrengt hin, aber da war nichts. Dann wurde seine Aufmerksamkeit auf eine Stelle näher am Ufer gelenkt, weil sein Schwimmer anzeigte, daß offenbar etwas angebissen hatte. Hop ließ die Gitarre fallen, schnappte sich die Angelrute und zog einen zehnpfündigen Katzenwels herein.

Es sah so aus, als würde Lucinda heute abend keinen Anlaß haben, ihm Vorwürfe zu machen, soviel stand fest.

Aber als er nach Hause zurückging, die Angelrute über der einen Schulter, die Gitarre am Gurt über der anderen, konnte Hop das Gefühl nicht abschütteln, daß er beobachtet wurde – und zwar nicht nur von dem Katzenwels, der an seinem Gürtel hing.

Als er in jener Nacht im Bett lag, begleitet vom Schnarchen Lucindas, fing Hop zu überlegen an.

Vielleicht war das gar nicht alles Blödsinn, was Sammy Herkimer über Katzenwelsmädchen erzählt hatte. Hop erinnerte sich daran, in einer dieser Zeitschriften mit den gelben Umschlägen, die beim Friseur auflagen, etwas über eine Gattung von Fischen gelesen zu haben, die alle für ausgestorben hielten und von denen man vor ein paar Jahren welche irgendwo in einem anderen Land gefunden hatte. Außerdem, wer war er denn schon, um zu entscheiden, daß es so etwas wie Katzenwelsmädchen nicht gab, wo er doch keine Menschenseele kannte, die schon einmal auf dem Grund des Mississippi gewesen war und das überlebt und davon erzählt hatte?

Am Tag darauf ging Hop fischen, ohne daß Lucinda ihm das aufgetragen hatte.

Er beschloß, sein Glück wieder am Steamboat Bend zu versuchen. Als er am Steg ankam, stellte er zu seiner Erleichterung fest, daß er allein war. Hop richtete sich auf dem Steg ein, wie er das am Tag zuvor auch getan hatte, aber nachdem er eine halbe Stunde dagesessen und darauf gewartet hatte, daß etwas passierte, legte er die Angel beiseite und nahm die Gitarre, um sich die Zeit zu vertreiben.

Als er etwa in der Mitte von »Moanin' at Midnight« war, hörte Hop etwas, das so klang, als ob in der Nähe ein Fisch aus dem Wasser gesprungen wäre. Als er hinsah, um sich zu vergewissern, was das Geräusch verursacht hatte, erschrak er dermaßen über das, was er sah, daß er beinahe die Gitarre ins Wasser fallen gelassen hätte.

Da war ein menschlicher Kopf, der höchstens dreißig Schritte vom Steg entfernt im Wasser trieb. Auf Hops verblüfftes Schnaufen hin tauchte der Kopf unter die schlammige Wasserfläche, ohne daß sich die Wellen auch nur im geringsten gekräuselt hätten. Und im gleichen Augenblick zerrte etwas so heftig an seiner Angelschnur, daß davon beinahe die ganze Rute in den Fluß gerissen worden wäre.

Obwohl Lucinda über den fünfzehn Pfund schweren Katzenwels, den er am Abend nach Hause brachte, höchst erfreut war, erwähnte Hop kein Wort von dem, was er auf dem Fluß gesehen hatte. Es gab da eine innere Stimme, die ihm zuraunte, daß er das, was immer dort draußen am Steamboat Bend war, am besten für sich behielt.

Am nächsten Tag machte sich Hop nicht einmal die Mühe, seine Angel auszuwerfen. Er wußte, was das Ding im Fluß an den Steg lockte, und seine Köder waren das ganz gewiß nicht.

Er ging auf dem Steg ganz nach vorn, wobei er sorgfältig darauf achtete, nicht auf die gelockerten Planken zu treten oder gar in eines der Löcher, dort wo die Planken fehlten, setzte sich dann hin und ließ die Beine über den Rand baumeln. Nachdem er eine Weile nachgedacht hatte, gelangte er zu dem Entschluß, daß »They Call Me Muddy Waters« eine gute Wahl wäre.

Wie beim letzten Mal tauchte das Ding auf, als er mitten im Stück war. Hops Herzschlag raste so, daß er mühevoll nach Luft ringen mußte, aber er zwang sich weiterzuspielen. Er wollte es nicht verscheuchen, also spielte er weiter und wechselte zu »Pony Blues« über, nachdem er mit dem ersten Stück fertig war.

Während er spielte, blickte Hop nicht auf und beachtete sein Publikum so wenig wie möglich. Als er schließlich auf »Circle Round the Moon« überging, riskierte er einen Blick in die Richtung, wo er das Ding vermutete, nur um festzustellen, daß es sich unmittelbar unter seinen herunterbaumeln-den Füßen befand und ihn aus großen, dunklen Augen an-starrte, die fast nur aus Pupillen zu bestehen schienen.

Hop staunte, wie menschlich das Katzenwelsmädchen aus-sah. Nach dem, was Sammy erzählt hatte, wäre so etwas wie ein Fisch mit einer Perücke eher das gewesen, was er erwartet hätte, aber das war keineswegs der Fall. Zum Teufel, er hatte beim Kirchgang schon Frauen gesehen, die bei weitem nicht so gut aussahen.

Ihre Oberlippe war sehr breit, mit dem vertrauten Wels-schnurrbart versehen, und anstelle einer Nase hatte sie Schlitze, aber wenn man einmal davon absah, war sie gar nicht *so* häßlich. Ihr Haar freilich war eine ziemliche Katastro-phe, und in den zerzausten Locken hing alles mögliche, ange-fangen von Ästen und Zweigen bis hin zu etwas, das wie le-bende Elritzen aussah. Wie sie unter der Wasserfläche aussah, konnte er nicht erkennen, auch wenn er an beiden Seiten ihres Halses einen Blick auf senkrechte Schlitze erhaschte, die sich öffneten und schlossen.

Hop konnte sich eines Lächelns nicht erwehren, als er sah, wie das Katzenwelsmädchen ihn anblickte. Halb Fisch oder nicht, er wußte sehr wohl, was ein solcher Ausdruck im Ge-sicht einer Frau bedeutete. Sie hing fest am Haken, und jetzt war der richtige Augenblick, um sie einzuholen.

Hop sah dem Katzenwelsmädchen in die Augen und lächelte. »Hallo, kleines Fischlein. Bist wohl gekommen, um mich spielen zu hören?«

Der verträumte Blick des Katzenwelsmädchens war wie weggewischt, und an seine Stelle trat Überraschung. Sie sah sich um, als wäre sie von ihrer Umgebung verwirrt, und schoß dann rückwärts davon wie ein Delphin, der sich auf sei-nen Schwanz gestellt hat.

»Bitte! Geh nicht weg!« rief er und streckte die Hand aus, wie um sie aufzuhalten.

Zu seiner Überraschung blieb das Katzenwelsmädchen plötzlich stehen und musterte ihn neugierig, sank ein wenig tiefer, tauchte wieder auf, ganz so wie ein junges Mädchen, das in einem Schwimmbecken Wasser tritt.

»Du brauchst keine Angst zu haben, kleines Fischlein«, sagte Hop und lächelte aufmunternd. »Ich tu dir nichts zuleide. Soll ich noch ein wenig für dich spielen?« fragte er dann und hob die Gitarre hoch.

Das Katzenwelsmädchen nickte, streckte einen tropfnassen Arm in die Höhe und deutete mit einem Zeigefinger, an dem man deutlich Schwimmhäute erkennen konnte, auf die Gitarre. Hop lächelte und tat ihr den Gefallen. Er spielte da weiter, wo er sich bei »Goin' Down Slow« unterbrochen hatte.

Als die Sonne sich schließlich anschickte unterzugehen, waren Hops Hände verkrampft und seine Fingerkuppen blutig. Er hatte ein klein wenig von praktisch allem gespielt – Blues, Bluegrass, Honky Tonk, Wanderlieder, sogar ein paar Kinderlieder –, um damit herauszubekommen, was dem Katzenwelsmädchen gefiel und was nicht; dabei stellte sich heraus, daß sie Blues mochte – was einleuchtete, wenn man bedachte, daß der Blues letztlich von den Ufern des Mississippi stammte.

Als er schließlich die Gitarre beiseite legte, verschwand das Katzenwelsmädchen in den schlammigen Wellen des Flusses. Ein paar Sekunden später kam ein großer Katzenwels aus dem Wasser geflogen, wie von einem Katapult geschleudert, und landete neben ihm auf dem Steg. Er hob den zappelnden Fisch auf und schüttelte den Kopf.

»Ich weiß die gute Absicht zu schätzen«, sagte er laut. »Aber das ist es nicht, worauf ich aus bin.« Nachdem er den Fisch wieder ins Wasser zurückgeworfen hatte, griff Hop in die Tasche und zog einen Silberdollar heraus, den er so zwischen Daumen und Zeigefinger hielt, daß die verblassenden Strahlen der Sonne darauf fielen. »Wenn du willst, daß ich weiterspiele, mußt du das Kätzchen füttern. Und das hier ist es, was das Kätzchen frißt.«

Das Katzenwelsmädchen tauchte wieder auf, starrte die glitzernde Münze eine Sekunde lang an, und tauchte dann wieder unter. Hop rutschte unruhig herum, während eine Minute um die andere verstrich, ohne daß von dem Katzenwelsmädchen eine Spur zu sehen gewesen wäre. Vielleicht war er voreilig gewesen, hätte ein wenig mehr Geduld haben sollen …

Etwas Schweres, Feuchtes schlug gegen seine Brust und fiel dann mit einem metallischen Laut auf die Bretter. Hop hob das runde, flache Stück schlammverkrustetes Metall, das zu seinen Füßen lag, mit zitternden Händen auf. Er kratzte mit dem Daumennagel an der Oberfläche und wurde nicht etwa mit dem Glitzern von Silber belohnt – sondern dem weichen, warmen Leuchten von Gold.

Er stieß einen Freudenschrei aus und sah sich dann um, ob vielleicht jemand beobachtet hatte, was ihm da für ein Glück widerfahren war, aber er war ganz allein auf dem Steg, zumindest was menschliche Gesellschaft anging. Und da sollte einer davon reden, daß man in einen Honigtopf fallen konnte.

Und alles bloß für ein bißchen Musik.

Als der Sommer weiter ins Land zog, wurde Hop Armstrong ein regelmäßiger Besucher am Steamboat Bend. Er tauchte früh am Morgen auf, blieb bis zum Abend und ging immer mit schweren, wenn auch ein wenig feuchten Taschen nach Hause. Wenn Sammy Herkimer dort fischte, sah Hop sich gezwungen abzuwarten, bis der alte Angler gegangen war, aber die meiste Zeit brauchte er sich keine Sorgen zu machen, entdeckt zu werden.

Zuerst hatte Lucinda sein neuentdecktes Interesse am Fischen mit argwöhnischen Blicken bedacht, aber da er beim Nachhausekommen nie nach Parfum roch oder Lippenstift am Kragen hatte, hielt sie sein neues Hobby allmählich für echt. Lucinda konnte natürlich nichts von der Kaffeedose voller alter Gold- und Silbermünzen wissen, die er in der Garage versteckt hielt, oder von dem Sack mit goldenen Türknöpfen, den er in dem Holzstapel hinter dem Haus verborgen hatte. Hop sah keine Notwendigkeit, ihr etwas von seinem frischbegründeten Wohlstand preiszugeben; sie hätte dann bloß angefangen, Fragen zu stellen, wo das alles herkomme, und was würde dann sein?

Wenn er Lucinda von dem Katzenwelsmädchen erzählte, würde jeder Mann, jede Frau und jedes Kind in Flyjar auf dem Steg erscheinen und sämtliche Instrumente vom Banjo bis zur Maultrommel spielen, um sich in seine Nummer hineinzudrängen. So wie Hop das sah, hatte er nicht den geringsten Anlaß, sich selbst die Tour zu vermasseln.

Sobald von Lit'l Fishie, wie er sie nannte, nichts mehr kam, hatte er vor, seine Kaffeedose voll antiker Münzen und seinen Sack mit Türknäufen zu nehmen und in die Großstadt zu gehen – Jackson zum Beispiel, oder Greenville. Zum Teufel, vielleicht würde er sogar nach New Orleans gehen – vielleicht sogar nach Biloxi! Ihm war ziemlich egal, wo er sich schließlich niederließ, solange es nur ein Ort war, wo die Frauen hübscher und jünger waren als die in Flyjar und wo man am Sonntag Bier kaufen konnte. Danach zu schließen, wie Lit'l Fishie sich bei seinen letzten Serenaden verhalten hatte, sollte es nicht mehr lange dauern, bis ihre Quelle sozusagen versiegt war.

Sie wechselte immer noch zwischen ausgesprochen scheuem Verhalten – verschwand jedesmal, wenn ein Ochsenfrosch quakte – und damit, mit ihrem wie eine Satteltasche aussehenden Mund Kußbewegungen zu machen. Hop war vielleicht kein sehr gebildeter Mann, aber mit Frauen kannte er sich aus, und Lit'l Fishie zeigte sämtliche Anzeichen einer Sugar Mama, der allmählich das Geld ausging.

Als Hop an jenem Tag zum Steamboat Bend ging, war für ihn ziemlich klar, daß das seine letzte Serenade für das Katzenwelsmädchen sein würde – und sein letzter Tag als Bürger von Flyjar. Jetzt, wo er sein Glück gefunden hatte, war für ihn die Zeit gekommen, hinaus in die Welt zu ziehen und Kapital aus seinem Ruhm zu schlagen.

Hop ließ den Blick über den Himmel wandern und runzelte die Stirn, als er die aufziehenden Wolken sah. Seit Sonnenaufgang hatte es immer wieder kurz geregnet, und entlang dem ausgetretenen Feldweg, der zu dem baufälligen Steg beim Steamboat Bend führte, waren überall Pfützen. So ungern er auch durch den Schlamm stapfte, bedeutete schlechtes Wetter jedoch, daß er sich keine Sorgen zu machen brauchte, daß da jemand herumschnüffelte.

Hops schloß die Hand fester um den Riemen, an dem er die Gitarre trug, und er eilte zum Ufer hinunter auf den verlassenen Steg. Er setzte sich ans Ende, so wie er das immer tat, ließ die Beine über dem Wasser baumeln und fing an, »See My Grave Is Kept Clean« zu spielen.

Normalerweise tauchte Lit'l Fishie in dem Augenblick, in dem er zu spielen anfing, vielleicht einen Steinwurf entfernt durch die Wasseroberfläche auf und kam dann näher, bis sie wie ein von einer Schlange hypnotisierter Vogel zu ihm heraufstarrte. Hop kannte jenen Blick nur allzu gut. Er sah ihn immer wieder in den Augen der Frauen, wenn er in den Kneipen spielte. Er wußte ganz genau, daß er bloß ein Wort zu sagen brauchte, und Lit'l Fishie würde sich in Maismehl wälzen, um sich dann mit dem größten Vergnügen in eine heiße Bratpfanne zu stürzen.

Er beendete das Stück und fing mit Leadbelly an, aber das Katzenwelsmädchen war bis jetzt noch nicht erschienen. Hop runzelte die Stirn. Vielleicht konnte sie ihn nicht hören. Er wußte nicht genau, wo sie wohnte, aber er vermutete, daß sie sich nicht sehr weit von der Flußbiegung entfernen würde. Er wechselte von Leadbelly zu Son House, vielleicht mochte sie ja »Cotton Fields« nicht. Nachdem Lit'l Fishie sich immer noch nicht zeigte, vertieften sich die Runzeln auf Hops Stirn. Jetzt mußte er aber wirklich loslegen. Er begann eine ihrer Lieblingsnummern zu spielen: »Up Jumped the Devil«.

Unmittelbar unter ihm war ein glucksendes Geräusch zu hören. Hop sah mit einem wissenden Lächeln auf die Silhouette, die dicht unter dem schlammigen Wasser lauerte, das gegen den hölzernen Träger schwappte. Robert Johnson hatte die Frauen noch immer verzaubern können – ob sie nun zweibeinig waren oder Kiemen hatten.

»Warum plötzlich so scheu, Darlin'?« rief er. »Warum zeigst du mir nicht dein süßes Gesicht?«

Die Blasen am Ende des Stegs wurden größer, so als ob das Wasser kochen würde. Hops Blick verfinsterte sich; er beugte sich hinunter und starrte zwischen seinen baumelnden Füßen auf die schlammige Wasserfläche.

»Lit'l Fishie – bist du das?«

Zwischen dem Augenblick, wo das Ding mit der buckligen Haut und dem riesigen Maul voll scharfer Zähne aus dem

Wasser sprang, und dem, wo dessen kräftige Kinnladen sich über Hops Beinen schlossen, lag nicht einmal ein Herzschlag. Hop konnte bloß einen kurzen Schrei ausstoßen – ein hohes Kreischen fast wie von einer Frau –, bevor er mitsamt der Gitarre in den Fluß gerissen wurde.

Das letzte was Hop sah, bevor die schlammigen Wellen des Mississippi sich über ihm schlossen, war das Katzenwelsmädchen, das mit trauriger Miene in ihren verschwollenen Augen zusah, wie er ertrank.

Nachdem Hop Armstrong fischen gegangen und nicht mehr zurückgekommen war, waren die meisten Leute in Flyjar der Meinung, er habe eine neue Freundin gefunden und Lucinda verlassen, weil das Gras in Nachbars Garten eben grüner sei. Eine kleinere Gruppe dachte, der gutaussehende Tunichtgut habe sich betrunken und sei durch den baufälligen Steg in den Fluß gefallen. Jedenfalls war niemand sonderlich betrübt, und als zwei, drei Wochen verstrichen waren, gab es wieder neuen Gesprächsstoff im Friseurladen.

Etwa drei Monate nachdem Hop verschwunden war, verhängte sich Sammy Herkimers Angelschnur in etwas unter dem Steg am Steamboat Bend. Zuerst dachte er, sie hätte sich bloß im Schilf verheddert. Als er dann aber seine Leine einholte, hing auf einmal Hops Gitarre am Haken.

Von der Gitarre, die so viele Ladies aus ihrer Wäsche und um ihre Ersparnisse gezaubert hatte, tropfte jetzt der Schlamm, der Hals war abgebrochen und der Korpus ziemlich mitgenommen. Sammy wiegte den Kopf, während er das Instrumentenwrack aus der Leine befreite. Eigentlich überraschte ihn das, was er da gefunden hatte, gar nicht sonderlich. In gewisser Weise gab er sogar sich die Schuld für das, was dem armen Hop zugestoßen war. Schließlich hatte er, als er ihm von den Catfish Girls erzählt hatte, ganz zu erwähnen vergessen, daß sie nicht die *einzigen* Dinger waren, die am Steamboat Bend zu Hause waren.

Und die Gator Boys sind für ihre Eifersucht bekannt.

Ramsey Campbell

DER UNTERHALTUNGSKÜNSTLER

*Ramsey Campbell hat sich immer ganz auf den Bereich Horror kon-
zentriert – und sich hartnäckig geweigert, diesen Bereich je zu verlassen. Seit Anfang des Booms gegen Ende der siebziger Jahre dort
vertreten, wo wunderbare Storys wie »McIntosh Willy« ihn schnell
als eine nicht zu überhörende Stimme etablierten, hat er bis zum
heutigen Tage brillante Beiträge zu diesem Genre geleistet. Seine besten Geschichten sind praktisch auf den ersten Blick als campbellia-
nisch zu erkennen: Obwohl sein Stil in seiner verträumten, manchmal etwas aufwühlenden Art ein wenig an Robert Aikman erinnert,
sind die Bilder, die Campbell erzeugt, völlig anders als die aller anderen seiner Kollegen.*

*Campbell erhielt den Stoker Award des Jahres 1994 für seine
Sammlung* Alone with the Horrors, *während sein neuestes Werk,*
The Last Voice They Hear, *sich einmal ausnahmsweise nicht mit
dem Übernatürlichen auseinandersetzt, genauso wenig wie die jetzt
folgende, gruselige Geschichte, die nur für Sie und mich geschrieben
wurde.*

Als Shone sich schließlich wieder in Westingsea fand, konnte
er die Straße nur mehr bruchstückweise erkennen, obwohl
die Scheibenwischer sich alle Mühe gaben, den Wolkenbruch
abzuwehren. Die Promenade – wo er Pensionisten gesehen
hatte, die man hinausgerollt hatte, um ein wenig von der
frühen Sonne zu erwischen, und Rucksacktouristen, die sich
in Busse drängten, die sie landeinwärts zu den Seen bringen
würden – winkte mit isoliert stehenden Bäumen, die viel zu
jung aussahen, um allein draußen zu sein, einer grauen See
zu, die mit Hunderten von Schaumrändern nach ihnen
fletschte. Durch eine Mischung aus Störgeräuschen und dem

Plätschern und Zischeln auf der Windschutzscheibe riet ein örtlicher Radiosender den Autofahrern, den Straßen fernzubleiben, und Shone hatte das Gefühl, daß man ihm auf diese Weise eine Chance gab. Sobald er ein Zimmer hatte, wollte er Ruth anrufen. Am Ende der Promenade steuerte er seinen Cavalier schwungvoll um einen alten Steinsoldaten, der vom Regen in Schwarz gehüllt war, und rollte dann an den Strandhotels entlang.

Er sah sich nirgends willkommen geheißen. Eine Leuchtschrift vor dem größten und weißesten Hotel sagte ZIMMER BE… und hatte offensichtlich die Geduld verloren, das zweite Wort ganz zu beleuchten. Er bog in die erste der schmalen Straßen ein, wo es eine nicht kenntlich gemachte Pension gab, in der er vor annähernd fünfzig Jahren mit seinen Eltern gewohnt hatte, aber die Tafeln in den Fenstern waren auch heute wenig einladend. In einigen von den Straßen, bei denen er sich erinnerte, daß sie hauptsächlich von kleinen Hotels gesäumt waren, standen jetzt wesentlich weniger Gebäude, und die waren alle Pflegeheime für Senioren. Er mußte die Scheibe herunterkurbeln, um die Tafeln auf der anderen Straßenseite lesen zu können, und noch ehe er alles entziffert hatte, war er auch schon auf der rechten Seite völlig durchnäßt. Er brauchte ein Zimmer für die Nacht – er besaß einfach nicht mehr die nötige Energie für die ganze Fahrt zurück nach London. In einer halben Stunde wäre er sicher an der Schnellstraße, wo er bestimmt ein Hotel finden würde. Er hatte gerade den Stadtrand erreicht und bremste an einer Kreuzung, als er Hände sah, die im Fenster eines breiten, dreistöckigen Hauses ein Schild zurechtschoben.

Er warf einen kurzen Blick in den Rückspiegel, um sich zu vergewissern, daß er niemandem den Weg versperrte, und kurbelte dann vorsichtig sein Fenster etwas herunter. Das Schild war entweder heruntergefallen oder entfernt worden, aber der Parkplatz am Ende der kurzen Einfahrt war leer, und über der hohen, breiten Tafel an der Wand, die das Buschwerk eifrig zu verdecken bemüht war, konnte er etwas erkennen, das wie HOTEL aussah. Er zwängte sich durch die Einfahrt und hätte das Haus dabei beinahe an der rechten Seite gestreift.

Durch das Erkerfenster konnte er nicht viel erkennen, mindestens eine Schicht von Netzvorhängen schützte den Raum. Dann wurde hinter schweren purpurroten Vorhängen, die die Feuchtigkeit am Glas festhielten, ein Licht ausgelöscht. Er schnappte sich die Reisetasche vom Rücksitz und hetzte auf die offene Veranda zu.

Der Regen leistete ihm Gesellschaft, als er nach dem runden Messingknopf neben der hohen Eingangstür griff. Ein Klingelknopf war aber gar nicht mehr vorhanden, nur eine Fassung mit einer großen, durchnäßten Spinne, die bei seiner Berührung fast ebenso heftig zurückzuckte wie er. Er hatte den verrosteten Türklopfer über der ausdruckslosen Grimasse des Briefschlitzes noch nicht losgelassen, als auch schon eine Frau eine Warnung oder einen Gruß rief, während er die Tür aufzog. »Jetzt ist hier jemand.«

Sie war um die Siebzig, trug aber ein Kleid, das es nicht schaffte, die fleckigen Giftpilze von Knien zu bedecken. Sie stand gebeugt da, als würde das Gewicht des faltigen Halses ihr Gesicht, das ebenso weiß wie das Haar war, herunterziehen, dem seinen entgegen. »Sind Sie der Unterhaltungskünstler?« sagte sie.

Hinter ihr führte ein Flur, fast doppelt so hoch wie Shone groß war und mit einem Schlingpflanzenmuster tapeziert, das an Adern erinnerte, zu einer Treppe in der Mitte, die unter dem nächsten Stockwerk verschwand. Neben ihr stand ein langbeiniger Tisch, der mit abgegriffenen Broschüren für die diversen Sehenswürdigkeiten und Attraktionen des Orts überhäuft war; darüber klammerte sich ein Münztelefon, ohne Nummer in der Mitte der Wählscheibe, an die Wand. Shone versuchte sich darüber klar zu werden, ob dies tatsächlich ein Hotel war, als die Frage ihn einholte. »Bin ich ...«

»Keine Sorge, es wartet ein Zimmer auf Sie.« Sie blickte mit finsterer Miene an ihm vorbei und schüttelte den Kopf wie ein nasser Hund. »Und es gibt auch Abendessen und Frühstück für jeden, der sie beruhigt.«

Er vermutete, daß sich das auf den Streit bezog, der in dem Zimmer angefangen oder aufs neue begonnen hatte, wo das Licht, das er gesehen hatte, ausgeschaltet und wieder eingeschaltet worden war. Er konnte gar nicht mehr zählen, wie viele Streitigkeiten er in dem Kindergarten in Hackney, wo er arbeitete, geschlichtet hatte, und konnte sich daher nicht vorstellen, daß das hier anders ablaufen sollte. »Ich kann's ja probieren«, sagte er und marschierte schnurstracks in das Zimmer.

Trotz seiner Größe war das Zimmer nur mit zwei Frauen gefüllt – mit den Atemzügen einer, die mindestens ebenso breit wie ihr Kleid hellrosa war und die sich gerade mit Hilfe eines knorrigen Stocks anschickte, sich aus einem Armsessel zu wuchten, um dann nur mit rotem Gesicht wieder in ihm zusammenzusacken, und dem Gekasper ihrer Zimmergefährtin, einer schlaksigen Frau, die mit dem flatternden Jackett eines dunkelblauen Kostüms und dem Rock eines graueren Kleidungsstückes angetan war und soeben den Lichtschalter verlassen hatte, um erst hastig in einem Fernsehmagazin zu blättern, bevor sie ebenso schnell wie das Eichhörnchen in dem Zeichentrickfilm im Fernseher an der Schnur der Samtvorhänge zog, eine Betätigung, von der Shone vermutete, daß sie mit einer solchen zuvor das im Fenster befindliche Schild zu Fall gebracht hatte. Beide Frauen waren mindestens so alt wie die Person, die ihn eingelassen hatte, aber davon ließ er sich nicht abschrecken. »Worin liegt denn das Problem?« sagte er und mußte dann gleich hinzufügen: »Ich kann nichts hören, wenn Sie beide gleichzeitig reden.«

»Das Licht scheint mir in die Augen«, beklagte sich die Frau auf dem Sessel, obwohl von den sechs Glühbirnen im Kronleuchter eine tot war und eine weitere gänzlich fehlte. »Unity schaltet es immer ein, wenn sie weiß, daß ich fernsehe.«

»Amelia hat den ganzen Nachmittag ihre blöden Zeichentrickfilme angesehen«, sagte Unity, und huschte zum Fernseher, wie um ihn auszuschalten, trommelte dann aber statt dessen mit den Knöcheln auf der Lehne eines Armsessels. »Ich will sehen, was in der Welt vorgeht.«

»Wollen wir Unity jetzt nicht die Nachrichten ansehen lassen, Amelia? Wenn Sie die ohnehin nicht sehen wollen, macht es Ihnen doch bestimmt nichts aus, wenn das Licht an ist.«

Unity blickte finster drein, griff dann in ihren tiefen Ausschnitt und brachte dort einen Gegenstand zum Vorschein, den sie nach ihm warf. Er schaffte es gerade noch, den Gegenstand aufzufangen, und erkannte ihn als die Fernbedienung. Unity rannte auf ihn zu, um ihm die Fernbedienung wieder zu entreißen, und als auf dem Bildschirm ein Sprecher mit einem Krieg hinter sich auftauchte, zog Shone sich zurück. Er zögerte kurz, bevor er die Tür zuzog, weil er sich fragte, ob die Berge auf den Landschaftsgemälden an den Wänden wegen des gemalten Nebels oder des Staubs hier im Zimmer so undeutlich zu erkennen waren, als ein Mann hinter ihm murmelte: »Kommen Sie raus, schnell, und machen Sie zu.«

Der Mann war für seinen Anzug, der ebenso grau wie sein schütteres Haar war, ein wenig zu dünn. Obwohl seine rötlichen Augen gehetzt wirkten und er ständig die Schultern zuckte, wie um ein Frösteln loszuwerden, gelang es ihm doch, genug von einem dankbaren Lächeln zuwege zu bringen, um die Zähne auseinanderzubekommen. »Wer sagt's denn. Daph hat gemeint, Sie würden die beiden auseinander bekommen, und Sie haben's doch tatsächlich geschafft. Sie können bleiben«, sagte er.

Zu den Fragen, die Shone zu klären versuchte, gehörte auch die, weshalb ihm der Mann so vertraut vorkam, aber ein Regenschwall, der so heftig war, daß das Wasser unter der Haustür durchspritzte, machte das Angebot unwiderstehlich. »Über Nacht meinen Sie?« hielt er für richtig zu überprüfen.

»Das ist das allermindeste«, begann der mutmaßliche Geschäftsführer und drehte sich dann um, wohl um nach der gebeugten Frau Ausschau zu halten. »Daph zeigt Ihnen den Weg nach oben, Mr. ....«

»Shone.«

»Wie war der werte Name?« sagte Daph, als wollte sie ihn gleich einem Publikum vorstellen.

»Tom Shone«, sagte Shone.

»Mr. Thomson?«

»Tom Shone. Vorname Tom.«

»Mr. Tom Thomson.«

Er hätte das für einen Witz gehalten, wenn sie dabei nicht so ernst gewesen wäre, und deshalb wandte er sich an den Geschäftsführer. »Brauchen Sie meine Personalien?«

»Später, keine Eile«, versicherte ihm der Geschäftsführer und entfernte sich durch den Flur.

»Und was die Bezahlung angeht…«

»Bloß Kost und Logis. So machen wir das hier immer.«

»Sie meinen, Sie wollen, daß ich…«

»Viel Spaß«, rief der Geschäftsführer und verschwand hinter der Treppe irgendwohin, wo es nach unmittelbar bevorstehendem Abendessen roch.

Shone spürte, wie ihm die Reisetasche von der Schulter entfernt wurde. Daph hatte ihm die Last abgenommen und ging jetzt die Treppe hinauf, wo sie sich halb geduckt umdrehte, wie um sich zu vergewissern, daß er ihr auch folgte. »Er muß immer irgendwo hin, unser Mr. Snell«, sagte sie und wiederholte dann: »Mr. Snell.«

Shone überlegte, ob dies eine Einladung war, mit einer witzigen Bemerkung zu antworten, bis sie hinzufügte: »Machen Sie sich keine Gedanken, wir wissen, wie es ist, wenn man seinen Namen vergißt.«

Damit meinte sie wohl, daß er, nicht etwa sie, den Namen durcheinandergebracht hatte, und wenn sie nicht inzwischen seinen Blicken entschwunden gewesen wäre, dann hätte er darauf mit einem ebenso scharfen Tadel reagiert, wie seine Kindergartenkinder ihn von ihm erhielten, wenn sie sich zu kindisch benahmen. Über dem mittleren Stockwerk beugte sich die Treppe der Vorderseite des Hauses zu, und Shone sah, wie erstaunlich weit die Räumlichkeiten nach hinten reichten. Vielleicht wohnte in dem Abschnitt ja niemand, da es im Korridor finster war und alt roch. Er griff nach dem Treppengeländer, um schneller voranzukommen, nur um feststellen zu müssen, daß es nicht viel weniger klebrig als ein benutzter Dauerlutscher war. Als er schließlich oben ankam, war er nicht sehr erbaut darüber, wie sehr er ins Keuchen geraten war.

Daph war am hinteren Ende eines Flurs stehengeblieben, der durch unregelmäßig verteilte Glühbirnen in aus den

Wänden sprießenden Glasblumen – wenn man das so nennen konnte – beleuchtet war. Ringsum ließen Schatten die Adern der Tapete dicker wirken. »Das wär dann für Sie«, sagte Daph und stieß eine Tür auf.

Neben einem schmalen Fenster unter einer altersschwachen Glühbirne lief die Decke spitz auf den Teppich zu, der so braun wie Schlamm war. In der kleinen Schräge stand ein schmales Bett gegenüber einer Garderobe und einem Ankleidetisch sowie einem Waschbecken und einem schmutzigen Spiegel. Wenigstens stand ein Telefon auf dem Bord neben dem Waschbecken. Daph reichte ihm seine Tasche, nachdem er sich in das Zimmer gewagt hatte. »Sie werden abgeholt, wenn es Zeit ist«, sagte sie ihm.

»Zeit? Zeit…?«

»Zum Abendessen und dem ganzen Spaß, Dummerchen«, sagte sie und lachte so schrill, daß er sich am liebsten die Ohren zugeklappt hätte.

Sie hatte schon die Hälfte des Weges zur Treppe zurückgelegt, als ihm einfiel ihr nachzurufen: »Bekomme ich keinen Schlüssel?«

»Mr. Snell wird ihn haben. Mr. Snell«, sagte sie, wie um ihn daran zu erinnern, und dann war sie verschwunden. Er mußte unbedingt Ruth anrufen, sobald er sich abgetrocknet und umgezogen hatte. Irgendwo in der Nähe mußte es ja ein Badezimmer geben. Er hängte sich die Tasche mit einem Finger am Trageriemen über die Schulter und trat in das Zwielicht des Korridors. Er hatte erst ein paar Schritte zurückgelegt, als Daphs Kopf über der Treppe erschien. »Sie werden uns doch nicht verlassen?«

Er verspürte ein absurdes Schuldgefühl. »Ich suche nur das Badezimmer.«

»Sie sind auf dem richtigen Weg«, sagte sie mit so fester Stimme, daß es eher wie ein Befehl als wie eine Feststellung klang, und verschwand dann in dem Loch, das der Treppenabgang darstellte.

Sie konnte nicht das Zimmer neben dem seinen gemeint haben. Nachdem er es geschafft hatte, dem klebrigen Plastikknauf so zuzusetzen, daß dieser sich drehte – dabei benutzte er nur die Spitzen von Daumen und Zeigefinger –, fand er ein Zimmer vor, das ganz ähnlich dem seinen war, nur daß das Fenster in der Dachschräge lag. Im Schummerlicht sah er eine Gestalt in einem blauen Säuglingsanzug auf dem Bett sitzen – ein Teddybär mit großen, schwarzen, irgendwie ausgefransten Augen oder vielleicht auch gar keinen. Das Bett im Zimmer nebenan war wiederum mit Fotografien übersät, die so unscharf waren, daß er auf jedem davon nur das Grinsen des jeweilig Porträtierten ausmachen konnte. Ein Zimmer weiter hatte wohl jemand gestrickt, dann aber offenbar die Konzentration verloren, da ein Ärmel des malvenfarbenen Pullovers, den er dort sah, mindestens doppelt so lang wie der andere war. Beide Ärmel waren mit einer Stricknadel ans Bett gesteckt. Inzwischen hatte Shone die Treppe erreicht, hinter der die hintere Partie des Hauses ebenso dunkel wie jener Abschnitt des Stockwerks darunter war. Daph hätte es ihm doch sicher gesagt, wenn er sich auf der falschen Seite des Korridors befunden hätte, aber der Bereich jenseits der Treppe war nicht so verlassen, wie er aussah: Er konnte aus der Dunkelheit eine hohe Stimme murmeln hören, eine Stimme, die so klang, als würde sie hastig beten, mit solcher Eindringlichkeit, daß der Sprecher offenbar nicht die Zeit hatte, zum Atemholen innezuhalten. Shone eilte an dem Treppengeländer vorbei, das drei Seiten des obersten Treppenabsatzes umschloß, und stieß die Tür unmittelbar dahinter auf. Da war das Bad, und hinter dem Plastikvorhang, den jemand zugezogen gelassen hatte, würde bestimmt eine Dusche sein. Er schob die Tür mit dem Ellbogen weiter auf, und die Duschvorhänge schwappten zur Seite, wie um seine Anwesenheit zur Kenntnis zu nehmen.

Das hatten nicht nur die Duschvorhänge. Als er an der ausgefransten Schnur zog, um damit die kahle Glühbirne zum Leben zu erwecken, hörte er aus der Region des Bades ein halb unterdrücktes Kichern. Er hängte seine Tasche auf den Haken an der Tür und riß die Duschvorhänge auseinander. Eine nackte Frau, so dürr und knochig, daß er nicht bloß ihre Rippen, sondern auch die Knochen in ihren Gesäßbacken sehen konnte, kauerte auf allen vieren im Bad. Sie sah ihn mit

343

geweiteten Augen über eine gespreizte knochige Hand hinweg an und ließ die Hand dann sinken, um, als sie an ihm vorbeisprang, eine Nase, halb so breit wie ihr Gesicht, und einen lachenden Mund ganz ohne Zähne sehen zu lassen. Sie war aus dem Zimmer, bevor er unvermeidbar ihre eingeschrumpelten, ungenutzten Brüste und ihren graubärtigen Hängebauch hätte sehen können. Er hörte sie in ein Zimmer am dunklen Ende des Korridors rennen und dabei rufen:«Jetzt du», oder vielleicht:«Jetzt bist du's.» Er wußte nicht, ob diese Worte für ihn bestimmt waren. Er merkte, daß es an der Tür keinen Riegel gab.

Er zwängte seine Schuhe in den Winkel unter den Türscharnieren und häufte seine nassen Kleider darüber auf und patschte dann über das klebrige Linoleum ins Bad. Es war kalt wie Stein und sank spürbar ächzend unter ihm ein, als er in die Wanne stieg und unter das blinde Bronzeauge der Dusche trat. Als er an den quietschend Widerstand leistenden Hähnen drehte, fühlte es sich zunächst so an, als ob der Regen jetzt auch hier drinnen prasselte, das Wasser wurde dann aber schnell so heiß, daß er gegen den feuchten Plastikvorhang zurückweichen mußte. Er drückte sich gegen die kalte, gefliese Wand, um an die Wasserhähne zu kommen, und hatte die Temperatur gerade auf ein erträgliches Maß reduziert, als er hörte, wie der Türknauf klapperte. »Besetzt«, schrie er. »Hier ist jemand drinnen.«

»Ich bin dran.«

Die Stimme klang so nahe, daß wer auch immer dort sprach, den Mund gegen die Tür gepreßt haben mußte. Als das Klappern heftiger wurde, brüllte Shone: »Ich brauche nicht lang. Zehn Minuten.«

»Ich bin dran.«

Es war nicht dieselbe Stimme. Entweder hatte der Betreffende seinen Tonfall verändert und sprach jetzt mit tieferer Stimme, vielleicht weil er glaubte, damit Shone beeindrucken zu können, oder es war mehr als eine Person an der Tür. Shone griff nach dem Stück Seife in der in die Fliesen eingelassenen Schale, begnügte sich dann aber damit, sich uneingeseift unter der Dusche zu drehen, nachdem er gesehen hatte, daß an der Seife graue Haare klebten. »Warten Sie dort draußen«, schrie er. »Ich bin fast fertig. Nein, besser vielleicht Sie kommen Sie in fünf Minuten wieder.«

Das Klappern hörte auf, aber wenigstens einer der Wartenden versetzte der Tür einen heftigen Faustschlag. Shone zog den Vorhang auseinander und konnte sehen, wie seine Kleider über das Linoleum rutschten. »Lassen Sie das«, brüllte er und hörte, wie jemand darauf den Rückzug antrat – entweder eine stark gehbehinderte Person, oder zwei Leute, die immer wieder gegen die Wände stießen, während sie im Handgemenge den Korridor hinuntergingen. Eine Tür knallte zu, und dann noch einmal, wenn es nicht sogar zwei Türen waren. Unterdessen hatte er das Bad verlassen und griff nach dem einzigen Handtuch, das an dem wackeligen Gestell hing. Eine Spinne mit Beinen wie lange graue Haare und einem wabbeligen Körper, so groß wie Shones Daumennagel, huschte aus dem Handtuch und versteckte sich unter der Wanne.

Er hatte sich kein Handtuch mitgebracht. Er hatte vorgehabt, sich eines von Ruths Handtüchern auszuborgen. Er hielt das Handtuch an den beiden Ecken auf Armeslänge von sich gestreckt und schüttelte es über der Wanne aus. Als nichts mehr herauskam, rieb er sich damit die Haare und den Körper, so schnell es ging, trocken. Er zog den Reißverschluß seiner Tasche auf und schlüpfte in die Kleider, die er zum Abendessen mit Ruth hatte tragen wollen. Er hatte keine Schuhe zum Wechseln mitgebracht, und als er in die schlüpfen wollte, die er zuvor anhatte, war ein glucksendes Geräusch zu hören. Er hob seine durchnäßten Kleider auf und stapelte sie zusammen mit den Schuhen auf seine Reisetasche und ging schnell auf Socken zu seinem Zimmer.

Als er die Tür mit dem Knie aufschob, hörte er von draußen Geräusche: ein Art Aufstöhnen, dann noch eines, und dann Stimmen, die sich in die Dunkelheit ergossen. Ehe er den Raum durchquert hatte – vorher hatte er seine feuchten Kleider und die Tasche im Schrank verwahrt, der wie der Rest des Mobiliars an der Wand und dem Boden festgeschraubt war –, hörte er Stimmen ins Haus strömen. Offenbar war eine Gruppe mit einem Omnibus eingetroffen – die Geräusche hatten von Bremsen und hydraulischen Türen gestammt. Auf Grundlage seiner bislang getroffenen Wahrnehmungen, übten die neu eingetroffenen Bewohner keinen sonderlichen Reiz auf ihn aus und ließen in ihm nur noch den Wunsch wachsen, möglichst bald mit Ruth zu sprechen. Er lehnte seine Schuhe an die Rippen des lauwarmen Heizkörpers, setzte sich dann auf das unterernährte Kissen und nahm den klebrigen Hörer ab.

Sobald er den Wählton hörte, fing er zu wählen an. Er hatte gerade die Hälfte der elf Ziffern gewählt, als Snells Stimme ihn unterbrach. »Wo rufen Sie an?«

»Ferngespräch.«

»Aus den Zimmern kommen Sie nicht raus, tut mir leid. Aber unten im Flur ist ein Telefon, wo das geht. Sonst alles zufriedenstellend, Mr. Thomson? Ich muß mich jetzt um die Neuankömmlinge kümmern.«

Shone hörte einige Leute vor seinem Zimmer. Sie machten keinen Lärm, abgesehen von einem unregelmäßigen Schlurfen und den gedämpften Geräuschen von einigen Türen. Er konnte daraus nur schließen, daß man sie aufgefordert hatte, ihn nicht zu stören. »Da waren vorhin Leute hier oben, die sich irgendein Spielchen erlaubt haben«, sagte er.

»Die bereiten sich auf heute abend vor. Manche von ihnen putschen sich richtig auf. Sonst alles zufriedenstellend?«

»In meinem Zimmer hält sich niemand versteckt, falls Sie das meinen.«

»Niemand außer Ihnen.«

Shone hatte das Gefühl, daß es jetzt wirklich gut war, und wollte sich gerade in diesem Sinne äußern und zugleich nach seinem Schlüssel fragen, als der Geschäftsführer meinte: »Wir sehen Sie dann ja bald unten.« Die Leitung war sofort tot, so daß Shone das bisherige Geschehen bloß mit einem verdatterten Grinsen zur Kenntnis nehmen konnte. Er hatte vor, sich dieses Grinsen mit seinem Spiegelbild über dem Waschbecken zu teilen, hatte aber bis zu diesem Augenblick nicht wahrgenommen, daß der Spiegel mit Sprüngen oder gar einem Spinnennetz überzogen war. Die einzelnen Linien verzerrten sein Gesicht, machten es dünn, verfärbten seine Haut und fügten ihr Falten hinzu. Als er sich näher an den Spiegel lehnte, um sich zu überzeugen, daß das lediglich eine Illusion war, sah er, wie sich im Spülbecken etwas bewegte. Etwas, das er für ein langes, graues Haar gehalten hatte, wurde in den Abfluß geschnappt, und er sah, wie der Körper, zu dem es gehörte, sich die Leitung hinunterquetschte. Er durfte nicht vergessen, seine Geldbörse sowie Schlüssel und Münzen aus seinen feuchten Kleidern zu holen, um sie bei sich zu tragen, ehe er aus dem Zimmer eilte.

Der Teppich im Flur war von vielen Fußabdrücken feucht, und er hätte mehr den nassen Stellen ausweichen können, wenn ihn die Geräusche in den Räumen nicht abgelenkt hätten. Wo er den Teddybären gesehen hatte, murmelte jemand: »Komm schon, steh auf, komm zu Mami. Hoppla.« Nebenan schmachtete eine Stimme: »Da seid ihr ja alle«, was vermutlich den Fotografien galt, und Shone war froh, daß er aus dem Raum mit der unsymmetrischen Strickarbeit keine Worte hörte, nur ein Klicken, das so schnell war, daß es mechanisch klang. Ohne den Versuch zu unternehmen, irgendwelche der gedämpften Geräusche aus den Räumen aus dem dunkleren Korridorbereich zu interpretieren, stapfte er so schnell die Treppe hinunter, daß er zweimal beinahe ausgerutscht wäre.

Im Foyer regte sich gar nichts, lediglich der Regen von draußen war zu hören. Im Fernsehraum ignorierten sich mehrere Gespräche gegenseitig. Er nahm den Telefonhörer von der Gabel und schob Münzen in den Schlitz, und dann zögerte sein Finger über der Null auf der Wählscheibe. Vielleicht lag es daran, daß ihn die plötzliche Stille ablenkte, jedenfalls konnte er sich auf einmal nicht mehr an Ruths Nummer erinnern.

Er zog das Loch der Null so weit es ging um die Wählscheibe, für den Fall, daß ihm das den Rest der Nummer eingab, und als dann das Loch zu seinem Anfangspunkt zurückschwirrte, tat es das auch. Zehn weitere Umdrehungen der Wählscheibe brachten ihm ein von Störgeräuschen durchsetztes Klingeln, und er hatte das Gefühl, als würde das ganze Haus darauf warten, daß Ruth sich meldete. Es mußte es sechsmal hintereinander klingeln lassen – länger als sie eigentlich brauchte, um durch ihre Wohnung zu gehen –, bis sie aufnahm: »Ruth Lawson.«

»Ich bin's, Ruth.« Als sie darauf mit Schweigen reagierte, versuchte er, einen alten Witz aufzuwärmen. »Dein alter Rutengänger.«

»Warum rufst du eigentlich an, Tom?«

Er hatte wenigstens auf ein pflichtgemäßes Lachen gehofft, aber als es sich nicht einstellte, konnte er nur die Geräusche aus dem Fernsehraum hören: ein Kichern, dann noch eines. »Ich wollte dir nur sagen ...«

»Du nuschelst schon wieder. Ich kann dich nicht hören.«

Dabei bemühte er sich nur, andere nicht hören zu lassen, was er sagte. »Ich wollte dir sagen, daß ich das Datum durcheinandergebracht habe«, sagte er etwas lauter. »Ich hatte wirklich gedacht, daß ich heute kommen sollte.«

»Seit wann ist denn dein Gedächtnis so schlecht?«

»Seit, ich weiß nicht, heute, glaube ich. Nein, schon gut, du denkst jetzt sicher an deinen Geburtstag. Ich weiß, daß ich den auch vergessen habe.«

Ein Schwall Lebensfreude entkam der offenstehenden Tür auf der anderen Seite des Flurs. Wahrscheinlich lachen die dort versammelten Hausbewohner über das was im leisegestellten Fernseher kam, versuchte er sich einzureden, als Ruth erwiderte: »Wenn du den vergessen kannst, wirst du alles vergessen.«

»Es tut mir leid.«

»Mir noch mehr.«

»Mir am meisten«, riskierte er zu sagen und wünschte sich sofort, er hätte es bleiben lassen, nicht nur, weil es ihm nicht die leiseste Reaktion von ihr eintrug, sondern wegen des brüllenden Gelächters aus dem Fernsehraum. »Schau, ich wollte nur ganz sicher sein, daß du weißt, daß ich nicht versucht habe, dich irgendwie zu ertappen, sonst gar nichts.«

»Tom.«

Plötzlich klang ihre Stimme mitfühlend, so wie vielleicht am Bett einer alten Tante. »Ruth«, sagte er und dann fast ebenso dumm: »Was?«

»Hätte ebensogut sein können, daß du das tust.«

»Ich würde ... du meinst, ich würde ...«

»Ich meine, du hast beinahe.«

»Oh.« Nach einer Pause, die so leer war, wie er sich fühlte, wiederholte er die eine Silbe, diesmal nicht mit Enttäuschung, sondern mit der ganzen Überraschung, die er aufbringen konnte. Er hätte noch eine weitere Version des Lauts von sich geben können, trotz oder vielleicht gerade wegen des neuerlichen Heiterkeitsausbruchs auf der anderen Seite des Flurs, wenn Ruth nicht gesprochen hätte. »Ich rede gerade mit ihm.«

»Du redest mit wem?«

Bevor Shone noch die Worte ausgesprochen hatte, begriff er, daß sie nicht mit ihm, sondern über ihn gesprochen hatte, weil er eine Männerstimme in ihrer Wohnung hören konnte. Der Tonfall der Stimme klang mehr als nur freundlich, und die Stimme gehörte auch einem wesentlich jüngeren Mann. »Ich wünsche euch beiden viel Glück«, sagte er, weniger ironisch und weniger selbstsicher als er das vorgezogen hätte, und dann hängte er den Hörer auf.

Eine Münze klirrte aus dem Schlitz und plumpste auf den Boden. Inmitten der ganzen Heiterkeit im Fernsehraum riefen ein paar Frauen: »Sag's schon, sag's schon«, und jemand anderer bemerkte: »Er ist gut, was?«, und Shone überlegte, was er jetzt aus seiner an Niedergeschlagenheit grenzenden Verwirrung machen sollte, als plötzlich eine Glocke zu schlagen begann und sich aus dem dunklen Teil des Hauses näherte.

Es war ein kleiner Gong, und der Geschäftsführer schlug ihn an. Shone hörte ein eifriges Poltern von Schritten im Fernsehraum und ähnliche Geräusche von oben. Als er zögerte, schob sich Daph um den Geschäftsführer herum auf ihn zu. »Jetzt wollen wir sehen, daß Sie sich setzen, ehe die mit ihrem Theater anfangen«, sagte sie.

»Ich hole mir bloß meine Schuhe aus dem Zimmer.«

»Sie wollen doch nicht in das alte Zeug dort oben steigen. Die sind sicher naß, oder?«

»Wer?« fragte Shone und faßte sich dann wenigstens soweit, um seine eigene Frage mit einem armseligen Lacher zu beantworten. »Meine Schuhe, meinen Sie. Das sind aber die einzigen, die ich mitgebracht habe.«

»Ich finde schon etwas für Sie, sobald Sie an Ihrem Platz sind«, sagte sie und öffnete die Tür gegenüber des Fernsehraums und bückte sich, um hineinzuhasten. Als er hinter ihr herging, wieselte sie durch den ganzen Speisesaal und klopfte dann mit der Hand auf einen kleinen, vereinzelt stehenden Tisch, bis er sich auf den einzigen, hochlehnigen Stuhl dort gesetzt hatte. Der Stuhl stand so, daß Shone in den Raum sah, und war von drei langen Tischen umgeben, an denen überall wie auf seinem Tisch gedeckt war: mit einem Plastiklöffel und einer ebensolchen Gabel. Hinter dem ihm gegenüber stehenden Tisch bewegten sich hilflos Samtvorhänge, während die Fenster von dem heftigen Regen zitterten. Die Wände waren größtenteils mit signierten Fotografien bedeckt – Portraits von Komikern, an die er sich nicht erinnern konnte, alle vergnügt oder auf amüsante Weise traurig blickend. »Die hatten wir alle«, sagte Daph. »Sie haben uns in Schwung gehalten. Spaß zu haben hält die alten Leute am Leben.« Einiges von dem, was sie sagte, war möglicherweise gar nicht für ihn bestimmt, weil sie bereits wieder im Begriff war, den Raum zu verlassen. Er hatte kaum Zeit, festzustellen, daß die Teller auf der walisischen Anrichte zu seiner Linken lediglich auf das Holz aufgemalt waren, vermutlich, damit sie nicht zu Bruch gingen, wenn die Bewohner hereindrängten.

Eine Meinungsverschiedenheit über die Reihenfolge ihres Hereinkommens hörte auf, nachdem sie Shone erblickt hatten. Einige der Gäste waren kaum imstande, ihre Plätze ausfindig zu machen, so eindringlich starrten sie ihn an, wesentlich eindringlicher, als er die Blicke erwidern wollte. Einige von ihnen waren so aufgedunsen, daß er ihr Geschlecht nur aus der Kleidung ableiten konnte, und bei dem fülligsten von allen, dessen Gesicht förmlich in einem Fleischklumpen zu versinken schien, war selbst das nicht möglich. Ein so abgemagerter Mann, daß seine zeigerlose Armbanduhr ihm bis über das Handgelenk rutschte, bildete den Kontrast dazu. Unity und Amelia saßen Shone gegenüber, und dann wurde zu seinem großen Mißbehagen der letzte der insgesamt achtzehn Plätze von der Frau eingenommen, die er im Bad vorgefunden hatte und die jetzt vom Hals bis zu den Fußknöcheln von einem

·schwarzen Pullover und Hosen derselben Farbe bedeckt war. Als sie ihn mit einem Ausdruck ansah, der andeutete, daß sie ihn noch nie zuvor gesehen hatte, aber zugleich darüber erfreut war, dies jetzt zu tun, versuchte er gewisse Erleichterung zu empfinden, aber in erster Linie nahm er wahr, daß alle jetzt von ihm erwarteten, daß er irgend etwas tat. Ihre Aufmerksamkeit hatte angefangen, ihn zu lähmen, als Daph und Mr. Snell wieder durch eine Tür hereinkamen, die Shone neben der walisischen Anrichte zunächst gar nicht bemerkt hatte. Der Geschäftsführer ging daran, am linken Tisch Suppe zu servieren, während Daph mit einem Paar besonders voluminöser, weißer Hausschlappen ankam, mit denen sie herumfuchtelte und die, wie Shone jetzt feststellte, von allen Bewohnern getragen wurden. »Wir haben nur diese«, sagte sie und ließ sie vor ihm fallen. »Sie sind trocken, das ist das Entscheidende. Versuchen Sie mal, wie Sie sich darin fühlen.«

Sie waren so groß, daß Shone beinahe beide Füße in einen hineingebracht hätte. »Ich werde mich ein wenig wie ein Clown fühlen, um ehrlich zu sein.«

»Macht nichts, Sie gehen ja nirgends hin.«

Shone schob seine Füße in die Pantoffeln und hob sie dann hoch, um herauszufinden, ob er die leiseste Chance hatte, sie nicht zu verlieren. Sofort fingen sämtliche Heimbewohner zu lachen an. Einige stampften sogar mit den Füßen, um ihren Beifall zum Ausdruck zu bringen, und selbst Snell zeigte ein flüchtiges, dankbares Lächeln, bevor er und Daph sich in die Küche zurückzogen. Shone ließ die Füße wieder herunter, was offenbar eine weitere Runde allgemeiner Heiterkeit auslöste. Der Beifall verstummte dann, weil Daph und Snell mit weiterer Suppe ankamen, wovon der Geschäftsführer auch Shone eine kleine Schüssel brachte und sie über die Schulter des Gastes servierte, bevor er dann die Arme spreizte. »Darf ich Ihnen Tommy Thomson vorstellen«, verkündete er und beugte sich dann vor, um Shone ins Ohr zu flüstern: »Das ist doch in Ordnung so, oder? Klingt viel besser.«

Sein Name war im Augenblick eine der geringsten Sorgen Shones. Vielmehr deutete er auf das Plastikbesteck. »Wäre es möglich, daß ich ...«

Ehe er Gelegenheit hatte, um Metallbesteck und auch ein Messer zu bitten, entfernte sich Snell, als ob der Applaus und die Freudenausbrüche, die seine Ankündigung ausgelöst hatte, ihm Schwung verliehen. »Seien Sie einfach ganz natürlich«, gab er Shone mit übertriebenen Mundbewegungen zu verstehen.

Der Löffel war von der Größe, wie Shone ihn benutzt hätte, um Tee umzurühren, wenn der Arzt ihm nicht kürzlich den Zucker verboten hätte. Als er ihn aufhob, herrschte einen Augenblick lang Stille. Er tauchte den Löffel in die dünne Brühe, in der er überhaupt nichts Festes fand, und führte ihn dann zum Mund. Die bräunliche Flüssigkeit schmeckte nach nicht näher zu bezeichnendem Fleisch mit einem gewissen rostigen Beigeschmack. Er war zu alt, um bei Essen, das allen serviert worden war, heikel zu sein. Er schluckte, und da sein Magen keinen Protest anmeldete, ging er daran, die Brühe, so schnell das möglich war, ohne welche zu verschütten, in sich hineinzulöffeln, nur um es hinter sich zu bringen.

Er hatte kaum seine Absicht auf diese Weise signalisiert, als die Bewohner wieder zu applaudieren und zu stampfen anfingen. Einige von ihnen imitierten seine Art zu essen, während andere demonstrierten, wie sie ihre Brühe auf viel theatralischere Weise trinken konnten; die am nächsten beim Gang Sitzenden machten solchen Lärm, daß er hätte glauben können, daß das Schlürfen von draußen kam. Als er mit gerunzelter Stirn in jene Richtung blickte, führte das zu neuem Gelächter, als ob er wieder einen jener Witze gemacht hätte, deren Grund zur Heiterkeit er nicht erkennen konnte.

Schließlich ließ er den Löffel in den Suppenteller fallen, was Daph dazu veranlaßte, ihn so schnell auf den Tisch zurückzulegen, daß das beinahe einem Verweis gleichkam. Während sie und Snell in der Küche waren, starrten die anderen alle Shone an, der sich genötigt fühlte, die Augenbrauen hochzuschieben und beide Hände auszustrecken. Einer der aufgedunsenen Leute stieß seinen Nachbarn an, und beide wabbelten vergnügt, und dann wurden sämtliche Heimbewohner von Gelächter überwältigt, das die ganze Zeit anhielt, während der Hauptgang aufgetischt wurde, als wäre dies ein

Witz, den er unbedingt sehen mußte. Auf seinem Teller befanden sich drei Haufen einer breiigen Masse, weiß und hellgrün und von leuchtendem Braun. »Was ist das?« wagte er, Daph zu fragen.

»Was wir immer essen«, sagte sie wie zu einem Kind oder vielleicht auch jemandem, der wieder in den geistigen Zustand der Kindheit zurückgesunken war. »Das brauchen wir, um in Gang zu bleiben.«

Es handelte sich um Kartoffeln und Gemüse und eine Art Minzsoße, und alles schmeckte ähnlich wie die Brühe, nur intensiver. Er gab sich alle Mühe, natürlich zu essen, obwohl ihm das erneuten Applaus eintrug. Als sich in seinem Innenleben eine gewisse Schwere erkennen ließ, legte er sein Besteck nebeneinander auf den noch keineswegs leeren Teller, was Daph dazu veranlaßte, sich auffällig über ihn zu beugen. »Ich bin fertig«, sagte er.

»Nein, noch nicht.«

Als sie die Hände ausstreckte, dachte er zunächst, sie würde jetzt Gabel und Löffel links und rechts neben seinen Teller legen. Aber sie nahm alles weg und machte sich daran, den nächsten Tisch abzudecken. Während er sich darauf konzentriert hatte, seinen Widerwillen gegen das Essen zu verbergen, hatten die Heimbewohner, wie er jetzt sah, das ihre offenbar hinuntergeschlungen. Die Teller wurden jetzt in die Küche getragen, und es blieb ein erwartungsvolles Schweigen, das nur von unruhigem Schlurfen durchbrochen wurde. Aber wohin er auch sah, nirgends bewegten sich Füße, und so redete er sich ein, daß die Geräusche von Daph herrührten, da diese gerade mit einem großen Kuchen mit weißer Glasur aus der Küche gekommen war. Der Kuchen sah aus wie ein Grabmahl. »Daph hat sich wieder einmal selbst übertroffen«, tönte der voluminöseste Heimbewohner.

Shone nahm an, daß sich das auf das Bild eines Clowns oben auf der Glasur bezog, konnte aber die allgemeine Begeisterung dafür nicht teilen: Der Clown sah unterernährt aus, hatte aber ein aufgedunsenes, rotes Gesicht und schien sich überhaupt nicht sicher zu sein, welche Form er seinem breiten, verzogenen Lippen verleihen sollte. Snell brachte einen

Stapel Teller herein, auf die Daph jetzt einzelne Kuchenstücke legte; sie hatte den Kuchen in zwei Hälften zerschnitten und dabei dem Clown den Kopf von den Schultern getrennt. Die Verteilung der Kuchenstücke löste eine Diskussion aus. »Geben Sie Tommy Thomson mein Auge«, sagte ein Mann mit trüben, blutunterlaufenen Augen.

»Er kann meine Nase haben«, bot die Frau an, die er im Bad gesehen hatte.

»Ich gebe ihm den Hut«, sagte Daph, was brüllende Zustimmung auslöste. Das Kuchenstück, das sie ihm gab, zeigte ziemlich genau die Umrisse der herunterhängenden, spitzen Mütze des Clowns. Wenigstens war das Essen damit zu Ende, dachte er, und der Kuchen konnte ja eigentlich nicht so schlecht sein. Er hatte nicht erwartet, daß dieser dann einen ähnlichen Geschmack wie die restliche Mahlzeit hatte. Vielleicht war das auch der Grund, weshalb er, damit wieder einen Ausbruch von Fröhlichkeit auslösend, zu husten und schließlich an einer Kuchenkrume zu würgen begann. Erst nach geraumer Zeit brachte Daph ihm ein Glas Wasser, an dem er dann auch diesen Geschmack festzustellen glaubte. »Danke«, brachte er dennoch keuchend heraus, und als dann sein Hustenanfall und der Applaus nachließen, sagte er schließlich: »Danke. Geht schon wieder. Wenn Sie mich jetzt entschuldigen wollen, ich glaube, ich werde zu Bett gehen.«

Der Lärm, den die Heimbewohner bis jetzt gemacht hatten, war nichts im Vergleich zu dem Aufruhr, mit dem sie diese Ankündigung aufnahmen. »Wir haben doch noch keine Unterhaltung gehabt«, sagte Unity protestierend, sprang auf und erweckte den Eindruck, als wäre sie bereit, durch das ganze Zimmer auf ihn zuzustürmen. »Jetzt müssen Sie für Ihr Abendessen singen, Tommy Thomson.«

»Wir wollen keine Lieder, und wir wollen keine Reden«, erklärte dagegen Amelia. »Wir kriegen doch immer die Show.«

»Die Show«, fing der ganze Raum zu rufen an, und alle klatschten und stampften im Takt, angeführt von Amelia, die ihren Stock auf den Boden stieß. »Die Show. Die Show.«

Der Geschäftsführer beugte sich über den Tisch zu Shone. Seine Augen leuchteten jetzt in einem noch auffälligeren Rotton als zuvor und blinzelten alle Sekunde ein paarmal. »Es ist besser, Sie liefern denen jetzt Ihre Show, sonst bekommen Sie keine Ruhe«, murmelte er. »Sie braucht ja nichts Besonderes zu sein.«

Vielleicht lag es daran, wie Snell sich zu ihm hinunterbeugte, daß Shone plötzlich erkannte, was ihm an dem Mann so vertraut vorgekommen war. Konnte es wirklich sein, daß er das Hotel schon geführt hatte, als Shone vor beinahe fünfzig Jahren mit seinen Eltern hiergewesen war? Wie alt mußte er dann jetzt sein? Shone hatte keine Gelegenheit, weiter darüber nachzudenken, also fragte er: »Was wollen sie denn, daß ich tue?«

»Nicht viel. Nichts, womit jemand in Ihrem Alter nicht fertig würde. Kommen Sie, dann zeige ich es Ihnen, sonst wollen die nur wieder ihre eigenen Spielchen treiben.«

Wie groß die Drohung war, die hinter diesen Worten steckte, war nicht ganz klar. Aber im Augenblick war Shone eher dankbar dafür, daß man ihn von all dem Gestampfe und Geschrei wegbugsierte. Die Flucht ins Obergeschoß hatte aufgehört, eine Versuchung für ihn darzustellen, und zu seinem Wagen zu fliehen, gab auch keinen Sinn, wo er es doch kaum zuwege brachte, über den Teppich zu schlurfen, ohne daß ihm dabei die Füße aus den Pantoffeln rutschten. Statt dessen trottete er hinter dem Geschäftsführer zur Tür des Fernsehraums. »Gehen Sie da hinein«, drängte ihn Snell und blinzelte ihm dabei zu. »Stellen Sie sich einfach hin. Da kommen sie auch schon.«

In dem Raum war inzwischen alles völlig neu arrangiert worden. Die Zahl der Plätze war durch Hinzufügen von ein paar Klappstühlen auf achtzehn erhöht worden. Sämtliche Stühle waren dem Fernseher zugewandt, vor dem eine kleine tragbare Theaterbühne aufgebaut worden war, etwa eine solche, wie man sie bei einem Kasperltheater benutzt. Über dem verlassenen Podest der Bühne erhob sich ein hohes, spitzes Dach, das Shone an die Mütze des Clowns erinnerte. Wie auch immer die Worte einmal gelautet haben mochten, die quer über dem Giebel dort eingraviert gewesen waren, jetzt waren sie ebenso verblaßt wie die Farbe der Fassade. Er konnte gerade noch Hier eintreten entziffern, als er feststellte, wie er, angetrieben von dem rhythmischen Gesang, der den Gang erfüllte, auf die Bühne zuschlurfte.

Den hinteren Teil der Bühne bildete ein schwerer Vorhang, der dort, wo er nicht grünlich war, schwarz war. Man hatte einen Schlitz hineingeschnitten, der ungefähr bis auf Bauchnabelhöhe reichte. Als er sich darunter wegduckte, blieb das schimmelige Samttuch an seinem Halsansatz hängen. Ein muffiger, feuchter Geruch umfing ihn, als er sich wieder aufrichtete. Seine Ellbogen stießen gegen die Bühnenwand, was fast dazu geführt hätte, daß die beiden Figuren herunterfielen, die auf einem Bord an der Bühnenseite lagen, die leeren Körper ausgestreckt, die Gesichter dicht beieinander nach unten gedreht, als hätten die Figuren sich hereingeschleppt, um beieinander bleiben zu können. Er drehte die Gesichter nach oben und sah, daß die Figuren, deren starres Grinsen und deren große Augen fast zu übertrieben waren, um jemandem Spaß zu machen, einen Mann und eine Frau darstellen sollten, obwohl an den staubigen Schädeln nur noch ein paar graue Haarbüschel klebten. Er mußte sich überwinden, die Puppen über seine Hände zu streifen, da die Bewohner auch schon unter lautem Gesang in den Raum stampften.

Unity stürzte auf einen Stuhl zu und dann, vor Erregung halb außer sich, zu einem anderen. Amelia ließ sich auf ein Sofa plumpsen und schob sich dann ächzend und stöhnend auf dessen Kante. Einige von den elefantenhaften Bewohnern ließen sich auf die Klappstühle nieder, die sofort aufs höchste gefährdet wirkten. Das Aufsuchen der Plätze seitens der Zuschauer machte wenigstens dem Geschrei ein Ende, aber alle Blicke hingen so an Shone, daß er das Gefühl hatte, sie würden an seinen Gesichtsnerven kleben. Jetzt hörte er Snells Stimme: »Schlüpfen Sie einfach hinein.«

Shone zog die Puppen zu sich hin und schob sie vorsichtig etwas auseinander, fürchtete, aus der einen oder der anderen könne ihm irgendein Bewohner entgegen kommen. Sie schienen jedoch unbewohnt, und so schob er die Hände hinein und versuchte sich einfallen zu lassen, welche seiner Kindergartengeschichten er dieser Gelegenheit wohl anpassen könnte. Der braune Stoff paßte gut über seine Hände, war fast so glatt wie die Haut, der er ähnelte, und ehe er sich's versah, waren seine Daumen und die kleinen Finger jeweils ein Arm einer Puppe geworden, und die drei mittleren Finger hoben etwas unsicher die Köpfe, als würden die Darsteller aus dem Schlaf geweckt. Die Zuschauer hatten bereits wieder angefangen, Beifall zu spenden, eine Reaktion, die die Schädel mit ihrem spärlichen Haar, die jetzt im Guckkasten auftauchten, hervorzurufen schienen. Ihr Auftritt wurde von lautem Gejohle begrüßt, aus dem man allmählich einzelne Wünsche heraushören konnte. »Die sollen einander verprügeln, so wie die Jungen das heutzutage tun.«

»Das Baby durch die Gegend kicken.«

»Wie Tiere sollen sie es treiben.«

»Die sollen sich die Schädel einhauen.«

Die mußten dabei wohl an Kasperl und den Teufel denken, dachte Shone – aber dann übertönte ein Wunsch alle anderen. »Wir wollen den alten Rutengänger haben.«

»Den Rutengänger«, tönte es immer lauter, und alle fingen wieder zu stampfen an – da sprangen seine Hände auf einmal wie unwillkürlich in den Guckkasten, und die Puppen fuchtelten gegeneinander. Plötzlich schien sich alles, was er an jenem Tag durchgemacht hatte, in seinen Händen konzentriert zu haben, und vielleicht war das auch der einzige Weg, es loszuwerden. Er nickte den Mann, der seine rechte Hand war, in Richtung auf die kahl werdende Frau und gab ein keifendes Krächzen von sich. »Was soll das heißen, ich habe heute keinen guten Tag?«

Er schüttelte die Frau, verlieh ihr eine quengelnde Stimme. »Was meinst du denn, daß es für ein Tag ist?«

»Mittwoch, oder etwa nicht? Nein, eher Donnerstag. Augenblick, es ist natürlich Freitag. Samstag, meine ich.«

»Es ist Sonntag, hörst du die Glocken nicht?«

»Ich dachte, die wären für uns, unsere Hochzeitsglocken. He, was versteckst du da? Ich wußte nicht, daß du schon ein Baby hast.«

»Das ist kein Baby, das ist mein Freund.«

Shone drehte die Figuren herum, so daß sie in den Zuschauerraum blickten. Vielleicht warteten die Puppen darauf, daß im Zuschauerraum jemand über den alten Witz aufstöhnte: Ihm war jedenfalls danach. Die Heiminsassen starrten ihn bestenfalls nachdenklich an. Seit er mit seiner Vorstellung begonnen hatte, waren die einzigen Geräusche, die man hatte hören können, das Rutschen der Puppen entlang des Guckkastens und die Stimmen gewesen, die er krächzend zum Besten gab. Der Geschäftsführer und Daph starrten ihn über die Köpfe der Heiminsassen an; beide schienen völlig vergessen zu haben, wie man grinst oder die Augen aufreißt. Shone drehte die Puppen von den Zuschauern weg, so wie er sich gern selbst von ihnen abgewandt hätte. »Was ist denn los mit uns?« quiekte er und wackelte dabei mit dem Kopf der Frau. »Wir kommen nicht besonders an.«

»Macht nichts, ich liebe dich trotzdem. Gib Küßchen«, krächzte er und ließ die andere Puppe ein paar Schritte stolpern, ehe sie auf die Nase fiel. Das laute Krachen des Sturzes erschreckte ihn ebenso wie die Tatsache, daß seine Finger im Kopf der Puppe durch den Aufprall plötzlich in ihrer Bewegung behindert waren. Die schwerfälligen Versuche der Figur, wieder aufzustehen, waren bei weitem nicht so vorgetäuscht, wie er das gern gehabt hätte. »Das sind diese Clownsschuhe. In denen kann doch kein Mensch richtig gehen«, brummelte er. »Richtig peinlich ist einem das.«

»Das bist du doch auch, oder? Als nächstes wirst du noch deinen eigenen Namen vergessen.«

»Jetzt sei nicht albern«, krächzte er und begriff inzwischen selbst nicht mehr, weshalb er die Vorstellung eigentlich fortsetzte, wenn nicht um dem Schweigen zu begegnen, das letztlich die Worte und das alberne Gehabe förmlich aus ihm herauszerrte. »Wir wissen doch beide, welches dein Name ist.«

»Nicht, nachdem du dir den Kopf so angestoßen hast. Du wirst jetzt nichts mehr behalten können.«

»Nun, da wirst du dich aber täuschen. Mein Name...« Er meinte den der Puppe, nicht seinen eigenen; deshalb hatte er Mühe, ihn hervorzubringen. »Er ist, du weißt schon, das weißt du ganz genau. Du weißt es genausogut wie ich.«

»Da, schau, du hast ihn vergessen.«

»Sag ihn mir, sonst kriegst du Prügel, bis du nicht mehr stehen kannst«, schnaubte Shone in einer Wut, die nicht mehr nur ausschließlich von der Puppe ausging, und stieß die hilflos grinsenden Köpfe mit einem Knall zusammen, daß man hätte meinen können, Knochen würden brechen. Endlich fingen die Zuhörer zu jubeln an, aber er nahm sie kaum zur Kenntnis. Der Zusammenstoß der beiden Köpfe hatte die Gesichter aufplatzen lassen, so daß jetzt die Spitzen seiner Finger zu sehen waren, die aus den Splittern ragten. Die klebrigen Körper der Puppen hafteten an ihm, während seine Hände aneinander zerrten. Und dann gab plötzlich etwas nach, der Puppenkörper riß auf, und der Frauenkopf flog davon. Shone stieß mit dem rechten Ellbogen gegen die Wand der Bühne, und das Gebilde kam ihm entgegen. Als er versuchte, es festzuhalten, rollte der Kopf der Puppe unter seine Füße. Er stolperte nach rückwärts gegen die schimmeligen Vorhänge. Der ganze Bühnenaufbau taumelte mit ihm, und der Raum um ihn herum kippte nach oben.

Er lag auf dem Rücken und hatte Mühe zu atmen. Indem er versucht hatte, die Bühnenvorderseite daran zu hindern, auf ihn zu fallen, hatte er sich selbst mit dem aufgesprungenen Kopf der männlichen Puppe an der Schläfe getroffen. Durch den Guckkasten sah er die Decke hoch über sich und hörte, daß er die Zuhörer jetzt für sich gewonnen hatte. Mehr Zeit, als er für notwendig hielt, verstrich, ehe einige von ihnen näher kamen.

Entweder war die Bühne schwerer, als ihm das bewußt gewesen war, oder sein Fall hatte ihn geschwächt. Selbst nachdem es ihm gelungen war, den alten Rutengänger von seiner Hand zu schälen, schaffte er es nicht, die Bühne hochzustemmen, während die Puppe wie ein Baby, aus dem man die Luft herausgelassen hat, auf seiner Brust lag. Endlich ließ sich Amelia zu ihm herunter, und er stellte zu seinem Entsetzen fest, daß sie offenbar vorhatte, sich auf ihn zu setzen. Aber das war dann doch nicht ihre Absicht, sie griff vielmehr mit einer Hand, die wie gekocht aussah, fast in sein Gesicht, um die Vorderwand der Bühne zu packen und die Theaterkulisse von ihm wegzuheben. Als jemand anderes sie wegtrug, packte sie ihn an den Revers und riß ihn, obwohl ihr Stock dabei knarrende Laute von sich gab, in die Höhe, während ein paar Hände ihn von hinten stützten. »Sind Sie verletzt?« ächzte sie.

»Geht schon«, sagte Shone, obwohl er sich da nicht so sicher war. Sämtliche Stühle waren zu den Fenstern zurückgeschoben worden, wie er jetzt sah. »Nun werden wir Ihnen eines unserer Spiele zeigen«, sagte Unity hinter ihm.

»Das haben Sie sich schließlich nach all dem hier verdient«, sagte Amelia und hob die Überreste der Puppen auf und drückte sie an ihren üppigen Busen.

»Ich würde lieber ...«

»Schon gut, Sie werden auch. Wir werden Ihnen aber erst zeigen, wie wir spielen. Wer hat die Kapuze?«

»Ich«, schrie Unity. »Jemand soll sie mir aufsetzen.«

Shone drehte sich um und sah, wie sie mit einer schwarzen Kappe herumfuchtelte. Als sie sich die Kappe über den Kopf hob, stellte er fest, daß ihm erneut der Atem stockte. Als sie sie herunterzog, wurde ihm bewußt, daß die Kappe so geschnitten war, daß sie die Augen des Spielers bedeckte, eher wie das Requisit eines Zauberers als wie etwas, das zu einem Spiel gehörte. Der Mann, dem die zeigerlose Uhr vom Handgelenk baumelte, zog die Schnüre der Kapuze hinter Unitys Kopf straff und band sie mit einer Schleife zu, und anschließend drehte er Unity ein paarmal im Kreis, was ihr jedesmal ein vergnügtes Quietschen entlockte. Sie taumelte noch einmal herum, während der Mann, nachdem er sie losgelassen hatte, auf Zehenspitzen zu den anderen Heimbewohnern zurückgekehrt war, die sich entlang der Wände des Raums aufgereiht hatten.

Unitys Rücken war Shone zugewandt, der bei den Stühlen geblieben war. Das Geräusch des Regens von draußen hatte aufgehört. Sie rannte jetzt von ihm weg, und ihre in Pantoffeln steckenden Füße klatschten auf dem Teppich, und dann taumelte sie zur Seite, auf niemand bestimmten zu, und legte den Kopf zur Seite. Sie war jetzt ein gutes Stück abseits von dem Weg, der Shone zur Tür führen würde, wo Daph und der

Geschäftsführer offenbar im Begriff waren, sich hinauszuschleichen. Er brauchte bloß der durch die Kapuze am Sehen gehinderten Frau auszuweichen und würde geradewegs zu seinem Zimmer gelangen, entweder um sich dort zu verbarrikadieren oder seine Habseligkeiten zu packen und zu seinem Wagen zu eilen. Er schob einen Fuß in dem Pantoffel nach vorn, und Unity wirbelte urplötzlich zu ihm herum. »Ich hab Sie erwischt. Ich weiß, das Sie es sind, Mr. Tommy Thomson.«

»Nein, das wissen Sie nicht«, sagte Shone, der über alles wütend war, was ihn in diese Situation gebracht hatte, aber da schoß auch schon Unity auf ihn zu. Sie krallte ihre knochigen Hände um seine Wangen und hielt ihn viel länger fest, als vernünftig erschien, ehe sie mit der rechten Hand die Schleife der Kapuze löste, während sie mit der anderen über sein Kinn streichelte. »So, jetzt sind Sie dran, jetzt gehen Sie ins Dunkle.«

»Ich denke, mir reicht es für heute, wenn Sie mich entschuldigen …«

Damit löste er Proteste aus, die an Empörung grenzten. »Sie sind noch nicht fertig, ein junges Ding wie Sie.« – »Sie ist älter als Sie und hat kein solches Theater gemacht.« – »Man hat Sie erwischt, also müssen Sie spielen.« – »Wenn Sie das nicht tun, ist das nicht gerecht.«

Der Geschäftsführer hatte inzwischen die Tür erreicht und gestikulierte mit ausgestreckten Händen in Richtung Shone, während Daph mit den Lippen die Worte formte: »Die Alten sollen ihren Spaß haben.« Diese Worte und der lauter werdende Ruf: »Seien Sie gerecht«, ließen in Shone Schuldgefühle aufkommen, die sich noch steigerten, als Unity, die inzwischen die Kapuze abgenommen hatte, ihn mit vorwurfsvollem Blick ansah und ihm die Kapuze hinhielt. Er hatte Ruth enttäuscht, jetzt durfte er nicht auch noch diese alten Leute im Stich lassen. »Na, meinetwegen, dann spiele ich eben«, sagte er. »Aber bitte nicht so wild drehen.«

Er hatte noch nicht zu Ende gesprochen, als Unity ihm schon die Kapuze über den Kopf gestülpt und über die Stirn gezogen hatte. Es fühlte sich an wie die feuchtkalten Körper der Puppen. Ehe er Gelegenheit zu einem Schaudern hatte, preßte das Ding seine Augendeckel herunter, und um ihn war nichts als Dunkelheit. Die Kapuze schmiegte sich an seine Backenknochen an, während schnelle Finger hinter seinem Kopf die Schnüre verknoteten. »Nicht zu …«, stöhnte er, als jemand anfing, ihn durch den Raum zu wirbeln.

Er hatte das Gefühl, als wäre er von einem Wirbel des Jubelns und Schreiens erfaßt worden, aber der Wirbel schloß auch Murmeln ein. »Er hat im Bad mit mir gespielt.« – »Er wollte uns nicht reinlassen.« – »Seinetwegen habe ich meine Zeichentrickfilme verpaßt.« – »Stimmt, und er hat versucht, uns die Fernbedienung wegzunehmen.« Er wurde so schnell im Kreis gedreht, daß er nicht mehr wußte, wo er war. »Genug«, rief er, und sofort trat um ihn völlige Stille ein. Einige Hände stießen ihn taumelnd nach vorn, und dann schloß sich verstohlen eine Tür hinter ihm.

Zuerst dachte er, daß es in dem Raum kälter und feuchter geworden sei. Als sich seine Benommenheit dann allmählich legte, wurde ihm klar, daß er sich in einem anderen Raum befand, weiter auf den hinteren Teil des Hauses zu. Er spürte durch seine Pantoffeln, daß da jetzt kein Teppich mehr unter ihm war, aber das schien ihm kein hinreichender Grund dafür, daß das schwache Scharren von Füßen rings um ihn plötzlich so rauh klang. Ihm kam es so vor, als hörte er ein Flüstern oder vielleicht auch das Klappern irgendeines Gegenstandes in einem hohlen Behälter, der sich auf gleicher Höhe wie sein Kopf befand. Plötzlich wußte er in einer Aufwallung von Panik, die im Inneren der Kapuze aufflammte wie ein grelles, blendendes Licht, daß Daphnes letzte Bemerkung gar nicht an ihn gerichtet gewesen war und sich auch auf niemanden bezogen hatte, den er bis jetzt zu Gesicht bekommen hatte. Seine Hände flogen in die Höhe, um die Kapuze aufzubinden – nicht um zu sehen, wo er war und mit wem, sondern in welche Richtung er weglaufen sollte.

Er war ziemlich entsetzt, als er feststellte, daß die Schnur so fest verknotet war, daß er eine Weile brauchte, bis er die herunterhängenden Enden der Schleife fand. Ein Zug daran löste die Schleife. Er zwängte die Fingerspitzen unter die Ränder

der Kapuze, als er hörte, wie harte, leichte Schritte auf ihn zueilten, und dann tastete ein Gegenstand, den er sich als Hand vorzustellen versuchte, nach seinem Gesicht. Er taumelte zurück, wehrte blindlings ab, was auch immer da auf ihn zukam. Mit den Fingern berührte er Rippen, die nackter waren, als sie das sein sollten, und stieß zwischen ihnen durch und trafen auf den zuckenden Inhalt des knochigen Brustkastens. Sein ganzer Körper verkrampfte sich, als er sich die Kapuze herunterriß und sie von sich warf.

Der Raum war entweder zu dunkel oder nicht dunkel genug. Er war mindestens so groß wie der, den er gerade verlassen hatte, und enthielt ein halbes Dutzend eingesunkener Sessel, die von Feuchtigkeit glänzten, und mehr als doppelt so viele Gestalten. Einige davon flegelten wie lose Bündel aus Stöcken mit Grimassen schneidenden Masken darüber auf dem Sessel, gaben sich aber nichtsdestoweniger Mühe, mit ihren ausgefransten Händen zu klatschen. Selbst die, die schwankend rings um ihn herum standen, schienen Teile von sich anderswo zurückgelassen zu haben. Alle hingen an Schnüren oder Fäden, die in dem düsteren Licht schimmerten und seinen widerstrebenden Blick in den dunkelsten Winkel des Raums zogen. Eine unruhige Masse kauerte dort – ein Körper mit zu vielen Gliedmaßen, beziehungsweise eine ganze Ansammlung von Körpern, die, während sie verkümmerten, unentwirrbar ineinander verwachsen waren. Ein Teil der Bewegung in der Masse, wenn auch nicht die ganze, bestand aus vielbeinigen Formen, die aus ihr herausschwärmten und neue Teile aufbauten oder Fragmente wegtrugen oder weitere Fäden zu den anderen Gestalten im Raum spannten. Es kostete ihn beträchtliche Mühe, wobei er fast den Verstand verlor, bis er sonst noch etwas unterscheiden konnte: einen dünnen Spalt zwischen Vorhängen, ein vergittertes Fenster dahinter – zu seiner Linken die Umrisse einer Tür in den Flur hinaus. Als die ihm am nächsten befindliche Gestalt sich so nahe bei ihm verbeugte, daß er sah, wie das wenige, was sie an Augen noch hatte, durch das Haar spähte, das die Gestalt sich kokett über das Gesicht gespannt hatte, rannte Shone auf den Ausgang zum Flur zu.

Die Tür schob sich zur Seite, wie wenn seine Benommenheit sie wegfegte. Seine Pantoffeln verfingen sich in einem Teppichfetzen, und er wäre beinahe hingefallen. Der Türknauf widersetzte sich seinen schweißnassen Händen auch dann noch, als er mit beiden Händen fest zupackte. Dann gab der Knauf nach, und während hinter ihm unregelmäßiges, aber zielstrebiges Schlurfen zu hören war, ging die Tür vibrierend auf. Er bog um sie herum und floh schwerfällig mit schlappenden Pantoffeln aus dem dunklen Teil des Flurs.

Alle Zimmer waren verschlossen. Abgesehen vom Kratzen der Fingernägel an der Tür hinter ihm, herrschte Stille. Er hetzte durch den Flur, bemüht, die Pantoffeln nicht zu verlieren, ohne zu wissen, weshalb er das tat, wußte nur, daß er die Eingangstür erreichen mußte. Er packte den Riegel und riß die Tür weit auf und knallte sie dann hinter sich zu, nachdem er aus dem Haus getaumelt war.

Der Regen hatte aufgehört, es tropfte nur noch von den Blättern. Der Kies glitzerte wie der Grund eines Flusses. Der Bus, dessen Ankunft er gehört hatte – ein alter, privater Reisebus, über und über mit Schlamm bespritzt –, parkte quer hinter seinem Wagen, so dicht, daß er praktisch die hintere Stoßstange berührte. Aus dieser Falle würde er nie herauskommen. Beinahe hätte er an das Fenster des Fernsehraums geklopft, aber dann hinkte er über die Kiesfläche auf die Straße hinaus zu den still daliegenden Hotels. Er hatte keine Ahnung, wo er hingehen wollte, bloß weg von dem Haus. Er war erst ein paar Schritte weit gehumpelt – die Pantoffeln hatten sich dabei immer mehr mit Feuchtigkeit vollgesogen, die Füße schmerzten ihn bei jedem Schritt mehr –, als Scheinwerfer aus der Stadt herangejagt kamen.

Sie gehörten zu einem Polizeiwagen. Er hielt neben ihm an, das Blaulicht auf dem Dach kreiste, und ein uniformierter Polizist war aus dem Wagen gesprungen, ehe Shone ein Wort herausbrachte. Das leicht pausbäckige, besorgte Gesicht, das vom Licht der Straßenlampe beschienen wurde, war von wohltuendem Rosa. »Bitte helfen Sie mir?« flehte Shone ihn an. »Ich ...«

»Jetzt bloß nicht aufregen, alter Mann. Wir haben gesehen, wo Sie herkommen.«

»Die haben mich eingezwängt. Meinen Wagen, meine ich, schauen Sie. Wenn Sie denen bloß sagen würden, daß sie mich rauslassen sollen ...«

Der zweite Polizist trat von der anderen Seite neben Shone. Er schien bemüht, noch besorgter als sein Kollege zu blicken. »Jetzt beruhigen Sie sich. Wir kümmern uns um alles. Was haben Sie denn mit Ihrem Kopf gemacht?«

»Angestoßen. Mit – aber das glauben Sie mir ja doch nicht, und es ist auch gleichgültig. Es ist schon gut. Wenn ich bloß meine Sachen holen könnte ...«

»Was haben Sie denn verloren? Wäre das nicht im Haus?«

»Richtig, oben. Meine Schuhe.«

»Die Füße tun weh, was? Kein Wunder, wenn Sie in einer solchen Nacht draußen herumstreifen. Komm, nimm seinen anderen Arm.« Der Polizist hatte Shones rechten Ellbogen mit fester Hand ergriffen, und jetzt hoben er und sein Kollege Shone mühelos hoch und trugen ihn zum Haus hinüber. »Wie heißen Sie denn?« wollte der Fahrer wissen.

»Nicht Thomson, ganz gleich was alle anderen sagen. Nicht Tommy Thomson, und auch nicht Tom. Oder vielmehr schon Tom, aber Tom Shone. Das klingt doch gar nicht wie Thomson, oder? Shone, ganz einfach Shone. Wie schön. Ich habe einmal eine gekannt, die hat gesagt, ich sei das Schönste, was ihr passieren konnte. Was Schöneres gibt es nicht, hat sie immer gesagt. Ich wollte sie heute übrigens besuchen.« Er merkte, daß er zuviel redete. Einer der Polizisten deutete mit einer Kopfbewegung erst auf ihn und dann auf das Haus mit seinen beiden beleuchteten Fenster – der Fernsehraum und sein eigenes Zimmer. »Jedenfalls, worauf ich hinausmöchte, ist, daß ich Shone heiße«, sagte er. »S, h, o, n, e. Shone.«

»Wir haben schon verstanden.« Der Fahrer tastete erst nach der kaputten Klingel und hämmerte dann gegen die Eingangstür. Sie schwang fast sofort nach innen auf und gab den Blick auf den Geschäftsführer frei. »Ist dieser Gentleman ein Gast von Ihnen, Mr. Snell?« fragte der Kollege des Fahrers.

»Mr. Thomson, wir dachten schon, wir hätten Sie verloren«, sagte Snell und zog die Tür weit auf. Alle Leute aus dem Fernsehraum säumten den Flur wie die Zuschauer bei einer Parade. »Tommy Thomson«, riefen sie im Chor.

»So heiße ich nicht«, sagte Shone aufbegehrend und ruderte hilflos mit den Füßen durch die Luft, bis die Pantoffeln in den Flur flogen. »Ich habe Ihnen doch gesagt…«

»Ja, das haben Sie, Sir«, murmelte der Fahrer, und sein Partner sagte mit noch leiserer Stimme: »Wo sollen wir Sie denn hinbringen?«

»Nach oben, bloß damit ich…«

»Ja, das wissen wir schon«, sagte der Fahrer verschwörerisch. Im nächsten Augenblick schwebte Shone, von den Polizisten weiterhin getragen, zur Treppe und über die Treppe hinauf, mit einer ganz kurzen Pause, weil die Polizisten unterwegs noch die Pantoffeln aufhoben. Der Chor im Flur verhallte und wich einer Stille, die in diesen dunkelsten Bereichen des Hauses wie atemlose Erwartung wirkte. Er hatte die Polizei bei sich, beruhigte Shone sich. »Ich kann jetzt selbst gehen«, sagte er, nur um noch schneller zur obersten Treppenstufe getragen zu werden. »Wo die Tür offen ist?« fragte der Fahrer. »Wo das Licht ist?«

»Ja, das ist mein Zimmer. Nicht mein richtiges, natürlich, sondern ich meine…«

Sie schwangen ihn an den Ellbogen durch die Tür und setzten ihn auf den Teppich. »Es kann ja auch gar nicht das Zimmer von jemand anderem sein«, sagte der Fahrer und ließ die Pantoffeln vor Shone fallen. »Sehen Sie, Sie sind ja schon da.«

Shone sah dorthin, wo die Polizisten mit solchem Mitgefühl hinsahen, daß es sich wie ein Gewicht anfühlte, das ihn in das Zimmer preßte. Ein Foto von ihm und Ruth, Arm in Arm mit einem Berg in der Ferne dahinter, war aus seinem nassen Anzug entfernt und anstelle des Telefons auf das Wandbord gestellt worden. »Das habe ich gerade mitgebracht«, sagte er, »Sie können ja sehen, wie naß es war«, und hinkte quer durch das Zimmer, um seine Schuhe anzuziehen. Er hatte sie noch nicht erreicht, da sah er sich selbst im Spiegel.

Er stand ein wenig schwankend da und war außerstande, vor dem Anblick zurückzuweichen. Er hörte die Polizisten miteinander murmeln und sich aus dem Zimmer entfernen und dann die Treppe hinuntergehen und schließlich den doppelten Knall von Autotüren und das Geräusch der Reifen auf dem Kiesweg, als sie wegfuhren. Sein Spiegelbild hatte immer noch nicht zugelassen, daß er sich bewegte. Es hatte keinen Sinn, sich einzureden, daß etwas von dem Faltengewirr dort Spinnweben sein könnten, nicht jetzt, wo sein Haar inzwischen schlohweiß geworden war. »Also schön, ich seh's ja«, brüllte er – er hatte keine Ahnung wem das Brüllen galt. »Ich bin alt. Ich bin alt.«

»Bald«, sagte ein Flüstern, das wie Gas beim Entweichen klang, draußen im Korridor, durch den jetzt Dunkelheit näherrückte, da eine Lampe nach der anderen versagte. »Du wirst uns noch viel Spaß bringen«, sagten die Überreste einer anderen Stimme irgendwo in seinem Zimmer. Ehe er sich dazu überwinden konnte, nach der Herkunft der Stimme zu suchen, tastete ein Ding am Ende von etwas einem Arm nicht Unähnlichem um die Tür herum und knipste das Licht aus. Die Dunkelheit kam ihm vor, als würde ihn sein Sehvermögen im Stich lassen, aber er wußte, daß das nur der Anfang eines weiteren Spielchens war. Bald würde er wissen, ob es schlimmer war als Verstecken spielen – schlimmer als das klebrige Gefühl, als das Netz des Hauses auf seinem Gesicht.

Edward Lee

INTENSIVSTATION

Edward Lee erschien wie ein Geschenk auf meiner Türschwelle. Ich meine das nicht im wörtlichen Sinne; ich meine nur, daß seine Story »Intensivstation« eine der wenigen in diesem Buch ist, die ich nicht ausdrücklich in Auftrag gegeben habe, sondern die mich einfach umgehauen hat, als ich sie zufällig in die Hände bekam. Die Story hat die ganze beeindruckende, bildhafte Intensität eines Drehbuchs von Quentin Tarrantino, nur mit etwas mehr Saft in den Adern und mehr Hirn, wie ich meine.

Lee hat seit Anfang der achtziger Jahre regelmäßig im Horrorgenre geschrieben; zu seinen Arbeiten gehören ältere Bücher wie Incubi *und* Succubi, *wie auch neuere Werke wie* Sacrifice *(als Richard Kinion); eine limitiert Ausgabe einer Kurzgeschichtensammlung,* The Ushers and Other Stories, *ist 1989 erschienen.*

Es machte Jagd auf ihn; es war *riesig*. Aber was war es? Er spürte, wie es in seiner Gewaltigkeit immer näher rückte, ihn durch unbeleuchtete, enge Gänge verfolgte, um Ecken aus ersticktem Fleisch, durch Gassen aus Blut und Eiter…

Heilige Muttergottes.

Als Paone schließlich ganz wach war, hatte er das Gefühl, als wäre sein Bewußtsein völlig ausgelöscht. Stumpfer Schmerz und das Gefühl der Enge lasteten auf ihm, oder war das Lähmung? Verzerrte Bilder, Stimmen, Schmierer aus Licht und Farbe drängten sich in seinem Schädel. Francis »Frankie« Paone schauderte entsetzt vor Angst vor dem namenlosen Ding, das ihn durch die Fronten und Spalten seines eigenen Unterbewußtseins jagte.

Ja, er war jetzt wach, aber die Jagd ging weiter:

Auf ihn einstürmende Gestalten. Erschütterung. Blut, das auf schmutzigweiße Wände spritzte.

Und wie in langsamer Überblende wurde Paone schließlich bewußt, was ihn da jagte. Das waren keine bezahlten Killer. Auch keine Cops oder das FBI.

Was ihn verfolgte war *Erinnerung*.

Aber die Erinnerung an *was*?

Die Gedanken wallten auf. *Wo bin ich*? *Was zum Teufel ist mit mir passiert*? Letztere Frage mindestens leuchtete klar und deutlich. Etwas *war* geschehen. Etwas Verheerendes …

Der Raum um ihn herum war völlig verschwommen. Paone kniff die verklebten Augen zusammen, aber ohne seine Brille konnte er nicht einmal einen Schritt weit sehen.

Aber was er sah, reichte völlig.

Er war an der Brust, den Hüften und den Knöcheln mit gepolsterten Lederriemen festgeschnallt, auf einem Bett, das hart wie eine Steinplatte schien. Er konnte sich nicht bewegen. Rechts von ihm standen ein paar Metallstangen mit verschwommenen Klumpen obendrauf. Etwas wie ein Schlauch führte davon herunter … zu seinem Arm. *Infusionsbeutel*, wurde ihm bewußt. Der Schlauch endete an der Innenseite seines rechten Ellbogens. Und rings um ihn schwebten unverkennbare Gerüche: Antiseptika, Salben, Isopropylalkohol.

Ich bin in einem beschissenen Krankenhaus, konnte er nicht umhin festzustellen.

Jemand mußte ihn verpfiffen haben. Aber … er konnte sich einfach an nichts erinnern. Seine Erinnerungen schwebten in einzelnen Fragmenten, jagten immer noch gnadenlos hinter seinem Bewußtsein her. Schüsse. Blut. Mündungsfeuer.

Seine Kurzsichtigkeit war noch unbarmherziger. Außerhalb seines engen Sichtkreises konnte er nur einen undeutlichen, weißen Rand erkennen, Schatten ohne jede Tiefe. Ein Brummen drang an seine Ohren, wie eine Klimaanlage, die in der Ferne arbeitet, und dann war da ein langsames Piepsen, das ihn nervte: der Regler für die Infusion. Über ihm schwankte etwas. *Hängender Blumentopf?* überlegte er. Nein, es erinnerte ihn eher an einen dieser beweglichen Arme, wie man sie in Arztpraxen fand, so wie der Kopf einer Röntgenkamera. Und die verschwommenen Konturen an den Wänden konnten nur Schränke sein, *Medizinschränke.*

Ja, ich bin tatsächlich in einem Krankenhaus, wurde ihm immer klarer. Auf der Intensivstation. Das mußte es sein. Und er war festgeschnallt. Nicht bloß an den Fesseln, sondern auch an den Knien und den Schultern. Und da waren weitere Riemen, die seinen rechten Arm festhielten, für die Infusionseinheit, wo die an seiner Armbeuge befestigte Nadel mit Heftpflaster festgeklebt war.

Dann sah Paone auf seinen linken Arm. Und mehr war da nicht – ein Arm. Da war keine Hand am Ende. Und als er sein rechtes Bein hob... bloß ein Stummel, ein paar Finger breit unter dem Knie.

Alptraum, wünschte er sich. Aber die sich jagenden Erinnerungen schienen zu real, um ein Traum zu sein, und der Schmerz auch. Eine *Menge* Schmerz. Es tat weh zu atmen, zu schlucken, ja sogar zu blinzeln. Schmerz quoll durch seine Eingeweide wie warme Säure.

Jemand hat mich richtig zur Sau gemacht, dachte er. Das war ganz bestimmt das Gefängniskrankenhaus. *Und wahrscheinlich steht draußen vor der Tür ein Cop.* Er wußte jetzt zwar, wo er war, aber es jagte ihm panische Angst ein, daß er nicht genau wußte, wie er hierhergekommen war.

Und immer wieder diese Erinnerungen, die sich gegenseitig jagten... ein schweres Dröhnen. Schreie. Eine verzerrte, laut hallende Stimme... wie ein Megaphon.

Herrgott. Er versuchte verkrampft, sich zu erinnern, aber er schaffte es wieder nicht. Die Erinnerungen *verfolgten* ihn: Pistolenschüsse, Karabinerfeuer auf Automatik, das Gefühl, wie seine eigene Knarre in der Hand zuckte.

»He!« schrie er. »Wie wär's, wenn sich mal jemand um mich kümmern würde!«

Ein Klicken ertönte links von ihm; eine Tür öffnete sich und schloß sich dann wieder. Weiche Schritte kamen näher, dann schwamm plötzlich eine helle, konturenlose Gestalt auf ihn zu.

»Wie lange sind Sie schon wach?« fragte eine tonlose Frauenstimme.

»Paar Minuten«, sagte Paone. Pochender Schmerz in seiner

Kehle. »Könnten Sie näher kommen? Ich kann Sie kaum erkennen.«

Die Gestalt tat ihm den Gefallen. Ihre Umrisse wurden deutlicher.

Es war gar kein Cop, es war eine Krankenschwester. Groß, brünett, mit blauen Augen und einem Gesicht mit harten, ausgeprägten Linien. Die weiße Bluse und der weiße Rock verschwammen ineinander wie grelles Licht. Weiße Nylonstrümpfe leuchteten über schlanken, muskulösen Beinen.

»Wissen Sie, wo meine Brille ist?« fragte Paone. »Ich bin verdammt kurzsichtig.«

»Ihre Brille ist am Tatort heruntergefallen«, antwortete sie ausdruckslos.

Tatort, pochte es schwerfällig in ihm.

»Wir haben jemand hingeschickt, um sie zu suchen«, sagte sie. »Es sollte nicht zu lange dauern.« Sie musterte ihn mit leeren Augen. Sie beugte sich über ihn. »Wie fühlen Sie sich?«

»Scheußlich. Mein Bauch tut beschissen weh, und meine Hand …« Paone kniff die Augen zusammen und hob den bandagierten linken Stummel. »Scheiße«, murmelte er. Er wollte gar nicht fragen.

Jetzt drehte die Schwester sich um und fummelte an der Infusionseinheit herum; Paone kämpfte weiterhin gegen die Last der ihn verfolgenden Erinnerungen an. In irgendwelchen geistigen Tiefen waberten weitere Bilder. Holztrümmer und Deckenplatten, die auf ihn herunterregneten. Die wahnsinnige Kakophonie von etwas, was nur Maschinengewehrfeuer sein konnte. Ein Kopf, der zu Brei zerplatzte.

Jetzt wandte die Schwester sich ihm wieder zu, sah ihn mit ausdruckslosem Gesicht an. »Woran erinnern Sie sich, Mr. Paone?«

»Ich …«, war alles, was er sagte. Er starrte in die Höhe. Paone trug nie Ausweispapiere bei sich, wenn er eine Lieferung machte, und sein Fahrzeug war entweder heiß oder mit falschen Nummernschildern ausgestattet. Die Frage mahlte sich aus seiner Kehle. »Woher wissen Sie meinen Namen?«

»Wir wissen alles über Sie«, sagte sie und faltete einen Zettel auseinander. »Die Polizei hat uns so ein Fernschreiben aus

Washington gezeigt. Francis K. ›Frankie‹ Paone. Sie haben mehrere Decknamen. Sie sind siebenunddreißig Jahre alt, waren nie verheiratet und haben keinen bekannten festen Wohnsitz. 1985 wurden Sie wegen Flucht über die Grenze eines Bundesstaates verurteilt, wo sie sich der Verfolgung zu entziehen suchten, Beförderung obszönen Materials mit der Darstellung Minderjähriger über die Grenze eines Bundesstaats und mehrere Verstöße gegen Abschnitt 18 des United States Code. Vor zwei Jahren wurden Sie aus der Bundesstrafanstalt Alderton entlassen, nachdem Sie zweiundsechzig Monate von zwei gleichzeitig zu verbüßenden Haftstrafen von elf und fünfzehn Jahren verbüßt hatten. Sie sind ein bekannter Komplize der Vinchetti-Verbrecherfamilie. Sie sind ein Kinderpornograph, Mr. Paone.«

Verdammte Scheiße, dachte Paone. *Jemand hat mich reingelegt.* Aber jetzt nahm das Ganze allmählich Gestalt an: Er lag da auf einer Intensivstation, an ein Bett geschnallt, angeschossen wie eine Ente in einem Schießstand, eine Hand weg, ein Bein weg, und jetzt las ihm dieses sture Weibsstück seine FBI-Akte von einem Fax vor. Die hatten ihn ganz bestimmt nicht dabei festgenommen, wie er einen Süßigkeitenladen ausgeraubt hatte.

»Sie wissen ja nicht, wovon Sie reden«, sagte er.

Ihre Augen funkelten. Ihr Gesicht hätte aus Stein gemeißelt sein können. *Yeah*, dachte Paone, *ich wette, sie hat selbst ein paar Kinder, die die Schule schwänzen und kiffen. Ich wette, ihr Auto ist gerade verreckt, und ihr Alter kommt jeden Abend zu spät zum Essen, weil er keine Zeit für sie hat und seine Sekretärin bumsen muß und Koks von deren Titten schnüffeln, und plötzlich bin ich jetzt schuld, daß die ganze Welt ein Scheißhaus voll Perversen und Pädophilen ist. Ist ja nur meine Schuld, daß 'ne ganze Menge Leute dort draußen rechtschaffenes Geld für Kinderpornos zahlen, was, Baby? Nur zu, gib mir die ganze Schuld. Warum nicht? Oh, he, und was ist mit dem Rauschgiftproblem? Und der Rezession und dem Scheiß in Jugoslawien und dem Ozonloch? Auch alles meine Schuld, was?*

Ihre Stimme klang wie ein Reibeisen, als sie erneut fragte: »Woran erinnern Sie sich?«

Die Frage machte ihm angst. Die Erinnerungsfetzen verschwammen mit den Konturen des Raums in seinen kurzsichtigen Augen – Kugeln, die in Fleisch klatschten, das Plärren des Megaphons, verschossene Patronen, aus denen es rauchte – und jagten ihn weiter, hetzten hinter ihm her wie eine Wildkatze, die hinter einem Rehkitz her ist, und Paone floh die ganze Zeit weiter, verzweifelt darauf erpicht, die Antwort zu erfahren, und doch nicht mit genügend Mumm, sich umzusehen …

»Scheiße, gar nichts«, sagte er schließlich. »Ich kann mich bloß an einzelne Bruchstücke erinnern.«

Die Schwester schien eher mit sich selbst als mit ihm zu sprechen. »Vorübergehende Amnesie, rückläufig und nicht aphasisch, von akutem traumatischem Schock erzeugt. Keine Sorge, das ist ein Kurzzeitsymptom, das oft vorkommt.« Die großen blauen Augen bohrten sich wieder in ihn. »Und deshalb finde ich, sollte ich Ihr Gedächtnis etwas auffrischen. Vor ein paar Stunden haben Sie zwei Polizeibeamte und einen FBI-Agenten ermordet.«

Paone fiel die Kinnlade herunter.

Plötzlich war die Jagd zu Ende, die Wildkatze der Erinnerung stürzte sich auf ihre Beute – Paones Bewußtsein. Er erinnerte sich an alles, die einzelnen Stücke fügten sich für ihn zusammen, so schnell wie Straßenpflaster für einen, der von einem Gebäudesims springt.

Die Lieferung. Rodz. Die Kopien.

Und das ganze Blut.

Wieder ein Tag, wieder zehn Riesen, dachte Paone, als er die drei Treppen zur Wohnung von Rodz hinaufging. Er trug Baumwollhandschuhe – er war ja schließlich nicht so dämlich, irgendwo in der Nähe von Rodz' Bleibe seine Fingerabdrücke zu hinterlassen. Er klopfte sechsmal an die Tür und pfiff dabei »Love Me Tender« vom King.

»Wer ist da?« tönte eine rauhe Stimme.

»Der Weihnachtsmann«, sagte Paone. »Du solltest dir wirklich einen Kamin einrichten lassen.«

Rodz ließ ihn ein und sperrte dann sofort die Tür wieder ab. »Ist dir jemand auf den Fersen?«

»Nein, bloß eine Busladung Polizei und ein Kamerateam von den Nachrichten.«

Rodz machte eine finstere Miene.

Leck mich doch, wenn du keinen Spaß verstehst, dachte Paone. Er mochte Rodz nicht sehr – ein Widerling aus Newark. Nathan Rodz sah wie ein magersüchtiger Gnom nach einem mißlungenen Facelifting aus: langes Kräuselhaar auf dem Kopf eines pummeligen Leichnams, tiefe Falten in den Wangen. Rodz war das, was in der Fachsprache als ein »snatchcam« bezeichnet wurde – sozusagen eine Art Unterauftragnehmer. Er entführte Kinder, oder lieh sie sich aus, und nahm dann die Bänder selbst auf. Das Justizministerium bezeichnete das Business als »den Kreis«: Untergrundpornographie. Eine Industrie, von der fast niemand etwas wußte, die eineinhalb Milliarden Dollar im Jahr umsetzte, und meilenweit entfernt von dem »Lolita-Mist«, den man sich im Videoshop ausleihen konnte. Paone war Kurier für alles mögliche Zeug: Vergewaltigungen, »nasse« S&M, Tierstreifen, Fäkalzeug, Snuff und (ihre größte Nummer) »KP« und »Vorpubertär«. Paone holte die Originale von Typen wie Rodz ab und brachte sie in Vinchettis mobile »Kopieranstalt«. Vinchettis Netz kontrollierte fast das gesamte Untergrund-Pornogeschäft im Osten; Paone war der Mittelsmann, Teil der Familie. Das Ganze funktionierte teils mit der Post, teils mit geheimen Verteilern. Vinchetti zahlte zwei Riesen für ein Zwanzig-Minuten-Original, wenn die Auflösung gut war; vom Original wurden Hunderte von Abzügen angefertigt, die dann an Kunden mit perversem Geschmack verkauft wurden. »Ständerjungs«, die Typen, die die tatsächliche Arbeit leisteten, wurden von der Straße weg engagiert; auf die Weise konnte keiner Vinchetti verpfeifen. Paone hatte schon allen möglichen Scheiß gesehen – ein Teil seiner Aufgabe bestand darin, die Originale auf Qualität zu überprüfen: unter PCP gesetzte Bikermädchen, die Pferde und Hunde fellationierten, Süchtige, die aufeinander exkretierten und häufig anschließend das Produkt ihrer Gedärme verzehrten. Nekro-Filmchen, Folter-Filmchen, Ständerjungs, die sich über schwangere Mädchen, geisteskranke Mädchen, Amputierte und Verwachsene hermachten. Und Snuff. Paone staunte immer wieder, so grotesk das Ganze auch war, daß es Leute gab, die dafür *be-*

zahlten, dieses Zeug zu sehen. *In Fahrt* brachte sie das geradezu. *Was für eine beschissene Welt*, dachte er wenigstens eine Million Mal, aber, he, Angebot und Nachfrage – das war der American way, oder etwa nicht? Wenn Vinchetti die Kunden nicht versorgte, würde das ein anderer tun, und solange es Geld brachte …

Mache ich meinen Schnitt, dachte Paone ungerührt.

Die größten Aufträge kamen immer für KP. Nach den Bundesstatistiken verschwanden jedes Jahr zehntausend Kinder und wurden nie wieder gesehen; die meisten von ihnen endeten im »Kreis«. Je jünger die Kinder waren, um so mehr kosteten die Originalbänder. Wenn ein Kind einmal alt war (vierzehn oder fünfzehn), galten sie als »erledigt«, und man verkaufte sie entweder nach Übersee oder schickte sie auf die Straße, um für Vinchettis Strichgeschäft anzuschaffen. Das Ganze war eine Art Kreislauf. Ja, es war wirklich eine beschissene Welt, aber das war ja nicht Paones Problem.

Natürlich gab es Konkurrenz, aber nur eine Familie an der Ostküste befaßte sich auch mit Untergrundporno, die Bontes, und die waren seit Ewigkeit auf die Vinchettis sauer, das ging weit zurück. Beide Familien kämpften um ihren Anteil am harten Markt, aber den Bontes gehörte nur ein winziger Teil, und Paone hätte über die Gründe dafür lachen können. Dario Bonte, der Don, hielt es für ethisch nicht vertretbar, Kinder zu Opfern zu machen. *Daß ich nicht lache*, hatte Paone gedacht. *Dieser Hurenbock pumpt Frauen mit Stoff voll und hält sie unter Drogen, bis sie verhungern, aber mit Kindern will er nichts am Hut haben*. Was für ein Blödmann. Das meiste Geld war jedenfalls mit KP zu machen. Kein Wunder, daß Bonte dabei Verluste schob. Und hier und da gab es irgend so einen ausländischen Verein, der versuchte, sich mit KP aus Europa in Vinchettis Geschäfte zu drängen.

Aber lang hielten die das meistens nicht durch.

Alles in allem war Paones Job recht einfach: Er kaufte die Originale, schaffte sie zum Kopieren und sorgte dafür, daß die *snatch-cums* spurten – Typen wie dieser Kotzbrocken Rodz, der bloß Scheiße im Hirn hatte.

»Ich hab fünf für dich«, sagte Rodz, »das übliche.« Die Stimme von Rodz tat weh, schlimmer als wenn man mit den Fingernägeln über eine Schiefertafel kratzt, ein nasales, feuchtes Schnarren. »Aber ich hab nachgedacht, okay?«

»So, du denkst?« sagte Paone. Er hatte noch nie ein solches Loch wie diese Wohnung gesehen. Ein kleines Wohnzimmer voller Do-it-yourself-Möbel, dreckige Wände, ein schmieriger grünbrauner Fliesenteppich, eine stinkende Küche. *Nicht gerade der verdammte Buckingham Palace.*

»Zwei Riesen pro Nummer ist ja heutzutage ziemlich wenig«, fuhr Rodz fort. »Jetzt komm schon, Mann, für ein Scheißoriginal, das Vinchettis Leute Hunderte Male kopieren? Der macht damit echtes Geld. Aber was ist mit mir? Jedesmal, wenn ich für deinen Boß ein Original mache, strecke ich meine Rübe eine Meile weit raus.«

»Das kommt daher, weil du mit einem Hals auf die Welt gekommen bist, der eine Meile lang ist, Schwachkopf.«

»Ich finde, zweieinhalb mindestens wäre fair. Also, ich hab gehört, daß die Bonte-Familie drei bezahlt.«

»Die Bontes machen keinen Kinderporno, Schwachkopf«, gab Paone ihm zu verstehen. »Und das weiß schließlich jeder in der Branche.«

»Yeah, aber die machen Snuff und Nekro und die anderen harten Sachen. Und ich bin der, der sich den Arsch aufreißt und Originale macht. Ich sollte den höchsten Anbieter beliefern.«

Paones Augen durchbohrten ihn. »Paß gut auf, Rodz. Keine krummen Touren. Du machst deine Originale für Vinchetti, und ausschließlich für Vinchetti. Punktum. Soll ich dir einen guten Rat geben? *Denk* nicht einmal dran, deinen Scheiß an irgendeine andere Familie zu verhökern. Der letzte, der diese Nummer abgezogen hat, weißt du, was mit dem passiert ist? Die Jersey-Bullen haben ihn mit dem Kopf nach unten in einer Waschküche hängend gefunden. Mit dem Schweißbrenner bearbeitet. Und den Pimmel haben sie ihm auch abgeschnitten und ihn per Kurier seiner Großmutter in San Bernardino geschickt.«

In Rodz' Gesicht zuckte es. »Yeah, tja, wie gesagt, zwei Riesen ist ja eigentlich gar nicht so übel.«

Dachte ich mir doch. Paone sah ihn an.

»Und wo ist die Knete?«

Paone ging in das hintere Schlafzimmer, wo Rodz »arbeitete«. »Die kriegst du erst, wenn ich die Früchte deiner Arbeit gesehen habe.«

Er setzte sich auf eine Couch, die ohne Zweifel in Dutzenden von Rodz' Videos bereits Teil der Bühnenausstattung gewesen war. Auf Stativen standen Spitzenkameras und Scheinwerfer herum, natürlich nicht das Zeug, wie man es im Fernsehfachgeschäft kaufen konnte. Die Originale mußten auf großformatigem Eineinviertel-Zoll-Hochgeschwindigkeitsband aufgenommen werden, damit die Kopien einen sauberen Kontrast zeigten. Die fünf Bandkassetten lagen vor einem Trinitron-Fernseher von Sony und einem Tandem-Studiorecorder von Thompson Electronics. »Und gute Kinder diesmal«, lobte Rodz sich selbst. »Alle sauber.« Manchmal flippte ein Kind vor der Kamera aus oder drehte durch; 'ne Menge von ihnen waren von Anfang an kaputt: Kokain-Babys, Alkoholbabys, mißhandelte Kinder. Gelegentlich war Paone richtig bedrückt darüber, wie die Dinge liefen.

Jetzt kam der traurigere Teil: Paone mußte sich hinsetzen und sich jedes Original ansehen; Beleuchtung, Auflösung und Kontrast mußten in Ordnung sein. Er schob das erste Band ein ...

O Gott, dachte er. Blasse Figuren flackerten über den Bildschirm. In mancher Hinsicht waren sie alle gleich. Was Paone am meisten quälte waren die Gesichter – die verlorenen, winzigen Gesichter der Kinder, ihr *Blick*, während Rodz' Ständerjungs sich an die Arbeit machten. *Was denken sie dabei?* fragte sich Paone. *Was geht in ihren Köpfen vor?* Gelegentlich sah eines der Kinder in die Kamera, und manchmal waren das Blicke, die nicht mit Worten zu beschreiben waren ...

»Laß mich wenigstens die Knete mit UV prüfen, während du dir die Bänder ansiehst«, sagte Rodz.

»Ja, meinetwegen.« Paone warf ihm den Umschlag mit Geld hin. Sein Gesicht fühlte sich wie aus Ton modelliert an, als er wieder auf den Bildschirm sah. Rodz erfand immer originelle Titel für seine Werke wie »Die Straße des Vaselins«,

»Die jungen Haarlosen«, »Nahkampfdiele«. Rodz streifte sich unterdessen Nylonhandschuhe über und holte das Bündel Banknoten heraus. Zehn Riesen sahen nicht nach besonders viel aus. Er überprüfte jeden Geldschein vorn und hinten mit einer Sirchie-UV-Lampe. Fachleute vom Schatzamt arbeiteten eng mit dem FBI zusammen. Am meisten Spaß machte es ihnen, jemandem mit unsichtbaren Uranylphosphat-Farben bestäubtes Geld anzudrehen. Vor Gericht war so etwas wasserdicht.

»Sauber genug für dich?« fragte Paone. »Das heißt, für einen sauberen Typen, wie du einer bist?«

»Yeah, sieht gut aus.« Rodz' strahlte übers ganze Gesicht, als er die Scheine inspizierte. »Auch keine fortlaufenden Nummern. Das ist großartig.«

Paone zuckte zusammen, als er wieder auf den Bildschirm sah. Auf dem letzten Band war Rodz persönlich zu sehen, das Haar nach hinten pomadisiert und mit unechtem Bart, selbst an der Arbeit. Paone runzelte die Stirn.

»Süß, nicht?« Rodz musterte grinsend sein Konterfei auf dem Bildschirm. »Ich wollte schon immer zum Film.«

»Solltest einen Oscar bekommen. Der beste Nebenperverse.«

»Ja, 'ne Art Bonus. Aber du mußt dich ja gerade aufregen. Ich mach ja bloß die Bänder. Ihr bringt sie unter die Leute.«

Da hatte Rodz nicht unrecht. *Ich bin ja auch bloß ein Rädchen im großen Spiel*, machte Paone sich klar. Wenn ordentlich bezahlt wird, tut man eben, was man tun muß.

»Ich verschwinde jetzt«, sagte Paone, als das letzte Original durch war. Er nahm die Bänder und folgte Rodz ins Wohnzimmer. »Ich wollte, ich könnte sagen, daß es mir ein Vergnügen war.«

Rodz schmunzelte. »Du solltest netter zu mir sein. Wer weiß, vielleicht lasse ich dich mal in einem von meinen Filmen mitmachen. Du würdest staunen.«

»So, tatsächlich? Und du würdest staunen, wenn ich dir den Kopf abreiße und ihn dir in den Hintern stopfe.«

An der Wohnungstür zeigte Rodz sein faltiges Grinsen.

»Bis zum nächsten Mal … ich würd dir ja gern die Hand geben, aber ich will nicht, daß du dich schmutzig machst.«

»Danke, sehr aufmerksam.« Paone putzte sich seine Brille mit dem Taschentuch, griff nach der Tür und …

Krach!

»Scheiße!« schrie Rodz.

… die Tür flog aus ihrem Rahmen. Nicht aufgetreten, richtiggehend *eingerammt,* und das war kein Wunder, als Paone in einem Augenblick starren Erschreckens sah, wie groß der Bulle war, der jetzt mit der Türramme einen Schritt zurücktrat. Ein noch größerer Bulle trat mit schußbereitem Revolver ins Zimmer.

»Keine Bewegung! Polizei!«

Paone bewegte sich schneller als je zuvor in seinem Leben, legte Rodz den Arm um den Nacken und riß ihn an sich. Rodz stöhnte auf und pinkelte sich in die Hosen, weil Paone ihn als menschlichen Schild benutzte. Zwei Schüsse peitschten, klatschten beide in Rodz Oberkörper.

»Aufgeben, Paone!« rief der Cop. »Es gibt keinen Ausweg!«

So ein Scheiß, dachte Paone. Rodz zuckte, ein Blutschwall kam ihm aus Mund und Nase, und dann wurde er plötzlich schlaff. Aber das verschaffte Paone genügend Zeit, sich hinter die Küchentheke zu ducken und seine SIG 220 mit der 9-mm-Munition zu laden. *Schneller!* feuerte er sich selbst an, sprang dann hoch, gab zwei Schuß ab und duckte sich wieder. Beide Kugeln bohrten sich in den Hals des Bullen. Paone hörte bloß, wie dieser zu Boden sackte.

Im Eingang bauten sich Schatten auf. Ein Megaphon dröhnte: »Francis Frankie Paone, Sie haben keine Chance. Werfen Sie Ihre Waffe weg und ergeben Sie sich. Werfen Sie Ihre Waffe weg und ergeben Sie sich, werfen Sie Ihre …« Und so ging es ewig weiter.

Paone zog seine Zweitwaffe heraus – einen eisig kalten kurzläufigen Colt – und warf ihn über die Theke. Ein weiterer Cop und ein Typ in einem Anzug stolperten ins Zimmer. *Blöde Arschlöcher*, dachte Paone. Er sprang wieder hoch und schoß eine Doublette. Der Bulle wirbelte herum und schnappte sich beide Kugeln mit dem Kinn auf. Und der im Anzug kriegte seine beiden zwischen die Augen. In dem kurzen Augenblick, den er oben war, hatte Paone genug Zeit, um zu sehen, wie der Kopf des Typen explodierte. Ein Gulasch aus Gehirnmasse klatschte gegen die Wand.

Ich und mich stellen. Paone war erstaunlich ruhig. *Hinterzimmer. Fenster. Zwei Stockwerke. Büsche.* Das war seine einzige Chance…

Aber eine Chance, die er nie bekommen sollte.

Bevor er sich bewegen konnte, fing der Raum zu… vibrieren… an. Drei Polizisten in Kevlarwesten flogen förmlich ins Zimmer, und anschließend ging die ganze Welt in Chaos über. Kugeln peitschten wellenförmig auf Paone ein. M16, auf Automatik geschaltet, spuckten heißes Messing und ratterten wie Rasenmäher, zogen eine Kette ausgefranster Löcher über die Wände, rissen die Küche in Stücke. »Ich gebe auf!« schrie Paone, aber das Feuer steigerte sich nur. Er ringelte sich zusammen wie ein Ball, als sich alles rings um ihn herum in kleine Stückchen auflöste. Eine Salve nach der anderen kamen die Kugeln, zerfetzten Schränke, zerkauten die Theke und den Boden, und als von der Küche kaum mehr etwas übrig war, war auch von Paone nicht mehr viel übrig. Seine linke Hand hing an einer einzigen Sehne, sein rechtes Bein sah so aus, als ob es jemand abgebissen hätte. Heiße Stahlspitzen kochten in seinen Eingeweiden.

Dann: Stille.

Sein Magen brannte, als ob er Napalm verschluckt hätte. Sein Bewußtsein begann in Wellen von Kordit davonzutreiben. Er kippte zur Seite; seine Brille war blutverspritzt. Sanitäter schleppten den toten Polizisten weg, während ein Mann in blauem Drillich mit einem rauchenden Gewehrlauf herumstocherte. Das Quäken von Funkgeräten tönte wie Nebelhörner, und gleich darauf wurde Paone auf einer Trage über etwas nach draußen geschleppt, das wie ein See aus Blut aussah.

Verträumte Augenblicke später schlugen ihm rote und weiße Lichter in die Augen. Die Türen des Krankenwagens knallten zu.

»Allmächtiger Gott«, flüsterte er.

»Ich habe Ihnen ja gesagt, daß Sie sich erinnern würden«, sagte die Schwester.

»Wie schwer bin ich verletzt?«

»Nicht schwer genug, um dadurch zu sterben. Die Antibiotika haben die Bauchfellentzündung gestoppt, und die Sanitäter hatten Ihnen rechtzeitig am Arm und am Bein Kompressen angelegt, so daß Sie nicht zuviel Blut verloren haben.« Ihre Augen verengten sich. »Ein Glück für Sie, daß es in diesem Staat keine Todesstrafe gibt.«

Richtig, dachte Paone langsam. Und die Bundesgesetze erlaubten die Todesstrafe nur, wenn ein Bundesbeamter bei einer Rauschgiftstraftat getötet wurde. Die würden ihm lebenslänglich geben, ohne Bewährung, sowieso, aber das war immerhin besser als den Friedhof zu düngen. Die Bundesgefängnisse waren auch etwas angenehmer als die meisten Knäste in den Bundesstaaten; außerdem war Paone ein Cop-Killer, und Cop-Killer waren im Knast angesehen. Auf die Weise war er wenigstens dort sicher. *Hätte schlimmer laufen können*, wurde ihm jetzt bewußt. Ihm fiel ein, was er diesem Scheißer Rodz gesagt hatte, daß dieser nichts für selbstverständlich halten solle; Paone würde sein Leben im Knast beenden, mit so viel Löchern wie ein Schweizer Käse, und er hatte eine Hand und ein Bein auf Rodz' Küchenboden gelassen, aber wenigstens lebte er.

Yeah, dachte er. *Wenn die Hoffnung nicht wär.*

»Was lächeln Sie?« fragte die Schwester.

»Ich weiß nicht. Einfach froh, am Leben zu sein, denke ich … ja, das ist's wohl.« Das stimmte auch. Trotz dieser ziemlich unumstößlichen Umstände war Paone tatsächlich sehr glücklich.

»Glücklich am Leben zu sein?« Der Blick der Schwester war kalt und angewidert. »Und was ist mit den Männern, die Sie ermordet haben? Die hatten Frauen, Familien. Die hatten Kinder. Diese Kinder sind jetzt ohne Vater. Diese Männer sind Ihretwegen tot.«

Paone zuckte so gut er konnte die Achseln. »Das Leben ist ein Glücksspiel. Die haben verloren, und ich gewonnen.

Schließlich haben ja die angefangen, nicht ich. Wenn die sich nicht mit mir angelegt hätten, hätten ihre Kinder immer noch ihren Daddy. Soll ich mich vielleicht wegen ein paar Typen schuldig fühlen, die mich fertigmachen wollten?«

Es war irgendwie paradox. Die Schmerzen in seinem Bauch nahmen zu, und doch konnte Paone seinen Überschwang nicht zügeln. Er wollte, er hätte jetzt seine Brille, um die Schwester besser sehen zu können. Verdammt, er wollte, er hätte jetzt auch ein kaltes Bier und eine Zigarette. Und dann wollte er, er würde jetzt nicht auf dem Bett festgeschnallt sein. Eigentlich sollte er jetzt sein Leben feiern und dieser eiskalten Schwester zeigen, wie ihm zumute war. Ja, vielleicht sie aufs Bett ziehen und es ihrer kalten Muschi einmal richtig besorgen. *Ich wette, das würde ihr ein wenig von der Stärke aus ihren Segeln nehmen.*

Und jetzt fing Paone tatsächlich zu lachen an. Die Welt war schon wirklich verrückt. Der Herrgott spielte manchmal ein seltsames Spiel. *Wenigstens versteht er Spaß.* Es war wirklich lustig. *Diese drei Bullen beißen ins Gras, und ich liege ganz bequem hier und starre dieses eisige Miststück an.* Paones Lachen wollte einfach nicht aufhören.

Die Schwester schaltete das Radio an, um den ungehörigen Freudenausbruch ihres Patienten zu übertönen. Während sie Paones Puls überprüfte und seine Infusionsbeutel beschriftete, waren Nachrichten zu hören. Der Sprecher leierte die wichtigsten Ereignisse des Tages herunter: eine Hitzewelle in Texas, bei der hundert Menschen umgekommen waren; fettfreie Butter sollte nächste Woche auf den Markt kommen; das Gesundheitsministerium fleht die Hersteller an, die Produktion von Silikon-Hodenimplantaten einzustellen; und eine US-Botschaft irgendwo in Afrika war soeben bombardiert worden. Das machte alles noch viel lustiger: Die Welt und all ihre Albernheit bedeutete Paone plötzlich nichts mehr. Er würde in den Knast kommen. Was bedeutete ihm da das alles schon, ob gut oder schlecht?

Er blickte aus zusammengekniffenen Augen auf, weil eine andere Gestalt ins Zimmer trat. Durch die verschwommenen Konturen des Raums beugte sich ein Gesicht über ihn: ein

Mann um die Sechzig, schneeweißes Haar und großer, buschiger Schnurrbart. »Guten Abend, Mr. Paone«, begrüßte der ihn. »Mein Name ist Dr. Willet, und ich wollte mal nachsehen, wie es Ihnen geht. Kann ich irgend etwas für Sie tun?«

»Da Sie schon fragen, Doc, ich hätte gern meine Brille zurück, und ehrlich gesagt würde es mir auch nichts ausmachen, wenn ich eine andere Schwester bekommen könnte. Die hier ist etwa so freundlich wie ein tollwütiger Hund.«

Willets Antwort darauf war nur ein schwaches Lächeln. »Sie sind ganz schön zusammengeschossen worden, aber Sie brauchen sich keine Sorgen über Infektionen oder Blutverlust zu machen. Das ist immer unsere Hauptsorge bei Kugelverletzungen. Ich freue mich Ihnen sagen zu können, daß Sie in Anbetracht dessen, was geschehen ist, in relativ guter Form sind.«

Ist ja prächtig, dachte Paone.

»Und ich muß auch sagen«, fuhr Willet fort, »ich war stark daran interessiert, Ihre Bekanntschaft zu machen. Sie sind der erste Kinderpornograph, mit dem ich die Gelegenheit habe zu sprechen. In einem verrückten Sinn sind Sie berühmt. Der abtrünnige Gangster.«

»Nun, ich würde Ihnen gern ein Autogramm geben«, sagte Paone, »aber da gibt es ein kleines Problem. Ich bin Linkshänder.«

»Sehr schön, so gefallen Sie mir. Es erfordert wirklich Charakterstärke, sich seinen Humor zu bewahren, nach allem, was Sie ...«

»Pscht!« zischte die Schwester. Sie schien jetzt nervös, irgendwie aufgekratzt. »Jetzt kommt's ... ich glaube, jetzt kommt's.«

Paone verzog das Gesicht. Im Radio dröhnte die Stimme des Sprechers: »... in einer seit Monaten vorbereiteten Aktion der Bundesbehörden. Ein Verdächtiger, Nathan Rodz, wurde bei einem Schußwechsel mit der Polizei am Tatort getötet. Zwei Beamte der Polizei und ein Special Agent von einem Einsatzkommando des Justizministeriums wurden nach Angaben der Behörden von dem zweiten Verdächtigen getötet, einem mutmaßlichen Mittelsmann der Mafia namens Francis

›Frankie‹ Paone. Paone selbst wurde wegen ähnlicher Anschuldigungen ebenfalls beobachtet, und man vermutet, daß er in direkter Verbindung mit der Vinchetti-Familie steht, die angeblich über fünfzig Prozent aller Kinderpornographie kontrollieren soll, die in den Vereinigten Staaten verkauft wird. Im weiteren Verlauf gaben Sprecher der Polizei bekannt, daß Paone während des Schußwechsels entkommen konnte und gegenwärtig im ganzen Staat gesucht wird ...«

Paones Augen weiteten sich. Er wußte nicht mehr, was er denken sollte. »Was soll das ... entkommen?«

Jetzt lächelte die Schwester auf einmal. Sie klappte eine schwarze Hornbrille auseinander und setzte sie Paone auf die Nase ... der verschwommene Raum nahm endlich Gestalt an.

Was zum Teufel geht hier vor?

Ein in Schienen laufender Vorhang umgab ihn, wie das in einer Intensivstation auch zu erwarten war, aber dann fiel ihm da etwas auf. Was dort über ihm hing, war keine Röntgenkamera, es war ein Kameragalgen, an dem ein Mikrophon hing. Und einer der Infusionsständer war gar keiner, sondern ein Stativ für einen Halogenschweinwerfer.

»Was zum Teufel ist das für ein Krankenhaus!« wollte Paone wissen.

»Oh, das ist kein Krankenhaus«, sagte Willet. »Das ist eine konspirative Wohnung.«

»Eine von Don Dario Bontes konspirativen Wohnungen«, fügte die Schwester sichtlich entzückt hinzu.

Und dann wieder Willet: »Und wir sind sein privates Ärzteteam. Im allgemeinen entsprechen unsere Aufgaben den üblichen. Wenn einer der Leute des Don angeschossen oder sonstwie verletzt wird, kümmern wir uns um ihn, da das örtliche Krankenhaus ja nicht sicher genug wäre.«

Bonte, dachte Paone mit wachsender Angst. *Dario Bonte – Vinchettis einziger Rivale ...*

»Und die Polizei war nur zu erfreut, Sie unserem sympathischen Chef zu übergeben«, fuhr Willet fort. »Die Hälfte der Polizei in diesem Staat wird von Don Bonte bezahlt ... und auf diese Weise wird den armen Steuerzahlern der Aufwand für einen Prozeß erspart.«

Paone hatte das Gefühl, gleich sein Herz auskotzen zu müssen.

Der Busen der Schwester wippte, so kicherte sie jetzt. »Aber wir werden Sie nicht bloß töten ...«

»Wir haben noch ein paar interessante Spielchen vor, bevor wir das tun«, sagte Willet. »Sehen Sie, wir hatten die Aufgabe, sicherzustellen, daß Sie solange überleben, bis Junior hier ist ...«

Das Klicken einer sich öffnenden Tür war zu hören, und dann zog die Schwester den Vorhang zurück, um den Blick auf einen typischen Kellerraum freizugeben. Aber das war nicht alles, was Paone zu sehen bekam. In der Tür, vor einigen Stufen, war ein erschreckend muskulöser junger Mann zu sehen. Er hatte kurzes, dunkles Haar, scharf geschnittene Züge und ...

Du lieber Heiland – heilige Scheiße ...

... zwischen den Beinen war er so bepackt, daß es aussah, als ob er zwei Kartoffeln in der Hose hätte.

»Dreimal dürfen Sie raten, warum man ihn Junior nennt«, sagte die Schwester kichernd.

»Und noch dreimal, was gleich passiert«, sagte Willet. Er hatte jetzt eine hochwertige Sony Betacam auf die Schultern genommen. »Sehen Sie, Mr. Paone, *Ihr* Boß mag vielleicht den Markt für Kinderpornographie beherrschen, aber *unser* Boß beherrscht den Rest. Sie wissen schon, das *wirklich* verrückte Zeug. Und als Hand- und Beinamputierter mit einem Bauchschuß liefern Sie uns etwas *ganz Spezielles*, finden Sie nicht auch?«

Paone übergab sich auf seine Brust, als »Junior« anfing, seine Jeans herunterzulassen. Die Schwester rammte eine Nadel in Paones Arm; nicht genug Natriumamytal, um ihn umzuwerfen, aber gerade genug, um zu verhindern, daß er sich zu sehr wehrte. Dann schnallte die Schwester die Riemen auf und drehte ihn um.

Die Naht an Paones Bauch riß, und er konnte Juniors Schritte hören, die sich dem Bett näherten.

»Wie man so sagt«, jubilierte Willet, »Scheinwerfer, Kamera, Action!«

P. D. Cacek

DAS GRAB

Ich gebe ja zu, und lasse dabei den Kopf etwas hängen, daß man mich auf P. D. Cacek erst aufmerksam machen mußte. Einer der Hauptgründe dafür, daß es am Ende dieses Buches eine Seite mit Danksagungen gibt, ist, daß ich gewissen Leuten dafür danken mußte, daß sie mir Schriftsteller »geliefert« haben, die mir sonst durch die Lappen gegangen wären. Trishs Arbeiten (sie hat mir erlaubt, daß ich sie Trish nennen darf), die allem Anschein nach vor kurzem so richtig aufgeblüht sind (ein Roman, Night Prayers, *ist mit Nancy Collins Sonja-Blue-Büchern verglichen worden, und es gibt auch noch eine Storysammlung:* Leavings*), waren mir einfach entgangen. Sie ist eine jener Schriftstellerinnen, die Charles L. Grant im Garten seiner* Shadows-*Serie liebevoll gehegt hätte, und ihre Gewitztheit und ihre bedächtige, stimmungsvolle Prosa wurden mir sofort, als ich »Das Grab« las, offenkundig wie ein frischer Lufthauch.*

Wenn Sie anderer Ansicht sind, irren Sie sich.

Es war, als ob jemand plötzlich eine dicke Schicht Baumwolle um sie gewickelt hätte. Dinge, die vertraut und alltäglich gewesen waren, wirkten nun gedämpft und entrückt.

Wenn sie nicht vor Angst schier umgekommen wäre, hätte sie vielleicht über diese Empfindung sogar gelacht. Nicht daß es ein ganz und gar unangenehmes Gefühl gewesen wäre. Sie konnte immer noch die Vögel in dem dichten, herbsthellen Blätterdach singen hören und jedes süße Trillern, Krächzen, Zirpen und Pfeifen unterscheiden. Sie konnte das Moos und die Feuchtigkeit, die vom Bach heraufstieg, riechen, der keine zehn Schritte hinter ihr durch die seichte Stelle gurgelte, und konnte spüren, wie der Wind sie eindringlich flüsternd daran erinnerte, daß sie eigentlich jetzt zum Abendessen nach Hause gehen sollte. Diese Dinge waren vertraut. Diese Dinge hatten sie die letzten fünfzehn Jahre auf ihrem Weg zur Bryner-Grundschule, wo sie Bibliothekarin war, hin und zurück begleitet.

Diese Dinge hörte und roch und fühlte sie.

Aber sie sah nur das winzige Grab.

Das imaginäre Gefühl, in Watte gepackt zu sein, verstärkte sich.

Fünfzehn Jahre lang war sie denselben Weg durch den Wald gegangen, hatte dieselben Geräusche gehört, hatte dieselben Veränderungen in den Jahreszeiten gespürt, aber bis heute hatte sie es nie bemerkt. Es nie gesehen.

Das Grab.

Es war ein Kindergrab, das stand für sie fest, obwohl es dafür eigentlich keinen Grund gab. Allein und verlassen und vergessen, schmiegte sich das Grab in den Schatten am fernen Ende einer schmalen Bodensenke; ein winziger Erdhaufen vor dem verwitterten rosa Grabstein.

rosa ist für Mädchen

Von zahllosen wechselnden Jahreszeiten fast abgetragen

wie viele

von Regen und Schnee und Trockenheit, während sie und wer weiß wie viele andere vorbeizogen.

Was mußte das für eine Mutter gewesen sein, die ihr Kind allein im Wald begrub? Was für eine Mutter würde so etwas tun?

Eine schlechte Mutter, dachte Elizabeth Hesse, als sie auf das kleine Grab hinunterblickte, eine sehr schlechte Mutter.

»Ich hätte das nie tun können«, sagte sie laut. »Ich wäre eine gute Mutter gewesen.«

Aber selbst während sie die Worte aussprach, wußte sie, daß das nicht wahr war, weil eine gute Mutter das Grab schon früher gesehen hätte.

Und das hatte sie nicht.

Bis zum heutigen Tag.

Den Kindern, die in die Bibliothek kamen, sagte sie immer wieder: »Schaut, seht euch die Welt an. Wandert nicht einfach blindlings dahin. Versucht, alles zu entdecken.«

Wunderbare, heuchlerische Worte. Seit fünfzehn Jahren hatte sie die wiederholt, Tag für Tag, fünfzehn Jahre lang... und doch hatte sie nichts entdeckt. Hatte nicht hingesehen. War blindlings fünfzehn Jahre ihres Lebens vor dem Grab auf und ab gegangen und hatte es nie bemerkt.

Bis heute.

Ein kleiner Laut kam flüsternd aus Elizabeths Mund, aber sie hielt ihn mit den Fingern auf, ehe er ihr entfloh. Ihre Hand roch immer noch nach dem Thunfischsandwich, das sie zum Lunch gegessen hatte; das Fischöl war stärker als die nach Gardenien duftende flüssige Seife auf der Lehrertoilette.

Die Firma ihres Vaters hatte ein Gardeniengebinde zu seiner Beerdigung geschickt. Klein und weiß, hatten sie nichtsdestoweniger den Raum, wo er aufgebahrt gewesen war, mit ihrem Duft erfüllt. Ihre Mutter hatte sich darüber beklagt und gesagt, der Duft sei zu penetrant.

Auf dem kleinen Grab lagen keine Blumen, bloß eine dünne Decke aus Herbstblättern.

Elizabeth überkam ein Frösteln, wenn sie nur hinsah. *Eine gute Mutter hätte versucht, ihr Baby zu behüten. Sie würde das getan haben, wenn es ihr Kind gewesen wäre. Sie wäre eine gute Mutter gewesen. Sie hätte es nicht im Wald verscharrt.*

Nein.

Elizabeth schloß die Augen und ließ eine Hand auf den obersten Knopf ihrer Strickweste fallen. Es war kein *echtes* Grab. Was sie gesehen hatte, und wieder sehen würde, wenn sie die Augen aufschlug, war ein Stein, der nur wie ein Grabstein *aussah*. Sie hatte ihn vorher nicht bemerkt, weil es da nichts zu bemerken gegeben *hatte*.

Es ist kein Grab. Es ist kein Grab. Es ist kein...

Elizabeth wiederholte die Worte ständig, bis sie die Augen wieder aufschlug. Und dann verließen die Worte und die Hoffnung sie.

Es war ein Grab... aber vielleicht nur das Grab eines Tieres.

Ja, das paßte. Es war das Grab irgendeines von seinem Besitzer geliebten Haustiers, das an Altersschwäche gestorben war, oder bei einem Unfall, und das hier begraben worden war. Oder vielleicht auch irgend jemands Lieblingspuppe.

Elizabeth seufzte. Natürlich, es mußte ein Witz sein, oder ein Tiergrab. Keine Mutter, die bei Trost war, würde ein Kind so weit entfernt... von... *allem* begraben. Allein. Verlassen. Vergessen.

Gute Mütter taten so etwas nicht. Gute Mütter beschützten ihre Kinder und achteten darauf, daß sie gesund waren und glücklich und...

Aber wenn das Grab nur eine kindische Marotte war, dann bedeutete es, daß eine Mutter... irgendeine schlechte Mutter ihr Kind unbeaufsichtigt in den Wald hatte gehen lassen.

Allein!

Elizabeth drehte sich um und blickte schnell den Weg hinauf und hinunter.

Die Kinder *wußten,* daß sie nicht im Wald spielen durften. Das bereitete schon seit Jahren Sorge; hatte es das wahrscheinlich schon in der Zeit, als sie noch ein Kind gewesen war. Der Wald war nicht sicher, war das nie gewesen. Ihre Mutter hatte ihr das immer wieder gesagt. Erst letzten November, am zweiten Tag der Thanksgiving-Ferien, hatte sich Polly Winter aus der vierten Klasse den Knöchel gebrochen, als sie mit ihren Cousinen, die zu Besuch waren, Verstecken gespielt hatte. Elizabeth hatte sie an jenem Morgen aus dem Fenster der Bibliothek gesehen, und jetzt, fast ein ganzes Jahr später, hinkte sie immer noch, das arme Kind. Das arme, eigensinnige Kind.

Etwas raschelte im hohen Gras, bei dem rotblättrigen Ahorn, unmittelbar hinter der Senke mit dem

Grab

und Elizabeth biß sich auf die Unterlippe. *Der Wald war nicht sicher. Der Wald lag weit ab. Der Wald war einsam... so ganz und gar einsam.*

Was auch immer in dem Grab lag – Puppe oder Hund (oder Kind) –, es war auch allein und einsam.

Ein Frösteln folgte Elizabeth, als die den glatt getretenen Weg verließ und auf die steinige Senke zuging. Obwohl sie sich vorsichtig und mit Bedacht bewegte, so wie ihre Mutter sie das gelehrt hatte, hätte sie sich beinahe den Fuß verstaucht, jedenfalls sah sie sich schon gar nicht damenhaft ausgestreckt im Schmutz liegen, den Rock hochgeschoben, die Beine gespreizt.

Hör auf damit.

Elizabeth blieb auf den Beinen, hielt aber inne, als ein weiterer Windstoß die Ahornblätter vor ihr rascheln ließ. *Das war das Geräusch, das sie gehört hatte.* Es war außer ihr niemand im Wald. Keine Kinder, keine Erwachsenen, niemand, der sie vor dem winzigen Grabstein knien sah.

Es war rosa Granit mit schwarzen und silbrigen Einschlüssen; und er fühlte sich an ihrer Handfläche kalt an, und seine Kanten waren glatt wie Butter, und die eingemeißelte Schrift fast völlig verblaßt. Mit einem Finger, wie ein Kindergartenkind, das mit einem übergroßen Bleistift Punkte miteinander verbindet, zog Elizabeth die Buchstaben nach, die nebeneinander in den Stein gemeißelt waren.

Das war hier nicht das Werk eines Kindes und auch kein Witz. Unter diesem Stein ruhte kein Tier.

M.E.I.N.A.L.L.E.R.L.I.E.

»Mein Allerliebstes.«

Elizabeth ließ die Hand sinken und kauerte sich auf die Unterschenkel, spürte wie das linke Knie ihres Nylonstrumpfs platzte und ihr eine Laufmasche halb den Schenkel hochjagte.

Das Grab war echt … aber sie hatte es nie zuvor bemerkt. Aber was erstaunlicher war, auch niemand aus den Generationen von Schulkindern, denen sie »ruhig« und »seid still« beigebracht hatte, hatte es bemerkt.

Und, weiß der Himmel, sie bemerkten sonst wirklich alles, worüber es sich in der Lesefreizeit zu flüstern lohnte: den Wasserrohrbruch, der dazu geführt hatte, daß der Spielzeugladen überschwemmt wurde, das kaputte Auto, die komisch aussehende Wolke, die purpur- und orangerot gewesen war, die neuen Verkehrsampeln, die alten Parkbänke, die seltsame Farbe, die der Himmel hatte, bevor es schneite. Alles bemerkten sie, nur das Grab nicht. Und doch hätten sie es bemerken sollen.

Weil ein Grab, ein echtes Grab, etwas viel zu Wunderbares und viel zu Schreckliches war, um nicht darüber zu reden.

Wieder Rascheln. Nicht vom Wind. Diesmal unmittelbar hinter ihr. Lauter. Näher. *Raschel, raschel. Wumm, wumm.* Schritte.

Elizabeth drehte sich zu dem Geräusch um und lehnte sich gegen den kleinen Grabstein. Schützend. So wie eine *gute* Mutter ... was die Mutter dieses Kindes *nicht* tun würde.

»Wer ist da?« sagte sie in ihrer Bibliothekarinnenstimme. »Ist da jemand?«

Raschel, wumm ... und was war das? Ein Kichern? Elizabeth richtete sich etwas auf, atmete tief durch und begann in Gedanken die Liste der Unruhestifter der Schule durchzugehen.

»Kenny Wisman, bist du das?«

Ein hochintelligenter Junge, mit mehr Energie als Selbstkontrolle, der stets auf der Suche nach besseren und größeren Streichen war, um seine Existenz zu rechtfertigen. Dieses kleine Grab würde für einen Jungen, der sie, ohne das groß zu verheimlichen, *Miss Hesse das Ekel*, getauft hatte, keine große Sache sein.

»Kenneth, wenn du das bist, dann melde dich! Ich mag es nicht, wenn man sich an mich anschleicht.« Ohne nachzudenken, ohne sich darum zu scheren, daß man über sie lachen würde, griff Elizabeth nach hinten und drückte sich an den Grabstein. »Zeig dich sofort, junger Mann, sonst muß ich deine Mutter anrufen und ...«

Ein Eichelhäher schoß mit einem kreischenden Laut vor ihr wie ein Pfeil aus dem Unterholz, und sie kreischte ebenfalls. Als der Vogel einen zweiten Ruf ausstieß, war er bereits hundert Meter entfernt.

»Albern«, sagte sie und wandte sich wieder dem Grab zu und lächelte. »Ich habe mich selbst erschreckt, war das nicht albern von mir?«

Elizabeth wischte ein heruntergefallenes Blatt vom Stein. Vielleicht hatte bis jetzt niemand, sie eingeschlossen, das Grab bemerkt, weil dies jetzt der Augenblick war, an dem sie es finden sollte. Vielleicht hatte es all die Jahre gewartet, bis sie bereit war, es zu finden. Es zu bemerken. Anteil zu nehmen.

Mein Allerliebstes.

»Du hast dich verspätet.«

Elizabeth hängte ihre Schultertasche sorgfältig an die Garderobe und atmete tief durch, ehe sie Antwort gab.

»Ja, Mutter. Tut mir leid, Mutter.«

Diese Worte *(tut mir leid, Mutter, ja, Mutter)* hatte sie, solange sie sich erinnern konnte, immer wieder gesagt, ohne irgendwelche Variationen, aber heute abend fiel ihr auf, daß sie ihr ein wenig im Hals stecken blieben.

So wie ihr auffiel, wie alt und verbraucht ihre Mutter aussah, als sie ins Eßzimmer trat.

»Mein Gott, was hast du jetzt wieder gemacht? Schau doch deine Kleider an!«

Obwohl sie sich alle Mühe gab, es nicht zu tun, blickte Elizabeth an sich herab und verspürte dieselbe Art von Kälte, die sie an dem Grab verspürt hatte… eine lähmende Kälte, die durch mehrere Schichten Fleisch und Knochen drang, bis sie ihre Lunge erreichte und sie nach Luft ringen ließ. Sie sah wirklich schlimm aus. Der Rocksaum war schmutzig, und an dem zerrissenen Strumpf klebte dicht unter dem linken Knie ein abgestorbenes Blatt. Obwohl sie sich nicht erinnerte, wie das passiert war, waren drei Knöpfe von ihrer Strickjacke abgerissen.

Elizabeth zog die Strickjacke über die mit Schmutz bedeckte Bluse darunter. Komisch, daß sie gar nicht bemerkt hatte, wie das passiert war… aber andererseits hatte sie vor dem heutigen Abend auch sonst nicht viel bemerkt…

»Was hast du gemacht?« fragte ihre Mutter, richtig anklagend, und hätte beinahe den Schmortopf auf den Tisch fallen lassen, weil sie Elizabeth' Bewegung nachahmte und sich an das Oberteil ihres Hauskleides griff.

»Du bist vergewaltigt worden, nicht wahr?« Die Worte klangen kalt und scharf und stechend und hinterließen, wo sie trafen, Blutergüsse. »Ich habe dich immer wieder gewarnt, nicht durch diesen Wald zu gehen, Elizabeth, und jetzt schau, was passiert ist. Du bist ruiniert, kein Mann wird dich je wieder ansehen.«

Elizabeth zupfte an dem abgerissenen Faden von einem der fehlenden Knöpfe.

»Nein, Mutter, ich bin nicht vergewaltigt worden. Ich – ich bin gestürzt, das ist alles. Der Weg war ziemlich matschig.« Die Kälte wich Elizabeth aus der Lunge, was ihr die Gelegenheit gab, Luft zu holen, und machte es sich dafür in ihrem unberührten Unterleib bequem. »Alles ist in Ordnung.«

»Oh.« Ihre Mutter ließ mit einem Seufzer die Hand sinken und machte sich an dem Schmortopf zu schaffen. »Nun, das Abendessen ist wegen deiner Verspätung wahrscheinlich ruiniert. Ich bemühe mich immer, alles rechtzeitig fertig zu haben, und du denkst dir gar nichts dabei, einfach dann aufzutauchen, wann es dir paßt.«

»Ich hatte nicht vor, mich zu verspäten, Mutter.«

»Das ist keine Entschuldigung, Elizabeth. Jetzt geh in die Küche und wasch dir die Hände, bevor der Eintopf noch kälter wird, als er schon ist.« Ihre Mutter setzte sich an das Kopfende des Tischs und fing an, die dampfenden Fleisch- und Gemüsestücke auf die Teller zu laden. »Ich werde nicht auf dich warten, wenn es dir nichts ausmacht.«

»Nein«, sagte Elizabeth und nickte, während sie in die Küche ging. »Natürlich nicht, Mutter. Das würde ich nie von dir erwarten.«

Ihre Mutter knurrte darauf irgend etwas, aber Elizabeth beschloß, es nicht zur Kenntnis zu nehmen.

Obwohl das Wasser nur lauwarm war, brannte es beim Waschen an den Schürfwunden von Elizabeth' Händen. Ihre Mutter hatte ihr ihr ganzes Leben lang beigebracht, daß Schmerz das einzige war, woran man wirklich glauben konnte. Wenn das, was man tat, nicht irgendwie weh tat, war es nicht der Mühe wert.

Ihre Mutter war keine gute Mutter gewesen.

Das kalte Gefühl in ihrem Unterleib wälzte sich träge herum, wie ein Kätzchen in der Sonne, als Elizabeth die Wasserhähne zudrehte und sich die Hände abtrocknete. *Ihre Mutter wußte nicht, wie man eine gute Mutter ist.*

Die Arme gerade vor sich ausgestreckt, die Finger zur Decke weisend, drehte Elizabeth die Handflächen zu sich und dann wieder zurück. Und seufzte. Ihre armen Hände waren sauber, aber das Fleisch war von dem heftigen Waschen rot und geschwollen. Und Zwei Nägel waren zudem abgebrochen. Sie würde sie vor der Kindergarten-Märchenstunde morgen früh zurechtschneiden und feilen müssen.

Die älteren Kinder würden es nicht bemerken, aber die Kleinen ... die Babys, die sahen alles. Mit den Babys mußte sie so aufpassen.

Mein Allerliebstes.

Das Klirren und Klappern von Metall auf Porzellan war aus dem Eßzimmer zu hören – die subtile Art, mit der Elizabeth' Mutter sie wissen ließ, daß sie viel zu lange für die ihr zugewiesene Aufgabe brauchte.

Aber das Klappern und Klirren hörte nicht auf, als Elizabeth zum Tisch zurückkehrte.

»Du hast die Brötchen nicht mitgebracht, Elizabeth.«

Elizabeth legte sich die zitternden Hände auf die Kälte, die immer noch in ihrem Bauch war. *Ihre Mutter war keine gute Mutter ... aber sie würde es ihr zeigen, sie würde es ihr zeigen.* »Ich wußte nicht, daß ich das sollte, Mutter.«

Die Gabel ihrer Mutter traf auf den Teller vor ihr und ließ ihn singen. »Das ist jetzt wieder einmal typisch! Ich hätte geglaubt, eine erwachsene Frau, eine angeblich reife Frau, würde selbst bemerken, ob die Brötchen auf dem Tisch sind oder nicht, und dann etwas unternehmen ... ohne daß Mami es ihr zu sagen braucht. Mein Gott, Elizabeth, bemerkst du denn gar nichts?«

Bis zum heutigen Tage nicht, Mutter.

Elizabeth mußte unwillkürlich lächeln, als sie sich umdrehte und in die Küche zurückging.

»Und vergiß die Butter nicht«, rief ihre Mutter ihr mit klagender Stimme nach. »Du weißt, ich habe gern Butter auf meinem Brötchen. Und bring die Konfitüre. Erdbeer. Nicht die Orangenmarmelade wie gestern abend. Erdbeere zum Abendessen, Orange zum Frühstück. Es ist ja nicht so schwierig, sich das zu merken, und ich verstehe deshalb wirklich nicht, weshalb du das so oft vergißt.«

Elizabeth nahm das Glas mit den dicken, roten Erdbeeren – *ich vergesse es, weil ich Erdbeerkonfitüre nicht mag* – und ließ es ins Spülbecken fallen.

»Ups.«

»Was war das?«

»Die Konfitüre ist mir runtergefallen, Mutter. Tut mir leid.« Das Glas Orangenmarmelade fühlte sich an ihrer Handfläche kühl an, als sie es mit den Brötchen und der Butter zum Tisch brachte. »Ich werde morgen neue besorgen. Und mach dir keine Sorgen wegen der Küche, ich mache nach dem Abendessen sauber. Soll ich dir ein Brötchen streichen, Mutter?«

Ihre Mutter funkelte sie von der anderen Tischseite her an. »Wie kann man nur so ungeschickt sein?«

Elizabeth beachtete die Frage nicht weiter und löffelte sich einen großen Klacks von der honiggoldenen Orangenmarmelade auf ein Brötchen.

»Mutter, hast du je von einem Grab draußen im Wald gehört?«

»Was?«

»Ein Grab... ein Kindergrab im Wald. Nahe beim Bach. Hast du je gehört, daß jemand davon gesprochen hat?«

»Natürlich nicht«, sagte ihre Mutter, ignorierte die ihr angebotenen Brötchen und die Butter und wandte ihre ganze Aufmerksamkeit wieder dem Eintopf zu. »Es gibt keine Gräber im Wald. Warum fragst du so etwas, Elizabeth?«

»Einfach so«, antwortete Elizabeth und führte das mit Orangenmarmelade beladene Brötchen zum Mund. »Ich habe ein Gerücht gehört.«

»Gerüchte sind nur Gerüchte«, knurrte ihre Mutter. »Mich überrascht, daß du auf so etwas achtest.«

Die Kälte in Elizabeth' Bauch wanderte nach oben und berührte ihr Herz.

»Mich auch, Mutter.«

Ihre Mutter war über ihre übliche Zehn-Uhr-Schlafenszeit hinaus aufgeblieben, bloß um die Beleidigte zu spielen – hatte im Morgenmantel und in Pantoffeln im Haus herumgefuhrwerkt und sich *geweigert* zu Bett zu gehen, als Elizabeth das vorgeschlagen hatte.

Eine gute Mutter wäre dann zu Bett gegangen, wann man das

von ihr erwartete. Eine gute Mutter hätte gewußt, wann sie ihr Kind allein lassen soll.

»Ich weiß es genau«, sagte Elizabeth, als sie sorgfältig das beschmutzte Taschentuch auseinanderfaltete, das sie unten in ihre Handtasche gestopft hatte. »Ich werde eine gute Mutter sein.« Stimmt's? Mein Allerliebstes.«

Der winzige Schädel mit dem brüchigen Kranz dunkelbraunen Haars und der Patina von ledernem Fleisch fiel auf die Seite, als Elizabeth ihn zu ihrem Gesicht hob. Ihm die Wange hinhielt, damit er ihr einen Kuß gab.

Also gab Elizabeth ihm einen Kuß. So, wie eine gute Mutter das tun würde.

Das Grab im Wald war alt gewesen, sehr alt; sein winziger Insasse beinahe zu Staub zerfallen. Elizabeth hatte versucht, vorsichtig zu sein, aber in dem Augenblick, wo ihre zitternden Hände die fleckige Babydecke berührt hatten *(rosa, für Mädchen)*, war der Körper darunter zu Staub zerfallen.

Sie hatte nur den Schädel retten können. Sonst nichts.

Aber das war genug.

»Armes kleines Ding«, flüsterte Elizabeth und sah zu, wie das Babyhaar unter ihrem Atem wie Sommerweizen zitterte. »Du bist so lang allein gewesen.«

Sie küßte den Schädel wieder, um ihn wissen zu lassen, daß er geliebt wurde. Das Gefühl der getrockneten Haut an ihren Lippen war gar nicht so unangenehm, nicht mehr als jeder andere Kuß, den sie bis jetzt hatte geben müssen; und fern von den engen Grenzen des Grabes und dem Gestank nach Verwesung roch ihr Allerliebstes nur ein wenig muffig … wie ein sehr geliebtes Buch.

Jedenfalls war es kein *Babygeruch*. Babys sollten nicht wie Bücher riechen, sie sollten süß riechen wie Schokolade, wie Blumen, wie …

Elizabeth lächelte, als sie aufstand und mit ihrer süßen Last zu ihrem Ankleidetisch eilte. Ihr Allerliebstes vorsichtig in einer Hand haltend, fing sie an, in den Stapeln von weißen Höschen und Büstenhaltern nach dem winzigen Luxus zu graben, den sie sich geleistet hatte. Und versteckt. Vor Jahren.

Die Flasche Parfum war noch verschlossen, immer noch unversehrt; das Preisschild klebte noch daran. Unberührt, bis jetzt. Ungeliebt. Bis jetzt.

Ihre Mutter billigte Parfum nicht, aber ihre *Mutter* würde es auch nicht tragen.

Der Duft von Gardenien füllte den Raum in dem Augenblick, in dem Elizabeth den weißen Deckel abschraubte. Bis zum Tag der Beerdigung ihres Vaters hatte der Duft sie glücklich gemacht. Leise vor sich hin summend, hielt sie das Fläschchen über die Stirn ihres Allerliebsten und ließ einen Kristalltropfen herunterfallen. Er blieb wie Tau an dem spärlichen Haar hängen, aber dann verfehlte ein zweiter Tropfen, größer als der erste und eigentlich gar nicht gewollt, sein Ziel und fiel auf das Leinendeckchen, das auf der Kommode lag.

Hinterließ eine Spur. Hinterließ einen Flecken.

Elizabeth stöhnte auf, weil ihr die Parfumflasche aus den Fingern fiel. Die Flasche blutete, vergoß ihr klares, duftendes Blut über die Fläche der Frisierkommode und starb.

Der Gestank nach Gardenien war überwältigend. Ihre Mutter würde es riechen. Ihre Mutter würde dahinterkommen.

Und es war alles die Schuld ihres Allerliebsten.

»Böses Baby!« zischte Elizabeth und preßte das kleine Kinn zwischen Daumen und Zeigefinger; drückte zu und sah dann, wie das winzige rechte Ohr wie eine abgeblühte Blüte herunterfiel.

Wie konnte sie einem solchen Kind eine gute Mutter sein?

»Jetzt schau, was du getan hast. Kannst du dich denn nicht einen Augenblick lang anständig benehmen?«

Elizabeth wischte die mumifizierte Haut von der Frisierkommode auf den Boden und tupfte schnell das vergossene Parfum mit dem bereits schmutzigen Tuch auf. Der Geruch hing dick in der Luft, und sie mußte würgen, bis sie schließlich das feuchte Tuch in den Wäschekorb werfen konnte.

Erst als sie wieder richtig atmen konnte, blickte Elizabeth auf ihr Baby hinab. Eine weitere kleine Hautflocke, vielleicht die Anfänge einer Augenbraue, war heruntergefallen.

»Was soll ich nur mit dir machen?«

Ohne auf Antwort zu warten, nahm Elizabeth den winzigen Kopf in beide Hände und schüttelte ihn. Etwas in dem Schädel klapperte, aber sie wußte, daß sie ihrem Allerliebsten nicht weh tat. Sie brachte ihm nur bei, Recht von Unrecht zu unterscheiden, so wie man das von einer *guten* Mutter erwartete.

»Was für eine Mutter wäre ich denn, wenn ich dir das nicht beibringen würde?« fragte sie, als sie schließlich aufhörte, und sah tief in die eingesunkenen leeren Augenhöhlen. »Keine sehr gute, und ich will doch eine gute Mutter sein. Das muß ich sein. So, tut es dir jetzt leid, daß du das angerichtet hast? Ja, ganz sicher tut es das.«

Elizabeth beugte sich vor und küßte die runzlige Stirn.

»Ja. Alles ist vergeben. Also gut, Zeit zu Bett zu gehen. Und kein Widerspruch ... junge Dame.«

Ja, sie erinnerte sich. *Rosa war für Mädchen. Ihr Allerliebstes war ein Mädchen.* Wie schön. Sie hatte sich immer eine Tochter gewünscht.

Ihr Allerliebstes gab nicht einmal ein Wimmern von sich, als Elizabeth, gute Mutter, die sie war, sie zu dem antiken Spielzeugschränkchen am anderen Ende des Zimmers trug, um dort einen Körper auszusuchen.

Unter den Porzellanpuppen, die Elizabeth seit ihrer Kindheit gesammelt hatte, kam eigentlich nur eine in Frage, der Säugling mit dem herzförmigen Gesicht, in dem langen Taufkleid aus importierter Spitze.

Ihre Mutter hatte ihr gesagt, daß es eine sehr teure und sehr alte Puppe war ... aber *ihre* Mutter war nie eine *gute* Mutter gewesen, nicht so eine, wie Elizabeth eine sein würde, und deshalb war es unwichtig, was sie gesagt hatte.

Elizabeth zerschlug den Kopf der Puppe an dem Schränkchen und lächelte über das Muster, in dem die Porzellanstücke auf den Teppich gefallen waren.

»Schau«, sagte sie und hob ihr Allerliebstes auf, damit es besser sehen konnte, »wie Schneeflocken. Also gut, beweg dich nicht, dann tut es nicht weh. Das verspricht dir Mutter.«

Der schrumpelige Hals ihres Allerliebsten rutschte mühelos auf den hölzernen Stiel, um den herum der Kopf der Puppe gebrannt worden war.

»Oh, du meine Güte«, sagte Elizabeth und zupfte den Spitzenkragen um das verhärtete Fleisch herum zurecht. Der Kopf von ihrem Allerliebsten wackelte ein wenig, aber nicht sehr. »Oh, siehst du nicht schön aus? Ja, wirklich… du siehst schön aus.«

Elizabeth kitzelte es und küßte es und gab schmachtende Laute von sich und tanzte dann in dem Zimmer herum, das seit ihrer Geburt ihres gewesen war. Jetzt würde es ihnen beiden gehören.

Der laute Ruf ihrer Mutter beendete den Tanz. Wie immer.

»Elizabeth! Es ist beinahe Mitternacht! Geh sofort ins Bett… du hast morgen Arbeit.«

Elizabeth hielt viel zu abrupt inne. Der Kopf von ihrem Allerliebsten kippte nach vorn, und das Kinn sank gegen das bestickte Kleid.

»Ja, Mutter. Tut mir leid, Mutter«, rief sie ihrer Mutter zu und zischte dann ihrem Kind zu: »Setz dich gerade! Eine Dame sitzt immer gerade. Aufsetzen, habe ich gesagt!«

Elizabeth schüttelte ihr Allerliebstes und sah zu, wie der Kopf des Babys nach hinten kippte. Es war aufsässig, es war ein böses Baby.

Ihr Allerliebstes war doch nicht so allerliebst. Vielleicht hatte es für das einsame Grab im Wald einen guten Grund gegeben. Vielleicht war Elizabeth auserwählt worden, es zu finden, weil sie die einzige war, die mit einem so verzogenen Kind zu Rande kam.

Ihrem Allerliebsten mußten Manieren beigebracht werden. Eine gute Mutter hatte ihrem Kind Manieren beizubringen.

»Ich tue das nur, weil ich dich liebhabe«, sagte Elizabeth, als sie sich ihr Allerliebstes über einen Arm legte und mit der anderen Hand ausholte.

»Ich werde dir eine *gute* Mutter sein, aber das bedeutet, daß du ein *gutes* Baby sein mußt. Das ist nur gerecht.«

Elizabeth lächelte. Ihr Allerliebstes wußte das. Ihr Allerliebstes verstand. *Sie* war *eine gute Mutter*.

»Sei tapfer«, flüsterte sie, als sie die Hand hob. »Das wird mir mehr weh tun als dir.«

Als es das nicht tat, tröstete Elizabeth sich mit dem Wissen, daß es andere Gelegenheiten geben würde, wo sie beweisen konnte, daß sie eine gute Mutter war.

Viele Gelegenheiten in den Jahren, die noch kommen würden.

Thomas Ligotti

DER SCHATTEN, DIE DUNKELHEIT

Ich bin davon überzeugt, daß dieses Buch ohne E-Mail ganz anders geworden wäre – und daß es doppelt so lang gedauert hätte, es fertigzustellen. Tatsache ist, daß Schriftsteller auf E-Mails reagieren, nicht hingegen auf Briefe oder Anrufe oder sogar Besuche zu Hause (hinter dieser Feststellung steckt eine besondere Geschichte). E-Mail hat etwas zugleich Unpersönliches, aber auch etwas Persönliches an sich; es ist zuverlässig und gleichzeitig intim, verschafft sofortigen Zugang auch zu etwas behäbigeren Briefebeantwortern (sagen wir binnen Stunden oder allerhöchstens eines Tages), was nach den Maßstäben der Schneckenpost geradezu blitzschnell ist. Ich möchte das mit der seit langer Zeit aufgegebenen Praxis der mehrmals täglichen Postzustellungen vergleichen – erinnern Sie sich noch daran, wie Sherlock Holmes ständig Briefe bekam und absandte, den ganzen Tag lang? Computer mögen ja im allgemeinen ziemlich nervtötend sein, und es mag auch durchaus sein, daß das Internet sich am Ende als Fluch erweist, aber ohne E-Mail und die Löschtaste auf meinem Computer, weiß ich ehrlich nicht, wie ich überhaupt noch etwas zuwege bringen sollte.

Was mich in gewisser Weise auf Thomas Ligotti bringt, den ich belästigen und drängen und mit dem ich ganz schlicht und einfach in Verbindung bleiben konnte, weil es E-Mail gibt. Es war ein Vergnügen, mit ihm zusammenzuarbeiten. Er gewann den Bram Stoker Award 1997 für seine Story »Der rote Turm« und ist Verfasser des Erzählbandes The Nightmare Factory, *der selbst auch für einen Stoker nominiert worden ist.*

Möglicherweise hat er uns, weil es E-Mail gibt, eine der Stories in diesem Buch geliefert, die Sie so schnell nicht werden loswerden können.

Wie es schien, verlangte Grossvogel *entschieden* zuviel Geld für das, was er zu bieten hatte. Einige von uns, insgesamt waren wir etwa ein Dutzend, gaben uns selbst und unserer Dummheit die Schuld, als wir an jenem Ort eintrafen, den ein sehr adrett gekleideter älterer Gentleman sofort als den »Kern des Nichts« bezeichnete. Eben dieser Gentleman, der vor wenigen Tagen verschiedenen Personen mitgeteilt hatte, daß er beabsichtige, künftig keine Gedichte mehr zu schreiben, weil seine innovative Praxis der »Hermetischen Lyrik« seiner Ansicht nach nicht genügend geschätzt werde, meinte anschließend, daß ein Ort wie der, an dem wir uns jetzt befanden, genau das war, was wir hätten erwarten müssen und wahrscheinlich auch, was wir Idioten und Versager verdienten. Wir hätten keinen Grund mehr zu erwarten, erklärte er, als am Ende in der toten Stadt Crampton anzukommen, in einer »Nirgendwo«-Region des Landes, genauer gesagt der ganzen Welt, während einer ganz besonders langweiligen Saison des Jahres, die zwischen einem grandiosen Herbst und einem Winter eingezwängt war, der strahlende Schönheit versprach. Wir seien, praktisch gesehen, so sagte er, in einer Region des Landes, ja der ganzen Welt, gestrandet, wo alle Manifestationen jener düsteren Jahreszeit, oder besser des *Fehlens* von Manifestationen, in der uns umgebenden Landschaft so offensichtlich seien, wo alles absolut bis auf die Knochen abgemagert sei und wo die bedrückende Leere der Formen in ihrem ungeschmückten Zustand auf so brutale Weise evident sei. Als ich darauf hinwies, daß Grossvogels Prospekt für diesen Ausflug, den er für eine »physisch-metaphysische Exkursion« hielt, unser Ziel nicht gerade falsch wiedergebe, trug mir das von einigen der anderen am Tisch nur böse Blicke ein, ebenso wie von den nahegelegenen Tischen des kleinen, fast winzigen Imbißlokals, in dem sich unsere ganze Gruppe jetzt drängte, um es bis an den Rand seiner Kapazität mit der Präsenz exotischer Fremder zu füllen, die, wenn sie einmal ein paar Augenblicke aufhörten, miteinander zu streiten, einfach mit einem geradezu tödlichen Schweigen zum Fenster hinaus auf die leeren Straßen und die halb zerfallenen Gebäude der toten Stadt Crampton starrten. Darüber hinaus wurde über die Stadt als einen »langweiliger Abgrund« gelästert, wobei diese Formulierung von einem bis zum Skelett abgemagerten Individuum stammte, der sich stets als »ausgestoßener Akademiker« vorstellte. Gewöhnlich löste diese Bezeichnung Fragen hinsichtlich ihrer Bedeutung aus, worauf er sich wortreich und umständlich darüber äußerte, wie seine Unfähigkeit, sein Denken an die Maßstäbe des, wie er das formulierte, »intellektuellen Marktplatzes« anzupassen, im Verein mit seinem Unvermögen, seine unkonventionellen Studien und Methoden verborgen zu halten, dazu geführt habe, daß er seit langer Zeit nicht mehr imstande sei, sich eine Position in einer angesehenen akademischen Institution oder auch jeglicher sonstigen Art von Institution oder Geschäft zu sichern. Auf diese Weise war nach seiner Vorstellung dieses Versagen mehr oder weniger das, womit er sich besonders hervortue, und in diesem Sinne war er typisch für diejenigen von uns, die an den wenigen Tischen und auf Hockern entlang der Theke jenes kleinen Schnellimbisses saßen und sich darüber beklagten, daß Grossvogel uns entschieden zuviel Geld abverlangt und in gewissem Maße auch in seinem Prospekt den ganzen Wert und Zweck des Ausfluges in die tote Stadt Crampton falsch dargestellt habe.

Ich zog mein Exemplar von Grossvogels Prospekt aus der Hüfttasche, faltete die wenigen Seiten auseinander und legte sie vor die drei anderen Leute, die am selben Tisch wie ich saßen. Dann holte ich meine zerbrechliche Lesebrille aus der Tasche der alten Strickjacke, die ich unter meinem sogar noch älteren Jackett trug, um diese Seiten noch einmal gründlich zu lesen und mich in dem Argwohn zu bestärken, den ich hinsichtlich ihrer Bedeutung von Anfang an empfunden hatte.

»Wenn Sie das Kleingedruckte suchen …« Das sagte der Mann, der zu meiner Linken saß, ein »fotografischer Portraitist«, der häufig in einen Hustenanfall ausbrach, wenn er zu reden begann, so wie er das auch jetzt tat.

»Mein Freund wollte, glaube ich, sagen«, meinte der Mann, der zu meiner Rechten saß, »daß wir Opfer eines geschickten und komplizierten Schwindels geworden sind. Ich sage das für ihn, weil ich weiß, daß sein Verstand in dieser Richtung funktioniert, habe ich recht?«

»Ein *metaphysischer Schwindel*«, bestätigte der Mann zu meiner Linken, der für den Augenblick zu husten aufgehört hatte.

»Ja, in der Tat ein metaphysischer Schwindel«, wiederholte der andere Mann mit leichtem Spott. »Ich hätte nie gedacht, daß ich in Anbetracht meiner Erfahrung und meines speziellen Wissensgebietes auf so etwas hereinfallen würde. Aber das hier war natürlich eine äußerst subtile und vertrackt angelegte Operation.«

Ich wußte zwar, daß der Mann zu meiner Rechten der Verfasser einer bis jetzt unveröffentlichten philosophischen Abhandlung mit dem Titel *Eine Untersuchung hinsichtlich der Verschwörung gegen die menschliche Rasse* war, hatte aber keine Ahnung, was er speziell meinte, als er seine »Erfahrung und sein spezielles Wissensgebiet« erwähnte. Ehe ich mich diesbezüglich erkundigen konnte, wurde ich ziemlich unsanft von der Frau unterbrochen, die mir gegenüber am Tisch saß.

»Mr. Reiner Grossvogel ist ein Betrüger, ganz einfach«, sagte sie so laut, daß jeder in der kleinen Imbißstube es hören konnte. »Mir war sein betrügerischer Charakter, wie Sie wissen, schon seit einiger Zeit bekannt. Schon vor seiner sogenannten ›Metamorphischen Erfahrung‹, oder wie auch immer er es nennt ...«

»Metamorphische Wiederherstellung«, korrigierte ich sie.

»Na schön, dann eben seiner metamorphischen Wiederherstellung, was auch immer das bedeuten soll. Schon vorher konnte ich erkennen, daß er jemand mit allen Anzeichen eines Betrügers ist. Es bedurfte nur des richtigen Zusammenwirkens von Umständen, um diesen Wesenszug in ihm ans Tageslicht zu bringen. Und dann kam seine angeblich fast tödliche Krankheit, von der er behauptet, daß sie zu dieser, ich kann es kaum aussprechen, *metamorphischen Wiederherstellung* geführt hat. Im Anschluß daran war er imstande, all seine ungenutzten Talente dafür zu nutzen, der Betrüger zu sein, zu dem er immer bestimmt war und der er auch immer sein wollte. Ich habe an dieser farcehaften Exkursion, oder was auch immer es sonst sein mag, nur deshalb teilgenommen, um die Befriedigung zu genießen, am Ende zu sehen, wie alle das herausfinden, was ich über Reiner Grossvogel schon immer gewußt und behauptet habe. Sie alle sind meine Zeugen«, schloß sie, und ihre von tiefen Runzeln und dickem Make-up umgebenen Augen suchten in unseren Gesichtern und auch den der anderen Gästen der Imbißstube die Bestätigung, die sie sich wünschte.

Ich kannte diese Frau nur unter dem Namen, unter dem sie ihr Geschäft betrieb. Bis vor kurzem hatte Mrs. Angela ein Etablissement betrieben, das in unserem Kreis als »parapsychisches Caféhaus« bezeichnet wurde. Zu den Waren und Dienstleistungen, die dieses Etablissement anbot, gehörte eine Auswahl exzellenten Gebäcks, das von Mrs. Angela selbst hergestellt wurde, was sie wenigstens behauptete. Unglücklicherweise schien ihr Etablissement weder infolge der hellseherischen Beratung seitens einiger in den Diensten von Mrs. Angela stehender Personen noch infolge des exzellenten Gebäcks und des ein wenig überteuerten Kaffees zu florieren. Mrs. Angela war diejenige, die sich als erste über die Qualität des Services und der bescheidenen Kost beklagte, die uns in der Imbißstube in Crampton geboten wurden. Nicht lange nachdem wir an jenem Nachmittag eingetroffen waren und uns in das anscheinend einzige geöffnete Lokal der Stadt gedrängt hatten, rief Mrs. Angela nach der jungen Frau, deren einsame Aufgabe darin bestand, sich um das leibliche Wohl unserer Gruppe zu kümmern. »Dieser Kaffee hier ist unglaublich bitter«, schrie sie das Mädchen an, das eine, allem Anschein nach, nagelneue weiße Uniform trug. »Und diese Donuts sind abgestanden, alle sind sie das. Was ist denn das für ein Lokal? Ich glaube, die ganze Stadt hier und alles ist ein reiner Betrug.«

Als das Mädchen an unseren Tisch kam und vor uns stehenblieb, stellte ich fest, daß ihre Uniform eher wie eine Schwesternuniform aussah und nicht so sehr wie die Art von Uniformen, wie sie Bedienungen in einem Schnellimbiß tragen. Ganz speziell erinnerte sie mich an die Uniformen, die ich bei den Schwestern in dem Krankenhaus gesehen hatte, wo Grossvogel in Behandlung gewesen war und wo er schließlich von einer Krankheit genesen war, die damals allen als sehr schwerwiegend erschienen war. Während Mrs. Angela der Bedienung Vorhaltungen über die Qualität des Kaffees und der Donuts machte, die man uns serviert hatte und die Teil des Reisearrangements waren, das in Grossvogels Prospekt als »ultimative physisch-metaphysische Exkursion« beschrieben wurde, bemühte ich mich, meine Erinnerung an Grossvogel in jenem öden und auffälligen altmodischen Krankenhaus aufzufrischen, wo er etwa zwei Jahre vor unserem Ausflug in die tote Stadt Crampton, wenn auch nur kurze Zeit, behandelt worden war. Er war über die Notaufnahme in die armselige Anstalt eingewiesen worden, einer Notaufnahme, die schlicht und einfach der Hintereingang zu etwas war, was man genaugenommen gar nicht so sehr als Krankenhaus, sondern eher als eine improvisierte Klinik bezeichnen konnte, die in einem zerfallenen alten Gebäude in demselben Viertel stand, wo Grossvogel und die meisten, die ihn kannten, in Anbetracht unserer beschränkten finanziellen Mittel zu leben gezwungen waren. Ich selbst war derjenige, der ihn in einem Taxi in diese Notaufnahme gebracht und der Frau am Empfangspult die zweckdienlichen Daten seiner Ausweispapiere vermittelt hatte, da er selbst nicht imstande war, das zu tun. Später erklärte ich einer Schwester – die ich in Anbetracht der Tatsache, daß ihre medizinische Kenntnis erhebliche Lücken aufwies, lediglich als Helferin in Schwesternuniform betrachtete –, daß Grossvogel während einer bescheidenen Ausstellung seiner Werke in einer örtlichen Kunstgalerie zusammengebrochen sei. Dies sei sein erstes Erlebnis dieser Art, erklärte ich der Schwester, sowohl als öffentlich ausgestellter Künstler, als auch als Opfer eines plötzlichen Zusammenbruchs. Was ich nicht erwähnte, war, daß man die Kunstgalerie, auf die ich mich bezog, wohl angemessener als ein leeres Ladenlokal hätte bezeichnen müssen, das hier und da gereinigt worden war und für Ausstellungen verschiedener künstlerischer Ausdrucksformen benutzt wurde. Grossvogel habe sich den ganzen Abend über Magenschmerzen beklagt, teilte ich der Schwester mit, und wiederholte das dann gegenüber dem Bereitschaftsarzt, der mir ebenfalls eher wie eine Art Wärter vorkam und nicht wie ein regelrechter Doktor der Medizin. Der Anlaß dafür, daß diese Magenschmerzen sich im Laufe des Abends steigerten, mutmaßte ich gegenüber der Schwester und dem Arzt, sei vermutlich auf Grossvogels wachsende Erregung darüber zurückzuführen, daß seine Werke zum ersten Mal ausgestellt wurden, da er stets bezüglich seiner künstlerischen Talente von großer Unsicherheit geplagt gewesen sei, nach meiner Ansicht übrigens völlig zu Recht. Andererseits könne sein Zustand natürlich auch organische Gründe haben, räumte ich in dem Gespräch mit der Schwester und später auch mit dem Arzt ein. Jedenfalls brach Grossvogel schließlich auf dem Boden der Kunstgalerie zusammen und war seit jener Zeit außerstande, mehr als jämmerliche und offengestanden auch unangenehme, stöhnende Laute von sich zu geben.

Nachdem der Arzt sich meine Darstellung von Grossvogels Zusammenbruch angehört hatte, wies er den Künstler an, sich auf eine Tragbahre zu legen, die am Ende eines schlecht beleuchteten Korridors stand. Der Arzt und die Schwester entfernten sich in die andere Richtung. Ich blieb die ganze Zeit, während der Grossvogel im Halbdunkel jener improvisierten Klinik auf dieser Tragbahre lag, bei ihm. Unterdessen war es spätnachts geworden, und Grossvogels Stöhnen hatte ein wenig nachgelassen, nur um anderen Lauten zu weichen, die ich damals für Fieberphantasien hielt. Im Laufe dieses rhetorischen Deliriums erwähnte der Künstler mehrere Male etwas, was er als »durchdringenden Schatten« bezeichnete. Ich sagte ihm, das sei lediglich die schlechte Beleuchtung im Flur, aber meine diesbezüglichen Worte klangen für mich selbst ein bißchen deliriös, was auf die durch die Ereignisse des Abends hervorgerufene Müdigkeit zurückzuführen war, sowohl in der Kunstgalerie und dann später in der Notaufnahme jenes armseligen Krankenhauses. Aber Grossvogel – in seinem Delirium nahm ich an – sah sich nur im Flur um, als könnte er mich gar nicht sehen oder meine Worte hören. Und dann hielt er sich beide Hände über die Ohren, wie um damit ein schmerzendes und betäubendes Geräusch abzuhalten. Später stand ich bloß da und hörte zu, wie Grossvogel in größeren Abständen etwas murmelte, reagierte aber nicht mehr auf seine deliriösen und in zunehmendem Maße komplizierter werdenden Äußerungen über den »alles durchdringenden Schatten, der die Dinge dazu veranlaßt, das zu sein, was sie nicht sein wollen« (und später: »die allbewegende Dunkelheit, die die Dinge tun läßt, was sie nicht tun wollen«).

Nachdem ich Grossvogel etwa eine Stunde lang zugehört hatte, stellte ich fest, daß der Arzt und die Schwester jetzt dicht nebeneinander am anderen Ende des dunklen Korridors standen. Sie schienen schon eine Ewigkeit miteinander zu konferieren und sahen dann immer wieder herüber, wo ich neben dem auf seiner Bahre liegenden, vor sich hin murmelnden Grossvogel stand. Ich fragte mich, wie lange wohl dieses alberne ärztliche Theater noch andauern sollte, während der Künstler dalag und stöhnte und jetzt immer häufiger etwas von Schatten und Dunkelheit murmelte. Vielleicht war ich einen Augenblick lang im Stehen eingeschlafen, denn ich hatte den Eindruck, als wäre die Schwester plötzlich aus dem Nichts neben mir aufgetaucht. Der Arzt war nirgends mehr zu sehen. Die weiße Uniform der Schwester schien jetzt im düsteren Zwielicht des Flurs geradezu zu leuchten. »Sie können jetzt nach Hause gehen«, sagte sie zu mir. »Ihr Freund wird in das Krankenhaus aufgenommen werden.« Dann schob sie Grossvogel auf der Bahre zu einer Lifttür am Ende des Korridors. Als sie die Tür erreicht hatte, öffnete sich diese schnell und lautlos und verströmte strahlend helles Licht in den düsteren Flur. Als die Türen ganz geöffnet waren, konnte ich den Arzt in der Liftkabine stehen sehen. Er zog die Bahre mit Grossvogel in die strahlend hell erleuchtete Kabine, während die Schwester von hinten nachschob. Sobald sich beide in der Kabine befanden, schlossen sich die Lifttüren schnell und lautlos, und der Korridor, in dem ich immer noch stand, schien jetzt noch dunkler und schattenhafter, als er das zuvor schon gewesen war.

Am darauffolgenden Tag besuchte ich Grossvogel im Krankenhaus. Man hatte ihn in einem kleinen Einzelzimmer in der hintersten Ecke des obersten Stockwerks des Gebäudes untergebracht. Als ich auf sein Zimmer zuging und dabei nach der

Nummer suchte, die man mir am Informationsschalter im Erdgeschoß gegeben hatte, gewann ich den Eindruck, daß keines der anderen Zimmer in jenem Stockwerk belegt war. Erst als ich die Nummer fand, die ich suchte, sah ich tatsächlich das erste belegte Bett, und das um so auffälliger, da Grossvogel ja ein ziemlich voluminöses Individuum war, das gut und gern die ganze Länge und Breite der alten durchgesackten Matratze ausfüllte. Er wirkte auf jener unterdimensionierten Krankenhausmatratze in jenem kleinen, fensterlosen Zimmer einigermaßen riesenhaft. Es war kaum genug Platz für mich, um mich zwischen die Wand und die Kante des Bettes zu zwängen, wo der Künstler sich allem Anschein nach noch in demselben deliriösen Zustand wie in der voraufgegangenen Nacht befand. Er ließ durch nichts erkennen, daß er meine Anwesenheit zur Kenntnis genommen hatte, obwohl wir so dicht aneinander waren, daß ich praktisch über ihm lag. Selbst nachdem ich einige Male seinen Namen ausgesprochen hatte, ließ sein träniger Blick durch nichts erkennen, daß er meine Anwesenheit irgend bemerkt hatte. Als ich dann freilich anfing, ein Stück von seinem Bett wegzurutschen, verblüffte es mich um so mehr, daß Grossvogel meinen Arm fest mit seiner riesigen linken Hand packte, der Hand, die er zum Malen und Zeichnen der Werke benutzte, die er am Abend zuvor in dem zur Kunstgalerie umfunktionierten Ladenlokal ausgestellt hatte. »Grossvogel«, sagte ich erwartungsvoll, in der Meinung, daß er endlich reagieren würde, und wäre es nur, um von dem alles durchdringenden Schatten zu sprechen (der die Dinge veranlaßt, das zu sein, was sie nicht sein wollen) und der allbewegenden Dunkelheit (welche die Dinge veranlaßt, das zu tun, was sie nicht tun wollen). Aber ein paar Sekunden später erschlaffte seine Hand wieder und fiel von meinem Arm auf den Rand der armseligen Krankenhausmatratze, auf der sein Körper reglos und reaktionslos dalag.

Nach einer kurzen Weile verließ ich Grossvogels Einzelzimmer und ging zu der Schwesternstation im selben Stockwerk des Krankenhauses hinüber, um mich nach dem Zustand des Künstlers zu erkundigen. Die einzige dort anzutreffende Schwester hörte sich mein Begehren an und konsultierte dann einen Aktendeckel, der mit Schreibmaschine in der oberen Ecke mit dem Namen »Reiner Grossvogel« beschriftet war. Nachdem sie mich darauf etwas länger studiert hatte als die den Künstler und jetzt Krankenhauspatienten betreffenden Seiten, meinte sie schlicht: »Ihr Freund befindet sich unter sehr sorgfältiger Beobachtung.«

»Ist das alles, was Sie mir sagen können?« fragte ich.

»Die Untersuchungsergebnisse sind noch nicht hier eingetroffen. Sie können sich ja später noch einmal danach erkundigen.«

»Heute später?«

»Ja, heute später«, sagte sie, packte Grossvogels Akte zusammen und machte sich damit in das Hinterzimmer auf. Ich hörte das quietschende Geräusch einer Aktenschrankschublade, die erst aufgezogen und dann mit Schwung wieder zugeknallt wurde. Ohne zu wissen, warum ich das tat, stand ich eine Weile da und wartete, daß die Schwester wieder aus dem Raum kam, in den sie Grossvogels Ordner gebracht hatte. Schließlich gab ich es auf und kehrte nach Hause zurück.

Als ich im späteren Verlauf des Tages beim Krankenhaus anrief, sagte man mir, daß Grossvogel entlassen worden sei. »Nach Hause?« sagte ich, weil mir in dem Augenblick nichts anderes einfiel. »Wir haben keine Ahnung, wohin er gegangen ist«, erwiderte die Frau am anderen Ende und legte dann sofort auf. Auch sonst wußte niemand, wohin Grossvogel gegangen war, denn er war nicht zu Hause, und niemand in unserem Kreise wußte, wo er sich aufhielt.

Seit Grossvogels Entlassung aus dem Krankenhaus und seinem anschließenden Verschwinden waren einige Wochen, vielleicht sogar mehr als ein Monat verstrichen, als einige von uns sich rein zufällig vor der Kunstgalerie, also dem umfunktionierten Ladenlokal, versammelt hatten, wo der Künstler am Eröffnungsabend seiner ersten Ausstellung zusammengebrochen war. Zu der Zeit hatte selbst ich aufgehört, mir irgendwelche Sorgen um Grossvogel zu machen oder die Tatsache, daß er ohne jede vorangegangene Warnung einfach verschwunden war. Er war ganz sicherlich nicht der erste in unserem Kreise, der so etwas getan hatte, alles mehr oder weniger instabile, manchmal sogar gefährlich sprunghafte Menschen, die sich um irgendwelcher künstlerischer oder intellektueller Visionen willen auf fragwürdige Tätigkeiten einließen, manchmal auch nur aus reiner Verzweiflung. Ich glaube, der einzige Grund, daß überhaupt jemand von uns Grossvogels Namen erwähnte, als wir an jenem Nachmittag in der Galerie herumschlenderten, war auf die Tatsache zurückzuführen, daß seine Werke immer noch ausgestellt waren und wir uns, wohin auch immer wir uns wandten, irgendwelchen Gemälden oder Zeichnungen oder sonst etwas von ihm gegenübersahen, Werken, von denen ich in einem für die Ausstellung geschriebenen Prospekt selbst geschrieben hatte, daß sie »Manifestationen eines einmalig begabten künstlerischen Visionärs« seien, wo sie doch in Wirklichkeit ausnahmslos alltägliche Beispiele jenes künstlerischen Unsinns waren, der aus Gründen, die allen Betroffenen unbekannt waren, gelegentlich seinem Schöpfer ein gewisses Maß an Erfolg oder sogar einen hohen Grad von Prominenz eintrug. »Was soll ich denn mit all diesem Schrott machen?« beklagte sich die Frau, der das als Galerie ausgestattete Ladenlokal gehörte oder die es vielleicht auch nur gemietet hatte. Ich war gerade im Begriff, sie damit zu beschwichtigen, daß ich dafür sorgen würde, Grossvogels Werke aus der Galerie zu entfernen und sie vielleicht sogar irgendwo eine Weile zu lagern, als sich eine skeletthaft abgemagerte Gestalt, die sich stets als »ausgestoßener Akademiker« vorstellte, einschaltete und der erregten Besitzerin, oder vielleicht Betreiberin, der Kunstgalerie den Vorschlag machte, sie in das Krankenhaus zu schicken, wo Grossvogel nach seinem Kollaps »angeblich behandelt worden ist«. Als ich fragte, weshalb er das Wort »angeblich« benutzt habe, erwiderte er: »Ich habe dieses Haus schon lange für eine zweifelhafte Institution gehalten und bin keineswegs der einzige, der dieser Ansicht ist.« Ich fragte dann, ob es für diese Ansicht eine glaubwürdige Basis gebe, aber er verschränkte nur seine skeletartigen Arme vor der Brust und sah mich an, als ob ich ihn irgendwie beleidigt hätte. »Mrs. Angela«, sprach er eine Frau an, die in der Nähe stand und eines von Grossvogels Gemälden bewunderte, als ob sie es ernsthaft für den Kauf in Erwägung zöge. Zu der Zeit hatte sich Mrs. Angelas Etablissement noch nicht als gescheitertes Projekt erwiesen, und sie dachte wahrscheinlich, Grossvogels Werke könnten, wenn auch vom künstlerischen Standpunkt aus betrachtet minderwertig, in irgendeiner Weise eine gute Ergänzung für das Ambiente ihres Lokals darstellen, wo die Gäste an Tischen sitzen und sich, während sie sich an ihrem exzellenten Gebäck labten, von medial veranlagten Beratern und Beraterinnen betreuen ließen.

»Sie sollten auf das hören, was er über das Krankenhaus sagt«, meinte Mrs. Angela zu mir gewandt, ohne dabei die Augen von jenem Gemälde Grossvogels abzuwenden. »Ich habe, was dieses Haus betrifft, schon eine ganze Weile ein eigenartiges Gefühl. Irgend etwas an ihm ist höchst zweifelig.«

»*Zweifelhaft*«, korrigierte sie der ausgestoßene Akademiker.

»Ja«, sagte Mrs. Angela. »Jedenfalls möchte ich ganz sicherlich nicht eines Tages dort aufwachen.«

»Ich habe ein Gedicht darüber geschrieben«, sagte der adrett gekleidete Herr, der die ganze Zeit in der Galerie auf und ab gegangen war, ohne Zweifel auf den geeignetsten Augenblick wartend, um die Frau anzusprechen, der der Laden gehörte, oder die ihn gemietet hatte, um sie dazu zu überreden, einen »Abend hermetischer Lesung«, wie er das beständig anpries, zu sponsern, in dem natürlich seine eigenen Werke besonders gut plaziert werden würden. »Ich habe Ihnen dieses Gedicht einmal vorgelesen«, sagte er zu der Galeristin.

»Ja, Sie haben es mir vorgelesen«, bestätigte sie tonlos.

»Ich habe es geschrieben, nachdem ich einmal sehr spät nachts in der Notaufnahme jenes Hauses behandelt worden bin«, erklärte der Poet.

»Weshalb hat man Sie denn dort behandelt?« fragte ich ihn.

»Oh, nichts Ernstes, wie sich herausstellte. Ich bin ein paar Stunden später wieder nach Hause gegangen. Zu meiner Freude hat man mich nie richtig als Patient aufgenommen. Jener Ort, und damit zitiere ich aus meinem Gedicht zu dem Thema, war der ›Kern des Abgründigen‹.«

»Das klingt sehr gut«, sagte ich. »Aber könnten wir vielleicht in etwas konkreteren Begriffen darüber sprechen?«

Ehe ich jedoch dem selbsternannten Verfasser hermetischer Lyrik eine Antwort entlocken konnte, wurde die Tür der Kunstgalerie plötzlich mit einer auffälligen Heftigkeit aufgestoßen, deren Ursache wir alle sofort erkannten. Gleich darauf stand die voluminöse Gestalt Reiner Grossvogels vor uns. In physischer Hinsicht schien er zum großen Teil derselbe Mensch zu sein, an den ich mich vor seinem Zusammenbruch auf dem Boden der Kunstgalerie, nur wenige Schritte von der Stelle entfernt, wo ich jetzt gerade stand, erinnerte – also ohne irgendwelche Züge jener stöhnenden, deliriösen Kreatur, die ich in einem Taxi zur Notbehandlung in das Krankenhaus gebracht hatte. Nichtsdestoweniger schien etwas an ihm anders zu sein, eine subtile, aber grundlegende Veränderung in der Art und Weise, wie er das ansah, was vor ihm lag: Während der Blick des Künstlers einmal charakteristisch gesenkt oder nervös abgewandt war, schienen seine Augen jetzt deutlich fokussiert und von ruhiger Zielstrebigkeit zu sein.

»Ich nehme das alles hier weg«, sagte er mit einer weit ausholenden, aber durchaus sanften Handbewegung, die seine sämtlichen Kunstwerke umfaßte, die die Galerie füllten und von denen weder am Eröffnungsabend der Ausstellung noch während der anschließenden Periode seines Verschwindens auch nur eines verkauft worden war. »Ich wäre für Ihre Hilfe dankbar, wenn Sie sich dazu bereit erklärten«, fügte er hinzu, während er schon Anstalten machte, Gemälde von den Wänden zu nehmen.

Wir anderen schlossen uns seinem Bemühen ohne Frage oder Kommentar an, und wir folgten ihm, mit großen und kleinen Kunstwerken beladen, aus der Galerie hinaus zu einem zerbeulten, offenen Kleinlaster, der am Randstein parkte. Grossvogel warf seine Werke nicht sonderlich vorsichtig auf die Ladefläche des gemieteten, oder vielleicht auch ausgeborgten, Transporters (da nicht bekannt war, daß der Künstler vor jenem Tag ein Fahrzeug irgendeiner Art besessen hatte), und zeigte dabei keinerlei Sorge um etwaige Schäden, die die besten Beispiele seiner bisherigen künstlerischen Produktion, für die er sie bisher jedenfalls gehalten hatte, dabei etwa erleiden könnten. An Mrs. Angela, die vielleicht immer noch überlegte, wie sich eines oder mehrere dieser Werke wohl in ihrem Geschäftslokal machten, war ein kurzzeitiges Zögern zu erkennen, aber schließlich fing auch sie an, Grossvogels Werke aus der Galerie zu tragen und sie auf die Ladefläche des Transporters zu werfen, wo sie sich wie Unrat auftürmten, bis schließlich Wände und Boden der Galerie völlig geleert waren und der Raum wie jeder andere leere Laden aussah. Dann stieg Grossvogel in den Wagen, während wir anderen in verwunderter Stille vor der ausgeräumten Kunstgalerie standen. Er steckte den Kopf aus dem offenen Fenster des gemieteten oder ausgeliehenen Transporters und rief nach der Frau, die die Galerie führte. Sie trat neben die Fahrerseite und wechselte ein paar Worte mit dem Künstler, ehe dieser den Motor des Fahrzeugs anließ und wegfuhr. Dann kehrte sie zu uns, die wir am Bürgersteig stehengeblieben waren, zurück und teilte uns mit, daß es in den nächsten paar Wochen eine weitere Ausstellung von Grossvogels Werken in der Galerie geben werde.

Folgendes war dann also die Botschaft, die in dem Personenkreis, mit dem ich verkehrte, die Runde machte: Daß Grossvogel, nachdem er infolge einer nicht näher bezeichneten Krankheit oder eines Anfalls bei jener ersten hochgradig erfolglosen Ausstellung seiner Werke physisch einen Kollaps erlitten hatte, jetzt eine zweite Ausstellung präsentieren würde, nachdem er die Kunstgalerie summarisch von jenen der Öffentlichkeit bereits dargebotenen, ziemlich wertlosen Gemälden, Zeichnungen und sonstigen Dingen von seiner Hand gesäubert und sie auf der Ladefläche eines offenen Kleinlasters weggeschafft hatte. Grossvogels neue Ausstellung wurde auf sehr professionelle Art und Weise von der Frau beworben, welche die Kunstgalerie führte und die finanzielle Vorteile aus dem Verkauf der Kunstwerke ziehen würde, die sie, um die Sprache des für dieses Ereignis vorbereiteten Werbematerials zu benutzen, etwas schwerfällig als »radikale und revisionäre Phase in der Karriere des gefeierten künstlerischen Visionärs Reiner Grossvogel« darstellte. Nichtsdestoweniger verkam die ganze Sache infolge von Umständen, die mit vorangegangenen und künftigen Ausstellungen des Künstlers zu tun hatten, fast unverzüglich zu einem Nebel von deliriösem und manchmal schauerlichem Klatsch und ebensolcher Spekulationen. Diese Entwicklung stand völlig im Einklang mit dem Wesen derjenigen, die jenen Kreis dubioser Künstler und Intellektueller bildeten, dessen Zentralfigur ich, ohne damit gerechnet zu haben, geworden war. Schließlich war ich derjenige, der Grossvogel nach seinem Kollaps bei der ersten Ausstellung seiner Werke in das Krankenhaus gebracht hatte, und dieses Krankenhaus – das, wie ich erfahren sollte, bereits einen seltsamen Ruf genoß – war es, das so auffällig aus dem deliriösen Nebel von Klatsch und Spekulationen herausragte, der Grossvogels bevorstehende Ausstellung umgab. Es ging sogar die Rede von besonderen Prozeduren und Medikamenten, denen der Künstler während seines kurzen Aufenthalts in dieser Institution ausgesetzt worden war und welche für sein nicht zu erklärendes Verschwinden ebenso verantwortlich waren wie für sein späteres Wiederauftauchen; das Wiederauftauchen, wonach er das Ziel verfolgte, etwas darzubieten, von dem sich viele eine verblüffende »künstlerische Vision« erwarteten. Ohne Zweifel war es diese Erwartung, diese verzweifelte Hoffnung auf etwas verblüffend Neues und Überwältigendes – das weit über den Bereich des rein Ästhetischen hinausging –, das unseren Kreis dazu veranlaßte, das unorthodoxe Gewese um Grossvogels neue Ausstellung zu akzeptieren, und das auch die emotionelle Enttäuschung erklärte, die sich bei vielen von uns einstellte, die an jenem Eröffnungsabend dann teilnahmen.

Tatsächlich glich das, was sich an jenem Abend in der Galerie ereignete, in keiner Weise solchartigen Ausstellungen, die wir zu besuchen gewöhnt waren: Boden und Wände der Galerie blieben so kahl und leer wie an dem Tag, an dem Grossvogel all seine Werke mit einem Transporter aus seiner ersten

Ausstellung entfernt hatte, während die neue, wie wir nach der Ankunft bald herausfanden, in dem kleinen Hinterzimmer des Ladenlokals stattfinden sollte. Außerdem mußten wir einen ziemlich hohen Eintrittspreis bezahlen, um Zutritt zu diesem kleinen Hinterzimmer zu bekommen, das nur von ein paar ungewöhnlich schwachen Glühbirnen erhellt wurde, die an ein paar Stellen von der Decke baumelten. Eine der Glühbirnen hing in einer Ecke des Raums, unmittelbar über einem kleinen Tisch, über den ein abgerissenes Stück eines Bettlakens drapiert war, um etwas zu verbergen, das sich darunter wölbte. Von dieser Ecke des Raums mit seiner schwachen Glühbirne und dem kleinen Tisch strahlten ein paar lose angeordnete Reihen von Klappstühlen aus. Auf diesen unbequemen Stühlen ließen sich schließlich diejenigen von uns nieder, insgesamt vielleicht ein Dutzend, die bereit waren, den hohen Eintrittspreis für eine Veranstaltung zu bezahlen, die eher im Stil einer primitiven Bühnenschau gehalten war, als einer Kunstausstellung zu ähneln. Ich konnte hören, wie Mrs. Angela, die auf einem der Stühle hinter mir Platz genommen hatte, immer wieder zu ihrer Umgebung sagte: »Was zum Teufel soll das?« Schließlich beugte sie sich vor und sagte zu mir: »Was hat sich Grossvogel eigentlich dabei gedacht? Ich habe gehört, daß er, seit er aus dem Krankenhaus entlassen wurde, bis über beide Ohren mit Medikamenten vollgepumpt worden ist.« Aber der Künstler schien recht aufgeräumt zu sein, als er sich ein paar Augenblicke später seinen Weg durch die lose angeordneten Klappstühle bahnte, um sich neben das Tischchen mit dem zerfetzten Bettlaken zu stellen, über dem die schwache Glühbirne baumelte. In dem engen Hinterzimmer der Kunstgalerie wirkte der massiv gebaute Grossvogel beinahe gigantisch, ebenso wie er auf mich gewirkt hatte, als ich ihn auf jener Matratze in seinem Einzelzimmer im Krankenhaus hatte liegen sehen. Selbst seine Stimme, die ungewöhnlich leise klang, fast flüsterte, schien irgendwie verstärkt, als er anhob, sein Wort an uns zu richten.

»Ich danke Ihnen allen, daß Sie heute abend hierhergekommen sind«, begann er. »Meine Einführung sollte nicht sonderlich lang dauern. Ich habe Ihnen nur einige wenige Dinge zu sagen, und dann ist da noch etwas, was ich Ihnen gern zeigen möchte. Es kommt wirklich beinahe einem Wunder gleich, daß ich hier stehen und so zu Ihnen sprechen kann. Vor nicht allzu langer Zeit habe ich, wie einige von Ihnen sich vielleicht erinnern, in eben dieser Kunstgalerie einen schrecklichen Anfall erlitten. Ich hoffe, es macht Ihnen nichts aus, wenn ich Ihnen ein paar Dinge über das Wesen dieses Anfalls und seine Konsequenzen erzähle, Dinge, die, wie ich meine, wesentlich sind, um dasjeinige richtig beurteilen zu können, was ich Ihnen heute abend zu zeigen habe.

Lassen Sie mich damit beginnen, daß der Anfall, den ich am Eröffnungsabend einer Ausstellung meiner Werke in dieser Galerie erlitten habe, auf *einer Ebene* nicht viel mehr als eine Art Magenkrampf war, wenn auch ein Magenkrampf besonders heftiger Art. Diese Art von Magenkrämpfen, diese gastrointestinale Störung, hatte mir schon seit geraumer Zeit zu schaffen gemacht. Über den Zeitraum vieler Jahre hinweg hatte sich diese Störung zunehmend und heimtückisch auf einer Ebene in den Tiefen meines Körpers entwickelt und zugleich auf einer völlig *anderen Ebene,* im dunkelsten Aspekt meines Wesens. Diese Periode fiel mit meinen intensiven Bestrebungen im künstlerischen Bereich zusammen – will sagen, meinem Bestreben, etwas zu *tun,* also Kunstwerke zu schaffen, und meinem Bestreben, etwas zu *sein,* also ein Künstler – und war zugleich auch eine direkte Konsequenz davon. In dieser Periode, von der ich spreche, war ich bemüht – und was das angeht, auch während des größten Teils meines Lebens –, *etwas mit meinem Bewußtsein zu machen,* genauer gesagt, bemüht, auf die einzige mir nach meiner Ansicht zur Verfügung stehenden Art und Weise Kunstwerke zu schaffen, nämlich durch Einsatz meines Bewußtseins, oder meiner Phantasie, oder meiner *kreativen Fähigkeit,* kurz gesagt, einer Kraft oder Funktion dessen, was manche Leute als Seele oder Geist oder schlicht als persönliches Ich bezeichnen würden. Als ich mich auf dem Boden dieser Kunstgalerie zusammengebrochen fand und später dann im Krankenhaus und dabei schreckliche Schmerzen in der Bauchregion verspürte, wurde ich von der Erkenntnis überwältigt, daß ich über kein Bewußtsein und keine Phantasie verfügte, die ich einsetzen konnte, daß da nichts war, was ich eine Seele oder ein Selbst hätte nennen können – jene Dinge waren alles Unsinn und Träume. Mir wurde in meiner gastrointestinalen Pein bewußt, das das einzige, was überhaupt irgendeine Art von Existenz besaß, dieser mein überdurchschnittlich großer, physischer Körper war. Und mir wurde bewußt, daß es für diesen Körper nichts anders zu *tun* gab, als im physischen Schmerz zu funktionieren, und daß es nichts für ihn zu *sein* gab, außer das, was er war – nicht ein Künstler oder ein irgendwie gearteter Schöpfer, sondern lediglich eine Masse von Fleisch, ein System aus Gewebe und Knochen und dergleichen, welches die Agonie einer Störung im Verdauungssystem erlitt –, und daß alles was ich tat, ohne dem unmittelbar Rechnung zu tragen, insbesondere beim Verfertigen von Kunstwerken, nur durch und durch und in höchstem Maße *falsch und unwirklich* war. Gleichzeitig wurde mir die Antriebskraft dessen bewußt, was hinter meinem verzehrenden Verlangen stand, etwas zu tun und etwas zu sein, insbesondere meinem Verlangen, durch und durch und in höchstem Maße falsche und unwirkliche Kunstwerke zu schaffen. Mit anderen Worten: Ich wurde mir bewußt, was in Wirklichkeit meinen Körper *aktivierte*.«

Bevor er in seiner Einführungsrede fortfuhr, die ja nur den ersten Teil der Vernissage – beziehungsweise künstlerischen Bühnenshow, wenn ich es recht bedachte – bildete, legte Grossvogel eine Pause ein und vermittelte den Eindruck, als ob er erst einmal die Gesichter des kleinen Publikums, das sich im Hinterzimmer der Galerie eingefunden hatte, eindringlich mustern wollte. Was er uns hinsichtlich seines Körpers und dessen Verdauungsdysfunktionen vermittelt hatte, war allein schon aufschlußreich genug, wenn auch gewisse Punkte, die er zur Sprache brachte, zunächst recht fragwürdig klangen und der vorgebrachte Überblick insgesamt noch etwas unüberzeugend klang. Dennoch nahmen wir Grossvogels Worte in uns auf, wahrscheinlich deshalb, wie ich glaube, weil wir uns dachten, daß sie uns zu einem, nun, etwas überzeugenderem Beispiel seiner Erfahrung hinleiten sollten, ob wir uns nun in seine höchst seltsame gastrointestinale Natur einfühlen konnten oder auch nicht. Also blieben wir still, fast schon ehrfürchtig, wenn man die unorthodoxe Verfahrensweise an diesem Abend in Betracht zog, und Grossvogel fuhr fort mit dem, was er uns zu berichten hatte, bevor dann der Moment kommen würde, wo er uns das enthüllte, was er uns zeigen wollte.

»Es ist alles ganz, ganz einfach«, setzte der Künstler wieder an. »Unsere Körper sind nun also eine der Manifestationen der Energie, der *aktivierenden Kraft*, die alle Objekte, alle Körper dieser Welt antreibt und sie in die Lage versetzt, so zu existieren, wie sie das tun. Diese aktivierende Kraft ist wie ein Schatten, der nicht an der Außenseite aller Körper dieser Welt ist, sondern *in* allem, und der alles gründlich durchdringt – eine allbewegende Dunkelheit, die in sich keine Substanz hat, aber alle Gegenstände dieser Welt bewegt, einschließlich jener Gegenstände, die wir unsere Körper nennen. Während ich in dem Krankenhaus war, wo ich während meiner gastrointestinalen Krämpfe behandelt wurde, stieg ich sozusagen in jenen tiefen Abgrund des Seins hinunter, wo ich spüren konnte, wie dieser Schatten, diese Dunkelheit meinen Körper aktivierte. Ich konnte auch seine Bewegung hören, nicht nur in meinem Körper, sondern in allem um mich herum, weil das Geräusch, das er machte, nicht das Geräusch meines Körpers war. In der Tat war das Geräusch dieses Schattens, dieser Dunkelheit ein mächtiges Brüllen – das Geräusch fremdartiger, bestialischer Ozeane, die gegen schwarze, endlose Ufer anbrandeten und sie ständig verzehrten. In gleicher Weise sollte ich das Wirken dieser alles durchdringenden und allbewegenden Kraft durch den Geruchs- und den Geschmackssinn entdecken, ebenso wie auch durch den Tastsinn, mit dem mein Körper ausgestattet ist. Schließlich schlug ich die Augen auf, denn während dieser Qualen in meinem Verdauungssystem waren meine Augendeckel vor Schmerz zusammengepreßt gewesen. Und wie ich meine Augen öffnete, stellte ich fest, daß ich sehen konnte, wie alles um mich herum, mein eigener Körper eingeschlossen, von innen heraus durch diesen alles durchdringenden Schatten, diese allbewegende Dunkelheit aktiviert wurde. Und nichts sah so aus, wie ich immer zu wissen vermeint hatte, daß es aussähe. Vor jener Nacht hatte ich die Welt nie ausschließlich vermittels meiner physischen Empfindungsorgane erlebt, die der direkte Kontaktpunkt mit jenem tiefen Abgrund des Seins sind, die ich den Schatten, die Dunkelheit nenne.

Ich sollte gestehen, daß ich vor meinem physischen Kollaps hier in dieser Kunstgalerie schon einen psychischen Kollaps erlitten hatte, einen Kollaps von etwas Falschem und Unwirklichem, etwas Sinnlosem und Traumhaftem, was keiner Erwähnung bedarf, obwohl es mir damals sehr echt und real erschien. Dieser Kollaps meines Bewußtseins und meines Ichs war die Folge davon, daß meine Kunstwerke von jenen, die an der Eröffnung meiner ersten Ausstellung teilnahmen, so schlecht aufgenommen wurden, eine Folge des profunden Mißerfolgs, den sie als künstlerische Kreationen erfuhren, eines jämmerlichen Mißerfolgs selbst in einer Welt falscher und unwirklicher künstlerischer Kreationen. Diese erfolglose Ausstellung hat mir aufgezeigt, wie gründlich ich in meinen Bemühungen gescheitert war, ein Künstler zu sein. Alle, die der Ausstellung beiwohnten, konnten sehen, wie erfolglos meine Kunstwerke waren, und ich konnte alle in dem Akt sehen, in dem sie mein unverblümtes Scheitern als Künstler wahrnahmen. Dies war die psychische Krise, die meine physische Krise und zu guter Letzt den Kollaps meines Körpers in gastrointestinalen Krämpfen auslöste. Jetzt, da mein Bewußtsein und der persönliche Sinn meines Ichs zerbrochen waren, waren mir nur noch die Organe meiner physischen Wahrnehmung übriggeblieben, mittels deren ich zum ersten Mal direkt jenen tiefen Abgrund des Seins wahrnehmen konnte, der der Schatten, die Dunkelheit ist, die mein intensives Betreben aktiviert hatten, Erfolg darin zu haben, etwas zu *tun* oder etwas zu *sein*, und damit auch meinen Körper, der sich in dieser Welt bewegte, aktivierte, so wie alle Körper in gleicher Weise aktiviert sind. Und was ich durch direkte sensorische Kanäle empfand – das Schauspiel des Schattens in allem, die allbewegende Dunkelheit –, war so entsetzlich, daß ich sicher war, daß ich aufhören würde zu existieren. In mancher Hinsicht, wegen der Art und Weise, in der meine Sinne jetzt funktionieren, besonders meine akustischen und visuellen Sinne, hörte ich tatsächlich auf zu existieren, so wie ich vor jener Nacht existiert hatte. Ohne das Dazwischentreten meines Bewußtseins und meiner Phantasie, all jenes sinnlosen Träumens über meine Seele und mein Ich, war ich gezwungen, alle Dinge unter dem Aspekt des Schattens in ihnen zu sehen, der Dunkelheit, die sie aktivierte. Und es war völlig entsetzlich, mehr als ich Ihnen das mit Worten vermitteln könnte.«

Nichtsdestoweniger fuhr Grossvogel fort, denjenigen von uns, die den exorbitanten Preis für seine Bühnenschau von einer Ausstellung bezahlt hatten, in allen Einzelheiten die entsetzliche Art und Weise zu erklären, in der er sich jetzt gezwungen sehe, die ihn umgebende Welt zu sehen, einschließlich seines eigenen Körpers in seiner gastrointestinalen Pein, und wie überzeugt er davon sei, daß diese Vision der Dinge trotz der während seines Krankenhausaufenthalts getroffenen Maßnahmen, ihn zu retten, bald die Ursache seines Todes sein würde. Grossvogel behauptete, seine einzige Hoffnung auf Überleben bestehe darin, daß er völlig umkomme, in dem Sinne, daß die Person, oder das Bewußtsein oder das Selbst, das einmal Grossvogel gewesen sei, tatsächlich aufhören würde zu existieren. Diese notwendige Bedingung für das Überleben, das behauptete er mit Nachdruck, veranlaßte seinen physischen Körper, eine »metamorphische Wiederherstellung« zu durchlaufen. Binnen weniger Stunden, so erklärte uns Grossvogel, litt er nicht länger an den Symptomen akuter Leibschmerzen, die seine Krise ausgelöst hatten, und war darüber hinaus jetzt imstande, die Art und Weise zu ertragen, in der er ständig gezwungen war, die Dinge »unter dem Aspekt des Schattens in ihnen, der Dunkelheit, die sie aktivierte«, zu sehen, wie er es formulierte. Da die Person, die Grossvogel gewesen sei, umgekommen sei, wie Grossvogel uns das erklärte, sei der Körper Grossvogels imstande, als *erfolgreicher Organismus* fortzufahren, nicht mehr geplagt von den imaginären Qualen, die ihm einst von seinem erfundenen Bewußtsein und seinem falschen und unwirklichen Selbst zugefügt worden waren. Wie er es mit seinen eigenen Worten artikulierte: »Ich bin nicht länger mit meinem Selbst oder meinem Bewußtsein *befaßt*.« Was wir im Zuschauerraum jetzt vor uns sahen, sagte er, sei zwar Grossvogels Körper, der mit Grossvogels Stimme spreche und Grossvogels Nervenbahnen benutze, aber ohne den als Grossvogel bekannten »imaginären Darsteller«: Alle seine Worte und Taten, so sagte er, strahlten jetzt direkt von jener selben Kraft aus, die uns alle aktiviert, wenn wir sie nur in der Weise wahrnehmen könnten, wie er sich hatte gezwungen gesehen, um seinen Körper am Leben zu erhalten. Der Künstler hob auf seine eigene, schrecklich ruhige Art hervor, daß er seine ungewöhnliche Art der Genesung in keiner Weise selbst gewählt habe. Niemand würde aus freiem Willen so etwas wählen, behauptete er. Jeder ziehe es vor, seine Existenz als Bewußtsein und Selbst fortzuführen, ganz gleich, welchen Schmerz es ihm bereite, ganz gleich, wie falsch und unwirklich sie auch sein mögen, als sich der ganz offenkundigen Realität zu stellen, lediglich ein Körper zu sein, der von dieser Gewalt ohne Geist, Seele und Selbst in Bewegung gesetzt wird, die er als den Schatten, die Dunkelheit bezeichnete. Nichtsdestoweniger, so enthüllte uns Grossvogel, sei dies exakt die Realität, die er in sein System einlassen mußte, wenn sein Körper seine Existenz fortsetzen und als Organismus Erfolg haben sollte. »Es war einzig und allein eine Frage des physischen Überlebens«, sagte er. »Jeder sollte das verstehen können. Jeder würde dasselbe tun.« Außerdem sei die famose metamorphische Wiederherstellung, in der Grossvogel, die Person, gestorben sei und Grossvogel, der Körper, überlebt habe, so erfolgreich gewesen, teilte er den Zuhörern seiner Bühnenschau mit, daß er sofort eine strapaziöse Reise angetreten habe, vorzugsweise mit billigen Busgesellschaften, die ihn über große Entfernungen durch das ganze Land führte, um sich verschiedene Menschen und Orte ansehen zu können, während er diese neue Fähigkeit nutzte, den Schatten sehen zu können, der sie durchdrang, die allbewegende Dunkelheit, die sie aktivierte, da er ja nicht länger den falschen Vorstellungen über die Welt ausgesetzt war, die vom Verstand oder der Phantasie geschaffen werden – jene störenden Mechanismen waren jetzt aus seinem System entfernt –, noch bildete er sich irriger Weise ein, daß jemand oder etwas eine Seele oder ein Selbst besitze. Und wohin er auch ging, überall wurde er Zeuge des Schauspiels, das ihm bislang in solchem Maße entsetzt hatte, daß sich bei ihm eine lebensbedrohende Störung eingestellt hatte.

»Jetzt konnte ich die Welt direkt durch die Sinne meines Körpers erkennen«, fuhr Grossvogel fort. »Und ich sah mit meinem Körper, was ich in meiner Laufbahn als gescheiterter Künstler nie mit meinem Bewußtsein oder meiner Phantasie hätte sehen können. Wohin ich auch reiste, sah ich, wie der alles durchdringende Schatten, die allbewegende Dunkelheit *unsere Welt benutzte*. Weil dieser Schatten, diese Dunkelheit nichts Eigenes hat, keine Existenzform, außer der als aktivierende Kraft oder Energie, wohingegen wir nichts als unsere Körper haben, allein *nur* unsere Körper. Es macht dabei keinen Unterschied, ob sie organische Körper oder nichtorganische Körper sind, menschliche oder nichtmenschliche Körper – es sind einfach Körper, und nichts als Körper, ohne irgendeine Komponente eines Bewußtseins, einer Seele oder eines Selbst. Demzufolge *benutzt* der Schatten, die Dunkelheit *unsere Welt und baut sich an ihr auf*. Er *hat* nichts außer seiner aktivierenden Energie, während wir nichts außer unseren Körpern *sind*. Das ist der Grund, weshalb der Schatten, die Dunkelheit, veranlaßt, daß die Dinge das sind, was sie nicht sein wollen, und das tun, was sie nicht tun wollen. Denn ohne den Schatten in ihnen, die allbewegende Dunkelheit, die sie aktiviert, würden sie nur das sein, was sie sind – Haufen von Materie, ohne jeden Impuls, jeden Drang, in dieser Welt zu gedeihen, *Erfolg* zu haben. Man sollte diesen Zustand als das bezeichnen, was er wirklich ist – als einen absoluten Alptraum. Genau das war es, was ich in dem Krankenhaus wahrnahm, als ich feststellte, daß ich infolge meines intensiven gastrointestinalen Leidens kein Bewußtsein und keine Phantasie hatte, keine Seele und kein Selbst – daß dies unsinnige, traumhafte Zwischenträger waren, nur dazu geschaffen, um menschliche Wesen vor der Erkenntnis zu schützen, was wir wirklich sind: nur eine Ansammlung von Körpern, die von dem Schatten, der Dunkelheit aktiviert werden. Jene unter uns, die in irgendeinem Maße erfolgreiche Organismen sind,

Künstler eingeschlossen, sind dies nur vermöge des Ausmaßes, in dem wir als Körper funktionieren, und keineswegs als Bewußtsein oder Selbst. Und genau auf diese Weise bin ich auf so außergewöhnliche Weise gescheitert, da ich so von der Existenz meines Bewußtseins und meiner Phantasie, meiner Seele und meines Selbst überzeugt war. Meine einzige Hoffnung lag in meiner Fähigkeit, eine metamorphische Wiederherstellung durchzumachen, *in jeder Weise* die alptraumhafte Ordnung der Dinge zu *akzeptieren,* um weiterhin als erfolgreicher Organismus existieren zu können, selbst ohne den schützenden Unsinn des Bewußtseins und der Phantasie, den schützenden Traum, ohne irgendeine Art von Seele oder Selbst zu besitzen. Andernfalls hätte mich der tödlich traumatische Wahnsinn vernichtet, den mir der Schock dieser erschütternden Erkenntnis eingetragen hätte. Deshalb mußte die Person, die Grossvogel war, in jenem Krankenhaus umkommen – dem Himmel sei Dank dafür –, damit der Körper von Grossvogel frei von seiner gastrointestinalen Krise sein und in alle Richtungen reisen konnte, vermittels verschiedener Transportarten, vorzugsweise vermittels billiger Busgesellschaften, damit er das Spektakel des Schattens, der Dunkelheit wahrnehmen konnte, der unsere Welt der Körper für das nutzt, was es zu seiner Existenz braucht. Und nachdem ich diese Spektakel erlebt habe, war es unvermeidbar, daß ich es in irgendeiner Form porträtieren mußte, nicht als ein *Künstler, der gescheitert ist,* weil er irgendeinen Unsinn benutzt, der sich Geist oder Phantasie nennt, sondern als ein *Körper, dem es gelungen ist* wahrzunehmen, wie alles in der Welt tatsächlich funktioniert. Und das ist es, was ich Ihnen zeigen will, was ich an diesem Abend hier ausstellen möchte.«

Grossvogels Darlegungen hatten mich ebenso wie alle anderen im Raum eingelullt oder verärgert, und ich war deshalb irgendwie überrascht, ja sogar beunruhigt, als er seinen Vortrag oder seinen Phantasiemonolog beendete, oder als was auch immer sonst ich seine Worte in diesem Augenblick interpretierte. Vielleicht hätte er ewig in diesem Hinterzimmer einer Kunstgalerie weiterreden können, in diesem Raum, wo schwache Glühbirnen von der Decke hingen, eine davon unmittelbar über dem Tisch, der mit einem abgerissenen Stück eines Bettlakens bedeckt war. Und jetzt hob Grossvogel das zerrissene Bettlaken an einer Ecke an, um uns endlich zu zeigen, was er geschaffen hatte, nicht, indem er sein Bewußtsein oder seine Phantasie einsetzte, von denen er behauptete, daß sie nicht länger in ihm existierten, in gleicher Weise wie seine Seele oder sein Selbst nicht mehr existierten, sondern nur, indem er die der physischen Wahrnehmung dienenden Organe seines Körpers benutzt hatte. Als er das Stück schließlich ganz abgedeckt hatte und man es im düsteren Schein der Glühbirne, die unmittelbar darüber hing, ganz sehen konnte, legte niemand von uns zunächst eine positive oder negative Reaktion darauf an den Tag, möglicherweise, weil der ganze verbale Schwall, der zu diesem Augenblick der Enthüllung geführt hatte, uns alle so benommen gemacht hatte.

Es schien sich um eine Art von Skulptur zu handeln. Zunächst war es mir freilich unmöglich, diesem Objekt eine irgendwie geartete gattungszuordnende Bezeichnung zu geben, sei sie nun künstlerischer oder nichtkünstlerischer Natur. Es hätte alles sein können. Die Oberfläche des Stücks war von gleichförmig leuchtender Dunkelheit, und darunter glänzte etwas, ein durcheinanderwirbelnder Nebel von Schattierungen, die den Eindruck machten, in Bewegung zu sein, ein Effekt, der ganz glaubwürdig die Folge eines Schwankens der darüber baumelnden Glühbirne sein konnte. Und es schien auch, daß ich, während ich das Objekt ansah, ein leises, brausendes Geräusch hören konnte, in dem sich ganz entschieden etwas Bestialisches und Ozeanisches verbarg, wie Grossvogel das schon vorher angedeutet hatte. Die allgemeinen Umrisse des Objekts zeigten mehr als nur beiläufige Ähnlichkeit mit irgendeiner Art von Kreatur, vielleicht die stark verzerrte Version eines Skorpions oder einer Krabbe, da man mehrere klauenähnliche Vorsprünge erkennen konnte, die aus einer hochgradig formlosen Masse in der Mitte hervorragten. Aber es schien auch nach oben ragende Elemente zu besitzen, Spitzen oder Hörner, die einigermaßen senkrecht herausragten und manchmal in einer scharfen Spitze,

manchmal aber auch in einer weichen, kopfähnlichen Aus-
wölbung endeten. Da Grossvogel soviel über Körper gesprochen hatte, war es nur natürlich, solche Formen in irgendwie
verzerrter Form als Basis des Objekts zu sehen, oder irgendwie in das Objekt eingebracht – eine chaotische Welt von Körpern jeglicher Art, von Formen, die von dem Schatten in ihnen
aktiviert wurden, der Dunkelheit, die sie dazu veranlaßte, zu
sein, was sie nicht sein wollten, und zu tun, was sie nicht tun
wollten. Und inmitten dieser körperähnlichen Formen entdeckte ich ganz deutlich die überdimensionierte Gestalt des
Künstlers selbst, obwohl mir, wie ich so dasaß und sein bescheidenes Exponat betrachtete, verschlossen blieb, was es zu
bedeuten hatte, daß Grossvogel sich selbst dort *implantiert*
hatte.

Was auch immer Grossvogels Skulptur in ihren Teilen oder
als Ganzes dargestellt haben mochte, sie projizierte eine gewisse Andeutung jenes »absoluten Alptraums«, den der
Künstler während seines Vortrags oder seines Phantasie-
monologs im vorangegangenen Teil des Abends sozusagen
klargemacht hatte. Und doch reichte diese Eigenschaft des
Stückes selbst für einen Kreis, der für alptraumhafte Gegenstände und Konturen eine überdurchschnittliche Sensibilität
entwickelt hat, nicht aus, um den hohen Preis zu rechtfert-
gen, den wir hatten zahlen müssen, um das Privileg zu genießen, über Grossvogels gastrointestinale Qualen und seine
selbstverkündete metamorphische Wiederherstellung zu
hören. Kurz nachdem der Künstler uns sein Werk enthüllt
hatte, erhob sich jeder unserer Körper aus jenen unbequemen
Klappstühlen, und ringsum waren Vorwände dafür zu hören,
weshalb es notwendig sei, das Gebäude alsbald zu verlassen.
Ehe ich mich selbst entfernte, stellte ich fest, daß nahe bei
Grossvogels Skulptur unauffällig eine kleine Karte aufgestellt
war, auf der in Druckbuchstaben der Titel des Stückes ange-
geben war. »Tsalal Nr. 1« stand dort. Später erfuhr ich etwas
über die Bedeutung dieses Begriffes, der, wie das bei Worten
häufig der Fall ist, das Wesen des so bezeichneten Dings er-
läuterte und zugleich verbarg.

Grossvogels Skulptur – wovon er in der Folge eine Serie von einigen Hunderten herstellte, jede mit demselben Titel, gefolgt von einer Ziffer, die sie in eine Sequenz künstlerischer Produktion einreihte – wurde ausführlich diskutiert, als wir in dem Schnellimbiß an der Hauptstraße der toten Stadt Crampton saßen und warteten. Der Herr zu meiner Linken an einem der wenigen Tische in dem Lokal wiederholte seine Vorwürfe gegen Grossvogel.

»Zuerst hat er uns einem künstlerischen Schwindel ausgesetzt«, sagte diese Person, die zu plötzlichen langen Hustenanfällen neigte, »und jetzt hat er an uns einen metaphysischen Schwindel begangen. Es war schon unerhört, uns einen solchen Preis für jene Ausstellung abzuverlangen und uns jetzt erneut so unverschämt viel Geld für diese ›physikalisch-metaphysische Exkursion‹ abzunehmen. Wir sind alle hereingelegt worden von diesem...«

»Diesem absoluten Betrüger«, sagte Mrs. Angela, als der Mann zu meiner Linken seine Ausführungen nicht zu Ende bringen konnte, weil sich bei ihm ein erneuter Hustenanfall eingestellt hatte. »Ich glaube nicht, daß er überhaupt erscheinen wird«, fuhr sie fort. »Er bringt uns dazu, in dieses gottverlassene Kaff zu kommen. Er sagt, dies sei der Ort, wo wir uns für seine sogenannte Exkursion sammeln müssen. Aber hier zeigt er sein Gesicht nicht. Wo hat er dieses Kaff denn gefunden? Auf einer von diesen Bustouren etwa, von denen er ständig redet?«

Wie es aussah, mußten wir uns und unserer Dummheit die Schuld für die Situation geben, in der wir uns hier befanden. Obwohl niemand das offen zugab, waren in Wahrheit diejenigen von uns, die an jenem Tag zugegen gewesen waren, als Grossvogel in der Kunstgalerie erschienen war und uns sanft gebeten hatte, ihm dabei behilflich zu sein, alle seine ausgestellten Werke auf die Ladefläche eines zerbeulten Kleinlasters zu werfen, von ihm recht beeindruckt. Keiner in unserem kleinen Kreis von Künstlern und Intellektuellen hatte je etwas getan, was dem auch nur annähernd gleichkam, oder auch nur davon geträumt, etwas so Dramatisches zu tun. Von jenem Tage an waren wir alle unausgesprochen davon überzeugt gewesen, daß Grossvogel eine neue Erkenntnis gewonnen hatte, und unser schändliches Geheimnis war es gewesen, daß wir uns an ihn anhängen wollten, um in irgendeiner Weise aus dieser Verbindung zu profitieren. Zugleich ärgerte uns allerdings auch Grossvogels wagemutiges Verhalten, und wir waren durchaus darauf vorbereitet, ein weiteres Scheitern seinerseits zu begrüßen, vielleicht sogar noch einen Kollaps auf dem Boden der Galerie, wo er und seine Kunstwerke bereits einmal (zur großen Befriedigung aller) gescheitert waren. Ein solches Durcheinander von Motiven war für uns mehr als Grund genug, die exorbitante Gebühr zu bezahlen, die Grossvogel für seine neue Ausstellung forderte, Motive, die wir anschließend alle irgendwie abtaten.

Im Anschluß an die Veranstaltung an jenem Abend stand ich vor der Kunstgalerie auf dem Bürgersteig und hörte mir noch einmal Mrs. Angelas Behauptungen hinsichtlich der wahren Ursache für Grossvogels metamorphische Wiederherstellung und seine künstlerische Inspiration an. »Mr. Reiner Grossvogel hat, praktisch seit er aus jenem Krankenhaus gekommen ist, bis über beide Ohren voll Medikamenten gesteckt«, sagte sie zu mir, als wäre das ihre neuste Entdeckung. »Ich kenne eines der Mädchen in der Apotheke, wo er seine Rezepte einlöst. Sie ist eine sehr gute Kundin von mir«, fügte sie hinzu, und ihre von zahlreichen Runzeln und dickem Make-up umgebenen Augen blitzten voller Selbstzufriedenheit. Dann fuhr sie mit ihren skandalösen Enthüllungen fort. »Ich denke, Sie wissen ja, welche Art von Medikamenten man jemandem in Grossvogels Zustand verschreibt, einem Zustand, den ich eher als psycho-physische Störung bezeichnen würde und den ich oder jemand von den Leuten, die für mich tätig sind, ihm schon vor langer Zeit hätten diagnostizieren können. Grossvogels Hirn schwimmt jetzt seit Monaten in allen möglichen Tranquilizern und Antidepressiva, und nicht nur das. Er hat außerdem auch ständig ein krampflösendes Mittel gegen diesen Zustand genommen, von dem er angeblich auf so wundersame Weise genesen ist. Mich überrascht es gar nicht, daß er glaubt, er habe keinen Verstand und kein Selbst, was ja ohnehin nur Theater ist. *Ein Mittel gegen*

Krämpfe!« Mrs. Angela zischte es mir geradezu zu, als wir nach Grossvogels Ausstellung auf dem Bürgersteig vor der Kunstgalerie standen. »Wissen Sie, was das bedeutet?« Sie stellte mir die Frage und beantwortete sie dann schnell. »Das bedeutet Belladonna, ein giftiges Halluzinogen. Das bedeutet Phenobarbital, ein Barbiturat. Das Mädchen aus der Apotheke hat mir das alles erzählt. Er steht ständig unter einer Überdosis dieser Medikamente, verstehen Sie? Deshalb hat er ständig die Dinge auf so seltsame Weise gesehen, wie er uns das einreden möchte. Was seinen Körper *aktiviert*, ist nicht etwa ein Schatten, oder was er sonst immer sagt. So etwas würde ich doch wissen, oder nicht? Ich besitze eine besondere Gabe, die mir Einblick in derartige Dinge verschafft.«

Aber trotz ihrer angeblichen medialen Gaben und ihres wirklich exzellenten Gebäcks, war Mrs. Angelas parapsychisches Caféhaus geschäftlich kein Erfolg und mußte letzten Endes schließen. Grossvogels Skulpturen andererseits, die er in rasendem Tempo produzierte, waren ein unglaublicher Erfolg, sowohl bei ortsansässigen Käufern von Kunstgegenständen wie auch bei Kunsthändlern und Sammlern im ganzen Land, ja sie fanden sogar in gewissem Maße Zugang zu internationalen Märkten. Darüber hinaus wurde Reiner Grossvogel in Artikeln gefeiert, die in durchaus angesehenen Kunstzeitschriften und auch in nicht auf Kunstthemen spezialisierten Publikationen erschienen, obwohl er gewöhnlich, um es mit den Worten eines Kritikers zu sagen, als eine »künstlerische und philosophische Einmannabsurditätenshow« dargestellt wurde. Nichtsdestoweniger funktionierte Grossvogel jetzt in jeder Hinsicht als höchst erfolgreicher Organismus. Und seinem Erfolg, dem es bisher sonst niemand aus unserem kleinen Kreis von Künstlern und Intellektuellen hatte gleichtun können, war es zuzuschreiben, daß diejenigen von uns, die Grossvogel hatten fallenlassen, nachdem sie seinen Vortrag über seine metamorphische Wiederherstellung von einer schweren gastrointestinalen Störung gehört und die erste seiner Tsalal-Skulpturen gesehen hatten, sich jetzt erneut mit unseren gescheiterten Karrieren an ihn und seinen unzweifelhaft erfolgreichen Körper ohne Bewußtsein oder Selbst anhängten. Selbst Mrs. Angela hatte sich schließlich mit den »Erkenntnissen« vertraut gemacht, die Grossvogel das erste Mal im Hinterzimmer jenes zur Kunstgalerie umfunktionierten Ladenlokals vorgetragen hatte, und die er jetzt in einer, wie es schien, endlosen Folge philosophischer Pamphlete verbreitete, die bei Sammlern beinahe ebenso gefragt waren wie seine Tsalal-Skulpturen. Als daher Grossvogel in dem kleinen Kreis von Künstlern und Intellektuellen, den er nie aufgegeben hatte, auch nicht nachdem er zu so verblüffendem finanziellem Erfolg und entsprechender Berühmtheit gelangt war, einen bestimmten Prospekt verbreitete, der eine »physisch-metaphysische Exkursion« in die tote Stadt Crampton ankündigte, waren wir mehr als bereit, aufs neue den exorbitanten Preis zu bezahlen, den er forderte.

Auf diesen Prospekt bezog ich mich im Gespräch mit den anderen, die mit mir an dem Tisch in der Imbißstube in Crampton saßen: der fotografische Portraitist zu meiner Linken, der immer wieder von Hustenanfällen geplagt wurde, der Autor der unveröffentlichten philosophischen Abhandlung *Eine Untersuchung der Verschwörung gegen die menschliche Rasse* zu meiner Rechten und Mrs. Angela mir direkt gegenüber. Der Mann zu meiner Linken wiederholte – immer noch mit längeren Unterbrechungen durch seinen Husten (die ich hier nicht mehr näher erwähnen werde) – den Vorwurf, Grossvogel habe mit seiner überteuerten »physisch-metaphysischen Exkursion« einen »metaphysischen Schwindel« verübt.

»Dieses ganze Gerede von Grossvogel über diese Geschichte mit dem Schatten und dem Schwarz und der Alptraumwelt, die er angeblich gesehen hat … und wo sitzen wir jetzt? In irgendeiner gottverlassenen Stadt, die vor langer Zeit zugemacht hat, und in irgendeinem Teil des Landes, wo alles wie eine überbelichtete Fotografie aussieht. Ich habe meine Kamera bei mir, um Portraits von Gesichtern zu machen, die Grossvogels schattige Schwärze gesehen haben, oder was er auch sonst vorhatte, das wir hier tun sollten. Ich habe mir sogar schon ein paar gute Titel und Konzepte für diese fotografischen Portraits ausgedacht, bei denen ich mir vorstelle, daß sie eine gute Chance hätten, in gesammelter Form als Buch veröffentlicht zu werden, oder wenigsten als Portfolio-Ausgabe eines der führenden Fotomagazine. Ich hatte gedacht, das Allermindeste, was ich von hier mitnehmen kann, sei eine Serie von fotografischen Portraits von Grossvogel, mit seinem riesigen Gesicht. Die hätte ich praktisch in jeder der besseren Kunstzeitschriften unterbringen können. Aber wo ist der so gefeierte Grossvogel? Er hat gesagt, daß er sich hier mit uns treffen würde. Er hat gesagt, wir würden hier alles über diese Schattengeschichte herausfinden, so wie ich ihn verstanden habe. Außerdem habe ich mich auf diese absoluten Alpträume vorbereitet, von denen Grossvogel in seinen Pamphleten und in diesem betrügerischen Prospekt gefaselt hat.«

»Dieser Prospekt«, sagte ich während eines besonders lang anhaltenden Hustenanfalls des Mannes, »enthält keinerlei ausdrückliche Zusagen über diese Dinge, die Ihrer Phantasie nach dort enthalten sein sollen. Der Prospekt bezeichnet dies ausdrücklich als eine Exkursion und, ich zitiere jetzt, in ›eine *tote* Stadt, zu einer Zeit, wo eine Jahreszeit am Scheitern ist, und die nächste gerade anfängt, Erfolg zu haben‹. Grossvogels Prospekt sagt auch, daß dies eine ›*fertige*‹ Stadt sei, ›eine *gescheiterte* Stadt, ein falscher und unwirklicher Hintergrund, der das Produkt erfolgloser Organismen ist und deshalb beispielhaft für jenen extremen Zustand des Scheiterns, der menschliche organische Systeme, insbesondere das gastrointestinale System, so stören kann, daß seine eingebildeten und völlig künstlichen Abwehrkräfte – zum Beispiel das Bewußtsein, das Ich – geschwächt werden und auf diese Weise eine Krise alptraumhafter Erkenntnis …‹, und ich glaube, wir alle sind mit dem Schatten- und Dunkelheit-Geschwätz vertraut, das sich dann anschließt. Ich will damit sagen, Grossvogel verspricht uns in diesem Prospekt nichts anderes als eine Umgebung, die förmlich nach Scheitern stinkt, eine Art Gewächshaus für gescheiterte Organismen. Der Rest ist ausschließlich ein Produkt Ihrer eigenen Phantasie … und meiner eigenen, darf ich vielleicht hinzufügen.«

»Nun«, meinte Mrs. Angela und zog den Prospekt, den ich auf den Tisch gelegt hatte, zu sich hinüber, »habe ich mir nur eingebildet, daß ich gelesen habe, und ich zitiere ›für Ihre Verpflegung wird in geeigneter Weise gesorgt‹? Bitterer Kaffee und altbackene Donuts sind meiner Ansicht nach nicht das, was man unter ›geeignete Weise‹ versteht. Grossvogel ist jetzt, wie jedermann weiß, ein reicher Mann, und das hier soll alles sein? Bis zu dem Tag, an dem ich mein Geschäft schließen mußte, habe ich hervorragenden Kaffee serviert, ganz zu schweigen von hervorragendem Gebäck, selbst wenn ich jetzt zugebe, daß ich es nicht selbst gemacht habe. Und meine medialen Beratungen und die meiner sämtlichen Leute waren wirklich atemberaubend. Und mittlerweile vergiften dieser reiche Mann und die Kellnerin dort uns praktisch mit diesem bitteren Kaffee und diesen unglaublich altbackenen Billig-Donuts. Ich könnte im Augenblick wirklich eine Dosis dieser Medizin gegen Krämpfe vertragen, die Grossvogel so lange Zeit in so reichlicher Menge zu sich genommen hat. Und ich bin überzeugt, daß er eine Menge davon bei sich haben wird, wenn er je hier auftauchen sollte, was ich allerdings bezweifle, nachdem er uns mit diesem Essen hier krank gemacht hat. Wenn Sie mich bitte einen Augenblick entschuldigen wollen.«

Als Mrs. Angela sich zur anderen Seite des Raums begab, stellte ich fest, daß sich dort vor der einzigen Tür mit der Aufschrift TOILETTE bereits ein paar andere angestellt hatten. Ich sah mich unter den übrigen um, die noch an den wenigen Tischen oder an der Theke auf Hockern saßen, und da waren einige, bei denen ich den Eindruck hatte, sie würden sich den Bauch halten oder sich vorsichtig die Bauchpartie massieren. Auch ich fing an, in meinen Eingeweiden ein gewisses Unbehagen zu empfinden, das möglicherweise der schlechten Qualität des Kaffees und der Donuts zuzuschreiben war, die uns die Kellnerin serviert hatte, welche jetzt nirgends mehr zu sehen war. Der Mann zu meiner Linken hatte sich ebenfalls entschuldigt und sich in Richtung Toilette auf den Weg gemacht. Gerade als ich im Begriff war, ebenfalls aufzustehen, um mich ihm und den anderen in der Schlange vor der Toilette anzuschließen, fing der Mann zu meiner Rechten an, mir von seinen »Recherchen« und seinen »Spekulationen« zu erzählen, die die Grundlage für seine noch unveröffentlichte philosophische Abhandlung *Eine Untersuchung der Verschwö-rung gegen die menschliche Rasse* bildeten, und auszuführen, in welcher Beziehung diese zu seinem »ausgeprägten Arg-wohn« hinsichtlich Grossvogels stünden.

»Ich hätte wirklich soviel Verstand haben müssen, mich nicht auf diese… Exkursion einzulassen«, sagte der Mann. »Aber ich glaubte, unbedingt mehr über die Hintergründe von Grossvogels Geschichte wissen zu müssen. Ich war hin-sichtlich seiner Behauptungen bezüglich seiner metamorphi-schen Wiederherstellung in hohem Maße mißtrauisch, und auch über viele andere Dinge. Zum Beispiel seine Behaup-tung – seine Erkenntnis, wie er das nennt –, daß das Bewußt-sein und die Phantasie, die Seele und das Selbst einfach nur *Unsinn und Träume* sind. Und doch behauptet er, daß das, was er den Schatten, die Dunkelheit nennt – das *Tsalal*, wie der Ti-tel seiner Kunstwerke lautet –, *nicht* Unsinn und Träume sind, und daß es unsere Körper benutzt, wie er behauptet, *für das, was es braucht, um sich daran aufzubauen*. Nun, wirklich, worin liegt die Basis, sein Bewußtsein und seine Phantasie und so weiter als nichtig zu erklären und sich dafür die Realität sei-nes Tsalals zu eigen zu machen, das mir nicht weniger als Pro-dukt eines unsinnigen Traums erscheint?«

Ich empfand die argwöhnischen Fragen des Mannes als willkommene Ablenkung von dem intestinalen Druck, der sich jetzt in mir aufbaute. Um seine Frage zu beantworten, sagte ich, ich könne nur Grossvogels Erklärung wiederholen, daß er aufgehört habe, Dinge zu empfinden, das heißt, daß er die Dinge nicht länger mit seinem angeblichen illusorischen Bewußtsein und Selbst *sehe*, sondern mit seinem Körper, der, wie er weiter behaupte, von dem Schatten, der das Tsalal ist, aktiviert und völlig *besetzt* sei. »Das ist, zumindest nach mei-ner Erfahrung, in keiner Weise die lächerlichste Enthüllung dieser Art«, sagte ich zur Verteidigung Grossvogels.

»Nach meiner ebenfalls nicht«, sagte er.

»Außerdem«, fuhr ich fort, »haben Grossvogels so eigenar-tig betitelte Skulpturen, abgesehen von einem rein metaphy-sischen Kontext und einer ebensolchen Basis, durchaus einen gewissen Wert.«

»Kennen Sie die Bedeutung dieses Wortes – Tsalal –, das er als einzigen Titel für seine sämtlichen Kunstwerke benutzt?«

»Nein, ich muß gestehen, ich habe keine Ahnung, wo es herkommt oder was es bedeutet«, gestand ich bedauernd. »Aber ich nehme an, Sie werden mich aufklären.«

»Aufklärung hat mit diesem Wort nichts zu tun, im Gegenteil, es ist ein uraltes hebräisches Wort und bedeutet ›verdunkelt werden … oder von Schatten eingehüllt‹, sozusagen. Dieser Begriff ist im Zuge meiner Recherchen für meine Abhandlung *Eine Untersuchung der Verschwörung gegen die menschliche Rasse* nicht gerade selten aufgetaucht. Er erscheint natürlich in zahlreichen Stellen im alten Testament – jenem Potpourri von größeren wie kleineren Apokalypsen.«

»Mag sein«, sagte ich. »Aber ich kann Ihnen darin nicht zustimmen, daß die Aufrichtigkeit der Behauptungen Grossvogels oder auch ihre Richtigkeit, wenn Sie soweit gehen wollen, allein dadurch in Zweifel gezogen wird, daß er einen Begriff aus der hebräischen Mythologie benutzt.«

»Ja, nun, anscheinend drücke ich mich nicht klar genug aus. Was ich meine, ergab sich ziemlich früh bei meinen Recherchen und ersten Spekulationen für meine *Untersuchung*. Kurz gesagt, ich habe nicht die Absicht, Grossvogels Tsalal in Zweifel zu ziehen. Meine *Untersuchung* würde beweisen, daß ich mich zu diesem Phänomen ganz deutlich und unzweideutig äußere, obwohl ich mich nie der ziemlich vordergründigen und ein wenig trivialen Vorgehensweise bedienen würde, wie Grossvogel das getan hat, was in mancher Hinsicht den fabelhaften Erfolg seiner Skulpturen und Pamphlete einerseits, aber andererseits das abgrundtiefe Scheitern meiner Arbeit erklären würde, die immer unveröffentlicht und somit auch ungelesen bleiben wird. Doch abgesehen von alldem, ich will keineswegs darauf hinaus, daß dieses Tsalal von Grossvogel *nicht* in mancher Hinsicht ein echtes Phänomen *ist*. Ich weiß nur zu gut, daß das Bewußtsein und die Phantasie, die Seele und das Selbst nicht nur die unsinnigen Träume sind, als die Grossvogel sie hinstellt. Tatsächlich sind sie nicht mehr als eine Fassade – so falsch und unwirklich wie die Kunstwerke, die Grossvogel vor seinem Zusammenbruch und seiner Wie-

derherstellung erzeugt hat. Grossvogel konnte infolge eines
äußerst seltenen Umstandes, der ohne Zweifel etwas mit seiner qualvollen Krankheit zu tun hatte, zu dieser Tatsache vordringen.«

»Seiner gastrointestinalen Störung«, sagte ich und spürte
die Symptome dieses Gebrechens mehr und mehr in meinem
eigenen Körper.

»Genau. Mich hat die präzise Mechanik dieser Erfahrung,
die er gemacht hat, so interessiert, daß ich deshalb in diese Exkursion investiert habe. Das ist es, was so obskur bleibt. Es
gibt nichts Offensichtliches, wenn ich so sagen darf, an seinem Tsalal oder seinem Mechanismus, und doch stellt Grossvogel aus meiner Sicht einige faszinierende Behauptungen
mit so überwältigender Sicherheit auf. Aber er täuscht sich
ganz sicherlich, oder ist möglicherweise in wenigstens einem
Punkt unredlich. Ich sage dies, weil ich weiß, daß er bezüglich
des Krankenhauses, in dem er behandelt worden ist, nicht
ganz aufrichtig war. In meinen Recherchen für *Eine Untersuchung* habe ich mich mit solchen Orten und ihrer Funktions-
weise befaßt. Ich weiß mit Sicherheit, daß das Krankenhaus,
in dem Grossvogel behandelt worden ist, völlig verkommen
ist, absolut verkommen. Alles dort ist ein Schwindel und eine
Art Tarnung für entsetzliche Vorgänge, entsetzlich in einem
Ausmaß, wie es nach meiner festen Überzeugung nicht einmal diejenigen erkennen, die mit solchen Orten ständig zu
tun haben. Es geht dabei nicht um irgendeine Art von Ver-
derbtheit, sozusagen, oder um böse Absichten. Es entwickelt
sich dort einfach eine Art … Zusammenspiel, ein korruptes
Bündnis gewisser Menschen und Orte. Sie stecken mit … nun,
wenn Sie nur meine *Untersuchung* lesen könnten, würden Sie
die Art von Alptraum kennen, dem sich Grossvogel in jenem
Krankenhaus ausgesetzt sah, einem Ort, der förmlich nach
Alpträumen stinkt. Nur an einem solchen Ort konnte Grossvogel jene alptraumhaften Erkenntnisse gewonnen haben,
über die er in seinen unzähligen Pamphleten geschrieben und
die er in seiner Folge von Tsalal-Skulpturen dargestellt hat,
von denen er ja sagt, daß sie nicht das Produkt seines Bewußtseins oder seiner Phantasie oder seiner Seele oder seines

Selbst waren, sondern nur das Produkt dessen, was er mit seinem Körper und dessen Organen, die physischer Wahrnehmung fähig sind, sah – der Schatten, die Dunkelheit. Das Bewußtsein und alles das, das Selbst und alles das sind nur eine Tarnung, nur eine Fälschung, wie Grossvogel sagt. Sie sind das, was mit dem Körper nicht gesehen werden kann, was mit keinem Organ physischer Wahrnehmung perzipiert werden kann. Und das ist so, weil sie tatsächlich nicht existente Tarnungen sind, Masken für das Ding, das unsere Körper so aktiviert, wie Grossvogel es erklärt hat – sie aktiviert und sie für das benutzt, was es braucht, um sich daran aufzubauen. Sie sind das Werk, genaugenommen die Kunstwerke *des Tsalals selbst*. Oh, es ist unmöglich, Ihnen das einfach so mit schlichten Worten zu sagen. Ich wünschte, Sie könnten meine *Untersuchung* lesen. Das hätte alles erklärt oder aufgedeckt. Aber wie könnten Sie etwas lesen, was nie geschrieben worden ist!«

»Nie geschrieben?« sagte ich. »Warum ist es nie geschrieben worden?«

»Warum?« sagte er und hielt kurz inne, und sein Gesicht verzerrte sich zu einer Grimasse des Schmerzes. »Die Antwort darauf ist genau das, was Grossvogel sowohl in seinen Pamphleten wie auch bei seinen öffentlichen Auftritten gepredigt hat. Seine ganze Doktrin, wenn man sie als das bezeichnen kann, wenn es je in irgendeinem Sinne so etwas geben könnte, basiert auf der Nichtexistenz, der imaginären Natur von allem, für das wir uns halten. Trotz seiner Bemühungen, das, was ihm widerfahren ist, auszudrücken, muß er sehr gut wissen, daß es keine Worte gibt, die imstande sind, so etwas zu erklären. Worte sind eine völlige Vernebelung der allergrundlegendsten Tatsache der Existenz, die Art Verschwörung gegen die menschliche Rasse, die meine Arbeit möglicherweise hätte näher beleuchten können. Grossvogel hat das Wesen dieser Verschwörung aus erster Hand erlebt, oder hat zumindest behauptet, es erlebt zu haben. Worte sind schlicht und einfach eine Tarnung dieser Verschwörung. Sie sind die ultimativen Mittel für diese Tarnung, das ultimative Werk des Schattens, der Dunkelheit – seine ultimative künstlerische Tarnung. Wegen der Existenz von Worten denken wir, daß ein

Bewußtsein existiert, das irgendeine Art Seele oder Selbst existiert. Dies ist nur eine der unendlichen vielen Schichten der Tarnung. Aber es gibt kein Bewußtsein, das *Eine Untersuchung der Verschwörung gegen die menschliche Rasse* geschrieben haben könnte – kein Bewußtsein, das ein solches Buch schreiben, und kein Bewußtsein, das ein solches Buch lesen könnte. Es gibt niemanden, der irgend etwas über diese allergrundlegendste Tatsache der Existenz sagen kann, niemanden, der diese Realität verraten kann. Und es gibt niemanden, dem man dies je vermitteln könnte.«

»Das alles scheint mir unmöglich zu begreifen«, wandte ich ein.

»Das könnte es sehr wohl sein, wenn es nur tatsächlich etwas zu begreifen gäbe, oder jemanden, der es begreift. Aber solche Wesen gibt es nicht.«

»Wenn das der Fall ist«, sagte ich und zuckte vor Schmerz in meiner Magengegend zusammen, »wer führt dann dieses Gespräch?«

»Ja, wer?« antwortete er wie aus weiter Ferne. »Nichtsdestoweniger würde ich gern weitersprechen. Selbst wenn dies nur Unsinn und Träume sind, spüre ich das Bedürfnis, das für die Nachwelt zu bewahren. Besonders in diesem Augenblick, wo ich spüre, wie dieser Schmerz mein Bewußtsein und mein Selbst übermannt. Ziemlich bald wird all das keinen Unterschied mehr machen. Nein«, sagte er mit toter Stimme. »Es macht jetzt keinen Unterschied.«

Ich bemerkte, daß er schon eine Weile durch das Fenster der Imbißstube hinausgesehen und auf die Stadt gestarrt hatte. Einige der anderen in der Imbißstube taten desgleichen und waren von dem, was sie sahen, benommen und so wie ich auch von dem Weg, mittels dessen das geschah, gequält. Die bare Szenerie der leeren Straßen der Stadt und das Gefühl der Verlassenheit, das die ganze uns umgebende Landschaft beherrschte, jener Ort, an dem wir bei unserer Ankunft beklagt hatten, daß es ihm an jeglichen Manifestationen von Interesse gebrach, durchlief vor den Augen von vielen von uns eine sichtbare Metamorphose, als wenn sich eine Sonnenfinsternis vollziehen würde. Aber was wir jetzt sahen, war nicht eine

Dunkelheit, die vom fernen Himmel herabsteigt, sondern ein Schatten, der von innen heraus aus der toten Stadt, die uns umgab, aufstieg, so als hätte ein Strom schwarzen Bluts angefangen, durch ihren fahlen Körper zu brausen – es brauste wie ein ferner Ozean, der sich in einem bestialischen Schwall auf seine Ufer zubewegt. Ich erkannte, daß ich plötzlich, und ohne mir dessen bewußt zu sein, zur vordersten Front jener gehörte, die jetzt von den sich vollziehenden Änderungen berührt waren, obwohl ich buchstäblich keine Ahnung hatte, was geschah, kein Wissen, das sich in meinem Bewußtsein einstellte, welches aufgehört hatte, so zu funktionieren, wie es früher funktioniert hatte, und meinen Körper in einem benommenen Zustand der Agonie hinterlassen hatte, mit Sinnesorganen, die das grausige Spektakel der Dinge rings um mich herum registrierten: andere Körper, die von dem in ihrem Inneren wirbelnden Schatten überdeckt waren, einige von ihnen redeten sogar noch, als wären sie noch Personen, die ein Bewußtsein und ein Selbst besaßen, imaginäre Wesenheiten, die sich immer noch mit menschlichen Worten über den Schmerz beklagten, den sie gerade erst wahrzunehmen begannen, das wachsende Brüllen um Hilfe übertönend, während sie in den »Kern des Abgründigen« eindrangen, und immer noch mit ihrem Bewußtsein sahen, sogar bis zu dem Augenblick, wo ihr Bewußtsein sie völlig verließ, sich auflöste wie eine Fata Morgana, nur sagen konnten, wie alles ihrem Bewußtsein erschien, wie die Umrisse der Stadt vor den Fenstern der Imbißstube sich verzogen und verzerrten, nach ihnen griffen wie mit Klauen, und wie fremdartige Spitzen und Hörner in den Himmel aufstiegen, der nicht länger fahl und grau war, sondern ein Wirbel des alles durchdringenden Schattens, der allbewegenden Dunkelheit, die sie endlich so vollkommen sehen konnten, weil sie jetzt mit ihrem Körper sahen, nur mit ihrem Körper, der in eine gewaltige, brüllende Schwärze des Schmerzes getaucht war. Und eine Stimme rief – eine Stimme, die zugleich stöhnte und hustete –, daß da draußen ein Gesicht sei, ein »Gesicht über den ganzen Himmel«, sagte sie. Der Himmel und die Stadt waren jetzt beide so dunkel, daß vielleicht nur jemand, der auf das menschliche

Gesicht konzentriert war, so etwas inmitten jener Welt kochender Schatten vor den Fenstern des Lokals hätte sehen können. Bald darauf waren die Worte praktisch verstummt, weil Körper, die wahren Schmerz leiden, nicht sprechen. Die allerletzten Worte, an die ich mich erinnere, waren jene einer Frau, die danach schrie, jemand solle sie in ein Krankenhaus bringen. Und dies war ein Verlangen, das auf die seltsamste Weise von dem einen vorhergeahnt worden war, der uns dazu veranlaßt hatte, diese »physisch-metaphysische Exkursion« zu unternehmen, und dessen Körper bereits gemeistert hatte, was unsere Körper erst zu lernen begannen – den Alptraum eines Körpers, der benutzt wird und weiß, was ihn benutzt, um die Dinge so zu machen, wie sie nicht sein wollen, und zu tun, was sie nicht tun wollen. Ich fühlte die Anwesenheit einer jungen Frau, die eine Uniform weiß wie Gaze getragen hatte. Sie war zurückgekehrt. Und jetzt waren da auch andere wie sie, die sich zwischen uns bewegten, und ihre Gestalten waren die dunkelsten von allen, und die wußten, wie sie sich unserer Schmerzen annehmen mußten, um unsere metamorphische Wiederherstellung herbeizuführen. Wir brauchtest nicht in ihr Krankenhaus gebracht zu werden, weil das Krankenhaus und all sein Zerfall zu uns gebracht worden waren.

So sehr ich gern sagen würde, daß alles, was uns in der Stadt Crampton widerfahren ist (deren Totheit und Verlassenheit wie eine Illusion des Paradieses erscheint, nachdem sich ihr verborgenes Leben unseren Augen offenbart hatte) … so gern ich sagen würde, daß wir von jener Region des Landes, jenem Kern des Nichts in unser fernes Zuhause zurückgebracht wurden … so gern ich auch genau sagen würde, welche Hilfe und welche Behandlung uns möglicherweise zuteil geworden ist, die uns von jenem Ort und dem Schmerz, den wir dort erfuhren, befreit hat, kann ich doch gar nichts darüber sagen. Denn, wenn man aus solcher Agonie gerettet wird, ist die schwierigste Sache der ganzen Welt, nach den Mitteln der Rettung zu fragen: Der Körper weiß nicht und kümmert sich auch nicht darum, was ihm seinen Schmerz nimmt, und ist überhaupt außerstande, nach diesen Dingen zu fragen. Denn das ist es, was wir geworden sind, oder was wir fast geworden sind – Körper ohne die Illusion eines Bewußtseins und ohne Phantasie, Körper ohne die Verwirrung von Seele oder Selbst. Niemand unseres Kreises hat diese Tatsache in Zweifel gezogen, obwohl wir seit unserer ... Wiederherstellung ... nie davon gesprochen haben. Ebensowenig haben wir darüber gesprochen, daß Grossvogel in unserem Kreise fehlte, einem Kreis, der nicht mehr in der Art und Weise existiert, wie er das früher einmal getan hat, will sagen, als eine Gruppierung von Künstlern und Intellektuellen. Wir sind die Empfänger von etwas geworden, was jemand als »Grossvogels Vermächtnis« bezeichnet hat, was mehr als nur ein metaphorischer Ausdruck war, da der Künstler ja in der Tat jedem einzelnen von uns für den Fall seines »Todes oder Verschwindens über eine festgesetzte Zeit hinaus« einen Anteil an den beträchtlichen Einkünften vermacht hatte, die er aus dem Verkauf seiner Werke bezogen hatte.

Aber diese rein pekuniäre Erbschaft war nur der Anfang des Erfolges, den wir alle aus jenem abgeschafften Kreis von Künstlern und Intellektuellen wahrzunehmen begannen, die Saat, aus der wir anfingen, aus unserer Existenz als gescheitertem Bewußtsein und Selbst in unser neues Leben als höchst erfolgreiche Organismen hineinzuwachsen, jeder im je eigenen Tätigkeitsfeld. Natürlich hätten wir es, selbst wenn wir das versucht hätten, nicht geschafft, unsere jeweiligen Ziele nicht zu erreichen, da alles, was wir erlebt und geschaffen haben, ein Phänomen des Schattens, der Dunkelheit war, die aus uns nach draußen und noch oben griff, um sich in die höchsten Höhen eines gewaltigen Haufens menschlicher und nichtmenschlicher Körper durchzuarbeiten. Diese Körper sind alles, was wir haben, und alles, was wir sind; sie sind es, die es benutzt und aus denen es sich aufgebaut hat. Ich kann spüren, wie mein eigener Körper benutzt und kultiviert wird, spüre die Wünsche und Impulse, die ihn zum Erfolg ziehen, die ihn geradezu zu jeder Art von Erfolg *schleppen*. Es gibt nichts, womit ich mich jemals diesen Wünschen und Impulsen widersetzen könnte, jetzt, da ich nur als ein Körper existiere, der nur seine Verewigung sucht, damit das, was ihn braucht, sich an ihm aufbauen kann. Es gibt für mich keine Möglichkeit, mich dem zu widersetzen, was sich an uns aufbauen muß, keine Möglichkeit, es in irgendeiner Weise zu verraten. Die Medikamente, die ich und die anderen jetzt in so gewaltigen Mengen konsumieren, dienen nur dazu, den Prozeß unserer Kultivierung zu fördern, dieses Wachsen und Ziehen und Benutzen unserer Körper. Und selbst dieser, mein kleiner Bericht – mein eigenes *Tsalal*, wenn Sie wollen (lassen wir die Pronomina beiseite) –, selbst wenn diese kleine Chronik den Anschein erweckt, Geheimnisse zu enthüllen, die vielleicht die alptraumhafte Ordnung der Dinge untergraben könnten, so tut sie doch in Wirklichkeit nichts, als jene Ordnung zu stützen und weiterzuführen. Nichts kann diesem Alptraum widerstehen oder ihn verraten, weil nichts existiert, das irgend etwas *tun* könnte, das irgend etwas *sein* könnte, das in jener Weise einen Erfolg realisieren könnte. Der bloße Gedanke an ein solches Ding ist nur Unsinn, und Träume.

Es konnte nie etwas über die »Verschwörung gegen die menschliche Rasse« geschrieben werden, weil das Phänomen einer Verschwörung eine Vielzahl von Handelnden erfordert, eine Trennung der Seiten, wovon eine die andere in irgendeiner Weise untergräbt, und die andere eine Existenz besitzt, die untergraben werden kann. Aber eine solche Vielfalt oder eine solche Teilung gibt es nicht, und auch kein Untergraben und keinen Widerstand und keinen Verrat auf der einen oder der anderen Seite. Was existiert ist nur dieses *Ziehen*, dieses *Schleppen*, das auf alle Körper dieser Welt wirkt. Aber diese Körper haben nur in einem taxonomischen oder vielleicht topographischen Sinn eine kollektive Existenz und stellen in keiner Weise ein kollektives Wesen dar, ein Wirken, das Gegenstand einer Verschwörung sein könnte. Und ein kollektives Wesen, das sich die menschliche Rasse nennt, kann nicht existieren, wenn es nur eine Ansammlung von Nicht-Wesenheiten gibt, von Körpern, die selbst nur provisorisch sind und nacheinander verloren werden, wobei diese ganze Ansammlung von ihnen sich stets dem Unsinn nähert, sich stets in Träume auflöst. Es kann keine Verschwörung in einer Leere, oder besser gesagt, in einem schwarzen Abgrund geben. Es

kann nur dieses Zerren all dieser Körper auf jenen endgültigen Erfolg hin sein, den, wie mir scheint, mein großkörperiger
Freund für sich realisiert hat, als er endlich im vollsten Maße
genutzt wurde und sein Körper benutzt wurde, *völlig aufge-
zehrt* von dem, was ihn brauchte, um sich daran aufzubauen.

»Es gibt nur einen wahren und endgültigen Erfolg für den
Schatten, der die Dinge zu dem macht, was sie nicht sein wollen...«, verkündete Grossvogel im allerletzten seiner Pamphlete. »Es gibt nur einen wahren und endgültigen Erfolg für
die allbewegende Schwärze, die die Dinge das tun macht, was
sie nicht tun wollen...«, schrieb er. Und dies waren die allerletzten Zeilen jenes letzten Pamphlets. Grossvogel konnte weder sich noch sonst etwas über jene nicht zu Ende geführten
Feststellungen hinaus erklären. Die Worten waren ihm ausgegangen, die (um jemanden zu zitieren, der so namenlos bleiben soll, wie dies nur ein Mitglied der menschlichen Rasse
sein kann) das ultimative Kunstwerk des Schattens, der Dunkelheit sind – seine ultimative künstlerische Tarnung. So wie
er ihm nicht widerstehen konnte, während sein Körper zu jenem ultimativen Erfolg hingezogen wurde, konnte er ihn
nicht mit seinen Worten verraten.

Während des Winters, der sich der Crampton-Exkursion
anschloß, begann ich in vollem Maße zu erkennen, wo diese
letzten Worte Grossvogels hinführten. Eines späten Nachts
stand ich am Fenster und sah auf den ersten Schnee hinaus,
der gerade zu fallen begann und mit jeder dunklen Stunde, in
denen ich sein Fallen mit meinen Organen der physischen
Wahrnehmung beobachtete, dichter wurde. Zu der Zeit
konnte ich sehen, was in den fallenden Schneeflocken war,
ebenso wie ich sehen konnte, was in allen anderen Dingen
war und sie mit seiner Kraft aktivierte. Und was ich sah, war
schwarzer Schnee, der mit einem nicht enden wollenden
Brüllen aus einem schwarzen Himmel fiel. An jenem Himmel
war nichts Erkennbares – ganz sicherlich kein vertrautes Antlitz, das sich über die Nacht ausbreitete und sich in sie ein-
pflanzte. Da war nur diese brüllende Schwärze oben und
diese brüllende Schwärze unten. Da war nur diese alles ver-
zehrende, sich ausbreitende brüllende Schwärze, deren einzig

wahrer und endgültiger Erfolg darin lag, sich selbst, so erfolgreich wie sie konnte, auszubreiten, in einer Welt, in der nichts existiert, das je hoffen konnte, etwas anderes zu sein als das, was sie braucht, um sich daran aufzubauen... bis alles zur Gänze verzehrt ist und nur noch ein Ding in aller Existenz verbleibt und es selbst ein unendlicher Körper von brüllender Schwärze ist, der sich selbst aktiviert und an sich selbst aufbaut mit ewigem Erfolg im tiefsten Abgrund des Seienden. Grossvogel konnte dieser brüllenden Schwärze nicht widerstehen noch sie verraten, selbst wenn sie ein absoluter Alptraum war, der ultimative physisch-metaphysische Alptraum. Er hörte auf, eine Person zu sein, auf daß er ein erfolgreicher Organismus bleiben konnte. »Jeder würde das gleiche tun«, sagte er.

Und ganz gleich, was ich sage, ich kann ihr nicht widerstehen oder sie verraten. Niemand könnte das, weil da niemand ist. Da ist nur dieser Körper, dieser Schatten, diese Dunkelheit.

Rick Hautala

DAS KLOPFEN

Rick Hautalas Roman Night Stone *wurde ebenso wegen seines Umschlags (der ein Hologramm zeigte, eine absolute Neuheit im Verlagswesen) wie wegen seines Inhalts berühmt. Hautala hat sich wie Ramsey Campbell geweigert, das Genre zu verlassen, und unerschütterlich an dem Weg festgehalten, den er schon vor Jahren mit Horror- und Thrillerromanen wie* Impulse, Dark Silence *und* Cold Whisper *vorgegeben hat.*

Für 999 hat Rick eine erstklassige Geschichte geliefert, die auch tatsächlich die Jahrtausendwende erwähnt, etwas, was ich eigentlich vermeiden wollte. Aber irgendwie hat es mir in dieser Story überhaupt nichts ausgemacht, da der Hintergrund der Jahrtausendwende mit der Geschichte nichts zu tun hat. Die Jahrtausendwende ist bloß Hintergrund – so wie die an Dune *– Der Wüstenplanet erinnernden Würmer in* Krieg der Sterne, *bei denen mir geradezu die Kinnlade heruntergefallen ist, nicht weil sie so gut waren, sondern weil Lucas den Mumm hatte, sie auschließlich bloß als Hintergrund einzusetzen.*

Diese folgende Story befaßt sich also überhaupt nicht mit der Jahrtausendwende – sie ist bloß Hintergrund. Sie befaßt sich mit etwas sehr viel mehr Angst Einflößendem: dem menschlichen Bewußtsein.

Die Straßen standen in Flammen.

Seit sechs Wochen verließ Martin Gordon sein Haus nach Sonnenuntergang nicht mehr.

Er wagte es einfach nicht.

In der Woche zuvor hatten die Fernsehsender die Sendetätigkeit eingestellt, und er hatte keine Nachrichten mehr gesehen. Daß er irgendeine Zeitung oder Zeitschrift gelesen hatte, lag sogar noch weiter zurück. Aber er brauchte niemanden, der ihm sagte, daß es gefährlich war, nach Einbruch der Dunkelheit nach draußen zu gehen. Von seinem Schlafzimmerfenster im ersten Stock konnte er plündernde Banden junger Leute durch die Straßen ziehen sehen, deren schwarze Silhouetten sich wie heißes Metall vor den tanzenden Flammen der brennenden Stadt abzeichneten.

Die Jahrtausendwendefeiern hatten Anfang Dezember angefangen. Zuerst waren es bloß sporadische nächtliche Feiern gewesen; aber in den letzten paar Wochen hatten sie von Beginn der Dunkelheit bis zur Morgendämmerung gedauert, Menschentrauben, die von einem Häuserblock in der Stadt zum nächsten gezogen waren. Was als spontane Feier angefangen hatte, schlug schnell in mutwillige Zerstörung um, als die ganze Enttäuschung und Unsicherheit der Menschen die Gewalt über ihr Handeln übernahm. Und es dauerte nicht lange, bis schließlich das große Brennen und Plündern anhob.

Martin hatte seinen Job am Montag der letzten Woche gekündigt. »Gekündigt« war vielleicht etwas übertrieben. Es gab in der Fabrik keinen Vorgesetzten mehr, bei dem er hätte kündigen können, also hörte er eines Morgens einfach auf, an seiner Arbeitsstätte zu erscheinen.

Daß er jetzt ohne Arbeit war, machte ihm nicht viel aus. Seinen Job hatte er ohnehin nie gemocht, und jetzt hatte er genügend Zeit, um das zu tun, was ihm Spaß machte, zum Beispiel an seinen Spielzeugeisenbahnen zu basteln. Ohne Elektrizität konnte er die Züge natürlich nicht fahren lassen. Er konnte nur in der wachsenden Dunkelheit sein Tagewerk bewundern und hoffen, die Züge, sobald die Stromversorgung – irgendwann einmal – wiederhergestellt war, auch wieder fahren lassen zu können.

Die letzten paar Tage hatte er allerdings die meiste Zeit bei Tageslicht damit verbracht, die Barrikaden rings um sein Haus zu verstärken. Er hatte fast alle schweren Eichentüren aus dem Haus dafür geopfert, um die Fenster im Untergeschoß damit abzudecken. Er holte sich ein paar kräftige Schrauben aus dem Eisenwarenladen und schraubte die Türen, die er in zwei Stücke geschnitten hatte, fest in die Fensterrahmen. Um eine der Türhälften zu entfernen, würde jemand verdammt wild darauf sein müssen, ausgerechnet bei ihm einbrechen zu wollen.

Er hatte die Rahmen und die Sprungfedern aus den alten Betten vom Dachboden dazu benutzt, eine zusätzliche Sperre für die beiden Türen vorn und hinten am Haus zu bauen. Sie würden niemanden lang aufhalten, aber bestimmt lang genug, daß Martin noch Zeit hatte, seine Schrotflinte zu holen.

Nahrung zu bekommen wurde ein immer größeres Problem. Martin war schon vor einer Weile das Bargeld ausgegangen. Sämtliche Banken der Stadt hatten in der zweiten Dezemberwoche ihre Tore geschlossen, so daß seine bescheidenen Ersparnisse für ihn nicht mehr zugänglich waren.

Letzten Endes hatte das natürlich keine Auswirkung, weil sämtliche Lebensmittelgeschäfte in Fußgängerreichweite seines Hauses ohnehin schon geplündert worden waren. Ohne Elektrizität waren alle verderblichen Lebensmittel bereits verdorben, aber Martin hatte genug Konserven und getrocknete Lebensmittel gehamstert, um damit wenigstens einen Monat zu Rande zu kommen, vielleicht sogar auch länger, wenn er es sich einteilte. Seine Mahlzeiten waren ziemlich phantasielos – gewöhnlich nicht viel mehr als kalte gebackene Bohnen oder Gemüse, das er gleich aus der Dose aß. Er konnte nur hoffen, daß die Situation sich schließlich beruhigen und die Polizei wieder Ordnung herstellen würde, damit alles wieder zum Normalzustand zurückkehren konnte.

Was auch immer im Jahr 2000 normal war.

Jeden Tag, wenn die Sonne sich anschickte unterzugehen, pflegte Martin sich zu vergewissern, daß die Türen vorn und hinten am Haus gesichert waren, um sich dann zu einer kalten Dosenmahlzeit hinzusetzen, bevor er dann nach oben ging, wo er von seinem Schlafzimmerfenster aus ein Auge auf den Bereich vor seinem Haus haben konnte. Schließlich, gewöhnlich nach Mitternacht, pflegte er sich schlafen zu legen.

Inzwischen konnte er praktisch immer schlafen, wenn nicht gerade eine herumziehende Bande von Partygängern dem Haus zu nahe kam. Wenn die Dinge anfingen, außer Kontrolle zu geraten, wachte er allerdings auf und saß dann auf seinem Bett, die geladene Schrotflinte wie ein Baby auf dem Schoß. Als Licht benutzte er nur eine einzige Kerze, die er hinter sich stellte, damit sie die Schlafzimmertür beleuchtete, ohne ihn zu blenden, falls es Schwierigkeiten geben sollte.

Bis jetzt hatte es freilich noch keine Schwierigkeiten gegeben, und aus irgendeinem Grund war der heutige Abend besonders ruhig. Die Jahrtausendwendekrawalle waren immer noch in vollem Schwung, spielten sich aber in einiger Entfernung ab. Als Martin zum Fenster im Oberstock hinaussah, konnte er in der Ferne von Feuer beleuchtete Gebäude sehen und Musik und Geschrei hören, Gelächter und hemmungsloses Gebrüll.

»Herrgott, so zu feiern«, murmelte er.

Er war gewohnt, mit sich selbst zu sprechen, da er die letzten acht Jahre seit dem Tod seiner Mutter allein gelebt hatte. Er hatte seinen Vater nie gekannt, der, wie seine Mutter immer wieder erzählte, die Familie verlassen hatte, als Martin erst ein Jahr alt war. Wie eine Menge Männer, die sich in einer wirtschaftlichen Notlage befanden, war er eines Tages einfach weggegangen, um sich aus dem Laden an der Ecke Zigaretten zu holen, und nie wieder zurückgekommen.

Ein eisiger winterlicher Hauch lag in der Luft, und deshalb beschloß Martin, nachdem er den Feiernden in der Ferne eine Weile zugehört hatte, daß es ausreichend sicher sei, das Fenster jetzt zu schließen und sich schlafen zu legen. Weil im Haus nicht geheizt war – selbst wenn Elektrizität dagewesen wäre, um den Brenner zu betreiben: seit Wochen hatte es keine Öllieferungen mehr gegeben –, war seine Matratze mit Decken und Kissen überhäuft. Sein Atem erzeugte weiße Wölkchen, als er sich in der Finsternis hinlegte und dem stumpfen, orangefarbenen Flackern der Flammen vor der Skyline der Stadt zusah.

Er war gerade eingeschlafen, als er plötzlich wieder aufschrak.

Einen angsterfüllten Augenblick lang war sich Martin nicht sicher, was ihn geweckt hatte. Die Geräusche der Feiernden waren immer noch weit entfernt. Besorgt sah er sich in dem

dunklen Schlafzimmer um, war sich sicher, daß er etwas –
aber was? – gehört hatte.

Konnte es sein, daß da jemand im Haus war?

Er verspürte eine prickelnde Aufwallung von Unruhe.

Es war unmöglich hereinzukommen, und er konnte sich
zudem nicht vorstellen, wie jemand das geschafft haben
sollte, ohne soviel Lärm zu machen, daß er schon früher wach
geworden wäre…

Mit langsamen Bewegungen, um möglichst wenig Geräusche zu erzeugen, setzte Martin sich auf und griff neben sein
Bett, wo die Schrotflinte an der Wand lehnte. Er fühlte sich sicherer, sobald er sie in der Hand hatte. Er schob die Bettdecke
beiseite und schwang die Füße auf den Boden. Ein betäubendes Kältegefühl schoß an seinen Beinen in die Höhe, als seine
nackten Füße die eisigen Fußbodenbretter berührten.

In Verteidigungshaltung kauernd, versuchte er, das Zähne-
klappern zu stoppen, während er darauf wartete, daß irgend
etwas zu hören war. Schauder tanzten ihm über den Rücken
wie knochige Fingerspitzen, die auf seiner Wirbelsäule Xylo-
phon spielten. Seine Nackenhärchen prickelten, von Vorahnungen erfüllt, bis er – ganz schwach – ein Geräusch hörte.

Es war das Geräusch von jemandem, der klopfte…

… an die Eingangstür klopfte.

Martin schlug das Herz schwer in der Brust, als er den
Hahn seiner Schrotflinte zurückzog und ein paar vorsichtige
Schritte ging. Sein Atem ging schnell und hinterließ über
seinen Schultern einen frostigen Hauch wie einen wirren
Schal.

Ehe er zu dem jetzt türlosen Eingang seines Schlafzimmers
ging, ertönte das Klopfen erneut, diesmal lauter. Es hallte
durch das kalte, dunkle Haus, und das Echo klang so, als befände man sich im Inneren einer riesigen Kesseltrommel.

Martin fröstelte heftig, als er in den Flur hinaustrat und
dann dort stehenblieb, um über das Geländer zu sehen. Seine
Augen schienen zu lang zu brauchen, um sich an die Dunkelheit anzupassen. Er starrte auf die Haustür und war, als das
Klopfen wieder ertönte, davon überzeugt, sehen zu können,
wie sie sich bei jedem schweren Schlag nach innen bog.

Die Schrotflinte mit den Händen umklammert, begann er die Treppe hinunterzusteigen, den Blick fest auf die schmalen Fenster beiderseits der Tür gerichtet. Er suchte nach einem Hinweis darauf, wer da draußen vor der Tür sein könnte, konnte aber nur das tiefe Schwarz der Nacht sehen, das sich wie eine streunende Katze gegen das Glas preßte, um hereingelassen zu werden.

Martin atmete tief durch, schickte sich an, einen warnenden Ruf auszustoßen, aber dann versagte ihm die Stimme, verfing sich wie ein Fischhaken in seiner Kehle.

Das Ganze gefiel ihm gar nicht. Überhaupt nicht.

Aber trotz der wachsenden Spannung, die sich in ihm aufbaute, bewegte er sich weiter. Jede Treppenstufe ächzte unter seinem Gewicht. Er biß die Zähne zusammen, bis er schließlich unten im Vorraum angelangt war.

Das einzige Licht im Haus kam von der Kerze, die oben in seinem Schlafzimmer brannte. Kaum genug Licht, um sich orientieren zu können. Die Dunkelheit im Haus drängte auf ihn ein, quetschte sich gegen ihn wie weicher Samt. Als er bemerkte, daß er den Atem angehalten hatte, ließ er ihn mit einem langen, langsamen Pfeifen entweichen. Die Hände zitterten ihm, als er die Schrotflinte hob und damit auf die Tür zielte.

Obwohl er neuerliches Klopfen erwartete und überzeugt war, darauf vorbereitet zu sein, setzte sein Herz einen Schlag aus, als es wieder da war.

Einmal... zweimal... dreimal, dröhnten die schweren Schläge gegen die Tür.

Und dann hörten sie auf.

Die plötzliche Stille summte in Martins Ohren, während er im Vorraum stand und zu verängstigt war, um irgend etwas zu sagen oder zu tun.

Seine Besorgnis stieg, während er darauf wartete, daß das Klopfen wieder ertönte. Er sah sich verstohlen nach allen Seiten um, als würde er erwarten, daß jemand in der Dunkelheit von hinten herankroch, obwohl er sich selbst immer wieder vorsagte, daß dort nichts war. Sein Blick kehrte zur Tür zurück, als die unbekannte Person auf der anderen Seite wieder zu klopfen anfing, diesmal sogar noch heftiger.

War es ein Freund? fragte sich Martin. Jemand, der vorbei-gekommen war, um nachzusehen, ob bei ihm alles in Ord-nung war? Das war unwahrscheinlich.

Martin hatte keine echten Freunde. Er lebte ziemlich zu-rückgezogen und hatte sich an das Alleinsein gewöhnt, nach-dem er seine kranke Mutter so viele Jahre bis zu ihrem Tod ge-pflegt hatte.

Der Gedanke an seine Mutter jagte einen prickelnden, elek-trisierenden Strom über seinen Rücken.

Was, wenn sie das dort draußen ist? fragte er sich und war nicht imstande, das Schaudern zu unterdrücken, das ihn plötzlich erfaßte. Er mußte unwillkürlich daran denken, wie sie in jenen letzten schrecklichen Jahren, als sie krank und bettlägerig gewesen war, gegen die Wände geschlagen hatte, um ihn auf sich aufmerksam zu machen, ihn von seinen Spiel-zeugeisenbahnen wegzuholen.

Er versuchte es zu verdrängen, aber die Geräusche hier wa-ren nahezu dieselben.

»Nein!« redete er sich ein. »Mutter ist tot!«

Ohne daß er es wollte, stellte er sich vor, wie sie aussehen würde, ihre eingeschrumpelte Gestalt gebückt auf den zer-bröckelnden Betontreppen, in ihr gelbes Grabtuch eingehüllt, um sich vor der Kälte zu schützen, und gegen die Tür schla-gend, um eingelassen zu werden. Ihre Haut, grau von der Fäulnis des Grabes, würde in großen Brocken von ihr abfal-len, während jeder Schlag wie ein Hammer auf einem alten chinesischen Gong hallte.

Aber nein!

Das konnte sie nicht sein. Er hatte gesehen, wie ihr Sarg in die Erde hinuntergelassen worden war.

Sie war tot.

Selbst wenn er sie nicht mit ihrem Kissen erstickt hatte – was der Kriminalbeamte nämlich vermutet hatte, der ein paarmal vorbeigekommen war –, sie war tot und begraben! Und selbst wenn er so etwas getan hätte, dann hätte er es nur aus Mitleid getan, um ihrem langen Leiden nach dem läh-menden Schlaganfall ein Ende zu setzen.

Er sagte sich, daß er einfach nicht zulassen durfte, daß sich seine Phantasie so aufputschte. Das war nicht gesund. Dort draußen war ganz sicherlich jemand, ohne Zweifel, aber es war nicht – konnte es nicht sein – seine Mutter!

Aber es war jemand da, und als dieser Jemand erneut anfing, gegen die Tür zu hämmern, sagte sich Martin, daß er, wenn der oder die Betreffenden jetzt nicht damit aufhörten und sich verzogen, ohne Warnung beide Läufe seiner Schrotflinte auf sie abfeuern würde.

Es war ihm völlig egal, wer es war.

Selbst wenn es ein kleiner Junge war, dem sein Kätzchen entlaufen war und der jetzt auf der Suche danach von Tür zu Tür ging, oder irgend ein verrückter Betrunkener oder Drogensüchtiger, der sich verlaufen hatte und dachte, dies sei sein Haus, und der bloß an die falsche Tür pochte, um eingelassen zu werden.

Es war völlig gleichgültig.

Zum Teufel damit, selbst wenn es nicht gleichgültig war, Martin war es jetzt egal.

Jeder mit auch nur einem Funken Verstand hatte sich in sein eigenes Haus zurückgezogen, sobald es einmal dunkel geworden war. Die einzigen Leute, die sich um diese Stunde draußen aufhielten, waren gefährliche Leute, die den Tod verdienten, wenn sie anständige Leute wie Martin belästigten, die schließlich bloß in Ruhe gelassen werden wollten.

Wenn es nicht anders ging, würde er schießen.

Er hatte in letzter Zeit zwar keine Nachrichten gehört, aber er war sich sicher, daß es eine Menge Todesfälle gegeben haben mußte – Unfälle, aber auch Morde –, seit die Feiern eingesetzt hatten. Ein Tod mehr in einer Stadt dieser Größe würde nicht einmal bemerkt werden. Nicht, wenn die Polizei so viele andere Dinge hatte, um die sie sich kümmern mußte.

Trotzdem wagte Martin nicht zu rufen, geschweige denn zur Tür zu gehen.

Statt dessen ging er zu der Wand, die der Eingangstür gegenüberlag, lehnte sich dort gegen die geschlossene Tür des Wandschranks – einer der wenigen, die im Haus noch existierten –, rutschte langsam herunter, bis er auf dem Boden saß, und zielte mit der Schrotflinte auf die Eingangstür.

Das Klopfen hielt unvermindert an, die Schläge kamen jetzt schneller und so heftig, daß sie immer lauter dröhnten. Martin war davon überzeugt, daß die Tür ihnen nicht mehr lang standhalten würde und zu zersplittern drohte. Trotz der kalten Nacht rannen ihm dünne Schweißrinnsale über das Gesicht. Seine Augen fühlten sich an, als wollten sie ihm aus den Höhlen treten, während er auf die Tür blickte... und wartete... sich wünschte, daß das Klopfen aufhören und die Person draußen weggehen und ihn in Ruhe lassen würde.

Aber es geschah nichts dergleichen, und Martin fuhr fort, darüber nachzugrübeln, wer es wohl sein mochte. Er malte sich allerlei aus, bis ihm etwas einfiel, das sein Herz einen Schlag aussetzen ließ. Plötzlich fühlte er sich vor Angst wie benommen.

Was, wenn es sein Vater war, der nach all den Jahren nach Hause zurückkehrte?

Wäre das möglich?

Martin hatte mit seiner Mutter immer in diesem Haus gelebt. Wenn sein Vater infolge irgendwelcher ungewöhnlicher Umstände noch am Leben war, würde er daher natürlich zuerst hierher zurückkommen, und sei es nur, um nachzusehen, ob seine Familie noch hier wohnte.

Martin strich mit dem Zeigefinger leicht über den Abzug der Schrotflinte. Er knirschte so mit den Zähnen, daß er tief in seinem Kopf mahlende Geräusche hören konnte. Vor seinen Augen pulste und wirbelte es und erzeugte einen Strudel der Dunkelheit, der in noch tieferer Dunkelheit kreiselte.

Das Pochen an der Tür war jetzt dermaßen laut, daß es ebensogut im Inneren seines Schädels wie außerhalb hätte sein können. Ein Schlag nach dem anderen ging auf das Holz hernieder, und jeder Schlag hallte in Martins Schädel nach, bis er wie ein Fieberkranker zitterte.

Geh weg, dachte er, wagte aber nicht, es laut auszusprechen. *Geh weg!*

Laß mich in Ruhe! Aber immer noch hielt das Klopfen an, jetzt im Takt mit dem schmerzenden Schlag seines Herzens, der so laut bis in die Ohren dröhnte, daß ihm der Hals davon schmerzte.

Bitte ... um Himmels willen ... geh einfach weg!

Aber das Klopfen hörte nicht auf. Es wurde von Mal zu Mal lauter, bis Martin bewußt wurde, daß er zur Tür würde gehen müssen und der Person dort draußen gegenübertreten.

Er war am ganzen Körper starr und steif und zitterte doch zugleich vor Schmerz, als er sich langsam erhob. Seine Schrotflinte hielt er so krampfhaft in Händen, daß seine Finger wie gelähmt waren, unfähig sich zu bewegen.

Er mußte die Kontrolle über sich behalten, redete Martin sich zu, er mußte sich jetzt damit auseinandersetzen, oder es würde nur schlimmer werden. Wenn er die Tür öffnete, und die Person – wer auch immer dort draußen war – auch nur eine Andeutung von Angst oder Zögern an ihm wahrnahm, würde er in ernsthafte Schwierigkeiten geraten.

Er zog die Füße schwer über den Dielenboden und machte dabei laute, scharrende Geräusche, allerdings nicht laut genug, um das unablässige Hämmern an der Tür zu übertönen.

Martin leckte sich über die Lippen und holte tief und rasselnd Luft, so daß seine Brust sich anfühlte, als ob dicke Eisenbänder um sie lägen. Die Magensäure stieg ihm die Speiseröhre hoch, daß es regelrecht weh tat, und er mußte sich konzentrieren, um seine Arme zu bewegen, als er jetzt die Schrotflinte hob und sie auf die Tür richtete.

Weg da! Schnell! Sonst gibt es Ärger, wollte Martin rufen, aber schreckliche Bilder seiner toten Mutter und des Vaters, den er nie gekannt hatte, erfüllten sein Bewußtsein.

Konnte es sein, daß sie beide dort draußen vor der Tür waren?

Er verspürte eine seltsame Last auf seinen Schultern, als er sich auf die Tür zubewegte. Es war wie in einem Traum – so viele Schritte er auch machte, die Haustür schien sich vor ihm zurückzuziehen, sich weiter zu entfernen, statt näher zu kommen.

Martin schüttelte den Kopf und schlug sich selbst ins Gesicht, versuchte sich davon zu überzeugen, daß er wach war. Das hier war die Wirklichkeit. Es geschah wirklich.

Und die ganze Zeit hielt das laute Pochen an der Tür an, ließ nicht nach.

Martin musterte die Tür wie ein Beobachter, den das alles gar nichts anging, hob eine Hand und griff nach dem Türschloß. Mit der anderen Hand hielt er die Schrotflinte in Brusthöhe, den Zeigefinger am Abzug, drückte diesen sogar etwas durch.

Eine Welle von prickelndem Schmerz fuhr ihm über den Arm die Schulter hinauf, als er langsam den Metallbolzen der Schließkette herauszog und herunterfallen ließ. Es gab ein rauhes, scharrendes Geräusch, weil der Bolzen wie ein Pendel an der Tür vor und zurück schwang und jedesmal einen kleinen Satz machte, wenn das Klopfen von der anderen Seite die Tür vibrieren ließ.

Martin hielt den Atem so lange an, bis es weh tat, und drehte den Hebel des Schlosses ganz langsam nach rechts. Die Nerven am ganzen Körper zischten wie überlastete Drähte, während Martin darauf wartete, daß das Schloß klickend aufging.

Eine Welle von Schwindelgefühl erfaßte ihn, und er hatte Angst, er würde die Besinnung verlieren, bevor er noch die Tür öffnen und dem, was auch immer dort draußen auf seiner Schwelle stand, gegenübertreten konnte. Sie mußten gehört haben, wie er das Schloß öffnete, dachte er, sie würden also genügend Zeit zum Wegrennen haben, ehe er die Tür öffnete.

Martin zuckte zusammen, als das Schloß klickte; es klang scharf wie ein Peitschenschlag. Er griff schnell nach dem Türknauf, drehte ihn ruckartig herum und zog ihn zu sich her, um die Tür aufzureißen.

Aber ihm entglitt der Türknauf, als ob dieser eingeölt wäre.

Einen Augenblick lang verwirrt, trat Martin einen Schritt zurück. Der Atem ging ihm jetzt so schwer, daß nur noch ein dumpfes Brausen aus der Kehle kam. Der Schweiß, der an der Innenseite seines Hemdes herunterrann, kitzelte auf der Brust. Das Klopfen hielt an, so laut jetzt, daß sein Gesichtsfeld sich im Rhythmus dazu mitbewegte.

Die Waffe in seiner Hand fühlte sich plötzlich schwer an, und er stellte sie auf den Boden, lehnte sie ihn Reichweite an die Wand. Er wischte sich die vom Schweiß feuchten Handflächen an den Hosenbeinen ab, bevor er wieder nach dem Türknauf griff, um noch einmal heftig daran zu drehen.

Er hörte, wie der Zylindermechanismus klickte. Als er den Knauf diesmal zu sich herzog, entglitt er ihm nicht, aber – die Tür ließ sich immer noch nicht öffnen.

Martin stieß eine Verwünschung aus, aber konnte bei dem ständigen Pochen an der Tür die eigene Stimme kaum hören. Dafür fühlte er das tiefe Vibrieren an seiner Handfläche wie einen Wespenstich, beachtete es aber nicht weiter und drehte den Türknauf ein paarmal hin und her, wobei er die ganze Zeit mit aller Kraft daran zerrte.

Trotzdem wollte die Tür nicht aufgehen.

Sie bewegte sich keinen Millimeter.

Das ist nicht möglich, dachte Martin und war jetzt überzeugt davon, daß, wer auch immer dort draußen unablässig klopfte, die Tür mit der anderen Hand festhielt, damit Martin sie nicht öffnen konnte.

Schwer keuchend, trat Martin einen Schritt nach links. Er bückte sich und spähte zu dem Fenster neben der Tür hinaus. Die Nacht war dicht und schwarz, abgesehen vom fernen Feuerleuchten am Horizont. Soweit er das erkennen konnte, war da niemand draußen.

Der Platz vor der Tür war leer.

Ein plötzlicher Windstoß blies etwas Schnee vom Vordach. Die Eiskristalle glitzerten in dem flackernden, orangefarbenen Leuchten wie Diamanten, ehe sie in der Dunkelheit zu Boden schwebten. Einen Augenblick lang bildete Martin sich ein, der kleine Schneeschauer habe irgendwie menschliche Konturen angenommen. Er räusperte sich, schickte sich an zu rufen, aber wieder stockte ihm die Stimme in der Brust.

Das Klopfen hielt ohne Unterbrechung an.

Als er eine Katze von den Mülltonnen auf den Zaun springen sah, der an sein Grundstück grenzte, zuckte Martin zusammen und stieß einen verblüfften Schrei aus. Aber selbst wenn das Geräusch aufgehört hätte, wußte er doch, daß die Katze es nicht hätte verursachen können.

Heftig fröstelnd kehrte er zur Tür zurück. Nachdem er sich vergewissert hatte, daß das Schloß und die Schließkette beide offen waren, packte er wieder mit beiden Händen den Tür-knauf. Die Muskeln an seinen Handgelenken und Unterarmen traten wie Drahtseile hervor, ein wellenförmiges Vibrieren floß von den Armen über die Schultern bis zum Hals hinauf.

Ein klägliches Wimmern entkam Martin, als er den Tür-knauf schnell hin und her drehte. Selbst wenn die Tür zuge-nagelt gewesen wäre, hätte sie nicht fester geschlossen sein können. Einen Fuß gegen den Türstock stemmend, lehnte er sich zurück und zog mit aller Kraft, aber die Tür bewegte sich keinen Deut.

Wer ist dort draußen, wollte Martin rufen. *Warum tut ihr das?* Aber sein Hals fühlte sich an, als ob man ihm die Haut abge-zogen hätte.

Der Herzschlag dröhnte ihm schwer in den Ohren, als das Klopfen ständig lauter wurde, durch das dunkle Haus don-nerte, stets im Takt mit seinem wild hämmernden Puls.

In Martin spannte sich jeder Muskel, als er sich, so weit das ging, zurücklehnte und sich abmühte, die Tür zu öffnen. Er sog die Luft in kleinen Schlucken in sich hinein. Es fühlte sich an, als würde er an flüssigem Feuer nippen. Schließlich preßte er mit hoher, gebrochener Stimme ein Flüstern hinaus.

»Mutter?«

In dem Augenblick, in dem die Worte aus seinem Mund waren, hörte das Klopfen auf. Bleiernes Schweigen mischte sich in die Dunkelheit und füllte die Luft.

Das Schweigen dehnte sich.

Und dann, von jeder noch im Haus verbliebenen Tür, vom Wandschrank im Flur, aus dem Keller, dem Küchenschrank – Klopfen.

Martin schrie. Die Panik stieg in Wellen in ihm auf, und er hob den Arm hoch über den Kopf und schmetterte ihn gegen die Eingangstür.

»Laß mich raus!«

Tränen brannten ihm in den Augen, während er mit der Faust mehrmals gegen die Tür schmetterte, so heftig zu-schlug, daß es nicht lang dauerte, bis ihm die Hände bluteten.

»Laß … mich … raus!« stieß er schluchzend hervor. »Laß … mich … raus!«

Er klappte nach vorn zusammen, preßte die Stirn gegen das kalte, unnachgiebige Holz und fuhr dabei fort, mit beiden Fäusten darauf einzuschlagen. Sein Körper war wie ausgequetscht, brannte vor Erschöpfung. Tränen strömten ihm aus den Augen.

Das einzige Geräusch, das das Haus jetzt erfüllte, waren die immer schwächer werdenden Schläge, die er der Tür versetzte.

Er hörte sich, während er fortfuhr zu klopfen, nicht einmal selbst sagen: »Wer ... ist ... da ...«

David Morrell

RIO GRANDE GOTHIC

Ja, es war David Morrell, der Rambo *geschrieben und die berühmte gleichnamige Filmfigur geschaffen hat. Ja, genau der David Morrell, der Bestseller wie* Der Geheimbund der Rose *und* Das Ebenbild *geschrieben hat. Außerdem ist er ein riesig netter Kerl, ein Gentleman in Person, und tätschelt wahrscheinlich Hunde, wenn er auf der Straße welche sieht. Er schreibt auch Stories, die genauso gut wie seine Romane sind, so wie die Story, die Sie jetzt gleich lesen werden.*

Der Held von »Rio Grande Gothic« ist ein klassischer Morrell-Held, ein Mann, den die Umstände zum Rollentausch zwingen, vom Jäger zum Gejagten. Wie es in Morrells besten Werken der Fall ist, ist das Tempo schnell, und es herrscht ständig Action.

Und diesmal ist es auch eine Geschichte, die darüber hinaus verdammt unheimlich ist.

Als Romero endlich die Schuhe auf der Straße bemerkte, wurde ihm bewußt, daß er sie eigentlich schon seit ein paar Tagen gesehen hatte. Er war auf dem Old Pecos Trail in die Stadt unterwegs, passierte den Santa Fe Woman's Club mit seinen Adobemauern auf der linken Seite, näherte sich der im Pueblo-Stil gebauten Baptistenkirche auf der rechten, erreichte den Hügelkamm, sah die Joggingschuhe auf dem gelben Mittelstreifen und lenkte den Streifenwagen auf den Fahrbahnrand.

Er runzelte die Stirn, schob die Daumen in den schweren Pistolengurt und konzentrierte sich ganz auf die Joggingschuhe, ohne dabei auf den vorüberbrausenden Verkehr zu achten. Sie waren mit Schnürsenkeln zusammengebunden und trugen hinten das Nike-Emblem. Einer lag auf der Seite, so daß man sehen konnte, wie abgetreten die Lauffläche war.

Aber gestern hatten diese nicht in der Straßenmitte gelegen, dachte Romero. Nein, gestern war es ein Paar Ledersandalen gewesen. Er erinnerte sich jetzt daran, sie vage wahrgenommen zu haben. Und vorgestern? Waren es da Damenschuhe mit hohen Absätzen gewesen? Seine Erinnerung war nicht ganz klar, aber irgendwelche Schuhe waren da gewesen – da war er ganz sicher. Was zum …?

Romero wartete auf eine Lücke im Verkehr und ging dann zum Mittelstreifen und starrte die Joggingschuhe an, als müßte er ein Rätsel entziffern. Ein Laster kam den Hügel zu schnell herauf, um Romero rechtzeitig zu sehen und abzubremsen, und der Fahrtwind zauste an seiner blauen Uniform. Er achtete kaum darauf, war zu sehr mit den Schuhen beschäftigt. Aber als ein zweiter Laster vorbeibrauste, wurde ihm bewußt, daß er lieber von der Straße gehen sollte. Er zog den Gummiknüppel aus dem Gürtel, schob ihn unter die zusammengebundenen Schnürsenkel und hob die Schuhe auf. Als er das Gewicht der an dem Gummiknüppel baumelnden Schuhe spürte, wartete er, bis ein Kleinbus vorbeigebraust war, und kehrte dann zum Streifenwagen zurück, sperrte den Kofferraum auf und warf die Schuhe hinein. Wahrscheinlich war das mit den anderen Schuhen auch passiert, dachte er. Einer von der Straßenreinigung oder halt jemand, der irgendwie für die Stadt tätig war, mußte angehalten und die Schuhe, die er für Abfall gehalten hatte, mitgenommen haben. Es war jetzt Mitte Mai. Bald würde die Touristensaison beginnen, und es war nicht gut, wenn Besucher Unrat auf der Straße sahen. Ich werde diese Schuhe in die Abfalltonne werfen, wenn ich aufs Revier komme, entschied er.

Der nächste Laster, der über den Hügel heraufgeschossen kam, fuhr mindestens neunzig. Romero setzte sich hastig hinter das Steuer seines Streifenwagens, knipste die Sirene an und stoppte den Laster, nachdem dieser zuvor noch eine rote Ampel an der Cordova überfahren hatte.

Er war zweiundvierzig. Er war seit fünfzehn Jahren Polizist in Santa Fe, aber die dreißigtausend Dollar, die er pro Jahr verdiente, reichten nicht aus, daß er sich im teuren Santa Fe ein Haus leisten konnte, also wohnte er in der benachbarten Stadt Pecos, zwanzig Meilen nordöstlich, wo schon seine Eltern und seine Großeltern gewohnt hatten. Tatsächlich lebte er sogar in demselben Haus, das einmal seinen Eltern gehört hatte, bevor ein betrunkener Geisterfahrer auf der Interstate frontal auf deren Wagen aufgeprallt war und sie dabei umgebracht hatte. Der bescheidene Bau hatte sich einmal in einer ruhigen Umgebung befunden, aber vor sechs Monaten hatte eine Straße weiter ein Supermarkt aufgemacht, und seitdem war der Verkehr so dicht geworden, daß die Gegend darunter gelitten hatte. Romero hatte mit zwanzig geheiratet. Seine Frau war bei einem Vertreter der Allstate-Versicherung in Pecos tätig. Ihr zweiundzwanzig Jahre alter Sohn wohnte zu Hause und war arbeitslos. Romero stritt sich jeden Morgen mit ihm und lag ihm ständig auf den Ohren, sich endlich Arbeit zu suchen. Dem schloß sich dann jedesmal ein weiterer Streit an, in dem Romeros Frau sich darüber beklagte, daß er den Jungen zu hart anpackte. Üblicherweise gingen er und seine Frau dann aus dem Haus und redeten erst mal eine Weile nicht mehr miteinander. Früher war Romero einmal schlank und sportlich gewesen, der Star der Footballmannschaft auf der High-School, aber jetzt war er vom zu vielen Fastfood und vom ewigen Sitzen hinter dem Steuer im Gesicht und um die Hüften aufgequollen. Heute morgen hatte er bemerkt, daß seine Koteletten anfingen grau zu werden.

Als er mit dem Fahrer des Lasters, der das Rotlicht überfahren hatte, fertig war und mit einem Einbruch, wo er ermitteln sollte, und einem Handtaschenräuber, den er schließlich fangen konnte, hatte Romero die Schuhe längst vergessen. Eine Prügelei zwischen zwei verfeindeten Nachbarn, die auf dem Parkplatz eines Restaurants aneinandergerieten, lenkte ihn ebenfalls ab. Er erledigte seine Büroarbeiten auf dem Revier, nahm noch an einer Abschlußbesprechung am Ende seiner Schicht teil und brauchte kein großes Zureden eines Kollegen, mit ihm zusammen ein Bier zu trinken, anstatt die zwanzig Meilen nach Hause zu fahren, wo ihn die üblichen Spannungen erwarteten. Er kam schließlich um zehn nach Hause, lang nachdem seine Frau und sein Sohn gegessen hatten. Sein Sohn war mit Freunden weg. Seine Frau lag im Bett. Er aß übriggebliebene Fajitas und sah sich dazu die Wiederholung einer Sitcom an, die schon bei der ersten Ausstrahlung nicht sonderlich komisch gewesen war.

Am nächsten Morgen, als er bei der Baptistenkirche die Hügelkuppe erreichte, fiel ihm ein Paar Slipper am Mittelstreifen auf. Nachdem er mit einem scharfen Ruck auf den Seitenstreifen gefahren war, öffnete er die Tür und hielt den Verkehr mit ausgestreckten Händen an, holte die Slipper, kehrte zum Streifenwagen zurück und legte sie neben die Joggingschuhe in den Kofferraum.

»Schuhe?« fragte sein Sergeant auf dem Revier. »Was reden Sie da?«

»Drüben, am Old Pecos Trail. Dort liegt jeden Morgen ein Paar Schuhe«, sagte Romero.

»Die müssen von einem Müllwagen gefallen sein.«

»Jeden Morgen? Und bloß Schuhe, sonst nichts? Außerdem waren die, die ich heute morgen gefunden habe, fast neu.«

»Vielleicht ist jemand umgezogen, und die Schuhe sind von einem Umzugswagen gefallen.«

»Jeden Morgen?« wiederholte Romero. »Das waren Cole Haans, teure Slipper wie die wirft man nicht einfach zu 'ner Menge anderen Kram auf der Ladefläche.«

»Na und? Sind ja bloß Schuhe. Vielleicht macht sich da jemand 'nen Witz.«

»Klar«, sagte Romero. »Jemand macht sich 'nen Witz.«

»Genau, um jemanden zu verarschen«, sagte der Sergeant. »Damit die Leute sich fragen, warum die Schuhe auf der Straße liegen. He, *Sie* haben sich ja auch gefragt. Der Witz funktioniert also.«

»Mhm«, sagte Romero. »Ein Witz.«

Am Morgen darauf war es ein abgetretenes Paar Timberland-Arbeitsstiefel. Als Romero den Hügel an der Baptistenkirche hochkam, war er keineswegs überrascht, sie zu sehen. Eigentlich war er sich lediglich darüber unsicher gewesen, was für Schuhwerk es diesmal sein würde.

Wenn das ein Witz sein soll, dann funktioniert er prima, dachte er. Wer auch immer das macht, ist schrecklich hartnäckig. Wer ...

Das Problem nagte den ganzen Tag an ihm. Zwischen den Ermittlungen an einem Fall von Fahrerflucht am St. Francis Drive und einem Einbruch in einer Kunstgalerie an der Canyon Road kehrte er mehrere Male zu der Hügelkuppe am Old Pecos Trail zurück und vergewisserte sich, daß nicht wieder weitere Schuhe aufgetaucht waren. Vielleicht legte der Witzbold seine Schuhe untertags hin. Wenn ja, würde der Plan, den Romero ins Auge gefaßt hatte, allerdings nichts bringen. Aber nachdem er zum achten Mal zurückgekehrt war und immer noch keine weiteren Schuhe gesehen hatte, sagte er sich, daß er eine Chance hatte.

Der Plan hatte den Vorzug einfach zu sein. Er erforderte nur Entschlossenheit, und die besaß Romero in hohem Maße. Außerdem würde das auch ein guter Vorwand sein, um später nach Hause zu kommen. Also fuhr er, nachdem er sich bei McDonald's einen Viertelpfünder mit Pommes, eine Cola und zwei große Becher Kaffee besorgt hatte, bei Anbruch der Abenddämmerung zum Old Pecos Trail. Er benutzte seinen Privatwagen, einen fünf Jahre alten dunkelblauen Cherokee – es hatte ja keinen Sinn aufzufallen. Er überlegte, ob er sich auf dem Parkplatz der Baptistenkirche auf die Lauer legen sollte. Von dort aus würde er einen guten Ausblick auf den Old Pecos Trail haben. Aber abends, wo sein Wagen der einzige auf dem Parkplatz sein würde, wäre das zu auffällig. Gegenüber der Kirche kreuzte die East Lupita Road den Old Pecos Trail. Dort war ein ruhiges Wohnviertel, und wenn er da parkte, würde man ihn vom Old Pecos aus nicht sehen. Er andererseits würde den vorüberfahrenden Verkehr gut beobachten können.

Es könnte gehen, dachte er. Am Old Pecos Trail gab es Straßenlampen, aber nicht auf der East Lupita. Im Dunkeln sitzend und damit beschäftigt, seinen Viertelpfünder und die Pommes zu verzehren und sich mit dem Koffein in der Cola und den beiden Bechern Kaffee wachzuhalten, konzentrierte er sich auf die beleuchtete Hügelkuppe. Eine Weile lenkten ihn die Scheinwerferstrahlen der zahlreichen vorbeikommenden Autos ab. Nach jedem einzelnen Fahrzeug starrte er auf den ihn interessierenden Teil der Straße, aber kaum daß er die Stelle wieder fixiert hatte, kamen schon wieder neue Scheinwerferpaare, und er mußte seine Augen anstrengen, um zu sehen, ob jemand etwas hinauswarf. Er hielt sich bereit, den Zündschlüssel umzudrehen und den Gang einzuwerfen, sein rechter Fuß schwebte über dem Gaspedal. Um sich zu entspannen, schaltete er immer wieder auf eine Viertelstunde das Radio ein, sorgfältig darauf bedacht, die Batterie nicht allzusehr zu schwächen. Dann kam nur noch ab und an ein Fahrzeug, was die Beobachtung der Straße erheblich erleichterte. Als er sich dann aber die Nachrichten um elf Uhr angehört hatte, in denen ein ausführlicher Bericht über einen Brand in einem Geschäft des De-Vargas-Einkaufszentrums kam, wurde ihm bewußt, daß es in seinem Plan einen Schwachpunkt gab. Das viele Koffein. Die Anspannung, ständig die Straße beobachten zu müssen.

Er mußte austreten.

Aber ich war doch, als ich das Essen gekauft habe.

Das war lange her. Die beiden großen Becher Kaffee …

He, ich mußte doch schließlich wach bleiben.

Er begann unruhig herumzurutschen und spannte die Bauchmuskeln an. Er hätte sich in einen der Getränkebecher erleichtern können, aber er hatte sie alle drei zusammengedrückt und in die leere Essenstüte gestopft. Die Blase schmerzte ihn. Scheinwerfer zogen vorbei. Keine Schuhe wurden herausgeworfen. Er preßte die Schenkel zusammen. Wieder Scheinwerfer. Keine Schuhe. Er drehte den Zündschlüssel um, schaltete die Scheinwerfer ein und fuhr eilig zur nächsten öffentlichen Toilette bei einer Tankstelle am St. Michael's Drive, weil um halb zwölf die meisten Restaurants und Fastfood-Läden schon geschlossen waren.

Als er zurückkam, lagen zwei Cowboystiefel auf der Straße.

»Es ist beinahe ein Uhr. Warum kommst du so spät nach Hause?«

Romero erzählte seiner Frau von den Schuhen.

»Schuhe? Bist du verrückt?«

»Hat dich noch nie etwas neugierig gemacht?«

»Ja, im Augenblick bin ich neugierig, warum du mich für so blöd hältst, daß ich dir glaube, du kommst wegen irgendwelchen alten Schuhen, die du auf der Straße gefunden hast, so spät nach Hause. Du hast wohl eine Freundin, wie?«

»Sie sehen aber gar nicht gut aus«, sagte sein Sergeant.

Romero zuckte bedrückt die Achseln.

»Wohl die ganze Nacht gefeiert«, witzelte der Sergeant.

»Ja, das hätte ich gern.«

Jetzt wurde der Sergeant ernst. »Was ist los? Wieder Ärger zu Hause?«

Romero hätte ihm fast die ganze Geschichte erzählt, aber dann erinnerte er sich daran, daß der Sergeant ja keinerlei Interesse gezeigt hatte, als er ihm das von den Schuhen berichtet hatte, und wußte, daß ihm das nicht viel Mitgefühl eintragen würde. Vielleicht sogar das Gegenteil. »Ja, wieder Ärger zu Hause.«

Schließlich mußte er ja durchaus zugeben, daß das, was er letzte Nacht getan hatte, tatsächlich ein wenig seltsam war. Seine Freizeit dazu zu benutzen, drei Stunden in einem Auto zu sitzen und darauf zu warten, daß … Wenn jemand sich einen Spaß daraus machen wollte, Schuhe auf die Straße zu werfen, na und? Sollte der Witzbold doch seine Zeit damit vergeuden. Warum meine eigene Zeit damit vergeuden, ihn erwischen zu wollen? Schließlich gab es genug echte Straftaten und Verbrechen, denen er nachgehen konnte. Was würde ich denn dem Burschen überhaupt zur Last legen können? Abfallbeseitigung an dafür nicht zugelassener Stelle? Während seiner ganzen Schicht gab sich Romero bewußt Mühe, nicht in die Nähe des Old Pecos Trail zu kommen. Er war den ganzen Tag über voll beschäftigt, mußte Zeugen wegen eines bewaffneten Überfalls vernehmen, dann war da ein Einbruch, dann wieder ein Handtaschenraub sowie ein schlimmer Unfall auf dem Paseo de Peralta. Dabei hätte er zweimal auf dem Weg von einem Einsatzort zum anderen dicht am Old Pecos Trail vorbeikommen können, nahm aber bewußt eine andere Route. Zeit, meine Verhaltensmuster zu ändern, sagte er sich. Zeit, mich auf das zu konzentrieren, was wirklich wichtig ist.

Am Ende der Schicht bekam er den versäumten Schlaf zu spüren. Er war völlig erschöpft und fuhr in der Hoffnung auf einen ruhigen häuslichen Abend im dichten Verkehr durch den Staub der ewigen Baustelle an der Cerrillos Road, erreichte die Interstate 25 und fuhr dann nach Norden. Der Sonnenuntergang hinter den Sangre-de-Cristo-Bergen hüllte diese in die blutrote Farbe, nach der die frühen spanischen Kolonisten sie benannt hatten. In einer halben Stunde werde ich die Beine von mir strecken und ein Bier trinken, dachte er. Er passierte die Ausfahrt zum St. Francis Drive. Ein Verkehrsschild verriet ihm, daß die nächste Ausfahrt, die zum Old Pecos Trail, zwei Meilen vor ihm lag. Er verdrängte das aus seinem Bewußtsein, fuhr fort, den Sonnenuntergang zu bewundern, und stellte sich das Bier vor, das er trinken würde. Dann schaltete er das Radio ein. Der Wetterbericht setzte ihn davon in Kenntnis, daß das Thermometer an diesem Tag auf vierundzwanzig Grad gestiegen war, typisch für Mitte Mai, daß aber ein Kälteeinbruch bevorstand und die Temperatur deshalb in der Nacht möglicherweise bis um zwanzig Grad absinken würde, in tiefer liegenden Gebieten bestünde sogar Frostgefahr. Der Sprecher empfahl, empfindliche Pflanzen im Freien abzudecken. Der erste garantiert frostfreie Tag war im Durchschnitt der letzten Jahre der fünfzehnte Mai, aber ...

Romero nahm die Ausfahrt zum Old Pecos Trail.

Einfach so, dachte er. Ich muß einfach vorbeischauen, um meine Neugierde zu befriedigen. Was kann es schon schaden? Als er die kleine Anhöhe hinauffuhr, stellte er zu seiner Überraschung fest, daß sein Herzschlag sich beschleunigt hatte. Rechne ich wirklich damit, wieder Schuhe zu finden? fragte er sich. Wird es mich ärgern, daß sie den ganzen Tag hier waren und ich nicht nachsehen war? Der Druck in seiner Brust steigerte sich, als der Straßenabschnitt in Sicht kam. Er atmete tief ein ...

Und atmete aus, als er sah, daß nichts auf der Straße lag. Da hast du's jetzt, sagte er sich. Es war wenigstens den Umweg wert. Ich habe mir bewiesen, daß ich meine Zeit vergeudet hätte, wenn ich während meiner Schicht hierhergefahren wäre. Ich kann jetzt nach Hause fahren, ohne daß es mich die ganze Zeit quält, daß ich meine Neugierde nicht befriedigt habe.

Aber die ganze Zeit, die er und seine Frau vor dem Fernseher saßen und Hühnchen aßen (ihr Sohn war wieder mit Freunden unterwegs), fühlte sich Romero irgendwie unruhig. Er kam einfach von dem Gedanken nicht los, daß wer auch immer die Schuhe dort hinwarf, es wieder tun würde. Der Mistkerl wird glauben, daß er mich ausgetrickst hat. Dich? Was redest du? Er hat nicht die leiseste Idee, wer du bist. Nun, dann wird er eben denken, daß er denjenigen ausgetrickst hat, der die Schuhe aufhebt. Das läuft aber irgendwie auf dasselbe hinaus.

Das Bier, auf das Romero sich so gefreut hatte, schmeckte wie Wasser.

Und natürlich, am nächsten Morgen, verdammt, lagen zwei beigefarbene Damenpumps fünf Meter voneinander entfernt am Mittelstreifen. Romero hielt mit finsterer Miene den morgendlichen Verkehr auf, hob die Pumps auf und warf sie zu den anderen Schuhen in den Kofferraum. Wo zum Teufel kriegt dieser Kerl die Schuhe her? dachte er. Die Pumps sind fast neu. Genau wie die Slipper, die ich neulich aufgehoben habe. Wer wirft hier völlig einwandfreie Schuhe weg, selbst wenn das nur ein Witz sein soll?

Als Romero abends fertig war, rief er seine Frau an, um ihr zu sagen: »Ich muß heute länger bleiben. Einer von den Leuten von der Nachtschicht ist krank geworden. Ich muß einspringen.« Er erledigte einige schriftliche Arbeiten, die liegengeblieben waren. Dann ging er zu einem Pizza Hut in der Nähe und bestellte sich eine Pizza mit Pepperoni, Pilzen und schwarzen Oliven zum Mitnehmen. Dazu kaufte er eine große Cola und zwei große Kaffee, aber diesmal war er schlauer gewesen und hatte einen leeren Plastikkanister mitgebracht, in den er würde urinieren können. Außerdem hatte er sich einen Walkman und Kopfhörer mitgebracht, um nicht das Autoradio benutzen und sich darüber sorgen zu müssen, er könnte die Batterie damit überlasten.

Zuversichtlich darauf vertrauend, daß er nichts vergessen hatte, fuhr er zu seinem Beobachtungsposten. In Santa Fe gab es eine Menge ungeteerte Straßen, und die East Lupita war eine davon. Von Chamisa-Büschen und russischen Olivenbäumen gesäumt, standen an ihr weit auseinandergerückt Adobe-Häuser, und der Verkehr war recht schwach. Romero, der in der Nähe der Kreuzung parkte, sah die Kirche auf der anderen Straßenseite; der Glockenturm erinnerte ihn an eine Pueblo-Mission. Dahinter ragte der von Piñons gesprenkelte Sun Mountain und die Atalaya Ridge auf, und der Sonnenuntergang hatte wieder dieselbe ausgeprägte Blutfarbe wie am vorangegangenen Abend.

Der Verkehr rollte vorbei. Er beobachtete ihn angestrengt, stülpte sich seine Kopfhörer über und schaltete den Walkman von CD auf Radio. Nachdem er den Sender mit der Hörersendung gefunden hatte (»Ist die Umwelt wirklich so bedroht, wie die Umweltschützer das behaupteten?«), nippte er an seiner Cola, machte sich über die Pizza her und lehnte sich zurück, um weiter den Verkehr zu beobachten.

Eine Stunde nachdem es dunkel geworden war, wurde ihm bewußt, daß er doch etwas vergessen hatte. Im Wetterbericht gestern war vor niedrigen Nachttemperaturen gewarnt worden, möglicherweise sogar einem Frosteinbruch, und Romero spürte jetzt, wie die Kälte allmählich an seinen Beinen emporkroch. Er war für den warmen Kaffee dankbar. Er verschränkte die Arme über der Brust und wünschte sich, er hätte ein Jackett mitgebracht. Der Atemhauch ließ die Windschutzscheibe beschlagen, so daß er immer wieder sein Taschentuch nehmen und sie sauber wischen mußte. Er kurbelte die Seitenscheibe herunter, was zwar half, das Fensterbeschlagen unter Kontrolle zu halten, aber dafür mehr Kälte in das Fahrzeug ließ. Er fröstelte. Das Mondlicht spiegelte sich in dem auf den Berggipfeln zurückgeblieben Schnee, besonders an der Skipiste, und Romero fühlte sich jetzt noch kälter. Er drehte das Fenster wieder hoch, schaltete den Motor ein und wärmte sich an der Heizung. Und die ganze Zeit konzentrierte er sich auf den zusehends dünner werdenden Verkehr.

Elf Uhr, und immer noch keine Schuhe. Er rief sich in Erinnerung, daß er vor zwei Abenden ziemlich genau um diese Zeit gezwungen gewesen war, eine Toilette aufzusuchen. Als er zwanzig Minuten später zurückgekehrt war, hatte er die Cowboystiefel gefunden. Wenn der Betreffende nach einem festen Schema vorging, war die Aussicht recht gut, daß in der nächsten halben Stunde etwas passieren würde.

Du mußt geduldig bleiben, sagte er sich.

Aber genauso wie vor zwei Tagen taten die Cola und der Kaffee schließlich ihre Wirkung. Zum Glück hatte er vorgesorgt. Er griff nach dem leeren Plastikkanister, der neben ihm auf dem Sitz stand, schraubte den Deckel ab, brachte den Kanister unter dem Steuerrad in Position und fing an zu urinieren. Für einen Augenblick mußte er die Augen zusammenkneifen, weil sich von hinten die Scheinwerfer eines Wagens näherten, die sich in seinem Rückspiegel reflektierten.

Er spannte die Blasenmuskeln an und unterbrach den Urinfluß. Herrgott, dachte er. Obwohl er sicher war, daß der Fahrer nicht sehen würde, was er tat, war er doch so verlegen, daß er schnell den Deckel des Kanisters zuschraubte und diesen neben sich auf den Boden stellte.

Komm schon, forderte er das näher kommende Fahrzeug auf. Er mußte so dringend wie nie pinkeln und hoffte, der Wagen würde ihn schnell überholen, in den Old Pecos Trail einbiegen und verschwinden, damit er wieder nach dem Kanister greifen konnte.

Das Scheinwerferpaar kam hinter ihm zum Stillstand.

Was um Himmels willen ...? dachte Romero.

Dann blinkte eine Signallampe, und Romero wurde bewußt, daß das Fahrzeug hinter ihm ein Streifenwagen war.

Den Druck in seiner Blase nicht weiter beachtend, kurbelte er das Seitenfenster herunter und legte beide Hände auf das Steuerrad, wo der näherkommende Beamte, der ja nicht wußte, wer in dem Wagen saß oder was ihm hier bevorstand, erleichtert sein würde, sie zu sehen.

Schritte knirschten im Kies der Straße. Ein greller Lichtkegel aus einer Taschenlampe wanderte durch Romeros Wagen, über die leere Pizzaschachtel und verharrte an der gelben Flüssigkeit in dem Plastikbehälter. »Sir, würden Sie mir bitte Ihren Führerschein und Ihre Zulassung zeigen?«

Romero erkannte die Stimme. »Ist schon in Ordnung, Tony. Ich bin's.«

»Wer ... Gabe?«

Das Licht tat Romero in den Augen weh.

»*Gabe?*«

»Der und kein anderer.«

»Was zum Teufel machst du hier? Wir hatten ein paar Anrufe wegen einer verdächtigen Gestalt, die hier in einem Auto sitzt, als würde der Betreffende die Häuser in der Umgebung ausspionieren wollen.«

»Das bin nur ich.«

»Warst du vorgestern auch hier?«

»Ja.«

»Da hatten wir auch Anrufe, aber als wir hier herkamen, war der Wagen weg. Was treibst du denn hier?« wiederholte der Beamte seine Frage.

Bemüht, sich den Druck auf der Blase nicht anmerken zu lassen, sagte Romero: »Ich beobachte hier.«

»Da hat mir niemand etwas gesagt, daß hier etwas beobachtet wird. Was ist denn im Gange ...?«

Romero, dem bewußt war, wie lang es dauern würde, dem anderen die seltsam klingende Wahrheit nahezubringen, sagte: »Es hat ein paar Einbruchsversuche in der Kirche gegeben. Ich passe hier auf, ob der Täter zurückkommt.«

»Mann, die ganze Nacht hier sitzen – was für ein beschissener Einsatz.«

»Das kannst du dir gar nicht vorstellen.«

»Nun, dann werde ich lieber wieder wegfahren, bevor ich noch mehr auf dich aufmerksam mache. Weidmannsheil.«

»Vielen Dank.«

»Und das nächste Mal sagst du dem Schichtführer am besten, er soll uns anderen auch verklickern, was läuft, damit wir nichts versauen.«

»Ich werd's mir merken.«

Der Beamte stieg wieder in den Streifenwagen, schaltete das Signallicht ab, fuhr an Romeros Wagen vorbei, winkte ihm zu und steuerte den Wagen dann auf den Old Pecos Trail. Romero griff sofort nach dem Plastikbehälter und ließ es laufen. Er hatte das Gefühl, daß er das mindestens einenhalb Minuten lang tat. Als er fertig war und sich mit einem Aufseufzen zurücklehnte, dauerte das Gefühl der Erleichterung genau so lange, wie er brauchte, um den Blick auf den Old Pecos Trail zu werfen. Und gleich darauf hastete er aus seinem Wagen und rannte fluchend auf ein Paar Männerschuhe zu, die sich als zwei an den Schnürsenkeln zusammengebundene Rockports erwiesen, die mitten auf der Straße lagen.

»Haben Sie Tony Ortega etwa erzählt, daß Sie den Befehl hatten, die Baptistenkirche zu beobachten?« wollte sein Sergeant wissen.

Romero nickte widerstrebend.

»Was soll der Blödsinn? Niemand hat Sie da hingeschickt. Die ganze Nacht im Wagen hocken und sich verdächtig benehmen. Ich hoffe nur, Sie haben einen verdammt guten Grund, daß Sie …«

Romero blieb keine andere Wahl. »Die Schuhe.«

»Was?«

»Die Schuhe, die ich ständig auf dem Old Pecos Trail finde.«

Der Sergeant hörte sich Romeros schwache Erklärung mit weit aufgerissenen Augen an. »Reicht Ihnen Ihr Dienst nicht? Wollen Sie ein paar Abende Sonderschichten dranhängen für eine verrückte …«

»He, ich weiß auch, daß es ein bißchen ungewöhnlich ist.«

»Ein *bißchen?*«

»Wer auch immer da diese Schuhe hinwirft, treibt irgendein verrücktes Spiel.«

»Und da wollen Sie mitspielen.«

»Was?«

»Er hinterläßt die Schuhe. Sie holen sie. Er hinterläßt wieder Schuhe. Sie holen Sie. Sie spielen sein Spiel mit.«

»Nein, das ist ganz und gar nicht so.«

»Nun, wie ist es *dann?* Hören Sie. Hören Sie auf, an dieser Straße rumzulungern. Jemand könnte auf Sie schießen, weil er Sie für einen Einbrecher hält.«

Als Romero seine Schicht beendete, fand er ein Dutzend alte Schuhe, die vor seinem Spind aufgehäuft waren. Er hörte Gelächter aus der Kantine nebenan.

»Ich bin Officer Romero, Ma'am, und ich glaube, ich habe Sie gestern abend und zwei Abende davor etwas beunruhigt. Ich habe in meinem Wagen gesessen und die Kirche auf der anderen Straßenseite beobachtet. Wir hatten eine Meldung bekommen, daß jemand versuchen könnte, dort einzubrechen. Anscheinend dachten Sie, *ich* sei derjenige, der diesen Einbruch versuchen wollte. Ich wollte Ihnen bloß versichern, daß die Umgebung hier völlig sicher ist, wenn ich dort draußen parke.«

»Ich bin Officer Romero, Sir, und ich glaube, ich habe Sie gestern abend und zwei Abende davor etwas beunruhigt.«

Diesmal hatte er alles unter Kontrolle. Keine großen Colas und Kaffee mehr, obwohl er trotzdem für alle Fälle seinen Plastikkanister bereithielt. Er achtete auch darauf, ein Jackett mitzubringen, obwohl die Frostgefahr sich schließlich gelegt hatte und es nachts wärmer geworden war. Er versuchte auch besser zu essen, mampfte diesmal einen *Burrito grande con pollo* von Felipe's, dem besten mexikanischen Imbiß in der ganzen Stadt. Er lehnte sich zurück und hörte sich auf seinem Walkman die Hörersendung an. Es ging immer noch um Umweltthemen. »He, Mann, als Kind konnte ich noch in den

Flüssen schwimmen. Und die Fische, die ich damals gefangen habe, konnte man essen. Wenn ich das heute tun würde, müßte ich verrückt sein.«

Das war kurz nach Einbruch der Dunkelheit. Die Scheinwerfer eines Wagens zogen vorbei. Keine Schuhe. Kein Problem. Romero war bereit, geduldig zu sein. Er war Teil eines Rhythmus. Wahrscheinlich würde sich bis kurz nach elf – wo es offenbar gewöhnlich passierte – gar nichts tun. Die Kopfhörer des Walkmans drückten ihn. Er nahm sie ab und bog sie zurecht, als ein Scheinwerferpaar an ihm vorbeiraste, nach rechts aus der Stadt hinaus. Im gleichen Augenblick raste ein anderes Scheinwerferpaar nach links vorbei, *in* die Stadt. Romeros Fenster war unten. Trotz des Motorengeräusches hörte er ein deutliches *Wumm,* und dann noch eines. Die Fahrzeuge waren verschwunden, und er starrte mit aufgerissenen Augen auf zwei Wanderstiefel auf der Straße.

Du heilige…

Los! Er drehte den Zündschlüssel und riß den Ganghebel auf Drive. Atemlos jagte der den Wagen nach vorn, daß Steine und Erde von den Reifen aufspritzten, aber als er den Old Pecos Trail erreichte, sah er sich vor eine blitzschnell zu treffende Entscheidung gestellt. Welcher Fahrer hatte die Schuhe hingeworfen? Welcher Wagen? Rechts oder links?

Er hatte außerhalb der Stadt keinerlei Zuständigkeit. Links! Mit auf dem Asphalt quietschenden Reifen raste er hinter den sich schnell entfernenden Schlußlichtern her. Die Straße senkte sich und stieg dann wieder in Richtung der Ampel an der Cordova, die gerade auf Rot stand und von der Romero hoffte, daß sie das auch bleiben würde, aber als er dem Fahrzeug, das er jetzt als Kleinlaster erkennen konnte, näher kam, schaltete die Ampel auf Grün, und der Laster fuhr über die Kreuzung.

Scheiße.

Romero hatte für Notfälle ein Signallicht auf dem Beifahrersitz liegen, das über die Buchse des Zigarettenanzünders betrieben werden konnte. Er schob das Signallicht durchs Fenster hinaus aufs Dach, wo es sein Magnetsockel festhielt.

Er schaltete es ein, sah den Widerschein der blitzenden roten Lampe und drückte kräftig auf das Gaspedal. Er raste über die Kreuzung, fuhr dicht zu dem Laster auf, hupte und nickte, als dieser seine Fahrt verlangsamte und auf den Randstreifen fuhr.

Romero war nicht in Uniform, aber er hatte seine 9 mm Beretta in einem Halfter am Gurt. Er vergewisserte sich, daß die Dienstplakette an der Brusttasche seiner Jacke steckte. Er richtete die Taschenlampe auf eine Ladung Steine, die auf der Pritsche lagen, und ging vorsichtig auf den Fahrer zu. »Führerschein und Zulassung, bitte.«

»Was gibt's denn für ein Problem, Officer?« Der Fahrer war ein Anglo, jung, etwa dreiundzwanzig. Dünn. Kurzes, blondes Haar. Mit einem rotbraun karierten Hemd bekleidet. Selbst im Sitzen war er groß.

»Sie sind an diesem Hügel bei der Kirche schrecklich schnell gefahren.«

Der junge Mann sah sich um, wie um sich selbst daran zu erinnern, daß da ein Hügel gewesen war.

»Führerschein und Zulassung«, wiederholte Romero.

»Ich bin sicher, daß ich nicht schneller als erlaubt gefahren bin«, sagte der junge Mann. »Dort sind das sechzig, oder?« Er reichte Romero seinen Führerschein und zog die Zulassung aus einer Tasche an der Sonnenblende.

Romero las den Namen. »Luke Parsons.«

»Ja, Sir.« Die Stimme des jungen Mannes klang etwas schrill, aber höflich und sanftmütig.

»P. O. Box 25, Dillon, New Mexiko?« sagte Romero.

»Ja, Sir. Das ist etwa fünfzig Meilen nördlich von hier. Hinter Espanola und Embudo und …«

»Ich weiß, wo Dillon ist. Was führt Sie hierher?«

»Ich verkaufe an einem Straßenstand kurz vor der Interstate Moosfelsen.«

Romero nickte. Die Steine auf der Ladefläche des Kleinlasters waren in der Gegend sehr geschätzt und wurden häufig im Landschaftsbau eingesetzt; wenn es geregnet hatte, nahm das flechtenähnliche Moos angenehme, gedämpfte Farben an. Arme Leute sammelten sie in den Bergen und verkauften sie

in einer Lichtung ein Stück vor einer Landstraße, die parallel
zur Interstate verlief, zusammen mit selbstgemachten Vogel-
häusern, selbstgehobelten Stützbalken, Feuerholz und Gemüse,
wenn Saison war.

»Schrecklich weit von Dillon weg, um Moosfelsen zu verkaufen«, sagte Romero.

»Ich muß da hinfahren, wo die Kunden sind. Wirklich, was
soll das eigentlich, ein …«

»Sie verkaufen nach Einbruch der Dunkelheit?«

»Ich warte, bis es dunkel wird, falls Leute aus Harry's
Road House oder dem Steak Club ein Stückchen weiter unten auf die Idee kommen anzuhalten, um etwas zu kaufen.
Und dann fahre ich zu Harry's hinüber und hole mir etwas
zu essen. Das gegrillte Gemüse dort schmeckt ausgezeichnet.«

Romero hatte erwartet, daß das Gespräch ganz anders verlaufen würde. Er hatte erwartet, daß der Fahrer unruhig sein
würde, weil er das Spiel verloren hatte. Aber die Höflichkeit
des jungen Mannes war entwaffnend.

»Ich möchte mit Ihnen gern über diese Schuhe reden, die
Sie aus dem Auto geworfen haben. Es steht eine hohe
Strafe …«

»Schuhe?«

»Sie tun das jetzt seit mehreren Tagen. Ich möchte wissen,
warum …«

»Officer, ehrlich, ich habe nicht die leiseste Ahnung, wovon
Sie eigentlich reden.«

»Die Schuhe, die Sie auf die Straße geworfen haben. Ich
habe es gesehen.«

»Glauben Sie mir, Sir, was auch immer Sie gesehen haben,
ich war das bestimmt nicht. Warum sollte ich denn Schuhe auf
die Straße werfen?«

Die blauen Augen des jungen Mannes sahen ihn gerade
und mit entwaffnendem Blick an. Verdammt, dachte Romero,
ich bin hinter dem falschen Wagen hergefahren.

Innerlich seufzte er.

Er gab dem jungen Mann Führerschein und Zulassung
zurück. »Tut mir leid, daß ich Sie belästigt habe.«

»Kein Problem, Officer. Sie tun bloß Ihre Arbeit.«

»Fahren Sie noch heute die ganze Strecke bis Dillon zurück?«

»Ja, Sir.«

»Wie gesagt, ein weiter Weg, um Moossteine zu verkaufen.«

»Na ja, was sein muß, muß sein.«

»Allerdings«, sagte Romero und nickte bedächtig. »Fahren Sie vorsichtig.«

»Das tue ich immer, Officer. Gute Nacht.«

»Gute Nacht.«

Romero fuhr zu der Hügelkuppe zurück, hob die Wanderschuhe auf und legte sie in den Kofferraum. Etwa um diese Zeit, kurz vor zehn, wurde sein Sohn getötet.

Er passierte die Unfallstelle auf der Fahrt nach Hause. Er sah die blitzenden Lichter und die Umrisse von zwei Krankenwagen und drei Polizeifahrzeugen auf der gegenüberliegenden Fahrbahn der Interstate, verzog das Gesicht, als er die ineinander verkeilten Überreste von zwei Fahrzeugen sah, und dachte, die armen Teufel, möge Gott ihnen helfen. Aber das tat Gott nicht, und bis Romero nach Hause gekommen war, hatte der Notarzt der Polizei die Brieftasche gezeigt, die er von der verstümmelten Leiche eines, wie es schien, jungen Mannes hispanischer Herkunft geborgen hatte.

Romero und seine Frau stritten gerade über sein Zuspätkommen, als das Telefon klingelte.

»Geh du hin!« schrie sie ihn an. »Das ist wahrscheinlich deine verdammte Freundin.«

»Wie oft muß ich noch sagen, daß ich keine …« Das Telefon klingelte ein zweites Mal. »Ja, hallo.«

»Gabe? Ich bin's, Ray Becker von der Staatspolizei. Setz dich bitte, ja?«

Während Romero zuhörte, spürte er, wie sich in ihm ein eisiger Klumpen aufbaute. Dieses Gefühl völliger Benommenheit hatte er noch nie zuvor erlebt, nicht einmal, als man ihm vom Tod seiner Eltern berichtet hatte.

Seine Frau sah sein entgeistertes Gesicht. »Was ist?«

Zitternd schaffte er es, seine Benommenheit wenigstens so weit zu überwinden, um es ihr zu sagen. Sie schrie. Sie hörte nicht mehr zu schreien auf, bis sie schließlich zusammenbrach.

Zwei Wochen später, nach dem Begräbnis, nachdem Romeros Frau weggefahren war, um ihre Schwester in Denver zu besuchen, nachdem Romero versucht hatte, wieder zu arbeiten (sein Sergeant riet davon ab, aber Romero wußte, daß er verrückt werden würde, wenn er einfach nur zu Hause herumsaß), schickte der Einsatzleiter ihn auf einen Einsatz, der ihn dazu zwang, den Old Pecos Trail zu nehmen, vorbei an der Baptistenkirche. Er erinnerte sich voll Bitterkeit daran, wie er, noch gar nicht so lange her, auf diese Stelle so fixiert gewesen war. Statt rumzutrödeln und mir den Kopf über diese Schuhe zu zerbrechen, hätte ich zu Hause bleiben und mich um meinen Sohn kümmern sollen, dachte er. Vielleicht hätte ich dann verhindern können, was passiert ist.

Es waren keine Schuhe auf der Straße.

Und am Tag darauf und wiederum dem darauf waren auch keine Schuhe auf der Straße.

Romeros Frau kam nie wieder aus Denver zurück.

»Sie müssen öfter raus«, riet ihm sein Sergeant eines Freitags Mitte August.

Es waren jetzt drei Monate vergangen. Im Rahmen der bevorstehenden Scheidungsregelung und aus dem Bemühen heraus, seine Erinnerungen zu unterdrücken, hatte Romero das Haus in Pecos verkauft. Mit dem ihm verbliebenen Anteil am Verkaufserlös war er nach Santa Fe gezogen und hatte es riskiert, auf ein bescheidenes Haus in dem neuen Viertel El Dorado eine Anzahlung zu leisten. Doch es brachte nichts. Er hatte immer noch das Gefühl, eine schwere Last auf dem Rücken zu tragen.

»Ich hoffe, Sie meinen nicht, um mit Frauen auszugehen.«

»Ich sage bloß, daß Sie sich nicht die ganze Zeit in diesem Haus verstecken können. Sie müssen raus und etwas unternehmen. Sich ablenken. Weil es mir gerade einfällt: Sie sollten auch besser essen. Schauen Sie sich doch den Mist im Kühl-schrank an. Abgestandene Milch, Bierdosen und ein paar übriggebliebene Chicken-Nuggets.«

»Ich habe die meiste Zeit keinen Hunger.«

»Bei dem Inhalt des Kühlschranks wundert mich das gar nicht.«

»Ich koche nicht gern.«

»Macht es denn zuviel Mühe, einen Salat anzurichten? Ich will Ihnen was sagen: Samstags gehen Maria und ich immer auf den Bauernmarkt. Morgen früh kommen Sie einfach mit. Frischeres Gemüse gibt es nirgends. Wenn Sie vielleicht an-ständiges Essen im Kühlschrank hätten, würden Sie ...«

»Was an mir nicht in Ordnung ist, wird der Bauernmarkt auch nicht kurieren.«

»He, ich leg mich krumm, um nett zu Ihnen zu sein. Sie könnten wenigstens so tun, als ob Ihnen das recht wäre.«

Der Bauernmarkt wurde in der Nähe des alten Bahnhofs ab-gehalten, auf der anderen Seite der Geleise, auf einem offenen Gelände, das die Stadt kürzlich erworben hatte. Es nannte sich Rail Yard. Die Farmer kamen mit ihren beladenen Lastern und parkten auf ihnen zugeteilten Plätzen. Einige von ihnen bauten Tische und Markisen auf. Andere verkauften ihre Ware einfach aus dem Wagen. Man konnte alles probieren, an-gefangen bei Pasteten bis hin zu Salsa. Eine Bluegrass-Band spielte in einer Ecke. Jemand, der sich als Clown verkleidet hatte, zog durch die Menge.

»Na, sehen Sie, ist doch gar nicht schlecht«, sagte der Ser-geant.

Romero schlenderte lustlos an Ständen mit Apfelwein, Kräutermedizin, Freilandhühnern und Sonnenblumenspros-sen vorbei. Auf eine distanzierte Art mußte er dem Sergeant recht geben: »Ja, gar nicht so schlecht.« In all den Jahren, die er jetzt schon den Polizeidienst versah, war er nie hier gewesen – wieder einmal ein Beispiel dafür, wie er das Leben an sich hatte vorbeiziehen lassen. Aber anstatt ihn dazu zu bewegen, aus seinen Fehlern zu lernen, machte ihn sein Bedauern nur noch deprimierter.

»Wie wär's mit einem von diesen kleinen Obstkuchen hier?« fragte die Frau des Sergeants. »Die können Sie in den Kühlschrank legen und sich einen aufwärmen, wenn Ihnen danach ist. Das sind nur ein oder zwei Mahlzeiten pro Stück, es gibt also keine Reste.«

»Klar«, sagte Romero lustlos. »Warum nicht.« Sein deprimierter Blick wanderte über die Menschenmenge.

»Welchen denn?«

»Wie bitte?«

»Welchen? Pfirsich oder Apfel?«

»Egal. Wählen Sie einfach einen für mich aus.«

Sein Blick blieb an einem Verkaufsstand hängen, wo Ikonen verkauft wurden: Madonnen, Krippenszenen und Kreuze – Schnitzereien mit Einlegarbeiten aus Maishülsen. Die geschickt geformten Bilder waren bemalt und mit irgendeinem Schutzlack überzogen. Das war traditionelle hispanische Volkskunst, aber was Romero auffiel, war nicht etwa, daß die Bilder hübsch waren, sondern daß ein Anglo und nicht etwa ein Hispanic sie verkaufte, so als ob er sie gemacht hätte.

»Die Apfelkuchen sehen wirklich gut aus«, sagte die Frau des Sergeants.

»Na, fein.« Romero musterte dabei den großen, hageren, blonden Mann, der die Ikonen verkaufte, und meinte schließlich: »Von irgendwoher kenne ich diesen Burschen.«

»Was?« sagte die Frau des Sergeants.

»Nichts. Ich bin gleich wieder da.« Romero bahnte sich den Weg durch die Menge. Das blonde Haar des jungen Mannes war ungewöhnlich kurz. Das schmale Gesicht ließ die Backenknochen noch deutlicher hervortreten und ihn aussehen, als ob er gefastet hätte. Irgendwie erinnerte sein Gesicht an die Gesichter auf den Ikonen, die er verkaufte. Nicht daß er krank ausgesehen hätte. Im Gegenteil. Seine gebräunte Haut leuchtete förmlich von innen heraus.

Auch seine Stimme wirkte irgendwie vertraut. Als Romero näher trat, hörte er den etwas schrillen, aber freundlichen Tonfall, mit dem der junge Mann einer Kundin erklärte, mit welcher Sorgfalt die Ikonen hergestellt wurden.

Romero wartete, bis die Kundin eine Ikone gekauft und damit abgezogen war.

»Ja, Sir?«

»Ich kenne Sie von irgendwoher, aber ich weiß nicht, wo ich Sie hintun soll.«

»Ich wollte, ich könnte Ihnen behilflich sein, aber ich glaube nicht, daß wir einander schon einmal begegnet sind.«

Romero bemerkte den kleinen Kristall, der dem jungen Mann an einer Kordel um den Hals hing. Der Kristall hatte einen fahlblauen Schimmer, so als hätte er sich etwas von dem Blau in den Augen des jungen Mannes ausgeborgt. »Vielleicht haben Sie recht. Es ist nur so, daß Sie mir furchtbar …«

Eine Bewegung zu seiner Rechten lenkte ihn ab, ein junger Mann, der einen großen Korb mit Tomaten von einem Laster ablud und ihn dann neben Körben mit Gurken, Pfefferschoten, Kürbissen, Karotten und dergleichen auf einen Stand neben dem mit den Ikonen abstellte.

Aber es war nicht nur die Bewegung, die ihn abgelenkt hatte. Der junge Mann war groß und hager, hatte kurzes blondes Haar und ein schmales, asketisch wirkendes Gesicht. Er hatte klare blaue Augen, die dem kleinen Kristall, der ihm um den Hals hing, etwas von ihrer Farbe zu leihen schienen. Er trug ausgebleichte Jeans und ein weißes T-Shirt, genauso wie der junge Mann, mit dem Romero gerade gesprochen hatte. Das Weiß des Hemds hob seine kräftige Bräunung noch hervor.

»Sie haben recht«, sagte Romero zu dem Mann vor ihm. »Wir sind uns noch nie begegnet. Ihr Bruder ist derjenige, den ich schon mal kennengelernt habe.«

Der andere vom Stand nebenan sah verwirrt herüber.

»Es stimmt doch, oder?« sagte Romero. »Sie beide sind Brüder? Das hat mich etwas durcheinander gebracht. Aber ich kann mich immer noch nicht erinnern, wo …«

»Luke Parsons.« Der zweite junge Mann streckte ihm die Hand hin.

»Gabe Romero.«

Der Unterarm des jungen Mannes war sehnig, der Händedruck kräftig.

Romero brauchte seine ganze Disziplin und seine Ausbildung, um nicht überzureagieren, als er sich jetzt erinnerte. Luke Parsons? Herrgott, das war der Mann, mit dem er in der Nacht gesprochen hatte, in der sein Sohn getötet worden und in der sein Leben in Stücke gegangen war. Er war auf diesen Markt gekommen, um von seinen Erinnerungen loszukommen, und jetzt fand er ausgerechnet hier jemanden, der ihn an das erinnerte, was er so verzweifelt zu vergessen suchte.

»Und das ist mein Bruder Mark.«

»Hallo.«

»Sagen Sie, fühlen Sie sich nicht wohl?«

»Wieso? Was …«

»Sie sind plötzlich so blaß geworden.«

»Ach, nichts. Ich habe nur in letzter Zeit nicht richtig gegessen.«

»Dann sollten Sie das hier mal probieren.« Luke Parsons deutete auf eine kleine, mit brauner Flüssigkeit gefüllte Flasche.

Romero kniff die Augen zusammen. »Was ist das?«

»Selbst gezüchtete Echinacea. Wenn Sie ein Virus plagt, hilft Ihnen das. Stärkt Ihr Immunsystem.«

»Danke, aber …«

»Wenn Sie einmal gespürt haben, was Ihnen das für Auftrieb gibt …«

»Das klingt ja wie ein Rauschgift.«

»Das Rauschgift Gottes. Nichts Falsches daran. Wenn Sie sich davon nicht wohler fühlen, bekommen Sie Ihr Geld zurück.«

»Da sind Sie ja«, sagte der Sergeant, der plötzlich aufgetaucht war. »Ich habe schon überall nach Ihnen gesucht.« Er bemerkt die Flasche, die Romero in der Hand hielt. »Was ist denn *das?*«

»Etwas Selbstgezüchtete, das …« Das Wort fiel ihm nicht ein.

»Echinacea«, sagte Luke Parsons.

»Aber sicher«, sagte die Frau des Sergeants, die jetzt auch dazugestoßen war. »Wir nehmen das doch immer, wenn wir erkältet sind. Stärkt das Immunsystem. Wirkt herrlich. Du lieber Gott, diese Tomaten sehen aber wunderbar aus.«

Während sie auszusuchen begann, meinte Luke zu Romero gewandt: »Wenn Sie keinen Appetit haben, kann das bedeuten, daß Ihr Körper entgiftet werden muß. Kohl und Brokkoli und Blumenkohl sind gut dafür. Völlig organisch. Da sind nie irgendwelche Chemikalien rangekommen. Und dann sollten Sie vielleicht auch noch *das* versuchen.« Er reichte Romero ein kleines Fläschchen mit einer weißen Flüssigkeit.

»Mariendistel«, sagte die Frau des Sergeants nach nur einem kurzen Blick auf die Flasche, während sie grüne Pfefferschoten auswählte. »Das reinigt die Leber.«

»Wo auf aller Welt hast du von diesem ganzen Zeug gehört?« fragte sie der Sergeant.

»Rosa von nebenan hat angefangen, sich für Kräuterheilmittel zu interessieren«, antwortete sie, als sie zu dritt, mit Tüten voller Gemüse beladen, die Bahngleise überquerten. »He, wir sind schließlich in Santa Fe, der Welthauptstadt der alternativen Medizin und der New-Age-Religionen. Da kann man sich doch nicht ausschließen.«

»Ja, diese Kristalle, die sie um den Hals getragen haben. Das sind ganz bestimmt New Ager«, sagte Romero. »Haben Sie bemerkt, daß sie Gürtel aus Hanf getragen haben und nicht aus Leder. Nichts von Tieren.«

»Diese Burschen essen keine Chicken-Nuggets und keine Hamburger.« Der Sergeant warf Romero einen spitzen Blick zu. »Und sie sind kerngesund.«

»Schon gut, schon gut, hab schon verstanden.«

»Jetzt sehen Sie nur zu, daß Sie Ihr Gemüse auch essen.«

Eigenartigerweise fing er tatsächlich an, sich wohler zu fühlen. Zumindest in physischer Hinsicht. Seine Gefühle waren immer noch so düster wie die Mitternacht, aber wie in einem der Selbsthilfebücher stand, die er gelesen hatte: »Ein Weg, sich selbst zu heilen, ist der vom Körper zur Seele.« Das Echinacea (zehn Tropfen in einem Glas Wasser, stand auf der mit Maschine geschriebenen Gebrauchsanweisung) schmeckte bitter. Der Mariendistelsaft schmeckte noch schlimmer. Die Salate sättigten ihn nicht, er sehnte sich immer nach einer

Pepperonipizza. Aber das Gemüse vom Markt schmeckte wirklich hervorragend, das mußte er zugeben. Eigentlich keine Überraschung. Das Gemüse, das er vorher immer gegessen hatte, war aus einem Supermarkt gekommen, wo es Gott weiß wie lang herumgelegen hatte, und dabei war die Zeit noch gar nicht mitgezählt, die es auf dem Weg zum Laden in einem Laster verbracht hatte. Wahrscheinlich hatte man es bereits geerntet, bevor es ganz reif war, damit es nicht schon vor dem Erreichen des Supermarkts verdarb, und dann war da noch die Frage, mit wieviel Pestiziden und Herbiziden es behandelt worden war. Er erinnerte sich an eine Hörersendung im Radio, in der von Giften in der Nahrung die Rede gewesen war. Das Programm hatte sich mit ähnlichen Problemen in der Umwelt auseinandergesetzt und …

Romero überlief ein eisiger Schauder.

Das war das Programm gewesen, das er sich im Auto angehört hatte, in jener Nacht, in der er darauf gewartet hatte, daß die Schuhe auf die Straße geworfen wurden, und in der sein Sohn ums Leben gekommen war.

Zum Teufel damit. Wenn ich mich dabei so mies fühle, esse ich lieber, worauf ich Lust habe.

Er brauchte nur eine Viertelstunde, um sich eine riesige Portion Spareribs, Pommes frites, Krautsalat und eine Menge Barbecuesoße zu holen. In Restaurants aß er schon lange nicht mehr. Dazu kannten ihn zu viele Leute. Für Small talk brachte er nicht die Energie auf. Nach einer weiteren Viertelstunde war er wieder zu Hause, sah sich einen Gerichtsfilm an, trank Bier und nagte an den Rippchen.

Bis zu den zehn Uhr Nachrichten war ihm übel.

»Ich schwör's, ich halte mich an meine Diät. He, schauen Sie mich nicht so an. Ich geb's ja zu, ich hatte ein paar Rückfälle, aber inzwischen habe ich meine Lektion gelernt. Ich habe in meinem ganzen Leben nie gesündere Nahrung zu mir genommen.«

»Fünfzehn Pfund. Dieser Fitneß-Club, dem ich da beigetreten bin – da schwitzt man wirklich sein Gewicht weg.«

»Hi, Mark.«

Der schlanke, große blonde Mann hinter dem Gemüse-stand sah ihn verdutzt an.

»Was ist denn?« sagte Romero. »Ich komme jetzt seit sechs Wochen jeden Samstag auf diesen Markt. Kennen Sie mich denn nicht inzwischen?«

»Sie haben mich mit meinem Bruder verwechselt.« Der Mann hatte blaue Augen, eine Andeutung dieser Farbe spie-gelte sich auch in dem Kristall, den er um den Hals trug. Je-ans, ein weißes T-Shirt, eine gesunde Bräune und das schmale, hochwangige ästhetische Aussehen eines Heiligen.

»Also, ich weiß, daß Sie nicht Luke sind. *Ihn* würde ich ganz bestimmt erkennen.«

»Ich bin John.« Er sagte das sehr förmlich.

»Freut mich, Ihre Bekanntschaft zu machen. Ich bin Gabe Romero. Niemand hat mir gesagt, daß es *drei* Brüder gibt.«

»Eigentlich...«

»Augenblick mal. Lassen Sie mich raten. Wenn es einen Mark, einen Luke und einen John gibt, muß es auch einen Matthew geben, stimmt's? Ich wette, Sie sind *vier*.«

Johns Lippen öffneten sich ein wenig, als wäre er nicht ge-wöhnt zu lächeln. »Sehr gut.«

»Ist nichts Besonderes. Es ist mein Beruf, zutreffende Folge-rungen zu ziehen«, witzelte Romero.

»Oh? Und was ist das für ein Beruf...?« Johns Haltung ver-änderte sich, plötzlich wirkte er stocksteif, und die blauen Augen waren auf einmal kalt wie ein Stern am Nachthim-mel, als er sah, wie Luke durch die Menge auf ihn zukam. »Man hat dir doch gesagt, daß du den Stand nicht verlassen sollst.«

»Tut mir leid. Ich mußte aufs Klo.«

»Du hättest vorher gehen sollen.«

»Habe ich ja getan. Aber ich kann doch nichts dafür, wenn...«

»Stimmt. Du kannst nichts dafür, und du kannst wohl auch nichts dafür, wenn mir hier die Sachen ausgehen, was? Es sind fast keine Kürbisse mehr da. Hol noch einen Korb.«

»Tut mir wirklich leid. Wird nicht wieder vorkommen.«

Luke sah Romero verlegen an, dann wieder zu seinem Bruder und ging schließlich die Kürbisse holen.

»Haben Sie vor, etwas zu kaufen?« fragte John.

Nicht gerade der Typ, sich Freunde zu machen, was? dachte Romero. »Tja, ich werde zwei von diesen Kürbissen mitnehmen. Bei dem frühen Frost, der vorhergesagt wird, ist mit Tomaten und Paprikaschoten wohl bald Schluß, hm?«

John sah ihn bloß an.

»Ich werde mir wohl am besten einen Vorrat anlegen«, sagte Romero.

Er hatte gehofft, daß sein Gefühl der Betäubung im Laufe der Zeit nachlassen würde, aber jede Jahreszeit beschwor bloß aufs neue die Erinnerungen herauf. Weihnachten, Neujahr, dann Ostern, und viel zu bald danach Mitte Mai. Seltsamerweise hatte er den Tod seines Sohnes nie mit der Unfallstelle auf der Interstate in Verbindung gebracht. Die gefühlsmäßige Beziehung galt immer jenem Straßenstück bei der Baptistenkirche, der Stelle an der Hügelkuppe auf dem Old Pecos Trail. Er gestand sich selbst ein, daß ihn wohl eine Art von Masochismus dazu trieb, dort immer wieder vorbeizufahren, als der erste Jahrestag des Todes seines Sohns näherrückte. Er war so abwesend, daß er einen Augenblick lang überzeugt war, er habe sich selbst durch einen Willensakt dazu veranlaßt, das Ereignis noch einmal zu erleben, daß er also unter Halluzinationen litt, als er die Hügelkuppe erreichte und zum ersten Mal seit beinahe einem Jahr ein Paar Schuhe auf der Straße sah.

Rostfarbene, knöchelhohe Wanderstiefel. Sie überraschten ihn so, daß er seine Fahrt verlangsamte und den Blick nicht von ihnen wendete. Dabei bemerkte er etwas so Beunruhigendes, daß er schließlich hart auf die Bremse trat und das Quietschen von Reifen hinter sich kaum wahrnahm. Der Wagen hinter ihm wäre beinahe auf ihn aufgefahren. Er stieg zitternd aus, kauerte sich nieder, starrte die Wanderstiefel an und rannte dann zu seinem Funkgerät zurück.

In den Schuhen steckten Füße.

Während ein herannahender Streifenwagen seine Sirene heulen ließ und ein paar Beamte den Verkehr über den Fahrbahnrand umlenkten, stand Romero mit seinem Sergeant, dem Polizeichef und dem Gerichtsmediziner da und sah zu, wie die Laborleute ihre Arbeit erledigten. Sein Streifenwagen stand immer noch da, wo er angehalten hatte, direkt neben den Schuhen. Eine hüfthohe Sichtbarriere war aufgestellt worden.

»Ich werde mehr wissen, wenn wir das Material ins Labor gebracht haben«, sagte der Gerichtsmediziner, »aber den geraden, sauberen Schnitten nach zu schließen, vermute ich, daß so etwas wie eine Motorsäge benutzt worden ist, um die Füße von den Beinen abzutrennen.«

Romero biß sich auf die Unterlippe.

»Können Sie uns sonst noch etwas sagen?« fragte der Polizeichef.

»Es ist kein Blut auf dem Asphalt, und das bedeutet, daß das Blut an den Schuhen und den Fußstümpfen schon trocken war, bevor man sie hierhergebracht hat. Die Gewebeverfärbung deutet darauf hin, daß zwischen dem Verbrechen und der Beseitigung wenigstens vierundzwanzig Stunden verstrichen sind.«

»Hat sonst noch jemand etwas bemerkt?«

»Die Schuhgröße«, sagte Romero.

Sie sahen ihn an.

»Ich trage Größe dreiundvierzig. Die hier sehen mir nach achtunddreißig, neununddreißig aus. Ich vermute, das Opfer ist weiblichen Geschlechts.«

Dieselben Polizeibeamten, die den Haufen alter Schuhe vor Romeros Spind aufgetürmt hatten, lobten jetzt seinen Instinkt. Obwohl er die Schuhe, die er im Kofferraum des Streifenwagens und dem seines Privatautos gesammelt hatte, schon lange weggeworfen hatte, machte ihm niemand daraus einen Vorwurf. Schließlich war soviel Zeit verstrichen – wer hätte da vorhersehen können, daß die Schuhe noch einmal von Bedeutung sein könnten? Trotzdem erinnerte Romero sich noch, was es für Schuhe gewesen waren, ebenso wie er sich daran erinnerte, daß es fast genau ein Jahr her war, daß sie ihm das erste Mal aufgefallen waren, es war um den fünfzehnten Mai gewesen.

Aber es gab keine Garantie dafür, daß die Person, die vor einem Jahr die Schuhe auf die Straße geworfen hatte, auch die Person war, die die abgetrennten Füße hinterlassen hatte. Das Ermittlungsteam mußte mit dem wenigen Material, das ihm zur Verfügung stand, auskommen. Wie Romero schon vermutet hatte, kam der Gerichtsmediziner schließlich zu dem Ergebnis, daß es sich bei dem Opfer in der Tat um eine Frau gehandelt hatte. War der Täter etwa ein Tourist, jemand, der jeden Mai nach Santa Fe zurückkehrte? Und wenn ja, war es möglich, daß jene Person anderswo ähnliche Verbrechen begangen hatte? Erkundigungen beim FBI ergaben, daß im Laufe der Jahre überall in den USA Morde in Tateinheit mit Amputationen verübt worden waren, aber keiner davon entsprach dem Profil, mit dem das Team es hier zu tun hatte. Wie sah es mit Vermißtenberichten aus? Die in New Mexico anhängigen wurden bald eliminiert, aber als die Suche sich dann ausweitete, wurde klar, daß jeden Monat in den USA so viele Tausende von Menschen verschwanden, daß das Ermittlerteam wesentlich mehr Personal brauchen würde, als es sich das je erhoffen konnte.

Unterdessen war Romero Mitglied jenes Teams geworden, das die Gegend um den Old Pecos Trail erforschte. Er hielt sich jede Nacht auf dem Dach der Baptistenkirche auf und suchte die Umgebung mit einem Nachtsichtteleskop ab. Schließlich würde der Mörder, wenn er seinem Verhaltensmuster treu blieb, wieder Schuhe auf die Straße werfen, und vielleicht – möge Gott uns beistehen, dachte Romero – würden in ihnen ebenfalls abgetrennte Füße stecken. Wenn er etwas Verdächtiges sah, brauchte er sein Teleskop bloß auf das Kennzeichen des Wagens scharfzustellen und anschließend mit seinem Funkgerät die entlang dem Old Pecos Trail versteckten Polizeifahrzeuge zu alarmieren. Aber eine Nacht um die andere verstrich, in der es nichts zu melden gab.

Eine Woche später wurde in einem Arroyo südöstlich von Albuquerque ein roter Saturn, laufendes Modell, mit Kennzeichen aus New Hampshire verlassen aufgefunden. Der Wa gen war auf eine achtunddreißig Jahre alte Frau namens Susan Crowell zugelassen, die vor drei Wochen mit ihrem Verlobten eine Autotour quer durch das ganze Land angetreten hatte. Weder sie noch ihr Verlobter hatten in den letzten acht Tagen Kontakt mit ihren Freunden und Verwandten gehabt.

Der Mai ging in den Juni über, und dieser dann in den Juli. Das Pfannkuchen-Frühstück am 4.-Juli-Feiertag auf der historischen Plaza war wie immer ein Erfolg. Drei Wochen später wurde dort der Spanische Markt abgehalten, wo Künstler aus der örtlichen Hispanics-Gemeinde ihre Gemälde, Ikonen und Schnitzereien zur Schau stellten. Die Touristenbeteiligung war recht gering, die Sensationsberichterstattung über die abgetrennten Füße hatte so manchen Besucher davon abgehalten zu kommen. Aber einen Monat darauf gab es den ähnlichen, aber größeren Indianermarkt, und inzwischen war offenbar alles vergessen, denn jetzt drängten sich die üblichen dreißigtausend Touristen auf der Plaza, um Indianerschmuck und Töpferarbeiten zu bewundern.

Romero hatte bei allen drei Veranstaltungen Dienst und leistete seinen Beitrag dazu, daß alles geordnet ablief. Dennoch, ganz gleich welche Aufgabe ihm auch zugeteilt wurde, seine Gedanken weilten immer wieder beim Old Pecos Trail. An manchen Abenden mußte er einfach hin. Er fuhr dann zur East Lupita, sah den vorbeiziehenden Scheinwerferbündeln auf dem Old Pecos Trail zu und brütete vor sich hin. Er rechnete nicht damit, daß etwas passierte, nicht jetzt, wo es allmählich Herbst wurde, aber dort zu sein vermittelte ihm das Gefühl, die Dinge im Griff zu haben, half ihm, Ordnung in seine Gedanken zu bringen, und verschaffte ihm auf eigentümliche Weise das Gefühl, seinem Sohn nahe zu sein. Manchmal veranlaßte ihn die Gegenwart der Kirche auf der anderen Straßenseite sogar dazu, daß er betete.

Eines Nachts fuhr ein vertrauter, mit Moosfelsen beladener Kleinlaster vorbei. Romero erinnerte sich aus der Nacht, in der sein Sohn getötet worden war, an ihn und auch von so manchem Samstag im Sommer, wenn er zugesehen hatte, wie man Körbe mit Gemüse von dem Laster zu einem Stand auf dem Bauernmarkt getragen hatte. Er hatte nie aufgehört, den Laster mit den Schuhen in Verbindung zu bringen. Zugegeben, damals war er sich zunächst sicher gewesen, daß er das falsche Fahrzeug angehalten hatte. Er wollte nicht so weit gehen, Luke Parsons zu verdächtigen, etwas mit den mutmaßlichen Morden an Susan Crowell und ihrem Verlobten zu tun zu haben. Dennoch hatte er dem Ermittlerteam von jener Nacht im vergangenen Jahr erzählt, und sie hatten Luke so gründlich überprüft, wie das überhaupt möglich gewesen war. Er und seine drei Brüder lebten mit ihrem Vater auf einer Farm in der Rio-Grande-Schlucht nördlich von Dillon. Sie waren harte Arbeiter, lebten zurückgezogen und hatten nie irgendwelchen Ärger gehabt.

Als Romero den Laster vorbeifahren sah, hatte er keinen Anlaß, ihn aufzuhalten, aber das hieß nicht, daß er nicht hinter ihm herfahren konnte. Er bog in den Old Pecos Drive und behielt die Rücklichter des Lasters im Auge, als dieser in Richtung Innenstadt fuhr. Am Gebäude der Landesregierung bog er nach rechts ab und fuhr den Paseo de Peralta hinunter, bis er schließlich auf der anderen Seite der Stadt in eine Tankstelle fuhr.

Romero wählte eine Zapfsäule in der Nähe des Lasters, stieg aus seinem Jeep und tat so, als wäre er über den Mann überrascht, den er neben sich sah.

»Luke, ich bin's, Gabe Romero, wie geht's Ihnen.«

Dann *war* er tatsächlich nicht schlecht überrascht, als ihm sein Fehler bewußt wurde. Das war nicht Luke.

»*John?* Ich habe Sie nicht erkannt.«

Der große, magere Mann mit dem blonden Haar und den ernsten Augen musterte ihn. Sein Blick wanderte zu der im Halfter steckenden Pistole an Romeros Hüfte. Romero hatte sie nie getragen, wenn er den Bauernmarkt aufgesucht hatte.

»Ich wußte gar nicht, daß Sie Polizeibeamter sind.«

»Ist das wichtig?«

»Es ist nur beruhigend zu wissen, daß mein Gemüse sicher ist, wenn Sie in der Gegend sind.« Johns strenge Züge nahmen dem kleinen Scherz jeden Humor.

»Oder Ihre Moosfelsen.« Romero deutete auf die Lade-fläche des Lasters. »Haben Sie die da drüben auf der Land-straße neben der Interstate verkaufen wollen? Das ist doch ge-wöhnlich Lukes Aufgabe.«

»Nun, er hat anderes zu tun.«

»Ja, jetzt wo Sie's sagen – ich habe ihn in letzter Zeit nicht mehr auf dem Markt gesehen.«

»Entschuldigen Sie. Heute war ein langer Tag. Ich habe noch ein ganzes Stück Fahrt vor mir.«

»Das dürfen Sie laut sagen. Ich wollte Sie nicht aufhalten.«

Luke war auch am nächsten Samstag nicht auf dem Bauern-markt, und auch nicht am letzten in der Woche danach.

Ende Oktober. In der Nacht hatte es Frost gegeben, und am Morgen lag in den Bergen Schnee. Da der Bauernmarkt für den Rest des Jahres geschlossen war und Romero damit einen »freien« Samstag hatte, dachte er sich, warum nicht einen kleinen Ausflug machen?

Es war ein kalter, klarer, sonniger Tag, als Romero auf dem Highway 285 nach Norden fuhr. Er bog in der Nähe des mo-dernistischen Opernhauses von Santa Fe über die Hügel-kuppe und fuhr von den mit Zypressen und Piñons betupften Hängen der Stadt in eine vielfarbige Wüste hinunter, deren schmale Täler und Mesas sich bis zu den weiß gekrönten Ber-gen auf beiden Seiten erstreckten. Kein Wunder, daß Hol-lywood so viele Western hier gedreht hatte, dachte er. Er pas-sierte das Indianer-Casino Camel Rock und das Cities of Gold und erreichte dann das gewaltige Fernstraßenkreuz, das nach Westen in Richtung Los Alamos führte, früher einmal eine ge-waltige Baustelle.

Statt aber Kurs auf die Atomstadt zu nehmen, fuhr er weiter nach Norden, passierte Espanola, und jetzt änderte sich die Landschaft wieder, die Hügel beiderseits der Straße rückten näher heran, und schließlich passierte die schmale Fernstraße die Rio-Grande-Felsschlucht. ACHTUNG! STEINFALLGEFAHR! stand auf einer Tafel. Yeah, ich habe schon vor aufzupassen, dachte er. Auf seiner linken Seite, zum Teil von entblätterten

Bäumen abgeschirmt, floß der legendäre Rio Grande, schmal und sich jetzt im Herbst Zeit lassend, träge um zahlreiche Biegungen oder gluckerte gemächlich über Steine. Auf der anderen Seite des Flusses war Embudo Station, eine alte Postkutschenstation, deren historische Gebäude in eine Wirtschaftsbrauerei und in ein Restaurant umgebaut worden waren.

Er fuhr daran vorbei, fuhr weiter nach Norden, und jetzt fing die Schlucht wieder an sich zu weiten. Beiderseits der Straße erschienen Farmen und Weingärten, wo der während der Eiszeit durch die Schmelze angeschwemmte Schlick den Boden fruchtbar gemacht hatte. In Dillon hielt er an, vergewisserte sich, daß seine Pistole durch die Windjacke verdeckt war, deren Reißverschluß er zugezogen hatte, und erkundigte sich im General Store, ob jemand wüßte, wo er die Parsons-Farm finden könne.

Eine Viertelstunde später hatte man es ihm endlich bis ins kleinste beschrieben. Anstatt aber direkt zur Farm zu fahren, fuhr er erst zu einem Aussichtspunkt außerhalb der Stadt und wartete, bis ein Streifenwagen der Staatspolizei neben ihm anhielt. Er hatte während seiner morgendlichen Fahrt über sein Mobiltelefon Kontakt mit der Kaserne der Staatspolizei in Taos, ein Stück weiter im Norden, aufgenommen. Nachdem er erklärt hatte, wer er war, hatte er den Einsatzleiter dort dazu überreden können, ihm einen Streifenwagen entgegenzuschicken.

»Ich rechne nicht mit Schwierigkeiten«, erklärte Romero dem vierschrötig wirkenden uniformierten Polizisten, als sie beide vor ihren Autos standen und zusahen, wie der Rio Grande unter ihnen durch eine Klamm floß. »Aber man kann nie wissen.«

»Was soll ich denn tun?«

»Parken Sie einfach am Highway. Vergewissern Sie sich, daß ich aus der Farm zurückkomme.«

»Sind Sie im Auftrag Ihrer Dienststelle hier?«

»Nein, Eigeninitiative. Ich gehe da so einem Verdacht nach.«

Der Polizist sah ihn mit zweifelnder Miene an. »Wie lange werden Sie da drinnen sein?«

490

»Wenn man bedenkt, wie unfreundlich die sind, nicht lange. Eine Viertelstunde vielleicht. Ich möchte bloß ein Gefühl für diesen Ort hier bekommen.«

»Wenn ich wegen irgendeines Straßenunfalls abgerufen werde…«

»Dann fahren Sie eben hin. Aber ich wäre Ihnen dankbar, wenn Sie danach zurückkommen würden, um sich zu überzeugen, daß ich das Anwesen auch tatsächlich wieder verlassen habe. Ich werde auf der Rückfahrt nach Santa Fe am General Store in Dillon anhalten und eine Nachricht hinterlassen, wenn alles in Ordnung ist.«

Der Polizist wirkte immer noch skeptisch.

»Ich habe lange an diesem Fall gearbeitet«, sagte Romero. »Bitte, ich wäre Ihnen für Ihre Hilfe wirklich dankbar.«

Die ungeteerte Straße zweigte unmittelbar nach einem Schild, auf dem Taos, 20 miles stand, ab. Sie führte auf der linken Seite des Highway einen kleinen Abhang hinunter zu fruchtbarem Land. Das üppige schwarze Erdreich war von einem Zaun umgeben, der gut in Schuß war. Die Parsonsens waren fleißige Leute, mußte er einräumen. Jetzt, wo es bald kalt werden würde, hatten sie die Felder abgeräumt und alles für das Frühjahr vorbereitet.

Die Straße führte in westlicher Richtung auf eine Scheune und ein paar Nebengebäude zu, alle, wie es schien, erst vor kurzem frisch weiß getüncht; ein schlichtes Holzhaus, ebenfalls weiß, hatte ein geneigtes Blechdach, das in der Herbstsonne leuchtete. Hinter dem Haus war der Fluß vielleicht zehn Meter breit. Über ihn führte ein Steg auf die andere Seite zu ein paar Espen, die ihr Laub bereits abgeworfen hatten, sowie niedrigem Buschwerk, das eine kleine Böschung hinaufwuchs.

Als Romero näher kam, sah er, wie sich an der Scheune etwas bewegte, jemand stieg gerade von einer Leiter und stellte einen Farbkübel ab. Jemand anderes erschien am offenen Scheunentor. Eine dritte Person kam aus dem Haus. Sie warteten vor dem Haus, als Romero abbremste und anhielt.

Das war das erste Mal, daß er drei der Brüder zusammen sah, und ihre schlanke, blonde, blauäugige Ähnlichkeit war jetzt noch auffälliger. Sie trugen die gleichen blauen Latzhosen und darunter die gleichen blauen Flanellhemden.

Aber Romero kannte sie inzwischen gut genug, um sie voneinander unterscheiden zu können. Der Bruder ganz links, etwa neunzehn Jahre alt, mußte der sein, dem er bisher noch nicht begegnet war.

»Ich nehme an, Sie sind Matthew.« Romero stieg aus dem Wagen und ging auf die drei zu, streckte die Hand aus.

Keiner machte Anstalten, ihm die Hand zu schütteln.

»Ich sehe Luke nicht«, sagte Romero.

»Der hat zu tun«, sagte John.

Ihre Gesichter wirkten verkniffen.

»Warum sind Sie hierhergekommen?« fragte Mark.

»Ich war nach Taos unterwegs. Und da dachte ich, wo ich doch schon in der Gegend bin, könnte ich ja vorbeischauen, ob Sie irgendwelches Gemüse zu verkaufen haben.«

»Sie sind nicht willkommen.«

»Was soll das denn heißen? Wenn man bedenkt, was ich für ein guter Kunde bin, hätte ich mir eigentlich einen netteren Empfang erwartet.«

»Gehen Sie.«

»Sie wollen mir also nichts verkaufen?«

»Matthew, geh ins Haus und hol das Telefon. Ich rufe jetzt die Polizei.«

Der junge Mann nickte und schickte sich an, ins Haus zu gehen.

»Schon gut«, sagte Romero. »Ich gehe ja schon.«

Der Polizist wartete noch am Highway, als Romero angefahren kam.

»Danke, daß Sie gewartet haben.«

»Sie sollten sich besser nicht bei mir bedanken. Ich habe gerade Ihretwegen einen Anruf bekommen. Ich weiß ja nicht, was Sie dort drinnen gemacht haben, aber die sind wirklich sauer auf Sie. Mein Einsatzleiter meint, wenn Sie noch einmal dort auftauchen, möchten die, daß ich Sie wegen Hausfriedensbruch festnehme.«

492

»… der Anwalt der Stadt«, sagte der Polizeichef.

Der Händedruck des Mannes wirkte nicht gerade enthusiastisch.

»Und das ist Mr. Daly, der Anwalt von Mr. Parsons«, sagte der Polizeichef.

Ein noch kühlerer Händedruck.

»Mr. Parsons kennen Sie ja bereits«, sagte er.

Romero nickte John zu.

»Ich will gleich zur Sache kommen«, sagte Daly. »Sie haben meinen Mandanten schikaniert, und wir wollen, daß das ein Ende hat.«

»Schikaniert? Augenblick mal, ich habe niemanden …«

»Sie haben das Fahrzeug der Familie unbegründet festgehalten. Meinen Mandanten und seine Brüder verschiedentlich einzuschüchtern versucht. Meinen Mandanten verfolgt. Unbefugt sein Grundstück betreten und es auf Aufforderung nicht verlassen. Sie setzen ihn praktisch überall unter Druck, wo Sie ihn sehen, und wir wollen, daß das ein Ende hat, sonst verklagen wir Sie und die Stadt. Geschworene halten nicht viel von wildgewordenen Cops.«

»Wildgewordene Cops? Wovon reden Sie eigentlich?«

»Das steht jetzt hier nicht zur Debatte.« Daly stand auf und bedeutete John, sich ebenfalls zu erheben. »Mein Mandant ist eindeutig im Recht. Wir leben nicht in einem Polizeistaat. Sie, Ihre Dienststelle und die Stadt sind jetzt gewarnt worden. Weitere Vorkommnisse dieser Art, und ich berufe eine Pressekonferenz ein, um alle potentiellen Geschworenen wissen zu lassen, daß wir Anzeige erstatten werden.«

Mit einem abschließenden, vernichtenden Blick verließ Daly den Raum. John folgte ihm dicht auf dem Fuß, allerdings nicht, ohne Romero vorher noch einen beleidigten Blick zuzuwerfen, der diesem die Zornesröte ins Gesicht trieb.

Dann herrschte Stille im Raum.

Der Anwalt der Stadt räusperte sich. »Ich nehme an, ich brauche Ihnen nicht zu sagen, daß Sie sich von ihm fernhalten sollten.«

»Aber ich habe nichts Unrechtes getan.«

»Haben Sie ihn verfolgt? Sind Sie zu seinem Haus gefahren? Haben Sie die Staatspolizei in Taos um Unterstützung gebeten, bevor Sie sein Grundstück betreten haben?«

Romero sah weg.

»Sie waren außerhalb Ihres Zuständigkeitsbereichs und haben völlig auf eigene Faust gehandelt.«

»Diese Brüder haben etwas mit ...«

»Man hat gegen sie ermittelt und nichts feststellen können.«

»Ich kann es nicht erklären, da ist nur so ein Gefühl, das ständig an mir nagt.«

»Nun, *ich* habe auch ein Gefühl«, sagte der Anwalt. »Wenn Sie nicht aufhören, Ihre Befugnisse zu überschreiten, werden Sie bald Ihren Job los sein, ganz zu schweigen davon, daß Sie dann vor Gericht stehen werden, um den Geschworenen erklären zu müssen, warum Sie eine Gruppe von Brüdern schikaniert haben, die wie Anzeigenfotos für harte Arbeit und intakte Familien aussehen. Matthew, Mark, Luke und John, man stelle sich das vor. Wenn es nicht wie ein Schuldeingeständnis aussehen würde, würde ich dem Polizeichef jetzt sofort Ihre Entlassung empfehlen.«

Romero bekam die schlimmsten Einsätze. Wenn bei einem Schneesturm an einer Kreuzung der Strom ausfiel und der Verkehr von Hand geregelt werden mußte, stand er ganz oben auf der Liste. Immer, wenn es bei schlechtem Wetter im Freien etwas zu tun gab, war er derjenige, welcher. Der Polizeichef legte ihm ganz unverblümt nahe, den Dienst doch zu quittieren.

Aber Romero hatte eine geheime Abwehrwaffe. Die Hitze, die ihm ins Gesicht gestiegen war, als John ihm diesen beleidigten Blick zugeworfen hatte, war nicht von ihm gewichen. Sie war geblieben, hatte sich ausgebreitet, seinen ganzen Körper erfüllt. Im knöcheltiefen Schnee den Verkehr zu regeln, wenn es stürmte und ein eisiger Wind wehte? Kein Problem. Seine Wut wärmte ihn.

John Parsons hatte in seiner Arroganz wohl angenommen, daß er gewonnen hatte. Romero würde es ihm zurückzahlen. Fünfzehnter Mai. Das war etwa die Zeit, wo vor zwei Jahren die Schuhe aufgetaucht waren und letztes Jahr die abgeschnittenen Füße. Der Polizeichef hatte zwar vor, jenen Abschnitt des Old Pecos Trail überwachen zu lassen, aber niemand glaubte, daß der Mörder, falls dieser vorhatte, wieder zuzuschlagen, so dumm sein würde, sich so leicht vorausberechnen zu lassen. Romero würde ganz sicherlich nicht berechenbar sein. Er würde sich nicht von John die Spielregeln aufzwingen lassen und seinen Job riskieren, indem er am Old Pecos Trail herumlungerte, so daß John, wenn dieser vorbeifuhr, behaupten konnte, die Schikanen hätten wieder angefangen. Nein, der Old Pecos Trail interessierte ihn nicht mehr. Er würde am fünfzehnten Mai woanders sein.

Außerhalb von Dillon. In der Rio-Grande-Schlucht.

Er plante es von langer Hand. Zunächst mußte er seine Abwesenheit erklären. Urlaub. Er hatte letztes Jahr keinen genommen. San Francisco. Er war noch nie dort gewesen. Im Frühjahr sollte es dort besonders schön sein. Der Polizeichef machte einen zufriedenen Eindruck, vielleicht hoffte er, daß Romero sich dort einen Job suchen würde.

Zweitens: Parsons wußte, was er für einen Wagen fuhr. Er kaufte einen drei Jahre alten blauen Ford Explorer und gab seinen fünf Jahre alten grünen Jeep in Zahlung.

Drittens: Er brauchte Ausrüstungsgegenstände. Das Nachtsichtteleskop, mit dem er vom Dach der Kirche aus den Old Pecos Trail beobachtet hatte, hatte ihm trotz der Dunkelheit ein so klares Bild geliefert, daß er in einem Laden, wo gebrauchte Militärgegenstände verkauft wurden, ein ähnliches Modell erworben hatte. Dann ging er in einen Fotoladen und kaufte für die Kleinbildkamera, die er zu Hause hatte, ein starkes Zoomobjektiv. Etwas, um seine Ausrüstung unterzubringen. Wanderschuhe.

Sein Urlaub begann am dreizehnten Mai. Als er das letzte Mal nach Dillon gefahren war, hatte der Herbst den Rio Grande ruhig gemacht, aber jetzt hatte die Frühlingsschneeschmelze ihn ausgeweitet und tiefer gemacht, und die Strömung war heftig. Grüne Bäume und Büsche säumten die schäumenden Wellen. Wildwasserflößer schossen durch die aufgepeitschten Wellen und wurden über versteckte Felsen

geworfen. Als er an der Einfahrt zur Parsons-Farm vorbeifuhr, hatte er Sorge, einer der Brüder könnte gerade heraus-
fahren und ihn bemerken, aber dann rief er sich ins Gedächtnis, daß sie ja seinen jetzigen Wagen nicht kannten. Er sah
nach links auf die üppige schwarze Erde, die weißen Gebäude
in der Ferne und das schimmernde Blechdach des Hauses.
Am äußersten Rand des Farmgeländes war der Fluß so aufgewühlt, daß er fast den kleinen Steg erfaßte.

Er fuhr noch ein paar Meilen weiter, ehe er anhielt. Ein von
Pappeln umgebener Rastplatz zu seiner Linken schien ihm
der perfekte Ort zur Ausführung seines Vorhabens. Ein paar
andere Autos standen dort, alle verlassen. Wildwasserflößer,
nahm er an. Am Abend würde sie jemand hierher zurückbringen, damit sie ihre Autos abholen konnten. Bei all dem
Kommen und Gehen würde sein Wagen bloß einer von vielen
sein, die hier parkten. Damit nicht jemand sich fragte, weshalb der Wagen die ganze Nacht hier stand und sich dann
vielleicht Sorgen machte, er sei ertrunken, hatte er einen Zettel auf dem Armaturenbrett liegen gelassen: *Bin zu Fuß am
Fluß entlang unterwegs. Komme am 15. Mai zurück.*

Er öffnete die hintere Klappe, schulterte den schweren
Rucksack, schnallte ihn fest, sperrte das Auto ab und ging den
felsigen Abhang hinunter, wo er zwischen den Büschen verschwand. Er hatte zu Hause einige Abende lang mit dem voll
beladenen Rucksack trainiert, aber sein gefliester Boden hatte
ihn nicht auf das unebene Terrain vorbereitet, über das er sich
jetzt quälen mußte – Felsen, Löcher im Boden, heruntergefallene Äste –, und jeder Schritt vermittelte ihm den Eindruck,
als wäre sein Rucksack wieder schwerer geworden. Und noch
eines: Er hatte in der Abendkühle geübt, aber jetzt, in der Ta-
geshitze, bei Temperaturen, die auf annähernd dreißig Grad
ansteigen sollten, schwitzte er heftig, und seine nassen Kleider klebten an ihm.

Der Rucksack wog dreißig Kilo. Ohne ihn hätte er den Fluß
bestimmt in zehn Minuten erreicht. So dauerte es aber zwanzig. Nicht schlecht, dachte er, als er das Brausen der Strömung
hörte. Als er aus dem Gebüsch hervortrat, erschrak er, wie
hoch das Wasser war und wie heftig die Strömung, wie

demütigend mächtig. Es floß so schnell, daß es eine frische Brise erzeugte, für die er aber dankbar war, als er seinen Rucksack absetzte und seine steif gewordenen Schultern bewegte. Er trank aus der Feldflasche. Das Wasser war kühl gewesen, als er zu Hause weggefahren war, aber jetzt war es lauwarm und schmeckte leicht metallisch.

An die Arbeit, munterte er sich auf.

Ohne den Rucksack schaffte er den Weg zurück zum Wagen schneller. Er schloß eilig den Explorer auf, holte einen weiteren Sack heraus, schloß den Wagen wieder ab und schleppte seine zweite Last den Abhang hinunter in die Büsche. Diesmal brauchte er bis zum Fluß fünf Minuten weniger als das vorige Mal. Der Sack enthielt ein kleines Schlauchboot, das, nachdem er es mit Hilfe eines Druckluftbehälters aufgepumpt hatte, ihm und seinem Rucksack genügend Platz bot. Nachdem er sich vergewissert hatte, daß letzterer sicher verstaut war, studierte er den wogenden Fluß, atmete tief durch und schob das Schlauchboot hinein.

Rings um ihn spritzte eisiges Wasser hoch. Hätte er nicht täglich im Fitneß-Club an allen möglichen Geräten trainiert, hätte er ganz sicherlich nicht die Kraft gehabt, so schnell zu paddeln, ständig die Seiten zu wechseln, um so das Floß auf geradem Kurs zu halten. Der Fluß trug ihn schneller stromabwärts, als er das erwartet hatte. Er war bereits in der Mitte, aber soviel Mühe er sich auch gab, er schaffte es einfach nicht, auf die andere Seite zu kommen. Er wußte nicht, was ihm mehr Angst machte – daß er umkippte, oder daß er das gegenüberliegende Ufer nicht erreichte, bevor die Strömung ihn bis zur Farm getragen hatte. Herrgott, wenn die mich sehen … Er setzte seine ganze Kraft ein, arbeitete, daß ihm der Schweiß nur so von der Stirn rann. Er mußte die Augen zusammenkneifen, um durch den Gischt zu sehen, und konnte erkennen, daß der Fluß nach links abbog. Die Strömung auf der anderen Seite war nicht so kräftig. Wie wild paddelnd, spürte er, wie das Schlauchboot dicht ans Ufer schoß. Vier Meter. Zwei. Er nahm alle Kraft zusammen. In dem Augenblick, in dem das Boot ans Ufer stieß, kroch er auch schon über den vorderen Rand, landete auf dem schlammigen Uferstreifen, wäre beinahe ins Wasser gefallen, richtete sich wieder auf und zerrte dann das Schlauchboot an Land.

Sein Rucksack im Schlauchboot lag im Wasser. Er löste hastig die Gurte, mit denen er ihn festgeschnallt hatte, und zerrte ihn ins Trockene. Unten rann Wasser heraus. Er konnte nur hoffen, daß die wasserdichten Beutel auch dicht geblieben waren, in denen er seine Lebensmittel, seine Kleidung und seine Ausrüstung verstaut hatte. Hatte ihn jemand gesehen? Er suchte das Gelände hinter sich und das gegenüberliegende Ufer ab – beides wirkte verlassen. Er kippte das Schlauchboot, damit das Wasser herausfließen konnte, zog es hinter die Büsche und versteckte es dort. Er legte ein paar große Felsbrocken hinein, damit es nicht weggeweht werden konnte, und kehrte dann zum Ufer zurück, um sich zu vergewissern, daß man das Boot von dort aus nicht sehen konnte. Er durfte jetzt keine weitere Zeit mehr verlieren. Er schulterte den Rucksack, verdrängte den Schmerz, den ihm seine überbeanspruchten Muskeln bereiteten, und setzte sich landeinwärts in Bewegung.

Drei Stunden später, nachdem er einem Trampelpfad hinter der kleinen Bodenerhebung am Flußufer entlang gefolgt war, hatte er schließlich die anstrengende, lange Tour beendet, die ihn wieder nach oben führen sollte. Das Buschwerk war spärlich und das Gestein unter seinen groben Profilsohlen locker. Fünfzehn Meter vom höchsten Punkt entfernt nahm er seinen Rucksack ab und machte ein paar Lockerungsübungen. Der Schweiß rann ihm in Strömen vom Gesicht. Er trank aus der Feldflasche, das Wasser war inzwischen noch abgestandener, legte sich dann flach auf den Boden und kroch nach oben. Vorsichtig spähte er über den Rand. Unter ihm lagen die weiße Scheune und die übrigen Nebengebäude. Die Sonne glitzerte im schrägen Blechdach des weißen Wohnhauses. Ein Teil der Anbaufläche war grün – Salat, wie Romero selbst aus der Ferne erkennen konnte. Niemand war zu sehen. Er fand eine Vertiefung im Boden, zwängte sich hinein und zerrte seinen Rucksack zu sich heran. Zwei Felsbrocken am Rand verdeckten ihm den Kopf, als er zwischen ihnen hindurch nach unten sah. Fluß, Feld, Haus, Scheune, weitere Felder. Ein perfekter Beobachtungspunkt.

Es war immer noch niemand zu sehen. Vielleicht sind ein paar in Santa Fe, dachte er. Solange nichts passiert, ist jetzt der ideale Zeitpunkt, mich hier häuslich niederzulassen. Er holte sein Nachtsichtteleskop, die Kamera und das Zoomobjektiv aus dem Rucksack. Die wasserdichten Beutel hatten ihn nicht enttäuscht – die Geräte waren trocken. Das gleiche galt auch für die Essensvorräte und den Schlafsack. Paradoxerweise waren bloß das Ersatzhemd und die zweite Jeans naß geworden, die er für den Fall mitgebracht hatte, daß er trockene Kleidung brauchte. Er breitete sie in der Sonne aus, warf einen weiteren Blick auf die Farm – immer noch keinerlei Aktivität – und machte sich gierig über das Essen her. Cheddarkäse, Weizencracker, ein paar Karotten und als Nachtisch getrocknete Aprikosen: Ihm lief das Wasser im Mund zusammen.

Fünf Uhr. Einer der Brüder ging vom Haus zur Scheune hinüber. Aus der Ferne war es schwer festzustellen, aber Romero glaubte, durch das Zoomobjektiv der Kamera Mark erkennen zu können.

Halb sieben. In der Tiefe winzig klein erscheinend, tauchte der Laster auf. Er wurde größer, als Romero das Zoomobjektiv nachstellte, und dann erkannte er, daß John derjenige war, der ausstieg. Mark kam aus der Scheune. Matthew kam aus dem Haus. John schien mit irgend etwas unzufrieden. Mark sagte etwas. Matthew blieb stumm. Sie gingen ins Haus.

Romeros Herzschlag beschleunigte sich, als ihm befriedigenderweise bewußt wurde, daß er seine Zielpersonen beobachtete, diese es aber nicht ahnten. Als dann jedoch die Dämmerung einsetzte und im Haus Licht eingeschaltet wurde, sonst aber nichts weiter passierte, schwand seine Freude. Jetzt, wo die Sonne weg war, kühlte die Luft schnell ab. Als ihm der Atem vor dem Mund zu Rauhreif gefror, zog er Handschuhe und ein Jackett an.

Vielleicht vergeude ich meine Zeit, dachte er.

Den Teufel tue ich. Es ist noch nicht der fünfzehnte.

Die Temperatur sank weiter. Mit trotz der Jeans eiskalten Beinen kroch er in die willkommene Wärme seines Schlafsacks und fuhr fort, Käse und Cracker zu kauen, und vertauschte dann sein Zoomobjektiv gegen das Nachtsichtteleskop. Im Okular wurde alles grün. Das Licht in den Fenstern strahlte. Einer der Brüder verließ das Haus, aber das Bild, das er bekam, war etwas zu körnig, so daß Romero nicht erkennen konnte, wer es war. Der Mann ging in die Scheune und kehrte zehn Minuten später zum Haus zurück.

Eines nach dem anderen gingen die Lichter aus. Bald lag das Haus in völliger Dunkelheit da.

Jetzt ist die Vorstellung für eine Weile zu Ende, dachte Romero. Das gab ihm Gelegenheit, wieder aus dem Schlafsack zu steigen und sich ein Stück die Böschung hinunterzuarbeiten, um sich hinter einem Busch zu erleichtern. Als er zurückkehrte, wirkte das Haus noch genauso ruhig wie zuvor.

Heute ist nicht wichtig, rief er sich erneut in Erinnerung. Morgen vielleicht auch nicht. Aber *übermorgen* ist der fünfzehnte.

Er vergewisserte sich, daß seine Pistole und das Mobiltelefon in Reichweite waren (derselbe Komfort wie zu Hause), kuschelte sich noch tiefer in den Schlafsack und richtete dann das Nachtsichtteleskop wieder auf die Farm in der Tiefe. Nichts.

Von der Kälte wurden ihm die Augen schwer.

Eine Tür knallte.

Romero fuhr mit dem Kopf in die Höhe. Er riß die Augen weit auf, um sie schnell an das helle Morgenlicht zu gewöhnen. Er kroch aus dem Schlafsack und spähte mit Hilfe des Zoomobjektivs der Kamera auf die Farm hinunter. John, Mark und Matthew waren aus dem Haus gekommen. Sie gingen hintereinander auf das nächstgelegene Feld zu, dem mit dem Salat. Die grünen Pflänzchen glitzerten in den Sonnenstrahlen, die sich im geschmolzenen Rauhreif spiegelten. John wirkte ebenso mürrisch wie am Abend zuvor und redete auch sichtlich gereizt mit seinen Brüdern. Mark antwortete etwas darauf. Matthew sagte nichts.

Romero runzelte die Stirn. Jetzt hatte er schon wiederholt Luke nicht mehr gesehen. Was war mit ihm passiert? Er stellte das Zoomobjektiv scharf und sah zu, wie die Gruppe in die Scheune ging. Eine andere Frage begann an ihm zu nagen. In dem Polizeibericht hatte gestanden, daß die Brüder für ihren Vater arbeiteten, daß das Land ihrem Vater gehörte. Aber als Romero im vergangenen Herbst zu der Farm gefahren war, hatte er den Vater nicht gesehen.

Und gestern auch nicht.

Und heute morgen auch nicht.

Wo steckte der? War der Vater irgendwie für die Schuhe verantwortlich und …

Waren der Vater und Luke deshalb nicht auf der Farm, weil sie irgendwo anders waren, und …

Je mehr Fragen sich ihm aufdrängten, desto verwirrter wurde er.

Er spannte die Muskeln an, als er sah, wie sich irgend etwas Glitzerndes in dem geschmolzenen Rauhreif im Gras neben dem Scheunentor spiegelte. Er kniff die Augen zusammen und sah, wie das Glitzern hin und her zuckte, als wäre es etwas Lebendiges. Du lieber Gott, dachte er, als ihm plötzlich klar wurde, was es war, und zog seine Kamera vom Rand weg. Er befand sich auf dem westlichen Bergkamm und sah nach Osten. Die Sonne, die über dem gegenüberliegenden Bergkamm stand, hatte sich in seinem Zoomobjektiv gespiegelt. Wenn dieser Lichtreflex nach unten gefallen wäre, während die Brüder im Freien waren …

Die kalte Luft fühlte sich plötzlich noch kälter an. Er legte Kamera und Zoomobjektiv beiseite, hob vorsichtig den Kopf und beobachtete angestrengt die Scheune. Fünf Minuten später kamen die drei Brüder heraus und fingen mit irgendwelchen Arbeiten an. Romero beobachtete sie und öffnete einen Plastikbeutel mit Schokoladenplätzchen, Rosinen und Nüssen, die er zusammengemischt hatte, aß ein wenig davon und spülte das Zeug dann mit Wasser hinunter. Infolge des Temperatursturzes in der vergangenen Nacht war das Wasser in seiner Feldflasche wieder kalt. Aber die Feldflasche war beinahe leer. Er hatte zwei weitere Feldflaschen mitgebracht, und die würden eine Weile reichen. Aber dann würde er schließlich zum Fluß hinuntersteigen müssen, um die Feldflaschen mit Hilfe einer Filterpumpe wieder aufzufüllen. Jodtabletten würden etwaige Bakterien töten.

Am Nachmittag waren die Brüder alle auf einem der Felder, Matthew saß auf einem Traktor, hinter dem er eine Egge herzog, während John und Mark große Steine aufhoben, die der Winter an die Oberfläche geschoben hatte, und sie zu dem Laster trugen.

Ich vergeude meine Zeit, dachte er. Es sind bloß Farmer.

Aber warum wollte John dann so vehement, daß ich sie in Ruhe lasse?

Er biß die Zähne zusammen. Jetzt, mit der Sonne im Rücken, konnte er das Zoomobjektiv wieder benutzen. Sein Blick wanderte langsam über die Farm und musterte wütend die Brüder. Der Abend war eine Wiederholung des vergangenen. Um zehn lag das Haus in völliger Dunkelheit da.

Morgen, dachte Romero. Morgen ist der fünfzehnte. Morgen ist der Tag, wegen dem ich hier bin.

Ein Schmerz riß ihn ruckartig ins Bewußtsein zurück. Ein brutaler Schlag ließ Sterne vor seinen Augen tanzen. Ein dritter ließ ihn die Welt durch eine rote Flut sehen. Benommen versuchte er, den Schock des Überfalls zu überwinden und schlug um sich, um aus seinem Schlafsack zu kommen. Ein Schlag zwischen die Schultern warf ihn zur Seite. Silhouettenhaft vor dem Sternenhimmel sichtbar, umgaben ihn drei Gestalten. Ihr schwerer Atem hing in weißen Wolken vor ihren Mündern, als sie ihre Knüppel hoben, um erneut auf ihn einzuschlagen. Er griff nach seiner Pistole und versuchte, sie aus den Falten seines Schlafsacks zu befreien, aber ein Schlag fetzte sie aus seiner halb gelähmten Hand, und gleich darauf krachte ein Knüppel auf seine Stirn herunter und ließ seine Ohren klingeln und seine Augen sich nach innen drehen.

Er erwachte langsam, und seine sämtlichen Sinne waren in völligem Chaos. In seinem Kopf dröhnte es. Er hatte Blut im Gesicht. Ein kupferner Geschmack. Unter der linken Wange stieg ihm der Geruch von fauligem Stroh in die Nase. Schatten. Sonnenlicht durch Ritzen in einer Wand. Die Scheune. Alles drehte sich um ihn. Sein Magen revoltierte.

Der saure Geruch von Erbrochenem.

»Matthew, hol John«, sagte Mark.

Polternde Schritte, die sich aus der Scheune entfernten.

Romero verlor das Bewußtsein.

Als er das nächste Mal erwachte, hockte er zusammengekauert in einer Ecke, den Rücken an der Wand, die Knie hochgezogen, der Kopf herunterhängend, Blut tropfte ihm auf die Brust.

»Wir haben Ihren Wagen gefunden«, sagte John. »Ich sehe, Sie haben das Modell gewechselt.«

Die hallende Stimme schien aus weiter Ferne zu kommen, aber als Romero aus glasigen Augen aufblickte, stand John unmittelbar vor ihm.

John las den Zettel, den Romero auf dem Armaturenbrett hatte liegen lassen. »›Bin zu Fuß am Fluß entlang unterwegs. Komme am fünfzehnten Mai zurück.‹«

Romero stellte fest, daß seine Pistole in Johns Gürtel steckte.

»Was machen wir jetzt?« fragte Mark. »Die Polizei wird ihn suchen kommen.«

»Na und?« sagte John. »Wir sind im Recht. Wir haben einen Mann mit einer Pistole erwischt, der sich in der Nacht unbefugt auf unser Grundstück geschlichen hat. Wir haben uns verteidigt und ihn überwältigt.« John zerknüllte den Zettel. »Aber die Polizei wird ihn nicht hier suchen. Die wissen nicht, daß er hier ist.«

»Das weißt du aber nicht sicher«, sagte Mark.

Matthew stand stumm an der verschlossenen Scheunentür.

»Natürlich weiß ich das sicher«, widersprach John. »Wenn das eine Polizeiaktion wäre, hätte es den Zettel nicht gebraucht. Er hätte sich dann keine Sorgen zu machen brauchen, daß jemand sich über den verlassenen Wagen wundert. Er hätte dann seinen Wagen überhaupt nicht gebraucht. Die Polizei hätte ihn dort abgesetzt. Er ist allein.«

Matthew schien irgendwie immer noch beunruhigt zu sein.

»Stimmt das etwa nicht, Officer Romero?« fragte John.

Krampfhaft bemüht, der sich immer noch wie ein Kreisel um ihn drehenden Welt Einhalt zu gebieten, schaffte es Romero, seine Stimme zum Funktionieren zu bringen. »Woher wußten Sie, daß ich dort oben bin?«

Niemand antwortete.

»Es war die Spiegelung in dem Objektiv, stimmt's?« Romeros Stimme klang, als ob ihm jemand den Hals voll Kies gestopft hätte.

»Wie der Heilige Geist an Pfingsten«, sagte John.

Romeros Zunge war so angeschwollen, daß er kaum reden konnte. »Ich brauche Wasser.«

»Das gefällt mir nicht«, sagte Mark. »Laß ihn laufen.«

John sah Matthew an. »Du hast doch gehört. Er braucht Wasser.«

Matthew zögerte und öffnete dann die Scheunentür und rannte zum Haus.

John wandte sich wieder Romero zu. »Warum haben Sie nicht aufgehört? Warum mußten Sie so hartnäckig sein?«

»Wo ist Luke?«

»Sehen Sie, das habe ich gemeint. Sie sind so verdammt hartnäckig.«

»Wir sollten jetzt Schluß machen«, sagte Mark unsicher. »Setz ihn in seinen Wagen. Laß ihn laufen. Er hat ja keinen Schaden angerichtet.«

»Hat er das nicht?«

»Du hast gesagt, wir wären im Recht, einen Fremden mit einer Pistole anzugreifen. Nachdem es zu spät war, haben wir herausgefunden, wer er war. Jeder Richter würde sich damit zufrieden geben.«

»Er würde zurückkommen.«

»Nicht unbedingt.«

»Ich garantier's dir. Das würden Sie doch, Officer Romero? Sie würden doch zurückkommen?«

Romero wischte sich das Blut vom Gesicht, gab aber keine Antwort.

»Natürlich würden Sie das«, sagte John. »Das liegt in Ihrem Wesen. Und eines Tages würden Sie etwas sehen, was Sie nicht sehen sollen. Vielleicht haben Sie das auch schon.«

»Sag jetzt nichts mehr«, sagte Mark warnend zu seinem Bruder.

»Wollen Sie wissen, was hier läuft?« fragte John.

Romero wischte sich wieder Blut vom Gesicht.

»Ich finde, Sie sollten bekommen, was Sie haben wollen«, sagte John.

»Nein«, warf Mark ein. »Damit muß jetzt Schluß sein. Ich bin immer noch nicht überzeugt, daß er ganz allein hier ist. Wenn die Polizei mit eingeschaltet ist… Es ist zu riskant. Es muß Schluß sein.«

Draußen näherten sich schnelle Schritte. Bloß Romero blickte auf, als Matthew mit einem Krug Wasser hereinkam.

»Gib es ihm«, sagte John.

Matthew näherte sich vorsichtig, wie man sich einem wilden Tier nähert. Er stellte den Krug vor Romeros Füße und huschte zurück.

»Danke«, sagte Romero.

Matthew gab keine Antwort.

»Warum sprechen Sie nie?« fragte Romero.

Matthew sagte nichts.

»Sie können nicht sprechen.«

Matthew sah weg.

»Natürlich. Letzten Herbst, als ich hier war, hat John Sie aufgefordert, ihm das Telefon zu bringen, damit er die Polizei rufen konnte. Damals habe ich mir nichts dabei gedacht.« Romero wartete, bis das Wirbeln in seinem Kopf aufhörte. »Ich dachte damals, daß er den schwächsten der Gruppe weggeschickt hat, damit er und Mark, falls ich Ärger mache, sich um mich kümmern können.« Romeros Lunge fühlte sich leer an. Er atmete ein paarmal tief durch. »Aber Sie haben die ganze Zeit, die ich jetzt das Haus beobachtet habe, nie ein Wort gesagt.«

Matthew sah ihn immer noch nicht an.

»Sie sind stumm. Deshalb hat John Sie aufgefordert, das Telefon zu bringen. Weil Sie die Polizei nicht selbst anrufen konnten.«

»Hören Sie auf, meinen Bruder zu reizen, und trinken Sie Ihr Wasser«, sagte John.

»Ich reize ihn nicht. Ich will …«

»*Trinken Sie!*«

Romero griff tastend nach dem Krug, hob ihn an die Lippen und schluckte; der säuerliche Geschmack nach Erbrochenem machte ihm nichts aus, er wollte bloß den Schleim aus seinem Mund und den Kies in seiner Kehle wegspülen.

John zog ein sauberes Taschentuch aus der Tasche seiner Windjacke und warf es ihm hin. »Gießen Sie Wasser darauf. Wischen Sie sich das Blut vom Gesicht. Wir sind keine Tiere. Es braucht ja nicht würdelos zu sein.«

Romero kam ein wenig verblüfft der Aufforderung nach. Je mehr sie ihn wie ein menschliches Wesen behandelten, um so größer war seine Chance, hier wegzukommen. Er überlegte verzweifelt, wie er sich herausreden könnte. »Sie täuschen sich übrigens, daß die Polizei nicht eingeschaltet ist.«

»Oh?« John schob die Augenbrauen hoch und wartete darauf, daß Romero fortfuhr.

»Das ist natürlich nicht offiziell. Aber ich stehe nicht allein. Ich habe meinem Sergeant gesagt, was ich vorhabe. Wenn ich mich nicht alle sechs Stunden melde, weiß er, daß etwas nicht stimmt. Dann kommen er und ein paar Freunde her und suchen nach mir.«

»Oh, oh. Tatsächlich?«

»Ja.«

»Warum rufen Sie ihn dann nicht an und sagen ihm, daß alles in Ordnung ist?«

»Weil das nicht stimmt. Schauen Sie, ich habe keine Ahnung, was hier vor sich geht, und ganz plötzlich, glauben Sie mir, interessiert es mich auch nicht mehr im geringsten. Ich will einfach hier raus.«

Eine schreckliche Stille legte sich über die Scheune.

»Ich habe einen Fehler gemacht.« Romero richtete sich mühsam auf. »Den werde ich nicht wiederholen. Ich gehe hier weg. Sie haben mich das letzte Mal hier gesehen.« Auf unsicheren Beinen trat er aus seiner Ecke hervor.

John musterte ihn.

»Soweit es mich betrifft, ist jetzt Schluß.« Romero machte einen weiteren Schritt in Richtung Tür.

»Ich glaube Ihnen nicht.«

Romero ging an ihm vorbei.

»Was Sie da von dem Sergeant sagen, stimmt nicht«, sagte John.

Romero blieb in Bewegung. »Wenn ich ihn nicht bald anrufe…«

John vertrat ihm den Weg.

»… kommt er hierher, um mich zu suchen.«

»Und wird Sie hier finden.«

»Wo ich gegen meinen Willen festgehalten werde.«

»Dann wird man uns wohl wegen Entführung belangen?« John spreizte beide Hände. »Schön. Wir werden vor Gericht erzählen, daß wir Ihnen bloß Angst einjagen wollten, damit Sie aufhören, uns zu schikanieren. Ich gehe das Risiko ein. Man wird uns nicht schuldig sprechen.«

»*Wovon redest du da?*« sagte Mark.

»Wir wollen sehen, ob seine Freunde ihm auch wirklich zu Hilfe kommen.«

O Scheiße, dachte Romero. Er machte einen weiteren Schritt in Richtung Tür.

John zog Romeros Pistole heraus.

»Nein!« sagte Mark.

»Matthew, hilf Mark mit der Falltür.«

»Damit muß jetzt Schluß sein!« sagte Mark. »*Reicht denn das, was mit Matthew und Luke passiert ist, noch nicht?*«

John wirbelte so schnell herum, daß seine Bewegungen ineinander verschwammen, und schlug Mark mit solcher Wucht, daß der zu Boden ging. »Seit wann hast du denn in dieser Familie das Sagen?«

Mark wischte sich das Blut vom Gesicht und funkelte seinen Bruder an. »Das habe ich nicht. Das hast *du*.«

»Richtig. Ich bin der Älteste. Das war immer die Regel. Wenn du diese Familie führen solltest, wärst du der Erstgeborene gewesen.«

Mark starrte ihn weiter an.

»Willst du dich gegen die Regel stellen?« fragte John.

Mark senkte die Augen. »Nein.«

»Dann hilf jetzt Matthew mit der Falltür.«

Romero spürte ein Flattern im Magen. Während John ständig die Pistole auf ihn gerichtet hielt, sah er zu, wie Mark und Matthew in die Ecke links neben ihm gingen, wo sie beide alle Mühe hatten, ein Faß mit Getreide wegzuschieben. Sie hoben den Deckel einer Falltür, und Romero dachte beunruhigt, daß jemand, der von unten dagegendrückte, nicht die leiseste Chance hatte, sie aufzubekommen, solange das Faß darauf stand.

»Dort hinunter«, sagte John.

Romero fühlte sich noch benommener. Er kämpfte dagegen an und wußte, daß er bald handeln mußte, ehe er sich noch schwächer fühlte.

Wenn John mich töten wollte, hätte er mich bereits umgebracht.

Romero rannte auf die Scheunentür zu.

»Mark!«

Etwas krachte gegen Romeros Beine, brachte ihn zu Fall und ließ ihn gestreckter Länge mit dem Gesicht nach unten auf den Boden fallen.

Mark hatte einen Knüppel geworfen.

Die drei Brüder packten ihn. Benommen und so kraftlos, wie er sich noch nie in seinem Leben gefühlt hatte, schlug er um sich, konnte sich ihnen aber nicht entwinden, als sie ihn über den staubigen Boden zerrten und ihn durch die Falltür hinunterstießen. Wenn er die Leiter nicht gepackt hätte, wäre er gestürzt.

»Sie werden Wasser brauchen.« John reichte ihm den Krug hinunter.

Von unten schlug es ihm eisig kühl entgegen. Romero sah entsetzt zu, wie der Deckel der Falltür über ihm geschlossen wurde, und hörte dann das Scharren des Fasses, das wieder an Ort und Stelle geschoben wurde.

Möge Gott mir beistehen, dachte er.

Er war jedoch nicht von Dunkelheit umgeben. Als er nach unten spähte, sah er ein schwaches Licht und kletterte vorsichtig die Leiter hinunter, wobei er sich wegen des Krugs, den er in der Hand hielt, recht ungeschickt bewegte. Unten fand er einen kurzen Tunnel und ging hinein. Ein muffiger, erdiger Geruch schlug ihm entgegen. Er verzog die Nase. Das Licht wurde heller, als er sich der Stelle näherte, wo es herkam, ein kleiner Raum mit Sperrholzwänden, in dem ein hölzerner Sessel und ein Stuhl aus demselben Material standen. Auch der Boden bestand aus Sperrholz. Das Licht kam von einer nackten Glühbirne, die an einem der massiven Deckenbalken hing. Er trat ganz in den Raum ein und sah linkerhand eine Pritsche mit einem sauberen Kissen und einer Decke darauf. Auf der rechten Seite war ein Toilettensitz auf einer hölzernen Kiste befestigt, die über einem tiefen Loch im Boden angebracht war. Ich werde verrückte, dachte er.

Der leichte Luftzug, schwächer jetzt, seit die Falltür geschlossen war, kam aus einer Öffnung oben an der am weitesten von ihm entfernten Wand. Romero vermutete, daß das daran befestigte Rohr ziemlich lang war und daß am anderen Ende so etwas wie eine Schallabschirmung angebracht sein würde, so daß ihn bestimmt niemand hören konnte, der das Grundstück betrat. Aus der Öffnung kam genügend Luft, so daß Romero sich keine Sorgen machte, ersticken zu müssen. Es gab andere Dinge, über er die er sich Sorgen machen mußte, aber darüber zumindest nicht.

Das Sperrholz am Boden und den Wänden war vom Alter verfärbt. Das Kissen und die Decke andererseits waren erst kürzlich hierhergebracht worden – als Romero daran schnüffelte, verspürte er den Duft nach frischer Wäsche, auch wenn der Stoff inzwischen etwas den lehmigen Geruch seiner Umgebung angenommen hatte.

Die Brüder hatten nicht wissen können, daß ich hier sein würde. Sie erwarteten jemand anderen.

Wen?

Und noch etwas roch Romero. Er versuchte sich einzureden, daß das nur seiner Phantasie entsprang, aber er spürte einfach, daß der schweißige Geruch der Angst in den Wänden hing, als ob schon viele andere hier gefangen gewesen waren.

Seine Angst machte ihm den Mund so trocken, daß er schnell ein paar große Schlucke Wasser trank. Dann stellte er

den Krug auf den Tisch und starrte besorgt auf die gegenüberliegende Tür. Es war eine ganz einfache alte Holztür, senkrechte Bretter, die durch horizontale, oben, in der Mitte und
unten darübergenagelte Bretter zusammengehalten wurden,
und doch machte ihm die Tür angst. Er wußte, daß er sie öffnen mußte, daß er herausbekommen mußte, ob die Tür ihm
einen Weg in die Freiheit bot, aber er wurde die erschreckende
Ahnung nicht los, daß da auf der anderen Seite irgend etwas
Unaussprechliches wartete. Er forderte seine Beine auf, sich
zu bewegen. Sie versagten ihm den Dienst. Er befahl seinem
rechten Arm, nach dem Türknopf zu greifen. Er weigerte sich
ebenfalls.

Das kreiselnde Gefühl in seinem Kopf wurde jetzt durch
die kurzen schnellen Züge, mit denen er atmete, noch verstärkt. Trotz der Kühle des Raums rann ihm der Schweiß in
Strömen über das Gesicht. Sein Mund dagegen war trockner
denn je. Wieder trank er Wasser.

Öffne die Tür.

Sein Körper gehorchte widerstrebend, die zittrigen Beine
trugen ihn durch den Raum, und mit einer zitternden Hand
tastete er nach dem Türknopf. Er zog daran. Nichts geschah,
und einen Augenblick lang dachte er, die Tür sei versperrt,
aber als er kräftiger zog, öffnete die Tür sich langsam, ächzend, und der lehmige Geruch aus dem Raum dahinter drang
ihm in die Nase, bevor die Augen sich an die schattenhafte
Dunkelheit in dem Raum hinter der Tür gewöhnen konnten.

Einen schrecklichen Augenblick lang dachte er, er würde
Leichen sehen. Fast wäre er nach rückwärts getaumelt, innerlich schreiend, bis ein Rest von Vernunft darauf bestand, daß
er genauer hinsah, daß das, was er hier sah, volle Leinensäcke
waren.

Und Körbe.

Und Regale voller ...

Gemüse.

Kartoffeln, Rüben, Zwiebeln.

Herrgott, das war der Gemüsekeller unter der Scheune.
Von dem muffigen Geruch abgestoßen, suchte er nach einer
anderen Tür. Er beklopfte die Wände, hoffte, nach einem hoh-

len Geräusch, das ihm verriet, daß es da irgendwo eine hohle Stelle, vielleicht einen anderen Raum dahinter gab, vielleicht einen Weg ins Freie.

Doch da war nichts, was ihm Hoffnung machte.

»Officer Romero?« Die schwache Stimme kam aus der Richtung der Falltür.

Romero verließ den Keller und schloß die Tür.

»Officer Romero?« Die Stimme klang wie die Johns.

Romero verließ den Raum und blieb auf halbem Weg im Tunnel stehen, wollte sich nicht zeigen. Ein schwacher Lichtstrahl kam durch die offene Falltür herunter. »Was ist?«

»Ich habe Ihnen etwas zu essen gebracht.«

Unten an der Leiter stand ein Korb. John hatte ihn vermutlich an einem Seil hinuntergelassen und das Seil dann wieder hinaufgezogen, ehe er Romero gerufen hatte.

»Ich bin nicht hungrig.«

»An Ihrer Stelle würde ich essen. Schließlich können Sie ja nicht wissen, wann ich Ihnen wieder eine Mahlzeit bringe.«

Romero krampfte sich der leere Magen zusammen.

»Außerdem finden Sie ein Buch in dem Korb, etwas, womit Sie sich die Zeit vertreiben können. D. H. Lawrence. Das scheint mir passend, da er auf einer Ranch, ein Stück nördlich von uns, außerhalb von Taos gelebt hat. Dort ist er übrigens auch begraben.«

»Ist mir scheißegal. Was haben Sie mit mir vor?« Romero war entsetzt, wie brüchig seine Stimme klang.

John gab keine Antwort.

»Wenn Sie mich jetzt sofort gehen lassen, vergesse ich, daß das alles passiert ist. Nichts ist so weit gegangen, daß man es nicht ungeschehen machen könnte.«

Die Falltür wurde geschlossen. Der fahle Lichtstrahl verschwand.

Oben waren scharrende Geräusche zu hören, als das Faß wieder an Ort und Stelle gebracht wurde.

Romero hätte am liebsten geschrien.

Er hob den Korb auf und sah sich an, was in ihm war. Brot, Käse, geschnittene Karotten, zwei Äpfel ... und ein Buch. Es war ein abgegriffenes blaues Buch ohne Schutzumschlag. Der

Titel auf dem Rücken lautete: *D. H. Lawrence – Ausgewählte Erzählungen*. Bei einer der Erzählungen, sie hieß »Die Frau, die wegritt«, steckte ein Lesezeichen. Die Seiten in jenem Teil des Buches waren so häufig umgeblättert worden, daß die oberen Ecken fast durchgewetzt waren.

Die Schläge, die Romero auf den Kopf bekommen hatte, erzeugten in ihm ein Gefühl, als hätte man ihm einen Nagel in den Schädel getrieben. Noch schneller und benommener atmend als zuvor, ging er in die Kammer zurück. Er stellte den Korb auf den Tisch und setzte sich dann auf die Pritsche. Er fühlte sich so schwach, daß er sich am liebsten hingelegt hätte, aber er sagte sich, daß er sich die Erzählung ansehen mußte. Eines stand für ihn hinsichtlich Johns fest – der Mann war nicht launenhaft. Die Geschichte war wichtig.

Romero schlug das Buch auf. Einen qualvollen Augenblick lang sah er doppelt. Er mühte sich ab, die Augen zu fokussieren. Das Problem war ebenso schnell, wie es aufgetreten war, wieder verschwunden, und er konnte wieder klar sehen. Aber er wußte, was passiert war. Ich habe eine Gehirnerschütterung.

Ich muß ins Krankenhaus.

Verdammt, konzentriere dich.

»Die Frau, die davonritt.«

Die Geschichte spielte in Mexiko. Sie handelte von einer Frau, die mit einem reichen Industriellen verheiratet war, dem ertragreiche Silberminen in der Sierra Madre gehörten. Sie hatte einen gesunden Sohn und eine gesunde Tochter. Ihr Mann betete sie an. Sie hatte alles, was sie sich vorstellen konnte. Aber sie fühlte sich einfach beengt, als wäre sie auch nur eine der Besitzungen ihres Ehemannes, gerade als ob er und ihre Kinder sie besitzen würden. Jeden Tag verbrachte sie mehr und mehr Zeit damit, sehnsüchtig zu den Bergen hinüberzustarren. Was ist dort oben? fragte sie sich. Es mußte ganz bestimmt etwas Wunderbares sein. Die geheimen Dörfer. Eines Tages setzte sie sich auf ihr Pferd und kam nie zurück.

Romero hörte zu lesen auf. Seine Verletzungen hatten ihn geschwächt. Er hatte Mühe, seinen dröhnenden Kopf aufrecht zu halten. Und zur gleichen Zeit verkrampfte sich sein leerer Magen wieder. Ich muß bei Kräften bleiben, dachte er. Er zwang sich aufzustehen und ging zu dem Korb mit Essen hinüber, kaute eine Karotte und biß einmal von dem frisch gebackenen Brot mit der dicken Kruste ab. Er nahm wieder einen Schluck Wasser und ging zu seiner Pritsche zurück.

Die kurze Unterbrechung hatte ihm nicht gutgetan. Ebenso erschöpft wie zuvor, schlug er das Buch wieder auf.

Die Frau ritt in die Berge. Sie hatte sich genügend Proviant für mehrere Tage mitgenommen, und als sie immer weiter hinaufritt, überließ sie es ihrem Pferd, sich den Weg zu suchen. Höher und immer höher. Vorbei an Fichten und Espen und Pappeln, bis sie schließlich, als die Vegetation dünner wurde und die Höhenluft sie benommen machte, Indianer begrüßten und sie fragten, wo sie hinwolle. Zu den geheimen Dörfern, sagte sie ihnen. Um ihre Häuser zu sehen und mehr über ihre Götter zu lernen. Die Indianer begleiteten sie in ein üppiges Tal, in dem es Bäume gab und einen Fluß und Gruppen niedriger, flacher, glänzender Häuser. Dort wurde sie von den Dorfbewohnern begrüßt, und sie versprachen ihr, daß sie sie lehren würden.

Wieder sah Romero doppelt. Beunruhigt bemühte er sich, seinen Gesichtssinn unter Kontrolle zu bekommen. Die Gehirnerschütterung ist schlimmer geworden, dachte er. Die Angst schwächte ihn. Er hätte sich gern hingelegt, aber er wußte, wenn er einschlief, würde er vielleicht nie wieder aufwachen. Schrei um Hilfe, dachte er voller Panik.

Wem? Niemand kann mich hören. Nicht einmal die Brüder.

Er zwang sich aufzustehen, ging zum Tisch hinüber, biß wieder ein Stück von dem Brot ab, aß ein Stück Apfel und setzte sich hin, um die Geschichte zu Ende zu lesen. Sie sollte ihm etwas sagen, das stand für ihn fest, aber bis jetzt hatte er noch nicht herausgefunden, was es war.

Die Frau hatte das Gefühl, sich in einem Traum zu befinden. Die Dorfbewohner behandelten sie gut, brachten ihr Blumen und Kleidung und Essen und Trinken, das aus Honig gemacht war. Sie verbrachte ihre Tage in einer Art wohltuender einschläfernder Stille. Noch nie hatte sie so lang und so tief geschlafen. Das Dröhnen der Trommeln jeden Abend hypnotisierte sie. Die Jahreszeiten wechselten sich ab. Der Herbst ging in den Winter über. Schnee fiel. Die Sonne war zornig, sagten die Dorfbewohner am kürzesten Tag des Jahres. Der Mond muß der Sonne gegeben werden. Sie trugen die Frau zu einem Altar, zogen ihr die Kleider aus und stießen ihr ein Messer in die Brust.

Der Schock, nachdem er das gelesen hatte, ließ Romero in die Höhe fahren. Der Tod der Frau war um so zermürbender, weil sie wußte, daß er kommen würde, und sich ihm hingab, weil sie nicht versuchte, dagegen anzukämpfen, ihn sozusagen begrüßte. Sie schien wie von sich selbst losgelöst, in einer Art Dämmerzustand.

Romero fröstelte. Als ihm die Lider wieder herunterfielen, dachte er an die Honiggetränke, die die Dorfbewohner ihr ständig gebracht hatten.

Sie mußten ein Betäubungsmittel enthalten haben.

O Scheiße, dachte er. Er brauchte seine ganze Willenskraft, um seinen heruntersackenden Kopf zu heben und zu dem Korb und dem Krug auf dem Tisch hinüberzusehen.

Das Essen und das Wasser sind mit irgendwelchen Präparaten versetzt.

Ein Prickeln der Angst durchlief ihn, die einzige Empfindung, die er noch wahrnehmen konnte. Sein Kopf war so benommen, daß er jetzt sogar zu schmerzen aufgehört hatte. Hände und Füße schienen nicht zu ihm zu gehören. Ich werde bewußtlos werden, dachte er.

Er schickte sich an, sich hinzulegen.

Nein.

Kann nicht.

Tu's nicht.

Heb deinen faulen Arsch von dieser Pritsche. Wenn du einschläfst, stirbst du.

Benommen erhob er sich, wankte. Taumelte auf den Tisch zu. Stieß dagegen. Hätte ihn beinahe umgeworfen. Richtete sich auf. Schlurfte zu dem Toilettensitz. Beugte sich darüber. Steckte den Finger in den Hals. Erbrach das Essen und das Wasser, das er zu sich genommen hatte.

Er schwankte in den Tunnel hinaus, taumelte zu der Leiter, packte sie, drehte sich um, taumelte zurück, erreichte die Tür zu dem Kellerraum, drehte sich um und taumelte zur Leiter zurück.

Und wieder.

Du mußt auf den Beinen bleiben.

Und wieder.

Du mußt auf den Beinen bleiben.

Die Knie sackten ihm ein. Er zwang sie wieder gerade.

Er sah nur noch Grau. Er stolperte weiter, benutzte die Arme, um die Richtung zu halten.

Er hatte noch nie etwas getan, was ihn so angestrengt hatte. Es erforderte mehr Disziplin und Entschlußkraft, als er eigentlich besaß, das wußte er. Ich werde nicht aufgeben, sagte er sich immer wieder vor. Es wurde zu einem Mantra. Ich werde nicht aufgeben.

Die Zeit wurde zu einem verschwommenen Schemen, er befand sich ständig im Delirium. Irgendwo in dieser langen Qual wurde seine Sicht wieder klarer, wurden die Beine wieder kräftiger. Als seine Kopfschmerzen sich wieder einstellten, gestattete er sich die Hoffnung, daß die Wirkung der Droge jetzt nachließ. Statt zu wanken, ging er.

Und er blieb in Bewegung, pumpte sich förmlich auf. Ich muß bereit sein, dachte er. Und als sein Bewußtsein schließlich wachsamer wurde, verspürte er dennoch Verwirrung. Warum hatte John gewollt, daß er die Geschichte las? War das nicht dasselbe wie eine Warnung, das Essen nicht zu essen und das Wasser nicht zu trinken?

Oder vielleicht war es eine Erklärung des Geschehens. Eine Wahl, die ihm angeboten wurde. Ersparen Sie sich die Qual des Schreckens. Essen Sie aus der Fülle dessen, was die Erde bietet, und geben Sie alles preis, so wie die Frau es getan hatte.

Den Teufel würde er.

Romero schüttete den größten Teil des Wassers in das Plumpsklo. Das half, das Erbrochene dort unten etwas zu verteilen; auf die Weise würde nicht zu offenkundig sein, was er getan hatte. Er ließ ein kleines Stück Brot und ein paar Karottenstückchen zurück. Er biß in die Äpfel und spuckte die

Stücke aus und ließ Kerne liegen. Alles andere trug er in den Kellerraum und versteckte es im dunkelsten Winkel hinter den Kartoffelkörben.

Er sah auf die Uhr. Als man ihn hier heruntergeschickt hatte, war es elf Uhr morgens gewesen, jetzt war es beinahe Mitternacht. Als er das leise Scharren hörte, das ihm verriet, daß das Faß bewegt wurde, legte er sich auf die Pritsche, schloß die Augen, ließ einen Arm herunterbaumeln und versuchte, seine Atemzüge so zu steuern, daß er wie ein Bewußtloser wirkte.

»Sei vorsichtig. Vielleicht blufft er.«

»Das meiste Essen ist weg.«

»Bleib mir aus der Schußlinie.«

Hände packten ihn, hoben ihn hoch. Er spürte, wie er durch den Tunnel geschleppt wurde. Er murmelte wie jemand, der nicht geweckt werden möchte. Nachdem sie ihm eine Art Geschirr angelegt hatten, stieg ein Bruder die Leiter hinauf und zog an einem Seil, während die anderen Brüder ihn hochhoben. Als sie oben in der Scheune das Geschirr abnahmen, bewegte er den Kopf und murmelte wieder.

»Mal sehen, ob er stehen kann«, sagte John.

Romero ließ die Augendeckel flattern.

»Er kommt zu sich«, sagte Mark.

»Dann kann er uns ja helfen.«

Sie trugen ihn ins Freie. Er bewegte den Kopf hin und her, als würde die Nachtluft ihn wecken. Sie hoben ihn auf die Ladefläche des Lasters. Zwei Brüder blieben bei ihm, während der dritte fuhr. Die Nacht war so kalt, daß er zu frösteln begann.

»Ja, er kommt ganz eindeutig zu sich«, sagte John.

Der Laster hielt bald darauf wieder an. Man hob ihn herunter und trug ihn auf ein Feld. Romero öffnete die Augen etwas und mußte darüber staunen, wie hell der Mond war. Er sah, daß das Feld dasselbe war, auf dem die Brüder am Tag zuvor gearbeitet und von dem sie die Steine entfernt hatten.

Sie stellten ihn auf die Füße.

Er tat so, als würde er schwanken.

Sein Herzschlag beschleunigte sich, er wußte, daß er bald etwas unternehmen mußte. Bis jetzt hatte er sich gegen die drei hilflos gefühlt. Die Scheune hatte beengend auf ihn gewirkt, kein Platz, an dem er kämpfen konnte. Er brauchte freien Raum um sich, eine Möglichkeit wegzurennen. Das Feld hier würde es sein müssen. Außerdem wußte er ohne den geringsten Zweifel, daß dies hier die Stelle war, wo sie ihn töten wollten.

»Auf die Knie mit ihm«, sagte John.

»Es ist immer noch nicht zu spät, um damit aufzuhören«, sagte Mark.

»Hast du deinen Glauben verloren?«

»Ich ...«

»Gib Antwort. Hast du deinen Glauben verloren?«

»... nein.«

»Dann laß ihn hinknien.«

Romero leistete keinen Widerstand, als sie ihn auf die Knie hinunterdrückten. Sein Herz schlug jetzt so wild, daß er Angst hatte, es würde ihm in der Brust zerplatzen. Ein scharfer Stein stach ihn ins Knie. Er durfte unter keinen Umständen darauf reagieren.

Sie drückten ihn nach vorn auf die Hände. Wie ein Tier. Sein Hals war freigelegt.

»Beweise deinen Glauben, Mark.«

Ein scharrendes Geräusch, ein Messer, das aus einer Scheide gezogen wurde.

Und es blitzte im Mondlicht.

»Nimm es«, sagte John.

»Aber ...«

»Beweise deinen Glauben.«

Eine lange, angespannte Pause.

»Ja«, sagte John. »Herr, nehme dieses Opfer an als Dank für die Pracht deiner Erde und die reichen Gaben, die sie uns spendet. Das Blut von ...«

Romero spürte einen weiteren scharfkantigen Stein, diesmal unter seiner rechten Hand, packte ihn, fuhr herum und schleuderte ihn mit aller Kraft nach dem Kopf der ihm am nächsten stehenden Gestalt. Ein schreckliches Krachen, dann stöhnte die Gestalt auf und fiel hin, während Romero aufsprang und Mark das Messer entriß. Er trieb es Mark in den Leib und stürmte auf den übriggebliebenen Bruder los, den er an der Pistole, die er in der Hand hielt, als John erkannte. Aber bevor Romero mit dem Messer zustoßen konnte, taumelte John einen Schritt zurück, zielte, und Romero hatte keine andere Wahl, als das Messer zu werfen. Es traf John, aber Romero konnte nicht erkennen, ob es jenen verletzte. Jedenfalls ließ es John weiter nach hinten taumeln, so daß der Schuß aus der Waffe in die Erde fuhr, und jetzt rannte Romero bereits an dem Laster vorbei, auf den Feldweg und das Haus dahinter zu.

John feuerte ein zweites Mal. Die Kugel traf den Laster.

Romero rannte noch schneller, getrieben von Angst, sah vor sich die Lichter des Hauses und schwenkte nach links ab, damit das Licht ihn nicht erfaßte. Ein dritter Schuß, eine Kugel, die an ihm vorbeisummte, zerschmetterte ein Fenster im Haus. Er holte jetzt aus seinen Beinen alles heraus, was sie hergaben. Seine Brust wogte. Als das Haus vor ihm größer wurde, hörte er das Dröhnen des Lasters hinter sich. Ich muß von dem Weg runter. Er schwenkte noch weiter nach links, setzte über einen Zaun, rannte voller Panik durch ein Feld mit jungem Mangold und zertrat dabei die zarten Pflänzchen.

Scheinwerfer leuchteten hinter ihm. Der Laster hielt an. Ein vierter Schuß brach die Stille des Tals. John ging offenbar davon aus, daß in dieser abgelegenen Gegend kein Nachbar etwas hören würde. Oder sich bei den Schüssen viel denken. Kojoten.

Der fünfte Schuß traf Romero dann an der linken Schulter. Schnell und heftig schnaufend, lief er jetzt im Zickzack. Er beugte sich vor und rannte geduckt, so schnell er konnte, weiter. Er kam an einen weiteren Zaun, zwängte sich zwischen den Latten durch und rannte in das dahinterliegende Feld, zertrampelte wieder Gemüse. Radieschen, dachte er wie durch einen Schleier.

Der Laster näherte sich auf dem Weg mit lautem Motorengeräusch.

Ein anderes Geräusch übertönte ihn, die gewaltige Macht des Rio Grande, dem sich Romero jetzt näherte. Die Lichter des Hauses waren jetzt zu seiner Rechten. Er rannte an ihnen vorbei, erreichte die Dunkelheit hinter der Farm. Der Fluß donnerte noch lauter.

Beinahe dort. Wenn ich es schaffe …

Mit grellen Scheinwerfern raste der Laster auf ihn zu, um ihm den Weg abzuschneiden.

Wieder ein Zaun. Romero warf sich mit solcher Wucht zwischen den Brettern durch, daß er sich die verletzte Schulter anstieß, aber das war jetzt gleichgültig – das Mondlicht zeigte ihm den Weg zu dem hölzernen Steg. Er rannte am Fluß entlang, hörte den Laster hinter sich. Der aufgewühlte Fluß spiegelte das Scheinwerferlicht wider, sein weißer Gischt lockte. Mit einem Triumphschrei erreichte er den Steg. Seine gehetzten Schritte polterten darüber. Der hochspritzende Gischt vom Fluß hatte die Bretter glitschig gemacht. Er glitt aus. Die Brücke schwankte. Wasser spritzte darüber. Er verlor das Gleichgewicht, wäre beinahe in den Fluß gefallen, konnte sich aber wieder aufrichten. Ein Schuß pfiff an der Stelle vorbei, wo er gerade noch gelaufen war. Dann hatte er plötzlich die Brücke hinter sich, warf sich hinter die Büsche, hastete durch die Dunkelheit zu seiner Rechten. John feuerte zweimal auf die Stelle, wo Romero ins Gebüsch eingedrungen war, während der sich weiter rechts auf den Boden warf. Verzweifelt bemüht, keinen Lärm zu machen, versuchte er, seinen hastigen Atem zu verlangsamen.

Die Kehle brannte ihm. Die Brust schmerzte. Er griff sich an die linke Schulter und spürte dort eine kalte Flüssigkeit, die sich mit einer warmen mischte: Wasser und Blut. Er fröstelte. Konnte nicht dagegen an. Im Scheinwerferlicht des Lasters sah er John, der jetzt den Steg betrat. Er hielt die Pistole in der rechten Hand. Und etwas anderes in der linken. Plötzlich flammte es auf. Eine starke Taschenlampe. Ihr Lichtkegel tastete die Büsche ab. Romero preßte sich noch fester auf den Boden.

John überquerte die Brücke. »Ich habe auch gezählt, wie Sie!« schrie er, um sich über dem Brausen der Strömung

Gehör zu verschaffen. »Acht Schüsse noch! Ich habe das Magazin überprüft, bevor ich ausgestiegen bin. Noch sieben Schuß, und einer in der Kammer!«

Jeden Augenblick würde der Lichtkegel der Taschenlampe Romeros Versteck erreichen. Er griff sich einen Steinbrocken, dankte Gott, daß die linke Schulter verletzt worden war, und setzte den rechten Arm ein, um den Stein zu schleudern. Er prallte von der Brücke ab. Während Romero weiter stromaufwärts hetzte, richtete John die Taschenlampe auf die Stelle, wo er gewesen war, und feuerte.

Diesmal blieb Romero nicht stehen. Steine gegen eine Pistole würden nichts bringen. Er konnte Glück haben, aber das bezweifelte er. John wußte, in welcher Richtung er sich bewegte, und jedesmal, wenn Romero das Risiko einging, sich zu zeigen, um einen Stein zu werfen, hatte John eine gute Chance, ihn im Lichtkegel der Taschenlampe zu erfassen, um ihn zu erschießen.

Du mußt weiter flußaufwärts, sagte er sich. Bring John dazu, daß er dir folgt. Ohne zu zielen, warf er einen Stein in hohem Bogen in Richtung John, konnte ihn damit aber nicht dazu veranlassen, ungezielt zu schießen. Na schön, dachte Romero, während er sich durch die düsteren Büsche zwängte. Solange er mir nur folgt.

Das Schlauchboot, dachte er die ganze Zeit. Die haben meinen Beobachtungsposten gefunden. Die haben meinen Wagen gefunden.

Aber hatten sie auch das Schlauchboot entdeckt?

Es war schwer, sich in der Dunkelheit zu orientieren. Er erinnerte sich, daß da eine Biegung im Fluß sein mußte. Ja. Und die Felsen auf der rechten Seite reichten bis zum Wasser hinunter. Er hastete weiter und machte dabei bewußt soviel Lärm, daß John es hören und ihm folgen mußte. Er wird glauben, daß ich anfange in Panik zu geraten, dachte Romero. Um diese Illusion zu verstärken, warf er einen weiteren Stein in die Richtung, wo John ihn verfolgte.

Ein Ast peitschte ihm ins Gesicht. Er achtete nicht darauf, rannte nur weiter, merkte jetzt, daß das Ufer allmählich in eine Biegung überging, sah den Schatten der Felsen, die bis zum Ufer hinunterreichten, und suchte verzweifelt in den Büschen, stolperte über das Schlauchboot, hätte sich beinahe den Kopf an einem der Felsbrocken angestoßen, die er hineingelegt hatte, damit der Wind es nicht wegblasen konnte.

Johns Taschenlampe blitzte hinter ihm, suchte die Büsche ab.

Schnell!

Völlig außer Atem, zog Romero seine Jacke aus, stopfte sie mit großen Steinen voll, legte sie auf die Steine, die bereits im Schlauchboot waren, und zerrte das Boot zum Fluß. Stromabwärts hörte John ihn offenbar und setzte abermals seine Taschenlampe ein, aber erst, nachdem Romero sich wieder ins Gebüsch geduckt hatte und zusah, wie die Strömung jetzt das Schlauchboot stromabwärts zog. Im Mondlicht und im Schein der Taschenlampe sah die mit Steinen vollgestopfte Jacke aus, als würde Romero im Floß kauern, niedergeduckt, um ein möglichst geringes Ziel zu bieten, während das Schlauchboot vorbeiraste.

John drehte sich zum Fluß herum und feuerte. Er feuerte ein ums andere Mal, grelles Mündungsfeuer, Schüsse, die in dem Brüllen der Strömung kaum zu hören waren, das auch die von Romero verursachten Geräusche übertönte, als er aus dem Gebüsch heraus angriff und sich auf John warf, den verletzten Arm um Johns Hals legte, während er mit der anderen Hand nach dessen Arm mit der Waffe griff.

Die Wucht, mit der er John getroffen hatte, warf sie beide ins Wasser. Die Strömung erfaßte sie sofort, und deren Gewalt kam ebenso schockartig wie die Kälte. Johns Gesicht wurde unter Wasser gezogen. Romero klammerte sich an ihn, bemühte sich, ihn unter Wasser zu halten und kämpfte ebenfalls mit dem Strom, dessen Vehemenz ihn durch die Dunkelheit riß. Die Strömung warf ihn in die Höhe und ließ ihn wieder herunterfallen. Die Kälte war so durchdringend, daß sein Körper bereits anfing taub zu werden. Trotzdem drückte er John weiter die Kehle zu und bemühte sich, ihm die Pistole zu entreißen. Ein riesiger Ast scharrte an ihnen vorbei. Die Strömung riß ihn in die Höhe. John tauchte auf. Romero ging unter. John preßte ihn in die Tiefe. Romero trat wie wild um sich. Als John ihn losließ, tauchte Romero wieder auf und glaubte, einen Schrei zu hören. Ein paar Armeslängen entfernt mühte John sich ab, über Wasser zu bleiben und mit der Pistole zu zielen. Romero tauchte unter. Als er den Schuß hörte, nützte er die Gewalt der Strömung, um sich von ihr treiben zu lassen, während er tiefer tauchte, um dann ein Stück rechts neben John plötzlich aus dem Wasser zu schießen, den Arm mit der Waffe zu packen und ihn herumzureißen.

Du Mistkerl, dachte Romero. Wenn ich sterbe, nehme ich dich mit. Er zerrte ihn unter Wasser. Sie wurden gegen einen Felsen geschleudert, und der Schmerz ließ Romero unter Wasser aufschreien. Keuchend tauchte er wieder auf. Sah John vor sich, sah ihn zielen. Sah die Scheinwerfer des Lasters, die den Steg beleuchteten. Sah den riesigen Ast, der sich in dem engen Raum zwischen dem Fluß und der Brücke verkeilt hatte. Noch bevor John feuern konnte, wurde dieser gegen den Ast geschleudert. Romero kollidierte einen Augenblick später damit. In den Zweigen gefangen, von der Strömung eingequetscht, griff Romero nach der Pistole, als John aus nächster Nähe auf ihn zielte. Dann verzerrte sich Johns Gesicht zu einer qualvoll überraschten Grimasse, weil von der Brücke ein Felsbrocken auf ihn herunterkrachte und ihm den Schädel spaltete.

Romero konnte Matthew oben auf dem Steg kaum erkennen. Er war vor Entsetzen zu sehr gelähmt. John strömte das Blut übers Gesicht. Gleich darauf schoß ein Baumstamm im Wasser heran, traf John und trieb ihn noch heftiger gegen den Ast. Im grellen Schein der Scheinwerfer glaubte Romero, Holz aus Johns Brust ragen zu sehen, als dieser samt dem Baumstamm von der Brücke losgerissen und in der Strömung davongewirbelt wurde. Mit ihm mitgerissen, streckte Romero die Arme aus, versuchte sich an der Brücke festzukrallen. Aber es gelang ihm nicht. Er schoß unter ihr durch, erreichte die andere Seite und spannte die Muskeln an in Erwartung des Felsbrockens, gegen den er prallen und der ihn bewußtlos schlagen würde, als plötzlich etwas nach ihm schnappte. Hände. Matthew lag bäuchlings auf dem Steg und streckte sich so weit er konnte nach unten, packte Romeros Hemd. Romero mühte sich ab, so gut es ging mitzuhelfen, und versuchte dabei nicht auf Matthews aufgeplatzte Stirn und dessen verletztes Auge zu sehen, wo Romero ihn mit dem Felsbrocken getroffen hatte. Romero packte Matthews Arme und zog sich in die Höhe, spürte, wie aller möglicher Unrat an seinen Beinen vorbeiraste. Dann lagen er und Matthew heftig keuchend flach auf dem Steg und versuchten, ihrem Zittern Einhalt zu gebieten.

»Ich hasse ihn«, sagte Matthew.

Eine Augenblick lang war Romero davon überzeugt, daß seine Ohren ihm etwas vormachten, daß die Pistolenschüsse zuvor und das Brausen des Flusses ihn jetzt Geräusche hören ließen, die gar nicht da waren.

»Ich hasse ihn«, wiederholte Matthew.

»Mein Gott, Sie können reden.«

Zum ersten Mal in zwölf Jahren, erfuhr er später.

»Ich hasse ihn«, sagte Matthew. »Hasseihnhasseihnhasseihnhasseihn.«

Sich von der Last des Schweigens befreiend, die sich über fast zwei Drittel seines Lebens aufgebaut hatte, plapperte Matthew unentwegt, während sie nach Mark sehen gingen und ihn tot fanden, während sie zum Haus gingen und Romero die Staatspolizei anrief, während sie warme Kleider anzogen und Romero das, was er konnte, für Matthews Verletzung tat und sie auf das Eintreffen der Polizei warteten, während die Sonne aufging und die Ermittlungsbeamten über die ganze Farm ausschwärmten. Matthews hysterische Litanei wurde immer schneller und schriller, bis ein Arzt ihn schließlich sedieren mußte und er mit einem Krankenwagen weggebracht wurde.

Der Polizist, den Romero um Unterstützung gebeten hatte, gehörte dem Ermittlungsteam an. Als Romeros Chef und der Sergeant hörten, was geschehen war, kamen sie sofort aus Santa Fe herüber. Bis dahin hatten schon die Ausgrabungen angefangen, und die Leichen tauchten auf. Jedenfalls das, was von ihnen übriggeblieben war, nachdem man mit dem Blut

der Ermordeten die Felder getränkt und sie in Stücke geschnitten hatte.

»Du lieber Gott, wie viele denn noch?« rief der Beamte von
der Staatspolizei aus, als immer mehr Leichenteile, die meisten in einem fortgeschrittenen Stadium der Verwesung, unter den Feldern gefunden wurden.

»Das ist passiert, so lange Matthew sich erinnern kann«,
sagte Romero. »Seine Mutter ist bei seiner Geburt gestorben.
Sie ist unter einem der Felder. Der Vater ist vor drei Jahren an
einem Herzinfarkt gestorben. Sie haben das nie jemandem erzählt. Sie haben ihn einfach irgendwo dort draußen begraben.
Jedes Jahr, um den Tag des letzten Frostes herum, so um den
fünfzehnten Mai, haben sie jemanden geopfert. Meistens jemanden ohne ein Zuhause hier in der Gegend, jemanden, der
hier nicht so schnell vermißt werden würde. Letztes Jahr waren es dann Susan Crowell und ihr Verlobter. Die beiden hatten das Pech, unmittelbar vor der Farm einen Platten zu haben. Sie gingen zu Fuß hier herunter und baten darum, telefonieren zu dürfen. Als John ihre auswärtigen Nummernschil-
der sah...«

»Aber warum?« fragte der Polizeichef gequält, während
weiterhin Leichenteile gefunden wurden.

»Um der Erde Leben zu geben. Das ist es, worum es in der
Erzählung von diesem D. H. Lawrence ging. Die Fruchtbar-
keit der Erde und der Wandel der Jahreszeiten. Ich vermute,
etwa so hat John seinen Opfern erklärt, warum sie sterben
mußten.«

»Und die Schuhe?« sagte der Polizeichef. »Ich verstehe das
mit den Schuhen nicht.«

»Luke hat sie rausgeworfen.«

»Der vierte Bruder?«

»Richtig. Er ist irgendwo dort draußen. Er hat Selbstmord
begangen.«

Der Polizeichef sah so aus, als ob er sich gleich übergeben
würde.

»Während des ganzen Frühjahrs, bis das Gemüse soweit
war, daß man es verkaufen konnte, fuhr Luke zwischen der
Farm und Santa Fe hin und her, um Moosfelsen zu verkaufen.

Er fuhr jeden Tag über den Old Pecos Trail. Zweimal am Tag kam er an der Baptistenkirche vorbei. Er litt geistige Höllenqualen, ganz wie Matthew, aber John hat nie geahnt, wie dicht Luke an einem Nervenzusammenbruch stand. Die Kirche wurde zu Lukes Versuch, Absolution zu erlangen. Eines Tages sah er alte Schuhe auf der Straße, ganz nahe bei der Kirche.«

»Sie meinen, die ersten hat er nicht rausgeworfen?«

»Nein, da hatte sich wohl tatsächlich irgend jemand einen Scherz erlauben wollen. Aber sie haben ihn auf die Idee gebracht. Er sah sie als ein Zeichen Gottes. Vor zwei Jahren fing er an, die Schuhe der Opfer aus dem Wagen zu werfen. Sie waren immer ein Problem gewesen. Kleidung verrottet ziemlich schnell. Aber Schuhe brauchen wesentlich länger. John hatte ihm aufgetragen, daß er sie irgendwo in Santa Fe in den Müll werfen solle. Luke brachte das aber nicht fertig, ebensowenig wie er sich überwinden konnte, in die Kirche zu gehen und für seine Seele zu beten. Aber er konnte die Schuhe vor der Kirche abwerfen, in der Hoffnung, daß ihm vergeben würde und die Opfer der Familie Erlösung finden würden.«

»Aber im darauffolgenden Jahr hat er Schuhe mit Füßen darin hingeworfen«, sagte der Sergeant.

»John hatte keine Ahnung, daß Luke sie mitgenommen hatte. Als er hörte, was passiert war, hielt er ihn gefangen. Eines Morgens brach Luke aus, ging auf eines der Felder, kniete nieder und schnitt sich die Kehle von einem Ohr zum anderen auf.«

Die Umstehenden verstummten. Im Hintergrund, zwischen hohen Haufen fruchtbarer schwarzer Erde, rief jemand, daß man weitere Leichenteile gefunden habe.

Romero bekam bezahlten Erholungsurlaub. Er war vier Jahre lang einmal die Woche bei einem Psychiater in Behandlung. Und wenn Leute ihm erzählten, daß sie Vegetarier seien, antwortete er darauf: »Ja, ich war auch mal einer, aber jetzt halte ich mich an Fleisch.« Er konnte natürlich nicht von Fleisch allein leben. Der menschliche Körper benötigt die Vitamine und Mineralstoffe, die nur Gemüse liefern kann, und obwohl Romero versuchte, an ihrer Stelle Vitaminpillen zu nehmen, fand er heraus, daß er die Ballaststoffe brauchte, die das Gemüse liefert. Also aß er widerstrebend welches, aber nie, ohne an jene köstlichen, unglaublich großen, leuchtenden, gesund aussehenden Tomaten, Gurken, Paprikaschoten, Kürbisse, Bohnen, Erbsen, Karotten oder den Mangold denken zu müssen, das Gemüse, das die Parsons-Brüder verkauft hatten. Er konnte nie vergessen, womit das alles gedüngt worden war, und wie er auch kaute, das Gemüse blieb ihm immer im Hals stecken.

Peter Schneider

DES SAUCISSES, SANS DOUTE

Wenn Sie keinen Sinn für Humor haben, empfehle ich dringend, die nächste Story zu überspringen. Wie ich schon in der Einleitung zur Geschichte von Chet Williamson erwähnt habe, herrscht zwischen Horror und Humor eine seltsame, aber ausgeprägte gegenseitige Anziehung – und ein besseres Beispiel dafür als das gleich folgende werden Sie möglicherweise nirgends finden. »Des saucisses, sans doute« ist eine eindrucksvolle, überkandidelte, möglicherweise auch etwas kranke Parodie, der es gelingt, durch eine getürkte Einführung, der sich eine sehr kurze »Story« der imaginären Autorin Pamela Jergens anschließt, auf liebevolle Weise alles, was wir in diesem Genre für geheiligt und wichtig halten, auf die Schippe zu nehmen.

Peter Schneiders schriftstellerischer Lebenslauf ist nicht so lang, wie er das vielleicht sein sollte, aber dafür ist sein verlegerischer um so länger. Er war in einigen der wichtigeren Verlage in New York in leitender Position im Vertrieb tätig und ist der Gründer von Hill House Books, wo eine grandiose Ausgabe von Peter Straubs Geisterstunde erschienen ist, die immer noch als eine der schönsten Liebhaberausgaben ihrer Zeit angesehen wird.

Wie ich schon eingangs gewarnt habe, wenn Sie nicht lachen können, sollten Sie diese Story nicht lesen, wenn schon, dann bereiten Sie sich darauf vor, jetzt großen Spaß zu haben. Den seltsamen und drohend klingenden französischen Titel könnte man übrigens mit »Die Würstchen sind schuld« übersetzen.

Des saucisses, sans doute

Von Pamela Jergens

Pamela Jergens ist eine Vertreterin der jüngeren Generation von Autorinnen, die sich le horreur, *wie ich es gerne nenne, widmen. Sie hat eine Anzahl von Stories in* Dead 'Uns, Le Journale de Mort *und* Cry Like a Baby … A Dead Baby *veröffentlicht. Sie ist auch die Autorin von* Fiendish Funsters, *einer von* Blood Press *verlegten Serie mit Horror für Heranwachsende. Pamela sagt über sich selbst: »Ich habe in Wahrheit zwei Leben – mein normales, durchschnittliches amerikanisches Leben als Geschäftsfrau … und mein anderes Leben, in dem ich an meinem Computer all die düsteren Phantasievorstellungen auslebe, die sich bei mir fast unverlangt einstellen. Zwischen meinen beiden Leben gibt es eine strikte Trennung – das eine greift nicht in das andere über. Wenn sie das täten, würde ich nicht mehr wissen, wer ich bin … und was ich sein möchte.« In ihrem anderen, dem normalen, durchschnittlichen amerikanischen Leben ist Pamela Zeitschriftenredakteurin (für* Journale *wie* Cry Like a Baby … A Dead Baby, Dead 'Uns *und* Le Journale de Mort*). Außerdem ist sie Verlegerin und Geschäftsführerin von* Blood Press. *»Ich verabscheue dieses neue Zeug, das sich ›Splatterpunk‹ nennt«, so Pamela. »Meine Arbeit befaßt sich statt dessen mit dem Material der Nacht … der dunklen Orte, die in uns leben und sich nur durch allersubtilste Metaphern und Signale ausdrücken … wo der wahre Horror nicht in uns selbst, sondern im Wüten von Werwölfen oder Vampiren liegt. Ich finde, daß meine Arbeit in der Tradition von Nathaniel Hawthorne oder Max Shulman liegt – dem »leisen« Horror von* Rapaccinis Tochter *oder* Dobie Gillis *–, also dem Schrecken unser selbst.« Und an dieser Stelle können Sie sich getrost vorstellen, wie die Autorin sich an die Schläfe tippt.*

Und nun, für denjenigen von Ihnen in kontemplativer und selbstfinderischer Stimmung: »Des saucisses, sans doute«.

Ich wog die abgetrennte linke Titte der blonden Tussie in der Hand. Es war kein sauberer Biß gewesen – Mama hat mir nie Zahnspangen einsetzen lassen, als ich aufwuchs.

Sie lag in einer Ecke des Zimmers, zusammengekrümmt, weinend, die Vorderseite ihres Superkörpers mit Blut und Innereien verschmiert.

»He, Baby«, krähte ich und hob ihren BH, Körbchengröße D, auf. »Komm, wir wollen David und Goliath spielen.« Ich klatschte die feuchte Handvoll Gewebe in das linke Körbchen und wirbelte das ganze Ding um den Kopf, bis die grauselige Last sich davon löste und wie ein Pfeil durchs Zimmer flog, um mit einem widerwärtigen *Plopp* auf der gegenüberliegenden Wand zu landen, an der sie beim Herunterrutschen eine Spur ähnlich der einer Schnecke hinterließ, nur blutiger. Die hellbraune Brustwarze löste sich und fiel mit einem schwachen *Palopp* aufs Parkett.

Sie weinte noch mehr und vergrub das Gesicht in den Händen.

Ich erinnerte mich, wie ich Donnalie ein paar Stunden zuvor in dem Pub unten an der Straße, nicht weit von meinem Apartment, kennengelernt hatte. Sie war nicht schön, jedenfalls nicht im klassischen Sinn. Ihr scheußlicher Wolfsrachen, ihr schielendes linkes Auge und ihre halb von der Syphilis aufgefressene Nase ... alles an und für sich Mängel, und doch ließen sie sie im Verein edel erscheinen, wie eine Mähre, die mit vom Wind zerzauster Mähne über die Hügel am Loch Lomond jagt. Nachdem wir eine Weile geplaudert hatten, gingen wir weg, suchten die Wärme ... und den versprochenen Brandy ... meines billigen Apartments über dem Jibblesworth-Laden. Und jetzt fand ich mich in einer Situation wieder, die jeder Beschreibung spottete, selbst der eines noch so Irren. Es hatte mit einem Kuß angefangen ... und mit einem Küchenmesser geendet.

Plötzlich war mir meine Zunge aus dem Mund geschossen, hatte sich rasend schnell vergrößert und sich in eine Gabel aus gehärtetem Stahl gespalten. Ich ging zu Donnalie hinüber. Meine vorstehende Zunge war inzwischen auf die Länge einer Armspanne angewachsen und hart wie Granit. »Chau dir dach mal an«, lispelte ich, während meine unnatürlich bewegliche Zunge auf ihre Beine hinunterstach. Immer wieder stieß die gespaltene Zunge zu, bis ihre Beine schließlich an den Knien nachgaben. Ich stieß einen entzückten Laut aus, als ich die abgetrennten Glieder packte. Ich griff hinter mich, schnappte mir zwei Verlängerungskabel von der Wand und schnürte mir in fieberhafter Eile die Glieder an die eigenen Beine und stellte auf die Weise sicher, daß die Füße eine gute Handspanne über meine hinausragten. Dann stand ich auf und stolperte brüllend und lachend durchs Zimmer. »Da, schau, Donnalie, ich brauche keine hohen Absätze... ich habe hohe Füße!« (Meine Körpergröße – nach Abschluß der körperlichen Reife bloß eins sechzig – war mir in meiner Psyche immer eine Last gewesen.) Barmherzigerweise war Donnalie inzwischen in Ohnmacht gesunken.

Der Wecker plärrte und jagte durchdringende Lärmfetzen in meinen zersplitterten Schlaf. Ich preßte mir das Kissen an den Kopf und versuchte, das Geklingel, das in meinem kreischenden Gehirn in einem Crescendo anschwoll, zu ersticken. Schließlich gab ich den Kampf auf und schwang mich aus dem Bett, preßte die Hände gegen meinen schmerzenden Kopf. Urplötzlich krachten die Erinnerungen der vorangegangenen Nacht blendend hell in mein Bewußtsein. Mein Gott! Dachte ich. Habe ich das wirklich getan? Mein Kater, Mr. Menick, hüpfte auf den Boden, was mir bewußt machte, daß ich meine Gedanken laut ausgesprochen anstatt sie nur gedacht hatte. Ich sprang auf die Füße und rannte in die Küche, wo sich die Ereignisse des vorangegangenen Abends allen bösen Vorahnungen nach vollzogen haben mußten. Mit einem Seufzer der Erleichterung sackte ich gegen den Kühlschrank. Nein, da war kein Blut, da waren keine Brüste, die die hübschen weißen Wände meines modernen *salle de préparation des repas* verunzierten. Alles war so, wie es sein sollte.

Ich kroch zum Herd und goß den kleinen Rest des Kaffees, den ich am Morgen zuvor zubereitet hatte, in einen großen Becher. Ich starrte zum Fenster hinaus auf die Rotkehlchen, die draußen am Vogelhäuschen herumpickten, und zog einen English Muffin aus der Schachtel, spaltete ihn mit meiner ge-

spaltenen Zunge aus rostfreiem Stahl und sah auf die Oberfläche meines Kaffees, als dort ganz unbekümmert eine maul-
wurfsbraune Brustwarze hervorkroch.

Ende?

Ed Gorman

ANGIE

*Ed Gorman hat, wie Joe Lansdale und einige andere in diesem Buch,
schon viele Hüte getragen – eine doch sehr passende Beschreibung,
da er Wildwestromane geschrieben hat und mir die Vorstellung von
Ed mit Cowboyhut einfach nicht aus dem Kopf will. Außerdem war
er Herausgeber (beispielsweise hat er mit Martin H. Greenberg eine
der erfolgreichsten und meist gelobten Horror-Anthologien der
achtziger Jahre,* Stalkers, *herausgegeben), Zeitschriftenredakteur*
(Mystery Scene), *Kolumnist* (Cemetery Dance Magazine), *Kri-
minalschriftsteller* (A Cry of Shadows *und in jüngster Zeit die
Thriller* Black River Falls *und* Cold Blue Midnight) *und natürlich Horrorschriftsteller (Kurzgeschichten unter seinem eigenen
Namen, Romane unter dem Namen Daniel Ransom). Die Tatsache,
daß er es fertiggebracht hat, sich in all diesen Tätigkeitsbereichen
hervorzutun, ist bemerkenswert und reichlicher Beweis für seine
Schaffenskraft und seine Vielseitigkeit.*

Für 999 *hat Gorman eine eiskalte und heimtückische kleine Studie des menschlichen Wesens geliefert; wenn de Maupassant noch
unter uns weilte, hätte er solch eine Story schreiben können.*

»Er hat uns letzte Nacht gehört«, sagte Roy.

»Was gehört?« sagte Angie.

»Wie wir von Gina gesprochen haben.«

»Nein, das hat er nicht. Er hat geschlafen.«

»Das hatte ich auch gedacht. Aber als ich aufs Klo mußte,
habe ich gesehen, daß seine Tür offen war. Er saß im Bett und
war hellwach. Und hat gelauscht.«

»Wahrscheinlich war er gerade erst aufgewacht.«

»Er hat uns reden hören.«

»Woher willst du das wissen?«

»Ich habe ihn gefragt«, sagte Roy.

»So? Und was hat er gesagt?«

»Daß er nichts gehört hat.«

»Da, siehst du's, hab ich dir ja gesagt.«

»Nun, er hat gelogen.«

»Woher willst du das wissen?« sagte sie.

»Er ist schließlich mein Sohn, oder? Ich weiß es eben. Ich habe es ihm an den Augen abgelesen.«

»Na und, und wenn er was gehört hat?«

Roy sah sie erstaunt an. »Und wenn er was gehört hat? Er wird zur Polizei gehen.«

»Zur Polizei? Roy, du spinnst. Er ist neun Jahre alt, und er ist dein *Sohn!*«

»Dieser kleine Mistkerl scheißt auf mich, Angie. Der war schon immer ein reines Muttersöhnchen. Und jetzt, wo er weiß…«

Er brauchte es nicht auszusprechen. Angie war Kellnerin in einer Fernfahrerkneipe gewesen, als sie Roy kennengelernt hatte. Er lebte damals mit seinem Sohn Jason und seiner Frau Linda in einem Wohnanhänger. Angie hatte es ihm sofort angetan. An den Abenden, an denen sie frei hatte, nahm er sie mit nach Cedar Rapids, wo sie in Tanzclubs gingen. Sie hatten immer großen Spaß, außer wenn Roy richtig betrunken war und sich mit schwarzen Typen anlegte, die mit weißen Mädchen ausgingen. Roy hatte Freunde, die ständig davon redeten, daß man Kneipen in die Luft jagen müsse, wo Schwarze und Juden und Schwule verkehrten. Roy gab ihnen immer einen Anteil vom geraubten Geld ab. Davon lebte Roy nämlich. Er raubte Banken aus, gewöhnlich in kleinen Ortschaften, Banken am Ortsrand. Roy war ein Profi. Er legte sich vorher alles sorgfältig zurecht. Er kannte die Ausfallstraßen und wußte, wo die Bank die Überwachungskameras angebracht hatte, und sah sich vorher die einzelnen Schalter an, um herauszufinden, wer von den Bankangestellten sich am leichtesten von ihm einschüchtern lassen würde. Er hatte sechs Jahre in Fort Madison verbüßt, weil er als Neunzehnjähriger eine Tankstelle überfallen hatte. Jetzt war er sechsunddreißig und hatte geschworen, sich nie wieder fangen zu lassen. Angie gefiel an ihm, daß er im

Leben ein Ziel hatte. Es gab da beispielsweise eine Bank in Des Moines, wo er behauptete, daß er an einem Freitag, wenn Zahltag war, eine halbe Million holen könne. Dann würden sie nach Vegas fahren und sich diese eine Anlage in den Bergen von Utah ansehen, wo nur Weiße zugelassen seien. Das war das einzige, was Angie nicht an ihm gefiel. Sie verstand nichts von Politik, und was Roy und seine Kumpel ständig über Juden und Schwule und Farbige redeten, langweilte sie. Sie konnte so tun, als ob sie bei der Sache wäre, obwohl sie das in Wirklichkeit gar nicht war. Das tat sie praktisch immer, wenn Roy und seine Kumpel von irgendwelchen Bürgerwehren redeten, von denen sie gehört hatten und denen sie beitreten wollten.

Aber Roys Frau erfuhr von der Geschichte zwischen ihm und Angie und schlug Krawall. Sie war nicht bereit, sich scheiden zu lassen, und drohte, den Bullen über seine Raubüberfälle überall im Mittleren Westen Bescheid zu sagen. Also brachte er sie in einer regnerischen Nacht um. Stieß ihr ein Messer in die rechte Brust, was sie erst mal zum Schweigen brachte, und schnitt ihr dann die Kehle durch. Er stopfte sie in einen Plastiksack, packte 50-Kilo-Hanteln dazu und fuhr dann mit seinem zwei Jahre alten Ford noch in derselben Mondnacht an den Fluß, wo er sie dicht hinter dem Damm ins Wasser warf. Das einzige Problem, das Roy hatte, war sein Sohn Jason. Der Junge hörte nicht auf rumzujammern, wo ist meine Mama, wo ist meine Mama? Er hatte den Jungen von Anfang an nicht haben wollen, hatte ihr eine mächtige Tracht Prügel verpaßt, als er erfuhr, daß sie schwanger war, aber sie war trotzdem nicht bereit gewesen, abtreiben zu lassen. Schon damals hatte er seinen Traum von dieser großen Bank in Des Moines und den Lohngeldern am Freitag gehabt, und wer wollte schon ein Kind dabeihaben, wenn man soviel Geld bei sich hatte? Aber Gina hatte sich durchgesetzt, und jetzt hatte Roy den kleinen Scheißer am Hals. Und jetzt hatte Jason mitbekommen, wie er darüber redete, daß er seine Mutter umgebracht hatte. Roy wußte, daß der kleine Scheißer ihn irgendwie und irgendwann verpfeifen würde.

»Mach dir keine Gedanken«, sagte Roy. »Ich kümmere mich darum.«

Sie musterte ihn aufmerksam. »Manchmal machst du mir wirklich eine Scheißangst, Roy. Ehrlich. Er ist dein eigen Fleisch und Blut.«

»Ich habe ihn nicht gewollt. *Gina* wollte ihn.«

»Und du hast Gina umgebracht.«

»Für *dich*«, sagte er. »Ich habe sie für *dich* umgebracht.« Und dann, ein wenig später: »Scheiße, Honey, jetzt sind wir wieder soweit. Wir streiten uns. Ich will das nicht, und du willst das ja wohl auch nicht. Komm schon her.« Und dann: »Der Junge, der ist wie eine Kette mit einer Eisenkugel dran.«

Er mochte es, wenn sie auf seinem Schoß saß. Er fummelte gern an ihr herum, bis seine Erektion so groß und dick wurde, daß es richtig weh tat. Und sie kuschelte sich dann an ihn und machte ihn noch verrückter. Und dann, so wie jetzt, gingen sie in ihr großes, zerwühltes, vom Schlaf noch warmes Bett und trieben es.

Danach, am nächsten Tag, sagte er: »Ich fahre jetzt am besten in die Stadt. Ich will mittags dort sein. Gucken, wie's um die Zeit dort aussieht.«

Er war also dabei, eine Bank auszubaldowern. Er hatte vor, sie übermorgen auszurauben. Seine Bargeldreserven waren mächtig zusammengeschrumpft. Der Betreiber des Wohnwagenplatzes saß Roy ihm Nacken und bedrängte ihn wegen der rückständigen Miete.

»Sag nichts zu Jason, wenn er von der Schule nach Hause kommt«, sagte Roy.

»Schon recht.«

»Überlaß alles mir.«

»Schon recht.«

»Das ist für uns besser so«, sagte Roy, bemüht, sie zu beruhigen. »Den Jungen überall mitzuschleppen, wo wir hingehen, ist wirklich nicht das Leben, das wir uns gewünscht haben. Wir wollen doch, daß du frei bist, Babe. Wir sind doch schließlich freie Leute, oder?«

Roy hatte auch schon früher Menschen umgebracht, und es hatte ihr nie etwas ausgemacht. Aber noch nie ein Kind, wenigstens nicht, soweit sie wußte. Oder gar ein *eigenes* Kind.

Er küßte sie ein letztes Mal auf die Brüste und sagte dann: »Ich werde mir überlegen, was ich mit Jason mache, und dann gehen wir beide heute abend tanzen. Okay?«

»Okay, Roy.«

Roy würde ihn ganz bestimmt umbringen.

Als Angie dreizehn war, sagte ihre Großmutter einmal: »Eines Tages wird sie noch Ärger kriegen, so wie sie gebaut ist.« Wobei das Verrückte an dem Ganzen war, daß Großmutter selbst so wie sie gebaut war – einen Killerbusen und Hüften, bei denen jungen Männern in der Öffentlichkeit die Tränen ausbrachen –, jedenfalls als sie jung war. Und Angies Mutter ebenso. Das war auch die, zu der Großmutter das gesagt hatte.

Das Schlimmste, was Großmutter passierte, war, daß ein Soldat auf Heimaturlaub, während des Zweiten Weltkriegs, ihr ein Kind gemacht hatte, eine Schwangerschaft, deren Produkt Angies Mutter Suzie war. Und Suzies schlimmstes Schlamassel war, daß ihr ein Vietnamsoldat auf Heimaturlaub ein Kind gemacht hatte, eine Schwangerschaft, die zu *Angies* Existenz auf dieser Welt geführt hatte.

Angie freilich geriet in ein noch tieferes Schlamassel, als daß sie bloß ihre süßen, jungen Schenkel breit machte. Sie hatte sich eines Abends eine Fernsehshow angeschaut, wo ein schönes junges Mädchen als »ausgehaltene Frau« bezeichnet wurde, eine Frau, die sich den ganzen Tag in einem teuren Apartment aufhielt, mit nichts anderem beschäftigt, als großartig auszusehen, während so ein älterer Mann ihr die Miete bezahlte, sie mit endlosen Geschenken überhäufte und sich praktisch jedesmal, wenn die ausgehaltene Frau auch nur leichte Anzeichen von Unzufriedenheit äußerte, vor ihr auf den Bauch legte. Ein Mädchen aus Iowa mit einem Körper wie Angie – war es ein Wunder, daß sie auch eine ausgehaltene Frau sein wollte?

Als sie fünfzehn war, rannte sie mit einer zweiunddreißig Jahre alten Frau von zu Hause in Omaha weg. Die Frau brachte sie zunächst in ein Hotel in Des Moines. Angie schlief in drei Jahren mit zehn Männern und verdiente knapp über tausend Dollar. Einer der Männer war schwarz gewesen, und das machte sie ein wenig nachdenklich. Sie konnte ihren Vater geradezu hören, wenn er je herausfand, daß sie a) für Geld Männer bumste und b) einen *Schwarzen* für Geld bumste.

Sie kehrte nach Hause zurück. Ihr Vater, der als Reparateur bei einer Haushaltsgerätefirma tätig war, hatte nicht das Geld für einen privaten Hirnklempner, also schickten sie sie zur Sozialberatung, die nichts kostete. Sie verbrachte zwei Stunden damit, einen Persönlichkeitstest auszufüllen, der sie zu Tode langweilte. Der Berater sah immer wieder zur Tür herein und fragte sie, ob sie bald fertig sei. Wenigstens *tat* er so, als würde ihn das interessieren. In Wirklichkeit starrte er ihre Brüste an. Er hatte sich in dem Augenblick, als sie zur Tür hereingekommen waren, in sie verknallt. Schließlich bumste sie ihn dann nebenbei. Er hatte eine Frau, die im Wal-Mart in Cedar Rapids arbeitete, und zwei kleine Mädchen, von denen eines irgendwie gelähmt war und über die er ihr manchmal vorjammerte. Er war achtunddreißig, hatte eine Glatze und empfand Schuldgefühle, weil er sie bumste und seine Frau betrog, und sagte ihr ständig, ihre Titten würden ihn schwindlig machen, wenn er sie bloß anfaßte. Einfach schwindlig. Er versorgte sie mit Rap-CDs. Sie liebte Rap. Wie die Gangster in den Rap-Videos für ihre Freundinnen sorgten. Das wollte sie. Sie wollte einen Typen kennenlernen, der ihr ein angenehmes Leben verschaffte. Eine ausgehaltene Frau. Keine Arbeit. Keine Anstrengung. Kein Schweiß. Einfach rumsitzen in irgendeinem hübschen Apartment und Comichefte lesen und MTV und Pornofilme ansehen. Sie liebte Pornofilme. Sex war ihr gar nicht so wichtig, außer das Masturbieren vielleicht, aber wenn sie mit Sex für ein angenehmes Leben bezahlen mußte, hatte sie nichts dagegen.

Den psychiatrischen Berater ließ sie fallen, als sie schließlich die High-School hinter sich gebracht hatte. Sie nahm in Cedar Rapids einen Job als Angestellte in einem Target-Laden an. Das hielt sie drei Wochen durch. Dann nahm sie ihren Gehaltsscheck, kaufte sich ein aufreizendes Kleid und fing an, in den Bars in der Innenstadt herumzulungern, wo die Rechtsanwälte verkehrten. In den ersten zwei Monaten lief alles ganz gut. Sie hatte noch keinen Typen gefunden, der sie offiziell aushielt, aber dafür ein paar Typen, die ihr hier und da etwas Geld zusteckten, genug Geld für ein hübsches kleines Apartment und einen sechs Jahre alten Oldsmobile.

Nach einer Weile lief es dann nicht mehr so gut. Sie fing sich einen Tripper ein und machte ein paar von den Männern, die ihr Geld gaben, damit nicht gerade glücklich. Dann stieß sie auf zwei Männer mit großem Mundwerk und wenig Geld, einen Autoverkäufer, der mit ihr immer in nagelneuen Cadillacs herumfuhr, und einen Clubbesitzer, der sie als Trophäe herumzeigte wie einen Diamantring am kleinen Finger. Die beiden machten lauter Versprechungen, hatten aber in Wirklichkeit kein Geld. Der Cadillac-Mann hatte zwei Frauen nebeneinander und mußte auch noch zwei weiteren Alimente bezahlen, und der Clubbesitzer hatte so hohe Steuerschulden, daß er sich kaum ein Päckchen Kaugummi leisten konnte. Er hatte vor einigen Jahren drüben in Rock Island einen Club besessen und war wegen Steuerhinterziehung angezeigt worden, eine Anklage, die später auf schlichte (wenn auch überwältigend hohe) Steuerschulden reduziert wurde.

Und dann passierte das Allerschlimmste. Am Abend ihres sechsundzwanzigsten Geburtstages wurde Angie wegen Prostitution verhaftet. Sie saß in einer Bar in der Innenstadt mit ein paar Nutten zusammen, die sie kannte, und feierte gerade ihren Geburtstag, als einer der Anwälte den Vorschlag machte, sie sollten doch alle zusammen mit ihm auf sein Hausboot kommen. Nun, gesagt, getan, aber die Cops waren ihnen auf den Fersen. Angie bestand darauf, daß sie für Sex zwar Geschenke, aber nie Geld angenommen habe, eine Unterscheidung, die für das Vorstellungsvermögen der Gendarmen offenbar aber zu subtil war. Sie haßten nun einmal diese zwei Anwälte und waren hocherfreut, sie endlich hopsnehmen zu können. Cedar Rapids besaß ein neues Polizeirevier, von dem Angie schwer beeindruckt war. Sie sah dort auch ein paar nette junge Cops und dachte sich, daß es ihr nichts ausmachen würde, mit Cops zu gehen. Das würde wahrscheinlich echt Spaß machen. Sie wurde registriert, man nahm ihr die Fingerabdrücke ab und las ihr die Anklage vor. Alles das hatte wie so vieles in Angies Leben etwas an sich, was an einen Traum erinnerte. Sie bewegte sich einfach in ihm – als wäre ihr Leben eine Fernsehserie und sie selbst nur die Zuschauerin –, und die ganze Misere wurde ihr erst am nächsten Tag bewußt, als ihr Name in der Zeitung erschien. Die Zeitung von Cedar Rapids wurde in ihrer Heimatortschaft von allen gelesen. Angie rief zu Hause an und versuchte alles zu erklären. Ihre Mutter war völlig in Tränen aufgelöst, ihr Vater wütend. Sie bedeuteten ihr, sie solle an der Familienfeier in zwei Wochen nicht teilnehmen, unter *keinen* Umständen.

Inzwischen waren zwei Jahre vergangen, und Angie lebte mit Roy zusammen, der Banken ausraubte und Menschen umbrachte, wenn er das für notwendig hielt. Sie sah jetzt ganz klar, daß er nie soviel Geld haben würde, das es brauchte, um sie zu einer ausgehaltenen Frau zu machen. Zum Teufel, er hatte sogar ein paarmal angedeutet, daß sie sich wieder einen Job als Kellnerin besorgen solle, um ihren Beitrag zur Miete und dem Essen zu leisten. Außerdem waren da die Leute, die er umgebracht hatte, drei, von denen sie es ganz sicher wußte. Die einzige, die sie dabei wirklich störte, war seine Frau. Seine Frau umzubringen, war eine sehr persönliche Sache, und das machte Angie angst. Und seinen eigenen Sohn zu töten machte ihr noch mehr angst.

Den Nachmittag verbrachte sie damit, sich in Depressionen über ihre Bikinis hineinzusteigern. In einer Woche würde die Schule zu Ende sein. Die Schwimmbäder würden öffnen. Die Zeit, ihren Körper zu zeigen. Aber dieses Jahr war an ihrem Körper etwas zuviel, um ihn guten Gewissens zeigen zu können. Sie hatte zehn Kilo zugenommen. An ihren Schenkeln konnte man Zellulitisspuren sehen. Sie wünschte sich jetzt auch, sie hätte sich von Roy nicht dazu überreden lassen, sich seinen Namen auf die Busen tätowieren zu lassen.

Um halb vier kam Jason nach Hause. Er war ein magerer, blonder Junge mit massenhaft Sommersprossen und einer Brille mit so dicken Gläsern, daß er einem richtig leid tat. Kinder wie Jason wurden ständig von anderen Kindern gehänselt.

Irgend etwas stimmte nicht. Gewöhnlich ging er als erstes an den Kühlschrank und nahm sich dort ein Glas Milch und ein Stück von dem Kuchen, den Angie dort immer für sie beide bereithielt. Roy war mehr auf Whiskey als auf Naschwerk aus. Und Jason setzte sich dann meist an den Eßzimmertisch und sah sich *Batman* an. Aber nicht heute. Er murmelte bloß einen kurzen Gruß, ging dann in sein kleines Zimmer und machte die Tür zu. Da stimmte wirklich etwas nicht, und sie glaubte zu wissen, was es war. Sie zog sich einen Morgenrock über ihren Bikini – du solltest dich nicht so vor ihm zeigen, wenn dir die Titten raushängen, sagte Roy immer, wenn sie im Wohnwagen einen Bikini trug – und ging zu seinem Zimmer, wo sie leise an die Tür klopfte. Sie kam nie so richtig dahinter, was er eigentlich von ihr dachte. Er war fast immer höflich, aber das war auch alles.

»Ich schlafe«, sagte er.

Sie kicherte. »Wenn du schlafen würdest, könntest du nicht ›Ich schlafe‹ sagen.«

»Mir ist nicht nach reden, Angie.«

Sie beschloß, es zu riskieren. »Du hast uns gestern nacht reden hören, nicht, Jason?«

Ein langes Schweigen. Dann: »Nein.«

»Über deine Mama.«

»Nein.«

»Über das, was mit ihr passiert ist.«

Wieder ein langes Schweigen. »Er hat sie umgebracht. Ich habe gehört, wie er das gesagt hat.«

Roy hatte also recht. Der Junge *hatte* es gehört.

Sie machte die Tür auf und ging hinein. Er lag auf dem Bett. Er hatte immer noch die Turnschuhe an. Ein Comicheft lag über seiner Brust. Durch das schmutzige Fenster leuchtete die Sonne herein und ließ die blonden Strähnen in seinem Haar blitzen.

Sie ging zu ihm und setzte sich neben ihn. Die Federn ächzten. Sie versuchte, nicht an ihr Gewicht zu denken oder daran, wie ihr Bikini saß. Sie würde ganz entschieden eine Diät machen. Sie würde eine ausgehaltene Frau werden, und eine ausgehaltene Frau mußte immer dafür sorgen, daß ihr Körper makellos blieb.

»Ich wollte dir bloß sagen, daß ich nichts damit zu tun hatte«, sagte sie. »Mit dem, was er getan hat, meine ich.«

»Mhm«, sagte Jason. »Ich weiß.«

»Und ich möchte auch, daß dir klar ist, daß dein Daddy kein schlechter Mensch ist.«

»Doch, das ist er.«

»Manchmal. Aber nicht immer.«

»Er hat dir doch auch mal eine Rippe gebrochen, oder?«

»Er wollte nicht so fest zuschlagen. Er war bloß betrunken, sonst nichts. Wenn er nüchtern gewesen wäre, hätte er nicht so fest zugeschlagen.«

»Die in der Schule sagen, daß ein Mann eine Frau überhaupt nicht schlagen darf.«

»Na ja«, sagte sie, »du weißt ja, was dein Daddy über Schulen sagte. Daß sie von Juden betrieben werden, und von Schwulen, und von Farbigen.«

Er starrte sie an. »Ich werd ihn melden.«

Sie bekam es mit der Angst zu tun. »Oh, Schätzchen, laß das *nie* deinen Daddy hören.« Sie wußte, daß Roy nach einem Vorwand suchte, irgendeinem Vorwand, um Jason zu beseitigen. »Versprich mir, daß du das nicht tust. Er würde so wütend werden, daß er ...«

Sie brauchte den Satz nicht zu Ende zu sprechen. Sie fühlte, daß der Junge wußte, wovon sie redete.

»Ist das ein gutes Comicheft?« sagte sie.

»Nicht so gut wie Batman.«

»Wieso hast du dann nicht ein Batmanheft gekauft?«

»Das neue habe ich schon gelesen.«

»Oh.«

Sie beugte sich vor und gab ihm einen Kuß auf die Stirn. Das hatte sie noch nie getan. Er war wirklich ein netter Junge. »Denk an das, was ich dir gerade gesagt habe. Du sagst nie vor deinem Daddy etwas darüber, daß du ihn anzeigen willst. Hast du verstanden?«

»Ja, ich denk schon.«

»Und jetzt leg dich schlafen.«

Sie stand auf.

Ihre Mutter hatte einmal gesagt: »Du mußt für einen Mann immer nur eine Menge Wäschestärke und ein ordentliches Stück Fleisch parat haben, dann wird er sich nie über dich *oder*

541

deine Küche beklagen.« Angie hatte das Roy einmal erzählt, und er hatte gegrinst, und ihr an den Busen gegriffen und gesagt: »Hängt ganz davon ab, von was für Fleisch du redest.« Damals hatte Angie das komisch gefunden.

Während sie den Makkaroniauflauf machte und die Schweinekoteletts in der Pfanne brutzelte, sah sie keinen Anlaß zu lächeln. Er würde seinen eigenen Sohn umbringen. Sie kam einfach nicht darüber hinweg. Den eigenen Sohn.

Eine Dreiviertelstunde später aßen sie alle drei zu Abend. Jason betete wie immer vor dem Essen, wie seine Mama ihm das beigebracht hatte. Roy verdrehte unterdessen die Augen. Kleiner Schwächling, hatte er eines Abends im betrunkenen Zustand zu Jason gesagt, so zu beten.

»Rate mal, was ich heute gefunden habe«, sagte Roy.

»Was denn?« sagte Angie.

»Ich habe mit dem Jungen gesprochen.«

»Oh«, sagte Angie, die über seinen Ton verärgert war. »Entschuldige, daß ich geboren bin.«

Sie stand auf und trug ihr Geschirr zur Spüle.

»Rate mal, was ich heute gefunden habe?« sagte Roy noch einmal zu Jason.

»Was?«

»Eine prima Stelle zum Angeln.«

»Oh.«

»Ganz allein nur für uns beide. Ich wollte dir schon immer beibringen, wie man angelt.«

»Ich dachte immer, du *magst* nicht angeln«, sagte Jason.

»Das war mal. Ich angle gern, oder, Babe?«

»Ja«, sagte Angie, die am Spülbecken stand und ihren Teller abspülte. »Er angelt gern.«

Angie wußte sofort, daß Roy eine Idee hatte, wie er den Jungen umbringen könnte. Er haßte das Angeln, und noch mehr haßte er es, mit dem Jungen auch nur irgend etwas zu unternehmen.

Nach dem Abendessen ging Jason in sein Zimmer. Die meisten Kinder seines Alters würden jetzt an dem warmen Frühlingsabend im Freien spielen. Nicht so Jason. Er hatte einen

542

kleinen Fernseher auf seinem Zimmer und außerdem eine Menge *Akte X*-Bücher. Er war gut versorgt.

Während Angie das Geschirr spülte und Roy am Tisch saß, mit einer Flasche Bier beschäftigt war und sich im Playboy-Kanal nackte Haut ansah, sagte sie: »Du wirst's also tun.«

»Ja, das werde ich.«

»Er ist dein eigen Fleisch und Blut.«

Er trat neben sie und drückte sich an sie. Sie spürte seine Erektion. Die hatte er praktisch immer. In dieser Beziehung konnte sie nicht klagen. Er fummelte an ihr herum, küßte sie auf den Hals und sagte: »Wir sind freie Menschen, Angie. Frei. Aber wenn der Junge dabei ist, werden wir nie ganz frei sein. Besonders, seit er das jetzt von uns weiß. Ein Anruf, und wir sitzen im Knast.«

»Aber er ist dein Sohn.«

Jasons Tür ging auf. Er ging aufs Klo. »Überlaß das ruhig mir«, sagte Roy.

Zwanzig Minuten später fuhren Roy und Jason weg. Angie hätte nicht gewußt, wie sie sie aufhalten sollte, ohne Jason ganz offen zu warnen.

Sie ging auf und ab. Sie ging auf und ab und kippte einen Whiskey aus einem Schlümpfeglas. Sie war so aufgeregt, daß sie das Gefühl hatte, ihr Herz würde ihr wie Donner in der Brust schlagen, und alle paar Minuten zuckte ihr rechter Arm auf groteske Weise.

Und dann fiel ihr die Waffe ein. Sie wußte nicht einmal genau, was es eigentlich für eine Waffe war. Einer ihrer Rechtsanwaltfreunde hatte sie ihr einmal gegeben, als einer ihrer alten Boyfriends sie belästigte. Sie hatte ein paarmal damit geschossen. Sie konnte damit umgehen. Sie bewahrte sie in der Schublade unter den Höschen ohne Schritt auf, die Roy ihr gekauft hatte; er witzelte dann immer, daß er selbst den Schritt herausgebissen habe.

Sie holte die Waffe und fuhr den anderen nach. Sie dachte nur an den Fluß. Etwa eine halbe Meile entfernt, hinter einem kleinen Laubwäldchen, war eine Klippe, und darunter verlief ein Bach, der zu einem Damm in der Nähe von Cedar Rapids floß. Sie waren einmal dort spazieren gegangen, und Roy hatte gesagt, das sei die perfekte Stelle, um eine Leiche loszuwerden. Sein einstiger Zellenkollege, ein Lebenslänglicher, für den Roy große Hochachtung empfand, hatte einmal erzählt, daß Leichen zwar gelegentlich sofort wieder an die Oberfläche gespült wurden, sie einem aber meistens doch einen Vorsprung von fünf oder sechs Tagen vor der Polizei verschafften.

Die untergehende Sonne hing am indigofarbenen Himmel, indigoblau und lachsrosa und ein schwaches Violett, das sich wie ein Farbschmierer unter ein paar Wolken ausbreitete. Ein durchdringender Wind wehte, der nach Regen roch. Regenstürme machten ihr immer angst. Als sie noch klein gewesen war, hatte sie sich immer im Wandschrank versteckt, und ihre zwei älteren Schwestern hatten sie dann ausgelacht, Feigling, Feigling. Aber ihr hatte das nichts ausgemacht. Sie hatte sich trotzdem versteckt.

Als sie die beiden fand, saßen sie gerade an einem Picknicktisch in der Nähe der Klippe, Vater und Sohn, und unterhielten sich. Die Dunkelheit machte es ihr schwer, sie zu erkennen, und bald würden sie ganz darin verschwinden.

»Was zum Teufel machst denn *du* hier?« sagte Roy.

»Sie kann doch kommen, wenn sie Lust hat«, sagte Jason.

Sie lächelte. Der Junge mochte sie, und das tat ihr gut.

»Ich glaube, ich muß mal«, sagte Jason.

Er ging zum Wäldchen und verschwand darin.

»Ich hatte befürchtet, du hättest ihm schon etwas angetan«, sagte Angie.

Er sah sie an. Zuckte die Achseln. »Es ist schwerer, als ich gedacht hätte.«

»Er ist dein eigen Fleisch und Blut.«

»Yeah, yeah, das ist's wahrscheinlich. Ich war ein paarmal nahe dran, aber ich hab's einfach nicht über mich gebracht. Also, es ist nicht so, wie wenn man einen Fremden erschießt oder so.«

»Fahren wir zurück.«

Er schüttelte den Kopf. »O nein. Du fährst allein zurück.«

»Aber, wenn du es nicht fertigbringst, warum willst du dann hierbleiben?«

»Ich habe nicht gesagt, daß ich es nicht *fertigbringe*, ich habe nur gesagt, daß es schwerer ist, als ich gedacht habe. Ich werde nur eine Weile brauchen, das ist alles. Und jetzt sieh zu, daß du deinen Arsch wieder nach Hause bringst, und warte dort auf mich. Wir hauen heute nacht ab.«

»Hauen ab?«

Sie sahen, daß Jason wieder zurückkam.

»Yeah«, sagte Roy flüsternd, »die in der Schule werden Fragen stellen, wenn er nicht mehr kommt. Da ist's besser, wir hauen heute abend ab.«

Jason kam jetzt auf sie zu. »Hat Dad dir erzählt, daß da im Fluß ein Fisch ist, der bestimmt über zehn Kilo wiegt?«

»Yeah«, sagte sie, »das hat er.«

»Angie muß nach Hause zurück. Sie macht uns eine Überraschung.«

»Eine Überraschung?« sagte Jason erregt. »Was für eine Überraschung?«

»Na ja, wenn sie's dir jetzt sagt, ist's ja keine Überraschung mehr, oder?«

Jason grinste. »Nein, dann wohl nicht.«

»Geh jetzt nach Hause, Babe«, sagte Roy. »Wir bleiben noch 'ne Weile hier.«

Sie wollte widersprechen, aber man widersprach Roy nicht. Jedenfalls hatte man keine Chance, sich durchzusetzen. Man zog sich ja selbst dann leicht ein paar Blutergüsse und Prellungen und Knochenbrüche zu, wenn man sich *nicht* durchsetzte.

»Ich glaube, ich gehe jetzt lieber«, sagte sie.

»Ich kann es gar nicht erwarten. Die Überraschung, meine ich«, sagte Jason.

Sie ging zum Auto zurück, fuhr aber nicht nach Hause. Sie blieb in dem Laubwäldchen stehen, in der Dunkelheit, in der Nacht, und beobachtete die beiden.

Er brachte es also irgendwie nicht fertig. Das hoffte sie jedenfalls. Hoffte, daß er, wenn es soweit war, es einfach nicht fertigbringen würde. Sie sprach ein paar Gebete.

Aber er machte sich dann doch daran. Zog die Waffe heraus, packte Jason an der Schulter und zerrte ihn über die kleine Grasfläche zwischen dem Picknicktisch und der Klippe.

Alles geschah ganz unwillkürlich: daß sie rannte, daß sie schrie. Roy wirkte echt sauer, als er sie sah. Er wurde von dem Jungen abgelenkt, und der Junge versuchte, sich ihm zu entreißen, schlug mit beiden Armen um sich, versuchte zu treten, versuchte zu beißen.

Mit ihrer Waffe hatte Roy nicht gerechnet. Sie ging ganz dicht an ihn heran, riß die Waffe aus der Hüfttasche ihrer Jeans und erschoß ihn, aus nächster Nähe. Drei Kugeln in den Kopf.

Er kippte seitlich um und schiß sich noch in die Hosen, ehe er auf dem Boden auftraf. Es stank fürchterlich.

Das unheimliche war, wie der Junge reagierte. Man hätte meinen sollen, er wäre dankbar gewesen, daß sie den Mistkerl umgebracht hatte. Aber er kniete neben Roy nieder, jammerte und wippte vor und zurück, hielt dessen tote, kalte, weiße Hand in der seinen und jammerte dann weiter. Vielleicht, dachte sie, vielleicht ist es, weil seine Mama auch tot war. Vielleicht, wenn man beide Eltern verloren hat, vielleicht war es dann einfach zuviel, um damit fertigzuwerden, selbst wenn der eigene Vater, sein eigen Fleisch und Blut, *tatsächlich* versucht hatte, einen zu töten.

Sie schleifte Roy weg und stieß ihn von der Klippe in den Fluß. Die Sterne standen über dem Wasser, und die gekräuselten Wellen glitzerten.

Sie zerrte den Jungen weg. Zuerst wehrte er sich, biß und trat und wand sich und alles das. Aber sie versetzte ihm eine heftige Ohrfeige, und das beruhigte ihn. Er weinte zwar noch, tat aber das, was sie ihm sagte.

»Wie geht's dir?«
    »Gut.«
»Hast du Hunger?«
    »Ja, irgendwie schon.«
»Colorado wird dir gefallen. Warte, bis du die Berge siehst.«

»Du hättest ihn nicht umbringen müssen.«

»Er wollte *dich* umbringen.«

Eine lange Zeit sagte er nichts. Sie näherten sich inzwischen der Grenze von Nebraska. Das Land wurde immer flacher. Kühe muhten ihre Klage über die Prärie und wälzten sich in ihrem Bett aus Erde, während die Nachtvögel sich wie Chöre in den Bäumen sammelten und die schweren Äste mit ihrem Gesang zum Vibrieren brachten. Es war schön, mit heruntergekurbelten Fenstern zu fahren, daß der Sommer des Mittleren Westens einem an den Ohren vorbeibrauste.

Dreiundsechzig Meilen vor der Grenze, kurz nach zehn, kamen sie zum Empire Motel, einem typischen Bau aus den fünfziger Jahren, wo das Büro in der Mitte lag und acht dünn verputzte Räume zu beiden Seiten abgingen.

Angie mietete ein Zimmer und kaufte am Automaten Schokolade und Kartoffelchips. An der Rezeption holte sie noch ein Science-Fiction-Video für Jason.

Sie verfrachtete ihn zuerst in die Dusche und dann ins Bett und ließ den Film für ihn ablaufen. Er hielt nicht lang durch und war bald eingeschlafen. Sie schaltete das Licht aus und ging selbst zu Bett. Sie war müde. Wenigstens dachte sie das. Aber sie konnte nicht einschlafen. Sie lag da und dachte über Roy nach und über die Zeit, wo sie ein kleines Mädchen gewesen war, und darüber, eine ausgehaltene Frau sein zu wollen. Irgendwann mußte es jetzt passieren. Das mußte es einfach. Und dann erinnerte sie sich, wie sie im Bikini ausgesehen hatte. Herrgott, sie sollte wirklich abnehmen.

Auf diese Weise lag sie eine Stunde lang da. Dann hörte sie, wie Autotüren geöffnet wurden und gleich darauf Männerlachen. Sie beschloß, zum Fenster hinauszuspähen. Zwei gutaussehende, ordentlich gekleidete Typen trugen je einen Koffer in ein Zimmer zwei Türen nebenan. Sie fuhren diesen riesigen, nagelneuen Lincoln. Ihr Anblick erregte sie. Sie hatte Lust auf einen Drink, wollte ein wenig Musik hören. Vielleicht ein bißchen tanzen. Und lachen. Das brauchte sie jetzt.

Eine Viertelstunde später war sie gerichtet, weißes schulterfreies Oberteil, rote, äußerst knappe Shorts, die ihre Pobacken in erotischer Vollkommenheit zur Schau stellten, das Haar frisch gefönt und ausreichend Parfum angelegt, um wirklich gut zu riechen.

Der Junge würde sie nicht vermissen. Der war versorgt. Er würde schlafen, und die Tür würde abgesperrt sein, also war er gut versorgt.

Sie hießen Jim Durbin und Mike Brady. Sie waren aus Cedar Rapids, besaßen ein paar Computerläden und hatten vor, einen großen, neuen Laden in Denver zu eröffnen. Normalerweise wäre Jim geflogen, aber Mike hatte Angst vor dem Fliegen. Und normalerweise würden sie auch in einem hübscheren Hotel als dem hier absteigen, aber sie hatten unterwegs nichts Besseres gefunden. Angies Vorwand, so spät bei ihnen an die Tür zu klopfen, war, daß es im Büro keinen Zigarettenautomaten gab. Die Zigaretten seien ihr ausgegangen, und sie habe gehört, daß die Herren noch wach waren, und sich gefragt, ob einer von ihnen vielleicht ein paar Zigaretten hätte, die er ihr leihen könne. Jim sagte, er sei Nichtraucher, aber Mike rauche. Er versuche seit Jahren, Mike zum Aufhören zu überreden. Was soll man jetzt davon halten, sagte Jim, der Mann denkt sich überhaupt nichts dabei, Lungenkrebs zu riskieren, steigt aber nicht in ein Flugzeug?

Sie hatten eine schöne Flasche I. W. Harper da und luden sie ein, hereinzukommen. Es war offenkundig, daß Mike Interesse an ihr gefunden hatte. Jim war verheiratet. Mike machte gerade eine Scheidung durch, die er als »schmerzlich« bezeichnete. Er erzählte, seine Frau sei mit so einem Arzt durchgebrannt, mit dem sie im Wohlfahrtsausschuß saß. Jim sagte, Mike brauche eine gute Frau, um seine Selbstachtung wiederherzustellen. Das war ein Wort, daß Angie oft hörte. Sie sah sich gern die Talk-Shows untertags an, und da wurde viel von Selbstachtung geredet. Erst letzte Woche war da so eine Prostituierte gewesen, ein Transvestit genaugenommen, und Angie hatte das arme Ding leid getan. Er/sie hatte gesagt, das sei alles, worauf er/sie aus sei – Selbstachtung.

Angie wurde irgendwie langsam betrunken und verbrachte die Zeit damit, sich mit Mike zu unterhalten, während

Jim duschte und sich zum Bettgehen fertig machte. Angie spürte, daß er sich richtig Zeit ließ, um Mike und ihr eine Chance zu geben, miteinander allein zu sein. Und dann fing Mike an, an ihr rumzugrabschen, und schließlich kniete sie neben seinem Bett und blies ihm einen, und er stöhnte und ächzte und bäumte sich auf und drehte schier durch, und sie fühlte sich mächtig und wirklich großartig, einen Mann so glücklich zu machen, ganz besonders einen mit gebrochenem Herzen.

Als Jim zurückkam, jetzt mit einem roten Frotteemantel bekleidet und damit beschäftigt, sich seinen Bürstenhaarschnitt mit einem weißen Handtuch trocken zu frottieren, saßen Angie und Mike auf den Sesseln und nahmen gerade wieder einen Drink zu sich.

»Also, was ist los?« sagte Jim.

»Nun«, meinte Mike und sah dabei aus wie ein Teenager, erregt und zugleich unsicher. »Ich wollte Angie fragen, ob sie mit nach Denver kommen möchte. Vielleicht ein paar Wochen bei uns bleiben, während wir die Eröffnung dort vorbereiten und so.«

Jim rieb sich immer noch mit dem weißen Handtuch die Haare. »Der Mann macht alles erster Klasse«, sagte er. »Angie, soviel kann ich Ihnen verraten. Sie sollten mal seine Eigentumswohnung sehen. Der Blick auf die Stadt. Unglaublich.«

»Magst du Jet-Ski?« fragte Mike.

»Aber sicher«, sagte Angie, obwohl sie nicht genau wußte, was das war.

»Also, ich habe *zwei* Jet-Skis, und das macht wirklich Spaß mit den Dingern. Glaub mir, wir könnten eine Menge Spaß haben. Du könntest in meiner Eigentumswohnung wohnen und untertags tun, was dir Spaß macht – einkaufen oder was auch immer –, und abends könnten wir dann wieder zusammensein.«

»Mein Gott, Angie«, sagte Jim, »Sie wirken wirklich Wunder. Das klingt wieder richtig wie mein alter Kumpel Mike Brady. Ich habe ihn seit drei, vier Jahren nicht mehr so glücklich erlebt.«

Mike grinste. »Vielleicht bin ich verliebt.«

Und dann beugte er sich zu Angie hinüber, legte ihr den Arm um den Nacken und gab ihr einen dicken, fetten Whiskeykuß auf den Mund.

Sie mußte die ganze Zeit daran denken, wie seltsam das doch alles war. Vielleicht hatte sie gerade den Mann kennengelernt, der jetzt eine ausgehaltene Frau aus ihr machen würde. Und der hier war bald nicht einmal mehr verheiratet. Eines Tages könnte er sie vielleicht sogar heiraten.

»Warte, bis ich Jason davon erzählt habe«, sagte sie.

Mike sah sie seltsam an. »Jason? Wer ist Jason?«

Jetzt trat Jim neben ihn. »Ja, wer ist Jason?«

»Oh, sozusagen mein Stiefsohn, wenn man so will.«

»Du reist mit einem Kind?« sagte Mike.

»Yeah.«

Mike verstummte plötzlich. Aber sein Gesicht sprach Bände. Er hatte gerade eine ganze Orgie von Sachen aufgezählt, die man gemeinsam unternehmen könnte, und jetzt mußte sie das alles verderben, mit der Wirklichkeit. Ein Kind. Ein beschissenes Kind.

»Aha«, sagte Mike schließlich.

»Er ist wirklich ein netter Junge«, sagte Angie. »Ruhig und so.«

»Bestimmt ist er ein netter Junge, Angie«, sagte Jim. »Aber ich glaube nicht, daß es das ist, was Mike im Sinn hatte. Nichts gegen Kinder, versteh mich bitte nicht falsch. Ich habe selbst zwei, und Mike hat drei.«

»Ich mag Kinder«, sagte Mike, als ob jemand ihn des Gegenteils bezichtigt hätte.

»Er würde uns wirklich nicht stören«, sagte Angie. »Ganz bestimmt nicht.«

Mike und Jim sahen einander an, und dann sagte Jim schließlich, wobei er Angie in die Augen schaute: »Wissen Sie, was wir tun könnten? Wir könnten uns ja Ihre Telefonnummer aufschreiben, also von da, wo Sie in Omaha wohnen und so, und dann kann Mike Sie ja anrufen, wenn er sich in seiner Eigentumswohnung eingelebt hat.«

Mike hatte nicht den Nerv, Lebewohl zu sagen, also übernahm Jim das für ihn.

Eine Kette mit einer Eisenkugel dran, sie erinnerte sich, wie Roy das über Jason gesagt hatte. Mike würde nicht anrufen. Das gab Jim jetzt ganz unzweideutig zu verstehen. Und sie würde irgendwo in Omaha sein, vielleicht mit einem Job als Kellnerin oder so. Und dann würde bald die Schule wieder anfangen, und sie würde sich den Kopf über Kleidung für die Schule zerbrechen müssen und Roy irgendwie in eine neue Schule einschreiben. Und unterdessen würde jemand anderes mit Mike in dessen Eigentumswohnung in Denver zusammenleben und mit ihm Jet-Ski fahren, was auch immer das war, und sich mit Mikes American-Express-Karte neue Kleider kaufen.

»Wißt ihr, ob hier irgendwo ein Fluß ist?« sagte sie.

»Ein Fluß?« fragte Jim.

»Ja«, sagte sie und nickte, »ein Fluß.«

Am nächsten Morgen um sieben Uhr früh klopfte sie an die Tür. Ein schläfriger, in Pyjamas gekleideter Jim machte auf. »He«, sagte er. »Wie geht's denn?« Er schien nicht sonderlich erfreut, sie zu sehen. Offensichtlich hatte er gehofft, daß sie die Denver-Geschichte von gestern abend aus der Welt geschafft hatten.

»Raten Sie mal«, sagte sie.

»Was denn?«

»Ich habe doch erzählt, ich sei so was wie Jasons Stiefmutter, oder? Also, in Wirklichkeit bin ich seine Tante. Meine Schwester lebt etwa zehn Meilen von hier entfernt und leidet unter Depressionen. Sie wollte, daß ich ihn eine Weile zu mir nehme, aber sie ist plötzlich heute ganz früh hier aufgetaucht und hat ihn abgeholt. Sie hat gesagt, sie würde sich schon wieder viel besser fühlen.«

Jetzt tauchte Mike hinter Jim auf. »Dann bist du den Jungen jetzt also los?« fragte er erregt.

»Frei, weiß und einundzwanzig«, sagte sie.

»Du kommst mit nach Denver!« sagte er.

»Eine Meile weiter ist ein kleiner Imbiß, da werde ich jetzt frühstücken«, sagte Jim. »Ich bin in einer Stunde wieder hier.«

Er zog sich schnell an und fuhr weg.

Das erste Mal machten sie es gleich in Mikes zerwühltem Bett. Sie dachte nur einmal kurz an den Jungen und wie sie ihn im Zimmer erstickt hatte. Den Fluß zu finden war kein Problem gewesen. Roy hatte schon recht gehabt. Mit der Kette und der Eisenkugel dran. Sie hatte den Jungen gemocht, aber er war wirklich ein Klotz am Bein gewesen.

Ein paar Stunden später fuhren sie in Richtung Denver weiter. Am Abend aßen sie in einem Lokal an der Straße Spareribs. Sie tranken eine Menge Wein, oder *vino*, wie Jim sagte, und Mike schleckte zum Spaß die Barbecuesoße von Angies Fingern. Sie hatte etwas Angst davor, was später kommen würde, wenn sie dann schlafen ging. Vielleicht würde sie Alpträume haben wegen des Jungen. Aber sie kuschelte sich ganz dicht an Mike, und nachdem sie sich geliebt hatten, lagen sie in der Dunkelheit da, teilten sich eine Zigarette und redeten von Denver, und zu guter Letzt träumte sie überhaupt nichts.

Al Sarrantonio

DAS SCHNURDING

Hier meldet sich Joe R. Lansdale, höchstpersönlich, mit einem kur-
zen Text über Al Sarrantonio. Er war zu bescheiden, um über sich
selbst zu schreiben, also mußte das jemand anders tun. Ich habe so
ziemlich alles gelesen, was er geschrieben hat, kenne ihn seit Jahren
und mag seine Kurzgeschichten.

Während ich das Schriftstellern erlernte, war Al Sarrantonio ei-
ner der Autoren, die mich am meisten beeindruckten und denen ich
nacheifern wollte. Der Mann hatte einen ganz besonderen Blick-
winkel. Er hatte wohl einen eigenen Stil, erinnerte mich aber doch
auch ein wenig an Ray Bradbury, brachte die gleichen Saiten bei mir
zum Schwingen. Er erinnerte mich auch ein bißchen an einen nicht
so berühmten Autoren von Kurzgeschichten, nämlich Kit Reed. Al
konnte wie jener unerklärliche Untertöne hervorrufen, die einen tief
im Innersten ansprechen, die man aber doch nicht mit Worten er-
klären konnte.

Und genau darum geht es hier. Al hat wieder einmal eine seiner
schönen kleinen Fabeln mittels des Umwegs über eine Horrorge-
schichte geschrieben. Sie hat dieses gewisse Etwas, das eine gute
Story zu mehr als bloß einer Story macht. Sie bringt Saiten zum
Schwingen, ohne daß die Worte allein das erklären könnten.

J. R. L. (höchstpersönlich)

Das Schnurding erwischte den größten Teil des Wohnviertels,
während Suzie und Jerry sich am Samstagmorgen gerade im
Fernsehen Zeichentrickfilme ansahen. Dann setzte das Kabel-
fernsehen aus, und Jerrys Vater schaltete das Radio ein, aber
dann ging auch das aus. Um diese Zeit beobachteten Suzie
und Jerry das Schnurding von dem großen Fenster im Wohnzimmer aus. Das Schnurding war sehr schnell, bald sahen sie

nur seine Spitze, ausgestreckt und gerade, bald formte es sich zu einer Schlinge, dann wieder schlängelte es sich über ein Haus oder zwischen Bäumen hindurch oder bewegte sich über Autos hinweg. Das Ding verharrte kurz und schoß dann in den Umzugswagen vor Suzies Haus auf der anderen Straßenseite, zog den dicken Umzugsarbeiter heraus, wickelte sich vom Kopf bis zu den Zehen um ihn, daß er wie eine Mumie aussah, und zerrte ihn dann zu Boden. Auch Suzies Mutter zog es auf den Boden; es fing sie ein, als sie gerade ins Haus zurücklaufen wollte, nachdem sie kurz zuvor vom Bürgersteig aus die Umzugsarbeiter eingewiesen hatte.

»Wir verschwinden hier!« schrie Jerrys Vater und warf diesem einen seltsamen Blick zu. Das Schnurding erwischte ihn dann im Garten vor dem Haus, zwischen der Garage und dem Auto. Hinter ihm war Jerrys Mutter mit einem Armvoll Kissen, und das Schnurding erwischte sie ebenfalls. Jerrys Schwester Jane erwischte es, als die sich aus dem Haus schleichen wollte, um sich mit ihrem Freund Brad ein Stück weiter unten an der Straße zu treffen. Suzie und Jerry sahen zu, wie das Schnurding vor Brads Haus wie eine eingerollte schwarze Feder aus den Büschen sprang und Jane schnappte, gerade als sie nach Brads Hand griff. Brad drehte sich um und wollte wegrennen, aber es erwischte ihn ebenfalls, schoß aus dem Rasen hoch und quer über den Bürgersteig, dünn und schnell. Es erfaßte Brad in der Mitte wie eine Peitsche und quetschte ihn in zwei Stücke, oben und unten, und zog dann die beiden Hälften herunter.

Suzie und Jerry rannten auf den Dachboden. Das Schnurding schlängelte sich um das Haus herum, aber es konnte offenbar nicht so hoch klettern, und dann ging es weg. Aus dem kleinen achteckigen Fenster sahen sie zu, wie es sich um das Haus der Myersens schlang und deren Baby aus dem Fenster im ersten Stock zog. Dann schmiegte es sich wie eine Katze um das Fundament des Hauses, umkreiste es dreimal und blieb dann zuckend dort.

»Das ist ja wie ...«, sagte Jerry und drehte sich mit ängstlicher Miene zu Suzie um.

»Ich weiß«, sagte Suzie und hieß ihn schweigen.

Als sie wieder zum Haus der Myersens hinübersahen, waren inzwischen sämtliche Fenster zerbrochen, und die Säulen der Veranda waren weggerissen, das Schnurding aber war verschwunden. Sie entdeckten es dann ein Stück weiter die Straße hinunter auf der rechten Seite, wo es träge in der Luft wedelte, bevor es wieder herunterpeitschte; dann sahen sie es noch einmal ein Stück weiter oben, diesmal auf der linken Seite, wie es sich zwischen zwei Häusern auf die Straße hinausbewegte, um einen rennenden Jungen einzufangen, der wie Billy Carson aussah.

Der Tag wuchs sich zu einem Sommervormittag mit nichts als Hitze aus.

Am Nachmittag war es dann noch heißer; auf dem Dachboden fühlten sie sich wie in einem Backofen.

Das Schnurding setzte sein Werk fort.

Als sie mit dem Feldstecher von Jerrys Vater sahen, wie das Schnurding sich wie eine Riesenschlange um den Turm der Methodistenkirche mitten in der Stadt, ein gutes Stück von ihnen entfernt, gewickelt hatte, wurde ihnen plötzlich klar, daß das Ding doch so hoch klettern konnte, wie es wollte. Es zog etwas Kleines, um sich Schlagendes, das zu weit entfernt war, als daß man es hören könnte, aus dem Glockenstübchen und rutschte dann wieder herunter und davon.

»Ich sage dir, das ist ...«, setzte Jerry wieder an.

Suzie, die immer noch durch den Feldstecher sah, sagte wieder, er solle still sein, aber vorher brachte er noch heraus:
»... genau wie der Zaubertrick von meinem Vater.«

Jene Nacht verbrachten sie auf dem Dachboden, das Fenster hatten sie ein Stück geöffnet, damit Luft hereinkam. Das Schnurding war draußen, und bewegte sich im Mondlicht. Zweimal kam es ganz nahe heran, einmal zerbrach es dabei sogar das große Fenster im Erdgeschoß, das andere Mal schoß es dicht vor das Dachbodenfenster, kitzelte mit seiner Spitze die Öffnung und ließ Jerry, der dabei zusah, erschreckt aufstöhnen, flog dann aber wieder weg.

Sie fanden in der Küche eine Schachtel mit Keksen und nahmen sie mit nach oben. Wenn das Schnurding am Mond vorbeizog, entstanden dabei im Dachboden dunkelgraue Schatten an der Decke und den Wänden.

»Glaubst du, das passiert überall?« fragte Jerry.

»Was glaubst *du* denn?« fragte Suzie zurück, und dann erinnerte sich Jerry an Vaters batteriebetriebenes Kurzwellenradio, mit dem man Sender aus der ganzen Welt empfangen konnte. Es war hinten auf dem Dachboden in der Nähe der Schachtel mit den Taschenlampen.

Er holte es und schaltete es ein, aber die Skala hinauf und hinunter war nur Zischen zu hören.

»Überall ...«, flüsterte Jerry.

»Sieht so aus«, antwortete Suzie.

»Das kann nicht sein ...«, sagte Jerry.

Suzie aß noch einen Keks.

Plötzlich ließ Jerry das Radio fallen und fing zu weinen an. »Aber es war doch bloß ein Zaubertrick, den mein Vater mir gezeigt hat! Es war nicht *echt!*«

»Aber es sah da doch echt aus, oder?« sagte Suzie.

Jerry hörte nicht auf zu schluchzen. »Er konnte *immer* irgendwelche Tricks! Als ich mal einen Kirschkern verschluckt hab, hat er ein paar Blätter in der Hand versteckt und mir dann weismachen wollen, daß er sie mir aus dem Ohr gezogen hätte – er hat gesagt, daß die Kirsche in mir gewachsen ist, und daß ich jetzt einen Kirschbaum in mir drin hab! Ein andermal hat er behauptet, gleich würde ein Raumschiff hinten im Garten landen. Dann hat er mich durch das große Fenster zusehen lassen, und dabei hat er sich hinten rausgeschlichen und eine Spielzeugrakete über das Dach geworfen, daß die dicht vor mir heruntergekommen ist!« Er blickte ernst und zugleich verwirrt. »Er hat immer so was gemacht!«

»Du hast an die Tricks geglaubt, wo er sie gemacht hat, oder?« fragte Suzie.

»Ja! Aber ...«

»Vielleicht ist es so, daß etwas wirklich passiert, wenn man nur fest genug dran glaubt.«

Jerry war jetzt völlig durcheinander. »Aber es war doch ein Trick! Du warst doch dabei, du hast doch gesehen, was er gemacht hat!«

Sein Vater hatte hinten im Garten ein Stück Schnur vergraben, und dann hatte er die Kinder herausgeholt, die Schnur ein Stück aus dem Boden herausgezogen und behauptet, sie sei ein Stück von einem riesigen Ungeheuer, dem Schnurding, das die ganze Erde füllt, bis dicht unter die Oberfläche – und daß dieses Schnurding jedesmal, wenn es das wollte, seine Tentakel herausstrecken und jeden packen könnte und ihn herunterziehen und ihn in seinen pulsierenden, schwabbeligen Körper hineinziehen …

Jerry sah Suzie mit flehender Miene an. »Das war nicht *echt!*«

»Du hast ihm aber geglaubt.«

»*Es war bloß ein Trick!*«

»Aber du hast geglaubt, es wär echt«, sagte Suzie leise. Sie starrte zu Boden. »Vielleicht hast du deswegen, weil meine Mutter umzieht und mich mitnimmt, so fest daran geglaubt, daß du es zur Wirklichkeit gemacht hast.« Sie blickte wieder zu ihm hoch. »Vielleicht ist das der Grund, weshalb es uns nicht geholt hat – weil du das getan hast.«

Sie ging zu ihm und hielt ihn fest, strich ihm mit ihren langen, dünnen Fingern übers Haar.

»Vielleicht hast du es getan, weil du mich lieb hast«, sagte sie.

Jerry blickte zu ihr auf, die Augen immer noch voller Tränen. »Ich *hab* dich auch lieb«, sagte er.

Sie aßen alles, was sie im Haus an Eßbarem finden konnten. Eine Woche später zogen sie ins Haus der Myersens und aßen alles, was sie dort fanden, und dann ging's zu den Janzensens nebenan. Sie aßen sich als ungeladene Gäste die eine Straße hinunter und die nächste wieder hinauf. Sie rannten bei Sonnenuntergang oder in der Morgendämmerung von Haus zu Haus. Das Schnurding kam nie in ihre Nähe; es war jetzt damit beschäftigt, sämtliche Hunde und Katzen der Umgebung zu fangen.

Selbst wenn sie das Schnurding sehen konnte, blieb es fern, stöberte in einem Haus eine Straße weiter herum, richtete sich senkrecht auf, so hoch, daß es fast die Wolken berührte, schwarz und irgendwie ölig sah es im Sonnenlicht aus, wie eine Antenne reckte es sich nach oben. Manchmal verschwand es tagelang, und einmal sahen sie mit dem Feldstecher ein zweites Schnurding von dem Haus aus, in dem sie jetzt lebten, und das so weit von ihrer eigentlichen Wohngegend entfernt war, daß sie nicht einmal wußten, wie ihre momentanen Gastgeber hießen. Sie befanden sich jetzt fast am Rand der Stadt und sahen, daß die nächste Stadt ihr eigenes Schnurding hatte, das sich in den Nachmittag reckte, hier und dort wie ein Schößling in die Höhe stieg, einen Augenblick innehielt, um dann in der Mitte abzunicken und auf das Schnurding, das bei ihnen war, zu zeigen. Ihr Schnurding bog sich ebenfalls ab und zeigte wiederum auf das andere.

Suzie sah Jerry an, der am liebsten geweint hätte.

»Überall«, sagte sie.

Während der Sommer sich dahinschleppte, verschwanden die Eichhörnchen und dann die Vögel und die Grillen und die Fliegen und die Moskitos. Jerry und Suzie zogen von Haus zu Haus, von Stadt zu Stadt, und manchmal, wenn sie draußen waren, sahen sie, wie das Schnurding Libellen auf den Boden herunterzog, Fliegen abklatschte und sie wegriß. Es war überall das gleiche: Das Schnurding hatte jede Stadt, jedes Haus, jeden Ort von Menschen und Tieren und Insekten befreit. Im Spätsommer waren selbst die Bienen verschwunden, als ob das Schnurding sie sich für ganz zum Schluß aufbewahrt hätte und sie jetzt mit allem anderen Lebenden in seinen klebrigen Körper ziehen würde. In einer Stadt fanden sie einen kleinen Zoo und bestaunten die leeren Käfige, das saubere Affengehege, das Becken, in dem es keine Seehunde mehr gab.

Es gab genug zu essen und Wasser zu trinken und Limonade in Dosen, und als sie schließlich mit den Städten fertig waren, die ihren Heimatort umgaben, fuhren sie mit einem Zug, stiegen auf die Lokomotive und setzten den Dieselmotor in Gang, studierten die vielen Hebel und schafften es schließlich, sie in Bewegung zu setzen. Die Lokomotive gab ein Geräusch wie eingefangener Donner von sich. Selbst Jerry mußte da lachen und streckte den Kopf zum Fahrerhäuschen hinaus, und der Wind fühlte sich in seinem Gesicht wie ein lebendes Wesen an. Suzie drückte auf die Hupe, die wie ein Ochsenfrosch brüllte. Sie passierten eine Großstadt, und dann noch eine, bis dem Zug schließlich der Treibstoff ausging und sie in einer Ortschaft gelandet waren, die ihrer Heimatstadt ganz ähnlich war.

Anschließend zogen sie wieder weiter und immer weiter, und überall war das Schnurding, folgte ihnen wie ein Wächter in der Ferne, reckte sich über die höchsten Gebäude hinaus und zuckte mit der Spitze.

Der Sommer ging in den Herbst über. Wenn Jerry jetzt Suzie ansah, lächelte er nicht mehr. Seine Augen wurden immer hohler, die Hände zitterten ihm, und er aß kaum noch.

Der Herbst kam, und sie zogen immer noch weiter. In einer namenlosen Ortschaft ging Jerry im leeren Keller eines leeren Hauses zitternd zur Werkbank hin und nahm dort eine Zange vom Haken an der Wand. Er reichte sie Suzie und sagte: »Bring mich dazu, daß ich zu glauben aufhöre.«

»Was meinst du damit?«

»Schaff das Schnurding aus meinem Kopf.«

Suzie lachte, ging selbst an die Werkbank und griff nach einer Taschenlampe, mit der sie in Jerrys Ohren leuchtete.

»Da ist nichts, außer Ohrenschmalz«, sagte sie.

»Ich will nicht mehr glauben«, sagte Jerry niedergeschlagen und klang dabei wie ein Gespenst.

»Es ist zu spät«, sagte Suzie.

Jerry legte sich auf den Boden und kringelte sich zu einem Knäuel zusammen.

»Dann möchte ich sterben«, flüsterte er.

Der Winter folgte dem Herbst auf den Fersen. Die Luft kühlte ab, und es wäre die beste Zeit gewesen, um Äpfel einzulagern, aber es gab keine Äpfel mehr. Das Schnurding hatte den Herbst damit verbracht, Bäume und Büsche und spätblühende Rosen und Gras in den Boden zu zerren.

Es schrubbte den Planeten von Unkraut und Fischen und Amöben und Mikroben sauber.

Jerry hörte ganz zu essen auf, und Suzie mußte ihm beim Gehen behilflich sein.

Jerry fragte sich, was das Schnurding wohl tun würde, nachdem es die Erde getötet hatte.

Suzie und Jerry standen zwischen den Ortschaften und blickten auf ein braches Feld. In der Ferne winkte und arbeitete das Schnurding und ließ, Reihe für Reihe, Maiskolben verschwinden. Hinter Jerry und Suzie, etwas abseits vom Highway, stand im Graben das Auto, das Suzie gesteuert hatte. Sie hatte auf ein paar Telefonbüchern gesessen, um über das Steuer blicken zu können. Irgendwann war dem Wagen schließlich das Benzin ausgegangen. Der Himmel zeigte sich in einem blassen, staubigen Blaugrau, in das kränklich wirkende Wolken gemalt waren; Vögel waren keine zu sehen.

Ein paar einsame Schneeflocken fielen.

»Ich möchte, daß Schluß ist«, flüsterte Jerry heiser.

Er hatte seit Tagen nicht einmal mehr einen Schluck Wasser zu sich genommen. Die Kleider hingen in Fetzen von ihm, die Augen waren vor Leid tief eingesunken. Wenn er jetzt zum Himmel blickte, schmerzte ihn das blendende Licht.

»Ich … möchte, daß es aufhört«, krächzte er.

Er setzte sich in den Staub und sah aus wie ein alter Mann im Körper eines Kindes. Er blickte zu Suzie auf, blinzelte schwächlich.

»Das war nicht ich, das warst du. Du hast es getan«, sagte er leise.

»Ja«, sagte Suzie. »Ich habe daran geglaubt. Ich habe daran geglaubt, weil ich mußte. Du warst der einzige, der mich je lieb gehabt hat. Sie wollten mich von dir wegnehmen.«

Einen Augenblick lang herrschte Stille. In der Ferne war das Schnurding mit dem Maisfeld fertig geworden, stand jetzt da und wartete. Um es herum hatte sich eine dünne Staubwolke herabgesenkt.

»Ich habe dich nicht mehr lieb«, sagte der Junge ganz schwach.

Einen Augenblick lang blickte ihn Suzie aus traurigen

Augen an – aber dann verwandelten die Augen sich in etwas, das viel härter als Stahl war.

»Dann ist nichts mehr zu machen«, sagte sie.

Jerry seufzte und sah mit schwachen, zusammengekniffenen Augen in den Himmel.

Das Schnurding legte sich um ihn, fast schon zärtlich.

Und als es ihn in seinen wabernden Schleimkörper hinunterzog, sah er Millionen von Schnurdingern, dünn und schwarz, die wie zorngelenkte Finger nach der Sonne und den anderen Sternen dahinter tasteten.

Gene Wolfe

DER BAUM IST MEIN HUT

Folgende Geschichte ist wahr: Ein Kollege von mir hat einmal gesagt, er würde jederzeit seine Stellung als Redakteur aufgeben, um bei Gene Wolfe ohne Bezahlung Kammerdiener zu werden, bloß damit Wolfe weiterhin, ohne abgelenkt zu werden, die Art von Stories schreiben könne, die er gewöhnlich schreibt.

Mann, wenn das keine Referenz ist!

Ich habe irgendwie die Ahnung, daß jener Redakteur mit seinem Ansinnen nicht allein ist.

Seit Gene Wolfe Anfang der siebziger Jahre mit Geschichten wie »Der fünfte Kopf des Zerberus« die Science-Fiction-Szene betrat, ist er ein Liebling dieses Genres geworden wie auch der verwandten Bereiche der Fantasy und des Horrors, denen er manchmal sein Talent leiht. Seine längeren Werke werden am besten von seinen Severian der Folterer-*Büchern repräsentiert, wovon es im Augenblick vier gibt; sie sind in einer Omnibusausgabe als* Das Buch der neuen Sonne *zusammengefaßt worden. Seine Art zu schreiben ist literarisch, mit vielen Andeutungen gewürzt, etwas Besonderes und ganz anders als die eines jeden anderen Autors.*

Für uns hat er ein besonderes Stück hervorgebracht, mit einem seltsamen Titel, der sich aber erklärt, hat man die Geschichte erst einmal zu Ende gelesen.

30. Januar. Heute morgen habe ich am Strand einen seltsamen Fremden gesehen. Ich war gerade in der kleinen Bucht zwischen hier und dem Dorf beim Schwimmen gewesen; das hat möglicherweise etwas damit zu tun gehabt, obwohl ich mich nicht müde fühlte. Ich tauchte und dachte, ich sähe einen Hai, der um das große Korallenriff herumkam. Bin schnell aus dem Wasser gegangen. Das ganze Schwimmen kann nicht

länger als zehn Minuten gedauert haben. Rannte aus dem Wasser und lief weg.

So. Jetzt habe ich dieses Tagebuch endlich angefangen. (Dachte schon, ich würde es nie tun.) Kehren wir also zurück zu all den Dingen, die ich aufschreiben wollte, was ich aber zunächst eben nicht getan habe. Ich habe es am Tag nach meiner Rückkehr aus Afrika gekauft.

Nein, am Tag, nachdem ich aus dem Krankenhaus kam – jetzt erinnere ich mich. Ich lief etwas ziellos herum, fragte mich, wann ich wohl wieder einen Anfall haben würde, und ging in einen kleinen Laden an der 42th Street.

Die Frau in dem Laden sah ziemlich nett aus, es war eine von diesen gutaussehenden schwarzen Frauen, und ich dachte, daß es doch nett wäre, mit ihr ins Gespräch zu kommen, also mußte ich etwas kaufen. Ich sagte: »Ich bin gerade aus Afrika zurückgekehrt.«

Sie: »Tatsächlich. Wie war's?« Ich: »Heiß.«

Jedenfalls kam ich mit diesem Notizbuch wieder aus dem Laden und sagte mir, daß ich mein Geld nicht verschwendet hätte, weil ich Tagebuch führen würde, meine Anfälle aufschreiben, was ich getan hatte und was ich gegessen hatte, so wie man es mir aufgetragen hatte, aber das einzige, woran ich denken konnte, war wie sie ausgesehen hatte, als sie sich umdrehte, um in den hinteren Teil des Ladens zu gehen. Ihre Beine und wie sie ihren Kopf hielt. Ihre Hüften.

Anschließend hatte ich vor, alles niederzuschreiben, woran ich mich von Afrika erinnerte und über was wir uns unterhielten, wenn Mary meine Anrufe erwiderte. Und dann sollte es um diesen Einsatz gehen.

31. Januar. Bin dabei, meinen neuen Mac aufzubauen. Wer hätte gedacht, daß es hier Telefone gibt? Aber es gibt Leitungen nach Kololahi und eine Schüssel. Ich kann mit Leuten auf der ganzen Welt reden, und die Agentur bezahlt dafür. (Ein klasse Job!) In Afrika gibt es so etwas nicht. Bloß Funk, und da kann ich nur viel Glück wünschen.

Ich war richtig begeistert. »Eine entfernte Inselkette im Pazifik.« Augenblick …

P. D.: »Baden, wir werden Sie fürs nächste auf die Takanga-Inselgruppe schicken.«

Wahrscheinlich muß ich ihn ziemlich dumm angesehen haben.

»Das ist eine entfernte Inselgruppe im Pazifik.« Sie räusperte sich, anscheinend hatte sie einen Knochen verschluckt. »Es wird nicht wie Afrika sein, Bad. Sie werden dort ganz allein sein.«

Ich: »Ich dachte, Sie würden mich feuern.«

P. D.: »Nein, nein! Das würden wir nie tun.«

»Krankenurlaub, auf Dauer.«

»Nein, nein, nein! Aber Bad …« Sie beugte sich über ihren Schreibtisch, und einen Augenblick lang hatte ich Angst, sie würde nach meiner Hand greifen. »Es wird ziemlich hart werden. Ich will Ihnen gar nichts vormachen.«

Daß ich nicht lache!

Sehen wir die Dinge einmal nüchtern. Das hier ist nichts. Ein Bungalow mit verfaulten Dielenbrettern, der schon hier steht, seit die Briten abgezogen sind, eine Meile vom Dorf entfernt und nicht einmal eine halbe vom Strand, nahe genug, daß der Pazifik-Geruch in allen Räumen hängt. Die Leute sind fett und glücklich, und ich schätze, daß höchstens die Hälfte von ihnen dumm ist. (Versuchen Sie mal in Chicago ein solches Ergebnis zu bekommen.) Ein- oder zweimal im Jahr kriegt einer von ihnen einen Tropenausschlag oder so etwas, und dann gibt ihm Reverend Robbins Arsen. *Und kuriert den Ausschlag damit.* Puh!

Im Meer gibt es Fische, eine ganze Menge sogar. Im Dschungel wachsen wilde Früchte, und die Einheimischen wissen, welche man essen kann. Sie pflanzen Süßkartoffeln und Brotfrucht, und wenn sie Geld brauchen oder irgend etwas haben wollen, tauchen sie nach Perlen und treiben damit Tauschhandel, wenn das Boot von Jack kommt. Oder sie machen eine große Bootsreise nach Kololahi, das ist für sie dann so etwas wie Urlaub.

Kokosnüsse gibt es auch, das hatte ich vergessen. Die hier unten wissen, wie man sie aufbekommt. Oder vielleicht bin ich auch bloß noch nicht kräftig genug. (Ich sehe in den Spiegel, und o weh.) Früher wog ich einmal neunzig Kilo.

»Du mager«, hatte der König zu mir gesagt. »Ha, ha, ha!« Er ist wirklich ein anständiger Kerl, wie ich finde. Sein Humor ist ziemlich primitiv, aber es gibt Schlimmeres. Er kann ein Dschungelmesser hernehmen (wir sagten Upanga dazu, aber sie nannten es Heletay) und eine Kokosnuß wie eine Packung Kaugummi aufmachen. Ich habe Kokosnüsse und ein Heletay, aber ebensogut könnte ich versuchen, sie mit einem Löffel aufzukriegen.

1. Februar. Nichts zu berichten, bloß, daß ich ein paarmal herrlich geschwommen bin. Die ersten paar Wochen bin ich überhaupt nicht geschwommen. Es gibt hier Haifische. Ich weiß das so genau, weil ich ein paarmal welche gesehen habe. Wie man mir erzählt hat, gibt es auch Salzwasserkrokodile, die bis zu vier Meter lang werden. Ich habe noch nie welche gesehen und bin da eher skeptisch, obwohl ich weiß, daß es in Queensland welche gibt. Hie und da hört man, daß jemand von einem Hai umgebracht worden ist, aber das hält die Leute nicht davon ab, die ganze Zeit zu schwimmen, und ich sehe auch keinen Grund, daß es mich davon abhalten sollte. Bis jetzt Glück gehabt.

2. Februar. Samstag. Eigentlich hätte ich etwas über den Zwerg schreiben sollen, den ich damals am Strand sah, aber ich hatte nicht den Mumm dazu. Manchmal habe ich im Krankenhaus Dinge gesehen. Angst, es könnte wiederkommen. Ich habe beschlossen, einen Spaziergang am Strand zu machen. Na schön, hat mir einen netten Sonnenstich eingebracht. *Puh.*

Er war einfach ein kleiner Mann, kleiner sogar noch als Marys Vater. Für einen Erwachsenen aus dem Dorf war er viel zu klein. Ein Kind war es ganz bestimmt nicht, und er war auch zu hellhäutig, als daß er einer von den Insulanern hätte sein können.

Er kann noch nicht lang hier gewesen sein; er war weißer, als ich es bin.

Reverend Robbins wird es wissen – morgen fragen.

3. Februar. Heiß und wird immer heißer. Januar ist der heißeste Monat hier, sagt Rob Robbins. Na gut, ich bin in der ersten Woche im Januar hierhergekommen, aber es war um die Zeit noch nie so heiß.

Bin früh aufgestanden, solange es noch kühl war. An den Strand hinuntergegangen, zum Dorf. (Stehengeblieben und mir die Steine angesehen, wo der Zwerg verschwunden war.) Eine Weile gewartet, bis der Gottesdienst anfing, konnte aber nicht mit Rob reden, hat nämlich mit dem Chor geübt – *Näher, mein Gott, zu Dir.*

Das halbe Dorf ist gekommen, und der Gottesdienst hat fast zwei Stunden gedauert. Als er dann vorbei war, habe ich Rob allein erwischt. Ich habe gesagt, wenn er uns nach Kololahi fährt, zahle ich das Sonntagsdinner. Er hat einen Jeep. Er war auch sehr nett, aber nein – zu weit, und die schlechten Straßen. Ich ließ ihn wissen, daß ich persönliche Probleme hätte, für die ich seinen Rat brauchte, und er sagte: »Warum gehen wir nicht zu Ihrem Bungalow, Baden, und reden miteinander? Ich würde Sie ja auf eine Limonade einladen, aber die hier würden mich dann keine Minute in Ruhe lassen.«

Also gingen wir zu mir. Es war heißer als die Hölle, und diesmal versuchte ich nicht, ihn zu sehen. Ich holte kalte Cola aus meinem rostigen kleinen Kühlschrank, und wir setzten uns auf den Vorbau (Rob nennt es Veranda) und befächerten uns. Er wußte, daß ich darunter leide, daß ich nichts für diese Leute tun kann, und er riet mir zur Geduld. Ich würde schon noch meine Chance bekommen.

Ich sagte: »Das habe ich aufgegeben, Reverend.«

(Das war der Punkt, wo er sagte, ich solle Rob zu ihm sagen. Sein Vorname ist Mervyn.) »Du darfst nie aufgeben, Baden. Nie.« Er sah mich dabei so ernst an, daß ich fast gelacht hätte.

»Na schön, ich werde die Augen offenhalten, und vielleicht schickt man mich ja irgendwann einmal an einen Ort, wo man mich braucht.«

»Zurück nach Uganda?«

Ich erklärte ihm, daß die A. O. A. A. fast nie jemanden zweimal an denselben Ort schickt. »Aber das war es eigentlich gar nicht, worüber ich mit dir reden wollte. Es geht um Privates.

Nun ja, eigentlich sogar zwei Dinge, aber das ist eines davon: Ich würde gern wieder mit meiner Exfrau zusammensein. Du wirst mir jetzt raten, das zu vergessen, weil ich hier bin und sie in Chicago ist; aber ich kann ja eine E-Mail schicken, um dadurch vielleicht all das Unschöne hinter uns zu bringen.«

»Habt ihr Kinder? Tut mir leid, Baden, ich wollte dir nicht weh tun.«

Ich erklärte ihm, daß Mary welche gewollt hatte, und ich aber nicht, und dann gab er mir ein paar Ratschläge. Ich habe noch keine E-Mail geschickt, aber das werde ich heute abend tun, wenn ich mit dem hier fertig bin.

»Du befürchtest also, daß du unter Halluzinationen leidest. Hattest du Fieber?« Er holte sein Thermometer heraus und nahm meine Temperatur, die aber fast normal war. »Wir sollten das einmal logisch betrachten, Baden. Die Insel ist hundert Meilen lang und an der breitesten Stelle etwa dreißig Meilen breit. Insgesamt gibt es hier, soweit mir bekannt ist, acht Dörfer. Die Bevölkerung von Kololahi beträgt über zwölfhundert.«

Ich sagte, das sei mir alles klar.

»Zweimal die Woche bringt das Flugzeug aus Cairns neue Touristen.«

»Die sich fast nie über fünf Meilen von Kololahi entfernen.«

»Fast nie, Baden. Nicht nie. Du sagst, es war niemand aus dem Dorf. Also schön, dann nehmen wir das mal an. War ich es?«

»Selbstverständlich nicht.«

»Dann war es jemand, der nicht zum Dorf gehört, jemand von einem anderen Dorf, jemand aus Kololahi oder ein Tourist. Warum schüttelst du den Kopf?«

Ich sagte es ihm.

»Ich glaube nicht, daß es eine Leprakolonie gibt, die uns näher liegt als die Marshall-Inseln. Ich kenne jedenfalls keine. Wenn du nicht etwas anderes gesehen hast, irgendein Anzeichen der Krankheit, dann bezweifle ich, daß der kleine Mann, den du gesehen hast, Lepra hatte. Viel wahrscheinlicher ist, daß du einen Touristen mit teigiger, weißer Haut gesehen hast, der sich mit Sonnencreme eingeschmiert hat. Und was

sein Verschwinden angeht, so gibt es dafür eine ganz nahe-
liegende Erklärung. Er ist von den Felsen in die Bucht gesprungen.«

»Da war niemand. Ich habe nachgesehen.«

»Du hast dort niemanden gesehen, meinst du. Er wäre bis
zum Hals im Wasser gewesen, und die Sonne schien doch
grell aufs Wasser, oder?«

»Doch, ich denke schon.«

»Bestimmt war das so. Es war klares Wetter.« Rob leerte
seine Cola und schob die Dose weg. »Und daß er keine Fußabdrücke hinterlassen hat – also, du solltest aufhören, Sherlock Holmes zu spielen. Das ist hart, ich weiß, aber ich sage
das zu deinem eigenen Nutzen. Fußabdrücke im weichen
Sand sind bestenfalls formlose Vertiefungen.«

»Ich konnte aber die meinen erkennen.«

»Weil du wußtest, wo du hinsehen mußtest. Hast du versucht, sie nach rückwärts zu verfolgen? Habe ich mir gleich
gedacht. Darf ich dir ein paar Fragen stellen? Als du ihn gesehen hast, dachtest du da, daß er echt ist?«

»Ja, unbedingt. Hättest du gern noch eine Cola? Oder etwas
zu essen?«

»Nein, vielen Dank. Wann hattest du deinen letzten Anfall?«

»Einen schlimmen? Das ist jetzt etwa sechs Wochen her.«

»Und einen nicht so schlimmen?«

»Gestern nacht, aber der war wirklich nicht schlimm. Zwei
Stunden Kälteschauder, dann war es vorbei.«

»Das muß ja nach der Hitze eine große Erleichterung gewesen sein. Nein, Scherz beiseite. Baden, wenn du das nächste
Mal einen Anfall hast, ob schlimm oder nicht, dann möchte
ich, daß du zu mir kommst. Verstanden?«

Ich versprach es.

*Ich bin's. Bad. Ich liebe dich noch immer. Das ist alles, was ich zu sa-
gen habe, aber ich möchte es gesagt haben. Ich hatte unrecht, und das
weiß ich. Ich hoffe, du hast mir verziehen.*

Und Ende.

4. Februar. Habe ihn letzte Nacht wieder gesehen und weiß jetzt, daß er spitze Zähne hat. Ich lag zitternd unter meinem Moskitonetz, und er sah durchs Fenster herein und lächelte. Habe es Rob erzählt und auch, daß ich irgendwo gelesen hätte, daß Kannibalen sich immer die Zähne spitz gefeilt haben. Ich weiß, daß die Leute hier vor drei oder vier Generationen noch Kannibalen waren, und habe ihn gefragt, ob es einer von denen war. Er glaubt nicht, will aber den König fragen.

Ich war sehr krank, Mary, aber jetzt fühle ich mich besser. Hier ist es Abend, und ich gehe zu Bett. Ich liebe dich. Gute Nacht. Ich liebe dich.
   Ende.

5. Februar. Zwei Männer mit Speeren kamen, um mich zum König zu bringen. Ich fragte, ob ich verhaftet sei, und sie lachten. Aber diesmal kein Ha, ha, ha von Seiner Majestät. Er war in dem großen Haus, aber er kam heraus, und wir gingen durch ein Stück Laubwald mit so gewaltigen Bäumen, daß es aussah, wie ein paar mit Lianen zugewachsene Bürogebäude, und blieben in einem Steinkreis stehen: der König, die Männer mit den Speeren und ein alter Mann mit einer Trommel. Die Männer mit den Speeren zündeten ein Feuer an, und die Trommel machte leise Geräusche, so wie Wellen, während der König eine Rede hielt oder ein Gedicht rezitierte, wobei ihn die ganze Zeit unsichtbare Vögel mit unheimlichen Stimmen verspotteten.
   Als der König fertig war, hängte er mir ein Stück geschnitzten Knochen um den Hals. Während wir zum Dorf zurückgingen, legte er mir den Arm über die Schulter, was mich mehr als alles andere überraschte. Er ist größer als ein Verteidiger beim Football und wiegt bestimmt vier Zentner. Mir war, als würde ich ein Kalb tragen.

Schreckliche, *schreckliche* Träume gehabt! In kochendem Blut geschwommen. Zuviel Angst, um wieder einzuschlafen. Habe mich ins Netz eingeloggt und versucht, dort etwas über Träume zu finden und darüber, was sie bedeuten. Stieß dabei auf eine Hexe in L. A. – erst auf ihre Homepage und dann die Lady im Chatroom selbst. (Ich kriege dich und dein Hündchen auch!) Eigentlich fand ich sie sehr nett.

Holte den geschnitzten Knochen heraus, den der König mir gegeben hat. Alt, wäre wahrscheinlich besser in einem Museum augehoben, aber ich glaube, es ist wohl am besten, ich trage ihn, wenn ich aus dem Haus gehe, zumindest solange ich hierbleibe. Angenommen, ich würde ihn beleidigen, wenn ich es nicht tue? Er könnte sich auf mich draufsetzen! Sieht aus wie ein Fisch mit Bildern, die auf beiden Seiten eingeritzt sind. Auch wieder Fische, Mann mit Hut usw. Schnur durch das Auge. Ich gäbe was drum, ein Vergrößerungsglas zu haben.

6. Februar. War noch nicht wieder im Bett, aber meine Uhr zeigt an, daß inzwischen Mittwoch ist. Langes E-Mail geschrieben, einfach drauflosgetippt. Ihr mitgeteilt, wo ich bin und was ich mache, und sie angefleht, mir zu antworten. Danach rausgegangen und im Meer nackt im Mondschein geschwommen. Morgen möchte ich die Stelle suchen, wo der König mir dieses Fischamulett umgehängt hat. Zurück ins Bett.

Morgens, wie schön alles ist. Warum habe ich eigentlich so lang gebraucht, um zu erkennen, was das für ein schönes Fleckchen Erde ist? (Vielleicht kam mein Herz gerade erst aus Afrika nach.) Palmen, ständig von den Passatwinden bewegt, und Menschen wie Bronzestatuen von Helden. Wie klein, wie verwachsen, wie blaß wir doch für sie aussehen müssen!

Mußte wirklich schwimmen, um das Geschrei in meinen Ohren loszuwerden. Werde ich lachen, in einem Jahr, wenn ich lese, daß ich geschrieben habe, daß mein nächtlicher Schwimmausflug mir geholfen hat diese Menschen besser zu verstehen? Vielleicht werde ich das. Aber so ist es nun mal. Die schwimmen schon seit Hunderten von Jahren im Mondschein.

E-Mail! Der Himmel segne E-Mail und wer auch immer sie erfunden hat! Habe gerade nachgesehen und festgestellt, daß da eine Nachricht war. Versucht zu erraten, von wem sie sein könnte. Ich wollte, daß sie von Mary kam, war aber einigermaßen sicher, daß die Nachricht von der Hexe sein würde, von Annys. Las den Namen, und da stand *Julius R. Christmas*. Paps! Marys Paps! Stand auf und rannte im Zimmer herum, war so aufgeregt, daß ich die Mail erst mal gar nicht lesen konnte. Jetzt habe ich sie ausgedruckt und schreibe sie gleich ab.

Sie ist nach Uganda gegangen, um dich dort zu suchen, Bad. Kommt morgen zurück, Kennedy, AA 47 aus Heathrow. Ich werde ihr sagen, wo du bist. Paß mit diesen Hula-Hula-Mädchen auf.
    Sie ist nach Uganda geflogen, um mich zu suchen!!!

7. Februar. Wieder Träume – kleiner Mann mit spitzen Zähnen grinst zum Fenster herein. Ich sollte das vielleicht nicht alles niederschreiben, aber ich wußte (im Traum), daß er den Leuten weh tut, und mir hat er immer gesagt, daß er mir nicht weh tun würde. Vielleicht war's beim ersten Mal auch ein Traum gewesen. Wieder Schreie.
    Jedenfalls habe ich gestern nachmittag wieder mit Rob gesprochen, obwohl ich das eigentlich nicht vorhatte. Bis ich hierher zurückkam, war mir so übel, daß ich es gerade noch schaffte, mich ins Bett zu legen. Der schlimmste Anfall, seit ich das Krankenhaus verlassen habe, glaube ich.
    War die Stelle suchen, wo der König mich hingebracht hatte. Wollte nicht vom Dorf aus dort hin, die Kinder hätten mir folgen können, und deshalb versuchte ich, einen Bogen zu schlagen und von der anderen Seite hinzukommen. Fand zwei alte Gebäude, klein und ohne Dach, und einen Knochen, der wie von einem Menschen aussah. Darüber später mehr. Keine Spuren dran gesehen, aber auch nicht danach gesucht. Aber an einem Ende war der Knochen schwarz, als ob er im Feuer gelegen hätte.
    Lief etwa drei Stunden lang und war dann ziemlich fertig. Stolperte über einen Steinbrocken und blieb stehen, um mir den Schweiß abzuwischen, und – peng – ich war da! Fand die Asche und wo der König und ich gestanden hatten. Sah mich um und wollte, ich hätte meine Kamera mitgebracht: Rob war

da, saß auf vier Steinen, die immer noch zusammenlagen, und blickte zu mir herunter. Ich sagte: »He, warum hast du denn nichts gesagt?«

Und er: »Ich wollte sehen, was du tun würdest.« Also hat er mich bespitzelt; ich sagte das zwar nicht laut, aber genau das hatte er. Ich berichtete ihm, daß ich mit dem König dorthin gegangen sei und daß dieser mir ein Amulett gegeben habe. Ich sagte, schade, daß ich es nicht dabei habe, aber wenn er einmal auf eine Cola vorbeikäme, würde ich es ihm zeigen.

»Das macht doch nichts. Er weiß, daß du krank bist, und ich kann mir vorstellen, daß er dir etwas gegeben hat, um dich zu heilen. Vielleicht wirkt es sogar, weil Gott alle möglichen Gebete erhört. Das wird im Seminar nicht so gelehrt, und es steht auch nicht so in der Bibel. Aber ich mache lang genug Missionsarbeit, um das wissen. Wenn jemand mit guten Absichten zu dem Gott spricht, der ihn geschaffen hat, wird er erhört. Und recht oft ist die Antwort ja. Warum bist du hierher zurückgekommen?«

»Weil ich es wieder sehen wollte, ganz einfach. Zuerst dachte ich, es sei bloß ein Kreis aus Steinen gewesen, aber als ich dann mehr darüber nachdachte, schien mir, daß es mehr gewesen sein muß.«

Rob sagte nichts, und so fuhr ich fort und erklärte ihm, daß ich an Stonehenge gedacht hatte. Stonehenge sah lediglich wie ein Kreis aus großen Steinen aus, aber genaugenommen war er auf die Positionen bestimmter Sterne und auf die Richtung des Sonnenaufgangs ausgelegt. Aber dies hier konnte nicht das gleiche sein, wegen der Bäume. Stonehenge liegt auf freiem Feld, auf der Ebene von Salisbury. Ich fragte ihn, ob das hier eine Art Tempel sei.

»Es war einmal ein Palast, Baden.« Rob räusperte sich. »Wenn ich dir im Vertrauen etwas darüber erzähle, kannst du es dann für dich behalten?«

Ich versprach es ihm.

»Dies sind jetzt harmlose, gute Menschen. Ich möchte das ganz deutlich sagen. Auf uns wirken sie ein bißchen kindlich, so wie alle Primitiven. Wenn wir selbst Primitive wären – und das waren wir einmal, Bad, das ist noch gar nicht so lange her –, dann würden sie nicht so wirken. Kannst du dir vorstellen, wie sie uns erscheinen würden, wenn sie uns nicht so kindlich vorkämen?«

Ich sagte: »Darüber habe ich heute morgen nachgedacht, bevor ich den Bungalow verlassen habe.«

Rob nickte. »Jetzt ist mir klar, weshalb du hierher zurückkehren wolltest. Die Polynesier sind über den ganzen Süd-Pazifik verstreut. Wußtest du das? Captain Cook, der britische Marineoffizier, war der erste, der den Pazifik einigermaßen gründlich erforscht hat, und er war zutiefst erstaunt, als er feststellte, daß sein Dolmetscher, nachdem sie schon wochenlang übers Meer gesegelt waren, sich immer noch mit den Eingeborenen, die ihnen unterkamen, unterhalten konnte. Wir wissen beispielsweise, daß Polynesier in großer Zahl von Hawaii herunterkamen, um Neuseeland zu erobern. In den Geschichtsbüchern, die ich kenne, wird diese Tatsache von den Historikern nicht gebührend gewürdigt, wenn sie überhaupt erwähnt wird, aber immerhin haben selbst die Maori das alles in ihren Geschichtswerken aufgezeichnet. Die Entfernung beträgt etwa viertausend Meilen.«

»Beeindruckend.«

»Du fragst dich jetzt bestimmt, worauf ich hinauswill. Das kann ich dir nicht verübeln. Also, sie sollen ursprünglich aus Malaysia gekommen sein. Ich will jetzt nicht im Detail auf all die Gründe eingehen, weshalb ich das nicht glaube, sondern nur sagen, daß sie, wenn das der Fall wäre, auch in Neuguinea und Australien sein müßten, und das sind sie nicht.«

Ich fragte ihn, woher er glaube, daß sie gekommen seien, aber er rieb sich eine Weile bloß das Kinn und meinte dann: »Das werde ich dir ebenfalls nicht sagen. Du würdest es mir nicht glauben. Warum also meinen Atem darauf vergeuden? Stell dir ein fernes Land vor, ein bergiges Land mit Gebäuden und Bauten, die sich vor denen des alten Ägypten nicht zu verstecken brauchten, und Göttern, schlimmer als jeder Dämon, den Cotton Mather sich hätte vorstellen können. Die Zeit …« Er zuckte die Achseln. »Nach Moses, aber vor Christus.«

»Babylon?«

Er schüttelte den Kopf. »Sie haben eine Herrscherklasse entwickelt, und mit der Zeit wurde aus jenen Herrschern, deren Priestern und deren Kriegern so etwas wie eine andere Rasse, größer und stärker als die Bauern, die sie wie Sklaven behandelten. Sie tränkten die Altäre ihrer Götter mit Blut, dem Blut von Feinden, wenn sie genügend davon gefangen nehmen konnten, und dem Blut der Bauern, wenn das nicht der Fall war. Ihre Bauern lehnten sich dann irgendwann gegen sie auf und trieben sie von den Bergen zum Meer und weiter ins Meer.«

Ich glaube, er wartete darauf, daß ich etwas sagte, aber ich blieb stumm, dachte über das nach, was er gerade erzählt hatte, und fragte mich, ob es wohl stimmte.

»Sie segelten weg, von Schrecken erfüllt von jenem, was sie in den Herzen des Volkes geweckt hatten, das einmal ihr eigenes gewesen war. Ich bezweifle sehr, daß es mehr als ein paar Tausend waren, und möglicherweise waren es sogar weniger als tausend. Sie lernten die Seemannskunst, und sie lernten sie gut. Das mußten sie auch. In der Welt der Antike waren sie die einzigen, die mit den Phöniziern in Wettbewerb traten, und sie übertrafen selbst die Phönizier.«

Ich fragte ihn, ob er das alles wirklich glaube, und er sagte: »Ob ich es glaube oder nicht, ist unwichtig, denn es ist wahr.«

Er zeigte auf einen der Steine. »Ich habe sie primitiv genannt, und das sind sie wohl auch. Aber sie waren nicht immer so primitiv, wie sie das jetzt sind. Dies hier war ein Palast, und solche Ruinen findet man überall in Polynesien, große Gebäude aus Korallengestein, die langsam zerfallen. Ein Palast, und somit ein geheiligtes Bauwerk, weil der König heilig war, der Vertreter der Götter. Deshalb hat er dich hierhergebracht.«

Rob wollte gehen, aber ich erzählte ihm von den Gebäuden, die ich vor einer Weile gefunden hatte, und er sagte, daß er sie sehen wolle. »Es gibt auch einen Tempel, Baden, obwohl ich ihn bis jetzt noch nicht gefunden habe. Als er gebaut wurde, muß er in einem Maße böse gewesen sein, das unsere Vorstellung bei weitem übersteigt ...« Dann grinste er plötzlich, was mich nicht gering verblüffte. »Ich wette, die Leute machen sich oft über deinen Namen lustig.«

»Das war schon in der Volksschule so. Mich stört es nicht.« Ehrlich gesagt tut es das manchmal doch.

Mehr dazu später.

Nun, ich bin dem kleinen Mann begegnet, den ich am Strand gesehen hatte, und um die Wahrheit zu sagen (welchen Sinn hat ein Tagebuch, wenn man nicht die Wahrheit sagt?), ich mag ihn. Ich werde über all das gleich mehr schreiben.

Rob und ich suchten also nach den Gebäuden, die ich entdeckt hatte, als ich auf der Suche nach dem Palast war, konnten sie aber nicht mehr finden. Ich beschrieb sie, aber Rob glaubte nicht, daß sie der Tempel waren, den er schon seit seiner Ankunft hier sucht. »Die wissen, wo er ist. Ganz sicherlich jedenfalls die alten Leute. Hie und da habe ich einen beiläufigen Hinweis darauf aufgeschnappt. Aber keine Witze darüber. Über die Stelle, die du gefunden hast, machen sie Witze, aber nicht über den Tempel.«

Ich fragte ihn, was die Stelle, die ich gefunden hatte, einmal gewesen war.

»Ein japanisches Lager. Die Japaner waren im Zweiten Weltkrieg hier.«

Das war mir unbekannt gewesen.

»Es hat hier keine Gefechte gegeben. Es waren vermutlich die Japaner, die die Gebäude errichtet haben, die du gefunden hast. Haben in den Hügeln Höhlen gegraben, um sie als Gefechtsstände nutzen zu können. Einige davon habe ich auch schon gefunden. Aber die Amerikaner und Australier sind einfach an dieser Insel vorbeigezogen, so wie das auch bei vielen anderen Inseln der Fall war. Die japanischen Soldaten blieben hier, sind sozusagen hier gestrandet. Ursprünglich müssen sie etwa Kompaniestärke gehabt haben.«

»Was ist mit ihnen passiert?«

»Einige haben sich ergeben. Einige andere kamen aus dem Dschungel, um sich zu ergeben, und man hat sie getötet. Ein paar hielten sich versteckt, zwanzig oder fünfundzwanzig, nach allem, was ich gehört habe. Sie verließen ihre Höhlen und kehrten zu dem Lager zurück, das sie gebaut hatten, als sie dachten, Japan würde den Krieg gewinnen und dann den ganzen Pazifik kontrollieren. Ich nehme an, das ist es, was du gefunden hast, und deshalb würde ich es gern sehen.«

Ich sagte, es sei mir schleierhaft, daß wir es verfehlt hätten, und er meinte: »Schau dir doch diesen Dschungel an, Baden. So ein Gebäude könnte keine drei Schritte von uns entfernt stehen, und wir würden es nicht sehen.«

Wir gingen dann noch ein oder zwei Meilen weiter und kamen schließlich am Strand heraus. Ich wußte nicht, wo wir waren, wohl aber Rob. »Wir trennen uns hier. Das Dorf ist dort drüben und dein Bungalow auf der anderen Seite, jenseits der Bucht.«

Ich hatte über die Japse nachgedacht und fragte ihn, ob sie alle tot seien, und er sagte, ja, das seien sie. »Sie wurden Jahr um Jahr älter und immer weniger, und dann kam die Zeit, wo die Gewehre und Maschinengewehre, mit denen sie dem Dorf angst machen konnten, nicht mehr funktionierten. Und anschließend kam eine Zeit, wo den Leuten im Dorf langsam dämmerte, daß die Waffen nicht mehr funktionierten. Eines Nachts gingen sie dann mit ihren Speeren und Kriegskeulen zu dem japanischen Lager. Sie töteten die noch verbliebenen Japaner und aßen sie auf, und manchmal machen sie noch heute Witze darüber, wenn sie mich ärgern wollen.«

Mir wurde allmählich übel, und ich wußte, daß mir eine schlimme Zeit bevorstand, und so kam ich hierher zurück. Den Rest des Nachmittags und die ganze Nacht war ich krank, Frösteln, Fieber, Kopfschmerzen, eben alles. Ich erinnere mich daran, daß ich zusah, wie die kleine Vase auf der Kommode aufstand und auf die andere Seite ging und sich hinsetzte, und auch daran, daß ich einen Amerikaner in einer Baseballmütze in ihr schwimmen sah. Er nahm seine Mütze ab, kämmte sich vor dem Spiegel das Haar und ließ sich dann weitertreiben. Es war eine Mütze der Cardinals.

Doch jetzt zu Hanga, dem kleinen Mann, den ich am Strand immer sehe.

Nachdem ich alles das über den Palast aufgeschrieben hatte, wollte ich Rob noch ein paar Fragen stellen und ihm außerdem mitteilen, daß Mary kommen würde. Na ja, eigentlich hatte niemand gesagt, daß sie kommen würde, und bis jetzt habe ich auch nichts direkt von ihr gehört. Da war nur die eine E-Mail von Paps. Aber sie hat schließlich den Weg nach Afrika auf sich genommen, warum also nicht auch hierher kommen? Ich dankte Paps und ließ ihn wissen, wo ich inzwischen gelandet sei. Er weiß, wie sehr ich mir wünsche, sie wiederzusehen. Wenn sie kommt, werde ich Rob bitten, uns wieder zu trauen, wenn sie das auch will.

Bin wieder zum Strand hinunter und sah ihn dort; aber nach vielleicht einer halben Minute hatte ich den Eindruck, er würde im Dunst wegschmelzen. Ich sagte mir, daß ich immer noch Halluzinationen hätte und noch krank sei; und ich erinnerte mich daran, daß ich versprochen hatte, das nächste Mal, wenn mir nicht gut war, zu Rob in die Mission zu gehen. Aber als ich an das Ende der Bucht kam, war er da, völlig real, saß im Schatten einer der jungen Palmen. Ich wollte mit ihm reden, also sagte ich: »Ist's recht, wenn ich mich auch setze? Die Sonne brennt so heiß, daß mir das Gehirn davon kocht.«

Er lächelte (die spitzen Zähne sind echt) und sagte: »Der Baum ist mein Hut.«

Ich dachte, er meinte bloß den Schatten, aber nachdem ich mich hingesetzt hatte, zeigte er es mir; er biß ein Stück von einem Palmwedel ab, schälte einen Streifen davon ab und zeigte mir dann, wie man es schält und daraus eine primitive Art von Strohhut mit einer breiten Krempe flechten kann.

Wir unterhielten uns ein bißchen, obwohl er nicht so gut Englisch spricht wie manche von den anderen. Er lebt nicht im Dorf, und die Leute dort mögen ihn nicht, obwohl er sie mag. Sie haben Angst vor ihm, sagt er, und deshalb geben sie ihm Sachen. Ihnen ist es lieber, wenn er wegbleibt. »Kein Dorf, kein Boot.«

Ich sagte, das müsse ein einsames Leben sein, aber er starrte bloß aufs Meer hinaus. Ich bezweifle, daß er das Wort »einsam« kennt.

Er fragte nach dem Amulett, das der König mir gegeben hatte. Ich beschrieb es ihm und fragte ihn, ob es Glück bringe.

Er schüttelte den Kopf. »Kein *malhoi*.« Dann griff er nach einer Palmfaser. »Das *malhoi*.« Da ich nicht wußte, was *malhoi* bedeutete, konnte ich ihm nicht widersprechen.

Das ist so ziemlich alles, nur daß ich ihm noch anbot, er solle mich besuchen, wenn er Gesellschaft haben wolle; und er sagte mir, ich müsse Fisch essen, um wieder gesund zu werden. (Ich habe keine Ahnung, wer ihm gesagt hat, daß ich manchmal krank bin, aber ich habe auch nie Anstrengungen unternommen, es geheimzuhalten.) Auch daß ich nie Angst vor einem Anfall haben müsse (ich glaube, das muß er gemeint haben), wenn er zugegen sei.

Seine Haut ist rauh und hart, von viel hellerer Farbe als die Haut an meinem Unterarm, aber ich habe keine Ahnung, ob das ein Symptom oder so etwas wie ein Geburtsfehler ist. Als ich aufstand, um wegzugehen, stand er ebenfalls auf und reichte mir gerade bis zur Brust. Armer kleiner Mann.

Eines noch. Ich hatte eigentlich nicht vorgehabt, das aufzuschreiben, aber nach dem, was Rob gesagt hat, sollte ich das vielleicht. Als ich ein Stück in Richtung Dorf gegangen war, drehte ich mich noch einmal um, um Hanga zuzuwinken, aber er war verschwunden. Ich ging zurück und dachte, ich hätte ihn vielleicht im Schatten der Palme nicht gesehen; aber er war einfach nicht mehr da. Ich ging zur Bucht und dachte, er sei vielleicht im Wasser, wie Rob das neulich vermutet hatte. Es ist wirklich eine wunderschöne kleine Bucht, aber auch da war Hanga nicht. Allmählich wächst in mir das Mitgefühl für die alten Seeleute. Diese Inseln verschwanden, wenn sie sich näherten.

Jedenfalls sagt Rob, daß *malhoi* »stark« bedeutet. Da eine Palmfaser nicht so stark wie ein Baumwollfaden ist, muß da irgend etwas nicht stimmen. (Wahrscheinlicher ist, daß ich etwas nicht richtig verstehe.) Vielleicht hat das Wort mehr als nur eine Bedeutung.

»*Hanga*« bedeutet »Hai«, sagt Rob, aber meinen Freund Hanga kenne er nicht. Fast alle Männer werden nach Fischen benannt.

Wieder E-Mail, diesmal von der Hexe: *Über Ihnen schwebt Gefahr. Ich fühle es und weiß, daß eine höhere Macht Sie zu mir geführt hat. Seien Sie vorsichtig. Halten Sie sich fern von Orten, an denen gebetet wird, mein Tarot zeigt, daß Ihnen dort Gefahr droht. Erzählen Sie mir von dem Fetisch, den Sie erwähnt haben.*

Ich bezweifle, daß ich das tun sollte, und auch, daß ich ihr wieder E-Mail schicken werde.

9. Februar. Ich nehme an, ich habe mich am Donnerstag mit dem Schreiben übernommen. Gestern habe ich nämlich nichts geschrieben. Ehrlich gesagt gab es auch nichts zu schreiben, mit Ausname dessen, daß ich in Hangas Bucht geschwommen bin. Und was ich darüber schreiben könnte, würde keinen Sinn geben. Es war über alle Maßen schön. Das ist alles, was ich sagen kann. Ehrlich gesagt habe ich Angst, dorthin zurückzukehren. Angst, daß ich enttäuscht sein würde. Kein Ort auf Erden, selbst unter dem Meer, kann so wunderschön sein, wie ich es in Erinnerung habe. Bunte Korallen und die kleinen Meereslebewesen, die wie Blumen aussehen, und Schwärme von blauen und roten und orangefarbenen Fischen, wie lebendes Geschmeide.

Als ich heute Rob besuchen ging (na schön, Annys hat mich gewarnt; aber ich denke, sie spinnt), sagte ich zu ihm, er würde wahrscheinlich gern denken, Gott habe diese wunderschöne Welt gemacht, damit wir sie bewundern können; aber wenn Er das wirklich getan hätte, dann hätte Er uns Kiemen gegeben.

»Denke ich auch, daß Er die Sterne für uns gemacht hat, Baden? All jene flammenden Sonnen, Hunderte und Tausende von Lichtjahren entfernt? Hat Gott ganze Galaxien geschaffen, damit wir ein paarmal im Leben vielleicht zu ihnen aufblicken und sie sehen?«

Als er das sagte, mußte ich über Leute wie mich nachdenken, Leute, die für die Regierung in Washington arbeiten. Würde man uns eines Tages vertreiben, so wie die Leute, von denen Rob erzählt hat? Einer ganzen Menge von uns bedeuten die gewöhnlichen Leute auch nicht mehr als damals denen. P. D. ganz bestimmt nicht.

Eine Frau, die sich in die Hand geschnitten hatte, kam etwa um die Zeit herein. Rob redete in ihrer Sprache mit ihr, während er sie behandelte, und sie redete ein gutes Stück mehr, schnatterte pausenlos. Als sie wegging, fragte ich, ob er wirklich alles verstanden habe, was sie gesagt hatte. Und er sagte: »Ja und nein. Ich kannte die Wörter alle, die sie gebraucht hat, wenn du das meinst. Seit wann bist du jetzt hier, Baden?«

Ich sagte es ihm, und er meinte: »Etwa fünf Wochen? Na, das ist nicht schlecht. Ich bin jetzt seit etwa fünf Jahren hier. Ich spreche die Sprache nicht so gut wie sie, manchmal muß ich nachdenken, bis mir das richtige Wort einfällt, und manchmal fällt es mir trotzdem nicht ein. Aber ich verstehe, wenn ich sie höre. Es ist keine sehr komplizierte Sprache. Wirst du von Geistern geplagt?«

Ich muß ihn wohl ziemlich dumm angesehen haben.

»Das hat sie unter anderem nämlich gesagt. Der König hat nach einer Frau aus einem anderen Dorf geschickt, um dich von ihnen zu befreien, eine Art weiblicher Medizinmann, kann ich mir vorstellen. Sie heißt Langitokoua.«

Ich sagte ihm, der einzige Geist, der mich plage, sei meine kaputte Ehe, und ich würde hoffen, die mit seiner Hilfe wieder zu neuem Leben zu erwecken.

Er versuchte irgendwie durch mich hindurchzusehen, und das gelang ihm sogar möglicherweise; er hat solche Augen, die das können. »Du weißt immer noch nicht, wann Mary kommt?«

Ich schüttelte den Kopf.

»Sie wird nach der Reise nach Afrika ein paar Tage ausruhen wollen. Ich hoffe, du berücksichtigst das.«

»Und sie wird von Chicago nach Los Angeles, von Los Angeles nach Melbourne und von dort nach Cairns fliegen müssen, und dann wird sie auf das nächste Flugzeug nach Kololahi warten müssen. Glaube mir, Rob, ich habe das alles in Betracht gezogen.«

»Gut. Ist dir in den Sinn gekommen, daß dein kleiner Freund Hanga ein Geist sein könnte? Ich meine, hast du schon einmal daran gedacht, seit du mit ihm gesprochen hast?«

In dem Augenblick hatte ich jenes »Was mache ich eigentlich hier«-Gefühl, das ich auch im Busch öfter habe. Da saß ich in jenem hellen, schäbigen kleinen Zimmer, das so nach Medizin roch, mit einem Glas Wattebausche neben meinem linken Ellbogen und mit dem Rauschen der Brandung vor dem offenen Fenster, etwa tausend Meilen von jedem Ort entfernt, der auch nur einigermaßen etwas zu bedeuten hatte; und ich konnte mich nicht an die Entscheidungen erinnern, die ich getroffen hatte, und die Pläne, die funktioniert oder nicht funktioniert hatten, um mich hierherzuführen.

»Ich möchte dir eine Geschichte erzählen, Baden. Du brauchst sie nicht zu glauben, aber im ersten Jahr, in dem ich hier war, mußte ich einmal in die Stadt, um mich um einiges Baumaterial zu kümmern, das wir bestellt hatten. Es ergab sich, daß ich während eines Tages dort nichts zu tun hatte, und ich beschloß, nach North Point hinaufzufahren. Man hatte mir erzählt, das sei der schönste Fleck auf der ganzen Insel, und ich dachte also, daß ich mir das mal angucken müßte. Bist du je dort gewesen?«

Ich hatte noch nicht einmal davon gehört.

»Die Straße reicht nur bis zum nächstgelegenen Dorf. Anschließend gibt es einen Fußweg, auf dem man etwa zwei Stunden unterwegs ist. Es ist wirklich wunderschön, Felsen, die über den Wellen aufragen, und dramatisch geformte Klippen mit Blick über das Meer. Ich blieb lang genug dort, um das wunderschöne Gefühl von Abgeschiedenheit zu empfinden, das man dort bekommen kann, und auch, um ein paar Skizzen zu machen. Dann bin ich wieder zu dem Dorf zurück, wo ich den Jeep abgestellt hatte, und habe die Fahrt zurück nach Kololahi angetreten. Es war beinahe schon dunkel.

Ich war noch nicht sehr weit gekommen, als ich einen Mann aus unserem Dorf neben der Straße gehen sah. Damals kannte ich noch nicht alle, aber ihn kannte ich. Ich hielt an, und wir unterhielten uns eine Weile. Er sagte, er sei zu seinen Eltern unterwegs, und ich dachte, sie müßten wohl in dem Dorf wohnen, das ich gerade verlassen hatte. Ich forderte ihn auf einzusteigen, fuhr zurück und setzte ihn dort ab. Er bedankte sich immer wieder bei mir, und als ich ausstieg, um nach einem der Reifen zu sehen, der mir ein wenig Sorgen machte, umarmte er mich und küßte mich auf die Augen. Ich habe das nie vergessen.«

Ich sagte irgend etwas Dummes, wie warmherzig die Leute hier seien oder so.

»Da hast du natürlich recht. Aber, Baden, als ich zurück-kehrte, erfuhr ich, daß North Point ein verwunschener Ort ist. Die Seelen der Toten gehen dorthin, um sich vom Land der Lebenden zu verabschieden. Der Mann, den ich mitgenommen hatte, war schon am Tag, an dem ich zur Stadt aufgebro-chen war, von einem Hai getötet worden, also vier Tage bevor ich ihn im Jeep mitgenommen hatte.«

Ich wußte nicht, was ich dazu sagen sollte, und platzte schließlich heraus: »Die haben dich angelogen. Die müssen ja gelogen haben.«

»Kein Zweifel – oder ich lüge dich an. Jedenfalls hätte ich es gern, wenn du deinen Freund Hanga, wenn es geht, einmal zu mir bringen könntest.«

Ich versprach, daß ich zumindest versuchen würde, Rob zu Hanga zu bringen, da Hanga das Dorf ja nicht betreten wolle.

Wieder in der kleinen Bucht geschwommen. Ich hatte mich nie für einen guten Schwimmer gehalten, hatte nie viel Gele-genheit zum Schwimmen gehabt, aber ich schwamm wie ein Delphin, tauchte und schwamm unter Wasser mit offenen Augen, ganz bestimmt zwei oder zweieinhalb Minuten lang, wenn nicht noch länger. Unglaublich! Mein Gott, wenn ich das Mary vorführe!

In Kololahi kann man Tauchgerät kaufen. Ich werde mir Robs Jeep leihen oder einen der Männer dafür bezahlen, mich in seinem Kanu hinzubringen.

11. Februar. Ich war wieder nachlässig und muß aufholen. Ge-stern war ein sehr seltsamer Tag. Samstag auch.

Nachdem ich zu Bett gegangen war (immer noch unter dem Eindruck von Robs Geistergeschichte und der neuen Welt un-ter Wasser), hörte ich ein lautes *Krach!* Sprang in panischer Angst auf, und sah, daß da meine Kommode umgekippt war.

Trockenfäule in den Beinen, wie mir schien. Zwei von den Schubladen waren zerbrochen, und ihr Inhalt lag überall verstreut herum.

Ich richtete die Kommode wieder auf, legte Keile unter und machte mich daran, in dem Durcheinander Ordnung zu schaffen, wobei ich ein Buch fand, das ich noch nie zuvor gesehen hatte, *Der Lichtgarten des Engelkönigs,* ein Buch über Reisen in Afghanistan. Vorn drauf war der Name von jemandem und ein Datum, und dann stand da noch »American Overseas Assistance Agency«. All das brachte ich in dem Augenblick irgendwie nicht auf die Reihe.

Aber da stand es, ganz deutlich für mich zu lesen. Und offenbar war er hier gewesen, dieser Larry Scribble. Er war ein Mann von der Agency, hatte das Buch vor drei Jahren gekauft (höchstwahrscheinlich als man ihn nach Afghanistan versetzte) und es mitgebracht, als man ihn hierhergeschickt hatte. Ich benutze nur die obersten drei Schubladen, und das Buch war in einer der anderen gewesen und wohl übersehen worden, als jemand (wer?) die Sachen dieses Larrys ausgeräumt hatte.

Warum war er weg, als ich hierherkam? Er hätte doch hier sein sollen, um mich einzuweisen und eine Woche oder so dableiben. Niemand hat bis jetzt auch nur seinen Namen erwähnt, und dafür muß es einen Grund geben.

Hatte vor, zum Gottesdienst in die Mission zu gehen und das Buch mitzunehmen, war aber wieder krank. Zweiundvierzig vier Fieber. Medizin genommen und mich ins Bett gelegt, zu schwach, um mich zu rühren, und hatte diesen äußerst seltsamen Traum. Irgendwie wußte ich, daß jemand im Haus war. (Ich vermute, daß da Schritte waren, obwohl ich mich nicht an welche erinnern kann.) Setzte mich auf, und da war Hanga, lächelnd, neben meinem Bett. »Ich klopfen. Du nicht kommen.«

»Tut mir leid«, sagte ich. »Ich war krank.« Ich fühlte mich ausgezeichnet. Stand auf und bot an, ihm eine Cola oder etwas zu essen zu holen, aber er wollte nur das Amulett sehen. Ich sagte, klar, und holte es von der Kommode.

Er sah es sich an, brummelte etwas und zog mit dem Zeigefinger die kleinen Zeichnungen an den Seiten des Amuletts nach. »Keine Schleife? Du nicht umhängen?« Er deutete auf den Knoten.

Ich sagte, dafür gebe es keinen Grund, da es über meinen Kopf ging, ohne daß man die Schnur aufzubinden brauchte.

»Wollen Freund?« Er deutete auf sich, eine pathetisch wirkende Geste. »Hanga Freund? Bad Freund?«

»Ja«, sagte ich. »Unbedingt.«

»Aufbinden.«

Ich sagte, wenn er das wolle, könne ich die Schnur auch durchschneiden.

»Aufbinden, bitte. Blutfreund.« (Dann nahm er meinen Arm und wiederholte: »Blutfreund!«)

Ich sagte, schon gut, und fing an, an dem Knoten herumzuzupfen, aber der war recht kompliziert; und in dem Augenblick, ich schwör's, hörte ich jemand anderen im Bungalow, irgendeine dritte Person, die gegen die Wände schlug. Ich glaube, ich wäre in dem Augenblick nachsehen gegangen, wer das war, aber Hanga hielt mich immer noch am Arm. Er hat große Hände an seinen kurzen Armen, und viel Kraft.

Nach einer Weile hatte ich den Knoten endlich geöffnet und fragte ihn, ob er die Schnur wolle, und er sagte eifrig ja. Ich gab sie ihm, und dann gab es da eine jener Veränderungen, wie man sie in Träumen manchmal erlebt. Er richtete sich auf und war auf einmal mindestens so groß wie ich. Er hielt meinen Arm, biß schnell hinein und leckte das Blut auf und schien daraufhin weiter zu wachsen. Es war, als ob irgendeine Art von Besudelung weggewischt worden wäre. Er sah jetzt intelligent aus, richtig ansehnlich.

Dann biß er sich in den eigenen Arm, so wie vorher in den meinen. Er hielt ihn mir hin, und ich leckte sein Blut auf, wie er vorher meins aufgeleckt hatte. Aus irgendeinem Grund erwartete ich, daß es schrecklich schmecken würde, aber das war nicht der Fall; es war, als ob ich beim Schwimmen Meerwasser in den Mund bekommen hätte.

»Wir sind jetzt Blutfreunde, Bad«, erklärte mir Hanga. »Ich werde dir kein Leid zufügen, und du darfst mir kein Leid zufügen.«

Das war das Ende des Traums. Das nächste, woran ich mich erinnere, ist, daß ich im Bett lag und etwas Süßes roch, während mich etwas am Ohr kitzelte. Ich dachte erst, das Moskitonetz hätte sich gelöst und sah genauer hin, aber da lag eine Frau mit einer Blume im Haar neben mir. Ich rollte mich zur Seite, und sie – als sie sah, daß ich wach war – umarmte mich und küßte mich.

Es war Langitokoua, die Frau, von der mir Rob erzählt hatte, daß der König nach ihr geschickt habe. Ich nenne sie einfach nur Langi. Sie sagt, sie wisse nicht, wie alt sie sei, aber sie schwindelt da wohl. Ihre Größe (sie ist über eins achtzig groß und wiegt ganz bestimmt einiges über hundert Kilo) läßt sie älter aussehen, als sie wirklich ist, da bin ich mir ganz sicher. Fünfundzwanzig, vielleicht. Oder siebzehn. Ich fragte sie nach Geistern, und sie sagte wie ganz selbstverständlich, daß da einer im Haus sei, aber keine bösen Absichten habe.

Puh.

Und dann fragte ich sie natürlich, weshalb der König wolle, daß sie bei mir bleibe; und sie erklärte ganz feierlich, daß es für einen Mann nicht gut sei, allein zu leben, daß ein Mann jemanden haben solle, der ihm koche und den Boden fege und für ihn sorge, wenn er krank sei. Das war jetzt die Gelegenheit, und die ließ ich mir nicht entgehen. Ich erklärte ihr, ich würde bald eine Frau aus Amerika erwarten, daß amerikanische Frauen eifersüchtig seien, und daß ich der amerikanischen Frau irgendwie klarmachen müsse, daß Langi da sei, um mich zu pflegen. Langi pflichtete dem ohne großes Aufhebens bei.

Was noch?

Hangas Besuch war ein Traum, das weiß ich wohl; aber anscheinend bin ich im Schlaf auch gewandelt. (Vielleicht bin ich im Delirium im Bungalow herumgewandert.) Das Amulett war noch da, wo ich es hingelegt hatte, auf der Kommode, aber die Schnur war weg. Ich fand sie unter meinem Bett und versuchte, sie wieder durch das Auge des Fischs einzufädeln, aber sie wollte nicht hineingehen.

E-Mail von Annys: *Die Hunde der Hölle sind losgelassen, um Himmels willen, seien Sie vorsichtig. Gutartige Einflüsse erheben sich, haben Sie also Hoffnung.*

Die ist verrückt, wenn man mich fragt.

E-Mail von Paps: *Wie geht es dir? Wir haben nichts mehr von dir gehört. Hast du einen Platz für Mary und die Kinder gefunden? Sie ist unterwegs.*

Welche Kinder? Dieser alte Puritaner!

Lange E-Mail zurückgeschickt, daß ich sehr krank gewesen sei, es mir aber jetzt besser gehe und daß es verschiedene Möglichkeiten gebe, wo Mary wohnen könne, einschließlich dem Bungalow hier, und daß ich ihr die Wahl überlassen würde. Fairerweise muß man einräumen, daß Paps ja keine Ahnung hat, wo oder wie ich lebe, vielleicht stellt er sich ein gemietetes Zimmer in Kololahi vor, mit einer Mönchspritsche. Ich sollte vielleicht noch eine E-Mail schicken, um mich nach ihrem Flug aus Cairns zu erkundigen; ich bezweifle, daß er es weiß, aber den Versuch könnte es ja wert sein.

Fast Mitternacht, und Langi schläft. Wir hatten am Strand gesessen, um uns den Sonnenuntergang anzusehen, tranken Rum und Cola und Rum und Kokosnußmilch, als das Cola ausging, sahen uns die Sterne an, redeten, schliefen miteinander. Redeten wieder, tranken noch ein wenig und schliefen noch einmal miteinander.

So. Das mußte ich aufschreiben. Und jetzt muß ich mir überlegen, wo ich das Tagebuch verstecken kann, damit Mary es nie zu sehen bekommt. Ich werde es nicht vernichten, und ich werde nicht lügen. (Nichts ist schlimmer, als sich selbst anzulügen. *Nichts.* Ich sollte das wissen.)

Noch so etwas aus der »War es ein Traum?«-Kategorie, aber ich glaube nicht, daß es einer war. Ich lag auf dem Rücken im Sand und blickte zu den Sternen auf, Langi neben mir schlief; und da sah ich ein UFO. Es war irgendwo zwischen mir und den Sternen, schlank, dunkel, glatt und torpedoförmig, aber mit einer großen Flosse auf dem Rücken wie ein Raketenschiff in den alten Comics. Kreiste ein paarmal über mir und verschwand dann wieder. Irgendwie beunruhigend.

Es machte mich nachdenklich. Jene Sterne sind wie die Inseln hier, nur eine Million Milliarden Male größer. Niemand weiß wirklich, wie viele Inseln es gibt, und es gibt bis zum heutigen Tage wahrscheinlich noch welche, die noch niemand je betreten hat. Nachts blicken sie auf zu den Sternen, und die Sterne blicken auf sie herab, und sie sagen einander: »Sie kommen!«

Langis Name bedeutet »Himmelsschwester«, also bin ich nicht der einzige, der je so etwas gedacht hat.

Habe den Tempel gefunden!!! Ich kann es immer noch nicht glauben. Rob sucht ihn jetzt seit fünf Jahren, und ich habe ihn nach sechs Wochen gefunden. Herrgott, wie gern ich ihm das erzählen würde!

Was ich aber nicht kann. Ich habe Langi mein Wort gegeben, also kommt es nicht in Frage.

Wir waren in der kleinen Bucht schwimmen. Ich tauchte, zeigte ihr Korallen und Dinge, die sie wahrscheinlich schon kennt, seit sie gehen gelernt hat, und sie zeigte mir den Tempel. Das Dach ist weg, wenn er je eines hatte, und die Wände sind mit Korallen bedeckt und den Meereslebewesen, die wie Blumen aussehen; man kann ihn kaum sehen, wenn ihn nicht jemand einem zeigt. Aber wenn man ihn einmal sieht, ist er plötzlich da, die langen, geraden Mauern, das Eingangsportal, die kleinen Räume an den Seiten, alles. Es ist, als würde man die Ruinen einer Kathedrale sehen, aber sie waren mit Blumen und buntem Schmuck wie für eine Fiesta herausgeputzt. (Ich weiß, das ist nicht sehr gut erklärt, aber so war es, besser kann ich es nicht ausdrücken.) Sie haben den Tempel auf dem Land gebaut, und das Wasser stieg, aber er ist immer noch da. Er wirkt versteckt, nicht verlassen. Zu alt, um ihn als solchen gleich zu erkennen, aber irgendwie auch zu groß.

Ich werde das nie vergessen: wie er im einen Augenblick bloß Steine und Korallen war, und im nächsten sah man Wände und Altar mit einer fünfzehn Meter hohen, verzweigten Koralle, die wie ein großer Baum aus dem Altar herauswuchs. Und dann kam ein riesiger, weißgrauer Hai mit Augen wie die eines Menschen aus dem Schatten des Korallenbaums und starrte uns an, schlimmer als ein Löwe oder ein Leopard. Mein Gott, hatte ich Angst!

Als wir beide wieder auf den Felsen oben waren, erklärte Langi, daß der Hai uns nichts Böses hatte tun wollen, daß wir beide tot wären, wenn er das gewollte hätte. (Dem will ich nicht widersprechen.) Dann pflückten wir Blumen, und sie machte Kränze daraus und warf sie ins Wasser und sang ein Lied dazu. Nachher sagte sie, ich dürfe das ruhig alles wissen, weil wir wir sind; aber ich darf es nie anderen *Mulis* sagen. Ich versprach ihr getreulich, daß ich das nicht tun würde.

Sie ist ins Dorf gegangen, um Lebensmittel einzukaufen. Ich fragte sie, ob sie in dem Tempel unter dem Meer zu Robs Gott beten würden. (Ich mußte das so ausdrücken, damit sie es verstand.) Sie lachte und sagte, nein, sie beteten dort zum Haifisch-Gott, damit die Haie sie nicht fressen. Darüber habe ich viel nachgedacht.

Mir scheint, daß sie andere Götter von den Bergen mitgebracht haben, wo sie vor ein paar tausend Jahren lebten, und dann haben sie sich hier niedergelassen und jenen Tempel für ihre alten Götter gebaut. Später, vielleicht Hunderte von Jahren später, stieg das Meer und verschlang ihn. Jene alten Götter sind weggegangen, aber sie haben die Haie zurückgelassen, um ihr Haus zu bewachen. Eines Tages wird das Wasser wieder sinken. Das Eis auf der Antarktis wird wieder dick und stark werden, der Pazifik wird zurückweichen, und jene mörderischen, alten Berggötter werden zurückkehren. So scheint es mir jedenfalls, und wenn es stimmt, dann bin ich froh, daß ich dann nicht mehr da sein werde und es nicht mehr erlebe.

Ich glaube nicht an Robs Gott, also sollte ich logischerweise auch nicht an deren Götter glauben. Aber irgendwie tue ich es doch. Wir stehen am Anfang eines neuen Jahrtausends, aber wir spielen immer noch nach den alten Regeln. Sie werden kommen und uns die neuen Regeln lehren, zumindest befürchte ich das.

Valentinstag. Mary ist von uns gegangen. So hätte Mama es ausgedrückt, und ich kann es auch nicht anders. Muß es aufschreiben. Ich kann meine Finger noch nicht dazu bringen, alles andere, was mir durch den Kopf geht, auch aufzuschreiben.

Würde das irgend jemand verstehen?

Langi und ich hatten ihr einen Orchideenkranz geschenkt, und sie trug ihn. Es ging alles so schnell, war alles so verrückt.

Das ganze Blut, und Mary und die Kinder haben geschrien.

Ich sollte jetzt lieber langsamer machen, oder ganz damit aufhören.

Es hatte eine Wildschweinjagd gegeben. Ich bin nicht mitgegangen, weil ich mich daran erinnerte, wie krank ich wurde, nachdem ich mit Rob durch den Dschungel marschiert war, aber Langi und ich gingen nachher hin, als das Schwein gebraten wurde. Wildschweinjagd ist die Lieblingsbeschäftigung der Männer; sie sagt, das ist das einzige, was die Männer noch lieber tun als tanzen. Sie haben keine Hunde, und sie benutzen auch nicht Pfeil und Bogen. Sie schleichen sich an, und wenn sie die Wildschweine dann finden, töten sie sie mit Speeren, und das muß wirklich gefährlich sein. Ich habe den König dazu gebracht, mir von der Jagd zu erzählen, und er hat mir gesagt, wie sie es anstellen, ein Wildschwein, das sie haben wollen, zu einer Stelle zu bringen, wo es nicht mehr weglaufen kann. Dann dreht es sich um und stellt sich ihnen und greift sie vielleicht auch an; aber wenn es das nicht tut, werfen vier oder fünf Männer alle gleichzeitig ihre Speere. Es war der Speer des Königs, sagte er, der das Herz des Wildschweins durchbohrt hat.

Jedenfalls war es ein großartiges Festmahl mit Ananas und Eingeborenenbier und meinem Rum und einer Menge Schweinefleisch. Als wir schließlich hierher zurückkamen, wo Mary mit Mark und Adam schlief, war es fast Morgen.

Und das war eine sehr gute Sache, weil es uns die Gelegenheit gab, zu schwimmen und uns auch sonst frisch zu machen. Als sie schließlich aufwachten, hatte Langi zum Frühstück ein Tablett mit Früchten vorbereitet und den Orchideenkranz geflochten, mit den Orchideen, die ich zuvor für sie gepflückt hatte, und Kaffee gemacht. Kleine Jungs sind meiner Erfahrung nach morgens im allgemeinen recht schlecht gelaunt (könnte es daran liegen, weil sie keinen Kaffee bekommen?), aber Adam und Mark waren durch die Anwesenheit einer riesenhaften braunen Lady und einem lebenden Skelett hinreichend überwältigt, so daß ein Gespräch möglich war. Sie sind zweieiige Zwillinge, und ich denke, daß sie wirklich von mir sind; jedenfalls sehen sie ganz ähnlich aus, wie ich in ihrem Alter ausgesehen habe. Der Wind hatte inzwischen etwas zugenommen, aber wir dachten uns nichts dabei.

»Warst du überrascht, mich zu sehen?« Mary sah älter aus, als ich sie in Erinnerung hatte, und zeigte die Anfänge eines Doppelkinns.

»Entzückt. Aber Paps hatte mir schon mitgeteilt, du wärst nach Uganda geflogen und jetzt nach hierher unterwegs.«

»Bis ans Ende der Welt.« (Sie lächelte, und mein Herz machte einen Satz.) »Mir war nie bewußt, daß das Ende der Welt so schön sein würde.«

Ich sagte ihr, daß eine Generation weiter der Strand von Hotelbauten und Eigentumswohnungen gesäumt sein würde.

»Dann laß uns froh darüber sein, daß wir heutzutage leben.« Sie wandte sich den Jungen zu. »Ihr müßt das alles in euch aufnehmen, solange wir hier sind. Eine solche Chance bekommt ihr nie wieder.«

»Und ich hoffe, ihr werdet das eine sehr lange Zeit behalten«, sagte ich.

»Du meinst, du und …?«

»Langitokoua.« Ich schüttelte den Kopf. (Jetzt war es raus, und alle meine Lügen waren dahingeschmolzen.) »War ich je ehrlich zu dir, Mary?«

»Sicherlich. Oft.«

»Ich war es nicht, und du weißt es. Und ich weiß es auch. Ich habe nicht das Recht, von dir zu erwarten, daß du mir jetzt glaubst. Aber ich werde jetzt dir – und mir auch – Gottes eigene Wahrheit verraten. Meine Krankheit bildet sich zurück. Langi und ich konnten letzte Nacht zum Bankett gehen und essen und mit Leuten reden und Spaß daran haben. Aber wenn es schlimm ist, ist es schrecklich. Ich bin dann so krank, daß ich bloß zittern und schwitzen und stöhnen kann, und ich sehe dann Dinge, die gar nicht da sind. Ich …«

Mary fiel mir ins Wort, bemüht, nett zu sein. »Du siehst nicht so krank aus, wie ich das befürchtet hatte.«

»Ich weiß, wie ich aussehe. Mein Spiegel sagt es mir jeden Morgen beim Rasieren. Ich sehe wie der Tod in einem Mikrowellenofen aus, und das ist nicht weit von der Wahrheit entfernt. Wahrscheinlich wird es mich dieses Jahr noch umbringen. Wenn nicht, werde ich vermutlich bis an das Ende meines Lebens, das voraussichtlich kurz sein wird, immer wieder Anfälle bekommen.«

Dann trat Schweigen ein, das Langi damit ausfüllte, daß sie fragte, ob die Jungs vielleicht Kokosnußmilch haben wollten. Das bejahten sie, und sie holte mein Heletay und zeigte ihnen, wie man eine grüne Kokosnuß mit einem Schlag öffnet. Mary und ich hörten auf zu reden, um ihr zuzusehen, und in dem Augenblick vernahm ich die Brandung. Das war das erste Mal, daß das Geräusch von Wellen, die auf den Strand prallen, je so weit inseleinwärts gereicht hatte, daß man es in meinem Bungalow hören konnte.

»Ich habe am Flughafen einen Range Rover gemietet«, sagte Mary. Das war der Tonfall, wenn sie etwas erwähnen mußte, was sie eigentlich nicht erwähnen wollte.

»Ich weiß. Ich hab ihn gesehen.«

»Er kostet fünfzig Dollar pro Tag, Bad. Plus Kilometergeld. Ich werde ihn nicht lange behalten können.«

Ich sagte: »Ich verstehe.«

»Wir hatten versucht anzurufen. Ich hatte gehofft, du würdest gesund genug sein, um uns abzuholen, oder jemanden schicken.«

Ich sagte, ich hätte Robs Jeep ausborgen können, wenn ihr Anruf mich erreicht hätte.

»Ich konnte ja nicht wissen, wo du bist, aber wir haben einen Eingeborenen kennengelernt, einen sehr gutaussehenden Mann, der meinte, daß er dich kennt. Er ist mitgekommen, um uns den Weg zu zeigen.« (An dem Punkt verriet mir der Gesichtsausdruck der Jungs, daß etwas ganz und gar nicht stimmte.) »Er wollte kein Geld dafür nehmen. War es falsch von mir, ihm Bezahlung anzubieten? Er schien mir nicht beleidigt gewesen zu sein.«

»Nein«, sagte ich und hätte viel dafür gegeben, jetzt allein mit den Jungs sprechen zu können. Aber wäre es dann anders gekommen? Wenn ich das jetzt irgendwann wieder lese, wenn ich wirklich so weit komme, mich damit abzufinden, wird es mich dabei immer betrüben, wie schnell es ging – wie schnell alles ging. Zwischen dem Augenblick, wo Mary aufwachte, und dem, wo Langi ins Dorf rannte, um Rob zu holen, kann nicht mehr als eine Stunde vergangen sein.

Mark lag da, weißer als der Sand. So dünn und so weiß, und er sah genauso aus wie ich.

»Er dachte, du wärst unten am Strand, und wollte, daß wir dich dort suchen, aber wir waren zu müde«, sagte Mary.

Das ist für den Augenblick alles, und es ist wirklich irgendwie zuviel für mich. Ich kann kaum lesen, was ich hier mit der linken Hand in Druckschrift schreibe, und mein Stumpf schmerzt davon, das Tagebuch festzuhalten. Ich werde jetzt zu Bett gehen, und dort werde ich weinen, das weiß ich, und Langi wird mich wie ein Kind an sich drücken.

Morgen wieder.

17. Februar. Das Krankenhaus hat ein Flugzeug geschickt, um Mark abzuholen. Für uns gibt es dort kein Zimmer. Der Arzt war viel mehr an meiner Krankheit als an meinem Stumpf interessiert. »Dr. Robbins« hat da saubere Arbeit geleistet. Wir werden am Montag die Maschine nach Cairns nehmen.

Ich sollte aufholen. Aber zuerst: Ich werde morgen Robs Jeep stehlen. Er wird ihn mir nicht leihen, glaubt wahrscheinlich nicht, daß ich fahren kann. Es wird langsam gehen, aber ich weiß, daß ich es kann.

19. Feburar. Das Flugzeug stand auf der Landebahn geparkt, etwas stimmt nicht an einem der Motoren. Bringe ich den Nerv auf, jetzt darüber zu schreiben? Wir werden sehen.

Mary erzählte uns von ihrem Führer, wie gut er ausgesehen und was er ihr alles über die Inseln erzählt hatte, eine ganze

Menge, was ich selbst nicht gewußt hatte. Als wäre sie überrascht gewesen, ihn nicht schon früher gesehen zu haben, deutete sie plötzlich in eine Richtung und sagte: »Da ist er ja.«

Da war aber niemand. Oder besser gesagt, niemand, den Langi und ich oder die Jungs sehen konnten. Als alles vorbei war, habe ich mit Adam (meinem Sohn Adam, daran muß ich mich irgendwie gewöhnen) gesprochen, während Rob sich um Mark und Mary bemühte. Ich hatte einen Bausch Verbandsstoff und mußte den so fest hinpressen, wie es gerade ging. Meine Hand war ohne jede Kraft.

Adam erzählte mir, Mary habe angehalten, und die Tür habe sich geöffnet, und dann sagte sie ihm, er solle hinten bei Mark einsteigen. *Die Tür öffnete sich von selbst!* Das ist das, woran er sich am deutlichsten erinnert, und der Teil seiner Geschichte, an die ich mich auch immer erinnern werde. Nachher schien Mary die ganze Zeit mit jemandem zu sprechen, den weder er noch sein Bruder sehen oder hören konnten.

Sie schrie auf einmal, und da war dann plötzlich einen Augenblick lang dieser Hai. Er war so groß wie ein Boot, und der Wind war wie eine Strömung im Meer und blies uns zum Wasser hinunter. Ich weiß wirklich nicht, wie ich das je erklären kann.

Wir starten immer noch nicht, ich muß es also versuchen. Es ist leichter zu berichten, was nicht passiert ist. Schwerer aber das, was passiert ist, weil es dafür keine Worte gibt. Der Hai schwamm nicht in der Luft. Ich weiß, daß es so klingen wird, aber so war es nicht. Wir waren auch nicht unter Wasser. Wir konnten atmen und gehen und laufen, ebenso wie er schwimmen konnte, obwohl bei weitem nicht so schnell, und wir konnten sogar ein bißchen gegen die Strömung ankämpfen.

Das schlimmste von allem ist, daß er kam und ging und kam und ging, so daß es beinahe aussah, als würden wir im Schein von Blitzen wegrennen oder gegen ihn kämpfen, und manchmal war er Hanga, größer als der König, und lächelte mir zu, während er uns vor sich her trieb.

Nein. Das allerschlimmste war, daß er alle außer mir vor sich her trieb. Er trieb sie zum Strand, so wie ein Hund Schafe treibt, Mary, Langi, Adam und Mark, aber mich wollte er offensichtlich entkommen lassen. (Ich frage mich manchmal, warum ich nicht weggerannt bin. Das war ein neues Ich, ein Ich, das ich wahrscheinlich nie wieder erleben werde.)

Seine Kiefer waren echt, und manchmal, wenn ich ihn zwar nicht sehen konnte, konnte ich sie dennoch zuschnappen hören. Ich schrie, rief ihn beim Namen, und ich glaube, ich schrie auch, daß er damit unsere Vereinbarung breche, daß er auch mir weh tue, wenn er meinen Frauen und meinen Söhnen weh tue. Aber jedem das Seine, ich glaube nicht, daß er das verstand. Die alten Götter sind sehr weise, wie der König mir heute sagte; trotzdem gibt es Grenzen des Verständnisses.

Ich rannte nach dem Messer, dem Heletay, mit dem Langi immer die Kokosnüsse aufschlug. Ich dachte an das Wildschwein und, bei Gott, ich griff sie an. Ich muß vor Angst halb verrückt gewesen sein. Ich erinnere mich nicht an viel, nur, daß ich auf etwas und jemand Riesiges einstach, der gar nicht da war und im gleichen Augenblick doch wieder da war. Der vom Wind aufgewühlte Sand stach mir ins Gesicht, und dann war ich wieder bis zu den Armen im schäumenden Wasser und stach und hieb um mich, und dann hatte der Hammerhai meine Hand mit dem Messer in seinem Maul.

Wir holten sie alle heraus, Langi und ich holten sie heraus. Aber Mark hatte sein Bein verloren, und ein meterweit aufgerissenes Maul hatte sich über Mary geschlossen. Das war Hanga selbst gewesen, da bin ich mir ganz sicher.

Ich glaube, es war so, ich glaube, er schaffte es nur, daß jeweils einer von uns ihn sah, und deshalb schoß er immer heran und wieder weg. Er ist wirklich. (Weiß Gott, er ist wirklich!) Nicht im körperlichen Sinn, so wie ein Stein, aber auf andere Weise körperlich, auf eine Weise, die ich nicht verstehe. Körperlich wie Licht und Strahlung und auch wieder nicht. Er zeigte sich jedem von uns jeweils weniger als eine Sekunde lang.

Mary wollte Kinder haben, also hat sie die Pille abgesetzt und mir nichts davon gesagt. Das hat sie mir erzählt, nachdem ich mit Robs Jeep nach North Point gefahren war. Ich hatte Angst. Nicht so sehr Angst vor Hanga (obwohl da auch diese Angst war), aber Angst, daß sie nicht dort sein würde. Dann sagte jemand »Banzai!«. Es war gerade so, als würde er neben mir im Jeep sitzen, nur daß da niemand saß. Ich antwortete »Banzai« und hörte ihn nie wieder; aber später wußte ich, daß ich sie finden würde, und wartete auf sie am Rand der Klippe.

Sie kam zu mir zurück, als die Sonne den Pazifik berührte, und je dunkler die Nacht und je heller die Sterne, um so wirklicher war sie. Die meiste Zeit war es, als wäre sie nicht wirklich da in meinen Armen. Als die Sterne schwach wurden und das erste Licht im Osten erschien, flüsterte sie: »Ich muß gehen« und ging über den Klippenrand, ging nach Norden mit der Sonne zu ihrer Rechten und wurde immer schwächer und schwächer.

Ich zog mich wieder an und fuhr zurück, und es war alles vorbei. Das war das letzte, was Mary je zu mir gesagt hat, ein paar Tage, nachdem sie gestorben war.

Sie hatte gar nicht vorgehabt, je wieder zu mir zurückzukommen; und dann hatte sie gehört, wie krank ich in Uganda gewesen war und gedacht, die Krankheit hätte mich vielleicht verändert. (Das hat sie. Was bedeuten einem schon Leute am »Ende der Welt«, wenn man zu seinen eigenen Leuten, insbesondere zu seiner eigenen Familie, nicht gut sein kann?)

Start.

Endlich sind wir in der Luft. O Mary! Mary, Sternenlicht!

Langi und ich werden Adam zu seinem Großvater bringen und dann zurückkehren und bei Mark bleiben (in Brisbane oder Melbourne), bis er soweit genesen ist, um nach Hause zu kommen.

Die Stewardeß serviert das Mittagessen, und zum ersten Mal, seit alles passiert ist, denke ich, daß ich vielleicht mehr als bloß einen Mundvoll werde essen können. Eine Stewardeß, zwanzig oder dreißig Leute, mehr trägt dieses Flugzeug nicht. Die Nachricht von dem Haiüberfall jagt die Touristen von der Insel.

Wie zu sehen ist, kann ich jetzt mit meiner linken Hand die Druckbuchstaben immer besser schreiben. Schließlich und endlich sollte ich sogar wieder normal schreiben können. Mein rechter Handrücken juckt, obwohl er nicht mehr da ist. Ich wünschte, ich könnte mich dort kratzen.

Jetzt kommt das Essen.

Ein Motor ist ausgefallen. Der Pilot sagt, daß keine Gefahr besteht.

Er ist dort draußen, schwimmt neben dem Flugzeug her. Ich habe ihn jetzt eine Minute lang beobachtet, bis er in einer Gewitterwolke verschwunden ist. »Der Baum ist mein Hut.« O Gott.

O mein Gott!

Mein Blutsbruder.

Was kann ich nur tun?

Edward Bryant

DER FLUSS STYX

Edward Bryant ist auch einer von diesen Autoren, die viele Hüte tragen (wenn auch keinen Cowboyhut, soweit mir das bekannt ist, obwohl er in Denver lebt und in Wyoming aufgewachsen ist). Er schreibt seit langer Zeit für die Zeitschrift Locus *hochgeschätzte Rezensionen, seine Spezialität ist aber das Horrorgenre, und gelegentlich – wenn auch nicht häufig genug – hat er Short Stories geschrieben, die sich durch ein beneidenswertes technisches Geschick auszeichnen. Er ist auch einer aus einer langen Reihe von Autoren, die von der Science Fiction zum Horror ausgewandert sind, hat aber seine Wurzeln nie ganz hinter sich gelassen und es fertiggebracht, in beiden Bereichen zu Hause zu sein und sich wohl zu fühlen. Seine frühen, hochangesehenen Werke in der Science Fiction, wie beispielsweise* Eine Stadt namens Cinnabar, *eine Serie miteinander verbundener Geschichten über ein zukünftiges Kalifornien auf einer sterbenden Erde, machten schließlich ähnlich geschätzten Werken im Horrorgenre Platz, wovon das jüngste Beispiel die folgende Story ist, ein bis auf die Knochen kaltes Beispiel (ja, das ist ein Wortspiel, aber auch eine buchstäbliche Beschreibung) des klassischen Liebe/Rache-Themas.*

Er träumte, er sei tot aufgewacht.

Tot. Zerdrückt. Jeder Nerv qualvoll von jedem Muskel und jedem zerschmetterten Knochen abgezogen. Wach und tot.

Das war das verwirrende. Der Widerspruch wurde ihm erst später bewußt. Viel später. Jetzt war da nur der Schmerz.

Herrgott, dachte er. *Was stimmt da nicht?* Es tat so schrecklich weh, und noch die geringste der Qualen war eine Wespe, die sich durch sein Trommelfell bohrte. Er versuchte nach seinem Ohr zu greifen, um das Geräusch zu beseitigen, aber die Be-

597

wegung steigerte den Schmerz bloß noch mehr, so daß ihm davon übel wurde. Er konnte ohnehin die Arme nicht heben.

Keine Wespe. *Nein...* Der Lärm war das Telefon auf dem Nachttisch. Er griff automatisch danach – *versuchte* danach zu greifen, konnte es aber nicht. *Was stimmte nur mit seinen Armen nicht?* Er stemmte sich gegen die Matratze, und die beigefarbene Steppdecke rutschte von seiner unteren Körperhälfte herunter. Die Beine glitten von der Matratze, die Füße schlappten auf den Teppich und das rutschige Durcheinander aus herumliegenden Zeitschriften.

Er roch etwas Drückendes, Schreckliches.

Das Bettlaken klebte an ihm, während er mit dem Körper, er hatte sich jetzt aufgerichtet, gegen den Nachttisch schwankte. Sein linker Arm schwang locker im Halbkreis, und die Hand patschte gegen das Telefon. Es fühlte sich an wie weißglühender Stacheldraht, der geschmolzen in seiner Schulter hochfuhr. Er schrie.

Das Telefon purzelte auf den Boden, während der Hörer um den Sockel der Lampe baumelte. Dann hüpfte er auf und ab, als ob die aufgerollte Hörerschnur das Hanfseil wäre, an dem ein soeben Hingerichteter hing.

Wenn er hätte Luft holen können, hätte er schreien können. Er hörte das modulierende, wespenhafte Summen aus dem Hörer des Telefons. Das Geräusch war vertraut und ärgerlich. Er wußte, wer es war. Aber das war jetzt gleichgültig.

Er brauchte Hilfe, und so sank er auf die Knie und versuchte, sein Gesicht auf gleiche Höhe mit der Sprechmuschel zu bringen.

»... bloß wissen, was du wieder machst, du Mistkerl«, sagte die blecherne Stimme. »Zu früh für dich? Ich hab dir doch gestern abend gesagt, daß ich heute rüberkomme, um meine Sachen abzuholen.«

Seine Stimme war ein einziges Schluchzen. »Ich brauche Hilfe«, würgte er heraus. »*Bitte.*«

Schweigen. Dann änderte sich ihr Tonfall. Neugierde und Unruhe verdrängten ihre Wut mit der Plötzlichkeit eines Projektors, der zum nächsten Dia weiterklickt. »Danny? Was ist denn passiert?«

»Ich weiß es nicht«, sagte er. »Ich kann mich nicht bewegen.«

»Bist du gelähmt?«

»Nein, nein. Meine Arme. *Die* funktionieren nicht. Und es tut weh«, sagte er. »Es tut sogar scheußlich weh.«

»Ist das ein gottverdammter Trick?« sagte sie. »Sagst du auch die Wahrheit?«

»Ja«, sagte er, und seine Stimme blieb wieder an einem Schluchzer hängen, den er nicht verhindern konnte. »Louisa, ich schwör's dir bei Gott, irgend etwas stimmt hier nicht, wirklich.«

»Ich bin schon unterwegs«, sagte sie.

»Hast du deinen Schlüssel?« sagte Danny. »Ich kann die Tür nicht aufsperren.«

»Ich habe den Schlüssel«, antwortete Louisa. »Ich wollte ihn schleifen, scharf wie eine Rasierklinge, und dir damit die Eier abschneiden.« Ihre Stimme klang völlig ruhig und kontrolliert. »Ich fahre jetzt los, Baby. Geh nicht weg.«

Danny hörte das Klicken, als sie ihr Telefon auflegte. Er lauschte, während die Computerstimme der Telefongesellschaft mit ihrer Warnung kam und dann der schnarrende Alarmton und schließlich Stille. Selbst mit den Zähnen konnte er den Hörer nicht auflegen.

Er versuchte, sich auf der Bettkante aufzusetzen, wollte, er wäre jetzt irgendwo anders, *irgend jemand* anders.

Was ist mit mir passiert? dachte er. Jammerte er etwa? Natürlich jammerte er. Es tat aber auch verdammt noch mal zu weh, um tapfer zu sein.

In den zwanzig Minuten, die Louisa brauchte, um zu ihm zu fahren, schaffte er es, über die Treppe in die Küche hinunterzutaumeln. Es war ein äußerst kalter Januarmorgen, und offensichtlich war mit der Heizung etwas passiert. Aus dem Heizschlitz in der Küche kam nur ein bescheidener Hauch Wärme. Er stand stumm da und versuchte unter Qualen, die wenige warme Luft in sich hineinzusaugen.

Er hörte, wie die Wohnungstür aufging und sich wieder schloß.

»Danny?« rief sie.

»In der Küche.«

Er lauschte den näher kommenden Schritten. Er wollte die Augen schließen. Louisa schob den Kopf zur Küchentür herein und musterte ihn mit aufgerissenen Augen von Kopf bis Fuß. »Danny, Süßer, du siehst ja schrecklich aus.« Ihre Stimme klang ehrlich und gleichzeitig verblüfft. Sie rümpfte die Nase.

Er wußte, wie er aussehen mußte: mit Ausnahme seiner schmutzigen Unterhose nackt, den Rücken am Heizschlitz, die Beine in dünnen Rinnsalen mit flüssigem Exkrement bedeckt, das stellenweise schon ausgetrocknet war. Louisa schüttelte den Kopf. Sie streckte unwillkürlich die Hand nach ihm aus. Als sie mit den Fingerspitzen seinen Arm berührten, stieß er einen Schrei aus. Sie zuckte zurück. »Tut das so weh?« Er nickte mit zusammengebissenen Zähnen. »Hast du einen Arzt gerufen?« Er schüttelte den Kopf. »Nein«, sagte sie, »wahrscheinlich konntest du das ja nicht.« Louisa sah aus ihrem genau eins zweiundfünfzig hohen Blickwinkel zu ihm auf, und blickte ihn unter den koboldhaft geschnittenen, rabenschwarzen Ponies mit Schokoladenaugen ernst an. »Zuallererst einmal sollten wir dich aber ein bißchen sauber machen, oder?«

Er nickte. »Ja, wär wohl besser. Und dann ruf bitte Dr. King an.«

»Wir rufen Dr. King lieber jetzt gleich an«, sagte sie. »Das Bad hat Zeit.«

»Das Telefon ist oben«, sagte er. »Ich konnte nicht auflegen.«

»Ich kümmere mich um alles«, sagte Louisa besänftigend. »Mach dir nur keine Sorgen.«

Sie folgte ihm die Treppe hinauf. Die Katzen waren nirgends zu sehen. Nicht daß er es ihnen verübelt hätte.

Im Schlafzimmer wickelte sie die Hörerschnur von der Lampe und sah dann auf das Bett hinunter. »Das müssen wir schnell sauber kriegen. Der Arzt hat doch noch Zeit. Den Gestank hier kann niemand aushalten.«

»Meine Unterhosen und die Laken«, sagte er. »Tu sie einfach in den Plastikmüllsack und bring sie zum Abfall. Die

Steppdecke war teuer – vielleicht kannst du sie draußen im Garten über den Gartentisch werfen, damit sie trocknet. Und anschließend tu sie bitte auch in einen Plastiksack, dann bringen wir sie in die Reinigung.«

Sie nickte und rollte die Daunendecke vorsichtig zusammen. »Sind die Plastiksäcke in der Küche?«

»Im Besenschrank.«

Ein paar Minuten darauf war Louisa mit den schwarzen Säcken zurück, in die sie dann die schmutzigen Laken stopfte. »Die auch.« Sie deutete auf seine Unterhose.

»Die sind nicht so schlimm«, sagte er. »Hier oben ist's kalt.«

»Die sind ekelhaft«, sagte sie ruhig. »Sobald du sauber bist, kannst du ja einen schönen warmen Bademantel anziehen.«

Er versuchte die Daumen unter das Gummiband an der Hüfte zu schieben. Es ging nicht. »Was ist mit Dr. King?«

Sie griff nach dem Gummiband und zog ihm die Unterhosen über die Beine herunter. »Ich habe es mir noch einmal anders überlegt. Der Arzt hat Zeit. Wir müssen uns zuerst um dich kümmern.«

Das Haus hatte zwei Bäder, beide im ersten Stock. Nur eines davon hatte eine Wanne mit Dusche. Danny stieg in die Wanne und biß die Zähne zusammen, als Louisa am Hahn drehte. Nichts passierte. »Kein Druck«, sagte sie. »Überhaupt kein Wasser.«

»Ich hätte die Wasserhähne letzte Nacht tropfen lassen sollen«, sagte er. »Ich wette, die Rohre sind eingefroren.«

»Unten auch?«

Er setzte zu einem Achselzucken an. Hielt inne. »Unten geht's vielleicht.«

»Ich sehe mal nach. Bleib du hier.« Gleich darauf rief sie: »Hier unten läuft Wasser. Ich bin in einer Sekunde wieder oben.« Tatsächlich dauerte es ein paar Sekunden, aber sie bildete sozusagen eine Solo-Kübelkette mit Suppenschüsseln voll dampfendem Leitungswasser.

Als der erste Schwall brühheißes Wasser über seinen Rücken rann, brüllte er auf.

»Sei kein Baby«, sagte sie. »Dir ist bloß kalt. Ich habe die Temperatur geprüft. Das ist schon in Ordnung.« Louisa schüttete eine weitere Schüssel Wasser über ihn, feuchtete dann einen Waschlappen an und begann ihn abzuschrubben. Nach den ersten paar Schocks mußte er zugeben, daß das Wasser sich angenehm anfühlte. Die Hände vor sich verschränkt, blickte er fasziniert auf die braune Flüssigkeit, die durch den Abfluß rann. Er spürte mehr Wasser, mehr Schrubben. Schließlich war das Wasser, das in den Abfluß rann, sauber.

»Okay, jetzt komm raus.« Sie rubbelte ihn ab, versuchte vorsichtig zu sein, als der dicke Frotteestoff sich an seinen Schultern verhängte. Als er einigermaßen trocken war, zog Louisa ihm den blauen Bademantel über die Schultern und band ihm den Gürtel um die Taille. »So, jetzt leg dich hin. Jetzt rufen wir die Ärztin.«

Die schmutzigen Laken lagen nicht mehr auf dem Bett, aber die Matratze war noch feucht und fleckig. Es sah so aus, als ob Louisa sie gründlich abgeschrubbt hätte. Sie breitete ein Badetuch über die feuchte Fläche und holte dann eine billige Zudecke aus dem Wäscheschrank. »Okay, leg dich hin.« Sie warf geschickt eine alte Wolldecke über ihn und zog sie ihm bis zur Hüfte hoch. »Bequem so?«

»Ja, schon«, sagte er. »Bequemer geht's wohl für mich jetzt nicht.« Er wußte, daß ihm in Wirklichkeit gar nicht nach Bequemlichkeit war. Aber wer wußte schon, wann sein Leben sich verbessern würde. Leg dich hin, solange du noch kannst. Also tat er es, ließ sich vorsichtig gegen die aufgetürmten Kissen sinken, die Louisa hingelegt hatte.

Nachdem er sich unter einigen Schmerzen zurechtgerückt hatte, stöhnte er.

»Was ist denn los?« sagte Louisa.

»Ich muß pinkeln.«

»Ich helfe dir aufsitzen«, sagte sie.

»Ich weiß nicht, ob ich das schaffe. Mein Rücken und meine Schultern fühlen sich so an, als würden sie in Stücke gehen, wenn ich mich bewege.«

»Hm«, sagte Louisa. »Hast du einen Nachttopf?«

»Nein.«

»Warte«, sagte sie, drehte sich um und ging hinaus.

»Wo gehst du hin?«

Ihre Stimme schwebte aus dem Treppenhaus zu ihm herein. »Die Küche.«

Danny konzentrierte sich darauf, die Blase zu halten. Plötzlich gab es auf der ganzen Welt nichts, was er sich mehr wünschte, als sich zu erleichtern.

Louisa kam mit einer leeren Cola-Plastikflasche und einer Schere zurück. Er riß die Augen auf. »Wozu die Schere?«

Sie schnippte spitzbübisch damit. »Für den Fall, daß ich dich ein wenig zurechtstutzen muß, damit du in den Flaschenhals paßt.«

»Ha, ha«, sagte er. »Und wie wär's, wenn du den Flaschenhals abschneiden würdest?«

»Meinst du nicht, daß du reinpaßt?«

»Selbst heute«, sagte er, »kommt mir das zu eng vor.«

Mit einem kräftigen Stich stieß sie dort, wo die Flasche sich verjüngte, ein Loch hinein und schnitt es dann kreisrund auf. »Groß genug.«

»Hoffentlich muß ich nicht niesen. Der Rand sieht scharf aus.« Er spreizte die Beine etwas weiter, als sie ihm die Flasche zwischen die Schenkel hielt. Louisa führte seinen schlaffen Penis geschickt in das Loch ein. Als sie ihn das letzte Mal dort berührt hatte, dachte er jetzt, war das bei weitem nicht so klinisch exakt gewesen. Aber heute verspürte er absolut keine Erregung.

Nur Erleichterung.

Als er fertig war, trug sie die Flasche ins Bad und brachte sie dann leer und ausgespült wieder zurück.

»So weit, so gut«, sagte sie.

»Wirst du jetzt Dr. King anrufen?« sagte Danny. Er wußte die Praxisnummer der Ärztin auswendig. Louisa hielt ihm den Hörer ans Ohr, und er hörte, wie die Sprechstundenhelferin sich meldete. Die Frau wollte ihn zunächst auf eine Warteleitung legen; er widersprach heftig. In weniger als einer Minute hatte er die Ärztin an der Leitung.

Danny erklärte ihr, was heute morgen passiert war, nachdem er aus tiefem Schlaf aufgewacht war. Dr. King fragte, ob jemand bei ihm sei. »Meine Freundin Louisa.« Er blickte zu ihr auf. »Die könnte mich fahren.« Louisa nickte heftig. »Okay«, sagte er. »Ein Uhr, einverstanden.« Louisa legte den Hörer auf.

»Willst du etwas zu essen?« fragte sie.

Er schüttelte den Kopf. »Aber Kaffee wäre nicht schlecht.« Das Telefon klingelte. »Weezie«, sagte er. »Würdest du bitte abnehmen?«

Sie nahm den Hörer ab. »Bei Danny Royal«, sagte sie forsch. Dann verdüsterte sich ihr Gesichtsausdruck. »Ich glaube, das ist jetzt keine gute Zeit, um mit ihm zu sprechen.« Danny formte mit seinen Lippen lautlos das Wort »Wer«. Sie schüttelte den Kopf. »Im Augenblick fühlt er sich nicht sehr gut.« Pause. »Nein, rufen Sie ein andermal an. Oder am besten gar nicht mehr.« Sie legte den Hörer wieder auf.

»Soll ich raten?« sagte Danny.

»Deine *gute Freundin* Iffie«, sagte Louisa. Ihre Worte waren mit Rauhreif bedeckt. »Sie hat behauptet, sie hätte geträumt, daß du Probleme hast.«

Danny starrte sie an. »He, Ifetayo ist wirklich nur eine gute Freundin. Das weißt du genau. Und sie ist eine Yoruba, über eine Nebenlinie ihrer Familie in Port au Prince. Wenn sie träumt, dann lohnt es sich, dem Beachtung zu schenken.«

»Eines wollen wir mal klarstellen«, sagte Louisa ärgerlich. »Freitag abend kam ich hier rein und habe *deine gute Freundin* in deinem Bett vorgefunden. Mit dir, du Arschloch.«

»Du hättest vorher anrufen sollen«, sagte Danny.

»Schwach«, antwortete sie. »Ich glaube, du hast uns beide schon weiß Gott wie lang gegeneinander ausgespielt.«

»Ifetayo hat sich dabei wirklich unbehaglich gefühlt«, sagte er in einem Ton, der besänftigend klingen sollte. »Ich habe dir ja schon gesagt, sie hat sich aus der ganzen Geschichte freiwillig zurückgezogen. Ich glaube, sie war ziemlich verärgert.«

»So wie ich?« Louisas Stimme triefte kurz vor Gift. »Mir war das ernst, als ich dir gesagt habe, daß ich heute meine Sachen hole – den ganzen Krempel, die Pullover, alles, was ich dir gegeben habe, jedes Stück von mir.«

Seine Stimme blieb ruhig. »Und warum hast du nicht?«

»Stell dich nicht noch blöder, als du bist. Nachdem ich angerufen und dich dann hier gesehen hab … du bist völlig kaputt, Danny. Du hast Probleme. Ich glaube, du bist wirklich krank. Ich möchte für dich sorgen.« Sie legte ihm eine kühle Hand auf die Stirn. »Ich liebe dich. Der Himmel weiß, warum ich das tue, aber so ist es nun mal.« Ihre Stimme klang wie eine Uhrfeder, die sich abspult, und dann hielt sie inne.

»Hat sie sonst noch etwas gesagt?« wollte Danny wissen. »Ifetayo?«

»Du bist ein Ekel«, sagte Louisa. Er spürte, wie der Druck ihrer Finger auf seiner Stirn sich verstärkte, die Nägel bohrten sich in die Haut. Sie atmete tief durch. »Sie hat gesagt, du würdest das alles noch bedauern, was geschehen ist.«

»Eine Drohung?« sagte er.

Sie zuckte die Achseln. »Woher soll ich das wissen? Ich gebe mich mit solchen Leuten nicht ab.«

Sie starrten einander an, bis Danny schließlich den Blick senkte. »Ich weiß nicht, wie viele Male ich es noch sagen soll, Weezie. Es tut mir leid. Es tut mir wirklich leid.«

»Das kannst du noch oft sagen«, antwortete sie. »Vielleicht werde ich dir sogar irgendwann einmal glauben.« Und eine Weile später sagte sie: »Danny, du bist wirklich ein ausgewachsener Mistkerl.«

Er versuchte zu witzeln. »Stock und Stein bricht mein Gebein, Süße. Worte tun mir nicht weh.«

»Hast du jemals etwas vom Styx gehört?« sagte sie. »Wahrscheinlich hast du das.«

Er sah sie verdutzt an. »Was soll denn das sein?«

»Der Fluß Styx, du Dummkopf. Wie die Rockgruppe. Weißt du, daß es der Fluß des Hasses war? Des *brennenden* Hasses? Er umfloß die Hölle neunmal. Das ist eine *ganze Menge* Zorn, Danny.«

Er schüttelte den Kopf. »Das hast du wohl alles gelesen?«

»Ich habe mehr gelesen, als du wahrscheinlich glaubst, Baby. Ich bin nicht bloß ein dummes, kleines Kostümmädchen.« Dann schien die Wut aus ihrer Stimme verflogen. Sie beugte sich über ihn und küßte ihn sanft auf die Lippen. »Ich werde jetzt Kaffee machen.« Louisa wandte sich zur Tür, blieb dann noch einmal stehen und sagte über die Schulter: »Ich werde wirklich für dich sorgen. Das weißt du doch, oder?« Sie wartete seine Antwort nicht ab.

Jetzt allein, lag er auf dem Bett und versuchte sich klar darüber zu werden, was eigentlich passiert war. Nein, dachte er, Louisa war keineswegs ein dummes Kostümmädchen. Freilich, ihr Intellekt hatte ihn nicht gerade umgeworfen, aber ihm war schon eine ganze Weile klar, daß sie keineswegs unintelligent war. Es war nur eben so, daß er ganz eindeutig mit dem falschen Kopf gedacht hatte, als er Louisa bei den Papa-Legba-Aufnahmen kennengelernt hatte. Er hatte die Regie für das Musikvideo geführt, bei dem er auch das Drehbuch für diese widerliche Speed-Metal-Gruppe geschrieben hatte; Louisa hatte vom Manager der Gruppe einen unglaublich lächerlichen Betrag dafür erhalten, die Kostüme der Bandmitglieder, die eine Mischung aus Neo-Gothic und Karibik darstellten, immer wieder zusammenzuflicken. Außerdem sorgte sie für das Make-up und die Frisuren des Quintetts.

Danny fand sie nett. Und ihr ging es umgekehrt wohl auch so. Zu der Zeit hielt er es nicht für sehr klug, ihr von seiner Ab-und-an-Affäre mit Ifetayo zu erzählen. An jenem Tag, in jenem Augenblick, war sie gerade wieder einmal nicht am Laufen, aber er hatte gewußt, daß das Klima jederzeit umschlagen könnte. Und das hatte es dann auch.

Und so kam es, daß er die nächsten zwei Monate über mit wachsender Verzweiflung versuchte, die Balance zwischen den beiden Frauen in seinem Leben zu halten, bis zu jenem schrecklichen Freitagabend, als Louisa bei ihrem unerwarteten Besuch Danny in einer hochgradig kompromittierenden Situation mit Ifetayo erwischt hatte. Es war, wie wenn man Öl und Benzin mischt – und Dannys Anwesenheit war, so schien es, das Streichholz.

Schreien, Brüllen, Drohen und die Stille, die einem immer noch viel mehr zusetzte. Die beiden Frauen hatten sein Haus zu unterschiedlichen Zeitpunkten in unterschiedlicher Richtung verlassen, und er hatte es für unwahrscheinlich gehalten, je eine der beiden wiederzusehen.

Bis Sonntag morgen. Heute.

Louisa kam mit einem Tablett ins Schlafzimmer. Sie lächelte. »Zucker und Sahne, Süßer, so wie du es immer gern hast.«

Wußte sie das denn über ihn? dachte er. Nun, offensichtlich ja. »Danke«, sagte er.

Sie hielt ihm die Tasse mit brühendheißem Kaffee hin. Er hielt den Atem an – und verschüttete keinen Tropfen.

Dr. King war eine kurz angebundene blonde Frau um die Fünfzig. Sie nahm Louisas Anwesenheit mit einem kurzen Händeschütteln zur Kenntnis und ging dann daran, an Danny herumzuklopfen und zu stochern und »hm« oder »ah« zu machen, wenn er bei bestimmten Berührungen zusammenzuckte.

»Wir werden ein Blutbild machen«, erklärte sie schließlich. »Aber ich nehme an, es ist eine Myositis.«

»Was ist das denn?« sagte Danny.

»Im wesentlichen eine starke Entzündung des Muskelgewebes«, sagte sie mit gerunzelter Stirn. »Manchmal von einem Virus ausgelöst. Es kann recht schmerzhaft werden. Aber Sie sollten sich davon erholen.«

»Sollten?« sagte er und merkte, daß er dabei die Stimme etwas hob. »Ich habe nur noch eine Woche.«

Die Ärztin sah ihn verdutzt an. »Sie werden nicht daran sterben, Daniel.«

»Nein«, sagte er. »Ich meine, meine Krankenversicherung bei der Gilde läuft in einer Woche aus.«

»Können Sie sie denn nicht erneuern?«

»Nicht ohne Vertrag«, sagte er. »Ich hatte die Aussicht auf einen Auftrag, aber wenn meine Arme so bleiben, werde ich nicht arbeiten können.«

Louisa räusperte sich. Danny und Dr. King fuhren mit den Köpfen zu ihr herum. »Ich kann Diktat aufnehmen«, sagte sie. »Ich kann aushelfen.«

»Was den ärztlichen Aspekt angeht«, sagte Dr. King zu Danny, »könnte ich Sie in ein Krankenhaus einweisen.« Sie verzog das Gesicht. »Eine Woche. Ich glaube nicht, daß die Myositis bis dann vorbei ist.«

»Ich kann dich zu Hause pflegen«, sagte Louisa. »Du hast ja gesehen, was ich heute morgen geschafft habe. Ich kann dafür sorgen, daß du zu essen bekommst, und dich waschen und dich mit Medikamenten versorgen, wenn es darauf hinausläuft.«

Eine Weile herrschte in dem Praxiszimmer Schweigen. Schließlich zuckte Dr. King die Achseln. »Ich habe nichts gegen häusliche Versorgung einzuwenden.«

Danny klappte den Mund auf, um etwas zu sagen.

»Großartig!« sagte Louisa und unterband damit jeden Einwand. »Dann wäre das ja geklärt.«

Am Nachmittag waren Danny und Louisa damit beschäftigt, eine Art Ablaufplan für das Tagesgeschehen zu entwickeln. So peinlich es ihm auch war, putzte sie ihm die Zähne und war dabei mit äußerster Vorsicht bemüht, ihm den Gaumen nicht zu verletzen. Dann entwickelte sie ein System, sich hinter die Kopfkissen auf dem Bett zu zwängen, die Finger ineinander zu verschränken und ihn am Kopf von hinten so anzuschieben, daß er sich leichter aufsetzen und auf die Füße kommen konnte. Auf Dannys Vorschlag hin brachte sie das schnurlose Telefon aus dem Büro nach oben. Er instruierte sie, es mit Klebeband an einer etwa einen halben Meter langen Holzlatte zu befestigen. Er brachte sich bei, den Wählmechanismus mit ausgestrecktem Arm zu bedienen und sich dann das Telefon mit Hilfe der Latte ans Ohr zu halten. Was die Cola-Flasche mit der ausgeweiteten Öffnung anging, so gab es dafür *keine* Verbesserung.

Als Danny müde wurde, ließ Louisa ihn allein, um einkaufen zu gehen. Er schlief erschöpft ein. Und träumte.

Eingehüllt in das Mondlicht, das durch das Fenster im Osten hereinkam, stand Ifetayo am Fußende seines Bettes. Er öffnete unsicher die Augen. Er bewunderte die Muskulatur der Frau. Es hatte eine Zeit gegeben, wo er sie mit einer großen Dschungelkatze verglichen hatte. Das war damals gewesen, als er sie gerade auf Vertragsbasis für Recherchen im Internet engagiert hatte. Sie hatte gelacht und ihn gefragt, ob er das Gefühl habe, daß das ein rassistischer Vergleich sei. Er war dessen nicht so sicher, und deshalb hatte er den Vergleich von da an für sich behalten.

»Hi, Schönheit«, sagte er mit trockenem Mund. »Ich würde aufstehen...«

»... aber das kannst du nicht«, beendete sie den Satz für ihn. »Das weiß ich sehr wohl.« Sie strich sich das lange dunkle Haar, das über ein Auge gefallen war, aus dem Gesicht. »Ich wollte dich sehen, bevor...« Sie zögerte.

»Bevor was?« Danny gefiel ganz und gar nicht, wie das klang.

»Bevor das passiert, was auch immer passieren könnte«, erklärte Ifetayo.

»Komm mir jetzt bloß nicht mit alternativer Philosophie«, sagte Danny. »Was ist mit mir los?«

Sie verzog die üppigen Lippen zu einem Lächeln, das halb von der Dunkelheit verdeckt war. »Ich mag dich nicht sehr, Lover.«

Danny stellte fest, daß er alle Mühe hatte, Worte über die Lippen zu bringen. »Du meinst, du haßt mich?«

Sie schien die Frage nicht zur Kenntnis zu nehmen. »Du wirst ein Geschenk bekommen«, sagte sie. Dann seufzte Ifetayo; es klang eher traurig als zornig. »Du verdienst alles, was du bekommst«, sagte sie und zeigte dabei die Zähne.

»Iffie...«, sagte er, unerklärlicherweise von Panik erfüllt.

Es war schwer, ihren Blick zu deuten. »Wenn du dich mit Flittchen einläßt...«, setzte sie an.

Und verschwand. Das Mondlicht verflog. Die karge Spätnachmittagssonne überflutete das Schlafzimmer. Danny riß die Augen auf und atmete rasselnd ein.

Louisa stand in der Tür. »Hast du mich vermißt?« sagte sie.

Danny konnte sich nie genau daran erinnern, was er an jenem Abend aß. Er erinnerte sich, daß Louisa ihn wie ein kleines Kind fütterte, Bissen für Bissen, mit Gabel oder Löffel. Einschlafen war so ähnlich wie ohnmächtig werden.

Am Morgen klingelte das Telefon, und Louisa ging ran. Es war Dr. King. Louisa reichte das schnurlose Telefon an der Latte zu Danny hinüber.

»Ich habe die Testergebnisse bekommen«, sagte die Ärztin. »Wie schon vermutet, haben Sie erhöhte Enzymwerte, das paßt zur Myositis. Aber ich frage mich, ob die Entzündung vielleicht nur sekundär ist.«

»Was wollen Sie damit sagen?«

»Ich bin zufällig heute morgen einem Knochenspezialisten, den ich gut kenne, begegnet. Er hat mich daran erinnert, daß sekundäre Myositis eine natürliche Reaktion des Immunsystems auf Knochenfragmente im Gewebe sein kann, wie sie nach einem Bruch vorkommen.«

»Ich glaube, ich verstehe nicht ganz …«

»Könnte Ihre Freundin – äh, Louisa? – Sie heute nachmittag vorbeibringen? Ich möchte eine Kernspintomographie mit Ihnen durchführen.«

»Wonach suchen Sie?« fragte Danny.

»Nach Frakturen«, antwortete Dr. King lakonisch.

»Er wird kommen«, sagte Louisa am Zweithörer.

Der Knochenspezialist im Krankenhaus zeigte sich hinsichtlich der Notwendigkeit einer Tomographie etwas skeptisch. Er fragte Danny, ob er sich *sicher* sei, daß er einfach nur mit Schmerzen aufgewacht sei. Da waren keine Verletzungen? fragte er.

»Ich bin nicht einmal aus dem Bett gefallen«, antwortete Danny.

Vielleicht, meinte der Knochenmann mit einem Lächeln, habe sich eine von Dannys ehemaligen Flammen während der Nacht mit einem Hammer ins Zimmer geschlichen und ihm ein paar ordentliche Schläge verpaßt, ehe sie sich wieder davongeschlichen habe.

Danny fand das nicht lustig.

Er sah zu Louisa hinüber, die lautlos mit ihren Lippen ein Wort formte.

Ifetayo?

Danny schüttelte den Kopf. Iffie war sehr verärgert über ihn, hatte das Gefühl, daß er sie verraten hatte. Aber sie war nicht bösartig. Oder doch? Er glaubte es nicht. Wollte aber gleichzeitig, er könnte sich da sicherer sein.

Die Tomographie war schmerzlos, aber anstrengend. Die Pfleger schoben ihn von dem Wagen auf eine Rampe, die ihrerseits in eine klaustrophobische Röhre führte, die Danny an *Raumschiff Enterprise* erinnerte. Sie gaben ihm Kopfhörer und forderten ihn auf, sich einen Audiokanal auszusuchen. Er entschied sich für Pop aus den Achtzigern.

Sobald er in der Röhre steckte, fing die Musik an, und es war reinstes Country. Dann begannen die magnetischen Scansequenzen, und Jimmy Rodgers und Ernest Tubb überschütteten ihn mit einem Geräusch, das so wirkte, als würde ein Tyrannosaurus Rex mit den Zähnen irgendwelche Knochen zermahlen.

Beinahe eine Stunde später war Danny mehr als bereit dazu, daß man ihn wieder aus der strahlend weißen Röhre rollte.

»Der Radiologe wird sich das alles ansehen«, sagte der Knochenmann. »Wir rufen Sie an.«

Als sie wieder bei Dannys Haus eintrafen, fanden sie auf der Schwelle ein kleines, in braunes Packpapier eingehülltes Päckchen mit roter Schnur darum. Ein Absenderzettel war keiner dran.

Als sie im Haus waren, öffnete Louisa das Päckchen für ihn. Sie starrten beide die winzige schwarze Steinfigur an. Sie schimmerte ölig und gab einen durchdringenden Geruch von sich, bei dem sich Dannys Stirnhöhlen sofort öffneten.

»Was zum Teufel …?« sagte er. Er überlegte. »Voodoo?«

»Ifetayo«, meinte Louisa ausdruckslos. Mehr sagte sie nicht. »Soll ich es wegwerfen?«

Er schüttelte den Kopf. »Es zu vernichten könnte eine Falle sein. Bring das Ding einfach an einen sicheren Ort.«

»Ich werde nicht zulassen, daß sie dir etwas tut«, sagte Louisa. »Ich liebe dich.« Sie küßte ihn und strich dann zärtlich mit den Fingern ihrer rechten Hand an seiner Wange entlang zu seinem Mund. Sie berührte seine Lippen. »Du bist müde. Du solltest wieder ins Bett gehen.«

»Jederzeit«, sagte er.

Ifetayo erschien ihm erneut im Traum, aber diesmal war es so, als würde er ein TV-Bild sehen, das von Blitzschlägen und sonstigen elektrischen Störungen überlagert wurde. Sie stand am Fußende seines Bettes und trug ein langes, buntes Kleid wie aus einem völkerkundlichen Museum. Danny wurde bewußt, daß er sie nie anders als in konventioneller, westlicher Kleidung gesehen hatte.

»... mein Name ...«, hörte er sie sagen. »... Bedeutung.« Sie sah so aus, als würde sie sich über irgend etwas ärgern, und dann, als versuchte sie sich zu wiederholen. »... Yoruba. Er bedeutet: ›Liebe bringt Glück.‹« Irgendeine kosmische Interferenz übertönte ihre Stimme. Ifetayo wirkte jetzt bedrückt. »... kann so viele Dinge bedeuten ...« Ihre Hand bewegte sich in Schlangenlinien. Danny sah einen kurzen Augenblick etwas, das wie eine Art Kokon aussah und von innen heraus leuchtete.

Dann war Iffie plötzlich wieder verschwunden, als ob jemand einen Lichtschalter umgelegt hätte.

An sonstige Träume aus jener Nacht erinnerte Danny sich nicht.

Der Radiologe rief gleich am Morgen an. Ja, Dannys Knochen zeigten Frakturen. Seine rechte Schulter weise unmittelbar unter dem Kugelgelenk zwei lange Brüche auf; seine linke Schulter wenigstens einen. Dann schaltete sich der Knochendoktor in die Leitung ein und gab seiner Verwunderung Ausdruck.

»Es ist möglich ...«, sagte er und unterbrach sich dann selbst. »Sie sind sich auch ganz sicher, daß Sie sich an keine Verletzungen erinnern?« So sei es. »Es ist möglich«, fuhr er dann fort, »daß Sie im Schlaf nervöse Krämpfe hatten. Muskeln schaffen das unter Umständen. Es ist ungewöhnlich, aber es kann solche Ausmaße annehmen, daß es dabei zu Knochenbrüchen kommt.«

Danny ließ sich das durch den Kopf gehen, dachte, wie ihm sein eigener Körper nur auf so scheußliche Weise verraten könne. »Aber warum?« sagte er.

»Schwer zu sagen, zumindest mit dem, was wir vorliegen haben. Ein plötzliches Absinken Ihrer Glukosewerte vielleicht. Vielleicht eine Reaktion, die durch eine Apnoe während des Schlafes, also einen Atemstillstand, ausgelöst wurde. Dafür könnte es einen neurologischen Grund geben.« Er sagte ein paar Augenblicke lang nichts. »Ich werde mit Dr. King sprechen. Ihr Zustand erfordert möglicherweise eine ganze Reihe von Diagnosen.«

Danny schwieg ebenfalls eine Weile, dann meinte er: »Aber bitte bald. Die Tests sollten so bald wie möglich stattfinden.« Er hatte nicht die Kraft, sich näher zu erklären.

Der Knochenmann zeigte sich einverstanden und legte auf.

Louisa spürte Dannys Bedrücktheit und ließ sich vorsichtig neben ihm auf der Matratze nieder. »Mach dir keine Sorgen, Schatz. Ganz gleich, was die Ärzte herausbekommen, ich werde für dich sorgen. Ich passe auf, daß nichts mehr passiert.«

»Wirst du Ifetayo erschießen, wenn sich herausstellt, daß sie mich mit einem Juju-Bann belegt hat?« sagte er halb im Ernst.

»Ja«, antwortete sie und klang völlig ernst dabei. »Sie kann dir nichts anhaben.«

»Ganz ruhig«, sagte er, bemüht, ein wenig den Helden zu spielen. »Du brauchst nicht meinen Leibwächter zu spielen.«

»Aber ich liebe dich«, sagte Louisa. »Ich liebe dich so sehr.« Sie zögerte. »Liebst du mich nicht auch?«

Jetzt war er mit Zögern an der Reihe. »Ich mag dich sehr«, sagte er. »Ich bin dir wirklich sehr dankbar für alles, was du für mich tust.«

»Aber du liebst mich nicht?«

Er hörte, daß sie leicht gereizt klang. »Das werde ich wahrscheinlich«, sagte er. »Du mußt mir etwas Zeit lassen.«

Das schien sie nicht gerade versöhnlicher zu stimmen. »Warte nicht zu lange, Danny.« Sie stand auf und ging über den Flur in das kleine Bad. Die Tür schloß sich hinter ihr. Danny glaubte, sie weinen zu hören. Aber als sie schließlich wieder herauskam, war ihr Gesicht trocken, und sie lächelte.

»Wir gehen essen«, sagte sie. »Um zu feiern.«

»Was denn feiern?« sagte er. »In meinem Zustand ist mir gar nicht nach Ausgehen.«

»Wir feiern unsere Liebe«, sagte Louisa. »Und du brauchst dir über nichts Sorgen zu machen.« Damit zog sie ihm frische Socken und Laufschuhe an. Mit Boxershorts bekleidet, ließ er sich von ihr die Arme vorsichtig in die Ärmel seines langen Trenchcoats stecken.

»Wenn jemand nachsieht, könnte er auf den Gedanken kommen, ich bin ein Exhibitionist auf dem Weg in den Stadtpark«, sagte er.

»Vertrau mir.« Sie führte ihn zum Wagen hinunter. Sie fuhren zu einem sehr dunklen Restaurant, wo sie relativ abgeschieden am Rand des Speisesaals saßen. Mit ihrer Hilfe bestellte er Suppe und Pudding und Kaffee. Die Gerichte standen aufgereiht wie kleine Soldaten vor ihm, jedes mit einem dicken Strohhalm versehen, der sich seinem Mund entgegenreckte.

Er hatte nicht damit gerechnet, Spaß daran zu haben. Aber dann stellte er fest, daß das Ausgehen seiner Stimmung doch guttat.

Als sie nach Hause zurückkehrten, war das angenehme Gefühl gleich wieder dahin. Der hypermoderne Anrufbeantworter zeigte in dem kleinen Sichtfeld an, daß Ifetayo angerufen hatte. »Ruf sie nicht zurück«, sagte Louisa.

»Dies ist mein Haus«, sagte Danny. Hier gelten *meine* Regeln, hätte er *beinahe* gesagt. Nachdem er behutsam Iffies Nummer gewählt hatte, bekam er nur eine Tonbandansage zu hören: »Diese Nummer ist augenblicklich nicht in Betrieb.«

»Ich sollte hinüberfahren«, sagte er. »Es könnte wichtig sein.«

»Nein«, sagte Louisa. »Das solltest du nicht.«

»Fährst du mich hinüber?«

»Nein.«

Er hörte den Zorn in ihrer Stimme und machte einen Rückzieher. »Vielleicht morgen.«

»Nein«, sagte sie. »Niemals.«

Sie unterhielten sich noch eine Weile, dann beschloß er, schlafen zu gehen.

Ifetayo erschien ihm diesmal nicht im Traum.

Als Danny erwachte, hörte – und spürte – er, wie seine Zehenknochen abknickten. Die kleinen Zehen zuckten, verkrampften sich und brachen dann wie Zweige, auf denen man herumtrampelt. Dann der nächste, während der Schmerz zunahm, bis hinauf zu den großen Zehen, einschließlich der großen Zehen. Beider.

Krack!

Er schrie im Traum.

Es war keine Traum.

Die kleinen Knochen im Spann seines rechten Fußes fingen zu vibrieren an und bogen sich dann unter dem Innendruck. Er erinnerte sich, als Kind an Thanksgiving und Weihnachten diesen Wunschknochen auseinandergerupft zu haben. Der Schmerz war allein schon durchdringend, aber die reißenden, knirschenden *Geräusche*, Geräusche, die Zerstörung andeuteten und bis in seine Eingeweide gingen, verstärkten den Schmerz noch. Er setzte sich auf und versuchte an seine Füße zu greifen, sie zu massieren, so wie er das zu tun pflegte, wenn ihn ein Muskelkater plagte. Aber es nützte nichts – er konnte seine Arme nicht bewegen.

All jene winzigen Knochen zerstörten sich, während er laut schrie.

Dann war Louisa da, mit warmen Lappen, um ihm den Schweiß vom Gesicht zu wischen und ihm feuchte Umschläge an den Füßen zu machen, um die brutalen Schmerzen zu lindern. »So«, sagte sie. »Es wird schon gut. Wir bewältigen den Schmerz schon.«

»Warum?« sagte er. Er war wie benebelt von der marternden Elektrizität, die von seinen Füßen und Schultern ausging. »Warum, warum, warum, warum …« Er hielt erst inne, als er keine Luft mehr hatte. Es dauerte nicht lang.

»Sie wird dir nicht wieder weh tun«, sagte Louisa.

Endlich drang der Sinn des Gesagten zu ihm durch. »Wer? Ifetayo?«

»Natürlich.« Louisa fuhr fort, ihm die Stirn abzuwischen. »Du mußt jetzt versuchen zu ruhen. Gleichmäßig atmen, trotz der Schmerzen. Du wirst eine Weile nicht gehen können. Aber mach dir keine Sorgen. Ich kümmere mich um alles. Ich liebe dich.«

Plötzlich fiel ihm etwas ein. »Weezie, dieses *Ding,* das Iffie gestern auf die Schwelle gelegt hat. Das, das du an einen sicheren Ort gebracht hast, du weißt schon. Ich denke, es ist besser, du zerstörst es.«

»Das habe ich schon, Liebling«, sagte sie beruhigend.

»Gut.« Er schüttelte den Kopf. Worte schwammen ihm im Kopf herum, und es kostete ihn Mühe, sie in seiner Kehle zu artikulieren. »Ich habe nie an schwarze Magie geglaubt.«

»Das brauchst du auch nicht«, sagte Louisa. »Sie wirkt auch so.«

Er driftete allmählich weg, versuchte dem Schmerz zu entkommen, dem Schmerz, vor dem es in Wahrheit kein Entkommen gab, wie ihm inzwischen klar zu werden begann. Louisa sagte etwas, was ihm aber nicht ganz verständlich war. »Was?«

»Der Fluß Styx ist tief und breit«, sagte sie. »Dort fließt soviel Haß.« Und dann war es, als hätte sie den Kanal gewechselt. »Die Katzen sind aus ihrem Versteck gekommen. Ich habe sie gefüttert. Sie mögen mich.«

»Was ...?« Aber er sollte nicht mehr erfahren, *was* sie meinte. Eine wohltuende Bewußtlosigkeit stellte sich vorher ein.

Als er wieder erwachte, konnte Danny sich fast überhaupt nicht mehr bewegen. Louisa saß mit einer Tasse heißem Kaffee neben dem Bett und half ihm besorgt, den Kaffee in kleinen Schlucken zu trinken.

»Ich fürchte, um deine Beine steht es nicht sonderlich gut«, sagte sie besorgt.

»Sie schmerzen genau wie meine Schultern«, wimmerte er.

»Du wirst eine Weile zu Hause bleiben«, sagte sie. »Ich werde dafür sorgen, daß du zurechtkommst.«

»Wir brauchen meinetwegen nicht zu Ifetayo zu fahren, um nach ihr zu sehen«, sagte Danny.

»Allerdings«, erwiderte sie. »Würde ohnehin nicht viel nützen.«

»Was meinst du da?«

Sie gab keine Antwort. »Diese Frau hat dich gehaßt«, sagte sie dann. »Die Figur, die ich zerstört habe? Die, die sie dagelassen hat? Die sollte dich impotent machen. Ich glaube, sie hielt das für eine Art ausgleichende Gerechtigkeit.« Louisa seufzte. »Aber sie hatte nicht das *Recht* dazu.«

Danny versuchte den Kopf zu heben, um sie besser ansehen zu können. Seine Finger krochen an der Oberseite der Bettdecke entlang wie verkrüppelte Spinnen.

Sie blickte auf ihn herab. »Vorsichtig«, sagte sie. »Noch weitere Dummheiten, und denen könnte alles mögliche passieren, allen zehn, selbst den Daumen.« Aber dann grinste sie strahlend. »Aber ich habe dir ja gesagt, ich kann Diktate aufnehmen. Du kommst schon klar.«

»Wovon zum Teufel redest du da?« murmelte er. Plötzlich fiel sein Blick auf etwas Neues, das hinter ihr die Kommode krönte. Es war sein Bild in einem altertümlichen Metallrahmen. Und an dem Rahmen lehnte etwas. Es sah wie eine Ken-Puppe aus, fest mit Faden umwickelt – wie ein Kokon. Die Fesseln sahen so aus, als würden sie die Gliedmaßen der Puppe verzerren, sie in unnatürlicher Haltung zusammenpressen. Die Arme, Beine, Hände – dort war der Faden am dichtesten gewickelt.

Allmählich sickerte die Bedeutung dessen, was er sah, durch seinen schmerzgequälten, benommenen Verstand. Weezie *liebte* ihn.

Als hätte sie seine Gedanken gelesen, sagte sie: »Danny, ich werde dich ewig lieben. Ich konnte nicht zulassen, daß *sie* dich verletzt. Unter keinen Umständen. Ich werde immer für dich sorgen. Verlaß dich darauf.«

Er wußte, daß er sich in einem Delirium befand, aus dem er nie erwachen würde.

Es war sehr mühsam, sich an irgend etwas festzuklammern. Aber wie er ihr heiter gelassenes Lächeln vor sich sah, war ihm eines ganz klar:

Liebe wird immer über den Haß triumphieren.

Immer.

Steven Spruill

HÄMOPHAGE

Ich empfinde es als passend und höchst angenehm, daß Steven Spruill und F. Paul Wilson die beiden Vampirgeschichten dieses Buches geliefert haben, denn als ich die beiden vor langer Zeit in einer weit entfernten Verlagsgalaxie kennenlernte, waren sie die besten Freunde (das sind sie immer noch, und die beiden haben sogar vor gar nicht so langer Zeit gemeinsam einen Roman, Nightkill *geschrieben). Beide haben wunderbare Bücher für die Science-Fiction-Reihe von Doubleday geschrieben, die ich bereits schon mehrfach erwähnt habe (siehe Einleitungen bei Wilson und Lustbader.)*

Seit jenen Tagen der winzigen Vorschüsse ist Spruill ganz gut vorangekommen: Er ist der Autor von dreizehn Romanen, von denen die letzten fünf von der Literary Guild ausgewählt worden sind. Eine Trilogie, die auf den faszinierenden Figuren basiert, die Sie gleich kennenlernen, wurde 1998 abgeschlossen: Sie besteht aus Rulers of Darkness, Daughter of Darkness *und* Lords of Light.

»Hämophage« ist zeitlich zwischen den beiden letzten Romanen angesiedelt. Um es mit Spruills eigenen Worten zu sagen (denen ich zufälligerweise beipflichte), »läßt sie uns einen kurzen Blick auf die mächtigen und komplizierten Geschöpfe werfen, die möglicherweise die Realität hinter dem Vampir-Mythos darstellen könnten«.

Der erste Hauch von Blut, der beim Öffnen der Lifttüren heranwehte, war etwa so, wie wenn man Rosen in eine Vase taucht, aber dann erfaßte Merrick die fleischlichen Untertöne, was ihm irgendwie die Kehle abschnürte. Die Liftkabine sackte noch tastend ein kleines Stückchen nach unten, kam dann aber zum Stillstand und gab den Blick auf umbrafarbenen Teppichboden und graue Tapete mit silbernem Rand frei. Vor der hellerleuchteten Kabine wirbelten Staubteilchen herum und zeigten ihm, daß Leute auf dem Gang hin und her huschten. Doch von hier aus war niemand zu sehen. Er könnte jetzt auf »Schließen« drücken, dem Uniformierten in der Hotelhalle sagen, daß er etwas im Wagen vergessen hätte, und nach Hause zurückfahren, zu Katie, wo er hingehörte. Aber die Leiche war bereits ein Teil von ihm geworden, und bei jedem Atemzug sickerten Atome aus deren Adern in seine Kapillaren.

Merrick gab sich einen Ruck und trat in den Flur hinaus. Seine Handflächen prickelten, weil er den Haltegriff im Fahrstuhl nervös umklammert hatte. Hinter ihm zog das Licht sich zusammen, verschwand dann mit einem dumpfen Knall und hinterließ ihn im fahlen Leuchten von 25-Watt-Wandleuchtern, die weit voneinander entfernt angebracht waren. *Die mögen es dunkel. Einer von ihnen könnte hier durchschlüpfen, ohne Angst haben zu müssen, daß man ihn sieht, selbst wenn plötzlich ein Mieter herauskäme …*

Merrick preßte die Kinnladen zusammen. Dieser verdammte Lieutenant, einfach nicht umzustimmen, nur einen schnellen Blick, bitte. Der konnte doch nicht wissen, worum er bat.

Ein weiterer Uniformierter wartete an der offenen Tür am Ende des Korridors. Der grelle Schein eines Blitzlichts beleuchtete ihn von hinten, als er eine Hand hob. »Polizeiliche Ermittlungen. Wenn Sie bitte gehen …«

»Ich bin Merrick Chapman.«

Der Polizeibeamte nahm Haltung an und wurde rot. »Ja, Sir – tut mir leid. Ich hatte Sie für älter gehalten.«

Da hattest du recht, mein Sohn.

Ein winziger Vorraum führte in einen schmalen Flur auf der linken Seite und geradeaus in ein nicht sonderlich großes Wohnzimmer mit Perserteppichen auf dem Parkett. Ein bequemer Lehnsessel in der Ecke zog seinen Blick an, und er wußte sofort, daß das ein Lieblingsplatz gewesen war. Beiderseits von dem Sessel standen Staffeleien mit Pflanzen, die filigrane Blätter hatten, und dahinter eine Stehlampe, deren Lichtkegel zum Lesen gerade richtig war. Ein Liebesroman lag offen auf dem Boden, mit der Rückseite nach oben, der bunte Umschlag war nicht zu übersehen. Zwei Techniker von der Spurensicherung knieten auf dem Boden und arbeiteten mit behandschuhten Händen rings um den Stuhl herum.

»Lieutenant!«

Des, hinter ihm. Als Merrick sich umdrehte, war er verblüfft, wie der Mann zugenommen hatte, und sah die weißen Fäden in dessen schwarzem Haar. Immer noch schick gekleidet, aber keine Massai-Motive, wie er sie früher einmal an seinen Hosenträgern und Krawatten so geschätzt hatte. Bloß ein schwarzer Seidenblazer, weißes Hemd und anthrazitfarbene Hosen, eine Uniform, die Verantwortlichkeit ausstrahlte.

»Selbst Lieutenant.«

»Du siehst gut aus, Merrick. Verdammt, du brauchst dir bloß die Haare ein wenig zu färben, dann könnte man glauben, du wärst erst gestern in Pension gegangen. Allerdings könnte man auch über mich einiges sagen.« Er warf einen bekümmerten Blick auf seinen Bauch. »Danke, daß du gekommen bist. Nett von dir. Verdammt, ich stand auch früher schon immer in deiner Schuld.«

»Du schuldest mir gar nichts, Des.«

»Aha, das war wohl irgendein anderer Merrick, der ein paar Leuten auf die Zehen getreten ist, damit ich seinen Job gekriegt habe.«

»Dann glaubst du also immer noch, daß das eine Gefälligkeit war?«

»Der Job ist jedenfalls besser, als irgendwo Gauner zu belauern oder im Besprechungszimmer Stühle rumzuschieben. Und wenn mir danach ist, brauche ich nicht im Büro sitzen zu bleiben und kann raus.« Er sah sich um, blickte durch den schmalen Korridor, und man konnte dabei seinem Gesicht ansehen, daß es ihm nicht gerade schlecht ging. »Hat Stepansky dich abgefangen, bevor du reinkamst?«

»Der Typ an der Tür? Was hast du ihm denn gesagt?«

»Bloß deinen Namen. Der Junge ist nicht übel, er möchte Detective werden und hängt mit unseren Leuten in den entsprechenden Bars rum und hört zu, wenn sie ihre Stories erzählen. Du hältst immer noch den Rekord für aufgeklärte Morde, weißt du das?«

Merrick verspürte ein überraschendes Unbehagen. Die Leute auf dem Revier redeten also immer noch über ihn? Aber was machte das schon. Soviel hatte er ja nicht mehr zu verbergen.

Des hielt ihm ein paar Gummihandschuhe hin. Als Merrick sie überstreifte, sah er vor seinem inneren Auge Bilder von bläulicher Haut, starren Augen, Blut, dunkel und duftend, und keine zwei Gerüche waren je gleich. Einen Augenblick lang überlegte er wieder, hier abzuhauen – es war aber viel zu spät.

»Sie ist im Bad«, sagte Des.

Merrick folgte ihm durch den schmalen Korridor und warf dabei einen kurzen Blick in ein winziges Schlafzimmer auf der einen Seite. Das Bett war ordentlich gemacht, eine rustikale Decke war darübergebreitet. Das Badezimmer war recht groß, rosa und grün gekachelt, wohl in den fünfziger Jahren einmal renoviert worden. Sie lag in der Wanne, hatte die Augen geschlossen, die Lippen waren halb geöffnet, also ob sie eingenickt wäre. Ihr Dutzendgesicht wäre im Leben hübscher gewesen. Das Blut trübte das Wasser, so daß man den Körper nur undeutlich erkennen konnte. Merrick sah genauer hin, und da war es, neben der Wanne, in der Nähe ihrer Schulter – ein Küchenmesser mit einer langen, scharf geschliffenen Klinge, auf der jetzt Blut glänzte. Des fischte einen Alabasterarm aus dem Wasser. Die Wunde war tief, längs am Handgelenk entlang, nicht quer. Merrick beugte sich vor, untersuchte die Wunde, war von dem berauschenden Duft wie benommen. Seine Kehle schnürte sich zu, und dann konnte er wieder schlucken. Er tauchte eine Hand ins Wasser.

Eiskalt.

Die Nerven entlang seiner Wirbelsäule spannten sich, dann sagte er: »Wieso ist das ein Mord?«

»Meinst du nicht, daß das Wasser sonst dunkler sein sollte? Ich habe vier oder fünf Badewannenselbstmorde gesehen, und gewöhnlich kann man den Körper überhaupt nicht mehr sehen, wenn nicht gerade ein Arm über den Rand hing und auf den Boden geblutet hat. Und das Handgelenk – nur ein einziger Schnitt. Woher wußte sie, wie sie den Schnitt ansetzen mußte? Sie ist keine Medizinerin. Sie hat in einer Reiseagentur gearbeitet, Urlaubsreisen verkauft.«

»Abschiedsbrief?«

Des schüttelte den Kopf.

Merrick sah ihn an. »Prüfst du mich, Des?«

Der Lieutenant grinste, und einen Augenblick lang waren die Jahre wie verflogen.

»Du hast ganz sicher bemerkt«, sagte Merrick dann, »daß das Blut an dem Messer noch nicht ganz trocken ist, und das bedeutet, daß das alles hier noch nicht einmal eine Stunde alt ist. Also, warum ist das Wasser kalt?«

»Genau. Niemand würde in eine kalte Badewanne steigen, um sich die Pulsadern aufzuschneiden. Der Täter hat nicht damit gerechnet, daß die Vermieterin der Frau sich selbst die Tür aufsperren würde, um eine geliehene Brennschere zurückzubringen.«

Merrick schloß die Augen und malte sich das Bild einer hochgewachsenen Gestalt aus, die wie ein Mann aussah und durch den düsteren Korridor leise auf dieses Apartment zuschlich. Oder vielleicht außen an der Fassade hochkletterte, zu einem halb geöffneten Fenster. Er sah die Frau in ihrem Sessel sitzen und lesen, sah sie aufblicken, vielleicht als sie spürte, daß sich etwas in ihrer Umgebung verändert hatte. Aber sie würde ihren Mörder nicht sehen, weil der mit seinen mentalen Kräften hinausgriff, die feinen Haaräderchen in ihrer Netzhaut fand und den Blutfluß zu ihnen absperrte, um einen blinden Punkt zu schaffen, über den ihr Bewußtsein dann die vertrauten, sicheren Konturen ihrer Wohnung tapezieren würde. Anschließend würde er ihre Halsschlagadern weiten, das Blut aus ihrem Gehirn absaugen und sie beim Hinfallen auffangen. Er würde ihr Gewicht kaum spüren, wie er sie mit Armen, die einen LKW heben konnten, ins Badezimmer trug, mit Händen, die eine Wand durchschlagen konnten. Sie hatte keine Chance gehabt, überhaupt keine, weil Vampire nicht wirklich waren. Wahrscheinlich *hatte* diese Frau tatsächlich ihren Mörder gesehen, aber nur als kurzes Aufleuchten in den dunkelsten Windungen ihres Gehirns, dort, wo keine Aussicht darauf besteht, die blinden Flecken zu füllen. Schriftsteller hatten in ihrer fiebrigen Phantasie verzerrte Bilder von Blutfressern heraufbeschworen, und Hollywood hatte diese Verzerrungen auf die Leinwand geworfen, und, welche Ironie, hatte das Geheimnis so vieler Jahrhunderte, sich im falschen Licht des Mythos offenbarend, nur um so sicherer gemacht. Ja, wir wissen, was es mit Vampiren auf sich hat, und am besten wissen wir, daß sie Produkte der Phantasie sind.

Okay, kein Kreuz und kein Pfahl aus Holz hätten diese Frau gerettet, aber eine mit einer Kamera verbundene Alarmanlage wohl. Wie lange wandelte der Hämophage, der heute nacht hier gewesen war, schon unter den Menschen und nahm sich das, was er brauchte – zweihundert Jahre, tausend? War er in finsterer Nacht durch die zertrampelten Schlachtfelder von Hastings und Waterloo gestreift und hatte das Blut der Sterbenden getrunken? Wie viele Leichen hatte er in den Wäldern liegenlassen, wo die Zähne anderer Tiere das Werk der seinen beseitigen würden? Heute konnte man einen Mörder mit einem Haar oder einer Spur von seinem Blut festnageln – vorausgesetzt, er war menschlich. Aber wenn der Tod auf einen Autounfall, einen Brand, einen Selbstmord zurückzuführen war, sah man nicht einmal genauer hin.

»Was ich jetzt wissen will«, sagte Des, »wo ist das restliche Blut? Auf dem Boden ist es ja augenfälligerweise nicht. Und in ihr ist es auch nicht, sie ist weiß wie Alabaster. Meinst du, er könnte zurückgekommen sein – unser Mördervampir?«

Unser Mördervampir.

»Ich hatte angenommen, er sei tot«, sagte Des bedächtig. »Eigentlich hatte ich mir immer zusammengereimt, daß du ihn getötet hättest.«

Merrick warf ihm einen scharfen Blick zu.

Des hob beide Hände. »He, ich mache dir keinen Vorwurf. Aber du hast diesen Mistkerl Tag und Nacht verfolgt, und als du dann damit aufgehört hast, war von ihm auch nichts mehr zu hören und zu sehen.«

Merrick sah das unterirdische Kellergewölbe in den Wäldern von Virginia, die Reihen von Pritschen im Gemeinschaftsraum für diejenigen, die vom Blutmangel zu geschwächt waren, um sich noch rühren zu können. Er sah Abezi-Thibod, Balberith, Procel, wie sie dort im indigofarbenen Zwielicht lagen, das weiße Haar über den Kissen ausgebreitet. Die Gesichter toter Pharaonen, bis man dann ein Auge sah, in dem der Haß glitzerte. Andere schrien und brüllten und schlugen hinter den eisernen Türen rings um den Schlafsaal gegen die Wände, wo er die frisch Gefangenen untergebracht hatte und wo er zu guter Letzt auch Zanè hingebracht hatte.

Übelkeit stieg ihm die Kehle hoch. Er hätte nie hierherkommen sollen. Der Alptraum war vorbei, durfte nie wieder beginnen.

»Oh, du hast schon noch ein paar Monate weitergemacht«, sagte Des, »so getan, als ob, nach dem letzten Mord. Aber du wärst nie in Pension gegangen, wenn du geglaubt hättest, daß er noch auf freiem Fuß ist. Wenigstens hatte ich das immer gehofft.«

»Du denkst, ich würde ihn fangen und ihn einfach töten, anstatt ihn einzuliefern?«

»Bei mir wäre dein Geheimnis sicher gewesen.«

Merrick spürte eine Last auf seiner Brust. *Richter, Geschworene, Henker.*

Des sah so aus, als würde er sich in seiner Haut nicht wohl fühlen. »Schau, es tut mir leid. Ich hätte das nicht sagen sollen. Ich kenne niemanden, dem ich je mehr vertraut hätte. Ich habe die ganze Zeit geahnt, daß das alles wahrscheinlich bloß Wunschdenken war. Ich habe noch Jahre, nachdem das Morden aufgehört hatte, die Daten landesweit in allen Fahndungscomputern abgeglichen, um zu sehen, ob sie woanders wieder anfangen würden. Aber das war nicht der Fall. Und das hier ist ganz sicherlich nicht dieselbe Vorgehensweise. Der Mörder vor dreizehn Jahren hat sich seiner Taten gebrüstet. Das …« Des blickte auf die Leiche in der Badewanne und schluckte. »Das hier ist klammheimlich passiert, Merrick. Wer auch immer das hier getan hat, wollte nie, daß es entdeckt wird – wir sind durch reinen Zufall darauf gestoßen. Aber das fehlende Blut bedeutet, daß ich unseren guten Freund von damals, vor dreizehn Jahren, mit in Betracht ziehen muß. Wie viele verrückte Hurensöhne sind dämlich genug, sich für

Vampire zu halten?« Des schüttelte den Kopf. »Wo ist das restliche Blut? Und sag mir bloß nicht, daß der Täter es getrunken hat.«

Merrick legte Des die Hand auf den Arm. »Nimm das nicht alles so tragisch. Vielleicht ist es gar nichts. Vielleicht gerinnt ihr Blut bloß besonders langsam, und deshalb war das Messer noch feucht. Vielleicht ist das alles schon vor drei Stunden passiert, und das wäre lang genug, damit das Wasser so kalt werden kann.«

»Ja, glaubst du das?« Hoffnung und Zweifel kämpften in Des' Gesicht. »Scheiß drauf, vielleicht.« Er atmete tief durch. »Mal sehen, was das Labor sagt. Ich halte dich auf dem laufenden.«

»Tu's nicht.«

»Mhm. Ich kann mir vorstellen, du hast genügend Spinner erlebt, daß es dir für den Rest deines Lebens genügt.«

Merrick sagte nichts.

»Tut mir leid, daß ich dir das antue.«

»Denk dir nichts dabei.«

»Grüß Katie von mir«, sagte Des.

»Mach ich.« Merricks Laune besserte sich ein bißchen. Katie, sie war jetzt sein Leben. Um die Zeit sollten sie eigentlich miteinander eine Tasse Kaffee trinken und über Katies Arbeitstag im Krankenhaus reden. Und dann nach oben gehen …

Aber er konnte noch nicht nach Hause gehen, nicht, solange er sich nicht sicher war.

Merrick hielt an, schaltete die Scheinwerfer aus und wartete, während draußen der Staub vorbeizog. Er beugte sich über den Beifahrersitz und beobachtete Zanès Grundstück. Das Tor, das wie das Gatter eines Viehzauns aussah, klammerte sich mit einem rostigen Kettententakel an seinen Pfosten und versperrte die Einfahrt. Kein Wagen, kein Licht in dem Farmhaus, aber das sagte noch gar nichts.

Merrick verkrampfte sich der Magen. Er steuerte den Wagen auf den schrägen Randstreifen, schaltete den Motor aus und stieg aus. Die Mitternachtsluft, schwer und still, war ideal zum Lauschen, kalt genug, um das leiseste Geräusch zu tragen. Nachdem er das sanfte Ticken des abkühlenden Motorblocks ausgeblendet hatte, hörte er ein Rascheln in dem Feld direkt am Haus und konzentrierte sich darauf, kniff die Augen zusammen. Das Gestrüpp lag rot gerändert vor ihm, als ob es das letzte Tageslicht eingefangen hätte. Ein Waschbär richtete sich auf, sah zu ihm herüber und hastete dann davon.

Er wandte sich wieder dem Haus zu. Jetzt, da er sich an die Dunkelheit, die das Haus einhüllte, gewöhnt hatte, war dessen Schäbigkeit auf bedrückende Weise offensichtlich. Tünche, die bei Tag ein blasses Gelb gewesen wäre, blätterte von den Verandapfosten. Isolierband zog sich im Zickzack über das vordere Fenster, flickte einen Sprung im Glas mit liebloser Gleichgültigkeit. Noch ein paar Wochen, und die zwei großen Ahornbäume, die links und rechts die Veranda vor dem Haus säumten, würden Blätter bekommen und einige von den Mängeln verbergen, aber jetzt sah das Haus heruntergekommen aus.

»Komm.«

Es war Zanès Stimme, sie kam gedämpft. Jetzt sah ihn Merrick, eine große, graue Gestalt, die in das Rechteck des gesprungenen Fensters schwebte. Er machte einen Bogen um das Tor und ging die mit Gras bewachsene Böschung zur Veranda hinauf, in seiner Brust machte sich ein beklemmendes Gefühl breit. Bretter ächzten unter seinen Füßen, ein letztes Alarmsystem, das man nicht einfach ausschalten konnte. Ein Quietschen der mit Fliegengitter bespannten äußeren Tür, und dann der eigentliche Türknauf, kühl, störrisch. Merrick trat ein paar Schritte zurück. Zanè blickte zu ihm hinaus, ohne jeden Ausdruck in dem glatten, dunklen Gesicht. Er hatte sein rabenschwarzes Haar so kurz gestutzt wie das Fell eines Panthers. Die Augen waren Jadesplitter.

»Ich habe heute nacht einen Anruf bekommen. Eine junge Frau, tot in ihrer Badewanne. Ihre Pulsadern waren aufgeschlitzt, und eine Menge Blut fehlte. Du?«

»Ich tue das nicht mehr. Ich nehme nur ein wenig, während sie schlafen. Mich drängt es, sie zu töten, aber ich tue es nicht. Wir sind die Löwen, und sie sind die Zebras, aber sie wachen alle am nächsten Morgen wieder auf. Ich bin jetzt nämlich ganz wie du. Da hast du für gesorgt.«

Merrick steckte den Hieb ein, ohne zusammenzuzucken, die Narben hatte er schon von eigener Hand vorgezeichnet. Wie konnte das Richtige sich so falsch anfühlen? Er hatte sich von der Folgerichtigkeit seines Denkens in die Falle locken lassen: Nur er konnte Zanè Einhalt gebieten. Wenn er das nicht tat, klebte das Blut auch an seinen Händen.

Deshalb habe ich meinen eigenen Sohn vor dreizehn Jahren begraben, um ein Heer von Fremden zu retten. Weil sie wie wir aussehen. Sie leuchten auf und verblassen während eines Lidschlags, und tragen doch unsere Gesichter. Und wir die ihren. Hat Zanè seine menschliche Mutter vergessen?

Merricks Herz verkrampfte sich. Vor fünfhundert Jahren, ihre Gebeine waren Staub, aber er würde sie nie vergessen. Da war sie jetzt in Zanè, ihre dunkle Schönheit auf feinsinnige Weise in das Gesicht eines Beduinenscheichs umgeformt, ewig jung.

»Du hast bekommen, weshalb du gekommen bist«, sagte Zanè.

In seinem Kopf hörte Merrick dieselbe Stimme schreien: *Nein, verlaß mich nicht, bitte …*

Aber ich habe ihn verlassen.

Merrick sah vor seinem inneren Auge die Zelle, jeden Tag sah er sie, dazu hatte er sich gezwungen: Zanè, vornübergebeugt auf seiner Pritsche, hinuntergedrückt von der endlosen, dunklen Eintönigkeit, dort eingesperrt zu sein ohne jede Zukunft, nur mit seinen Erinnerungen, all die Jagden, das aufspritzende Blut. Hatte er sie nicht dort in der Dunkelheit gesehen – Geister mit aufgerissenen Kehlen und karminroter Brust, mit Lippen, die lautlose Vorwürfe formten?

Hatte er nicht gebetet? *Laßt mich raus, und ich werde nie wieder töten.*

Und dann streicht ein schwaches Zittern über seine Fußsohlen. Die Handflächen auf den Boden gepreßt, hält er den Atem an, wartet auf das nächste Zittern, fürchtet die Enttäuschung. Die Erde bebt, ihr dumpfes Poltern wird durch ein betäubendes Krachen übertönt, weil der Beton von der Decke bis zum Boden aufreißt und Steinbrocken auf ihn herunterregnen läßt. Mit wild schlagendem Herzen springt er zur Wand, drückt ein Auge an den Riß, muß wegen der Kaskaden von Staub und Steinbrocken blinzeln, schreit erleichtert auf, als er den ausgezackten Fetzen Tageslicht sieht, zwei Finger breit, alles, was er braucht…

Merrick spürte, wie das Strahlen der Erlösung seine Augen badete. Ein Wunder. Warst du das, Gott? Oder der Teufel? Wer auch immer jenes Erdbeben verursacht hat, ich danke dir. Eine neue Chance, für uns beide.

Er spürte das Sehnen wie eine scharfes Messer an seiner Kehle. Er malte sich aus, wie Zanè die Transfusionsbeutel benutzt, immer nur ein wenig nimmt, ihnen ihr Leben läßt – oder den Tod? Hatte die Frau heute nacht in der Wohnung für sich selbst gewählt?

Vielleicht.

Selbstmord. Langsam gerinnendes Blut, sonst nichts.

Ja.

Er legte die Handfläche gegen das Glas.

Auf der anderen Seite wurde das grüne Schummerlicht weicher.

Einen Augenblick lang konnte Merrick wieder seinen Sohn sehen, und dann verblaßte Zanè in den roten Schatten des leeren Zimmers.

Michael Marshall Smith

DAS BUCH DER IRRATIONALEN ZAHLEN

Michael Marshall Smith hat sich schnell einen Ruf sowohl als Horrorautor als es auch Autor von Zukunftsthrillern wie R.E.M. *und* Geklont *gemacht. Die Filmleute sind hinter ihm her (Vorsicht!), aber hoffentlich nehmen sie ihn uns nicht weg, damit er weiterhin Stories und Romane auf die ihm eigene, einmalig unheimliche und eisig kalte Art schreiben kann.*

Man sollte diesen Burschen im Auge behalten; er könnte einer jener Autoren sein, die sehr schnell sehr groß werden.

Wie gesagt, wenn es dazu kommt, dann hoffe ich, daß es ihn nicht davon abhält, auch künftig Arbeiten wie »Das Buch der Irrationalen Zahlen« zu liefern. Sie werden schnell erkennen, um welchen Typ von Story es sich handelt – aber was diese Geschichte so wirken läßt, ist die Art der Ausführung und die einmalige Art und Weise, wie Michael die Gedankenwelt der Hauptperson schildert.

Eine schöne, saubere Seite. Seite drei. $3 \times 3 = 9$, also 0. Der Anfang. Wenn ich mit einem neuen Heft anfange, verwende ich das erste Blatt nie, weil ich weiß, daß es nur verschmiert wird. Ich lasse immer Vor- und Rückseite davon frei und beginne erst auf dem zweiten Blatt, das vor Schmutz geschützt ist. Gewöhnlich verwende ich die Hefte für meine Hobbies. Aber im Augenblick ist mir danach, etwas anderes zu schreiben. Weiß bloß nicht recht, wie ich es anfangen soll. Bla, bla, bla, Wörter, Wörter, Wörter. Buchstaben müssen sich zu etwas zusammenfügen, aber ich weiß nicht recht, zu was. Wenn man etwas niederschreibt, dann kommt es einem vor, wie wenn es längst Vergangenheit ist. Allerdings ist eigentlich alles *nicht* Vergangenheit. Das meiste ist immer noch im *Gang*. Heute war ein ganz vernünftiger Tag, wie die meisten anderen auch. Ich sollte ein Haus auf der anderen Seite der Ortschaft streichen und hatte die meisten Vorbereitungen bereits am Vormittag erledigt, aber dann fing es zu regnen an, also mußte ich weg.

$14^2 = 196.$ $8,56^2 = 73,2736.$

Roanoke ist ein komischer Ort. Nicht gerade mitten im Niemandsland, liegt in der Nähe der Blue Ridge Mountains. In Virginia. Ich habe nie eine einsame Fichte hier gesehen: Es gibt Milliarden davon. Aber er gefällt mir ziemlich. Es gibt eine Menge Arbeit. Die Leute brauchen einen immer für irgendwelche Arbeiten an ihren Häusern. Sonst gibt es nicht viel zu tun, und es ist verdammt schwierig, am Abend irgendwo etwas zu essen oder zu trinken zu bekommen, ganz besonders an den Sonntagen. Das einzige Lokal ist das Macados, ein Hamburger-Laden mitten in der Stadt. Eine Menge High-School-Kids kommen hierher, aber das ist in Ordnung. Sie sind nicht so reich, daß sie unangenehm wären. Die meisten sind ganz ordentliche junge Leute. Im Grunde genommen besteht die Stadt aus zwei Einkaufszentren und einem kleinen Flughafen. Im Winter kann man in die Berge fahren und dort einsame Gegenden finden. Ich fuhr einmal von Richmond zurück, am Ridge entlang, und kam an all den kleinen Gehöften vorbei. Die Leute sahen mich an, als ob sie noch nie ein Auto gesehen hätten. Das Land, das von der Zeit vergessen wurde.

Praktisch das Wichtigste, was ich je herausgefunden habe, ist die Idee der digitalen Wurzeln. Um die digitale Wurzel einer Zahl zu finden, muß man sie auf eine einzige Stelle zurückführen. Man erreicht das, indem man die Quersumme aller Ziffern der Zahl bildet: 943521 beispielsweise läßt sich zu $9 + 4 + 3 + 5 + 2 + 1 = 24$ addieren. Das ist natürlich immer noch eine zweistellige Zahl, also zählt man wiederum die beiden Ziffern zusammen: $2 + 4 = 6$.

Die Digitalwurzel von 943521 ist deshalb 6. Interessant dabei ist, daß man, um diesen Vorgang zu beschleunigen, einfach die Neunen rauswirft. Wenn eine Neun in der Zahl ist oder irgendwelche Stellen zusammen 9 ergeben, kann man sie einfach ignorieren. Bei 943521 kann man deshalb die 9 ignorieren, und auch die 4 und die 5, die zusammen neun ergeben. Damit bleibt einem 3 + 2 + 1, was 6 ergibt. Dieselbe Lösung wie vorher.

Ich kam rein zufällig darauf. Ich habe keine Ahnung, wie ich darauf gekommen bin, kann die einzelnen Schritte jetzt nicht mehr nachvollziehen. Ich weiß es einfach nicht mehr. Ich erinnere mich an gar nichts Bestimmtes, aber möglicherweise war es etwas so Winziges, daß ich es nicht für wichtig gehalten habe. Ich erinnere mich bloß an ein paar Bücher, ein paar Gespräche, ein paar Träume, ein paar Dinge, die ich gesehen habe. Aber nichts Spektakuläres. Kein größerer Schlag auf den Kopf.

Man sucht eben nach dem Sinnfälligen.

Susan, das neue Mädchen in der Buchhandlung, ist wirklich nett. Sie lächelt immer so reizend und sieht immer so vergnügt aus, als würde sie wissen, daß über kurz oder lang irgend etwas Komisches passieren wird. Und sie ist prim. Ich nehme an, sie hat einen Ferienjob, oder so etwas. Mein Akzent ist ihr sofort aufgefallen. Ich glaube, sie hält ihn für cool. Hoffe ich jedenfalls.

Gerry hat heute abend angerufen und alle genervt, was wir zur Jahrtausendwende tun sollen. Max ist deshalb auch schon ganz aufgeregt. Aber was soll's? Alle glauben, das Jahr 2000 würde eine ganz große Sache werden. Wird es aber nicht. Wir sind ja schon mitten drin. Es hat ja bereits angefangen. Man braucht bloß die Neunen rauszuwerfen, dann sieht man das sofort. Letztes Jahr war 1998. 1 + 9 + 9 + 8 = 27, und 2 + 7 (oder ignorieren Sie die 9 und addieren Sie einfach 1 und 8) = 9; werfen Sie's raus, Null mit anderen Worten. 1998 ist der Nullpunkt, oder das Ende der Dinge, ein Nichtsjahr im 9er-Modul. 1999 andererseits hat die Digitalwurzel 1. 1999 ist das Jahr 1; 2000 ergibt die Wurzel 2. 2000 ist nicht der Anfang von irgend etwas, es kommt, nachdem es bereits angefangen hat. Wirklichen Leuten bedeuten Dinge wie eine Jahrtausendwende überhaupt nichts. Ihr Leben bewegt sich in viel kleineren Kreisen. Man streift das Unwichtige ab. Wenn man eine Zahl nicht weiter herunterkürzen kann, bedeutet sie etwas. Sonst ist sie bloß Addition.

Heute habe ich das Haus der Macillsonsens getüncht. Drinnen habe ich auch ein paar Arbeiten für sie erledigt, Sachen gerichtet. Ich glaube, ihr Nachbar will auch etwas Hilfe anfordern. So läuft das glücklicherweise.

Es ist ganz ähnlich wie wenn etwas zerbricht. Wenn es geschehen ist, geht man durch die Hölle. Durch das gesamte Leid. Zuerst sind die Einheiten Minuten und dann Stunden. Wochen, Monate. Zyklen der Schuld und des Leids und gelegentlich der Freude. Wenn man da dann einmal durch ist, hat sich alles geändert. Das erste Mal fühlt man sich schuldig, da gibt es kein Entrinnen. Nachher ist es anders. Alle die Strukturen, die zunächst so gefestigt sind, werden für immer fließend – wie ein Sack voll zerbrochenem Glas in Sirup. Wenn man die Hand hineinsteckt, ist es zugleich süß und scharf.

Die Leute sind nett zu mir, aber mich macht das traurig und schuldbewußt, weil ich weiß, daß ich nicht sehr nett bin. Es tut wirklich weh. Ich habe gute Freunde, und mit den Jungs im Laden, wo ich mein Material kaufe, lache ich oft. Susan in der Buchhandlung winkt jetzt, wenn sie mich vorbeigehen sieht. Ich verdiene das nicht. Ich möchte nett sein. Das ist wichtig für mich. Früher einmal war ich nett, glaube ich, und teilweise bin ich das immer noch. So bin ich beispielsweise jedes Wochenende meilenweit gefahren, um jemanden zu besuchen. Damals hatte ich es in mir, die Fähigkeit, gut zu sein. Die habe ich immer noch. Teile von mir scheinen noch so zu funktionieren. Aber die helfen auch nicht, und man muß sich wirklich fragen, wo die Kraft, die Motivation und die Freude eigentlich herkommen. Kommt denn gar nichts davon aus jenem Teil von mir, dem Teil, den ich mag? Das muß es: oder wenn nicht, warum ist er dann so machtlos? Er muß sehr schwach sein, weil er überhaupt nichts tun kann, und in dem Fall ist er offensichtlich auch nicht so schuldlos. Ist ja ganz schön, wenn man jener kleine Mann ist, der ständig zusammenzuckt und in einem hohen Turm der Burg hinter einer abgesperrten Tür sitzt und mit nichts etwas zu tun haben will. Schwach, verängstigt; rational im Herzen des Irrationalen. Rationalität ist schwach; sie hat keinen Schwung, trägt nichts zu interessanten Summen bei. Sie duckt sich bloß.

Heute war es wieder kälter. Es ist nicht gerade so, daß ich mir vorkomme, als würde ich gejagt werden. Es ist, als ob jemand aus der Dunkelheit nach mir greifen würde, als wenn der undurchsichtige, braune Nebel anfangen würde, eine Einbuchtung zu bekommen, so als ob jemand von draußen dagegendrücken würde. Ich glaube, das wird ein kalter Winter werden.

Siebzehn ist das letzte Alter, in dem man noch jung ist. Ich erinnere mich noch, wie ich, als ich ein Junge war, vielleicht so vierzehn, wie ich da dachte, wie unheimlich man sich fühlen müßte, älter zu sein. Das Alter sechzehn und siebzehn konnte ich noch einigermaßen verstehen. Achtzehn schien mir so ein Alter wie einundzwanzig, also nicht so sehr ein Alter wie eine juristische Markierung. Eine Grenzlinie. Man denkt nicht: »Es wird wie so und so sein«, wenn man achtzehn ist, man denkt nur an die Dinge, die einem dann nicht mehr verboten sind. Neunzehn andererseits, das kam mir richtig alt vor. Neunzehn sein hieß, erwachsen sein und darüber hinweg. Natürlich kommt es mir jetzt nicht mehr so vor. Aber damals schon. Jetzt ist mir bewußt, daß neunzehn 1 + 9 ist, und 1 + 9 = 10, und 1 + 0 = 1. Das erste Jahr, in dem man alt ist. 1 + 8 = 9, ein Nullpunktjahr.

Man muß alles sehr sorgfältig bedenken.

Ich denke an Leute, die auf Geburtstagskarten warten oder auf Weihnachtskarten. Einen Telefonanruf, der nicht kommt. Mütter tun das hauptsächlich. Ich wollte, ich könnte sagen, daß es einen großen Unterschied macht, aber das tut es nicht.

Zahlen ins Quadrat zu erheben ist sehr leicht. Man nimmt die Zahl nur und multipliziert sie mit sich selbst. Jeder kann das. Das ist ein Weg, auf dem man sich sehr leicht bewegen kann, wie mit der Zeit in die übliche Richtung.

Straßen. Ich erinnere mich an die Zeit, damals in England, als ich auf der M11 von London nach Cambridge hinauffuhr. Wenn es irgendwo auf der Welt irgend nur schlechtes Wetter gibt, dann ist das auf der M11. Glauben Sie's mir. Man hat das Gefühl, als wäre die Straße so gebaut worden, um das Schlimmste daraus zu machen. Es gibt hochliegende Strecken, wo kräftige Winde den Wagen förmlich packen und ihn auf andere Fahrspuren ziehen; normale Strecken, wo der Regen fast parallel zum Boden gegen die Windschutzscheibe schlägt, und dann gibt es noch die Senken. Besonders gleich nach Cambridge, da gibt es längere Stücke, wo der Nebel sich sammelt und sich in einem Klumpen zusammendrängt wie Haferschleim in einer Schüssel. Ich hatte einmal eine Freundin, die wohnte dort. Ich fuhr ein Jahr lang, genauer gesagt sogar über ein Jahr lang, jedes Wochenende die M11 hinauf. Ich erlebte es im Frühling, im Sommer, im Herbst und im Winter – und egal, wann, das Wetter dort war immer schlimmer als irgendwo sonst. Eines Nachts im Oktober fuhr ich die Zufahrt zur Autobahn hinunter und fand mich plötzlich völlig vom Nebel eingehüllt wieder. Die nächsten zehn Meilen konnte ich nicht einmal bis zur Vorderkante der Motorhaube sehen. Nichts konnte ich sehen, nicht einmal das Licht meiner Scheinwerfer, von den Scheinwerfern anderer ganz zu schweigen. Ich fuhr langsamer und langsamer und immer langsamer. Ich wußte, daß die Straße nach der nächsten Ausfahrt allmählich etwas höher liegen würde, sich aus dem Trog herauszog, der um die ganze Stadt herum verlief. Ich wartete auf die Ausfahrt. Nichts überholte mich, und ich sah auch keine anderen Autos, keine Scheinwerfer auf der Gegenfahrbahn und keine Rücklichter auf der meinen. Nach einer Ewigkeit kam ich an der ersten Ausfahrt vorbei. Wie gesagt, hob sich der Nebel dort gewöhnlich. In jener Nacht allerdings blieb er völlig unverändert. Genauso dick, genauso drückend, so als würde man mitten

durch eine monströse Schneewehe fahren, die bis zum Himmel
reichte. Außer dem gleichmäßigen Brummen des Motors war
kein Geräusch zu hören. Ich hatte das Radio ausgeschaltet, um
nicht abgelenkt zu werden. Ich konnte außerhalb meines Wagens nichts sehen, gar nichts, nur wabernde Wirbel im Nebel.
Nachdem ich vielleicht fünfunddreißig oder vierzig Minuten
lang so gefahren war, fühlte ich mich allmählich unbehaglich,
und nach weiteren zehn wurde ich richtig nervös. Ich kannte
die M11 wie meine Hosentasche, aber jetzt fing eine Botschaft
an, hartnäckig hinten an mein Bewußtsein zu klopfen, dort, wo
der Autopilot sitzt und aufpaßt. Ist es nicht allmählich Zeit,
sagte die Botschaft, daß wir die nächste Ausfahrt passieren?
Unter normalen Umständen würde die erste Ausfahrt nach
etwa zehn Minuten kommen und die zweite nach einer halben
Stunde. Jene Nacht war alles andere als normal, und ich fuhr
wesentlich langsamer als üblich. Aber seit ich die erste Ausfahrt passiert hatte, waren jetzt mindestens fünfzig Minuten
verstrichen. Ich konnte nicht an der zweiten vorbeigefahren
sein, ohne sie bemerkt zu haben: Die riesigen Ausfahrtschilder
am Straßenrand waren so ziemlich das einzige, was ich zu Beginn der Reise noch hatte sehen können. Wo war also die
zweite Ausfahrt? Ich fuhr weitere zehn Minuten. Immer noch
keine Fahrzeuge auf meiner Straßenseite und keine entgegen-
kommenden Scheinwerfer auf der anderen. Ich fuhr noch einmal fünf Minuten weiter und legte etwas Tempo zu. Ich war
etwas… besorgt. Zehn Minuten später ragte schließlich ein
Umriß aus dem Nebel, und ich atmete erleichtert auf. Ich hatte
also die Hälfte der Strecke zurückgelegt, denn ich hatte die
zweite Ausfahrt gesehen. Als ich mir eine Zigarette anzündete,
endlich den Mut aufbrachte, einen Teil meiner Konzentration
von der Straße abzuwenden, überlegte ich einen Augenblick
lang. Wie lange würde es gedauert haben, bis ich angefangen
hätte, in Panik zu geraten? Wie lange hätte ich warten müssen,
bis aus zu lang *viel* zu lang geworden wäre, bis ich angefangen
hätte, tief in meinem Innersten zu spüren, daß da etwas nicht
mehr stimmte, daß die Ausfahrt verschwunden war und ich
auf einer endlosen im Nebel begrabenen Straße ins Nichts
kroch, daß die reale Welt hinter mir zurückgeblieben war?

Irgend jemand ist jetzt hinter mir her. Ganz eindeutig. Ich weiß, daß es so ist. Es ist ein ganz seltsames Gefühl. Jeder andere schließt sich immer dem Jäger an. Der ich nicht bin. Einige Leute in meiner Situation bezeichnen sich so, aber das ist reine Angabe. Ich nehme an, er ist Polizist. Er weiß noch nicht, wer ich bin, aber er ist da. Ich bin mir nicht einmal sicher, wieso ich das weiß, das geht mir aber bei vielen Dingen so. Vielleicht liegt es daran, daß mir Kleinigkeiten auffallen, ohne daß mir richtig bewußt wird, was das für Kleinigkeiten sind. Ich weiß auch eigentlich nicht, was ich mit ihm machen soll. Ich werde mich nicht stellen oder mich verraten, wenn ich das vermeiden kann, aber – vielleicht könnte er sogar mein Freund sein. Er muß etwas davon verstehen, und das würde mir helfen. *Ich* verstehe *nicht*. Das ist ein Teil davon. Ich verstehe nicht, weshalb ich nicht einfach nett sein kann. Man liest Bücher und eine Menge Leute sagen einfach: »Erstens, zweitens, drittens – das sind die Gründe dafür.« Eine einfache Addition. Ich bin nicht so, soweit ich mich erinnern kann. Die Ausrede habe ich nicht. Ich habe eine ganze Anzahl Freunde, und die kommen mich besuchen, oder ich besuche sie, und wir gehen dann irgendwohin, aber es ist so, als ob die ganze Geschichte nur zwei Dimensionen hätte. Es ist wie ein bemaltes Glasfenster – ein einziger Stein, und es geht in Stücke. Ich bin einfach nicht nett, und das macht mich betrübt, weil manche Leute nett zu mir sind und ich nett sein möchte, aber es nicht kann. Jetzt nicht mehr. Einmal reicht, ist sogar zuviel. Es vergiftet einem das Leben.

Ich war heute wieder in der Buchhandlung, habe dort ein paar Bücher gekauft und eine Tasse Kaffee getrunken. Mit Susan habe ich mich auch wieder unterhalten. Es war gerade nicht viel Betrieb. Ich hab ihr ein paar Digitalwurzeltricks erklärt. Wie: Man nehme eine beliebige Zahl (beispielsweise 4201); zähle die einzelnen Ziffern in der Zahl zusammen ($4 + 2 + 0 + 1 = 7$); ziehe die Summe von der ursprünglichen Zahl ab ($4201 - 7 = 4194$) – und das Ergebnis wird immer die Digitalwurzel 9 haben. Oder: Man nehme eine beliebige Zahl (beispielsweise 94213); mische die einzelnen Ziffern in jeder beliebigen Reihenfolge (32941, zum Beispiel) und ziehe die kleinere Zahl von der größeren ab (94213 – 32941 = 61272). Jetzt raten Sie mal – wieder Digitalwurzel 9. Diese 9er, die sind wirklich überall. Sie fand diese Tricks ziemlich cool. Dann unterhielten wir uns über symmetrische Zahlen, und daß sie als Jahreszahlen nicht sehr oft vorkommen. 1991; 2002, 2112; 2222. Als ich nach Hause kam, wurde mir etwas klar: Wenn man die Digitalwurzeln ansieht, läuft die Sequenz: 1 + (9 + 9) + 1 = 2; in gleicher Weise 2002 = 4; 2112 = 6; 2222 = 8. Die *geraden* Zahlen. Dann ergibt 2332 die 1, 2442 ergibt 3, 2552 ergibt 5 und 2662 ergibt 7. Die *ungeraden* Zahlen. Und das ist irgendwie interessant. Vielleicht.

Gerry gibt im Monat hundert Dollar für Porno aus. Da gibt es so ein Lokal in Greensboro. Vor zwei Monaten hatten wir uns richtig betrunken, und da hat er mir davon erzählt. Nichts Ausgefallenes, die Leute haben dort nur Sex. Es belastet ihn offensichtlich, aber er kann damit nicht aufhören. Er probiert es, er kauft, er läutert sich. Komisch, was sich Buchhalter manchmal einfallen lassen.

Herbst in Roanoke heißt, auf nebeligen Straßen zu fahren.

Meine zwanziger Jahre machten für mich nicht richtig Sinn. Und die frühen dreißiger auch nicht. Früher einmal habe ich die einzelnen Altersstufen verstanden. Bis man etwa zwanzig ist, machen sie einen Sinn. Jedes Jahr, das man als Teenager älter wird, ist so ein riesiger Schritt, bis man zwanzig ist, dann werden die Schritte immer kleiner. Die Teenagerjahre. So viele Dinge werden möglich. Jedes Jahr ist wie ein Quantensprung. Nachher – wird man bloß ein bißchen älter und kleiner. Man hat Geburtstage, und manchmal denken die Leute daran und manchmal eben nicht. Mit sechzehn, wenn da ein Freund Geburtstag hatte und siebzehn wurde, dann wußte man das ganz genau. Das hieß, daß der Freund auf einen anderen Planeten gegangen war. Sie waren dann größer als man selbst. Sie waren älter. Aber ob man siebenundzwanzig oder achtundzwanzig ist, macht keinen Unterschied. Oder dreiundvierzig und vierundvierzig. Man ist schon zu oft im Kreis herumgelaufen. Vierundvierzig, wen kümmert das schon, ganz gleich, in welchem Modul man ist.

Es ist, wie wenn man sich verliebt.

Die Griechen verstanden eine ganze Menge von Mathematik, aber die Null haben sie nicht gekannt. Ernsthaft. Sie hatten keine 0, und das bedeutet, daß sie nicht verstanden, welche Beziehung zwischen Zahlen und Menschen besteht und was die Zahlen tun. Der Unterschied zwischen 0 und 1 ist der größte Unterschied in der ganzen Welt, viel größer als der zwischen 2 und 3: weil das nur zusätzliche Zähler sind, wohingegen 0 besagt, daß man es nie getan hat. Sie wußten sehr wenig über das Irrationale, gar nichts über die Stille, die sogar noch hinter dem allen liegt. Sie hatten etwas für Perfektion übrig, die Griechen. Perfekte Zahlen beispielsweise, die die Summe der Zahlen sind, durch die man sie teilen kann: 6 = 1 + 2 + 3; 28 = 1 + 2 + 4 + 7 + 14. Diese Zahlen sind übrigens auch die Summe aufeinanderfolgender ganzer Zahlen: 6 = 1 + 2 + 3; 28 = 1 + 2 + 3 + 4 + 5 + 6 + 7. Irgendwie nett. Aber perfekte Zahlen sind sehr, sehr selten: Die Irrationalität ist viel verbreiteter. Es heißt, Pythagoras habe bloß so getan, als ob es keine irrationalen Zahlen geben würde. Er hätte bloß mit der Vorstellung davon nicht umgehen können. Das zeigt bloß wieder einmal, daß man ein richtig kluger Kopf sein kann und doch keine Ahnung haben.

Da ist einer unter dem Küchenboden. Es ist nicht einmal eine besonders große Küche. Aber da ist einer drunter, etwa dreißig Zentimeter darunter, er liegt mit dem Gesicht nach oben. Der Fußboden ist aus Beton, und oben drauf liegt Parkett von guter Qualität. Aber wenn ich manchmal einen von meinen Freunden in der Küche stehen sehe, dann denke ich mir, Jesses, das ist wirklich schlimm. Als es das letzte Mal passierte, waren Max und Julie da, und Max bereitete in der Küche Drinks für uns zu. Es ist, als ob der Boden einen Augenblick lang durchsichtig wird, und ich kann sie dort liegen sehen, unter den Füßen der Leute. Nicht buchstäblich natürlich. Ich habe keine Visionen. Dazu bin ich viel zu rational. Und dann kommt es wieder vor, daß ich es auf längere Zeit einfach vergesse, und dann ist es um so schlimmer, wenn die Erinnerung daran wieder kommt. Es ist wie: »Du lieber Gott, was habe ich getan? Was kann ich bloß dagegen tun?« Und die Antwort ist immer dieselbe – nichts. Um umzukehren, ist es jetzt zu spät. Es war schon immer zu spät. Einerseits ist es widerwärtig, ekelhaft und krankhaft. Aber im Alltagsleben tauchen plötzlich Bilder in meinem Bewußtsein auf, Erinnerungen an Dinge, die ich getan habe. Ich verdränge sie, aber die Bilder und die Erinnerungen fühlen sich warm und behaglich und grandios an, wie die Amtskleider eines Königs im Exil. Nach einer Weile stellen sie sich öfter ein, und das Gefühl der Freude fängt dann an sich zu verstärken, und dann weiß ich, daß es wieder passieren wird. Der Tanz beginnt, ein Tanz, in dem ich mein eigener Partner bin, aber ich komme einfach nicht dahinter, wer führt. Aber es ist ein wunderbarer Tanz, solange er andauert.

Schlank, schmächtig, klein. Die kleinen sind wie die Digitalwurzeln von Brüsten. Man braucht keine großen, mächtigen Fleischklumpen, um zu beweisen, daß man eine Frau ist. Man sieht es im Gesicht, im Wesen. Alles ist auf das Wesentliche reduziert.

Sich etwas vorzustellen ist in Ordnung.

Ich würde sehr vorsichtig sein müssen. Wegen diesem Kerl. Ich frage mich, wie er ist. Ich frage mich, was passieren wird. Ob er rechtschaffen böse ist oder bloß seine Arbeit tut. Und ich frage mich, warum ich so überzeugt bin, daß er da ist, ob es da eine Struktur gibt, die ich empfinde, und die ich bloß nicht sehen kann. Vielleicht brauche ich neue Summen.

So eingeschlossen, daß man, selbst wenn man betrunken ist, nicht herankommt.

17 ist prim. Wenn man darüber nachdenkt, ist jemand, der siebzehn ist, noch nicht erwachsen, aber auch kein Kind mehr. Nicht zuletzt, weil siebzehn keine Faktoren hat. 16 sind zwei Achten oder vier Vieren, wenn man es so betrachtet. Ich lasse mich nicht mit mehreren Kindern ein. Die Primzahlen zwischen zehn und zwanzig sind 13, 17 und 19. Neunzehn ist zu alt, 13 ist ein Kind. 17 läßt sich durch nichts außer 1 und 17 teilen, und das ist richtig so, weil es da eine Siebzehnjährige gibt. Eine richtige Person. Es ist widerwärtig. Ich weiß das. Aber es ist auch zugleich die einzige Sache, die Realität und Sinn hat. Wenn ich nur das Schuldgefühl loswerden und die gleiche Person bleiben könnte, dann könnte ich glücklich sein. Aber das kann ich nicht, weil ich nett sein möchte.

Einmal hatte ich einen Traum, in dem ich eine Zahl hatte und sie ins Quadrat erhob, und das Resultat war 2. Als ich aufwachte, wollte ich mir die Zahl aufschreiben, aber da hatte ich sie vergessen.

Immer dieses Spannungsgefühl zwischen dem, was ich möchte, und dem Bedürfnis, nett zu sein. So viele Menschen leben ihr Leben so. Ich kenne keine perfekten Zahlen im wirklichen Leben. Max ist verheiratet, aber er möchte mit anderen Frauen schlafen. Nicht weil er Julia nicht liebt. Das tut er nämlich. Man braucht die beiden bloß anzusehen, dann sieht man, wie sie einander mögen. Aber er möchte einfach mit anderen Frauen schlafen. Das hat er mir einmal gesagt, er war da sehr stoned, aber ich wußte es ohnehin. Man braucht bloß in seine Augen zu sehen. Lust und Schuldgefühl. Er rechtfertigt es damit, daß er behauptet Monogamie sei etwas Künstliches. Er behauptet, im Tierreich gibt es nur sehr wenige Spezies, die ein Leben lang zusammenbleiben, und daß es sowohl im biologischen wie im evolutionären Sinn durchaus vernünftig sei, wenn der Mann seine Gene so weit wie möglich verbreitet: Das würde die Chance der Befruchtung steigern und bringe Variation in die Gene. Das mag alles stimmen. Aber ich habe den Verdacht, daß er bloß zur Abwechslung mal in andere Brustwarzen beißen möchte. Dabei habe ich den Verdacht, daß er nicht die leiseste Ahnung hat, daß Julia von drei Mahlzeiten mindestens eine wieder erbricht. Er ist einfach kein sehr guter Beobachter, vermute ich.

Heute habe ich wieder mit Susan gesprochen und ihr wieder ein paar Zahlentricks gezeigt. Sie mag es, wie sie tanzen. Sie bewohnt gemeinsam mit zwei anderen Mädchen ein Haus, aber ihre Freundinnen sind in ihre Heimatorte gefahren, um dort die Ferien zu verbringen. Komisch, wie sie mit mir redet. Bedächtig, höflich – weil ich älter bin. Aber auch freundlich. Sie fängt gerade an, sich zurechtzufinden.

Ich möchte ganz sein, aber man kann nur ganz sein, wenn man es sagt, und ich kann es unmöglich sagen. Wer ist also jene Person, die die Menschen kennen, und was bedeutet es, wenn sie einen mögen? Die meisten Dinge kann man beichten. Man kann sich selbst Absolution verschaffen, indem man es erwähnt, wenn auch ganz beiläufig, indem man sagt: »O Gott, du wirst nie erraten, was ich getan habe, wie dumm von mir.« Aber nicht hiervon. Davon gibt es keine Absolution. Ich habe gute Freunde. Aber nicht ganz so gute. Es gibt keine Freunde, die so ganz gut sind. Mein Geheimnis trennt mich von allen. Wenn man Alkoholiker ist, kann man wenigstens versuchen, es sich selbst einzugestehen, und Gott, und vielleicht noch einem anderen Menschen. Alle sagen: »He, das ist ja schlimm«, aber dann wollen sie einem helfen. Ich kann es nur den ersten beiden eingestehen: Und glauben Sie mir, die dritte Person macht den Unterschied. Das muß sein, sonst gibt es keinen Ausweg aus dieser Sache, nur den Tod. Deshalb wollen manche Leute, daß man sie erwischt: nicht, damit man ihnen Einhalt gebietet, und nicht wegen der Publicity, nur damit sie es endlich loswerden. Es Gott einzugestehen macht keinen Unterschied. Soweit ich das erkennen kann, ist es ihm gleichgültig.

Heute war Sonntag, und es hat geschneit. Ich habe den ganzen Tag im Haus verbracht und mit irgendwelchem Zeug herumgebastelt. Am Zaun des Hauses gegenüber hat einer gearbeitet, für mich sah er wie ein Fremder aus. Paranoia ist gefährlich, weil sie einen dazu bringt, daß man sich seltsam benimmt. Man muß sich richtig benehmen. Man muß im Herzen der Irrationalität rational sein.

Es ist ja nicht so, daß die Hälfte von diesen kleinen Idioten wichtig wäre. Für ein Jahr sind sie prim. Danach sind sie bloß Maschinen, die andere Maschinen schieben, in denen Babymaschinen liegen. Nicht prim, nicht einmal perfekt. Bloß Kleckse.

Irrationale Zahlen sind diejenigen, die man nicht exakt als Bruch ausdrücken kann, Zahlen, deren Dezimalstellen ganz willkürlich weiterwuchern. Wie die Quadratwurzel von 2, die mit 1,41421356237, anfängt… und dann immer weiter und weiter fließt. Pi ist ebenfalls ein irrationale Zahl: eigentlich sogar beschissen irrational – Pi ist eine richtig vollgekiffte Zahl. Es gibt Leute, die haben ihr ganzes Leben damit verbracht, sie auf Millionen und Abermillionen von Stellen zu berechnen, und immer noch gibt es kein Schema und keinen präzisen Wert. Pi ist das Verhältnis des Umfangs eines Kreises zu seinem Radius. Man berechnet den Umfang eines Kreises mit der Gleichung $c = \pi r$, wobei r der Radius – der Abstand vom exakten Mittelpunkt des Kreises zum Ring – ist. Wenn man natürlich den Umfang hat, kann man den Radius ermitteln, indem man den Vorgang umdreht und durch Pi dividiert. Aber wie auch immer man es auch macht, es hat immer mit Pi zu tun. Und Pi ist irrational. Die Länge des Radius kann so präzise sein wie Sie wollen – 5,00 Zentimeter, zwölf Zoll, exakt 100 Meter – aber der Umfang wird trotzdem auf der rechten Seite des Dezimalkommas eine endlose Folge von Ziffern haben, wegen Pi. Man kann mit einer Annäherung wie 3,14 oder 3,141592653589793 arbeiten, aber den genauen Wert wird man nie kennen, weil es keinen gibt. Also herrscht Unsicherheit und Dunkelheit im Herzen von etwas so Einfachem wie einem Kreis.

Ich bin der Radius. Ich bin rational, und der Kreis der Welt ist es gleichzeitig nicht. Es funktioniert natürlich auch anders herum: Wenn der Umfang rational ist, ist der Radius es nicht. Vielleicht bin ich ja auch so ein Radius.

Ich war seit einer Woche nicht mehr in der Buchhandlung.

Ich könnte es leichter machen. Ich könnte nach Nevada ziehen, oder sonst irgendwohin. Siebzig Städte in einem Areal von der Größe eines europäischen Landes. Aber das werde ich nicht. Das hieße nachgeben. Ich will nicht in Nevada leben, scheiß drauf. Es ist ja ganz hübsch dort, aber es passiert dort sonst nichts. Dort hinzugehen hieße, daß ich zulasse, daß das mein ganzes Leben wird. Außer nach Las Vegas zu gehen, kann man dort nichts tun, und die richtigen Zahlen für dort wird man nie auf seiner Seite haben. Aus einer gelegentlichen Übertretung kann ich mich herausreden. Aber wenn ich in Nevada leben würde, würde ich jeden Morgen beim Aufwachen wissen, daß es nur einen Grund dafür gibt, daß ich dort bin. Das würde dann mein ganzes Leben werden und nicht bloß ein Teil davon. Weshalb sonst würde man in Nevada leben? Außerdem stelle ich mir vor, daß die Leute dort sich ganz gut darauf verstehen, ihre Häuser selbst zu richten.

Vielleicht warte ich einfach weiter.

Er und ich, und das arme kleine Pi in der Mitte – das darauf wartet, einen von uns irrational zu machen. Vielleicht haben sie zu suchen aufgehört, oder vielleicht haben sie von Anfang an gar nicht gesucht. Manchmal fällt es mir sehr schwer zu sagen, was wirklich rationale Ängste sind und was nicht. Es ist so ein gewaltiger Abgrund, in den man da schaut – »Ich habe *was* getan?« So, als würde man sein Herz in einem Lift haben, wenn jemand das Seil abschneidet, an dem dieser hängt. Dann streckt man die Hand aus und stützt sich und zieht sich wieder zurück. Man geht vom Liftschacht weg. Aber man weiß, daß es ihn gibt. Erwacht mitten in der Nacht in eisiger Panik. Nichts passiert. Schließlich schläft man wieder ein.

Aber Herrgott, die Zeiten, wo ich es nicht tun muß. Ist das herrlich. Ich fühle mich so stark. Wenn ich mich erinnere, was geschehen ist, an die Dinge, die getan worden sind, und mich dabei wohl fühle. Wenn es mir bloß uninteressant und seltsam vorkommt, und ich mir denken kann: »Ich werde das nie wieder tun.« Nicht so, wie ich unmittelbar danach empfinde, wenn mir wegen der ganzen Geschichte einfach übel ist und mir die Eier weh tun und ich überflutet bin und im Wohnzimmer sitze, das sauber geschrubbt ist: aber auf ruhige leidenschaftslose Art und Weise. »Nein«, denke ich, »ich werde das nicht wieder tun. Ich weiß, ich habe es getan, aber das ist vorbei. Jetzt herrschen andere Zeiten, und ich brauche es nicht mehr. Es war schlecht, aber es ist vorbei. Ich habe es getan, aber ich tue es nicht wieder. Es ist zu Ende. Es ist vorbei.« Aber das war es bis jetzt nicht. Es war bis jetzt noch nie vorbei.

Julie und Max sahen heute abend glücklich aus.

Mehr als die Hälfte meines Bewußtseins ist immer irgendwo anders. Selbst meine Freunde kommen mir wie die Freunde von jemand anderem vor, weil nur ein Teil von mir je wirklich bei ihnen ist. Der Rest von mir ist draußen unterwegs, geht allein umher. Ich erinnere mich an ein anderes Mal, als ich an einem Sommernachmittag auf der M11 fuhr und plötzlich bemerkte, daß alle Autos, die mir entgegenkamen, die Scheinwerfer eingeschaltet hatten und daß ihre Scheibenwischer gingen. Ich fand das zuerst seltsam, bis ich bemerkte, daß es tatsächlich auf der anderen Straßenseite regnete. Es war auf der Spur nach Norden trocken und auf der nach Süden naß.

Ich wollte eigentlich nicht hineingehen, aber ich trank einen Kaffee in dem Laden gegenüber und sah sie im Fenster, wie sie einen Kunden bediente. Also trank ich meinen Kaffee aus und ging in die Buchhandlung.

17 ist Prim und ein perfektes Alter. 1 plus 7 ist 8, und auf die Weise ist die Digitalwurzel des perfekten Alters acht. Ich bin jetzt fünfunddreißig, wir schreiben das Jahr 1999, das Jahr 1, das Jahr des Anfangs. Die Digitalwurzel von 35 ist ebenfalls 8 – und ich habe da dieses Gefühl, daß jemand immer näherrückt. Das kann kaum ein Zufall sein. Vielleicht werde

ich immer in Gefahr sein, wenn mein Alter auf dasselbe Alter zusammenbricht wie das der Mädchen, die dieselbe Digitalwurzel haben. Das ergibt Sinn – das macht uns eng miteinander verknüpft. Als ich sechsundzwanzig war, war das nicht der Fall gewesen, also war ich sicher. Vierundvierzig wird gefährlich sein. Dreiundfünfzig. Zweiundsechzig. Aber ich kann nicht glauben, daß ich das dann noch tun werde. Ich jogge, aber ich kann mir nicht vorstellen, daß ich mit zweiundsechzig dafür noch fit genug sein werde. Ist ja schließlich nicht bloß ein kleiner Spaziergang diese Sache. Und wird es denn Sinn machen, das zu tun, wenn mein Haar grau ist und ich einen kleinen, blassen, dicken Bauch habe und alles langsam aus dem Leim geht? Bis dahin muß doch sicherlich etwas ausgebrannt sein. Interessant, wenn man Wilsons Primzahlentest folgt und davon ausgeht, daß $(p - 1)!$ kongruent mit $-1 \bmod p$ ist, stellen wir fest, daß die Primheit von 17 uns den Wert 16 (zur Basis 10) von -1 modulo 17 gibt. Die Hälfte von sechzehn ist acht. Wieder recht günstig. All die Achten. 2^3, natürlich. Ich komme immer noch nicht dahinter, ob das bedeutet, daß ich acht pro Jahr nehmen sollte. Das scheint mir viel zuviel. Ich bin mit niedrigen Primzahlen glücklicher, so wie 3, 5 oder 7. Selbst sieben scheint mir schwach und gierig. 5 ist besser. Für mich hat es bisher funktioniert. Ich mag 2 als Primzahl nicht, obwohl das über Wilson hinausgeht. Es fühlt sich einfach nicht richtig an. Das Herz von 2 ist irrational. Das Herz einer Siebzehnjährigen macht Sinn. Für sie. Für mich.

An das erste Mal kann ich mich wirklich nicht mehr erinnern. Dabei sollte man denken, daß man das kann. Ich erinnere mich an kleine Blitze davon, kleine Funken der Dunkelheit, aber an das Ganze kann ich mich wirklich nicht erinnern. Ich erinnere mich, wo sie begraben ist. Daran erinnere ich mich nur zu gut. Manchmal, wenn ich im Bett liege und mich wohl fühle, bekomme ich nach und nach das Gefühl, etwas würde nach mir greifen. Mir ist bewußt, daß es einen kleinen Teil meines Gehirns gibt, der stets in einem Waldflecken etwas außerhalb von Epping stehen wird und auf ein Grab blicken,

Wache haltend für eine Frau, die vielleicht sonst niemand sehr vermißt. Sie hatte keine Familie. Sie war natürlich nicht 17, aber sie war 29. Sie war also auch prim, wenn auch eine höhere Primzahl. Aber an das eigentliche Tun erinnern? Da ist nichts mehr da. Ich erinnere mich eher an die aus jüngerer Zeit. Das tut man meistens, ist doch so. Weil es nicht so weit zurückliegt. Aber selbst die sind bloß ein paar reglose Bilder, so als ob ich richtig betrunken gewesen wäre. Das war ich nicht. Aber es ist so. Nicht wie die normalen Dinge, die man tut. Ich finde, in gewisser Weise ist das irgendwie komisch. Es ist wirklich nicht wie die normalen Dinge, die man so tut.

Susan war heute ein bißchen bedrückt. Sie hatte Streit mit ihrem Vermieter gehabt beziehungsweise dem Typen, dem das Haus gehört und der es vermietet, mit wem auch immer. Das Dach ist undicht, und es macht gar keinen Spaß, wenn es so naß und kalt ist und noch nässer und kälter wird. Ich habe ihr gesagt, daß ich von solchen Dingen etwas verstehe. Sie hätten sehen sollen, wie sie gelächelt hat.

Einmal habe ich versucht, mir aus den ersten Prinzipien zu erarbeiten, wie man auf die Quadratwurzel einer Zahl kommt. Ohne Rechner. Mir wäre fast der Schädel dabei zersprungen. Aus der Schule erinnerte ich mich, wie aus weiter Ferne, daß man an sich eine Zahl sucht, die nahe dabei liegt und deren Quadratwurzel man kennt, und sie dann empirisch nach oben und unten anpaßt, bis man nahe dran ist. Aber das ist nicht sehr präzise. Und nicht sehr anziehend. Es ist so einfach, etwas ins Quadrat zu erheben. So ein leichter Schritt. Man nimmt eine Zahl und multipliziert sie mit sich selbst. Jeder schafft das. Aber die Quadratwurzel ermitteln, den Vorgang umkehren? Es muß doch einen Weg zurück geben, dachte ich. Wenn man einmal eine Straße hinuntergegangen ist, muß es doch auch einen Weg zurück nach Hause geben. Schließlich kam ich dahinter. Man benutzt das Newton-Raphsonsche Näherungsverfahren:

$$x^{i+1} = (x^i + tx^i)/2$$

Es beißt sich in den Schwanz. Man setzt eine Zahl in die Gleichung ein, und dann setzt man das Ergebnis ein und setzt jenes Ergebnis erneut ein – und arbeitet weiter und weiter. Bis man schließlich aufhört. Nur daß man das bei vielen Zahlen, selbst einer einfachen Zahl wie 2, niemals tut. Man hört nie auf. Das Resultat ist irrational und endlos. Ich kann so viele Primzahlen wie ich will durchjagen, und die Dezimalen hören nie auf. Ich kann nie die Zahl finden, die ich zum Quadrat erhoben habe, um 2 zu bekommen. Sie ist nicht mehr da. Es gibt keinen Weg zurück. Es ist besudelt.

Mein Alter läßt sich immer auf acht reduzieren, wenn die Jahreswurzel 1 ist. Die Wurzel von 17 ist 8. 8 plus 1 ist 9, das sich wegkürzt. Die Summe von mir ist immer auf der anderen Seite der Barriere, weggekürzt. Dagegen kann man nichts unternehmen. Stets wie im Regen zu fahren, ohne Abzweigung, die in Sicht wäre.

Morgen abend um acht Uhr fahre ich zu einer Adresse, ein Stück außerhalb der Stadt. Um ein Dach zu reparieren, als Gefälligkeit.

Das ist alles.

Joe R. Lansdale

DER TOLLE-HUNDE-SOMMER

Das höchste Kompliment, das ein Autor einem anderen zollen kann, ist zuzugeben, er wollte, er habe etwas geschrieben, was der andere Kritzler geschrieben hat. Joe Lansdale hat zwei Dinge geschrieben, von denen ich mir heiß und innig wünsche, ich hätte sie verfaßt. Eines davon ist das Stück, das Sie gleich lesen werden. Wenn Sie künftig den Begriff »Southern Gothic« nachschlagen, werden Sie dort wahrscheinlich »Der Tolle-Hunde-Sommer« in voller Länge als Definition vorfinden. Und das sage ich nicht leichthin.

Jeder, der die letzten fünfzehn Jahre nicht in einer Höhle verbracht hat, weiß, daß Lansdale Hervorragendes geleistet hat, sei es nun in den Bereichen Horror, Western, Suspense oder Comics; ein Großteil seiner Werke enthält »crossover«-Züge, die den Unterschied zwischen den Genres verschwinden lassen (vernichten wäre vielleicht ein besseres Wort). Das ist gut so – nicht weil es eine Masche ist, sondern weil es keinen Grund für diese Unterscheidungen gibt, höchstens den, weniger meisterhafte Autoren in ihrer Arbeit einzuschränken.

Das andere Stück von Joe, von dem ich mir wünsche, es geschrieben zu haben? »Die Nacht, in der sie den Horrorfilm verpaßten.«

Nachrichten, im Gegensatz zu Gerüchten, verbreiteten sich nicht so schnell wie heute. Nicht damals. Nicht über das Radio oder die Zeitung. Nicht in East Texas. Damals war alles anders. Was in einer anderen County passierte, wurde häufig ganz jener anderen County überlassen.

Weltnachrichten waren genau das, was der Name besagte, etwas, das für uns alle etwas zu bedeuten hatte. Wir brauchten nichts über schreckliche Dinge in Bilgewater, Oregon, zu wissen, die auf uns keine Auswirkung hatten, oder nicht einmal über Dinge auf der anderen Seite von Texas, in El Paso, oder oben im Norden, im gottverlassenen Amarillo.

Damit wir heute sämtliche blutrünstigen Einzelheiten eines Mordes erfahren, braucht dieser bloß einigermaßen entsetzlich zu sein oder sich in einer Woche ereignen, in der es sonst keine Nachrichten gibt, und dann bekommt man ihn überall mit, selbst wenn irgendwo in Maine ein Angestellter in einem Lebensmittelladen ermordet worden ist und das nicht das geringste mit uns zu tun hat.

Damals, in den dreißiger Jahren, konnte es passieren, daß ein paar Counties entfernt jemand umgebracht wurde, und man erfuhr nie davon, wenn man mit den Betroffenen nicht irgendwie verwandt war, denn wie gesagt, die Nachrichten verbreiteten sich damals langsamer, und der Gesetzesvollzug kümmerte sich nur um die Leute in der eigenen County.

Andererseits gab es Zeiten, wo es besser gewesen wäre, wenn die Nachrichten sich schneller verbreitet hätten oder sich überhaupt irgendwie verbreitet hätten. Wenn wir gewisse Dinge gewußt hätten, wären vielleicht einige der schrecklichen Erlebnisse, die meine Familie und ich durchmachen mußten, zu vermeiden gewesen.

Aber geschehen ist geschehen, und selbst jetzt noch, als Mann in den Achtzigern, wie ich hier im Altersheim liege, das Zimmer angefüllt mit dem Geruch meines langsam verrottenden Körpers, in Erwartung einer Mahlzeit, die aus irgend etwas Gestampftem oder in Würfel Geschnittenem und jedenfalls Geschmacklosem besteht, einen Schlauch im Schenkel, den Fernseher auf irgendeine von Idioten bevölkerte Talk-Show geschaltet, erinnere ich mich an damals vor fast achtzig Jahren, und die Erinnerungen sind so frisch wie der jetzige Augenblick.

Es geschah alles in den Jahren 1931 und 32.

Ich nehme an, daß es damals Leute gab, die Geld hatten, aber wir gehörten jedenfalls nicht dazu. Es herrschte die Depression, und selbst wenn wir zu den Leuten mit Geld gehört hätten, dann hätte es nicht viel damit zu kaufen gegeben, abgesehen von Schweinen, Hühnern, Gemüse und dem zum Leben

Notwendigen, und da wir selbst mit der Aufzucht der ersten drei Positionen dieser Aufzählung beschäftigt waren, fehlte uns vor allem das zum Leben Notwendige.

Daddy betrieb eine kleine Farm, hatte zusätzlich einen Barbierladen, in dem er die meiste Zeit, mit Ausnahme von Sonntag und Montag, arbeitete, und außerdem war er Dorfpolizist.

Wir wohnten im Wald, in der Nähe des Sabine River, in einem weißen Haus mit drei Zimmern, das Daddy selbst gebaut hatte, bevor wir auf die Welt gekommen waren. Wir hatten ein leckes Dach, einen rauchigen Holzofen, eine baufällige Scheune und einen Außenabort, in dem häufig Schlangen waren. Elektrizität war nicht vorhanden

Wir verwendeten Kerosinlampen, holten unser Wasser aus dem Brunnen und gingen oft auf die Jagd und zum Angeln, um unsere Speisekammer aufzufüllen. Wir hatten etwa anderthalb Hektar Wald gerodet, und darüber hinaus gehörten uns weitere zehn Hektar Wald. Die gerodete Fläche sandiges Land bestellten wir mit einem Maultier, das Sally Redback hieß. Wir besaßen ein Auto, aber Daddy benutzte es eigentlich nur für seine Arbeit als Dorfpolizist und um mit uns damit am Sonntag zur Kirche zu fahren. Sonst gingen wir immer zu Fuß, oder ich und meine Schwester ritten auf Sally Redback.

Der Wald, der uns gehörte, war ebenso wie die Hunderte von Hektar Wald, die unser Land umgaben, voller Wild, Sandflöhen und Zecken. Zu jener Zeit hatte man die großen Wälder in East Texas noch nicht alle abgeholzt, und sie gehörten auch nicht alle jemandem. Es gab noch gewaltige Bäume, und zwar eine ganze Menge davon, versteckte Plätze im Wald und an den Flußufern, wo außer Tieren bisher noch niemand hingekommen war.

Wildschweine, Eichhörnchen, Hasen, Waschbären, Opossums, ein paar Gürteltiere und alle möglichen Vögel und eine Unzahl von Schlangen gab es dort. Manchmal konnte man diese verdammten Kupferkopfschlangen im Rudel den Fluß hinunterschwimmen sehen, und ihre schrecklichen Köpfe tauchten immer wieder auf, wie Astknorren, und wehe dem armen Teufel, der in ihrer Nähe ins Wasser fiel, und der Himmel mochte dem Schwachkopf beistehen, der sich einbildete, daß er sich in Sicherheit bringen könnte, wenn er unter ihnen hindurchschwamm, weil eine Kupferkopfschlange unter Wasser angeblich nicht beißen konnte. Das konnten sie nämlich nicht nur, sondern taten es auch.

Und Hirsche gab es in den Wäldern. Vielleicht weniger als heute, weil die Leute sie heutzutage wie Weizen züchten und sie im Dreitagesrausch während der Jagdzeit vom Hochstand aus mit einem Hochgeschwindigkeitskarabiner regelrecht abernten. Hirsche, die sie mit Mais gefüttert und wie Haustiere abgerichtet haben, damit sie an einen billigen Gratisabschuß kommen und dann das Gefühl haben, sie hätten richtig gejagt. Es kostet sie mehr, den Hirsch zu schießen, seinen Kadaver herumzufahren und seinen Kopf präparieren zu lassen, als es sie kosten würde, in ein Geschäft zu gehen und sich dort die gleiche Menge Beefsteak zu kaufen. Und dann beschmieren sie sich nach dem Abschuß die Gesichter mit dem Blut und machen Fotos, als ob das eine Art von Kriegern aus ihnen machen würde.

Aber ich habe jetzt aufgehört zu erzählen und fange an zu predigen. Ich war dabei zu schildern, wie wir gelebt haben. Und dadurch war ich auch auf das viele Wild gekommen. Also, dann gab es damals nämlich auch noch den Ziegenmann. Halb Ziege, halb Mensch, hielt er sich gern an der sogenannten Schaukelbrücke auf. Ich hatte ihn nie gesehen, aber manchmal, wenn ich nachts draußen war, auf Opossumjagd, dann bildete ich mir ein, ich würde ihn hören, wie er unten in der Nähe der Hängebrücke heulte und wimmerte, der Brücke, die stolz über dem Fluß hing und im Wind schwankte, während Strahlen des Mondes die Stahltrossen wie Feen umspielten.

Es hieß, er würde Vieh und Kinder stehlen, und obwohl ich zwar nichts von irgendwelchen Kindern wußte, die aufgefressen worden waren, behaupteten manche Farmer doch, der Ziegenmann habe ihr Vieh gestohlen, und ein Kind, das ich kannte, behauptete sogar, der Ziegenmann habe seine Vettern geholt und niemand habe sie jemals wieder zu Gesicht bekommen.

Es hieß, daß er nie bis zur Hauptstraße kam, weil dort regelmäßig Baptistenprediger auf Predigtrunde zu Fuß und mit dem Auto unterwegs waren und damit die Straße heilig machten. Es hieß, er würde den Wald rings um den Sabine River nie verlassen. Höhere Regionen ertrage er nicht. Er brauche den feuchten, dicken Matsch aus halb verfaulten Blättern unter seinen Füßen, die eigentlich Hufe waren.

Dad sagte immer, daß es den Ziegenmann nicht gibt. Daß das eine Weibergeschichte sei, die man überall im Süden hört. Er sagte, was ich dort draußen hören würde, seien das Wasser und die Geräusche von Tieren, aber ich kann versichern, daß man bei diesen Geräuschen Gänsehaut bekam, weil sie einen nämlich irgendwie an eine verletzte Ziege erinnerten. Mr. Cecil Chambers, der mit meinem Vater zusammen im Barbierladen arbeitete, meinte, es sei vermutlich ein Puma. Diese Tiere tauchten gelegentlich im tiefen Wald auf und konnten schreien wie eine Frau, sagte er.

Ich und meine Schwester Tom – na schön, Thomasina, aber wir nannten sie Tom, weil man sich das leichter merken konnte und weil sie ohnehin ein halber Junge war – streiften immer vom frühen Morgen bis zum Einbruch der Dunkelheit durch die Wälder. Wir hatten einen Hund, Toby, eine Mischung aus Jagdhund und Terrier.

Toby war einmal ein Teufelskerl von Jagdhund gewesen. Aber im Sommer einunddreißig passierte es, daß er sich mal gegen einen Baum stemmte, um ein Eichhörnchen anzubellen, das er aufgespürt hatte, und von der Eiche, unter der er stand, brach ein morscher Ast ab und traf ihn beim Herunterfallen so heftig am Rücken, daß er danach weder die Hinterbeine noch den Schwanz bewegen konnte. Ich trug ihn in den Armen nach Hause. Er winselte, und ich und Tom weinten.

Daddy war draußen mit Sally auf dem Feld und manövrierte den Pflug gerade um einen Baumstumpf herum, der auf dem Feld geblieben war. Hie und da hieb er mit einer Axt auf ihn ein und zündete ihn an, aber der Baumstumpf war stur und blieb da, wo er war.

Daddy hörte zu pflügen auf, als er uns sah, nahm die Zügel von den Schultern, und ließ Sally Redback vor dem Pflug stehen. Er kam quer über das Feld auf uns zu, und wir trugen ihm Toby entgegen und legten ihn auf die weiche, gepflügte

Erde, wo Daddy ihn dann untersuchte. Daddy schob Tobys Pfoten herum, versuchte Toby den Rücken geradezurichten, aber jedesmal mußte Toby laut winseln.

Nach einer Weile, als ob jetzt alle Möglichkeiten abgewägt wären, forderte er mich und Tom auf, das Gewehr zu holen und den armen Toby in den Wald zu tragen, um dort seinem Leid ein Ende zu setzen.

»Ich verlange das ungern von euch«, sagte Daddy. »Aber es muß sein.«

»Ja, Sir«, sagte ich.

Heutzutage mag das ziemlich brutal klingen, aber damals gab es nicht viele Tierärzte und sowieso kein Geld, um einen Hunde zu einem zu bringen, auch wenn wir das gewollt hätten. Und ein Tierarzt hätte auch nichts anderes tun können, als das, was wir vorhatten.

Das war auch so eine Sache, die damals anders war – man lernte recht jung von Dingen wie dem Sterben. Es ließ sich nicht vermeiden. Man zog Hühner und Schweine auf und tötete sie, man jagte und fischte, also hatte man ständig damit zu tun. Und weil das so war, glaube jedenfalls ich, haben wir damals das Leben mehr respektiert, als das manche heute tun, und sinnloses Leiden gehörte zu den Dingen, die einfach nicht hingenommen wurden.

Und in einem Fall wie dem von Toby erwartete man häufig von einem, daß man das, was zu tun war, selbst tat und nicht etwa die Verantwortung einfach weiterreichte. Es war eine unausgesprochene, aber für alle ziemlich unverrückbare Tatsache, daß Toby unser Hund war und demzufolge auch in unserer Verantwortung lag. Solche Dinge betrachtete man damals als Teil eines Lernprozesses.

Wir weinten eine Weile, und dann holten wir einen Schubkarren und legten Toby hinein. Ich hatte zwar ein kleines Gewehr dabei, um Eichhörnchen zu schießen, aber für das, was es jetzt zu tun galt, holte ich statt dessen die große Schrotflinte aus dem Haus, damit der Hund nicht unnötig zu leiden brauchte. Der Gedanke daran, Toby in den Hinterkopf zu schießen und seinen Schädel über die ganze Schöpfung zu verteilen, war nicht gerade sehr erhebend.

Ob es nun in unserer Verantwortung lag oder nicht, ich war dreizehn, und Tom war erst neun. Ich sagte ihr, sie könne im Haus bleiben, aber das wollte sie nicht. Sie sagte, sie würde mitkommen. Sie wußte, daß ich jemanden brauchte, der mir half, stark zu sein.

Tom nahm die Schaufel mit, um Toby später begraben zu können, legte sie sich über die Schulter, und wir schoben den alten Toby vor uns her. Er winselte eine Weile, aber dann hörte er auf, Laute von sich zu geben. Er lag einfach im Schubkarren, während wir ihn vor uns her schoben, den Rücken hatte er etwas gekrümmt, den Kopf halb erhoben, um zu schnüffeln.

Nach einer Weile fing er heftiger zu schnüffeln an, und wir merkten, daß er die Witterung eines Eichhörnchens aufgenommen hatte. Toby hatte immer so eine Art, sich zu einem umzudrehen und einen anzusehen, wenn er ein Eichhörnchen entdeckt hatte, und dann drehte er den Kopf in die Richtung, in die er laufen wollte, und rannte los und kläffte dabei mit tiefer Stimme. Daddy hatte uns gesagt, dies sei seine Art, uns die Richtung der Witterung wissen zu lassen, bevor er dorthin verschwand. Nun, er hatte jetzt jedenfalls den Kopf auf diese Weise gedreht. Ich wußte zwar, was es zu tun galt, beschloß aber, es noch etwas hinauszuzögern, indem ich Toby gewähren ließ.

Wir schoben den Schubkarren in die Richtung, in die er gedeutet hatte, und bald darauf rannten wir über einen schmalen, mit Fichtennadeln übersäten Weg, und Toby bellte wie verrückt. Schließlich stießen wir mit dem Schubkarren gegen einen Hickorybaum.

Und dort oben in den hohen Ästen spielten zwei große, fette Eichhörnchen, als ob sie uns ärgern wollten. Ich schoß sie beide und warf sie zu Toby in den Schubkarren, und verdammt will ich sein, wenn er nicht sofort wieder Laut gab.

Es war gar nicht so leicht, diesen Schubkarren über all die heruntergefallenen Äste und Zweige und aufgehäuften Fichtennadeln zu schieben, aber wir taten es und vergaßen dabei ganz, was wir eigentlich mit Toby vorhatten.

Als Toby schließlich aufhörte, Eichhörnchenwitterung aufzunehmen, war es schon beinahe Nacht, und wir waren tief im Wald. Wir hatten sechs Eichhörnchen – eine reiche Beute – geschossen und waren völlig erledigt.

Da war jetzt also Toby, halb tot, und ich hatte ihn noch nie besser in Aktion gesehen. Es war gerade so, als hätte Toby ahnen können, was kommen würde, und versucht, die Sache hinauszuzögern, indem er Eichhörnchen auf Bäume jagte.

Wir setzten uns unter einen großen, alten Tupelobaum und ließen Toby mit den Eichhörnchen im Schubkarren. Die Sonne fiel durch die Bäume wie eine große, fette Pflaume, die in Stücke geht. Rings um uns erhoben sich Schatten wie dunkle Männer. Wir hatten keine Jagdlampe. Da war bloß der Mond, und der war noch nicht richtig aufgegangen.

»Harry«, sagte Tom. »Was ist mit Toby?«

Darüber hatte ich auch gerade nachgedacht.

»Er scheint keine Schmerzen mehr zu haben«, sagte ich. »Und er hat sechs Eichhörnchen auf die Bäume gejagt.«

»Schon«, sagte Tom, »aber sein Rückgrat ist trotzdem gebrochen.«

»Schätze schon«, sagte ich.

»Wir könnten ihn ja hier unten einfach verstecken und jeden Tag herkommen und ihn füttern und ihm Wasser bringen.«

»Ich finde das nicht gut. Da wäre er allem ausgeliefert, was hier vorbeikommt. Diese verdammten Sandflöhe und Zecken würden ihn bei lebendigem Leib auffressen.« Das kam mir in den Sinn, weil ich überall Bisse spüren konnte und wußte, daß ich heute abend selbst einige Zeit mit einer Lampe, einer Pinzette und dergleichen verbringen, die Biester von allen möglichen Stellen zupfen und dann später ein Kerosinbad nehmen würde. Im Sommer mußten Tom und ich das praktisch jeden Abend tun.

»Es fängt an dunkel zu werden«, sagte Tom.

»Ich weiß.«

»Ich glaube nicht, daß Toby noch viel Schmerzen hat.«

»Es geht ihm irgendwie besser«, sagte ich. »Aber das heißt nicht, daß sein Rückgrat nicht gebrochen ist.«

»Daddy hat gewollt, daß wir ihn erschießen, um ihn von seinen Qualen zu erlösen. Aber mir sieht er nicht so aus, als würde er solche Qualen leiden. Es ist doch nicht richtig, wenn man ihn jetzt erschießt, wo er doch nicht leidet, oder?«

Ich sah zu Toby hin. Was da zu sehen war, war hauptsächlich ein unförmiger von der Dunkelheit verhüllter Klumpen, der im Schubkarren lag. Als ich ihn anschaute, hob er den Kopf und schlug mit dem Schwanz ein paarmal auf den Boden des Schubkarrens.

»Ich glaube nicht, daß ich es fertigbringe«, sagte ich. »Ich finde, wir sollten ihn zu Daddy zurückbringen und ihm zeigen, daß es Toby schon wieder besser geht. Mag ja sein, daß sein Rückgrat gebrochen ist, aber er hat keine Schmerzen mehr wie vorher. Er kann jetzt den Kopf und sogar den Schwanz bewegen, also ist nicht sein ganzer Körper tot. Man braucht ihn nicht umzubringen.«

»Aber Daddy sieht das vielleicht nicht so.«

»Kann schon sein, aber ich kann Toby einfach nicht erschießen, ohne ihm eine Chance zu geben. Schließlich hat er sechs Eichhörnchen auf die Bäume gejagt. Mama wird sich freuen, wenn wir ihr die Eichhörnchen bringen. Wir bringen ihn einfach zurück.«

Wir standen auf und wollten gehen. Und da wurde es uns urplötzlich klar. Wir hatten uns verlaufen. Wir waren so damit beschäftigt gewesen, die Eichhörnchen zu jagen, immer Tobys Nase nach, und dabei immer tiefer in den Wald geraten. Es gab hier nichts, was wir irgendwie erkannten. Wir hatten natürlich keine Angst, jedenfalls nicht gleich. Wir streiften sonst auch immer die ganze Zeit in diesen Wäldern herum, aber jetzt war es dunkel, und die Stelle, wo wir uns gerade befanden, war uns völlig fremd.

Der Mond war inzwischen ein bißchen höher gestiegen und danach orientierte ich mich. »Wir müssen da lang gehen«, sagte ich. »Die Richtung führt zum Haus zurück oder zur Straße.«

Wir machten uns auf, schoben den Schubkarren vor uns her, stolperten über Wurzeln und Bodensenken und heruntergefallene Äste, stießen immer wieder mit dem Schubkarren oder auch selbst gegen Bäume. Rings um uns herum konnten wir hören, daß alle möglichen Tiere unterwegs waren, und ich mußte daran denken, was Mr. Chambers über Pumas gesagt hatte. Ich dachte auch an Wildschweine und fragte mich, ob wir wohl auf eines stoßen würden, das nach Eicheln wühlte, und dann fiel mir ein, daß Mr. Chambers auch gesagt hatte, daß in diesem Jahr die Tollwut weit berbreitet sei und daß eine Menge Tiere sie sich zuziehen, und all das machte mich so unruhig, daß ich in meiner Tasche nach Patronen für die Schrotflinte suchte. Ich hatte noch drei.

Während wir weitergingen, nahmen die Geräusche um uns herum zu, und nach einer Weile kam es mir so vor, daß das, was auch immer diese Geräusche verursachte, mit uns Schritt hielt. Wenn wir langsamer wurden, wurde es auch langsamer. Dann gingen wir schneller, und es wurde auch schneller. Und zwar nicht so, wie es ein Tier tun würde, und nicht einmal so, wie wenn einen manchmal eine Peitschenschlange verfolgt. Das hier war etwas Größeres als eine Schlange. Es pirschte sich an uns heran wie ein Puma. Oder ein Mensch.

Toby fing auf einmal zu knurren an und hob den Kopf. Die Nackenhaare hatten sich ihm aufgestellt.

Ich sah zu Tom hinüber, und der Mond schien gerade durch einen Spalt zwischen den Bäumen, so daß ich ihr Gesicht sehen konnte und welche Angst sie hatte. Ich wußte, daß sie zu demselben Schluß wie ich gekommen war.

Ich wollte etwas sagen, wollte das, was da im Gebüsch war, anschreien, aber dann hatte ich Angst, daß das so etwas wie ein Trompetenstoß sein könnte und daß ich es damit veranlassen könnte, uns anzugreifen.

Ich hatte vor einer Weile aus Sicherheitsgründen die Schrotflinte aufgeklappt und sie in den Schubkarren gelegt, die ich mit Toby, der Schaufel und den Eichhörnchen vor mir her schob. Jetzt blieb ich stehen, holte die Schrotflinte heraus, vergewisserte mich, daß eine Patrone im Lauf steckte, klappte sie zu und legte den Daumen an den Hahn.

Toby war jetzt richtig laut geworden, hatte zu knurren aufgehört und bellte jetzt.

Ich sah Tom an, und sie nahm den Schubkarren und schob ihn weiter. Ich konnte erkennen, wie es ihr Mühe bereitete, ihn über den weichen Boden zu schieben, aber ich hatte keine andere Wahl, als die Flinte zu nehmen, und Toby konnten wir schließlich nicht allein zurücklassen, nicht nach allem, was er mitgemacht hatte.

Was da in den Büschen war, begleitete uns eine Weile, und dann verstummte es plötzlich. Wir legten einen Schritt zu und hörten es nicht wieder. Und dann spürten wir auch seine Anwesenheit nicht mehr. Vorher war es so gewesen, als würde der Teufel neben uns durch den Wald schreiten.

Schließlich war ich so mutig, die Schrotflinte wieder aufzuklappen, sie in den Schubkarren zu legen und das Schieben wieder selbst zu übernehmen.

»Was war das?« fragte Tom.

»Weiß nicht«, sagte ich.

»Es hat sich ziemlich groß angehört.«

»Mhm.«

»Ob es der Ziegenmann war?«

»Daddy sagt doch, daß es keinen Ziegenmann gibt.«

»Schon, aber er hat ja nicht immer recht, oder?«

»Aber nur ganz selten nicht«, sagte ich.

Wir gingen ein Stück weiter und fanden eine schmale Stelle im Fluß, wo wir ihn überqueren konnten, wobei wir uns mit dem Schubkarren trotzdem ziemlich abmühen mußten. Wir hätten den Fluß nicht überqueren sollen, aber die Stelle war mir gelegen gekommen, denn was uns da gefolgt war, hatte mich dermaßen unruhig gemacht, daß ich einfach möglichst viel Abstand zwischen dem und uns gewinnen wollte.

Wir gingen wieder eine Weile weiter durch den Wald und stießen schließlich auf ein Dornengestrüpp, das sich zwischen den Bäumen und Sträuchern breitgemacht hatte und eine regelrechte Dornenwand darstellte. Es war eine Wand aus wilden Rosenbüschen. Einige der Stämme waren so dick wie Brunnenseile und die Dornen groß wie Nägel, und die Blüten rochen im Nachtwind süß und kräftig, fast so süß wie wenn man Sirup einkocht.

Das Dornengestrüpp streckte sich ein ganzes Stück nach beiden Richtungen aus und schloß uns irgendwie ein. Wir waren in ein Labyrinth von Dornen hineingeraten, das zu breit und zu dicht war, als daß man hätte darum herum gehen können, und zu hoch und zu dornig, um darüberzuklettern, und außerdem hatten die wilden Rosen sich in tiefhängende Äste verkrallt, so daß sie sich über uns wie eine Decke ausgebreitet hatten. Ich mußte an die Uncle-Remus-Geschichte über Brer Rabbit und das Dorngestrüpp denken, aber im Gegensatz zu Brer Rabbit war ich nicht in einem Dornengestrüpp geboren und aufgewachsen, und im Gegensatz zu Brer Rabbit war das auch nicht gerade das, was ich gewollt hätte.

Ich steckte die Hand in die Tasche und fand dort ein Streichholz, das übriggeblieben war, als ich und Tom einmal versucht hatten, Maiskolbenzigaretten und Weinreben zu rauchen. Ich riß das Streichholz mit dem Daumen an und hob es hoch. Jetzt war zwischen den Dornen eine breite Lücke, und es gehörte nicht viel Verstand dazu, um zu erkennen, wie der Gang in das Gestrüpp geschnitten worden war. Ich beugte mich vor, hielt das Streichholz vor mich hin und konnte jetzt erkennen, daß die Dornen eine Art Tunnel bildeten, etwa mannshoch und genauso breit. Wie weit der Tunnel reichte, konnte ich nicht erkennen, aber es schien ein gutes Stück zu sein.

Ich schüttelte das Streichholz aus, damit ich mir nicht die Finger verbrannte, und sagte zu Tom: »Wir können umkehren, wir können aber auch den Tunnel hier nehmen.«

Tom drehte sich nach links, sah, daß die Dornen dick und massiv wie eine Wand waren, und dann, daß vor uns eine ähnliche Wand war. »Ich will nicht umkehren, wegen diesem Ding, was auch immer es ist. Aber ich will auch nicht in diesen Tunnel. Da wären wir wie Ratten in einem Rohr. Vielleicht hat dieses Ding gewußt, daß wir hier nicht mehr weiter können, und wartet jetzt am anderen Ende von der Dornenfalle auf uns, wie das eine Ding, von dem Daddy uns mal vorgelesen hat. Das Ding, das halb Mensch, halb Kuh war.«

»Halb Bulle, halb Mann«, sagte ich. »Der Minotaurus.«

»Ja. Ein Minutares. So was könnte da auf uns warten, Harry.«

Daran hatte ich natürlich auch gedacht. »Ich finde, wir sollten trotzdem den Tunnel nehmen. Da kann es uns nicht von der Seite angreifen. Es muß von vorn oder von hinten kommen.«

»Könnten da nicht auch noch mehr Tunnels drin sein?«

Daran hatte ich nicht gedacht. Solche Verzweigungen konnte es natürlich überall geben.

»Ich habe die Flinte«, sagte ich. »Wenn du den Schubkarren schiebst, kann Toby irgendwie Wache halten und uns melden, wenn was kommt. Und wenn uns was anspringt, dann kriegt es eine volle Ladung ab.«

»Das gefällt mir alles nicht.«

Ich griff nach der Flinte und machte sie schußbereit. Tom packte die Schubkarre an den beiden Handgriffen. Ich betrat den Tunnel, und Tom folgte mir.

Der Rosenduft war überwältigend stark. Mir wurde richtig übel. Manchmal staken aus der Tunnelwand Dornenzweige, die man im Dunkeln nicht sehen konnte. Sie zupften an meinem alten Hemd und rissen mir Arme und Gesicht auf. Ich konnte Tom hinter mir hören, wie sie halblaut vor sich hin schimpfte, wenn sie einen Kratzer abbekam. Ich war nur froh, daß Toby still war. Das beruhigte mich irgendwie.

Wir kamen ein gutes Stück voran, und dann hörte ich auf einmal ein brausendes Geräusch. Der Tunnel verbreitete sich, und wir kamen am Ufer des wild dahinströmenden Sabine River heraus. Das Blätterdach über uns war löchrig, so daß das Mondlicht bis zu uns drang und auf alles strahlte. Die Strahlen sahen gelb und dick wie sauer gewordene Milch aus. Was auch immer hinter uns her gewesen war, schien die Verfolgung aufgegeben zu haben.

Ich schaute, wo der Mond stand, und betrachtete dann den Fluß. »Wir sind ein ganzes Stück vom Weg abgekommen«, sagte ich. »Aber ich weiß jetzt, wie wir gehen müssen. Wir folgen dem Fluß ein Stück hoch, auch wenn das die falsche Richtung ist, aber ich glaube, wir sind hier nicht weit von der Schaukelbrücke weg. Über die gehen wir rüber, und kommen so zur Hauptstraße. Die gehen wir dann das letzte Stück bis nach Hause.«

»Die Schaukelbrücke?«

»Mhm«, sagte ich.

»Glaubst du, daß Mama und Daddy sich Sorgen machen«, fragte Tom.

»Mhm«, sagte ich. »Schätze schon. Ich hoffe nur, die freuen sich so über die Eichhörnchen, daß sie nicht schimpfen.«

»Und was ist mit Toby?«

»Das werden wir sehen.«

Das Ufer senkte sich etwas, und unten am Wasser war ein schmaler Weg, der am Fluß entlangführte.

»Wir müssen, glaube ich, zuerst Toby hinuntertragen und dann den Schubkarren. Du schiebst, und ich halte ihn vorn.«

Ich hob den leise winselnden Toby auf, und Tom schob den Schubkarren etwas voreilig an. Der Schubkarren samt den Eichhörnchen, der Schrotflinte und der Schaufel rutschte über den Rand und kippte in der Nähe des Flusses um.

»Verdammt, Tom«, sagte ich.

»Entschuldigung«, sagte sie. »Er ist mir aus der Hand gerutscht. Ich sag Mama, daß du geflucht hast.«

»Wenn du das tust, kannst du was erleben. Außerdem habe ich dich auch fluchen gehört.«

Ich gab Tom den Hund, damit sie ihn festhielt, bis ich ein Stück weiter unten war und einen festen Stand hatte, damit sie ihn mir reichen konnte.

Ich rutschte an der Uferböschung hinunter und stieß an eine riesige Eiche, die dicht beim Wasser aufragte. Das Dornengestrüpp war die Böschung hinuntergewachsen und hatte sich um den Baumstamm gewunden. Ich ging um ihn herum, streckte die Hand aus, um mich zu stützen, und riß sie ganz schnell wieder zurück. Was ich berührt hatte, war nicht ein Baumstamm oder Dornengestrüpp gewesen, sondern etwas Weiches.

Als ich genauer hinsah, erkannte ich eine graue Masse, die in dem Gestrüpp hing. Das Mondlicht schien auf das Wasser und fiel auf ein Gesicht oder etwas, das einmal ein Gesicht gewesen war, jetzt aber eher wie eine Vogelscheuche aussah, angeschwollen und rund und mit dunklen, schwarzen Höhlen, wo einmal Augen gewesen waren. Auf dem Kopf war ein Büschel Haare, es sah allerdings eher wie ungesponnene Wolle aus, und der Körper war aufgedunsen und verdreht und ohne Kleider. Eine Frau.

Ich hatte einmal ein paar Spielkarten mit nackten Frauen darauf gesehen, die Jake Sterning mir gezeigt hatte. Er hatte immer solches Zeug, weil sein Daddy ein Handelsvertreter war und nicht nur Garrett-Schnupftabak verkaufte, sondern nebenbei auch noch Krimskrams unter der Hand, wie das damals hieß.

Aber das hier war was ganz anderes. Die Spielkartenbilder hatten in mir ein ganz komisches Gefühl aufkommen lassen, das ich nicht verstand, was mich aber immer wohlig und zufrieden machte. Das, was ich hier vor mir sah, ließ in mir ein Gefühl aufkommen, das ich sofort verstand. Entsetzen. Angst.

Die Busen waren aufgeplatzt wie in der Sonne aufgesprungene, verfaulte Melonen. Die Dornenzweige hatten sich um ihr aufgedunsenes Fleisch geschlungen. Die Haut war grau wie Zigarrenasche. Die Füße berührten nicht den Boden. Die Frau wurde von den Dornzweigen gegen den Baum gepreßt. Im Mondlicht sah sie aus wie eine fette Hexe, die man mit Stacheldraht an einen dicken Pfahl gefesselt hat und die jetzt darauf wartet, daß man sie verbrennt.

»Jesses«, sagte ich.

»Du fluchst ja schon wieder«, sagte Tom.

Ich kletterte die Uferböschung ein Stück hinauf, nahm Tom Toby ab, legte ihn dann unten am Flußufer auf den weichen Boden und starrte die Leiche noch einmal eine Weile an. Tom kam heruntergerutscht und sah, was ich sah.

»Ist das der Ziegenmann?« fragte sie.

»Nein«, sagte ich. »Das ist eine tote Frau.«

»Sie hat keine Kleider an.«

»Nein, hat sie nicht. Schau nicht hin, Tom.«

»Ich kann aber nicht anders.«

»Wir müssen nach Hause, und es Daddy sagen.«

»Zünd ein Streichholz an, Harry, damit wir sie uns genau ansehen können.«

Ich überlegte und griff schließlich in meine Tasche. »Ich habe bloß noch ein einziges.«

»Zünd es an.«

Ich riß es mit dem Daumen an und hielt es vor mich hin. Das Streichholz zitterte, weil meine Hand zitterte. Ich ging so nahe hin, wie ich es ertragen konnte. Im Licht der Streichholzflamme war alles noch schrecklicher.

»Sieht aus wie eine farbige Frau«, sagte ich.

Das Streichholz ging aus. Ich richtete den Schubkarren auf, schüttelte den Schlamm aus dem Lauf der Schrotflinte und legte sie, die Eichhörnchen und Toby wieder hinein. Die Schaufel war nicht zu finden, und ich nahm an, daß sie in den Fluß gerutscht und damit weg war. Das würde Ärger geben.

»Wir müssen weiter«, sagte ich.

Tom stand am Ufer und starrte die Leiche an. Sie konnte einfach nicht wegschauen.

»Komm schon!«

Tom riß sich los. Wir gingen am Fluß entlang, und ich schob den Schubkarren, was ziemliche Mühe machte, weil er immer wieder im feuchten Boden steckenblieb, bis ich einfach nicht mehr schieben konnte. Ich schnürte die Eichhörnchen an den Beinen mit einem Strick zusammen, den Tom dabeihatte, und band mir alles um die Hüfte.

»Du trägst die Flinte, Tom, und ich trage Toby.«

Tom nahm die Flinte, ich hob Toby auf, und wir machten uns in Richtung Schaukelbrücke auf den Weg, dorthin wo angeblich der Ziegenmann hausen sollte.

Ich und meine Freunde hielten uns normalerweise der Schaukelbrücke fern, alle mit Ausnahme von Jake. Jake hatte vor nichts Angst. Andererseits war Jake einfach zu dumm, um vor etwas Angst zu haben. Die Leute sagten, wenn man ihm und seinem Alten den Kopf abschnitt, würden sie auch nicht dümmer sein.

Jake meinte immer, all die Geschichten, die man über die Schaukelbrücke hörte, hätten unsere Eltern erfunden, damit wir nicht hingingen, weil es gefährlich war. Vielleicht stimmte das ja sogar.

Die Brücke bestand aus ein paar Drahtseilen, die man von hohen Stellen an den Ufern über den Sabine River gespannt hatte. An den Seilen waren mit rostigen Metallklammern und halb verfaulten Hanfseilen ein paar lange Bretter befestigt. Ich weiß nicht, wer sie gebaut hat, und vielleicht war es ja einmal eine ganz ordentliche Brücke gewesen, aber jetzt fehlten eine ganze Menge von den Brettern, und andere waren morsch und zersprungen. Die Drahtseile waren auf beiden Seiten mit tief in der Erde vergrabenen Metallstangen am Ufer befestigt. An manchen Stellen, wo das Wasser das Ufer ausgespült hatte, konnte man sehen, wie die Metallstangen aus der Erde schauten. Wenn man dem Wasser noch etwas Zeit gab, würde bald die ganze Brücke in den Fluß fallen.

Wenn Wind ging, schaukelte die Brücke leicht, aber wenn ein wirklich kräftiger Sturm blies, dann war das schon etwas. Ich hatte die Brücke zuvor erst einmal überquert, untertags, bei völliger Windstille, und das war schon unheimlich genug gewesen. Bei jedem Schritt bewegte sie sich und drohte einen abzuwerfen. Die Bretter ächzten und stöhnten, als ob sie Schmerzen hätten. Manchmal lösten sich kleine Stücke verfaultes Holz und fielen in den Fluß. Ich sollte vielleicht hinzufügen, daß sich unter der Brücke eine tiefe Stelle befand, wo das Wasser ziemlich schnell floß und gegen Felsen krachte, um dann in einem kleinen Wasserfall zu münden, der zu einer breiten, tiefen Stelle abfiel.

Jetzt war aber Nacht. Wir blickten an der Brücke entlang und mußten an den Ziegenmann denken, an die Leiche, die wir gefunden hatten, an Toby, daran, daß es spät war und daß unsere Eltern sich wahrscheinlich ziemliche Sorgen machten.

»Müssen wir da wirklich rüber, Harry?« sagte Tom.

»Ja«, sagte ich, »müssen wir wohl. Ich geh voraus, und du paßt auf, wo ich hintrete. Wenn die Bretter mich tragen, werden sie dich sicher auch tragen können.«

Das Ächzen der Brücke mischte sich in das Brausen des Flusses, sie schwankte leicht in ihren Seilen wie eine Schlange, die durch hohes Gras gleitet.

Es war schlimm genug gewesen, beim letzten Mal mit beiden Händen am Geländer über die Brücke zu gehen, aber jetzt, wo ich Toby trug und es Nacht war und Tom bei mir war und sie auch keine Hand frei hatte, weil sie die Schrotflinte tragen mußte... Also, sehr vielversprechend sah es nicht aus.

Die andere Wahl, die wir hatten, wäre gewesen, den Weg, den wir gekommen waren, wieder zurückzugehen oder bis zu einer Stelle zu gehen, wo der Fluß seicht genug war, um ihn überqueren zu können, zur Straße zurückgehen und von dort weiter zu unserem Haus. Aber bis der Fluß seicht genug wurde, das wußte ich, waren es ein paar Meilen, und der Waldboden war uneben, und es war dunkel, und Toby war schwer, und dort hinten war etwas, das uns verfolgt hatte. Ich sah keine andere Möglichkeit als die Brücke.

Ich atmete tief durch, hielt Toby fest und trat auf das erste Brett.

Als ich das getan hatte, schwang die Brücke hart nach links und dann noch heftiger zurück. Ich hielt Toby in den Armen, konnte also bloß etwas in die Hocke gehen und versuchen, die Schaukelbewegung mitzumachen. Es dauerte eine ganze Weile, bis die Brücke zu schaukeln aufhörte. Ich war bei meinem nächsten Schritt also noch vorsichtiger. Diesmal schaukelte sie nicht so sehr. Ich hatte den richtigen Rhythmus für meine Schritte gefunden.

»Du mußt auf die Mitte der Bretter treten, rief ich Tom zu.« Dann schaukelt es nicht so stark.«

»Ich habe Angst, Harry.«

»Schon gut«, sagte ich. »Wir schaffen das schon.«

Ich trat auf das nächste Brett, und es knackte dermaßen, daß ich sofort den Fuß zurückzog. Ein Stück von dem Brett war abgebrochen und fiel in den Fluß hinunter. Es traf klatschend auf, wurde von der Strömung gepackt, ein kurzes Flackern im Mondlicht, und dann wurde es davongerissen. Das braune Wasser zog es in die Tiefe, dann kam es wieder heraus, wurde in den kleinen Wasserfall gerissen und war schließlich verschwunden.

Ich stand da und hatte das Gefühl, als ob mir der Magen aus dem Bauch gefallen wäre. Ich drückte Toby fest an mich und machte einen weiten Schritt über das kaputte Brett hinweg auf das nächste. Ich schaffte es, aber die Brücke schwankte arg. Ich hörte Tom schreien, und drehte mich um, sah in dem

Augenblick über die Schulter, als sie die Flinte fallen ließ und nach dem Geländer griff. Die Flinte fiel nach unten und blieb dann zwischen den beiden unteren Drahtseilen hängen. Die Brücke schaukelte heftig hin und her, warf mich erst auf die eine und dann gleich auf die andere Seite, und ich dachte schon, jetzt sei sicher gleich Schluß mit mir.

Nachdem das Schaukeln wieder nachgelassen hatte, ließ ich mich auf ein Knie nieder, drehte mich herum und sah Tom an. »Ganz ruhig«, sagte ich.

»Ich habe solche Angst, daß ich nicht loslassen kann«, sagte Tom.

»Das mußt du aber, und du mußt die Flinte holen.«

Es dauerte eine ganze Weile, bis Tom sich schließlich vorbeugte und die Flinte aufhob. Nachdem wir ein paar Augenblicke lang verschnauft hatten, setzen wir uns wieder in Bewegung. Und dann hörten wir unter uns das Geräusch und sahen das Ding in der Dunkelheit.

Es bewegte sich auf der gegenüberliegenden Seite am Ufer entlang, unten, in der Nähe des Wassers, unter der Brücke. Man konnte es nicht deutlich sehen, weil der Mond nicht darauf schien, da es sich ja im Schatten bewegte. Der Kopf war riesig groß, und obendrauf war etwas, das wie Hörner aussah, und der Rest war schwarz und dunkel wie ein Kohlenkeller. Es beugte sich etwas vor, als ob es uns besser im Blick haben wollte. Jetzt konnte ich im Mondlicht das Weiße in den Augen und Zähne wie Kreidestücke sehen, die im Mondlicht aufleuchteten.

»O Gott, Harry«, sagte Tom. »Es ist der Ziegenmann. Was tun wir jetzt?«

Ich überlegte, ob wir umkehren sollten. Dann würden wir zwar den Fluß zwischen ihm und uns haben, aber auf der anderen Seite hätten wir auch wieder den ganzen Wald vor uns, und zwar meilenweit. Und wenn es irgendwo den Fluß überquerte, um uns wieder zu verfolgen? Ich war mir jetzt nämlich sicher, daß es das war, was uns im Wald gefolgt war.

Wenn wir weiter hinübergingen, würden wir über ihm sein, auf dem höheren Ufer, und dann würde es auch gar nicht mehr so weit zur Straße sein. Es hieß doch, daß der Ziegenmann nie bis zur Straße ging. Dort würde er immer kehrtmachen. Er war sozusagen im Wald und am Ufer des Sabine River gefangen, und außerdem hielten ihn ja die Prediger von der Straße fern.

»Wir müssen weitergehen«, sagte ich. Ich warf noch einen kurzen Blick auf die weißen Augen und die aufleuchtenden Zähne und machte mich dann wieder daran, mich weiter vorzuarbeiten. Die Brücke schwankte, aber meine Antriebskraft war jetzt wesentlich größer, und ich kam ganz gut von der Stelle, und Tom auch.

Als wir das andere Ufer fast erreicht hatten, sah ich noch einmal nach unten, aber ich konnte den Ziegenmann nirgends mehr sehen. Ich wußte nicht, ob das am Blickwinkel lag oder ob er weitergegangen war. Ich mußte bloß die ganze Zeit daran denken, daß er, bis wir die andere Seite erreicht hatten, wahrscheinlich längst dort hinaufgeklettert war und auf uns wartete.

Aber als wir endlich auf der anderen Seite ankamen, war da nur der Weg, der vor uns in den dichten Wald führte, man konnte ihn deutlich im Mondlicht erkennen. Und auf dem Weg war nichts.

Wir setzten uns in Bewegung. Toby war schwer, und ich tat alles, um ihn möglichst ruhig zu halten, aber ich war so von Angst geschüttelt, daß mir das nicht sonderlich gut gelang. Er winselte ein paarmal.

Nach kurzer Zeit waren wir an der Stelle, wo der Weg in den Schatten führte, da, wo die Äste der Bäume sich ineinanderreckten und ihn dadurch vor dem Mondlicht verbargen. Der Weg schien irgendwie in einer Art dunklen Umarmung festgehalten zu werden.

»Wenn er uns angreifen will«, sagte ich, »dann wahrscheinlich hier.«

»Dann gehen wir lieber nicht da rein.«

»Du willst wieder über die Brücke zurück?«

»Nein, irgendwie auch nicht.«

»Dann müssen wir weiter. Außerdem ist es ja nicht sicher, daß er uns wirklich gefolgt ist.«

»Hast du die Hörner auf seinem Kopf gesehen?«

»Irgend etwas habe ich gesehen. Am besten tauschen wir, zumindest bis wir an der Wegbiegung da vorn vorbei sind. Du trägst Toby und ich die Flinte.«

»Ich mag lieber die Flinte tragen.«

»Ja, aber du kannst damit nicht schießen, ohne daß sie dich umwirft. Außerdem hab ich die Patronen.«

Tom überlegte. »Okay«, sagte sie.

Sie stellte die Flinte auf den Boden, und ich reichte ihr Toby. Dann nahm ich die Flinte auf, und wir setzten unseren Weg um die dunkle Biegung herum fort.

Ich war schon viele Male auf dem Weg gewesen, als es Tag war. Bis hin zur Schaukelbrücke, aber mit Ausnahme von dem einen Mal hatte ich die Brücke, wie gesagt, bis jetzt noch nie überquert. Ich war auch schon nachts im Wald gewesen, aber nicht so tief, und wenn, dann gewöhnlich mit Daddy.

Als wir in dem Schatten waren, sprang uns nichts an, und es biß auch nichts nach uns. Erst als wir uns wieder dem vom Mond beschienenen Teil des Weges näherten, hörten wir, wie sich im Wald etwas bewegte. Dasselbe Geräusch, das wir zuvor im anderen Wald gehört hatten. Wie sich etwas bedächtig bewegte, und zwar seitlich neben uns.

Schließlich kamen wir wieder ins Mondlicht und fühlten uns gleich wohler. Aber dafür gab es eigentlich keinen Anlaß. Es war bloß so ein Gefühl. Das Mondlicht änderte überhaupt nichts. Ich sah mich über die Schulter um, zur dunklen Stelle, die wir gerade hinter uns gelassen hatten, und da, mitten auf dem Weg, vom Schatten eingehüllt, konnte ich es sehen. Da stand er. Beobachtete uns.

Ich wies Tom nicht darauf hin, sondern sagte vielmehr: »Nimm du jetzt wieder die Flinte und gib mir Toby. Und dann rennst du, so schnell du kannst, zur Straße hinunter.«

Tom, die keineswegs dumm war – und außerdem verrieten mich wahrscheinlich meine Augen –, drehte sich um und blickte nach hinten in den Schatten. Sie sah es auch. Es tauchte wieder in den Wald. Sie gab mir schnell Toby, nahm die Flinte und rannte los wie ein geölter Blitz. Ich rannte, so gut es ging, hinter ihr her, daß der arme Toby richtig durchgerüttelt wurde und die Eichhörnchen mir um die Beine schlugen. Toby winselte, jammerte und jaulte. Der Weg wurde breiter, das Mondlicht heller, und dann kam die rote Lehmstraße. Erst als wir dort waren, blickten wir wieder zurück.

Nichts verfolgte uns. Wir hörten nichts, was sich im Wald bewegte.

»Ist jetzt alles okay?« fragte Tom.

»Wahrscheinlich. Es heißt doch immer, bis zur Straße kann er nicht.«

»Und wenn er doch kann?«

»Na ja, er kann halt nicht … glaube ich jedenfalls.«

»Meinst du, daß er die Frau umgebracht hat?«

»Ja, wahrscheinlich schon.«

»Warum sieht sie denn so aus?«

»Wenn etwas tot ist, schwillt es so an.«

»Und woher sind die vielen Schnitte? Von seinen Hörnern?«

»Das weiß ich auch nicht, Tom.«

Wir gingen weiter, und nach einiger Zeit, nachdem wir ein paarmal eine Verschnaufpause eingelegt hatten und ich Toby einmal dabei geholfen hatte, sein Geschäft zu verrichten, indem ich ihm die Beine und den Schwanz hochhob, kamen wir in tiefster Nacht zu Hause an.

Es war nicht gerade eine glückliche Heimkehr. Der Himmel hatte sich mit Wolken überzogen, und der Mond strahlte nicht mehr so hell. Irgendwo in der Ferne konnte man die Grillen zirpen und die Frösche quaken hören. Als wir, ich mit Toby über den Schultern, den Hof betraten, hörte ich schon Daddys Stimme aus der Dunkelheit, und eine Eule flog erschreckt aus der Eiche auf und zeichnete sich einen Augenblick lang vor dem etwas helleren Himmel ab.

»Ich sollte euch allen beiden den Hintern versohlen«, sagte Daddy.

»Ja, Sir«, sagte ich.

Daddy saß auf einem Stuhl unter der Eiche im Hof. Die Eiche war die Stelle, wo wir uns gewöhnlich versammelten, wo wir saßen und uns unterhielten und im Sommer Erbsen ausschoteten. Er rauchte eine Pfeife, eine Angewohnheit, die ihm später den Tod bringen sollte. Ich konnte sie aufglühen sehen, weil er gerade ein Streichholz über den Tabak hielt und die Flamme in den Tabak sog. Der Geruch, der von der Pfeife ausging, wirkte auf mich holzig und säuerlich.

Wir gingen zu ihm hinüber und blieben unter der Eiche neben ihm stehen.

»Eure Mutter ist vor Angst fast umgekommen«, sagte er. »Harry, du weißt ganz genau, daß du nicht so lang wegbleiben darfst, noch dazu mit deiner Schwester. Du sollst doch auf sie aufpassen.«

»Ja, Sir.«

»Ich sehe, ihr habt Toby immer noch.«

»Ja, Sir. Ich glaube, es geht ihm besser.«

»Es kann einem nicht besser gehen, wenn man sich das Rückgrat gebrochen hat.«

»Er hat sechs Eichhörnchen gejagt«, sagte ich. Ich zog mein Taschenmesser heraus, durchschnitt den Strick, den ich mir um die Hüfte gebunden hatte, und hielt ihm die Eichhörnchen hin. Er sah sie sich in der Dunkelheit an und legte sie neben den Stuhl.

»Du hast also eine Entschuldigung«, sagte er.

»Ja, Sir«, sagte ich.

»Also gut«, meinte er. »Tom, du gehst jetzt ins Haus und tust Wasser in die Wanne. Es ist warm genug, du brauchst es nicht anzuwärmen. Nicht heute abend. Du badest, und dann siehst du zu, daß du das ganze Zeckengeschmeiß los wirst, mit Kerosin und so, und dann ab ins Bett.«

»Ja, Sir«, sagte sie. »Aber Daddy …«

»Geh ins Haus, Tom«, sagte Daddy.

Tom sah mich an, legte die Schrotflinte auf die Erde und ging zum Haus.

Daddy paffte an der Pfeife. »Du hast gesagt, du hättest eine Entschuldigung.«

»Ja, Sir. Außer den Eichhörnchen ist da noch etwas. Unten am Fluß ist eine Leiche.«

Er beugte sich vor. »Was?«

Ich erzählte ihm alles, was vorgefallen war. Daß uns etwas verfolgt hatte, das Gestrüpp, die Leiche, der Ziegenmann. Als ich damit fertig war, sagte er: »Es gibt keinen Ziegenmann, Harry. Aber – vielleicht hast du ja den Mörder gesehen. So wie ihr dort draußen wart, hätte er dich oder Tom leicht erwischen können.«

»Ja, Sir.«

»Also gut, ich werde da morgen gleich in der Früh nachsehen müssen. Meinst du, du kannst die Stelle wieder finden?«

»Ja, Sir, aber ich möchte da nicht wieder hin.«

»Das kann ich mir denken, aber ich werde deine Hilfe brauchen. Du gehst jetzt ins Haus, und wenn Tom fertig ist, bist du mit Baden dran und zupfst dir die Zecken ab. Ich bin mir sicher, daß du über und über damit voll bist. Gib mir die Schrotflinte, ich kümmere mich um Toby.«

Ich wollte etwas sagen, wußte aber nicht, was. Daddy stand auf, nahm Toby in die Arme. Ich reichte ihm die Schrotflinte.

»Schrecklich, daß einem so guten Hund so etwas passieren muß«, sagte er.

Daddy ging auf die kleine Scheune zu, die hinter dem Haus am Feld stand.

»Daddy«, sagte ich. »Ich konnte es einfach nicht. Nicht Toby.«

»Ist schon gut, Junge«, sagte er und ging weiter zur Scheune.

Als ich zum Haus kam, saß Tom gerade auf der hinteren Veranda in der Wanne, und Mama schrubbte sie heftig im Schein einer Laterne, die an einem der Balken hing, ab. Mama, die neben der Wanne kniete, blickte über die Schulter zu mir hoch. Ihr blondes Haar war hinten zu einem dicken Knoten zusammengebunden, aus dem sich eine Strähne gelöst hatte, die ihr über die Stirn ins Auge hing. Sie schob sie mit ihrer eingeseiften Hand weg. »Du solltest wirklich klüger sein, als so spät noch wegzubleiben. Und Tom angst zu machen mit Gerede von einer Leiche.«

»Das ist kein Gerede, Mama«, sagte ich.

Ich erzählte ihr, machte es diesmal kurz.

Als ich damit fertig war, blieb sie eine Weile stumm. »Wo ist euer Daddy?«

»Er hat Toby zur Scheune getragen. Toby hat sich das Rückgrat gebrochen.«

»Das habe ich schon gehört. Es tut mir wirklich leid.«

Ich lauschte, wartete auf den Knall der Schrotflinte, aber nach einer Viertelstunde war der immer noch nicht gekommen. Dann hörte ich, wie Daddy von der Scheune zurückkam, und kurz darauf trat er aus dem Schatten heraus ins Laternenlicht, die Schrotflinte in der Hand.

»Ich glaube, man muß ihn nicht töten«, sagte Daddy. Ich spürte, wie mir leichter ums Herz wurde, und ich sah Tom an, die unter Mamas Arm hindurchsah, während Mama ihr den Kopf mit Seifenlauge einschäumte. »Er konnte die Hinterbeine ein Stück bewegen und auch den Schwanz etwas heben. Vielleicht hast du recht, Harry. Vielleicht wird er wieder. Außerdem hab ich es auch nicht fertiggebracht. Mir ist es genau wie dir gegangen, Junge. Wenn es sich verschlechtert, gleichbleibt, nun... Aber bis dahin bist du und Tom für ihn verantwortlich. Gib ihm zu fressen und genügend Wasser, und irgendwie müßt ihr ihm auch helfen, sein Geschäft zu machen.«

»Ja, Sir«, sagte ich. »Danke, Daddy.«

Daddy setzte sich auf die Veranda, die Schrotflinte auf dem Schoß. »Du hast gesagt, es war eine farbige Frau?«

»Ja, Sir.«

Daddy seufzte. »Das wird die Sache nicht gerade leichter machen«, sagte er.

Am nächsten Morgen ging ich mit Daddy bis zur Schaukelbrücke. Ich wollte nicht noch einmal über die Brücke gehen. Ich zeigte vom Ufer aus auf die Stelle flußabwärts, wo die Leiche auf der anderen Seite war.

»Also schön«, sagte Daddy. »Von hier aus komme ich allein zurecht. Geh du nach Hause. Oder besser noch, geh in die Stadt und mach den Barbierladen auf. Cecil fragt sich bestimmt schon, wo ich bleibe.«

Ich ging nach Hause und dort erst einmal in die Scheune, um nach Toby zu sehen. Er kroch auf dem Bauch herum und wackelte dabei ein bißchen mit den Hinterbeinen. Ich sagte Tom, daß sie sich darum kümmern müsse, daß Toby zu fressen bekam und alles das, und dann holte ich den Schlüssel für den Barbierladen, sattelte Sally Redback und ritt die fünf Meilen in die Stadt.

Marvel Creek war damals eigentlich keine richtige Stadt, nicht daß es das heute wäre, aber früher waren es im wesentlichen nur zwei Straßen. Die Main und die West. An der West stand eine Reihe Häuser, an der Main gab es den General Store, ein Gerichtsgebäude, das Postamt, die Arztpraxis, den Barbierladen, der Daddy gehörte, ein paar andere Geschäfte, und manchmal tummelte sich dort ein Rudel Schweine, das Old Man Crittendon gehörte.

Der Barbierladen war eine weiße Hütte, die unter zwei Eichen stand. Der einzige Raum war gerade groß genug für einen richtigen Barbiersessel und einen gewöhnlichen Stuhl mit einem Kissen darauf und einem weiteren Kissen, das an der Rücklehne befestigt war. Daddy schnitt den Kunden die Haare auf dem Barbiersessel, und Cecil benutzte den anderen.

Im Sommer war die eigentliche Tür immer offen. Sonst gab es noch die Tür mit dem Drahtgeflecht, um die Fliegen abzuhalten. Die Fliegen versammelten sich gewöhnlich auf dem Fliegengitter und drängten sich zusammen, daß es wie Weintrauben aussah. Es ging häufig ein heißer Wind.

Cecil saß auf der Treppe und las Zeitung, als ich eintraf. Ich band Sally an eine der Eichen, ging zur Tür hinüber, um sie aufzuschließen, und erzählte dabei Cecil, was Daddy gerade machte.

Cecil hörte zu, schüttelte den Kopf, schnalzte mit der Zunge, und dann gingen wir beide hinein.

Ich mochte den Geruch des Ladens. Er roch nach Alkohol, Desinfektionsmitteln und Haaröl. Die Flaschen standen in einer Reihe auf einem Regal hinter dem Barbiersessel. Die Flüssigkeiten in ihnen hatten verschiedene Farben, rot und gelb, und dann war da noch eine blaue Flüssigkeit, die schwach noch Kokosnuß roch.

Entlang der einen Wand neben der Tür stand eine lange Bank und davor ein Tisch mit einem Stapel Romanheften, die bunte Umschläge hatten. Die meisten waren Hefte mit Detektivgeschichten. Ich las darin, wann immer ich Gelegenheit dazu hatte. Manchmal brachte Daddy die abgegriffenen Hefte auch nach Hause mit.

Wenn keine Kunden da waren, las Cecil auch darin; er saß dann auf der Bank, hatte eine selbstgedrehte Zigarette im Mund und sah wie eine der Figuren aus den Heften aus. Hartgesotten, unbekümmert, tüchtig.

Cecil war ein großer, kräftiger Mann, und nach allem, was ich in der Stadt hörte und über Umwege auch von Daddy, fanden die Damen, daß er gut aussah. Er hatte einen gepflegten, dichten roten Haarschopf, leuchtende Augen und ein nettes Gesicht mit etwas tiefliegenden Augen. Er war erst vor etwa zwei Monaten nach Marvel Creek gekommen, ein Friseur, der Arbeit suchte. Daddy erkannte sofort, daß ihm da Konkurrenz entstehen könnte, und deshalb stellte er einfach den zweiten Sessel auf und gab Cecil einen Anteil am Geschäft.

Seitdem hatte Daddy das schon manchmal bereut. Nicht daß Cecil nicht gut arbeiten konnte, und es war auch nicht so, daß Daddy ihn nicht mochte. Es war nur so, daß Cecil zu gut war. Er konnte Haare schneiden wie ein Weltmeister, und bald warteten immer mehr von Daddys Kunden darauf, daß Cecil sie bediente. Und immer mehr Mütter kamen mit ihren Söhnen und blieben da, während Cecil den Jungen das Haar schnitt, und plauderten mit ihm, während er ihre Jungen in die Wange kniff und sie zum Lachen brachte. So war Cecil. Er hatte die Gabe, sich sofort mit jedem anzufreunden.

Daddy gab das zwar nie zu, aber ich merkte deutlich, daß es ihn ärgerte, ihn ein bißchen eifersüchtig machte. Und dann war da auch noch, daß Mama, wenn sie in den Laden kam, unter Cecils Blick immer richtig hinschmolz und rot wurde. Sie lachte, auch wenn er Dinge sagte, die eigentlich gar nicht so komisch waren.

Cecil hatte auch mir das Haar ein paarmal geschnitten, wenn Daddy zu tun hatte, und ich muß zugeben, es war schon etwas Besonderes. Cecil redete gern und konnte prima Geschichten erzählen über die vielen Orte, wo er schon gewesen war. Überall in den Vereinigten Staaten, auf der ganzen Welt. Er war im Ersten Weltkrieg an der Front gewesen, hatte die schmutzigsten Kämpfe miterlebt. Soviel erzählte er dar-

674

über, aber nicht mehr. Es schien ihm Schmerzen zu bereiten. Einmal zeigte er mir eine französische Münze, die er an einem kleinen Kettchen um den Hals trug. Sie war von einer Kugel getroffen worden und etwas eingedrückt. Er habe die Münze in der Hemdtasche gehabt, erzählte er, und sie habe ihm das Leben gerettet.

Auch wenn er hinsichtlich des Krieges ziemlich wortkarg war, so war er hinsichtlich aller anderen Dinge, die er schon getan hatte, ein regelrechtes Plappermaul. Er neckte mich wegen der Mädchen, und manchmal wurde das Daddy zuviel, und er warf dann Cecil einen Blick zu, und ich konnte die beiden im Spiegel hinter der Bank sehen, dem, der für den Kunden gedacht war, damit der hineinsehen konnte, während der Friseur schnippelte. Cecil nahm dann den Blick zur Kenntnis, zwinkerte Daddy zu und wechselte das Thema. Aber Cecil kam immer wieder darauf zurück, interessierte sich für jede Freundin, die ich vielleicht haben könnte, selbst wenn ich gar keine hatte. Und dabei vermittelte er mir das Gefühl, als würde ich heranwachsen und mich an den Ritualen und Gedanken der Männer beteiligen.

Tom mochte ihn auch, und manchmal kam sie einfach deshalb in den Barbierladen, um dort rumzuhängen und sich von ihm schmeicheln und hochnehmen zu lassen. Er nahm sie dann manchmal auf den Schoß und erzählte ihr Geschichten über alles mögliche. Ich weiß nicht, ob Tom sich für die Geschichten interessierte, aber jedenfalls interessierte sie sich für Cecil, der für sie und mich so etwas wie ein Onkel geworden war.

Aber das verblüffendste an Cecil war, wie er Haare schneiden konnte. Die Schere war wie eine Verlängerung seiner Hände. Sie blitzte und drehte sich und schnippelte, ohne daß er mehr zu tun brauchte, als das Handgelenk zu drehen. Wenn ich auf dem Stuhl saß, bildete das gestutzte Haar um mich herum in der Sonne so etwas wie einen Heiligenschein, und mein Kopf wurde zu einem Werk der Bildhauerkunst, aus einer Masse ungebärdigen Haars, umgeformt in ein Kunstwerk. Cecil vertat sich nie, stach einen nie mit der Scherenspitze – was Daddy von sich nicht behaupten konnte –, und wenn er fertig war, einem parfümiertes Öl in die Kopfhaut gerieben und einem das Haar gescheitelt und gekämmt hatte, wenn er einen herumdrehte, damit man in den näheren Spiegel hinter den Sesseln sehen konnte, war man nicht mehr derselbe wie vorher. Ich hatte dann immer, wenn er fertig war, das Gefühl, ich würde älter aussehen, männlicher. Vielleicht sogar ein klein wenig wie diese Burschen auf den Heftumschlägen.

Wenn Daddy mir die Haare schnitt, sie mir scheitelte, das Öl auftrug und mich dann aufstehen ließ (er drehte mich nie herum, damit ich mich ansehen konnte, wie er das bei seinen erwachsenen Kunden tat), war ich immer noch bloß ein Junge. Dem man die Haare geschnitten hatte.

Da Daddy an dem Tag, um den es hier geht, nicht da war und das Haareschneiden für mich nichts kostete, fragte ich Cecil, ob er mir bitte die Haare schneiden würde, und das tat er dann auch, und am Ende schlug er Rasierschaum und rasierte mich um die Ohren, um auch an die Härchen zu kommen, die für die Schere zu widerspenstig sind. Cecil massierte das Öl in die Kopfhaut und mit dem Daumen und den Fingern den Nacken. In der Hitze fühlte sich das warm und kitzelig an und machte mich irgendwie schläfrig.

Ich war kaum aus dem Sessel gestiegen, als der alte Nation in seinem Maultierwagen angefahren kam. Er und seine zwei Jungen betraten den Laden. Mr. Ethan Nation war ein großer Mann, der immer einen Overall trug. Haarbüschel, wuchsen ihm aus den Ohren und krochen ihm aus der Nase. Seine Söhne waren seine rothaarigen, großohrigen Ebenbilder. Sie kauten alle Tabak, hatten braune Zähne und spuckten ständig beim Reden. Der größte Teil ihrer Konversation bestand dabei aus irgendwelchen Schimpfwörtern oder jedenfalls aus solchen Wörtern, wie sie zu jener Zeit nicht so häufig benutzt wurden. Sie kamen nie in den Laden, um sich die Haare schneiden zu lassen. Das taten sie immer selbst zu Hause. Sie saßen nur gern auf den Stühlen und lasen das Wenige in den Heften, wozu ihr Wortschatz reichte, und redeten darüber, wie schlecht die Dinge standen.

Cecil war zwar kein Freund von ihnen, war aber immer höflich, und, wie Daddy oft sagte, er war eben ein Mann, der gern redete, selbst wenn er mit dem Teufel hätte reden müssen.

Der alte Nation hatte kaum Platz genommen, als Cecil auch schon loslegte: »Harry hat erzählt, daß es einen Mord gegeben hat.« Es war so, als ob das eine Tatsache wäre, die er voll Stolz verbreitete, aber da ich es ihm ja auch sofort berichtet hatte und selbst beinahe platzte, um es loszuwerden, konnte ich ihm das eigentlich nicht verübeln.

Als das erste Wort gefallen war, hatte ich kaum eine andere Wahl, als alles zu erzählen. Nun, beinahe alles. Den Ziegenmann ließ ich aus, ich weiß auch nicht, warum, aber ich ließ ihn jedenfalls aus.

Nachdem ich fertig war, sagte Mr. Nation: »Na ja, ein Niggerweib weniger tut der Welt ja nich gerade schaden. Wenn ich am Fluß wär und auf eins von den Kraushaarweibern da stoßen würd, ich weiß nich, ich hätt vielleicht auch Lust, sie alle zu machen. Die sind's ja, wo die vielen kleinen Neger machen. Die werfen Babys so, wie unsereins scheißt. Aber vorher hätt ich vielleicht Lust, daß sie mir 'n bißchen hilft, weißt schon, was ich mein. Also, zum Teufel, das sind Nigger, aber für fünf Minuten reicht es aus, daß sie innen auch ganz rosa sind.«

Seine Söhne feixten: »Zügeln Sie Ihre Zunge«, sagte Cecil und deutete mit einer Kopfbewegung zu mir herüber.

»Tut mir leid, Junge«, sagte Mr. Nation. »Dein Pa kümmert sich wohl drum, hä?«

»Ja, Sir«, sagte ich.

»Na ja, ihn stört das wahrscheinlich. War ja schon immer einer von denen, die sich um die Nigger sorgen. Der soll lieber die Finger davon lassen, die Nigger sich weiter gegenseitig umbringen lassen, dann müssen nämlich wir übrigen uns weniger Sorgen um sie machen.«

Im dem Augenblick änderte sich etwas Entscheidendes in mir. Ich hatte nie richtig über das nachgedacht, was mein Vater für persönliche Grundsätze hatte, aber plötzlich kam mir in den Sinn, daß diese Grundsätze genau das Gegenteil von denen von Mr. Nation waren, und daß Mr. Nation, obwohl er gern in unseren Barbierladen kam, um sich die Zeit totzuschlagen, seine Ideen zu verbreiten und unsere Hefte zu lesen, meinen Daddy in Wirklichkeit gar nicht mochte. Die Tatsache, daß er ihn nicht mochte und daß Daddy genau den gegenteiligen Standpunkt von diesem Mann vertrat, machte mich auf einmal irgendwie stolz.

Nach einer Weile kam Mr. Johnson, ein Prediger, in den Laden, und Mr. Nation spürte offenbar, daß er überflüssig war, und packte sich und seine zwei Jungs auf den Wagen und fuhr die Straße hinunter, fuhr wahrscheinlich woanders hin, um jemand anderen zu nerven. Im späteren Verlauf des Tages kam Daddy herein, und als Cecil ihn nach dem Mord fragte, sah Daddy mich an, und in dem Augenblick wußte ich, daß ich den Mund hätte halten sollen.

Daddy erzählte Cecil nur, was ich ihm auch schon gesagt hatte und kaum mehr, nur noch, daß er denke, die Frau sei dort unten vom Hochwasser erwischt worden, und daß es so aussah, als ob sie jemand in die Dornen gehängt hätte, wie um sie auszustellen. Daddy vermutete, daß der Mörder genau das getan hatte.

Als ich am Abend wieder zu Hause war und im Bett lag, Tom schlief schon längst, lauschte ich mit dem Ohr an der Wand. Die Wände bei uns waren dünn, und wenn es sonst ruhig war, konnte ich hören, was Mama und Daddy miteinander redeten.

»Der Arzt in der Stadt wollte sie sich nicht einmal ansehen«, sagte Daddy.

»Weil es sich um eine Farbige handelte?«

»Yeah. Ich mußte sie ins Farbigenviertel drüben in Mission Creek bringen, um dort einen Arzt zu finden.«

»Mit unserem Auto?«

»Es ist nichts schmutzig geworden. Nachdem Harry mir gezeigt hat, wo die Frau war, bin ich zu Billy Gold rübergefahren. Er und sein Bruder sind mitgekommen und haben mir geholfen, sie in eine Plane zu wickeln und dann zum Wagen raufzuschleppen.«

»Was hat der Arzt gesagt?«

»Er meint, daß sie vergewaltigt worden ist. Ihre Brüste sind von oben bis unten aufgeschlitzt.«

»O Gott.«

»Ja, und auch noch Schlimmeres hat man ihr angetan. Der Arzt konnte erst nichts Genaues sagen, aber nach der Untersuchung – er hat sie aufgeschnitten und sich die Lunge angesehen – hat er die Vermutung geäußert, daß man sie vielleicht noch lebendig in den Fluß geworfen hat, wo sie dann ertrunken ist und später an Land gespült wurde. Wahrscheinlich erst am Tag darauf hat sie jemand da gefunden – ich vermute, daß das nicht irgendwer war, sondern der Mörder – und sie mit den Dornranken an den Baum gebunden.«

»Wer tut denn nur so etwas?«

»Das weiß ich auch nicht. Keine Ahnung.«

»Hat der Doktor sie gekannt?«

»Nein, aber er hat den farbigen Prediger holen lassen, den die da drüben haben, einen Mr. Bail. Der hat sie gekannt. Sie hieß Jelda May Sykes. Er hat gesagt, sie sei eine Prostituierte gewesen. Ab und zu ist sie in die Kirche gekommen und hat mit ihm darüber geredet, daß sie aus dem Gewerbe aussteigen will. Etwa einmal im Monat hätte sie das Heil gefunden und es den Rest der Zeit dann wieder verloren. Sie hat in einigen von diesen schwarzen Kneipen am Fluß entlang gearbeitet. Gelegentlich kamen wohl auch ein paar weiße Freier vorbei.«

»Dann hatte also niemand eine Vorstellung, wer das getan haben könnte?«

»Das interessiert da drüben keinen einen Dreck, Marilyn. Keinen einzigen. Die Farbigen halten nicht viel von ihr, und der weiße Sheriff hat mir ganz schnell klargemacht, daß ich dort drüben nichts zu melden habe. Oder, wie die es formuliert haben: »Wir kümmern uns selbst um unsere Nigger.« Und das bedeutet natürlich, daß sie sich überhaupt nicht um sie kümmern.«

»Wenn du nicht dafür zuständig bist, solltest du die Finger davon lassen.«

»Mission Creek liegt zwar nicht in meiner Zuständigkeit, aber wo man sie gefunden hat, sehr wohl. Der Sheriff dort drüben meint, daß irgendeiner von den Landstreichern, die mit der Eisenbahn unterwegs sind, dort drüben ausgestiegen ist, seinen Spaß mit ihr gehabt hat, sie in den Fluß geworfen hat und mit dem nächsten Zug weitergefahren ist. Wahrscheinlich hat er auch recht. Aber wenn das so ist, warum sie dann an den Baum fesseln?« .

»Es könnte ja jemand anderes gewesen sein, oder nicht?«

»Schon, aber es beunruhigt mich doch mächtig, daß es da draußen in der Welt soviel Grausamkeit gibt. Und außerdem glaube ich es nicht. Ich glaube, daß es derselbe Mann war, der sie auch umgebracht hat. Ich hab ein bißchen rumgeschnüffelt, als ich drüben in Mission Creek war. Ich kenn dort einen Zeitungsmann, Cal Fields.«

»Das ist doch dieser ältere Mann mit der jungen Frau. Dem heißen Feger?«

»Genau. Er ist ein anständiger Kerl. Die Frau ist ihm übrigens mit einem Trommler durchgebrannt. Aber Cal macht das nichts aus. Er hat jetzt eine neue Freundin. Er hat mir gesagt, daß ihn die Sache interessiert. Das sei jetzt der dritte Mord in achtzehn Monaten in der Gegend hier. Er hat über keinen davon was in der Zeitung geschrieben, hauptsächlich deshalb, weil die alle so scheußlich waren, aber auch, weil es sich um Farbigenmorde gehandelt hat und seine Leser sich für Farbigenmorde nicht interessieren. Außerdem waren es alles Prostituierte. Einer von den Morden war in Mission Creek. Man hat die Leiche in einem großen Abflußrohr unten am Fluß gefunden. Man hatte der Frau die Beine gebrochen und in die Höhe gezogen und an den Kopf gebunden.«

»Du liebe Güte.«

»Von dem anderen Mord hat Carl bloß Gerüchte gehört. Ich hab von ihm den Namen von dem Redakteur der Farbigenzeitung gekriegt. Ich bin hingefahren und hab mit dem geredet, Max Greene heißt er. Sie haben einen Bericht darüber gebracht. Er hat mir die betreffende Zeitungsausgabe gezeigt. Es war der erste Mord. Ist ein Stück weiter nördlich von Mission Creek passiert. Die haben sie auch im Fluß gefunden. Man hatte ihr untenrum alles weggeschnitten und es ihr in den Mund gestopft.«

»Mein Gott. Aber die Morde liegen doch Monate auseinander. Dann kann es doch nicht derselbe Mörder gewesen sein, oder?«

»Hoffentlich doch. Ich mag nämlich gar nicht daran denken, daß da vielleicht zwei oder drei wie dieser Kerl hier zugange sind. Aber so wie die Leichen zugerichtet sind und dann irgendwie zur Schau gestellt und auf so vulgäre Weise verstümmelt, glaube ich, daß es sich um ein und denselben handelt.

Greene war der Meinung, daß der Mörder sie am liebsten erledigt, indem er sie ertränkt. Selbst die, die man in dem Abflußrohr gefunden hat, war im Wasser. Und der Sheriff dort drüben hat wahrscheinlich recht, daß es jemand ist, der mit der Eisenbahn trampt. Alle Leichen sind in der Nähe der Gleise gefunden worden, nahe bei einer Stelle, wo die Züge langsam fahren und man abspringen kann, und dann war da auch immer eine Kneipe in der Nähe, wo die Mädchen arbeiteten. Aber das heißt nicht, daß er ein Landstreicher sein muß oder jemand, der die Gegend hier häufig verläßt. Er könnte den Zug auch nur benutzen, um an die Stelle zu kommen, wo er mordet.«

»Die Leiche, die Harry gefunden hat, was ist mit ihr passiert? Hat sich jemand ihrer angenommen?«

»Niemand. Schatz, ich hab dafür bezahlt, daß man sie dort drüben auf dem farbigen Friedhof begräbt. Ich weiß, wir haben eigentlich nicht das Geld, aber ...«

»Pscht. Schon gut. Das hast du richtig gemacht.«

Dann war Stille, und ich rollte mich auf den Rücken und sah zur Decke hoch. Als ich die Augen schloß, sah ich die Leiche der Frau vor mir, angeschwollen und mit Ranken und Dornen an dem Baum befestigt. Und ich sah die hellen Augen und die weißen Zähne im dunklen Gesicht des gehörnten Ziegenmannes. Ich erinnerte mich daran, wie ich über die Schulter geblickt und den Ziegenmann im Halbdunkel mitten auf dem Waldweg gesehen hatte.

Schließlich kam ich in meinem Traum an das Ende der Straße; und dann muß ich eingeschlafen sein.

Nach einer Weile war für Tom und mich wieder der normale Alltag eingezogen. So ist das mit der Zeit. Besonders, wenn man jung ist. Die Zeit heilt vieles, und das, was sie nicht heilt, das vergißt man, oder man verdrängt es zumindest und holt es nur zu bestimmten Zeiten heraus, was ich hie und da tat, spätnachts, unmittelbar bevor der Schlaf die Herrschaft über mich antrat. Und schließlich war alles nur noch eine ferne Erinnerung.

Daddy sah sich eine Weile nach dem Ziegenmann um, aber außer einigen Spuren am Ufer, Hinweise darauf, daß jemand dort unten herumgestöbert hatte, fand er nichts. Aber ich hörte, wie er Mama erzählte, er habe das Gefühl, beobachtet zu werden, und er denke, daß da draußen jemand ist, der den Wald so gut wie jedes Tier dort kennt.

Aber sich seinen Lebensunterhalt zu verdienen hatte den Vorrang vor jeder Art von Ermittlung, und mein Daddy war ohnehin kein Ermittler. Er war bloß ein kleiner Dorfpolizist, der hauptsächlich Vorladungen zustellte und zusammen mit dem Friedensrichter Leichen einsammelte. Und wenn sie farbig waren, sammelte er sie ohne den Friedensrichter ein. Und so schoben sich mit der Zeit der Mord und der Ziegenmann in unsere Vergangenheit.

Im Herbst hatte Toby tatsächlich wieder angefangen zu laufen. Der Rücken war also nicht gebrochen, aber der Ast, der auf ihn gefallen war, hatte wohl irgendeinen Nerv verletzt. Er wurde nie mehr ganz normal, konnte sich aber einigermaßen bewegen, wenn auch steif, und von Zeit zu Zeit, ohne daß man gewußt hätte, weshalb es so war, versagten ihm die Hüften den Dienst, und dann schleppte er seine hintere Hälfte einfach hinter sich her. Aber die meiste Zeit war er ganz in Ordnung und lief humpelnd, wenn auch nicht sonderlich schnell, herum. Er war immer noch der beste Hund in der ganzen County, wenn es um Eichhörnchenjagd ging.

Ende Oktober, eine Woche vor Halloween, als die Luft schon kühl geworden war, die Nächte klar und frisch wurden und der Mond wie ein großer Kürbis am Himmel hing, spielten Tom und ich eines Abends noch draußen, jagten Glühwürmchen und rannten hintereinander her. Daddy war in seiner Eigenschaft als Dorfpolizist unterwegs, und Mama war im Haus und nähte. Als wir dann richtig müde waren, setzten Tom und ich uns unter die Eiche und redeten über dies und das. Als irgendwann eine kleine Pause entstand, hatte ich auf einmal so ein eigenartiges Gefühl der Kälte. Ich weiß nicht, ob es so etwas wie einen sechsten Sinn tatsächlich gibt. Vielleicht sind das in Wirklichkeit bloß Kleinigkeiten, die man unbewußt bemerkt. Etwas, was man aus den Augenwinkeln sieht. Etwas, was man am Rand eines Gesprächs hört. Aber ich hatte genau das gleiche Gefühl, von dem Daddy gesprochen hatte, das Gefühl, beobachtet zu werden.

Ich hörte nicht mehr auf das, was Tom weiterplapperte, drehte langsam den Kopf zum Wald herum, und dort, zwischen zwei Bäumen, im Schatten, aber ganz deutlich vom Licht eingerahmt, stand eine gehörnte Gestalt und beobachtete uns.

Tom, die bemerkt hatte, daß ich nicht mehr zuhörte, sagte: »He.«

»Tom«, sagte ich. »Sei bitte einen Augenblick still, und guck dort hin, wo ich hinsehe.«

»Ich sehe nichts...« Dann verstummte sie, und einen Augenblick später flüsterte sie: »Das ist er... der Ziegenmann.«

Die Gestalt drehte sich ruckartig um, zertrat einen Ast, ein paar Blätter raschelten, und dann war sie verschwunden. Wir erzählten Daddy und Mama nicht, was wir gesehen hatten. Ich weiß eigentlich nicht recht, warum, aber wir haben es jedenfalls nicht getan. Es war etwas zwischen mir und Tom, und am nächsten Tag redeten wir auch kaum darüber.

Eine Woche später war Janice Jane Willman tot.

Wir hörten am Abend von Halloween davon. In der Stadt war ein kleines Fest für die Kinder und wer sonst kommen wollte. Es gab keine besonderen Einladungen. Jedes Jahr wußte man immer irgendwie, daß das Fest stattfinden würde und daß man erscheinen durfte. Die Frauen schleppten Schüsseln heran, und die Männer brachten ihren Fusel mit, um ihn in ihre Getränke zu schütten.

Das Fest fand bei Mrs. Canerton statt, die Witwe war. Sie hatte jede Menge Bücher in ihrem Haus, so eine Art Bibliothek. Wir konnten uns bei ihr Bücher ausleihen, durften aber auch einfach kommen und dort sitzen und lesen, konnten uns sogar vorlesen lassen. Mrs. Canerton hatte immer ein paar Plätzchen oder Limonade da und hatte nichts dagegen, sich unsere Geschichten oder Probleme anzuhören. Sie war eine Frau mit einem netten Gesicht und einem großen Busen, und eine Menge Männer in der Stadt mochten sie und fanden sie hübsch.

Jedes Jahr hielt sie ein kleines Halloween-Fest für die Kinder ab. Äpfel. Kürbiskuchen und so. Jeder, der einen Kissenbezug übrig hatte, machte sich daraus ein Gespensterkostüm. Ein paar von den älteren Jungs schlichen sich in die West Street, um ein paar Fenster mit Seife zu verschmieren, und das war's dann von wegen Halloween. Aber damals kam uns das ganz schön toll vor.

Daddy hatte uns zum Fest gebracht. Es war wieder ein schöne, kühle Nacht mit einer Menge Glühwürmchen, und die Grillen zirpten, und ich und Tom spielten mit den anderen Kindern Verstecken, und der, der dran war, zählte, und alle versteckten sich. Ich kroch unter Mrs. Canertons Haus, unter die vordere Veranda. Ich war gerade dort angekommen, als Tom hereingekrochen kam.

»He«, flüsterte ich. »Such dir ein eigenes Versteck.«

»Ich hab nicht gewußt, daß du hier unten bist. Jetzt ist's zu spät, woanders hinzugehen.«

»Dann sei still«, sagte ich.

Während wir da unten kauerten, sahen wir, wie sich Schuhe mit Hosenbeinen darüber auf die Verandatreppe zubewegten. Es waren die Männer, die draußen im Hof herumgestanden und geraucht hatten. Sie versammelten sich jetzt auf der Veranda, um zu plaudern. Ein Paar Stiefel erkannte ich als das von Daddy, und nach einigem Hin und Her auf der Veranda über uns, hörten wir, wie die Sitzbankschaukel zu ächzen anfing und ein paar Stühle herumgescharrt wurden, und dann hörte ich Cecil sprechen.

»Wie lang war sie schon tot?«

»Etwa eine Woche, schätze ich«, sagte Daddy.

»Jemand, den wir kennen?«

»Eine Prostituierte«, sagte Daddy. »Janice Jane Willman. Sie wohnte da draußen bei den Kneipen, außerhalb von Mission

Creek. Sie hat wohl den falschen Mann aufgegabelt. Und dann hat sie ihr Ende im Fluß gefunden.«

»Ertrunken?« fragte jemand anderes.

»Sieht so aus. Aber vorher hat sie ziemlich gelitten.«

»Weißt du, wer's getan hat?« fragte Cecil. »Irgendwelche Hinweise?«

»Nein. Eigentlich nicht.«

»Nigger.« Die Stimme kannte ich. Der alte Nation. Er erschien überall, wo es Essen und möglicherweise Alkohol gab, und er brachte nie eine Schüssel oder Alkohol mit. »Wenn die Nigger da unten 'ne weiße Frau finden, dann tun die sich die schnappen.«

»Yeah«, hörte ich jemanden sagen. »Und was hat 'ne weiße Frau schon da unten verloren?«

»Vielleicht hat er sie da hingebracht«, sagte Mr. Nation. »Ein Nigger schnappt sich immer 'ne weiße Frau, wenn's irgendwie geht«, sagte Mr. Nation. »Zum Teufel, würdest du das etwa nich, wenn du 'n Nigger wärst? Überleg mal, was dich zu Hause erwartet. 'n Niggerweib. 'ne weiße Frau, das ist für die wie 'n Lotteriegewinn. Und dann, wenn du 'n Nigger bist und es mit ihr gemacht hast, mußt du sie umbringen, damit's keiner erfährt. Nicht daß 'ne weiße Frau mit 'nem Funken Selbstachtung nach so was noch leben wollte.«

»Jetzt reicht's«, sagte Daddy.

»Drohst du mir etwa?« sagte Mr. Nation.

»Ich will bloß sagen, daß wir hier kein solches Gerede brauchen«, sagte Daddy. »Der Mörder könnte sowohl schwarz als auch weiß gewesen sein.«

»Wird sich schon zeigen, daß es 'n Nigger ist«, sagte Mr. Nation. »Denkt dran.«

»Ich habe gehört, du hast 'nen Verdächtigen«, sagte Cecil.

»Das nicht gerade«, sagte Daddy.

»Irgend so 'n farbiger Kerl, habe ich gehört«, sagte Cecil.

»Ich hab's doch gewußt«, sagte Nation. »So 'n gottverdammter Nigger.«

»Ich habe einen Mann zum Verhör festgenommen, das ist alles.«

»Wo ist er?« fragte Nation.

»Wißt ihr«, sagte Daddy. »Ich glaube, ich hol mir jetzt ein Stück von dem Kuchen.«

Die Bohlen der Veranda ächzten, die Gittertür öffnete sich, und dann hörten wir Schritte, die ins Haus gingen.

»Niggerfreund«, sagte Nation.

»Jetzt reicht's«, sagte Cecil.

»Redest du etwa mit mir, Mann?« sagte Mr. Nation.

»Allerdings, und ich habe gesagt, es reicht.«

Wieder scharrende Geräusche, Gerangel auf der Veranda und plötzlich ein Klatschen, und dann landete Mr. Nation vor uns. Wir konnten ihn durch die Treppenstufen sehen. Das Gesicht zeigte in unsere Richtung, aber ich glaube nicht, daß er uns gesehen hat. Unter dem Haus war es dunkel, und er hatte wohl gerade andere Sorgen. Er stand schnell auf, ließ seinen Hut auf dem Boden liegen, und dann hörten wir Schritte auf der Veranda und Daddys Stimme. »Ethan, du kommst jetzt nicht mehr hier rauf. Geh nach Hause.«

»Für wen hältst du dich eigentlich, mir Befehle zu geben?« sagte Mr. Nation.

»Im Augenblick bin ich der Polizist hier, und wenn du jetzt wieder auf die Veranda kommst, um mich mit irgend etwas zu ärgern, werde ich dich verhaften.«

»Du und wer noch?«

»Ich ganz allein.«

»Und was ist mit dem da? Er hat mich geschlagen. Du bist nur auf seiner Seite, weil er für dich gesprochen hat.«

»Ich bin auf seiner Seite, weil du ein Großmaul bist und allen anderen den Spaß hier verdirbst. Du hast zuviel getrunken. Geh nach Hause und schlaf deinen Rausch aus, Ethan. Ich will nicht, daß es hier Ärger gibt.«

Mr. Nation griff nach dem Hut. Er hob ihn auf. »Bildest dir ja mächtig was ein, was?« sagte er.

»Es bringt doch nichts, über etwas so Albernes zu streiten«, sagte Daddy.

»Paß nur gut auf dich auf, du Niggerfreund«, sagte Mr. Nation.

»Laß dich nicht mehr in meinem Laden blicken«, sagte Daddy.

»Auf die Idee würd ich auch nie kommen, du Niggerfreund.«

Dann drehte Mr. Nation sich um, und wir sahen, wie er
wegging.

»Cecil. Du redest zuviel«, sagte Daddy.

»Ja, ich weiß schon«, sagte Cecil.

»So, ich wollte mir doch was von dem Kuchen holen«, sagte
Daddy. »Jetzt geh jetzt wieder ich hinein und probier es noch
mal. Wie wär's, wenn wir von etwas anderem reden würden,
wenn ich wieder rauskomme?«

»Soll mir recht sein«, sagte jemand, und ich hörte, wie die
Tür mit dem Fliegengitter wieder aufging. Einen Augenblick
lang dachte ich, daß sie alle drinnen wären, aber dann merkte
ich, daß Daddy und Cecil immer noch auf der Veranda waren.

»Ich hätte dich nicht so anfahren sollen«, sagte Daddy.

»Ist schon gut. Hast ja recht. Ich rede zuviel.«

»Vergessen wir es.«

»Schon gut… Jacob, dieser Verdächtige. Meinst du, daß er
es war?«

»Nein. Eigentlich nicht.«

»Ist er in Sicherheit?«

»Im Moment schon. Vielleicht laß ich ihn einfach laufen
und sage keinem, wen ich festgehalten hatte. Bill Smoote paßt
im Augenblick auf ihn auf.«

»Noch einmal, es tut mir wirklich leid, Jacob.«

»Kein Problem. Gehen wir uns jetzt ein Stück Kuchen holen.«

Auf der Nachhausefahrt im Auto hatten wir den Bauch voll
Äpfeln, Kuchen und Limonade. Die Fenster waren herunter-
gekurbelt, und der kühle Oktoberwind trug den Geruch vom
Wald herein. Als wir durch den Wald fuhren, der den Feldweg
zu unserem Haus auf beiden Seiten säumte, fing ich an schläfrig zu werden.

Tom war bereits eingenickt. Ich lehnte mich an die Seite und
döste vor mich hin. Nach einer Weile bekam ich mit, wie
Mama und Daddy redeten.

»Er hatte ihre Handtasche?« sagte Mama.

»Ja«, sagte Daddy. »Die hatte er, und er hat Geld daraus genommen.«

»Könnte er es gewesen sein?«

»Er behauptet, er war beim Angeln und hat die Handtasche
und ihr Kleid im Wasser schwimmen sehen, und die Handtasche hätte sich in seiner Leine verfangen. Er hat gesehen, daß
Geld drinnen war und es einfach genommen. Eine Handtasche, die im Fluß treibt, hat er gemeint, das sei etwas, nach
dem niemand mehr suchen würde, und es war auch kein
Name drin, und außerdem wäre es schade um die fünf Dollar
gewesen. Er hat gesagt, auf die Idee, daß da jemand ermordet
worden ist, wäre er überhaupt nicht gekommen. Kann durchaus sein, daß es so abgelaufen ist. Ich für meinen Teil glaube
ihm. Ich kenne den alten Mose schon ein ganzes Leben lang.
Er hat mir beigebracht, wie man fischt. Er wohnt praktisch auf
dem Fluß, in so einer Hütte, die er da hat. Der tut keiner Fliege
etwas zuleide. Außerdem ist der Mann siebzig Jahre alt und
nicht gerade bei bester Gesundheit. Er hat ein ziemlich schweres Leben gehabt. Seine Frau ist ihm vor vierzig Jahren weggelaufen, und er ist nie darüber weggekommen. Sein Sohn
verschwand als dieser noch ein junger Bursche war. Wer auch
immer diese Frau vergewaltigt hat, muß ziemlich kräftig gewesen sein. Sie war ja noch ganz jung, und so, wie die Leiche
aussah, hat die Frau sich ganz schön gewehrt. Der Mann, der
das getan hat, muß kräftig genug gewesen sein, um … Also jedenfalls, sie war mit dem Messer ziemlich zugerichtet. Genauso wie die anderen Frauen auch. Lange Schnitte an den
Brüsten. Die Hand am Handgelenk regelrecht abgehackt. Wir
haben sie nicht gefunden.«

»Du liebe Güte.«

»Tut mir leid, Schatz. Ich wollte dich wirklich nicht aufregen.«

»Wie bist du an die Handtasche gekommen?«

»Ich bin bei Mose vorbeigefahren, um ihn zu besuchen. So
wie ich das immer tue, wenn ich unten am Fluß bin. Die Tasche lag auf dem Tisch in seiner Hütte. Ich mußte ihn verhaften. Jetzt habe ich meine Zweifel, vielleicht hätte ich es bleiben
lassen sollen. Vielleicht hätte ich bloß die Handtasche nehmen

und sagen sollen, daß ich sie gefunden habe. Das heißt, ich glaube ihm. Aber ich habe keinerlei Beweise, nicht so und nicht so.«

»Schatz, hat Mose denn nicht schon früher mal Ärger gehabt?«

»Als ihm seine Frau weggelaufen ist, da dachten nicht wenige, er hätte sie umgebracht. Sie hat einen ziemlich lockeren Lebenswandel geführt. Das war jedenfalls damals das Gerücht. Aber es ist nie etwas dabei rausgekommen.«

»Aber, hätte er es tun können?«

»Ich denke schon.«

»Und war da nicht auch etwas mit seinem Jungen?«

»Telly, so hieß der Junge. Er war etwas wirr im Kopf. Mose hat immer behauptet, seine Frau sei deshalb weggelaufen. Der wirrköpfige Junge wäre ihr unangenehm gewesen. Er ist vier oder fünf Jahre nach ihr verschwunden, aber Mose hat nie davon geredet. Einige haben gedacht, daß er ihn auch umgebracht hätte. Aber das sind bloß Gerüchte, Weiße reden oft so, wenn es um Farbige geht. Ich glaube, seine Frau ist einfach weggelaufen, der Junge war kein heller Kopf und ist möglicherweise ebenfalls weggelaufen. Er hat sich gern im Wald und am Fluß herumgetrieben. Vielleicht ist er ertrunken oder irgendwo in ein Loch gefallen und nie wieder rausgekommen.«

»Aber das sieht doch alles nicht sehr gut für Mose aus, oder?«

»Nein, tut es nicht.«

»Was wirst du jetzt tun, Jacob?«

»Ich weiß nicht. Ich hatte Angst ihn drüben im Gerichtsgebäude einzusperren. Das ist ja eh kein richtiges Gefängnis, und wenn sich rumspricht, daß ein Farbiger in die Sache verwickelt war, dann denkt keiner mehr richtig nach. Ich habe Bill Smoote dazu überredet, daß er mich Mose drüben in seinem Schuppen, wo er die Köder aufbewahrt, einschließen läßt.«

»Könnte Mose nicht einfach weglaufen?«

»Ja, eigentlich schon, aber bei seinem Gesundheitszustand ist das eher unwahrscheinlich, Schatz. Und er vertraut mir, daß ich die Sache aufkläre und sich dann herausstellt, daß er unschuldig ist. Und das ist es, was mich so nervös macht. Ich weiß nicht, wie ich es anstellen soll. Ich habe schon daran gedacht, mit der Polizei in Mission Creek zu reden, weil die ja mehr Erfahrung haben, aber die können manchmal auch recht voreingenommen sein. Es geht das Gerücht, daß der Sheriff dort drüben im Klan ist oder es einmal war. Ehrlich gesagt, weiß ich nicht recht, was ich tun soll.«

Ich döste wieder ein. Ich dachte an Mose. Er war ein alter farbiger Mann, der am Stock ging. Er hatte weißes Blut in seinen Adern. Hatte rotes Haar und Augen so grün wie Frühlingsblätter. Meistens sah man ihn in seinem kleinen Ruderboot beim Fischen. Er wohnte in einer Hütte am Fluß, keine drei Meilen von uns entfernt, und lebte von den Fischen, die er fing, und den Eichhörnchen, die er schoß. Manchmal, wenn Daddy auf der Jagd oder beim Angeln gute Beute gemacht hatte, ging er hinüber und gab Mose etwas davon ab. Mose freute sich immer, wenn er uns sah, oder zumindest erweckte er diesen Eindruck. Bis vor einem Jahr war ich öfter mit ihm beim Fischen gewesen. Und damals sagte mir Jake dann, das sollte ich lieber nicht tun. Daß es nicht richtig sei, ständig mit einem Nigger gesehen zu werden.

Wenn ich jetzt darüber nachdenke, wird mir ganz schlecht, und ich bin völlig konfus. Mose hatte meinem Daddy das Angeln beigebracht, ich war mit ihm zum Fischen gegangen, und plötzlich hatte ich ihn verlassen, wegen dem, was Jake gesagt hatte.

Ich mußte wieder an den Ziegenmann denken. Ich erinnerte mich, wie er unter der Schaukelbrücke gestanden und durch den Schatten zu mir heraufgesehen hatte. In meinen Gedanken war er nahe bei unserem Haus und beobachtete uns. Der Ziegenmann hatte diese Frauen umgebracht, da war ich mir sicher. Und Mose würde man die Schuld dafür in die Schuhe schieben.

Und an jenem Abend, dort im Auto, das Haar vom kühlen Oktoberwind zerzaust, heckte ich einen Plan aus, um den Ziegenmann zu finden und Mose dadurch zu entlasten. Ich grübelte ein paar Tage lang darüber nach, und ich glaube,

vielleicht wäre mir über kurz oder lang da auch etwas eingefallen, was hätte funktionieren können. Was aber eher doch
unwahrscheinlich war. Halt das, was ein Dreizehnjähriger
für einen guten Plan hält. Wär aber eigentlich auch egal gewesen. Kurz darauf nahmen die Dinge eine schlimme Wen-
dung.

Es war zwei Tage später, am Montag, und Daddy war an jenem Tag nicht im Barbierladen. Er war bereits aufgestanden
und hatte die Tiere gefüttert, und als allmählich der Tag hinter
den Bäumen anbrach, kam er zu mir und sagte, ich solle ihm
helfen, Wasser vom Brunnen zum Haus zu tragen. Mama war
in der Küche und kochte Grütze und Pfannkuchen zum Frühstück.

Ich und Daddy hatten je einen Kübel Wasser in der Hand
und trugen sie zum Haus zurück, als ich sagte: »Daddy. Weißt
du jetzt schon, was du mit dem alten Mose machst?«

Er blieb stehen. »Wieso weißt du denn davon?«

»Ich habe dich mit Mama reden hören.«

Er nickte, und dann gingen wir wieder weiter. »Ich kann
ihn nicht ewig dort lassen, wo er jetzt ist. Jemand würde dahinterkommen. Ich schätze, ich muß ihn entweder zum Gerichtsgebäude bringen oder ihn laufen lassen. Es gibt keine
richtigen Beweise gegen ihn, bloß so Indizienzeugs. Aber ein
farbiger Mann, eine weiße Frau und eine Andeutung von Verdacht… er wird nie einen fairen Prozeß bekommen. Ich muß
selbst ganz sicher wissen, daß er es nicht getan hat.«

»Und das weißt du nicht?«

Wir waren jetzt auf der hinteren Veranda, und Daddy setzte
seinen Eimer ab, und ich tat es ihm gleich. »Also, ich glaube
schon. Wenn niemand je erfährt, wen ich verhaftet habe, dann
kann er weiter seinem Beruf nachgehen. Ich habe nichts gegen
ihn in der Hand. Wirklich nicht. Und wenn sich etwas ergibt,
richtige Beweise gegen ihn, dann weiß ich, wo er zu finden
ist.«

»Mose kann unmöglich diese Frauen umgebracht haben. Er
kann sich ja kaum bewegen, Daddy.«

Ich sah, wie sich sein Gesicht rötete. »Ja. Da hast du recht.«

Er nahm die beiden Eimer und trug sie ins Haus. Mama hatte das Essen bereits auf dem Tisch, und Tom saß dort, die Augen zusammengekniffen, und sah so aus, als würde sie gleich mit dem Gesicht voran in ihre Grütze fallen. Normalerweise wäre um die Zeit Schule gewesen, aber die Schullehrerin hatte gekündigt, und man hatte noch keinen Ersatz gefunden, also wußten wir an dem Tag nicht, wo wir hingehen sollten, ich und Tom.

Ich glaube, das war einer der Gründe, weshalb Daddy nach dem Frühstück zu mir sagte, ich solle mit ihm gehen. Das und, wahrscheinlich, weil er Gesellschaft haben wollte. Er sagte mir, er habe beschlossen, Mose freizulassen.

Wir fuhren zu Bill Smoote hinüber. Bill Smoote gehört ein Eishaus unten am Fluß. Eigentlich war es nur ein großer Raum, in dem Eis aufgestapelt war, mit Sägemehl auf dem Boden, und die Leute kamen und kauften das Eis und holten es mit dem Auto oder auch mit dem Boot über den Fluß ab. Er machte ganz gute Geschäfte. Hinter dem Eishaus stand das kleine Haus, wo Bill mit seiner Frau und den beiden Töchtern wohnte. Die Mädchen sahen immer so aus, als ob sie gefährlich von einem Baum gestürzt wären und im Fallen jeden einzelnen Ast gestreift hätten, um dann mit aller Wucht in den Dreck zu fallen. Sie grinsten mich immer an und so, und das machte mich nervös.

Hinter Mr. Smootes Haus war die Scheune, eigentlich eher ein großer, alter Schuppen. Dort war Mose eingeschlossen, sagte Daddy. Als wir vor Mr. Smootes Haus am Fluß anhielten, sahen wir, daß der ganze Hof voll Autos, Fuhrwerken, Pferden, Maultieren und Menschen war. Es war noch früh am Morgen. Die Sonne fiel wie Lametta durch die Bäume, der Fluß leuchtete ganz rot, und die Leute im Hof waren genauso in Rot gehüllt wie der Fluß.

Zuerst dachte ich, Mr. Smoote hätte bloß großen Kundenandrang, aber als wir dann hinkamen, sahen wir, daß ein Haufen Leute aus der Scheune kamen. Der Haufen war Mr. Nation, seine zwei Jungs und ein anderer Mann, den ich schon einmal in der Stadt gesehen hatte, aber nicht kannte. Sie hatten Mose in die Mitte genommen. Er ging nicht gerade freiwillig mit ihnen. Sie zerrten ihn, und ich hörte Mr. Nations laute Stimme etwas von wegen »verdammter Nigger« sagen, und da sprang Daddy auch schon aus dem Wagen und schob sich durch die Menge.

Eine kräftig gebaute Frau in einem Kattunkleid und klobigen Schuhen, das Haar auf dem Kopf unordentlich zusammengedreht und mit Nadeln festgesteckt, schrie: »Fahr zur Hölle, Jacob, daß du diesen Nigger versteckt hast. Nach all dem, was er getan hat.«

In dem Augenblick wurde mir bewußt, daß wir uns mitten in der Menge befanden und die Menge sich dichter um uns schloß, abgesehen von einem Spalt, der sich öffnete, damit Mr. Nation und die anderen bei ihm Mose in den Kreis zerren konnten.

Mose sah uralt und eingeschrumpelt aus, wie eine alte Kuhhaut, die man in Salzlauge getaucht hat. Er blutete am Kopf, die Augen waren angeschwollen, die Lippen aufgeplatzt. Sie mußten ihn schon ziemlich verprügelt haben.

Als Mose Daddy sah, leuchteten seine grünen Augen auf. »Mr. Jacob, Sie dürfen nicht zulassen, daß die mir was tun. Ich hab niemand nichts getan.«

»Ist schon gut, Mose«, sagte er. Dann funkelte er Mr. Nation an. »Nation, du hast damit nichts zu schaffen.«

»Wir alle haben damit zu schaffen«, sagte Mr. Nation. »Wenn unsere Frauen nich mehr rumlaufen können, ohne Angst haben zu müssen, daß irgend so 'n Nigger sie wegschleppt, dann haben wir schon damit zu schaffen.«

Ein paar Stimmen aus der Menge pflichteten ihm bei.

»Ich hab ihn bloß festgenommen, weil er vielleicht etwas wissen könnte, was uns zu dem Mörder führt«, sagte Daddy. »Ich bin hergekommen, um ihn laufen zu lassen. Mir ist klar geworden, daß er nicht das geringste weiß.«

»Bill hier meint, er hätte die Handtasche dieser Frau gehabt«, sagte Nation.

Daddy drehte sich um, um Mr. Smoote anzusehen, der aber Daddys Blick auswich. Er sagte bloß halblaut: »Ich habe denen nicht gesagt, daß er hier ist, Jacob. Die wußten das. Ich habe ihm bloß gesagt, warum du ihn hier festhältst. Ich wollte denen zureden, aber die wollten nicht hören.«

Daddy starrte Mr. Smoote bloß ein paar Augenblicke lang an. Dann drehte er sich zu Nation herum und sagte: »Laß ihn los.«

»Früher haben wir mit den Niggern kurzen Prozeß gemacht«, sagte Mr. Nation. »Und wir haben nie lange gefackelt. Wenn ein Nigger einem weißen Mann oder einer weißen Frau etwas angetan hat, dann hat man ihn aufgehängt, und dann hat er keinem mehr weh tun können. Man muß das Niggerproblem schnell erledigen, sonst bildet sich hier jeder Nigger in der Gegend ein, er könnte weiße Frauen vergewaltigen und ermorden, ganz wie er Lust hat.«

Daddy blieb immer noch ruhig. »Er hat Anspruch auf einen fairen Prozeß. Wir sind nicht hier, um jemanden zu bestrafen.«

»Den Teufel sind wir das«, sagte jemand.

Die Menge drängte sich dichter um uns. Ich drehte mich um, um mich nach Mr. Smoote umzusehen, aber der war irgendwie verschwunden.

»Jetzt gibst du nich mehr so an, was, Jacob?« sagte Mr. Nation. »Du und deine Liebe für dieses Niggerpack – ihr seid hier nich gefragt.«

»Her mit ihm«, sagte Daddy. »Ich nehme ihn mit. Und sorge dafür, daß er ein faires Verfahren bekommt.«

»Du hast doch gesagt, daß du ihn freilassen wirst«, sagte Nation.

»Daran hatte ich gedacht. Ja.«

»Der wird nich freigelassen, höchstens am Ende von dem Strick.«

»Ihr werdet diesen Mann nicht hängen«, sagte Daddy.

»Das ist aber komisch«, sagte Nation. »Ich hatte gedacht, daß wir genau das tun werden.«

»Das ist hier nicht der Wilde Westen«, sagte Daddy.

»Nein«, sagte Nation. »Das hier ist ein Flußufer mit Bäumen, und wir haben hier 'nen Strick und 'nen Nigger, der etwas angestellt hat.«

Einer von Mr. Nations Söhnen hatte sich weggeschlichen, während Daddy und Mr. Nation redeten, und als er wieder auftauchte, hatte er einen Strick in der Hand, der zu einer

Schlinge gebunden war. Er schob die Schlinge über Moses Kopf.

Jetzt trat Daddy vor, packte den Strick und riß ihn von Mose herunter. Die Menge erhob die Stimme, daß es wie der Schmerzensschrei eines Tiers klang, und dann hatten sich auch schon alle auf Daddy gestürzt und schlugen und traten auf ihn ein. Ich versuchte, ihm zu Hilfe zu kommen, aber sie schlugen auch auf mich ein, und dann lag ich plötzlich auf dem Boden, und sie traten mit den Füßen nach uns, und dann hörte ich Mose nach meinem Daddy schreien, und als ich aufblickte hatten sie ihm den Strick wieder um den Hals gelegt und zerrten ihn weg.

Ein Mann packte das Strickende und warf es über einen dicken Eichenast, und dann packte die Menge zusammen den Strick und fing zu ziehen an, zog Mose in die Höhe. Mose griff mit den Händen nach dem Strick, und strampelte mit den Füßen wild herum.

Daddy stemmte sich in die Höhe, taumelte nach vorn, packte die Beine von Mose und schob den Kopf unter Mose und hob ihn hoch. Aber Mr. Nation versetzte Daddy einen Tritt in die Rippen, und Daddy ging zu Boden, und Mose fiel mit einem knackenden Geräusch herunter, fing an um sich zu treten und spuckte Schaum. Daddy versuchte aufzustehen, aber jetzt fingen eine Menge Männer und Frauen an, wieder auf ihn einzuschlagen und nach ihm zu treten. Ich rappelte mich hoch und rannte auf ihn zu. Jemand gab mir von hinten eins über den Schädel, und als ich wieder zu mir kam, waren alle weg, außer mir und Daddy, der immer noch bewußtlos war, und Mose baumelte über uns, und die Zunge hing ihm lang und schwarz und dick heraus wie ein Socken, den man voll Papier gestopft hat. Die grünen Augen traten ihm wie kleine grüne Zitronen aus dem Kopf.

Auf Händen und Knien übergab ich mich, bis ich nichts mehr in mir hatte. Hände packten mich an der Seite, und ich dachte schon, daß die Prügel wieder angehen würden, aber dann hörte ich Mr. Smoote sagen: »Ruhig, Junge. Ruhig.«

Er versuchte mir aufzuhelfen, aber ich konnte nicht stehen. Schließlich ließ er mich auf dem Boden sitzen und ging zu

Daddy hinüber und sah ihn sich an. Er drehte ihn herum und schob ihm die Augendeckel hoch.

»Ist er …?« sagte ich.

»Nein. Ihm fehlt anscheinend nichts. Er hat bloß ein bißchen was abbekommen.«

Daddy regte sich. Mr. Smoote setzte ihn auf. Daddy hob den Blick, sah zu Mose hinauf. Dann sagte er: »Um Himmels willen, Bill, schneid ihn doch ab.«

Mose wurde auf unserem Grundstück begraben, zwischen der Scheune und dem Feld. Daddy machte ihm ein hölzernes Kreuz und schnitzte darauf MOSE ein und schwor, daß er ihm einen Stein besorgen würde, wenn er einmal Geld hatte.

Von dem Tag an war Daddy nicht mehr der alte. Er wollte nicht mehr Gemeindepolizist sein, aber auch das wenige Geld, das der Job einbrachte, wurde benötigt, also blieb er es, aber schwor einen heiligen Eid, daß er sofort aufhören würde, wenn so etwas noch einmal passieren würde.

Der Herbst ging in den Winter über, und es gab keine weiteren Morde. Die, die mitgeholfen hatten, Mose zu lynchen, wärmten sich an ihrer Selbstgerechtigkeit. Ein böser Nigger war seiner gerechten Strafe zugeführt worden. Jetzt würden keine weiteren Frauen mehr sterben – besonders keine weißen Frauen.

Viele von denen, die an jenem Tag dabei waren, hatten zu Daddys Kunden gezählt, und die sahen wir nicht mehr im Laden. Was die anderen betraf, so schnitt jetzt Cecil den meisten das Haar, und Daddy tat nur noch so wenig, daß er schließlich Cecil einen Schlüssel gab und einen größeren Anteil an den Einnahmen und nur noch ab und zu da hinging. Er wendete seine Aufmerksamkeit jetzt ganz darauf, auf der Farm zu arbeiten und zu fischen und zu jagen.

Als der Frühling kam, machte Daddy sich ans Pflanzen, so wie immer, aber er redete nicht viel über das, was er tat, und ich hörte auch ihn und Mama nicht viel reden, aber manchmal, spätnachts, konnte ich ihn durch die Wände weinen hören. Man kann keinem erklären, wie weh es tut, wenn man seinen Vater weinen hört.

Im Frühling wurde auch eine neue Lehrerin aufgetrieben, aber dann wurde beschlossen, mit der Schule erst wieder im Herbst anzufangen, nachdem die Ernte eingebracht war. Cecil brachte mir bei, wie man Haare schneidet, und das ging so weit, daß ich im Laden ein bißchen mitarbeiten konnte. Ich kümmerte mich hauptsächlich um Kinder in meinem Alter, denen es gefiel, wenn ich das machte. Ich brachte Mama das Geld nach Hause, und jedesmal, wenn ich es ihr gab, weinte sie fast.

Zum ersten Mal in meinem Leben spürte ich das ganze Ausmaß der Depression. Tom und ich jagten und angelten immer noch zusammen, aber der Abstand zwischen ihrem Alter und meinem Alter schien größer zu werden. Ich würde zwar bald erst vierzehn werden, aber ich fühlte mich so alt, wie Mose gewesen war.

Jener nächste Frühling kam und ging und war recht angenehm gewesen, aber der Sommer setzte mit Macht ein, war heiß wie das Höllenfeuer, und der Fluß ging etwas zurück, und die Fische schienen keine Lust zu haben anzubeißen, und die Eichhörnchen und Hasen waren um die Jahreszeit ziemlich verwurmt, so daß sie zu fangen auch wenig Sinn hatte. Der größte Teil der Ernte verbrannte, und als ob das noch nicht schlimm genug gewesen wäre, brach Mitte Juli die Tollwut aus. Waldtiere, Haushunde und Katzen waren die Opfer. Es war ziemlich schlimm. Es ging soweit, daß die Leute streunende Hunde sofort niederschossen, wenn sie sie zu Gesicht bekamen. Wir sorgten dafür, daß Toby dicht beim Haus blieb und in der Kühle, weil viele glaubten, daß ein Tier die Tollwut nicht nur dadurch bekommen konnte, daß es von einem schon befallenen Tier gebissen wurde, sondern auch über die Luft, wenn es heiß war.

Jedenfalls fingen die Leute an, von einem Tolle-Hunde-Sommer zu sprechen, und es stellte sich heraus, daß sie damit in mehr als einer Hinsicht recht hatten.

Clem Sumption wohnte etwa zehn Meilen die Straße hinunter, genau an der Stelle, wo eine kleine Seitenstraße von der damaligen Fernstraße abzweigte. Heute würde man sie nicht als Fernstraße ansehen, aber es war die Hauptstraße, und wenn man davon abbog und auf dem Weg nach Tyler durch unsere Gegend wollte, mußte man an seinem Haus vorbei, das dicht am Fluß stand.

Clems Außenabort war nah beim Fluß. Das Klo war so aufgestellt, daß das, was aus Clem und seiner Familie herauskam, im Fluß landete. Eine Menge Leute taten das, wenn auch einige, wie mein Daddy, bei dem Gedanken entsetzt waren. Aber zu jener Zeit und in jener Gegend war das die Vorstellung, die man allgemein von sanitärer Installation hatte. Die Ausscheidungen fielen durch ein Loch aufs Ufer, und wenn das Wasser stieg, wurde das Zeug weggeschwemmt. Wenn nicht, dann lebten die Fliegen dort auf Haufen von schwarzem Zeug, wühlten darin herum und leuchteten wie Edelsteine in ranziger Schokolade.

Clem betrieb einen kleinen Verkaufsstand an der Straße, wo er hie und da ein wenig Gemüse verkaufte, und an diesem speziellen heißen Tag, von dem ich jetzt berichten will, hatte er plötzlich das dringende Bedürfnis, einer kleinen Magenverstimmung Linderung zu verschaffen, und so überließ er es seinem Sohn Wilson, den Stand zu hüten.

Nachdem Clem sein Geschäft verrichtet hatte, zündete er sich eine Zigarette an und ging aus dem Aborthäuschen nach draußen, um sich den mit Fliegen übersäten Haufen anzusehen, vielleicht in der Hoffnung, daß der Fluß einiges davon bereits weggeschwemmt hätte. Aber bei der Trockenheit, die herrschte, war der Haufen höher denn je und das Wasser niedriger denn je. Etwas Fahles und Dunkles lag mit dem Gesicht nach unten in dem Haufen.

Als Clem es zuerst entdeckte, dachte er, es sei bloß ein großer, aufgedunsener, krepierter Wels. Einer von diesen riesigen Welsen, die am Grund herumkriechen und denen manche nachsagten, sie seien imstande, kleine Hunde und Babys zu verschlingen.

Aber ein Wels hat keine Beine.

Clem sagte später, daß er selbst, als er die Beine sah, noch nicht kapiert hätte, daß es ein menschliches Wesen war. Es sah zu aufgedunsen aus, zu fremdartig, um ein Mensch zu sein.

698

Aber als er sich dann vorsichtig an der Böschung hinunterarbeitete, sorgsam darauf bedacht, nicht in das zu treten, was er und seine Familie den ganzen Sommer über am Ufer entlang abgelagert hatten, sah er, daß es in Wirklichkeit die aufgedunsene Leiche einer Frau war, die da mit dem Gesicht nach unten in dem feuchten, schwarzen Zeug lag, und die Fliegen waren von der Leiche ebenso entzückt wie von dem, worin sie lag.

Clem sattelte sich ein Pferd und traf kurz darauf in unserem Hof ein. Das war damals nicht so wie jetzt, wo die Spurensicherung auftaucht und die Polizisten dies und jenes messen und Fingerabdrücke aufnehmen und Fotos machen. Mein Vater und Clem zogen die Leiche aus dem Haufen und tauchten sie in den Fluß, um sie abzuwaschen. Daddy schilderte das später so: »Ich hab das Gesicht von Marla Canerton in einer Masse von angeschwollenem Fleisch gesehen, das eine kalte, tote Auge war geöffnet, als würde sie mir zublinzeln wollen.«

Die Leiche traf eingehüllt in eine Plane bei unserem Haus ein. Daddy und Clem schleppten sie aus dem Wagen und trugen sie in die Scheune. Als sie vorbeigingen, konnten ich und Tom, die unter dem großen Baum mit irgend etwas spielte, durch die Plane hindurch den schrecklichen Leichengestank riechen, und da kein Wind wehte, der den Gestank hätte vertreiben können, stieg er mir dermaßen in die Nase, daß mir davon kotzübel wurde.

Als Daddy mit Clem wieder aus der Scheune kam, hielt er einen Axtstiel in der Hand. Er ging mit schnellen Schritten zum Wagen hinunter, und ich konnte hören, wie Clem ihm nachrief: »Tu's nicht, Jacob. Das ist's nicht wert.«

Wir rannten zum Wagen hinüber. Mama kam gerade aus dem Haus. Daddy legte den Axtstiel ganz ruhig auf den Vordersitz, und Clem stand da und schüttelte den Kopf. Mama stieg zu Daddy in den Wagen und setzte ihm zu: »Jacob. Ich weiß, was du denkst. Das darfst du nicht tun.«

Daddy ließ den Wagen an. Mama schrie: »Kinder, steigt ein. Ich lasse euch nicht hier.«

Wir taten wie geheißen, und dann brausten wir davon und ließen Clem verdutzt auf dem Hof stehen. Mama redete wäh-

rend der ganzen Fahrt zum Haus von Mr. Nation auf Daddy
ein und schrie ihn an, aber Daddy erwiderte kein einziges
Wort. Als wir dann bei Nations Hof ankamen, war seine Frau
gerade draußen und arbeitete in ihrem jämmerlichen kleinen
Garten. Mr. Nation und seine beiden Söhne saßen auf wackeligen Stühlen unter einem Baum.

Daddy nahm den Axtstiel, stieg aus dem Wagen und bewegte sich in Richtung Mr. Nation. Mama hing an seinem
Arm, aber er riß sich los. Er ging an Mrs. Nation vorbei, die in
ihrer Arbeit innehielt und überrascht aufblickte.

Mr. Nation und seine Jungs sahen Daddy kommen, und
Mr. Nation erhob sich langsam aus seinem Stuhl. »Was zum
Teufel soll dieser Axtstiel?« fragte er.

Daddy gab keine Antwort, aber im nächsten Augenblick
wurde klar, was er mit dem Axtstiel vorhatte. Der Prügel pfiff
wie ein Brandpfeil durch die heiße Morgenluft und traf
Mr. Nation am Kopf, etwa an der Stelle, wo die Kinnlade ans
Ohr stößt, und das Geräusch, das dabei entstand, ähnelte ge-
linde gesagt einem Gewehrschuß.

Mr. Nation ging wie eine vom Wind umgewehte Vogelscheuche zu Boden. Daddy stand über ihm und schwang den
Axtstiel, und Mr. Nation schrie und hob auf jämmerliche
Weise die Arme. Die beiden Jungs gingen auf Daddy los, aber
Daddy drehte sich um und versetzte einem der beiden einen
Schlag, und dann griff der andere ihn an. Ich fing unwillkürlich an, auf jenen Jungen einzutreten, so daß er von Daddy ab-
ließ und sich auf mich warf, aber Daddy war jetzt wieder auf
den Beinen. Der Axtstiel pfiff, und jener alte Junge ging aus
wie eine Kerze. Der andere, der noch bei Bewußtsein war, fing
an, auf allen vieren davonzukriechen, und sah dabei aus wie
ein verkrüppelter Tausendfüßler. Schließlich rappelte er sich
hoch und rannte aufs Haus zu.

Mr. Nation versuchte ein paarmal aufzustehen, aber jedesmal, wenn er das tat, pfiff der Axtstiel wieder durch die Luft,
und der Mann ging wieder zu Boden. Daddy hieb auf Mr. Nations Rücken und Beine und Seite ein, bis er nicht mehr
konnte und von ihm ablassen mußte, und lehnte sich jetzt auf
den inzwischen etwas zersplitterten Stiel.

Nation, ziemlich mitgenommen, die Rippen ganz sicher gebrochen, die Lippen aufgeplatzt, Zähne spuckend, sah zu Daddy auf, versuchte aber nicht aufzustehen. Und Daddy, der inzwischen hatte verschnaufen können, sagte: »Marla Canerton wurde unten am Fluß gefunden. Tot. Genauso verstümmelt wie die andere Leiche. Du und deine Jungs und der ganze Lynchmob, ihr habt nichts anderes getan, als einen unschuldigen Mann zu hängen.«

»Du hältst dich wohl für den Richter?«

»Wenn ich das wäre, hätte ich dich für das verhaften lassen, was ihr mit Mose gemacht habt, obwohl das wahrscheinlich nichts genützt hätte. Niemand hier würde dich schuldig sprechen, Nation. Die haben Angst vor dir. Aber ich habe keine Angst. Ich habe keine Angst. Und wenn du mir je wieder über den Weg kommst, ich schwör's bei Gott, dann bring ich dich um.«

Daddy warf den Axtstiel beiseite, sagte: »Kommt«, und wir gingen alle zum Wagen zurück. Als wir an Mrs. Nation vorbeikamen, blickte sie auf und lehnte sich auf ihre Harke. Sie hatte ein blaues Auge und eine angeschwollene Lippe sowie ein paar alte Schürfwunden an der Wange. Sie lächelte uns zu.

Wir gingen alle zu Mrs. Canertons Beerdigung. Ich und meine Familie standen in der vordersten Reihe. Cecil war da. Praktisch alle in der Stadt und der Umgebung, mit Ausnahme der Nations und ein paar der Leute, die in dem Lynchmob gewesen waren, der Mose umgebracht hatte.

Innerhalb einer Woche kehrten Daddys Kunden in den Barbierladen zurück, darunter auch welche von den Lynchleuten, und die Mehrzahl von ihnen wollte, daß er ihnen wieder das Haar schnitt. Er mußte wieder regelmäßig zur Arbeit zurückkehren. Ich weiß nicht, wie ihm dabei zumute war, denen die Haare zu schneiden, die mich und ihn an jenem Tag verprügelt und die Mose umgebracht hatten, aber er schnitt ihnen die Haare und nahm ihr Geld. Vielleicht sah Daddy es als eine Art Rache an. Aber vielleicht brauchten wir auch einfach nur das Geld.

Mama nahm einen Job in der Stadt an, im Gerichtsgebäude. Da keine Schule war, fiel es damit mir zu, mich um Tom zu kümmern, und obwohl wir in jenem Sommer eigentlich nicht in den Wald durften, insbesondere wo ja bekannt war, daß ein Mörder frei herumlief, waren wir Kinder und abenteuerlustig – und hatten Langeweile.

Eines Morgens gingen also ich und Tom mit Toby zum Fluß hinunter, weiter am Ufer entlang und suchten nach einer Furt in der Nähe der Schaukelbrücke. Wir hatten beide keine Lust, über die Brücke zu gehen, und benutzten den Vorwand, daß Toby ja schließlich nicht darüberlaufen konnte, aber das war wie gesagt bloß ein Vorwand.

Wir wollten uns den Tunnel im Dornengestrüpp noch mal ansehen, in dem wir uns im Jahr zuvor verlaufen hatten, aber auf keinen Fall über die Brücke gehen, um hinzukommen. Wir gingen ein langes Stück und kamen schließlich zu der Hütte, wo Mose gewohnt hatte. Wir standen davor und sahen sie an. Es war nie etwas Besonderes gewesen, bloß eine Art Schuppen aus Holz und Blech und Dachpappe. Mose hatte meistens auf einem alten Stuhl davor gesessen, unter einem Weidenbaum, und hatte über den Fluß hinausgesehen. Die Tür stand offen, und als wir hineinsahen, konnten wir erkennen, daß Tiere in der Hütte herumgestöbert hatten. Eine Blechdose mit Mehl war umgeworfen worden und wimmelte jetzt von Maden. Sonstige Lebensmittel waren nicht mehr als solche erkennbar. Sie bedeckten den festgestampften Lehmboden wie eine Art Glasur. Ein paar jämmerliche Habseligkeiten lagen herum. Auf einem Regalbrett lag ein hölzernes Kinderspielzeug und gleich daneben eine stark verblaßte Fotografie einer Negerin, die womöglich Moses Frau gewesen war.

Mich deprimierte die Hütte. Toby ging hinein, schnüffelte herum und stocherte mit der Nase im Mehl, bis wir ihn wieder herausriefen. Wir gingen um das Haus herum und zu dem Stuhl, und in dem Augenblick wurde mir, als ich auf das Haus zurückblickte, bewußt, daß da an der Außenwand etwas an einem Nagel hing. Es war eine Kette, und an der Kette hingen eine Anzahl Fischskelette – und ein frischer Fisch.

Wir gingen hinüber und sahen ihn uns an. Der frische Fisch war genaugenommen sehr frisch, er war sogar noch feucht. Jemand hatte ihn also erst vor ganz kurzer Zeit dort hingehängt, und die übrigen Fischknochen deuteten darauf hin, daß jemand regelmäßig dort Fische hingehängt hatte, und zwar schon eine ganze Zeit lang, wie eine Art Opfergabe für Mose. Nur daß Mose davon natürlich nichts mehr hatte.

An einem anderen Nagel, dicht daneben, hing mit zusammengebundenen Schnürsenkeln ein Paar alte Schuhe, die jemand höchstwahrscheinlich aus dem Fluß gefischt hatte, und darüber hing ein vom Wasser verzogener Gürtel. Auf dem Boden unter dem Nagel, mit den Schuhen ans Haus gelehnt, war ein Blechteller und ein bunter blauer Flußkiesel und ein Weckglas. Alles aufgereiht wie Geschenke.

Ich weiß nicht, warum ich das tat, aber ich nahm den toten Fisch ab und all die alten Knochen und warf sie in den Fluß. Dann hängte ich die Kette wieder an den Nagel. Die Schuhe und den Gürtel, den Teller, den Stein und das Weckglas warf ich ebenfalls in den Fluß. Nicht aus Bosheit, sondern damit es so aussah, als hätte jemand die Geschenke angenommen.

Das alte Boot von Mose war immer noch da. Es war auf Steinen aufgebockt, um nicht auf dem Boden zu verfaulen. Ein Paddel lag drin. Wir beschlossen, uns mit dem Boot bis zu der Stelle treiben zu lassen, wo die Tunnels in dem Rosengestrüpp waren. Wir luden Toby ins Boot, schoben es ins Wasser und stießen uns vom Ufer ab. Wir trieben die lange Strecke zurück zur Schaukelbrücke und fuhren unter ihr durch, sahen uns dort nach dem Ziegenmann um, als ob der dort auf uns warten würde.

Im Schatten unter der Brücke, ein Stück das Ufer hinauf, war eine dunkle Einbuchtung, wie eine Höhle. Ich malte mir aus, daß der Ziegenmann dort lebte und auf Beute lauerte.

Wir paddelten langsam ans Flußufer zu der Stelle, wo wir die an die Eiche gebundene Frau gefunden hatten. Sie war natürlich schon lang nicht mehr da, und auch die Ranken, mit denen sie festgebunden gewesen war, waren verschwunden.

Wir zogen das Boot auf das mit Erde und Kies bedeckte Ufer und ließen es dort liegen. Dann stiegen wir die Uferböschung hinauf, gingen an dem Baum vorbei, wo die Frau gewesen war, und weiter in das Dornengestrüpp. Der Tunnel war noch unversehrt da. Jetzt, bei Tag, konnte man klar erkennen, daß jemand ihn, ganz wie wir das vermutet hatten, in das Gestrüpp geschnitten haben mußte. Der Tunnel war weder so groß noch so lang, wie er uns in jener Nacht vorgekommen war, und er mündete in den größeren Tunnel, der ebenfalls viel kürzer und niedriger war, als wir geglaubt hatten. Ringsum hingen bunte Stoffetzen und die Seiten mit der Damenunterwäsche aus einem Bestellkatalog an den Dornen, und da waren auch ein paar von solchen Spielkarten, wie sie mir Jake mal gezeigt hatte. Nachts hatten wir das alles nicht gesehen, aber ich nahm an, daß es schon die ganze Zeit dort gewesen sein mußte.

In der Mitte des Tunnels war eine Stelle, wo jemand ein Feuer gemacht hatte. Über uns waren die Ranken so ineinander verschränkt und mit tiefhängenden Ästen verwachsen, daß man sich gut vorstellen konnte, daß ein großer Teil des Tunnels auch bei starkem Regen annähernd trocken bleiben würde.

Toby schnüffelte und rannte herum, so gut das sein armer alter kaputter Rücken und seine Beine zuließen.

»Das ist so was wie ein Nest«, sagte Tom. »Das Nest des Ziegenmannes.«

Jetzt überlief es mich eisig. Wenn das stimmte und wenn das hier sein Bau war, und nicht etwa die Höhle unter der Brücke, oder mindestens einer seiner Zufluchtsorte, konnte er jederzeit nach Hause kommen. Das sagte ich Tom, und wir riefen Toby und sahen zu, daß wir verschwanden. Wir versuchten mit dem Boot wieder flußaufwärts zu paddeln, schafften es aber nicht.

Schließlich fuhren wir ans Ufer und wollten das Boot am Ufer entlangziehen, aber es war zu schwer. Schließlich gaben wir auf und ließen es am Fluß liegen. Wir gingen an der Schaukelbrücke vorbei und noch ein ganzes Stück weiter, bis wir eine Sandbank fanden. Auf der überquerten wir den Fluß und gingen nach Hause zurück, erledigten unsere Arbeiten und machten uns und Toby sauber, bevor Mama und

Daddy in unserem Auto von der Arbeit nach Hause ge-
tuckert kamen.

Als Mama und Daddy am nächsten Morgen in die Stadt zur
Arbeit fuhren, machten ich und Tom und Toby weiter. Ich
hatte da so eine Ahnung bezüglich Moses alter Hütte und
wollte nachsehen, ob ich damit richtig lag. Aber meine Ahnung erwies sich als falsch. An den Nägeln hing nichts Neues,
und es lehnte auch nichts an der Wand. Aber etwas anderes
war eigentümlich. Das Boot, das wir flußabwärts am Ufer
zurückgelassen hatten, lag wieder mit dem Paddel drinnen
auf den Steinen.

Es war an jenem gleichen Tag, daß ich nachts im Bett lag und
Mama und Daddy miteinander reden hörte. Nachdem Daddy
Mr. Nation und seine Söhne mit dem Axtstiel verprügelt
hatte, war auch seine alte Gemütsverfassung wieder hergestellt. Ich hörte, wie er Mama sagte: »Ich habe da viel nachgedacht, Schatz. Was ist, wenn der Mörder wollte, daß die Leute
denken, daß es Mose war, und ein großes Theater darum gemacht hat, damit keiner auf die Idee kommen sollte, daß er es
gewesen war. Vielleicht wollte er damit aufhören, hat es aber
nicht fertiggebracht. Du weißt schon, wie manche von diesen
Krankheiten, die plötzlich wieder hochkommen, wenn man
glaubt, man hätte sie hinter sich.«

»Du denkst an Mr. Nation, oder?« sagte Mama.

»Nun, das ist nur so ein Gedanke. Ich hab mir aber auch
schon überlegt, ob es nicht einer von den Jungs sein könnte,
Esau oder Uriah. Uriah hat schon immer Probleme gemacht.
Es wird viel davon geredet, daß er kleine Tiere quält und so,
auf den Fischen herumtrampelt, die er gefangen hat, und das
aus keinem anderen Grund als dem, daß es ihm Spaß macht.«

»Das muß noch lange nicht heißen, daß er auch die Frauen
umgebracht hat.«

»Nein. Aber er tut gern weh und verstümmelt. Und dann
der andere, Esau. Er hat schon Brände gelegt, nicht so wie
andere Kinder, die einfach herumzündeln, sondern richtig
Brände. Er hat damit schon oft Ärger bekommen. Solche
Leute machen mir Sorge.«

»Das heißt immer noch nicht, daß sie Mörder sind.«

»Nein. Aber wenn Nation zu so etwas fähig wäre, dann würde es durchaus zu ihm passen, daß er es einem Farbigen anhängt. Die meisten Leute hier in der Gegend glauben so was ja auch sofort. Ich habe sogar schon ein paar Leute vom Sheriffbüro sagen hören: ›Wenn du nicht weißt, wer es getan hat, dann hol dir doch einen Nigger. Das beruhigt die Leute, und es ist ein Nigger weniger.‹«

»Das ist ja schrecklich.«

»Und ob. Aber solche Leute gibt es. Wenn Nation es nicht getan hat, er aber weiß, daß einer seiner Taugenichtse von Söhnen es getan hat, oder beide, dann könnte es auch sein, daß er sie decken will.«

»Hältst du das wirklich für möglich, Jacob?«

»Ja, ich halte es für möglich. Ich weiß nicht, ob es zutrifft, aber ich werde sie jedenfalls im Auge behalten.«

Was Daddy da über Mr. Nation und seine Jungs dachte, ging mir durchaus ein. Ich hatte Mr. Nation seit dem Tag, an dem Daddy ihm die Prügel verpaßt hat, ein paarmal gesehen, und jedesmal, wenn er mich sah, hat er mir Blicke zugeworfen, bei denen Steine Feuer fangen könnten, und ist dann weitergegangen. Esau war sogar einmal auf der Main Street mit finsterer Miene hinter mir hergegangen, aber als ich am Barbierladen angekommen war, hatte er kehrtgemacht und sich verdrückt.

Aber von all dem abgesehen, setzte ich immer noch auf den Ziegenmann. Er war in der Nähe der Stelle gewesen, wo ich und Tom die Leiche gefunden hatten, und er war uns bis zur Straße gefolgt, als ob wir seine nächsten Opfer sein sollten. Und ich dachte mir, daß nur etwas, was nicht ganz Mensch war, zu Dingen fähig sein würde, wie sie mit jenen Frauen in der Flußniederung passiert waren.

Die arme Mrs. Canerton war immer so nett gewesen. Die vielen Bücher. Die Halloween-Feste. Und wie sie immer lächelte.

Während ich langsam in den Schlaf sank, überlegte ich, ob ich Daddy von den Bildern mit der Damenunterwäsche und den Stoffetzen und so in dem Tunnel im Dornengestrüpp erzählen sollte, aber jung wie ich damals war, machte ich mir mehr Sorgen darüber, daß ich Ärger bekommen würde, weil ich dort hingegangen war, und so hielt ich den Mund. Genaugenommen, wenn ich es mir jetzt so überlege, hätte es auch nichts geändert.

In jenem Sommer verzogen Tom und ich uns gelegentlich und gingen zur alten Hütte von Mose. Ab und zu hing ein Fisch am Nagel oder irgendein seltsamer Gegenstand aus dem Fluß, also war meine Vermutung von Anfang an richtig gewesen. Jemand brachte Mose Geschenke, vielleicht ohne zu wissen, daß er tot war. Oder man hatte das Zeug vielleicht aus einem anderen Grund dort hingelegt.

Wir nahmen jedesmal pflichtschuldig ab, was dort war, taten es wieder in den Fluß und fragten uns, ob der Ziegenmann die Sachen vielleicht brachte. Aber wenn wir uns nach Spuren von ihm umsahen, konnten wir bloß Abdrücke von jemandem entdecken, der große Schuhe trug. Keine Hufabdrücke.

Als der Sommer weiter ins Land zog, wurde es immer heißer und heißer. Die Luft war so, als würde man mit einer doppelt um den Kopf gewickelten Decke herumlaufen. Es wurde so schlimm, daß man sich am Mittag kaum mehr bewegen mochte, und eine Weile ließen wir unsere Ausflüge zum Fluß bleiben und hielten uns zu Hause auf.

Für den 4.-Juli-Feiertag beschloß unsere kleine Stadt, eine große Feier zu veranstalten. Ich und Tom waren ganz aufgeregt, weil es Knallfrösche und Raketen und alles mögliche Feuerwerk geben sollte und natürlich eine Menge gutes Essen.

Die Leute waren ziemlich mißtrauisch und dachten, daß der Mörder wahrscheinlich noch irgendwo dort draußen lauerte, und in der Meinung der Mehrzahl war er jetzt nicht mehr irgendein Bursche, der ständig mit der Bahn hin und her reiste, sondern jemand aus unserer Mitte.

Es war nun einmal so, daß bei uns noch nie jemand etwas Derartiges gesehen oder gehört hatte, mit Ausnahme vielleicht von Jack the Ripper. Wir hatten immer gedacht, daß solche Morde nur in den weit entfernten großen Städten passierten.

Die Stadtbewohner versammelten sich am Spätnachmittag, bevor es dunkel wurde. Die Main Street war abgesperrt worden, was keine große Affäre war, weil es ohnehin nur wenig Verkehr gab, und auf der Straße hatte man Tische aufgebaut, auf denen große Schüsseln und Wassermelonen standen, und nachdem ein Prediger ein paar Worte gesagt hatte, nahm sich jeder einen Teller und ging um die Tische herum und bediente sich. Ich erinnere mich, daß ich von allem, was es gab, ein wenig aß und mich besonders an Stampfkartoffeln und Soße, Hackbraten und Apfel- und Birnenkuchen hielt. Tom aß nur Obstkuchen und Torte und sonst nichts, nur noch Wassermelone, die Cecil für sie schnitt.

Zwischen den Tischen gab es einen Kreis mit Stühlen und hinter den Stühlen eine Art improvisierte Bühne, und eine Handvoll Leute mit Gitarren und Fideln spielten und sangen ab und zu, und dann sammelten sich immer die Männer und Frauen in der Mitte und tanzten dazu. Mama und Daddy tanzten auch. Tom saß auf Cecils Schoß, und er klatschte im Takt zur Musik in die Hände und ließ sie auf seinen Knien auf und ab hüpfen.

Ich wartete die ganze Zeit darauf, daß Mr. Nation und seine Jungs auftauchten, da sie immer dabei waren, wenn es etwas umsonst zu essen gab oder gar die Aussicht auf einen Drink, aber sie kamen nicht. Ich dachte mir, das sei wegen Daddy. Mr. Nation mochte wie ein harter Bursche ausgesehen haben und auch ein großes Maul besessen, aber der Axtstiel hatte ihn wohl zur Raison gebracht.

Als es dann langsam Nacht wurde, hörte die Musik auf, und das Feuerwerk ging los. Die Knallfrösche krachten, und die Raketen und sie explodierten hoch über der Main Street, zerbarsten in alle möglichen Farben, hingen kurz am Nachthimmel und wurden dann dünn und verblaßten. Ich erinnere mich, wie ich zugesehen habe, wie eine besonders helle Lichtgarbe nicht gleich verblaßte, sondern wie eine Sternschnuppe zur Erde fiel, und während meine Augen dem Lichterglanz nach unten folgte, tauchte sie hinter Cecil und Tom, und im letzten Licht, ehe sie platzte, konnte ich Toms lächelndes Gesicht sehen und Cecil, die Hände auf ihren Schultern, das Gesicht ausdruckslos und mit Schweiß überströmt, und immer noch schaukelte er Tom sanft auf den Knien, obwohl jetzt keine Musik mehr spielte, und die beiden blickten zum Himmel und warteten auf weitere leuchtende Explosionen.

Die Sorge um die Morde und darum, daß ein Killer unter uns sein konnte, war dahingeschwunden. In jenem Augenblick schien die Welt völlig in Ordnung.

Als wir in jener Nacht nach Hause kamen, waren wir alle ganz aufgeputscht und setzten uns noch draußen eine Weile unter die große Eiche und tranken Apfelmost. Es war richtig schön, aber ich hatte die ganze Zeit dieses unbehagliche Gefühl, beobachtet zu werden. Ich suchte den Wald ab, sah aber nichts. Tom schien nichts bemerkt zu haben und meine Eltern auch nicht. Kurz darauf zeigte sich am Waldrand ein Opossum, lugte zu uns herüber und verschwand wieder in der Dunkelheit.

Daddy griff nach seiner alten Gitarre, er und Mama sangen ein paar Lieder. Dann erzählten sie eine Weile Geschichten, wovon einige ziemlich unheimlich waren, und schließlich gingen wir alle der Reihe nach aufs Häuschen und zu guter Letzt ins Bett.

Tom und ich redeten noch ein bißchen, dann half ich ihr, das Fenster bei ihrem Bett zu öffnen, und die warme Luft wehte herein und trug uns den Geruch bevorstehenden Regens ins Zimmer.

Als ich in jener Nacht im Bett lag, mein Ohr an der Wand, hörte ich Mama sagen: »Die Kinder werden uns hören, Schatz. Diese Wände sind dünn wie Papier.«

»Willst du denn nicht?«

»Natürlich. Sicher.«

»Die Wände sind immer dünn wie Papier.«

»Du kannst dich aber nicht zurückhalten. Weißt du, wie du dich immer aufführst?«

»Wie denn?«

Mama lachte. »Laut.«

»Hör zu, Schatz, ich brauch das jetzt. Und ich will auch laut sein. Was meinst du, fahren wir mit dem Wagen ein Stück die Straße hinunter? Ich kenne da so ein Plätzchen.«

»Jacob. Was ist, wenn jemand kommt?«

»Ich kenne da eine Stelle, da kommt keiner vorbei. Da sind wir ganz für uns.«

»Also, das ist doch nicht nötig. Wir können es doch hier tun. Wir müssen bloß leise sein.«

»Ich will nicht leise sein. Und selbst wenn ich das wollte, es ist einfach eine besonders schöne Nacht. Ich bin noch nicht müde.«

»Und was ist mit den Kindern?«

»Es ist nur ein kleines Stück die Straße hinunter, Schatz. Komm schon.«

»Also gut ... also gut. Warum auch nicht?«

Ich lag da und fragte mich, was in aller Welt nur in meine Eltern gefahren sein mochte, und wie ich so dalag, hörte ich, wie der Wagen ansprang und die Straße hinunterrollte.

Wo fuhren die bloß hin?

Und warum?

Es dauerte wirklich noch ein paar Jahre, bis mir klar wurde, was da vor sich gegangen war. Damals war es mir aber ein Rätsel. Ich dachte also eine Weile darüber nach, und dann nickte ich ein, und der Wind schlug von warm auf kühl um, als sich der Regen anmeldete.

Ein wenig später wurde ich von Tobys Bellen geweckt, aber es dauerte nicht lang, und so schlief ich wieder ein. Danach hörte ich ein tappendes Geräusch. Es war so, als ob ein Vogel Körner von einer harten Oberfläche aufpicken würde. Ich öffnete langsam die Augen, drehte mich im Bett herum und sah eine Gestalt, die am offenen Fenster stand. Als die Vorhänge hereinwehten, konnte ich die Umrisse der Gestalt erkennen, die dort stand. Sie sah herein. Es war eine dunkle Gestalt mit Hörnern auf dem Kopf, und eine Hand tappte mit langen Fingernägeln über den Fenstersims. Der Ziegenmann gab eine Art Grunzlaut von sich.

Ich saß sofort kerzengerade im Bett, den Rücken gegen die Wand gepreßt.

»Geh weg!« sagte ich.

Aber die Gestalt blieb, wo sie war, und das Grunzen ging in Wimmern über. Die Vorhänge wehten ins Zimmer, dann wieder hinaus, und die Gestalt war weg. Dann bemerkte ich, daß Toms Bett, das unmittelbar unter dem Fenster stand, leer war.

Und ich hatte ihr auch noch geholfen, das Fenster zu öffnen!

Ich schlich zu ihrem Bett hinüber und spähte hinaus. Draußen am Wald konnte ich den Ziegenmann sehen. Er hob die Hand und winkte mir zu, ich solle kommen.

Ich zögerte. Ich rannte zu Mama und Daddys Zimmer, aber die waren nicht da. Wie durch einen Nebel erinnerte ich mich daran, daß sie, bevor ich eingeschlafen war, mit dem Wagen weggefahren waren, der Himmel wußte, warum. Ich ging in unser kleines Zimmer zurück und vergewisserte mich, daß ich nicht träumte. Tom war verschwunden, höchst wahrscheinlich von dem Ziegenmann entführt worden, und jetzt winkte das Ding mir zu, ich solle ihm folgen. Wie eine Herausforderung. Wie eine Art Spiel.

Ich sah wieder zum Fenster hinaus. Der Ziegenmann war immer noch da. Ich holte die Schrotflinte und ein paar Patronen, zog mir die Hosen an, stopfte mein Nachthemd hinein und schlüpfte in die Schuhe. Dann ging ich zum Fenster zurück und sah wieder hinaus. Der Ziegenmann stand immer noch an derselben Stelle am Wald. Ich kletterte zum Fenster hinaus und lief ihm nach. Als er mein Gewehr sah, zog er sich in den Schatten zurück.

Im Laufen rief ich nach Mama und Daddy und Tom. Aber niemand gab mir eine Antwort. Ich stolperte über etwas und fiel hin. Als ich mich auf die Knie aufrichtete, sah ich, daß ich über Toby gestolpert war. Er lag reglos auf dem Boden. Ich legte die Schrotflinte beiseite und hob ihn auf. Sein Kopf rollte schlaff zur Seite. Sein Hals war gebrochen.

O Gott. Toby war tot. Nach allem, was er schon mitgemacht hatte, hatte man ihn nun auch noch ermordet. Zuvor hatte er noch gebellt, um mich vor dem Ziegenmann zu warnen, und jetzt war er tot, und Tom war verschwunden, und Mama und

Daddy waren mit dem Auto irgendwohin gefahren, und der Ziegenmann war nicht mehr zu sehen.

Ich legte Toby vorsichtig auf den Boden, kämpfte meine Tränen nieder, hob die Schrotflinte auf und rannte blindlings in den Wald, den schmalen Weg hinunter, den der Ziegenmann eingeschlagen hatte, rechnete damit, jeden Augenblick über Tom zu stolpern und daß ihr Hals ebenso gebrochen war wie der von Toby.

Aber nichts dergleichen.

Der Mond schien gerade hell genug, daß ich sehen konnte, wo ich hinrannte, aber nicht so hell, um zu verhindern, daß jeder Schatten so aussah wie der Ziegenmann, sprungbereit und nur darauf wartend, zuschlagen zu können. Der Wind seufzte in den Bäumen und ein paar Regentropfen fielen. Es war ein kühler Regen.

Ich wußte nicht, ob ich weitergehen sollte oder umkehren und versuchen, Mama und Daddy zu finden. Ich hatte das Gefühl, daß ganz gleich, was ich jetzt tat, wertvolle Zeit vergeudet wurde. Wer wußte schon, was der Ziegenmann mit der armen Tom anstellen würde. Wahrscheinlich hatte er sie gefesselt und irgendwo am Waldrand angebunden, bevor er zurückgekommen war, um mich am Fenster zu verspotten. Vielleicht hatte er es auch auf mich abgesehen. Ich mußte an all das denken, was mit den armen Frauen passiert war, und dann wanderten meine Gedanken wieder zu Tom, und irgendwie wurde mir ganz schlecht dabei. Ich rannte schneller, beschloß, daß es am besten war, jetzt weiterzumachen, und hoffte, ich würde das Ungeheuer finden und ihn vor den Lauf meiner Flinte bekommen, um so Tom retten zu können.

Und dann sah ich etwas Seltsames, mitten auf dem Weg. Ein Ast war abgeschnitten und in den Boden gerammt worden, und er war oben nach rechts gebogen. Jemand hatte daran herumgeschnitzt, so daß er jetzt eine Spitze hatte. Es sah aus wie ein Pfeil, der die Richtung wies.

Der Ziegenmann trieb seinen Spaß mit mir. Ich entschied, daß ich keine andere Wahl hatte, als der Richtung zu folgen, in die der Pfeil wies, auf einen kleinen Weg, der noch schmaler war als der, auf dem ich mich gerade befand.

Ich ging weiter, und da war in der Mitte wieder ein Ast, diesmal hastiger vorbereitet, nur abgebrochen und in den Boden gesteckt, aber wieder nach rechts zeigend.

Dort, wo er hinwies, war eigentlich kein Weg mehr, nur die eine oder andere Lücke zwischen den Bäumen. Ich schlug die Richtung ein. Spinnweben verhängten sich in meinem Haar, Äste klatschten mir ins Gesicht, und ehe ich wußte, wie mir geschah, rutschten mir die Füße unter den Beinen weg. Ich glitt über so etwas wie eine Böschung, und nachdem ich mit dem Hosenboden aufschlug und mich umblickte, sah ich, daß ich an der Straße war, der, auf der die Prediger immer unterwegs waren. Der Ziegenmann hatte mich auf einer Abkürzung zur Straße gebracht und war geradewegs die Straße hinuntergegangen, denn da, unmittelbar vor mir, in den roten Lehmboden geritzt, war ein Pfeil zu sehen. Wenn er die Straße überqueren oder sich auf ihr bewegen konnte, hieß das nur, daß er überall hin konnte, wo er hin wollte. Es gab keinen Ort, der vor dem Ziegenmann sicher war.

Ich rannte die Straße hinunter und sah mich jetzt gar nicht mehr nach Zeichen um. Ich wußte, daß ich in Richtung Schaukelbrücke unterwegs war und der Tunnels im Gestrüpp auf der anderen Seite des Flusses, wo der Ziegenmann Tom, wie ich annahm, hingebracht hatte. Das war wirklich sein Versteck, war mir jetzt klar, jene Tunnels. Plötzlich war ich mir ganz sicher, daß er dort diese Gemeinheiten an all den Frauen verübt hatte, bevor er sie in den Fluß geworfen hatte. Indem er die tote farbige Frau dort zur Schau gestellt hatte, wollte er uns alle nur verspotten, hatte uns nicht nur den Ort des einen Mordes gezeigt, sondern höchstwahrscheinlich auch den Ort aller anderen Morde. Ein Ort, wo er sich Zeit lassen und tun und lassen konnte, was er wollte. Und so lange er das wollte.

Als ich die Schaukelbrücke erreichte, blies der Wind heftig, und es fing kräftiger zu regnen an. Die Brücke peitschte hin und her, was mich schließlich dazu veranlaßte, es für besser zu halten, wenn ich zur Hütte vom alten Mose hinunterging und den Fluß in seinem Boot überquerte.

Ich rannte, so schnell ich konnte, die Böschung hinunter, und als ich die Hütte erreichte, hatte ich vom schnellen Laufen Seitenstechen. Ich warf die Schrotflinte ins Boot, stieß das Boot von den Steinen und ließ es zum Fluß hinunterrutschen. Dort blieb es im Sand stecken, und ich konnte es nicht mehr bewegen. Es hatte sich im feuchten Sand richtig festgefahren. Ich schob und zerrte, aber nichts zu machen. Jetzt kamen mir die Tränen. Ich hätte doch über die Schaukelbrücke gehen sollen.

Ich schnappte mir die Schrotflinte aus dem Boot und rannte in Richtung Brücke zurück. Als ich den kleinen Hügel zu der Hütte hinaufging, sah ich dort etwas an dem Nagel hängen, das mich zusammenzucken ließ.

An dem Nagel war eine Kette, und an der Kette hing eine Hand und ein Stück von einem Handgelenk. Ich spürte, wie sich mir der Magen umdrehte. Tom. O Gott. Tom.

Ich ging ganz langsam hinauf, beugte mich vor und sah, daß die Hand viel zu groß war, um zu Tom zu gehören. Sie war zudem auch fast völlig verfault, und es hingen nur noch ein paar Fleischfetzen daran. In der Dunkelheit hatte sie ganz ausgesehen, aber das war sie keineswegs. Die Kette war auch nicht an der Hand festgebunden, sondern die Hand war halb zur Faust geballt, und die Kette war durch die Finger gezogen. In der halb geöffneten Hand konnte ich sehen, daß sie eine Münze festhielt. Eine französische Münze mit einer Delle. Cecils Münze.

Ich wußte, daß ich mich beeilen sollte, aber es war gerade, als ob mir jemand mit einem Knüppel einen Schlag versetzt hatte. Bei dem Opfer vor einem Jahr hatte der Mörder eine Hand abgehackt. Daran erinnerte ich mich. Ich folgerte, daß die Frau den Mörder gepackt hatte und der wiederum mit etwas Großem und Scharfem nach ihr geschlagen und ihr dabei die Hand abgetrennt hatte.

Dabei kamen ebenso viele neue Fragen wie Antworten auf. Wie kam Cecils Münze in die Hand, und wieso war sie hier oben? Wer ließ ständig all diese Dinge hier, und warum? War es der Ziegenmann?

Und dann lag plötzlich eine Hand auf meiner Schulter.

Als ich den Kopf herumriß, hob ich gleichzeitig die Flinte, aber eine andere Hand streckte sich schnell aus und nahm mir die Flinte weg. Ich sah dem Ziegenmann ins Gesicht.

Der Mond rollte hinter einer Regenwolke heraus, und sein Licht fiel in die Augen des Ziegenmannes, die dabei richtig aufleuchteten. Plötzlich erkannte ich, daß sie grün waren, grün wie die Augen vom alten Mose.

Der Ziegenmann gab einen leisen Grunzlaut von sich und tätschelte mir die Schulter. Jetzt sah ich, daß seine Hörner gar keine Hörner waren, sondern ein alter Strohhut, der verfault war und dem vorn ein Stück fehlte, wie wenn jemand es herausgebissen hätte, und deshalb sah es so aus, als ob er Hörner hätte. Ein Strohhut, verflixt! Keine Hörner. Und diese Augen. Wie die Augen vom alten Mose.

Und in dem Augenblick fiel es mir wie Schuppen von den Augen. Der Ziegenmann war überhaupt gar kein Ziegenmann. Er war der Sohn von Mose, der, der im Kopf nicht ganz richtig war und den man für tot hielt. Er hatte die ganze Zeit über hier draußen im Wald gelebt, und Mose hatte für ihn gesorgt, und der Sohn hatte seinerseits versucht, für Mose zu sorgen, indem er ihm Geschenke brachte, die er im Fluß gefunden hatte, und jetzt, wo Mose tot war, tat er das offenbar immer noch. Er war bloß ein großer dummer Junge im Körper eines Mannes, der durch den Wald zog und abgetragene Kleidung und Schuhe mit abgerissenen Sohlen trug, die beim Laufen schlappten.

Der Ziegenmann drehte sich um und zeigte flußaufwärts. Ich wußte jetzt, daß er niemand getötet und Tom auch nicht entführt hatte. Er war gekommen, um mich zu warnen, um mich wissen zu lassen, daß jemand Tom geholt hatte, und jetzt wies er mir den Weg. Ich wußte das einfach. Ich wußte nicht, wie er an die Hand oder an Cecils Kette mit der Münze gekommen war, aber ich wußte, daß der Ziegenmann niemand umgebracht hatte. Er hatte unser Haus beobachtet und hatte gesehen, was passiert war, und jetzt versuchte er mir zu helfen.

Ich riß mich von ihm los und rannte zum Boot zurück, versuchte es wieder flott zu bekommen. Der Ziegenmann war mir gefolgt, legte die Schrotflinte ins Boot, packte es, schob es aus dem Sand und in den Fluß und half mir hineinzusteigen, watete dann ein Stück in den Fluß und schob mich hinaus, bis mich die Strömung erfaßt hatte. Ich blickte ihm nach, wie er zum Ufer und zur Hütte zurückwatete, hob das Paddel auf und machte mich an die Arbeit, versuchte, mir nicht allzuviel Gedanken zu machen, was vielleicht gerade mit Tom geschah.

Von Zeit zu Zeit schoben sich dunkle Wolken über den Mond. Die Regenschauer kamen jetzt häufiger, und der Wind hatte sich weiter abgekühlt. Ich paddelte so heftig, daß mir Rücken und Schultern bald zu schmerzen begannen, aber ich hatte die Strömung auf meiner Seite, die mich schnell dahinzog. Ich kam an einem ganzen Schwarm Kupferkopfschlangen vorbei, die in der Dunkelheit schwammen, und befürchtete, sie könnten vielleicht versuchen, ins Boot zu steigen, wie sie das gern taten, wenn sie der Meinung waren, auf einen schwimmenden Baumstamm gestoßen zu sein, auf dem sie sich ausruhen konnten.

Ich paddelte schnell durch den Schwarm, schob ihn dabei auseinander, und tatsächlich versuchte eine an der Bootswand hochzuklettern, aber ich hieb ihr das Paddel auf den Kopf, und das Biest sank ins Wasser zurück, ob lebend oder tot, konnte ich nicht sagen.

Als ich um eine Biegung im Fluß herumpaddelte, sah ich die Stelle, wo die wilden Dornbüsche wuchsen. Mich überfiel sofort ein seltsam bedrückendes Gefühl. Nicht nur aus Angst vor dem, was ich möglicherweise in den Gängen im Gebüsch finden würde, sondern auch aus Angst, daß ich dort gar nichts finden würde. Angst, daß ich mich völlig getäuscht hatte. Oder daß der Ziegenmann Tom doch in seiner Gewalt hatte. Vielleicht in der Hütte vom alten Mose. Er hatte sie dort versteckt gehalten und einfach gewartet, bis ich außer Sichtweite war. Aber wenn das stimmte, warum hatte er mir dann meine Schrotflinte zurückgegeben? Andererseits war er nicht sehr schlau. Er war ein Geschöpf der Wälder, so wie ein Waschbär oder ein Opossum. Er dachte nicht so, wie die Leute das taten.

All das ging mir durch den Kopf und wirbelte darin herum und vermengte sich mit meinen Ängsten und dem Gedanken, tatsächlich mit einer Schrotflinte auf einen Menschen schießen zu müssen. Ich hatte das Gefühl, mich in einem Traum zu befinden, wie in einem der Träume, die ich im Jahr zuvor gehabt hatte, als ich krank war und sich alles um mich herum gedreht hatte und die Stimmen von Mama und Daddy immer nachgehallt hatten und ich ringsum von Schatten umgeben gewesen war, die versucht hatten, nach mir zu grapschen und mich irgendwohin zu zerren.

Ich paddelte ans Ufer, stieg aus und zog das Boot, so gut ich konnte, an Land. Ich schaffte es nicht ganz, es aus dem Wasser zu ziehen, weil mich das Paddeln so mitgenommen hatte. Ich hoffte einfach, daß es hängenbleiben und nicht abgetrieben werden würde.

Ich nahm die Flinte, arbeitete mich leise den Hügel hinauf und fand den Eingang zu dem Tunnel unmittelbar hinter dem Baum, wo ich und Tom und Toby in jener Nacht herausgekommen waren.

Im Gestrüpp war es dunkel. Der Mond hatte sich hinter einer Wolke versteckt. Der Wind fuhr in die Dornranken und schlug sie gegeneinander. Ein paar Regentropfen kamen durch, mischten sich mit meinem Schweiß und rannen mir über das Gesicht. Ich fröstelte. Der 4. Juli, und ich fror.

Als ich mich in den Tunnel schlich, sah ich etwas Orangefarbenes, ein Leuchten, das sprang und tanzte, und konnte ein knisterndes Geräusch hören. Ich zitterte und schob mich weiter nach vorn, bis ich das Ende des Tunnels erreichte, wo ich erst mal verharrte. Ich brachte es einfach nicht fertig, in den anderen Tunnel abzubiegen. Es war, als ob meine Füße am Boden festgenagelt wären.

Ich zog den Hahn der Flinte zurück, schob mein Gesicht vorsichtig um den Rand des Gestrüpps herum und sah hinein.

In der Mitte des Tunnels brannte ein Feuer an der Stelle, wo Tom und ich die Brandspuren gesehen hatten. Ich konnte Tom auf dem Boden liegen sehen und rings herum verstreut ihre Kleider. Ein Mann beugte sich über sie und fuhr mit den Händen über ihr hin und her, wobei er Laute von sich gab wie ein Tier, das lange Zeit nichts zu fressen gehabt hat. Seine Hände flossen über sie, als würde er Klavier spielen. Eine riesige Machete steckte dicht neben Toms Kopf in der Erde. Toms Gesicht war mir zugewandt. Ihre Augen waren geweitet und voll Tränen, und der Mund war ihr mit einem dicken Halstuch zugebunden. Die Hände und Füße waren mit Seil gefesselt. Der Mann richtete sich eben auf, und ich sah, daß er die Hosen offen hatte und sein Glied in der Hand hielt. Er ging hinter dem Feuer auf und ab, wobei er auf Tom hinuntersah und schrie: »Ich will das nicht tun. Du zwingst mich, daß ich es tue. Es ist deine Schuld, ja? Du bist schon soweit. Wirst Frau.«

Die Stimme war laut, aber sie glich keiner Stimme, die ich je vernommen hatte. In jener Stimme lag die ganze Dunkelheit und die Feuchte vom Grund des Flusses und auch des Schlamms dort unten und alles, was sich vielleicht in ihm sammelte.

Ich hatte sein Gesicht nicht richtig erkennen können, aber sein Körperbau und das, was ich im Feuerschein von seinem Haar sehen konnte, sagte mir, daß es Mr. Nations Sohn Uriah war.

Dann drehte er sich etwas zur Seite. Es war gar nicht Uriah. Ich hatte nur gedacht, daß es Uriah war, weil er wie Uriah gebaut war, aber er war es nicht.

Ich trat jetzt ganz in den Tunnel und sagte: »Cecil?«

Das Wort kam einfach aus meinem Mund, ohne daß ich das eigentlich vorgehabt hatte. Cecil drehte sich um, und als er mich anblickte, sah sein Gesicht so aus, wie es vor einer Weile ausgesehen hatte, als er Tom auf seinen Knien geschaukelt hatte und das Feuerwerk hinter ihm explodiert war. Die Kinnlade hing ihm herunter, und sein Gesicht war schweißbedeckt.

Er ließ sein Glied los und ließ es einfach herunterhängen, daß ich es sehen konnte, als ob er stolz darauf wäre und als ob ich das auch sein sollte.

»O Junge«, sagte er, und seine Stimme klang immer noch heiser und wie die eines Tieres. »Es ist alles schiefgelaufen. Ich wollte Tom nicht haben müssen. Wirklich nicht. Aber sie ist herangereift, Junge, vor meinen Augen. Jedesmal, wenn ich sie gesehen hab, hab ich mir gesagt, nein, du scheißt nicht, wo du ißt, aber sie reift, Junge, und ich, ich bin zu eurem Haus gegangen, um vielleicht zum Fenster reinzusehen, wenn es geht, und dann sehe ich sie dort, muß sie nur mitnehmen, und da hab ich gewußt, heute nacht muß ich sie haben. Es ging einfach nicht anders.«

»Warum?!«

»O Junge. Es gibt kein Warum. Ich muß einfach. Ich muß sie alle fertigmachen. Ich red mir immer ein, daß ich es nicht tu, aber ich tu es. Ich tue es.«

Er kam langsam auf mich zu.

Ich hob die Schrotflinte.

»Aber Junge«, sagte er. »Du willst doch nicht auf mich schießen.«

»Doch, Sir. Und das werde ich auch.«

»Ich kann da wirklich nichts dafür. Hör zu. Ich lasse sie laufen, und wir vergessen die Geschichte. Bis du zu Hause bist, bin ich hier weg. Ich habe ein kleines Boot versteckt, und damit kann ich flußabwärts fahren und dann den Zug nehmen. Wie ich's immer mach. Ich kann hier weg sein, bevor du's merkst.«

»Er wird schlapp«, sagte ich. Sein Pimmel war schlaff geworden.

Cecil blickte an sich herab. »Sieht so aus.«

Er packte ein, knöpfte seinen Hosenlatz zu und redete dabei weiter. »Also... ich wollte ihr nicht weh tun. Nur ein bißchen fühlen. Bloß den Finger naß kriegen. Ich fahr weiter, und alles ist wieder in Ordnung.«

»Sie werden den Fluß hinunterfahren und es wieder tun«, sagte ich. »So wie Sie den Fluß runtergekommen sind, zu uns, und es hier getan haben. Sie werden nie aufhören, oder?«

»Das weiß ich nicht, Harry. Es kommt auch nur manchmal vor.«

»Wo haben Sie Ihre Kette und die Münze, Cecil?«

Er griff sich an den Hals. »Verloren.«

»Die Frau, der die Hand abgehackt wurde, die hat danach gegriffen, wie?«

»Wahrscheinlich.«

»Gehen Sie da nach links hinüber, Cecil.«

Er machte einen Schritt nach links und deutete auf die Machete. »Sie hat mich gepackt, und ich hab mit dem da zugeschlagen, und da war ihre Hand ab. Verdammte Geschichte. Ich hab sie hierhergebracht, aber sie ist mir entwischt, und ich bin ihr nach. Sie hat mich gepackt, sich gewehrt. Ich hab ihr die Hand abgehackt, die dann in den Fluß geflogen ist. Kannst du dir das vorstellen… Woher weißt du eigentlich davon?«

»Der Ziegenmann findet Sachen im Fluß. Er hängt sie an die Hütte von Mose.«

»Ziegenmann?«

»Sie sind der echte Ziegenmann.«

»Jetzt redest du Blödsinn, Junge.«

»Da hinüber.«

Ich wollte ihn von dem Ausgang auf der anderen Seite weg haben, dem, in den ich und Tom in jener Nacht, in der wir die Leiche gefunden hatten, hineingestolpert waren.

Cecil schob sich nach links, und ich ging nach rechts. Wir umkreisten irgendwie einander. Ich ging neben Tom in die Hocke, hielt aber die Schrotflinte weiterhin auf Cecil gerichtet.

»Ich könnte hier für immer verschwinden«, sagte Cecil. »Du brauchst mich bloß laufen zu lassen.«

Ich griff mit einer Hand nach dem Knoten am Halstuch und zog ihn auf. Tom rief sofort: »Erschieß ihn! Erschieß ihn! Er hat mir den Finger reingesteckt. Erschieß ihn! Er hat mich aus dem Fenster geholt und den Finger in mich reingesteckt.«

»Pscht, Tom«, sagte ich. »Ganz ruhig.«

»Schneid mich los. Gib mir das Gewehr, dann erschieß ich ihn.«

»Sie haben die ganze Zeit die Frauen hierhergebracht, um sie umzubringen, oder?« sagte ich.

»Das ist ein perfekter Platz. Landstreicher haben ihn wohl hergerichtet. Sobald ich mich einmal für eine Frau entschieden gehabt hab… also mit Frauen komm ich immer gut zurecht. Ich hab immer mein Boot bereit gehabt, und auf dem Fluß kommt man praktisch überall hin, wo man will. Die Eisenbahngleise sind nicht weit von hier. Eine Menge Züge fahren. Man kommt leicht herum. Manchmal hab ich mir auch ein Auto ausgeborgt. Weißt du von wem? Von Mrs. Canerton. Einmal hat sie mir abends ihr Auto geliehen und, nun ja, ich hab sie gefragt, ob sie eine kleine Spritztour mit mir machen will, während ich etwas erledige. Ich hab sie bloß hierherbringen müssen, und wenn ich fertig war, hab ich den Müll rausgeworfen.«

»Daddy hat Ihnen vertraut. Aber Sie haben weitererzählt, wo Mose zu finden war! Sie haben es Mr. Nation verraten.«

»Es war doch bloß ein Nigger, Junge. Ich mußte doch meine Spuren verwischen. Das verstehst du doch. Es ist ja nicht so, als ob die Welt einen aufrechten Bürger verloren hätte.«

»Und wir dachten, Sie wären unser Freund«, sagte ich.

»Der bin ich. Der bin ich. Aber manchmal ärgern einen Freunde, oder nicht? Sie tun etwas, was sie nicht tun sollten. Aber ich will das nicht.«

»Wir reden ja hier nicht davon, daß Sie einen Kaugummi gestohlen haben. Sie sind schlimmer als das Viehzeug dort draußen mit Tollwut, weil Sie nicht so gut sind, wie diese armen Viecher. Die können nichts dafür.«

»Das kann ich auch nicht.«

Das Feuer knisterte und knackte und jagte rote Zungen über sein Gesicht. Etwas Regen kam durch das Dach aus Dornenranken und Ästen herein, traf ins Feuer und zischte. »Du bist wie dein Daddy, was? Selbstgerecht.«

»Kann sein.«

Ich hielt die Schrotflinte mit einer Hand an mich gedrückt, während ich mich niederkauerte, um die Knoten an Toms Händen aufzuknüpfen. Da das nicht so ging, zog ich mein Taschenmesser heraus und schnitt zuerst ihre Hände und dann ihre Füße frei.

Ich stand auf und hob die Flinte. Er zuckte zusammen, aber ich brachte es einfach nicht fertig, auf ihn zu schießen. Ich konnte das nicht, höchstens wenn er mich angegriffen hätte.

Ich wußte nicht, was ich mit ihm anfangen sollte. Schließlich gelangte ich zu dem Entschluß, daß ich keine andere

Wahl hatte, als ihn laufen zu lassen, alles Daddy und den anderen zu erzählen, damit die dann versuchten, ihn zur Strecke zu bringen. Tom zog gerade ihre Kleider an, als ich sagte: »Am Ende wird man es Ihnen schon besorgen.«

»Jetzt wirst du vernünftig, Junge.«

»Sie bleiben dort drüben, und wir gehen jetzt.«

Er hob beide Hände. »Jetzt bist du vernünftig.«

»Wenn du ihn nicht erschießen kannst«, sagte Tom, »ich kann's.«

»Geh jetzt, Tom.«

Das paßte ihr zwar nicht, aber sie tat, was ich ihr sagte, und schlüpfte in den Tunnel. »Vergiß nicht, Junge«, sagte Cecil, »wir hatten auch gute Zeiten miteinander.«

»Gar nichts haben wir. Sie haben nie etwas anderes gemacht, als mir die Haare zu schneiden, und einem Jungen die Haare richtig zu schneiden haben Sie sowieso nicht gekonnt.« Ich wandte mich ab und bückte mich in den Tunnel. »Für das, was Sie Toby angetan haben, sollte ich Ihnen eigentlich ein Bein abschießen.«

Wir nahmen nicht die Öffnung im Tunnel, die in den Wald führte, weil ich auf dem Weg wieder raus wollte, auf dem ich hineingegangen war. Auf die Weise würden wir zum Boot zurückkehren. Sobald wir mal auf dem Fluß waren, würde er uns nicht verfolgen können, falls er das vorhatte.

Als wir zum Fluß kamen, hatte der Fluß das Boot, das ich nicht genügend weit aufs Ufer gezogen hatte, losgespült. Ich konnte es noch in der Strömung treiben sehen.

»Verdammt«, sagte ich.

»War das das Boot von Mose?« fragte Tom.

»Wir müssen jetzt zu Fuß am Ufer entlanggehen, zur Schaukelbrücke.«

»Das ist ein weiter Weg«, hörte ich Cecil sagen.

Ich fuhr herum, und da stand er, oben, auf dem höheren Ufer, nahe bei dem Baum, wo ich und Tom die Leiche gefunden hatten. Er war bloß ein großer Schatten neben dem Baum, und ich mußte an den Teufel denken, der aus der Erde gestiegen war, schwarz und böse und voll Hinterlist. »Ihr habt einen weiten Weg vor euch, Kinder. Einen weiten Weg.«

Ich richtete die Schrotflinte auf ihn, und da verdrückte er sich hinter dem Baum und sagte, als wir ihn nicht mehr sehen konnten, nur noch einmal: »Einen weiten Weg.«

In dem Augenblick wußte ich, daß ich ihn hätte totschießen sollen. Ohne Boot konnte er uns mühelos folgen, irgendwo dort hinter uns im Wald, und wir konnten ihn nicht einmal sehen.

Ich und Tom hasteten am Ufer entlang und konnten hören, wie Cecil über uns durch den Wald strich, aber schließlich hörten wir ihn nicht mehr. Es war genauso wie damals in der Nacht, als wir die Geräusche in der Nähe des Tunnels und dann auch noch im Tunnel gehört hatten. Ich dachte mir, daß vielleicht er das damals gewesen war, sich sein Werk an dem Baum dort noch einmal ansehen wollte, vielleicht gefiel es ihm, und er wollte, daß jemand es sah. Vielleicht waren wir hingekommen, kurz nachdem er damit fertig geworden war. Vielleicht hatte er uns verfolgt, oder Tom. Er hatte Tom die ganze Zeit gewollt.

Wir gingen schnell, und Tom schimpfte die meiste Zeit vor sich hin, redete über das, was Cecil mit seinen Fingern getan hatte. Mir wurde von der ganzen Geschichte allmählich übel.

»Jetzt halt endlich den Mund, Tom. Halt den Mund.«

Sie fing zu weinen an. Ich blieb stehen und kniete nieder, lehnte die Flinte an mich und hielt Tom mit beiden Händen an den Schultern.

»Es tut mir leid, Tom. Ehrlich. Ich habe auch Angst. Wir müssen uns zusammenreißen, verstanden?«

»Verstanden«, sagte sie.

»Wir müssen hier weiter. Ich hab ein Gewehr. Er hat keins. Vielleicht hat er schon aufgegeben.«

»Der hat nicht aufgegeben, und das weißt du auch.«

»Wir müssen weiter.«

Tom nickte, und wir setzten uns wieder in Bewegung, und bald konnte man den langen, dunklen Schatten der Schaukelbrücke über dem Fluß sehen. Es wehte ein kräftiger Wind, und die Brücke schwang hin und her und ächzte und stöhnte wie Angeln an rostigen Türen.

»Wir könnten auch ein Stück weiter gehen, Tom, aber ich finde, wir sollten hier über die Brücke. Das geht schneller, und wir kommen auch schneller nach Hause.«

»Ich habe Angst, Harry.«

»Ich auch. Schaffst du es?«

Tom sog an ihrer Oberlippe und nickte dann. »Ja.«

Wir stiegen die Uferböschung hinauf, wo die Brücke anfing, und sahen sie beide an. Sie schwang hin und her. Ich sah auf den Fluß hinunter. Weißer Schaum stieg mit dem schwarzen Wasser in die Höhe und grollte davon und krachte über den kleinen Wasserfall in den breiteren, tieferen, langsamer fließenden Teil des Flusses hinunter. Der Regen ging auf uns nieder, und der Wind war kalt. Der Wald rings um uns schien still und doch mit etwas angefüllt zu sein, für das ich keinen Namen hatte. Von Zeit zu Zeit platzten die Wolken trotz des Regens ein Stück auf, und der Mond schien auf uns herab. Er sah wie etwas Schmieriges, Fettiges aus.

Ich beschloß, als erster über die Brücke zu gehen, damit Tom wußte, wo sie hintreten sollte. Als ich auf die Brücke trat, ließ der Wind und mein Gewicht die Brücke auf und ab schaukeln, und ich wäre fast ins Wasser gekippt. Ich griff nach den Geländerseilen, und mußte dazu die Schrotflinte loslassen. Sie fiel ins Wasser, ohne daß ich ein Aufklatschen hören konnte, und war sofort verschwunden.

»Jetzt hast du sie verloren, Harry«, schrie Tom vom Ufer aus.

»Komm jetzt, halte dich einfach an den Seilen fest.«

Tom trat auf die Brücke, die daraufhin wieder heftig schaukelte und dabei Tom fast abgeworfen hätte.

»Wir müssen ganz vorsichtig auftreten«, sagte ich, »und irgendwie gleichzeitig. Wenn ich einen Schritt mache, machst du auch einen. Wenn ein Brett abbricht oder ich durchkrache, siehst du rechtzeitig, wo.«

»Wenn du stürzt, was mache ich dann?«

»Du mußt weitergehen, Tom.«

Wir setzten uns in Bewegung und kriegten das anscheinend auch richtig hin, weil wir nicht mehr so fest schaukelten, und bald darauf hatten wir auch schon die Mitte erreicht.

Ich drehte mich um und sah nach hinten, an Tom vorbei. Soweit ich erkennen konnte, folgte uns niemand.

Wir kamen nur langsam voran, aber bald waren wir nur noch drei große Schritte von der anderen Seite entfernt. Ich wollte gerade erleichtert aufatmen. Dann wurde mir aber bewußt, daß wir noch einen langen Weg vor uns hatten, bis wir zur Straße kamen, und jetzt wußte ich ja auch, daß die Straße Cecil oder sonst jemanden nicht aufhalten würde. Es war einfach bloß eine Straße. Wenn wir so weit kamen, lag immer noch ein ganzes Stück Weg vor uns. Cecil würde wissen, wo wir hingingen, und Mama und Daddy waren vielleicht noch gar nicht zu Hause.

Ich überlegte mir, ihn zu täuschen, wenn wir auf die Straße kamen, indem wir in die andere Richtung gingen, aber dort war es bis zum nächsten Haus noch weiter, und wenn er sich zusammenreimte, was wir machten, war das noch schlimmer für uns.

Nein, da war es schon besser, den Weg zu unserem Haus zu nehmen und vorsichtig zu bleiben. Aber während mir das alles durch den Kopf ging und wir das andere Ufer fast erreicht hatten, löste sich dort ein Schatten aus den Büschen und wurde zu Cecil.

Er hielt die Machete in der Hand. Jetzt lächelte er und stieß sie in den Boden, blieb auf festem Grund stehen, packte aber die beiden Drahtseile, die die Schaukelbrücke hielten. »Ich bin schneller rübergekommen, Junge«, sagte er. »Hab bloß warten müssen. Und jetzt wirst du und die kleine Tom einen kleinen Sprung ins Wasser machen müssen. Ich hab das nicht so gewollt, aber so ist es nun mal eben. Das verstehst du doch, oder? Alles, was ich gewollt hab, war Tom. Wenn du sie mir gibst, daß ich mit ihr machen kann, was ich will, kannst du gehen. Bis du nach Hause kommst, sind wir beide, ich und sie, schon weit weg.«

»Sie haben sie wohl nicht alle«, sagte ich.

Cecil packte die Seile fest und ruckte daran. Die Brücke schwankte unter mir, und ich spürte, wie meine Füße plötzlich in der Luft hingen. Ich hielt mich nur noch mit den Armen, die ich um eines der Seile geschlungen hatte, fest. Ich konnte Tom sehen. Sie war hingefallen und klammerte sich an einem der Bretter fest. Ich konnte sehen, wie das morsche Holz absplitterte. Das Brett würde mitsamt Tom abstürzen. Cecil riß wieder an den Seilen, aber ich klammerte mich fest, und das Brett, an das Tom sich klammerte, hielt. Ich blickte wieder zu Cecil hinüber und sah, wie eine andere Gestalt aus dem Dunkel kam. Eine riesige Gestalt mit etwas auf dem Kopf, das wie Ziegenhörner aussah.

Der Sohn von Mose, Telly.

Telly packte Cecil am Hals und riß ihn zurück. Cecil konnte sich befreien und versetzte Telly einen Hieb in den Magen. Dann rangen die beiden eine Weile, bis Cecil die Machete zu fassen bekam und damit Telly einen Schlag über die Brust versetzte. Telly stieß einen Laut wie von einem brüllenden Bullen aus, sprang Cecil an, und die beiden flogen auf die Brücke. Wo sie aufkamen, splitterten die Bretter, die Brücke schwang zur Seite und in die Höhe, und dann war ein knackendes Geräusch zu hören. Eines der Seile war gerissen und zuckte jetzt wie eine Peitschenschnur zuerst in die Höhe und dann ins Wasser. Cecil und Telly fielen an uns vorbei in den Sabine River. Ich und Tom klammerten uns noch einen Augenblick an dem verbliebenen Seil fest, dann riß dieses auch, und wir fielen hinter den beiden in das schnell dahinströmende Wasser.

Ich tauchte tief unter, und als ich wieder hochkam, stieß ich gegen Tom. Sie schrie, und ich schrie auch und packte sie. Das Wasser zog uns wieder in die Tiefe. Ich kämpfte dagegen an, wollte wieder hinauf und hielt dabei die ganze Zeit Toms Kragen fest. Als ich die Wasseroberfläche erreichte, sah ich wie Cecil und Telly, fest ineinander verschlungen, mit der ganzen Wucht des Sabine River über den kleinen Wasserfall geschleudert wurden, hinunter in tiefere, ruhigere Wasser.

Und gleich darauf waren wir auch dort, den Wasserfall hinunter in tieferes, langsamer fließendes Wasser. Ich bekam Tom besser zu fassen und versuchte ans Ufer zu schwimmen. In unseren nassen Kleidern war das schwierig, müde, wie wir zudem waren. Ich mühte mich ab, Tom festzuhalten und ans Ufer zu ziehen. Sie selbst half überhaupt nicht mit und machte es mir dadurch nicht leichter.

Schließlich hatte ich eine Stelle erreicht, wo ich Sand und Kies unter den Füßen spürte, und watete ans Ufer, zog Tom neben mir heraus. Sie wälzte sich auf den Bauch und kotzte alles aus sich heraus.

Ich sah auf den Fluß hinaus. Der Regen hatte aufgehört, und der Himmel war kurz aufgeklart. Der Mond warf einen schwachen Schein auf den Sabine River, wie Fett, das auf einer heißen Pfanne zu glänzen anfängt. Ich konnte Cecil und Telly ineinander verkeilt sehen, und ab und zu hob sich eine Hand und schlug zu. Ich konnte noch etwas anderes rings um sie herum sehen, etwas, das sich wie ein Dutzend silberne Knöpfe aus dem Wasser hob und im Mondlicht schimmerte und sich dann schnell streckte und immer wieder auf die beiden einschlug.

Cecil und Telly waren in den Schwarm Kupferkopfschlangen getrieben worden, den ich zuvor gesehen hatte, oder vielleicht auch einen anderen, ähnlichen, und hatten die Schlangen aufgeschreckt. Jetzt war es, als würden Bullenpeitschen aus dem Wasser fliegen und immer wieder auf die beiden einschlagen.

Sie wurden mit den Schlangen um eine Biegung gespült und waren dann verschwunden.

Endlich konnte ich aufstehen und merkte, daß ich einen Schuh verloren hatte. Ich packte Tom und zog sie das Ufer hinauf. Der Boden am Ufer war rauh und mit Kletten und Dornen übersät. Mein nackter Fuß wurde ziemlich übel zugerichtet. Aber wir schafften es schließlich bis zur Straße und weiter zum Haus, wo Daddy und Mama im Hof standen, im Regen, aus dem inzwischen ein wahrer Wolkenbruch geworden war, und unsere Namen riefen.

Am nächsten Morgen fand man Cecil auf einer Sandbank liegen. Er war vom Wasser und den Schlangenbissen aufgedunsen und angeschwollen. Sein Hals war gebrochen, sagte Daddy. Telly hatte ihn noch vor den Schlangenbissen erledigt.

In ein paar Wurzeln verhängt, nahe beim Ufer, die Arme ausgestreckt, die Füße in den Ranken verstrickt, war Telly. Mit der Machete war ihm die Brust und die Seite aufgerissen wor-

den. Daddy sagte, daß er immer noch den albernen Hut auf-
hatte, und er fand heraus, daß der Hut irgendwie mit Tellys
Haar verwachsen war. Das Stück, das wie Hörner aussehe, sei
abgerissen worden und habe seine Augen wie riesige Augendeckel bedeckt.

Ich fragte mich, was in Telly gefahren sein mochte, Telly
den Ziegenmann. Er hatte mich dort hingeführt, um Tom zu
retten, hatte aber nichts damit zu tun haben wollen, Cecil aufzuhalten. Vielleicht hatte er anfangs Angst gehabt. Als wir
dann aber auf der Brücke waren und Cecil im Begriff war, uns
fertigzumachen, hatte er sich auf ihn gestürzt.

Hatte er das getan, weil er uns helfen wollte, oder war er
einfach dort gewesen und hatte sich selbst angegriffen gefühlt? Ich würde das nie erfahren. Ich mußte daran denken,
wie der arme Telly dort die ganze Zeit draußen im Wald gelebt hatte und daß nur sein Daddy gewußt hatte, daß er da
war, und es vielleicht deshalb geheimgehalten hatte, damit
die Leute ihn in Frieden ließen und ihn nicht ausnutzten, weil
er schwachsinnig war.

Am Ende war die ganze Geschichte ein einziges schreckliches Erlebnis. Ich erinnere mich hauptsächlich daran, daß ich
danach zwei Tage lang im Bett lag, bis die Wunden an meinem Fuß einigermaßen verheilt waren, von den Dornen und
so, und daß ich versuchte, wieder zu Kräften zu kommen, immer wieder von der Vorstellung geschwächt, was mit Tom
beinahe passiert wäre.

Mama blieb die ganzen nächsten zwei Tage an unserer Seite
und ging höchstens weg, um Suppe zu kochen. Daddy saß
nachts an unseren Betten. Wenn ich verängstigt aufwachte
und dachte, ich sei immer noch auf der Schaukelbrücke, dann
war er da und lächelte und fuhr mir mit der Hand über den
Kopf, und ich legte mich dann wieder zurück und schlief wieder ein.

Im Laufe der Jahre erfuhren wir aus vereinzelten Hinwei-
sen, die wir aufpickten, daß es noch mehr Morde wie die in
unserer Gegend gegeben hatte, überall von Arkansas bis nach
Oklahoma und auch im Norden von Texas. Damals gab es
niemanden, der diese Morde einem einzelnen Mörder zuge-

schrieben hätte. Das Gesetz dachte damals einfach nicht so. Das Wesen des Massenmörders war in dem Sinn noch nicht erforscht. Wenn die Kommunikation damals besser gewesen wäre und das Wissen vorhanden, dann hätte man vielleicht manches, oder sogar alles, was damals vor so langer Zeit passiert ist, vermeiden können.

Aber vielleicht auch nicht. Jetzt ist alles längst vorbei, diese lang verstrichenen Ereignisse von 1931 und 32.

Jetzt liege ich hier, werde nicht mehr sehr lange auf dieser Welt sein und verspüre auch nicht den Wunsch, länger hier zu verweilen oder mein Leben noch einen Augenblick in die Länge zu ziehen, liege bloß da mit diesem Schlauch im Schenkel und warte auf Erbsenpüree und Maisbrei und irgendwelches scheußliches Zeug, das die hier Fleisch nennen, und daß man mir alles mit dem Löffel reinstopft, und dann denke ich an damals, wie ich in unserem kleinen Haus am Wald lag und wie Daddy oder Mama immer da waren, wenn ich aufwachte, und wie beruhigend das war.

Und so schließe ich jetzt die Augen mit der Erinnerung an jene zwei Jahre und jenen großen und schrecklichen Tolle-Hunde-Sommer und hoffe, daß ich, wenn ich das nächste Mal aufwache, nicht mehr auf dieser Welt sein werde und daß Mama und Daddy und die arme Tom, die viel zu früh bei einem Autounfall ums Leben gekommen ist, dann auf mich warten, und vielleicht sogar Mose und der Ziegenmann und der brave alte Toby.

Bentley Little

DAS THEATER

Bentley Little erhielt 1991 mit The Revelation *den Bram Stoker Award für den besten Erstlingsroman, und seitdem ist es nur aufwärts gegangen. Bücher wie* The Mailman, Dominian, The Ignored *und* The Store *kamen dazu. Der Grundgedanke, auf dem das letztgenannte Buch aufbaut, daß Kettenläden die Urheber umstürzlerischer Veränderungen des modernen Lebens sind, würde eigentlich ziemlich albern klingen, wenn er a) nicht zutreffen und b) durch die Art und Weise, wie Little damit umgeht, nicht auf so gruselige Art dargestellt würde. Gruselig ist genau das richtige Wort für Littles bisherige Arbeiten; ich entdecke in seinen Geschichten den Einfluß von Ramsey Campbell und den anderen Irrealisten, dieses Traumhafte mit seiner ganzen Beklemmung.*

»Das Theater« war eine der ersten Geschichten, die ich für diesen Band aufgenommen habe. Sie werden gleich sehen, warum.

Es war zehn vor neun, gleich Zeit, um zu schließen. Putnam mußte dringend pinkeln gehen. Er preßte die Beine zusammen, biß die Zähne aufeinander. Es war niemand in der Buchhandlung. Der letzte Kunde war gerade gegangen, nachdem er zwei Stunden hier verbracht, aber dann doch kein Geld ausgegeben hatte, und seitdem war niemand mehr gekommen. Er überlegte einen Augenblick und beschloß dann, den Laden jetzt sofort zu schließen. Oder besser gesagt, seine Blase traf diesen Entschluß für ihn. Mr. Carr würde einen Anfall bekommen, wenn er das erfuhr, aber Putnam war sich sicher, daß es dem Alten lieber sein würde, wenn er absperrte, als wenn er den Laden offen ließ, während er »indisponiert« war.

Er schnappte sich den Schlüsselbund von dem Regalbrett unter der Registrierkasse und hastete um die Theke herum zur Tür. Er suchte nach dem richtigen Schlüssel, fand ihn und schob ihn in den Schlitz, drehte ihn, bis ein hörbares Klicken zu vernehmen war. Er drehte die Tafel im Fenster um, so daß jetzt nicht mehr »Ja, wir haben GEÖFFNET« dort stand, sondern »Tut uns leid, wir haben GESCHLOSSEN«, und dann rannte er, so schnell ihm das möglich war, in die Toilette hinter dem Laden.

Er schaffte es gerade noch rechtzeitig.

Als Putnam wieder in den kleinen Mehrzweckraum hinter dem Laden hinaustrat, tat er das mit einem seligen Gefühl der Erleichterung und ohne jede Hast. Als er sich den Gürtel zugeschnallt hatte und wieder aufblickte, fiel ihm die schmale Holztür gegenüber der Toilette auf. Er runzelte die Stirn. Jetzt arbeitete er seit beinahe einem Monat in der Buchhandlung, seit die Schule aus war, und obwohl er wußte, daß er die Tür schon gesehen hatte, hatte er sie nie richtig zur Kenntnis genommen.

Und das beunruhigte ihn irgendwie.

Er griff nach dem abgegriffenen Metallknauf und versuchte ihn zu drehen, aber die Tür war versperrt. Er rüttelte am Knauf und dachte kurz daran, einen der anderen Schlüssel an dem Bund auszuprobieren, um zu sehen, ob einer davon paßte, aber dann fand er, daß es doch besser wäre, vorher Mr. Carr zu fragen. Vermutlich war es bloß ein Wandschrank, aber es konnte auch sein, daß es ein Abstellraum für seltene Bücher oder sonst etwas war, und er wollte keinen Ärger bekommen.

Er verließ den Laden und steckte die Schlüssel ein.

Am nächsten Morgen, während er gerade Inventur machte, fragte er Mr. Carr nach der Tür. Er hatte damit gerechnet, daß der alte Mann ihm einfach sagen würde, was in dem Raum war, es ihm mit demselben gelangweilten, ein wenig herablassenden Ton erklären, mit dem er sonst alles erklärte. Auf die Reaktion, die er auslößte, war er nicht vorbereitet gewesen.

Angst.

Entsetzen.

Es war wie in einem Kinofilm. Mr. Carr wurde sichtlich bleich, alle Farbe schwand aus seinen Wangen und Lippen, und seine Augen weiteten sich auf geradezu komische Weise.

Er streckte die Hand aus, packte Putnam am Arm und drückte zu, so daß seine knochigen Finger sich schmerzhaft in Putnams Muskeln preßten. »Sie sind doch nicht dort hinaufgegangen, oder?«

»Wo hinauf? Ich habe doch nur gefragt, was hinter der Tür ist.«

Mr. Carr leckte sich die Lippen. »Es ist meine Schuld. Ich hätte Ihnen das schon früher sagen sollen.« Er lockerte den Griff, ließ die Hand sinken, aber seine Stimme klang nach wie vor verängstigt. »Hinter der Tür ist eine Treppe. Sie führt nach oben, in ein Theater. Diese Läden hier …« Er machte eine weit ausholende Handbewegung auf die Wand zu und mutmaßlich die Boutique und den Kleiderladen dahinter. »… waren einmal miteinander verbunden. Und im Obergeschoß befand sich ein Theater. Das erste Opernтheater in diesem Teil des Staates und das einzige, das es in dieser County je gab. Eine Weile, so am Anfang dieses Jahrhunderts, bevor die Eigentümer bankrott gingen, hat man Spitzenkräfte hierhergeholt. Caruso ist hier aufgetreten. Eine ganze Menge von den großen Stars. Aber damals gab es hier nicht genügend Besucher, um ein solches Theater tragen zu können, und so hat man es schließlich aufgegeben. Das Gebäude stand eine Weile leer, bis jemand anderes es übernommen und das Erdgeschoß in Läden aufgeteilt hat, so wie es jetzt ist. Das Obergeschoß mit dem Theater wurde einfach versiegelt.«

Putnam wartete darauf, erwartete es geradezu, daß noch mehr kommen würde, aber der alte Mann wandte sich schließlich einfach ab, beugte sich vor und besah sich den Stapel Bücher zu seinen Füßen. Putnam blieb reglos stehen. Er starrte auf die Hände von Mr. Carr hinab, als der alte Mann einen verstaubten Lederfolianten aufhob. Das Buch bebte in den zitternden Händen des Ladenbesitzers. Warum war Mr. Carr nur so verängstigt? Putnam wollte gerade ansetzen, ihn zu fragen, aber dann sah er auf die glänzende kahle Stelle hinunter, die von dem dünnen, weißen Haar des alten Mannes wie von einem Nest umgeben war, und entschied sich dagegen.

Er kniete sich nieder, um wieder bei den Inventurarbeiten zu helfen.

An den Sonntagen arbeitete Putnam allein. Mr. Carr war sonntags nämlich immer damit beschäftigt, Bücher zu kaufen. Er ging dann zu den Tauschbörsen, zu Nachlaßveräußerungen und in die Antiquitätenläden und überließ es Putnam, sich allein um den Laden zu kümmern. Wie die meisten anderen kleinen Geschäfte in der alten Innenstadt schloß die Buchhandlung an diesem Tag um sechs, und Putnam kam gewöhnlich rechtzeitig nach Hause, um sich die Abendnachrichten anzusehen.

Für heute abend hatte er allerdings andere Pläne.

Er schloß um fünf nach sechs, gleich nachdem der Collegestudent gegangen war, der ein paar gebrauchte Fachbücher erstanden hatte, drehte die Tafel im Fenster um und schaltete das Licht vorn im Laden aus. Dann ging er in den kleinen Raum hinter dem Laden. Er stand einen Augenblick lang vor der Tür und versuchte festzustellen, ob es irgendeinen Unterschied zwischen ihr und der Toilettentür gab, versuchte zu erkennen, ob er irgendwelche negativen Schwingungen wahrnehmen konnte, aber da war nichts, nur die leichte, irgendwie kindliche Aufwallung von Erregung, die daher rührte, daß ihm bewußt war, er würde gleich etwas Verbotenes tun.

Er machte sich dann daran, nacheinander alle Schlüssel auszuprobieren.

Beim vierten Versuch klappte es, und das Schloß ließ sich entriegeln. Putnam drehte vorsichtig den Knauf und schob dann die Tür nach innen. Dahinter befand sich tatsächlich eine Treppe, eine schmale Stiege mit niedrigen, hölzernen Stufen, die mit einem Teppich aus grauem Staub bedeckt waren. Die hohen Wände waren ebenfalls aus Holz, und aus einem Rohr, das längs in der Mitte der Deckenschräge verlief, ragten zwei altertümlich wirkende, nackte Glühbirnen. Er starrte in die Düsternis oben an der Treppe. Dies mußte ein Seiteneingang zum Theater gewesen sein, kam ihm in den Sinn, die Treppe, die von den Bühnenarbeitern und den Lieferanten benutzt worden war. Langsam stieg er die Treppe hinauf. Es war kein Geländer vorhanden, was ihm irgendwie das Gefühl eingab, etwas aus dem Gleichgewicht zu sein. Er stützte sich hilfsweise mit den Händen an der Wand ab. Er nahm bei jedem Schritt vorsichtig zwei Stufen.

Oben angelangt, blieb er erst einmal stehen. Ein Flur führte von hier weg, der allem Anschein nach durch das ganze Gebäude verlief, um irgendwo über der Boutique oder dem Kleiderladen oder dem Juwelierladen nebenan zu enden. Der Korridor lag finster vor ihm. Hier, wo Putnam stand, war er noch schwach von dem Licht beleuchtet, das aus dem Buchladen heraufdrang, aber am anderen Ende war es stockfinster. Innerhalb der Dunkelheit gab es irgendwie Stellen noch tieferer Dunkelheit, und Putnam hatte den deutlichen Eindruck, daß das Türen waren, die vom Korridor in andere Räume führten. Aber es war zu dunkel, um etwas zu erkennen und Gewißheit darüber zu haben, weshalb er schnell wieder hinunterhastete und sich die Taschenlampe unter dem Ladentresen hervorholte. Dann rannte er wieder hinauf.

Oben angelangt, knipste er die Taschenlampe an und richtete den Lichtkegel in den Korridor. Es gab Eingänge, aber keine Türen. Er trat durch den ihm am nächsten gelegenen. Der gelbe Kegel der Lampe tastete über nackte Wände, einen staubigen Heizkörper und ein mit Ziegelsteinen zugemauertes Fenster. Ganz am Ende der Wand zur Linken war eine weitere Öffnung. Er ging über den Parkettboden, hörte seine Schritte durch die Stille hallen und richtete das Licht in die schwarze Öffnung. Er sah eine Badewanne mit Klauenfüßen, ein freistehendes Waschbecken und eine alte Toilette. Er starrte einen Augenblick lang in das Badezimmer, verspürte ein irgendwie unbehagliches Gefühl in ihm aufkommen, und kehrte schnell wieder durch den größeren Raum in den Korridor zurück.

Er ging den Gang hinunter und besah sich den nächsten Eingang. Und den nächsten. Und den nächsten.

Das soll ein Theater gewesen sein? Es sah eher wie ein Hotel aus. Alle Zimmer, die in den Flur mündeten, waren Schlafräume mit daran anschließenden Badezimmern, alle waren ganz gleich angeordnet, jeder Raum eine Kopie des anderen. Er setzte seine Erforschung fort. Sein Unbehagen steigerte sich, während er den Korridor hinunterging. Die ersten paar

Räume, die er betreten hatte, waren leer gewesen, aber in allen anderen war das Mobiliar unbeeinträchtigt stehen geblieben: Himmelbetten, Nachttische mit Petroleumlampen, Kommoden aus dunklem Holz, Stühle mit hohen Lehnen. Jedes Zimmer besaß einen Heizkörper und ein verschlossenes Fenster, das früher einmal auf die Straße hinuntergesehen haben mußte.

Er trat in das letzte Zimmer.

Und sah in einem staubigen, mit einem Laken bedeckten Sessel einen toten Mann sitzen.

Er zuckte zusammen, ließ die Taschenlampe fallen, hätte beinahe aufgeschrien.

Er wollte gerade wegrennen, als er im Lichtkegel der heruntergefallenen Taschenlampe sah, daß die Gestalt in dem Sessel gar kein Mann war. Und sie war auch nicht tot. Sie war nie am Leben gewesen. Es war eine Puppe: ein Paar Hosen und ein Hemd, die mit Tuch ausgestopft waren, und darüber ein mit Lumpen bedeckter Perückenmacherkopf.

Er beugte sich vor und hob die Taschenlampe wieder auf, richtete dann den Lichtkegel zuerst auf die Gestalt und ließ ihn anschließend langsam weiter durch den Raum wandern. Das hier war kein Schlafzimmer. Es war länger und schmäler, und der Boden neigte sich sichtlich schräg nach oben. Dicke, staubige rote Vorhänge säumten das zugemauerte Fenster. Hier gab es keine Betten und keine Nachttische, nur vier Sessel, von denen einer, der, auf dem die Puppe saß, der Tür zugewandt war; die anderen drei blickten zu einer Wand.

Nein, nicht einer Wand.

Einer Bühne.

Putnam trat einen Schritt in den Raum.

Das war es also, was von dem ursprünglichen Theater übriggeblieben war.

Jetzt bekam er es mit der Angst zu tun. Er hatte etwas Grandioses erwartet, ein riesiges Theater mit einem Orchestergraben und einem Balkon, einen riesigen Zuschauerraum, Säulen mit Filigranschmuck und samtbezogene Sessel. Er hatte nicht mit diesem schmierigen, schmalen Raum mit der einen Puppe als Zuschauer und ihrer primitiven Zwergenbühne gerechnet. Das kam ihm irgendwie alles dermaßen fremdartig und unheimlich vor, daß ihm die ganze Szenerie in einem geheimnisvollen, düsteren Licht erschien.

Sie sind doch nicht etwa dort hinaufgegangen, oder?

Er richtete die Taschenlampe auf die erhöhte Bühne. Von dort sah ein Tableau kleiner Gestalten, so groß wie Puppen, zu ihm herüber, ekelhaft häßliche Figuren, die Kleider anhatten, die wie Leinensäcke aussahen. Er trat näher heran, vorbei an der sitzenden Puppe, und richtete den Lichtkegel auf die Figur, die ihm am nächsten war. Es handelte sich um ein scheußlich unnatürliches, häßliches Ding. Der Kopf, größer als der Körper, schien aus einer Art Kürbis zu bestehen: einer Melone oder einem Kürbis oder irgend etwas dazwischen. Die Augen bestanden aus eingelegten Murmeln, die Nase war aus geschnitztem Holz. In die ausgeschnittene Mundöffnung waren oben und unten anscheinend echte Zähne, menschliche Zähne, eingesetzt worden.

Plötzlich verspürte er ein eisiges Gefühl, aber er ließ die Taschenlampe weiter zu den anderen wandern. Die kleinen Figuren hatten alle einen anderen Gesichtsausdruck und waren unterschiedlich gekleidet, aber sie waren alle in gleicher Weise häßlich, und alle schienen aus denselben Materialien zu bestehen. Sie standen in Posen da, die den Eindruck von Bewegung vermittelten, als wären sie mitten in der Vorstellung versteinert worden.

Putnam ertappte sich dabei, wie er unwillkürlich auf die Bühne zuging. Es war kalt hier, von irgendwo wehte ein eisiger Lufthauch herein, aber das Absinken der Temperatur wirkte eigentlich nur äußerlich auf ihn. Innerlich fühlte er sich bereits steifgefroren. Er streckte die Hand aus und berührte vorsichtig die Puppe, die vor ihm stand. Die Figur fühlte sich warm an. Und matschig.

Er zuckte mit der Hand zurück. Ihm wurde übel, als müßte er sich gleich übergeben, und er stolperte über die eigenen Füße davon, um nur schnell von der Bühne wegzukommen. Der Finger, mit dem er die Puppe berührt hatte, fühlte sich leicht schleimig an. Er hielt ihn weit von sich weggestreckt, als befürchtete er, sich am ganzen Körper damit anzustecken.

Er eilte zur Tür zurück, sorgfältig darauf bedacht, nichts zu berühren. Er war voller Abscheu über die Puppen, über das ganze Theater. Abscheu, der aus tiefstem Herzen kam. Es war ein eigentümlich irrationales Gefühl, kein Gefühl, das er erwartet hätte, und auch keines, dem er näher auf den Grund gehen wollte. Er wollte nur hier raus, zurück in die Buchhandlung. Irgend etwas stimmte hier oben nicht, und dieser Umstand, der anfänglich nur Unbehagen hervorgerufen hatte, erfüllte ihn jetzt mit einem irrationalen, abgrundtiefen Abscheu.

Er hastete aus dem Theater hinaus und weiter den Flur entlang, und als er schließlich die Treppe am anderen Ende erreicht hatte, rannte er förmlich. Er hetzte die Treppe hinunter, nahm mit jedem Schritt mehrere Stufen, und als er endlich unten angelangt war, knallte er die Tür hinter sich zu und sperrte mit zitternden Händen ab. Er wollte erst den Finger waschen, andererseits aber auch keine Minute länger in der Buchhandlung bleiben – nicht allein, nicht mit diesem Raum da oben –, und deshalb schaltete er also, anstatt in die Toilette zu gehen, schnell das restliche Licht im Laden aus und verriegelte gewissenhaft die Tür beim Hinausgehen.

Er blieb einen Augenblick lang vor der Buchhandlung auf der Straße stehen – der Schweiß rann ihm herab, und er atmete schwer – und blickte an dem langen Gebäude hoch. Er hatte bis jetzt nie bemerkt, daß die Geschäfte sich alle in einem einzigen Gebäude befanden – ihre Fassaden waren alle so unterschiedlich –, und er wäre nie von allein dahintergekommen, daß das Gebäude ein Obergeschoß hatte. Aber jetzt, wo er es wußte, konnte er die geschickt angeordneten Mauerpartien erkennen, wo im Obergeschoß einmal Fenster gewesen waren. Er fing bei der Buchhandlung an zu zählen, um herauszubekommen, hinter welchem zugemauerten Fenster sich das Theater verbarg, gab es aber gleich wieder auf. Er wollte es doch nicht wissen.

Fröstelnd hastete er um das Gebäude herum zum Parkplatz, wo er seinen Wagen abgestellt hatte.

Als er fünf Minuten später zu Hause angekommen war, ging er sofort ins Bad, um den Finger abzuwischen. Er schrubbte seine Haut erst mit Seife und dann mit Scheuermittel, aber das schleimige Gefühl wollte nicht weggehen. Er öffnete das Medizinschränkchen, holte eine Schachtel mit Heftpflaster heraus und wickelte sich ein paar davon um den Finger. Jetzt fühlte er sich schon etwas besser.

»Putnam!« rief seine Mutter aus der Küche. »Bist du das? Bist du zu Hause?«

»Jaaa!« rief er zurück. »Ich bin zu Hause!« Seine Stimme kam ihm irgendwie anders vor, leiser, obwohl er schrie.

»Dann mach dich zum Essen fertig!«

Er trat in den Flur. »Was gibt's denn?«

Seine Mutter reckte den Kopf aus der Küche. »Hühnchen und überbackene Zucchini.«

Zucchini.

Er riß die Augen auf. Vor seinem inneren Auge sah er, wie seine Mutter das kürbisartige Gewächs streichelte, ihm eine Perücke aufsetzte, Augen herausschnitt, eine Nase, einen Mund. Er sah sie über den Flur hinweg an. Sein Herz setzte einen Schlag aus. Sah sie ihn nicht irgendwie eigenartig an? War das Argwohn, was er hinter ihrem Lächeln bemerkte?

Er sah weg. Das war Wahnsinn. Das war verrückt. Trotzdem stellte er fest, daß er Angst hatte, seiner Mutter in die Küche zu folgen, Angst, er würde auf der Theke neben dem Spülbecken eine jener Puppen aus dem Theater vorfinden.

Er atmete tief durch und bemühte sich, die Hände am Zittern zu hindern. Was war das für ein Theater? Was waren diese Puppen, und weshalb beunruhigte ihn deren Existenz so? Und wie kam es, daß die andere Gestalt, die auf dem Sessel, nicht dieselbe Wirkung auf ihn ausübte? Ihm kam es sogar so vor, daß er ein seltsames Gefühl des Wohlbehagens empfand, wo er jetzt an diese sitzende Gestalt dachte, an jene ausgestopften Kleider in dem Sessel und an den der Tür zugewandten Perückenmacherkopf.

»Putnam! Hol deine Schwester! Wir wollen essen!«

»Okay, Mama!« Seine Stimme klang jetzt wieder besser, lauter, normaler. Er ging ins Wohnzimmer, wo Jenny auf dem Teppich vor dem Fernseher saß.

Neben ihr auf dem Boden lag eine der Kürbispuppen, ihr Gemüsegesicht vom krausen, schwarzen Haar eingerahmt, ihr übergroßer Mund zu einem ständigen, unnatürlichen Lächeln erstarrt.

Putnams Herz machte einen Satz. »Was machst du damit?« wollte er wissen. Er packte die Puppe und hob sie auf, drückte zu. Er spürte die warme, schleimige Matschigkeit zwischen seinen Händen und ließ die Figur sofort fallen, trat mit beiden Füßen darauf, zerquetschte sie.

Jenny starrte ihn entsetzt an und brach dann in Tränen aus. »Du hast sie umgebracht!« schrie sie.

Er sah auf das zerstörte Gebilde unter seinem Fuß hinab. Es war ein kleines Mädchen aus Plastik mit pummeligen Backen und platinblondem Haar. Ein in Massen produziertes Spielzeug, sonst nichts.

Jenny weinte beharrlich. »Warum hast du meine Dolly umgebracht?«

Er versuchte zu schlucken, versuchte etwas zu sagen, aber der Mund blieb ihm offen stehen, und weder Speichel noch Worte wollten sich einstellen. Er eilte durch den Flur zurück ins Badezimmer und schaffte es nur mit Mühe bis zur Toilette, wo er sich schließlich übergab.

Am nächsten Tag war er krank, so richtig krank, er simulierte nicht. Als er Mr. Carr anrief, um dem alten Mann zu sagen, daß er nicht kommen könne, war da am anderen Ende der Leitung nur Schweigen.

Er räusperte sich. »Morgen komme ich wahrscheinlich wieder«, sagte er.

Mr. Carrs Stimme war nur ein Hauchen. »Sie sind da hinaufgegangen, nicht wahr? Sie haben das Theater gesehen.«

Er wollte erst lügen, wollte nichts sagen, aber dann sah er auf die Pflaster an seinem Finger und hörte wie aus der Ferne, daß er flüsterte: »Ja.«

Wieder Schweigen. »Die können nicht herunterkommen«, sagte Mr. Carr schließlich. »Sie können nie und nimmer herunterkommen.«

Putnam schüttelte den Kopf, obwohl der alte Mann ihn nicht sehen konnte. »Ich kann nicht …«, sagte er.

»Ich habe Ihnen doch gesagt, daß Sie da nicht hinaufgehen sollen.«

»Ich schicke Ihnen die Schlüssel. Ich ... ich kann nicht wiederkommen.«

»Das werden Sie aber«, sagte Mr. Carr mit trauriger Stimme.

»Nein.« Putnam spürte, wie ihm die Tränen in die Augen stiegen.

»Doch, das werden Sie.«

»Nein.« Jetzt weinte er ungehemmt, die Tränen rannen ihm über die Wangen. »Nein.«

»Doch«, sagte Mr. Carr leise.

Putnam legte den Hörer auf, ließ ihn aber nicht los, sondern nahm ihn wieder auf. »Ja«, flüsterte er dem Freizeichen zu, das aus dem Hörer kam.

Die Buchhandlung war der einzige Ort, wo er nicht an das Theater denken mußte, an die Puppen. Zu Hause, beim Einkaufen, auf der Straße – nirgends sonst konnte er die Bilder loswerden. Er befürchtete beständig, daß eine der Figuren oder ihre Artgenossen auftauchten, auch wenn sich das nie bewahrheitete. Er rechnete unablässig damit, daß die kleinen scheußlichen Figuren ihn in Autos, hinter Büschen, in Badezimmern, auf Regalen überraschten.

Wenn er aber morgens zur Arbeit kam, dann war es, als hätte man einen Schalter in seinem Kopf umgelegt und den Gedanken und Bildern so jeden Zugang zu seiner Vorstellung verwehrt. In dem Augenblick, in dem er durch die Ladentür schritt, konnte er normal funktionieren, war wieder wie sein altes Ich, konnte an die Vergangenheit, die Gegenwart und die Zukunft denken, ohne daß sich das Hirngespinst jener ... Dinge ... dazwischenschob.

Er sprach nie mit Mr. Carr über das, was er gesehen hatte, und der alte Mann erwähnte das Geschehene mit keinem Wort.

Putnam kam der Gedanke, daß alles vorhergeplant, vorbestimmt gewesen sei, daß die Dinge sich so entwickeln sollten und sich gar nicht anders hätten entwickeln können. In diesem Gedankenspiel war ihm vorbestimmt, in der Buchhandlung angestellt zu werden, war ihm vorbestimmt, die Tür zu entdecken, und vorbestimmt, sich ins Obergeschoß zu schleichen.

Vorbestimmt, das Theater zu sehen.

Er zwang sich, an etwas anderes zu denken. Diese Gedankengänge machten ihm Angst. Dem Theater und seinen Bewohnern solche Macht zuzuschreiben, zuzugeben, daß sie in der Welt außerhalb jener Treppe irgendeine Bedeutung oder einen Widerschein hatten, hieß doch nur, daß alles das, was er sein ganzes Leben lang gedacht und an was er geglaubt hatte, nicht mehr als bequeme, beruhigende Lügen gewesen waren.

Er redete sich ein, daß alles Zufall gewesen war. Pech.

Er versuchte zumindest, es zu glauben.

Zu Hause blieb alles beim Alten. Seine Mutter interessierte sich weiterhin nur für Politik und ihre Karriere. Seine Schwester interessierte sich weiterhin nur für ihre Spielsachen und das Fernsehen.

Er fing an, Spaziergänge durch sein Wohnviertel zu machen und allein in der Stadt herumzufahren. Beides machte ihm angst, aber er dachte, daß das vielleicht genau der Grund war, weshalb er es tat.

Eines Abends ging er in den Spirituosenladen an der Ecke Eighth und Center vorbei, als ihn ein haariger, bärtiger Mann ansprach, ihn an der Schulter packte und dabei verstört die Straße hinauf und hinunter sah. Der Mann trug eine schmutzige Anzugjacke und eine nicht dazugehörige Hose. Er roch nach Schweiß, Erbrochenem und abgestandenem Alkohol. Die schiefen Zähne zeigten sich in den unterschiedlichsten Gelbtönen.

»Wo ist Bro?« wollte der Mann wissen.

»Wer ist Bro?«

»Mein Hund, Mann! Bro ist mein Hund! Ihn gesehen?«

Putnam schüttelte den Kopf und löste sich von dem Mann, trat einen Schritt zurück. »Nein«, sagte er. »Ich glaube nicht. W-wie sieht er aus?«

Etwas veränderte sich, etwas in seiner Wahrnehmung, etwas im Gesicht des Mannes, etwas in der Luft, die ihn umgab.

Der Mann lächelte, und die verotteten Zähne in seinem Mund sahen plötzlich *unecht aus.*

»Er geht einem nur bis zur Wade«, sagte der Mann, und seine Stimme klang plötzlich nicht mehr hoch und hysterisch, sondern ruhig und tief und vernünftig. »Er ist orangerot und matschig und war einmal eine Süßkartoffel.«

Putnam taumelte zurück, hielt sich an der Tür des Spirituosenladens fest und spürte den Schrei in seiner Kehle aufsteigen.

»Hä?« sagte der Mann plötzlich wieder mit schriller Stimme. »Ein großes schwarzes Biest? Sieht aus wie ein Dobermann?«

»Nein!« schrie Putnam. »Ich habe Ihren Hund nie gesehen!«

Er rannte den ganzen Weg bis nach Hause.

Etwa eine Woche später pflanzte seine Mutter zwei neue Gemüsesorten in dem kleinen Gärtchen neben dem Haus an.

Sie pflanzte Kürbisse und Zuchini.

Mr. Carr wurde Putnam gegenüber noch kühler und distanzierter, als er das früher gewesen war, und brachte seine Verachtung deutlich zum Ausdruck. Das Verständnis, das er ihm gegenüber an jenem Tag kurzzeitig am Telefon gezeigt hatte, war dahin und allem Anschein nach auch vergessen. Er redete jetzt nur noch selten mit Putnam, und wenn er das tat, dann weil es unbedingt nötig war. Er sprach dann immer auf eine Art, die angewiderten Ekel ausdrückte. Der alte Mann schien es bewußt darauf anzulegen, ihn zu ärgern. Putnam hatte das Gefühl, daß Mr. Carr sich bemühte, ihn loszuwerden.

Er hatte den beunruhigenden Eindruck, daß der Besitzer der Buchhandlung auf eine seltsame Weise ihm gegenüber Eifersucht empfand.

Aber er war unfähig zu kündigen, so sehr es ihn auch häufig dazu drängte. Die Buchhandlung war für ihn die Hölle, und in ihm verspannte sich immer alles, wenn er zur Arbeit fuhr und zu dem versteckten Obergeschoß des Gebäudes aufblickte, aber der Laden bot ihm die einzige Zuflucht vor den quälenden Gedanken, die in seinem Kopf schwärten. Nur innerhalb jener Wände konnte er anstelle der Figuren auf der Bühne an die Puppe im Zuschauerraum denken.

Mr. Carr konnte mit ihm machen, was er wollte, Putnam mußte in dem Laden arbeiten.

Eines Sonntags ging Mr. Carr einmal nicht auf Bücherjagd. Er blieb im Laden, packte alte Kisten aus, verstaute ihren Inhalt auf den Regalen und überließ es Putnam, die Registrierkasse zu bedienen. Als es Mittag wurde, bemerkte Putnam, daß der alte Mann nicht mehr da war, in keinem der Gänge zwischen den Regalen, auch nicht in dem überdimensionierten Wandschrank, der als Lager diente, und auch nicht in der Toilette.

Das bedeutete, daß er sich nur an einem Ort befinden konnte.

Putnam erwog, zum Essen zu gehen, nach Hause oder zu McDonald's. Es gab einfach keinen logischen Grund dafür. Er wußte, daß Mr. Carr dort oben war, also würde er nichts Neues erfahren, wenn er zum Theater hinaufging. Er wollte eigentlich auch gar nicht gehen – bei der Vorstellung, diese Dinge wiederzusehen, wurde ihm richtiggehend schlecht.

Aber er ging dennoch.

Er holte die Taschenlampe unter der Theke hervor. Mr. Carr hatte die Tür in dem kleinen Mehrzweckraum unversperrt gelassen. Putnam schloß sie hinter sich und ging auf Zehenspitzen die Treppe hinauf. Im Flur bewegte er sich ganz leise, ganz darauf bedacht, kein Geräusch zu verursachen, und ging an den vielen leeren Eingängen vorbei, bis er schließlich den letzten erreicht hatte. Er war unruhig – das Herz schlug heftig, die Handflächen waren vom Schweiß so feucht, daß er die Taschenlampe nur mit Mühe halten konnte –, aber er holte tief Luft, schluckte und richtete dann den Lichtkegel der Taschenlampe in das Theater.

Auf Mr. Carr.

Der alte Mann saß auf dem Stuhl, der am weitesten von der Puppe entfernt stand. Er war nackt. Die Schuhe, das Hemd und die Hosen lagen auf dem staubigen Boden zu seinen Füßen.

Auf seinem Körper waren in verschiedenen Positionen und Posen die Puppen verteilt.

Putnam starrte das Bild an, das sich ihm bot. Der alte Mann mußte wissen, daß die Taschenlampe auf ihn gerichtet war, es schien ihm aber nichts auszumachen. Er berührte eine Figur auf seinem Schoß, dann eine andere auf seiner Schulter, bebte, während er mit den Fingern über deren schleimige Wangen strich, durch deren scheußliches, grobes Haar fuhr.

Er lächelte.

Putnam war immer noch voll Abscheu über das Theater, verabscheute die Puppen immer noch, war immer noch von irrationalem Unwillen und tiefstem Abscheu erfüllt. Aber zugleich empfand er auch irgendwie Neid auf Mr. Carr. Da war ein winziger Teil seiner selbst, ging ihm auf, der auch nackt sein, auch auf einem der Zuschauersessel sitzen und den Puppen nahesein wollte.

Er ließ die Taschenlampe fallen und rannte durch den Korridor zurück zur Treppe.

Er rannte hinunter und aus dem Laden hinaus.

Er ging nicht wieder zurück, und als seine Mutter ihm am nächsten Tag sagte, daß Mr. Carr angerufen und gebeten habe, daß er ihn in der Buchhandlung anrufen solle, sagte ihr Putnam, daß er für Mr. Carr nicht zu erreichen sei.

Aber er kehrte zwei Tage später doch wieder zu der Buchhandlung zurück. Er tat so, als wäre er ein Kunde, schlich sich hinein, während Mr. Carr an der Theke beschäftigt war und versteckte sich vor dem alten Mann zwischen den Bücherregalen. Als er ein paar Stunden später wieder wegging, von einem Ehepaar verdeckt, das gerade den Laden verließ, sah er, wie der Ladenbesitzer ihn anlächelte und dabei den Kopf schüttelte. Es war ein trauriges Lächeln. Während Putnam zu seinem Wagen eilte, schämte er sich und empfand Schuldgefühle.

Im Traum war er ein Bauer, und soweit er sehen konnte, meilenweit, nach allen Richtungen, dehnten sich vom Haus aus endlose Felder mit Kürbis.

Er brachte Mr. Carr an einem Sonntag um, nachdem die letzten Kunden gegangen waren und der Laden geschlossen worden war. Er erschlug den Besitzer der Buchhandlung mit einer übergroßen Zucchini, ließ das riesige, schwere Gemüse immer wieder und wieder und wieder auf den Kopf des gebrechlichen alten Mannes hinuntersausen, bis kein Gesicht mehr übrig war, sondern nur noch eine plattgedrückte, breiige Masse ohne erkennbare Züge, bis die Zucchini weich und formlos war.

Putnam stand über die reglose Gestalt des alten Mannes gebeugt da, sein Atem ging schwer, die Hände und Kleider waren mit Blut bespritzt. Er fühlte sich müde, fühlte sich wohl, aber zugleich war da ein Gefühl der Unvollständigkeit, das Gefühl fehlender Erfüllung. Er ging zwischen den Bücherregalen auf und ab, immer noch die Zucchini an sich gepreßt, schaffte es aber nicht, sich auf das fehlende Stück des Puzzlespiels zu konzentrieren. Dann landete sein Blick auf einer noch verschlossenen Schachtel mit Büchern, auf dem Teppichmesser, das auf dem Karton lag, und plötzlich war ihm alles klar.

Er machte sich daran, Bücher aus den Regalen zu reißen, sie aufzuklappen und die Seiten herauszufetzen, bis zu seinen Füßen ein kleiner Berg aus zerknülltem Papier lag. Er hastete zu der Stelle zurück, wo er Mr. Carr hatte liegen lassen, und zog dem alten Mann Schuhe und Socken, Hosen und Unterwäsche, Hemd und Unterhemd aus.

Er stopfte die Kleider mit Papier voll, band sie mit Bindfaden zusammen.

Dann griff er nach dem Messer und schnitzte die Zucchini so zu, daß sie einer menschlichen Gestalt ähnelte. Er schnitt ein Büschel von seinem eigenen Haar ab und klebte es mit Spucke und dem Blut des Ladenbesitzers auf die matschige Kopfhaut.

Seine beiden Vorhaben waren unvollendet – unzulängliche, unbefriedigende Versuche, sich künstlerisch zu betätigen. Aber mehr schaffte er in diesem Augenblick und unter diesen Umständen nicht, und er hoffte, daß es ausreichen würde. Er packte die kopflose, mit Papier vollgestopfte Puppe und die nackte, unfertige Figur und trug beides hinauf.

Im Theater legte er Mr. Carrs ausgestopfte Kleider auf den Stuhl neben der anderen Puppe und stellte die Figur auf die Bühne. Sein Abscheu hatte sich wieder eingestellt, war aber nicht mehr so stark wie früher, und unter seinem Widerwillen verbarg sich jetzt ein Verlangen. Er zog sich aus, faltete seine Kleider ordentlich zusammen und legte sie auf den Boden. Er stand einen Augenblick lang da und spürte, wie der seltsame, kalte Lufthauch seine nackte Haut umfächelte. Dann stieg er auf die Bühne. Er hob die Puppe auf, die er gemacht hatte, und dann auch ihre Artgenossen. Rücklings flach auf den staubigen Brettern liegend, stellte er die kleinen Figuren auf seinen Körper, stellte sie in theatralischen Posen auf und erbebte leicht über deren warme Schleimigkeit.

Die letzte Figur stellte er sich auf die Brust. Einen Augenblick lang geschah nichts. Dann, urplötzlich, war sein Abscheu verflogen, und an seine Stelle war etwas wie Zufriedenheit getreten. Er glaubte, in der Stille des Theaters, einen Gesang widerhallen zu hören.

Er wollte sich aufsetzen, wollte sehen, ob etwas geschah, aber er genoß das alles zu sehr, und deshalb blieb er reglos liegen. Der Gesang wurde lauter.

Er schloß die Augen, wartete.

Und auf einmal fingen die Puppen auf seinem Körper, der dort in der Dunkelheit lag, an, sich zu bewegen.

Thomas F. Monteleone

PROBEN

Tom Monteleones The Blood of the Lamb, *der Roman, mit dem er bekannt wurde, hat 1993 verdientermaßen den Stoker Award für den besten Roman erhalten. Anschließend schrieb er* Night of Broken Souls *und* The Resurrectionist. *Außerdem ist er durch seine frühen Science Fiction-Arbeiten bekannt geworden (er war also auch einer der Autoren, die mit großem Erfolg den Sprung von der SF zum Horror gewagt haben) und als Verleger von Borderlands Press, wo er als Herausgeber der ausgezeichneten Borderlands-Anthologien fungierte.*

»Proben« ist durch und durch eine Twilight Zone-*Story; wenn Rod Serling noch am Leben wäre, würde er sie sich sofort schnappen. Sie ist sogar in einem so hohen Maße eine* Twilight Zone-*Story, daß ich manchmal Mühe habe zu glauben, daß ich sie nicht als eine der Folgen dieser Fernsehserie gesehen habe. Alle Achtung, würde ich sagen – ein Beweis für Monteleones Fähigkeit.*

Dominic Kazan war überzeugt davon, daß er hier im Dunkeln nicht allein war.

Der Gedanke durchzuckte ihn wie ein Messerstich, so daß er krampfhaft nach dem Lichtschalter tastete. Wo war das verdammte Ding? Das Entsetzen stieg in ihm wie Galle hoch, aber er kämpfte dagegen an, und schließlich fand er den Schalter.

Das Foyer nahm im schwachen Licht sofort Gestalt an.

Es lag verlassen da, so wie auch die übrigen Räume des Barclay Theatre. Zuschauer, Schauspieler, Bühnenarbeiter – alle außer Dominic – waren schon vor Stunden weggegangen. Er wußte, daß er allein sein müßte. Er war Hausmeister und Nachtwächter des Barclay und an Einsamkeit gewöhnt, ja er empfand sie sogar als angenehm. Aber in den letzten paar Nächten hatte er das Gefühl nicht loswerden können, daß da in der Dunkelheit des großen Gebäudes etwas lauerte.

Etwas, das es anscheinend auf ihn abgesehen hatte.

Er arbeitete gern allein; er war fast sein ganzes Leben lang allein gewesen. Es machte ihm nichts aus, in fast völliger Dunkelheit zu arbeiten; er hatte ja auch den größten Teil seines Lebens in einer anderen Art von Dunkelheit verbracht.

Aber dieses Gefühl, nicht allein zu sein, fing an ihm lästig zu werden, machte ihm sogar angst. Und er wollte keine negativen Gefühle über das Barclay haben. Es war sein einziges echtes Zuhause, und der Job war sein ein und alles. Mit dem Zauber des Theaters intim zu sein, hatte etwas ganz Besonderes an sich – die Kulissen und Kostüme, die künstliche Welt der Bühnenbilder. Manchmal kam er absichtlich zu früh zur Arbeit, bloß um den Bühnenhelfern und Schauspielern bei ihrer ameisenhaften Emsigkeit zuzusehen und zu spüren, wie die Zauberwelt zum Leben erwachte.

Das Gefühl, daß etwas ihn verfolgte, hatte er schon sein ganzes Leben lang. Es war ein Ding ohne Verstand, ein Ding der Verzweiflung und des Scheiterns. Irgendwie holte es ihn immer ein und stürzte dann sein Leben ins Chaos. Er fragte sich, ob es ihm wohl wieder auf der Spur war.

Heute nacht. Wollte ihn wieder dazu bringen, daß er weglief.

Aber er war so müde, war es einfach müde wegzulaufen…

… weg von den zerbrechlichen Träumen seiner Kindheit, den Verletzungen des Heranwachsens und den Versäumnissen seiner Erwachsenenzeit. Sein Vater hatte immer behauptet, daß es nur zwei Arten von Menschen auf der Welt gab: Gewinner und Verlierer – und sein Sohn gehöre entschieden der zweiten Kategorie an.

Zweiunddreißig Jahre war er jetzt alt, und es sah so aus, als ob der alte Mann recht behalten hätte. Sein Leben war bereits ein einziges Flickwerk aus Schmerz und Niederlage. Nach einem kurzen Aufenthalt beim Militär war er zunächst durch das ganze Land gezogen und hatte alle möglichen Hilfsarbeiten angenommen. Geistlose Saisonarbeit auf den Ölfeldern von Lubbock, den Docks von Biloxi und den Fabriken in Birmingham. Zehn Jahre eines nomadenhaften Lebens und nomadenhaften Verlierens.

Als er noch einiges jünger gewesen war, hatte er sich verzweifelt zusammenzureimen versucht, weshalb für ihn nie etwas klappte. Dabei sah Dominic mit seinem dicken dunklen Haar und den hellen blauen Augen doch beinahe gut aus.

Und in geistiger Hinsicht war an ihm auch nichts auszusetzen gewesen. Er hatte eine Menge Comics und Bücher gelesen und nie die Samstagsmatinee im Kino verpaßt. Gelegentlich hatte er sich sogar ein Theaterstück angesehen, damals, als die im Fernsehen noch live gesendet wurden.

Aber nachdem er ein für alle mal von zu Hause weggegangen war, schien alles nur noch schlimmer zu werden. Nach zehn Jahren kam ihm allmählich der Gedanke, daß er vielleicht nach Hause zurückkehren und versuchen sollte, einen neuen Anfang zu machen. Der Brief, der ihn wissen ließ, daß sein Vater gestorben sei, lag jetzt fünf Jahre zurück, aber er war auch damals nicht nach Hause gegangen. Er hatte nicht einmal mit seiner Mutter Verbindung aufgenommen, was ihn seitdem auch belastete.

Die Erinnerungen und die Schuldgefühle nagten irgendwie ständig an ihm, und er hatte schließlich seinen Job auf den Ölfeldern aufgegeben und sich quer durch den Süden nach Osten »gearbeitet« – Louisiana, Mississippi, Alabama, Georgia.

Eines Abends saß er einmal in einer Kneipe außerhalb von Atlanta und trank dort Budweiser vom Faß, wo er mitbekam, wie ein gut gekleideter Typ neben ihm alles dransetzte, sich in trockenen Martinis zu ertränken. Sie waren miteinander ins Gespräch gekommen, so wie einsame Trinker das häufig tun. Der Typ war noch nicht so alt und im Beruf offensichtlich erfolgreich, jedenfalls wirkte er an der Bar dieser Kneipe völlig deplaziert.

Im Laufe ihres Gesprächs hatte Dominic erwähnt, daß er gerade auf dem Weg nach Hause sei, in seine Geburtsstadt. Der gut gekleidete Mann lachte und lallte dann etwas über Thomas Wolfe. Als Dominic fragte, was er damit meine, hatte der Mann gesagt: »Erinnern Sie sich nicht an den? Das ist der Typ, der gesagt hat: ›Man kann niemals wieder nach Hause zurückkehren‹, und dann hat er einen langen, schrecklich langweiligen Schmöker geschrieben, um das zu beweisen.«

Dominic hatte nicht begriffen, wovon der Mann da eigentlich geredet hatte, bis etwa um die Zeit, als er seine Heimatstadt erreichte. Es war eine große Stadt an der Ostküste, die sich aber während seiner Abwesenheit drastisch verändert hatte. Eine ganze Menge Wahrzeichen, an die er sich noch gut erinnerte, waren einfach verschwunden; die Straßen schienen ihm fremd und kalt.

Er mußte mehrere Tage lang Mut sammeln, um sich in sein altes Viertel zu trauen, seiner Mutter nach so vielen Jahren unter die Augen zu treten.

Als er schließlich so weit war und auch zur richtigen Straße gelangte, zur richtigen Adresse, da mußte er entdecken – daß das Haus *weg* war.

Die ganze Straße, einmal ein dicht zusammengedrängter, bedrückender Haufen von Mietskasernen, Reihenhäusern und Kellerläden, war einfach ausgelöscht worden. Eine Invasion, die sich beschönigend »Stadtentwicklung« nannte, hatte stattgefunden und all die Ziegelsteine und all den Mörtel und all die Erinnerungen zu Staub zermahlen.

Statt dessen stand dort jetzt ein monströses Gebäude – ein Monolith aus Glas und Stahl und Sichtbeton, der sich »Barclay Theatre« nannte. Zuerst empfand er das Gebäude als einen Eindringling, als ein stummes, schwergewichtiges Ding, das seine Vergangenheit völlig zerstört hatte, den Raum einnahm, wo einmal das kleine Haus seiner Eltern gestanden hatte. Vielleicht wußte dieser Thomas Wolfe doch, wovon er redete.

Nachdem er eine Weile darüber nachgedacht hatte, empfand er es jedoch als eine Ironie des Schicksals, daß es ausgerechnet ein Theater war, das seine Kindheitserinnerungen ausgelöscht hatte.

Und was für eine Ironie!

In den folgenden Tagen versuchte er, seine Mutter ausfindig zu machen, hatte aber keinen Erfolg. Sie war verschwunden, und irgendwie war er sogar froh darüber. Es wäre schwierig gewesen, ihr als ein Mann ohne Zukunft gegenüberzutreten, wo er doch jetzt sogar einer ohne Vergangenheit war. Ohne dafür einen besonderen Grund zu haben, beschloß er, in der Stadt zu bleiben, sich eine Arbeit als Tagelöhner zu suchen und voerst ein Zimmer beim YMCA zu beziehen.

Bis der Sommer kam, hatte Dominic noch keine Freunde gefunden, von einem festen Job war nicht zu reden und die Hoffnung, seine Mutter ausfindig zu machen, hatte er vollends aufgegeben. Er las Bücher, die er sich aus der Bibliothek lieh, ging in die Matineevorstellungen der Kinos und lebte allein und einsam mit seinen zerbrochenen Träumen. Gelegentlich schlenderte er durch sein altes Viertel, als würde er hoffen, das alte Haus noch ein letztes Mal wiederzusehen. Und bei jedem Besuch verweilte er in der Lichtpfütze einer Straßenlampe und starrte das Barclay an, das dort in majestätischer Eleganz stand.

Irgend etwas schien ihn zu dem Theater hinzuziehen, längst vergangene Wunschvorstellungen, die sich in einem versperrten Raum seines Bewußtseins regten. Und eines Tages, als er in der Zeitung eine Stellenanzeige des Theaters entdeckte, mit der ein Hausmeister/Nachtwächter gesucht wurde, machte er sich unverzüglich auf den Weg, um sich zu bewerben.

Man stellte ihn dort zunächst probeweise ein, aber diese Einschränkung störte Dominic nicht. Er achtete darauf, immer pünktlich zu sein und erledigte seine Arbeit mit großer Sorgfalt. Während die Wochen verstrichen, spürte er in seinem Herzen ein wachsendes Gefühl der Zuneigung für das Barclay; es wurde für ihn ein Zufluchtsort, der ihm Geborgenheit verhieß – ein Ort, wo er mit den alten Träumen leben konnte.

Als seine Tüchtigkeit mit einer Festanstellung und einer Gehaltserhöhung belohnt wurde, machte ihn das richtig glücklich. Er kam jetzt immer häufiger früher zu seiner Abendschicht, um sich noch die laufenden Produktionen anzusehen, und machte sich zunehmend den Theaterjargon der Bühnenarbeiter, Schauspieler und Regisseure zu eigen. Die Traumlandschaften des Theaters wurden für ihn zur Wirklichkeit, und er nahm Anteil an den großen Tragödien und lachte über witzige Komödien.

Aber am besten gefiel ihm die Zeit spät in der Nacht, wenn die Menschen alle gegangen waren. Er ging dann in den Zuschauersaal und lauschte, wie die Scheinwerfer knackend abkühlten, während er über die Vorstellung des Abends nachsann – verglich sie mit vorangegangenen Abenden und damit, was seiner Ansicht nach die Intention des Bühnenschriftstellers gewesen war. Zum ersten Mal in seinem Leben war er rundum glücklich.

Aber dann änderte sich auf einmal etwas. Dieses Gefühl, nicht allein zu sein, wuchs aus dem Schatten heraus, wurde von Mal zu Mal stärker…

… bis zu diesem bewußten Abend, wo er das Gefühl hatte, es nicht länger ertragen zu können. Eine leise Stimme in seinem Bewußtsein drängte ihn wegzulaufen, um nie wieder an diesen Ort zurückzukehren.

Nein, dachte er, um sich zu beruhigen. Nicht wieder weglaufen. Nie wieder.

Über seinem Kopf hing drohend der freitragende Balkon wie der Hammer eines Riesen, jederzeit bereit, auf ihn herunterzusausen. Er trat weiter in den Zuschauersaal und lauschte in die Dunkelheit hinein. Der Mittelgang strebte auf die Bühne zu, wo der Vorhang beiseite geschoben war und den Blick auf die Kulissen des gegenwärtigen Stückes frei gab. Dominic schob eine der Kehrmaschinen langsam über den dicken Teppich und bemerkte, wie wahrhaft dunkel das Theater war. Das Licht über dem Ausgang schien nur schwach zu leuchten, wie in weiter Ferne. Sitzreihe um Sitzreihe umgaben ihn wie eine Herde breitschultriger Kreaturen, die sich im Schatten zusammendrängten.

Das ganze Theater schien ihn wie ein gewaltiges Gewölbe einzuschließen, eine dunkle, hohle Grabstätte. Er wußte, daß da etwas war, das auf ihn lauerte. In seinem Magen kochte es säuerlich, seine Kehle fühlte sich wie mit Kalk verkrustet an.

Er wandte den Blick von den leeren Sitzen ab und der Bühne zu. Er stellte fest, daß sich dort etwas verändert hatte. Irgend etwas stimmte nicht.

Die Kulisse für die augenblickliche Produktion stellte Nick's Place dar – einen Saloon in San Francisco, wie er in Saroyans *The Time of Your Life* beschrieben ist. Aber die Kulisse war nicht mehr da. Irgendwie hatte man die Bühne über Nacht verändert. Das war eigentlich unmöglich, wie Dominic wußte, und doch konnte er die Umrisse einer völlig anderen Kulisse erkennen, während er da in die Finsternis starrte.

Er trat näher, und seine Augen gewöhnten sich allmählich an das schwache Licht, das die Lampen über den Ausgängen warfen, und jetzt konnte er auch Einzelheiten der Kulisse erkennen – ein schäbiges Wohnzimmer mit grauen Wänden und einer Kochnische auf der rechten Seite.

Unförmige grüne Sessel mit Deckchen auf den Armlehnen, eine Couch mit einem braun und silbern gestreiften Bezug, Tischchen mit Glasplatten und ein Mahagoni-Likörschränkchen mit einem winzigen Emerson-Fernseher darauf.

Es war ein armseliges, schlichtes Zimmer.

Ein vertrautes Zimmer.

Einen Augenblick lang schauderte Dominic bei seinem Gedanken. Das konnte einfach nicht *sein!* Es war nicht möglich. Und doch erkannte er das Zimmer bis in die kleinsten Einzelheiten. Als ob der Kulissenbauer sich in Dominics persönliche Erinnerungen versetzt hätte, war die Kulisse ein perfektes Abbild seines Elternhauses. Des Hauses, das einmal an der Stelle gestanden hatte, wo jetzt das Theater stand. Und während Dominic noch ungläubig und benommen auf das Bild starrte, das sich ihm da bot, konnte er sehen, daß an der Kulisse nichts Träumerisches oder Unscharfes war. Er stand vor etwas mit harten Kanten, etwas Greifbarem, etwas Wirklichem, etwas, was nicht durch die Linse der Erinnerung verzerrt war.

Unwillkürlich trat er noch näher heran, und plötzlich flammte die Bühnenbeleuchtung auf. Die Kulissen verloren ihre Grautöne und erwachten zu voller Farbe. Ein seltsam schwellendes Gefühl füllte Dominics Brust, beinahe schmerzhaft. Der Schmerz vieler Jahre und vieler Empfindungen. Der Gedanke, daß da jemand vielleicht einen üblen, grausamen Scherz mit ihm trieb, schoß ihm durch den Kopf, und er drehte sich um und warf einen Blick auf die Beleuchterkabine über dem Balkon. Aber die lag verlassen und dunkel da.

Er hörte, wie sich eine Tür öffnete und zuckte zusammen.

Er drehte sich schnell wieder zur Bühne um und sah, wie eine Frau in einem türkisfarbenen Hauskleid und mit beigen Pantoffeln an den Füßen von links die Bühne betrat.

Sie hatte ein rundliches, fast plumpes Gesicht. Die Augen waren ohne jeglichen Glanz. Ihr ganzes Wesen vermittelte den Eindruck großer Müdigkeit.

Dominic spürte, wie ihm die Tränen in die Augen traten und es ihm eng ums Herz wurde. Wie benommen sah er – seine *Mutter*.

»Mama! Mama, was machst du hier? He, Mama!«

Sie schien ihn nicht zu hören, statt dessen fing sie jetzt mit mechanischen Bewegungen an, Papierservietten auf dem einfachen Tisch auszulegen. Steingutteller und schmuckloses Besteck. Dominic rannte zum Bühnenrand und rief ihr zu, aber sie beachtete ihn gar nicht. Es dämmerte ihm, daß sie ihn weder sehen noch hören konnte – als wären sie durch Dimensionen voneinander getrennt, als würde er alles durch einen einseitigen Spiegel sehen.

Was zum Teufel spielte sich hier ab?

Dominic rang mit dem schieren Wahnsinn, der da ablief, und versuchte dieser Halluzination Herr zu werden, aber die Halluzination ging unbeirrt weiter.

Die Tür in der Bühnenmitte flog auf, und sein Vater betrat die Kulisse.

Als er den Mann sah, verkrampfte sich Dominics Herz wie eine zupackende Faust und ließ ihn taumeln. Sein Vater war tot! Und doch stand er da in der Tür, schweißbedeckt und schmutzig. An der Haltung seines Alten, an der Art und Weise, wie er die Tür hinter sich zuwarf, war etwas Trotziges. Er trug ölverschmierte Khakihosen und ein kariertes Flanellhemd. In der einen Hand trug er eine zerbeulte Proviantbüchse, auf der in Schablonenschrift KAZAN stand, in der anderen die Abendzeitung.

Sein Vater ließ die Büchse auf den Küchentisch fallen, flegelte sich einfach in seinen Lieblingssessel und schlug die Zeitung auf. Falls er die Anwesenheit seiner Frau irgendwie zur Kenntnis genommen hatte, war Dominic das jedenfalls entgangen. Die Szene hatte irgendwie etwas Surreales an sich – suggerierte mehr, als hier tatsächlich ablief. Er spürte, daß das Geschehen für alle ähnlich verlaufenen im Leben seiner Eltern stand, für das Immergleiche während gut zwanzig Jahren.

Dominic kämpfte gegen die flutartig auf ihn einstürmenden Gefühle an und versuchte sich auf die Bilder auf der Bühne zu konzentrieren. Er war überrascht, wie nichtssagend seine Mutter eigentlich wirkte – keineswegs die hübsche Frau seiner Erinnerungen, und wieviel kleiner und weniger imposant sein Vater doch zu sein schien. Da hatte wohl wieder die Konvexlinse der Erinnerung ihren Zauber gewirkt.

Plötzlich ging die Tür auf der linken Bühnenseite auf, und ein kleiner, erschreckend magerer Junge, der vielleicht neun Jahre alt sein mochte, trat ein. Der Junge hatte große Ohren, strahlend blaue Augen und mit Pomade festgeklebtes dunkles Haar. Mit Verblüffung stellte Dominic fest, daß der Junge er *selbst* war.

Ihm war nie bewußt gewesen, wie zerbrechlich und seltsam er als Kind ausgesehen hatte; er zuckte zusammen, als der Junge mit schriller Stimme zu reden anhob:

JUNGE

Hallo, Papa!

Der Junge ging auf den Sessel seines Vaters zu und hielt dabei einen Stapel Blätter in der Hand.

JUNGE *(weiter)*
Schau, was ich und Beezie tun werden …!

Schweigen. Das Gesicht seines Vaters blieb hinter der Zeitung versteckt.

MUTTER
Joseph, der Junge redet mit dir.

Äh! Was will er?!

Der Vater ließ die Zeitung auf den Schoß sinken, und starrte seinen Sohn mit geradezu feindseliger Miene an.

JUNGE
Papa, guck mal, Beezie und ich werden Regie in einem Theaterstück führen! Und wir werden von jedem Kind, das zum Zugucken kommt, zehn Cent nehmen.
(reicht seinem Vater ein paar Blätter)
Ich hab schon ein paar Zeichnungen, dafür gemacht…
Guck, das ist das Haus von Schneewittchen und…

VATER
Theaterstück? Schneewittchen…? Das ist doch ein Märchen, oder?

JUNGE
Ja, wie der Walt-Disney-Film da und…

Der Vater lachte heiser.

VATER
Ein Märchen, das ist doch was für Schwule!
(er fegt die Zeichnungen mit der Hand weg und verstreut sie über den Boden)
Das ist nichts für einen Jungen! Theaterstücke sind für Schwule… willst du eine *Schwuchtel* werden, Junge?

JUNGE
Aber Papa, das wird ein tolles Stück und…

VATER
Paß auf, jetzt nimm den ganzen Scheiß und schaff ihn hier weg. Ich will nichts mehr was davon hören. Du solltest jetzt draußen sein und lieber Ball spielen… statt dich mit so einem Schwulenzeugs abzugeben!

Dominic stand im Mittelgang und spürte, wie sich alles um ihn herum zu drehen begann. Wie gut er sich doch an jenen Abend erinnerte! Sein Vater hatte ihn an jenem Abend dermaßen fertiggemacht, daß er schließlich die Idee aufgegeben hatte, mit seinem Freund ein Stück aufzuführen. An jenem Abend war etwas in ihm zerbrochen.

Eine plötzliche Aufwallung von Zorn durchfuhr ihn, als er die Erinnerung in sich heraufbeschwor und daran dachte, was geschehen war, nachdem er angefangen hatte, seine Zeichnungen aufzuheben.

Oben auf der Bühne beugte sich sein jüngeres Ich gerade vor und griff nach den verstreuten Papieren.

Dominic trat näher an die Bühne und rief: »Paß auf! Laß ihn nicht an die Zeichnungen heran ... er wird sie zerreißen!«

Der magere, dunkelhaarige Junge hielt inne und drehte den Kopf in die Dunkelheit des Zuschauersaals, als würde er lauschen. Seine Mutter und sein Vater hatten ganz offenkundig nichts gehört und schienen einen Augenblick lang in der Zeit angehalten zu sein.

JUNGE

(sieht zu Dominic hinunter)
Was hast du gesagt?

»Dad wird deine Zeichnungen zerreißen ... wenn du es nicht verhinderst«, sagte Dominic. »Also heb sie jetzt schnell auf. Und dann sag ihm, was du denkst, was du *empfindest*.«

JUNGE

Wer bist du?

Dominic schluckte und zwang sich dann mit klarer, ruhiger Stimme zu sprechen. »Du weißt, wer ich bin ...«

JUNGE

(lächelt)
Yeah, ich glaube schon ...

Der Junge wandte sich wieder der Bühne zu und sammelte schnell alle Zeichnungen auf, während sein Vater versuchte, sie ihm mit seinen großen Händen wegzuschnappen.

JUNGE

Nein! Laß das! Laß mich in *Ruhe!*

VATER

(von den Worten des Jungen ein wenig verblüfft)

Was hast du denn vor? Willst du zu einem Weichling heranwachsen? Baseball magst du wohl nicht, was? Zu hart für dich, hä?

Der Junge drückte sich die Papiere an die Brust, hielt kurz inne, um in die Dunkelheit zu Dominic hinauszusehen, und sah dann wieder seinen Vater an. Der Atem des Jungen ging schwer, er hatte sichtlich Angst, aber zugleich ließ die Art und Weise, wie er dastand und seinen Vater anstarrte, auch neue Kraft erkennen. Er war kurz davor loszuschluchzen, zwang sich aber, klar und deutlich zu sprechen.

JUNGE

Doch, ich mag Baseball schon. Aber das hier mag ich auch. Und … und mir ist egal, ob es dir nicht gefällt. Denn mir gefällt es! Und das ist das einzig Wichtige!

Der Junge rannte hinaus und drückte dabei seine Zeichnungen an sich. Sein Vater starrte ihm einen Augenblick lang verdutzt nach und wandte sich dann wieder der Zeitung zu, tat so, als hätte ihn der kleine Wortwechsel kalt gelassen. Seine Mutter stand am Tisch und hatte einen geschlagenen, freudlosen Blick aufgesetzt.

Die Bühnenbeleuchtung verlosch allmählich und ließ alles in Dunkelheit verschwimmen. Dominic riß die Augen weit auf, als die Gestalten seiner Eltern zu Phantomen in der Dunkelheit wurden, undeutlich, körperlos.

Noch ein kurzes Blinzeln, und sie waren verschwunden. Langsam verwandelte sich die Kulisse wieder in Nick's Place.

Dominic entrang sich ein lautloser Schrei, aber es war zu spät. Die Erscheinung, oder was auch immer es gewesen war, war verschwunden.

Er setzte sich auf einen der Zuschauerplätze und ließ langsam die Luft aus sich heraus. Er rieb sich die Augen und spürte dabei einen dünnen Schweißfilm auf seinem Gesicht. Das Herz schlug laut und schwer. Was zum Teufel hatte sich da vor ihm abgespielt?

Er war völlig wach gewesen und doch fühlte er sich, als ob er gerade aus einer Trance erwacht wäre. Er kam sich wie verrückt vor, aber er wußte, daß er nicht geträumt hatte. Andernfalls wäre ja sein ganzes bisheriges Leben ein Alptraum gewesen.

Es war ihm alles so echt vorgekommen. Und wie deutlich ihm jetzt das Beziehungsgeflecht seiner Familie vor Augen trat! Er wunderte sich, daß er nicht schon als Kind erkannt hatte, wie die Dinge wirklich lagen. Aber möglicherweise hatte er es ja damals doch gewußt ...

Kinder nehmen die Dinge auf einer anderen Ebene als Erwachsene wahr.

Als Kind ist man noch nicht so weit, sich Verteidigungsmechanismen und vernünftige Gründe für alle die beschissenen Dinge zu basteln, die in der Welt passieren. Kinder nehmen alles so, wie es ist, machen sich nichts vor. Erst später fangen wir dann an, uns selbst etwas vorzumachen.

Dominic stand auf und sah sich im Zuschauersaal um, als ihn plötzlich ein unheimliches Empfinden überspülte. Es kam ihm vor, als wäre er der einzige Mensch, der auf der Welt zurückgeblieben war. Er fühlte sich so völlig allein. Es war ihm irgendwie klar, daß es an der Zeit war, diesen Ort zu verlassen. Er mußte versuchen, all den Schmerz zu vergessen – geht es denn im Leben nicht genau darum? –, durfte sich nicht in ihm suhlen.

Er ging zum Foyer zurück, schlüpfte durch eine Seitentür und folgte dann dem langen Gang zu seinem Büro. Er schaltete das Licht aus, schloß ab und machte sich auf den Weg zum Hintereingang. Gerade als er die Feuertür erreicht hatte, hörte er im Schatten hinter sich Schritte. Er fuhr herum und sah einen kleinen, gebückten schwarzen Mann, der einen Besen in der Hand hielt.

»'n Abend, Mr. Kazan …«, sagte dieser.

»Oh, hallo, Sam«, sagte Dominic. »Mach's gut. Gute Nacht.«

Er schob die Tür, die zum Parkplatz ging, auf und ließ den alten Hausmeister allein in dem Gebäude zurück.

Als Dominic Kazan am nächsten Morgen aufwachte, fühlte er sich irgendwie *verändert*, aber es wollte ihm nichts einfallen, womit er dieses Gefühl hätte erklären können. Er hatte keine Erinnerung an das Erlebnis der vergangenen Nacht, da war bloß eine nagende Frage im Hintergrund seines Bewußtseins. Er mußte da von irgendeiner verrückten Sache geträumt haben, aber irgendwie ließ ihm das keine Ruhe.

Bevor er an diesem Nachmittag zum Barclay hinunterging, suchte Dominic das Städtische Verwaltungsgebäude auf, um mit ein paar Leuten vom Archiv der Stadtplanung zu sprechen. Sie waren so kooperativ, wie das Bürokraten überhaupt möglich ist, und nach mehr als zwei Stunden des Bohrens und Nachhakens stieß Dominic schließlich auf ein paar interessante Fakten.

An jenem Abend ging Dominic nach der Vorstellung zunächst seinen Pflichten nach. Als Bühnenmanager mußte er dafür sorgen, daß alle Requisiten für die nächste Vorstellung an Ort und Stelle waren, daß die Kulisse bereitstanden, und daß in der Technikerkabine sämtliche Einsatzlisten für Licht und Ton in der richtigen Reihenfolge vorlagen. Er arbeitete langsam und bedächtig und konnte es kaum erwarten, daß das übrige Personal das große Gebäude endlich verließ. Als das geschehen war, betrat Dominic den Zuschauersaal, ging den Mittelgang hinunter und setzte sich in die erste Reihe der Orchesterplätze. Schweigen lag über dem Saal, als er die Augen schloß und seinen Gedanken freien Lauf ließ. Was er im Stadtarchiv entdeckt hatte, ging ihm immer wieder durch den Kopf – das Proszenium des Barclay befand sich an genau der Stelle, wo früher einmal das Haus seiner Eltern mitten in dem alten Viertel gestanden hatte.

Dominic schlug langsam die Augen auf und beobachtete angespannt die Bühne. Wie auf Stichwort flammten die Lichter auf und füllten die Kulisse mit harter Beleuchtung. Auf einmal empfand er, im Gegensatz zur freudigen Erwartung bisher, ebensoviel Furcht. Er hatte das Gefühl, daß er im Begriff war, eine lang erwartete Reise anzutreten.

Dominic blickte auf und sah, wie das vertraute Wohnzimmer sich unter der Bühnenbeleuchtung erwärmte…

Die Tür ging auf, und sein Vater trat ins Zimmer. Er trug seine übliche Arbeitskleidung, hatte eine Abendzeitung unter dem Arm und hielt seine Proviantbüchse in der Hand. Sonst ein breitschultriger Mann mit schnellen Bewegungen, ein Mann, der Energie und Kraft ausstrahlte, wirkte Joseph Kazan heute gebeugt und seltsam niedergeschlagen.

VATER

Louisa! Louisa, wo bist du?

Er bekam nicht gleich Antwort, zuckte deshalb die Achseln und ließ sich auf seinem Lieblingssessel nieder. Er faltete die Zeitung auseinander, warf sie dann aber angewidert auf den Boden. Eine Tür auf der linken Seite öffnete sich, und Dominics Mutter, mit einem Geschirrtuch in der Hand, kam herein.

MUTTER

Joseph? Wieso kommst du schon so früh nach Hause?

Joseph sah sie an, Zorn spielte in seinen Augen, die Lippen waren etwas verzerrt. Plötzlich schien der Ärger aus ihm herauszufließen. Er wandte den Blick von seiner Frau und sprach sichtlich mit einiger Anstrengung.

VATER

Die haben uns heute wieder entlassen… Ich habe den Vorarbeiter angeschrien. Nachdem er uns gesagt hat, daß wir morgen früh nicht zu kommen brauchen, bin ich einfach weggegangen.

Seine Mutter blickte gequält.

MUTTER

Daß die das immer unmittelbar vor Weihnachten tun müssen? Das ist ungerecht.

VATER

Ich muß schnell was anderes finden. Wie sollen wir sonst unsere Rechnungen bezahlen. Obwohl, um diese Jahreszeit stellt keiner wen ein ... diese Schweine!

Seine Mutter trat neben den Sessel seines Vaters, legte ihm die Hand auf die Schulter.

MUTTER

Na ja, früher haben wir es auch geschafft ... dann schaffen wir's jetzt auch wieder.

Joseph schüttelte den Kopf und schlug sich abwesend aufs Bein.

VATER

Was bin ich doch für ein Ehemann! Ein Mann sollte schließlich für seine Familie sorgen können! Und zwar besser als ich das tu!

Die Tür in der Bühnenmitte öffnete sich, und eine jugendliche Ausgabe von Dominic trat ein. Er trug einen Stapel Bücher unter dem einen Arm und seinen Anorak unter dem anderen.

JUNGE

Hallo, Mama ... hi, Dad, wieso bist du heute schon so früh zu Hause?

VATER

(ignoriert die Frage)
Wo warst du?

JUNGE

Wir hatten nach der Schule noch Proben. Sind gerade fertig geworden.
(zu seiner Mutter)
Kann ich einen Apfel haben oder so was, Mama?

VATER

Was für Proben denn? Wohl wieder so 'n Schauspiel?

JUNGE

Ach Dad, du weißt doch, daß ich in der Schule ein Stück für den Einakter-Wettbewerb geschrieben hab. Ich hab selbst eins geschrieben, schon vergessen?

Sein Vater schüttelte langsam den Kopf, wischte sich sichtlich gereizt über den Mund und sah dann seine Mutter an.

VATER

Ich mach mir Sorgen, wie ich das Geld für die Familie verdiene, und der schreibt so Zeug für Schwuchteln!

Dominics Mutter legte wieder die Hand auf die Schulter ihres Mannes.

MUTTER

Joseph, bitte laß es nicht an ihm aus ...

JUNGE

Genau, Dad. Über das »Zeug« haben wir ja schon ausgiebig geredet, oder?

Dominics Vater schoß wortlos aus seinem Sessel in die Höhe und versetzte dem Teenager blitzschnell eine Ohrfeige. Der Schlag war so heftig, daß der Junge gegen die Wand taumelte und dann benommen und mit glasigen Augen davontorkelte.

Kannst schon noch mehr haben! Verdammter Klugschei-
ßer! So wirst du nicht mit deinem Vater reden ... *niemals!*

Seine Mutter kümmerte sich um ihren verletzten Sohn.

MUTTER

Du hättest ihn nicht schlagen sollen.

VATER

Laß die Finger von ihm, verdammt! Doppelt so fest hätte
ich zuschlagen sollen! Er hat keine Achtung vor seinem
Vater. In seinem Alter sollte er wie ein *Mann* arbeiten. Er
sollte seine Familie unterstützen!

Der Jugendliche sah seinen Vater mit entsetzten Augen an. Er
schien hilflos zu sein, zwang sich aber zu sprechen.

JUNGE

Was willst du von mir? Was hab ich je getan, um dich zu
verletzen?

VATER
(mit weibischer Stimme)
Was hab ich je getan, um dich zu verletzen?

Sein Vater grinste über seine Fopperei und holte dann aus, als
wollte er erneut zuschlagen, bloß um zu sehen, wie der Junge
zusammenzuckte.

VATER *(weiter)*

Ich verrate dir, was du getan hast ... du hast dich nicht
wie ein Mann verhalten! Und das tut mehr weh als alles
andere. Aber damit ist jetzt Schluß. Von heute an wirst du
ein Mann sein.

JUNGE

Was meinst du damit?

VATER

Du wirst arbeiten.

JUNGE

Aber ich habe doch schon einen Job …

VATER

Ha! Zeitungen austragen nennst du einen Job? Ich rede von einem *richtigen* Job. Du sollst *richtiges* Geld verdienen! Es wird langsam Zeit, daß du deine Mutter und mich unterstützt.

JUNGE

Und was ist mit der Schule?

Sein Vater lachte und starrte ihn dann herausfordernd an.

VATER

Was mit der Schule ist? Du bist alt genug, um runterzugehen … also wirst du das auch tun! Ich mußte schon in der fünften Klasse von der Schule runter! Du glaubst wohl, daß du was Besseres bist?

JUNGE

Aber Dad, ich will nicht mit der Schule aufhören. Nicht *jetzt.*

VATER

Sag du mir nicht, was du »nicht kannst« oder was du »nicht willst«, das ist mir nämlich scheißegal! Du machst, was ich dir sage, weil ich nämlich dein Vater bin! Die Schule da setzt dir bloß allen möglichen dämlichen Scheiß in den Kopf …

JUNGE

Dad, du willst doch nicht …

Halt den Mund und mach, was ich dir sag, sonst hau ich
dir noch mal eine runter!

Dominic hatte die Szene mit morbider Faszination und wach-
sendem Zorn beobachtet. Ihm schien jetzt alles so viel klarer –
wie die Dinge in seiner Familie liefen. Er durfte nicht zulassen, daß sein jüngeres Ich dem Wüten eines geschlagenen, ge-
demütigten Mannes unterlag.

Unwillkürlich stand er auf und rief seiner jüngeren Version
zu: »He! Sag ihm, er soll die Hände von dir lassen! Und sag
ihm, wenn er es noch einmal versucht … wird er es bereuen!«

Wie beim letzten Mal schienen weder sein Vater noch seine
Mutter Dominic gehört zu haben. Aber der Junge reagierte so-
fort. Er wandte sich dem Bühnenrand zu und spähte in die
Dunkelheit.

JUNGE

Was hast du gesagt? Bist das wieder du?

»Ja«, sagte Dominic heiser. »Das bin ich … und jetzt sag ihm,
was ich dir gesagt habe. Sag ihm, was du denkst. Was du *wirklich* denkst.«

Dominic sah, wie der Junge nickte und sich wieder seinem
Vater zuwandte. Die Spannung, die in der Luft lag, wirkte wie
die Elektrizität, die man kurz vor einem Gewitter spüren kann.

JUNGE

Du darfst mich nicht mehr so schlagen.

Der Junge stand da und schien neue Kraft auszustrahlen.

VATER

Was?

JUNGE

Du darfst mich nicht schlagen – bloß weil dir danach ist.
Ich habe nichts Unrechtes getan, und ich bin es einfach

766

leid, daß du immer so tust, als ob ich was Schlechtes getan hätte.

Ich hau dir eine runter, wann ich ...

Nein! Nein, das wirst du nicht! Weil ich das nicht zulasse!

Sein Vater lächelte und verlagerte das Gewicht von einem Fuß auf den anderen, ließ die Arme herunterhängen, als wollte er gleich Boxerhaltung einnehmen.

Also, was soll denn das jetzt? Wirst wohl plötzlich *männlich*, hä? Was ist?

Ich hör nicht mit der Schule auf. Und du kannst mich auch nicht dazu zwingen. Ich habe in meinem Leben Dinge vor, die ich nicht tun kann, wenn ich von der Schule runtergehe.

Sein Vater sah ihn schweigend an, und allmählich breitete sich der Ausdruck großer Verwirrung in seinem Gesicht aus.

Es gibt da Dinge, die ich tun will ... Dinge, die du *nie* tun kannst.

Was soll das jetzt wieder heißen?

Du mußt das endlich einsehen, Dad. Ich werde mich nicht für das Leben irgendeines anderen verantwortlich machen lassen ... nur mein eigenes zählt. Und ganz spe-

ziell nicht für deins. Ich kann das Leben, das du lebst, einfach nicht leben, ich muß *meines* leben.

VATER

(guckt verwirrt, unsicher)
Hör zu, du kleiner Scheiß…

JUNGE

Nein, Dad, ich glaube, jetzt ist es an der Zeit, daß *du*
zuhörst. Und wenn's das erste Mal in deinem Leben ist.

Der Junge drehte sich um, ging zu der Tür in der Bühnenmitte
und öffnete sie.

JUNGE *(weiter)*

Ich geh jetzt eine Weile weg.

Er verließ die Bühne und ließ seinen Vater einfach stehen:
stumm und seiner ganzen Macht entblößt.

Dominic ließ sich auf seinen Sitz zurückfallen. Die Bühne
wurde schnell dunkel, und die Gestalten und Kulissen lösten
sich im Schatten auf.

Im nächsten Augenblick war die Kulisse verschwunden. Er
fühlte sich angespannt und wie starr, und in den Ohren hatte er
ein leises Brausen, so wie wenn man sich eine Muschel ans Ohr
hält. Er hatte das Gefühl, als wäre er gerade aus einem Traum
erwacht. Aber er wußte, daß es kein Traum gewesen war.

Eine Erinnerung?

Vielleicht. Aber wie er so in der Dunkelheit dasaß, hatte er
das Gefühl, überhaupt keine Erinnerungen zu haben. Daß die
Szene, deren Zeuge er gerade geworden war, ein losgelöster
Augenblick war, ein frei dahintreibendes, stets existierendes
Stück des Zeitstroms. Ein Augenblick außerhalb der Zeit.

Was *geschieht* da mit mir? Der Gedanke fraß sich in ihn hinein wie Säure und hinterließ in ihm ein unbestimmtes Gefühl
des Entsetzens. Er stand auf, wußte, daß er hier weg mußte.
Dominic ging den Gang hinauf zum Foyer und sah sich kein
einziges Mal nach der dunklen Bühne um.

Das Licht im Foyer tat ihm gut, und er fühlte sich sofort wohler. Die Ängste und die unsinnigen Gedanken begannen bereits zu verblassen. Jetzt ist alles gut. Am besten, er ging jetzt nach Hause. Als er auf den Ausgang zuging, hörte er ein Geräusch und blieb stehen. Eine Tür öffnete sich.

»Mr. Kazan!« sagte eine vertraute Stimme. »Was machen Sie denn noch hier?«

Dominic drehte sich um und sah Bob Yeager, den Bühnenmanager des Barclay, in der Tür von dessen Büro stehen.

»Oh, hallo, Bob, ich wollte ... ich hab mir gerade noch was angesehen. Wollte gerade gehen.«

Yeager rieb sich über den Bart und grinste. »Das zittrige Gefühl am Premierenabend, was? Ja, das kann ich gut verstehen.«

Dominic lächelte etwas unsicher. »Ja, der erste Abend ist immer der schlimmste ...«

»He, es war ganz großartig, Mr. Kazan. Wirklich.«

»So?«

Yeager nickte und lächelte dabei.

»Dann werde ich Ihnen das wohl glauben müssen«, sagte Dominic. »Also, ich glaube, ich geh jetzt lieber nach Hause. Gute Nacht.«

Nachdem er in seiner Wohnung angekommen war, stellte er, als er gerade zu Bett gehen wollte, fest, daß er nicht einschlafen konnte. Da nagte etwas an ihm, versuchte ihm einzureden, daß etwas nicht in Ordnung war, daß etwas in seinem Leben außer Tritt geraten war, aber er konnte es nicht festnageln. Nachdem er sich eine Tasse Pulverkaffee gemacht hatte, ging er in sein Arbeitszimmer, wo ihn auf einem großen, unordentlichen Schreibtisch eine Schreibmaschine und ein Stapel Manuskriptseiten erwarteten.

Er setzte sich und beschloß, noch ein bißchen an dem Stück zu arbeiten, das er schreiben wollte. Jeder Schauspieler bildet sich ein, er könne auch Stücke schreiben, stimmt's? Ein paar Ideen begannen zu fließen, und Dominic fing zu tippen an. Es wurde sehr spät, bis er schließlich ins Bett kam.

Die Vorstellung am nächsten Abend war besser gelaufen als bei der Premiere, aber da waren immer noch Schwächen gewesen. Dominic spielte die Rolle des Alan in Wilsons *Lemon Sky*, und obwohl der Regisseur mit Dominics Rollengestaltung zufrieden war, ging es ihm selbst nicht so. Er hatte schon vor langer Zeit gelernt, daß es nicht reicht, nur die Zuschauer zu befriedigen: Man selbst mußte zufrieden sein.

Er blieb in seiner Garderobe, trödelte etwas herum und ließ sich Zeit, während er darauf wartete, daß alle anderen gegangen waren. Die übrige Truppe wollte sich in ihrem Stammbistro treffen, um dort noch einen Happen zu essen und ein bißchen Wein zu trinken, aber Dominic hatte höflich abgelehnt. Für solche Dinge würde später noch genügend Zeit sein. Heute abend fühlte Dominic sich aber erst mal gezwungen, in den Theatersaal zurückzugehen, zurück in die leere Dunkelheit, dorthin, wo Karrieren gemacht oder zerstört wurden. Er wußte eigentlich nicht genau, weshalb er das Bedürfnis verspürte, noch dazubleiben. Aber da waren so Gefühle... oder genaugenommen Erinnerungen. Vielleicht waren es auch Träume... oder Erinnerungen an Träume. Oder...

Er war sich nicht sicher, was es war, aber davon überzeugt, daß die Antwort auf seine Fragen im dunklen Schatten des Zuschauerraums zu finden war.

Schließlich waren alle gegangen, und er verließ seine Garderobe, um zum Theatersaal zu gehen. Als er durch die Foyertür trat, sah er niemanden, nicht einmal Sam. Nirgends brannte Licht, bloß die grünen Leuchtbuchstaben über den Ausgängen. Als er den Mittelgang hinunterging, hatte er das Gefühl, eine verlassene Kathedrale zu betreten. Die Dunkelheit um ihn herum schien sich zu verdichten wie dicker Nebel, und er spürte, wie sich in ihm eine seltsame Benommenheit aufbaute. Als er tiefer in das weite Meer leerer Sitzreihen eindrang, konnte er undeutlich die Umrisse der Kulisse erkennen – ein modernes Haus in einem Vorort von El Cajon, Kalifornien.

Dann knisterten die Bühnenscheinwerfer, erwärmten sich und tauchten die Bühne in Licht und Leben. Die Umrisse, die jetzt Form und Farbe annahmen, waren wieder die Kulissen einer gequälten Kindheit.

Das schäbige Wohnzimmer, die Kochnische, abgetretene Teppiche und ausgebleichte Vorhänge.

Die Tür in der Bühnenmitte öffnete sich, und seine Mutter trat ein. Sie trug ein schlichtes Kostüm, ihr Haar zeigte silberne Strähnen und war hochtoupiert. Sie wirkte auf eine schlichte Art elegant. In seiner Erinnerung hatte seine Mutter nie so ausgesehen. Sie blickte sich im Zimmer um, als hätte sie erwartet, jemanden zu Hause vorzufinden.

MUTTER

Dominic, wo bist du? Dominic?

Sie schien verblüfft zu sein, schloß die Tür hinter sich und rief noch einmal seinen Namen. Dann wandte sie sich den Rampenlichtern zu und blickte über sie hinaus zu der Stelle, wo er wie gebannt stand.

MUTTER (weiter)

Oh, *da* bist du. Dominic, komm hier herauf! Komm zu mir …

Es war perplex, daß sie ihn sehen konnte, aber er spürte wie er darauf reagierte, als wäre er in das Geflecht eines Traums eingehüllt. Der Augenblick hatte etwas Unwirkliches an sich, löste ein Gefühl in ihm aus, das ihn dazu veranlaßte, keine Fragen zu stellen, sondern zu tun, wie ihm geheißen.

Also tat er es.

Er kletterte auf die Bühne, und als er unter die heißen Scheinwerfer trat, hatte er das Gefühl, als würde er eine Barriere passieren.

Es war jener Zauber, den jeder Schauspieler verspürt, wenn der Vorhang hochgeht und man nach vorn tritt. Aber diesmal war es auch noch irgendwie ganz anders …

DOMINIC

Wo ist Vater? Er war doch nicht dort, oder?

(wendet sich ab)

Nein, Dominic ... es tut mir leid. Ich weiß auch nicht, wo er ist. Er ist von der Arbeit nicht nach Hause gekommen.

Sie hielt inne, um ein Deckchen auf der Sofalehne geradezuziehen, und wandte sich dann wieder ihm zu.

MUTTER *(weiter)*

Dominic, es war einfach *wunderbar!* Ein so schönes Stück habe ich noch nie gesehen! Und wie großartig *du* erst warst! Ich bin so stolz auf dich, mein Junge!

Dominic lächelte, ging zu ihr und drückte sie an sich. Es war das erste Mal, soweit er sich erinnern konnte, daß er das nach langer, langer Zeit tat. Offene Zuneigung war bei ihm zu Hause eine Seltenheit gewesen, etwas, was man vermied, ja beinahe fürchtete.

DOMINIC

Danke, Mutter.

MUTTER

Ich habe immer gewußt, daß was aus dir wird. Ich habe immer gewußt, daß ich irgendwann einmal stolz auf dich sein kann.

DOMINIC

Wirklich?

Er ließ sie los, trat einen Schritt zurück und musterte seine Mutter scharf.

DOMINIC *(weiter)*

Warum hast du mir das dann nie gesagt, als ich noch klein war? Damals, als ich es wirklich gebraucht hätte.

Seine Mutter wandte sich ab und starrte ins Spülbecken.

MUTTER

Du würdest das nicht verstehen, Dominic. Du weißt nicht, wie oft ich etwas sagen wollte, aber ...

DOMINIC

Es lag an ihm, oder? Herrgott, Mutter, hattest du etwa solche Angst vor ihm, daß du einfach zugesehen hast, wie er deinen einzigen Sohn kaputtmacht?

MUTTER

Sprich nicht so, Dominic. Ich habe für dich gebetet ... bis tief in die Nacht hinein habe ich gebetet, damit du stärker wirst als ich, damit du ihm entgegentreten kannst. Ich habe alles getan, was ich *konnte*, Dominic ...

DOMINIC

Ich glaube, ich hätte mehr gebraucht als Gebete, Mutter ... egal, ich seh's ja ein. Tut mir leid, daß ich dich so angefahren hab.

Dann war das Geräusch eines Schlüssels zu hören, der sich in ein Schloß tastet. Das Klicken des Türknaufs klang laut und Unheil verheißend. Die Tür öffnete sich langsam und gab den Blick auf seinen Vater frei, der sich, offensichtlich betrunken, gegen den Türstock lehnte. Joseph Kazan torkelte auf die Bühne, allem Anschein nach, ohne zu bemerken, wer da sonst noch war. Er sank in seinen üblichen Sessel und starrte ins Leere.

DOMINIC

Wo warst du?

Sein Vater sah ihn mit einer Härte an, die gar nicht zu seinem glasigen Blick passen wollte.

VATER

Was zum Teufel geht das dich an?

773

DOMINIC

Du bist mein Vater. Es geht mich etwas an. Söhne sollen
sich um ihre Väter kümmern ... oder ist dir das neu?

VATER

(hustet)
Jetzt werd bloß nicht frech! Sonst steh ich auf und hau dir
eine runter!

DOMINIC

(lächelt betrübt)
Ist das die einzige Art, mit anderen umzugehen, die du
kennst? – Ihnen einfach ›eine runterzuhauen‹?

VATER

(lacht)
Ach, vergiß es! Du und dein hochgestochenes Gerede ... was weißt du denn davon, was ein richtiger Mann
ist?

DOMINIC

Vater, ich hatte gewollt, daß du heute abend dabei bist.
Du hast *gewußt,* daß ich dich dabeihaben wollte ... etwa
nicht?

Sein Vater sah ihn an, und sein Blick schien etwas weicher zu
werden. Dann sah Joseph Kazan beiseite und sprach mit leiser
Stimme.

VATER

Ja ... ja, ich hab's gewußt.

DOMINIC

Warum warst du dann nicht da? War es denn wirklich
wichtiger, in eines dieser Löcher zu kriechen, die du Bar
nennst, und dich vollaufen zu lassen? Hast du geglaubt,
alles würde sich auflösen, wenn du nur richtig betrunken
bist?! Was ...

VATER

Halt's Maul! Halt's Maul, oder ich hau dir eine runter!

Sein Vater hatte sich beide Hände über die Ohren gepreßt, wie um die Anwürfe ihm gegenüber nicht hören zu müssen.

DOMINIC

Nein, das glaube ich nicht. Ich glaube nicht, daß du jemandem ›eine runterhauen‹ wirst. Nie wieder wirst du das.

VATER

Das sind tapfere Worte für ein Weichei, wie du eins bist.

DOMINIC

Komm du mir bloß nicht von wegen ›tapfer‹. Warum bist du heute nicht in das Stück gekommen? *Mein* Stück! Das Stück deines *Sohnes!*

VATER

Was soll das?

DOMINIC

Vor was hattest du denn Angst, Vater? Daß vielleicht welche von deinen Kumpels dich sehen könnten? Dich dabei erwischen, wie du dir ein paar ›Schwuchteln‹ ansiehst?

VATER

Ha! Da, jetzt gibst du's sogar selber zu!

Dominics Mutter trat zwischen die beiden Männer.

MUTTER

O Gott, seht euch nur an! Soviel Zorn … soviel Haß. Bitte hört auf …!

Haß? Nein, Mutter, das ist es nicht. Fehlende Liebe vielleicht … aber Haß nicht. Das ist ein großer Unterschied.

VATER
(*sieht seinen Sohn an*)
Was zum Teufel weißt du denn schon davon?

DOMINIC
Ich glaube, das ist hier der Kern des Problems – in diesem Haus gibt es nicht genug Liebe. Gar keine Liebe gibt es hier. Keine Wärme … keine Liebe.

VATER
Scheiße, ich werd dir mal sagen, was Liebe ist! Ich hab fünfunddreißig Jahre für deine Mutter gearbeitet. Hart gearbeitet! Hat sie je arbeiten müssen, sich einen Job nehmen wie die Frauen von den anderen? Verdammte Scheiße, nein!

Sein Vater zitterte, während er das sagte, sein gerötetes Gesicht war aufgedunsen, und man konnte die Schweißperlen auf seiner Stirn schimmern sehen.

DOMINIC
Zur Liebe gehört mehr, als nur das, Vater. So wie Liebe zwischen dir und mir … Als ich ein Kind war, hast du dich da je hingesetzt und mit mir gespielt? Hast du mir da je Geschichten erzählt oder versucht, mich zum Lachen zu bringen? Oder bist du mit mir zum Angeln gegangen oder zum Drachensteigen? Haben wir je so etwas zusammen getan?

VATER
Ein Mann muß arbeiten!

DOMINIC
Hast du deine Arbeit wirklich *so sehr* geliebt?

Wie meinst du das?

DOMINIC

Hast du deine Arbeit mehr als mich geliebt?

VATER

(verwirrt, zornig)
Red keinen solchen Blödsinn!

DOMINIC

Das ist kein Blödsinn, Vater. Paß auf, als ich klein war –
und so ganz ohne Geschwister –, da war ich viel allein.
Manchmal hätte ich jemanden gebraucht, der mich lenkt,
der mir etwas beibringt.

VATER

Ich bin nie rumgezogen und erst nachts heimgekom-
men ... frag deine Mutter! Ich war immer da, jeden
Abend!

DOMINIC

(lächelt traurig)
Ja, das warst du, körperlich. Aber nie mit dem Gefühl,
verstehst du das nicht? Ich erinnere mich noch gut daran,
wie andere Kinder mit ihren Vätern alles mögliche unternommen haben, und ich erinnere mich, daß ich sie dafür
richtig *gehaßt* habe – weil sie etwas hatten, was mir verwehrt war. Das hat mir viel weher getan, als wenn du
mich mit deinem Gürtel geschlagen hast.

Sein Vater antwortete nichts darauf, sondern sah bloß in seinen Schoß, wo er, ohne sich dessen bewußt zu sein, die Hände
verkrampft ineinander verschlungen hatte.

MUTTER

Dominic, laß ihn doch in Ruhe. Wir trinken jetzt erst mal
eine Tasse Kaffee, und dann können wir ...

DOMINIC

Nein, Mutter. Wir wollen das zu Ende bringen. Alles soll raus. Das hat sich alles viel zu lange angestaut.
(*zu seinem Vater*)
Vater … weißt du, daß ich mich *nicht* daran erinnern kann, daß du mich je dazu ermutigt hättest, *irgend etwas* zu tun? Bloß all der Machoscheiß.

VATER

Was für Scheiß?

DOMINIC

Erinnerst du dich daran, daß ich mir das Geld vom Zeitungsaustragen gespart hab, um mir davon diese billige Gitarre zu kaufen?

VATER

Ja, und …?

DOMINIC

Wahrscheinlich hast du vergessen, wie du geschrien und gebrüllt hast, daß du dir Musikunterricht nicht leisten kannst und daß Musik sowieso bloß für ›Schwuchteln‹ ist?

VATER

Ich weiß nicht genau …

DOMINIC

Aber *ich* weiß es schon. Und als ich dir erzählt hab, daß ich es mir selbst beibringen will, hast du nur gelacht, erinnerst du dich?

VATER

Habe ich das?

DOMINIC

Ja, und ich kann dir gar nicht sagen, wie mir dabei zumute war. Das war wie ein Stich ins Herz. Das ganze verdammte Geschrei darum.

VATER

Wer hat denn auch schon je davon gehört, daß sich jemand selbst beibringt, wie man Musik spielt? Das ist doch verrückt!

DOMINIC

Ja, mag sein … aber ich *habe* es mir schließlich selbst beigebracht, oder etwa nicht? Und ich habe in einer Band gespielt. Jedenfalls bis zu der Nacht, wo ich einmal spät von einer Tanzveranstaltung nach Hause gekommen bin und wo du hinter der Tür auf mich gewartet hast – erinnerst du dich daran, Vater? An die Nacht, wo du meine Gitarre über dem Spülbecken zertrümmert hast?

Sein Vater wandte den Blick von ihm ab. Er wirkte jetzt richtig betreten.

DOMINIC *(weiter)*

Und so ging es in meinem Leben immer, Vater; ich habe *trotz* dem, was du getan hast, interessante Dinge getan. Oder vielleicht sollte ich sagen, Dinge, die du *nicht* getan hast!

VATER

Das ist alles gequirlte Scheiße.

DOMINIC

(schüttelt den Kopf)

Ich wollte, das wäre so. Wirklich. Aber es ist alles wahr, Vater. Alles wahr.

VATER

Warum hältst du nicht einfach den Mund?!

DOMINIC

Weil ich noch nicht fertig bin. Was ist denn, mach ich dir etwa angst? Bedrohe ich dich etwa? Ich glaube, das war immer das eigentliche Problem – du hast es nie

779

gemocht, daß dein Junge mit den großen Augen ein
ganz natürliches Interesse für die Welt an den Tag legt,
oder?

VATER

(klingt jetzt müde)
Du faselst schwachsinniges Zeug.

DOMINIC

Dann versuch doch mal folgendes zu begreifen: Du hast
dich nicht nur durch deinen Sohn bedroht gefühlt, sondern praktisch durch *jeden*. Durch jeden, den du für intel-
ligenter gehalten hast oder für gebildeter oder der mehr
Geld hatte … Du konntest immer abfällig über die alle reden, war es nicht so?

VATER

Nein, also das stimmt jetzt wirklich nicht!

DOMINIC

Warte! Laß mich ausreden. Und dann wachst du eines
Morgens auf und begreifst, daß dein eigener, versponne-
ner Sohn sich nicht zu einem biertrinkenden Macho entwickelt, und da hast du dann aufgegeben, oder?

VATER

Wie meinst du das?

DOMINIC

Ich meine, als du erkannt hast, daß dein eigener Sohn
ganz anders werden würde als du – aber ganz ähnlich all
den Leuten, die du gefürchtet und deshalb verabscheut
hast –, da hast du aufgehört, diesem seltsamen Sohn ein
Vater sein zu wollen.

VATER

Was habe ich?

DOMINIC

Hast du denn nie gespürt, daß ich bloß ein bißchen Anerkennung wollte? Etwas Liebe?

VATER

Du hörst dich an, wie wenn du die Weisheit für dich gepachtet hättest ... Für wen hältst du dich eigentlich – für einen Doktor oder so was?

DOMINIC
(grinst)
Nein. Nicht für einen ›Doktor‹... bloß für einen Sohn. Und ich hab die Weisheit nicht für mich gepachtet, aber ich versuche wenigstens, mir auf alles einen Reim zu machen. Du hast das noch nicht mal versucht!

Sein Vater starrte ihn an und versuchte etwas zu sagen, aber es wollten sich keine Worte einstellen. Die Unterlippe zitterte ihm leicht.

DOMINIC

Verstehst du nicht, warum ich dir das alles erzähle? Verstehst du nicht, was ich dir sagen will?

Sein Vater schüttelte schnell den Kopf und brachte dann nur ein einziges Wort heraus.

VATER

Nein ...

DOMINIC

Ich weiß nicht, was ich sonst noch sagen könnte. Weiß nicht, wie ich dir das sonst klarmachen soll ... außer indem ich es dir einfach sage, Vater. Ich weiß nicht, warum, aber nach all den Jahren und all dem erlittenen Schmerz weiß ich, daß ich dich immer noch lieb hab, weil ich nämlich nicht anders kann.

Er trat näher an seinen Vater heran und sah ihm in die Augen, suchte nach einem Funken des Verständnisses.

DOMINIC *(weiter)*
Ich habe dich lieb, Vater.
(Pause)
Und ich muß das auch von dir hören.

Vater und Sohn sahen einander längere Zeit stumm an. Dominic konnte spüren, wie sich über der Bühne eine große Kraft aufbaute. Dann sah er, wie seinem Vater die Tränen in die Augen traten.

VATER
(tritt vor)
O Dominic...

Sein Vater zog ihn in seine Arme, drückte ihn an sich. Einen Augenblick lang spreizte Dominic sich dagegen, aber dann gab er nach und ließ sich von seinem Vater umarmen.

VATER
Mein Sohn... was ist mit uns passiert?
(Pause)
Ich... hab dich lieb!
Ich habe dich wirklich lieb!

Dominic spürte, wie die breite Brust seines Vaters gegen die seine drückte, und war sich sehr bewußt, was für ein eigenartiges Gefühl das war. Plötzlich war da ein lautes Brausen in seinen Ohren, und er fühlte sich plötzlich desorientiert, von Schrecken erfüllt. Sein Vater hatte jetzt die Umarmung gelockert. Dominic trat einen Schritt zurück und sah in das Gesicht des Mannes.

Nur undeutlich war ihm bewußt, wie die Bühnenlichter schnell verblaßten, aber im letzten Licht sah er, daß da nicht länger sein Vater vor ihm stand. Er starrte jetzt in das Gesicht eines Fremden.

Eines Schauspielers.

Das brausende Geräusch hatte sich jetzt in etwas Erkennbares verwandelt. Dominic drehte sich um und blickte in den zum Bersten gefüllten Zuschauerraum – ein Meer von Menschen, die aufgesprungen waren und wie wild applaudierten.

Dann schloß sich der Vorhang, trennte ihn von ihnen, von dem Strom der Bewunderung.

Er war sich seiner beiden Schauspielerkollegen nur halb bewußt – denen, die seinen Vater und seine Mutter dargestellt hatten –, wie sie jetzt links und rechts neben ihn traten und nach seinen Händen griffen.

Die Beleuchtung flammte wieder auf. Der Vorhang hob sich wieder. Die Zuschauer setzten ihren tosenden Applaus fort, und plötzlich verstand er.

Von Wärme durchflutet und einem ganz besonderen Gefühl der Dankbarkeit trat Dominic Kazan vor, um sich zu verbeugen.

Finale

Dennis L. McKiernan

DUNKELHEIT

Ich kenne Dennis McKiernan noch aus der Zeit, als er noch nichts veröffentlicht hatte. Irgendwie kann ich sogar behaupten, auch wenn es einem nicht gut ansteht, mit so etwas zu prahlen, daß ich es war, der ihn entdeckt hat, eine Tatsache, auf die ich sehr stolz bin.

Was ich allerdings nicht behaupten kann, ist, daß ich für seine Begabung irgend etwas könnte, eine Begabung, die in den achtziger und neunziger Jahren hauptsächlich im Fantasy-Bereich aufblühte, wo er sich mächtig hervorgetan hat. Seine Heldengeschichten bewegen sich in der Tradition eines J. R. R. Tolkien, dennoch hat er sich dieses Genre mit Büchern wie Dragon Doom, The Iron Tower Trilogy *(seltsamerweise aus drei Büchern bestehend) und* The Silver Call Duology *(bestehend aus, Sie haben es erraten, zwei Büchern) zu eigen gemacht.*

Für dieses Buch hat er eine eigenständige Geschichte hervorgebracht; wenn die von Tom Monteleone wie eine Folge für Twilight Zone *ist, dann ist dies hier eine für die* Night Gallery *– eine Serling-hafte Geschichte mit einem Spritzer Farbe, obwohl sie sich mit dem Unterschied von Hell und Dunkel befaßt.*

So bildet »Dunkelheit« eine sehr hübsche »Duologie« mit der Monteleone Geschichte.

> *Es ist immer dunkel,*
> *Das Licht verbirgt nur die Dunkelheit.*
> DANIEL KIAN MCKIERNAN

Das Taxi fuhr durch das offene schmiedeeiserne Tor und dann eine lange, gewundene Einfahrt hinauf, zu deren beiden Seiten Trauerweiden in der kühlen Dunkelheit aufragten. Harlow Winton beugte sich auf dem Rücksitz vor, um besser sehen zu können.

Wow ...!

Der Mond warf sein Licht auf den Schnee und den gestutzten Ziergarten, und auch das Eis auf dem künstlich angelegten Teich schimmerte in seinem Glanz. Am Ufer des winzigen Sees stand ein kleines Aussichtstürmchen, dessen achteckiges Dach jetzt mit Schnee bedeckt war. Weiter vorn stand das Haus, das Herrschaftshaus: weiß, zweistöckig und elegant.

Zwanzig, fünfundzwanzig Zimmer, mindestens. Vielleicht eines für jedes meiner Lebensjahre.

Als das Taxi in die kreisförmige Auffahrt einbog und dann anhielt, konnte Harlow einen Mann sehen, der an der Tür stand und sich die Hand über die Augen hielt, um sie vor den grellen Scheinwerferlichtern zu schützen. Er trug ein paar glitzernde Schlüssel in seiner behandschuhten Hand.

Harlow stieg aus. »Mister Maxon?«

Der große, silberhaarige Mann trat auf der breiten Stufe vor der Tür vor, zog einen Handschuh aus und streckte ihm die Hand hin. Sein Lächeln zeigte eckige Zähne, und er sagte: »Mister Winton, vermute ich.« Die beiden Männer schüttelten sich die Hand. Maxons Händedruck war kalt.

Der Taxifahrer stemmte einen billigen Koffer aus dem Kofferraum und stellte ihn auf die breite Eingangsschwelle. »Das wären dann sechzehn Dollar.«

»Setzen Sie es einfach auf die Rechnung, Roddy«, sagte Maxon.

Der Fahrer tippte sich an den Mützenschild und ging zum Taxi zurück.

Als der Wagen wegfuhr, ließ Maxon die Schlüssel klingeln und sagte leise: »Also, gehen wir es an«, und wandte sich dann zur Tür.

Harlow hob seinen Kunstlederkoffer auf und folgte Maxon, trat in dem Augenblick unter der Tür durch, als dieser einen Schalter umlegte. Mit einem schwachen Summen durchflutete Licht im ganzen Haus das Foyer und die Räume dahinter, im Parterre wie im Obergeschoß. »Heilige ...!« Harlow setzte seinen Koffer ab und kniff die Augen zusammen, so grell war das Licht. Er sah Maxon an: Der Anwalt wirkte in diesem Licht blaß und teigig, fast leichenhaft.

»Ihr Großonkel, dessen letzter Abkömmling Sie in der Ahnenreihe sind, war ein äußerst eigentümlicher Mann, Mr. Winton.«

»Ja, aber das viele Licht. Seine Stromrechnung muß gewaltig gewesen sein.«

»Er kann es sich leisten, oder besser gesagt, konnte.« Maxon schloß die Tür und schlüpfte aus dem Mantel. »Und Sie können es sich auch leisten, wenn Sie es so beibehalten wollen. Ich persönlich, wenn es mir gehören würde, würde die vielen Lichter abschaffen und das Haus wieder in einen Ort des eleganten Komforts verwandeln, was Sie sich ebenfalls leisten könnten. Genaugenommen gibt es nicht viel, was Sie sich nicht leisten könnten, zumindest innerhalb vernünftiger Grenzen. Es gilt nur ein einziges Faktum im Testament Ihres Onkels zu bedenken – die Festlegung, daß der oder die Verwandte, die das Erbe antreten, in diesem Haus wohnen müssen oder alles verlieren: Vermögen, Haus, alles.«

Harlow grinste. »Kein Problem. Aber Herrgott, all die Lichter. Können wir nicht ein paar ausschalten?«

Maxon schüttelte den Kopf. »Leider nein. Sie sind entweder alle an oder alle aus.«

Harlow hob eine Augenbraue. »Und dieser eine Schalter, der kontrolliert sie alle.«

»Tatsächlich tut das sogar jeder Schalter im Haus. So wie ich das verstehe, führt jeder einzelne zu einem Hauptschalter, und die Lichter gehen alle zusammen aus oder an. Relaisgesteuert, wie man so etwas wohl nennt. Irgendwo gibt es auch noch eine Fernbedienung, mit der man es auch machen kann, das Licht ein- und ausschalten, meine ich.«

»Wie eine Fernbedienung beim Fernseher?«

Maxon nickte. »Kommen Sie, geben Sie mir Ihren Anorak, und dann machen wir einen Rundgang.«

Harlow schälte sich aus seinem Anorak und reichte ihn Maxon, worauf der Anwalt die Tür zu einem hell beleuchteten Wandschrank im Foyer öffnete.

Harlow riß die Augen auf. »Selbst die Wandschränke?«

»Selbst die«, sagte Maxon und hängte die beiden Kleidungsstücke hinein. Er schickte sich an, nach dem Koffer zu greifen, aber Harlow sagte: »Nein, nein. Lassen Sie nur«, und stellte ihn selbst in den Schrank. Maxon sah den lebhaften jungen Mann an, grinste und sagte: »So, und jetzt die Führung.«

Jeder Raum, jede noch so kleine Kammer in dem Haus wurde von Lichtpaneelen beleuchtet, die an den Wänden und Decken angebracht waren. Alle Räume waren spärlich möbliert, und das wenige Mobiliar bestand zumindest aus geformtem Glas oder klarem Plastik oder Plexiglas oder dergleichen, das konnte Harlow nicht unterscheiden. Und wo immer Möbel standen, die nicht aus durchsichtigem Material waren, hatte man Paneele in den Boden eingelassen, die den Raum darunter beleuchteten. Selbst unter dem hohen, riesigen Himmelbett gab es Leuchtpaneele. »Kein Platz für Ungeheuer«, sagte Harlow, als er letzteres sah. »Und die Wandschränke sind auch ungeheuerfrei.«

Als sie durch das Erdgeschoß gingen, fragte Harlow: »Ist das ganze Haus so?«

Maxon nickte und führte ihn in die Küche, wo die Schränke innen von Leuchtpaneelen erhellt waren, obwohl die Regalbretter und Türen der Möbel aus klarem Glas bestanden, ebenso wie das Geschirr, das sie enthielten. Viele Küchenutensilien waren durchsichtig und lagen in ihren beleuchteten Schubladen. Und sämtliche Küchengeräte waren von innen und außen beleuchtet.

»Du meine Güte«, sagte Harlow.

»Ja, in der Tat«, sagte Maxon und öffnete die Tür zu der hell beleuchteten Garage. Dort stand ein großer dieselbetriebener Stromgenerator – ein japanisches Fabrikat –, dessen Abgase durch ein klares Plastikrohr nach draußen geführt wurden. Der Apparat stand stumm, aber einsatzbereit da. Daneben stand ein BMW, zu dem ein Starkstromkabel von der Wand führte und dessen Inneres hell erleuchtet war.

»Selbst der Wagen?«

Wieder nickte Maxon. »Im Kofferraum sind eine Anzahl Batterien – mit einem Ladegerät, um die Leuchtpaneele im Wagen mit Strom zu versorgen.«

Handschuhfach, Kofferraum, unter den Sitzen, im Inneren

des Armaturenbretts, unter der Motorhaube: alles strahlend hell erleuchtet.

Harlow runzelte die Stirn. »Mit soviel Licht im Wagen, wie hat er da genug gesehen, um nachts fahren zu können?«

»Ist er gar nicht«, erwiderte Maxon. »Er ist nachts nicht ausgegangen; aber er wollte bereit sein, für alle Fälle.«

»Wofür?«

Maxon zuckte die Achseln. »Für den Fall, daß er das mußte, nehme ich an.«

»War er immer so? Also, ich habe ja gar nichts über ihn gewußt – ich wußte nicht einmal, daß ich einen Großonkel habe, bevor Sie mit mir Verbindung aufgenommen haben.«

»Gut, daß ich Sie gefunden habe«, sagte Maxon. »Andernfalls hätte der Staat Massachusetts alles bekommen – wenn ich Sie nicht aufgestöbert hätte.«

»Nun, ich bin froh, daß Sie das haben. Aber ich frage noch einmal: War er immer so?«

»Nein. Als er jünger war, etwa in Ihrem Alter, ist er durch die ganze Welt gereist: Afrika, Indien, Tibet, den Orient, den australischen Busch, die Pampas, wo auch immer – er hat alles gesehen. Aber dann, ganz plötzlich, wie es scheint, hat er damit aufgehört. Sich in diesem Haus verkrochen. Arbeiter engagiert, um die Veränderungen vorzunehmen, um überall Licht anzubringen. Ein Leuchtfeuer in der Dunkelheit sozusagen. Die Nachbarn nennen es auch den ›Leuchtturm‹.«

Nachdem sie in die Küche zurückgekehrt waren, seufzte Harlow. »Ja, Leuchtturm; es gibt in dem ganzen Haus nirgends einen Schatten. Hatte er Angst vor der Dunkelheit?«

»Vielleicht«, sagte Maxon, der jetzt durch den breiten Flur ins Foyer ging. »Wie ich schon sagte, er ist nachts nie aus dem Haus gegangen.«

Harlow sah sich um. »Ich frage mich, was er bei Stromausfall gemacht hätte?«

Während Maxon den Garderobenschrank öffnete und seinen Mantel holte, sagte er: »Nun, nichts. Wenn der Strom ausfallen sollte, schalten die Lichter auf bereitstehende Batterien um; und dann springt das Notstromaggregat in der Garage ein.«

»Oh.« Harlow brachte Maxon zur Tür. Als der Anwalt ins Freie trat, in die schneebedeckte Novembernacht, fragte Harlow: »Übrigens, wie ist er eigentlich gestorben?«

»Sein Herz hat versagt. Die Haushälterin hat ihn im Fernsehraum gefunden; vermutlich ist es beim Fernsehen passiert.«

Harlow deutete mit dem Daumen nach hinten. »In dem grellen Licht?«

Maxon zuckte leicht die Achseln.

»Hm«, sagte Harlow. »Na, egal. Zu schade, daß ich ihn nicht gekannt habe. Vielleicht hätte ich ihn gemocht.«

»Ja, vielleicht hätten Sie das. Er ist dort hinten auf der Familienparzelle begraben.« Maxon sah auf die Uhr. »So, jetzt muß ich aber weiter. Ich komme morgen abend noch einmal vorbei, dann gehen wir die Besitztümer durch und richten Ihre Bank- und Aktienkonten ein und was sonst noch alles notwendig ist.«

»Äh, könnten wir das nicht im Tageslicht erledigen statt bei diesem grellen Licht?«

»Tut mir leid, Mr. Winton, ich habe leider vor morgen abend keine Zeit.«

»Oh, wenn das so ist, dann eben morgen abend. Hatten Sie eine bestimmte Zeit ins Auge gefaßt?«

»Sagen wir acht?«

»Soll mir recht sein.«

»Ach, noch etwas«, sagte Maxon und griff unter seinen Mantel, »die hier gehören jetzt Ihnen.« Er reichte Harlow die Schlüssel. »So, dann werde ich jetzt gehen. Ich wünsche Ihnen eine angenehme Nacht.«

»Moment, wie kommen Sie eigentlich dort hin, wo Sie jetzt hin müssen?«

»Es ist nicht weit, und ich brauche etwas Bewegung«, sagte Maxon.

Harlow sah dem Anwalt nach, wie dieser die Einfahrt hinuntertrottete, und dann schien es trotz des Mondlichts so, als würde der Mann im Schatten untertauchen. Als er ihn nicht mehr sehen konnte, trat Harlow ins hell beleuchtete Haus und schloß die Tür.

Im Laufe der nächsten drei Tage erforschte Harlow das Haus und das übrige Gelände – insgesamt zweiundzwanzig Hektar –, entdeckte dabei den Familienfriedhof, fand die Überreste einer alten Hütte in einem kleinen Wäldchen im Norden des Grundstücks, setzte sich kurz in dem schneebedeckten Aussichtstürmchen hin und ließ den Blick über seine neue Welt schweifen. Und die ganze Zeit über überlegte er, wie es wohl weitergehen würde. Zum ersten Mal in seinem Leben hatte Harlow Geld. Oh, nicht daß er vorher ein Landstreicher gewesen wäre, nur eben ein Mann mit wenig Besitz, nicht einmal Verwandte hatte er – keine Mutter, keinen Vater, keine Pflegeeltern –, vielmehr war er in einem Waisenhaus großgezogen worden, wenn man das so nennen konnte. Und all das hatte sich jetzt geändert: Er *hatte* Verwandtschaft gehabt, Verwandtschaft, die er nie gekannt hatte, aber doch Verwandtschaft, Verwandte, die auf diesem Grundstück auf einem ziemlich großen Familienfriedhof begraben waren, wobei viele der Grabsteine weder Datum noch Namen trugen. Dennoch verfügte er jetzt dank einem dieser Verwandten, einem bislang unbekannten Großonkel, über Geld, das er mit beiden Händen ausgeben konnte. Er war erst fünfundzwanzig und auf einmal ziemlich reich, und als Gegenleistung mußte er nur in diesem prächtigen Haus wohnen … zumindest würde es einmal prächtig sein, sobald er nämlich das viele grelle Licht losgeworden war, denn er hatte für sich entschieden, daß er Maxons Vorschlag aufgreifen und das Haus wieder in einen Ort eleganten Komforts zurückverwandeln würde. Sobald das geschehen war, würde er in Erwägung ziehen, eine Stellung anzunehmen oder sonstwie Karriere zu machen, auch wenn Maxon ihm bedeutet hatte, daß er nie wieder würde arbeiten müssen.

Er engagierte eine Haushälterin und eine Köchin, die sich aber beide weigerten, nachts im Haus zu bleiben, weil ihnen einfach zuviel Licht da sei. Harlow argwöhnte allerdings, daß noch mehr dahintersteckte, denn er sah die beiden Frauen häufig miteinander flüstern, und die Köchin, eine Dame spanischen Geblüts, bekreuzigte sich wiederholt.

Harlow engagierte Elektriker und Möbeltischler und einen Innendekorateur, die zusammen beinahe drei Monate brauchten, bis das Haus in ein normales Haus verwandelt war: die Leuchtpaneele wurden entfernt, Wände und Decken repariert und getüncht, normale Schalter und Steckdosen installiert, die grellen Lichter durch elegante Lampen mit weichem Licht ersetzt; die Wandschränke aus Glas wurden durch solche aus Eiche ersetzt; das schreckliche Mobiliar aus klarem Plexiglas und das Geschirr und Besteck und dergleichen verschenkte Harlow alles an Wohltätigkeitsorganisationen, worauf geschmackvolle, praktische Gegenstände ihre Stelle einnahmen; auch das Auto ließ er wieder in ein normales Fahrzeug zurückverwandeln: die grelle Innenbeleuchtung wurde entfernt und die Batterien und das Ladegerät aus dem Kofferraum verbannt. Das einzige, was Harlow behielt, war der Notstromgenerator, da man ja nie wissen konnte, ob der Strom nicht irgendwann einmal ausfallen würde.

Während dieser Umbauarbeit sagte Henry, einer der Elektriker, der gerade damit beschäftigt war, die Relaissteuerung neu zu konfigurieren: »Also, das ist das alte X-30 Modell. Das hatte aber einen Knacks.«

»Knacks?«

»Einen Fehler. Einen Konstruktionsmangel.«

»Inwiefern?«

»Na ja, das heißt, daß bei einem Stromausfall, nach einer Spannungsschwankung etwa, die Relais gar nicht mehr reagieren konnten. Die Lichter würden sich dann ausschalten, aber das Notstromaggregat würde gar nicht anspringen, weil der X-30 noch Spannung gemeldet hätte, wenn auch ganz niedrige.«

»So?«

»Mhm. Aber das wär keine große Sache gewesen: Man hätte bloß den Überbrückungsknopf an der Fernbedienung drücken müssen. Dann wär die Notbeleuchtung angegangen und angeblieben, bis wieder Strom kommt.« Henry schnippte einen weiteren Draht ab. »Beim neuen X-40 ist der Fehler jetzt behoben.«

»Ich frage mich, ob das meinem Onkel je passiert ist. Ein Stromausfall meine ich.«

Henry zuckte die Achseln und arbeitete weiter.

In dem Augenblick wurde Harlow abgerufen, um Wand-
fliesen zu begutachten.

Und die Arbeit ging weiter.

Und weiter.

Bis sie endlich erledigt war.

Nachdem der letzte Arbeiter, ein Klempner, seinen Werk-
zeugkasten in den Lieferwagen gestellt hatte und weggefahren war, drehte Harlow sich um und ging in sein nunmehr
elegantes, behagliches Haus zurück.

Es lebt! Es lebt!

Ein hingerissener Colin Clive starrte in einer Mischung von
Ehrfurcht, Frohlocken und Unglaube zur Decke.

Herrgott, wie ich diese alten Klassiker liebe.

Harlow flegelte in seinem maßgefertigten Eames-Sessel,
und auf dem digitalen Bildschirm vor ihm lief der restaurierte
Schwarzweißfilm ab. Aber dann …

Was zum …?

Harlow bemerkte aus den Augenwinkeln, wie sich in dem
schwach beleuchteten Raum in der Dunkelheit etwas veränderte, aber als er genauer hinsah, war dort nichts, nichts als
eine Ansammlung von Schatten bei der Couch.

Hm. Ein Flackern im Fernsehen wohl.

Trotzdem verspürte er ein unbehagliches, nicht näher zu
beschreibendes Prickeln im Nacken. Während *Frankenstein*
weiterlief, stand Harlow im flackernden Licht auf und sah
sich in dem abgedunkelten Raum um. Nichts. Niemand. Leer,
nur von Schimmern und Schatten erfüllt.

Er schüttelte das unbestimmbare Gefühl des Unbehagens
ab und ging in die Küche, holte sich dort ein Bier und nahm
einen großen Schluck. Dann wandte er sich mit dem Bier in
der Hand wieder dem Film zu, ließ die DVD-Scheibe zu der
Stelle zurücklaufen, wo die Drachen in den sturmgepeitsch-
ten, von Blitzen durchzuckten Himmel hochgelassen wurden.

Eine Woche verstrich, in der sich nichts Ungewöhnliches ereignete, und dann eine weitere. An den Abenden der dritten
Woche fiel ihm aber wieder ab und zu ein Flackern auf, wie

wenn sich im Zimmer etwas bewegte, aber wenn er dann genau hinsah, konnte er doch nur Schatten wahrnehmen.

Sein Unbehagen kehrte zurück.

Und ab da betrat Harlow unbeleuchtete Räume mit einem leichten Gefühl der Beklommenheit.

Komm schon, du Idiot. Da ist nichts, wovor du Angst zu haben brauchst. Das ist bloß eine primitive Reaktion. Das steckt in den Genen. Stammt noch aus der Zeit der Höhlenmenschen. Oder vielleicht sogar noch von viel früher, als wir von den Bäumen herunterkletterten. Das ist nicht Angst vor dem Dunkeln, sondern Angst vor dem Unbekannten.

Trotzdem verstärkte sich bei ihm das Gefühl, daß da etwas in den Schatten hinter ihm stand oder in den Schatten vor ihm lauerte.

Herrgott, meine Phantasie geht langsam mit mir durch.

Dann kam eine Nacht, wo Harlow in jenem gelähmten Zwischenstadium, in dem man weder wach ist, noch richtig schläft, vor lauter Angst aufstöhnte, weil in der Düsternis am Fußende seines Bettes etwas Dunkles stand, schwarz auf schwarz, etwas Bösartiges, Lautloses, etwas, das ihn beobachtete.

Mit wie wild schlagendem Herzen und über und über mit Schweiß bedeckt, schaffte es Harlow, während sein Stöhnen in Winseln überging, sich selbst ganz wachzurütteln, und dann fummelte er keuchend an der Nachttischlampe herum, fand schließlich den Schalter, knipste sie an, und da stand niemand, nichts, nicht ein eiziges *Ding* am Fußende seines Bettes.

Herrgott, ich habe schon Angst vor Schatten.

Harlow fühlte sich völlig erledigt, aber es dauerte eine ganze Weile, bis er wieder einschlafen konnte.

Am nächsten Tag besorgte sich Harlow einen Hund, einen Rottweiler. Der Hund schien durch die fremde Umgebung verängstigt zu sein, jedenfalls dachte Harlow das, und er mußte ihn buchstäblich ins Haus zerren. Bei der ersten Gelegenheit, die sich dem Hund bot, rannte er zur Tür hinaus. Harlow sah ihn nie wieder.

Verdammter Mistkerl.

Harlow ließ einen Einbrecheralarm einbauen, der mit einer Bewachungsgesellschaft verbunden war: sämtliche Türen und Fenster waren so gesichert, und in einigen Räumen im Erdgeschoß ließ er sogar Bewegungsmelder anbringen, die aber auch durch Wärme ausgelöst wurden. Er löste den Alarm mehrere Male versehentlich aus, bis er sämtliche Codes gelernt hatte und auch immer daran dachte, wann das System unscharf geschaltet werden mußte – das verdammte *Tut, tut, tut* des elektrischen Melders ließ ihn jedesmal fast aus der Haut fahren. Aber er war der einzige, das einzige *Ding*, das den Alarm auslöste; sonst war da nie etwas, was die Sirene zum Erklingen brachte und die Überwachungsfirma rief, die ihrerseits natürlich auch keine Meldung an die Polizei weitergab.

Eines Abends kehrte Harlow nach einem Spaziergang zum Haus zurück und öffnete die Tür zu einem Wandschrank – »Herrgott!« schrie er und machte einen Satz zurück. In der Dunkelheit hatte sich etwas Schwarzes aufgebäumt und schoß jetzt davon. Mit wild pochendem Herzen knipste Harlow die Beleuchtung in dem Wandschrank an. Doch da war nichts, bloß zwei Jacketts, die auf der Stange hingen. Harlow knipste das Licht wieder aus und schwang die Tür hin und her, um zu überprüfen, wie ihr Schatten sich bewegte. Es sah nicht so aus wie das schwarze Etwas, das er gesehen hatte.

Die Tage zogen sich dahin, und immer noch fielen Harlow irgendwie Bewegungen in der Dunkelheit auf, und hie und da stand wieder jemand oder ein *Ding* in der Schwärze am Fußende seines Bettes.

Herrgott, kein Wunder, daß mein Großonkel hier überall Lichter ... aber Moment mal!

Harlow trat ans Telefon und wählte eine Nummer.

»Hier spricht Harlow Winton. Bitten Sie ihn, daß er mich zurückruft. Ja: W-i-n-t-o-n. Er hat meine Nummer.«

Später klingelte das Telefon. »Hier Winton ... Oh, Mr. Maxon, vielen Dank, daß Sie zurückrufen ... Ja, ja, mir geht es gut ... Was? ... Ganz richtig ... Sagen Sie ... Meinen Onkel, wie hat man ihn gefunden? Ich meine, Sie sagten doch ... Ja, richtig. Fernsehen. Aber woher ...? Verstehe. Er hatte die Fernbedienung in der Hand. Die Fernbedienung für den Fernseher? Oh, du liebe... Nein, nein. Kein besonderer Grund, nur neugierig.« Harlow seufzte und sah sich um. »Vielen Dank, Mr. Maxon. Ja, ja, ich danke Ihnen.«

Harlow betätigte den Ausschalter am Hörer.

Verdammt! Er hatte die Fernsehbedienung in der Hand statt die für das Licht.

Er legte den Hörer auf die Gabel zurück, trat ein Stück von dem Sekretär zurück und stellte zum ersten Mal fest, wie dunkel doch der Schatten darunter war.

Nach dem Rückruf von Maxon schien alles nur noch schlimmer zu werden. Das Gefühl, daß da etwas hinter ihm in der Dunkelheit lauerte, oder im Schatten eines Zimmers nebenan, wurde unerträglich. Harlow tastete jetzt immer um die Türstöcke herum, um das Licht einzuschalten, bevor er ein abgedunkeltes Zimmer betrat, und dann wieder um den Türstock herum, um draußen das Licht hinter sich auszuschalten. Und gelegentlich glaubte er aus den Augenwinkeln sehen zu können, wie ihm Schatten folgten, hinter ihm durch die Korridore glitten.

Und manchmal kam es ihm so vor, als würde er ein leises Atmen hören. Aber wenn er dann lauschte... nichts.

O Gott. Fange ich an verrückt zu werden, oder ist hier wirklich etwas? Und wenn hier etwas ist – wenn hier irgendein Ding *ist –, dann muß ich hier raus. Aber Augenblick – nein. Ich kann hier gar nicht weg. Ich würde ja alles verlieren. Ich muß hier leben, in diesem Haus, in diesem Haus, wo mein Onkel in der Dunkelheit gestorben ist... vor lauter Angst, wie ich jetzt glaube. Vielleicht hat ihn aber auch das* Ding *getötet!*

Die Tage verstrichen. Die Nächte verstrichen. Harlows Angst wurde immer schlimmer. Und so wie seine Angst vor der Dunkelheit wuchs, so wuchs sein Wunsch, dieses *Ding* loszuwerden.

Ich muß das Ding *irgendwie loswerden. Aber wie? Wieder all diese Lichter ins Haus bringen, all den grellen Schein? All die scheußlichen transparenten Möbel? Nein, unter keinen Umständen! Ich habe diese gottverdammten Dinger weggeschafft, und ich werde sie* nie *wieder herholen. Außerdem wollte ja mein Onkel die*

Sache so lösen – und man kann ja sehen, was ihm das eingetragen hat: den Tod, das hat es ihm eingetragen, die Angst hat ihn umgebracht. Trotzdem, ich will, daß dieses Ding *hier für immer verschwindet, sich nicht nur vor dem Licht versteckt.*

Ein unbarmherziger Klumpen, der nicht aufhörte, ihn zu quälen, setzte sich tief in seiner Magengrube fest, und dieser Klumpen schien mit jedem Tag, mit jeder Nacht schlimmer und schlimmer zu werden. Sein Appetit ließ nach, und er begann abzunehmen; die Hände zitterten ihm jetzt unaufhörlich.

Er begann mit sich selbst zu flüstern.

Er war so überaus müde, denn obwohl er versucht hatte, untertags zu schlafen, schaffte er das einfach nicht; im Waisenhaus war um zehn immer Zapfenstreich gewesen, und um sechs Uhr wurde man geweckt; das prägte sich einem fürs Leben ein. Obwohl er also abends zu Bett ging, konnte er sich nicht dazu bringen, das Licht auszuschalten, und so schlief er bei eingeschaltetem Licht – falls man das schlafen nennen konnte –, die Wandschranktür war immer offen, das Licht dort ebenfalls eingeschaltet. Und dann, als Harlow sich eines Abends hinlegen wollte, da machte er das letzte Stück zum Bett einen großen Sprung, wie um zu vermeiden, daß er mit den Füßen der Dunkelheit unter dem Bett zu nahe kamen.

Herrgott, was mache ich da? Bin ich ein Kind?

Aber von jenem Tag an sprang er immer mit einem großen Satz ins Bett, und wenn er aufwachte, sprang er auch heraus, selbst bei Tageslicht.

Er fing an zu stottern.

Des Nachts war er sich gelegentlich sicher, etwas zu hören, das bestimmt das *Ding* war, wie es sich durch das Haus bewegte, in den Gängen und auf der Treppe. Oh, nicht daß er ein Scharren von Schritten hören konnte, die durch die Dunkelheit krochen, es war vielmehr ein schwaches, zischelndes Rascheln, das er wahrnahm, wie von toten Blättern, die sich im kalten Wind bewegten.

Harlow wurde hohläugig und magerte ab, während die Tage und Nächte verstrichen, während die Schwärze sich im Schatten hin und her bewegte und ein *Ding* die Dunkelheit heimsuchte.

Immer noch waren weder seine Haushälterin noch seine Köchin bereit, nachts im Haus zu bleiben; jetzt sagten sie, es sei zu dunkel. Sie verließen das Haus immer, bevor die Sonne unterging, und kamen erst wieder, wenn sie aufgegangen war.

Es war ein stürmischer Abend im März, als es an der Tür klingelte. Nachdem Harlow die Lichter eingeschaltet hatte und die Tür öffnete, fand er Maxon dort vor.

»Sapperlot, Mr. Winton«, sagte der silberhaarige Anwalt, »Sie sehen ja ganz schön mitgenommen aus, richtig ausgelaugt. Schlafen Sie nicht gut?«

»Schnell, schnell, Mr. M-maxon, kommen Sie rein. Draußen ist's d-d-dunkel; kommen Sie rein.«

»Nun ja, das würde ich nicht tun, Mr. Winton. Ein Leibwächter, um Sie vor *Schatten* zu beschützen?«

Harlow kicherte. Dann schlug er sich, erschreckt über den Laut, der ihm entfahren war, mit der Hand über den Mund und flüsterte durch seine Finger: »H-hübsch verrückt, hä?« Es war nicht ganz klar, ob Harlow mit sich oder mit Arthur Maxon sprach.

»Haben Sie schon einen Arzt konsultiert?«

»Ei-ei-einen Gehirnklempner, m-m-meinen Sie?«

»Nein. Einen Allgemeinarzt. Sie sehen zwanzig Jahre älter aus, mein Junge.«

Wieder kicherte Harlow.

»Ich mache mir Sorgen um Sie. Sie müssen wieder zu Kräften kommen.«

»I-i-ich h-habe vor, diesen O-o-ort zu v-verlassen. Hier ist etwas. Etwas Schreckliches.«

»Oh, Mr. Winton, sagen Sie das nicht. Sie würden ein Vermögen verlieren. Außerdem habe ich diesem Anwesen viele lange Jahre gedient und werde mich sicherlich noch viele lange Jahre um es kümmern. Also, mein Junge, ich möchte, daß Sie bleiben und sich erst mal ein bißchen um Ihre Gesundheit kummern; das ist im Interesse aller.«

Während der Anwalt Harlow bedrängte, durchzuhalten und auf sich aufzupassen, Harlow sich aber dabei immer wieder die Hand über den Mund preßte, um nicht zu kichern, ebbte das Gespräch schließlich ab, bis es dann völlig versiegte.

Der Abend endete damit, daß Harlow in dem beleuchteten Foyer stand, ein gutes Stück von der Tür entfernt, und zusah, wie Maxon aus dem Haus ging und in die Dunkelheit der Nacht tauchte.

Wochen verstrichen, in denen Schatten sich bewegten und in der Schwärze etwas atmete, und hinter allem stand dort in der Dunkelheit irgend etwas. Während dieser Wochen wurde Harlow immer schwächer, seine ganze Lebenskraft entglitt ihm auf den Wellen der Angst. Er hatte jetzt häufig Anfälle, in denen er einfach drauflosplapperte, und Krämpfe, in denen er kichernd vor sich hin flüsterte. Trotzdem hielt er sich an einem vernünftigen Gedanken fest, so schien es ihm wenigstens selbst:

Ich möchte, daß dieses Ding, *was auch immer es ist, nicht nur hier verschwindet, sondern ich möchte, daß es tot ist.*

Harlow dachte an Waffen – Pistolen, Schrotflinten, Karabiner –, etwas, das mit Sicherheit tötete, und dann erinnerte er sich an das, was Harry Callahan über die .44er Magnum gesagt hatte, die stärkste Handwaffe, die es auf der Welt gibt, die einem den Kopf einfach herunterreißt. *Genau das brauche ich: etwas, um dem* Ding *den Kopf herunterzureißen.*

Und doch hatte Harlow ein größeres Problem: Wie tötet man ein Ding, das man nicht sehen kann, ein Ding, das vor dem Licht flieht?

Wie kann ich einen guten Schuß darauf abgeben? Ich muß wissen, wo es ist. Ich muß es deutlich sehen, das ist es. Aber wie kann ich in der Dunk …?

Augenblick! Das ist es! Nachtsichtbrille! Oder nennt man die Dinger Nachtsichtteleskope? Egal, die Dinger jedenfalls, die die beim Militär immer haben und mit denen man im Dunkeln sieht. Man trägt sie auf dem Kopf wie dieser Bursche in Schweigen der Lämmer *– Buffalo Bill; ja, Buffalo Bill –, sie verstärken den schwächsten Lichtstrahl und …*

Der Kopf schwirrte Harlow von den ungeahnten Möglichkeiten, die sich ihm auftaten, und von den Plänen, die er schmiedete, weshalb er kaum mehr Schlaf fand. Er saß im Bett, die Decke ans Kinn gezogen, und kicherte darüber, wie raffiniert sein geheimer Plan war, und immer wieder schlug er sich mit der Hand auf den Mund, damit das Geheimnis nicht herausplatzte... und sah zu, wie lautlose Schatten die Treppe heraufglitten und an den Wänden entlang, draußen im Flur, vor der Schlafzimmertür, dicht an der Grenze des Lichts.

Am nächsten Tag kaufte er sich eine .44er Magnum. Eine Dirty-Harry-Waffe. Der Händler hatte behauptet, die Desert Eagle, Kaliber 50, sei sogar noch wirksamer, aber Harlow bestand auf einer Smith and Wesson, Kaliber .44, und er wollte sie *jetzt gleich*. Als der Ladenbesitzer den BMW des hageren Mannes und das Bündel Geld, das dieser ihm anbot, sah, schloß er sein Geschäft kurzzeitig, zog die Vorhänge vor und schaltete alle Lichter ein, wie der hohläugige arme Teufel es verlangt hatte, und hielt sich auch dem schwächsten Schatten fern. Dann sagte der Händler, daß er *dieses eine Mal* eine Ausnahme machen und die Waffe sofort verkaufen würde. Keine Wartezeit. Keine Lizenz erforderlich. Und zufälligerweise habe er auch ein Nachtsichtgerät für einen angemessenen Preis da. Harlow lehnte ein Laservisier ab, denn obwohl der rote Strahl nur ganz dünn sein würde, war er doch Licht, und das *Ding* könnte davor Reißaus nehmen.

Mit zitternden Händen fuhr Harlow nach Hause, sorgfältig darauf bedacht, nicht zu schnell zu fahren oder an den Abzweigungen den Blinker zu vergessen, befolgte alle Verkehrsregeln aufs genaueste. Er wollte jetzt nicht angehalten werden. *Bloß nicht. Sonst nehmen die mir nur die Waffe weg.*

Ungeduldig trat er von einem Bein aufs andere, bis die Köchin und die Haushälterin aus dem Haus waren, und dann setzte er sich mit pochendem Herzen an den Küchentisch und lud die Smith and Wesson, schob die Patronen eine nach der anderen ins Magazin.

Das ist nur gerecht, daß ich dieses Ding *im Fernsehraum töte. Also, dort hat es ja auch den Stromausfall ausgenutzt und meinen Onkel umgebracht, nachdem das Reluis nicht reagiert hatte und das Licht ausging. Hat ihn in der Nacht, in der Dunkelheit, getötet, so wie ich es jetzt töten werde.*

Harlow nahm die Nachtsichtbrille und zog sie sich über den Kopf, justierte sie und achtete dabei sorgsam darauf, nicht versehentlich an den Verstärkerschalter zu kommen.

Ich darf ja schließlich die Brille nicht hier im Tageslicht anmachen, sonst geht sie womöglich kaputt. Besser, ich warte bis in die Tiefen der Nacht. Ja, die Tiefen der Nacht. Dann werde ich es tun. Wenn die Dunkelheit jeden Winkel und jeden Spalt im Haus füllt. Was du nicht willst, das man dir tu' ... und so weiter.

Harlow kicherte, die Stimme vor Angst angespannt, aber dann preßte er die Lippen zusammen, um das Geheimnis in sich zu verschließen.

Es war beinahe Mitternacht, als Harlow – die Waffe in der Hand, die Nachtbrille hoch auf der Stirn – die Küche verließ, vor sich die Lichter einschaltete und sie hinter sich wieder ausschaltete.

Will nirgends Lichter anhaben, wenn ich den letzten Schalter umlege und alles in Dunkelheit stürze.

Das Herz hämmerte ihm vor Angst.

Aber in der schweißnassen Faust hatte er ja eine geladene .44er Magnum bei sich.

Endlich erreichte er den Fernsehraum.

Nach Atem ringend, ging er herum, schaltete jedes Licht mit Ausnahme eines einzigen aus, wobei die Schatten hereinkrochen und sich um ihn herum verteilten.

Harlows Mund fühlte sich wie ausgetrocknet an, am ganzen Körper war er schweißüberströmt. Er wischte sich die nassen Hände an den Jeans ab und spannte dann die .44er.

Mit zitternder Hand griff er nach der letzten Lampe ... und zögerte.

Komm schon, Harlow. Du hast die Waffe und die Brille. Du erwischst diesen Kerl schon.

Mit stockendem Atem knipste Harlow die letzte Lampe aus.

Schwärze stürzte in den Raum.

O mein Gott, ich kann ... Das Ding ...

Harlow unterdrückte einen Schrei, riß sich die Brille über die Augen und schaltete die Nachtsicht ein. Der Lichtverstärker blühte auf, und Harlow konnte sehen ...

O Gott, ich kann sehen!

... konnte in einem beschränkten Sichtfeld zwar nur grünliche, gespenstische Bilder sehen, aber er konnte sehen.

Die gespannte .44er vor sich ausgestreckt, ließ Harlow den Kopf hin und her rucken, suchte ... was eigentlich? Er hatte keine Ahnung. Was immer es auch war. Das *Ding*.

»K-k-komm, du Arschloch!« schrie er mit hoher, angespannter Stimme. »M-m-motherfucker!«

Links, rechts, immer wieder wanderte sein Tunnelblick hin und her.

Und dann wußte er, wo er suchen mußte ...

Mein Gott, es ist hinter mir!

... und zuckte herum und sah ...

Harlow taumelte zurück, verlor die Gewalt über Blase und Darm, die Waffe fiel ihm aus der Hand und traf auf den Boden, die donnernde Explosion wirkte wie verloren unter den entsetzten Schreien, während er kreischte und kreischte und kreischte ...

Als das Taxi in der kühlen Oktobernacht wegfuhr, hob Gloria, zweiundzwanzig Jahre alt, ihren billigen Koffer auf und folgte dem silberhaarigen Mann in das elegante Herrenhaus. Mit einem schwachen Summen überflutete Licht im ganzen Haus das Foyer und die Räume dahinter, im Obergeschoß und unten. Maxon wandte sich der gesunden, jungen Frau zu, ein Raubtiergrinsen in seinem Leichengesicht, und sagte: »Ihr Großonkel war ein sehr eigentümlicher Mann, Miss Willoughby, und Sie sind die letzte in seiner Ahnenreihe.«

William Peter Blatty

ANDERSWO

Gibt es irgend jemanden auf der Welt, der noch nicht von Der Exorzist *gehört hat? Obwohl auf Bill Blattys Kaminsims ein Oscar für das Drehbuch der Verfilmung steht, wird es immer das Buch sein, an das ich mich besonders erinnere: Ganz ohne Leinwand hat mir William Peter Blatty eine Heidenangst eingejagt – und mit mir Millionen anderen. Außerdem hat er gemeinsam mit Ira Levin der Horrorliteratur die Tür zum kommerziellen Buchmarkt geöffnet, die Tür, durch die Stephen King ein paar Jahre später eingetreten ist.*

Was viele Leser vielleicht nicht wissen: Blatty (der 1998 den Stoker Award für sein Lebenswerk erhielt) hatte schon vor Der Exorzist *beim Film Karriere gemacht, beispielsweise die Drehbücher zu* Was hast du denn im Krieg gemacht, Pappi? *und* Ein Schuß im Dunkeln *stammen von ihm.*

Nach dem Erfolg von Der Exorzist *setzte er seine Filmkarriere mit weiteren Drehbüchern und schließlich auch Regiearbeiten (»Killer« Kane und* The Exorcist III*) fort; außerdem blieb er weiter schriftstellerisch tätig, was uns auch die atemberaubende Geschichte beschert hat, die nun folgt.*

Es ist nur gerecht, daß wir ein Buch wie dieses mit einem neuen Werk von William Peter Blatty beenden. »Anderswo« ist eine äußerst gut geschriebene, beunruhigende und manchmal furchteinflößende Spukgeschichte, die außerdem den hinterhältigen und gewitzten Humor an den Tag legt, der Blattys Markenzeichen ist. Ich habe das große Glück gehabt, die Story für Sie zu ergattern – Sie haben jetzt das noch größere Glück, sie zu lesen.

Ich hielt mich bei einem Stamm auf dem Elgon in Ostafrika auf... Während eines Palavers äußerte ich unvorsichtigerweise das Wort *selelteni*, was soviel wie »Geister« bedeutet.

Plötzlich senkte sich tödliches Schweigen über die Versammlung. Die Männer wandten den Blick ab, sahen in alle Richtungen, und manch einer stahl sich davon.

C. G. Jung, Psychologie und das Okkulte

Früher hatte ich Angst vor dem Sterben. Jetzt sind es die Toten, die ich fürchte.

Warum bin ich hierhergekommen? War es Einsamkeit? Stolz? Das Geld? Das Knarren der Fußböden, die Farbe der Luft, alles flößt mir hier Schrecken ein. Das Haus ist hell, meine Begleiter sind amüsant; warum stelle ich fest, daß ich im Flüsterton denke? Liegt es nur daran, daß die Dunkelheit im Anzug ist? Ich bezweifle es; ich bin schon oft mit der anderen Seite in Berührung gewesen, davon lebe ich. Aber diesmal ist es anders: Es stimmt etwas nicht, etwas, das nicht zurechtgebogen werden kann, wie ein alter Trauerschmerz, wie die Hölle.

Der Regen hat endlich aufgehört, die Sonne ist da: Haßrot atmet sie stumm am Rand der Welt. Und ich frage noch, warum ich Angst habe? Da! Stimmen, Flüstern. Es kommt von den Wänden. Aus ihrem Inneren.

Jesus, bewahre mich vor dieser Nacht!

Aus dem Tagebuch von Anna Trawley, Dienstag, 20 Uhr 22

TEIL EINS

Erstes Kapitel

Den blaßrosa Telefonhörer unter das Kinn geklemmt, stand Joan Freeboard gereizt an ihrem Schreibtisch, während sie stirnrunzelnd und ungeduldig ihre Notizzettel durchblätterte, als wäre sie auf der Suche nach dem einen, der ihr die Erklärung liefern würde, warum sie auf der Welt war. Eine weitere Leitung fing an zu blinken. Sie warf einen Blick auf die Konsole.

»Ja, ich weiß, daß du schon gesagt hast, daß du kommst«, schimpfte sie mit verdrießlicher, heiserer Stimme; in ihrem Ton hörte man Leierkastenmänner um den Block ziehen und Wäsche im Wind schlagen, die zum Trocknen auf dem Dach hing. »Na und? Man kann dich doch gar nicht oft genug daran erinnern, Terry«, sagte sie. »Weißt du noch den Tag und die Uhrzeit?«

Sie hörte zu, spitzte die Lippen und warf dann die Zettel auf ihren Schreibtisch. »Ich habe es doch gewußt. Schreib's dir auf: Freitag abend um sechs Uhr. Und denk daran, die bescheuerten Hunde zu Hause zu lassen!«

Sie drückte auf den blinkenden Knopf.

»Ja, Freeboard.«

Sie rümpfte angewidert die Nase.

»Harry?«

Joan verlagerte ihr Gewicht auf das andere Bein und spielte an ihrem baumelnden Ohrring herum, Indianerschmuck aus dem Südwesten mit Türkisen. Sie war vierunddreißig, trug das kurze blonde Haar in einer Ponyfrisur und hatte traumverlorene grüne Augen in einem Puttengesicht, hinter dem sich ein Wille verbarg, der zupacken konnte wie die Schwerkraft selbst. Sie zog ungläubig eine Augenbraue hoch. »Wir sollen einen Neubau in Greenwich vermitteln, Harry? Hast du den verdammten *Verstand* verloren? Seit sich diese Kochbuchtante ihr Tudorhaus gekauft hat, will es doch jeder Yuppie nur noch ›authentisch‹, will heißen: dunkel und deprimierend und kurz vor dem Zusammenfallen. Hör mal, bring die

Kochbuchtante dazu, sich ein Haus aus Glas zu bauen, entweder rund oder dreieckig oder untertassenförmig, so daß es aussieht, als wäre es in Greenwich *gelandet*, und dann können wir vielleicht weiterreden, okay? Was gibt es sonst noch? Beeil dich bitte, ja? Ich habe keine Zeit.«

Eine Sekretärin in mittleren Jahren trat ein, zaghaft, das Haar zu einem Knoten gebunden, frisch geschieden. Joan reichte ihr den Text für eine Anzeige und formte mit den Lippen das Wort »*Times*«. Die Sekretärin nickte und schlich davon. Joan blickte ihr mitleidvoll hinterher und sprach dann wieder in den Hörer. »Nein, Donnerstag geht es bei mir schlecht, Harry«, sagte sie grimmig. »Wie wär's mit nie. Würde nie dir passen?« Sie knallte den rosafarbenen Hörer auf die Gabel. »Blöder, langweiliger, arroganter Arsch!« sagte sie. »Ich habe dich doch schon gebumst! Wie zum Teufel kommst du nur auf die Idee, daß ich das *noch* mal wollte?«

Sie schnappte sich ihr Jackett und ihre Handtasche von einem Stuhl. »Laß dir heute Zeit bei der Mittagspause, Millie«, sagte sie zu der Sekretärin und schritt hinaus in die verglaste Arkade des Trump Tower, dann weiter auf die Fifth Avenue mit ihrem geschäftigen Treiben und ihrem stockenden Stoßverkehr im finsteren Maiwetter. Vom Bordstein aus winkte sie sich ein Taxi heran und stieg ein.

»Wohin?«

Joan zögerte und starrte vor sich hin. Etwas hatte ihr zugesetzt. Was war es? Eine vage Vorahnung. Wovon? Und was hatte sie da letzte Nacht geträumt? fragte sie sich.

»Wohin soll's gehen?«

»Irgendwo anders«, murmelte Joan.

»Irgendwo anders?«

Sie kam wieder zu sich, und schob ihr Grübchenkinn wie ein trotziges, entschlossenes Kind ein wenig hoch. »East River Drive 770«, gab sie an. Das Taxi und ihre Gedanken torkelten vorwärts in den Stau, stockend wie alles in ihrem Leben, selbst ihr Schlaf.

»Das wär's«, sagte sie eine halbe Stunde später beruhigt.

Zusammen mit einem Ehepaar aus Hinsdale, Illinois, das auf der Suche nach einer Wohnung in Manhattan war, stand sie in einem langsam aufsteigenden Baustellenaufzug. Stumm starrten sie den Aufzugboden an. Sie trugen rote Bauhelme über ihren nachdenklichen Mienen und ihrem Haar, das so weiß war wie der arktische Fuchs. Joan rückte sich ihren Bauhelm zurecht und faßte zusammen: »Neuer geht es nicht.«

Der elfenkleine Aufzugführer nickte. Er ging gebeugt und war in den mittleren Jahren, sah aber älter aus. Er trug einen zerrissenen Schlabberpullover aus grauer Wolle. Sowohl oben als auch unten fehlten ihm die Schneidezähne. »Beste Aussicht«, grunzte er. »Ja. Man sieht alles – Williamsburg Bridge, den ganzen Fluß. Sly Stallone will hier auch was kaufen, hab ihn gestern noch gesehn.«

Das Gebäude schwang sich über dem East River zu atemberaubender Höhe auf. Das Paar wollte »neu« kaufen, sie hatten genug »Gebrauchtes« gesehen – Apartements, die von ihren derzeitigen Bewohnern zum Verkauf angeboten wurden. »Warum nur« hatte der Mann gebrummt, »sehen in all diesen furchtbar teueren Wohnungen die Zimmer, in die der Interessent geführt wird, toll aus, sobald man aber ein beliebiges anderes Zimmer betritt, sieht es dort aus wie in der Embryonenbrutstation aus *Alien?*« Das Schlafzimmer einer Wohnung gegenüber dem Naturkundemuseum habe nur eine einzige Lichtquelle gehabt, eine nackte Glühbirne, die an einem Draht von der brüchigen, nikotinverfärbten Decke hing; in einer anderen Wohnung sei mitten an der Schlafzimmerwand eine Duschzelle installiert gewesen, die der Bewohner dazu benutzte, Damenschuhe aufzubewahren; später dann habe das Paar im schicken, noblen Dakota-Gebäude eine Wohnung besichtigt, deren Wände vollständig mit überdimensionalen Gemälden bedeckt gewesen seien, auf denen nackte Männer und Frauen ernste und konzentrierte Gesichter machten, während sie sich Drogen injizierten.

»Na ja, vielleicht waren sie Diabetiker«, hatte seine Frau gutmütig angemerkt.

»Sie riechen aber gut.«

Joan warf dem Aufzugführer einen abschätzigen Blick zu. Er betrachtete sie mit hochgezogenen Brauen. »Pfirsichschaumbad«, erwiderte Joan unergründlich. Der Duft stieg von ihrem Hals auf.

»Hübsche Ohrringe«, fügte der Mann hinzu.

»Danke.«

»He, Eddie, mach schon, zum Teufel! *Bleib stehen!*«

Ein gereizter Arbeiter hämmerte gegen eine Tür, als der Aufzug ächzend an ihm vorbei und weiter aufwärts schlingerte. Der zwergenhafte Aufzugführer rief laut hinunter: »Ihr riecht alle nach Müll. Ihr stinkt. Ich hab hier echt vornehme Leute dabei!«

Die Stimme des Arbeiters grollte zu ihnen herauf, als er kehlig drohte:

»Dafür wirst du bezahlen, Eddie, du Mistkerl!«

Dem Ehepaar aus Hinsdale gefiel die Wohnung. Dann passierte etwas Außergewöhnliches: Während sie am Fenster stand, Putzstaub einatmete und geistesabwesend auf ein Motorboot starrte, das weiße Furchen in das schmutzige Flußwasser pflügte, fuhr Joan Freeboard, unerbittliche, rastlose Jägerin der Vorverträge und mehrfache »Maklerin des Jahres«, zu dem Ehepaar herum und fragte impulsiv: »Sind Sie sicher, daß Sie in der Stadt wohnen wollen? Es ist primitiv und schmutzig hier, überfüllt und häßlich.«

Was zum Teufel sage ich da eigentlich? dachte die Maklerin entgeistert.

Sie blickte noch einmal auf das Boot. Irgend etwas war damit. Nur was? Sie runzelte die Stirn. Sie wußte es nicht. Sie wandte sich wieder zu dem Ehepaar um und gab sich alle Mühe, sich wieder in den Griff zu bekommen.

»Wie wäre es mit einem Neubau in Greenwich?«

Das seltsame Gefühl ließ nicht von ihr ab. Später am Tag, als das Geschäft abgeschlossen und der Vertrag unterzeichnet war, ertappte sich Joan dabei, daß sie einen Spaziergang zu Manhattans letztem Automatenrestaurant unternahm. Dort setzte sie sich an einen beigegefleckten Tisch, vor sich einen randvollen Teller mit Reis und Baked Beans, die sie miteinander verrührte und dann heißhungrig aß. Zum Trinken hatte sie sich Zitronenscheiben, die eigentlich für den Eistee gedacht waren, aus einem offenen Gefäß gefischt, den Saft in ein Glas mit Eis und kaltem Wasser gepreßt, und jetzt fügte sie noch Zucker aus einem Streuer auf dem Tisch hinzu, genau wie sie es als mittelloser Teenager immer gemacht hatte. Der Reis und die Bohnen wärmten sie von innen. Sonst hätte sie vielleicht ein Schälchen mit heißem Wasser gefüllt, Salz und Ketchupkleckse aus der Flasche auf ihrem Tisch hinzugefügt und das Ganze verrührt, bis es sämig war: Tomatensuppe. Warum mache ich das bloß? fragte sie sich. Sie blickte zu den Reihen kleiner, verglaster Essensfächer hinüber, die sich öffneten, wenn man Münzen in einen Schlitz steckte. Sie suchte nach dem heißen Apfelkuchen mit Rumsauce. Einmal hatte ihr der Märzwind einen Dollar vor die Brust geweht, und an jenem Tag hatte sie sich den Kuchen leisten können. Wo war er nur? Vielleicht bekam sie ja noch einen Bissen herunter.

»Kommen Sie oft hierher?«

Joan warf ihren Blick auf den Obdachlosen, der sich ihr gegenüber niedergelassen hatte wie ein Fluch. Das fettige graue Haar fiel ihm bis auf die Schultern, und er trug einen alten Armeemantel, der ihm zu groß war, ein schmutziges Jeanshemd und eine Khakihose.

»Sie sehn aus wie 'ne Schauspielerin. Schon mal versucht? Ich bin Castingagent«, behauptete der Penner. Er roch nach abgestandenem Wein und der Luft in Wellpappkartons, nach Hauseingängen und dampfenden Kellergittern. Ein großer Zeh lugte durch ein Loch im Turnschuh nach oben. Der Nagel mußte mal geschnitten werden.

»Produzent bin ich auch«, fügte er weltmännisch hinzu.

»Stimmt, Sie erinnern mich irgendwie an David O'Selznick.«

»Ich erinnere Sie an ihn? Was zum Teufel glaubst du, mit wem du sprichst, Kleine? Etwas mehr Respekt, wenn ich bitten darf. Zeig doch mal Klasse. Ich sehe schon, du hast kein Geld für etwas zu essen. Ich könnte da helfen.«

»Sie sehen so aus, als könnten Sie selber Hilfe gebrauchen.«

In den Augen des alten Penners regte sich etwas, eine verschüttete Erinnerung an ein anderes Leben. Er beugte sich zu Joan herüber und streckte das Kinn vor. »Es ist noch nicht vorbei«, sagte er trotzig, »ich geb den Loffel noch nicht ab.«

Die Maklerin unterdrückte ein Lächeln der Reue und des Mitgefühls, sah hinunter in ihre blaue Ledertasche, zupfte etwas aus ihrer Brieftasche hervor und schob es dem Penner über den beigefarbenen Tisch zu.

»Ich glaube, das ist Ihnen runtergefallen, Mr. O'Selznick.«

Es war ein Hundertdollarschein.

»'n Hunderter!«

Joan stand auf und wandte sich zum Gehen.

»Eine Sekunde noch«, sagte der Penner.

Die Maklerin sah sich zu ihm um.

»Ich nehme eigentlich *zwei*hundert für ein Vorstellungsgespräch.«

Joan nickte und betrachtete ihn voller Sympathie, so als wäre sie einem Seelenverwandten begegnet. Das Bild ihres alkoholkranken Vaters schoß ihr durch den Kopf, wie er ihr fest in das sechsjährige Gesicht schlug, bis es blaurot anlief. »*Tust du jetzt endlich, was ich sage, du kleines Biest?*« – »*Nein!*« »Kopf hoch, alter Mann«, sagte die Maklerin beifällig. »Zeigen Sie's ihnen. Lassen Sie sich nicht unterkriegen, geben Sie den Kampf nicht auf.« Dann drehte sie sich um und trat mit erhobenem Kopf in das Gedränge der Straße hinaus. Das Rumpeln der Lastwagen, das Aufkeuchen bremsender Busse, das schrille Hupen und die Träume, Verletzungen, Gemeinheiten, Ängste und Intrigen der Fußgänger auf dem Weg zur Bahn, das alles überspülte ihre Psyche wie eine Welle. Wie weggeweht waren hier alle Wolken, alle Spinnweben, alle Gedanken, die zerstreut am Rand ihres Verstandes herumgeschnattert hatten, und sie war wieder von jener Energie erfüllt, die sie zu Joan Freeboard machte, der Kindfrau auf dem Weg nach oben, friß oder stirb.

Friß oder stirb.

Das einzige Geräusch, das an diesem Abend in ihrem Penthouse an der Westseite des Central Park zu hören war, kam vom Schlurfen weicher Lederpantoffeln auf den gebohnerten, breiten Bohlen des Eichenfußbodens, während die Maklerin in ihrem tannengrünen Bademantel nachdenklich von Raum zu Raum wanderte und über ein seltsames Angebot nachgrübelte, das ihr ein paar Tage zuvor untergekommen war:

»Habe ich richtig gehört, daß Sie zwanzig Prozent gesagt haben?«

»Jawohl.«

»Wo ist der Haken?«

»Meine Kunden wollen nur das Beste. Das sind Sie.«

»Aber Sie haben doch gesagt, daß dort seit Jahren nichts mehr passiert ist.«

»Das ist richtig.«

»Na, dann lassen Sie den Verkauf über den Maklerring abwickeln, und senken Sie den Preis. Wo liegt das Problem?«

»Das Problem ist der Ruf des Hauses. Finstere Erinnerungen geraten nur langsam in Vergessenheit, Mrs. Freeboard.«

»Miss.«

»Miss. Denken Sie bitte darüber nach, ja?«

»Ja, das mache ich.«

Joan driftete zu einem kleinen runden Tisch aus Weißkiefer in der Ecke ihres kirschholzvertäfelten Arbeitszimmers. Auf dem Tisch lagen ein Stadtplan, ein paar Ausdrucke, eine Broschüre und mehrere Fotos einer massigen Villa, die auf einer Insel im Hudson River hockte. Joan fuhr mit der Hand in ihre Bademanteltasche und zog ein Feuerzeug und eine Packung Camel Lights hervor. Sie zündete sich eine an, zog fest daran und nahm ein Foto in die Hände, dann blies sie den Rauch aus und schüttelte den Kopf. Keine Chance, es ist reine Zeitverschwendung, lamentierte sie; dieses verkorkste Haus stammt geradewegs aus *Geschichten aus der Gruft*. Langgezogen, aus grauem Stein erbaut, mit Giebeln und Zinnen verziert, brütete es vor sich hin wie eine alte schottische Burg, wie Glamis beispielsweise. Hier und dort erhob sich ein bedrohlicher, konischer Turm wie ein Ausbruch böser Gedanken. Joan seufzte und ließ das Foto auf den Tisch zurückflattern, wo es mit einem sanften papiernen Klacken landete. Zu schade, daß dieses Scheißding nicht in Greenwich steht, dachte sie trübsinnig, dann hätte ich es innerhalb einer Woche für ein Vermögen losgeschlagen. Dennoch blieb sie neben dem Tisch stehen und befingerte die Fotos, fasziniert und magisch angezogen von dieser Herausforderung, einmal ein nicht so langweiliges Objekt zu haben. Am Rande ihres Bewußtseins hörte sie das

Knacken des Anrufbeantworters, ihren aufgezeichneten Spruch, eine Pause, dann wurde aufgelegt. Harry, dachte sie. Sie schüttelte den Kopf. Dann wanderte ihr Blick zu einem schwarzen Lederordner, der die Geschichte des Hauses enthielt. Sie hatte ihn nur überflogen. Von Jugend an litt sie an leichten Lesestörungen, die sie den brutalen Schlägen ihres alkoholkranken Vaters verdankte, ihrer Unterernährung und der Tatsache, daß die lange und oft in der Schule gefehlt hatte. Lesen bedeutete für sie eine Strapaze, eine Niederlage. Eine Mitarbeiterin verfaßte den Großteil ihrer Verträge. Alles, was sie über das Haus wußte, war das, was man ihr erzählt hatte: daß es 1937 von einem Arzt erbaut worden war, der seine Frau auf schreckliche Weise ermordet und sich unmittelbar danach selbst umgebracht hatte.

Sie ergriff den Ordner. Auf dem Umschlag stand in großen weißen Buchstaben ein Wort, das sie ohne Anstrengung lesen konnte: »ANDERSWO.« Und abrupt erinnerte sie sich an ein Bruchstück ihres Traumes: ein unbekannter Ort. Gefahr. Jemand versuchte, sie zu retten, ein Lichtwesen wie ein Engel, wie Clarence in *Ist das Leben nicht schön?* Im Traum hatte er ihr seinen Namen genannt, irgend etwas Einprägsames; jetzt versuchte sie, sich daran zu erinnern, es gelang ihr aber nicht.

Das Telefon und das Klicken des Anrufbeantworters. Sie legte den Kopf schief und hörte zu. Nicht Harry: Es war Elle Redmund, die Frau von James Redmund, dem gefeierten Verleger des *Vanities Magazine:* »… wirklich schrecklich unverschämt von mir, aber uns kommt eine Freundin besuchen, und wir würden beide lieber *sterben* oder mit dem Club Med nach Frankreich fahren, als deine wunderbare Party zu verpassen. Wäre es schlimm, wenn wir …?«

Joan ließ den Ordner auf den Tisch fallen, drückte ihre Zigarette aus, zündete sich eine neue an und machte sich dann wieder daran, mit gerunzelter Stirn nachdenklich herumzuspazieren, beliebig von einem Zimmer ins nächste zu schlurfen wie ein kettenrauchendes Gespenst, das zur Nachtwache in diesem gepflegten, mietpreisgebundenen Korridor der Hölle verdammt war. Es umgaben sie keine Familienfotos, keinerlei Spuren einer persönlichen Geschichte, Spuren von Zuneigung oder unglücklichen Zeiten, doch dann und wann blieb sie vor einem kleinen Monet oder Picasso stehen, nicht um seine Schönheit oder Kunstfertigkeit zu bewundern, sondern nur, um einen schwachen Trost aus dem Wissen zu ziehen, was er wert war. Dann spazierte sie wieder weiter und qualmte und überlegte, bis sie schließlich müde wurde und sich auf ihr daunenweiches Himmelbett fallen ließ, wo sie dalag und die verspiegelte Zimmerdecke anstarrte, während sie nach einer Lösung für das Rätsel des Hauses suchte. Irgendwann hörte sie, wie sich das Gitter des Aufzugs rasselnd öffnete, dann glitt ein Schlüssel in die Eingangstür: Es waren Antonia und George, ihre Hausangestellten, die bei ihr wohnten, die von ihrem freien Abend zurückkamen. Sie seufzte und drehte sich um. Es ist ein echtes Problem, aber du schaffst das schon, dachte sie brütend. *Denk nach!* Bald schlief sie ein. Und träumte von ihrem Vater, wie er nackt und betrunken ihren Freund aus der High-School die Straße entlangjagte. Dann träumte sie wieder von dem Engel. Er hatte Flügel und war groß und wunderbar, sein Gesicht aber ein leeres Oval. Im Traum wartete sie auf einen Tisch im Palm, einem schmalen kleinen Steakhaus an der East Side von Manhattan, und der Engel nahm aufmerksam die Bestellung einer jungen, schönen, dunkeläugigen Frau entgegen, als er plötzlich aufblickte, Joans Blick begegnete und sie warnte: »Nehmen Sie den Zug. Die Muscheln sind nicht ungefährlich.« »Wie zum Teufel heißen Sie?« hatte die verwirrte Maklerin ihm noch zugerufen, und damit war sie plötzlich wach. Sie stöhnte und blinzelte zu ihrer Digitaluhr hinüber. Es war sechs Uhr morgens. *Vergiß es. Zu früh.* Sie legte sich zurück und starrte zu ihrer verspiegelten Zimmerdecke hoch. »Die Muscheln sind nicht ungefährlich?« rätselte sie. Was sollte *das* denn? Wenige Augenblicke später kehrten ihre Gedanken zu der Villa zurück. Der Treuhänder, der die Angelegenheiten der Besitzer verwaltete, hatte ihr erklärt, wie sie in das Haus kommen könne.

Sie setzte sich abrupt auf. Heute war der Tag.

Bequem mit Jeans, Westernstiefeln und einem weißen Pulli bekleidet, fuhr Joan ihr grünes Mercedes-Cabrio mit offenem Verdeck über die George-Washington-Brücke und dann am Hudson entlang nach Norden, bis sie Craven's Cove erreichte, ein winziges, spärlich bevölkertes Dorf. Von dort nahm sie ein Motorboot hinüber zur Insel. Am Steuer des Bootes stand dessen einzige Besatzung in Form des Besitzers, eines schweigsamen, schlanken Mannes in den Sechzigern, dessen Haut vom Salz verwittert war und dessen blinzelnde Augen die blasse, bläulichgraue Farbe einer ausgeblichenen Muschel hatten. Als sie durch die Nebelschwaden des morgendlichen Flusses tuckerten, warf er einen Blick auf die Villa und fragte: »Wollen Sie da einziehen?« Joan konnte ihn durch den Wind und das Whiskygrollen des Motors nicht verstehen. Sie hielt sich eine Hand hinter das Ohr und fragte laut: »*Was?*«

»Ich habe gefragt, ob Sie da *einziehen* wollen.«

Einen Moment lang starrte sie in seine verblichenen, hellblauen Augen, dann blickte sie hoch zu der Stickerei auf der Schiffermütze des alten Seebären und dem Namen des Bootes: »Far Traveler.« Weit gereist. Sie wandte sich wieder der Villa zu.

»Nein.«

Nachdem sie angelegt hatten, blieb der alte Fährmann auf dem Boot zurück und zündete sich eine Bruyèrepfeife an, während er sich an die Reling lehnte und zusah, wie Joan die alten Planken des Piers hinuntertstampfte und dann einen schattigen alten Eichenhain betrat, bis er sie schließlich nicht mehr sehen konnte. Sie beunruhigte ihn irgendwie, er wußte aber nicht, warum.

Die Maklerin folgte einem Kiespfad, der sich etwa hundertfünfzig Meter weit durch das Wäldchen schlängelte und sie unmittelbar zur Frontseite des Hauses führte. Neben der Eingangstür fand sie eine verschließbare Malertruhe, gab mit kundigen Fingern die Kombination ein und zog einen Schlüssel heraus, dann drehte sie sich um und warf einen Blick auf die nähere Umgebung. Jenseits der Bäume erhaschte sie einen Blick auf das Ufer und einen Strand am ruhigen, flach und klar atmenden Gewässer. Dahinter breitete sich in einem

Dunstschleier die sonnenglänzende Skyline von Manhattan aus. Imponierend ragte sie in die Höhe und ließ sich durch keinen Spuk aus der Ruhe bringen. Joan blickte an dem bedrohlichen Koloß von Villa hoch. *Sehr gut*, dachte sie befriedigt. *Es starrt mir nicht entgegen. Bis jetzt hat das verflixte Haus noch nichts falsch gemacht.*

Der Atem des Flusses fing den hellgrünen, süßen Duft der Bäume ein, und Himmel und Erde waren still. Joan hörte das leise Kratzgeräusch, mit dem der Schlüssel über die metallenen Auszackungen des Türschlosses glitt. Sie drehte ihn um, drückte gegen die Tür und betrat das Haus.

Sie stand in einer eleganten, überwölbten Eingangshalle. Hinter einer Flügeltür aus Eichenholz sah sie einen riesigen Salon, dessen Möbel geisterhaft als formlose Ausbuchtungen unter den weißen Schutzüberzügen erschienen, die sie vor dem Staub und der starken Sonne schützen sollten. Der Besitzer – der Erbe des Erbauers – und seine Familie, Frau und zwei kleine Kinder, lebten seit drei Jahren in Florenz, und obwohl das Haus zum Kauf oder zur Vermietung gestanden hatte, war es während der ganzen Zeit unbewohnt geblieben. Niemand wollte es kaufen oder darin leben. »Spukhaus.«

Mit lässigen Schritten, die Lippen umsichtig gespitzt, spazierte Joan in das Zimmer und blieb dann stehen. Sie stützte die Hände auf die Hüften und sah sich um. Die hohe Zimmerdecke war von schweren Balken durchzogen, die sich im spanischen Stil kreuzten, und in der Mitte der einen Wand gähnte ein riesiger Kamin. Die Maklerin ging weiter, und ihre Stiefelabsätze klopften auf den unregelmäßig breiten Dielen des Hickoryfußbodens, als sie durch den Raum streifte und die Überzüge von den Möbeln zog. Nachdem sie damit fertig war, war sie nicht schlecht überrascht: Mit seinen Polstersofas und seinen mit gemütlichen, beruhigenden Paisleymustern bezogenen Sesseln war das Zimmer eine herzliche Einladung zum Leben. Es gab einen Spieltisch und eine Stereoanlage, ein Steinway-Flügel glänzte einladend, und durch die hohen Giebelfenster strahlte gnadenlos fröhliches Sonnenlicht auf das Ganze herab wie der feurige Segen eines lästigen Heiligen. *Und wo sind nun Christopher Lee und die bedrohlichen Beißer?* Zur

Linken erblickte Joan eine gemütliche Bar in einer bücher-
strotzenden Bibliothek mit Kamin, schlenderte dann an einer
breiten, gewundenen Treppe vorbei, die zu einem Flur und
mehreren Schlafzimmern in der ersten Etage führte. Sie hielt
inne, als sie entdeckte, daß sich wie ein Geheimnis eine Nische unter der Treppe verbarg. Sie ging hin und fand dort, im
Schatten verloren, eine geschmückte eichene Bogentür, in deren Mitte einer häßlichen Drohung gleich ein beunruhigendes
Monstergesicht prangte, dessen Mund in einem gähnenden,
bösen Grinsen offenstand und dessen Augen vor Wut aus
ihren Höhlen quollen.

Joan erwiderte das Starren der Fratze und murmelte leise:
»Arschloch.«

Sie ergriff den Messingtürknopf und versuchte die Tür zu
öffnen, stellte aber fest, daß das nicht ging. Sie war abgeschlossen.

Ping.

Ein leiser Ton hauchte hinter ihr durch die Stille, ein Ton
wie ein einzelner, gedämpfter Tastenschlag. Sie drehte sich
langsam um und starrte den Steinway an. Fast rechnete sie
damit, jemanden davor sitzen zu sehen. Man hatte ihr gesagt,
das Haus hätte noch mehrere Seitenteile, einschließlich der
Unterkünfte und einer separaten Küche für das Personal.
Vielleicht gab es irgendwo einen Hausmeister. Sie sah, daß
niemand da war. Sie war allein. Sie ging zu dem Flügel hinüber, klappte ihn auf, beugte sich mit einem Grinsen über die
Tasten und fing an »Don't Worry, Be Happy« zu spielen,
während sie sich in alle Richtungen umsah und dann laut aus-
rief: »Das ist für dich, du verrücktes Haus!«

Dann hielt sie inne und starrte nachdenklich vor sich hin.

»Aber wie stellen wir es an, daß jemand herkommt und
dich ansieht?«

Das Haus gab keine Antwort.

Gut, dann eben nicht.

Gedankenverloren fuhr sie nach Manhattan zurück, überließ
dem Pförtner den Wagen, nahm den Aufzug bis zu ihrer Wohnung, öffnete und ging ohne Umschweife in ihr Arbeitszim-

mer, wo sie sich hinsetzte und erst mal die Stiefel ausziehen wollte.

»'n Abend, Madam.«

Antonia, die Haushälterin, war hereingekommen.

»Gehn Sie zum Essen aus, Missus?«

»Nein. Ich esse um sieben.«

»In Ordnung.«

»Bitten Sie George, mir einen Cajun-Martini zu mixen, ja, Tony?«

»Ja, Missus. Sonst noch etwas?«

Joan zog sich den ersten Stiefel fertig aus, ließ ihn fallen, runzelte die Stirn und betrachtete die Haushälterin prüfend. »Sie sehen müde aus. Sie haben Ränder unter den Augen. Schlafen Sie nicht gut?«

»Nicht besonders.«

»Haben Sie irgendwelche Sorgen?«

»Nein, Missus.«

»Sind Sie sich da sicher, Tony?«

»Ja. Ich bin mir da sicher.«

»Ich glaube, Sie sind überarbeitet.«

Die Haushälterin zuckte schüchtern die Achseln und wandte den Blick ab.

»Sie und George nehmen sich morgen frei, Antonia.«

»O nein, Missus!«

»*Doch.* Sie tun, was ich sage. Und wissen Sie was? Mir ist gar nicht nach einem großartigen Abendessen zumute. Nur ein Sandwich. Okay? Einfach eine Kleinigkeit. Und den Martini bitte doppelt.«

»In Ordnung, Missus. Sofort.«

Die Haushälterin, eine Frau in mittleren Jahren, stapfte in ihrer adretten blauweißen Uniform davon. Joan sah ihr besorgt nach. Sie zog sich den anderen Stiefel aus, ließ ihn zu Boden fallen, dann streckte sie die Beine aus und bewegte die Zehen.

Mein Gott, tut das gut.

Während sie sanft ins Nichts starrte, dachte sie wieder an die Villa. Und hielt dann inne. *Ja, ich sollte es erst einmal ruhen lassen.* Sie lehnte den Kopf in den Sessel zurück und schloß die

Augen. Dann hörte sie das Klicken des Anrufbeantworters. Noch einmal Elle Redmund, die Frau des Verlegers. »Hallo, meine Liebe, hast du meine letzte Nachricht gehört? Na ja, egal, unser Besuch kommt jetzt doch nicht. Trotzdem danke, Joanie. Wir sehen uns Freitag abend.«

Es klickte wieder.

Eine Weile war nichts als Stille und Joans flaches Atmen, doch mit einem Mal riß sie die Augen weit auf. In einem jener rätselhaften Geistesblitze, in denen das Unterbewußtsein über einer Information brütet, seine Schlüsse zieht und sie dann dem Verstand als Inspiration präsentiert, widerfuhr ihr eine plötzliche, überwältigende Offenbarung.

Da war es! Das war's! Sie wußte, wie das Haus zu verkaufen war.

»Ihr Martini, Missus Freeboard.«

»Danke, Tony. Sieht großartig aus, sagen Sie das George.«

»Ja, Missus.«

Joan nahm sich das Glas, trank aber nicht. Sie heckte einen Plan aus.

Nicht jede Erleuchtung entstammt Gottes Gnaden.

Joans Party am folgenden Freitag war flott und gut besucht, vollgestopft mit Dramatikern, Politikern und Firmenmanagern, Models, Mitgliedern der High Society und Mafiosi, einfach jedem, der jemals Haus oder Grund von ihr gekauft hatte. Für die Dauer einer halben Stunde war die Gastgeberin nicht aufzufinden, ebensowenig wie ihr Gast, der Verleger James Redmund. Als Joan wieder unter ihren Gästen auftauchte, machte sie einen befriedigten Eindruck.

Der erste Schritt ihres Plans war abgeschlossen.

Am darauffolgenden Donnerstag, sechs Tage später, saß das renommierte britische Medium Anna Trawley gerade im Arbeitszimmer ihres Landhauses in den Cotswold-Wäldern am Kamin und nippte an ihrem Tee, als sie eine Mitteilung von einer ihr völlig Fremden, einer amerikanischen Immobilienmaklerin namens Joan Freeboard, erhielt. Mrs. Trawley, eine Frau in den Vierzigern mit einem Gesicht so zart und blaß wie eine Kamee, war von stiller Schönheit; in ihren kleinen, klaren kastanienbraunen Augen glühte eine schwache, aber unsägliche Traurigkeit, die ihren Blick unablässig nach innen zu lenken schien. Auf einem kleinen quadratischen Teakholztisch neben ihr warteten die Post und eine frisch riechende Ausgabe der *Times*, und an einer holzvertäfelten Wand hingen ein paar Erinnerungsstücke: ein Foto, das sie neben der Queen zeigte, ein Zeitungsausschnitt mit der Schlagzeile: BEKANNTES MEDIUM FINDET MÖRDER und ein Kinderfoto, ein hübsches junges Mädchen mit Grübchen, das auf dem retuschierten, pastell eingefärbten Schwarzweißfoto in einer anderen Dimension der Zeit verloren schien. Unter einem offenen Fenster lag ein Ouija-Brett aus Plastik auf einem Tisch, an dem sich zwei Stühle gegenüberstanden.

»Madam?«

Mrs. Trawley wandte sich zu der jungen Frau um, die ins Zimmer getreten war, ihrer hübschen neuen Hausangestellten. »Peta?«

Diese hielt ihr ein kleines rundes Silbertablett entgegen. Mrs. Trawley starrte für einen Moment geistesabwesend auf eine tiefe weiße Narbe, die sich durch die rechte Augenbraue des Hausmädchens zog, und fragte sich, an was für ein schmerzhaftes Ereignis sie erinnern mochte oder ob sie durch Zufall entstanden war; dann senkte sie den Blick auf das Tablett, das ihr dargeboten wurde. Darauf lag in einem quadratischen Umschlag von dumpfer, gelber Farbe ein Telegramm, dessen Inhalt Mrs. Trawleys Schicksal auf einem geraden und zugleich labyrinthischen Pfad – je nachdem, ob man es vom menschlichen oder göttlichen Standpunkt her betrachtete – für immer mit dem Schicksal Joan Freeboards verbinden sollte.

»Danke sehr, Peta.«

»Ja, Madam.«

Das Dienstmädchen ging leise aus dem Zimmer. Mrs. Trawley ergriff den Umschlag, zog den Inhalt heraus und sah, daß das Telegramm sechs Seiten umfaßte. Sie las sie, legte dann die Papiere auf ihren Schoß, lehnte den Kopf in ihrem Sessel zurück und schloß die Augen. Ein plötzlicher Wind erhob sich draußen im Wald und zerzauste die weißen Spitzenvorhänge am Fenster, wo jetzt – vielleicht durch den kurzen, heftigen Windstoß in Bewegung gesetzt – die gläserne Planchette von der Mitte des Ouija-Bretts zu dessen Oberkante glitt und dort genau auf einem Wort innehielt.

Das Wort lautete NEIN.

Zweites Kapitel

»Ich bin seit acht Monaten tot, nur für den Fall, daß es dir noch nicht aufgefallen ist.« Terence Dare, hochgewachsen und von melancholischer Schönheit, weltstädtisch und aristokratisch, tauchte seinen Pinsel in einen Gelbton auf der Palette und betupfte dann die Leinwand, die im sonnenerleuchteten, hohen Atelier unter dem Schrägdach seines Hauses in Fire Island vor ihm stand. »Seit Robert aus meinem Leben verschwunden ist«, jammerte er mit seiner vollen, kultivierten Stimme. »Nein, ich kann kein Wort schreiben«, sagte er seufzend. »Mir fehlt der Antrieb.«

»Mist, Mist, Mist!« brummte Joan. »*Mist!*«

Dare wischte den roten Farbspritzer auf seinem Finger an seinem Malerkittel ab, den er über einem T-Shirt und ausgeblichenen schwarzen Jeans trug. Dann kniff er die blauen Augen zusammen und warf der Maklerin, die mit ihrer Zigarette nervös auf und ab ging, einen Blick zu. Das Echo ihrer Pfennigabsätze, die auf dem Eichenboden klapperten, hallte von einem Oberlicht wider. Sie schlug nach einer gräulichen Qualmwolke, die ihr im Weg hing.

»Aber es ist die Titelgeschichte für *Vanieties*, Terry! Die *Titelgeschichte!*«

»Mal sehen, ob ich das richtig verstehe«, sagte der weltbekannte Autor. »James Redmund widert dich an, er ist ein pedantischer Langweiler und zählt außerdem zu jener Truppe elitärer Darmausgänge, die uns andauernd erzählen, wie sehr sie die Herausforderung lieben, als wäre es nicht Herausforderung genug, auf einem Felsen zu leben, der sich um sich selber dreht und, stets auf der Hut vor Asteroiden und Kometen, durch die Leere schießt, ganz zu schweigen von Tornados, Tod und Seuchen sowie Vlad dem Pfähler, Erdbeben und Kriegen; aber du hast dich trotzdem von ihm flachlegen lassen?«

»Ich habe dir doch gesagt, es war rein geschäftlich.«

»Gehst du seit neuestem für die Mafia anschaffen, meine Perle, und nicht mehr wie sonst für die ganze Menschheit?«

»Ach, fick dich ins Knie, Terry.«

»Schätzchen, das haben schon Tausende versucht, doch nur Hunderten ist es gelungen.«

Die Maklerin in ihrem todschicken Armanianzug blieb stehen und hustete mit vorgehaltener Hand. »Ich muß endlich damit aufhören«, sagte sie. Die Augen brannten ihr und tränten. Absatzklappernd ging sie zu einem Tisch, wo sie ihre Zigarette in einem großen, weißen Muschelaschenbecher ausdrückte. »Hör mal, ich habe dir doch gesagt, normalerweise bringen sie so etwas nicht.«

»Stimmt. Normalerweise nicht«, sagte Dare unergründlich.

»Er ist der Verleger, er macht, was er will.«

Sie drückte immer noch auf dem erloschenen Zigarettenstummel herum.

»Wann und wo habt ihr das Unaussprechliche begangen?«

Joan ließ sich auf einen Stuhl am Fenster fallen, verschränkte die Arme und starrte den Schriftsteller mit Schmollmiene an. »Mensch, Terry, du könntest die Story in einer Woche runterschreiben.«

»Wann und wo?« Dare blieb hartnäckig.

»Am Freitag auf der Party. In meinem Badezimmer.«

»In deinen *Badezimmer*?«

Sie zuckte kurz die Achseln.

»Ist schon okay. Wir haben das Wasser ganz laut laufen lassen.«

Der Schriftsteller betrachtete sie, als schätzte er die Entfernung zu einem Stern ab. In ihren kleinen, eng beieinanderliegenden grünen Augen konnte er keine Spur des Errötens oder der Arglist finden. Sie trugen genau denselben Ausdruck, den er gewöhnlich in ihnen beobachtete: leer, aber irgendwie erwartungsvoll. Es war, als wartete sie ständig auf weitere Anmerkungen. Ihre Seele ist ein weit geöffnetes Fenster, dachte er; sie ist so simpel und leicht begreiflich wie ein Einkaufswagen.

»Du könntest das verdammte Ding in einer *Stunde* schreiben.«

Und sie ist hartnäckiger als eine tiefe Tätowierung.

»Jetzt wollen wir sehen, ob ich alles richtig verstehe ...«, sagte Dare ausdruckslos.

Sie wandte den Blick ab und verdrehte die Augen. »So machst du das immer.«

»Man hat dir die Alleinvertretung für ›Anderswo‹ angeboten«, rekapitulierte er, »aber das Problem scheint zu sein, daß es dort spukt, und ...«

»Gar nichts tut es! Seit Jahren ist dort nichts mehr vorgefallen! Es hat eben einfach diesen scheißgruseligen Ruf.«

Der Pulitzerpreisträger starrte sie dumpf an.

»Scheißgruselig?«

»Na ja, okay. Ich bin keine Schriftstellerin.«

»Du bist kriminell. Du hast das weltbekannte Medium Anna Trawley verpflichtet, außerdem Dr. Gabriel Case von der New Yorker Universität, *die* Autorität in solchen Dingen. Friede, Freude, Eierkuchen, wir vier verbringen ein paar Nächte in dem Haus, und während Mrs. Trawley und Case sich in dessen Atmosphäre suhlen und absolut nichts Gespenstisches oder Ungewöhnliches entdecken, beobachte ich sie, mache mir natürlich reichlich Notizen und schreibe schließlich einen kleinen scheißcleveren Artikel über die ganze Sache, der mit der Idee, es könnte dort spuken, gründlich aufräumt. Dein pfeifenrauchender Badezimmergnom druckt ihn ab, der Ruf des Hauses ist jetzt blütenrein, und du verkaufst es und wirst noch stinkreicher als zuvor. Habe ich es einigermaßen auf den Punkt gebracht, mein Engel der Vertragsabschlüsse?«

»Man hat mir die dreifache Courtage dafür geboten, Terry. Das ist verdammt noch mal eine siebenstellige Summe.«

»Müssen wir wirklich die ganze Zeit fluchen?«

»Das müssen wir!«

»Kannst du dir gar nichts anderes einfallen lassen? Also wirklich.«

Er wandte sich reserviert ab und betrachtete das Bild, eine wirbelnde Melange aus verschiedenen lebhaften Gelbtönen. Joan sprang von ihrem Stuhl auf und ging auf ihn zu. »Ich habe etwas bei dir gut, Terry!«

Dare hob den Pinsel, um weiterzumalen.

»Jetzt kommt sie also, die tödliche Raketenattacke auf mein Gewissen.«

»Du *leugnest*, daß du mir etwas schuldig bist?«

»Sigmund Freud hätte gemordet, um dein Talent zu besitzen.«

Sie pflanzte sich vor ihm auf und verschränkte die Arme vor der Brust. »Du *leugnest* es?«

Er blickte auf seine hellroten Nike-Tennisschuhe, dann schüttelte er den Kopf und seufzte. »Nein, du hast etwas gut bei mir«, sagte er. »Ich stehe immens in deiner Schuld. Du bist stets für mich dagewesen, wenn ich die Dämmerungspatrouille gebraucht habe, in all diesen endlosen, schrecklichen Nächten, in denen ich eine Schulter brauchte, von der ich wußte, daß sie nicht insgeheim mit Neid, Lügen und Intrigen gepolstert war.« Sein Blick fiel auf ein glänzendes Blau auf der Palette. »Du bist zuverlässig und loyal und wie nicht von dieser Welt, meine Joan; du bist der einzige lebende Mensch, dem ich vertraue. Trotzdem fürchte ich, daß ich dich in diesem Fall enttäuschen muß.«

»Zum Kuckuck, es ist doch nur ein Artikel für eine Zeitschrift, Terry! Du kannst doch wohl auch mit gebrochenem Herzen immer noch einen verflixten *Artikel* schreiben, oder?«

Er blickte in stiller Ungläubigkeit zu ihr auf.

»Ich meine, es soll doch kein Buch werden oder so was!«

»Nein, es wird kein Buch«, sagte er tonlos.

»Was soll dieser Blick?«

»Welcher Blick!«

»*Dieser* Blick?«

»Ich bohre nach der Quelle deiner barbarischen Gerissenheit.«

»Und was soll das jetzt wieder bedeuten?«

Funkelnd wandte er sich erneut der Leinwand zu und malte.

»Ach, war das ein Tuntenwitz?«

»Wenn du meinst.«

»Komm schon, Terry, hör auf mit dem Unsinn und schreib den Artikel.«

»Das würde ich liebend gern tun, aber es ist einfach nicht möglich.«

»Auch wenn mir dieser verdammte Vertrag die Welt bedeutet?«

»Ja.«

»Und das alles wegen eines gewichtshebenden Möchtegernmodels, das du im Park aufgabelt hast, als es gerade die Tauben mit Steroiden gefüttert hat? Ich verstehe das nicht, Terry, ich verstehe es kein bißchen.«

»Meine liebe Joanie, hier geht es um mehr als um Robert«, sagte der Schriftsteller seufzend. Joan beobachtete ihn aufmerksam und runzelte die Stirn; es lag etwas Ausweichendes in seiner Art und seiner Stimme. »Sogar eine *ganze* Menge mehr«, erklärte Dare.

»Ja, und was zum Beispiel?«

»Eben einfach mehr.«

»Was denn mehr? Komm schon, was? Etwas genauer.«

»Es ist einfach die Schreiberei an sich.«

»Was ist damit?«

»Ich habe sie für immer aufgegeben.«

Joan schlug sich die Hand vor die Stirn und rief aus: »Verfl… acht!«

»Es ist zu anstrengend, meine Liebe«, sagte Dare, »zu viele Entscheidungen. ›Hatte einen schönen Tag‹, heißt es in Oscar Wildes Tagebuch. ›Ich habe ein Komma eingefügt, es entfernt, dann beschlossen, es wieder einzufügen.‹ Joanie, Schreiben ist Schall und Rauch.«

»Ich glaube das einfach nicht, Terry!«

»Es ist mentale Schwerstarbeit. Von jetzt an betrachte ich mich als Maler.«

Joans frustrierter Blick huschte über die Leinwand und betrachtete hastig die spiralförmigen gelben Schlangenlinien. Ihr schwante Böses, und sie kniff die Augen zusammen.

»Was zum Teufel soll das eigentlich werden, Terry?«

»Zitronen in Ruhestellung.«

Sie streckte die Hand aus und nahm ihm mit besorgter Miene den Pinsel aus der Hand. »Wirfst du wieder LSD ein, Terry?«

»Red doch nicht solchen Blödsinn«, sagte Dare verschnupft.

»Keine Kamele in billigen orangefarbenen Taftkleidern mehr, die schwören, daß sie Zeugen Jehovas sind, und sich nachts in dein Haus schleichen, um über deine Bücher zu diskutieren?«

»Du besitzt nicht den geringsten Anstand, oder?«

»Nein.«

»Und das alles nur, weil ich die Schriftstellerei an den Nagel gehängt habe?«

»Ja, ja, ja: zuerst liegt es an Robert und deinem gebrochenen Herzen, dann geht dir das Schreiben auf die Nerven, und du verwandelst dich in Picasso. Das hört sich in meinen Ohren nach ziemlichem Schwachsinn an, Terry. Hast du. Angst? Glaubst du etwa an die blöden Geister, zum Donnerwetter noch mal?«

»Das ist doch absurd!«

Dares Wangen glühten. Er nahm ihr den Pinsel ab und wandte sich wieder der Leinwand zu. »Hör mal, wenn du es wirklich wissen willst, das Problem ist, daß ich es einfach nicht ertragen könnte, zu verreisen und die Hunde hierzulassen.«

»Jetzt *weiß* ich, daß es Schwachsinn ist.«

»Ist es nicht«, sagte Dare bestimmt.

»Wegen dieser beiden kleinen Scheißviecher würdest du mein Leben ruinieren?«

Dare drehte sich um und starrte sie wie versteinert an. »Darf ich annehmen, daß du mit ›diesen beiden kleinen Scheißviechern‹ die süßesten, liebsten Pudelchen der Welt meinst, Pompette und Maria-Hidalgo LaBlanche?«

Das Gesicht wenige Zentimeter von seiner Brust entfernt, erwiderte Joan seinen Blick mit einem Funkeln.

»Dann bring sie eben mit.«

»Wie bitte?«

»Bring sie mit. Bring die Hunde mit.«

»Bring die Hunde mit?«

Etwas, das entfernt nach Panik klang, lag in seiner Stimme.

»Ja, bring sie eben mit.«

»Nein, das würde einfach nicht funktionieren.«

»Es würde nicht funktionieren?«

»Nein.«

»Warum denn nicht?« fragte Joan ihn.

»Ich weiß es nicht.«

»Du weißt es nicht? Du machst dir vor Angst in die Hose, du Literatenarsch. Schläfst du mit einem Nachtlicht, du verdammter Spinner?«

»Wir wollten doch nicht so viel fluchen«, sagte Dare kühl. »Außerdem sind deine gemeinen und widerlichen Beschuldigungen absurd, wenn nicht sogar mitleiderregend, Miss Wer-auch-immer-du-bist.«

»Stimmen sie denn?«

Der Schriftsteller wurde rot.

»Warum suchst du dir keinen anderen Autor, zum Kuckuck noch mal!« jammerte er. »Mein Gott, Joanie, *Vanities* besorgt dir jeden, den du haben willst!«

»Nun, das ist schon passiert.«

»Das ist schon passiert? Was in aller Welt meinst du damit?«

Sie saßen an einem Tisch am Fenster der Netherland Bar im Sherry Hotel. Es war noch vor fünf Uhr, und die Tische auf beiden Seiten waren noch leer. »Einen Moment«, sagte Joan. Sie durchwühlte eine Aktentasche. »Ich habe ein wirklich gruseliges Foto von dem Haus. Ich such's gerade.« Besorgt und unkonzentriert warf der Verleger von Vanities *einen angespannten Blick zur Tür, als er einen neuen Gast von der Straße hereinkommen hörte. Erleichtert sah er, daß es niemand war, den er kannte. Während er nervös mit dem Stiel seiner kalten Bruyèrepfeife gegen seine Zähne klopfte, wandte er seinen sorgenvollen Blick wieder Joan zu. »Wir vier alleine in einem Spukhaus«, sagte sie überschwenglich, »und Terrys allererster Artikel für eine Zeitschrift!«*

Ein Kellner stellte einen kalten Manhattan vor ihr auf das gestärkte weiße Tischtuch und ein Glas Chardonnay vor Redmund. »Chardonnay, Sir?«

»Genau«, murmelte Redmund. »Danke.« In seinen weit geöffneten und leicht vorquellenden Augen lauerte still die beginnende Hysterie. Nachdem der Kellner gegangen war, beugte er den Kopf zu Joan hinüber. »Meinst du nicht, wir sollten uns darüber unterhalten, was auf der Party vorgefallen ist?«

»Oh, was ist denn vorgefallen?« sagte Joan geistesabwesend, während sie immer noch in ihrer Tasche nach dem Foto wühlte. Und dann begriff sie und blickte verblüfft auf. »Oh, was vorgefallen ist!« Ihre Hände flogen zu den seinen und drückten sie leidenschaftlich. »O ja, Jim! Das ist alles, worüber ich reden möchte, woran ich denken möchte! Komm, laß uns die Sache mit diesem Artikel hinter uns bringen, und dann können wir uns wieder auf die Wirklichkeit besinnen, auf uns! Gefällt dir die Idee? Wirst du sie bringen?«

»Sie ist interessant, Joan«, sagte Redmund leichthin.

Joan ließ seine Hände los und lehnte sich zurück, dann verschränkte sie die Arme und wandte den Blick ab. »Ja, natürlich.«

Sie wußte sehr gut, was »interessant« bedeutete.

»Aber es ist wirklich nicht das Richtige für uns«, sagte Redmund. »Hör mal Joan … Freitag abend war unglaublich.«

»Klar.«

»Einfach wahnsinnig. Aufregender als alles, was ich je erlebt habe, glaube ich.«

»Ja, ich auch«, murmelte Joan. Sie starrte dumpf auf den Springbrunnen genau gegenüber des Plaza Hotels.

»Aber es war falsch, Schatz, wir haben einen Fehler gemacht.« Redmund versagte die Stimme. »Ich habe heute beim Joggen über alles nachgedacht, und …«

Joan wandte sich ihm wieder zu und starrte ihn verständnislos an.

»Also, ich könnte meine Frau nie verlassen«, sagte der Verleger bestimmt. »Ich könnte es einfach nicht. Diese Sache führt zu nichts, Joanie. Wenn ich es dir jetzt nicht sagen würde, dann wäre es später noch viel schmerzvoller. Es tut mir leid. Es tut mir so schrecklich leid.«

Die Maklerin starrte ihn weiter dumpf an, und riß die Augen ungläubig noch weiter auf.

»Es tut dir leid«, wiederholte sie.

»Ja, ich weiß, das klingt platt, nicht wahr – tut mir leid.«

Redmund hörte ein einzelnes, unterdrücktes Schluchzen, blickte auf und sah, daß Joan mit den Tränen kämpfte. »Ach, verdammt«, stammelte er. Die Maklerin umklammerte ihre Leinenserviette und hielt sie sich fest vor das Gesicht; es sah so aus, als weinte sie leise hinein.

»Ich fühle mich furchtbar ... grauenvoll.« Redmund suchte nach Worten. »Wie soll ich denn jetzt in der Wohnung leben, die du mir verkauft hast? Ich werde dich überall vor Augen haben ... in jedem Flur, jedem Zentimeter Parkett.«

Dies schien die weinende Immobilienmaklerin zu einem noch heftigeren Gefühlsausbruch zu treiben, obwohl man ihr plötzliches, leises, schmerzhaftes Aufstöhnen nicht einmal mit annähernder Sicherheit von dem verzweifelten Versuch unterscheiden konnte, brüllendes Gelächter zu unterdrücken. Redmund blickte sich um, um festzustellen, ob jemand sie beobachtete, dann leerte er umständlich seine Pfeife. »Hör mal, Joanie, dieser Artikel, er hört sich – na ja, nach einer ziemlichen Herausforderung an. Wirklich. Bist du sicher, daß Terence ihn schreiben würde?«

»Redmund macht es nur, wenn du ihn schreibst«, schloß Joan ihre Zusammenfassung des Treffens mit Redmund.

»Du bist ja Liza Doolittles böse Zwillingsschwester.«

»Liza wer?«

Dare betrachtete das lebhafte Leuchten in ihren Augen, die vorgeschobene Unterlippe, das Grübchenkinn, das trotzig angehoben war. Er sah das angstvolle Kind in ihrem Inneren. »Es geht dir gar nicht um das Geld, oder, Joanie? Es ist dieser hungrige Tiger, der in deiner Seele lodert, dieser verzweifelte Drang, den anderen voraus zu bleiben, weiter zu gewinnen, das Bedürfnis, aller Welt zu beweisen, daß du alles im Griff hast.«

Sie runzelte die Stirn und machte ein verwirrtes Gesicht. »Es ist nicht das Geld?«

Abrupt öffnete sich klickend eine Tür: Zwei japsende Pudel tollten vom Strand ins Zimmer, ihre Klauen machten Kratzgeräusche auf dem Fußboden. Ein klumpfüßiger Mann Anfang vierzig folgte ihnen, ein Hausmeister, den Dare Jahre zuvor aus Mitleid eingestellt hatte.

Joan funkelte einen der Pudel an, der zu ihren Füßen stehengeblieben war und ihr Bein mit einen Blick voll intensiver Spekulation ansah. »Untersteh dich«, sagte sie drohend, »oder ich mache einen Zwergbettvorleger aus dir.«

»Maria, weg mit dir! Kusch!« sagte Dare zu dem Hund. »Sie ist eine Mörderin! Lauf weg! Sie meint es ernst!« Er sah den Hausmeister an. »Pierre, *sortez les chiens*.«

Der Hausmeister nickte und antwortete: »*Immédiatement*.« Er klatschte in die Hände. »*Allez les chiens! Allez, sortez! Nous allons dehors!*« Die Hunde huschten durch eine Tür davon, und der Hausmeister mit dem unförmigen Schuh folgte ihnen, die eine Schulter tief nach unten gebeugt.

»Das alles bedeutet mir sehr viel, Terry. Sehr viel.«

Der Schriftsteller wandte ihr seinen Lockenkopf zu und starrte sie an. Er hatte das Haus, in dem sie standen, über Joans Maklerfirma gekauft, so hatte er sie kennengelernt. Seitdem hatte sie ihn nie um etwas gebeten, nicht einmal um ein Exemplar eines seiner Bücher. Sein Prominentenstatus bedeutete ihr nichts, das wußte er – und daß er ihr aus irgendeinem Grund sehr am Herzen lag. Er suchte ihre Augen nach den geheimen Wunden ab, die er hinter ihrem selbstbewußten Glanz zu entdecken gelernt hatte.

»*Unheimlich* viel«, sagte sie noch einmal.

»Und wie lange wären wir dort?«

»Fünf Tage.«

Sie erklärte ihm, daß Dr. Gabriel Case, Professor der Parapsychologie, Spukexperte, mit seiner Spezialausrüstung schon vor ihnen zu dem Haus fahren würde, um alles vor ihrer Ankunft aufzubauen. Den Großteil ihres Gepäcks würde man vorausschicken, und sobald Anna Trawley in New York war, würden sie alle mit einer Limousine nach Craven's Cove fahren, wo das Motorboot sie zu der Insel übersetzen würde. »Case kümmert sich um alles«, schloß sie ihren Vortrag. »Ich meine zum Beispiel Telefon und Strom und den ganzen Dreck.«

»Wie zuvorkommend.«

»Ja, er ist klasse.«

»Er ist *klasse*?«

»Na ja, zumindest was man am Telefon so hören konnte. Ich bin ihm noch nie begegnet.«

»Du hast ihn am *Telefon* um den Finger gewickelt, daß er das alles tut?«

»Na, na, Terry. Ich zahle ihm einen Haufen Schotter. Okay?«

»Oh, ich verstehe.« Der Schriftsteller wandte sich steif seinem Gemälde zu. »Also steht schon alles fest. Ich hätte es wissen sollen.«

Die Maklerin runzelte die Stirn und rückte näher.

»Hör mal, jetzt im Ernst«, sagte sie.

»Ja genau, im Ernst.«

»Margoittai sorgt für unsere Verpflegung. Solange wir in dem Haus sind, werden wir vom Vier Jahreszeiten bekocht.«

Der Pinsel des Schriftstellers blieb in der Luft hängen.

»Ah, Mephistopheles!«

»Heißt das ja?«

Man schrieb das Jahr 1993.

Später würde es ernstliche Zweifel daran geben.

TEIL ZWEI

Drittes Kapitel

Die massive Eingangstür der Villa flog auf wie durch die Gewalt eines verzweifelten Gedankens. »Meine Güte, ist das ein Sturm!« rief Joan aus. Sie trug einen triefenden, glänzend gelben Südwester, den ihr der Kapitän der FAR TRAVELER überlassen hatte, und stolperte in die Eingangshalle, während hinter ihr der Wind heulte. Als sie sich umdrehte, sah sie Dare die Veranda vor dem Haus hinaufeilen. Dahinter folgte Mrs. Trawley mit einer Tasche, langsamer, bedächtig und ohne Eile. Alle Wasser der Erde regneten auf sie herab.

Joan hielt sich die Hand wie einen Trichter vor den Mund.

»Alles klar, Mrs. Trawley?« schrie sie.

»O ja, meine Liebe«, rief das Medium zurück. »Alles in Ordnung!«

Dröhnender Donner packte den Himmel bei den Schultern und schüttelte ihn. Der plötzliche Sturm, der sich während ihrer Überfahrt erhoben hatte, war grauenhaft gewesen und hatte das Boot mit Orkanwellen attackiert. Am Morgen waren Sturmwarnungen ergangen, aber sie waren davon ausgegangen, daß der Wind nachlassen würde, wenn Land in Sicht kam. Das war aber nicht der Fall gewesen.

Dare trat ein und ließ eine leichte Tasche zu Boden fallen. »Joan, dafür verdienst du Prügel«, sagte er drohend. »Ich wußte doch, daß ich das nie hätte tun sollen.«

»Tja, du hast es aber getan«, sagte Joan zu ihm. »Könntest du jetzt verdammt noch mal in Gegenwart dieser Leute deine Zunge hüten, Terry? Ich mußte sie praktisch anbetteln, hier mitzumachen.«

»Dem Himmel sei Dank, daß *ich* dir keine Schwierigkeiten gemacht habe.«

Joan setzte den Südwesterhut ab und wies dann auf die offene Tür, wo dem Medium, das gerade dabei war, die Eingangstreppe hinaufzusteigen, die Kraft auszugehen schien. »Terry, hilf doch Mrs. Trawley.«

»Na gut.«

Dare stakste mit schlaffen Schritten auf das Medium zu und streckte die Hand nach Mrs. Trawleys Tasche aus. »Kann ich Ihnen behilflich sein?«

»Oh, nein danke. Es geht schon. Ich reise mit leichtem Gepäck.«

»Natürlich. So ein Tambourin wiegt ja fast nichts.«

»*Himmel*, Terry!«

Mrs. Trawley trat ein, zog ihren Hut ab und setzte die Tasche ab. »Ist schon gut«, sagte sie wohlwollend zu Joan. »Das habe ich gar nicht gehört.« In Wirklichkeit hatte sie schon im Wagen genug von Dare gehört, einschließlich der Bitte, ihre Methoden mit denen zu vergleichen, die Whoopi Goldberg in dem Film *Ghost – Nachricht von Sam* benutzte, und der anschließenden Frage nach dem Cholesteringehalt von Ektoplasma. Mrs. Trawley hatte bei seinen Ausfällen mit dem Kopf genickt und schwach gelächelt, während sie stumm und gefaßt aus dem Fenster in die Landschaft starrte. Dies hatte schließlich seine Wirkung auf Dare nicht verfehlt: Mit jeder Meile, die ihn der Insel und der Villa näher brachte, hatten seine Pfeilschüsse auf das Mysteriöse und Übernatürliche an Häufigkeit und Schärfe zugenommen. »Es heißt, Edgar Cayce ist zum ersten Mal in Trance gefallen«, erzählte er, als die Limousine auf Bear Mountain zurollte, »weil er nicht in die Schule gehen wollte, und als dann jemand behauptete, ein Frosch, den er in seiner Tasche aufbewahrte, sei plötzlich vom Pfeiffer-Drüsenfieber geheilt worden, na ja, da sind die Leute natürlich aufmerksam geworden.«

Joan stemmte sich gegen den Wind und schloß die Tür. Es war Dare, der inmitten der Stille als erster die Musik bemerkte. »Lieber Gott, bin ich im Himmel?« rief er aus. »Cole Porter!« Das Gesicht des Schriftstellers leuchtete, und er freute sich wie ein Kind über die Klaviermelodie, die hinter den massiven Türen, die in den Salon führten, erklang.

Dare strahlte. »Mein Lieblingsstück: ›Night and Day‹!«

Joan bewegte sich auf die Tür zu.

»Sind Sie das da drin, Doc?« rief sie.

»Miss Freeboard?«

Die Stimme im Zimmer klang tief und angenehm, und die dicke Flügeltür dämpfte sie seltsamerweise kaum. Joan öffnete die Tür weit und trat in den Salon. Dort waren alle Lampen eingeschaltet und tauchten die holzvertäfelten Wände in ein glühendes Licht, im Kamin knisterte es, und die Flammen züngelten fröhlich und unbekümmert zu den sehnsuchtsvollen Klängen von »Night and Day« dahin. Joan sog den Duft brennender Kiefer vom Feuer ein. Welten trennten sie jetzt vom Geheul des Sturms.

»Ja, wir sind da!« rief sie dem Mann am Flügel zu. Sie ging lächelnd auf ihn zu. Hinter ihr folgten Dare und, etwas langsamer, Anna Trawley. Joans Schuhe gaben ein quietschendes Geräusch von sich. Sie waren völlig durchnäßt.

»Ah, da sind Sie ja alle wieder, sicher gelandet«, sagte der Mann am Flügel. »Das freut mich. Ich hatte mir schon Sorgen gemacht.«

Joan nahm zur Kenntnis, daß er kräftig und gutaussehend war: Langes gewelltes schwarzes Haar umrahmte ein gemeißeltes Gesicht, das einem mythischen Steinbruch am Stück entrissen worden zu sein schien. Der Feuerschein flackerte und tanzte in seinen Augen, und sie sah, daß sie dunkel waren, war sich aber nicht sicher, was für eine Farbe sie hatten. Sie schätzte ihn auf Ende vierzig oder vielleicht Anfang fünfzig. Er trug ein kurzärmeliges Khakihemd und Khakihosen.

»Dieser Sturm ist ganz schön heftig, finden Sie nicht?« rief er aus. »Haben Sie dieses Wetter bestellt, Mr. Dare? Haben wir Ihnen das zu verdanken?«

Dare war bekannt für seine Horrorkrimis.

»Ich habe höchstens Chivas bestellt«, sagte der Autor kühl. Er und Joan waren am Flügel angelangt und stehengeblieben, während Anna Trawley hinter einer Sitzgruppe zurückgeblieben war, die um den Kamin aufgestellt war. Sie sah sich im ganzen Zimmer um und strahlte Verwirrung und zögerliche Unsicherheit aus.

»Sind Sie ein Geist?«

Dare sprach mit dem Mann am Flügel.

Joan wandte sich ungläubig zu Dare um.

»Was soll der Unsinn?« zischte sie gereizt.

»So stellen sie die Gespenster in der Geisterbahn in Disneyland dar«, sagte Dare unbeirrt. »Ein Haufen tanzender Geister, und der Boß spielt Klavier dazu.«

»Ich erwürge deine Hunde, du kleiner Widerling!« sagte Joan zwischen zusammengebissenen Zähnen.

Anna Trawley ließ sich in einen Polstersessel sinken und starrte den Mann am Flügel gebannt an. »Ich bin Gabriel Case«, sagte dieser. Er stand auf. »Ich fühle mich sehr geehrt, daß Sie gekommen sind, Mr. Dare. Und Mrs. Trawley.«

»O bitte, hören Sie nicht auf zu spielen!« sagte Dare.

»Na gut, wie Sie wollen.«

Case setzte sich wieder hin und fing an, »All Through the Night« zu spielen. Joan stand schweigend da und betrachtete ihn. Jetzt sah sie, daß seine Augen pechschwarz waren, so daß selbst seine beiläufigen Blicke sein Gegenüber zu durchbohren schienen. Von seinem Wangenknochen zog sich eine leuchtend rote, tiefe Narbe fast bis zum Unterkiefer hinunter. Sie war gezackt wie ein Blitz. Joan hörte gedämpftes Donnergrollen in der Ferne; der Regen trommelte jetzt sanfter gegen die Fenster, wie ein melancholisches Hintergrundgeräusch für ein Lied.

»Nun, Miss Freeboard«, sagte Case dann. Jetzt hatte er ein strahlendes Lächeln aufgesetzt. Wie ein verdammter Erzengel, dachte die Maklerin. »Ich bin so froh, endlich dem Gesicht hinter der Telefonstimme gegenüberzustehen. Und was für ein hübsches Gesicht, wenn ich das sagen darf.«

»Wie lange sind sie schon hier?« fragte Joan.

»Kommt mir wie eine Ewigkeit vor. Was ist los, Miss Freeboard? Sie runzeln ja die Stirn.«

»Sie sehen nicht aus wie auf dem Bild«, sagte sie. Sie kam näher heran, sah ihn abschätzend an und machte ein verwirrtes Gesicht. »Das Bild auf der Rückseite des Buches.«

»Von Spuk und Gespenster?«

Joan nickte.

»Nun ja, der Verlag wollte ein gruseliges Bild«, erklärte er ihr, »also hat man mich für das Foto sehr seltsam beleuchtet.«

»Den Eindruck hatte ich auch.«

»Ich habe alle ihre Bücher gelesen, Mr. Dare«, sagte Case überschwenglich. »Alle ganz toll. Wirklich.«

»Dankeschön.«

»Am besten hat mir *Gilroys Geständnis* gefallen.« Case hob die Hand von den Klaviertasten. Er hatte den Blick auf Joan gerichtet. »Sie tun es ja schon wieder«, sagte er nicht unfreundlich. »Was ist denn los?«

Sie hatte schon wieder die Stirn gerunzelt gehabt.

»Das ist schon einmal passiert«, sagte sie mit seltsamer Stimme.

Case beugte sich zu ihr hinüber, als hätte er sie nicht verstanden. »Wie bitte?«

»Ich habe gerade ein Déjà-vu-Erlebnis«, antwortete sie.

»Das hier ist weder der richtige Zeitpunkt noch der richtige Ort für so etwas«, fuhr Dare sie an.

Case kicherte, und Joan fragte sich verwirrt, warum.

Der Schriftsteller blickte zu einem Gemälde hoch oben an der Wand über dem gigantischen Kamin hinauf, das die lebensgroße Gestalt eines Mannes in der Kleidung einer vergangenen Epoche zeigte, vielleicht der dreißiger Jahre. Zwar machte der Rest des Bildes einen scharfen und unmittelbaren Eindruck, aber das Gesicht des abgebildeten Mannes war ausgespart, ein milchiges, leeres Oval.

»Wer ist das?« fragte Dare.

Case blickte auf. »Dr. Edward Quandt, der ursprüngliche Besitzer.«

»Warum in aller Welt sieht sein Gesicht so aus?« sagte Dare.

Mrs. Trawley blickte aus dem Schatten zu dem Gemälde auf.

Case nickte. »Ja, das ist seltsam«, bemerkte er. »Sehr seltsam.«

»Es ist der Haarschnitt.«

Case drehte sich um und sah, daß Joan ihn nachdenklich anstarrte. »Ja, ich glaube, das ist es«, fuhr sie fort. »Das ist es, was anders ist. Es ist der Haarschnitt.«

»Hallo?«

Warm und mysteriös wie eine Wiese mit dunklen Blumen schwebte die rauhe Stimme durch den Raum. In ihr lag der

Hauch einer undefinierbaren Gefühlsregung wie die Erinnerung an einen längst vergangenen Sommer oder auch an einen Augenblick des Glücks.

Case starrte an den anderen vorbei. Sein Gesichtsausdruck hatte sich verändert.

»Ah, da ist ja Morna«, sagte er ganz leise.

Den Kopf wie fragend leicht zur Seite geneigt, kam eine junge Frau mit langsamen, geschmeidigen Schritten auf sie zu. Sie bewegte sich sanft und gleitend wie eine Gestalt in den Korridoren eines Traumes. Ihre Gesichtszüge waren knochig und rauh, unvollkommen, mit hohen, vorstehenden Wangenknochen und einem großen, spitzen Kinn, und doch strahlte sie Sinnlichkeit und Schönheit aus. Sie trug einen violetten Taftrock, der mit einem Paisleymuster bedruckt war, eine weiße Bluse und eine schmale rote Seidenkrawatte. Ihre tiefliegenden, blaßgrünen Augen, die weit auseinanderstanden, bildeten einen drastischen Kontrast zum dunklen Goldton ihrer Haut. Case stand langsam auf und erwiderte ihren Blick.

»Ja«, sagte sie und blieb vor ihnen stehen. »Da bin ich.«

Langes schwarzes Haar fiel ihr auf die Schultern. Es duftete nach Hyazinthen und frühem Morgen. Case starrte sie noch eine Weile an.

»Morna, das hier sind unsere Gäste«, sagte er schließlich. »Miss Freeboard, Mr. Dare.«

»Wie geht es Ihnen?« sagte die junge Frau und überflog sie mit einem kurzen Blick.

»Und Mrs. Trawley«, fügte Case hinzu und wies mit der Hand auf das Medium. »Mrs. Trawley ist Hellseherin, Morna.«

Die junge Frau drehte sich um und fixierte Mrs. Trawley mit ihrem hellgrünen Blick, den sie sekundenlang nicht abwendete. Dann wandte sie sich wieder um und nickte schwach. »Ja.«

»Morna ist meine Haushälterin«, erklärte Case. »Wie Sie wissen, lebt sonst niemand auf der Insel, wir sind hier völlig isoliert. Morna hat sich freundlicherweise bereit erklärt, in die Bresche zu springen.«

»Aber es wohnen doch Leute im Dorf am anderen Ufer?« fragte Dare. Ein schwacher, hoher Unterton der Anspannung lag in seiner Stimme.

»Doch, schon«, antwortete Case, »aber …«

Er zögerte und beobachtete stumm die Gesichter der anderen.

»Aber was?« sagte Dare mit etwas zu scharfer Stimme.

Case nahm dem Schriftsteller den Südwester ab, den dieser in der Hand hielt. »Nun, Sie sind ja völlig durchnäßt«, sagte er. »Wir können das alles später besprechen, Sie verstehen schon, wir wollen uns erst mal richtig miteinander bekannt machen und so. Sie wollen sich sicher erst einmal schnell etwas Trockenes anziehen. Morna, würden Sie so freundlich sein, unsere Freunde auf ihre Zimmer zu bringen?«

»Ihr Haar war auf dem Bild länger«, sagte Joan. »*Das* ist der Unterschied.« Immer noch starrte sie Case mit unverwandtem Blick an.

Case drehte sich zu ihr, lächelte kurz, dann hielt er inne. In seinen Augen lauerte ein zwiespältiges Gefühl, eine geduldige Traurigkeit mit einem Hauch von Zuneigung. Er erwiderte den Blick der Maklerin, dann sagte er leise: »Ja.«

Am späten Vormittag hatte es wieder angefangen zu regnen, und Joan schritt in ihrem Zimmer auf und ab. Sie hatte einen Telefonhörer am Ohr und peitschte jedesmal gereizt das Kabel beiseite, wenn es ihr in den Weg kam. Immer wieder fauchte sie: »Das ist doch verrückt.«

Die Villa besaß einen Speicher und einen Keller, die Zimmer waren über drei Etagen verteilt. Die Zimmer der Expeditionsteilnehmer befanden sich nebeneinander auf einem Flur in der ersten Etage über dem Salon. Joan war in dem Raum untergebracht, der der Treppe am nächsten lag. Er war großzügig und geräumig, hatte einen eigenen Kamin und eine hohe Gewölbedecke, die von schweren Holzbalken durchzogen war. Die beiden Fenster lagen hoch und waren schmal, weshalb Joan beide Nachttischlampen eingeschaltet hatte. Sie warfen ihr Licht auf einen grünen Gucci-Lederkoffer, der aufgeklappt und halb entleert auf dem Bett lag, einem mit Schnitzereien verzierten hölzernen Himmelbett, das mit einem Quilt bedeckt war.

Joan hatte sich noch nicht die Mühe gemacht, sich umzuziehen, und trug immer noch Jeanshemd und -hose. In ihrem Zimmer angelangt, war ihr erster Gedanke gewesen: »Gott, wir sind hier! Wir tun es wirklich! Es ist tatsächlich wahr! Wir sind hier!« In geradezu manischer Hochstimmung hatte sie sich gerade mal die Zeit gegönnt, sich die nassen Schuhe auszuziehen und in trockene weiße Flauschsocken zu schlüpfen.

Jetzt blieb sie stehen und wackelte mit den Zehen in den Socken, während sie dem Tuten am anderen Ende der Leitung lauschte; es war geradezu hypnotisierend regelmäßig und leise und schien von weither zu kommen, so als klingelte es in einer anderen Dimension. Joan nahm den Hörer vom Ohr und betrachtete ihn blinzelnd. Sie runzelte verärgert die Stirn. Sie hatte in ihrem Büro angerufen, und niemand hatte abgenommen. Und dann hatte sie noch einmal angerufen, und noch einmal. Beim letzten Versuch gerade hatte sie mehr als fünfzig Klingelzeichen gezählt.

»Himmel«, sagte sie seufzend und stapfte zu dem altertümlichen Tisch hinüber, wo sie den Hörer auf die Gabel knallte. »Das ist doch *unmöglich,* verflucht!« Sie knurrte heftig. Die Hände auf die Hüften gestützt, starrte sie das Telefon an, und für einen kurzen Moment flackerten die Lämpchen auf und verdunkelten sich dann, bevor sie wieder so hell wurden wie zuvor. Joan blickte mit zusammengekniffenen Augen durch das Zimmer und murmelte verkrampft: »Versuch diesen Scheiß nicht mit *mir!*«

Sie hörte ein Geräusch, ein tiefes Rappeln, das neben dem Spiegel von der Wand kam. Ausdruckslos blickte sie zu der Stelle hinüber.

Dares Stimme drang leise und gedämpft durch die Wand.

»Bist du da?«

»Nein.«

»Ich finde, diese Wand klingt hohl.«

»Was du nicht sagst.«

»Hat dein Zimmer Fenster?«

»Was geht dich das an?«

»Ich finde es erdrückend hier. Und ich höre es ständig knarren.«

»Dann rühr dich halt nicht. Der Holzboden ist alt.«

»Du bist ein herzloses Miststück.«

»Genau.«

Es klopfte einmal laut auf der anderen Seite.

»Diese Wand ist *definitiv* hohl«, sagte Dare besorgt.

Joan preßte die Lippen aufeinander. Sie kniff die Augen zusammen. »Gottverdammt, genau das habe ich befürchtet.«

Grimmig schritt die Maklerin in den Flur hinaus und ging zur Tür des Nebenzimmers, wo sie nach der Klinke griff und die Tür mit Schwung öffnete. Sie trat ein und knallte die Tür laut hinter sich zu. »Jetzt hör mir mal zu, du kleiner Versager«, sagte sie.

Dare fuhr zusammen. Er hatte mit dem Ohr an der Wand gestanden, einen runden Briefbeschwerer aus Stein in der erhobenen Hand. Er trug einen bodenlangen, nerzbesetzten Hausmantel.

Joan durchquerte das Zimmer und stellte ihn zur Rede.

»Weißt du noch, warum wir hier sind?«

Dare blickte hochnäsig auf sie herunter. »Um einzubrechen?«

»Wir sind hier, um dieses dämliche Haus von seinem dämlichen Ruf zu befreien!«

Joan entrang Dare den Briefbeschwerer.

»Hör auf mit dem Geklopfe und diesem Scheiß!« sagte sie. »Ich dachte, du glaubst nicht an solche Sachen!«

»Das tue ich auch nicht. Merkst du denn nicht, daß ich dich veräppeln wollte, Goldstück? Und natürlich hast du den Köder gefressen wie eine ausgehungerte Forelle.«

»Ach ja?«

Dare richtete sich gebieterisch auf. »Keine Sorge«, sagte er. »Ich bin der Zweifel in Person.« Dann hielt er ihr die Hand hin und sagte: »Würdest du jetzt bitte so freundlich sein und mir meinen Glücksstein wiedergeben?«

Joan hob den Stein hoch. »Wohin hättest du ihn denn gern?«

»Ich habe an verschiedenen Stellen zeitgesteuerte Kameras aufgebaut«, erklärte Case, während er sich noch Sahne in den Kaffee goß. »Bitte stolpern Sie nicht darüber«, sagte er lächelnd. Er saß am Ende eines langgestreckten Tischs inmitten der Überreste eines köstlichen Brunchfrühstücks, zu dem unter anderem eine Schinken-Zwiebel-Quiche, sautierte Krabben in Kokosnuß-Senfsauce, diverse Marmeladen, Pasteten und Brotsorten gehört hatten. Auf dem weißen Leinentischtuch waren Croissantkrümel verstreut, und kein Buttermesser war unbenutzt geblieben. Am gegenüberliegenden Ende des Tischs saß Dare, Joan dicht neben ihm an der anderen Ecke, während Mrs. Trawley näher bei Case saß. Das Medium hatte sich ein hauchdünnes türkisfarbenes Kleid angezogen, und von ihrem Haar stieg ein Jasminduft auf.

»Ich habe sämtliche Telefone anschließen lassen und dergleichen«, fuhr Case fort. »Wenn Sie die Nummer notieren möchten, es ist die 914-2121. Ziemlich einfach zu behalten. Fürs erste gibt es nichts mehr für Sie zu tun, als sich zu entspannen und furchtbar aufmerksam zu sein. Und mir natürlich alles Ungewöhnliche zu melden.«

Das Geräusch des Regens, der an die Sprossenfenster trommelte, füllte den kurzen Moment des Schweigens. Dann räusperte sich Dare und sah Case an. »Haben Sie schon einmal einen Geist auf Film festgehalten?«

»Nein.«

»Das nenne ich ehrlich«, sagte der Schriftsteller und nickte dabei.

Case nippte an seinem Kaffee und stellte dann die Tasse ab. Dabei entstand ein leises metallisches Scheppern auf der Untertasse. »Mr. Dare«, sagte er, »ich hoffe sehr, daß Sie sich nicht angegriffen fühlen, aber Ihre Maske stört meine Konzentration ein wenig.«

»Vielleicht leiden Sie unter einer Konzentrationsschwäche?«

Dare trug die Maske des Phantoms der Oper.

Joan streckte die Hand aus und riß sie ihm vom Gesicht.

»Danke«, sagte Dare leise zu ihr.

»Gern geschehen.«

Joan verschränkte die Arme vor der Brust, wandte den Blick ab und schüttelte mit einem entnervten Seufzer den Kopf.

»Dr. Case, stört es Sie, wenn ich das mitschneide?«

»Nein, natürlich nicht. Gute Idee. Bitte sehr.«

Der Schriftsteller betätigte einen Schalter an der Seite des Recorders, ein winziges Rotlicht blinkte auf. »Okay«, sagte Dare verschwörerisch. »Schießen Sie los, wenn Sie bereit sind, Master Gridley.«

Case legte die Arme auf den Tisch und beugte sich vor. »Kennen Sie alle die Geschichte des Hauses?« Er überflog die Gesichter der anderen.

»Nein«, sagte Mrs. Trawley. Ihre Stimme war kaum hörbar. Während des ganzen Essens hatte sie kaum ein Wort gesagt. Sie hatte nur eine Frage bezüglich ihrer Reise beantwortet und eine weitere zu einem Fall, an dem sie beteiligt gewesen war, wo es um die Suche nach einem vermißten Kind in Surrey ging. Die meiste Zeit hatte sie Case nur gebannt angestarrt.

»Es wurde …«

»Von Mr. Quandt gebaut«, schnitt Dare ihm das Wort ab. »Mitte der Dreißiger, für seine bezaubernde Frau, die er irgendwann der Untreue verdächtigte, worauf er sie prompt und grausam um die Ecke gebracht hat.«

»Ich sehe, Sie haben Ihre Hausaufgaben gemacht, Mr. Dare.«

Der Schriftsteller zuckte die Achseln. »Ich weiß nur, was Joanie mir erzählt hat.«

»Dr. Quandt neigte tatsächlich zur Gewalttätigkeit«, sagte Case.

»Das überrascht mich nicht«, sagte Dare. »Ich glaube, daß Chirurgen von Natur aus gewalttätig sind. Das ist auch der Grund, warum sie diese Laufbahn einschlagen. Kein normaler Mensch könnte einen anderen in Stücke schneiden und wenige Augenblicke später einen doppelten Big Mac mit Fritten essen.«

»Da bin ich ganz Ihrer Meinung.«

»So etwas ist barbarisch«, fügte Dare hinzu.

»Genau. Allerdings ist Quandt kein Chirurg gewesen«, sagte Case.

»Nicht?«

»Nein. Quandt ist ein bekannter Psychiater gewesen.«

Der Schriftsteller warf der Maklerin einen kühlen Blick zu. Joan erwiderte ihn trotzig. »*Und?*«

»Quandt war außerdem krankhaft eifersüchtig«, erzählte Case weiter. »›Arzt, heile dich selbst‹ und so weiter. Sie war sehr viel jünger, und er hat sie heftig geliebt.«

Dare wandte sich ihm wieder zu. »Wie hieß sie?«

»Ihr Name war Riga.« Case blickte zu Morna auf, die aus der Küche gekommen war und sich ihm schweigend mit einer silbernen Kafeekanne näherte. Als sie den Ausgießer senkte, um Case nachzuschenken, bedeckte dieser seine Tasse schnell mit der Hand. »O nein, danke, meine Liebe. Ich bin noch bedient.« Er sah sich um. »Sonst jemand?«

»Ja, ich hätte gern noch ein bißchen, bitte«, sagte Dare.

Morna ging zu seinem Platz.

»Er lernte Riga in einem Musiketablissement kennen«, sagte Case, um den Faden wieder aufzunehmen. »Sie arbeitete dort als Tänzerin. Ihre Eltern waren rumänische Immigranten. Zigeuner. Sie war erst siebzehn.«

»Ja, das ist jung« sagte Dare beipflichtend. Er befeuchtete eine seiner Fingerspitzen, hielt sie über einen großen Croissantkrümel, drückte sanft darauf und steckte sich dann den Krümel in den Mund. Morna beugte sich über seine Tasse. »Und wie hat er sie umgebracht?« fragte Dare.

»Erstickt.«

Dare jaulte auf.

Morna schnappte erschrocken nach Luft und schlug sich die Hand vor den Mund. Irgendwie hatte sie Dares Tasse verfehlt und ihm heißen Kaffee in den Schoß gegossen.

»Oh, das tut mir so leid.«

Dare betupfte den Flecken mit seiner Serviette.

»Ist schon gut, Kleine. Wirklich. Nichts passiert. Gar nichts.«

»Siehst du, Morna?« sagte Case. »Er verzeiht dir.«

Sie drehte sich um und erwiderte schweigend seinen seltsamen, unergründlichen Blick, dann wandte sie sich wieder ab und murmelte: »Ich weiß.« Während sie Dares Tasse füllte, hob sie die grünen Augen, und einen intensiven Moment lang erwiderte sie Mrs. Trawleys Blick.

»Wir haben jetzt alles, was wir brauchen, Morna«, sagte Case zu ihr.

Sie nickte und ging in Richtung Küche davon.

»Um auf die Geschichte des Hauses zurückzukommen«, sagte Case. Er faßte sie kurz zusammen: Erbaut 1937. Dann 1952 der Mord an Riga und Quandts Tod nur wenige Minuten später, anscheinend von eigener Hand. Der Besitz ging an einen Sohn über, Regis Quandt, zur Zeit der Tragödie erst zwölf Jahre alt. Er kam zunächst bei Quandts Bruder Michael unter. Regis starb schon mit zwanzig. Die Villa ging an Michael und danach an Michaels Sohn, Paul Quandt, über. In der Zwischenzeit stand das Haus längst zum Verkauf, allerdings ohne Erfolg, und wurde deshalb mehrfach vermietet. Die Mietverträge wurden allerdings immer wieder hinfällig, weil die Mieter abreisten oder starben. Eine Zeitlang war es von einem kontemplativen Nonnenorden bewohnt worden, der einen Ausbruch hysterischer »Besessenheit« erlebte, wie er dreihundert Jahre zuvor schon einmal bei den Nonnen des Konvents von Loudun in Frankreich vorgekommen war. Man fand die Obernonne erhängt an einem Holzbalken.

»Das war 1958«, sagte Case. Danach hatte das Haus bis 1984 leergestanden. Zu diesem Zeitpunkt zog Paul Quandt, der bereits ein Vermögen geerbt hatte und inzwischen ein einigermaßen bekannter Historiker war, mit seiner Frau und seinen drei Kindern ein. Wie schon andere erlebten auch sie die Spukphänomene, besonders ein ohrenbetäubendes Hämmern an den Außenwänden.

»Und dann waren da noch andere Dinge«, sagte Case, und verstummte. 1987, fuhr er nach einer Weile fort, hatten die angsteinflößenden Manifestationen aufgehört, und dabei blieb es bis 1990, als die Quandts nach Italien zogen, beschlossen, daß es ihnen dort gefiel, und die Insel samt Haus zum Verkauf anboten. Aber der Ruf des Hauses hatte sein friedliches Regiment überdauert.

»So weit«, schloß Case, »die tragischen Worte dieser geisterhaften Mär.«

»Also hat es alles angefangen, als die Frau umgebracht wurde«, sagte Dare.

»Das stimmt«, sagte Case.

»Und die Frau ist der Geist, steckt das dahinter? Schweres Atmen und Stöhnen im Flur bei Nacht? Vielleicht hört man, wie sich jemand mit der Pfeife an die Zähne klopft?«

Joan zeigte heimlich mit dem ausgestreckten Mittelfinger in Dares Richtung.

»Mir ist nicht bekannt, daß Quandt Pfeife geraucht hätte, Mr. Dare«, sagte Case und blickte nachgiebig zum Wasser hinaus.

»Dann wollen Sie damit also sagen, daß es Quandt ist, der das Haus heimsucht?«

»Vielleicht.« Case streckte die Hand aus und nahm sich eine Praline von einem kleinen Silbertablett. »Die meisten Opfer«, teilte er mit, »sind Frauen gewesen.«

Dare wurde blaß. »Opfer? Was für Opfer? Sie meinen *Tote?*«

»Genau.«

Joan seufzte und rutschte auf ihrem Stuhl herum.

»Wollen wir uns ewig darüber unterhalten?«

Die Augen der Maklerin waren glasig vor Langeweile.

»Und natürlich sind diese Frauen alle vor Schreck gestorben«, sagte Dare gereizt.

»Nur eine. Drei haben Selbstmord begangen«, sagte Case. »Zwei sind verrückt geworden.«

Der Schriftsteller wandte den Kopf und starrte Joan neunmalklug an. »Wahrscheinlich hat ein skrupelloser Makler das Haus immer wieder an Verrückte und chronisch Depressive vermietet.«

»Mr. Dare, Sie klingen, als würden Sie sich verteidigen«, sagte Case. »Ist es möglich, daß sie die Geschichte insgeheim doch glauben?«

»Gegen mich ist der ungläubige Thomas ein Waisenknabe.«

»Ja. Dare ist der Zweifel in Person«, murmelte Joan mit verkniffenem Blick.

»Haargenau. Aber nur um meines Artikels willen«, sagte Dare, »selbst wenn es Geister gäbe, warum in aller Welt sehen sie nicht zu, daß sie schnell ihre verdiente Belohnung bekommen, anstatt sich weiter in ihrer gewohnten Umgebung herumzutreiben und allen gründlich auf die Nerven zu gehen?«

Case zog eine Augenbraue hoch. »Mrs. Trawley?«

Das Medium zögerte stumm. Sie senkte den Blick und schüttelte den Kopf, blickte dann aber wieder auf, als Joan mit einem schweren, ungeduldigen Seufzer den Kopf sinken ließ und die Augen schloß. Sie war an diesem Morgen gegen vier aufgewacht, nachdem sie sich im Schlaf unruhig im Bett herumgewälzt hatte. Case warf ihr einen unergründlichen Blick zu, dann wandte er sich an Dare und antwortete ihm.

»Tja, wer weiß«, sagte er. »Aber ich gehe davon aus, daß Sie in der Überzeugung sterben werden – und ich vermute, daß das Ihre Überzeugung ist, Mr. Dare –, daß der Tod das Ende allen Bewußtseins ist. Und dann sterben Sie, bleiben aber bei vollem Bewußtsein, so daß der Augenblick, der direkt auf den Tod folgt, Ihnen nicht anders vorkommt als der Augenblick unmittelbar davor. Wäre es in diesem Fall wirklich so überaus seltsam, wenn einige von uns einfach gar nicht merken würden, daß sie tot sind?«

»Ich würde es merken«, sagte Dare fest.

»Drei Monate im voraus«, murmelte Joan im Halbschlaf.

»Joan, du bekommst einen Eintrag: ›Nicht anwesend‹«, sagte Dare. Er streckte die Hand aus und bohrte ihr den Finger in die Seite. Joan fuhr mit dem Kopf hoch, und riß die Augen weit auf. »Ja, was ist?« sagte sie und versuchte, wach zu klingen.

»Dr. Case hat gerade spekuliert, daß Geister nicht an Geister glauben, ein hübsches Paradox, findest du nicht auch?«

»Klar, toll.«

»Ja, ich habe mir gedacht, daß du das sagen würdest.«

»Hör auf, mich anzustarren.«

»Ich starre dich gar nicht an.«

»Doch, das tust du, Terry! Hör auf damit!«

»Okay.« Der Schriftsteller wandte seine Aufmerksamkeit wieder Case zu. »Und warum kommt nicht einfach ein freundlicher Engel und sagt diesen Geistern, daß sie aufwachen und merken sollen, was Sache ist?«

»Guter Einwand. Vielleicht müssen sie selbst darauf kommen.«

»Ich finde, es zeugt von schockierender Ignoranz, wenn einem nicht klar ist, daß man tot ist.«

»Vielleicht können Geister sich nicht von dem losreißen, woran sie hängen«, sagte Case.

»Glückssteine zum Beispiel«, sagte Joan matt.

Dare tat so, als hätte er die Bemerkung nicht gehört.

Case wandte sich an Mrs. Trawley und sah sie mit festem Blick an. »Ich meine hauptsächlich Gefühlsbindungen. Sind Sie nicht auch dieser Meinung, Mrs. Trawley? Oder?«

Mrs. Trawley senkte den Blick und schüttelte den Kopf. So leise, daß es kaum zu hören war, sagte sie: »Ich weiß es nicht.«

»Was genau wissen Sie denn eigentlich?« fragte Dare herausfordernd. »Und was tun Sie überhaupt, Mrs. Trawley. Sie sind der stillste Mensch, der mir je begegnet ist. Sprechen Sie wenigstens mit den Geistern?«

Das berühmte Medium stand auf. »Entschuldigen Sie mich bitte einen Augenblick?«

»Ja, natürlich«, murmelte Case. Er machte ein verlegenes Gesicht.

»Du hast gesagt, sie ist eine Sensitive, nicht ein Sensibelchen«, sagte Dare zu Joan.

»Terry, du hast den Charme einer Hämorrhoide«, sagte Joan leise zu ihm.

»Ich gehe mir nur etwas Wasser holen«, sagte das Medium und lächelte dünn.

Sie öffnete die Tür und verschwand in der Küche.

»Ich respektiere Sie und bete Sie an!« rief Dare ihr hinterher. »Ich küsse Ihr Ektoplasma.«

»Wollen wir es nicht endlich dabei belassen, Mr. Dare?« sagte Case.

Joan funkelte Dare an. »Aus ›Ich bin der Zweifel in Person‹ könnte schnell ›Ich bin eine tote Person‹ werden‹.«

In der Küche ging Mrs. Trawley zu der Doppelspüle, an der Morna gerade stand und das Geschirr spülte. »Könnte ich bitte ein sauberes Glas haben?« sagte sie. »Ich hätte gern etwas Wasser.«

Schweigend spülte sich die Haushälterin den Schaum von den Händen, trocknete sie sich dann ab, holte anschließend ein Glas aus dem Geschirrschrank und ließ es mit Wasser aus der Leitung vollaufen.

Mrs. Trawley starrte sie gebannt an.

»Sie sind schon seit vielen Jahren bei Dr. Case?«

»Seit vielen Jahren.«

Mornas Stimme war farblos und leise.

Sie drehte den Hahn zu und reichte Mrs. Trawley das Glas.

»Was für eine angenehme Arbeitsatmosphäre«, sagte das Medium. »Dr. Case wohnt in der Nähe der Universität, nicht wahr, Morna?«

»Ganz in der Nähe.«

»Und Sie?«

»Ganz weit weg.«

Morna hatte sich wieder ans Geschirrspülen gemacht.

»Aha, na ja, danke für das Wasser«, sagte Mrs. Trawley zu ihr.

»Ja.«

Einen Augenblick stand Mrs. Trawley da und starrte stumm vor sich hin. Dann setzte sie sich abrupt in Bewegung und ging aus der Küche. Leise schloß sie die Tür hinter sich.

Als Morna das hörte, drehte sie sich um und sah dem Medium mit unergründlichen, eisgrünen Augen nach.

Als Mrs. Trawley ihren Platz am Tisch wieder einnahm, diskutierten Case und Dare immer noch über Geister, und Joan saß wieder im Halbschlaf auf ihrem Stuhl.

»Dr. Case«, sagte Dare gerade, »bei allem Respekt vor Ihrem Wissen und Ihrer Intelligenz, verstehe ich es richtig, daß Sie tatsächlich zu dem Schluß gekommen sind, daß es Gespenster gibt?«

»Mr. Dare«, antwortete Case, »bei allem Respekt vor ihrem literarischen Genie behaupte ich, daß das mechanistische, wie ein Uhrwerk funktionierende Universum der materialistischen Wissenschaft wahrscheinlich der größte Aberglaube unserer Zeit ist. Wissen Sie, was die Quantenphysik uns sagt? Sie sagt, daß Atome keine Gegenstände sind, sondern daß sie eigentlich ›Prozesse‹ sind und daß Materie eine Art Illusion ist. Daß Elektronen in der Lage sind, sich von einer Stelle zur anderen zu bewegen, ohne den Raum dazwischen zu durchqueren, und daß Positronen in Wirklichkeit Elektronen sind, die sich in der Zeit rückwärts zu bewegen scheinen. Daß subatomare Partikel über eine Entfenung von Trillionen von Meilen hinweg miteinander kommunizieren können, ohne daß zwischen ihnen eine Kausalverbindung existiert. Gibt es Gespenster? Sind sie jetzt unter uns? Vielleicht unmittelbar neben Ihnen? Wer kann das sagen? Doch kann es in einer Welt, wie ich sie gerade beschrieben habe, wirklich Raum für Überraschungen geben?«

Während Dare über diese Aussage noch nachdachte, erklang ein leises, aber klares und deutliches Klopfen. Alle Blicke richteten sich auf die Mitte des Eichentisches. Es war, als wäre ein unsichtbarer Knöchel darauf niedergesaust. Sekundenlang sagte niemand etwas. Der Regen, der gegen die Sprossenfenster schlug, war das einzige, was ein Geräusch machte. Dann murmelte Joan schließlich leise: »Mist!«

Mrs. Trawley betrachtete sie mit einem Blick voll geduldiger Zuneigung.

Dare räusperte sich und setzte sich gerade hin. Sein Blick fixierte immer noch die Mitte des Tischs, als er fragte: »Haben Sie schon einmal ein Gespenst *gesehen*, Mr. Case?«

»Oh, ich sehe ständig welche.«

Dare blickte auf und sah, daß Case lächelte. »Jetzt aber ehrlich, geben Sie uns eine ernsthafte Antwort«, sagte er tadelnd. »Haben Sie schon einmal ein Gespenst gesehen?«

»Carl Gustav Jung, der große Psychiater, hat eines gesehen.«

»Sie machen wohl Witze.«

»Nein, er hat unmittelbar neben sich im Bett ein Gespenst gesehen.«

»Na ja, manche Leute erzählen alles mögliche, um gedruckt zu werden.«

»Jung hat die Vermutung aufgestellt, daß die Toten sich eigentlich gar nicht an einem anderen Ort aufhalten als die Lebenden«, fuhr Case fort, »sondern daß sie lediglich in eine Art Parallelzustand eintreten, der neben unserer Welt besteht, aber unsichtbar ist, weil er auf einer höheren Frequenz existiert, ähnlich den Rotorblättern eines Propellers oder eines Ventilators.«

»Sie meinen, das Jenseits ist nichts weiter als noch so ein alternativer Lebensstil?«

Case lächelte, senkte den Kopf und schüttelte ihn. »Mr. Dare!«

»Platz, Hündchen«, murmelte Joan mit leise grollender, drohender Stimme. Dann zog sie eine schielende Grimasse, während sie mit dem Finger eine rasche Schlitzbewegung quer über ihre Kehle machte. Dare sah sie kurz mit zusammengekniffenen Augen an, dann wandte er seine Aufmerksamkeit wieder von ihr ab.

»Dr. Case«, sagte er, »wenn wir einmal für einen Moment davon ausgehen, daß diese Absurdität stimmt, wie in aller Welt kommen Sie dann darauf, daß ein beliebiges Gespenst wie auf Stichwort aktiv wird, nur weil wir uns alle hier auf dieser Expedition befinden?«

»Oh, das hat keinen besonderen Grund.« Case zuckte die Achseln. »Aber ich habe eine Tabelle aller wirklich häßlichen Vorfälle in diesem Haus erstellt, und seltsamerweise haben sie sich fast alle um dieselbe Jahreszeit zugetragen.«

»Und wann?« fragte Joan. Sie unterdrückte ein Gähnen.

»Irgendwann im Juni. Anfang Juni. Eigentlich ungefähr jetzt.«

Niemand sagte etwas. Das einzige Geräusch war der Löffel, der über den Boden seiner Porzellantasse schabte, als Case geistesabwesend seinen Kaffee umrührte. Joan warf Dare einen argwöhnischen Blick zu und sah ihn abschätzend an. Sie spürte Unruhe in sich aufsteigen, weil sie nicht ausmachen konnte, ob er wirklich noch atmete. Doch schließlich räusperte er sich.

»Diese Leute, von denen Sie gesagt haben, daß sie den Verstand verloren haben«, fragte er Case ohne eine Spur seines üblichen Sarkasmus, »leben die noch? Ist es möglich, sie zu befragen?«

»Ja, eine von ihnen lebt noch – Sara Casey. Sie ist derzeit zur psychiatrischen Behandlung im Bellevue. Die Arme ist leider völlig unzurechnungsfähig. Sie besteht darauf, daß in diesem Haus böse Geister in den Zwischenräumen der Wände leben.«

Der Autor wandte sich mit blutleerem, spekulierendem Gesicht an Joan.

»*Hohle* Wände?« sagte er mit überschlagender Stimme.

Case nickte.

Joan warf Dare die Phantommaske ins Gesicht.

Der Brunch war zu Ende, und Anna Trawley war wieder in ihrem Zimmer. Schweigend und in Erinnerungen versunken, saß sie auf der Bettkante und starrte das silbergerahmte Foto eines jungen Mädchens mit Grübchen an, das sie mit regloser Hand auf dem Schoß hielt. Flüchtige Schatten der Regenrinnsale am Fenster krochen ihr über das blasse Gesicht wie ersterbende Gebete. Schließlich stellte sie das Foto auf den Nachttisch neben ihrem Bett. Dorthin hatte sie bereits ihren Wecker gestellt, dessen quadratisches Ziffernblatt von glänzendem Messing umrahmt war und rote Ziffern hatte. Sie hatte ihn sich in der Schweiz gekauft, als sie dort an der Suche nach einem Massenmörder mitgearbeitet hatte. Sie registrierte die Zeit. 13 Uhr 14. Case und Dare hatten sich unten immer noch unterhalten, als sie die beiden verlassen hatte; Joan Freeboard war auch in ihr Zimmer gegangen, um sich auszuruhen. Anna Trawley stand auf und ging zu einem schmalen Schreibtisch unter einem regenverspritzten Giebelfenster, zog den Holzstuhl mit der hohen Lehne hervor und setzte sich. Dann griff sie mit ihrer blassen Hand in die Schublade des Schreibtischs und zog einen silbrigen Füllfederhalter und ein Tagebuch hervor, das in weiches rosafarbenes Leder gebunden war. Auf der Mitte der Vorderseite befand sich ein Blumenmuster aus Lavendelblüten, die zu einem Kranz gewunden waren. Anna Trawley zog den Deckel von ihrem Füller und öffnete mit schlanken, kurzen Fingern das Tagebuch. Es war neu und verströmte kurz einen schwachen Hauch von

Klebstoff und frischem Papier. Oben auf die leere erste Seite schrieb sie in einer großen, kurvigen, eleganten Handschrift das Wort »ANDERSWO«. Der Stift machte dabei leise Kratzgeräusche. Sie sah sich noch einmal nach der Uhrzeit um und hielt dann oben auf der nächsten Seite den Wochentag, das Datum und die Uhrzeit fest. Darunter verfaßte sie sorgsam ihren Eintrag:

Endlich bin ich in dem Haus namens »Anderswo«. Während es von außen abweisend erscheint, ist es innen warm. Und doch fühlt sich etwas hier zerbrochen an und falsch, obwohl ich nicht die geringste Ahnung habe, was es sein könnte. Joan Freeboard, die Maklerin, ist ein Original, ich mag sie jetzt schon sehr, sie scheint mich innerlich zum Lächeln zu bringen. Und obwohl es ihn vielleicht schockieren würde, muß ich sagen, daß ich Terence Dare ebenfalls mag – so amüsant, so verletzt in seinem Kern, genau wie die Welt. Dr. Case ist wie erwartet ganz der Professor. Er sieht außerdem umwerfend gut aus. Dennoch spüre ich, daß ihn eine Aura der Gefahr umgibt und daß er etwas Geheimnisvolles ausstrahlt. Ich habe es gleich gespürt, als die Haushälterin, Morna, erschien. Er machte irgendwie einen verblüfften Eindruck. Warum nur? Und dann noch einmal, als er mich ihr vorstellte und sagte: »Morna, Mrs. Trawley ist das Medium.« Er sagte es betont, fand ich. Und dann noch etwas: Als wir ankamen, sagte er: »Da sind Sie ja alle wieder.« Was kann er damit nur gemeint haben? Vielleicht hat er sich ja nur versprochen; wahrscheinlich ist es das. Ich muß sagen, daß ich mich von dem Mann angezogen fühle; deswegen mußte ich wohl auch einen genaueren Blick auf Morna werfen. (Ich kann es immer noch nicht glauben, daß ich nachgebohrt habe, um herauszufinden, ob sie bei ihm wohnt. Schamlos!) Aber ich muß zugeben, daß ich nicht in der Lage bin, zu Case durchzudringen. Meine Eindrücke ähneln Steinen, die man auf die Oberfläche eines Teiches wirft, in dem ein Leviathan lauert – ein Geheimnis, das gelöst werden muß und es doch nicht darf –, und die dort abprallen. Ich sehe, daß ich abschweife und meine Worte keinen Sinn ergeben. Die Reise sitzt mir in den Knochen, sie war recht anstrengend, und ich fühle mich losgelöst

wie in einem Traum. Vielleicht verscheucht ein kleines Nicker-
chen den Nebel. Träume. Wie ich sie fürchte; ich wache immer
auf. Wer war es noch bei Shakespeare, der ›aufs neu zu träumen
heulte‹?«

Mrs. Trawley sah nachdenklich zu dem verregneten Fenster
auf, und traurige Erinnerungen lagen in den Tiefen ihrer Augen. Dann drehte sie sich abrupt nach links und lauschte. Reglos wartete sie ab, den Kopf zur Seite geneigt. Dann schien ein
Zittern durch das Zimmer zu gehen, der einsame Stoß eines
Erdbebens, schwach, aber deutlich. Das Medium hielt still
und lauschte weiter. Dann beugte sie den Kopf über das Tagebuch und schrieb:

Vielleicht geht hier doch etwas vor. Entweder das, oder ich ver-
liere völlig den Verstand. Ich habe gerade die Stimme eines
Mannes gehört, der Latein sprach. Hier. In diesem Zimmer.
Nicht gespürt – gehört. Ich kann die Worte übersetzen, aber
ich verstehe sie nicht:
»Ich verbanne dich, du unreiner Geist …«

Unten in der gemütlichen, teakvertäfelten Bibliothek, die mit
Büchern und Reiseandenken vollgestopft war, stellte Gabriel
Case ein Fernsehgerät ein, und Dare sah ihm von einem Pol-
stersofa aus zu. »Ich empfange nichts als Rauschen«, murmelte Case verärgert.

Statt eines Bildes zeigte der Schirm nur Schnee.

»Versuchen Sie es mit einem anderen Kanal«, schlug Dare
vor.

»Ich habe doch schon alle durchprobiert.«

Case versuchte es noch bei ein paar anderen Kanälen, dann
schaltete er den Fernseher aus. Er setzte sich auf das Sofa, das
Dare gegenüberstand. »Vielleicht ist es der Sturm«, sagte er.
»Zumindest hoffe ich das. Wir würden nie im Leben einen
Fersehinstallateur dazu bewegen, hier herüberzukommen.
Nie im Leben.«

Dare funkelte ihn an. »Ich wollte, sie würden nicht solche
Sachen sagen.«

»Was macht das für einen Unterschied. Hier ist doch seit Jahren nichts mehr passiert.«

»Hier ist auch seit Jahren niemand mehr *gewesen*.«

»Wie wahr. Möchten Sie einen Drink? Wir haben alles da.« Case deutete auf eine Hausbar aus dunkel gefleckter, wachsglänzender Eiche, die in eine Ecke eingebaut war. Vier schnitzereiverzierte Eichenhocker mit demselben Fleckenmuster standen an der sanft geschwungenen Theke.

Dare schüttelte den Kopf. »Viel zu früh. Mein Gott, es ist kaum drei.« Er blickte auf seine Armbanduhr. »Acht nach.«

»Möchten Sie die Geschichte von Jung und seinem Gespenst hören?« Case blickte unschuldig vor sich hin, die Hände vor dem Bauch gefaltet.

»Sie haben einen gefährlichen, gewieften Humor, Dr. Case.«

»Es ist eine faszinierende Geschichte. Möchten Sie sie hören?«

»Ich würde lieber in Bosnien-Herzegowina mit Moslems in einem russischen Panzer Sushi essen.« Dare stand auf. »Ich muß mir ein paar Notizen machen. Sie entschuldigen mich?«

Ohne weiteres Aufheben ging der Schriftsteller aus dem Zimmer. Case sah zu, wie Dare steif auf die Treppe zuging, sie hochstieg und schließlich in seinem Zimmer verschwand. Case seufzte und senkte den Kopf, dann blickte er nach links auf, als sich ein langer, gezackter Riß in der Wand auftat. Er war tief und breit, und es knisterte im Putz und im Gebälk. Ausdruckslos, schweigend und reglos sah Case zu, wie sich das massive Loch wieder schloß, ohne eine Spur zu hinterlassen. Dann senkte er den Kopf und schüttelte ihn sanft.

»Schlechtes Timing«, murmelte er.

Ein Zittern erschütterte das Zimmer.

»Außerdem ganz schön ärgerlich«, brummte Case. »Da weiß die rechte Hand nicht, was die linke tut.«

Er wartete auf eine weitere Störung. Aber es kam nichts.

Noch nicht.

Viertes Kapitel

»Alles in Ordnung bei Ihnen?« fragte Case.

»Ja, alles klar«, murmelte Mrs. Trawley.

»Passen Sie da vorn auf, wo sie hintreten.«

»O ja, danke.«

Sie waren durch die Tür in der Nische unter der Treppe gegangen und eine Steintreppe hinuntergestiegen, die zu einem engen, dunklen, feuchten Betongang hinunterführte. Case leuchtete mit einer starken Taschenlampe auf den Boden vor ihnen, um den Weg zu erhellen.

»Gibt es hier unten kein Licht?« fragte Mrs. Trawley. Sie trug einen dünnen Cardigan über ihrem Kleid. »Kommt mir so vor, als wäre das dringend nötig«, sagte sie sanft anklagend.

»Es gibt Licht. Aber aus irgendeinem Grund funktioniert es nicht.«

»Nicht wahr.«

»Hier hinein. Passen Sie auf Ihren Kopf auf, Mrs. Trawley.«

»Das mache ich.«

Er führte sie durch eine Tür in eine kleine, rechteckige Kammer.

»Tja, da wären wir«, sagte er, und sie blieben stehen. Er strahlte mit der Taschenlampe eine verzierte graue Steingruft unmittelbar vor ihnen an. In die Vorderseite war ein scheußliches, gaffendes Dämonengesicht eingemeißelt, das sie wütend anfunkelte – es war dasselbe Gesicht, das oben auf der Tür prangte.

»Das ist das Herz des Hauses«, sagte Case.

Das Medium sagte nichts. Er drehte sich zu ihr um.

»Das sollte Sie zum Lachen bringen«, sagte er leise. »Das ist eine Zeile aus Filmen über Spukhäuser.«

»Ich weiß«, sagte Mrs. Trawley. »Im Herzen habe ich gelächelt.«

»Das sollten Sie öfter tun.« Case hielt den Lichtstrahl auf die Fratze. »Hübsche Kreatur«, bemerkte er sardonisch.

»Wie scheußlich. Hat er sie hier begraben?«

»Nicht ganz«, antwortete Case.

»Nicht ganz?«

»Er hat sie darin eingeschlossen, als sie noch lebte.«

Mrs. Trawley zuckte zusammen. »Lieber Gott«, murmelte sie.

»Brutaler Mistkerl. Entschuldigen Sie meine Ausdrucksweise.«

Mrs. Trawley trat langsam vor und strich dann leicht mit der Hand über das Gesicht auf der Gruft.

»Können Sie sehen?« erkundigte sich Case.

»Sehr gut.«

Er stellte sich neben sie.

»Liegt Quandt auch hier?« fragte sie ihn.

»Ja«, sagte Case. »Er liegt auch hier.«

»Woran ist er gestorben?«

»Chironex fleckeri.«

Mrs. Trawley hörte auf, die Gruft zu betasten, und wandte sich zu ihm um. Sie konnte ihn nicht sehen, sein Gesicht war im Dunkeln.

»Das ist Latein«, sagte sie leise.

»Es ist das Gift der Seeanemone. Man hat eine Phiole mit den Überresten in seiner Hand gefunden. Hier. An dieser Stelle. Das Gift lähmt zuerst die Stimmbänder und dann das Atemsystem, und das Opfer erstickt innerhalb einer Stunde.«

Mrs. Trawley fuhr sich mit der Hand an die Kehle. »Oh, wie schrecklich.«

»Ja.«

»Warum hat er solch einen qualvollen Tod gewählt?«

»Weiß Gott.«

Einen Moment lang starrte sie seine Silhouette an, dann wandte sie sich wieder der Gruft zu. »Sie sieht bizarr aus. Sie sagen, das Haus stammt von 1937?«

»Ja. Aber das hier war schon vorher da. Es stand einmal ein anderes Haus an dieser Stelle.«

»Ach ja?«

»Edward Quandt hat es abreißen und ein neues bauen lassen.«

»Aber diese Gruft hat er nicht angerührt?«

»Nein.«

»Und wer war hier beerdigt?«

»Oder was?«

Erneut drehte sie sich nach seiner Stimme um. Sie konnte ihn jetzt deutlicher sehen, obwohl seine Augen immer noch überschattet und verborgen waren.

»Ich habe in seinem Tagebuch etwas erwähnt gefunden«, sagte Case leise. »Eine überwältigend grausame und bösartige…« Er hielt inne, als suchte er nach einem Wort, dann sagte er: »… Präsenz.«

In der Stille, die jetzt folgte, brach ein Putzfragment von einer Wand ab. Es rieselte zu Boden. Case wandte den Kopf nach dem Geräusch um und lauschte, einen Augenblick später drehte er sich dann wieder um und sah Anna Trawley an. »Spüren Sie etwas, Anna?« fragte er.

»Warum?«

»Ihr Blick.«

»Sie kommen mir bekannt vor.«

»Wirklich?«

»Und doch weiß ich, daß wir uns noch nie begegnet sind«, sagte Mrs. Trawley wie in Gedanken versunken.

»Vielleicht in einem anderen Leben«, sagte Case.

»Genau. Aber in der Vergangenheit oder in der Zukunft?« Mrs. Trawley wandte sich noch einmal der Gruft zu, dann erschauerte sie und begann, ihre Strickjacke zuzuknöpfen, als sie sich wieder umdrehte und zu Boden blickte. »Wir sollten zurückgehen. Mir ist kalt geworden«, sagte sie.

»Oh, das tut mir leid.«

Er hielt den Strahl der Taschenlampe auf den Boden direkt vor ihnen, und sie verließen gemeinsam die Kammer und gingen langsam zurück zu der Treppe, die nach oben führte.

»Glauben Sie wirklich an die Wiedergeburt, Dr. Case?«

»Müssen wir es wirklich so formell halten?«

»Na gut«, sagte sie. »Gabriel.«

»Gut.«

»Glauben Sie daran?« wiederholte sie.

»Ich halte es mit Voltaire.«

»Der was gesagt hat?«

»Daß die Vorstellung, zweimal geboren zu werden, auch nicht überraschender ist als die, einmal geboren zu werden.«

Sie wandte ihren Kopf um. Sein Gesicht war immer noch in Dunkelheit gehüllt, aber sie konnte ihn jetzt viel besser sehen.

»He, Terry!«

»Du hast gerufen, mein Täubchen?«

»Ja, komm mal eine Sekunde her, okay?«

Joan saß mit einem Tischrechner und einem Stapel Immobilienstatistiken aus jüngster Zeit an einem Schreibtisch in der Bibliothek. Sie trug eine Lesebrille mit dicken Gläsern. Dare stand im Salon vor der Stereoanlage und las ein Plattencover, während Artie Shaws »Begin the Beguine« das Zimmer erwärmte. »Was ist denn?« rief er. »Zu laut? Soll ich die Musik leiser drehen?«

»Nein, ich mag sie. Komm nur einfach einmal kurz her, Terry, ja?«

Dare legte die Hülle hin und ging zu ihr. Er trug Jeans, einen Kamelhaarpulli und neue weiße Tennisschuhe. Er trat an den Schreibtisch und blickte auf die Maklerin nieder. Sie betätigte weiter den Taschenrechner.

»Du guckst ja ganz frisch aus der Wäsche und bist abscheulich wach«, sagte er.

»Habe ein Nickerchen gemacht. Himmel, dieser Case scheint mir nahezugehen, Terry. Ich habe geträumt, ich hätte meinen Körper verlassen und eine Reise gemacht.«

»Wohin denn? Auf eine Baustelle?«

»Sehr komisch. Ich weiß nicht. An einen dunklen Ort. Eine dunkle Kiste.«

»Könnte schlimmer sein. Also, was ist los, Liebes? Was hast du auf dem Herzen?«

»Ist heute ein Feiertag oder so, Terry?«

»Warum?«

»Hast du schon versucht zu telefonieren?«

»Funktionieren die Telefone nicht?« fragte er.

»Sie funktionieren schon«, antwortete sie, »aber ich bekomme niemanden an die Strippe.«

»Red keinen Unsinn. Woher sollten die denn wissen, wer anruft?«

Sie sah ihn einen Augenblick lang verärgert an, dann machte sie sich wieder an ihre Arbeit. »Du kannst manchmal so ein Arschloch sein.«

»Das ist ein echtes Talent.«

»Ich habe jetzt schon neunmal im Büro angerufen«, sagte sie zu ihm, »und das Telefon klingelt und klingelt einfach nur. Keine Antwort, kein Anrufbeantworter, nichts.« Sie wies kopfnickend auf einen Telefonhörer, der seitlich auf dem Tisch lag. »Hörst du das? Geht schon seit zwanzig Minuten so.«

Dare hob den Hörer auf, hielt ihn sich ans Ohr und hörte das entfernte, regelmäßige Tuten am anderen Ende der Leitung. Er runzelte die Stirn, dann legte er den Hörer sanft wieder auf den Tisch. »Na ja, vielleicht haben sie Bombenalarm oder so etwas.«

»Oder auch nicht. Dasselbe passiert, wenn ich versuche, die Vermittlung anzurufen. *Mist*!« Sie riß einen Ausdruck von dem Tischrechner ab und zerknüllte ihn in ihrer Faust. »Jetzt muß ich das verdammte Ding noch einmal eingeben.«

Dare stand mit gesenktem Kopf schweigend da und überlegte. Er hatte die Hände in den Taschen seiner Jeans vergraben. »Gott, wie mir die Hunde fehlen«, sagte er trübselig.

Joan tippte rasch auf dem Rechner herum.

»Mal eins-null-Komma-sieben-zwei …«

Dare blickte auf, als wäre ihm plötzlich eine bestürzende Tatsache klargeworden.

»Die Hunde!« rief er aus. »Ich habe vergessen, die Hunde mitzunehmen!«

»Nein, du hast sie mitgebracht«, sagte Joan.

Dare zog die Brauen zusammen und machte ein verwirrtes, unsicheres Gesicht. »Nein, die Hunde sind nicht hier. Ich muß sie zurückgelassen haben.«

»Ich könnte schwören, daß du sie mitgebracht hast«, murmelte Joan geistesabwesend, während sie eine weitere Zahlenkolonne eintippte.

Nervös sah Dare auf den Telefonhörer hinunter. Das Musikstück hatte gerade geendet. Es war still, und das Tuten am

Ende der Leitung schien jetzt noch lauter widerzuhallen, obwohl es irgendwie auch weiter weg zu sein schien. Dare schüttelte den Kopf und biß sich auf die Lippe, dann sagte er leise:

»Wie um alles in der Welt konnte ich nur die Hunde vergessen?«

Fünftes Kapitel

Mrs. Trawley schlürfte Tee mit Milch und Zucker und starrte dabei aus dem Fenster, das fast ihre Schulter berührte, auf die Regenböen. »Gibt es eine Vorhersage, wie lange das dauern soll? Haben Sie etwas gehört?«

Case folgte ihrer Blickrichtung und schüttelte den Kopf. »Nein. Ich bekomme immer noch keinen Radio- oder Fernsehempfang.«

»Oh.«

»Es muß der Sturm sein. Ich empfange nur Rauschen.«

Mrs. Trawley wandte sich um und betrachtete sein Gesicht. »Ich auch.«

Er drehte den Kopf und erwiderte ihren Blick. Sie saßen einander gegenüber an einem Tisch im Frühstückszimmer, der in einem verglasten Erker in der Nähe der Küche stand. Case ergriff die Porzellanteekanne. »Mehr?«

Das Medium schüttelte den Kopf und verneinte.

Er goß sich eine Tasse ein und nahm dann zwei Zuckerwürfel aus einer Schale. Mit Papiergeknister wickelte er sie aus. »Und was halten Sie davon?«

»Wovon?«

»Von dieser ganzen Angelegenheit.« Case ließ die Zuckerwürfel in die Teetasse plumpsen und rührte um. »Miss Freeboard scheint sich so zu langweilen, daß sie durch nichts aus der Ruhe zu bringen ist«, fuhr er fort, »und doch hat sie mich bedrängt, mich dieser Sache anzunehmen.«

»Oh, na ja. Dasselbe hat sie mit mir auch gemacht.«

»Sie hat mir gesagt, daß sie damit einem Freund einen Riesengefallen tut. Habe seinen Namen vergessen. Doch, Redmund, glaube ich«, sagte Case. »James Redmund.«

»Ach.«

»Warum ›ach‹?«

»Na ja, Mr. Dare hat sich unterwegs im Wagen ausführlichst über einen Freund von Mrs. Freeboard ausgelassen. Er hat gesagt, er hätte in der Verbrecherkartei von Kuwait schon angenehmere Gesichter gesehen. Ob es sich dabei wohl um denselben Freund handeln könnte? War das nicht ein Pfeifenraucher?«

»Ich weiß es nicht. Miss Freeboard hat mir gesagt, er habe sie angefleht, diese Geschichte auf die Beine zu stellen. Hat sie Ihnen das vielleicht auch erzählt?«

»Nicht ganz. Sie hat gesagt, falls es sich herausstellt, daß es in dem Haus spukt, könnte sie es niemals guten Gewissens verkaufen, egal zu welchem Preis.«

»Nein, natürlich nicht«, pflichtete Case ihr kopfschüttelnd bei.

Ihre ernsten Blicke trafen sich für eine Sekunde, und dann brachen sie plötzlich gemeinsam in Gelächter aus. »Ach, ich glaube, wir werden die Wahrheit schon irgendwann erfahren«, sagte Mrs. Trawley, nachdem ihr Kichern zu einem Lächeln ausgeklungen war.

»Ja, da bin ich mir auch sicher. Das werden wir.«

Plötzlich nahm der Regen an Heftigkeit zu. Mrs. Trawley wandte sich um und sah aus dem Fenster. Es goß in Strömen, und das Wäldchen weiter draußen war nur verschwommen zu erkennen. »Das erinnert mich an eine Science-Fiction-Story, die ich einmal gelesen habe«, sagte sie gedankenverloren. »Über einen Planeten, auf dem es unablässig regnete. Das könnte einem schon die Laune verderben, nicht wahr?«

»Ja.«

»Wie sind Sie eigentlich zu ihrem Fachgebiet gekommen?«

»Durch einen Todesfall.«

Sie wandte den Kopf um und stellte fest, daß er brütend aus dem Fenster sah.

»Durch den Tod eines Menschen, der mir sehr nahestand«, sagte Case ganz leise. »Jemand, den ich mehr geliebt habe als mein Leben … mehr als mich selbst. Der Wunsch, mir irgendwie zu beweisen, daß sie nicht vollständig ausgelöscht worden war, wurde zur Obsession. Lieber Gott, gibt es einen stärkeren Verlustschmerz als diesen? Ich glaube nicht, daß ich jemals das Gefühl hatte, weiter von der Sonne weg zu sein.« Er wandte sich um und erwiderte kurz Mrs. Trawleys Blick, dann sah er traurig zum Salon. »Kein Cole Porter«, sagte er. »Schade. Eigentlich hatte ich schon angefangen, mich daran zu gewöhnen.«

Er blickte in seine Teetasse.

»Ich hatte immer schon theoretisch an die Seele geglaubt. Materie kann einfach nicht um ihrer selbst willen existieren. Aber meine Trauer brauchte mehr als das, sie brauchte Beweise.«

»Also sind Sie jetzt hier und versuchen zu beweisen, daß es Geister gibt.«

Case sah ihr mit einem warmen, angedeuteten Lächeln in die Augen. »Meinen Sie, es wird mir gelingen?«

»Ja. Das glaube ich.«

Der Regen flaute abrupt zu bloßem Tröpfeln ab.

»Und was ist mit Ihnen, Anna?«

»Mit mir?«

»Ja, woher haben Sie Ihre Gabe?«

»Meine Gabe?« Sie sagte es mit einem Hauch von bitterer Ironie.

»Das klingt aber sehr seltsam«, sagte Case.

Mrs. Trawley starrte zum Fenster hinaus.

»Meine Gabe«, sagte sie dumpf.

»Ja, woher haben Sie sie, Anna? Übrigens gibt es eine altägyptische Version der Genesis, in welcher Gott wiederholt zu Adam sagt, er sei einst ein leuchtender Engel gewesen, und dann beschrieben wird, daß er und Eva ihrer telepathischen Fähigkeiten beraubt worden sind. Vielleicht war es früher einmal ganz natürlich für uns? Ist es bei Ihnen angeboren, Anna?«

Sie wandte sich ab und starrte in ihren Tee.

»Nein«, sagte sie leise. »Es ist alles andere als angeboren. Es hat angefangen, als ich eine schwere Gehirnerschütterung hatte. Ich habe meine vierjährige Tochter zur Schule gefahren.

Die Straße war vereist. Ich bin ins Schleudern gekommen und gegen einen Mast gefahren. Sie ist umgekommen.«

»Oh, das tut mir furchtbar leid.«

Das Medium blickte auf und starrte besorgt ins Leere.

»Irgend jemand hat hier Angst. Ich spüre seinen Schrecken.«

»Er kommt schon zurecht«, sagte Case.

Mrs. Trawley drehte sich um und blickte ihm suchend in die unergründlichen Augen.

»Wie bitte?« sagte sie.

»Ach, nur so eine Vermutung.«

»Was für eine Vermutung?«

»Daß Sie unseren geschätzten Mr. Dare spüren. Ich glaube wirklich, daß er sich halb zu Tode fürchtet.«

»Ja, das könnte sein.«

Case runzelte leicht die Stirn. »Er hat mich gefragt, ob er zwei kleine Hunde mitgebracht hätte. Was für eine Frage!«

»Ja, das hat er mich auch gefragt.«

»Was haben Sie ihm geantwortet?«

Ihr Blick wurde plötzlich ausdruckslos.

Case wartete eine Weile, dann wechselte er das Thema.

»Haben Sie jemals versucht, mit Ihrer Tochter in Verbindung zu treten?«

»Ja.«

»Und haben Sie Erfolg gehabt?«

»Ich weiß es nicht. Ich habe mit jemandem Kontakt gehabt.«

»Sie sind sich nicht sicher?«

»Tote lügen. Sie sind auch nur Menschen.«

Er lehnte sich zurück und preßte seine Handflächen gegen die Tischkante. »Wie erstaunlich, daß Sie das sagen!« rief er aus.

»Tja, es stimmt eben.«

»Nein, ich meine, es bestätigt mir etwas.«

»Tatsächlich?«

Case schien plötzlich von Energie durchströmt zu sein, seine Augen glitzerten. »Es gibt ein faszinierendes Buch eines lettischen Wissenschaftlers namens Raudieve, der behauptet, er hätte Stimmen von Toten auf Band gehört. Es heißt über-

866

setzt *Durchbruch: Elektronische Kommunikation mit den Toten.* Kennen Sie es?«

»Ich habe davon gehört.«

»Gut. Der Autor sagt mehr oder weniger dasselbe wie Sie: daß die Toten nicht klüger sind, als sie als Lebende waren, und daß sie seine Fragen falsch und oft widersprüchlich beantwortet haben.«

Mrs. Trawley nickte.

»Die Stimmen waren schwach«, fuhr Case fort, »und ganz flüchtig, fast vollständig von Verstärkerrauschen übertönt, und sie hatten einen unerwartet, komischen, fast federnden Rhythmus. Einige stöhnten, baten um Hilfe und machten einen gequälten Eindruck. Andere haben einen zufriedenen, ja glücklichen Eindruck gemacht. Raudieve hat sogar eine Stimme gehört, die er identifizieren konnte, einen früheren Kollegen aus der medizinischen Fakultät. Raudieve hat ihn gebeten, seine Situation mit ein oder zwei Worten zu beschreiben – die Stimmen sind immer so schwer auszumachen und zu hören –, und dieser hat deutlich geantwortet: ›Bin im Unterricht.‹ Finden Sie das übrigens übergeschnappt?«

Mrs. Trawley schüttelte sanft den Kopf, doch in ihrem Blick lag ein schwaches Lächeln.

Case fuhr fort. »Ein anderes Mal hat Raudieve – niemand speziellen, sagt er – nach dem Zweck seiner gegenwärtigen Existenz gefragt. ›Lernen, glücklich zu sein‹, war die klare Antwort. Was für eine Aussage! Ich hatte beim Lesen ganz stark das Gefühl, daß Raudieve mit exakt dem Jenseits in Kontakt war, das C. S. Lewis in *Die große Scheidung* beschreibt und in dem die Toten eigentlich alle an einem Ort sind; wie sie ihn wahrnehmen, das macht ihn zum Himmel oder zur Hölle. Und ihre Wahrnehmung wird dadurch geformt, wie sie auf der Erde gelebt haben.« Er blickte zu Boden und schüttelte den Kopf. »Ich weiß nicht. Auf seine Frage, wo sie waren, hat Raudieve deutlich eine Stimme gehört, die antwortete: ›Doktor Engel.‹ Dann folgte eine andere Stimme, die sagte: ›Es ist wie eine Klinik.‹ Und später antwortete jemand: ›Fegefeuer.‹«

»Es ist die Geistesgestörtenabteilung einer Irrenanstalt.«

Case blickte zu dem Medium auf.

Mrs. Trawley starrte ihn gebannt an.

»Und einige der Insassen«, beendete sie, »sind gefährlich.«

Case erwiderte ihren Blick ausdruckslos und ohne zu blinzeln.

»Ja, zweifellos«, sagte er schließlich.

»Zweifellos.«

»Um auf Raudieve und seine Bänder zurückzukommen ...«

»O ja, bitte.«

»Er gab die Experimente auf, als die Stimmen ihn zu bedrohen begannen. Doch zuvor fragte er sie, ob Gott existiere, und erhielt zur Antwort: ›Nicht in der Traumwelt.‹ Diese Worte haben mir einen Schauer über den Rücken gejagt. Dann ist mir klargeworden, daß die Traumwelt nicht dort war – es ist *diese*.«

Case sah dem Medium eine Zeitlang prüfend in die Augen. Sie brach das Schweigen.

»Haben Sie jemals wieder geheiratet?« fragte sie.

»Nein«, sagte Case.

Helles Sonnenlicht fiel durch das Fenster.

Sie wandten beide die Köpfe und starrten zum Himmel hinaus.

»Ah, Sonne. Der Sturm ist vorbei«, sagte Case.

»Sieht so aus.«

»Wenn es geregnet hat, ist der Himmel ein echtes Wunder, finden Sie nicht? Diese Welt hat wirklich ihre schönen Seiten. Manchmal neigen wir dazu, uns an ihre Nachteile zu gewöhnen.«

Mrs. Trawley wandte sich ihm zu. Ihr war die Farbe ins Gesicht gestiegen.

»Wie meinen Sie das?«

Case zuckte die Achseln und starrte auf den Tisch hinab. »Ich habe einmal von einer Frau gehört, die süchtig nach Operationen war. Sie hat sich unzählige Male operieren lassen. Nicht auf masochistische Weise, falls Sie das denken. Sie hatte sich einfach nur an den Schmerz gewöhnt. Sie konnte es einfach nicht ertragen, zu lange ohne Schmerz zu leben. Er war zum Grund geworden, warum sie existierte.«

Er blickte auf und begegnete ihrem reglosen Blick.

»Halten wir später eine Seance ab?« fragte er sie.

Mrs. Trawley machte ein verlegenes, unangenehm berührtes Gesicht.

»Sehr wahrscheinlich«, antwortete sie kurz angebunden. »Wir werden sehen.«

Case wandte sich wieder zum Fenster und blickte nachdenklich hinaus. Er runzelte etwas die Stirn, dann nickte er und murmelte vor sich hin: »Vielleicht sollten wir das. Ja, vielleicht sollten wir diesmal etwas Neues ausprobieren.«

Mrs. Trawley starrte ihn an. »Haben Sie ›diesmal‹ gesagt?«

Case wandte sich ihr mit verständnislosem Gesicht zu. »Wie bitte?«

»Sie haben ›diesmal‹ gesagt. Was haben Sie damit gemeint?«

Case sah verwirrt aus. »Ich habe keine Ahnung. Meine Gedanken sind abgeschweift.«

Sie starrte ihn unverwandt an. »Ja. Das passiert mir auch ab und an.«

»Es tut mir leid.«

Sie ergriff ihre Teetasse.

»Sie lehren also an der Columbia Universität«, bemerkte sie.

»Ja.«

»Bestimmt eine äußerst stimulierende Arbeitsatmosphäre. Wohnen Sie zufällig in der Nähe der Uni?«

»Nein, ich pendle«, sagte Case. »Warum fragen Sie?«

»Ach, ich bin nur neugierig, das ist alles. Kein besonderer Grund.« Mrs. Trawley nippte an ihrem Tee, und als sie ihre Tasse abstellte, klirrte diese schwach, aber lange auf dem spröden Porzellan der Untertasse nach. Case warf einen raschen Blick auf die Tasse, auf ihre zitternden Hände. Sie ließ die Hände rasch in ihren Schoß sinken, außerhalb seiner Sichtweite. Einen Augenblick später hob Case den Blick.

»Machen Sie sich immer noch Sorgen um Dare?« fragte er leise.

»Ja«, sagte Mrs. Trawley. »Ehrlich gesagt mache ich mir Sorgen um uns alle.«

»Das brauchen Sie nicht«, sagte Case zu ihr.

»Warum nicht?«

»Hier scheint niemals etwas zu geschehen, bevor es dunkel wird.«

»Jungs? Wo seid ihr, meine Babys? Seid ihr hier?«

Verirrt und verloren, verwirrt und voller Angst, ging Dare langsam durch einen Flur. Er hatte den Flur betreten, aus dem Morna bei der Ankunft der Gruppe gekommen war, und machte sich dort auf die Suche nach seinen Hunden. Indem er sich von einem Flur in den nächsten, daran anschließenden bewegte, hatte er sich bald in ein Labyrinth begeben, völlig unfähig, den Rückweg zu finden.

Er öffnete eine Tür und blickte in das dahinterliegende Zimmer.

»Jungs? Seid ihr hier? Maria? Pompette?«

Durch ein Fenster drang Sonnenlicht in das Zimmer, durch die Äste gigantischer Eichen gefiltert und verdünnt. Ein schmaler Strahl hatte seinen Weg ungebrochen zu einem Sekretär gefunden. Dare starrte auf den Lichtstrahl. Er fand es seltsam, daß keine Staubpartikel darin tanzten. Im nächsten Moment erschienen die Staubkörner und wirbelten rasch in Brownschen Spiralbewegungen durch den Strahl. Dare betrachtete dieses Phänomen einen Moment lang, dann wandte er den Blick ab und rief wieder leise: »Hierher, Jungs!«

Er hörte ein ominöses Knarren aus dem Flur, wie das Geräusch eines einzelnen, zögerlichen Schrittes, dann schloß sich irgendwo leise eine Tür. Dare hielt den Atem an. Er trat in den Flur hinaus und blickte der Länge nach hindurch. Nichts. Er atmete aus, dann setzte er sich wieder vorsichtig in Bewegung. »Kommt, Jungs! Maria Hidalgo? Pompette?« Er machte schmatzende Lockgeräusche mit den Lippen.

Dare gelangte an eine weitere Tür, als er jedoch im Begriff war, sie aufzudrücken, hörte er wieder ein seltsames Geräusch von irgendwoher. Zuerst klang es wie das entfernte Summen von Bienen, aber als Dare reglos dastand und angestrengt lauschte, wurde es zu einem leisen Murmeln, unbestimmt, mehrere Männerstimmen, die ineinanderliefen und auf Latein – beteten? Verwirrt blieb Dare stehen und spitzte aufmerksam die Ohren. Dann sah er, wie sich am Ende des Flurs etwas bewegte, eine schwarze Gestalt. Er sah, wie sie eine Zimmertür am Ende des Flurs öffnete, eintrat und die Tür hinter sich schloß. Der Autor riß die Augen auf. Dann tat er plötzlich mit einem lauten Ausruf einen Satz, als sich von hinten eine Hand auf seine Schulter legte. Hämmernden Herzens fuhr Dare herum.

»Oh, da sind Sie ja«, sagte Gabriel Case. Er stand geduldig lächelnd da. »Mr. Dare, ich habe überall nach Ihnen gesucht. Wirklich. Machen wir einen Erkundungsgang durch das Haus?«

»Ja. Ich meine, nein.«

Der Schriftsteller legte sich eine Hand auf die Brust, um sein Herz zu beruhigen.

»Mein Gott, bin ich froh, Sie zu sehen«, sagte er und atmete erleichtert auf.

»Ich hatte so ein Gefühl, daß das vielleicht der Fall sein könnte.«

»Ich habe mich verlaufen.«

»Das ist in diesem Haus auch nicht sehr schwierig. Es ist verrückt angeordnet, und man bekommt einfach kein Gefühl dafür, wo die einzelnen Teile liegen oder wo sie hinführen. Kommen Sie«, sagte Case, »hier geht's lang.« Er öffnete eine Tür und führte Dare in einen weiteren Flur.

»Wir haben Sie vermißt«, sagte Case.

»Was ich vermißt habe, ist ein großer Brandy-Soda. Übrigens, was macht eigentlich dieser Priester hier?«

»Welcher Priester?«

»Woher soll *ich* das wissen? Boris Karloffs alter Kaplan!« sagte Dare aufgebracht. »Ich habe ihn gerade da hinten im Flur gesehen.«

Case blieb stehen. »Meinen Sie das ernst?«

»Bitte tun Sie mir das nicht an, Doktor.«

»Nennen Sie mich Gabriel«, sagte Case.

»Ich habe gesagt, *aufhören!*«

»Doktor«, sagte Case leise.

»Danke. Ich hatte das Gefühl, lateinisches Gemurmel zu hören, und dann habe ich diesen hochgewachsenen Priester vorbeigehen sehen. Wollen Sie etwa behaupten, Sie wissen nicht, wer das ist?«

Case ließ sich das durch den Kopf gehen, dann setzte er sich wieder in Bewegung. Dare folgte ihm.

»Sind Sie katholisch, Mr. Dare?«

»*Ex*katholisch.«

»Gibt es das wirklich?«

»Worauf wollen Sie hinaus?«

»Wir sind alle in Alarmbereitschaft und rechnen damit, *irgend etwas* in diesem Haus zu sehen«, sagte Case beruhigend. »Unsere Erwartungen sind unbewußt gesteigert. Und Sie haben mich sagen hören, daß hier einmal mehrere Nonnen exorziert worden sind.«

»Wollen Sie damit sagen, daß ich eine vom Papst gesandte Halluzination hatte?«

»Ich will sagen, daß Sie gar nicht so ungläubig sind, wie Sie immer tun, und daß Sie Schatten gesehen haben, oder, was wahrscheinlicher ist, daß Sie mich an der Nase herumführen. Können Sie mir sagen, was davon stimmt, Mr. Dare?«

»Gehen wir auf die Suche nach einem Drink.«

Anna Trawley kontrollierte die Uhrzeit, setzte sich an den Schreibtisch und schrieb dann einen neuen Eintrag in ihr Tagebuch.

»*Es ist jetzt 16 Uhr 23*«, schrieb sie:

Ich bin erschüttert und weiß nicht genau, warum. Ich habe mit Case Tee getrunken. Ich fühle mich immer stärker zu ihm hingezogen. Und dennoch wächst auch mein Gefühl, daß er irgendwie eine Gefahr für mich darstellt, für meine Seele, für mein Leben selbst. In seiner Nähe zittere ich. Ist das nicht absurd? Gott steh mir bei, ich kann mir einfach keinen Reim darauf machen. Bin ich verrückt? Ja, natürlich, das würde beinahe alles erklären. Wie leicht kann man wahnsinnig werden. Und doch bilde ich mir einige rätselhafte Dinge nicht ein. Seine Aussage, was seinen Wohnort angeht, stimmt nicht mit Mor-

nas überein: die eine sagt, er wohne in der Nähe des Univer-
sitätsgeländes, der andere – Case selbst – sagt, er wohne ganz
weit weg. Da paßt etwas einfach nicht zusammen. Vielleicht
hat einer von den beiden – das Mädchen, wie ich annehme –
mich mißverstanden. Aber das ist nicht so wichtig. Die Haupt-
sache ist, daß meine Instinkte Gefahr wittern. Und nicht nur
von seiten Case'. Ich höre fortwährend Stimmen, bedrohliche,
voller Wut. Ich weiß, daß ich mir das nicht einbilde.

Sie sind hier.

Sechstes Kapitel

Halberstickt, das Angstkreischen in der Kehle, eingesperrt in
der engen, trockenen Falle der Nacht, erwachte Joan abrupt
aus ihrem kurzen, leichten Schlaf und setzte sich mit einem
wimmernden Ausruf auf. Sie fuhr sich mit der Hand an die
Stirn. Sie war kühl und feucht.

»Mist, schon *wieder* dieser blöde Traum!« murmelte sie. Sie
wartete etwas, dann schwang sie schließlich die Beine aus dem
Bett, stand auf, schlurfte ins Bad, drehte den Wasserhahn auf
und spritzte sich kaltes Wasser ins Gesicht. Während sie sich
abtrocknete, sah sie in den Spiegel. »Reiß dich zusammen«,
ermahnte sie sich selbst. Es funktionierte nicht. Der Traum
kam immer wieder, und er verstörte sie jedesmal. Sie konnte
sich allerdings nicht mehr daran erinnern, wann sie ihn zum
ersten Mal geträumt hatte. Sie erschauerte unwillkürlich. Sie
mußte weg aus diesem Zimmer, mußte unter Menschen sein.
Sie eilte aus dem Bad, ergriff einen sauberen Aschenbecher
und hämmerte einmal fest damit gegen die Wand.

»Bist du da drin, Blödkopf?«

Joan wartete. Nichts, Stille. Sie stellte den Aschenbecher
zurück, ging zur Tür und trat in den Flur hinaus. Dort blickte
sie in alle Richtungen, sah aber niemanden. Es ist so ruhig
hier, dachte sie. Sie ging zum Treppengeländer und blickte in
den Salon hinab. Er lag leer und still da. Die Wandleuchter
brannten.

»Terry?«

Joan wartete. Dann hörte sie etwas, Stimmen zu ihrer Rechten. Sie waren leise, ein unbestimmtes Murmeln. Sie wandte sich dem Geräusch zu. Es kam aus dem langen, leeren Flur zu ihrer Rechten, der an Dares und Mrs. Trawleys Zimmern vorbeiführte. An seinem Ende befand sich eine Tür. Joan starrte sie verwirrt an, als sie dann aber die leisen Stimmen wieder hörte, ging sie zielsicher darauf zu, denn sie schienen aus dieser Richtung zu kommen. Sie gelangte zu der Tür und drückte sie auf. In diesem Moment verstummten die Stimmen, und es folgte urplötzlich ein tiefes Schweigen. Joan runzelte die Stirn. Sie blickte einen langen, fensterlosen Flur entlang, an dessen Ende sich wieder eine Tür befand.

»Terry, du verdammtes Arschloch«, rief sie, »machst du diesen Unsinn hier?« Joan hörte, wie sich hinter ihr leise eine Tür schloß. Sie drehte sich schnell um und sah, wie Mrs. Trawley aus ihrem Zimmer kam. Das Medium erblickte sie und kam auf sie zu. Sie sah angespannt und besorgt aus.

»Ist da etwas?« fragte sie. Sie sah an Joan vorbei in den dunklen Innenflur.

»Nein.«

Joan schloß die Flurtür.

»Joan, ich habe mir gedacht, ich mache einen Spaziergang über die Insel. Wollen Sie mitkommen?«

»Ja, gern«, sagte Joan. »Ja!«

Es sollte sich herausstellen, daß es kein normaler Strandspaziergang werden würde.

»Auf Ihr Wohl«, sagte Case und prostete Dare zu.

»Sie wiederholen sich«, sagte Dare.

Die Stimme des Schriftstellers klang etwas belegt und gedehnt.

Sie saßen einander gegenüber auf den Sofas in der Bibliothek, dicht am knisternden Feuer. Case beugte sich gerade über einen Kaffeetisch aus Kiefernholz und goß Scotch in Dares großes Glas nach.

»Niemand zwingt Sie zu trinken«, sagte Case.

»Ich wollte mich auch nicht beklagen. Es war nur eine Beobachtung; das ist etwas, was wir Maler so furchtbar gut können.«

»Oh, Sie malen?«

»Müssen Sie quasi alles in Frage stellen, was ich sage?«

Leicht angeheitert und entspannt, nippte der Schriftsteller an seinem Glas und genoß den Whisky. Und dann schien die Erde sich mit einem schnellen, heftigen Ruck zu bewegen. Dare ließ sein Glas sinken und starrte vor sich hin.

»Ich glaube, auf dieser Insel ist gerade ein Sumoringer gelandet«, sagte er. Er blickte zu Case hinüber. »Haben Sie das auch gespürt?«

»Was denn?«

»Ach, egal.« Dare streifte die Schuhe ab, schwang seine langen Beine herum und streckte sich der Länge nach auf dem Sofa aus. »Da. Ich bin unverletzlich, ich halte die Nacht in Schach. Jetzt können Sie mir mehr von Carl Jungs Gespenst erzählen.«

»Wirklich?«

»O ja, wirklich, Sir. Ganz im Ernst.«

»Tja, es sah aus wie ein einäugiges altes Weib«, begann Case. »Jung war auf der Suche nach einem Ort, wo er sich eine Zeitlang entspannen konnte, und ein Londoner Freund von ihm – auch ein Arzt, glaube ich – bot ihm an, sein Landhäuschen benutzen zu können. Jung erzählt, er habe in einer wunderbaren, windstillen, mondhellen Nacht im Bett gelegen, als er seltsame Riesel- und Ächzgeräusche hörte und dann gedämpftes Hämmern an der Außenwand. Dann hatte er das deutliche Gefühl, daß jemand in seiner Nähe war, daher öffnete er die Augen und sah augenblicklich neben sich auf dem Kissen das scheußliche Gesicht einer alten Frau, deren rechtes Auge weit aufgerissen war und ihn aus ein paar Zentimetern Abstand haßerfüllt anfunkelte. Die linke Gesichthälfte, erzählte er, fehlte vom Auge an abwärts. Jung war mit einem Satz aus dem Bett, zündete eine Anzahl Kerzen an und verbrachte den Rest der Nacht auf einem Feldbett, das er aus dem Haus gezerrt hatte. Später fand er heraus, daß die Hütte, in der er seinen Urlaub verbrachte, schon lange als Spukhaus bekannt war und daß sie vorher einer älteren Frau gehört hatte, die an einer bösartigen Wucherung im Auge gestorben war.«

»Ich mußte ja auch danach fragen«, brummte Dare.

»Ja, da haben Sie die Geschichte.«

Dare streckte die Hand aus, ergatterte sein Glas und nippte daran. Wie in Erinnerungen verloren starrte er in das Kaminfeuer. »Vielleicht habe ich das Übernatürliche auch schon einmal zu spüren bekommen«, sagte er leise. »Einmal war ich nach Budapest gefahren, um da zu recherchieren. Ich kannte kaum jemanden. Ich war einsam. Am Morgen meines vierzigsten Geburtstags bin ich an die Rezeption gegangen, und es lag ein Telegramm in meinem Postfach, die erste Post seit Tagen. Es lautete ›Herzlichen Glückwunsch zum Geburtstag, Terry‹, und es war signiert mit ›Dein Bruder Ray‹.« Dare hielt inne, blickte in sein Glas und ließ den Whisky kreisen. »O ja, ich hatte einmal einen Bruder namens Raymond«, sagte er dann. »Aber der ist schon als Kind gestorben, verstehen Sie. Das Telegramm kam von meinem anderen Bruder. Edward. Aber wie um alles in der Welt ist aus Edward Ray geworden?« Der Schriftsteller hielt Case sein Glas hin. »Bitte noch einmal ›Auf Ihre Gesundheit‹?«

»Brauchen Sie Eis?«

»Ich brauche Wärme, mein lieber Mann, ich brauche Feuer. Nur den Whisky. Die Welt ist mir kalt genug, danke sehr.«

Case griff nach der Flasche. Ihr Schatz war dahingeschwunden, und er goß den ganzen Rest in das Glas des Schriftstellers.

»Verzeihen Sie mir, Mr. Dare – oder vielmehr Terence. Sie haben doch nichts dagegen, wenn ich Sie so nenne?«

»Ich würde sagen, es wird Zeit.«

Case stellte die leere Flasche hin und lehnte sich zurück.»Darf ich Ihnen eine persönliche Frage stellen?«

»Hat sie etwas mit LSD zu tun?«

»Ich glaube nicht.«

»Oder mit Priestern?«

»Na ja, vielleicht mit Priestern.«

Dare funkelte ihn an. »Henri Bergson war der Meinung, daß das Gehirn hauptsächlich dazu da ist, den Großteil der Realität wegzufiltern, so daß wir uns auf die Aufgaben unseres Erdendaseins konzentrieren können«, sagte er. »Wenn der

Filter durch eine starke Droge geschwächt wird, dann bekommen wir keine Wahnvorstellungen, sondern sehen die Wirklichkeit.«

»Ich kann Ihnen nicht folgen«, sagte Case.

»Ich habe den Priester gesehen«, sagte Dare beharrlich.

»Oh, ich verstehe. Nein, das habe ich nicht gemeint.«

»Was denn?«

»Was hat Sie Ihrer Kirche entfremdet?«

Einen Augenblick war es still. Dare schluckte den Scotch hinunter und starrte in das Feuer. »Dieser ganze Quatsch von wegen ewiges Höllenfeuer und Verdammnis. Nur weil mir Stutzer lieber sind als Seidenblusen, bin ich dazu verdammt, in alle Ewigkeit in Chilisaft zu baden und Vanilleeis mit heißem Napalm zu essen wie ein Miltonsches Springteufelchen. Ist die Hölle fair?«

»Nein, das hat niemand behauptet«, sagte Case rasch.

»Nun, sie ist es nicht.«

»Aber jetzt sind sie ja sowieso darüber hinweg.«

»Absolut. Tot ist tot, und damit hat sich der Fall.«

»Aha. Oh, übrigens – eines noch zu dem einäugigen Gespenst...«

Dare stützte die Stirn auf eine Hand auf. »Ach, mein Gott.«

»Macht Ihnen das Angst?«

»Nein, meine Fingernägel sehen immer aus wie angekokelt. Eine Art genetisches Durcheinander in meiner Familie.«

»Ich verstehe.«

»Dare blickte auf und stellte sein Glas auf den Tisch. »Wo waren wir gerade?«

»Also, das Gespenst hat zu Jung gesprochen.«

»Ach du lieber Himmel!«

Case machte ein verwirrtes, ein wenig ernstes Gesicht.

»Und was hat es gesagt?« fragte Dare.

»Wenn Sie gelernt haben, anderen zu vergeben, Jung, dann werden Sie endlich lernen, sich selbst zu vergeben.«

Dare erbleichte. Er schien verblüfft. »Das hat es wirklich gesagt?«

Case starrte ihn unverwandt an. Er schüttelte den Kopf. »Nein.«

»Sie sind ein gefährlicher Mann, Dr. Case«, sagte Dare leise.
»Das habe ich schon einmal gesagt. Ja, das sind Sie. Sie sind
eine Gefahr.«

Case wandte sich um und sah zum Fenster hinaus. Die
Schatten der Bäume wurden langsam länger, und das Vogel-
gezwitscher hatte nachgelassen.

»Die Sonne steht niedriger«, sagte er leise. »Ich kann die
Nacht kaum erwarten.«

»Hübscher Himmel«, sagte Mrs. Trawley.

»Ist halt ein Himmel«, sagte Joan achselzuckend.

Sie waren durch das Eichenwäldchen um das Haus herum-
spaziert und wanderten jetzt am Ufer des abendlichen Flusses
entlang, wo die Sonne als Goldstück auf der Wasseroberfläche
lag. Die Maklerin hatte die sonnengebräunten Arme vor der
Brust verschränkt, machte einen nachdenklichen Eindruck
und starrte zu Boden.

»Stimmt etwas nicht, Joan?«

»Ä-äh.«

»Sie machen einen gereizten Eindruck.«

»Nein, alles in Ordnung. Ich denke nur nach.«

»Worüber denn?«

Sie hatte gerade über ihren Traum mit dem Engel nachge-
grübelt, dem Engel mit dem einprägsamen Namen, der ihr
nicht einfiel, und seiner seltsamen Ermahnung. »Die Muscheln sind nicht ungefährlich.« Zuvor hatte sie an Amy O'-
Donnell aus der zweiten Klasse an der St.-Rose-Schule in der
Bronx gedacht. Ihre beste Freundin. Tot. Lungenentzündung.

»Nichts Besonderes. Das Geschäft. Weiß nicht.« Joan zuckte
die Achseln. Kurz darauf blieb sie stehen und blickte auf. Sie
blinzelte mit zusammengekniffenen Augen in die Sonne.

»Hören Sie das?«

»Nein, was denn.«

»Klingt wie eine Kirmesorgel. Da.«

Mrs. Trawley folgte ihrer Blickrichtung und senkte dann
den Kopf.

»Ja, ich höre es«, sagte sie knapp. »Weit weg.«

»Ja, da muß irgendwo eine Rollschuhbahn sein.«

»Vielleicht.«

Joan nickte, und die beiden Frauen gingen weiter.

»Das ist also Manhattan«, sagte Mrs. Trawley und blickte nach Süden. »Ich habe mich noch nie für längere Zeit dort aufgehalten«, sagte sie beiläufig. »Vielleicht sollte ich das vor meiner Heimreise tun. Was meinen Sie? Ist es eine faszinierende Stadt?«

»Vergessen Sie's.«

»Dann würden Sie es mir also nicht empfehlen?« sagte Mrs. Trawley ernst.

Joan wandte den Kopf, um das unergründliche Gesicht ihres Gegenübers zu betrachten. Der Ausdruck des Mediums war ernst und fragend, aber ihr Blick schien leicht belustigt.

»Sie sind in Ordnung«, sagte Joan schließlich.

»Ich bin in Ordnung?«

»So ist es. Sie sind okay. Sie sind echt.«

Beide Hände in den Taschen ihrer Jeans, die Daumen eingehakt, wandte sich Joan um und sah stirnrunzelnd auf den Boden vor ihnen. »Mal im Ernst, was halten Sie von der ganzen Sache?« fragte sie. »Ich meine, was den Spuk angeht.«

»Wie bitte?«

»He, sehen Sie mal«, sagte Joan abrupt. Sie war stehengeblieben und starrte auf einen sandverkrusteten Gegenstand hinunter, der aussah, als wäre er ans Ufer gespült worden. Sie bückte sich und hob ihn auf.

Es war eine Flasche Champagner.

Joan strich den Sand zur Seite und las das verblichene, verschwommene Etikett.

»Veuve-Clicquot«, murmelte sie gedankenverloren.

Mrs. Trawley betrachtete die Flasche. Sie machte ein besorgtes Gesicht.

»Sie ist noch zu«, sagte sie.

»Ja, stimmt.«

Joan blickte auf, und Mrs. Trawley folgte ihrem Blick zum Ufer, das genau vor ihnen eine scharfe Rechtskurve beschrieb und außer Sichtweite geriet. Die beiden Frauen standen unbeweglich da und starrten ausdruckslos vor sich hin. Ein leichter Frühlingswind spielte kurz mit Mrs. Trawleys Kleid, so

daß es aufflatterte. Joan ließ die Hand sinken, und die Cham-
pagnerflasche glitt ihr aus den Fingern auf die Erde, die
schweigend zusah. Dann wandten sich die Frauen gleichzeitig ab und gingen mit steifen Schritten zur Villa.

Beide sprachen dabei kein Wort.

Dare lag gerade im Halbschlaf auf dem Sofa in der Bibliothek,
als die Frauen das Haus betraten. Als er ihre Stimmen so sanft
wie Federn aus der Eingangshalle hereinwehen hörte, öffnete
er schläfrig ein blutunterlaufenes Auge.

»Ich glaube, ich lege mich noch einmal hin«, hörte er
Mrs. Trawley sagen. »Irgendwie bin ich ziemlich müde.«

»Ja, ich auch«, antwortete Joan. Dann Schritte, die die
Treppe hinaufstiegen, Türen, die sich leise öffneten und wieder schlossen. Dare schloß das eine Auge und holte tief Luft.
Und dann öffnete er beide Augen, hob den Kopf und lauschte.
Ein Geräusch. Da, schon wieder! Ein entferntes Winseln, und
dann ein Aufjaulen! Und dann noch einmal! Dares Gesicht
glühte vor Verzückung.

»*Jungs!*«

Er hatte sie doch mitgebracht!

Er sollte sofort losgehen und sie suchen.

»Doktor Case?« rief er laut.

Er stand auf und ging zum Salon hinüber.

»Doktor?«

Ihm fiel auf, daß er nicht wußte, welches Zimmer Case belegt hatte. Er eilte zur Küche, trat ein und sah sich um.
»Morna?« Aber es war niemand da.

Er holte tief Luft. Dann würde er eben allein gehen müssen.

Siebtes Kapitel

Beklommen und verwirrt, erschöpft und mit Gliedern wie
Blei, lag Joan auf ihrem Bett und starrte an die Zimmerdecke.
Irgend etwas stimmte nicht, das wußte sie. Was war es nur?
Sie ballte die Hände an den Seiten zu Fäusten, schloß die
Augen und versuchte, es abzuschütteln. Sie richtete den Mit-

telfinger ihrer Hand auf. »Spuk dich selbst!« Abrupt setzte sie sich auf und schwang die Beine aus dem Bett. Sie spitzte die Ohren. Klaviermusik. Sie lächelte. Rachmaninoffs Concerto No. II, der zweite Satz, sanft und reflexiv und voller Sehnsucht. Es war das einzige klassische Musikstück, das sie erkennen konnte, obwohl sie seinen Namen nie gelernt hatte. Sie kannte es aus einem Film.

Wie gebannt stand Joan auf, ging in den Flur hinaus und beugte sich über die Balustrade. Sie sah Case unten am Flügel. Wie magisch angezogen, ging sie langsam die Treppe hinunter und durchquerte den Salon, ohne zu bemerken, wie ihr Angstgefühl verschwunden war. Als sie den Flügel erreichte, blickte Case auf. Er lächelte, dann sah er auf die Tasten hinab und hörte auf zu spielen. »Na ja, so in etwa«, sagte er entschuldigend. Er zuckte die Achseln.

»Das ist mein Lieblingsstück«, sagte Joan zu ihm.

»Oh, wirklich? Na, wenn das so ist, dann spiele ich weiter.«

»Ja, ich bitte Sie darum.«

Er hob die Hände und begann wieder zu spielen.

Joan sah sich um. »Wo ist Terry?«

»Als ich ihn das letztemal gesehen habe, lag er in der Bibliothek auf einem Sofa und posierte als überlebensgroßes Manuskript mit Beleuchtung.«

»Was?«

»Er hatte ein paar Gläser Scotch intus.«

»Aha, verstehe.«

»War Ihr Spaziergang mit Anna schön?«

Joan hob die Brauen und machte ein verwirrtes Gesicht. »Welcher Spaziergang?«

Case starrte sie an. Eine seltsame Traurigkeit hatte von seinen Augen Besitz ergriffen.

Er senkte den Blick und schüttelte den Kopf. »Egal.«

»Wo seid ihr, Jungs? Kommt zu mir! Kommt her!«

Angsterfüllt schlich Dare durch einen Flur tief im Labyrinth der Zimmer im Herzen des Hauses. Er atmete kaum und redete sich Mut zu. Der Flur war innenliegend, es gab keine

Fenster, und die verzierten Kupferwandleuchten strahlten nur gedämpftes Licht ab.

»Jungs? Kommt schon, Jungs. Wo seid ihr?«

Dare bekam einen Schluckauf. Er konnte schmecken, wie ihm ein Schluck Scotch wieder hochkam. Er verzog das Gesicht. Und erstarrte dann, als er irgendwo hinter sich wieder ein leises Knarren hörte, langsam und vorsichtig wie verstohlene Schritte. Die Wandleuchten flackerten auf und wurden wieder dunkler. Dare schluckte. Komm schon, dreh nicht durch, dachte er.

»Ich habe diese Szene schon ein Dutzendmal geschrieben«, sagte er laut.

Er wandte den Kopf und linste der Länge nach durch den Flur. Nichts war zu sehen. Die Lichter glühten wieder in ihrer vollen Helligkeit auf, und der Schriftsteller spürte augenblicklich, wie sich die Atmosphäre veränderte, als ließe eine machtvolle Schwerkraft plötzlich nach und der Korridor bliebe beschwingt und frei zurück. Dare atmete aus, drehte sich wieder um und ging langsam weiter, bis er zu seiner Linken eine Tür vorfand. Er öffnete sie und blickte in ein geräumiges Schlafzimmer.

»Jungs?«

Er sah sich um, dann schloß er die Tür und ging weiter. Noch eine Tür. Er öffnete sie und sah hinein. Wieder ein Schlafzimmer mit einem Himmelbett. Zu seiner Rechten sah er einen Schminktisch. Das Zimmer hatte einer Frau gehört.

»Jungs?«

Keine Antwort. Dennoch trat er ein und schloß die Tür leise hinter sich. Etwas hatte ihn angezogen. Durch das Fenster betrachtete er das bleiche, dünne Licht am Ende des Tages. Die Äste der Eichen waren knorrige Silhouetten wie in einer Illustration zu Grimms Märchen. Dare schaltete eine Lampe auf einem Nachttisch ein, wo er eine große, runde Porzellandose bemerkte. Sie war weiß und mit kleinen rosa Kaninchen verziert. Er hob sie vorsichtig auf und öffnete sie. Es war eine Spieldose. Sie spielte. Dare starrte vor sich hin als die kleinen Glockenklänge die Luft erfüllten. Es war eine Melodie von Stephen Foster, »Jeannie with the Light Brown Hair«.

Wer hatte sie aufgezogen? fragte sich Dare. Er schloß sanft den Deckel. In diesem Moment fiel ihm etwas Seltsames auf. Er streckte die Hand aus und fuhr mit dem Finger an der Tischkante entlang, dann hielt er ihn vor sein Gesicht, um ihn zu betrachten. Das Zimmer und alles, was sich darin befand, war vollständig staubfrei. Die hölzernen Oberflächen kamen ihm sogar wie frisch gewachst vor. Wer hielt das Haus sauber? Gab es unsichtbares Personal in dem verborgenen Flügel? Er dachte an seine Vision, den Mann in Schwarz. LSD oder ein wahrhaft »stummer Diener«? fragte er sich. »Und unsichtbar«, murmelte er. Dann zog er die Nase hoch. Er roch Parfum, es duftete nach Rosen.

»Kann ich Ihnen behilflich sein?«

Erschrocken schrie Dare auf und fuhr herum.

Morna starrte ihn ausdruckslos an.

Ihr Blick huschte zu der Spieldose.

»Suchen Sie etwas?«

Dare verneinte, aber seine Antwort kam fast tonlos hervor und drang als Keuchen durch das Eis, das sich in seiner Kehle gebildet hatte. Er räusperte sich mühsam und verbesserte sich: »Ich meine, ja, meine Hunde. Haben Sie sie gesehen?«

»Die kleinen Hunde? Nein.«

Er nickte geistesabwesend. Er starrte ihren Hals an.

Er blickte an ihr vorbei und stellte fest, daß die Tür immer noch geschlossen war. Er starrte wieder auf ihren Hals. Er runzelte die Stirn. Dann kam ihm ein Gedanke. »Woher wissen Sie, daß meine Hunde klein sind?« fragte er. »Haben Sie sie im Haus gesehen? Sind sie hier?«

Morna lächelte, als wäre sie insgeheim belustigt, dann wandte sie sich ohne ein weiteres Wort ab und glitt zur Tür, zog sie auf und verließ das Zimmer. Einen Augenblick starrte Dare erst die offene Tür an, dann die Spieldose, die er immer noch in der Hand hielt. Er stellte sie sanft wieder auf den Tisch, dann ging er in den Flur hinaus. »Morna?« sagte er. Er hatte noch eine Frage, die die Hunde betraf. Doch im Flur sah er niemanden. Sie war fort.

Plötzlich elektrisierte ihn ein Geräusch. Gedämpft und entfernt. Das Kläffen eines Hundes. Dare strahlte, dann verzog er das Gesicht, denn ihm wurde klar, daß das Bellen von einem größeren Tier herrühren mußte. Dennoch rief er wieder »Jungs? *Männer?*« Das Kläffen hielt an. Dare machte sich ängstlich in Richtung des Geräusches auf. Am Ende des Flurs sah er eine Tür, und als er näherkam, wurde das Kläffen lauter und aufgeregter, dann ging es in bedrohliches Knurren und Bellen über, das von durchdringendem Jaulen unterbrochen wurde, als hätte das Tier Angst. In der Nähe der Tür blieb Dare stehen, weil er eine Männerstimme hörte, die von der anderen Seite zu ihm durchdrang. »Was ist denn, mein Junge? Was?«

Also war doch jemand hier, dachte Dare. Es gab Personal.

Er ergriff die Klinke und öffnete die Tür.

Dare gaffte. Vor ihm lag ein Raum, der eine Küche zu sein schien. Er sah sich einem zitternden Collie gegenüber, der mit entblößten Zähnen abwechselnd jaulte, knurrte und bellte. An einem Tisch saßen ein Mann und eine Frau in den Fünfzigern und ein stämmiger Mann, der ein katholischer Priester zu sein schien, weil er eine Soutane, einen Chorrock und eine violette Stola trug. An einem Fenster stand ein größerer, alter Priester mit rotem Haar und hielt ein Buch in der Hand, das in weiches rotes Leder gebunden war. Der Mann, die Frau und der jüngere Priester starrten Dare wie in dumpfem Schrecken an. Der rothaarige Priester am Fenster jedoch machte einen ruhigen Eindruck, als er routiniert und ohne Eile zum Tisch ging und eine Phiole mit einer farblosen Flüssigkeit ergriff. Eine Frau, die wie eine Haushälterin gekleidet war, betrat das Zimmer. Sie trug eine dampfende Kaffeekanne. Als sie auf den Tisch zuging, blickte sie zur Tür, ließ die Kanne fallen und gab einen durchdringenden Schrei von sich. In diesem Moment löste der alte Priester den Verschluß der Phiole und besprenkelte mit einer Bewegung seines Handgelenks den verblüfften Schriftsteller mit dem Inhalt, woraufhin die Menschen in der Küche verschwanden.

Erschüttert rannte Dare um sein Leben.

Anna Trawley träumte, Gabriel Case sei an ihr Bett getreten und hielte ihr die Hand hin. »Komm, Anna«, sagte er sanft zu ihr. Und dann war sie allein mit einer Kerze in der Hand durch die unterirdische Passage zur Gruft unterwegs. Sie wußte, daß sie etwas suchte, aber sie wußte nicht, was es war. Sie blieb stehen und hielt die Kerze hoch. Die Gruft lag vor ihr. Sie lauschte. Eine flüsternde Stimme. Dr. Case. »Anna«, sagte er. »Anna Trawley.« Dann öffnete sich das riesige Steintor der Gruft, und es schwebte ein offener Sarg heraus, der die weiß verhüllte Gestalt eines Menschen enthielt, dessen Gesicht nicht auszumachen war, das leer war. »Schau, Anna! Schau hin!« flüsterte die Stimme erneut. Das Gesicht in dem Sarg begann, Gestalt anzunehmen, und Anna Trawley war plötzlich wach.

Und schrie.

Achtes Kapitel

Case zog eine Augenbraue hoch.

»Darf ich Ihren Drink auffrischen?« fragte er.

»Sie dürfen mein *Leben* auffrischen«, brummte Joan.

Trübsinnig, leise gereizt und ein bißchen betrunken, lümmelte sie sich auf einem Hocker an der Bar in der Bibliothek herum und drückte ihre Camel Light in einem Aschenbecher aus, der von zerdrückten, umgeknickten Stummeln überquoll. Hinter der Theke ergriff Case einen geriffelten Martinikrug und entleerte ihn in Joans Glas, bevor er die nächste Ladung mixte.

»Das ist der Rest«, murmelte er. »Es gibt gleich mehr.«

Joan hob benommen ihr Glas. »*Salud!*«

Sie waren seit fast einer Stunde in der Bar. Joan hatte Lust auf einen Drink gehabt. Sie hatte einige Gläser getrunken und konversierte inzwischen fast fließend in mehreren ihr bislang unbekannten Sprachen. In der Zwischenzeit hatten sie sich beiläufig unterhalten, und Case hatte sie hauptsächlich nach »ihrem faszinierenden Freund, Mr. Dare« befragt. Jetzt sah die Maklerin mit vernebelten, schweren Augen zu, wie Case die Eiswürfel, die er gerade in den Krug geworfen hatte, mit Bombay Gin übergoß. Sie machten ein flüssiges Knistergeräusch.

»Doc, sind Sie der Sache gewachsen?«

Case blickte zu der Maklerin auf.

»Verzeihung?«

»Ich meine, was den Spuk angeht. Sie sind doch nicht nur wegen der Priester hier oder weil Sie *Ghostbusters* zweimal gesehen haben und auf den Geschmack gekommen sind?«

»Ich kann buchstäblich schwören, daß Letzteres nicht der Grund war«, sagte Case. »Und was die Priester angeht, so sind Sie die einzige, die mich jemals für eine derartige Arbeit bezahlt hat.«

Joan tastete nach ihrer Zigarettenpackung auf der Theke.

»Wovon leben Sie denn?«

Case betrachtete sie mit freundlicher Geduld.

»Die Universität bezahlt mich«, sagte er sanft. »Ich unterrichte.«

»O ja, ja.«

»Ich bin Dozent.«

»He, ich hab's kapiert, okay? Können wir das Thema wechseln?« Joan funkelte ihn an und zündete sich mit zitternden Händen eine Zigarette an, dann stellte sie ihr massives Goldfeuerzeug laut auf die Theke.

Case hob den Krug und schenkte ihr Glas voll.

»Noch eine Olive?« fragte er sie höflich.

»Sind Sie verheiratet?«

»Ja, das bin ich.«

Sie wandte den Blick ab und knurrte: »Wen interessiert das schon?«

Dann ergriff sie ein Buch, das auf der Theke lag, und stellte es auf die Kante, um den Umschlag zu betrachten. *Die Überwindung der Todesfurcht*«, las sie laut. »›Die Verleugnung des Todes‹. Ist das gut?«

»Ja, ich finde schon.« Case schenkte sich selbst einen Martini ein. »Ich will heute abend noch einmal darin lesen«, erklärte er ihr. »Ernest Becker ist der Autor.«

»Wer kommt darin vor?«

»Es ist kein Film.«

Sie ließ das Buch los.

Case ließ eine Olive in sein Glas plumpsen und trank dann einen Schluck.

»Sind Sie denn verheiratet, Joan?« fragte er sie.

Sie sah zu Boden, blies den Zigarettenrauch aus und schüttelte den Kopf.

»Sie waren es auch nie?« drang er weiter in sie.

»Nie.«

»Irgendwelche Angehörigen?«

»Alle tot. Ich war die Jüngste«, sagte Joan. »Ich bin die letzte.«

»Keine anderen Verwandten?«

Sie blickte in ihr Glas. »Nein, niemand.«

»Mir ist aufgefallen, daß Mr. Dare Ihnen sehr nahesteht.«

»Er ist der einzige Mann, den ich kenne, der mir niemals weh tun würde.«

»Haben Ihnen schon viele Männer weh getan, Joan?«

Sie winkte ab und sagte: »Ach, zum Teufel damit.«

Sie ergriff ihr Martiniglas und nippte daran, dann knallte sie das Glas auf die Theke. Sie schnappte sich wieder das Buch und stellte es noch einmal auf die Kante. »Also, worum geht es hier?« sagte sie.

»Es würde Ihnen nicht gefallen.«

Sie legte das Buch abrupt hin und starrte ins Leere.

»Gott, gerade hatte ich wieder dieses Déjà-vu-Erlebnis.«

»Ach ja?«

Sie nickte. »Ja. Ziemlich stark sogar.«

Case verschränkte die Arme auf der Theke und beugte sich vor.

»Joan, ich würde gern mehr über Ihre Arbeit wissen. Gefällt sie Ihnen?«

»Mist, ich liebe sie über alles.«

»Wie schön.«

»Ich würde lieber ein Scheißstadthaus verkaufen als pissen.«

»Damit sollten dann wohl auch die letzten Zweifel in dieser Angelegenheit ausgeräumt sein.«

Joan blickte aus dem Fenster. »Das Haus hier ist so abgelegen.«

»Völlig.«

»Ich frage mich, ob hier oft eingebrochen wird.«

»Ich glaube nicht«, sagte Case ausdruckslos.

»Nun sehen Sie mich nicht so an, als wäre ich zurückgeblieben«, platzte sie heraus und kniff ihre bleiernen Augen verächtlich zu. »Jede Menge Navy Seals werden später Kriminelle. Warum glauben Sie wohl, daß es in Malibu so heiß hergeht?«

»Darüber habe ich noch nie nachgedacht.«

»Dieses Haus ist überreif.«

»Ich verstehe.«

Joan kippte das Buch erneut schräg und warf dabei fast ihr Glas um. Case ergriff den Stiel des Glases, bevor dieses fallen konnte.

»He, Mann, danke«, sagte Joan gedehnt.

»Keine Ursache«, sagte Case.

»Gute Handarbeit.«

Sie betrachtete erneut den Umschlag des Buches.

»Also, worum geht es hier, Doc. Ist es gut?«

»Tja, es geht um unsere Angst vor dem Tod«, antwortete Case, »und wie wir ihr aus dem Weg gehen, indem wir versuchen, uns mit Sex und Geld und Macht abzulenken.«

Joan sah ihn in völligem Unverständnis an.

»Wer braucht denn den Tod dazu?« sagte sie.

»Eben.«

Sie starrte das Buch an.

»Ich liebe mein Leben«, murmelte sie.

»Das sollten Sie auch«, sagte Case. »Jede Menge Spielzeug.«

Joan stützte sich mit dem Ellbogen auf die Theke und ließ dann den Kopf in ihre Hand sinken. Case konnte ihr Gesicht nicht mehr sehen. »Jede Menge Spielzeug«, sagte sie schwach. Sie nickte. Und dann murmelte sie mit gequälten, erstickten Worten: »Ja, eine Riesenmenge Spielzeug. Massenweise.«

Case starrte sie an. »Stimmt etwas nicht?« fragte er.

Sie schüttelte den Kopf.

»Können Sie es mir nicht sagen?«

Sie schluchzte leise in ihre vorgehaltene Hand.

Case stellte sein Glas hin und berührte ganz sanft ihren Unterarm.

»Wollen Sie es mir nicht erzählen? Bitte erzählen Sie es mir«, sagte er.

»Ich weiß es nicht. Manchmal weine ich, ohne zu wissen, warum. Ich weiß es nicht. Ich weiß es nicht.«

Sie schluchzte immer noch.

»Woran haben Sie denn gerade gedacht?« fragte Case sie.

Joan schüttelte den Kopf. »Ich weiß es nicht.«

Er berührte tröstend ihre Wange.

»Dann weinen Sie einfach«, sagte er. »Es ist schon gut.«

Er blickte auf, weil Dare gerade beunruhigt das Zimmer betrat und augenblicklich mit steifen Schritten zur Bar hastete. Der Schriftsteller erfaßte mit einem raschen Blick Joans Zustand und erklärte: »Ich sehe, daß hier ein ernsthaftes Besäufnis angesagt ist.« Er glitt auf einen Hocker.

»Was darf es sein, Mr. Dare?« sagte Case dienernd.

»Ein neuer Körper«, antwortete Dare, »und ein Gehirn, das nicht weiß, wer ich bin.«

»Ich habe den Martini schon gemixt.«

»Nein, nein, nein!« Dare deutete auf die Schnapsflaschen auf dem Regal hinter Case. »Bitte reichen Sie mir nur den Chivas und ein Glas«, sagte er.

Case griff nach der Flasche. »Sie sehen ja furchtbar aus«, sagte er. »Was ist das Problem?«

»Das Problem? Nun, ich sage Ihnen, was das Problem ist«, fuhr Dare ihn an. Er war schon im Begriff zu sprechen, als er plötzlich sah, daß Joan ihn anstarrte, während sie ihre Augen mit einem Papiertaschentuch betupfte. Dare schloß den Mund und wandte sich ab. »Nichts«, sagte er. Er schnappte sich die Flasche, schenkte sich zwei Fingerbreit ein, stellte sie zurück und knallte dann sein Glas mit Nachdruck auf die Bar. »Es gibt nicht das geringste Problem. Absolut nicht.«

Jetzt betrat Anna Trawley das Zimmer. Sichtlich aufgeregt, kam sie schnell an die Bar und setzte sich neben Dare.

»Hallo, Anna. Einen Drink?« fragte Case.

»Ja, einen doppelten«, sagte Mrs. Trawley angespannt.

»Dann darf ich wohl daraus schließen, daß Sie auch kein Problem haben«, sagte Case.

»Wie bitte?« sagte sie. »Das habe ich nicht verstanden.«

Case starrte sie unschuldig an. »Nur so eine Bemerkung.«

Dare wandte sich um und sah Mrs. Trawley an. Er betrachtete ihr abgespanntes, aschfahles Gesicht und ihre zitternden Hände, die sie jetzt auf der Theke verschränkt hatte. Er blickte ihr wieder in die Augen.

»Und was haben *Sie* gesehen?« fragte er sie.

Bei diesen Worten rappelte Joan sich auf.

»Was?« sagte sie. »Was meinst du damit? Wer hat was gesehen?«

»Ich habe nichts gesehen«, sagte Mrs. Trawley und blickte stur geradeaus.

»Ich habe noch weniger gesehen«, erwiderte Dare.

»Tja, das wäre ja dann erledigt«, sagte Case. Er zog eine Flasche vom Regal.

»Einen trockenen Sherry mit Schuß?« fragte er Mrs. Trawley.

Sie warf ihm einen seltsamen Blick zu.

»Aber ja«, sagte sie schließlich. »Genau.«

Sie starrte ihn weiter an.

Case sah, daß Dare einen weiteren Scotch in sich hineinschüttete.

»Auf Ihr Wohl«, sagte Case und sah zu dem Schriftsteller hinüber.

»Das ist gar nicht komisch«, knurrte Dare.

»Ich habe auch nicht gesagt, daß es komisch ist.«

»Es ist *nichts* gewesen«, sagte Dare mit Nachdruck.

»Ich weiß.«

»Worüber *redet* ihr alle, zum Teufel?« fragte Joan fordernd. Sie hatte funkelnd vom einen zum anderen geblickt, und ihre Verwirrung war mit ihrer Verärgerung gewachsen. Dare strich ihr über die Hand. »Das spielt keine Rolle.«

Case stellte den Sherry vor Mrs. Trawley hin. »Mir ist Ihr Blick aufgefallen«, sagte er leise zu ihr. »Spüren Sie jetzt etwas?«

»Nichts Neues«, sagte sie beinahe unhörbar.

»Das habe ich nicht verstanden«, sagte Case.

Sie sah ihn durchdringend an. »Nichts Neues«, wiederholte sie.

»Ach so.«

Case blickte zum Fernseher. »Mir wär's lieb, wenn diese Fernseher und Radios funktionieren würden«, sagte er voller Bedauern. »Ich würde so gern um sechs die Nachrichten sehen.«

»Ja, zweifellos«, murmelte Mrs. Trawley. »Ich auch. Aber ich will mich auf keinen Fall selbst darin sehen.«

»Wie war das?« fragte Case.

»Ach, nichts«, sagte sie.

Mrs. Trawley nippte an ihrem Sherry. Die Hand zitterte ihr dabei immer noch.

»Wo wir gerade von den Nachrichten reden«, begann Case. Er wandte sich wieder der Bar zu. Dare und Joan, so sah er, unterhielten sich leise miteinander. Case räusperte sich und sagte: »Was halten wir denn alle so von Präsident Clintons Außenpolitik?«

Ein plötzliches Schweigen senkte sich über das Zimmer. Joan und Dare hatten urplötzlich aufgehört, sich zu unterhalten, und wandten sich stumm zu Case um. Der Ausdruck ihrer Gesichter war verständnislos und dumpf, ebenso wie der Mrs. Trawleys. Kein Atemzug, kein Gedanke schien sich in dem Zimmer zu regen.

Case blickte fragend von einem Gesicht zum nächsten.

Schließlich runzelte Dare die Stirn und fragte: »*Wessen* Außenpolitik?«

Case hielt inne, als wartete er auf etwas, dann antwortete er mit einem Unterton, der irgendwie bedauernd klang: »Oh, ich wollte Präsident Bush sagen. Tut mir schrecklich leid. Ja, tut mir leid, ich habe mich versprochen.«

Das Trio starrte ihn immer noch reglos an, und dann blickten sie alle in ihre Gläser. Dann nippte Mrs. Trawley an ihrem Sherry, wandte sich um und sah durch ein Fenster zu, wie der massive blutrote Sonnenball dem schmutzigbraunen Wasser des Flusses entgegensank.

»Fast dunkel«, sagte sie. »Die Nacht ist im Anzug.«

Case regte sich nicht. Er starrte die anderen an.

Er senkte den Kopf und schüttelte ihn.

Später schlug Anna Trawley in ihrem Zimmer das Tagebuch auf, drückte es flach, las ihren letzten Eintrag durch und verfaßte dann sorgsam den nächsten:

> *Nach neun. Abendessen vorbei. Ich fürchte mich nach wie vor. Und was ist so schlimm daran? Im grenzenlosen Dunkel dieses Universums zu existieren, verletzt und ohne zu wissen, woher wir kommen und wohin wir gehen – das allein ist doch schon Schrecken genug, oder? Wenn wir unsere Situation korrekt einschätzen, so ist Angst ein normaler Bestandteil unseres Daseins, genau wie Essen und Sterben. Und doch ist das, was ich jetzt empfinde, völlig anders; es ist eine andere Art von Furcht. Nicht vor Geistern. Ich spüre hier etwas anderes, etwas erschreckend Fremdes, das sich nicht beschwichtigen läßt. Ich fürchte es sogar noch mehr als die Welt. Case möchte heute abend eine Seance abhalten. Dabei ist es so gefährlich. Gott steh mir bei. Mir graut vor dem, was durch jene Tür kommen könnte!*

Neuntes Kapitel

Joan war mit den Nerven am Ende. Sie saß auf ihrer Bettkante, als sie es auf einmal klopfen hörte. Sie hatte gerade gedankenverloren vor sich hin sinniert und die Ellbogen auf ihre Knie gestützt, das Gesicht in den Händen. Das Buch *Die Überwindung der Todesfurcht* lag geöffnet mit dem Gesicht nach unten neben ihr auf dem Bett. Sie hatte eine Zeitlang darin gelesen, doch dann hatten ihre Augen zu schmerzen begonnen.

Allerdings nicht annähernd so sehr wie ihr Kopf.

Es klopfte wieder. Zweimal. Viel lauter diesmal.

Joan blickte erst gar nicht auf.

»Schluß damit, ja, Terry? Hör auf damit!«

Sie hörte, wie ihre Tür sich öffnete, und blickte zu Dare auf.

»Ich bin's«, sagte er nervös.

»Woher willst *du* das wissen?«

Dare kam zum Bett herüber und setzte sich neben sie.

»Sitzt du auf meiner Brille, Terry?«

»Nein. Joan, wir haben etwas furchtbar Gruseliges in unserer Mitte.«

»Fang keinen Unsinn an, Terry. Ich meine es ernst.«

»Meine Liebe, ich meine es toternst«, sagte Dare. Sie hörte ein Zittern in seiner Stimme und blickte auf. Er war blaß, und ihm zuckten nervös die Augen. »Ich habe mich nicht mehr so gefürchtet, seit ich geträumt habe, ich wäre ein Zulu und säße im Umkleideraum von Rudyard Kiplings Club fest.«

Joan sah ihn suchend an und entdeckte echte Furcht.

Sie runzelte die Stirn. »Hast du Visionen, Terry?« fragte sie ihn.

»Joan, ich schwöre dir, ich nehme schon seit Jahren kein Acid mehr!«

Er hob die rechte Hand, als wollte er es beschwören.

Joan überlegte.

»Es kann etwas davon zurückbleiben, weißt du noch? Erinnerst du dich an die Riesenquallen mit den Strahlenkanonen und an das Referenzschreiben von Cheech und Chong?«

Dare schob seinen Hemdsärmel hoch, und eine leuchtend rote Schwiele lief von der Innenseite seines Handgelenks bis zu seinem Unterarm. »Sieht das aus wie eine Vision, Joanie? Sieh dir das an! Sieh dir meinen Arm an!«

Joan starrte die Schwiele einen Augenblick lang stumm an. Sie warf ihm einen spöttischen Blick zu und sagte: »Wie hast du das denn angestellt?«

»Ich habe eine Gruppe von Menschen im hinteren Teil des Hauses gesehen«, erklärte Dare. »Zwei von ihnen waren Priester.«

»Sie waren *was?*«

»Ich habe *Priester* gesagt!«

»Ach, verarsch mich nicht, Terry!«

»Ich meine es ernst! Einer von ihnen hat mir etwas entgegengeschleudert! *Das* ist dabei herausgekommen!«

Joan streckte die Hand aus, als wollte sie die Schwiele berühren

Dare fuhr zusammen. »Nein, nicht anfassen!« rief er aus.

»Sieht aus wie eine Brandwunde«, sagte sie leise.

»Das ist es auch!«

Joan sah zu ihm hoch. Sie machte ein skeptisches Gesicht.

»Du hast nicht zufällig dein Fotoalbum gebügelt, oder? Also, wo *sind* denn diese Priester?«

»Ich weiß es nicht«, sagte Dare. »Sie sind verschwunden.«

»Sie sind davongelaufen?«

»Sie haben sich einfach in Luft aufgelöst.«

Joan wandte sich um und verdrehte die Augen. »Klar, sie haben sich in Luft aufgelöst.«

Dare streckte den Arm vor und zeigte ihr die Schwiele. *»Das hier aber nicht!«*

Sie sah die Schwiele unbeteiligt an. »Es könnte passiert sein, als Morna den Kaffee über dich geschüttet hat, Terry.«

»Ja, aber hätte ich das nicht gemerkt?«

»Doch, vielleicht.«

»Ich habe versucht, den Bootsbesitzer anzurufen, um zu sehen, ob er uns von der Insel bringt, aber …«

»Du Schafskopf! Was ist denn aus ›Ich bin der Zweifel in Person‹ geworden?«

»Ist auf offener Straße von ›Ich bin ein gebranntes Kind‹ verprügelt worden. Hör zu, der Bootsbesitzer hat nicht abgenommen.« Dare sprach ernst und drängend. »Kein Anrufbeantworter, gar nichts«, fuhr er fort. »Ich habe versucht, einen Hubschrauberservice anzurufen. Keine Antwort. Ich habe versucht, Pierre wegen der Hunde anzurufen. Keine Antwort. Nicht einmal die *Auskunft* geht dran. Erinnerst du dich, wie du gefragt hast, ob heute Feiertag ist?«

»Ja. Es ist, als ob eine Atombombe auf Manhattan gefallen ist oder so.«

»Und hast du dir Morna schon einmal genau betrachtet?«

Joan starrte Dares Hände an. Sie ruhten auf seinen Oberschenkeln. »Mensch, Terry, deine Hände zittern ja!« sagte sie erstaunt.

»Diese ganzen kleinen violetten Flecken in ihrem Gesicht und auf ihrem Hals?«

»Was meinst du damit?«

»Na ja, sie hat sie. Man nennt sie *Petechiae.* Das habe ich bei der Recherche zu *Gilroys Geständnis* herausgefunden.«

»Und?«

»Sie sind sichtbare Anzeichen dafür, daß jemand durch Ersticken gestorben ist.«

Joan sah ihn entsetzt an.

»Oh, Mr. Dare? Miss Freeboard? Sind Sie da?«

Case. Er rief vom Salon herauf, und seine Stimme war wie ein gruseliger Singsang, als käme sie aus einem vernebelten Moor. Dare und Joan sahen einander argwöhnisch an.

Woher kam sie, diese Furcht? Wie hatte sie Gestalt angenommen?

»Könnte ich Sie einen Augenblick sprechen?« Case rief wieder zu ihnen herauf.

»Er klingt genau wie Freddy Krueger«, flüsterte Dare.

»Ach, halt doch den Mund.«

Dare stand auf, ging zur Tür hinaus und trat in den Flur. Er beugte sich über die Balustrade, blickte nach unten und sah Case neben einem runden Spieltisch stehen, an dem schon Anna Trawley saß.

»Ah, da sind Sie ja«, sagte Case. »Und Miss Freeboard? Ist sie auch da?«

»Ja, ich höre Sie«, rief Joan vom Zimmer aus. »Was gibt es denn?« Im nächsten Moment erschien die Maklerin an der Balustrade.

»Was ist denn so dringend?« fragte sie, ohne zu lächeln.

»Wenn Sie beide nach unten kommen, können wir mit der Seance beginnen.«

Zehntes Kapitel

»Würden Sie sich bitte hier neben mich setzen, Mr. Dare?« sagte Mrs. Trawley.

»Warum neben Sie? Haben Sie das Gefühl, daß ich die Vibrationen nötiger habe als andere?«

»Oh, verdammte Scheiße, setz dich einfach!« fuhr Joan ihn an.

Mrs. Trawley klopfte auf den Sitz zu ihrer Linken. »Hierhin.«

»Na gut«, sagte Dare. Er setzte sich.

»Und Sie hier zu meiner Rechten, Miss Freeboard«, sagte Mrs. Trawley. Joan nickte und nahm rasch ihren Platz ein. Case saß bereits auf dem Stuhl, der Mrs. Trawley gegenüberstand.

»Danke«, sagte das Medium. »Wir können anfangen.«

Auf dem Spieltisch lag ein Ouija-Brett mit einer Planchette im amerikanischen Stil, einem cremefarbenen, herzförmigen Stück Plastik mit einem kreisförmigen Fensterchen in der Mitte. Bis auf das Kaminfeuer und das flackernde Licht auf dem Tisch, das von einer dicht danebenstehenden Gruppe dicker Kerzen herrührte, war das Zimmer in Finsternis gehüllt.

Mrs. Trawley sah Dare an. »Kein Aufnahmegerät?«

Dare schüttelte den Kopf. Energisch sagte er: »Nein. Nein. Ich vergesse schon nichts. Es ist nicht nötig.« Der Schriftsteller blickte zum Treppenabsatz in der ersten Etage hoch, wo Case eine Videokamera installiert hatte. Sie war auf den Tisch gerichtet. »Außerdem wird ja alles gefilmt«, merkte Dare zusätzlich an.

Mrs. Trawley nickte. »Na gut. Also, wahrscheinlich haben Sie ein paar falsche Vorstellungen, denen ich Sie gern entledigen möchte.«

»*Deren* ich Sie entledigen möchte«, murmelte Dare. Geistesabwesend starrte er die Planchette an und war sich kaum bewußt, daß er laut gesprochen hatte.

Mrs. Trawley blickte in seine Richtung. »Es wird keine schwebenden Tambourins geben, Mr. Dare. Kein Ektoplasma. Keine Geistererscheinungen. Keine Stimmen. Nichts wird in mich fahren oder versuchen, durch mich zu sprechen. Doch wenn etwas hier ist, wird es uns das zeigen, wird es sich zu erkennen geben. Meine bescheidene« – sie wandte sich an Case – »Gabe versetzt mich in die Lage, irgendwie seine Energien zu kanalisieren, das ist das Höchste, was wir erwarten können. Übrigens brauchen wir das Licht nicht auszuschalten.«

»Oh, das ist mir bekannt«, sagte Case. »Es soll uns nur in die richtige Stimmung versetzen.«

»Tja, die haben wir schon«, sagte Dare gereizt.

Joan verschränkte die Arme. »Und was soll dann passieren?«

»Ich weiß es nicht«, sagte das Medium.

»Sie *wissen* es nicht?«

»Nein. Vielleicht geschieht überhaupt nichts.« Mrs. Trawley hielt ihre Hände zu beiden Seiten hin. »Jetzt fassen wir uns alle an den Händen, wären Sie bitte so freundlich?«

Sie folgten ihrer Anweisung.

»Es ist wichtig, daß Sie absolut still sind«, sagte Mrs. Trawley. »Versuchen Sie bitte, mich zu unterstützen. Selbst wenn Sie das hier für Humbug halten, versuchen Sie, nicht zu sprechen, sondern sich auf mich zu konzentrieren.« Sie schloß die Augen. »Denken Sie nur an mich und an das, was ich hier versuche«, sagte sie. »Jetzt schließen Sie bitte die Augen.«

Sie gehorchten, und im selben Moment ertönte ein gedehntes Knarren, als öffnete sich einen Spaltbreit ein Fensterladen oder eine Tür.

Dare riß die Augen weit auf.

»Mr. Dare, sind Ihre Augen noch offen?« fragte das Medium.

»Woher wissen Sie das nur, Madam? Haben Sie gelinst?«

»Nein. Würden Sie sie bitte schließen?«

»Ja.« Dare schloß die Augen.

»Und jetzt warten wir«, sagte Mrs. Trawley. »Versuchen Sie, mich zu unterstützen. Und warten Sie. Warten Sie einfach.« Ihre letzten Worte waren kaum noch geflüstert. Sie schien eine Zeitlang langsam und tief zu atmen. Und dann sprach sie wieder. Es war eine leise Frage. »Ist hier jemand bei uns?«

Sie warteten. Nur das Knistern des Feuers war zu hören.

»Ist hier jemand?« wiederholte das Medium seine Frage.

Es folgte wieder tiefes Schweigen. Eine Minute verstrich.

Dare öffnete die Augen und war schon im Begriff, einen schnippischen Kommentar abzugeben, als die Kerzen und die Flammen im Kamin erstickt wurden, als hätte ein einziger gewaltiger Atemzug sie ausgelöscht. Der Salon fiel in absolute Dunkelheit, und plötzlich hing der Geruch des Flusses in der Luft.

»Ach du meine Güte«, sagte Dare mit angestrengt um Fröhlichkeit bemühter Stimme. »Wie unsagbar banal und entwürdigend. Ich habe diese Szene schon in *Der unheimliche Gast* gesehen. Reicht unser Budget nicht für Mimosenduft, oder ist *Eau de Muschelsuppe* der derzeit angesagte Duft?«

Joan öffnete kurz die Augen und schloß sie wieder, dann senkte sie den Kopf und schüttelte ihn.

Irgendwo erhob sich ein Klagegeräusch, dann erscholl ein heftiges Hämmern, das nicht nachließ und beharrlich und unnachgiebig an ihren Nerven zerrte.

»Himmel, Arsch und Zwirn«, sagte Dare. »Da ist aber jemand sauer.«

In seiner Stimme war irgendwie ein leises Zittern zu vernehmen.

Case stand auf und ging bedächtig durch das Zimmer zu einem Fenster, dessen hölzerner Laden von den Windböen krachend gegen die Innenwand geweht wurde. »Hier ist unser Problem«, sagte Case. »Könnte sein, daß ein neuer Sturm aufzieht.«

Er erreichte das Fenster, schloß es und kehrte dann zurück.

Er entzündete ein Streichholz, um die dicken grünen Kerzen wieder anzuzünden.

»Oh, können wir nicht das Licht einschalten?« sagte Mrs. Trawley.

»Doch, natürlich.« Case pustete das Streichholz aus. Er ging zur Wand und betätigte eine Reihe von Schaltern, um sämtliche Wandleuchten und Lampen einzuschalten. Als er zum Tisch zurückgekehrt war, nahm er seinen Platz ein und bemerkte: »Sieht so aus, als wäre es Mutter Natur gewesen, nicht Mutter Mrs. Trawley, die hinter dieser klischeehaften Szene gesteckt hat.«

»Ich bitte um Entschuldigung, Madam«, sagte Dare.

»Also, können wir jetzt fortfahren?« fragte Mrs. Trawley ihn.

»Ihr ergebener Diener.«

Die anderen schlossen wieder ihre Augen, nur Dare stierte noch vor sich hin. Am anderen Ende des Zimmers sah er den Collie, den er im anderen Flügel gesehen zu haben glaubte. Der Hund starrte durch eine teilweise geöffnete Tür herein, die in das innere Labyrinth des Hauses führte. Jaulend sprang er rückwärts und verschwand aus Dares Blickfeld.

»Mr. Dare, sind Ihre Augen geschlossen?« fragte Mrs. Trawley leise.

»Oh, zum Kuckuck noch mal, *ja!*« antwortete Dare gereizt. Er schloß sie augenblicklich. Die Stille, die nun folgte, erinnerte an eine Kathedrale in der Morgendämmerung oder einen leuchtenden Traum vom Fliegen.

»Ist hier jemand?« fragte Mrs. Trawley leise.

Weitere Sekunden verstrichen in Stille.

Dare öffnete die Augen und ließ die Hände los, die er festgehalten hatte. »Ich habe keine Lust mehr, weiterzumachen.«

Der Rest der Tischgesellschaft öffnete die Augen.

»Tja, es scheint auch nicht besonders gut zu funktionieren, oder?« sagte Mrs. Trawley. Ihre Stimme klang dabei ganz sachlich.

»Nun, das scheint zu stimmen«, antwortete Case. Er sah Joan an. »Tja, bis jetzt sieht es so aus, als müßten Ihre potentiellen Kunden hier absolut in Sicherheit sein, Joan.«

»Ich habe nicht gesagt, daß ich keine Präsenz gespürt habe«, sagte Mrs. Trawley.

Joan wandte den Blick ab und murmelte: »Scheiße.«

Case sah Mrs. Trawley prüfend in die Augen. »Gut oder böse?«

Sie zögerte, bevor sie antwortete. »Gefährlich.«

Dare setzte an, von seinem Stuhl aufzustehen, aber Joan packte ihn am Handgelenk und zog ihn wieder herunter.

»Wir wollen doch erst mal abwarten, was passiert, Mr. ›Ich bin der Zweifel in Person‹«, sagte sie bestimmt. »Okay?«

Dare sah die Begeisterung in ihrem Gesicht und machte ein angewidertes Gesicht.

Case rutschte auf seinem Stuhl herum. »Tja, wollen wir jetzt mal etwas anderes ausprobieren, Anna? Etwas Neues?«

Mrs. Trawley sah ihn einen Augenblick gebannt an, ohne etwas zu sagen. Dann senkte sie den Blick auf den Tisch und sagte: »Ja, das Ouija-Brett. Wie Sie es vorgeschlagen haben«, fügte sie hinzu.

Case wies kopfnickend auf die Tafel. »Ist den Versuch wert.«

Dare blickte an ihm vorbei zu der Tür, wo er den Hund gesehen hatte.

»Mr. Dare, sind Sie einverstanden?« fragte Case ihn.

Dare veränderte seine Blickrichtung. »Ja, was kann es schaden?«

»Haben Sie etwas gesehen?«

»Etwas gesehen?«

»Mir ist aufgefallen, wie Sie sehr seltsam an mir vorbeigeblickt haben.«

»Nein, nichts«, sagte Dare knapp. Er machte einen angespannten Eindruck.

»Also dann, fangen wir an«, sagte Case. »Ich schaue nur zu, wenn Sie nichts dagegen haben. Machen Sie nur. Haben Sie das alle schon einmal gemacht?«

»Ich weiß, wie es geht«, sagte Joan und nickte.

»Und Sie, Mr. Dare?«

»Nein«, sagte Dare, »aber ich habe auch noch nie mit einer heiligen lila Kuh im Arm einen Bungee-Sprung von einer Brücke in Lahore gemacht.«

Mrs. Trawley instruierte ihn, und kurz darauf ließen alle außer Case ihre Fingerspitzen auf der Planchette ruhen, während diese langsam über die Tafel glitt. »So ist es gut«, sagte Mrs. Trawley. »So bekommen Sie ein Gefühl dafür.«

»Natürlich sind *Sie* diejenigen, die die eigentliche Bewegung verursachen«, sagte Case vor sich hin. »Ihr Unbewußtes, meine ich. Andererseits glaube ich, wenn an der ganzen Sache etwas *wäre*, so deshalb, weil das Unbewußte auf unbekannte Art und Weise eine Brücke zur anderen Seite bildet: Der Geist übergibt dem Unbewußten eine Botschaft, und dieses wiederum bringt unsere Finger dazu, die Planchette zu verschieben. Meinen Sie, daß das so ist, Anna?«

»Wahrscheinlich. Ja.« Das Medium nickte.

»Bitte sagen Sie noch einmal, warum wir das tun«, sagte Joan. Sie sah gebannt auf die Planchette. Etwas war dabei, sie in diesen Vorgang hineinzuziehen. Und sie nervös zu machen.

»Um sicherzugehen, daß Ihre Kunden in diesem Haus nicht gefährdet sind«, sagte Case.

Er wechselte einen Blick mit Mrs. Trawley.

»Ja, so ist es«, grunzte Joan.

Dare schüttelte den Kopf und murmelte: »Schamlos!«

Den Blick nach wie vor auf die wandernde Planchette geheftet, murmelte Joan: »Du bringst die Geister ganz durcheinander, Schafskopf.«

»Lassen Sie Ihre Hände jetzt ruhen«, sagte jetzt Mrs. Trawley. Die Planchette hörte auf, sich zu bewegen, und das Medium schloß die Augen. Tiefe Stille folgte. Mrs. Trawley senkte den Kopf.

»Ist hier jemand?« fragte sie.

Nichts geschah; die Planchette regte sich nicht. Dann, als Mrs. Trawley gerade ansetzten wollte, die Frage zu wiederholen, glitt die Planchette mit einem Satz zu dem JA in der oberen linken Ecke der Tafel. Dare starrte auf das Wort. »Das war ich nicht«, sagte er leise. Er blickte Joan an. »Hast du sie bewegt?«

»Nein, *du*.«

Mrs. Trawley sagte leise: »Wer ist da?«

Im Salon war es still. Die Luft war schwer. Und erwartungsvoll.

Falten erschienen auf Mrs. Trawleys Stirn. Leicht verstört wandte sie sich noch einmal fragend an die Dunkelheit: »Wer ist da?« wiederholte sie. Sie hatte die Frage kaum beendet, als die Planchette heftig auf einen Buchstaben niederrutschte. Mrs. Trawley öffnete argwöhnisch die Augen.

»O. Der Buchstabe O«, sagte Case.

Die Planchette setzte sich plötzlich wieder in Bewegung und trug ihre Finger von einem Buchstaben zum nächsten.

»Komm schon, Terry, du bist das!« beschuldigte ihn Joan.

»Nein!«

Case las die einzelnen Buchstaben laut vor, während die Planchette auf das Z wanderte, und dann O – E – R – D – E – R – H – I – E – R.

Dann blieb sie stehen.

»Zoerder hier?« sagte Dare verwundert.

Er war gebannt und konzentriert, und jeder Zynismus war verschwunden.

»Ergibt keinen Sinn«, sagte Joan stirnrunzelnd.

Bei ihren Worten glitt die Planchette auf das NEIN.

»Nein«, sagte Case mit nachdenklichem Gesicht.

»Sie bewegt sich weiter«, sagte er plötzlich.

Die Planchette wanderte auf das Z und von dort zum M.

»Z – M«, murmelte Case. »Nein zett – em. Was in aller Welt kann das bedeuten?« sagte er.

»Kein Z, sondern M«, riet Dare. Er blickte auf. »Das Z ist falsch, es muß ein M sein!«

»Mörder hier!« rief Joan aus.

Die Planchette schwenkte auf das JA um.

»Mein Gott, es ist Quandt!« hauchte Dare.

Schockiertes Schweigen überkam sie. Mrs. Trawley hob den Blick zu Case.

»Sind Sie Edmund Quandt?« fragte sie die Präsenz.

Irgendwo öffnete sich eine Tür knarrend einen Spaltweit. Joan beobachtete, wie es geschah; es war die schwere Holztür, die hinunter zu der Gruft führte. Sie warf Dare einen Blick zu, weil sie bemerkte, daß seine Finger eiskalt waren, und als sie das tat, glitt die Planchette wieder aufwärts. Sie hielt auf dem NEIN inne. Dann wanderte sie rasch zu mehreren anderen Buchstaben und Zahlen. Case las laut mit: »1 – V – O – N – E – U – C – H.«

Den Blick auf die Tafel geheftet, erbleichte Mrs. Trawley.

»Mörder einer von euch«, sagte sie leise.

Im ersten Augenblick sagte niemand etwas. Dann platzte Joan heraus: »Mir wird's langsam unheimlich! Nimm deine Hand von der Tafel, Terry!«

»Ich bin es nicht«, sagte Dare.

Sie machte ein wütendes Gesicht. »*Ich habe gesagt, nimm deine Hand von der Tafel!*«

Dare warf Mrs. Trawley einen Blick zu und war verblüfft, als er Tränen in ihren Augen sah. Dann bemerkte er, daß Case das Medium voller Mitgefühl anstarrte; der Doktor schüttelte den Kopf und schien mit den Lippen die Worte zu formen: »Nein, Anna. Sie nicht.« Was zum *Teufel* ging hier vor? fragte sich der Schriftsteller. Er hob seine Finger von der Planchette.

»Sagen Sie uns, wer da mit uns kommuniziert«, sagte Mrs. Trawley mit heiserer, leiser Stimme. »Wer sind Sie? Wie heißen Sie?«

Sie warteten, aber die Planchette regte sich nicht. Joan wandte sich mit einem vielsagenden, anklagenden Lächeln an Dare. »Aha!« sagte sie kopfnickend. Dann wandte sie den Kopf gleich wieder der Tafel zu, weil die Planchette sich schnell unter ihren Fingern bewegte.

Case las die Buchstaben mit. »A…«, begann er.

Beim nächsten Buchstaben stimmte Joan mit ein. »K.«

Case blickte zu ihr auf und lächelte. Dann lehnte er sich zurück und sah anscheinend mit Genugtuung zu, wie die Maklerin allein die Buchstaben aufsagte.

»Z – E – P – T – I – E – R – E…« Die Planchette zögerte. »N.«

Dann endete die Bewegung.

»Akzeptieren«, sagte Dare nachdenklich. »Das Wort ergibt ›akzeptieren‹.«

»Und was soll *das* nun wieder bedeuten?« fragte Joan verwirrt. »›Akzeptieren‹. Was akzeptieren?«

»Oder wen?« warf Dare ein.

Die Planchette war wieder in Bewegung und schwang wild zwischen den Buchstaben W, E und G hin und her.

»W – E – G – W – E – G«, murmelte Dare.

Mrs. Trawley zuckte zusammen und legte den Kopf in ihre Hand. Es war, als hätte ein plötzlicher Migräneanfall sie überkommen. Als sie die Hand von der Planchette hob, fiel diese von der Tafel und schepperte zu Boden, wo sie nach kurzem Trudeln schließlich still liegenblieb.

Case legte Mrs. Trawley die Hand auf den Arm. Er machte ein besorgtes Gesicht.

»Was ist? Was ist los?« fragte er.

»Ich muß aufhören. Mein Kopf sticht fürchterlich.«

»Oh, das tut mir leid«, sagte Case.

Ratlos sah Joan das Ouija-Brett an. »›Weg.‹ ›Akzeptieren‹«, sagte sie, als ob sie laut überlegte. »Was kann das verdammt noch mal bedeuten?«

»Was *wolltest* du denn, das es bedeutet?« sagte Dare schnippisch.

»Und was zum Teufel soll *das* heißen?«

»Oh, es ist doch jetzt klar, daß du sie bewegt hast, Joan.«

903

»Blödsinn!«

»Du meinst also, Mrs. Trawley ist es gewesen? Das ist doch abwegig!«

Joan stand auf und verließ den Tisch.

»Mir reicht's, Leute. Wirklich. Adios.«

»Wohin gehst du, Schatz?« rief Dare ihr nach.

»Ich weiß es nicht«, gab sie zurück. »Ist mir auch egal.«

Sie ging auf das Foyer zu.

»Vielleicht spazieren«, rief sie zurück. »Ich brauche frische Luft.«

Das Klappern ihrer Absätze wurde leiser. Die Haustür wurde geöffnet und wieder geschlossen. Joan war fort. Case wandte sich wieder Mrs. Trawley zu. Sie hatte jetzt beide Ellbogen auf den Tisch gestützt und hielt den Kopf in den Händen.

»Was macht der Kopf?« fragte Case besorgt.

»Wird schon besser.«

Dares Blick wanderte zwischen den beiden hin und her.

»Sind wir fertig?« fragte er steif.

»Ja, ich glaube schon«, sagte Case.

Dare stand auf und sagte, an sie beide gerichtet: »Vielen Dank für diese durch und durch erhebenden Momente. Ich bin meines Lebens nicht mehr so froh gewesen seit Evel Knievel mich eingeladen hat, mit ihm in Ulan Bator über einen Abgrund zu springen. Sie entschuldigen mich? Mir ist eingefallen, daß ich noch jemanden anrufen muß.« Der Schriftsteller machte auf dem Absatz kehrt und stackste auf die Treppe zu. Case sah zu, wie Dare die Treppe mit schnellen Schritten hinaufstieg, durch den Flur ging und in seinem Zimmer verschwand.

Case senkte den Blick auf Mrs. Trawley.

»Soll ich Morna bitten, Ihnen eine Aspirin zu bringen?«

»Nein«, sagte Mrs. Trawley. Es war kaum zu hören.

»Das war eine ziemliche Pleite heute abend, oder?« sagte Case.

Mrs. Trawley nickte. Case betrachtete sie eine Zeitlang schweigend und nachdenklich, dann streckte er die Hand aus und berührte ihren Arm.

»Haben Sie die Planchette bewegt?« fragte er sie leise.

Sie ließ ihre Arme auf den Tisch sinken, hob den Kopf und sah ihn verständnislos an. »Was?«

»Ich meine unbewußt«, sagte er sanft. »Glauben Sie, daß Sie den Tod Ihrer Tochter Bethie verursacht haben? Daß Sie der Mörder sind?«

Sie machte ein fassungsloses Gesicht.

»Ich weiß wirklich nicht, was ich sagen soll«, antwortete sie.

»Als Ihre Tochter Bethie gestorben ist …«, begann Case.

Aber sie schnitt ihm das Wort ab.

»Ich habe Ihnen nie erzählt, daß meine Tochter Bethie hieß.«

Mit gesenktem Kopf, die Hände tief in den Taschen ihrer Jeans vergraben, schlenderte Joan gedankenverloren am Ufer entlang. Tief in ihr spürte sie einen mahlenden Schmerz, ein Gefühl der Entwurzelung, des Verlustes, der Angst – und eine Antwort, die tonlos einen Namen rief. *Case. Dieser verflixte Case und seine verflixten Martinis.* Damit hatte es angefangen, dachte sie wütend. *Und dann dieses verflixte Buch, das ich gelesen habe.*

Sie blieb wie angewurzelt stehen und blickte auf.

Sie spürte, daß etwas nicht stimmte. Aber was?

Die Stille, begriff sie plötzlich. Keine Geräusche. Weder vom Fluß noch von den Vögeln, noch regte sich sonst etwas. Sie konnte sich selbst atmen hören, ihren Pulsschlag hören.

Das ist ja verrückt!

Joan blickte zu dem Dorf am anderen Ufer hinüber. Es gab keinen Nebel, die Nacht war klar. Sollten da nicht Lichter sein? fragte sie sich unsicher. Als sie ihren Blick südwärts nach Manhattan richtete, kniff sie die Augen zu. Und riß sie plötzlich wieder auf. Sie starrte dumpf vor sich hin. Verwirrt trat sie einen Schritt zurück, erschrocken, dann rief sie aufgebracht und ungläubig: »Was?«

Sie machte kehrt und rannte auf das Haus zu.

Elftes Kapitel

Atemlos platzte Joan in die Eingangshalle, schloß die Tür mit einem Knall und ließ sich dagegenfallen. Sie sah hinauf zu einer Wandleuchte und dann weiter in den Salon, weil alle Lichter in der Villa gerade flackerten und dann ganz schwach wurden. »Terry?« rief sie leise. Sie wartete. Keine Antwort. Vorsichtig bewegte sie sich in den Salon. »Terry?« rief sie etwas lauter.

Sie sah sich um.

»Dr. Case? Anna?«

Die Stille wurde zunehmend seltsamer. Nichts regte sich. Joan ging in die Bibliothek, sah sich dort kurz um und begab sich dann rasch hinter die Bar, wo sie sich einen großen Schnaps einschüttete, um ihn gleich hinunterzustürzen. Dann stand sie da und versuchte, sich zu sammeln. Als sie ein Geräusch wie von rostigen Türangeln hörte und dann ein Knirschen, wie wenn ein schwerer Stein über einen anderen Stein gleitet, riß sie die Augen auf und erstarrte. Es schien aus dem Keller unter ihr zu kommen. Joan warf einen unsicheren Blick in den Salon und zu der Tür unter der Treppe, die zu der Gruft hinunterführte.

Scheiße! Die Tür war immer noch unverschlossen und stand einen Spaltbreit offen.

Joan stellte ihr Glas hin und schritt aus der Bibliothek. Dabei rief sie: »Terry? Terry? Wo zum Teufel bist du?«

Sie sah zu seiner Zimmertür hoch. »Bist du da oben? Terry? Dr. Case?«

Sie ging zur Treppe, stieg sie schnell hoch und ging zu Dares Zimmertür. Sie klopfte kurz und rief: »Terry?«, platzte aber augenblicklich in das Zimmer, ohne eine Antwort abzuwarten.

Dare war dabei, einen Koffer zu packen, der auf dem Bett lag.

»Immer herein«, sagte er mürrisch. Er blickte nicht auf.

Joan knallte die Tür laut hinter sich zu.

»Langsam glaube ich, daß du recht hast!« sagte sie bebend.

Sie rauschte zu seinem Bett, setzte sich hin und sah ihm dabei zu, wie er ein Hemd in seinem Koffer zurechtlegte. »Ich glaube allmählich auch, daß es hier wirklich Gespenster gibt«, sagte sie.

Dare warf die Arme hoch, drehte sich schnell zu ihr um und brüllte: »Ich *will* damit aber gar nicht recht haben!«

»Mir wird angst und bange, Terry. Wirklich.«

Joan hielt die Hände hoch, um sie zu betrachten.

»Sieh dir das an! Ich meine, *sieh* es dir an! *Meine* Hände zittern!«

Dare blickte zu ihr nieder und sah das Zittern, dann sagte er leise: »Oh, meine Liebe!« Er ließ den Deckel auf den Koffer fallen und setzte sich neben sie. Er ergriff ihre Hände und umklammerte sie fest mit den seinen.

»Ach, meine liebe, liebe Joan«, sagte er sorgenvoll zu ihr.

Er sah ihr in die Augen.

»Ja, du hast wirklich Angst. Schreckliche Angst.«

Sie sah den Telefonhörer an; er lag auf der Seite auf dem Nachttisch. Die konnte das dumpfe Tuten am anderen Ende der Leitung hören.

»Rufst du da den Mann mit dem Boot an, Terry?«

»Ich versuche es. Sag mir, Schatz, was ist passiert. Erzähl mir alles.«

»Wirf mal einen Blick aus dem Fenster.«

»Es gibt keine Fenster.«

»Stimmt. Verdammt, Terry!«

»Was denn, Joan. Was ist?«

Sie beugte sich vor und legte sich eine Hand auf die Brust, als versuchte sie, den Atem anzuhalten. »Ich bin draußen gewesen«, erzählte sie ihm stockend. »Der Himmel ist klar, der Mond scheint, die Sterne sind riesig. Aber es ist keine Stadt zu sehen, Terry. Es gibt keine Skyline von Manhattan – keine Lichter, keine Flugzeuge, nichts!« Sie blickte zu seinen Augen auf. »Gott, ich bekomme es wirklich mit der Angst zu tun, Terry. Was ist mit diesem Haus los? Ich will …!«

Sie hielt inne. Etwas war plötzlich anders. Ihr Blick huschte zum Telefonhörer. »Was?« sagte Dare. Dann folgte er ihrem Blick.

»Das Tuten«, sagte Joan. »Es hat aufgehört.«

Die Stille, die sich über das Zimmer gesenkt hatte, war abgrundtief. Sie verhieß Endgültigkeit, das Ende eines Kapitels. Und den Beginn eines neuen, fremden. Dare stand auf, griff nach dem Telefonhörer, hob ihn langsam auf und hielt ihn sich ans Ohr. Dann legte er ihn schweigend auf die Gabel.

»Es ist tot«, sagte er stumpf.

Im nächsten Moment verdunkelten sich die Lichter im Zimmer, und von irgendwo im Haus kam ein aufrüttelndes Geräusch, das sich anhörte wie der gedämpfte Schlag eines gigantischen, in Samt gewickelten Vorschlaghammers, der auf eine Wand traf. Joan sah Dare an. »Terry?« Er setzte sich neben sie, als der nächste Schlag ertönte, und dann noch einer und noch einer, jedesmal lauter, jedesmal näher an ihrem Zimmer.

»Gott, was ist das, Terry? Was?«

»Ich weiß es nicht.«

Joan schnappte nach Luft. Sie riß die Augen auf.

»Es kommt die Treppe herauf!«

»Ist die Tür abgeschlossen?«

Sie schüttelte den Kopf und sagte: »Nein! Man kann sie nicht abschließen!«

»O du lieber Himmel!« sagte Dare.

Joan klammerte sich mit beiden Armen an ihn.

»Gott, Terry, halt mich fest! Halt mich! Ich habe Angst!«

Er sah die Angst eines Kindes in ihren Augen, die ganze Hilflosigkeit. Er nahm sie in die Arme und hielt sie fest. »Hab keine Angst«, sagte er ihr ins Ohr. »Ist schon gut!« Und vielleicht hätte sie ihm ja auch geglaubt, wenn da nicht das panische Rasen seines Herzens zu spüren gewesen wäre.

Sie blickten beide zur Tür.

Das Hämmern wurde schneller, kam pochend näher.

»Es ist draußen im Flur!« wimmerte Joan. »Es kommt!«

»Pst, pst, Joanie!« zischte Dare ihr ins Ohr. »Vielleicht weiß es nicht, daß wir hier drinnen sind! Beweg dich nicht«, sagte er streng. »Keinen Mucks!«

Dare dachte an all die Spukgeschichten, die jemals geschrieben worden waren, jedes böswillige Wesen, das je ein lebender Phantast erdacht hatte. Böswillig? Nein, das war es nicht, was er auf sie zukommen spürte; es war Haß, eine unstillbare, furchterregende Wut.

Die Augen angstvoll aufgerissen, rang Joan um Luft.

»O du lieber Himmel!«

Das Hämmern hatte vor der Tür aufgehört.

Gott im Himmel! dachte Dare. Laß mich ohnmächtig werden! Bitte laß mich ohnmächtig werden!

Ein Strom kalter Energie, übelkeitserregend, wutentbrannt, floß schichtweise, wellenförmig in das Zimmer. Dann verdichtete sich die Präsenz, die Stille an der Tür. Sekunden später ertönten winzige Knarr- und Klopfgeräusche, als tasteten Finger den Türrahmen ab und suchten nach einer Stelle, an der sie eindringen konnten. Joan rammte sich den Knöchel ihrer Hand in den Mund, um ein erneutes Wimmern zu ersticken. Sie hatte Tränen in den Augen. Dann verstummten die Tastgeräusche, und sie hörten nur noch bedrohliches Schweigen im Flur. Und dann weinten sie laut keuchend, als ein ohrenbetäubendes Donnern an der Tür ertönte. Und dann noch einmal und noch einmal, unnachgiebig, unablässig, ein Rammbock aus mörderischen Gedanken.

»Dr. Caaase!«

Es war Joan, die da angsterfüllt loskreischte.

Das Getrommel endete abrupt, und Joans Aufschrei breitete sich in der Stille aus, in der frostigen, gewichtslosen Luft des Zimmers. Dare spürte ihr unkontrollierbares Zittern.

»Ist ja gut«, flüsterte er ihr ins Ohr, dann legte er ihr tröstend die Hand auf die Wange. *Was hat dieser absurde Mut zu bedeuten?* wunderte er sich. Es wäre ihm niemals in den Sinn gekommen, daß die Antwort Liebe lautete.

Er lauschte. Ein Geräusch. Ein schwaches metallisches Quietschen. Er blickte auf und schnappte nach Luft: Der Türknauf drehte sich! Dare hielt Joan schnell die Hand vor die Augen und versuchte, sich an den Bußakt zu erinnern. Dann hörte der Türknauf auf, sich zu drehen, und kehrte in seine ursprüngliche Position zurück. Im nächsten Moment begann das Klopfen wieder, aber es war jetzt leiser, die Hammerschläge gedämpfter und irgendwie pneumatisch klingend.

Sie pulsierten wie das Schlagen eines Herzens, als sie sich entfernten und immer leiser wurden.

Dare atmete erleichtert auf und nahm seine Hand von Joans Augen. Sie waren weit aufgerissen.

»Was geht hier vor?« flüsterte sie schreckerfüllt.

»Es entfernt sich wieder«, flüsterte er zurück. Und dann begann das Hämmern plötzlich erneut mit voller Wucht. Betäubend stürzte es sich wieder voll rasender Wut auf die Tür. Joan starrte vor sich hin. Ihre Lippen bewegten sich, aber ihre Worte waren nicht zu hören, weil ein schrilles Heulen den Flur erfüllte und die Tür begann, sich in der Mitte durchzubiegen. Ächzend wölbte sie sich ins Innere des Zimmers vor, als versuchte eine wütende, unvorstellbare Energie mit aller Kraft, in das Zimmer einzudringen. Joans Mund war zu einem Schreckensschrei aufgerissen, den nicht einmal Dare hören konnte.

Und dann starrte auch er erstaunt zur Tür, denn obwohl sie nach wie vor verschlossen war, konnte er zwei Gestalten auf der anderen Seite im Flur stehen sehen, so als wären sie im Begriff einzutreten. Reglos und schweigend starrten sie in das Zimmer. Es waren die Priester, die er im anderen Flügel gesehen zu haben glaubte. Der größere, ältere, der ein sommersprossiges Gesicht hatte, hielt ein Buch in der Hand, das in hellrotes Leder gebunden war.

Gleichzeitig mit dieser Vision wurde das Hämmern schneller, heftiger, dann schien die Energie plötzlich nachzulassen, und es ebbte zu einem gedämpften, regelmäßigen Pulsschlag ab, während die Tür ächzend ihre ursprüngliche Form wieder annahm. Joan hielt sich eine Hand vor den Mund, und ihr entfuhr ein ersticktes Seufzen. Das leise Hämmern entfernte sich langsam durch den Flur und wurde immer schwächer, bis es schließlich ganz verstummte.

Joan nahm die Hand vom Mund. »Himmel, Terry, ich will hier weg!« flüsterte sie heiser.

»Ich auch.«

»Meinst du, es ist weg?«

Dare schüttelte den Kopf. »Ich weiß es nicht.«

Er wollte aufstehen, um zur Tür zu gehen, aber die Maklerin zog ihn schnell wieder auf das Bett. »Nein. Mach sie noch nicht auf! Ich traue dem Braten nicht!«

»Ja, du hast recht«, flüsterte er zurück.

Sie warteten. Und dann Stimmen. Von unten. Mrs. Trawley und Case.

Dare und Joan sprangen auf und eilten zur Tür, öffneten sie und hasteten in den Flur hinaus. Unter ihnen schlenderten Case und Mrs. Trawley durch den Salon und unterhielten sich leise. Mrs. Trawley lachte. Joan rief laut zu ihnen hinunter: »He!«

Case und Mrs. Trawley blickten auf. Dare und Joan huschten die Treppe hinunter und eilten zu den anderen.

»Mein Gott, bin ich froh, Sie beide zu sehen!« rief Joan aus. Sie war atemlos. »Wo zum Teufel sind Sie gewesen?«

»Ich habe Anna gerade den Rest des Hauses gezeigt«, erwiderte Case. »Stimmt etwas nicht? Haben Sie etwas gesehen? Erzählen Sie es mir.« Er kramte in seinen Taschen herum, als suchte er nach Notizblock und Stift. Er sah ihre Gesichter prüfend an. »Ja, ich kann sehen, daß etwas vorgefallen ist«, sagte er.

»Ach was! Hören Sie, lassen Sie uns bloß nicht noch einmal so allein!« herrschte Joan ihn an.

»Sie sind ja so blaß, meine Liebe«, stellte das Medium fest. »Und Sie auch, Mr. Dare.«

»Ich bin mit den Nerven am Ende«, sagte Dare. »Völlig fertig.«

»Also, was war denn?« fragte Case. »Was haben Sie gesehen?«

»Ich weiß es nicht«, antwortete Joan. Sie wischte sich mit einem Fingerknöchel eine Träne aus dem Auge. »Da war etwas. Es ist durch den Flur gekommen. Es hat versucht, ins Zimmer zu kommen, fast hätte es die Tür eingeschlagen!«

»Welche Tür?« fragte Case.

»Die zu meinem Zimmer«, sagte Dare.

»Zuerst haben wir nur so einen Lärm gehört«, erzählte Joan. »Es war, wie wenn ein Hammer gegen die Wände donnert. Das ganze Haus hat gebebt, es war in meinem ganzen Kopf! Und dann...«

»Entschuldigen Sie«, sagte Case und blickte an ihr vorbei. »Oh, Morna, darf ich sie etwas fragen, meine Liebe?«

Dare und Joan drehten sich um und sahen die Haushälterin neben sich stehen. Dare fragte sich, wo sie so plötzlich hergekommen war.

Morna hielt den Blick auf Case gerichtet, als sie antwortete. »Ja?«

»Sind Sie in der letzten Stunde im Haus gewesen?«

»Natürlich.«

»Dann müssen Sie es gehört haben«, sagte Joan.

»Was gehört, Miss?«

»*Was* gehört?« sagte Joan mit großen Augen.

»Sie haben nichts Ungewöhnliches gehört, Morna?« fragte Case. Er zog die Stirn in Falten und machte einen skeptischen, unsicheren Eindruck.

»Nein, nicht das geringste«, antwortete Morna gelassen.

»Es hat das ganze *Haus* durchgeschüttelt«, platzte Joan ungläubig heraus.

»Ja genau!« fügte Dare hinzu. »Es war ohrenbetäubend!«

Morna schüttelte sanft den Kopf und sagte leise: »Ich habe nichts gehört.«

»Oh, Scheiße!« brummte Joan. »Ich befinde mich hier wohl in einem sehr witzigen Zeichentrickfilm.«

»Aber *ich* habe es doch auch gehört«, sagte Dare aufgebracht.

»Morna, sagen Sie mir bitte, wo Sie gewesen sind«, sagte Case, und die Falten auf seiner Stirn vertieften sich. »Ich meine nur während der letzten Stunde«, fügte er hinzu.

»In der Küche.«

»Das ist doch verrückt!« rief Joan. Sie warf die Arme hoch.

»Gibt es sonst noch etwas?« fragte Morna.

»Sind Sie sich da ganz sicher, Morna?« fragte Case beharrlich.

»Ja. Ist das jetzt bitte alles? Kann ich gehen?«

Case erwiderte ihren Blick mit einem rätselhaften Ausdruck in den Augen. Er erinnerte an Sehnsucht. Oder Trauer. Kurz darauf sagte er leise: »Sie können gehen. Und danke. Ich danke Ihnen mehr, als ich sagen kann.«

»Ja, ich auch. Besten Dank«, knurrte Joan.

»Dann gute Nacht«, sagte Morna zu ihnen. Sie sah Case einen weiteren, langen Moment an, dann wandte sie sich ab und glitt langsam zu jenem Flur am Ende des Zimmers, aus dem sie auch am Tag der Ankunft der Gruppe gekommen war. Joan sah ihr verblüfft zu. »Gute *Nacht?*«

»Es gibt keinen Zweifel daran, was wir gehört und gesehen haben«, behauptete Dare. »Na ja, zumindest, was wir *gehört* haben.«

»Sie haben etwas gesehen?« Case zog eine Augenbraue hoch.

»Nein, eigentlich nicht«, sagte Dare abwehrend. »Ich fürchte, ich habe mich versprochen.«

»Verdammt, Schluß jetzt, Doc, ich will hier weg«, sagte Joan. »Morgen früh. Sofort. Selbst wenn ich zurück*schwimmen* muß, bleibe ich nicht hier. Wirklich!«

»Ja, ditto, wie Joe Pendleton sagen würde«, pflichtete Dare ihr bei.

»Case machte ein verwirrtes Gesicht. »Joe Pendleton?«

»Der Boxer in *Urlaub vom Himmel*«, erklärte ihm Dare.

»Ditto ditto«, sagte Joan. »Ich will hier raus.«

»Ja, natürlich«, erwiderte Case. Er machte einen nachdenklichen Eindruck und starrte zu Boden, während er sich geistesabwesend über die Lippen strich und sanft daran herumzupfte. Er schüttelte den Kopf. »In der Zwischenzeit scheinen wir es mit einem Rätsel zu tun zu haben. Aber vielleicht können wir es ja lösen.«

»Wie denn?«

Case deutete auf den Flur in der ersten Etage.

»Da oben läuft seit der Seance eine Kamera und am Ende des Flurs noch eine. Falls da etwas gewesen ist, dann müßte es auf dem Film oder der Tonspur erscheinen. In welchem Fall wir die Antwort gefunden hätten, nach der wir hier suchen, und Mr. Dare einen fesselnden Artikel darüber schreiben könnte. Falls aber andererseits nichts auf dem Film auftaucht – kein Hämmern, keine Geister …« Case zuckte die Achseln und ließ den Satz unbeendet. Dann wandte er sich wieder an Joan.

»Würde Sie das beruhigen?«

Joans Gesicht nahm einen entschlossenen Ausdruck an. »Es ist hier.«

»Beachten Sie den Timecode rechts unten am Bildschirm«, sagte Case. Er deutete mit dem Finger auf die Stelle. »Wie Sie sehen, steht da 11 Uhr 33.«

Er stand neben dem Fernseher in der Bibliothek, dessen Bildschirm einen leeren Salon zeigte. Mrs. Trawley, Dare und Joan sahen von dem Sofa aus zu, das in der Nähe des wärmenden Kaminfeuers stand. »Wie Sie sehen können, ist da nichts drauf. Nicht das geringste Geräusch. Kein Hämmern. Keine der Kameras hat etwas festgehalten.«

Dare sah perplex aus.

»Na, dann müssen die Mikros eben versagt haben.«

»Nein, das haben sie nicht«, sagte Case. »Zumindest dieses hier nicht. Sehen Sie hin.«

Sekunden später erschienen Case und Mrs. Trawley, wie sie den Salon von einem Flur aus betraten, auf dem Bildschirm. Ihre Schritte, ihre leise Unterhaltung waren klar und deutlich zu hören.

Joan starrte auf den Bildschirm und schüttelte den Kopf.

»Das ist doch vollkommen verrückt«, murmelte sie. »Meschugge.«

»Aber kein Hämmern und keine Gespenster«, sagte Case.

»Aber ich bleibe dabei, wir haben es gehört!« sagte Dare wutentbrannt. »Es gibt keinen Zweifel, es war mit Sicherheit da!« Seine Wangen waren rot angelaufen.

»Ja, es ist wirklich ein Rätsel«, sagte Case. »Daran gibt es keinen Zweifel.« Er betätigte mehrere Schalter an der Videokamera, die er an den Fernseher angeschlossen hatte, und ließ das Band zurückspulen. »Aber hier ist noch ein größeres Rätsel«, sagte er. Er schüttelte den Kopf. »Ich verstehe das einfach nicht. Absolut nicht.« Dann sagte er schließlich: »Da. Da ist die Stelle. Da haben wir unsere Seance abgehalten.« Case drückte auf einen Knopf, und das Band begann zu laufen. Der Salon erschien wieder auf dem Bildschirm. Fast in der Mitte stand der Spieltisch mit dem Ouija-Brett.

Der Timecode zeigte 10 Uhr 13 an.

Joan starrte auf den Fernseher. »He, wo sind wir denn? Was geht hier vor?«

Die Planchette auf dem Ouija-Brett glitt rastlos von einem Buchstaben zum nächsten. Aber es saß niemand am Tisch. Im ganzen Zimmer war niemand zu sehen außer einem großen Collie, der sekundenlang am Eingang eines Flures erschien und dann hastig aus dem Blickfeld huschte. Dare starrte den Bildschirm an und erbleichte.

Mrs. Trawley schüttelte stumm den Kopf. »Das Datum stimmt nicht«, murmelte das Medium. Sie starrte auf das Datum unter dem Timecode. »Da steht 1998.«

»Wir sind nicht auf dem Film«, sagte Joan dumpf.

Verständnislos und wie verloren sah sie auf den Fernseher.

Dare sprang auf. »Ach, zum Kuckuck, das ist ja lächerlich! Wirklich! Es ist verrückt! Hier liegt eindeutig irgendein hirnrissiger Fehler vor!«

Er blickte zu Joan hinüber. Die Maklerin war schmerzhaft zusammengezuckt und entfernte sich schnell vom Kamin.

»Ach du Scheiße, ich verbrenne!« Sie verzerrte das Gesicht.

Und dann sprang Mrs. Trawley auf, dann Dare. »Woher kommt diese gottverdammte Hitze?« rief er. Er folgte Joan und Mrs. Trawley in den Salon. Case war der einzige, der nichts zu spüren schien. Er kam zur Tür der Bibliothek und sah ruhig zu, wenn auch sein Blick großes Interesse und Besorgnis verriet.

»Lieber Gott!« rief Mrs. Trawley.

Mit überraschtem Gesicht stolperte sie einen Schritt rückwärts, als würde sie von einem unsichtbaren Angreifer herumgeschubst werden. Und dann verwandelte sich ihre Überraschung in Angst, so daß sie einen weiteren Schritt rückwärts stolperte, dann noch einen. »Jemand schiebt mich!« keuchte sie. Wieder ein Schubs. »O Gott!« rief sie aus. »O mein Gott!«

Und dann erklang ein Schlag gegen die Außenwand der Villa.

»O Gott!« hauchte Dare voller Schrecken. »O Gott!«

»Ich verbrenne, Terry!« jammerte Joan. »Ich verbrenne!«

Das Hämmern an den Außenwänden ging weiter, donnernd, schmerzhaft, markerschütternd. Lampen und Tische begannen umzustürzen und schabten, glitten, flogen durch das Zimmer, während eine unsichtbare Macht die großen Gemälde von den Wänden riß und sie durch den Salon schleuderte. Agonie und Wahnsinn senkten sich über das Zimmer, über das Haus, über ihre erschrockenen, brennenden Seelen.

»Ich will wissen, was hier vorgeht!« schrie Joan, die sich die Hände an die Ohren preßte, um sich vor dem hämmernden Ansturm zu schützen, und plötzlich kreischte Mrs. Trawley vor Schmerzen auf, weil eine blutleere Furche ihr die Wange spaltete, als wäre diese von einer unsichtbaren, glühendheißen Mistgabel durchpflügt worden. Ein ritueller lateinischer Gesang hob an und hallte leise wie ein Alptraum im Zimmer wider, als murmelten hundert feindselige Stimmen vor sich hin, und dann wurde Joan von einer unsichtbaren Macht ergriffen. Kreischend wurde sie durch das Zimmer geschleudert, bis sie mit einem gräßlichen, endgültigen Knall und einem Aufknirschen ihrer zerschmetterten Knochen gegen eine Wand prallte. Dare und Mrs. Trawley konnten nichts mehr sehen, denn alles Blut war ihnen ins Gehirn geströmt, weil auch sie jetzt von der unsichtbaren Macht ergriffen und wirbelnd zur Zimmerdecke hinaufgetragen wurden. Arme und Beine ausgestreckt, die Augen vor Entsetzen vorgequollen, krachten sie schließlich gegen das Dach des Hauses und stürzten dann zu Boden wie zerstörte Hoffnungen.

Es war kein Traum. Es war die Wirklichkeit.

TEIL DREI: DÉJÀ VU

Die massive Eingangstür der Villa flog auf wie durch die Gewalt eines verzweifelten Gedankens. »Meine Güte, ist das ein Sturm!« rief Joan aus. Sie trug einen triefenden, glänzend gelben Südwester und stolperte in die Eingangshalle, während hinter ihr der Wind heulte. Als sie sich umdrehte, sah sie Dare die Veranda vor dem Haus hinaufeilen. Dahinter folgte Mrs. Trawley mit einer Tasche, langsamer, bedächtig und ohne Eile. Alle Wasser der Erde regneten auf sie herab.

Joan hielt sich die Hand wie einen Trichter vor den Mund.

»Alles klar, Mrs. Trawley?« schrie sie.

»O ja, meine Liebe«, rief das Medium zurück. »Alles in Ordnung!«

Dröhnender Donner packte den Himmel bei den Schultern und schüttelte ihn. Dare trat ein und ließ eine leichte Tasche zu Boden fallen. »Joan, dafür verdienst du Prügel«, beklagte er sich. »Ich wußte doch, daß ich das nie hätte tun sollen.«

»Tja, du hast es aber getan«, sagte Joan laut, um den Wind zu übertönen. »Könntest du jetzt verdammt noch mal deine Zunge hüten, Terry? Ich mußte sie praktisch anbetteln, hier mitzumachen.«

Sie setzte den Südwester ab und wies dann auf die offene Tür, wo dem Medium, das gerade dabei war, die Eingangstreppe hinaufzusteigen, die Kraft auszugehen schien. »Terry, hilf doch Mrs. Trawley.«

Dare schlich ohne Eile auf das Medium zu und streckte seine herabhängende Hand nach Mrs. Trawleys Tasche aus. »Kann ich Ihnen behilflich sein?«

»Oh, nein danke. Es geht schon. Ich reise mit leichtem Gepäck.«

»Natürlich. So ein Tambourin wiegt ja fast nichts.«

»*Himmel*, Terry!«

Mrs. Trawley trat ein, nahm ihren Hut ab und setzte die Tasche ab. »Ist schon gut«, sagte sie lächelnd zu Joan. »Das habe ich gar nicht gehört.«

Joan stemmte sich gegen den Wind und schloß die Tür. Es war Dare, der inmitten der Stille als erster die Musik bemerkte. »Lieber Gott, bin ich im Himmel?« rief er aus. »Cole Porter!« Das Gesicht des Schriftstellers glühte wie ein Kind vor dem Weihnachtsbaum, weil hinter den massiven Türen, die in den Salon führten, eine Klaviermelodie erklang.

Dare strahlte. »Mein Lieblingsstück: ›Night and Day‹!«

Joan bewegte sich auf die Tür zu.

»Sind Sie das da drin, Doc?« rief sie.

»Miss Freeboard?«

Die Stimme im Zimmer klang tief und angenehm, und die dicke Flügeltür dämpfte sie seltsamerweise kaum. Joan öffnete sie weit und trat in den Salon. Dort waren alle Lampen eingeschaltet und tauchten die holzvertäfelten Wände in ein glühendes Licht, im Kamin knisterte es, und die Flammen züngelten fröhlich und unbekümmert zu den sehnsuchtsvollen Klängen von »Night and Day« dahin. Joan sog den Duft brennender Kiefer vom Feuer ein. Die Sturmgeräusche waren nur noch leise zu hören.

»Ja, wir sind da!« rief sie. Sie ging lächelnd auf das Klavier zu. Hinter ihr folgten Dare und, etwas langsamer, Anna Trawley. Joans Schuhe gaben ein quietschendes Geräusch von sich. Sie waren völlig durchnäßt.

»Ah, da sind Sie ja alle wieder sicher gelandet«, sagte der Mann am Flügel. »Das freut mich. Ich hatte mir schon Sorgen gemacht.«

Joan nahm zur Kenntnis, daß er kräftig und gutaussehend war. Der Feuerschein flackerte und tanzte in seinen Augen. Sie sah, daß sie dunkel waren, war sich aber nicht sicher, was für eine Farbe sie hatten.

»Dieser Sturm ist ganz schön heftig, finden Sie nicht?« rief er aus. »Haben Sie dieses Wetter bestellt, Mr. Dare? Haben wir Ihnen das zu verdanken?«

»Ich habe Chivas bestellt.«

Dare und Joan waren am Flügel angelangt und stehengeblieben. Anna Trawley war hinter einer Sitzgruppe zurückgeblieben, die um den Kamin aufgestellt war. Sie sah sich im ganzen Zimmer um und strahlte vage, zögerliche Unsicherheit aus.

»Sind Sie ein Geist?« sagte Dare zu Case.

Joan wandte sich ungläubig zu Dare um.

»Was soll der Unsinn?« zischte sie gereizt.

»So stellen sie die Gespenster in der Geisterbahn in Disneyland dar«, sagte Dare, ohne die Stimme zu senken. »Ein Haufen tanzender Geister, und der Boß spielt Klavier dazu.«

Joan fuhr sich abrupt mit der Hand an die Stirn. »Das ist schon einmal passiert«, sagte sie stirnrunzelnd.

Case zog eine Augenbraue hoch. »Wie bitte?«

»Ich habe gerade ein Déjà-vu-Erlebnis«, antwortete Joan beunruhigt.

»Das hier ist weder der richtige Zeitpunkt noch der richtige Ort für so etwas«, fuhr Dare sie an.

Joan ließ die Hand sinken und warf ihm einen seltsamen Blick zu.

»Himmel, Terry. Ich habe gewußt, daß du das sagen würdest.«

»Wie das?«

»Und ich habe gewußt, was Case sagen würde.«

»Das ist ja unglaublich«, sagte Case. Er nahm die Hände von den Tasten. »Ein Déjà-vu-Erlebnis reflektiert die Vergangenheit, nicht die Zukunft«, sagte er nachdenklich. Er wandte leicht den Kopf und blickte an Joan vorbei. »Ah, da ist ja ...«

»Morna!«

Dare und Joan hatten es zur gleichen Zeit wie Case gesagt.

Case starrte vor sich hin. Er warf Morna einen kurzen Blick zu – sie stand dicht neben ihm –, dann stand er er mit leicht verwirrtem Gesichtsausdruck auf.

»Woher in aller Welt kennen Sie Mornas Namen?«

»Ich weiß es nicht«, sagte Dare. Er sah perplex aus.

»Es ist alles schon einmal passiert.«

Beim Klang der leisen Stimme, die das sagte, wandten sich alle um und sahen Mrs. Trawley in einem Sessel am Kamin. Ihr gehetzter Blick war auf Case gerichtet.

»Ihnen geht das auch so?« fragte Dare sie.

Das Medium wandte sich ihm zu und nickte. »Ja.«

Joan ließ den Kopf in ihre Hand sinken.

»Einen Moment mal, Leute. Mir wird ganz anders.«

»Ja, es ist wirklich komisch«, sagte Case. »Sehr seltsam.« Er blieb weiter hinter dem Flügel .stehen, hatte jetzt aber die Arme vor der Brust verschränkt. Irgendwie schien er kein Teil der Gruppe zu sein, sondern ein Beobachter, auf Distanz, so als sähe er zu, wie ein Schauspiel auf der Bühne seinen Lauf nahm.

Joan hielt sich den Kopf, schlich zu einem Sofa und setzte sich auf die Lehne. »Ich muß mich hinsetzen«, sagte sie schwach. »Ich fühle mich plötzlich so müde.«

»Jetzt wo du es sagst«, sagte Dare. »Ditto.« Er steuerte die Sitzgruppe an. »Was kann das nur sein?« sagte er laut. »Irgendwie fühle ich mich völlig ausgelaugt. Und ich fühle mich wie losgelöst von allem.«

Joan nickte. »Ja, ich auch«, sagte sie leise.

Dare setzte sich hinter ihr auf das Sofa.

»Was ist nur los, Joanie? Was kann das sein?«

»Ich weiß es nicht.« Joan fuhr plötzlich zusammen, als hätte sie Schmerzen. »Lieber Gott, mein Kopf!« sagte sie.

»Spielt uns dieses Haus schon jetzt Streiche, Dr. Case?« fragte Dare. »Ich meine, angenommen so etwas ist möglich.«

Case warf Mrs. Trawley einen unergründlichen Blick zu und fragte: »Was halten Sie davon, Anna? Was meinen Sie? Spüren Sie dieselbe Reaktion?«

Mrs. Trawley nickte.

Case streckte die Arme aus und kratzte sich am Kopf.

»Tja, das ist wirklich verrückt«, sagte er.

»Sie meinen, es ist unheimlich«, sagte Joan.

»Ich kann es nur schwer akzeptieren, daß Sie Mornas Namen wußten«, sagte Case nachdenklich.

Dare blickte auf. »Was haben Sie gesagt?«

»Schwer zu akzeptieren.«

Und jetzt sah Joan Case an und riß die Augen weit auf, als ihr eine erschütternde Erkenntnis kam.

»Akzeptieren«, murmelte Dare vor sich hin.

Das leise gesprochene Wort berührte ihn seltsam. Warum nur?

»Es ist einfach verblüffend«, sagte Case. »Drei Leute, die dasselbe Déjà-vu-Erlebnis haben, das ist ja geradezu *jamais vu*.«

Joan erhob sich von der Sofalehne, und in ihrem Blick lag Verwirrung und beginnende Bestürzung. »Einen Moment mal! Was zum Teufel geht hier vor?« fragte sie fordernd. Ihr Ton war aufgebracht und wütend.

»Ja, genau das versuchen wir herauszubekommen«, sagte Case höflich.

Joan schritt auf ihn zu, blieb stehen und betrachtete sein Gesicht.

»Sie sind nicht Gabriel Case!« erklärte sie.

Dare wandte sich verblüfft zu ihr um.

»Was zum Kuckuck sagst du da, Joanie?«

»Ich sage, dieser Kerl ist ein Betrüger! Er ist nicht Case!«

Dare sah Case an und wurde noch verwirrter, denn er konnte dessen Gesichtsausdruck als liebevoll, vielleicht sogar mitleidig interpretieren.

»Bist du jetzt vollkommen verrückt, Joanie?« rief er aus.

Joan wirbelte zu ihm herum.

»Terry, ich habe Fotos von dem Mann gesehen! Ich habe mit ihm telefoniert!«

»Warum hast du das dann nicht sofort gesagt?«

»Wer gibt einen feuchten Kehrricht darum, Terry? Wen interessiert das? Ich weiß nur, daß dieser Mann nicht Dr. Case ist.«

»Ist er wohl!« sagte Dare unbeugsam.

»Ist er nicht!«

»Doch! Er sieht *genauso* aus wie jedesmal zuvor; dieselbe Narbe, dasselbe ...!«

Der Schriftsteller brach abrupt ab, weil ihm die Bedeutung seiner Worte dämmerte. »Was zum Kuckuck ...?« flüstertete er erschüttert.

»Terry, was ist los?« fragte Joan mit zitternder Stimme.

Sie hatte Dares Gesichtsausdruck gesehen, und ihr graute davor.

»Was in Gottes Namen geschieht mit uns?« hauchte Mrs. Trawley leise.

Wie vom Donner gerührt stand Dare langsam auf.

»Das passiert immer und immer wieder«, sagte er betäubt.

Mit aschfahlem Gesicht ging Joan zu Dare hinüber.

»Was ist los? Was stimmt mit uns nicht, Terry? *Sag* es mir!«

Der Schriftsteller starrte statt dessen wie angewurzelt zu Case hinüber.

»Wer sind Sie?« fragte er ihn mit schwacher, erstorbener Stimme.

Joan und Mrs. Trawley wandten die Köpfe, um zu Case zu schauen.

»Ja, wer sind Sie?« wiederholte das Medium matt.

Case unterzog die Gesichter der anderen einer gründlichen Betrachtung. »Kommen Sie mit mir«, sagte er ernst. »Ich möchte Ihnen etwas zeigen. Ich glaube, jetzt sind Sie wohl bereit dafür. Wollen Sie bitte mitkommen? Wir machen nur einen netten kleinen Spaziergang am Strand.«

Sie standen reglos und schweigend da. Etwas Ergebenes war über sie gekommen. Ihre Blicke und ihre Haltung hatten sich verändert. Sie sahen zerknirscht aus.

Case sah Joan voller Sympathie an.

»Sie sehen müde aus, Joan«, sagte er sanft zu ihr. »Sind Sie müde?«

Sie schüttelte stumm den Kopf.

»Dann los«, sagte Case. »Gehen wir.«

Mit starren Blicken und gedankenverlorenen Bewegungen folgte das Trio Case aus dem Haus. Es war früher Morgen, und dichter Nebel hüllte sie ein. Es war wieder ein Sturm im Anmarsch: graue Wolken huschten in geringer Höhe über den Fluß, und weit im Norden konnten sie gedämpfte Blitze sehen, die kurz die Dunkelheit beseelten. Case geleitete sie schweigend durch das Eichenwäldchen zu dem Pfad, der am Fluß entlanglief und den Mrs. Trawley und Joan einmal entlanggelaufen waren, um dann aber rätselhafterweise innezuhalten. Und als sie jetzt die scharfe Biegung des Ufers erreichten, war es Dare, der als erster stehenblieb und stumm geradeaus starrte. Die anderen blieben bei ihm stehen, unsicher, nervös. Ein Windstoß zerzauste Mrs. Trawleys Kleid.

»Möchten Sie weitergehen?« fragte Case leise.

Niemand gab eine Antwort. Niemand machte eine Bewegung. Schließlich war Joan diejenige, welche sich von ihnen losriß und auf die Uferbiegung zuschritt. Einzeln und stockend folgten ihr dann das Medium und der Schriftsteller. Case blieb nervös, aber zufriedengestellt zurück. Er blickte nach rechts. Dann ging er zu einem riedbewachsenen Marschgelände hinüber, wo er ein Grasbüschel zerteilte und traurig auf ein Paar sonnengebleichter Skelette hinunterstarrte, die anscheinend einmal zwei Hunde gewesen waren. Als hinter der Uferbiegung ein Geräusch erklang, blickte er auf. Ein Schreckensschrei. Joan. Case seufzte, schüttelte den Kopf und machte ein bedauerndes Gesicht. Er beeilte sich, zu den anderen aufzuschließen.

Hinter der Biegung war Anna Trawley in Ohnmacht gefallen. Mit tränennassen Augen halfen Dare und Joan ihr auf. Dann gingen sie zusammen mit zitternden Beinen zum Ufer, wo sie stehenblieben und stumm auf das rostige Wrack eines gekenterten Motorbootes blickten, dessen Name trotz der abgeplatzten, verblichenen Farbe noch zu lesen war: FAR TRAVELER.

Mrs. Trawley entfuhr ein leises Schluchzen.

»Wir sind alle tot«, sagte Joan betäubt.

Dare nickte und machte ein benommenes Gesicht.

»Wir sind auf der Überfahrt im Sturm umgekommen«, sagte er.

»Das ist korrekt.« Sie wandten sich um und sahen Case auf sich zukommen. Ein paar Meter von ihnen entfernt blieb er stehen und betrachtete sie, dann sagte er zu ihnen:

»Sie sind die Gespenster, die das Haus namens ›Anderswo‹ heimgesucht haben.«

Wimmernd sank Mrs. Trawley in sich zusammen und ließ sich gegen das Wrack zurücksinken. Dare hielt Joan seine zitternde Hand hin.

»Halt meine Hand, Schatz«, sagte er mit leicht schwankender Stimme.

Joan nahm seine Hand und umfaßte sie mit festem Griff.

»Schon gut. Ich bin bei dir, Terry«, sagte sie.

»Und ich bei dir.«

Case betrachtete sie einen Augenblick lang abschätzend, dann begann er zu sprechen. »Ich habe Ihnen die Geschichte des Hauses niemals ganz zu Ende erzählt«, sagte er. »Ich nehme nicht an, daß sie sie hören wollen, oder?«

»Ach, jetzt hören Sie schon damit auf«, fuhr Dare ihn an, der sich langsam zu erholen schien. »Es ist schon schlimm genug, tot zu sein, ohne daß man im Nassen stehen und sich abgedroschene rethorische Floskeln anhören muß. Könnten wir nicht einfach zur Sache kommen, bitte?«

Case lächelte. »Ziemlich lange – bis Jahre nach deren Tod – haben Edward und Riga Quandt die Villa heimgesucht und ihre Bewohner erschreckt und aus dem Gleichgewicht gebracht. Ein paar haben sie sogar durch die Kraft des Hasses und der Wut, die sie aufeinander hegten, umgebracht. Doch Mitte der achtziger Jahre hatten sie Frieden geschlossen, sich mit ihrem Tod abgefunden und beschlossen weiterzuziehen. Doch dann sind *Sie* vor vier Jahren gekommen. Sie und der Kapitän sind auf der Überfahrt umgekommen. Der Kapitän ist weitergezogen. Sie nicht. Oder um es genauer zu sagen – Sie *wollten* nicht: Sie haben sich geweigert zu akzeptieren, daß Sie tot waren.«

»Ja, das weiß ich jetzt«, sagte Dare seufzend. »Ich verstehe. Ich sehe jetzt alles deutlich. Ganz deutlich.«

»In diesem Fall können Sie bestimmt auch erklären, warum Sie sich geweigert haben, Ihren Tod zu akzeptieren«, sagte Case herausfordernd. »Können Sie das, Mr. Dare?«

»Ja, natürlich. Ich hatte schreckliche Angst, daß der Tod Verdammnis bedeutete.«

Case nickte. »Genau. Und Sie, Anna? Können Sie begreifen, was Sie zurückgehalten hat?«

»Nur undeutlich, fürchte ich.«

»Sie waren süchtig nach Ihrer eigenen Trauer um Ihre Tochter geworden.«

»O mein Gott!«

»Wir hängen unser Herz an seltsame Dinge, nicht wahr?«

Mrs. Trawley schüttelte den Kopf. »Kann das wirklich alles wahr sein?«

»Bin ich hier das Waisenkind oder was?« sagte Joan gereizt.

»O Joan«, sagte Case.

»Ach ja, ›Joan‹. Meine Güte«, sagte sie grollend.

»Sie hatten schreckliche Angst vor dem Sterben«, sagte Case zu ihr.

»Die hat doch jeder. Also bitte. Was sonst noch?«

»Sie konnten sich nicht von Ihren Spielzeugen trennen«, sagte Case sanft.

Dare wandte sich ihr herablassend zu und sagte näselnd: »Wie unreif.«

Joan funkelte ihn an.

»Und was jetzt?« fragte Mrs. Trawley. »Brechen wir von hier auf?«

»Das ist Ihnen vollständig selbst überlassen«, erwiderte Case. »Sie können sich aussuchen, ob Sie übersiedeln wollen oder bleiben. Jedenfalls ist mein Auftrag hier Gott sei Dank beendet.«

Joan zog die Nase kraus. »Ihr Auftrag?«

»Ja, Morna und ich – man hat uns hierhergeschickt, um Sie dazu zu bringen, daß Sie auf die Wahrheit kommen. Bis jetzt haben Sie sie jedesmal von sich gewiesen, sobald Sie ihr nahe kamen, den ganzen Kreislauf von vorn begonnen und Ihre Ankunft hier an der Villa immer wieder und wieder durchlebt: alles bis auf den Schiffbruch natürlich, den haben Sie verdrängt, genau wie alles andere, was Ihre Wahnvorstellung entlarvt hätte. Deshalb konnten Sie sich nie an Ihren Strandspaziergang erinnern, Joan, weil Sie wußten, daß hinter der nächsten Biegung das Boot lag. Übrigens haben Sie diese Phantasievorstellung jahrelang durchlebt, meine Lieben, auch noch *nachdem* wir gekommen sind, um zu helfen. Alte Sturköpfe.«

Mrs. Trawley schnappte nach Luft und fuhr sich mit der Hand an die Wange.

»Deshalb sind Sie mir so bekannt vorgekommen.«

»Ja.«

Mrs. Trawley seufzte. »Also kennen wir uns nicht aus einem anderen Leben.«

»Nein, Anna«, sagte Case.

»Ich bin am Boden zerstört.«

Dare wandte sich leise an Joan. »Könnte man da nicht hysterisch werden? Du konntest das Haus nicht verkaufen, weil du selbst darin herumgespukt bist.«

Joan ließ den Kopf in ihre Hand sinken. »Ehrlich, wenn du nicht schon tot wärst ...«, murmelte sie.

»Wo wir gerade vom Tod reden«, meldete sich Mrs. Trawley zu Wort. »Wir haben doch gegessen und getrunken und alles mögliche. Haben wir neue Körper?«

»Um Gottes willen, nein«, erwiderte Case. »Das ist alles Illusion, meine Liebe, sonst nichts. Sie haben sich alle Ihre eigene Wirklichkeit geschaffen. Die Insel und die Villa sind wirklich vorhanden, sie sind hier, aber Sie haben sich alles so zurechtgebogen, daß es Ihrem Wahn entsprochen hat.«

»Wir sind nicht wirklich vorhanden?« fragte das Medium beharrlich.

»Nein.«

»Nicht einmal Astraldingsbums oder so?«

»Geben Sie es auf«, sagte Dare streng zu ihr.

»Kümmern Sie sich um die wichtigen Dinge«, fügte Joan mit einem Unterton hinzu.

Dare wandte sich ihr zu und nickte beifällig.

Case hob das Kinn. »Also, wie haben Sie sich entschieden?« fragte er. »Eines muß ich Ihnen noch sagen: Falls Sie sich weiter an die Erde klammern, dann hoffe ich doch wenigstens, daß Sie Mitleid mit diesen armen, geplagten Menschen haben, die schon so lange versuchen, in Frieden in diesem Haus zu leben. Sie wissen schon, Paul Quandt und seine Familie, die Ärmsten. Sie haben ihnen wirklich das Leben zur Hölle gemacht, wenn ich das so sagen darf.«

»Was in aller Welt meinen Sie damit?« fragte Dare.

»Sie haben Sie zu Tode erschrocken! Erinnern Sie sich daran, wie Sie gebrannt haben und durch die Gegend geschleudert worden sind und dieses alptraumhafte Hämmern, das Ihnen solche Angst gemacht hat? Wissen Sie denn nicht, wo das alles herkam?«

»Ich kann es kaum erwarten, es zu erfahren«, sagte Dare trocken.

»Die Quandts haben *Jesuitenpriester zur Hilfe geholt, um Sie zu vertreiben!*«

Der Schriftsteller wandte sich mit einem Grinsen der Genugtuung an Joan.

»Hast du das gehört?«

»Ach, halt die Klappe, Terry.«

»Priester!«

»Halt's – *Maul!*«

Sie hörten, wie sich jemand räusperte. Es war Case.

»Also, was jetzt?« fragte er. »Ein Frequenzwechsel? Ich hoffe es wirklich für Sie. Ich muß sagen, Sie sind mir alle sehr ans Herz gewachsen. Sehr.«

Joan blickte zu Boden und schüttelte unsicher den Kopf.

»O Mann, ich weiß es wirklich nicht.«

Case sah sie voller Zuneigung an.

»Ich muß sagen, Sie würden mir fehlen, Joan.«

Sie blickte überrascht auf und sagte: »*Ich?*«

»Es würde dort keine Einsamkeit mehr geben. Keine Tränen.«

Joans Augen begannen sich mit Wasser zu füllen.

»Das ist alles?« sagte sie.

»Das ist alles. Diese Welt war nie dazu gedacht, uns zu beherbergen, Joan«, sagte Case. »Diese Welt ist ein One-Night-Stand.«

Joans Augen leuchteten plötzlich auf, weil ihr ein Gedanke kam. »He, Sie sind es! Sie sind der Engel aus meinem Traum! Gabriel! ›Die Muscheln sind nicht ungefährlich‹: Damit war der Fluß gemeint!«

»Also, ich weiß jedenfalls, was ich machen werde«, sagte Dare.

Joan wandte sich zu ihm um und zog eine Augenbraue hoch. »Du gehst?«

»Ja!« rief Dare aus. »Ich bin weg!« Der Schriftsteller blies einen Kuß zum Fluß. »*Adieu* Raum und Zeit!« rief er. »Benehmt euch!«

Er fing an zu verschwinden.

»He, warte auf mich!« schrie Joan.

Auch sie begann, sich aufzulösen.

»*Adieu*, ihr nervtötenden, schnellesenden Kritiker!«

Dare war jetzt fast unsichtbar.

»He, langsam, ja?« schimpfte Joan.

»O ja, natürlich, meine Frequenz ist irgendwie *viel* höher, Joanie.«

Im nächsten Moment waren sie fort. Dann ertönte noch ein kräftiger Ausruf der Frustration, dann ein Klatschen, dann beschwerte sich Dares Stimme: »Keine Ohrfeigen im Jenseits, Joanie!«

Case und Mrs. Trawley blieben zurück, und sie sahen einander lächelnd an, als sie gedämpftes Kläffen wie von zwei kleinen Hunden hörten.

»Oh, mein Herz! Kann es denn sein?« rief Dare mit nachlassender Stimme.

Und dann Joan. »Kann man im Jenseits kotzen?«

»*Jungs!*«

Dares Stimme, unter die sich das schwache Kläffen der Hunde mischte, war erfüllt von Freude, von einer Freude, die Dare nie zuvor empfunden oder gekannt hatte.

In diesem Leben.

Die Geräusche verklangen.

»Nun, Anna, was ist mit Ihnen?« fragte Case sie. »Gehen Sie auch? Bethie wartet, wissen Sie?«

Mrs. Trawley runzelte die Stirn. »Was ist eigentlich aus Dr. Case geworden?« fragte sie. »Ich meine, aus dem echten? Haben Sie ihn umgebracht oder so etwas?«

»Nein, Anna. Dr. Case lebt noch, der Arme. Als er hörte, daß Sie drei gestorben waren, ist er einfach abgereist und zu seinem Lehrauftrag zurückgekehrt.«

»Oh.«

Case trat einen Schritt auf sie zu. »Also, wollen wir zusammen gehen?«

Mrs. Trawley hielt eine Hand vor sich hin und brachte ihn zum Stehen.

»Nein, noch nicht«, sagte sie. »Zuerst möchte ich wissen, wer Sie sind.«

»Würden Sie glauben, daß ich ein Lichtwesen bin?«

»Versuchen Sie es noch einmal.«

»Jetzt bin *ich* aber am Boden zerstört«, erwiderte Case. »Was macht es denn für einen Unterschied, *wer* ich bin?«

»Einen sehr großen. Wenn ich weiß, wo Sie herkommen, bekomme ich vielleicht eine Vorstellung davon, wohin Sie mich bringen wollen, falls Sie das verstehen. Unter den gegebenen

Umständen muß ich sagen, daß es auf den Charakter ankommt.«

»Es gibt keinen Rauch und keine Spiegel, Anna. Sie können mir vertrauen.«

»Es ist die Sache mit dem Rauch, die mir Sorgen macht«, sagte sie.

»Das meinen Sie doch nicht ernst? Kommen Sie schon!«

»Also, mit Sicherheit sind Sie kein Engel, oder? Sie haben uns betrogen. Sie haben immerhin vorgegeben, Gabriel Case zu sein.«

»Aber natürlich. Es ist, wie Sie gesagt haben, Anna – ›Tote lügen.‹«

Er lächelte sein strahlendes Erzengellächeln.

Mrs. Trawleys Lachen erklang voll und erfüllt, überquellend, frei von aller Last.

Case trat vor und streckte die Arme nach ihr aus.

»Wollen wir jetzt anderswo hingehen, meine Liebe?«

Sie stieß mit der Faust in die Luft und rief: »*Ja!*«

Dann eilte sie mit offenen Armen auf ihn zu.

EPILOG: 1997

Die erwachende Sonne streute Lichtstreifen über dem blaugrauen Wasser des stillen Flusses aus, und die Luft auf der Insel war von Frieden erfüllt. Innen, im widerhallenden Salon der Villa, spielten lachende Kinder Fangen, während ihre Eltern, Paul und Christine Quandt, in der Bibliothek ein interessantes Geschäft mit einem Paar ermüdeter Jesuitenpriester zu Ende brachten. Einer der beiden – stämmig, sehr jung, unergründlich – stand mit den Händen in den Jackentaschen da und sah zu, wie ein älterer, größerer Priester ein in hellrotes Leder gebundenes Gebetbuch in einer Aktentasche verstaute, diese zuschnappen ließ und sich dann mit einem sommersprossigen Finger an der Nase kratzte. »Gut, das war's«, seufzte er. »Wir sind fertig.«

Er fuhr sich mit der Hand durch das ausgedünnte, rote Haar.

Christine Quandt warf einen Blick in den Salon.

»Tja, die Kinder fühlen sich jetzt hier wohl«, bemerkte sie.

Der alte Priester folgte ihrer Blickrichtung. »Die Glücklichen.«

Er hob die Aktentasche auf.

Paul Quandt saß in einem kurzärmeligen Jeanshemd und Jeans an der Bar und blies Trübsal. Er schüttelte den Kopf. »Ich kann es gar nicht glauben, daß dieser ganze Spektakel wieder angefangen hat, Pater.«

»Sie sind wann wieder eingezogen?« fragte ihn der Priester.

»Am zweiten Mai. Vorher waren wir in Europa. Wir hatten das Haus vom Markt genommen, nachdem diese arme Frau umgekommen war, diese Maklerin. Mein Gott, was für ein Schock, bei unserer Rückkehr so etwas vorzufinden!«

Er trank einen Schluck Kaffee aus einem großen, weißen Becher.

Der rothaarige Jesuit warf seinem Begleiter einen Blick zu, der weiter schweigend zusah und wartete. Der junge Priester nickte traurig und vielsagend, dann fixierte er Paul Quandt mit einem rätselhaften Blick.

»Tja, das kann ich mir vorstellen«, sagte der rothaarige Priester.

Er ging auf die Bar zu.

»Also gut. Dann wollen wir mal hoffen, daß es das jetzt gewesen ist«, sagte er.

»In der Tat«, sagte Mrs. Quandt trocken und nickte.

»Ich warte draußen«, sagte der jüngere Priester mit einer Kopfbewegung zu dem anderen. »Ich brauch jetzt erst mal eine Zigarette.«

»In Ordnung, Regis. Ich komme gleich nach«, antwortete der ältere Mann.

Der jüngere Priester setzte sich in Bewegung.

Paul Quandt rief ihm etwas nach.

»Danke für alles, Pater!«

»Von mir auch!« fügte seine Frau hinzu.

Der Priester hob statt einer Antwort die Hand.

Er ging weiter und sah sich nicht um.

»Netter Kerl«, sagte der ältere Priester, während er ihm hinterhersah.

»Und noch so jung«, murmelte Christine Quandt. Sie sah den jungen Priester zur Tür hinausgehen. »Sieht aus wie kaum zwanzig.«

»Ja, ich weiß«, sagte der ältere Mann. »Mein Assistent ist plötzlich krank geworden; man hat Regis in letzter Sekunde für mich aufgetrieben.«

»Oh, Sie haben sich erst hier im Haus richtig kennengelernt?«

»Ja, so ist es.« Ihm kam ein Gedanke. »War das nicht der Name des verstorbenen Jungen? Ihres Vetters? Edward Quandts Sohn?«

»Ja, das stimmt«, sagte die Frau.

»Schöner Name.«

Der Priester hielt ihr die Hand hin.

»Möchten Sie nicht zum Brunch bleiben?« fragte sie.

»Danke, nein. Ich habe um elf eine Messe. Gott segne Sie«, sagte er. »Sie sind sehr nett.« Der Priester ergriff ihre Hand. »Oh, würden Sie bitte das Boot rufen?« fügte er hinzu.

Paul Quandt erhob sich von seinem Hocker und schüttelte dem Priester die Hand.

»Schon geschehen. Nochmals danke für das Exorzieren, Pater.«

»Tja, hoffen wir, daß Sie jetzt Ihren Frieden haben.«

Quandt nickte. »Amen.«

»Das wäre jetzt eigentlich meine Dialogstelle gewesen«, sagte der Priester lachend.

Die Quandts lächelten. Dann bemerkten sie, daß der Jesuit ein großes Ölgemälde über dem Kamin anstarrte, das einen Mann und eine jüngere Frau darstellte.

»Sind das Ihre berühmte Tante und Ihr Onkel?«

»Ja«, sagte Quandt.

Der Priester nickte, dann sagte er leise: »Ich kenne ihre Geschichte.«

Er ging langsam zu dem Gemälde hinüber und starrte hinauf.

»Tragische Angelegenheit: ein Mord und ein Selbstmord«, sagte er voll Trauer.

»Nein«, sagte Quandt leise hinter ihm.

Der Jesuit drehte sich fragend zu ihm um.

»Kein Selbstmord«, sagte Quandt.

»Kein Selbstmord?«

Quandt kam herbei und stellte sich neben ihn, den Porzellanbecher immer noch in der Hand. »Nein. Kein Selbstmord, Vater. Zwei Morde.«

»Was?«

Quandt blickte zu dem Mann auf dem Bild hoch.

»Nun, in Wahrheit war es so, Pater, daß meine Tante meinen Onkel offensichtlich betrogen hat und ihn so dringend loswerden wollte, daß sie ihm ein tödliches, langsam wirkendes Gift in den Whisky geschüttet hat. Als er schon im Sterben lag, fand Onkel Edward die Phiole, in der das Gift gewesen war. Er hat meine Tante lebendig in die Gruft gesperrt und ist dann selbst dort gestorben.«

»Neben der Gruft?«

»Neben der Gruft.«

»Wie grauenhaft«, sagte der Priester.

»Nicht ganz wie bei *Romeo und Julia*«, sagte Quandt.

Seine Frau trat zu ihnen. »Jedenfalls fast.«

Der alte Priester warf einen letzten Blick auf das Gemälde und wandte sich dann zum Gehen. »Nun, ich werde für beide beten.«

»Danke, Pater«, sagte Paul Quandt zu ihm. »Ich hätte wirklich gern das Gefühl, daß sie ihren Frieden gefunden haben.«

»Also, noch einmal auf Wiedersehen.«

Der Priester winkte.

»Wiedersehen, Vater.«

Als der rothaarige Priester das Zimmer verließ, sprang ein großer Collie an ihm hoch und folgte ihm dann zur Tür.

»Hallo, Junge«, begrüßte ihn der Priester.

»Oh, jetzt laß den guten Pater in Ruhe«, rief Christine Quandt aus. »Komm schon, Tommy! Komm hierher, du verrückter Kerl!«

Der Priester blickte sich im Weitergehen um. »Nein, nein, nein, ich mag Hunde!« rief er ihr zu. Dann drehte er sich um und blickte zu dem Collie hinunter. »Komm, Tommy! Guter Junge!«

Der Hund bellte, sprang verspielt an ihm hoch und folgte ihm.

»Ja, als ich klein war, hatte ich auch so einen braven Hund wie dich«, sagte der Priester. »O ja, Tommy. Guter Junge. Guter Junge.«

Sie waren in der Eingangshalle angekommen. Der Priester öffnete die Tür, und sie traten hinaus. Paul Quandt legte seiner Frau den Arm um die Hüfte, und gemeinsam blickten sie noch einmal zu dem Bild hoch. Riga Quandt hatte rauhe, unvollkommene Gesichtszüge, die trotzdem große Sinnlichkeit und Schönheit ausstrahlten. Ihr unglücklicher Ehemann, Edward Quandt, war von dunklem, gutem Aussehen. Er hatte ein feingemeißeltes Gesicht und eine auffällige Narbe, die sich wie ein Blitz von seinem Wangenknochen bis hin zum Unterkiefer zog.

Es waren die Gesichter von Morna und von Gabriel Case.

Die beiden Priester und der Hund näherten sich dem Landesteg, wo das Motorboot sie bald aufnehmen würde. Sie konnten sehen, wie es vom anderen Ufer aus auf sie zukam.

Der ältere Priester hob einen Stock auf und warf ihn weg. »Lauf, Tommy, lauf!« rief er. »Hol den Stock!«

Bellend rannte der Hund mit großen Sätzen davon.

Der sommersprossige alte Jesuit blickte zum Himmel.

»Es klärt sich auf. Sieht so aus, als ob es heute schön wird.«

Sie betraten den Landesteg, und auf den trockenen alten Planken klangen ihre Schritte hohl.

»Ich bin ja so froh, daß Sie einspringen konnten«, sagte der ältere Priester. »Sie sind aus Fordham, sagten Sie?«

»Ja, Fordham.«

»Kennen Sie dort Pater Bermingham?«

Der Priester schüttelte gleichmütig den Kopf.

»War die Wegbeschreibung übrigens gut? Haben Sie das Dorf und den Anlegeplatz problemlos gefunden?«

»Problemlos. Das Boot hat schon auf mich gewartet.«

»Gut. Und was meinen Sie, Regis? Sagen Sie es mir ehrlich. Glauben Sie, wir haben hier etwas bewirkt? Glauben Sie, daß es in dem Haus spukt?«

Der andere schüttelte den Kopf. »Keine Ahnung.«

Der alte Priester starrte ihn an. »Sie sehen so jung aus.«

»Ich weiß.«

Der alte Mann starrte auf das glitzernde Wasser hinab, das gerade anfing, das Himmelsblau zu reflektieren. »Was für ein furchterregendes Rätsel doch die Welt für uns ist, Regis. Wir wissen so wenig davon, wie die Dinge wirklich sind, und haben schließlich nicht einmal eine Ahnung, was *wir* sind.«

»Stimmt.«

»Ein Neutrino besitzt weder Masse noch Ladung und kann in einem Augenblick den Planeten durchqueren. Es ist ein Geist. Und doch ist es real, wir wissen, daß es da ist, daß es existiert. Ich glaube, daß überall Geister sind; sie sind alle unmittelbar in unserer Nähe … verirrte Seelen … die ruhelosen Toten. Wissen Sie, ich frage mich, ob …«

Indem er sich zu dem Jesuiten neben ihm umdrehte, brach er ab und machte erst ein fragendes, dann ein verblüfftes Gesicht. Er blickte sich überall um und runzelte verwirrt die Stirn. Er sagte: »Regis?«

Es war niemand da.

DANKSAGUNG

Kein Buch ist eine Insel, und besonders dieses hier verdankt seine Gestalt und sein Dasein einigen ganz besonderen Leuten.

Mein Dank gilt:

David G. Hartwell, F. Paul Wilson, Dave Hinchberger, Rich Chizmar und Matt Schwartz, die mir auf fruchtbare Weise die richtige Richtung gezeigt haben;

Peter Schneider, der von Anbeginn dabei war;

Jennifer Brehl, die mir ihre Autoren ausgeborgt hat und (selbst als die Schaufel entzwei war) nach Gold gegraben hat;

Ralph Vicinanza, der das Agentenschiff gesteuert hat;

Tom Dupree, Lektor bei Avon und der Größten einer;

Marsha DeFilippo, Engel der Gnade;

und Stephen King – von Autor zu Autor.

HEYNE BÜCHER

David Morrell

Einer der meistgelesenen
amerikanischen Thriller-
Autoren.

»Aufregend, provozierend,
spannend.« *Stephen King*

01/13058

HEYNE-TASCHENBÜCHER